Der Bastard von Tolosa

Ulf Schiewe

Der Bastard von Tolosa

Roman

Weltbild

Besuchen Sie uns im Internet:
www.weltbild.de

Genehmigte Lizenzausgabe für Verlagsgruppe Weltbild GmbH,
Steinerne Furt, 86167 Augsburg

Umschlaggestaltung: bürosüd°, München
Umschlagmotiv: AKG Images, Berlin
Gesamtherstellung: GGP Media GmbH, Pößneck
Printed in the EU
ISBN 978-3-86800-461-8

2014 2013 2012 2011
Die letzte Jahreszahl gibt die aktuelle Lizenzausgabe an.

Schwarze, 26. 3. 25

Für meine Frau
Sandra

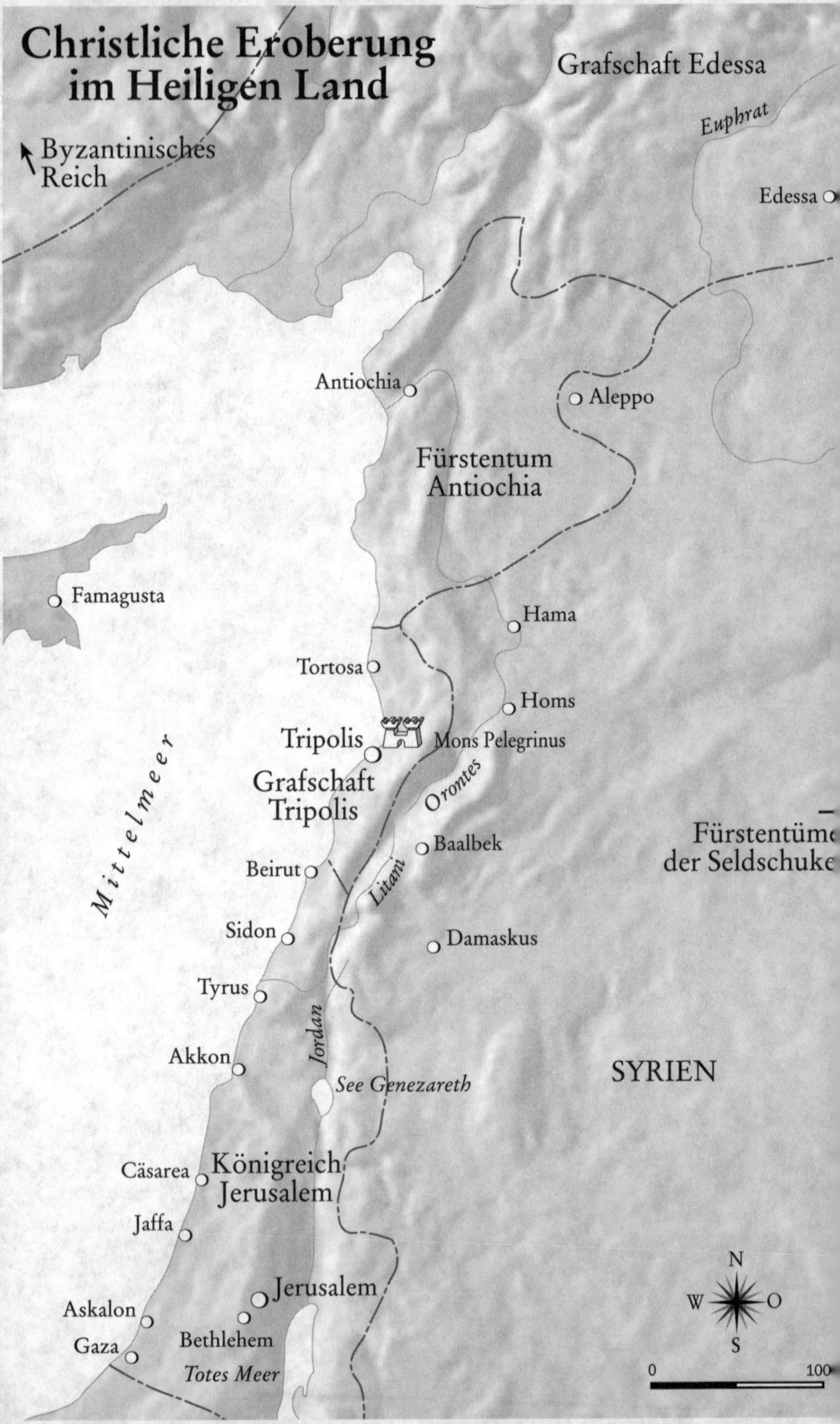
Christliche Eroberung
im Heiligen Land
Grafschaft Edessa
Euphrat
Byzantinisches
Reich
Edessa
Antiochia
Aleppo
Fürstentum
Antiochia
Famagusta
Hama
Tortosa
Homs
Tripolis
Mons Pelegrinus
Grafschaft
Tripolis
Orontes
Mittelmeer
Baalbek
Beirut
Litani
Sidon
Damaskus
Tyrus
Jordan
Akkon
See Genezareth
SYRIEN
Cäsarea
Königreich
Jerusalem
Jaffa
Jerusalem
Askalon
Bethlehem
Gaza
Totes Meer
N
W
O
S
0

Inhalt

Buch I

In Outremer

Buch II

Die Heimkehr

Buch III

Kampf um Rocafort

Epilog

Buch 1

»Wer lange Räuber war, soll nun Ritter werden.
Wer gegen Brüder und Verwandte kämpfte,
soll fortan auf gerechte Weise gegen die Barbaren kämpfen.
Wer bisher für wenig Lohn als Söldner diente,
soll seinen Lohn in der Ewigkeit finden.«

*Papst Urban II. (*1042 – †1099)*
Aufruf zum Kreuzzug auf dem Konzil von Clermont (1095),
*berichtet von Fulcher von Chartres (*1059 – †1127)*

»Das Schicksal zerbricht uns, als seien wir Glas,
und die Scherben finden niemals wieder zusammen.«

Abu al-Ala' al-Ma'arri
*Syrischer Poet (*973 – †1057)*

Castel Rocafort

Las Corbieras,
Anno Domini 1131

Es waren die Gänse, die zuerst Alarm schlugen.
Ich trat an eines der Turmfenster. Eigentlich nur eine schmale Öffnung in den rauhen Quadern des alten Turms. Von hier oben überblickt man unser Dorf und dahinter das sich nach Osten zu leicht absenkende Tal.
Auf der Gemeindewiese hinter der Schmiede sammelten sich unruhig schnatternd die großen, weißen Vögel. Sie reckten ihre langen Hälse und stießen durchdringende Warnschreie aus, stets ein Zeichen, dass sich Fremde dem Dorf nähern. Ich konnte mir nicht helfen, aber im Geiste sah ich wieder gepanzerte Reiter mit erhobenen Schwertern ins Dorf galoppieren, die ersten Leute niedermachen, Brandfackeln auf die Hüttendächer werfen und schreiendes Dorfvolk zusammentreiben.
Ich horchte.
Keine Hufgeräusche. Kein Reitertrupp, dachte ich erleichtert und atmete tief durch, um die üblen Gedanken zu verscheuchen. Warum waren mir diese Bilder in den Sinn gekommen? Das lag doch schon so weit zurück. Und hatten wir seitdem nicht friedlich gelebt? Ich schalt mich einen misstrauischen Toren, der sich hinterrücks von bösen Erinnerungen überfallen lässt. Trotzdem, alte Soldatengewohnheiten sterben langsam, und so bin ich wachsam und unruhig, wenn fremde Kriegsleute durch mein Land reiten. Aber danach sah es heute nicht aus. Alles schien wie gewöhnlich.
Draußen ließ eine warme Nachmittagssonne die Herbstfarben leuchten. Die Gänse waren schwer und fett dieses Jahr, dachte ich zufrieden. Ich werde der Köchin auftragen, mir zum Tag des

Herrn einen der Vögel zu schlachten. Doch vielleicht sollte ich warten, bis die Maronen für eine gute Füllung eingesammelt waren oder bis die Bauern im Wald die Schweine nach Trüffeln suchen ließen. Beim Gedanken an solche Leckereien meldete sich aufdringlich mein Magen.

Ich kniff die Augen zusammen und spähte noch einmal angestrengt aus dem Turmfenster. Unten auf der Straße, die durch mein Land führt, war nichts zu erkennen. Bis hier oben verirrt sich selten jemand, denn die Burg thront auf einem Felsen hoch über der Straße und dahinter, gegen Süden zu, liegt, halb versteckt, unser Dorf auf einer sanft ansteigenden Hochebene, die sich bis zum Fuß des Berges Bugarach erstreckt.

Irgendwo am Dorfeingang schlug ein Hund an. Ich erkannte die rauhe Stimme des zottigen, einäugigen Hirtenhundes, der dem alten Schäfer Berard gehört. Über die Hüttendächer hinweg starrte ich auf den staubigen Weg, der sich zwischen Bäumen den Hang heraufschlängelt. Nachdem sich nun auch der Hofhund des leibeigenen Bauern Peire vernehmen ließ, entdeckte ich endlich eine schmale Gestalt, die zu uns aufstieg. War es der Schreiberling, den ich erwartete?

Der Wanderer näherte sich dem Dorfeingang, und ich konnte tatsächlich die graue Kutte eines Mönches ausmachen. Aber keine Schuhe. Der Kerl marschierte unbekümmert mit bloßen Füßen einher. An einem Stock, den er über der Schulter trug, hing ein Leinenbündel, und, nach den lebhaften Bewegungen zu urteilen, musste es sich um einen jungen Burschen handeln.

Inzwischen waren alle Hunde des Dorfs in Aufruhr geraten, und ihr wütender Lärm schallte zu mir empor. Verdammte Köter! Eine Rotte von ihnen umringte laut bellend den kleinen Mönch, der verschreckt stehen geblieben war. Sein Bündel lag im Staub, und er erwehrte sich der Hunde mit dem Stock, was diese umso mehr reizte. Jetzt liefen auch die Kinder herbei und hüpften lachend um den Mönch herum, der immer heftiger nach den Hunden stieß.

Bauer Peires stämmige Frau und ein paar Knechte kamen dem armen Kerl zu Hilfe. Sie verscheuchten die Hunde mit scharfen

Worten und gut gezielten Erdklumpen. Die Bauersfrau wollte ihn gerade willkommen heißen, als der sein Bündel an sich riss, eine Lücke in der Hundemeute nutzte und rannte, was die Beine hergaben, verfolgt von einem Schwarm schreiender Kinder und kläffender Köter. Neugieriges Volk lief aus den Hütten und machte große Augen, wie der Junge mit fliegenden Rockschößen den steilen Weg zur Burg heraufjagte und sich über die Zugbrücke in den engen Hof der Vorburg rettete.

Dorthin wagte die Meute nicht, ihm zu folgen. Enttäuscht standen sie draußen. Die Kinder johlten und schnitten Grimassen, und die Hunde bellten überreizt, bis einer der Wachmänner sie verscheuchte. Vor seinem langen Spieß traten sie widerwillig den Rückzug an. Langsam kehrte die gewohnte Ruhe wieder ein, nur ein paar Dörfler steckten die Köpfe zusammen, um den Vorfall zu erörtern. Ich schüttelte belustigt den Kopf und trat vom Fenster zurück.

Vielleicht war es doch mein Schreiber. Ich hatte wichtige Schriftstücke aufzusetzen. Das war Arbeit für einen Pfaffen und nicht für einen Edelmann, wenngleich heutzutage auch mancher *senher* gern das Schwert gegen die Feder zu tauschen scheint. *Trobadors* nennen sie sich, Versefinder und Dichter. Neumodischer Unsinn für höfische Gecken, so sage ich dagegen. Obwohl manches Lied, das muss ich zugeben, mir schon gefallen hat. Nun, ich kann meinen Namen schreiben, und das hat bisher immer genügt. Wenn es nach mir ginge, sollte ein jeder bei dem bleiben, was unser Herrgott für ihn bestimmt hat. Der eine pflügt den Acker, der andere lenkt das Schlachtross. Und zum Schreiben schickt man nach einem Klosterbruder. *Basta!*

»Herr!«, schrie die Köchin von unten herauf, dass es durch den Turm hallte. Wie oft habe ich dem Weib nicht schon gesagt, sie soll nicht schreien. Warum schickte sie nicht eine Magd? Aber es war zwecklos, ihr noch Anstand beibringen zu wollen. Ohne ihre Künste in der Küche wäre ich längst nicht so geduldig mit ihr.

»Was ist?«, brüllte ich zurück.

»Ein komisches Bürschlein im Mönchsgewand will Euch sprechen«, rief sie fröhlich.

»Dann schick ihn herauf!«
Wenig später hörte ich einen leichten Fußtritt auf der langen, gewundenen Steinstiege, bis er prustend und schwitzend vor mir stand. Ein junger Kerl mit dünnem Flaum am Kinn, hochrot vor Anstrengung und schwer atmend. Er musste sich am Pferdetrog erfrischt haben, denn es tropfte noch Wasser vom Gesicht auf die Kutte.
»Seid gegrüßt, *Mossenher!*«, stammelte er und machte eine tiefe Verbeugung. »Prior Jacobus schickt mich.« Dabei musste er wieder schnaufend Luft holen.
Ich besah mir den Jungen von allen Seiten.
Eine stoppelige Tonsur, die längst hätte neu geschoren werden müssen. Darunter dunkle, strähnige Haare. Die graue Kutte aus rauhem Sacktuch, mehrfach geflickt, hing in Fetzen über nackte, verstaubte Füße. Er war nicht groß, hatte schlanke Glieder, ein ebenes Gesicht. Aber Herrgott, wie scheußlich er nach altem Schweiß und ungewaschenen Füßen stank! Ich rümpfte die Nase. Was hatten sie mir denn hier für einen verdreckten Milchbart geschickt?
Doch aus dem Elend seiner Lumpen starrten unschuldige, blaue Augen. Obwohl er die Lider nicht unterwürfig senkte, wie es einfache Leute im Angesicht eines Edelmannes tun, so war sein Blick doch nicht aufmüpfig. Nein, er sah mich treuherzig an, mit einer unbefangenen Neugierde in den Augen und leicht geöffneten Lippen, denn sein Atem hatte sich noch nicht beruhigt. Etwas Wasser lief aus dem strähnigen Haar, und er wischte sich mit dem Ärmel der Kutte verschämt übers Gesicht. Diese kindliche Geste und die großen Augen, die er nun doch verlegen niederschlug, verstärkten den Eindruck von Unschuld und Verletzlichkeit. Er erinnerte mich plötzlich an meine eigenen Kinder. *Mon Dieu!*, wie lang war das nun schon her?
Ich unterdrückte den Fluch, den ich wegen seiner verlotterten Erscheinung auf den Lippen gehabt hatte. Es geschah mir ganz recht. Niemandem hatte ich trauen wollen. Zumindest nicht den Brüdern des nahen Klosters Cubaria, auch wenn die mir sicher einen fähigen Schreiber gesandt hätten. Aber sie hatten mich

schon einmal verraten, obwohl es lange her war. Überhaupt war ich auf größte Vorsicht bedacht. Es gab Dinge zu regeln, vor allem diese vertrackte Familiengeschichte, an die ich kaum denken mochte. Bei mir war sie nur *tal res*, jene dunkle Angelegenheit, die man besser nicht beim Namen nennen sollte. Nein, nein, es war schon richtig, jemanden aus der alten Einsiedelei zu holen. Die plapperten nicht. Und dorthin verirrte sich auch niemand, um Dinge zu erfahren, die nicht für seine Ohren bestimmt waren.

»Was gehst du ohne Schuhe?«, fuhr ich den Jungen unwirsch an. Der blickte auf seine schwieligen Füße und zuckte mit den Schultern.

»Ich habe keine, *Senher*. Wir dienen dem Herrn in Demut und Armut, wie es der Heilige Benedikt befiehlt.«

»Ich weiß das. Aber selbst Christus trug Sandalen.«

Darauf wusste er nichts zu sagen und schlug beschämt die Augen nieder.

»Du bist zu jung für einen Schreiberling.«

»Prior Jacobus vertraut mir, Herr.« Mit diesen Worten nahm er die Schultern zurück, und auch seine Stimme klang fester.

»Offensichtlich«, brummte ich. »Und wie heißt du?«

»Aimar, *Mossenher*.«

Unwillkürlich zuckte ich zusammen, denn der Name rührte an alte Erinnerungen. »Weißt du, wer der Kirchenfürst war, der deinen Namen trug?«

»Meint Ihr Bischof Aimar de Lo Puei?«

»Du hast von ihm gehört?«

Er nickte. »Der geistliche Führer des Pilgerzugs nach Jerusalem, Legat des Heiligen Stuhls und von Urbanus selbst ernannt.«

»Oho!«, rief ich erstaunt. »Woher weißt du denn das?«

»Unser Prior erzählt mir Dinge aus der Welt. Dabei spricht er gern von den frommen Kriegern, die ins Heilige Land zogen.« Er beugte sich vertraulich vor. »Außerdem haben wir eine Abschrift der *chronica* in der Einsiedelei.«

»Was für eine *chronica?*«

»Die von *Paire* d'Aguiliers. Der war doch dabei.«

»Was? Meinst du den Beichtvater des alten Grafen?«
»Jawohl, Herr. Und ich habe schon mehr als die Hälfte gelesen. *Historia Francorum qui ceperint Jerusalem*«, fügte er stolz und mit ernster Miene hinzu, als müsse allein der lateinische Titel für Geltung und Glaubwürdigkeit der Schrift bürgen.
Aha, dachte ich. So hat er sie doch zu Ende geschrieben, seine Geschichte der Franken, die Jerusalem eroberten. Ich erinnerte mich noch gut an *Paire* d'Aguiliers, jenen hochnäsigen Hofkaplan meines Herrn, des einäugigen Fürsten Raimon Sant Gille von Tolosa. Der weißhaarige, alte Graf hatte den Pfaffen beauftragt, alles niederzuschreiben, was uns auf der Pilgerreise widerfuhr. Oft hatte man ihn bei aufgeschlagener Zeltwand an seinem Reisepult sitzen sehen. Nun ja. Um ehrlich zu sein, ich hatte diesen frommen Wichtigtuer nie gemocht. Für meinen Geschmack redete er zu viel von Wundern und Erscheinungen. Man mochte glauben, allein der Heilige Andreas habe Jerusalem erobert und nicht die vielen mutigen Männer, die ihr Leben vor den Mauern gelassen hatten.
»Ich wusste nicht, dass sich jemand für solches Gekritzel erwärmen könnte. Was weiß ein Pfaffe schon vom Kriegshandwerk?«
»Doch, Herr. Viele lesen diese *chronica*, und es werden häufig Abschriften verlangt, wie unser Prior sagt. Ich selbst habe zur Übung damit begonnen. Es ist eine wundersame Geschichte, Herr.« Sein Gesicht war vor Eifer gerötet. »Unsere Christenkrieger haben viel erlitten und dennoch mit Gottes Hilfe wahre Wunder vollbracht.«
»Ist das wahr?«, fragte ich scheinheilig.
»In Nicaea haben sie ein ganzes Türkenheer vernichtet und in Antiochia … die Heilige Lanze, Herr, die hat alles zum Guten gewendet und …«
»Genug jetzt!«, unterbrach ich ihn barsch. »Wir sind nicht hier, um uns mit dummem Geschwätz aufzuhalten! Du hast einen Auftrag, oder?«
Aimars Mund klappte zu. Er hielt den Blick zu Boden gesenkt und die Hände hinter dem Rücken verschränkt, so als stähle er sich gegen weitere Schelte. Fast tat mir meine Grobheit leid.

»Hast du alles Nötige mitgebracht?«, fragte ich in sanfterem Tonfall.
Er nickte eilfertig. Ich wies auf den klobigen Holztisch hinter ihm, und dort legte er sorgfältig die Gegenstände aus, die er aus seinem Beutel zog. Die Geräte seines Schreiberhandwerks, durch häufigen Gebrauch abgenutzt, schien er mit Vertrautheit zu handhaben. Ein Holzschälchen zum Anrühren der Tinte, das Federmesser, eine Dose mit feinem Streusand, ein Knäuel Schafswolle zum Reinigen der Gänsekiele, einen flachen Bimsstein zum Glätten des Pergaments.
Ich musterte ihn streng und sagte: »Also schön. Lassen wir es auf einen Versuch mit dir ankommen.«
Er nickte demütig und zog einen Schemel heran, um sich vor dem Tisch niederzulassen. Ich bemerkte, wie dünn der Junge war. Und da fiel mir die karge Kost ein, die jene armen Teufel in der Einsiedelei bekamen.
»Bist du nicht hungrig nach deiner Wanderung?«
»O ja, Herr.« Man konnte fast sehen, wie ihm bei meinen Worten das Wasser im Mund zusammenlief.
»Es ist schon spät, und du hast einen langen Weg hinter dir. Lassen wir es also für heute gut sein. Geh runter zur Köchin und bitte sie, dir einen Teller Suppe zu geben und ein Stück Käse dazu. Über dem Pferdestall ist eine leere Kammer. Du darfst dir frisches Stroh für dein Bett nehmen. Dein Schreibgerät lass hier, und morgen früh, nach dem Morgenmahl, beginnen wir mit der Arbeit.«
Aimar ließ sich dies nicht zweimal sagen. Mit scheuem Lächeln murmelte er »habt Dank, Herr!« und war im Nu die enge Stiege hinunter verschwunden.
»Und nimm ein Bad!«, schrie ich hinterher. »Du stinkst erbärmlich!«
»Ja, Herr!«, hallte es durch den Treppengang.
Morgen würde er nicht mehr derselbe sein, dachte ich belustigt. Die Köchin würde ihn in den Zuber stecken und gnadenlos von oben bis unten abschrubben lassen, denn Sauberkeit war ihr oberstes Gebot.

Es war Abend geworden.
Ein letzter Strahl der Oktobersonne trat durch das schmale Turmfenster und zeichnete einen hellen Fleck auf die Steinblöcke der gegenüberliegenden Wand. Der Rest der Kammer lag schon im Halbdunkel. Von fern hörte man das Lied einer Magd heraufklingen, und auf den Turmzinnen gurrten zur Antwort die Tauben. Das Vieh und auch die Gänse waren längst in ihren Ställen. Stille lag über dem Dorf, denn die Leute nahmen ihr einfaches Abendmahl ein.
Ich liebe es hier oben auf dem Turm. Man schaut in die Ferne, wo das Grün der Hügel allmählich in das sanfte Blau der entfernten Kämme übergeht. Hier bin ich dem Himmel nah und den irdischen Dingen entrückt. Die Sorgen der Menschen erscheinen kleiner und unwichtiger. Und doch überblicke ich alles und kann sehen, was im Burghof oder im Dorf geschieht. Hier habe ich unzählige Stunden verbracht, und auch jetzt hielt mich der Ausblick auf die Schönheit der bergigen Corbieras noch ein Weilchen gefangen.
Unten im Tal am Flüsschen Agli lagen bereits tiefe Schatten. Dort verläuft die alte Handelsstraße, die die südliche Corbieras durchquert und am Kloster Cubaria vorbei über unseren Besitz weiter nach Limos führt. Keine wichtige Straße, aber Handelsleute aus der Hafenstadt Colliur, im Süden, nehmen diese Abkürzung nach Carcassona und Tolosa und weiter bis zum großen Meer im Westen, nahe dem die Stadt Bordeu liegt. Die Strecke ist steinig, an Stellen abschüssig, besser geeignet für Maultiere als für Ochsengespanne. Und zudem unsicher in dieser stillen Gegend.
An der alten Holzbrücke, wo der Aufstieg zum Dorf beginnt, unterhalten wir einen Wachposten, denn Rocafort besitzt verbrieftes Recht auf Wegezoll, den Kaufleute, die sich durch unser Gebiet wagen, zu entrichten haben. Dieser verbessert die Einkünfte und ist daher sehr willkommen, besonders wenn sie Zinn von den Inseln tragen, die man Britannien nennt, oder Gewürz und Seide aus den Häfen des Orients. Deshalb bin ich bemüht, Wegelagerer aus meinen Wäldern zu vertreiben und die Straße in einem guten Zustand zu halten, was leider nicht immer gelingt.

An den Hängen des Bugarach, bis zu denen mein Land reicht, gibt es zu viele Schlupflöcher für herrenloses Gesindel. Und was die nur spärlich befestigte Straße betrifft, so sorgen Frost und Regen immer wieder für Schäden.

Die Abendsonne versank hinter einem Gehölz dunkler Tannen, zwischen denen die Straße verschwindet. Einer meiner Waffenknechte, ich erkannte ihn trotz der Entfernung am Lanzenwimpel, näherte sich von dort in gemächlichem Trab. Zurück von seinem Streifenritt war auch für ihn das Tagewerk beendet. Gewiss hatte die *cosiniera*, unsere Köchin, für ihn und seinesgleichen einen kräftigen Eintopf auf dem Feuer und ein Stück Brot zum Eintunken. Wenn sie es gut mit den Männern meint, findet sich auch ein Stück Speck in der Suppe oder eine Blutwurst. Danach gibt es Wein, Geschichten und derbe Scherze, bis die einen erschöpft auf ihr Strohlager fallen und die anderen heimlich zu den Mägden ins Dorf schleichen.

Dem Herrn sei Dank, denn wir kommen gut zurecht auf Rocafort. Besonders in dieser Jahreszeit, nach der Ernte, nach dem Schlachten des überzähligen Viehs und dem Einlagern des Herbstobstes sind alle Speicher und Vorratskammern voll. Die Erträge reichen aus, um die benachbarte Abtei mit Gemüse zu versorgen und Weizen und Roggen bis nach Quilhan zu liefern. Von der Küste dagegen kommen nicht viele Händler den langen Weg bis zu uns herauf. Meist erst im Spätsommer oder im Herbst nach der Weinpresse und bevor das schlechte Wetter einsetzt. Aber es sind genug, so dass wir jedes Jahr mit unserer Schafswolle, unserem Wein und Öl ein nettes Sümmchen verdienen oder gegen Roheisen, gegerbtes Leder und feines Tuch tauschen können.

Ja, wir können zufrieden sein. Das Land hier im Süden, in dem man die *lenga romana* spricht, ist ein reiches und schönes Land, und ob Tolosaner, Gascogner, Provenzalen oder Katalanen, wir alle sollten Gott danken, dass wir hier leben dürfen.

Und dennoch hat jedes Paradies seine Schlange, und manch schöner Apfel verbirgt den Wurm, der ihn von innen höhlt. So ist es auch bei uns. Zu Zeiten, als der große Franke Carolus noch lebte, da herrschten Gerechtigkeit und Ordnung, so wie man es sich

erzählt. In unseren Zeiten hingegen haben die Könige der Franken nichts zu sagen. Man merkt sich nicht einmal ihre Namen. Ludwig der Dicke ist, glaube ich, immer noch König, und obwohl er dem Namen nach oberster Lehnsherr ist, so macht hier jeder, was er will. Dem Land fehlt der mäßigende Einfluss der alten Herrscher. Jeder *castelan* ist sein eigener Herr, jedes Adelshaus steht im Wettkampf mit den anderen großen Familien. Die drei mächtigsten Geschlechter sind die Herzöge von Aquitania im Westen, dann die Grafen von Tolosa, deren Einfluss bis zum Mittelmeer reicht, und schließlich die Grafen von Barcelona im Süden. Dazwischen gibt es viele, unabhängige Barone und kleinere Grafschaften, die sich mal hier, mal dort verbünden oder dem einen oder anderen Herrn die Treue schwören.
In dieser unruhigen Welt zählt selten Gerechtigkeit, umso mehr aber Einfluss und Stärke. Es werden Kriegsknechte verdingt, man übt sich im Gebrauch der Waffen, und immer neue Burgen werden errichtet. Vasallen verbünden sich gegen ihren *dominus*, die Herren selbst lassen es oft an Treue fehlen. Es geht um Macht und Reichtum, um fruchtbare Landstriche, auf denen Wein, Oliven und Schafe gedeihen, um Minen in den Bergen, Mühlen am Fluss, um Zölle an den Handelsstraßen und Umschlagplätzen, um Macht über Klöster und Diözesen und Zugriff auf deren fette Pfründe. Verrat und blutige Fehden sind nicht selten. Diese Habgier der Menschen ist Gottes Rechnung für das schöne, reiche Land, in dem wir leben.
Ich danke Gott auf Knien, dass es mir in den letzten zwanzig Jahren gelungen ist, meinen Besitz aus diesen Wirren herauszuhalten. Aber wie lange noch? Und wenn ich stürbe? Was würde dann aus Rocafort? Diese vermaledeite Angelegenheit, an die ich kaum denken mag, *tal res*, hängt immer noch drohend über uns. Fast hätte es uns damals vernichtet. Mich schauderte, als ob mich die schwarzen Schwingen des Todesengels berührt hätten.
Dabei geht es um nichts Geringeres als um das Erbe des Grafen Guilhem, nun schon seit vierzig Jahren tot. Um die Herrschaft über das reiche Tolosa, das ihm Raimon, der eigene Bruder, geraubt hatte. Um nicht weniger als die Ansprüche dreier mäch-

tiger Fürstenfamilien, Tolosa, Aquitania und Tripolis in Outremer, unter denen der alte Streit um dieses Erbe jederzeit neu entflammen könnte. Was würden sie tun, wenn sie von Guilhems geheimem Testament erführen, dessen Inhalt ein Feuer in der ganzen Region entfachen könnte, wenn er bekannt würde. Würden sie nicht jede Spur eines vierten Erbanspruchs mit Schwert oder Gift zu unterdrücken suchen? Und das verdammte Ding liegt immer noch in meiner Obhut! Das Vermächtnis der mächtigsten Familie des Südens versteckt auf einer kleinen Burg mit einem alten Mann als Wächter. Zum Lachen, eigentlich.

Nicht zu vergessen das Gold. Auch dies würde sie anziehen wie Kuhfladen die Fliegen, wenn nur jemand davon wüsste. Denn Graf Guilhems Kriegshort liegt hier vergraben. Mein Onkel Odo, ehemals Erzbischof von Narbona und Graf Guilhems langjähriger Vertrauter, hatte Testament und Gold vor Raimons Zugriff hier versteckt. Tolosaner Gold.

Über all diese Dinge habe ich seitdem geschwiegen, denn meines ist ein gefährliches Wissen. Allerdings, in letzter Zeit ist mir schmerzlich bewusst geworden, dass ich mit meinen fünfundfünfzig Wintern langsam alt werde. Auch wenn ich es mir ungern eingestehe, aber in Wahrheit schmerzt das Knie beim Treppensteigen, und nach langem Ritt habe ich's im Kreuz. Ich schlafe schlecht und wache in der Nacht auf, weil mich die Blase drückt. Nachher wälze ich mich missmutig auf dem Lager und warte auf den ersten Hahnenschrei. Der bedrückende Gedanke an Alter und Tod hat sich in mein Leben geschlichen, eine neue und wenig angenehme Erfahrung.

Die zunehmende Dämmerung breitete ihre Schatten über die Landschaft. Wie jeden Abend in diesen Jahren blickte ich grübelnd auf mein Land und wünschte, mein Sohn Raol wäre an meiner Seite. Ich erinnerte mich an seinen Blick, als er, nicht älter als sechzehn, sich von mir abgewandt und davongeritten war. Liebe hatte ich ihm schenken wollen, aber in Wahrheit war nur Hass und Unverständnis zwischen uns gewesen. Auch er war, wie sein Vater, vor der Wirklichkeit ins Abenteuer geflohen und hatte dann vergessen, heimzukehren. Wusste er nicht, dass ich

ungeduldig auf ihn wartete, schon seit über zwanzig Jahren? Dass er lebte, davon war ich überzeugt, und irgendwann würde er wiederkommen, so hoffte ich jedenfalls und sehnte mir diesen Tag herbei.
Ich seufzte. Allzu gern hätte ich das Testament vernichtet, um für immer den Mantel des Vergessens darüberzubreiten. Doch in Wahrheit fühle ich mich nicht dazu berechtigt. So ist es meine Pflicht, die Bürde im Geheimen weiterzureichen, an einen Jüngeren. Das war der Grund, warum ich den Schreiber gerufen hatte.

***

»Willst du mich wieder mästen, Weib?«, knurrte ich die Köchin am nächsten Morgen an, als sie meinen Napf mit einem kräftigen Schlag von ihrem zähflüssigen Hirsebrei versah und darin ein Stück Butter zergehen ließ. Ein Holzbrett mit Brot, Wurst, Zwiebelringen und Oliven lag auf dem mächtigen Eichentisch in der Küche.
Sie warf mir einen finsteren Blick zu und murmelte etwas Unverständliches. Dabei schob sie mir den Honigtopf zum Süßen hin und eine Schale mit zerstoßenen Nüssen. Sie kennt meine Schwäche für Nüsse. Sie hält mich für zu knochig und versucht alles, damit ich Speck ansetze. Ein Mann meines Ranges und Alters, sagt sie, dürfe nicht wie ein junger Hungerleider aussehen.
Die Sonne lugte gerade erst hinter den Bergen hervor. Der junge Bruder saß an einer Ecke des Tisches und löffelte von seinem dampfenden Napf. Ich hatte abgewunken, als er sich ehrerbietig erheben wollte. Wie gewohnt murmelte ich ein schnelles Morgengebet, und Aimar bekreuzigte sich dazu. Statt seiner Kutte trug er heute ein Paar rauher Beinkleider und das lange Hemd eines der Knechte. Das Mönchsgewand hing wahrscheinlich auf der Wäscheleine. Seine Haare waren sauber, und er stank nicht mehr, wie ich zufrieden zur Kenntnis nahm.
Wir haben eine gemauerte, offene Feuerstelle mitten in der Küche, und manchmal qualmt es aufdringlich, wenn der Wind

schlecht steht. Wieder nahm ich mir vor, im nächsten Jahr einen richtigen Kamin mit Rauchabzug mauern zu lassen, wie es ihn inzwischen in der *aula*, dem Herrensaal über der Küche, und in meinem Turmgemach gibt. Ein Kamin in einem Bergfried ist sicher ungewöhnlich. Aber warum soll ich an meinem Lieblingsort frieren? »Da sitzt unser Herr wieder in seinem vermaledeiten Turm!«, kann ich sie fast hören, da unten im Dorf, wenn im Winter der Rauch aus meinem Kamin steigt. Sollen sie ruhig lästern, solange ich es warm habe.
Aimar kaute mit vollen Backen. Die Köchin war geschäftig bei der Arbeit und klapperte mit Pfannen und Gefäßen. Sie schürte die Glut und legte ein paar Scheite nach. Dann nahm sie den Topf von der Eisenkette über dem Feuer und kratzte die Reste aus. Schließlich betrachtete sie den Jungen wohlwollend und klopfte ihm kräftig auf den Rücken.
»Aus dem wird wenigstens noch was, so wie der isst!« Dann lachte sie über ihren Seitenhieb in meine Richtung. »Und sauber ist er jetzt auch.« Als Bruder Aimar bei der Bemerkung rote Ohren bekam, musste sie noch lauter lachen.
Sie ist ein gutherziges Weib, wenn auch etwas, nun, nicht gerade derb, aber eben handfest und geradeheraus. Sie wird bald vierzig Jahre zählen, besitzt aber noch alle Zähne, und nie habe ich sie einen Tag krank erlebt. Sie hat kräftige Arme, stämmige Beine und einen verschwenderisch ausgestatteten Leib. Dazu sagt sie, Gott müsse ihr besonders zugetan sein, denn er habe ihr alles gegeben, was ein rechtes Weibsbild ausmache. Dabei lacht sie herzhaft, nicht ohne mir einen herausfordernden Blick zuzuwerfen.
Aber darauf gehe ich nicht ein. Hochmut kommt vor dem Fall, antworte ich für gewöhnlich, doch da verschwendet man seinen Atem, denn Demut kennt diese Frau nicht. Sie herrscht mit strenger Hand über das Gesinde, und da es nun seit langem keine *domina*, keine Burgherrin, mehr auf Rocafort gibt, hat sie stillschweigend, dank ihres beherzten Wesens, die Rolle eines weiblichen *maior domus* an sich gerissen, zumindest, was Haus und Hof betrifft, ganz als sei sie Mundschenk, Seneschall und

Kämmerer in einer Person. Und das Wort *la Cosiniera* ist auf Rocafort fast zu einem Herrschaftstitel geworden. Niemand wagt, sie anders anzureden, und dies nur mit Ehrerbietung. Ich lasse sie gewähren, denn mit Ausnahme gelegentlicher Anmaßungen versorgt sie alles zu meiner besten Zufriedenheit.

»Hast du dein Bad genossen?«, fragte ich verschmitzt. »Und hat dich die Köchin eigenhändig abgeschrubbt?«

Aimar glühte tiefrot vor Verlegenheit. Mit vollem Mund mochte er nicht antworten und fuchtelte wild verneinend in der Luft herum. Die Köchin brach erneut in so schallende Heiterkeit aus, dass ihr die Tränen kamen und sie sich mit dem Handrücken über die Augen fuhr. Noch kichernd räumte sie den Tisch ab und wischte ihn mit ihrer Schürze sauber. So wie sie sich über die Eichenplatte beugte, sah man ihre strammen Hinterbacken. Ein durchaus angenehmer Anblick, fand ich, auch am frühen Morgen. Als ich dem Jungen vielsagend zuzwinkerte, wand er sich vor Verlegenheit und wäre am liebsten unter den Tisch gekrochen. Unschuldig ist er auch noch, dachte ich belustigt.

»So, nun trollt euch. Heute ist Backtag. Da gibt's zu tun.«

Sie stemmte eine Faust in die Hüfte und winkte uns hinaus aus ihrem Reich. Wir ließen es uns nicht zweimal sagen, denn nichts ist schlimmer, als einem Heer von Frauen unter ihrer Führung in die Quere zu kommen. In der Vorburg steht der große Backofen, und einmal in der Woche wird dort das Brot unserer kleinen Gemeinde gebacken. Da wird geknetet, gerollt und geformt, geredet und gelacht und dabei der Dorfklatsch genauso kräftig durchgerührt wie der Teig für die großen, krustigen Brotlaibe. Die Backstube wird zum Schlachtfeld und die Cosiniera zum Heermeister über die mehlbestäubten Weiber. Nein, da flüchten wir Männer lieber rechtzeitig.

Aimar kletterte flink die enge Turmtreppe hinauf. Ich folgte etwas gemächlicher. Als ich ins Turmgemach trat, hatte er schon seine Gerätschaften ausgebreitet, und ich sah zu, wie er etwas von der harten Tintenmasse abschnitt und in einem Schälchen mit ein paar Wassertropfen auflöste.

Vor ein paar Tagen hatten sie den Fußboden mit frischem Stroh ausgelegt, so wie immer im Herbst und Winter, damit man die Kälte nicht so empfindlich im Bein spürt. Das Turmgemach ist nur spärlich eingerichtet. Neben meinem alten Lehnstuhl, auf dem ich mich nun niederließ, befinden sich hier ein paar Bänke und Schemel, ein solider Tisch aus Fichte und eine große Truhe, in der ich Erinnerungsstücke von meinen Reisen aufbewahre. Ein einfaches Bett steht in einer Ecke, für den Fall, dass es mir gefällt, hier oben zu nächtigen.

Das schönste Stück ist mein türkischer Wandteppich, in herrlichen Farben aus feiner Wolle geknüpft. Er hat mich einige *solidi* in Gold in den Souks von Tripolis gekostet und stellt eine Reiterschlacht dar, galoppierende Bogenschützen in hellen Turbanen mit den leicht schrägen Augen der turkmenischen Reitervölker. Ich kenne diese seldschukischen Krieger nur zu gut aus eigener Erfahrung. Mit Teppichen dieser Art legen sie den Boden ihrer Zelte aus. Aimar starrte das gute Stück mit offenem Mund an.

»Kommt aus dem Land der *sarasins*. Du weißt, so nennt man die Anhänger Mohammeds«, erklärte ich ihm. Er nickte scheu und traute sich nicht, weiter zu fragen, obwohl er den Teppich lange verstohlen musterte.

»Ich nehme an, du weißt, warum du hier bist«, kam ich zur Sache.

»Ich soll Euer Testament aufsetzen.«

»Hast du Erfahrung darin?«

»Nein, Herr.«

»Und wie soll es gehen, wenn du es noch nie gemacht hast?«, fragte ich gereizt.

Woraufhin er sich an den Kopf fasste, laut *»Jes Maria!«* hervorstieß und hastig in seinem Beutel kramte. Schon bald zog er triumphierend ein vergilbtes Pergament hervor und hielt es mir unter die Nase. »Ich vergaß. Das hat unser Prior in einer Truhe gefunden. Es soll mir als Beispiel dienen. Seht, hier steht es. *Ultima voluntas!*« Er grinste selbstzufrieden.

»Wie kommt es, dass du schreiben kannst?«, fragte ich misstrauisch und nur halb besänftigt. Selbst unter Mönchen war das nicht alltäglich, außerdem war dieser hier noch sehr jung. Mit scheuem

Blick erzählte er, dass er nicht zur Arbeit auf dem Feld tauge, und deshalb habe ihm der Prior die Kunst der Buchstaben beigebracht. Seitdem dürfe er die Annalen der Einsiedelei führen und den Brüdern aus der Bibel vorlesen.

»Und wie ist dein Latein?«

»Der Prior ist mein Lehrer«, erwiderte er zu meinem Erstaunen recht fließend auf Lateinisch. »Ich lese und mache Abschriften. Jeden Tag drei Stunden. Er redet nur noch Latein mit mir, außer wenn er mich einen Dummkopf schilt.« Sein Lachen zeigte, dass er die Schelte des Priors nicht allzu ernst nahm.

»Für Wichtiges wie Urkunden ist Latein besser«, sagte ich, »denn die *lenga romana* des Volkes ist je nach Ort verschieden. Außerdem gibt es selbst am anderen Ende der Welt genug Menschen, die dieser Sprache mächtig sind. So kann man sich überall verständlich machen.«

»Ich wünsche mir sehnlichst, eines Tages eine Wallfahrt zu machen. Am liebsten zum Heiligen Jacobus nach Compostela.«

»Nun, bevor du dich gleich auf den Weg machst«, erwiderte ich spöttisch, »wollen wir es erst mal mit deinen Schreibkünsten versuchen. Gehen wir ans Werk.«

In Wahrheit wäre ich lieber zu Pferde in den Feldern oder mit meinem Wildhüter auf der Pirsch gewesen. Aber das Testament war wichtiger.

»Ich, Jaufré Montalban«, hob ich an, »*Senher* de Rocafort …« Da verließ mich schon die Eingebung. Der Titel *Senher* entsprach dem Stand meines Geschlechts. Aber nur als adeliger Gutsherr habe ich mich nie gesehen. Denn ich bin Krieger, bin mein Lebtag lang ein *cavalier* gewesen. Nicht, dass ich den Krieg liebe. Nur Grünschnäbel und Dummköpfe ziehen begeistert in den Kampf. Dennoch bin ich stolz darauf, ein Ritter zu sein, der die Achtung seiner Freunde genießt und seinen Feinden Furcht einflößt.

»Also nochmals! Ich, Jaufré Montalban, *Cavalier* und *Castelan* von Rocafort, Sohn der *Domna* Cecilia de Monisat und des Ritters Ramon Montalban aus Catalonha, Großneffe Odos von Monisat, vormals Erzbischof von Narbona, gebe hiermit meinen letzten Willen kund.«

Aimar tauchte den Gänsekiel in die Tinte, beugte sich über das leere Blatt und begann, mit der Feder über das Pergament zu kritzeln. Es ging ihm gut von der Hand, bemerkte ich zufrieden. Überhaupt, trotz seiner Jugend und der vor Schmutz starrenden Kutte gestern, schien er mir recht aufgeweckt zu sein.

»Prior Jacobus hat mir erzählt, dass Euer Verwandter Erzbischof war. Dann gehört Ihr einer mächtigen Familie an, nicht wahr?« Er sah von seiner Arbeit auf.

Weiß er etwas, fragte ich mich misstrauisch. Aber Jacobus würde mir gewiss nicht vorgreifen. Trotzdem ging mir ein Ruck durchs Herz. War dies schon der Augenblick, den Jungen aufzuklären? Nein, ich würde ihn noch ein wenig beobachten, um mich zu vergewissern, dass er vertrauenswürdig war.

Heutzutage wollen sie alles ihren verdammten Pergamenten anvertrauen. Doch die können in falsche Hände geraten. Geheimes Wissen bewahrt man besser unter den strengsten Eiden der Verschwiegenheit im Kopf eines *ome de fianza*, eines vertrauenswürdigen Mannes. Jung genug soll er sein, damit er nicht gleich wegstirbt. Und unscheinbar, dass niemand ihn verdächtigen möge. Aber klug, um in den Jahren weise zu entscheiden, wem er das Wissen weiterzureichen hätte. Und verschwiegen vor allen Dingen.

Eine solche Bürde hatte mein Onkel Odo damals dem Mönch Jacobus auferlegt. Und die Wahl war gut gewesen. Erst mir, dem Erben der Familie öffnete er sich, so wie Odo es ihm aufgetragen hatte. Und nun, für eine ähnliche Aufgabe, hatte Jacobus mir diesen *petit gartz*, diesen Jungen, geschickt.

»Was hast du gesagt?«

»Ob Ihr zu einer mächtigen Familie gehört …«, wiederholte er mit einem nachsichtigen Seufzer, wie ihn nur die Jugend fertigbringt, wenn sie sich mit einem geistesabwesenden, alten Trottel herumschlagen muss.

»Nein, nein! Wir sind nicht mächtig. Mein Onkel war es einmal, als Erzbischof. Graf Guilhem hat er gedient, dem älteren der Tolosaner Grafen, bevor der von seinem Bruder verbannt wurde.« Ich kratzte mich am Kinn und sann einen Moment nach.

»Schreib, dass ich als Pilger und Krieger mit der *militia christi* im Heiligen Land war und bei der Befreiung Jerusalems gekämpft habe.«
Da riss mein Mönch erstaunt die Augenbrauen hoch und starrte mich mit offenem Mund an. Er, der mich noch gestern mit seiner *Historia Francorum* hatte beeindrucken wollen. Ich versuchte, ein Lachen zu verkneifen, denn ihn schien die Maulsperre befallen zu haben. Nur mühsam fasste er sich.
»Ihr habt am Heerzug ins Heilige Land teilgenommen, Herr?«
»Willst du es bezweifeln?«
»Und habt Ihr gegen die Ungläubigen gekämpft?«
»Häufiger und heftiger, als mir lieb war!«
»Und Ihr wart in Jerusalem?«
»Natürlich. Ich war unter denen, die die Mauer bezwungen haben.«
»*Jes, mon Dieu!* Heilige Mutter Gottes!« Aimar bekreuzigte sich, und seine Augen glühten förmlich vor Begeisterung. Ich wurde ungeduldig. So ging das nicht voran mit dem Testament.
»Lass dich nicht vom Schreiben abhalten, *mon gartz!*«, sagte ich daher kurz angebunden. Hastig schrieb er weiter und sah mich dann wieder mit großen Augen erwartungsvoll an.
»Schreib, dass ich später Hauptmann und *castelan* der Burg Pilgersberg des Grafen Raimon Sant Gille war«, sagte ich. »Ein harter Knochen, der Alte, aber ein gerechter Kriegsherr. Herrscher der Grafschaft Tripolis in Outremer und mein Lehnsherr.«
Der Klang des Wortes Outremer gab meiner alten Abenteurerseele immer noch einen Stich. Fast sah ich mich auf ein Schiff steigen, um der Sonne entgegenzusegeln. Outremer. Land jenseits des Meeres. Das Wort beschwört Bilder herauf. Manche fremdartig schön, andere hässlich und blutig. Vierzehn Jahre lang habe ich in der Fremde verbracht. Das verändert einen Menschen. Ich gehöre hierher in meine Corbieras. Und dennoch, ein Teil von mir gehört auch nach Tripolis. Das ist verwirrend.
»Nach Raimons Tod in Tripolis durfte ich später auch seinem Sohn, Graf Bertran, dienen.« Bertran der Bastard, ein Mann so

recht nach meinem Herzen, erinnerte ich mich lächelnd. Ihn hatte ich geliebt, auch wenn Gott unseren gemeinsamen Weg leider viel zu kurz bemessen hatte.
»Pilgersberg?«, fragte Aimar. »Hört sich eher nach einer Kapelle an.«
»Es ist die größte Burg in Outremer.«
»Seltsamer Name für eine Festung.«
»Sie heißt Mons Pelegrinus, das weiß doch jeder. Steht das nicht in deiner *Historia Francorum*?«
»Ich habe sie noch nicht zu Ende gelesen.«
»Sie wurde erst nach dem Fall Jerusalems errichtet, als Schutzburg für die Pilger.« Langsam wurde mir dies Gerede zu viel. »Was schert es dich, wie die Burg heißt. Schreib einfach, was ich dir auftrage.«
»Ja, Herr. Aber Ihr redet zu schnell.«
»Ein keckes Bürschchen bist du«, brummte ich. »Wie alt bist du eigentlich?«
»Achtzehn, Herr.«
Achtzehn. Mein Gott. Viel älter war ich damals auch nicht gewesen, als ich Papst Urbans Rede in Clermont gelauscht hatte. Wer sich aufmache, das Grab Christi zu befreien, dem seien Gottes Vergebung und das ewige Himmelreich gewiss, so hatte er gepredigt. Warum nur hatten Männer freiwillig Haus und Hof, Burg und Hütte verlassen, um in die Fremde zu ziehen? Gewiss hatten wir uns als Krieger Christi gesehen, ein beflügelnder Gedanke, denn viele waren empört über die Ungläubigen, die unsere Christenbrüder im Osten bedrängten, angeblich Kirchen und Christenfrauen schändeten. Aber was ging uns das an, so weit weg von unserem eigenen Leben hier? Und was hatte dieser Pilgerzug am Ende gebracht, außer Witwen und Waisen, Tod und Verwüstung? Mich fröstelte plötzlich. War es ein kalter Windstoß, der durchs Turmfenster drang, oder die Erinnerungen, die mich plagten? Männerstimmen drangen herauf und das harte Geklapper von Pferdehufen auf Pflastersteinen. Hunde schlugen aufgeregt an. Es klang wie der Aufbruch zur Schlacht. Rüstete sich das letzte Aufgebot?

Ein Räuspern schreckte mich aus meinen Tagträumen. Einige Herzschläge lang hatte ich mich in einer anderen Welt befunden. Mein Blick heftete sich wieder auf Aimars Gesicht, der mich immer noch fragend anstarrte.
»Achtzehn bist du?«, fragte ich geistesabwesend. »Und was lebst du bei den Einsiedlern? Sind deine Eltern tot?«
Er schüttelte verlegen den Kopf. »Das ist es nicht.«
»Ich sage dir, mein Junge, es gibt nichts Wichtigeres als die Familie. Ich weiß es aus eigener Erfahrung. Ohne sie ist ein Mann gar nichts!« Ich sah ihm streng ins Gesicht. »Also, was ist mit deiner Familie?«
Seine Augen wichen meinen aus. »Es ist meine Buße, Herr. Ich habe gesündigt.« Was konnte so ein Knabe denn schon groß gesündigt haben? Aber mehr wollte er nicht sagen. Na schön. Es ging mich nichts an. »Ihr habt es schon hinter Euch, *Senher!*«
»Wie meinst du das?«
»Als Pilger auf Wallfahrt zur Befreiung des Heiligen Grabes, da sind Euch doch alle Sünden vergeben. Allein für die Teilnahme ist Euch das Himmelreich gewiss«, rief er verklärt.
Einen Augenblick starrte ich ihn verdutzt an. Dann brach ich in schallendes Gelächter aus.
»Das Himmelreich für einen alten Maurenschlächter, was?«, grunzte ich.
»Hat der Papst es nicht gesagt?«, rief er entrüstet und bedachte mich mit einem wütenden Blick, als sei ich ein Ketzer.
»Das hat er. Das hat er in der Tat versprochen.«
Aber ich musste immer noch lachen. Es ist seine Unschuld, dachte ich belustigt. Hatte ich nicht auch an so etwas geglaubt? Ach, was tut man nicht für irrsinnige Dinge, wenn man jung und leichtgläubig ist und sich dennoch für schrecklich weise und unverwundbar hält. Die meisten derer, die so begeistert ausgezogen waren, hatten später ihr Blut im Staub Anatoliens, Syriens und Palästinas vergossen. Oft hatte ich ins Antlitz der Erschlagenen gestarrt. Waren ihre Züge verklärt? Hatten sie das Himmelreich erblickt? Nein, sie hatten nicht anders als tote Mauren ausgesehen, und ihre Leichen hatten nicht weniger ekelhaft gestunken.

»Du hast recht, mein Junge«, beruhigte ich ihn. »Ich habe nur noch nichts von diesem Segen verspürt.«
Er wollte alles über das große Heer der Provenzalen wissen und den entbehrungsreichen Weg durch Dalmatien und Makedonien bis zur Hauptstadt der Byzantiner unter Führung des schon über fünfzigjährigen, weißhaarigen Raimons. Fast sechs Monate waren wir unterwegs gewesen. Als ich die Namen der anderen Heere und ihrer Führer erwähnte, die wir in Konstantinopel trafen, da leuchtete sein Gesicht vor Verzückung.
»Und Jerusalem? Ist das Grab des Herrn so prachtvoll, wie man sagt?«
Prachtvoll? Nein, das war es nicht. Nur ein Loch tief in einem Felsen. »Es liegt unter der Kirche des Heiligen Grabes. Schlicht. Sehr schlicht. Gott braucht keinen Pomp. Ein schlichtes Grab, aber man spürt die göttliche Nähe.«
Das schien ihm zu gefallen. Seine Wangen glühten.
»Man sagt, die Dächer Jerusalems seien aus purem Gold.«
»Wer hat dir denn diesen Unsinn erzählt?« Ich musste mich beherrschen, um nicht wieder laut zu lachen, *per Dieu!* »Aber es ist eine schöne Stadt. Auf mehreren Hügeln. Sie leuchtet weiß aus der Ferne und glitzert in der Sonne wie ein Juwel. Die Häuser sind aus Stein. Hohe Mauern und viele Türme säumen die Stadt. Im Vergleich dazu sind unsere Städte klein und unbedeutend.«
Aimar hörte nicht auf, mich mit Fragen zu bewerfen. Kaum beantwortete ich eine, so hatte er schon die nächste auf den Lippen. Wider Willen brachte er mich zum Reden, bis ich immer mehr erzählte. Mit dem Testament würde es auch heute nichts mehr werden. Obwohl, insgeheim fand ich Gefallen daran, mit dem Jungen die Zeit zu verschwatzen, denn heutzutage kam es nicht mehr allzu häufig vor, dass ich einen dankbaren Zuhörer hatte. Außerdem begann ich, den aufgeweckten Burschen zu mögen.
Und so erzählte ich weiter von Jerusalem. Von Golgatha, vom Ölberg, vom Leidensweg Christi, von den schönen Kirchen. Vom Strom der Pilger aus allen Ländern, von den griechischen Patriarchen mit den langen Bärten, von den Juden und ihrem zerstörten Tempel, von Türken, Ägyptern und Arabern. Auch von

Bethlehem berichtete ich und den frommen Mönchen, die dort die christlichen Pilger beherbergen. Und vom Fluss Jordan, in dessen Wasser ich mich ein zweites Mal hatte taufen lassen, obwohl ich darauf verzichtete, mir wie viele andere den Beinamen Jordanus anzueignen.
Inzwischen hatte Maria, die junge Magd, uns einen Korb in den Turm gebracht mit Wurst, Käse und geräuchertem Speck. Zur Krönung gab es für jeden eine dicke Scheibe des frisch gebackenen, noch warmen Brotes und gelbe Butter in einem irdenen Topf. Sie schenkte mir ein fröhliches Lächeln, als ich ihr dankte. Maria hat ein sanftes Gemüt und ist ein hübsches Kind, mit krausen, dunklen Locken und so gut gebaut wie ihre Mutter.
Nach und nach aßen wir alles auf. Das heißt, Aimar verschlang das meiste. Soll er sich hier nur ordentlich Speck auf die Rippen fressen. In der Einsiedelei würde er nicht so viel zu beißen kriegen.
Dann begannen wieder seine Fragen, und so beschrieb ich ihm das Land Outremer, die Basare und die vielen wunderbaren Dinge, die es dort zu kaufen gibt. Ich erzählte von süßen Kuchen, von Datteln, Feigen und anderen herrlichen Früchten, wie Orangen, Zitronen und riesigen Melonen. Von wildschönen Landschaften und reichen Städten. Von den verschleierten, parfümierten Frauen der wohlhabenden Muslime, die in Sänften durch die Gassen getragen werden, von Kamelkarawanen, von Seide und Gewürzen. Doch ich verschwieg auch nicht den Hass zwischen den Volksgruppen, das Gezänk unter den Priestern verschiedener Glaubensrichtungen, die Überfälle auf Pilger und die Raubzüge gegen die Karawanen der Kaufleute. Outremer ist wie eine berauschend süße Frucht. Aber eine mit gefährlich scharfen Stacheln, so dass jeder, der gierig nach ihr greift, sich nur verletzen wird, auf dass sein Blut sich mit dem der vielen anderen Eroberer mischt, die hier seit Tausenden von Jahren um Vorherrschaft gerungen haben.
Der Nachmittag war vergangen, ohne dass wir es gemerkt hatten, bis sich schließlich die Sonne dem Horizont näherte.
»Vielleicht unternimmst du ja eines Tages tatsächlich eine Wall-

fahrt bis ins Heilige Land«, sagte ich. »Doch nun ist es Zeit für dein Abendmahl. Morgen machen wir weiter.«

Versonnen lächelnd räumte er sein Schreibgerät zusammen, bot mir höflich eine gute Nacht und schickte sich an, die Turmstiege hinabzusteigen.

»Versprich mir eins, mein Sohn«, fügte ich halb im Scherz hinzu. »Solltest du wirklich eines Tages nach Outremer gelangen, so suche nach einem kleinen Dorf von Maroniten in den Hügeln über Tripolis, etwa vier Stunden entfernt.« Ich nannte ihm den Namen des Ortes. »Der Priester dort, der hieß Georgios. Er war noch jung, sprach fürchterliches Latein. Vielleicht lebt er noch. Dann grüß ihn von mir.«

»Ich will es tun, Herr.« Sein Gesicht hatte einen sehnsüchtigen Ausdruck angenommen. »Eines Tages. Bestimmt.«

»Und neben der Kirche ist ein Grab. Dort sollst du Blumen niederlegen.«

»Wer liegt dort begraben?«

»Sie hieß Noura und war einmal mein Weib.«

Erinnerungen überfielen mich und lang totgeglaubte Gefühle. Und so nahm ich kaum zur Kenntnis, wie Aimar mich erstaunt ansah und dann schweigend das Turmgemach verließ, als er merkte, dass ich in Gedanken an einem anderen Ort weilte.

Wie immer, wenn ich an diese Jahre zurückdenke, tauchten Bilder auf, die mich bewegten, ja beunruhigten. Fremdartige Landschaften wechselten mit dem gespenstischen Anblick blutender Leiber und modernder Gebeine. Ich vermeinte die Hörner zu hören, die zur Schlacht riefen, und immer wieder Gesichter, die aus dem Dunkel der Vergangenheit auftauchten und still an mir vorüberzogen. Erschlagene Feinde, trauernde Frauen, gefallene Kameraden, die ich vermisste, Menschen, die ich geliebt hatte.

Und da waren Blicke. Ich konnte mich gut an Blicke erinnern. Das spöttische Grinsen meines Freundes Pilet, als er mir Tage vor seinem Tod noch fröhlich zutrank. Oder Nouras Lächeln und ihre leuchtenden Augen, wenn sie ihr Gewand abstreifte und sich im Schein der Kerzen zu mir legte.

Noura. Mein Gott, so lange ist das her. Zwölf gute Jahre hatten wir miteinander verbracht. Umso betrüblicher, dass ich inzwischen Mühe hatte, mir Einzelheiten ihres Antlitzes ins Gedächtnis zu rufen. Ist das alles, was einem zuletzt bleibt? Nur solche schemenhafte Erinnerungen?

Sie war Armenierin gewesen, Christin wie wir. Trotzdem hatten ihr die johlenden Horden der Plünderer beim Sturm auf Antiochia alles genommen. Allein das nackte Leben hatte ich ihr retten können. Sie entstammte einer wohlhabenden Familie, sprach Griechisch und Latein, war der Schrift kundig und las mir nachts von Alexander oder den Helden Trojas vor. Dabei war ihre Stimme sanft und voller Musik. Ich lauschte oft mehr ihrer Stimme als den Geschichten und erntete einen Stoß in die Rippen, wenn ich wagte, einzuschlafen. Noura bewegte sich mit Anmut, beherrscht und würdevoll. Jedermann liebte und achtete sie, besonders meine Krieger auf der Festung Mons Pelegrinus, denn sie nahm sich für jeden Zeit, pflegte Verletzte und verband ihre Wunden. Dabei wussten nur wenige, dass sich hinter der zur Schau getragenen, heiteren Gelassenheit ein leidenschaftliches Wesen verbarg. Nouras Liebe und Treue zu einem Menschen waren ohne Fehl, aber ihr Zorn, einmal heraufbeschworen, konnte Funken sprühen, dass es eine Pracht war. Ihre innere Glut zeigte sich auch in anderer Weise, denn mit zunehmenden Jahren legte sie ihre mädchenhafte Scheu ab und wurde immer begieriger, mit mir alle Freuden der leiblichen Liebe auszukosten.

Die Wohltat täglichen Badens hatte sie mich gelehrt, wie es in den heißen Ländern üblich ist, und viele andere Dinge mehr. Ich lehnte mich zurück in meinem Stuhl, schloss die Lider und wähnte mich zusammen mit ihr im warmen, wohlriechenden Wasser, spürte ihre sanften Hände über meinen Leib gleiten und Lippen, die mich verspielt an geheimen Stellen liebkosten, bis wir nicht mehr warten konnten. Und dann ihre duftende Haut, noch viel glatter und betörender als die Seide der Kissen, schwingende Brüste über mir, ein halb geöffneter, stöhnender Mund, der vor Verzückung starre Blick und ihr heißes Fleisch, das sich mit einer fast schmerzhaften Hingabe an mir ergötzte.

Jes Maria!

Ich sprang auf und trat ans Turmfenster, um tief durchzuatmen und meine unzüchtigen Wallungen zu beherrschen. Dann musste ich grinsen. Das war zu viel für einen armen, alten Mann ohne Weib zur Hand, um seinen Hunger zu stillen. Über die abklingende Erregung legte sich nun die süße Trauer um längst vergangene Tage, wie die sanften Abendschatten dort draußen, die von den Bergen herunterkrochen und sich über die Landschaft breiteten. Manchmal kam es mir vor, als würde die Einsamkeit mit den Jahren immer erdrückender.

Wohlan, ich war entschlossen!

Aimar mochte jung sein, doch ich würde Jacobus und seiner Wahl vertrauen. Der Mönch sollte alles von Bedeutung erfahren. Auch über Noura. Damit mein Sohn Raol eines Tages verstünde, warum ich, anstatt zu ihm und seiner Mutter heimzukehren, so lange in Outremer geblieben war. Nicht, dass es wirklich eine Entschuldigung dafür gab, nur, diese Dinge hatte ich ihm damals nicht sagen können. Nun war es Zeit, reinen Tisch zu machen. Und wie soll ein Sohn seinen Vater verstehen, ohne etwas von dessen Frauen zu erfahren.

Vor allem aber galt es, dem Mönch die Einzelheiten über *l'eretat tolosana*, dem geheimen Erbe Tolosas, anzuvertrauen. Wie ich zuerst von dem Testament erfahren habe, von dem Macht, aber auch tödliche Gefahr ausgeht. Fast hätte es unser aller Leben, unser Dorf und unsere *familia* in einem Strudel der Gewalt verschlungen und zerstört. Aimar würde sich das alles gut merken müssen, um es an Raol und dessen Söhne weiterzureichen, was auch immer sie selbst später damit anfangen mochten.

Plötzlich sah ich wieder die Mörderfratze von Ricard de Peyregoux vor mir, dem Schänder und Totschläger. In Outremer war es gewesen, vor einundzwanzig Jahren, als ich ihm zuerst begegnete. Ja, der Faden der Erzählung sollte mit diesem vermaledeiten Raubzug beginnen, als wir weit in Feindes Land einer reichen Karawane nachjagten.

In Outremer

Im Monat März,
einundzwanzig Jahre früher,
im elften Jahr nach der Befreiung des
Heiligen Grabes zu Jerusalem,
Anno Domini 1110

Hinterhalt im Libanon

Maria Annunziata,
die Verkündigung des Herrn

Sexta Feria, *vormittags,*
25. Tag des Monats März

Wir waren müde und in gedrückter Stimmung. Mehr als eine Woche hatten wir im Sattel verbracht und doch nichts vorzuweisen. Die Karawane war entkommen, die Männer darüber enttäuscht und verärgert. Vielleicht waren wir deshalb unvorsichtig und dachten weder an Feind noch Gefahr.
Selbst die Pferde bewegten sich erschöpft und lustlos auf dem steinigen Pfad von den verschneiten Höhen des Libanon hinab. Ihr Atem dampfte in der eisigen Bergluft. Außer dem Klappern der Hufe und dem leisen Klirren des Zaumzeugs war es sehr still hier oben im Gebirge. Einige der Männer trugen gefütterte Handschuhe oder hatten sich den Mantel eng um die Schultern und halb über das Gesicht gezogen. Mein junger, syrischer Knecht Alexis trug die Stiefel mit Stroh ausgestopft und blies schlecht gelaunt auf seine starren Finger.
Unser Trupp bestand aus hundert bewaffneten Reitern. Dazu ein Dutzend Reitknechte auf Ersatzpferden sowie zwanzig Maultiere mit Mundvorrat und Ausrüstung. Keine große Streitmacht, aber ausgesuchte Kerle der Besatzung von Mons Pelegrinus, der Burg unseres Herrn vor Tripolis. Wir befanden uns auf dem Rückweg, in unsicherem Gebiet, weshalb die Reiter volle Kampfausrüstung trugen. Kettenpanzer, langer Normannenschild, Helm, Schwert und Lanze.
Es war schon Ende März, und heute feierten wir Mariä Verkündigung und Beginn des Frühlings. Aus diesem Grund hatte Kyriacos, unser einheimischer Führer, vorgeschlagen, den kürzeren

Weg zurück durch die Berge zu nehmen. Eine gewagte Entscheidung, denn trotz der Jahreszeit lag tiefer Schnee in den Pässen. Nebelfetzen behinderten die Sicht. An schwierigen Stellen saßen wir ab und führten die Pferde am Zaum. Oft war die verschneite Straße schlecht zu erkennen, und einmal mussten wir uns mit Hilfe unserer Schilde den Weg durch Schneewehen graben. Später rutschte eines der Packtiere ab und riss ein zweites in einer Wolke aus Schnee und Geröll in die Tiefe. Beide Tiere lagen verletzt und jämmerlich schreiend auf den scharfkantigen Felsen, eines mit gebrochenem Rückgrat. Der Anblick verschlug uns den Atem, als sähe man sich selbst dort unten liegen.

Ich schickte Knechte mit Seilen hinunter, um das Wichtigste an Ausrüstung zu bergen. Die Schreie der Tiere dauerten uns, und so schnitten die Männer ihnen die Kehle durch. Ihr Blut spritzte in zuckenden Fontänen und hinterließ dampfende, grellrot leuchtende Flecken im Schnee. Ich musste lange gebannt darauf starren, und später, wenn ich an diesen Tag zurückdachte, war mir das Blut im Schnee immer wie ein dunkles Omen erschienen, das ich damals nicht zu deuten gewusst hatte.

Dann waren die Männer mühevoll mit ihrer Last auf dem Rücken zu uns heraufgeklettert. Halb stiegen sie, halb zerrten wir sie an den Seilen hoch. Durchgefroren und übel gelaunt setzte sich unsere Kolonne vorsichtig wieder in Bewegung.

Graf Bertran fluchte über die Kälte, doch er wies die Pferdedecke zurück, die ihm sein Schildträger umhängen wollte. Palmen und Wüsten habe er erwartet, knurrte er missmutig, während er sich die Hände gegen die Oberarme schlug, aber nicht, dass einem die Eingeweide einfrören. Sein Atem dampfte in der eisigen Luft. Dabei sah er mich an, als sei ich für das Wetter zuständig.

Bertran war erst seit Mitte letzten Jahres in Outremer. So nannten wir das für die Christenheit gewonnene Land entlang der levantinischen Küste. Nun war er Heermeister und *dominus* über die Eroberungen seines Vaters und bereits der dritte Kriegsherr, unter dem ich hier zu dienen hatte. Vierzehn Jahre war es her, seit ich als Grünschnabel ausgezogen war, und elf Jahre seit der Befreiung Jerusalems. Inzwischen war ich an das Leben hier ge-

wöhnt, aber für Bertran, frisch aus der Heimat, musste alles noch sehr befremdlich wirken.
Meine Gedanken wanderten zu jenen Gegenden am anderen Ende der Welt, die wir Provenzalen Heimat nennen. Grüne Wälder, silberklare Bäche in den Wiesen. Auf den Gebirgsspitzen läge jetzt noch Schnee, aber die Bauern würden schon die Pflüge ausbessern und das Saatgut prüfen. Und ich sah die Burg meiner Familie vor mir, im Licht der untergehenden Sonne, so wie ich sie in Erinnerung hatte. Eigentlich hätte ich schon vor langer Zeit heimkehren sollen, wie andere auch. Aber Gott hatte es anders beschieden, und inzwischen hatte ich Familie in Outremer und war schon halb verwurzelt. Ich sage halb, denn als Fremder in einem feindlichen Land … Aber darüber wollte ich nicht grübeln.
Was die Seele zusammenhält, besonders in der Fremde, ist die Gemeinschaft der alten Gefährten, die Verbundenheit von Männern, auf die man sich blind verlassen kann. Unter den Reitern war mein Kriegskamerad Guilhem *lo Galinier*, so genannt, weil er, schlimmer als ein Gockel seinen Hühnern, jedem losem Weibsbild nachsetzte, gleichwohl ob hübsch oder hässlich. Im Schlachtgetümmel gab es keinen Besseren, um einem den Rücken zu decken, außer vielleicht Hamid, mein arabischer Freund, der sich wie immer an meiner Seite befand. Er hatte den Umhang weit über das Kinn gezogen, die Gesichtshaut war grau und nicht von seiner üblichen mattbraunen Farbe.
»Wir sehen nicht wie Ritter aus, eher wie vermummte Derwische«, lachte ich, bekam jedoch nur ein mürrisches Knurren zur Antwort.
Hamid war Muslim, schien seinen Glauben aber eher leicht zu tragen, denn ich sah ihn nur gelegentlich beten. Vielleicht weil er als entflohener Sklave keine Gnade von seinen muslimischen Brüdern zu erwarten hatte. Ursprünglich war er aus Damaskus, doch das Schicksal hatte aus dem Sohn einer reichen Kaufmannsfamilie einen gebrandmarkten Galeerensklaven gemacht, eine Geschichte, über die er nicht gerne sprach. Tiefer als alle Narben auf seinem Rücken war jedoch die Wunde in seinem Herzen.

Neben den zwiespältigen Gefühlen für die *ummah*, die Gemeinschaft der Gläubigen, die ihn verstoßen hatte, verband Hamid noch weniger mit den seldschukischen Eroberern seiner Heimatstadt. Unsere Wege hatten sich gekreuzt, als ich vor Jahren Gelegenheit hatte, ihn vor plünderndem Pöbel zu retten. Seitdem waren wir unzertrennlich. Er hatte sich der *militia christi* angeschlossen und war einer ihrer besten Kämpfer geworden, was ihm Achtung und Ansehen unter den christlichen Mitstreitern eingebracht hatte.

Die dunkle Haut und die kräftigen weißen Zähne hatte er seiner nubischen Mutter zu verdanken, wie er behauptete. Die hatte sein Vater auf einem Sklavenmarkt in Ägypten erstanden, und der Alte war ihr so zugetan gewesen, dass er sie zur zweiten Frau erhoben hatte. Vom Vater stammten vermutlich die scharfe Nase, die schwarzen Augenbrauen und der durchdringende Blick, der Hamid manchmal einschüchternd wirken ließ. Er trug die gleiche Ausrüstung wie jeder unserer Reiter. Einzig ein um den Helm geschlungenes Beduinentuch und die Abwesenheit des Kreuzes auf dem Mantel unterschieden ihn von den anderen. Diese Eigenart ließ er sich nicht nehmen.

Hamid redete nicht viel. Dafür war er ein umso besserer Zuhörer und Beobachter. Nichts entging ihm, und wenn er sprach, dann konnte man sicher sein, dass er jedes Wort sorgfältig erwogen hatte. Ich schätzte seine Treue wie seinen Rat, auch wenn er manchmal den Finger tiefer in die Wunde legte, als einem lieb war.

»Ein Beutezug ohne verdammte Beute«, knurrte ich missmutig.

»Es gibt immer ein nächstes Mal.« Hamid zuckte gleichmütig mit den Schultern. »*Geduld ist der Schlüssel zur Freude*, wie der Prophet sagt.«

Schon vor Wochen hatte Bertran von einem Beutezug geredet, den er hatte unternehmen wollen. Gegenwärtig sah es nicht nach größeren Feindeshandlungen aus, aber Überfälle auf beiden Seiten waren an der Tagesordnung. Oft wagten sich unsere Spähtrupps bis weit ins Land der Muslime, um den Feind zu beobachten und bei Gelegenheit zu plündern, Pferde oder Vieh zu steh-

len. Manchmal ging ihnen ein hochgestellter Muslim ins Netz, den man gegen gutes Gold auslösen konnte. Trotz der Gefahren solcher Streifzüge war es nicht schwer, Freiwillige zu finden.
Vor etwa zehn Tagen hatten Spione von einer großen Karawane berichtet, die angeblich von Norden her auf dem alten Handelsweg in Richtung Damaskus ziehen sollte. Von mehr als zweihundert Kamelen war die Rede gewesen, von Ballen von Seide, Säcken von Gewürzen und Truhen voller Gold, Steuereinnahmen für Toghtekin, dem türkischen Herrscher von Homs und Damaskus. Sicher hatten die Späher übertrieben, aber Bertran war immer aufgeregter geworden, je mehr er davon hörte, und entschlossen, diese fette Gans eigenhändig zu rupfen.
Als *castelan* der Festung Pilgersberg hatte ich den Trupp eilig zusammengestellt. Hauptsächlich hartgesottene Kriegsknechte und Glücksritter aus allen provenzalischen Grafschaften. Wir konnten nicht wählerisch sein. Wer sich in Outremer als waffenfähig und willig zeigte, den nahmen wir in unsere Reihen auf.
Mit von der Partie waren Ricard de Peyregoux, ein junger Vetter Bertrans. Der schien mir ein hochnäsiger Dummkopf zu sein, den ich am liebsten daheim gelassen hätte, und Roger d'Asterac, ein Ritter aus der Mark Provence, der sich Bertran vor kurzem angeschlossen hatte. Und natürlich Kyriacos, der einheimische Führer unserer Schar, ein griechischer Christ aus Nordsyrien, irgendwo aus Antiochia oder Tortosa, soweit ich wusste. Er war verlässlich und diente uns schon seit Jahren. Ein kleiner, älterer Mann mit flinken, klugen Augen, was ihm einen etwas verschlagenen Ausdruck verlieh. Aber nie hatte er uns Anlass gegeben, ihm nicht zu vertrauen. Schließlich betete auch er zu unserem Heiland, wenn auch nach Art der Griechen. Als Händler kannte er sich überall in der Gegend gut aus, und mit dem Gold des Grafen unterhielt er ein Netz von Spionen in Feindesland.
Als wir vor neun Tagen aufgebrochen waren, hatte Kyriacos uns veranlasst, zuerst nordöstlich in Richtung Homs zu ziehen, um uns an der alten Handelsstraße auf die Lauer zu legen. Zwei Tage lang hatten wir uns auf einem sandigen Hügel im Gestrüpp versteckt, und unser Zeitvertreib bestand darin, Hornvipern und

Skorpione zu jagen. Nachts froren wir erbärmlich, denn mit einem Feuer wollten wir uns nicht verraten. Das Essen bestand aus klebrigem Hirsebrei, getrockneten Feigen und übelriechendem Ziegenkäse. Noura war zornig gewesen, als sie von unserem Raubzug erfahren hatte. Unsere verdammte Habgier würde nur wieder den Frieden gefährden, hatte sie geschrien, und ihre Augen hatten Blitze geschleudert. Nun tat es mir leid, dass wir im Zorn geschieden waren. Statt in ihren warmen Armen zu liegen, fror ich auf diesem staubigen Hügel.
Und weit und breit keine Karawane.
Dann war Kyriacos selbst nach Homs geritten, um Näheres zu erfahren. Wir hätten die Karawane knapp verfehlt, sagte er bei seiner Rückkehr. Sie sei schon in Richtung Damaskus weitergezogen, aber wir könnten sie noch einholen. Er habe auch erfahren, dass nur eine leichte Eskorte Toghtekins Gold bewache. Also waren wir die ganze Nacht und den nächsten Tag hindurch durch die Wüste geritten, bis zu den Vororten von Damaskus. Die Bauern auf den Feldern dieser riesigen Oase liefen in Schrecken davon, als sie uns gewahrten. Aber eine Karawane war auch hier nicht zu entdecken gewesen.
Vor der Stadt konnten wir nicht lagern. Jederzeit hätte man Truppen gegen uns schicken können. Weiter einem Schatten nachzujagen, hätte wenig Sinn gehabt. Kyriacos hatte sich völlig zerknirscht vor Bertran auf den Boden geworfen, Staub auf sein Haupt gehäuft und endlose Entschuldigungen gestammelt, bis Bertran ihm grob befahl, endlich das Maul zu halten. Enttäuscht und bitter über den Rückschlag hatten wir uns auf den langen Heimweg nach Tripolis gemacht.
Ich halte mich nicht für abergläubisch, aber es scheint, als habe alles mit diesem verhexten Dorf angefangen. Noch heute möchte ich mich bekreuzigen, wenn ich daran denke. Dabei war es nur eines von hundert Drecksnestern gewesen, die wir in den Jahren ausgeplündert hatten. Schließlich war Krieg.
Auf Kyriacos' Rat hin hatten wir den kürzeren Weg über die Berge gewählt, danach stiegen wir in das Bekaatal hinab. Es war an manchen Stellen fruchtbar, bestand jedoch meist aus ödem

Gelände, nur mit spärlichem, braunem Gras bedeckt. Wir verbrachten die Nacht nicht weit von den Ruinen von Baalbek und kamen am nächsten Nachmittag zu dieser Siedlung am Fluss Litani, dessen Wasser die Felder grün hielt. Das Örtchen sah aus der Entfernung wohlhabend genug aus. Wir beschlossen, es zu überfallen, um nicht ganz mit leeren Händen heimzukehren.

Die Bewohner stoben schreiend in alle Richtungen, als gepanzerte Reiter ins Dorf galoppierten. Unsere Männer legten Feuer an die Hütten und begannen zu plündern. Viele der männlichen Dorfbewohner wurden auf der Stelle niedergemacht. Eine Frau, die ihren Mann nicht loslassen wollte, fiel wie er unter den Streichen der Schwerter, so dass ihre Körper sich auch im Tode vereinten.

Die übrigen Frauen, in ihre üblichen, dunklen Gewänder gehüllt, wurden auf den Dorfplatz gezerrt, wo sie sich zitternd und klagend aneinanderklammerten und versuchten, ihre Kinder mit den eigenen Leibern zu schützen. Rauch waberte durch das Dorf, die trockenen Schilfdächer loderten, und zum Lärm und Aufruhr der Menschen kamen das verängstigte Meckern der kopflos umherrennenden Ziegen und das schrille Blöken der Schafe, die von unseren Knechten auf der Stelle geschlachtet und enthäutet wurden. Denn wenn sein Leben nicht in Gefahr ist, denkt der Soldat zuerst an den Magen. Es stank nach Rauch, Tierdärmen und Todesängsten.

Dann fingen die Reiter an, den Weibern die Kleider vom Leib zu reißen. Halbnackte Frauen, ihr bleiches Fleisch zitternd, warfen sich vor ihnen auf die Knie und flehten um Gnade, heulende Kinder, die nicht von den Müttern lassen wollten, und eiserne Soldatenfäuste, die wahllos dazwischenschlugen. Ein widerliches und erbärmliches Schauspiel. Aber unsere *veterani* betrachteten es als ihr angestammtes Kriegsrecht, sich diesen düsteren Spaß zu nehmen. Am Tag nach dem ergebnislosen Beutezug schienen sie ihre Wut noch wilder austoben zu wollen. Fleischeslust kann es kaum sein, denn ich selbst empfinde nur Ekel, diesen Auswüchsen beizuwohnen. Ich glaube eher, es ist der Rausch des Siegers, die triebhafte Befriedigung, den Feind durch Schändung seiner

Weiber noch mehr zu demütigen. Ich wandte mich angewidert ab. Soldaten diesen hässlichen Brauch zu verwehren, ist ebenso nutzlos wie gefährlich.

Und dann war Bertran plötzlich hoch zu Ross mitten unter den Männern. Er ritt im Kreis durch das Dorf, wobei er ihnen laut brüllend und mit erhobenem Schwert Einhalt gebot. Einen, der ein junges Weib an den Haaren gepackt hielt, ritt er ohne Warnung in den Staub, und einem anderen, der sich gerade auf eine fette Bäuerin stürzte, schlug er mit der flachen Klinge auf den haarigen Arsch. Es sei nicht christlich, schrie er, fuchtelte mit dem Schwert in der Luft und versprach, den Nächsten, der gegen seinen Willen handelte, auf der Stelle aufknüpfen zu lassen. Die Männer hielten inne und sahen sich bestürzt an. Solche Töne kannten sie nicht. Jeden anderen hätten sie vom Pferd geholt, aber dem Grafen gehorchten sie und ließen von ihrem Tun ab.

Sklaven wollten wir nicht nehmen, und so begannen einige der Krieger, in ihrem Verdruss die Frauen zu erschlagen, wie sie es zuvor mit den Männern getan hatten. Ein Riesenkerl, den ich nicht kannte, hatte ein junges Weib, fast noch ein Kind, an den Haaren gepackt und hob das Schwert, um ihr den Kopf abzuschlagen. Eine kreischende Alte hing an seinem Arm und versuchte vergeblich, seinen Griff zu lockern. Dadurch verfehlte das Schwert sein Ziel und fuhr ungeschickt in die Schulter der jungen Frau. Ein Blutschwall traf die Alte, die sich wimmernd auf die tödlich Getroffene stürzte und die Wunde hastig und vergeblich mit ihrem Gewand zu stillen suchte. Dabei stieß sie spitze Entsetzensschreie aus.

Als der Kerl ein zweites Mal ausholte, setzte ich ihm die Schwertspitze an die Kehle und ritzte ihn, dass ein Tropfen seines Blutes hervortrat. Mit mörderischem Blick drehte er sich zu mir um. Eine struppige blonde Mähne fiel ihm in die gerötete Stirn. Auf der rechten Wange trug er ein Mal von der Größe und Farbe einer Walderdbeere. Einen Augenblick lang dachte ich, er würde sich vergessen und mich angreifen. Aber dann ließ er ab, und auch die anderen ließen ihre Waffen sinken.

Die Alte, das faltige Antlitz nass von Tränen, saß auf dem Boden und wiegte ihre sterbende Enkelin in den Armen. Als sie meinen Blick spürte, verzerrte sich ihr Gesicht zu einem Ausdruck unbeschreiblichen Hasses. Sie deutete mit blutverschmiertem Finger auf mich und spie mir Worte ins Gesicht, die ich nicht verstehen konnte. Dabei bohrten sich diese schrecklichen, rotgeränderten Augen tief in meine Seele. Ich schob mein Schwert in die Scheide und wandte mich schaudernd ab, nicht ohne das Zeichen gegen den bösen Blick zu machen. Lange noch verfolgten mich ihre Flüche und Verwünschungen, denn anderes konnte es nicht sein.

Wir hinterließen ein verwüstetes Dorf und zu viele Leichen. Die Männer murrten, dass die Ausbeute gering und Bertran ein seltsamer Kauz sei. Wenige Stunden später schlugen wir flussaufwärts unser Nachtlager auf und rösteten das erbeutete Hammelfleisch. Einige zählten die Münzen, deren Verstecke sie bei den Dörflern erpresst hatten. Der ungeschlachte Blonde mit dem roten Mal auf der Wange saß bei Graf Bertrans Vetter Ricard de Peyregoux, der sich laut vor den anderen mit der Zahl der Ungläubigen brüstete, die er an diesem Tag getötet hatte. Verdammte Maulhelden!

***

Früh am Morgen nach dem Überfall auf das unglückliche Dorf waren wir der Straße ins Gebirge gefolgt, und nun, am Nachmittag, nach bezwungenem Pass, sah es so aus, als hätten wir den schwierigsten Teil des Weges hinter uns. Schnee war losem Geröll und kargem Flechtenbewuchs gewichen und die Straße breiter und weniger steil geworden, so dass wir leichter vorankamen.

Wir näherten uns einem Wald von riesigen, alten Zedern. Früher soll es überall große Wälder von diesen stattlichen Bäumen gegeben haben, aber inzwischen ist immer weniger davon geblieben. Seit den Tagen Alexanders werden hier Zedern für den Bau von Kriegsschiffen gefällt. Auch die Genuesen sandten regelmäßig Mannschaften zum Holzschlagen in die Berge.

Eine halbe Meile vor uns ritt eine kleine Vorhut von fünf Mann, unter ihnen auch zwei der einheimischen Kundschafter. Ich zügelte meinen Hengst und blickte zurück, ob sich die Kolonne nicht zu sehr auseinanderzog. Auch Hamid hatte angehalten. Die Hunde sahen sich fragend nach uns um, trotteten dann weiter, sicher, dass ich nachkommen würde. Ich besaß zwei riesige, graue Doggen. Normannische Kampfhunde. Außer in der Schlacht waren sie gutmütig und beliebt bei den Männern.
Graf Bertran ritt mit einem kurzen Kopfnicken an mir vorbei. »Wie lange noch, Jaufré?«
»Zwei Tage etwa!«, rief ich ihm nach. »Morgen Abend können wir in unseren Betten schlafen.«
Bertran ließ sich die Enttäuschung über den mangelnden Erfolg unseres Raubzugs nicht anmerken. Sein Vater Raimon dagegen hätte jeden seinen Zorn darüber spüren lassen. Damit konnte man umgehen. Aber was war vom scheinbaren Gleichmut des Sohnes zu halten? Außerdem trauten nur wenige seinen Fähigkeiten als *magister milites*, denn er hatte kaum Schlachterfahrung aufzuweisen. Dabei war die endgültige Eroberung von Tripolis allein ihm zu verdanken gewesen. Ich will kurz berichten, wie es dazu gekommen war.
Neun Jahre zuvor, im Jahr 1101, also zwei Jahre nach dem Fall Jerusalems, hatten alle großen Führer der *militia christi* eigene Reiche an sich gerissen. Den frommen Lotharinger Godefroi de Bolhon hatte man zum Ärger Raimons zum König von Jerusalem gewählt, obwohl er sich nur *advocatus sancti sepulcri*, Beschützer des Heiligen Grabes, nennen wollte. Der Normanne Bohemund hielt Antiochia, und Balduin, Godefrois Bruder, hatte Edessa am oberen Euphrat erobert. Dann war Godefroi plötzlich gestorben, und Balduin hatte sofort, bevor jemand widersprechen konnte, als dessen Bruder die Königswürde beansprucht. Raimon dagegen vergeudete viel Zeit mit einer Reise nach Konstantinopel, um sich mit Kaiser Alexios zu beraten. Schließlich tauchte er wieder in Latakia auf, wo seine junge Frau, Elvira von Kastilien, halb verrückt vor Sorge auf ihn gewartet hatte. Nach den vielen Strapazen auf dem Feldzug hatte die Frau

das rauhe Leben in den Feldlagern gründlich satt. Ich weiß es, denn in der Zeit war ich *capitan* ihrer Leibwache gewesen.
Viele Provenzalen hatten dem Heiligen Land den Rücken gekehrt, und nur dreihundert Berittene und zweitausend Mann Fußvolk waren Raimon geblieben. Nicht mehr als ein Häuflein kampferprobter Starrköpfe, die den Alten nicht verlassen mochten, oder weil sie mit ihren Familien gebrochen hatten und glaubten, so wie ich, kein Zuhause mehr zu haben. Mit diesem kläglichen Heer von *veterani* war er gegen das reiche Tripolis gezogen, um dort eine Grafschaft zu erobern. Elvira beschwor ihn, von dem verrückten Plan zu lassen. Er schalt sie kleingläubig und rief, Gott werde seine Hilfe nicht verwehren. Zudem habe er geschworen, sein Leben im Heiligen Land zu beschließen. Wir Männer sagten nichts, sondern folgten ihm in grimmer Hoffnung, auch dies zu überleben.
Mit dieser kleinen Schar gelang es Raimon jedoch, ein Heer von zehntausend zu schlagen, das der arabische Emir von Tripolis mit Hilfe der Türken aus Damaskus gegen uns aufgestellt hatte. Es muss der Ruf der Unbesiegbarkeit unserer Reiterei gewesen sein, der diesen Sieg ermöglicht hatte. Anders kann ich es mir nicht erklären.
Trotzdem blieb Tripolis weiterhin unerreichbar wie eine verbotene Frucht, die sich in der gleißenden Sonne der Levante weiß und glitzernd vor dem Blau des Meeres abhob. Die Mauern waren zu hoch für Belagerungstürme, und ohne Schiffe konnten wir die Versorgung von See nicht verhindern. Um zumindest den Landweg abzuriegeln, war die Burg Pilgersberg auf einer gegenüberliegenden Anhöhe errichtet worden. Doch ohne den Besitz der Stadt blieb die Grafschaft Tripolis vorerst ein leerer Traum.
Nachdem *Anno Domini* 1105 Raimon gestorben war, entschloss sich Elvira, mit ihrem dreijährigen Sohn Alfons Jordan nach Tolosa abzureisen. Nur fort von dieser endlosen Belagerung, diesem nimmer endenden Krieg, fort von Staub und Hitze, Blut und Fliegen. Und wer wollte es ihr verübeln?
Guilhem Jordanus, Graf von Cerdanha, den wir zum Heermeister gewählt hatten, gelang es ebenso wenig, den Widerstand der

Stadt zu brechen. Als endlich vor einem Jahr Raimons Sohn Bertran mit viertausend Mann vor Tripolis erschien und sein Erbe verlangte, weigerte sich Guilhem Jordanus, es herauszugeben. Darüber kam es zum Streit, und König Balduin erschien in Person, um in Gegenwart der wichtigsten Gefolgsleute beider Parteien die Angelegenheit zu schlichten.

Guilhem pochte auf seine Wahl durch das Heer, seine Kriegserfahrung und Verdienste bei der Eroberung Jerusalems. Außerdem sprach Bertrans vierjährige Abwesenheit seit dem Tod seines Vaters gegen ihn. Dennoch besaß er allein den Schlüssel zur Eroberung von Tripolis. Nicht nur verfügte er über ein Heer von viertausend Mann, sondern, durch ein Abkommen mit den Genuesen, auch über vierzig Kriegsgaleeren, die den Seehafen der Stadt abriegeln würden. Noch dazu Truhen voller Gold, um diese Streitmacht zu versorgen. Daraufhin teilte König Balduin die neue Grafschaft zwischen Bertran und Guilhem auf, und die Streithähne mussten sich brüderlich umarmen und gegenseitige Treue schwören.

Dank Bertrans kluger Vorbereitung fiel so die Stadt, und er hatte in kurzer Zeit mehr erreicht als sein Vater. Guilhem Jordanus konnte selbst keinen Nutzen aus dem Abkommen ziehen, denn bald darauf wurde er bei einer Prügelei tödlich verwundet und verstarb. Ein weiterer glücklicher Umstand für Bertran, der damit alleiniger Herr der Grafschaft wurde.

Viele hatten große Beute gemacht. Aber mancher *veteranus* fragte sich dennoch, warum Bertran sich erst nach vier langen Jahren bequemt hatte, das Erbe seines Vaters anzutreten. Zusammen mit dem alten Raimon hatten wir alles erduldet, Märsche über verschneite Pässe und durch sengende Wüsten, Siege und Niederlagen überstanden, latrinenverseuchte Lagerplätze, Pestilenzen und Hungersnöte. Wenn er, der Weißhaarige, diese Strapazen ertragen konnte, dann konnten wir es auch, hatte es immer geheißen. Aber aus welchem Stoff war sein Sohn? War es ihm überhaupt ernst?

Vielleicht spürte er diese Zurückhaltung. Jedenfalls bestand Bertran als neuer Herr auf dem feierlichen *homagium*, bei dem alle Anführer vor versammeltem Heer ihm den Vasallenschwur zu leisten hatten. Auch ich hatte vor ihm gekniet, nach altem Brauch meine gefalteten Hände dargeboten mit der Bitte, mich als treuer Gefolgsmann unter seinen Schutz stellen zu dürfen. Zum Zeichen seiner Billigung hatte Bertran meine Hände umfasst und mir die Wange geküsst. Eine Hand zum Schwur erhoben, die andere auf der Heiligen Schrift des Kaplans, so hatte ich den von alters her überlieferten Schwur gesprochen, durch Reim und Gleichmaß schön wie ein Lied.

D'aquesta ora enant
eu Jaufré non decebrai
te Bertran, nel ti tolrai
ni om ne femena ab mun consel …

Von Stund an will ich, Jaufré, dir, Bertran, treu ergeben dienen ohne Trug oder Verrat, so wie es einem Mann gebührt, der die Hände in die seines Herrn legt. Weder Leben noch Gliedmaßen will ich dir nehmen und dies, ob Mann oder Frau, auch keinem anderen erlauben, sei es auch nur durch Billigung oder Rat.
Und als *castelan* wurde mir von neuem die Verantwortung für die Burg Pilgersberg bestätigt, um alles, was sich darin befand, zu verwalten und für ihn zu bewahren. In der Heimat hatte es sich seit Generationen eingebürgert, dass Titel und Besitz eines *castelans* in seiner Familie verblieben und auf den Sohn vererbt wurden. Aber hier, im neu eroberten Gebiet, war ein *castelan* im ursprünglichen Sinn nur der Hauptmann einer Festung und konnte jederzeit ersetzt werden. *Die Burg Pilgersberg will ich dir bewahren, mit all ihren Teilen und Befestigungen, und dir niemals vorenthalten. Und sollte jemand sie in seine Gewalt bringen, so will ich nicht ruhen, bis ich für dich zurückgewonnen habe, was man dir genommen.*
Dies und mehr hatte ich geschworen, und alles war sorgsam von den Mönchen im Gefolge des Grafen aufgezeichnet worden. Wie jedermann weiß, binden solche Gelübde uns fester als alle anderen Bande, einschließlich jener des eigenen Blutes. Mein Schick-

sal war nun mit dem Bertrans verbunden. Ich war ganz sein Mann, und nur er selbst oder sein Tod konnten mich davon lösen. So ist es Brauch.

»Warum nennen sie ihn Bertran den Bastard?«, unterbrach Hamid meine Gedanken.

»Er stammt aus Raimons erster Ehe. Eine Verbindung mächtiger Familien. Hat dem Alten ganze Landstriche in der Provence eingebracht. Später wurde diese Ehe für ungültig erklärt. Wegen angeblich zu naher Verwandtschaft. Da wurde der Erbe plötzlich zum Bastard.«

»Was für eine fränkische Unsitte, eure Ehe für ungültig erklären zu lassen, wenn ihr eine andere Frau heiraten wollt! Noch dazu euren Patriarchen in Rom um Erlaubnis fragen. Was für Umstände?« Hamid schüttelte den Kopf. »Warum erlaubt euer Prophet Jesus nicht mehrere Frauen gleichzeitig, so wie bei uns? Wenn ein Mann sich eine zweite Frau nehmen will, dann tut er es, und niemand beklagt sich. Und warum den Sohn bestrafen? Söhne sind ein Geschenk Allahs. Ein Vater liebt alle Söhne, und keiner wird zum Bastard.«

»Gut. Nehmen wir uns also auch vier Frauen, wie euer Prophet erlaubt«, lachte ich. »Aber Raimon hat Bertran deshalb nicht schlechter behandelt. Er ernannte ihn zum Stellvertreter in Tolosa, als er mit dem Heer nach Osten zog. Auch hat er den Grafentitel geerbt, wenngleich daheim nicht alle damit einverstanden sind, wie man so hört.«

»Wegen Alfons Jordan?«

Als Sechzigjähriger und wenige Jahre vor seinem Tod hatte Raimon sein junges Weib noch einmal geschwängert. Elvira war eine zarte, schwächlich anmutende Frau und hatte in den Jahren zuvor wiederholt ihre Leibesfrucht verloren. Bis sie, zur großen Freude des Grafen, ihm zuletzt doch noch ein Kind gebar.

»*Certas*. Der Junge ist zwar erst acht, aber nach unserer Sicht der Dinge gebührt ihm der Vorzug in der Nachfolge.«

Auf dem weiteren Ritt heimwärts über staubige Wege schwiegen wir lange Zeit, und meine Gedanken wanderten zu Noura, die auf unserem Landgut in den Hügeln über Tripolis auf mich wartete, und zu Adela, unsere elfjährige Tochter. Ich begann, mich auf das Wiedersehen zu freuen. Vielleicht fanden sich in den Souks der Stadt ein paar Geschenke, bevor ich zu ihnen ritt.

»Ihr Franken seid ein blutrünstiges Volk«, unterbrach Hamid meine Gedanken, nachdem er stundenlang vor sich hin gebrütet hatte. Er spielte ohne Zweifel auf die Plünderung des Dorfes im Bekaatal an.

»Die Türken sind nicht besser.«

»Nein. Auch die sind Barbaren. Was kann man von einem Nomadenvolk anderes erwarten.« Er benutzte das griechische Wort *bárbaroi*, obwohl er unsere Sprache gut beherrschte. In Outremer blieb es nicht aus, dass immer mehr fremde Worte Eingang in unsere Sprache fanden.

»Plündern und Brandschatzen ist Kriegsrecht«, entgegnete ich ungerührt. »Wie willst du ein Heer ernähren, wenn nicht geplündert wird?«

»Verpflegung ist eines …«, räumte er ein.

»Und die meisten sind überhaupt nur dabei, weil es Gelegenheit zum Plündern gibt. Das bisschen Sold, das sie kriegen, da hätten wir bald kein Heer mehr.«

»Auch das verstehe ich, aber warum Menschen grundlos totschlagen? Ein Dorf voller Frauen und Kinder. Ist das die Liebe eures Gottes, um die ihr so viel Aufhebens macht?«

»Es ist schwer, die Männer zurückzuhalten, wenn sie sich in einen Blutrausch steigern.« Ich ärgerte mich, weil Hamid recht hatte, wenn ich es auch ungern zugab. War ich durch diesen verdammten Krieg genauso verroht wie die meisten?

»Blutrausch? Dass ich nicht lache.«

»Was spielst du dich so auf? Du bist doch sonst nicht zimperlich«, erwiderte ich gereizt. »Wie viele Dörfer haben wir nicht schon geplündert in den letzten Jahren, nicht zu reden vom großen Morden in Jerusalem und anderen Städten? Du warst doch immer dabei!« Als er nicht antwortete, fuhr ich mit meiner Tirade fort. »Und was haben die Türken gemacht? Christliche Gefangene haben sie gepfählt, ihnen die Haut bei lebendigem Leib abgezogen. Und dann der Pilgerzug dieses verrückten Pierre d'Amiens? Nichts als armes Volk, Frauen und Kinder. Sie haben sie alle gemeuchelt. Ich habe selbst die Gebeine gesehen. Über zehntausend müssen es gewesen sein.«

»Ich kannte dieses Dorf von früher«, erwiderte er schließlich und seufzte. »Vor vielen Jahren war ich mit der Karawane meines Vaters unterwegs, und wir haben dort gerastet. Sie waren sehr gastfreundlich und haben ihr Essen mit uns geteilt.«

»Es tut mir leid«, sagte ich betroffen.

Ja, dieser Krieg wurde brutal und ohne Anstand geführt. Warum nur dieser Hass auf alle, die anders waren, anders lebten und anders beteten? Die Verbohrtesten waren oft die Geistlichen. Daheim predigten sie Liebe und Vergebung. Gegen die Fehden der Adligen wetterten sie, und wer es wagte, den Kirchenfrieden, die *pax ecclesiae*, zu brechen, der forderte den Kirchenbann heraus. Doch hier war alles erlaubt. Es geschehe zur Glorie des Herrn, und wenn Gott diesen Menschen hier zürne, dann müsse er schon seine Gründe haben. Denn der Herr sei gerecht und wir nur sein Werkzeug, und wir dürften daher nicht müde werden, seinen Auftrag zu erfüllen. Und so taten wir uns gegenseitig, Freund wie Feind, unbeschreibliche Dinge an. Wer nicht sein Leben verlor, der lief Gefahr, seine Ehre zu verlieren, und manchem kam sogar noch das Letzte abhanden, was einem an Menschlichkeit blieb, das schlechte Gewissen.

»Ich hätte schneller eingreifen sollen«, brummte ich.

»Dann bitte deinen Gott um Vergebung! Er vergibt euch doch alles, oder? Sehr bequem, euer Glaube.«

»*Merda*, Bruder! Spotte nur nach Herzenslust. Es macht es auch nicht besser.« Eine Weile schwiegen wir verdrossen.

Wir ritten durch eine wilde Landschaft. Zerklüftete Felsen und tiefe, enge Schluchten. Trotzdem gab es genug fruchtbare Erde für mächtige Bäume und dichtes Unterholz. Welch ein Gegensatz zum kahlen, verschneiten Pass heute Morgen.

»Was war mit der Alten, die mich so giftig angeschrien hat?« Ich konnte die hasserfüllten Augen des Weibs nicht aus dem Kopf bekommen.

»Der wir die arme Enkelin ermordet haben?«

»Was hat sie gesagt?«
»Das willst du nicht wissen.«
»*Diga me, putan!*«, drang ich in ihn, es mir zu verraten.
»Sie war außer sich.«
»Sie hat mich verflucht, oder?«
»Das hat sie.« Es war ihm sichtlich unbehaglich.
»Dabei habe ich sie gerettet!«
»Der Tod wäre ihr lieber gewesen.«
»Was hat sie geschrien?«
»Dass du das Gleiche erleiden sollst, was man ihr angetan hat.«
»Was noch?«
»Dass du deine gesamte Familie zu Grabe tragen wirst und dass dich selbst danach der *schitan*, der Satan, zur ewigen Verdammnis in die Hölle holen wird.«
Obwohl ich Derartiges geahnt hatte, fuhr ich erschrocken zurück. »*Que Dieu m'ajut!*«, beschwor ich Gottes Hilfe. Zur Sicherheit machte ich noch die Faust zur *corna*, dem Hornzeichen, als Schutz gegen alles Böse, und dann spuckte ich für Glück noch drei Mal auf den Boden.
»Geschwätz einer alten Frau«, brummte Hamid beruhigend.
»Bei uns Provenzalen werden solche Flüche ernst genommen. Ganz besonders solche von alten Frauen.« Und so machte ich zur Sicherheit noch einmal das Hornzeichen und bekreuzigte mich dazu.
Immer noch felsige Hänge und dichter Wald um uns herum. Keine Spuren einer menschlichen Axt. Diese Gegend schien einsam zu sein, denn seit dem Pass waren wir niemandem begegnet. Die Bäume hatten wuchtige Stämme, ausladende Äste und hohe Kronen. Mussten Hunderte von Jahren alt sein. Dann kamen wir an eine Weggabelung. Links ging es steil ins Tal hinab. Von ganz unten glitzerte ein Bergbach zwischen den Bäumen hindurch. Dies sei das Wadi des Nahr Quadisha, erklärte Kyriacos. Der Weg führe zwar auch zur Küste, aber nach Tripolis müssten wir uns rechts halten. Es sei noch ein strammer Tagesritt. Der Mann kam mir etwas unruhig vor, aber sicher war er nur ungeduldig wie wir alle, unseren Ritt endlich zu beenden.

Also folgten wir dem angezeigten Pfad, der an einem steilen Hang entlangführte. Schließlich erreichten wir eine breite, felsige Hochfläche. Zu rechter Hand erhoben sich die verschneiten Bergspitzen, und links bot sich eine unglaubliche Aussicht über das zerklüftete Tal, über ferne, blassblaue Hügel bis hin zur weit entfernten Küste. Schließlich ritten wir auf ein kleines Dorf zu. Laut Kyriacos nur ein armes Bergbauerndorf, wo nichts zu holen war. Bertran erklärte, auf der westlichen Seite des Libanon wolle er die Bauern schützen und nicht ausplündern, was ihm wieder ein Murren der Männer einbrachte.

Das Dorf bestand aus einer Handvoll armseliger Hütten, deren Mauern aus den umliegenden Felsbrocken aufgeschichtet waren. Seltsamerweise lag es ganz verlassen da. Wir entdeckten keine Menschenseele. Auch keine Tiere. Wie ein totenstilles Geisterdorf. Vielleicht hatten die Bewohner uns bemerkt und waren samt ihrer Habe geflohen. Verstecke gab es in der Gegend genug. Doch wer hätte sie vor uns warnen sollen? Wir waren unerwartet zu dieser frühen Jahreszeit von der Passstraße gekommen, und niemand konnte uns gesehen haben. Aber ich war zu müde, um weiter darüber nachzudenken.

Während der kurzen Rast tränkten wir die Pferde an einem Bergbach, der durch das Dorf floss, und füllten unsere Wasserschläuche, bevor wir wieder aufsaßen. Langsam ging es weiter bergab. Es war nun merklich wärmer geworden. Mancher nahm den schweren Helm ab und hängte ihn an den Sattelknauf.

Auch ich tat es ähnlich und fuhr mit den Fingern durch mein schweißverklebtes Haar. Wir verließen den Wald und betraten eine riesige Lichtung von vielleicht achthundert Schritten Durchmesser. Am anderen Ende führte die Straße in eine Lücke zwischen Felswänden. Unsere Vorhut war schon dort und gab Zeichen, dass der Weg frei sei. Dann verschwanden sie in der Schlucht.

Meine Hunde waren nirgends zu sehen. Sicher liefen sie wie immer mit der Vorhut voraus. Mitten auf der Lichtung hielten wir einen Augenblick an. Die Sonne stand nun schon tief. Ein ruhiger, schöner Nachmittag. Hoch oben im Blau des Himmels drehte ein Falke seine Kreise. Mein Hengst Ghalib tänzelte und legte die Ohren an. Etwas schien ihn zu beunruhigen. Verwundert raunte ich ihm beruhigende Worte zu und strich über sein schwarzes Fell. Dann sagte Hamid etwas Seltsames.

»Ich frage mich, ob es diese Karawane jemals gegeben hat.«

»Wie meinst du das?«

»Ist mir gerade wieder in den Sinn gekommen. Zweihundert Kamele ziehen nicht spurlos durch die Wüste. Und die wenigen Spuren schienen mir zu dürftig und zu alt gewesen zu sein.«

»Vielleicht haben sie einen anderen Weg genommen.«

»Vielleicht.« Er starrte nachdenklich in die Ferne. »Wer hat uns von der Karawane erzählt?«

»Kundschafter.«

»Alle in Kyriacos' Sold.«

Wir gaben den Pferden die Sporen und holten auf. Inzwischen waren die Ersten der Hauptabteilung schon fast in der Schlucht. Links und rechts war der Weg von dichtem Baumbewuchs gesäumt.

»Was willst du damit sagen?«, fragte ich beunruhigt.

»Wo ist eigentlich Kyriacos?« Hamid drehte sich suchend um.

Irgendwo weit vor uns schlugen meine Hunde plötzlich an. Ihre tiefen Stimmen überschlugen sich vor Wut und hallten durch die Schlucht. Gleichzeitig stob eine Wolke von Vögeln kreischend in die Luft. Urplötzlich war mir klar, dass wir in argen Schwierigkeiten steckten.

Mit zwei Fingern im Mund stieß ich einen gellenden Pfiff aus. Dann schrie ich, so laut ich konnte. »Zurück, zurück! Sammeln!«

Unser Trupp hielt so abrupt, dass einige Gäule stiegen und beinahe ihre Reiter abgeworfen hätten. Die Männer blickten sich unsicher um. Da surrten Pfeile aus den Büschen. Ein Mann vor mir wurde ins Auge getroffen. Das machte einen Laut wie eine Melone, die auf den Boden aufschlägt. Seine Finger krallten sich um den Schaft, dann sank er rücklings vom Pferd. Ein anderer bekam einen Pfeil in den Arm, noch während er versuchte, seinen Schild nach vorn zu ziehen. Ein Gaul wurde im Hals getroffen und

schrie vor Schmerz auf. Dann galoppierte das Tier davon, während der Reiter Mühe hatte, im Sattel zu bleiben.
Jetzt prasselte ein ganzer Hagel von Pfeilen auf uns ein. Mehrere Pferde wurden getroffen. Ich zog den Schild vom Rücken und legte die Lanze an. Keine Zeit mehr, den Helm aufzusetzen. Ich stieß dem Hengst brutal die Sporen in die Flanke, riss den Schild hoch und galoppierte zehn Schritte vor, um Bertran zu decken. Dabei brüllte ich: »Zu mir, zu mir! Schützt den Grafen!«
Pfeile schlugen hart und mit lautem Schlag in meinen Schild ein. Ich sah mich um. Bertran saß regungslos im Sattel und blickte verwirrt um sich. Die Überraschung schien ihn gelähmt zu haben. Sein *escudier*, der ihn hätte schützen sollen, war nirgends zu sehen. Drei Reiter stoben zu unserer Hilfe. Einer erhielt gleich einen Pfeil durch die Kehle. Er starrte mich entsetzt an. Dann drang ihm ein Schwall von Blut aus dem offenen Mund, und sein Schrei erstickte in gurgelnden Lauten. Die beiden anderen halfen, Bertran mit erhobenen Schilden zu decken. Mehr und mehr Pfeile trafen uns, einer prallte von meinem Kettenpanzer ab, ein anderer blieb im Lederwams darunter stecken. Unter der Deckung der Schilde hindurch sah ich einen Mann unserer Vorhut im vollen Galopp aus der Schlucht fliehen, aber ein ganzer Schwarm von Pfeilen traf sein Reittier, und er stürzte schwer aus dem Sattel. Es war unser Freund Guilhem *Galinier*. Ein Pfeil traf ihn am Helm, ein zweiter glitt von seinem Panzer ab, während er sich benommen hochrappelte und seinen Schild vom Boden hob. Da war Hamid schon bei ihm und griff nach seinem Arm. Guilhem ließ den Schild fahren und krallte sich am Sattelknauf fest, und so zog Hamid ihn außer Reichweite der Pfeile.
Bertran hatte sich inzwischen von seinem Schreck erholt und gab seinem Gaul die Sporen. Wir galoppierten ihm nach. Ich sah, dass einer der Männer, die mir geholfen hatten, Roger, der Ritter aus der Provence war. Ich weiß nicht, wie die Hunde es geschafft hatten, unversehrt zu entkommen, aber da waren sie und liefen in langen, kraftvollen Sätzen hinter mir her. Ohne sie wären wir ahnungslos in die Falle gelaufen. Auch Guilhem war wieder zu Pferde. Er musste sich eins der reiterlosen Tiere gegriffen haben.

Unser Trupp floh in gestrecktem Galopp über die große Lichtung zurück, verfolgt von feindlichen Kriegstrommeln, die nun über die Lichtung dröhnten. Ich warf einen Blick über die Schulter. Kein Zweifel, es waren Seldschuken auf ihren schnellen, wendigen Pferden, die in Scharen aus ihren Verstecken im Wald brachen. Leicht gerüstete Nomadenreiter von den Stämmen aus Anatolien oder den Steppen Asiens, mit Bögen, kleinen Schilden und langen Schwertern bewaffnet. Sie folgten uns mit Pfiffen und wildem Geheul und dem Ruf *»Allāhu akbar«*. Sie waren weit in der Überzahl, mindestens das Fünffache unserer kleinen Schar von hundert Mann, und unsere kopflose Flucht trieb sie zu hastiger Verfolgung an.
Die Hufe unserer Schlachtrosse donnerten über den ausgetrockneten Boden. Am Ende der Lichtung blieb uns nur der Waldweg den Berg hinauf, den wir gekommen waren. Mit ihrer leichten Bewaffnung und schnelleren Pferden würden sie uns jedoch bald einholen und zermürben. Angriff und Scheinrückzug. Diese Art zu kämpfen hatten sie zur Vollkommenheit entwickelt. Gelang es ihnen, eine ausreichende Zahl unserer Reittiere lahm zu schießen, dann würden wir absitzen und unser Heil hinter den Schilden suchen müssen. Aber sie würden uns einkreisen und immer wieder mit Pfeilen belegen, bis wir alle tot waren. Unsere Stärke lag allein im Nahkampf, und die einzige Rettung war ein mutiger Gegenangriff.
Der Boden stieg an, und unter dem Gewicht der gepanzerten Reiter begannen die Gäule, heftiger zu atmen. Schaum flog ihnen von den Mäulern. Es klirrten Waffen, Zaumzeug und Beschläge. Rechts und links warfen die Männer mir unruhige Blicke zu. Sie warteten auf meinen Befehl. Ich blickte abermals über die Schulter. Unser wilder Galopp hatte den Feind überrascht, und es war uns gelungen, Abstand und damit Zeit zu gewinnen. Erneut pfiff ich durch die Finger, zerrte an den Zügeln und riss abrupt den Rappen herum.
»In Linie, doppelte Schlachtreihe. Auf mein Kommando!«, brüllte ich. Aus den Augenwinkeln sah ich, wie unser kleiner Tross von Packtieren weiter bergauf flüchtete und sich in Sicherheit

brachte. Einer der Knechte hörte jedoch auf Guilhems wilde Flüche und zerrte für ihn Schild und Lanze von einem der Maultiere, bevor er den anderen folgte.
Ich war froh, dass der harte Drill Früchte trug, denn in wenigen Augenblicken waren wir in gerader Linie zum Angriff formiert und bildeten eine lanzenstarrende, enge Front von fünfzig Mann, dahinter standen weitere fünfzig dichtauf. Eine tapfere kleine Truppe, aber im Angesicht der feindlichen Überzahl kam sich mancher verloren vor. Auch mir schlug wild das Herz im Leibe.
Das Trommeln der feindlichen Hufe wurde lauter, als die Masse der Türken ungeordnet auf uns zuhielt. Neben mir befand sich ein junger Gascogner, der erst kürzlich zu uns gestoßen war. Dünner Bartflaum spross auf seinen Wangen. Fast noch ein Kind. Er starrte auf die schiere Menge des Feindes und schluckte heftig.
»Ruhig Blut, Junge!«, raunte ich ihm zu.
Ich setzte den Helm auf und zog das Kinnband fest. Dann legte auch ich meine Lanze an. Ghalibs muskulöser Körper war wie eine gespannte Bogensehne, und er wartete unruhig schnaubend auf mein Kommando. Hinter mir wusste ich Hamid. Bertran hatte ich aus den Augen verloren. Es blieb keine Zeit mehr, ihn zu suchen, denn schon fächerten die Feinde ihre Kampflinie aus, um uns zu umzingeln. Genau das wollte ich verhindern. Weniger als zweihundert Schritte trennten uns von den heranstürmenden Seldschuken. In ihrer Mitte ritt eine Gruppe von *ghulam*, eine aus Sklaven bestehende, schwer gepanzerte Elitetruppe. Das waren harte Männer und bestens ausgebildet. Die mussten wir zuerst besiegen, sonst würde es heute schlecht für uns ausgehen.
Die vordersten Reihen zögerten, als sie sahen, dass ihnen unsere kleine Schlachtreihe entschlossen entgegentrat. Sie begannen, ihre Pferde zu zügeln, und rissen Bögen von den Schultern. Die *ghulam* bildeten eine Reihe in vorderster Front. Aber die heranstürmende Masse dahinter ritt ungezügelt in sie hinein, und es entstand ein augenblickliches Durcheinander, in dem Pferde stürzten und Reiter unter die Hufe kamen. Jetzt war der Zeitpunkt gekommen.

»*A l'assai!*«, brüllte ich und gab Ghalib die Sporen.
Die Pferde sprangen fast gleichzeitig vor und rasten in selbstmörderischem Galopp mitten in den wirren Haufen der immer noch nach vorn drängelnden Türken. Dabei brüllten die Männer den Schlachtruf der Provenzalen: »Tolosa, Tolosa!«
Ein geballter Reiterangriff mit untergelegten Lanzen, ungezügelt und mit voller Wucht in den Feind zu preschen, das verlangt großen Mut. Ghalib sprang in großen Sätzen nach vorn und schien noch an Geschwindigkeit zu gewinnen. Wir flogen auf den Feind zu, und ich sah, wie sich die Augen der vordersten Türken weiteten und die Ersten sich abwandten, um dem plötzlichen Ansturm zu entkommen. Die Kämpfer der *ghulam*, die nicht durch die Nachdrängenden behindert waren, rückten enger zusammen. Wir hielten direkt auf sie zu. Ich packte die Lanze fester und bereitete mich auf den Aufprall vor.
Es war ein ohrenbetäubender Lärm, als unsere Stechlanzen trafen und die *ghulam* aus den Sätteln stießen, bevor uns ihre Schwerter erreichen konnten. Das schiere Gewicht der eng an eng heranstürmenden Schlachtrosse, der schweren Schilde und Panzer sprengte eine Schneise durch die Reihen der Feinde, deren Reiter und Pferde aufschrien wie ein einziges, riesiges und verwundetes Tier. Der Staub stieg in Fontänen zum Himmel, Männer stürzten und wurden unter Hufen zertrampelt, reiterlose Gäule suchten das Weite und verschlimmerten das Durcheinander unter den Türken.
Der Angriff der Seldschuken war zum Stehen gekommen. Im Nahkampf schützte uns die schwerere Panzerung. Unsere Lanzen stachen links und rechts. Schmerzschreie und Triumphgeheul. Seldschuken wurden aus den Sätteln gefegt, Pferde bäumten sich auf, und meine Männer drangen in die Lücken vor. Auch mein junger Gascogner hielt sich wacker neben mir.
Plötzlich schien ein Ruck durch die feindlichen Reiter zu gehen. Die Hintersten wendeten ihre Gäule zuerst, dann stoben alle in Schrecken davon. Wir folgten, aber verhalten und mit Vorsicht. Die Masse der von Furcht erfassten Türken wollte durch die schmale Schlucht entkommen, die als Hinterhalt geplant gewe-

sen war, aber es waren zu viele, die sich durch die Enge zwängen wollten. Einige ihrer Anführer versuchten, sie zurückzuhalten, Ordnung zu schaffen, um einen Gegenangriff in Gang zu bringen. Hörner erklangen. Die meisten folgten zuerst unwillig, doch schließlich sammelte sich ein größerer Haufen und wandte sich in breiter Front gegen uns. Es waren noch Kettenpanzer der *ghulam* darunter, doch nicht mehr viele. Die meisten Seldschuken trugen leichte Lederpanzer, Pelzmützen, Turbane und farbenfrohe Umhänge. Die Stimmen der Anführer gellten, gespannte Bögen hoben sich, und darüber leuchteten Speerspitzen und hochgereckte Schwerter im Licht des späten Tages. Abermals setzten die Kriegstrommeln ein und machten einen Lärm, als poche das Blut in den Schläfen. Die Wut des Feindes war spürbar entfacht und tönte gefährlich wie das Brummen eines Schwarms zorniger Wespen. Immer wieder riefen schrille Stimmen zu ihrem Gott Allah, und die Menge wiederholte die Rufe dröhnend, um uns einzuschüchtern. Ich musste schlucken, obwohl meine Kehle wie ausgetrocknet war.
Inzwischen hatten auch wir uns wieder gesammelt, und ich trieb unsere Männer zu erneutem Angriff an. Ich wollte dem Feind keine Zeit lassen, sich noch besser aufzustellen, denn sie waren nach wie vor in großer Überzahl.
Wir ritten durch einen Hagel von Pfeilen, die Schilde zum Schutz bis an den Helmrand gehoben. Eines unserer Pferde strauchelte und stürzte. Sein Reiter ging schwer zu Boden, dann stoben wir in das riesige Knäuel der türkischen Krieger. Wieder der Aufprall der Lanzen und das Zusammenkrachen der Schilde. Das Brummen wütender Wespen ging in einen gewaltigen Aufschrei aus Hunderten von Kehlen über, bis man nur noch Stahl auf Stahl, das Splittern der Lanzen und die Schreie der Getroffenen hörte. Reiterlose Gäule stoben davon. Einer der Unsrigen stürzte vom Pferd, vom Hieb eines *ghulam*-Kriegers getroffen.
Aber auch diesmal hatte unser geballter Aufprall seine Wirkung nicht verfehlt. Tiefe und blutige Schneisen hatten wir in die Reihen der Feinde geritten, und plötzlich verloren die Türken allen Mut. Entsetzen sprang aus ihren Augen, viele wandten sich zur

Flucht. Wir schleuderten unsere zerborstenen Lanzen beiseite und rissen die Schwerter aus den Scheiden. Immer wieder blitzten die Klingen im späten Sonnenlicht auf, und die Feinde fielen in Mengen. Es war kein Kampf mehr, nur noch ein Gemetzel und Abschlachten.

Einer der *ghulam* bedrängte mich. Ich traf seinen Helm, von dem mein Schwert abglitt, seinen blitzschnellen Gegenstoß fing ich mit dem Schild auf. Da bohrte sich eine provenzalische Lanze zwischen die Schuppen seines Panzers. Als er vom Pferd glitt, löste sich sein Helmgurt, und ich sah, dass es ein pechschwarzer Nubier war. Aber schon gab es andere zu verfolgen und zu töten. Hamid deckte meine Seite, und sein Schwertarm war rot von Blut. Ein Türke hob abwehrend den Arm, als ein Schwerthieb dem Mann die Hand abtrennte und ihm trotz Helm tief in den Schädel fuhr. Ich hatte meinen Schild fahren lassen und führte das Schwert mit beiden Händen, während ich Ghalib mit den Beinen lenkte. Ohne Unterlass schwangen wir unsere Schwerter gegen die schreiende Menge der fliehenden Seldschuken, die sich kaum noch wehrten. Wem es nicht gelang, durch die Schlucht zu entkommen, starb an diesem Tag unter unseren Streichen.

Zuletzt hielten wir keuchend inne. Die Arme schwer wie Blei und blutbesudelt saßen wir auf den heftig atmenden und schaumbefleckten Gäulen. Tote und Verletzte überall, Mensch wie Tier. Schwerverwundete krochen über zertrampeltes Gras. Schreie und Gewimmer, abgeschlagene Glieder und Leiber mit grausigen Schwertwunden. Ein Mann saß auf dem Boden und starrte verwundert auf seine Gedärme, die er in den Händen hielt. Ein anderer versuchte, den Mantel um den blutenden Stumpf seines Arms zu wickeln. Ich sah ein Gesicht ohne Unterkiefer und gespaltene Schädel, aus denen die Hirnmasse trat.

Guilhem ritt heran. Sein zweiter Schild war zerhauen und nicht mehr zu gebrauchen. Er warf ihn angewidert ins Gras. »Schlechte Arbeit, *putan!*« Dann grinste er mich an. »Heiße Arbeit, was, Jaufré?«

Der junge Gascogner kotzte hinter vorgehaltenem Schild. Ich konnte es ihm nicht verdenken. Selbst nach so vielen Kriegs-

jahren ist der Anblick eines Schlachtfeldes auch für mich nicht erträglicher geworden. Ich riss den Helm vom Kopf. Schweiß brannte mir in den Augen. Todmüde stieg ich vom Pferd und versuchte, mein Schwert an einem Grasklumpen sauber zu wischen. Am liebsten hätte ich mich hingelegt. Arme und Schultern brannten wie Feuer. Auch Hamid war erschöpft. Die Hunde kamen zu mir und rochen an dem Blut, das mich bedeckte. Ich umarmte beide und kraulte ihnen die Ohren. In diesem Moment liebte ich diese riesigen, grauen Viecher, die mein Gesicht ableckten. Sie hatten uns gerettet.
Der Gascogner war grün im Gesicht und wischte sich den Ärmel über den Mund. Dann bekreuzigte er sich und schaute beschämt zu mir herüber.
»Du hast tapfer gekämpft, mein Junge. Nach meiner ersten Schlacht ging's mir schlimmer.« Ich lächelte ihm matt zu.
»Ich sah mich schon tot, Herr. Es waren so viele.«
»Nur leichte Reiterei. Ungeordneter Angriff. Trotzdem. Es hätte auch anders kommen können.«
In der Tat. Mir saß selbst noch der Schreck in den Knochen. Ich sah Nouras Gesicht vor mir, und es war, als spürte ich ihren Kuss auf den Lippen. Ich stehe noch, mein Herz! Dann atmete ich tief durch und klopfte meinem Rappen Ghalib den Hals. Seine Flanken hoben und senkten sich nach der Anstrengung. Ich küsste ihn auf die Nüstern, und er rieb seine Nase an mir und blies mir seinen heißen Atem ins Gesicht.
Graf Bertran näherte sich, immer noch zu Pferde. Geistesabwesend beäugte er Tod und Zerstörung um uns herum.
»Verdammt, Montalban! Ich verdanke dir mein Leben«, sagte er verwundert.
Er stieg ab und ließ sich auf den Rücken fallen. Das Geschehene musste ihn stark mitgenommen haben. Genauso wie seinen Vetter Ricard. Den sah ich benommen auf einem Stein sitzen mit Augen, als habe er ein Gespenst erblickt. Die Hand, mit der er sich die schweißnassen Haare aus der Stirn strich, zitterte stark. Die Innenseite seiner Beinkleider war von Pisse durchnässt. So etwas kommt vor. Die erste Schlacht im Leben schlägt oft auf die

Eingeweide. Nichts kann einen Mann auf die Schrecken eines Schlachtgemetzels vorbereiten, wenn unter höllischem Lärm ganze Horden von johlenden Teufeln heranstürmen, um einen umzubringen. Als sähe man sich einer übermächtigen Naturgewalt ausgesetzt. Man spürt nur noch den Drang, in blindem Schrecken davonzulaufen. Nur Schulter an Schulter mit seinen Gefährten kann man das überstehen.

Ich konnte mich nicht erinnern, Ricard im Getümmel gesehen zu haben. Hatte er sich abseits gehalten? Auf einmal sah er auf und bemerkte meinen prüfenden Blick. Als es ihm dämmerte, dass ich seine Schwäche erkannt hatte, stieg ihm Schamröte ins Gesicht. Er setzte sich steif auf, und sein Mund wurde hart.

Ich zuckte mit den Schultern und wandte mich ab.

Kreuz und quer lagen die Leiber der Verwundeten und Toten, manche übereinander, so wie sie gefallen waren, verletzte Pferde dazwischen, die schrill wiehernd versuchten, auf die Füße zu kommen. Vor mir lag ein toter Seldschuke in feinen Gewändern. Eine Lanze hatte das Kettenhemd über seiner Brust durchbohrt und war dann abgebrochen. Er lag dort ohne Helm, ein kurzer Bart und dunkles, langes Haar umrahmten sein Antlitz, das im Angesicht des Todes gelassen wirkte, fast lächelnd. Ein gutes Gesicht. Wie das eines Mannes, mit dem man Geschichten am Lagerfeuer austauschen würde. Warum bist du es, der hier liegt, und nicht ich? Hast du ein Weib, das um dich trauert? Kinder? Wofür hast du dein Leben gegeben? Dies ist ebenso wenig dein Land, wie es das meine ist.

Der Mann hielt noch seinen Bogen in der Hand. Ich bückte mich und hob die Waffe auf. Ein feiner, aus Holz, Horn und Sehnen verleimter Kampfbogen, der Handgriff mit Silbereinlagen verziert. Ich nahm auch den vollen Köcher von dem Toten.

»Eine gute Waffe«, hörte ich Hamid hinter mir sagen.

»Ich will sie behalten.«

Unsere Reiter waren abgestiegen und gingen über das Schlachtfeld, stachen Verwundete nieder und durchsuchten die Gefallenen nach Wertvollem. Sie nahmen alles, was man in den Souks von Tripolis zu Geld machen konnte, und heute schienen sie mit

ihrer Beute zufrieden zu sein. Waffen, Helme, Gürtelschnallen, Fibeln, Münzen oder Goldringe, denn Krieger tragen meist ihren ganzen Reichtum bei sich.
Zu viel Zeit wollte ich ihnen allerdings nicht geben. Trotz des gewonnenen Waffengangs fühlte ich mich nicht sicher, denn genug Türken hatten überlebt.
»Gebt die Losung aus, dass wir aufbrechen.«
Ich rief einen kleinen Trupp unter Leitung des Ritters Roger zusammen, um die Seldschuken eine Strecke lang zu verfolgen und zu beobachten, ob sie tatsächlich das Feld geräumt hatten. Kein zweites Mal sollten sie uns überraschen. Ich wollte auch Kyriacos' Kundschafter mitschicken und sah mich nach ihnen um. Doch weder er noch seine Leute waren irgendwo zu sehen.
Als unsere Reitknechte mit den Packtieren aus dem Wald kamen, befand sich der Grieche unter ihnen, aber mit Erstaunen bemerkten wir, dass er die Hände auf dem Rücken gefesselt hatte. Alexis, mein Knecht, zerrte ihn wütend aus dem Sattel und stieß ihn mir vor die Füße. Sein forsches Auftreten verwunderte mich, kannte ich ihn doch eher als zurückhaltend und bescheiden.
»Er wollte fliehen, als es schlecht für die Türken lief.«
Es dauerte ein wenig, bis mir klarwurde, was er meinte.
»Was, zum Teufel? Kyriacos ein Verräter?«
»Die anderen sind entkommen.«
Alexis holte tief Luft, um sich zu beruhigen. Hamid warf mir einen bedeutsamen Blick zu, und es fiel mir wie Schuppen von den Augen. Deshalb waren vorhin die Späher verschwunden. Alles ein abgekartetes Spiel. Die Türken hatten vielleicht schon tagelang auf uns gelauert. Deshalb war auch das Dorf leer gewesen. Aus Furcht vor den fremden Kriegern hatten die Leute sich versteckt. Dieser Mann, den wir seit Jahren kannten und vertrauten, hatte uns schmählich verraten. Das war für uns Provenzalen schwer zu begreifen, denn unsere Lebensweise ist auf gegenseitigen Treueverpflichtungen aufgebaut. Mit dem Wort eines Mannes verband sich seine Ehre. Mir stieg die Zornesröte ins Gesicht. Nur mit Mühe hielt ich mich zurück, ihn nicht auf der Stelle zu erschlagen.

»Warum, du elender Hund?«
Er lag vor mir auf den Knien, sein Mund öffnete sich, aber anstatt zu sprechen, senkte er den Blick und machte ein finsteres Gesicht, als habe er die Sinnlosigkeit einer Verteidigung erkannt.
»Bist du nicht Christ?«, fauchte ich ihn an. »Du hast täglich neben uns gebetet und verrätst dennoch deine Christenbrüder?«
Er hob trotzig die Augen. »Was schert mich euer lateinisches Christentum? Bin ich eurem anmaßenden Bischof von Rom verpflichtet? Wir lebten gut mit den Muslimen, bis ihr kamt und alles zunichtegemacht habt.«
»Sind dir türkische Eroberer lieber als christliche?«
»Die Türken haben ihren Tribut genommen und uns ansonsten in Ruhe gelassen. Aber ihr, ihr bringt nur Hass und Tod ins Land.« Er steigerte sich in immer größere Wut hinein. »Ihr schändet unsere Frauen und erschlagt unsere Kinder, und dann wollt ihr Brüder in Christus sein? Ihr rafft alles an euch und wollt alles beherrschen. Ihr seid eine größere Plage als Moses' Heuschrecken im Lande Ägypten. Ich verfluche den Tag, an dem ihr erschienen seid.«
Die letzten Worte schrie er mir ins Gesicht.
»Und warum hast du uns dann so lange gedient, *fil de putan*?«
Er spuckte verächtlich auf den Boden. »Ihr verfluchten Franken habt meine Familie in Antiochia auf dem Gewissen. Auge um Auge und Zahn um Zahn. So steht es geschrieben.« Hasserfüllt starrte er mich an.
Meine Wut ließ sich nicht mehr im Zaum halten. Ich packte ihn am Bart und zerrte ihn einige Schritte schleifend über den Boden, bis er vor Schmerz schrie. Dabei schüttelte ich ihn wie einen jungen Hund.
»Lange Zeit hast du unser Gold genommen, du Hurensohn! Wer hat dir jetzt mehr gezahlt?« Ich ließ ihn angewidert fallen und trat ihm hart in den Magen. Kyriacos krümmte sich und rang nach Luft. »Für diesen Tag wirst du büßen, Kyriacos.«
»Das ist mir gleich«, murmelte er und rollte erschöpft auf den Rücken. »Macht mit mir, was ihr wollt.«
»Schneidet dem Bastard die Kehle durch«, sagte Bertran.

Das erntete die Zustimmung der Männer, die uns dichtgedrängt umringten. Sie starrten voller Zorn auf den Griechen, und zwei zogen schon ihre Schwerter. Ich hob die Hand und gebot ihnen Einhalt.

»Ich bin dagegen, Herr«, sagte ich, wieder gefasst. »Wir müssen ihn nach Tripolis mitnehmen, seine Verbindungen aus ihm herauspressen und ihn dann als abschreckendes Beispiel hinrichten. In diesem Land dürfen wir keine Schwäche zeigen.«

Bertran überlegte und nickte dann. Ich glaube, es war ihm gleich, was mit Kyriacos geschah, und er war zufrieden, mir die Sache zu überlassen. Er wandte sich an die Männer, die uns umstanden.

»Genug gegafft. Ich will jetzt wissen, wie viele gefallen sind.«

Murrend traten sie zurück. Wir zählten durch. Fünf Reiter der Vorhut waren tot, von ihnen hatte sich nur Guilhem retten können. Dazu zwei weitere, die beim Hinterhalt durch Pfeile gefallen waren. Man hatte sie gefunden und zurückgebracht. Und sechs Verwundete, die meisten gottlob nur leicht. Hamid zog einem Reiter einen Pfeil aus dem Arm und verband ihn. Ein anderer hatte sich beim Sturz vom Pferd das Bein gebrochen. Die Knechte schienten es, so gut es ging. Und natürlich hatten wir Pferde verloren, aber Ersatz gab es ausreichend.

Gefangene hatten wir nur wenige genommen. Nun führten sie drei gebundene Männer vor, die aufgrund ihrer Kleidung und Waffen wie Unterführer aussahen. Einer blutete heftig aus einer tiefen Gesichtswunde. Ihre Gesichter waren von der Sonne dunkel gegerbt, und sie trugen gestutzte Bärte. Verdreckt und blutbespritzt wie wir, standen sie ungebeugt und starrten uns trotzig an. Die Türken waren stets tapfere und würdige Gegner. Ich gab Alexis ein Zeichen, den Verwundeten zu verbinden.

Bertran wollte sie gleich befragen, und Hamid erbot sich zu übersetzen. Ich führte Ghalib zu den Packtieren mit den Wasserschläuchen, wo sich die meisten Männer gesammelt hatten, um ihren Durst zu stillen und auch die Pferde mit dem Rest des Wassers zu tränken. Wir sahen aus wie Wesen aus einem gespenstischen Alptraum. Mit dem letzten Wasser und einigen Fetzen

Leinen reinigten wir zumindest Hände und Gesichter vom Blut der Erschlagenen. Ich machte die Runde und sprach hier und dort ein aufmunterndes Wort, denn sie alle hatten gut gekämpft. Auch wenn wir heute wenige verloren hatten, so war es doch ein ständiger Aderlass in diesem Land. Eine Streife unserer Kundschafter kam mit Verlusten zurück, eine andere verschwand spurlos. Es gab Überfälle auf Geleitzüge zur Versorgung. Boten kehrten nicht zurück. Oft fand man Soldaten mit durchschnittener Kehle in einer Gasse liegen.

Trotzdem konnte man nicht sagen, dass das Volk uns grundsätzlich hasste, denn nur ein Teil folgte dem Islam. Türken und Araber bildeten zwar die Oberschicht, und unter ihnen gab es viele Hitzköpfe, aber hier lebten auch Juden, Griechen und Armenier, Christen aller Schattierungen. Besonders die Armenier sahen uns als Befreier. Den meisten schien es jedoch gleichgültig zu sein, wer über sie herrschte, solange man sie in Ruhe ließ. Für uns Fremde war es jedoch nicht leicht, die Menschen danach einzuschätzen, woran sie glaubten und welchen Herren sie dienten. In diesem Land war auf wenig Verlass, und Bündnisse änderten sich häufig. Wir Ritter aus dem Westen hatten noch viel zu lernen.

An einem stillen Ort in Waldnähe begruben wir unsere gefallenen Kameraden. Die Toten des Feindes ließen wir liegen, denn es war Zeit, aus der Gegend zu verschwinden. Die Männer beluden Maultiere und Gäule mit Beute. Ich stellte kleinere Trupps zur Sicherung zusammen, die uns voraus- und als Nachhut reiten sollten. Die Packtiere nahmen wir in die Mitte, dann machten wir uns auf den Weg.

Kurz vor Sonnenuntergang stießen wir auf Roger und seinen Spähtrupp. Er berichtete, dass weit und breit kein Türke zu sehen sei. Sie hatten in der Nähe eine waldfreie Anhöhe gefunden, von der man weit ins Land blicken konnte. Kein Feind würde sich unbemerkt nähern können. Dort stellten wir Wachen auf, und weiter unterhalb errichteten wir unsere Zelte. Ich schickte Knechte aus, um die Wasserschläuche an einem nahe gelegenen Bach zu füllen.

Wir nahmen den Pferden die Sättel ab und ließen sie grasen. Alexis zerhackte Fleisch für meine Hunde. Aber ich fütterte sie wie immer selbst. Das hatte ich von dem Normannen gelernt, der sie mir überlassen hatte. Seine Pechsträhne beim Würfeln hatte mir die verdammten Hunde beschert. Sie hörten auf die unchristlichen Namen Thor und Odin. Ihr ehemaliger Besitzer hatte wohl noch an die alten Götter geglaubt. Doch da sie an diese Namen gewöhnt waren, beließ ich es dabei. Die Normannen setzten oft abgerichtete Kampfhunde ein, große Doggen wie meine. In der Schlacht stifteten sie beim Gegner Verwirrung, verletzten Mensch wie Pferd oder störten die Schildreihe des Gegners. Meine Doggen waren Rüden aus demselben Wurf und kaum zu unterscheiden, außer dass Thor eine lange Narbe über einem Auge hatte. Das Andenken an eine Speerspitze.
Die Knechte suchten trockenes Holz und entfachten ein Feuer, über dem der Rest unserer erbeuteten Hammel gebraten wurde. Dazu buken sie Fladenbrot und kochten, was wir an Gemüse noch übrig hatten, Bohnen, Kichererbsen, Zwiebeln, etwas Lauch. Während im Westen die Sonne unterging, stiegen verlockende Gerüche auf. Die meisten Reiter hatten sich ihrer Rüstungen entledigt und lagen in kleinen Gruppen bei den Zelten. Ein fast friedliches Bild, wären da nicht die blutverdreckten Kettenpanzer und vereinzelten Verbände gewesen.
Auch ich hatte mich meiner Panzerung entledigt, das dicke, gesteppte Lederwams gegen die Nachtkühle aber anbehalten, selbst wenn ich mir dies am liebsten auch vom Leib gerissen hätte, schon allein um meinem eigenen beißenden Schweißgestank zu entfliehen. Es blieb nicht aus, dass sich Lederwams und Helmfütterung mit der Zeit so voll Körperdünstungen sogen, dass man schlimmer als ein Ziegenbock stank. Ein Bad in einem klaren Fluss wäre mir willkommen gewesen. Zum ersten Mal seit dem Überfall atmete ich tief durch. Doch Kyriacos ging mir nicht aus dem Kopf. Sein Verrat nagte an mir und die Tatsache, dass sein Plan fast aufgegangen wäre.

Graf Bertrans Vetter

Maria Annunziata,
die Verkündigung des Herrn

Sexta Feria, *am Abend,*
25. Tag des Monats März

Ricard de Peyregoux mochte mich nicht, das war offensichtlich. Seine lauernden Blicke folgten mir, als ich mich an Bertrans Feuer niederließ. Der Graf hatte uns eingeladen, sein Mahl zu teilen. Sein junger Vetter saß schon neben ihm, als Hamid und ich uns zu ihnen gesellten.

Ricard war schlank, fast hager, von eher kleiner Statur, hatte dunkle Haare und ein spitzes Gesicht mit scharfen Zügen, trotz seiner Jugend. Es schien ständig eine Bitterkeit um seinen Mund zu liegen. Am wenigsten gefiel mir die kaum verschleierte Boshaftigkeit in seinen Augen.

Bald darauf gesellte sich auch Roger d'Asterac zu uns. Im Gegensatz zu Ricards saurer Miene mochte ich das offene Gesicht dieses Ritters aus der Provence. Ich dankte ihm für seine Hilfe in der Schlacht.

»Nicht mehr, als Ihr für mich tun würdet, Jaufré«, grinste er unbekümmert.

Alle hatten sich der Rüstungen entledigt, und Hamid trug nach seiner Sitte ein Tuch um den Kopf geschlungen. Bertran hatte sich inzwischen an Hamid gewöhnt und war zufrieden, sein Mahl mit einem Muslim zu teilen. Ricard dagegen warf uns einen missbilligenden Blick zu. Aber nicht nur uns. Mir war, als habe es eine Auseinandersetzung zwischen ihm und dem Grafen gegeben. Den schien es jedoch wenig zu kümmern, denn er war in fröhlicher Laune und zu allen ausgesucht freundlich.

Bertrans Leibdiener brachten uns das Essen. Wir waren ausgehungert und schlangen es hinunter. Nach den Schrecken des Tages schien alles besser als sonst zu schmecken. Wir nagten an Hammelknochen und wischten mit noch warmem und duftendem Fladenbrot das Fett ab, das von Fingern und Bärten tropfte. Der Graf sprach lebhaft dem Wein zu. Von Zeit zu Zeit hob er den Weinschlauch und spritzte sich einen langen Strahl in die Kehle. Dann ließ er den Schlauch von Mann zu Mann gehen. Hamid trank keinen Wein, und was mich betraf, so kannte ich mich nur allzu gut. Sich zu betrinken war gefährlich, denn da draußen lauerte vielleicht noch der Feind. Also blieb auch ich bei Wasser. Wir redeten über die Schlacht und taten, als sei es nichts Besonderes gewesen, ja man witzelte sogar, obwohl das Geschehene jeden noch sehr aufwühlen musste. Für einen alten Soldaten verliert das Töten mit der Zeit ein wenig von seinem Schrecken. Aber daran gewöhnen kann man sich nicht. Vielleicht redeten wir deshalb viel und sagten doch wenig. Ein Mann spricht ungern über seine Ängste und ertränkt sie lieber im Wein.

»Was habt ihr von den Gefangenen erfahren?«, fragte ich schließlich.

»Nicht viel. Stumm wie Fische. Angeblich kennen sie den Griechen nicht.«

»Will nichts sagen«, warf Roger ein. »Er kann durch Boten verhandelt haben. Oder sie lügen.«

Hamid räusperte sich. »Es sind nur Unterführer. Ihr Heerführer, ein gewisser Selim, konnte entkommen.«

»Lohnt sich kaum, Boten mit Lösegeldforderungen zu entsenden. Da bekommen wir mehr auf dem Sklavenmarkt«, meinte Bertran geringschätzig.

Ricard schwieg währenddessen. Manchmal blickte er missmutig zu mir herüber. Dabei sah sein Gesicht aus, als hielte er ein Gift in sich zurück, so lange, bis er es schließlich ausspucken musste.

»Montalban«, fuhr er mich auf einmal an. »Seid Ihr nicht für den Schutz unseres Herrn, *Coms* Bertran, zuständig?«

Als ich dies bejahte, fuhr er fort: »Wie konntet Ihr dann sein Leben so leichtfertig in Gefahr bringen?«

Die Gespräche verstummten, und alle starrten ihn entgeistert an.

Er hatte einen wunden Punkt getroffen. Verrat hin oder her. Ich war weiß Gott nicht stolz darauf, in diese Falle getappt zu sein. Und nur mit Glück hatten wir uns einer völligen Niederlage entziehen können. Hatte ich mich zu sicher gefühlt?

»Im Krieg läuft auch der beste Plan in die Irre«, antwortete ich lahm. »Man ist vor Überraschungen nicht gefeit.«

»Wenn es denn wenigstens einen Plan gegeben hätte. Eure Vorhut hat kläglich versagt. Und wo waren die Späher?«

»Das waren Kyriacos' Männer. Die haben uns ja in die Falle geführt.«

»Das ist es ja«, schrie er mich an. »Wie konntet Ihr Euch auf diesen Griechen verlassen? Prüft Ihr nicht, wem ihr solche Aufgaben anvertraut? Oder seid Ihr gar mit ihm im Bunde?«

Was für ein Rotzlümmel! Alle anderen waren totenstill geworden. Rogers Hand war an den Schwertgriff gefahren. Dachten sie, ich würde jetzt aufspringen und das Milchgesicht zum Duell fordern? Eine Zurechtweisung hätte er verdient, aber vor dem Grafen versuchte ich, die Ruhe zu bewahren, und würgte eine scharfe Antwort hinunter. Vielleicht war er nur so wütend, weil ich seine kleine Schwäche bemerkt hatte. Doch was war schon dabei? Der junge Severin hatte gekotzt wie ein Reiher. So ist das beim ersten Mal.

»Ihr seid noch zu erregt von der Schlacht, wie wir alle«, sagte ich und versuchte, die Sache herunterzuspielen. Meine ruhige Stimme schien ihn jedoch noch wütender zu machen. Ricard war so erbost, dass ihm beim Sprechen Speichel und Bröckchen von Hammelfleisch aus dem Mund flogen, während er noch lauter zeterte.

»Man muss dem Allmächtigen danken, dass er Euch schlaue Hunde gab. Schlauer als ihr Herr.«

Bertrans Miene hatte sich zunehmend verfinstert, und während Ricard noch boshaft über seinen höhnischen Scherz lachte, lehnte der Graf sich plötzlich zu seinem Vetter hinüber, langte mit fettigen Fingern nach dessen Ohr und drehte daran, bis Ricard vor Schmerz aufschrie. Dann packte er ihn beim Hemd und zischte ihm ins Gesicht: »Ich habe deiner Mutter versprochen, dass ich auf dich aufpasse, damit du keinen Unsinn anstellst. Und obschon du schon zwanzig bist, so ist es vielleicht noch nicht zu spät, dir beizubringen, dass du Männer achten sollst, von denen du viel lernen kannst. Und wie wagst du es, so mit meinem *castelan* zu reden, der dein Hauptmann ist?«

Den letzten Satz hatte er laut gebrüllt, und Ricard zuckte erschrocken zurück. Das hatte er nicht erwartet, und er war schneeweiß geworden. Wortlos sprang er auf und rannte davon.

»Er ist noch jung«, sagte ich beschwichtigend, aber innerlich freute mich die Züchtigung dieses frechen Welpen.

»Kleiner Widerling«, knurrte Bertran. »Wie konnte ich mir nur diese Kröte aufhalsen lassen.« Auf einmal sah er das Komische an der Situation und lachte in sich hinein. »Das hat mir schon seit Wochen in den Fingern gejuckt.«

Wenig später entschuldigte sich Hamid, er wolle noch einmal mit den Gefangenen reden. Roger schloss sich ihm an, und die beiden empfahlen sich. Auch ich wollte mich erheben, aber Graf Bertran machte mir Zeichen, dass er mit mir zu reden wünschte.

Es war ein Abend unter klarem Sternenhimmel, vereinzelt aufgehellt vom Aufflackern der Feuer und dem Funkenflug, wenn einer der Mannschaften in der Glut stocherte oder frische Äste auflegte. Im kühlen Nachtwind wehten Gesprächsfetzen und bisweilen leises Lachen zu uns herüber. In Wahrheit hätte ich lieber mein Nachtlager aufgesucht, aber Bertrans Handbewegung war eindeutig gewesen.

»Was ist das für eine Narbe in Eurem Gesicht, Montalban?«

Ich fasste mich an die Wange. »Antiochia. Ein Türkenspeer.«

»Wohl nicht die einzige Verwundung.«

»Nein, nicht die einzige.«

In Bertrans dunklen Augen lag für einen Augenblick die Erinnerung an das Grauen der Schlacht. Oft wird man wochenlang von jenem eisigen Schrecken verfolgt, der einem Mann die Eingeweide erfrieren lässt. Wie leicht hätte man selbst ein hilflos zuckendes Stück Fleisch im blutigen Gras werden können. Manche grübeln endlos oder verlegen sich aufs Saufen. Dann sind sie als Krieger nicht mehr zu gebrauchen. Nein, es brachte nichts, zu viel über Schlachten nachzudenken, sonst verlor man den Verstand.

Bertran trank einen tiefen Schluck, lehnte sich gegen seinen Sattel zurück, den er als Rückenstütze nutzte, und rülpste genüsslich. Den Schwertgürtel hatte er abgelegt und sein Wams aufgeschnürt. Er machte wieder einen aufgeräumten Eindruck. Vielleicht verspürte er das aufgeregte Hochgefühl tiefer Erleichterung nach überstandener Gefahr. Dafür, dass man noch am Leben ist, atmen und die Erde riechen darf.

Er war nicht so hünenhaft gebaut wie sein Vater, denn der Alte hatte die Körpermaße seiner fränkischen Vorfahren besessen. Bertran war drahtig und saß gut zu Pferde. Anders als die meisten Männer auf diesem Ritt war er rasiert und seine Hände weicher als die schwieligen Pranken der erfahrenen Krieger. Die lebhaften, dunklen Augen schienen nichts zu übersehen, obwohl frühe Tränensäcke und blaue Äderchen auf der Nase keinen Hehl aus seiner Vorliebe für guten Wein machten. Sein Gesicht schien immer in Bewegung zu sein, und die Krähenfüße an den Augen zeigten, dass er gern lachte. Ich schätzte ihn auf vierzig Jahre und somit fünf Jahre älter als ich. In der äußeren Erscheinung waren wir uns nicht unähnlich. Beide hatten wir dunkles, gewelltes Haar, das wir, im Gegensatz zur normannischen Sitte, lang bis auf die Schulter trugen, schmale Gesichter und dunkle Augen. Doch hier endete die Ähnlichkeit, denn Bertran war kleiner und weniger muskulös als ich. Allerdings überrage ich die meisten Männer an Körpergröße, und die Mühen von fünfzehn Jahren Kriegsdienst hatten meinen Leib mehr als gewöhnlich gestählt. Während mein Haupthaar immer noch dicht und schwarz war, hatte sich das seine am Scheitel schon gelichtet, und es zeigten sich die ersten grauen Strähnen an den Schläfen.

»Wenn Ihr meint, ich hätte den Jungen zu hart angefasst …« Er ließ den Satz unvollendet. »Aber ich habe meine Gründe«, fügte er dann hinzu. Wollte er mir etwas über Ricard erzählen? Ich wartete, dass er weitersprach, doch Bertran stocherte mit einem Zweig in den Zähnen. Schließlich kam er auf etwas anderes zu sprechen.

»Warum hat uns der verdammte Grieche verraten? Was glaubst du, Montalban?«
»Ich vermute eine versuchte Geiselnahme, die Euch galt.«
»Das heißt, die ganze Aufregung um die Karawane war gelogen.«
»Die hat es wohl nie gegeben. Kyriacos war gerissen. Er hat uns eine Woche durch die Landschaft gehetzt, nur um uns hierherzuführen, wo er die Türken auf der Lauer wusste.«
»Wer könnte dahinterstecken?«
»Einer der seldschukischen Fürsten. Vielleicht Ridwan«, überlegte ich, »der Emir von Aleppo.«
»Wie sind diese Seldschuken? Können wir uns gegen sie behaupten?«
»Sie sind gute Krieger.«
»Ihr habt heute eine Übermacht geschlagen, Montalban.«
»Unsere Reiterei ist für den Nahkampf besser gepanzert. Aber solche Vorteile könnten sie sich mit der Zeit auch selbst zu eigen machen. Tapfer genug sind sie.« Ich wollte nicht, dass er den Feind unterschätzte. »Und sie scheinen keine Schwierigkeit zu haben, unter ihren Stämmen neue Kämpfer anzuwerben. Es ist, als wüchsen ihre Krieger wie das Gras in der Steppe, aus der sie kommen.«
»Und was ist mit diesem Ridwan von Aleppo?«
»Ein schlüpfriger Kerl von übelstem Ruf. Um sein Erbe zu sichern, hat er in jungen Jahren zwei Brüder gemeuchelt und jahrelang den dritten, Duqaq von Damaskus, befehdet.«
»Ja, diese Geschichte ist mir zu Ohren gekommen.«
»Später hat er seinen eigenen Schwiegervater, den Emir von Homs, ermorden lassen. Er meidet offene Feldschlachten gegen uns. Aber ein Überfall wie dieser, das würde zu ihm passen. Zumal, wenn dabei reiche Beute herausspringt.«
Bertran lachte. »Manchmal glaube ich, wir können uns hier nur halten, weil die Söhne Allahs so uneins sind.«
»Die Türken haben die Araber besiegt, aber sie selbst schlagen sich nun wie junge Wölfe um die Beute.«
»Wenn es Ridwan ist, so muss er Kyriacos eine Menge Gold ge-

zahlt haben.« Bertran lächelte in sich hinein. Schien ihm der Gedanke zu gefallen, dass die Türken glaubten, ein Vermögen für ihn erpressen zu können? Nach dem, was man so hörte, durchaus eine berechtigte Annahme. Es war den türkischen Spionen sicher nicht entgangen, dass Bertran mit gefüllten Truhen nach Outremer gekommen war. Die Plünderung von Tripolis musste einiges hinzugefügt haben.

Mittlerweile war es ruhig im Lager geworden. Nur ein paar Unentwegte tranken und redeten leise. Ich musste immer häufiger gähnen. Aber bei Bertran war keine Spur von Müdigkeit zu entdecken. Im Gegenteil, er schien hellwach und immer noch redelustig. Von seinem Diener ließ er Datteln bringen. Ich legte Holz nach, denn die Nachtkühle ließ mich frösteln.

Bertran schien dies nicht zu spüren. »Gottverfluchtes Türkenpack«, knurrte er. Seine Laune war plötzlich umgeschlagen. »Manchmal frage ich mich, was ich hier zu suchen habe. Ich bin weder Gotteskrieger noch Priester oder Eroberer. Außerdem, was schert mich Jerusalem?« Er stierte missmutig ins Feuer. »Mein Vater wollte unbedingt Befreier des Heiligen Grabes sein. Urban und Bischof Aimar haben ihm das eingeredet. Ihr kanntet Aimar, oder?«

»Natürlich«, erwiderte ich. »Ein guter Mann.«

»Ja, ja. So sagen sie.« Er trank einen Schluck. »Starb zu früh. Der hätte wahrlich einen guten Patriarchen für Jerusalem abgegeben. Mein Vater war gleich Feuer und Flamme für dieses verrückte Abenteuer gewesen.« Er rülpste verhalten und lachte dann bissig. »Während er in den Osten zog, war ich gut genug, ihm den Rücken freizuhalten. Ich musste für ihn Stellung beziehen, die Barone in Schach halten und immer mehr Abgaben aus ihnen herauspressen, um sein Heer zu bezahlen.« Bei diesen Worten hatte sich sein Gesicht verfinstert. »Das trug nicht zu meiner Beliebtheit bei. Tolosa ist reich, aber es gibt Grenzen. Und dann setzt der Alte mir auch noch dieses Balg vor die Nase. Als wolle er mir aus seinem verdammten Grab heraus die lange Nase zeigen.«

Diese Worte hatte er mit großer Verbitterung ausgesprochen. Es hatte im Heer die Runde gemacht, dass daheim die Barone

Alfons Jordans Anspruch auf Tolosa unterstützt hatten. Man hatte einen Kuhhandel getroffen. Bertran sollte sich nach Tripolis zurückziehen, durfte aber den Grafentitel bis an sein Lebensende behalten, während Alfons Tolosa bekam, das bis zu seiner Mündigkeit von seiner Mutter regiert würde.

»Und so sitze ich hier auf diesem elenden Mons Pelegrinus wie ein Verbannter.« Er zerbrach einen trockenen Ast und warf die Stücke ins Feuer, dass die Funken flogen.

»Wie ein Verbannter?«, fragte ich erstaunt. Ein Anführer, der sich betrogen fühlte und den fetten Tagen in Tolosa nachjammerte, den konnten wir hier wahrhaftig nicht gebrauchen.

Er musste den gereizten Ton in meiner Stimme bemerkt haben. »Ach, dummes Geschwätz! Vergesst, was ich gesagt habe.« Er rückte ein wenig näher, und seine Stimme nahm einen vertraulichen Ton an. »Ich wollte Euch vor allem danken, dass Ihr heute mein Leben gerettet habt.«

»Das ist meine Pflicht, *dominus*.«

»Pflicht!« Er spuckte einen Dattelkern verächtlich ins Feuer. »Wer tut schon was aus Pflichtgefühl?«

»Ein Treueschwur ist keine Kleinigkeit!«, sagte ich unwirsch. Hatte ich nicht geschworen, sein Leib und Leben gegen jeden zu verteidigen? Wie konnte er das so leichtfertig abtun.

»Natürlich.« Meine Verstimmung war ihm nicht verborgen geblieben. »Aber Ihr hättet einfach ein paar Reiter zu meiner Hilfe ordern können. Auch das hätte Eure Pflicht erfüllt. Doch ohne Zögern habt Ihr Euer eigenes Leben für mich eingesetzt. Ich frage jetzt, warum?«

»Es war keine Zeit zu verlieren.« Worauf, *deable*, wollte er hinaus?

»Genug Zeit, Eure eigene Haut zu retten, meine ich.« Er sah mich forschend an. Dann lachte er. »Ich sehe, ich verwirre Euch.«

Er steckte sich noch eine Dattel zwischen die Zähne. »In meiner Welt geschieht wenig ohne Berechnung, Jaufré. Deshalb wird es zur Gewohnheit, sich Gedanken zu machen, was einen Mann, mit dem man es zu tun hat, bewegt, was ihn antreibt, welche Ziele er verfolgt.« Ich musste ihn verständnislos angestarrt haben, denn er grinste verlegen. »Na, Euch zum Beispiel. Was ist Euer Ehrgeiz, Montalban?« Dabei schaute er mich listig an und wartete auf eine Antwort.

Warum ging er nicht einfach schlafen, anstatt mich mit diesem Gerede von der Nachtruhe abzuhalten, dachte ich gereizt. »Was soll Euch das bedeuten, Herr? Ich bin nur ein einfacher Soldat.«

»So«, sagte er. »Ein einfacher Soldat, was? Da habe ich anderes gehört.« Er sah mich aufmerksam und abwartend an. Ich runzelte nur die Stirn. Was sollte er schon gehört haben? Dann murmelte er: »Eine gute Maske ist es jedenfalls.«

»Maske?« Was, zum Teufel? Der Mann redete in Rätseln.

Bertran sah mir noch einmal forschend ins Gesicht, aber als er darin nur Verständnislosigkeit erkannte, zuckte er mit den Schultern. »Es ist nichts! Zu viel Wein, nehme ich an«, sagte er und lachte verlegen.

Erst viel später, als sich der Nebel lichten sollte, der so viele Jahre mein Leben verschleiert hatte, da dachte ich an diese Worte zurück. Kam es mir nur so vor, oder hatte er schon damals alles gewusst? Wollte er sich mir offenbaren? Und zog sich dann wieder zurück, als ihm nur Unverständnis entgegenschlug. So ähnlich hat er sich später in einem Brief an mich ausgedrückt. In diesem Augenblick jedoch verstand ich nichts von seinen Anspielungen.

»Wenn man sich in der Schlachtreihe nicht mehr auf die Kameraden verlassen kann«, brummte ich immer noch verärgert, »dann ist alles verloren. Einer muss sich vor den anderen stellen. Das ist keine Berechnung. Auch nicht Pflicht oder Treue, sondern eine Frage des Überlebens der ganzen Truppe.«

»Waffentreue und Kameradschaft«, murmelte er zu sich selbst und sann darüber nach. »Es wäre schön, wenn die Dinge immer so klar wären. Aber sei ehrlich, Montalban, so einfach ist das Leben nicht einmal für dich.«

»Ihr fragtet, warum ich mich vor Euch gestellt habe.«

»Und ich bin dir dankbar dafür.«

»Es geht nicht um Dankbarkeit.«

»Schon gut. Ich bin weniger einfältig, als du zu glauben scheinst«, lachte er. »Einer für alle, alle für einen. Die Gesinnung des selbstlosen Soldaten.« Es war spöttisch gemeint, so dass ich, zum Teufel mit der Höflichkeit, versucht war, aufzustehen, um ihn in der Nacht allein sitzen zu lassen. Aber da war etwas in seiner Stimme gewesen, als ob er das einfache Band der Kriegergemeinschaft in seiner eigenen Welt schmerzlich vermisste.
Auch Bertran schien seltsam verstimmt, denn plötzlich nörgelte er: »Ich bin es leid, allein zu trinken.« Er rief lauthals seinen Knecht und verlangte nach einem Lederbecher für mich. Dann goss er selbst ein, wobei er ein paar Tropfen verschüttete, denn seine Hand war nicht mehr so sicher, und reichte mir den Becher.
»Einfache Soldaten sind doch trinkfest. Also trink, *per Dieu!*«
Ich hob den Becher und leerte ihn in einem Zug.
»Herr, es ist spät. Und Ihr sagtet, Ihr wolltet etwas mit mir besprechen.«
»*Deable!* Das tue ich doch gerade.« Er sah mich gereizt an. »Montalban, du bist einer meiner Hauptleute. Ich muss mich auf dich verlassen können. Deshalb will ich wissen, aus welchem Holz du geschnitzt bist.«
»Damit ich für Euch berechenbar werde?«
»Natürlich.« Er grinste entwaffnend. Ich verstand, was er meinte. Schließlich versuchte auch ich, ihn abzuschätzen.
»In der Hauptsache will ich mein eigener Mann sein«, sagte ich zu meiner eigenen Überraschung. Wie war ich denn auf so etwas gekommen? »Das hört sich dumm an«, fügte ich lahm hinzu. »Ich meine, so zu leben, wie man es für richtig hält, und sich selbst treu zu bleiben.« Ich schwieg verlegen. Verdammt! Ich wünschte ihn zum Teufel mit seinen lästigen Fragen.
Bertran lächelte. »Nein. Hört sich keineswegs dumm an.« Er steckte sich noch eine Dattel in den Mund und kaute. »Den meisten Männern kann man gleich ansehen, zu welchem Schlag sie gehören. Ihr dagegen …« Er musterte mich eindringlich und spuckte dann den Kern aus. »In Zukunft will ich Vertrauen zwischen uns und dass Ihr Eure Gedanken mit mir teilt. Es ist mir wichtig!«

»Warum?«
»Weil ich, verdammt noch mal, guten Rat gebrauchen kann!«
»Ich will es beherzigen«, erwiderte ich steif, »aber Ihr überschätzt mich, Herr. Ich bin Kriegsmann und verstehe nichts von den Umtrieben der Fürsten. Und was mich persönlich antreibt? Ich mache mir nicht viel aus Titeln, Ruhm oder Reichtum.«
»Umso besser. Dann seid Ihr schwerer zu bestechen.« Er lachte über meinen Gesichtsausdruck. Die Datteln schienen ihm zu schmecken. Er nahm eine weitere und wischte sich die Finger am Wams ab.
»Ich bin kein großer Kriegsherr, Montalban«, nahm er den Faden wieder auf. »Wenn ich aus dieser Grafschaft etwas machen soll, dann brauche ich verlässliche Männer, die ihr Handwerk verstehen.«
»Tolosa konnte immer auf mich zählen«, sagte ich vorsichtig.
»Solange ich mich anständig benehme und nichts Unehrenhaftes von Euch verlange. Das wollt Ihr doch sagen, oder?« Dabei lächelte er verschmitzt.
Ich grinste zurück und nickte. Ich begann, ihn zu mögen. Redlichkeit, Ehre, Selbstachtung. Für mich waren das nicht nur Worte. Sein Vater Raimon war oft hart gewesen, doch immer ehrenhaft, und so einem Herrn konnte man bedingungslos dienen, denn was hat ein Soldat außer seiner Ehre?
»Also, darauf trinken wir, mein Freund!«, rief er.
Er leckte sich die Lippen und begann, von seinen Plänen für die Grafschaft zu sprechen. »Jetzt, da Tripolis endlich uns gehört, beherrschen wir die gesamte Küste und alle Häfen. Die Moslems sind von der See abgeschnitten. Das ist militärisch wichtig, und wir haben dadurch den Handel zwischen Ost und West in der Hand. Macht und Reichtum liegen zum Greifen nahe, mein Junge.« Er starrte eine Weile ins Feuer. Dann lachte er. »Ich will ehrlich mit dir sein. Es ging mir nicht so sehr um diese Karawane. Das war ein Vorwand. Nein, ich wollte mir ein Bild machen, und der Ritt durchs Bekaatal war sehr aufschlussreich. Homs, die Wüste, die Oase von Damaskus. Auch der Ritt über die Berge. Ich wollte alles sehen. Schade, dass wir nicht in Baalbek waren.

Es heißt, dort gebe es Ruinen aus der Römerzeit. Nun, ein andermal vielleicht.« Er steckte sich noch eine Dattel in den Mund.
»Ihr wolltet nur die Landschaft bewundern?«, fragte ich ungläubig. Dafür waren also Männer gestorben?
»Du weißt, welchen Namen mein Vater für Homs hatte?«
»La Chamelle.«
»So ist es. Er wollte ein mächtiges Reich gründen, und da Homs an der Kreuzung aller Straßen liegt, sollte es sein Hauptsitz werden. Ein großer Plan.«
»Er hat oft davon geredet«, bestätigte ich. »Aber dazu war unser Heer zu schwach.«
»Das ist der Kern der Sache, Jaufré, denn nun ist alles anders. Wir haben Tripolis im Rücken. Die Flotte der Genuesen kann uns zur Not immer versorgen. Und wir haben jetzt ein schlagkräftiges Heer.«
»Die täglichen Verluste sind nicht unbedeutend.«
Ungeduldig wischte er meinen Einwand hinweg. »Ich sehe hier eine große Zukunft für uns. Wenn wir Homs nehmen, sind wir einen Schritt weiter auf dem Weg zu *la Chamelle*. Wir könnten weiter nach Osten vorstoßen, Damaskus gewinnen und warum nicht, selbst das reiche Bagdad ließe sich einnehmen.«
»Aus Euch spricht ein wahrer Alexander«, sagte ich spöttisch.
Er grinste. »Wir Männer aus dem Westen werden Männer des Ostens werden. Für unsere Kinder ist Outremer bald die Heimat, und Tolosa werden sie vergessen.« Er sah mich eindringlich an. »Der Lotharinger Godefroi und vor allem mein Vater wollten nichts anderes als die Herrschaft Jesu im Heiligen Land errichten. Aber Männer wie König Balduin und Tankred aus Antiochia sehen die Sache handfester. Wir sind hier, um neues Land für uns zu erschließen. Verstehst du das, Montalban?«
Ich musste innerlich lachen, als ich mir vorstellte, Noura könnte ihn hören. Sie hätte ihn verflucht und ihm den Weinschlauch an den Kopf geworfen, denn genau diese Gier nach Land und Macht warf sie den Latinerfürsten vor. Das Gerede vom Grab Christi sei nur Heuchelei und Gefasel der Priester.
»Was meinst du, Jaufré? Kannst du dich als *dominus* über große

Ländereien sehen, mit Bauern, Sklaven und Rittern, die mit Stolz dein Banner tragen?«

Ich lachte. Ein schöner Gedanke. Dennoch, meine Erfahrung in diesem Land sagte mir, es würde schwerer werden, als er sich das vorstellte.

»Ein langer Weg, *dominus.*« Und ein blutiger dazu.

Inzwischen hatte Bertran so viel Wein getrunken, dass seine Zunge schwerfällig geworden war.

»*Putan!* Ich muss dringend Wasser lassen.« Er erhob sich mühsam und wankte einige Schritte in die Dunkelheit. Dann hörte ich ihn erleichtert stöhnend die Büsche bewässern. »Ein guter Piss ist fast so gut wie ein williges Weib, Jaufré«, seufzte er stöhnend. »Vielleicht sogar besser, denn pissen kann man immer. Das andere … na ja … an guten Tagen oder wenn ich mal was Junges kriege.« Er kicherte und gluckste weinselig.

»Jetzt weiß ich, warum Ihr Bagdad erobern wollt.«

»Und warum will ich das?«, rief er über die Schulter.

»Weil der Sultan mehr als dreihundert Frauen in seinem *haeraem* hält. In allen Schattierungen, eine schöner als die andere, so heißt es.«

»Ist das wahr?« Lüstern grinsend kam er auf unsicheren Beinen zum Feuer zurück. »Dreihundert geile Weiber, großer Gott! Ich weiß nicht, wie es dir gehen würde, Montalban, aber ich würde mich in einer Woche zu Tode ficken.« Er lachte lauthals, ließ sich schwer aufs Gesäß fallen, lehnte sich mit dem Rücken gegen den Sattel und nahm dann einen weiteren kräftigen Schluck. »Dreihundert Weiber für einen einzigen Kerl! Wir Christen sind einfach zu prüde, weißt du? Zu viele Priester, die mit ihrem Weihrauch um einen herumschwänzeln. Aber die verdammten Muselmänner, die wissen, was gut ist.« Er kicherte in sich hinein. »Hast du nicht auch eine Frau, Jaufré?«

Seit geraumer Weile bemerkte ich belustigt, dass er sich nicht entscheiden konnte, wie er mich anreden wollte. Mal du, mal Ihr, mal Montalban, mal Jaufré.

»Sie ist Armenierin aus Antiochia. Und ich habe eine elfjährige Tochter.«

»Warum versteckst du deine beiden Hübschen?«
»Noura zieht das Landleben vor.«
Ich verschwieg, dass sie es verabscheute, auf der Burg und unter Soldaten zu leben. Alles Kriegerische war ihr zuwider. Zu viel Abscheuliches hatte sie mit ansehen müssen.
Er begrüße es, meinte Bertran, dass ich eine Frau aus Outremer genommen hätte. Wir Latiner könnten das Land hier nur auf Dauer halten, wenn wir uns mit dem Volk vermischten. Deshalb habe er Frau und Kinder mitgebracht und werde später eine einheimische Tochter für seinen Sohn finden.
»Man soll uns nicht hassen. Wir müssen friedlich mit den Menschen leben, sonst sind unsere Reiche nicht von Dauer.«
Bertran schloss einen Augenblick lang die Augen. Dann hob er wieder den Kopf und lehnte sich auf den Ellbogen.
»Vater und Mutter?«, wollte er wissen. »Leben sie noch?«
»Mein Vater starb, als ich Kind war. Aber meine Mutter verwaltet den Familienbesitz.«
»Und was geschieht damit, wenn sie vor ihren Herrgott tritt?«
Ich zuckte mit den Schultern, obwohl seine Frage mich getroffen hatte. Sie betraf Dinge, an die ich lange nicht gerührt hatte.
»Eltern muss man ertragen«, sinnierte er, »man kann sie sich nicht aussuchen. Bei meinen war die Heirat das übliche Geschäft um Macht und Besitz. Wozu sind schließlich Töchter da, du weißt schon, wie es geht. Sogar der dümmste Bauer verkuppelt seine Töchter, wenn es etwas einbringt, hab ich nicht recht?«
In der Tat. Davon konnte ich aus schmerzlichster Erfahrung selbst ein Lied singen. Aber ich sagte nichts weiter dazu, denn diese Dinge suchte ich eher zu vergessen, und den Grafen gingen sie wenig an.
»Dabei sind solche Verbindungen nicht schlechter als andere«, fuhr er fort. »Meine Elena ist der beste Beweis. Mit der Zeit lernt man sich schätzen, mit Glück sogar lieben. Aber die Ehe meiner Eltern war ein völliger Fehlschlag. Mein Vater ließ sich selten blicken und wenn, dann stritten sie, dass das Gebälk zitterte. Sie waren zu verschieden. Der Alte ein herrischer, rechthaberischer Frömmler und meine Mutter eine leidenschaftliche und eigensin-

nige Frau. Wie Feuer und Wasser.« Plötzlich seufzte er. »Doch wie schön sie war! Als Kind habe ich sie vergöttert. Leider war sie oft in Gedanken abwesend. Deshalb hing ich zu viel an den Röcken der Kinderfrau.«

»Lebt sie noch?«, fragte ich aus Höflichkeit.

Aber Bertran schien mich nicht zu hören. »Anhes de Provence«, murmelte er. »Die schöne Anhes nannte man sie. Hätte gern den Grund ihrer Schwermut gekannt. Doch das wird ihr Geheimnis bleiben.« Er lächelte in sich hinein. »Als ich sechs war, ging sie ins Kloster. Ich kann mich noch gut erinnern, ich habe geschrien und wollte mit ihr gehen, aber mein Vater kam und hat mich zu sich genommen. Ein oder zwei Jahre später sagte man mir, sie sei gestorben.«

»Ihr habt sie nie wieder gesehen?«

»Nein. Man hatte mich später zum Knappen gemacht, und ich war bemüht, alles zur Zufriedenheit meines Vaters zu tun. Er war nicht unfreundlich zu mir, jedoch nie sehr herzlich.«

»Man sagt, die Ehe wurde für ungültig erklärt. Ging sie deshalb ins Kloster?«

»In der Tat. Wegen zu naher Verwandtschaft.« Er lachte bitter. »Die Bischöfe finden immer eine gute Ausrede, wenn der Fürst genug von einem Weib hat.« Inzwischen lallte er und hatte Mühe, die Augen offen zu halten. »Sie ging schon vorher ins Kloster. Sie konnte meinen Alten nicht ausstehen. Ich glaube, sie ließ ihn nicht mehr an ihr Honigdöschen ran. Weiß gar nicht, wie er es geschafft hat, mich zu zeugen.«

Und dann fügte er noch etwas Seltsames hinzu. »Wie immer zerrissen sich die Mägde das Maul. Angeblich sei sie schwanger ins Kloster gegangen und Raimon nicht der Vater. Deshalb ihre Schwermut.« Er blinzelte mich herausfordernd an. »Das wäre doch was, wenn ich noch einen Bastardbruder hätte, nicht wahr, Jaufré? Und keiner wüsste davon?« Er kicherte. Schließlich fielen ihm die Augen zu, und er begann, laut zu schnarchen.

Armer Bertran. Hoffentlich würde er sich morgen nicht mehr erinnern, was er mir in dieser weinseligen Laune anvertraut hatte. Ich rief seinen Diener, und gemeinsam trugen wir ihn ins Zelt.

Einen Augenblick lang blieb ich noch am Feuer sitzen. Was für ein Tag, mein Gott. Der verschneite Pass und dann dieser Türkenangriff. Und nun tiefgründige Einsichten in die Seele meines Lehnsherrn.

Die letzten Tropfen aus Bertrans Becher warf ich in die Glut, wo sie zischend verdampften. Ich blickte auf. Tausend Sterne funkelten über uns, die Nacht war kalt geworden. Bevor ich mein Nachtlager aufsuchte, wollte ich nach den Wachen sehen. Die Hunde erhoben sich und folgten mir auf leisen Pfoten. Ihre Nasen prüften den Wind. Bei den Pferden standen zwei Schatten. Einer war mein Freund, der graubärtige Guilhem *lo Galinier*. Er machte selbst die Runde.

»Alles in Ordnung, Guilhem?«

»Keine Sorge, Jaufré, du kannst ganz ruhig in dein warmes Nest kriechen.« Er lachte heiser. »Ich pass schon auf.«

»Und wer hat Wache?«

Der andere trat aus dem Schatten.

»Severin, Herr.« Es war der junge Gascogner.

»Nicht mehr lange bis zur Ablösung, Junge.« Ich fuhr ihm rauh mit der Hand durch die Haare und ging weiter. Auch die anderen Wachen waren auf ihren Posten. Zeit für mich, zu schlafen. Ich fand Alexis, meinen Dienstburschen, in eine Decke eingerollt vor meinem Zelt liegen und stieg vorsichtig über ihn hinweg. Hamid war sofort wach, als ich im Dunkeln meine Lagerstatt suchte. Wahrscheinlich lag seine Hand auf dem Dolch, den er immer griffbereit hielt.

»Pass ab morgen gut auf deinen Rücken auf.«

»Warum das?«

»Ricard.«

»Ach was. Der Kerl ist ein Kindskopf. Die Sache hat keine Bedeutung. Ich mache mir eher Sorgen um Noura und Adela. Ich hätte darauf bestehen sollen, dass beide auf der Festung bleiben. Dass sich Seldschuken diesseits der Berge herumtreiben, beunruhigt mich.«

Mein Lehen in Outremer war ein mit großzügigen Ländereien ausgestattetes Anwesen, landeinwärts in den Hügeln einige Stunden von Mons Pelegrinus entfernt. Noura hatte darauf bestanden, auch in meiner Abwesenheit dort zu bleiben. Sie war es leid, auf dem Pilgersberg die *domna* des *castelan* zu spielen. Außerdem sei es nicht gut für Adela, unter Soldaten aufzuwachsen. Was für Mädchen gut war, davon wusste ich nichts, aber wenn Noura sich etwas in den Kopf setzte, dann war es schon beschlossene Sache.

Plötzlich überfiel mich heiß die Erinnerung an den Fluch der alten Vettel aus dem Dorf am Litani. Ich sah schon Noura und Adela von johlenden Türken umringt und musste tief durchatmen, um das Bild zu verscheuchen. Ich legte meinen Kopf auf den Sattel und wickelte mich in meine Decke.

»Wer soll schon in deinem verschlafenen Dorf herumstreunen?«, murmelte Hamid schläfrig. »Da ist doch nichts zu holen.«

Der Ritt nach Tripolis

Sanctus Castulus, *Patron der Hirten,*
beschützt vor Blitz und Pferdediebstahl

Sabbatum, *im Morgengrauen,*
26. Tag des Monats März

Das war also mein langer Abend mit Bertran, meinem neuen Lehnsherrn, gewesen. Sollte ich mich geschmeichelt fühlen, dass er so viel Zeit mit mir verbracht hatte? Ich war nicht ganz schlau aus ihm geworden. Auch wenn er kein Kriegsmann war, wie er behauptete, so schien er doch ein Mann zu sein, der zuhören konnte und sich bemühen würde, unsere Lage richtig einzuschätzen. Das war wichtig in diesem Land, wo die Dinge häufig so ganz anders lagen, als man erwartete.

Dieses Gespräch hatte mich zum ersten Mal seit Monaten wieder zuversichtlicher gestimmt. Oder war es Bertrans Begeisterung und sein Traum von *la Chamelle* gewesen? Ein großer Herr könnte ich werden, hatte er gesagt, mit ausgedehnten Ländereien und Rittern, die meinem Banner folgen würden. Wer wünscht sich so etwas nicht?

Zu schnell war die Nacht vorüber, und im Morgengrauen begann das Lager, sich zu rühren. Einzelne wie ich krochen mit verschlafenen Gesichtern aus den Zelten und suchten Erleichterung zwischen den Büschen. Ich atmete die frische Morgenluft ein. Nach den warmen Decken im Zelt war es feucht und kalt hier draußen. Der Wald lag schwarz vor mir. Nur schemenhaft ließen sich Einzelheiten wahrnehmen. Weiter unten im Tal schimmerten dünne Nebelschleier.

Unwillkürlich musste ich an die vielen Toten denken, die der gestrige Waffengang gekostet hatte. Ich ließ mich fröstelnd auf meinem alten Faltstuhl nieder und wickelte mir den Mantel en-

ger um die Schultern. Unsere Gefallenen hatten ein christliches Begräbnis erhalten. Um ihr Seelenheil musste man sich nicht sorgen. Was aber geschah mit den Ungläubigen, die wir unbestattet gelassen hatten? Waren Moslems wirklich zur Hölle verdammt, wie *Paire* d'Aguiliers, unser Kaplan, behauptete? Das Landvolk daheim glaubte, die Seelen von Ermordeten irrten über Sümpfe und Moore und fänden nicht früher Ruhe, als bis sie gerächt waren. Ein düsterer Gedanke. Und ebenso finster, öde und gespenstisch wirkte die Landschaft vor mir, wie gemacht für die verlorenen Seelen der erschlagenen Seldschuken. Mir schauderte. Ich schlug ein Kreuz und murmelte ein kurzes Morgengebet.
Ich bemerkte eine flüchtige Bewegung in unserem Zelt. Hamid bei der Andacht. Es war nicht leicht für ihn als Muslim in der *militia christi*. Er hatte gelernt, dass es klüger war, im Verborgenen zu beten, selbst wenn es ihm deshalb selten möglich war, seinen religiösen Pflichten so, wie der Prophet Mohammed es verlangte, nachzukommen. Aber mein Freund war ohnehin nicht besonders eifrig in dieser Beziehung.
Die Feuer brannten inzwischen wieder, und die Knechte kochten mit den Fleischresten des Vorabends eine heiße Brühe auf. Der goldgelbe Schein der Flammen und ihre unbekümmerten Stimmen vertrieben die grauen Schatten und düsteren Gedanken. Alexis drückte mir einen Napf mit dampfender Brühe in die kalten Hände. Ich verbrannte mir beim Schlürfen die Zunge, aber die Flüssigkeit wärmte den Magen und weckte die Lebensgeister. Ich kaute auf einem Stück Fladenbrot und biss in eine Zwiebel. Besseres gab es nicht. Zeit, dass wir heimkamen.
Graf Bertran kroch aus dem Zelt, und sein Knecht begann, ihm das schwere lederne Wams anzulegen. Danach ließ er sich den Bart schaben. Sein Gesicht war grau und trug einen missmutigen Ausdruck. Er würdigte niemanden eines Blickes. Wahrscheinlich schmerzte ihm das Hirn nach den Mengen an Wein, die er in sich hineingegossen hatte. Gottlob hatte ich selbst nur wenig getrunken. Alexis half mir, mich zu wappnen. In Wahrheit war er mehr als mein persönlicher Diener, sondern was wir einen *escudier* nennen, einen Schildträger, verantwortlich für den Zustand mei-

ner Waffen und Pferde. Im Gegensatz zu anderen seines Standes weigerte er sich jedoch, selbst Waffen zu tragen, und ritt auch nicht in die Schlacht mit mir. Da er in allen Dingen flink und zuverlässig war, störte mich das nicht.

Erst die kettenbewehrten Beinlinge und Stiefel, dann das knielange gefütterte Lederwams, das zum Reiten vorn und hinten einen Schlitz aufweist. Darüber mein Kettenhemd. Es war eine gute Schmiedearbeit und zum besseren Schutz mit einer doppelten Anzahl von Ringen versehen. Vom gestrigen Kampf klebte noch Schmutz und geronnenes Blut daran. Aber mit der Zeit würde sich dies durch die Bewegung der Ringe wieder abschleifen. Zum Schutz gegen die Sonne später am Tag zog mir Alexis noch ein *surcot*, ein dünnes Leinenhemd über den Panzer, sonst würde das Metall zu heiß werden. Auch das war völlig verdreckt. Ich setzte meinen Helm auf, und Alexis legte mir den Schwertgürtel um. Dann holte er meinen Hengst Ghalib, den er bereits gesattelt hatte, hängte meinen Schild an den Sattelknauf und hielt eine neue Lanze für mich bereit. Der Rappe war lebhaft und tänzelte. Auch die Hunde schwänzelten aufgeregt um uns herum.

»Es geht nach Hause, ihr Nichtsnutze!«, rief ich ihnen zu, und sie begannen, erregt zu bellen, was mir einen bösen Blick von Bertran einbrachte.

Zelte und Ausrüstungen wurden zusammengepackt und auf die Lasttiere verteilt. Der Judas Kyriacos saß mit hängenden Schultern und niedergeschlagenem Blick im Sattel eines Maultiers, Hände an den Sattelknauf gebunden. Niemand hatte Mitleid mit ihm, und seine Wächter behandelten ihn rauh. Ich besprach die Marschordnung mit meinen Unterführern. Um einen weiteren Hinterhalt zu vermeiden, erbot sich Roger d'Asterac, die Vorhut anzuführen und seine Männer zu beiden Seiten des Weges ausschwärmen zu lassen. Graf Bertran war nun ebenfalls bereit zum Aufbruch. Auf mein Zeichen saßen alle auf, und der Zug setzte sich in Bewegung.

Inzwischen war es Tag geworden, obwohl die Sonne noch hinter den Bergen lag. Nach den ersten Meilen ließen wir den Wald hinter uns. Die felsige Natur nahm langsam wieder das Gepräge der

Mittelmeerküsten an, mit Sträuchern, Zypressen und kleinwüchsigen Eichen. Trotz der engen Täler und gewundenen, steinigen Straßen kamen wir gut voran. Manchmal führte uns der Weg durch eine Schlucht, und dann hallten die Geräusche von Mann und Tier von den Wänden zurück. An anderen Stellen eröffneten sich weite Ausblicke über das gesamte Vorland des Libanon. Die Männer ritten schweigend. Weiter hinten verlangte man, dass der dicke Bernat singen solle. Bald darauf erhob sich seine schöne Stimme, und bei dem alten Liebeslied aus der Heimat wurden so manchem bärtigen Kerl die Augen feucht.

D'Amor mi pren penssan lo fuocs
e'l desiriers doutz e coraus,
e'l mals es saboros q'ieu sint,
e'il flama soaus on plus m'art.

An Liebe denkend erfasst mich Feuer
und süßes, tiefes Verlangen,
o köstliche Pein, die ich verspüre,
je mehr ich brenne, je lieber mir die Flamme.

Bei dieser Weise überfielen mich Bilder aus vergessen geglaubten Zeiten. Da war die Corbieras im Sommer, Wiesen mit Blumen, stille Wildpfade auf den Hängen über Rocafort, wo wir uns heimlich getroffen hatten. Der Wald war unser Beschützer und Helfershelfer gewesen. Weiße Felsen, in deren Schatten wir uns liebkosten, Beeren, die wir pflückten, Leckereien, die ich für Amelha aus der Küche entwendet hatte und die wir auf einer sonnigen Lichtung vernaschten. Auf dem Weg zu unseren Verstecken sammelte sie oft einen ganzen Arm voller Feldblumen. Das schwarze Haar trug sie in Zöpfen um den Kopf geschlungen, und wenn sie es für mich löste, fiel es in üppigen Wellen bis zu den Hüften.
Mein Gott, seit Ewigkeiten hatte ich nicht mehr an sie gedacht und verstand nicht, warum mir plötzlich das Herz so schwer wurde. Siebzehn war ich damals gewesen, Amelha noch etwas

jünger. Nach Jahren der Waffenausbildung bei meinem Onkel in Monisat war ich endlich heimgekehrt. Täglich war ich über unsere Ländereien geritten, um die vertrauten Gesichter wiederzusehen. Die Leibeigenen und die freien Pächter, die Hirten und Milchmägde und vor allen Dingen meine alten Spielkameraden, die nun hinter dem Pflug gingen oder, wie mein Freund Drogo, das Handwerk des Vaters erlernten. Ich tat, als ob ich die jungen Bauerntöchter nicht bemerkte, aber natürlich schielte ich auf die verwirrenden Rundungen, die ihnen in meiner Abwesenheit gewachsen waren. Aus mageren Mädchen, denen wir noch vor kurzem an den Zöpfen gezogen hatten, waren plötzlich junge Weiber geworden. Wenn ich vorüberritt, tuschelten und kicherten sie hinter vorgehaltener Hand. Überhaupt war alles anders. Ich war nicht mehr einer der kleinen Schelme, die man mit Flüchen aus dem Obstgarten vertrieb, sondern plötzlich der junge Herr. Die Bauern verbeugten sich, und die jungen Mägde schauten weg und wurden rot, wenn mein Blick auf sie fiel.
Nur eine hatte die Augen nicht abgewendet.
Und sie hatte auch keinen Grund dazu, denn sie war das schönste Mädchen, das ich bislang in meinem kurzen Leben gesehen hatte. Den Kopf etwas zur Seite geneigt, grinste sie mich herausfordernd an. Ob ich nichts Besseres zu tun hätte, als den ganzen Tag auf meinem Pferd herumzureiten, fragte sie. Dann packte sie ihren Korb und verschwand lachend in der Mühle ihres Vaters. Sie hatte einen beschwingten Schritt, und ihr Rock wippte aufregend um die schlanken Fesseln.
So wie in heißen Sommern der Wald durch den Blitz in Flammen steht, so waren Amelha und ich vom ersten Herzschlag an füreinander verloren. *D'Amor mi pren penssan lo fuocs ... an Liebe denkend, erfasst mich Feuer und je höher es lodert, je mehr bin ich ihm verfallen*, bis eines Tages die Berührung des so anders geformten Körpers jene überwältigende Lust erweckt, der man nicht mehr entfliehen kann, Lust, begleitet von Heimlichkeit und Schuldgefühlen. Eine bittersüße Speise.
Da war dieser Nachmittag in den waldigen Hügeln gewesen. Sonne, die durch das Laub fiel, das aufdringliche Brummen einer

Hummel, ein Luftzug, der sanft über unsere Körper fächelte. Nackt hatte sie vor mir auf dem weichen Moos gelegen, Gesicht und Arme braun gebrannt, schneeweiß ihr Leib bis auf die rosigen Brustspitzen. Ich konnte nicht aufhören, meine Hände über die samtene Haut wandern zu lassen. Dann begann ich, Blütenblätter auf ihrem zarten Mädchenleib zu verteilen. Hör auf, mich zu kitzeln, kicherte sie. Aber ich machte weiter und weiter, bis sie bunt bedeckt war. Dann warf ich mich ungestüm auf sie, und wir liebten uns, bis sich unser Schweiß mit den zerquetschten Blüten zu einem betörenden Geruch vermengte. Seltsam, wie ich diesen Duft noch heute riechen kann.

Bernat hatte schon lange aufgehört zu singen. Hamid war neben mir aufgetaucht und riss mich aus meinen Tagträumen.

»Vorn haben sie eine Quelle gefunden.«

»Gut. Dann machen wir eine kurze Rast.«

»Bedrückt dich etwas?«

»Mich?«, fragte ich lachend. »Nein! Nur ein Anfall von Heimweh, glaube ich. Es ist Bernat und seine dummen Lieder.«

Am Bach erfrischten sich Mann und Tier. Und langsam, wie Morgennebel in der Sonne, zerflossen die Bilder einer Jugendliebe, bis nur noch unbestimmtes Bedauern blieb. Über die Torheiten der Jugend schüttelt man den Kopf, doch wer würde nicht gern noch einmal von ihnen kosten?

Nach kurzer Rast ging es weiter. Ich ritt allein an der Spitze unseres Zuges. Ghalib, sein Name bedeutete Eroberer, war ein kräftiger, achtjähriger Rappe arabischen Blutes. Ich hatte ihn für teures Gold erworben und als *destrier* abgerichtet. Er war nur eine Handbreit kleiner als unsere heimischen Pferde, dafür aber schneller und ausdauernder. Manche bevorzugen Mähren oder Wallache, weil Hengste in der Nähe rossiger Stuten schwer zu halten sind. Aber als Schlachtross ist ein Hengst mir lieber, denn er ist furchtloser und angriffslustiger. Ghalib war ein prächtiger Bursche, nicht nur verlässlich und unerschrocken, sondern selbst ein wahrer Kämpfer, der sich im Schlachtgewühl nicht scheute, Hufe und Zähne einzusetzen.

Außer Hirten trafen wir selten jemanden in dieser, wie es schien, von Gott und den Menschen verlassenen Gegend. Bertrans Worte kamen mir in den Sinn. Wir Latiner würden hier siedeln, das Land zur Blüte bringen und zur Heimat machen. Outremer hatte viel Gutes zu bieten, und mit den Jahren begann man, manches anzunehmen. Wir hatten uns an das Essen gewöhnt, zogen die leichten Gewänder der Einheimischen vor und schätzten die handwerklichen Künste der Araber.

Noura erzählte mir oft von den Menschen hier und ihrer langen Geschichte. Ihre eigene Familie war wie viele Armenier vor zwei Generationen vor den einfallenden Seldschuken geflohen und hatte sich im byzantinischen Antiochia angesiedelt. Die Byzantiner selbst sahen sich als Nachfahren der einstigen Römer und nannten sich selbst deshalb *romei.* Griechisch sprechende Römer, wohlgemerkt. Uns aus dem Westen nennen sie abschätzig Latiner, weil wir die Messe auf Lateinisch lesen und nicht in der ursprünglichen griechischen Fassung. Für sie waren wir nur ungebildete Barbaren und Abtrünnige von der reinen Lehre Gottes.

Konstantinopel ist eine ungeheure und ganz erstaunliche Stadt. Kirchen, Paläste, Zinnen und vergoldete Kuppeln, Theater, Pferderennbahnen und Monumente hatten wir mit offenen Mündern bestaunt. Tagelang waren wir durch die Viertel gewandert und hatten alles begafft. Besonders war mir die Hagia Sophia, die größte Kirche der Christenheit, in Erinnerung geblieben. Unser griechischer Führer belehrte uns in gelangweiltem Tonfall, die Kirche sei fast sechshundert Jahre alt, von Zehntausenden Arbeitern in nur fünf Jahren errichtet worden und dass allein der Hauptraum über hundert Schritte in beide Richtungen messe. Unfassbar, dass er von einer einzigen Kuppel überspannt ist, ohne Säulen oder Stützpfeiler. Man meint, sie müsse jeden Augenblick einstürzen, besonders da die Wände nicht stark genug erscheinen, das Gewicht des Gewölbes zu tragen, sind sie doch von zahllosen, großen Fenstern durchbrochen. Aber nein, die Kuppel schwebt ganz leicht in schwindelerregender Höhe über dem Besucher, als werde sie von Gottes Hand gehalten.

Ja, großartige Baumeister, das waren sie, die *romei.* Und sie besaßen verblüffende, handwerkliche Kunstfertigkeiten, liebten Kostbarkeiten aus aller Welt und hatten eine Vorliebe für den feinsten Luxus. Kaum waren wir aus der Kirche getreten, überwältigten uns Pomp und Reichtum des östlichen Roms. Höflinge vom Palast des Kaisers gingen wie Weiber geschminkt und in Seide gekleidet. Sie ersannen Gedichte über besonders gelungene Speisen und prahlten über Liebesabenteuer mit erlesenen Knaben. Uns schauderte. Es gab Huren, die waren so reich und prachtvoll gekleidet, dass man meinte, sie seien Königinnen, und sie rochen wie Engel aus dem Paradies. Wenn wir ihnen Silber boten, lachten sie uns aus und rieten, unser Glück bei den Dirnen am Hafen zu suchen, am besten aber gleich ein Bad im Bosporus zu nehmen, sonst würden auch diese uns verschmähen.

Eine seltsame Welt. Ich erinnere mich an unser Staunen, als wir es wagten, eines der öffentlichen Bäder zu besuchen. Dass man zum Waschen ein so riesiges Gebäude brauchte, war uns schon sehr fremd. Schließlich genügt ein ordentlicher Holzzuber, oder man wäscht sich am Fluss. Aber hier gab es ein Schwimmbecken so groß wie ein kleiner See. Und Räume zum Schwitzen, mit heißem Dampf gefüllt, Sklaven, die uns mit kaltem Wasser abspritzten, Öl auf die Haut rieben und mit Striegeln wieder abkratzten. Dann massierten sie unsere Glieder, und das war so wohltuend, dass ich prompt eingeschlafen war.

Konstantinopel musste wirklich die größte und schönste Stadt der Welt sein. Es war so lebhaft in den Gassen, dass man Mühe hatte, durchzukommen. Händler, die unter Torbögen ihre Ware anpriesen, Soldaten des Palastes, bärtige Priester, bemalte Huren an den Straßenecken, Beamte, Bettler und Gelehrte, Handwerker, Kinder und Matronen, Damen der feinen Hofgesellschaft, Lastenträger, Sklaven und Gaukler. Und alles schrie durcheinander. Sänftenträger bahnten sich rüde ihren Weg mit Stöcken. Von den vielen Menschen und dem Lärm wurde einem ganz wirr im Kopf. Und nicht zuletzt der unbeschreibliche Palast des Kaisers. Eine ganze Stadt für sich. Damit verglichen lebten unsere Fürsten in dreckigen Hundehütten.

»Was grübelst du so vor dich hin?«

Guilhem schreckte mich aus meinen Tagträumen. Ihm fehlte ein Zahn oben links, Opfer seines eisenbeschlagenen Schildrandes in einer Schlacht vor Jahren. Die Lücke verlieh ihm etwas Verwegenes. Bart und Haar waren grau, aber wie alt er war, wusste niemand, nicht einmal er selbst. Sein Rat war gefragt, weil er einen Riecher für Gefahren hatte und überlebte, wo andere starben. Dabei war er tapfer wie kein Zweiter.

»Na, an was denkt wohl ein Kerl, der zehn Tage lang kein Weib angefasst hat?«, rief ich in vorgetäuschter Entrüstung. »Was fragst du so dumm? Bist du Mönch geworden?«

Er brach in schallendes Gelächter aus. »Du sprichst mir aus der Seele, Mann. Die Grafschaft für einen saftigen Weiberarsch!«

Solches Gerede war nach Guilhems Geschmack. Er liebte derbe Sprüche und alle Dirnen im Hafen. Gleich wie viel sein Anteil an einem Plünderzug gewesen war, in wenigen Tagen war er wieder abgebrannt. Würfelspiel und Hahnenkämpfe. Und wenn er sein Silber nicht verspielte, dann trug er es zu den Huren.

»Schaff dir eine Frau an, du Tölpel. Dann kannst du ihn täglich haben, deinen Weiberarsch, und musst nicht mal zahlen.«

»Wenn du so weitermachst«, wieherte er, »dann hält mich nichts mehr, bis ich zwischen den drallen Schenkeln der *Keuschen Barbara* liege.«

Er sprach von einer stadtbekannten Hure, die im Genueser Viertel von Tripolis ein beliebtes Freudenhaus betrieb. Sie unterhielt eine große Auswahl an Dirnen, gab sich selbst aber nur selten und ganz wenigen Stammkunden hin, die ihre Aufmerksamkeit als Ehre betrachteten. Deshalb der Spitzname.

»*Die Keusche Barbara* hat edlere Freier als dich.«

»Nach diesem Ritt ist mir schon jede Honigpforte recht«, gluckste er. Aber dann wurde er wieder ernst. »Und wie geht es *Domna* Noura?«

»Gut, meine ich. Außer, dass wir uns gestritten haben. Wir Franken sind ihr zu habgierig.«

»Recht hat sie«, sagte er. »Du hast diese Frau nicht verdient. Wir alle nicht!«

In einem Scharmützel vor Jahren hatte Guilhem eine tiefe Schwertwunde davongetragen. Unter Lebensgefahr hatten Hamid und ich ihn vom Feld geschleppt, und Noura, die sich auf Heilkunde verstand, hatte ihn vernäht und langsam wieder gesund gepflegt. Seitdem war er ihr glühendster Verehrer und hätte sich mit Freuden für sie in Stücke hauen lassen. Überhaupt war es nicht ungewöhnlich, wenn sie kleine Geschenke von den Männern erhielt, meist als Dank für die Pflege eines Verwundeten. Aber ich vermutete, sie war so etwas wie die *domina* der Festung geworden, die schöne Herrin, um deren Gunst die Kerle buhlten.

»Verdient oder nicht«, lachte ich, »aber sie liebt mich.«

»Eingebildeter Pfau!«, grunzte er entrüstet.

Unsere Fröhlichkeit bekam einen Dämpfer, als der Vetter des Grafen sich näherte. Während er uns überholte, warf er mir einen gehässigen Blick zu.

»Wir sind noch nicht fertig miteinander, Montalban!«

Guilhems Augen verengten sich, als er ihm nachstarrte. »Der Kerl ist zwar noch jung, aber etwas sagt mir, nimm dich vor ihm in Acht, Jaufré!«

Hier war sie wieder, Guilhems Nase für Gefahr.

»Werde es mir merken, *mon velh.*«

Wenig später hatten die Männer der Vorhut einen guten Rastplatz gefunden und warteten auf uns. Wir stiegen von den Pferden und reckten die steifen Glieder. Hamid holte seinen Proviantsack hervor. Wir teilten etwas harten Käse und ein paar Oliven. Für die Hunde schnitt ich ein Stück Speck in Streifen und warf es ihnen zwischen die gierigen Fänge. Ghalib bekam eine Handvoll Hafer.

Das Wetter war so gut wie unsere Laune geworden. Ein strahlender Tag. Vögel schwirrten in den Büschen, die Sonne hatte alle Nebelstreifen verbrannt, und langsam wurde es angenehm warm. Wir lagerten auf einer Anhöhe mit Blick über die Ebene bis hin zum Meer. Alles war klar und scharf gezeichnet. Eine dünne Linie zog sich zwischen dem Blau des Himmels und dem tieferen Blau des Meeres entlang. Man sah Tripolis in der Ferne, und davor, auf einer sanften Anhöhe ließ sich winzig klein der Pilgersberg erkennen.

Ricard de Peyregoux saß abseits auf einem Felsbrocken. Ich spürte seinen ätzenden Blick auf mir ruhen, aber als ich aufschaute, sah er weg und starrte in die ferne Landschaft. Guilhem hatte recht. Trotz seiner Jugend lag in den stechenden Augen etwas Beunruhigendes.

»Wie lange noch, Jaufré?«, ließ sich Bertran hinter mir vernehmen. Seine Stimme klang freundlich genug. Es ging ihm besser, wenn ihm auch der Schweiß herablief.

»Ich schätze, drei bis vier Stunden.«

»Wird Zeit, aus diesem verdammten Panzer rauszukommen«, klagte er. »Da fällt mir ein, die Gräfin möchte, dass deine Frau zum Osterfest ihre Aufwartung macht.«

Er sagte es mit einem Lächeln, aber es war ein Befehl. Ich konnte es auch als Auszeichnung auffassen.

»Sie wird kommen.«

Ich verschwieg, dass Noura solche Anlässe hasste. Bertran hatte vor Jahren eine gewisse Elena de Borgonha geehelicht. Eine gute Verbindung für die Tolosaner, um sich nach Norden zu für ihre Besitzungen in der Provence den Rücken freizuhalten. Die Frau war keine Schönheit, doch eine ausgezeichnete Partie für einen Bastard, dachte ich belustigt. Zehn Jahre jünger als Bertran, aber wegen ihrer Leibesfülle wirkte sie reifer und mütterlicher als ihr Alter. Sie hatten zwei Kinder, der Älteste war Pontius und musste etwa zwölf sein. Dann die kleine Anhes, etwas jünger als Adela. Bertran hatte sie wohl nach seiner Mutter benannt.

Der Graf hockte sich neben uns auf einen Feldstuhl, den ihm sein Diener hingestellt hatte. »Da wir von Ostern sprechen … Ich muss mich endlich entscheiden, wer den Bischofssitz bekommt.«

»Wenn ich mir einen Rat erlauben darf?«

»Nur zu. Ihr kennt das Land besser als ich.«

»Bestätigt den Patriarchen. Die griechische Kirche hat die älteren Rechte, und das Volk würde dies gut aufnehmen. Wir sollten nicht alles auf einmal ändern.« Kyriacos' Vorwurf war mir in den Sinn gekommen. Sicher dachten viele im Volk wie er.

»Die Griechen sind unerträglich hochmütig. Ich würde ihnen gerne einen der Unsrigen vor die Nase setzen.«

Ich musste lachen. »Und ich bin sicher, so mancher Priester in Eurem Gefolge macht sich Hoffnungen. Aber Euer Vater hielt es immer für klug, sich gut mit Konstantinopel zu stellen. Wir brauchen ihre Unterstützung. Wenn Ihr den Patriarchen bestätigt, werden die Byzantiner dies als gutes Zeichen werten.«

»Für einen, der keinen Sinn für Politik hat …«, lachte er und starrte dann nachdenklich vor sich hin. »Der Gedanke hat was. Ich werde es mir überlegen.« Dann schien er einen Entschluss gefasst zu haben, denn seine Miene hellte sich auf. »Ich glaube, der König wird mich darin unterstützen. Der verdammte Legat des Papstes steckt auch nach Balduins Geschmack die Nase in Dinge, die ihn nichts angehen. Wir zeigen ihm, wer Herr im Hause ist.« Er grinste selbstzufrieden. »Und jetzt machen wir uns auf den Weg, Jaufré. Ich will endlich heimkommen.«

Er stand brüsk auf, rief nach seinem Pferd und hievte sich ächzend in den Sattel. Bertran schien nicht ganz in der Verfassung seiner Ritter zu sein, und das Gewicht von Rüstung und Waffen ermüdete ihn offensichtlich.

Ich gab Guilhem ein Zeichen. »He, ihr Hübschen!«, brüllte der daraufhin in die Runde. »Genug gefaulenzt. Hebt Eure jungfräulichen Ärsche in den Sattel.«

Stöhnend kamen die Männer auf die Füße und stiegen auf ihre Reittiere. Ich gab den Befehl zum Abmarsch.

Am frühen Nachmittag gelangten wir an einen Ort, wo der Weg hoch an einer steilen Klippe entlangführte. Der Abgrund lag gefährlich nah am Wegrand und maß an die dreißig Klafter bis in die Tiefe, wo der Grund von losem Geröll und Felsbrocken übersät war. Der Pfad war schmal, und mit größter Vorsicht suchte sich unser Zug den Weg über die Klippe, als der unglückliche Kyriacos ohne jede Vorwarnung seinem Reittier die Hacken in die Seiten hieb, um es über den Felsrand zu treiben und sich selbst in den Tod zu stürzen.

Es wäre ihm auch gelungen, hätte sich nicht der Lebenswille des Maultiers durchgesetzt. Im letzten Augenblick und schon am Rand des Abgrunds stemmte es die Hufen in den brüchigen Fels. Ein Bein des Tiers rutschte dabei ab, und es schrie vor Schmerz und wilder Panik auf. Das Tier ging in die Knie und verkeilte sich irgendwie am Felsrand. Kyriacos gab nicht auf. Nun versuchte er verzweifelt, sich aus dem Sattel zu stürzen, doch da er daran gefesselt war, schaffte er auch dies nicht. Er hing so weit über den Abgrund gebeugt, dass es ihm fast gelungen wäre, sich mit seinem Gewicht, Mensch wie Tier, über die Klippe zu befördern, hätte nicht geistesgegenwärtig einer der Männer ihn am Gürtel gepackt und zurückgerissen. Wir zerrten Tier und Reiter in Sicherheit.

Als es endlich gelang, das völlig verschreckte Maultier zu beruhigen, zogen die Knechte beide vorsichtig von der Stelle weg, und wir konnten weiterreiten. Jemand hatte Kyriacos ins Gesicht geschlagen, und ein blutiges Rinnsal lief ihm aus der Nase. Er hielt die Augen geschlossen, und seine Brust hob und senkte sich unter großem Schluchzen. Auf seinem tränennassen Gesicht lag eine Miene von Trotz und Trostlosigkeit zugleich.

»Er fürchtet die Folter«, sagte ich zu Hamid.

Um die Einzelheiten der Verschwörung herauszupressen, würde man den Griechen in Tripolis gehörig in die Zange nehmen. Kyriacos wusste das. Schließlich taten die Seldschuken nichts anderes, wenn ihnen unsere Kundschafter in die Hände fielen. Blenden, Fingernägel ausreißen und Gelenke zertrümmern und am Ende pfählen oder lebendig in Wasserkesseln kochen, bis das Fleisch von den schreienden Opfern fällt.

»So nimmt das Blutvergießen kein Ende«, murmelte Hamid angewidert.

»*Certas*. Aber wie sollen wir uns hier behaupten, wenn nicht durch Gewalt?« Wenn angegriffen, schlugen wir zurück, unternahmen Überfälle und brannten feindliche Dörfer nieder. Bis sich der Feind auch dafür rächte. Ein Teufelskreis ohne Ende.

»Er muss öffentlich hingerichtet werden. Verrat kann nicht ungesühnt bleiben. Aber ich will sehen, dass unnötige Grausamkeiten vermieden werden.«

Noura sah die Dinge nicht wie ich. Ich entsann mich unseres letzten Streits. Das Gerede vom Heiligen Krieg sei doch lachhaft, hatte sie gewütet. Alles diene nur der Gier der Mächtigen, sich zu bereichern. Was sei ein Balduin denn schon vorher gewesen? Ein armer Abenteurer, der es durch glückliche Umstände zum König von Jerusalem gebracht hatte. Die anderen Christenfürsten seien nicht besser. Und jetzt versuche auch noch Bertran, in Outremer sein Glück zu machen, denn im heimatlichen Tolosa war er nicht mehr erwünscht.

Bei solchen Gesprächen verlor sie ihre sonst so ausgeglichene Art, das Blut stieg ihr ins Gesicht, und sie wanderte zornig auf und ab. Und wenn schon, so lautete mein Einwand für gewöhnlich, denn für die Befreiung Jerusalems hatten wir gekämpft und gelitten. Als Belohnung auf Erden hatte Gott uns dieses Land geschenkt. War das verwerflich? Und wie sollten wir die heiligen Stätten schützen und die vielen Pilger, wenn wir nicht unsere Macht stärkten? Doch nie hatte ich sie überzeugen können.

Hamid räusperte sich. »Jahrelang hat Kyriacos uns treu gedient. Auf was hat sich der dumme Kerl da nur eingelassen?«

»Gold hat ihm den Kopf verdreht.«

»Da steckt mehr dahinter, als es den Anschein hat.«

Plötzlich bemerkte ich dünne Rauchschwaden in der Ferne, und als wir bald darauf über einen Hügel ritten, lag vor uns ein Dorf, das erst vor kurzer Zeit verwüstet worden war. Ich schickte Kundschafter vor, ließ Männer an den Flanken ausschwärmen, dann folgten wir vorsichtig. Als wir uns näherten, schien das Dorf ebenso menschenleer wie jenes in den Bergen. Ein ungutes Gefühl packte mich.

Einige Hütten waren abgebrannt, andere ausgeplündert, wie man am achtlos verstreuten Hausrat erkennen konnte. Wir fanden die zerhackten Leichen alter Leute, die zwischen den Hütten lagen. Hastig ausgeweidete Kadaver von Schafen und Ziegen, aber Bewohner waren nicht zu sehen und als einzig Lebende ein paar Hühner, die verwirrt im Staub pickten. Das Dorf kam uns unheimlich vor. Was war hier geschehen?

In den Weingärten hinter dem Dorf fanden die Hunde einen Alten, den die Männer auf den Dorfplatz zerrten, ein abgemagerter, alter Bauer in vor Schmutz starrendem Kaftan, um den Kopf einen Fetzen Stoff gewickelt. Der Mann sank auf die Knie, und

Tränen liefen ihm in den grauen Bart. Seine Arme hoben sich in flehender Geste, und er zitterte am ganzen Leib.
Hamid sprang vom Pferd, und nachdem er ihn auf Aramäisch ansprach, gelang es ihm, den Alten zu beruhigen. Der begann, mit vielen Gebärden zu reden.
»Was sagt er?«, verlangte ich zu wissen.
»Reiter haben das Dorf heute Morgen überfallen«, erwiderte Hamid mit sorgenvoller Miene. »Die paar Alten waren wohl zu schwach, rechtzeitig in die Hügel zu fliehen. Ihn aber haben sie nicht gefunden.«
»Seldschuken?«, fragte Bertran, der zu uns getreten war.
»Er sagt, sie trugen Turbane und Bögen. Kamen von Osten aus den Bergen wie wir und hatten Verwundete dabei.«
»Versprengte Truppen von gestern«, sagte ich.
»Aber immer noch gefährlich. Die Alten hier wurden gefoltert, um Geldverstecke zu verraten. Mehr als ein paar Kupfermünzen wird es nicht gebracht haben. Darüber waren sie aufgebracht. Er sagt, sie haben geschrien und gestritten.«
»Hört sich nach einem kopflosen Haufen an«, meinte Bertran geringschätzig. »Die brauchten Essbares vor ihrer Rückkehr nach Homs.«
Hamid schüttelte den Kopf. »Angeblich sind sie nach Westen geritten. Ich glaube, dieser Trupp hat sich selbständig gemacht, um zu plündern. Sie werden noch mehr Dörfer überfallen.«
Mein Herzschlag stockte. Wenn Hamid recht hatte, dann waren Noura und Adela in Gefahr. »Wie lange sind sie schon fort?«, rief ich beunruhigt.
Hamid befragte noch einmal den Alten. »Später Vormittag. Etwa fünf Stunden Vorsprung.«
Ich nagte an meiner Unterlippe. Dann fuhr ich zu Bertran herum. »Herr, ich muss mich eiligst von der Truppe entfernen.«
Er hob die Augenbrauen und wartete auf meine Erklärung.
»Diese Seldschuken reiten in die Gegend, wo mein Landgut liegt. Da ist ein größeres Dorf in der Nähe, das sie zu einem Angriff verleiten könnte. Vielleicht mache ich mir unnötig Sorgen, aber ich möchte meine Familie in Sicherheit wissen.«

Nun war auch Bertran besorgt. »Nimm zwanzig Männer. Damit kommst du schneller voran. Wir finden den Weg zur Burg allein. Na los, worauf wartest du?«
Guilhem suchte in Eile eine Schar zusammen, und bald preschten wir im Galopp aus dem Dorf. Ich ritt voran, Hamid und Guilhem hinter mir, gefolgt von unseren besten Männern. Und Alexis natürlich. Thor und Odin hetzten neben den Gäulen her. Mir schlug das Herz vor Unruhe in der Brust, und ich wünschte, wir kämen noch schneller voran. Doch die Pferde gaben alles, was sie in sich hatten. Und ich flehte zu Gott, dass es genügen möge.

Noura

Sanctus Castulus, *Patron der Hirten,*
beschützt vor Blitz und Pferdediebstahl

Sabbatum, *später Nachmittag,*
26. Tag des Monats März

Die Landschaft öffnete sich zu einer weiten, leicht hügeligen Ebene, die im warmen Licht des Nachmittags vor uns ausgebreitet lag. Wir hetzten die Gäule über die Straße, dass die Hufe Staub und Steine aufwirbelten und Strauch und Baum an uns vorüberrasten. So ging es eine Stunde lang, bis Schaum von den Mäulern der Pferde flog, ihr Atem keuchend und ihr Tritt immer unsicherer wurde. Wollten wir die Tiere nicht zuschanden reiten, mussten wir ihnen Erholung gönnen.

Bei einem alten Bewässerungsgraben hielten wir an und ließen die Tiere verschnaufen. Sie tranken gierig, und ihre Flanken beruhigten sich etwas. Ich war erstaunt, wie gut die Hunde mitgehalten hatten. Nach einer Weile saßen wir wieder auf. Trotz meiner Ungeduld ritten wir nun verhaltener, denn sollte es tatsächlich zum Kampf kommen, brauchten wir die Pferde in einer noch halbwegs guten Verfassung.

Es war nicht mehr weit bis zu meinem Anwesen, und bislang hatten wir keine Seldschuken zu Gesicht bekommen. Auch war keine Staubwolke am Horizont zu sehen, die auf einen Reitertrupp schließen ließ. Nichts, außer den Bauern auf den Feldern, die fortliefen, sobald sie uns nahen sahen. Wir verließen die Straße und bogen in einen steinigen Feldweg ein. Bald ließ sich schon mein Landsitz erkennen, ein großes Haus aus unbehauenem Stein mit einer hohen Mauer umgeben. Es lag friedlich auf einer Anhöhe inmitten von Weinbergen und Olivenhainen. Im Garten wuchsen Obstbäume und Zypressen. Nichts, außer dem Zirpen

der unermüdlichen Zikaden, schien die Ruhe zu stören. Kein Feind in Sicht. Sicher waren sie in anderer Richtung verschwunden, und es bestand keine Gefahr mehr, dachte ich erleichtert.
Wir trabten den Hügel hinauf. Vom langen Ritt war uns heiß geworden. Mir lief der Schweiß in Strömen unter dem Helm hervor. Es war still, während wir uns dem Tor näherten, als hätte die Natur den Atem angehalten. Die Sonne beleuchtete ein Spinnennetz am Torbalken, und beim Durchreiten hob ich die Hand, um es abzustreifen. Alles war in bester Ordnung. Ich begann, mich auf Nouras Willkommen zu freuen.
Und dann sah ich sie im Hof liegen.
Jäh blieb mein Herz stehen, und ich rang nach Atem.
Vor uns Angelos, der Pferdeknecht, mit gespaltenem Schädel im Staub. Seine Mistgabel lag nicht weit, und sein Blut bildete eine hässliche Lache auf der festgetretenen Erde des großen Hofes. Weiter vor uns die wie zerbrochen wirkenden Körper der anderen Männer des Gutes. Konstantinos, mein Verwalter, lag auf dem Rücken, und seine Brust war mit Pfeilen gespickt, das Bein lag verdreht unter dem Körper, so wie er gefallen war. Ein anderer, Yannis, lag vom Tor abgewandt auf dem Bauch, als ob er habe fliehen wollen. Sein abgetrennter Kopf war ein paar Schritte weitergerollt, und die blinden Augen starrten uns vorwurfsvoll an. Die einzigen Laute kamen von den Zikaden auf den Feldern und im Hof vom lauten Brummen der Schmeißfliegen, die die toten Leiber umkreisten. Wir starrten regungslos auf die Leichen.
Dann fiel ich aus dem Sattel und stolperte mit vor Entsetzen gelähmten Schritten in den Hof, gefolgt von meinen Männern, die ihre Schwerter gezogen hatten.
Dort lag der schwere Leichnam unserer Küchenmagd. Sie hatten ihr das Gewand heruntergerissen, und die blutigen Fetzen umrahmten das weiße Fleisch ihres üppigen Leibes. Ich wollte nicht hinsehen, was sie mit ihr angestellt hatten.
»Noura!«, schrie ich außer mir und blickte wirr suchend umher. Sie lag auf dem Rücken vor der Treppe zum Haus und starrte mit blinden Augen in den unschuldig blauen Himmel. Sie trug einen

angespannten Gesichtsausdruck auf den bleichen Zügen. Die rechte Hand hielt den Knauf meines alten Schwerts umklammert. Das Schwert meines Vaters, das ich im Haus aufbewahrte. Sie musste in der Not versucht haben, sich zu verteidigen. Mit Schrecken sah ich den riesigen geronnenen Blutfleck auf der Vorderseite ihres weißen Gewandes.

»Nein!« Mein eigener Schrei gellte mir in den Ohren.

Ich stürzte neben ihr auf die Knie und riss ihren zierlichen Körper an meine Brust. Tränen schossen mir in die Augen, und ich nahm nichts mehr wahr außer ihrer kalten Wange auf meinem Gesicht. Ich wiegte sie in meinen Armen und flüsterte ihren Namen. Es durfte nicht wahr sein. O Gott! O Du verfluchter Gott! Was hast Du zugelassen? Nicht uns sollte dies geschehen, nicht uns!

Mein Geist war benebelt, und ich nahm alles nur undeutlich und wie aus großer Entfernung wahr. Hinter mir die aufgeregten Stimmen der Männer, dann hörte ich jemanden schreien: »Wo ist Adela? Alle Mann! Sucht das Kind!« Wer hatte das gerufen? Hamid. Ja, es war Hamid. Schreit nicht, verdammt! Lasst uns in Ruhe! Ich küsste Noura auf die blutleeren Lippen und presste ihren leblosen Leib enger an mich. Ich wollte nichts hören oder sehen außer Noura, so als könnte meine Umarmung sie wieder zum Leben erwecken. Geht weg! Was stört ihr uns? Schließlich drängte sich etwas in mein Bewusstsein. Adela! Mein Kind! Zum Grauen über Nouras Schicksal gesellte sich nun die Furcht um mein Kind. Thor und Odin jaulten hinter dem Haus. Sie hatten die Hunde zum Suchen mitgenommen. Es fiel mir unendlich schwer, mich von Noura loszureißen, aber ich legte sie sanft zurück auf die Erde und erhob mich ächzend. Dann stürmte ich ins Haus und lief durch alle Räume, das Schlimmste befürchtend. Die Kammern waren verwüstet. Die Plünderer hatten ein heilloses Durcheinander hinterlassen. Ich schrie Adelas Namen und durchsuchte verzweifelt alle Winkel des Hauses. Sie war nirgends zu finden. Und als ich wieder vor die Tür trat, stand Hamid mit hängenden Schultern vor mir und schüttelte den Kopf.

»Sie ist verschwunden.«

»Vielleicht hat sie sich im Stall versteckt«, rief ich und wollte gleich selbst suchen, doch Hamid hielt mich am Arm fest.
»Das musst du nicht sehen, Jaufré«, murmelte er leise.
»Was ist? Ist Adela im Stall?«, rief ich in erneuter Panik. »Was haben sie ihr angetan?«
»Es ist die junge Magd Aisha. Sie ist übel zugerichtet worden.«
Ich sank auf die Stufen und legte die Hände vors Gesicht. Konnte ich noch mehr ertragen? Erst Noura und nun meine Tochter? Gott gebe, dass sie ihr nicht Gewalt angetan hatten. Sie ist doch nur ein Kind. Ich bitte Dich, Gott, lass mich mein Kind nicht so finden.
Nachdem ich mich etwas gefasst hatte, sah ich zu Hamid auf.
»Vielleicht wurde sie als Geisel verschleppt.«
»Möglich.« Er schien nicht überzeugt.
Ich griff nach neuen Strohhalmen der Hoffnung. »Oder sie ist weggelaufen. Was ist mit ihrem Pferd? Ist es noch im Stall?«
»Alle Pferde des Guts sind weg.«
Ich sprang auf. Ich wusste nicht, was stärker in mir war, Verzweiflung, Angst oder Wut. Ich musste etwas unternehmen.
»Wir verfolgen die Schweine.«
»Die sind schon drei oder vier Stunden fort. Es ist zwecklos. Spuren werden wir auf den steinigen Wegen kaum finden. Wir kennen nicht ihre Richtung. Die Pferde sind erschöpft und nicht imstande, eine Verfolgung aufzunehmen.«
Ich ließ die Schultern hängen.
»Morgen können wir es versuchen.« Hamid legte mir die Hand auf die Schulter. »Wir schicken Kundschafter aus und befragen die Bauern. Sie werden sicher ihren Beutezug fortsetzen, und wir folgen der Plünderspur.«
Ich konnte nicht mehr denken, sondern starrte nur auf Nouras Leichnam. Vielleicht hatte sie einen der Angreifer verwundet, denn es klebte dunkles Blut am Schwert. Im Handgemenge musste ihr dann jemand die tödliche Wunde zugefügt haben. Zumindest war ihr das Schicksal der Magd erspart geblieben. Hätte man auch ihr Gewalt angetan … Ich wagte diesen Gedanken nicht zu Ende zu denken.

Schon wieder das ekelhafte Summen der Fliegen um ihren Körper. Ich hob sie auf und trug sie behutsam ins Haus. Sie war nicht schwer. Ihr Kopf baumelte zurück, und die verkrustete Wunde auf ihrer Brust ließ mich schaudern. Es war, als spürte ich diese Wunde im eigenen Fleisch. Die Vorstellung von kaltem Stahl, der jäh in ihren Leib gedrungen war, bereitete mir Übelkeit, und bei dem Gedanken begann ich, heftig am ganzen Körper zu zittern. Ich stolperte, fast wäre ich auf der Schwelle zur Kammer zusammengebrochen. Aber es gelang mir, sie auf unser Bett zu legen, dem Lager, auf dem wir uns so viele Male geliebt hatten. Ich schloss ihre Augen und kreuzte ihr die Hände über der Brust, um die hässliche Wunde zu bedecken. Dann konnte ich mich nicht mehr beherrschen und begann zu schluchzen. Ich beugte mich vor und weinte in ihr Haar.

Hamid legte mir seine Hand auf den Rücken und schüttelte mich sanft. »Komm, Jaufré, lass uns deine Tochter suchen. Vielleicht hat sie sich in den Weingärten versteckt oder ist noch weiter fortgelaufen.«

Er hatte recht. Das war die einzige Hoffnung, die uns noch blieb. Ich holte tief Luft und trat zusammen mit Hamid vor die Tür.

Die Toten lagen, hastig in Leintücher gehüllt, in einer Reihe im tiefen Schatten unter einer Platane. Die Blutlachen im Hof hatten die Männer mit frischer Erde bedeckt. Die Pferde standen am Trog oder mit einem Hafersack um den Hals geschlungen, aus dem sie fraßen. Es sah friedvoll aus, und doch hatte sich hier erst vor wenigen Stunden ein schreckliches Schauspiel abgespielt. Eines, das ich schon oft genug erlebt hatte, dessen Schrecken mir jedoch im Augenblick, da es mich selbst betraf, schier die Seele zerreißen wollte.

Die Seldschuken mussten ohne Warnung in den Hof galoppiert sein und schon im ersten Ansturm mühelos meine Knechte ermordet haben. Ich sah im Geiste, wie die Frauen schreiend um ihr Leben gerannt waren. Wie Noura, vor Angst halb von Sinnen, aber todesmutig und mit meinem für sie viel zu schweren Schwert in der Hand, aus dem Haus gestürzt war, um Heim und Kind zu verteidigen. Vielleicht hatte sie den Kerl überrascht, der gerade die Köchin abgeschlachtet hatte, und ihn verletzt. Daraufhin hatte der Mann sich vor Schmerz schreiend umgedreht und ihr sein Krummschwert unter die Rippen gestoßen. Und dann war Noura lautlos zusammengebrochen. Bei der Vorstellung wurde mir übel, und mein Mageninhalt schoss mir plötzlich heiß und bitter aus dem Mund. Ich kotzte an die Hauswand und würgte, bis nichts mehr kam. Dann wischte ich mir den Mund am Ärmel ab und versuchte, langsam und ruhig durchzuatmen.

»Was haben sie mit Aisha, der Magd, angestellt?«, fragte ich schwach.

»Was willst du dich damit quälen?« Hamid mied meine Augen.

»Ich will es wissen, verdammt!«, fuhr ich ihn an.

Er blickte an mir vorbei, und seine Stimme war leise und tonlos. »Die Kerle haben sie der Reihe nach vergewaltigt. Ihr nackter Körper ist mit Blut und Samen beschmiert. Dann haben sie andere Spiele getrieben. Die Augen sind ausgestochen, und man hat ihre Brüste abgeschnitten. Und zuletzt wurde ihr ein langer, spitzer Pflock durch den Schoß in den Unterleib getrieben. Daran muss sie dann verendet sein.«

Gott im Himmel! Ich bekreuzigte mich unwillkürlich.

Und Adela, mein Kind? Wo war sie gewesen, während all dies geschah? Hatte sie fliehen können, oder hatte man sie aufgegriffen, auf ein Pferd gebunden und verschleppt?

Erst da sah ich Alexis. Er saß wie leblos an den Brunnen gelehnt und starrte vor sich hin. Seine Schultern hingen kraftlos herab, und Tränen hatten Spuren durch sein verschmutztes Gesicht gewaschen. Alexis und Aisha hatten heiraten wollen, und Noura hatte sich gefreut und gescherzt, sie würde bald eine Patin für das erste Kind werden.

»Hat er sie so gesehen?« Ich deutete auf Alexis.

»Es ließ sich nicht vermeiden.«

Mit finsterer Miene schritt ich zu Guilhem, der mich ratlos und mit traurigen Augen ansah.

»Jaufré …«, begann er.

Ich unterbrach ihn schroff. »Stell ein paar Wachen auf. Dann rücken wir aus. Ich will ins Dorf reiten. Vielleicht haben die Bauern etwas gesehen. Wenn nicht, dann suchen wir das umliegende Land nach Spuren ab, bevor es dunkel wird.«

Wo konnte sich ein elfjähriges Mädchen verstecken? Die Türken hatten die Pferde mitgenommen. Also konnte sie zu Fuß nicht weit gekommen sein. Wenn man sie nicht entführt hatte, was viel wahrscheinlicher war, denn Adela war ein hübsches Mädchen und würde in wenigen Jahren zu einer Schönheit heranwachsen. Die Seldschuken konnten auf einen guten Preis hoffen, wenn sie das Kind an den *haeraem* eines Emirs verkauften. Die Tochter eines fränkischen Ritters. Mehr wert als alles andere, was sie in meinem Haus geplündert haben mochten.

Grimmig zog ich den Sattelgurt nach und ergriff die Zügel. »Und nehmt, um Gottes willen, den Jungen mit. Lasst ihn nicht bei seiner toten Aisha.«

Ich saß auf, und wir trabten durchs Tor hinaus. Auf dem Weg über die Felder war ich wie erstarrt. Im Geist erschienen mir die hasserfüllten, Feuer sprühenden Augen der Alten aus dem Bekaatal, und ich vermeinte ihre heisere Stimme zu hören, wie sie mich verhöhnte.

Das Dorf, zu dem wir uns begaben, war eines jener wehrhaften Siedlungen der Gegend, auf einer Anhöhe gelegen und von dicken Mauern umgeben, zwischen die sich die steinernen Hütten zwängten. In seiner Mitte ragte das Türmchen einer Kapelle empor. Sie bekannten sich hier zu dem maronitischen Glauben. Der Ort gehörte zu meinem Lehen, aber außer regelmäßigen Lebensmittellieferungen, die im Umfang den Bedürfnissen einer Mannschaft von zehn Reitern und ihren Tieren entsprachen, verlangte ich keine weiteren Abgaben. Das war das Geringste für ein Dorf dieser Größe, und neben der Ausübung der niederen Gerichtsbarkeit bezeugte dies nach unserem Brauch meine rechtmäßige Gewalt und Leibherrschaft über die Leute der Siedlung. Wir Provenzalen waren dabei, in Outremer unser Herrschaftswesen einzuführen, aber dabei wollte ich behutsam vorgehen. Als Gegenleistung hatten die Bauern sich um meine Olivenbäume und Weinberge zu kümmern, von deren Erträgen sie einen Teil behalten durften. Um diese Dinge hatte sich mein Verwalter Konstantinos gekümmert. Manchmal war Noura in der Dorfkirche zum Beten gewesen. Im Großen und Ganzen waren wir gute Nachbarn geworden.

Ich hatte erwartet, auch hier Spuren von Plünderung und Verwüstung zu entdecken, aber alles schien ruhig.

Ich blickte mich um. Viel zu ruhig, fuhr es mir durch den Sinn, denn für gewöhnlich sah man arbeitende Bauern auf den Feldern ebenso wie Vieh auf den Weiden. Heute lagen die Äcker und Wiesen verlassen da. Auch im Dorf schien sich nichts zu regen. Würden wir auch hier Tod und Plünderung vorfinden?

Die Sonne stand schon tief und warf lange Schatten. Nach getaner Arbeit hatten die Bauern gewiss ihr Vieh heimgeführt und würden sich bald zur Vesper in der kleinen Dorfkirche versammeln. Das musste der Grund für die Stille sein. Wir näherten uns und konnten immer noch keine Seele entdecken. Sogar die üblichen Geräusche waren nicht zu hören. Obendrein war das Tor verrammelt.

Auf fünfzig Schritt Entfernung hieß ich unseren Trupp anhalten. Es war schon genug in diesen Tagen durch Unbedachtheit geschehen, und ich wollte keinen zweiten Hinterhalt riskieren. Mit den Händen als Trichter vor dem Mund forderte ich mit lauter Stimme Einlass.

Zunächst geschah nichts. Dann lugten Köpfe vorsichtig über die Mauern. Männer mit rostigen Speeren und Heugabeln und ein paar Bögen. Sie musterten uns misstrauisch. Unter ihnen erkannte ich den weißhaarigen Schopf eines Alten. Er rief etwas auf Aramäisch, das ich zwar nicht verstand, aber ich erkannte in ihm den Dorfältesten. Aniketos hieß er, so glaubte ich mich zu erinnern. Die Türken hatten das Dorf also nicht in die Hand bekommen, und es war kein Hinterhalt zu befürchten. Ich stieg vom Pferd, trat ein paar Schritte vor und breitete meine Arme aus, um zu zeigen, dass wir in Frieden kamen.

»Mach auf, Aniketos«, rief ich laut. »Du kennst mich. Ich bin dein Herr, Jaufré Montalban.«

Ich sah, wie andere auf den Alten einredeten, er aber noch zögerte.

»Hamid. Sag ihm, er soll keine Angst haben. Meine Männer sind hier zu seinem Schutz. Sie werden dem Dorf nichts tun. Sag ihnen, wir suchen meine Tochter.«

Worte flogen hin und her. Auf der Mauer dauerte das Gerede noch einige Augenblicke an, doch schließlich öffnete sich langsam das altersgraue, aus dicken Eichenbohlen gezimmerte Tor. Der Torflügel scharrte auf dem unebenen Boden, während ein kräftiger Bauer sich von innen dagegenstemmte.

Ich weiß nicht, was ich erwartet hatte, doch bestimmt nicht den freudigen Schreck, als Adela sich mit einem Schrei durch den sich weitenden Spalt im Tor hindurchzwängte und wie ein Pfeil auf mich zugeschossen kam.

»Vater, Vater!«, schrie sie und stürzte sich wild schluchzend in meine Arme. Ich ging in die Knie und presste sie an mich. Herrgott, ich danke Dir! Ihr schmaler Körper zitterte, als sie sich an mich klammerte. Ich küsste ihr tränennasses Gesicht und flüsterte: »Du lebst, *mon cor*. Du lebst.«

Erst in diesem Augenblick, als ich sie unversehrt in den Armen hielt, wurde mir bewusst, dass ich sie insgeheim schon tot wie ihre Mutter gesehen hatte oder gar gemartert und geschändet. Ich empfand eine unbeschreibliche Erleichterung, als dieses Gewicht von mir fiel, und gleichzeitig blutete mein Herz von dem, was ich ihr nun sagen musste. Sie zappelte in meiner Umarmung und machte sich los.

»Und Mama? Was ist mit ihr?«

Ich schüttelte nur stumm den Kopf.

»Ist sie tot?«

Sie hielt still, nur ihre Unterlippe zitterte heftig. Dann quollen neue Tränen hervor und rannen die Wange hinunter. Sie barg ihr Gesicht in den Händen und schluchzte.

»Oh, Mama, meine Mama.«

Ich schloss mein Kind erneut in die Arme und versuchte, sie zu beruhigen. Aber sie schrie: »Es ist nicht meine Schuld, Papa. Ich wollte Hilfe holen. Ich habe alles versucht, aber sie wollten nicht helfen, Papa. Ich habe sie angeschrien, aber sie wollten nicht helfen.«

Sie schluchzte und zitterte am ganzen Leib.
»Ruhig, Kind. Was redest du? Dich trifft doch keine Schuld.«
Wenn einer Schuld hatte, dann war ich es. Diese Erkenntnis traf mich wie ein heißer Stahl ins Herz.
Ich, der gelobt hatte, Noura immer zu beschützen, hatte schmählich gefehlt. Ohne besondere Sicherheit hatte ich sie auf dem Gut gelassen. Und nach der Schlacht gegen die Seldschuken hätte ich wissen müssen, welche Gefahr von versprengten Kriegern droht. Ich war zu spät gekommen.
»Adela. Es ist der Krieg.«
Ich nahm ihr Gesicht in meine Hände und strich ihr die verschwitzten Haare aus der Stirn. Sie beruhigte sich etwas.
Aniketos und andere Dorfbewohner waren inzwischen vor das Tor getreten. Auch der Priester war dabei. Eine ältere Frau, ganz in ein schwarzes Gewand gehüllt, sie war wohl das Weib von Aniketos, trat zu Adela und legte ihr eine Wolldecke um die dünnen Schultern, damit sie nicht fror. Adela ließ es geschehen und lächelte flüchtig. Sie brachten auch ihre Stute, mit der sie geflohen war, und ich half ihr in den Sattel. Ich wollte endlich wissen, was geschehen war, und befragte Adela und Aniketos. Trotz des griechischen Namens des Dorfältesten sprachen die Leute noch die alte aramäische Sprache. Und sie verstanden auch genügend Arabisch, so dass Hamid keine Schwierigkeit hatte, zu übersetzen.
Adela war auf einem Ausritt in den Feldern gewesen und unweit des Hauses vom Pferd gestiegen, um Blumen für ihre Mutter zu pflücken. Schreie und Waffengeklirr hatten sie plötzlich aufgeschreckt. Sie war zum Haus gerannt, hatte sich jedoch angsterfüllt hinter einem Busch versteckt, als sie fremde Soldaten erkannte und unsere Knechte tot am Boden hatte liegen sehen. In panischer Angst war sie davongeschlichen und hatte ihre Stute leise mitgeführt, um nicht durch Hufgeräusche entdeckt zu werden.
Weit genug vom Haus entfernt, war sie in den Sattel geklettert und im scharfen Galopp zum Dorf geritten, um Hilfe zu holen. Dort hatte man die Reiter schon von weitem entdeckt gehabt,

Vieh und Männer vom Feld gerufen und sich in Eile mit Heugabeln, Spießen und Sicheln bewaffnet. Sie waren gerade dabei, das Tor zu schließen, als Adela um Hilfe schreiend ins Dorf geritten war. Aber wie konnten die Bauern das Gut retten? Nur hier, hinter ihren Mauern hatten sie Aussicht, den Reitern zu widerstehen.

Anscheinend hatte Adela daraufhin wieder zurück zu ihrer Mutter gewollt, doch die Bauern hatten sie festgehalten und nicht mehr gehen lassen.

Später waren die Türken vor dem Dorf aufgetaucht und hatten die Dörfler in Angst und Schrecken versetzt. Ein paar Pfeile waren über die Mauer geflogen, dann waren die Reiter unverrichteter Dinge nach Süden abgezogen. Seltsamerweise hatten sie auch mein Haus nicht niedergebrannt. Dies konnte ich mir nur damit erklären, dass sie in großer Eile gewesen waren. Fürchteten sie eine Verfolgung durch unseren Reitertrupp, den sie hinter sich in den Bergen wussten?

Adelas Rettung schien mir so wundersam, als hätte der Erzengel Gabriel selbst seine Hand über sie gehalten.

Ich umarmte Aniketos und dankte ihm, was ihn etwas befremdete, denn er trat verlegen einen Schritt zurück. Schließlich lächelte er zahnlos. Er drehte sich um und bedeutete seiner Frau mit einem Wortschwall, mit uns zu gehen. Sie zögerte einen Augenblick, dann gesellte sich eine weitere Frau zu ihr, und die beiden sahen mich ernst und erwartungsvoll an.

»Sie sollen dir und Adela zur Hand gehen, bis ihr jemanden gefunden habt«, erklärte Hamid, fuhr sich mit der Hand übers Gesicht und fügte gequält hinzu: »Morgen früh wollen sie mit Särgen kommen und die Toten begraben.«

Ich nickte wortlos. Natürlich.

Die Frauen liefen noch einmal ins Dorf zurück, um Dinge für die Nacht zu holen. Inzwischen hatte sich Dunkelheit über die Landschaft gelegt, und sie boten uns Feuerbrände an, damit wir den Weg leuchten konnten. Dies wies ich zurück, denn es war besser, die Augen an die Dunkelheit zu gewöhnen, falls wir doch noch angegriffen wurden. Ein blassgelber Mond war über den

Horizont gestiegen und würde uns ohnehin die Sicht erleichtern.
Die beiden alten Frauen gingen in der Mitte unseres Zuges. Sie trugen Bündel auf dem Kopf und warfen ängstliche Blicke um sich. Die Gegenwart meiner Krieger beunruhigte sie. Ich ging zu Fuß und führte Ghalib am Zügel, hinter mir hörte man von Zeit zu Zeit ein Schnüffeln und Schluchzen von Adela auf ihrer Stute. So wanderte unsere Truppe langsam mit hängenden Köpfen über die Felder, bis wir wieder auf dem Hof angekommen waren.
Guilhem wollte sofort die Türken verfolgen. Aber ich verbot es. Nun, da Adela gefunden war, hatte ich nicht mehr genügend Hass in mir und auch keine Kraft, ihnen nachzujagen. Ich war unendlich erleichtert, dass wenigstens mein Kind unversehrt war. Dennoch fiel es uns beiden schwer, ein Wort miteinander zu reden. Nouras Tod stand wie eine Wand zwischen Vater und Tochter, und jeden für sich, wie unberechtigt auch immer, nährte das Gefühl, als habe er in entscheidender Stunde versagt.
Es wurde ein qualvoller Abend.
Als Adela ihre Mutter tödlich verwundet und schon erkaltet auf dem Bett liegen sah, brach sie zusammen. Sie hockte in einer Ecke, die Arme verzweifelt um den mageren Körper gepresst, während ihr Mund sich in lautlosem Schmerz verzerrte, so starr, als könne sie nicht mehr atmen. Dann rang sie mit Mühe nach Luft und begann zu schreien, bis ich sie aufrichtete und nach draußen führte. Sie schleppte sich vornübergebeugt, immer noch wimmernd den Leib haltend, als sei sie es, der man ein Schwert in die Brust gerammt hatte. Ich wusch ihr das Gesicht am Brunnen, und sie ließ es zitternd über sich ergehen. Danach setzten wir uns für eine Weile auf eine Bank. Ich hielt einen Arm um sie gelegt und wiegte sie sanft, bis sie sich beruhigte.
Die Frauen bereiteten etwas zu essen vor, aber Adela wollte nichts zu sich nehmen. Ich saß lange an ihrer Lagerstatt und hielt ihre Hand, bis sie eingeschlafen war. Mein Herz war schwer. Ich kannte mein Töchterchen nur unbeschwert und fröhlich. Und nun hatte sich ihr so unerwartet die hässliche Fratze dieses verfluchten Krieges gezeigt. Ich selbst war völlig erschöpft und

konnte doch nicht schlafen. Für einen Soldaten ist der Tod immer gegenwärtig, und sinnlose Gewalt kannte ich zur Genüge. Und doch, wie unvorbereitet man ist, wenn es einen selbst trifft. Die Männer hatten das Durcheinander im Haus notdürftig aufgeräumt, etwas gegessen, und nun hatte jeder sich in der Scheune oder sonst wo einen Platz zum Schlafen gesucht. Obwohl Essen das Letzte war, wonach mir der Sinn stand, hatte ich zumindest eine warme Suppe zu mir nehmen können. Endlich konnte ich mich der schweren Rüstung entledigen und atmete tief durch. Alexis kam zu mir mit verweinten Augen, und ich umarmte ihn. Hamid versprach, sich um ihn zu kümmern. Sie würden ihn mit Wein betäuben und reden lassen. Ja, sollte er sich bewusstlos trinken. Besser so.

Alle diese Handlungen nahm ich schlafwandlerisch vor. Mein Körper bewegte sich, meine Stimme ließ sich vernehmen, aber mein Geist war nicht dabei, und ich hatte das Gefühl, als läge auf meiner Brust ein schwerer Felsbrocken, so dass ich zu ersticken glaubte. Von Zeit zu Zeit musste ich eine Anstrengung machen, um Luft zu holen. Konnte man so sterben? Indem man einfach aufhörte zu atmen? Ich war so müde, dass es mir verlockend schien, mich neben Noura zu legen und einfach mit dem Atmen aufzuhören.

Später, bei flackerndem Kerzenlicht sah ich den Frauen zu, wie sie Nouras blutiges Gewand aufschnitten und ihren Leichnam wuschen. Dabei schauten sie scheu zu mir herüber. Ich jedoch achtete nicht auf sie, saß wie versteinert da und sah nur Nouras schönen Leib, ihren flachen Bauch und ihre milchweißen Brüste. Unter dem Brustbein klaffte die Schwertwunde wie ein hässlicher, blutroter Mund.

Die Frau, die ich geliebt hatte, durch einen achtlosen Schwertstreich für immer zerstört. Mein Verstand konnte diesen Alptraum noch nicht erfassen. Es schien abwegig und unwirklich, fast als müsse sie gleich aufstehen, mich anlächeln und den schrecklichen Spuk beenden. Dann ließen mich die Frauen allein, und ich blieb beim Licht zweier Kerzen, um von ihr Abschied zu nehmen.

Die Bäuerinnen hatten sie in ein schlichtes Leinengewand gekleidet, die Hände über der Brust gefaltet und ihr schönes Haar gebürstet. Es lag in weichen Wellen, an ihrem Busen entlang und bis hinab zu ihren Hüften. Man sagt, auch wenn das Fleisch zerfällt und Gebeine modern, das Haar vergehe nicht im Grab und bleibe auch nach Jahrhunderten erhalten. Nouras Haar hatte sanft geglänzt, wenn sie zu mir auf unser Lager gekommen war und sich zum Kuss über mich gebeugt hatte. Es hatte meine Wange gestreichelt und nach der Liebe ihre Brüste umrahmt und unseren Schweiß getrocknet.

Ich schnitt eine Locke ab und beugte mich über ihr Antlitz. Sie war reifer geworden, und es fanden sich winzige Fältchen auf der Stirn und um den Mund. Spuren unserer gemeinsamen Jahre. Welche Kunst auch immer die Frauen aus dem Dorf angewandt hatten, aber ihre Wangen trugen einen rosigen Hauch, und ihr lieblicher, roter Mund bildete einen Gegensatz zur Blässe des Todes und verlieh ihr eine durchsichtige Schönheit. Wenn Schlaf wie das Abbild des Todes ist, so schien ihr Tod nun das Abbild friedlichen Schlafes. Ein leichter Wind hatte sich über den Hügeln erhoben und wehte durch die halboffenen Fensterläden. Das Flackern der Kerzen warf bewegte Schatten und gaukelte Leben vor, wo keines mehr war. Ich küsste sanft ihre Lippen. Als Antwort spürte ich nur die Kälte des Todes und schrak zurück.

Keinem Menschen hatte sie jemals ein Leid angetan. Und ich hatte gelobt, sie immer zu beschützen. Dabei hätte ich doch tausendmal eher den Tod verdient, *soudadiers* eines eifersüchtigen Gottes, der nichts neben sich bestehen lässt. Ein *miles christi* war ich, ein verdammter, gnadenloser Gotteskrieger und Mörder im Namen des Herrn. Warum, Herrgott, hast Du nicht lieber mich genommen, gestern in der Schlacht?

Ich betete inbrünstig zur Jungfrau Maria. Dann wanderten meine Gedanken zu jenem fernen Tag, an dem Noura und ich uns begegnet waren.

***

Wo Männer wegen eines Laibes Brot zu Mördern werden, da wird man keine Großmut finden. Wo Hass und Verachtung die Oberhand haben, wie kann es dort Mitgefühl und menschliche Wärme geben? Und in einer Welt voller Tod und Zerstörung, wie kann da Liebe gedeihen? Doch mit ein wenig Wasser blüht selbst die Wüste. Je schlimmer die gemeinsame Not, je stärker wird das Band der Freundschaft, und je mehr der Tod uns bedroht, umso hartnäckiger drängt das Leben aus der Dunkelheit ans Licht. Und Leben ist auch Liebe.

Wir waren ein ungleiches Paar, Noura und ich. Jeder aus einer anderen Welt. Hatten wir doch nicht einmal eine gemeinsame Sprache. Allen Grund hätte sie gehabt, mich zu hassen, wie überhaupt alle Franken. Und dennoch, gerade in den dunkelsten Stunden des Lebens fanden wir zueinander.

Ich will erzählen, wie es dazu gekommen war.

Nach Konstantinopel und der Überquerung des Bosporus in Schiffen des Kaisers waren wir nach Nicaea marschiert, der Hochburg des jungen Sultans von Rum, Kilij Arslan, obwohl die Stadt wenige Jahre zuvor noch byzantinisch gewesen war. Der Sultan, der auf einem Kriegszug gegen einen anderen Türkenklan gewesen war, näherte sich im Eilmarsch, um unsere Belagerung zu brechen. Unerwartet griffen sie uns im Süden vor der Stadt an. Raimon gelang es, sie zu halten, bis Godefroi uns zu Hilfe eilte und wir sie in die Flucht schlagen konnten.

Es gelang Kilij Arslan, den Großteil seines Heeres zu retten. Er war auch derjenige, der ein Jahr zuvor die zehntausend Anhänger des Einsiedlers Pierre d'Amiens vernichtet hatte. Ein unglücklicher Marsch meist armen Volkes und somit leichte Beute für die Türken.

Vielleicht hatte deshalb der Sultan auch uns unterschätzt und zu voreilig angegriffen. Oder weil er noch jung und ungestüm war, denn er zählte erst knapp achtzehn Jahre.

Nicaea liegt an einem See, und als die Byzantiner mit Schiffen von der Seeseite unsere Belagerung unterstützten, da ergab sich die Stadt, und wir überließen sie dem Basileus. So endete die erste Feindberührung der *militia christi* mit einem großen Sieg. Ich

hatte meine erste große Schlacht überlebt und war wie alle im Heer voll übermütiger Hoffnung.
Nun begann der lange Marsch nach Syrien. Nach entbehrungsreicher Wanderung durch die trockenen Ebenen Anatoliens, bei der Männer und Tiere verdursteten, fielen wir bei Dorylaeum in einen Hinterhalt ebendieses selben Kilij Arslans. Diesmal mussten wir schwere Verluste hinnehmen, aber Bohemunds kaltblütige Umsicht und Tapferkeit hielt das Heer zusammen, bis Bischof Aimar nachrücken und den Türken in den Rücken fallen konnte. Wieder entkam der junge Sultan nur mit knapper Not.
Wir begruben die vielen Toten, und allen war klar, um Haaresbreite hätte es anders kommen können. Zum ersten Mal hatte ich das wahre und zutiefst ernüchternde Gesicht des Krieges gesehen.
Aber danach wagten es die Seldschuken nicht mehr, uns anzugreifen. In vielen Städten ermordete nun das Volk die türkischen Besatzungen und öffnete uns die Tore, besonders in den Ortschaften der Armenier im Taurus und Nordsyrien. Selbst Christen, sahen sie uns als Befreier vom Joch der Türken. Sie bekränzten unsere wegmüden Krieger mit Blumen, gaben uns Pferde und beluden unsere Maultiere mit Wegzehrung. Ihre Freude füllte uns mit neuer Zuversicht.
Über verschneite Pässe zogen wir weiter nach Süden und erreichten den Fluss Orontes und die herrliche Stadt Antiochia, die an seinen Ufern liegt. Sie mussten wir einnehmen, denn wir konnten uns nicht erlauben, eine solche Festung der Türken in unserem Rücken zu lassen. Doch an Erstürmung der mächtigen Mauern war nicht zu denken. Zum Bau von Belagerungsgerät fehlte es an Holz, Eisen und Tauwerk, und so folgten fast acht zermürbende Monate, in denen wir uns begnügten, die wichtigsten Tore zu blockieren. Ganz umschließen konnten wir die Stadt nicht, denn ein Reiter auf einem schnellen Pferd hätte einen halben Tag gebraucht, um sie zu umrunden.
Die größte Schwierigkeit der Fürsten war, während so langer Zeit ein Heer von über vierzigtausend Mann und entsprechendem Anhang an Knechten, Weibern und Kindern zu ernähren.

Wir mussten immer größere Entfernungen reiten, um Nahrung für Mensch und Tier aufzutreiben. Kein Dorf, kein Schober blieb vor uns verschont, und die Bauern flohen in Scharen, bis bald alles Land entvölkert war. Auch die Lieferungen aus den armenischen Städten wurden immer weniger. Wir wurden von Seldschuken überfallen und erlitten häufig Verluste. Zweimal kamen Heere gegen uns. Zuerst Ridwan von Aleppo, dann Duqaq von Damaskus, sein Bruder. Letzteren besiegte Bohemund am See von Antiochia durch einen gut geplanten Hinterhalt. Überhaupt erwies sich Bohemund als unser bester Heermeister.

Das rauhe Winterwetter setzte uns zu. Es gab kaum noch Holz für die Kochfeuer, und ständiger Regen weichte den Boden auf, so dass das Lager einer grauen Schlammwüste glich. Im Frühjahr besserte sich das Wetter, aber da es nichts mehr zu beißen gab, war unsere Lage äußerst schwierig geworden. Pferde starben an Futtermangel. Hunger hatte unsere Reihen gelichtet, vor allem unter den Ärmeren. Das Heer wurde von Seuchen befallen, besonders in den dichtgedrängten Lagern am Fluss, und viele starben an Fieber und blutigem Durchfall. Häufige Ausfälle der türkischen Besatzung schwächten uns weiter.

Viele begannen zu verzagen. Immer mehr schlichen sich heimlich davon. Die größte Prüfung unserer Standhaftigkeit kam zuletzt im Frühsommer, als bekannt wurde, dass der *atabeg* Kerbogha von Mossul mit einem riesigen Heer heraneilte, um die Belagerung der Stadt zu brechen. Jeder fragte sich, wie wir ihm in diesem geschwächten Zustand würden widerstehen können.

Seit langem hatte Bohemund darüber gegrübelt, ob sich die Tore der Stadt, wenn schon nicht mit Kriegsmacht, dann mit Gold aufschließen ließen. Heimlich waren seine Spione seit Monaten in der Stadt ein und aus gegangen. Und nur wenige Tage vor der Ankunft des Türkenheeres, als die meisten schon ergeben unserer endgültigen Vernichtung entgegensahen, da gelang das Unfassbare.

Bohemund hatte den Verräter Firuz gefunden, der nachts am 3. Juni im Jahre des Herrn 1098 eine Gruppe Normannen heimlich über die Zinnen steigen ließ, die sich den Weg zum nächsten Tor erkämpfen konnte, und plötzlich waren wir innerhalb der Mauern. Gewirr, Tumult und Getöse von unglaublichen Ausmaßen erfasste die Stadt. Das Gebrüll der Kämpfenden, Waffenlärm, Mord und Brand, die gellenden Schreie der Opfer, als unsere Männer alles vor sich niedermachend in die engen Gassen eindrangen und die Verteidiger sich verbissen kämpfend bis in die Zitadelle zurückzogen.

Unsere Truppen hatten zuerst den verbliebenen Christen Antiochias geholfen, alle Türken zu erschlagen, die sich nicht mehr hatten retten können. Doch dann begannen sie, Häuser zu durchsuchen, zu rauben und zu plündern. Sie betranken sich, zerstörten oder besudelten das, was sie nicht mitnahmen. Nach den schrecklichen Entbehrungen der langen Belagerung hatten sich die Männer in einen solchen Mordrausch gesteigert, dass sie wahllos Menschen niedermetzelten, gleich ob Türken, Syrer oder Armenier, selbst vor Christen und ihren Häusern machten sie nicht halt. Die Meute wurde zur hässlichen Bestie. Überall türmten sich die geschundenen Leiber. Kinderleichen fand ich, achtlos hingeschlachtet, wie zerbrochene Puppen in eine Ecke geschleudert. Unter den Schreien der Opfer war das Morden zu einem stumpfen Abschlachten ohne Sinn oder Mitleid entartet. Rinnsale von Blut rannen durch die Gassen und sammelten sich in riesigen, roten Lachen, durch die man knöcheltief waten musste. Möbel wurden auf die Straße geworfen, Heiligenbilder zerstört, Paläste brannten aus. Plünderer schrien und zeterten im Streit um ihre Beute. Überall stieg man über Leichen, und bald legte sich ein ekelhafter Gestank von Verwesung über die unglückliche Stadt. So hatte sich das Volk von Antiochia die Befreiung durch christliche Ritter nicht vorgestellt.

Wenn ich mir Jahre später die Hölle oder das Strafgericht Gottes ausmalte, so kam mir immer der Fall Antiochias in den Sinn. Einen ganzen Tag und bis in den nächsten Vormittag hinein dauerte dieses *infernum*, bis unsere Männer erschöpft, von Wein und Gewalt besoffen und mit Plunder überladen, einfach an Ort und Stelle einschliefen, wo sie standen.

Am ersten Tag war ich wie benommen durch die Gassen geirrt.

Irgendwann hatte ich ein reiches Haus betreten. Drinnen balgten sich ein paar Kerle um einen goldenen Kerzenhalter. Wütend waren sie mit Schwertern aufeinander losgegangen. Einen warf ich zu Boden, und den anderen schlug ich mit der flachen Klinge auf den Kopf. Dann griff ich mir den Gegenstand ihrer Begierde und hieß sie verschwinden. Der dreiarmige Leuchter war klein und zierlich, in bester Goldschmiedekunst gearbeitet. Ich wollte ihn nicht wirklich. Es hatte mich nur rasend gemacht, dass sie bereit gewesen waren, wegen solchen Tands einander umzubringen.
Lange stand ich allein im Haus und betrachtete die ehemals schönen und nun beschädigten Teppiche auf dem Boden, die zerrissenen, goldbestickten Wandbehänge, umgestürzten Tische und zerbrochenen Stühle. Dies war das Haus einer wohlhabenden Familie. Voller Opulenz und Bequemlichkeiten, die wir im Westen nicht kannten. Und nun so trostlos. Ich versuchte mir vorzustellen, wie sie hier gelebt hatten. Hatten hier Kinder gespielt? Von draußen hallten wieder vereinzelt gelle Schreie herein, aber hier drinnen war es still, nur die halb heruntergerissenen Vorhänge bewegten sich im Wind.
Da hörte ich ein leises Geräusch, das aus dem Inneren des Hauses kam, und ging ihm nach. In einer Kammer riss ich eine Tapetentür auf, und aus der Tiefe des Schranks starrten mich zwei große, verschreckte Augen an. Es war eine junge Frau.
Wie zur Abwehr streckte sie mir eine kleine Madonnenfigur entgegen, um zu zeigen, dass sie Christin und Schwester im Glauben war. Nicht, dass Christ sein an diesem Tag viel bedeutete. Gleichzeitig drückte sie sich, so weit es ging, in die Ecke des Schranks, das Gesicht verzerrt, der Mund zum Schrei geöffnet, obwohl sie keinen Ton hervorbrachte. Was konnte sie anderes erwarten als meine Faust, die sie packen und an den Haaren aus ihrem Versteck zerren würde, um sie zu missbrauchen und dann mit durchschnittener Kehle liegen zu lassen? Denn das war an diesen Tagen das Schicksal der Frauen in Antiochia.
Ich sagte nichts.
Erst ganz allmählich wagte sie es, meiner ausgestreckten Hand und meinen beruhigenden Gesten zu trauen. Zitternd erhob sie

sich, kletterte aus dem Schrank und stand ergeben vor mir, die Augen vor Angst und Scham gesenkt. O wie ich es kannte, das Gefühl der Scham, das ohnmächtiger Todesangst folgt. Hatte ich es nicht oft selbst nach der Schlacht gespürt? Die Erinnerung an die Furcht macht uns betroffen. Schließlich hob sie scheu den Blick und sah mir forschend ins Gesicht. Ihr eigenes war vom durchlebten Entsetzen gezeichnet, dennoch hielt sie sich aufrecht, um Würde bemüht. Ich fand etwas in diesen dunklen Augen, das mir nicht erlaubte, sie dort zurückzulassen. Denn allein würde sie den Tag nicht überleben.
Den goldenen Leuchter, den ich immer noch in der Hand hielt, streckte ich ihr verlegen entgegen. Sie nahm ihn ohne ein Wort. Ich fand einen weiten Mantel für sie und bedeutete ihr, mir zu folgen, ohne zu wissen, was ich mit ihr anfangen sollte. Sie schritt entschlossen neben mir her, den Umhang um sich geschlungen, Haupt und Gesicht verhüllt, ohne nach links oder rechts zu blicken. So kam es, dass Noura bei mir zu leben begann.
Ein armenischer Bauer brachte Bohemund am nächsten Tag das blutige Haupt Yaghi-Siyans', des türkischen Befehlshabers von Antiochia, der über die Berge hatte fliehen wollen. Das Heer jubelte. Der Normannenfürst war der Held des Tages. Aber die Freude über die Einnahme der Stadt war nur von kurzer Dauer, denn Gerüchte gingen um, dass das erwartete Türkenheer im Anmarsch war. Die Sache war also noch nicht gewonnen, und in den nächsten Tagen und Wochen würde sich unser Schicksal entscheiden.
Die Zitadelle auf dem Berg Silpius, in der Yaghi-Siyans' Sohn sich verschanzt hatte, lag innerhalb der Stadtmauern, konnte aber auch von außen erreicht werden und bedeutete eine Gefahr für uns. Wir versuchten in Eile, sie zu nehmen, wurden jedoch blutig zurückgeschlagen.
Dann tatsächlich, zwei Tage nach dem Fall der Stadt, tauchten im Osten die ersten Späher an der eisernen Brücke über den Orontes auf und wagten sich bis zu den Mauern vor. Roger de Barneville, ein bekannter Ritter, verfolgte sie mit fünfzehn Reitern, wurde aber in einen Hinterhalt gelockt. Vor unseren Augen wur-

den alle niedergemacht, Roger von einer Lanze getroffen und dann enthauptet. Es war wie ein Omen. Sollte dies unser aller Schicksal werden?
Nach weiteren zwei Tagen besetzte ein Teil des riesigen Türkenheeres unsere alte Lagerstatt vor den Toren und begann, die Stadt einzukesseln. Kerbogha hatte sein Heer so aufgeteilt, dass er alle Zugänge beherrschte. Die Rollen waren nun vertauscht. Jetzt lagen die Türken vor den Toren, und uns schützten die Mauern, rechtzeitig gottlob, sonst wäre es das Ende für uns gewesen. Doch es war eine trügerische Sicherheit, und bald wurde uns klar, dass wir nun vollends in der Falle saßen. Es gab kaum etwas zu essen, wir konnten nicht alle Mauerabschnitte angemessen besetzt halten, außerdem saß uns immer noch die Zitadelle im Nacken, so dass es nur eine Frage der Zeit sein konnte, bis wir aufgeben mussten.
Ich hatte ein kleines Haus an der Südmauer bezogen.
Meine Gefährten aus dem Dorf waren alle tot oder geflohen, so genau wusste ich es nicht. Aber nun teilte Noura meine Unterkunft. Es gab immer noch viele Lagerhuren und Marketenderinnen, die unserem Heer gefolgt waren. Niemand fand es also ungewöhnlich, wenn Noura wie andere Frauen Holz suchte und Wasser holte, obwohl ich ihr nie irgendetwas befahl. Sie tat aus eigenen Stücken, was sie für nötig hielt. Eines Abends überraschte sie mich, als sie stumm ihre Kleidung ablegte und sich mir mit steinernem Gesichtsausdruck darbot. Sie schien zu glauben, ich erwarte dies als Gegenleistung für meinen Schutz. War das nicht der Handel, den viele Frauen im Lager eingegangen waren, Arbeit und fleischliche Liebe gegen Brot und Leben?
Ich konnte mir nicht helfen, sie zu betrachten. Ihr Leib war schlank und fast zierlich, aber dennoch von so sinnlicher Schönheit, dass mir der Atem stockte und ich gebannt zuerst auf ihre Brüste und dann auf den schwarzen Busch zwischen ihren runden Schenkeln starrte. Unwillkürlich suchte sie sich mit den Händen zu bedecken, bis sie, die Augen vor Scham abgewandt, die Arme sinken ließ, als wäre es ihr wieder eingefallen, warum sie nackt und stumm vor mir stand. Sie hatte ein ovales, eben-

mäßiges Gesicht, helle Haut, ein fein geschnittenes Kinn und einen vollen Mund. Die dunklen Brauen und die gerade, etwas zu lange Nase verliehen ihr etwas Ernsthaftes. Alles in allem war Noura eine schöne Frau. Ich suchte ihre dunklen Augen. Sie spürte diesen Blick, hielt jedoch weiterhin die Lider gesenkt, während ihr die Schamröte ins Gesicht stieg. Vor Verlangen hatte ich einen Kloß im Hals, aber ich rührte sie nicht an. Zu schäbig wäre ich mir vorgekommen, denn sie war keine dieser derben Lagerhuren.

Mein Kopfschütteln nahm sie verwirrt zur Kenntnis, dann raffte sie rasch ihre Kleider vom Boden, warf mir einen Blick ungeheurer Erleichterung zu und flüchtete aus der Kammer. In den nächsten Tagen belohnte sie meine Zurückhaltung mit vielen kleinen Aufmerksamkeiten, darunter sogar ein erstes zaghaftes Lächeln. Das dankbare Vertrauen, das sie mir nun entgegenbrachte, schützte ihre Jungfräulichkeit besser als ein Heer von Eunuchen. Hätte ich jemals zuvor unziemliche Gedanken gehegt, so war sie nun bei meiner Ehre als Edelmann unantastbar geworden.

Sie hielt das Haus sauber und kochte das wenige an Nahrung, das ich auf meinen Streifzügen durch die Stadt aufzutreiben imstande war. Schwere Dinge nahm ich ihr ab, da ich sah, dass ihre makellosen Hände nicht an Grobes gewöhnt waren. Überhaupt waren wir höflich und rücksichtsvoll zueinander, keusch wie Bruder und Schwester.

Noura war überzeugt, dass mich die Jungfrau Maria zu ihr geführt hatte, und dankte ihr jeden Abend zur Vesperzeit. Ein Schemel oder ein Kistchen, das sie mit einem Tuch bedeckte, diente als Schrein. Darauf der goldene Kerzenhalter und die kleine Madonnenfigur. Sie verbrannte etwas Weihrauch in einem Schälchen, zündete die Kerzen an, und der Raum füllte sich mit warmem Licht. Dann nahm sie das silberne Kreuz ihrer Mutter vom Hals, küsste es und legte es neben die Madonna. Wenn alles so war, wie sie es wollte, begann sie, mit leiser Stimme zu beten. Ich wagte kaum zu atmen, um ihre Andacht nicht zu stören. Später lud sie mich ein, daran teilzunehmen. Schließlich wurde es zur täglichen Gewohnheit.

Nachdem Noura die ersten Brocken unserer Sprache gelernt hatte, konnten wir uns besser verständigen. Stockend und unter Strömen von Tränen erzählte sie von ihrer Familie. Mutter, Vater, zwei Brüder und zwei Schwestern hatte sie verloren, ihre alte Großmutter und eine Tante, die Schwester ihres Vaters. Wir hatten niemanden mehr finden können, obgleich ich mit ihr die ganze Stadt absuchte, sooft ich vom Kriegsdienst abkömmlich war. Wie konnte sie dies ertragen, ohne den Verstand zu verlieren?
Manchmal sprachen wir tagelang nicht miteinander. Jeder grübelte für sich über sein Schicksal. Kerbogha von Mossul würde die Stadt einnehmen. Diese Aussicht erschien uns unvermeidlich, das Ende unseres einst so stolzen Christenheeres. Mein Ende ebenso, obwohl noch so jung und in allem unerfahren, außer im Töten. Auch Noura befürchtete das Schlimmste, denn der gierige Armenier Firuz, der Bohemunds Gold genommen hatte, war ein entfernter Vetter. Es hieß, er habe es Yaghi-Siyans, dem nun toten Hauptmann der Stadt, heimzahlen wollen, weil der ihm angeblich die Frau gestohlen hatte. Kerboghas Rache und Strafgericht gegen alle Armenier würden furchtbar sein.
Das Schlimmste in diesen Tagen war der Hunger. Die Getreidekammern der Stadt waren leer, die Gärten geplündert, Vieh und Geflügel längst verzehrt. Hunde und Katzen hatten zuletzt Höchstpreise erzielt, und selbst für eine magere Ratte zahlte man in Gold. Wer arm war, hungerte am meisten. Heuschrecken waren beliebt, wenn man welche fand. Ritter schlugen sich um die mageren Fleischfetzen ihrer eigenen Pferde. Viele waren so geschwächt, dass ihnen bei größerer Anstrengung schwarz vor Augen wurde.
Wir magerten zusehends ab. Nouras Wangenknochen traten hervor, ihre Haut sah aus, als sei sie durchsichtig geworden. Seltsamerweise machte sie das noch schöner. Ihre dunklen Augen wurden noch eindringlicher als zuvor, und mit den gemessenen, von Hunger geschwächten Bewegungen ihrer schlanken Glieder glich sie einer Fee aus den Sagen meiner Amme, die ich mir als Kind immer als zarte, durchsichtige Gestalten des Lichts vorgestellt hatte.

Die Hoffnung auf Kaiser Alexios und sein rettendes Heer erfüllte sich nicht. Wir verfluchten die Untreue der Griechen, und eine schreckliche Niedergeschlagenheit erfasste die *militia*. Und dann die Aufregung um die Gesichter des Bauernjungen Bartholomäus. Der Heilige Andreas habe ihm im Traum den Ort in der Kathedrale gezeigt, wo man die Heilige Lanze finden würde, in sechs Fuß Tiefe und halb verrostet. Und so war es geschehen. Später haben manche gezweifelt, ob es wirklich jene Lanze war, die ein römischer Soldat unserem Heiland in die Seite gestoßen hatte. Aber für das Heervolk war dies das ersehnte Zeichen des Himmels. »*Deus le vult!*«, schrien die Priester wie wild, und alle glaubten wieder an Gottes Hilfe, solange wir nur unser Gelübde erfüllten.

Nach langer Beratung entschieden sich die Fürsten für einen letzten Ausfall, um den Würgegriff der Türken zu brechen, bevor wir alle zu schwach wurden, um noch eine Waffe zu heben. Und so zogen wir am 28. des Monats Juni in den Kampf. Die letzte Schlacht, der letzte Wurf des Würfels, der Kampf um unser aller Dasein.

Singend trugen die Mönche die Heilige Lanze voran, als wir vor die Stadt zogen. Die meisten der Ritter fügten sich in die Reihen der Fußkämpfer ein, denn nur ein paar hundert von ihnen hatten überhaupt noch ein halbverhungertes Reittier zur Verfügung. Es muss der Mut der Verzweiflung gewesen sein, denn wie konnte der wahnwitzige Angriff eines geschwächten Haufens von Fußkriegern tatsächlich einen Sieg gegen diesen gut genährten, dreifach überlegenen Feind davontragen? Die Echtheit der Lanze war von geringer Bedeutung. Solange genug an sie glaubten, fanden sie auch die Kraft, aufzustehen, zu marschieren und Kerbogha entgegenzutreten.

Heutzutage meint jeder zu wissen, es sei ein Wunder gewesen. Von Gottes Allmacht auf unserer Seite reden sie und himmlischer Fügung. In Wahrheit verdankten wir diesen Sieg nur einem einzigen Mann und seinen Fähigkeiten als *magister militum* und erfahrenem Schlachtenlenker. Denn ohne Bohemund wäre es uns allen an den Kragen gegangen.

Die Fürsten hatten ihn mit dem Oberbefehl dieses letzten Aufgebots betraut. Eine weise Entscheidung, denn Bohemund hatte die Schwachstelle der Türken erkannt. Weil Kerbogha seinen eigenen Verbündeten nicht traute, behielt er sie und deren Truppen in seiner Nähe und in einiger Entfernung nördlich von der Stadt. Das machte die Hälfte des Heeres aus. Die andere Hälfte hatte er zu sehr verteilt, weil er bemüht war, alle wichtigen Tore der Stadt abzuriegeln. Eine große Abteilung lag vor den westlichen Mauern. Dort konnten wir eine Übermacht herstellen, wenn wir alle Kräfte sammelten und schnell zuschlugen.

Bohemund teilte uns in sechs Heeresgruppen auf, jede mit einer Handvoll Reiter zur Unterstützung, und wir marschierten in guter Ordnung aus dem Brückentor und über den Orontes. Zweitausend türkische Reiter versuchten, uns aufzuhalten. Wir hoben die Schilde gegen ihre Pfeile und fegten sie alsbald von der Brücke. Eine Heeresgruppe Provenzalen unter Führung Bischof Aimars, denn Raimon Sant Gille lag auf dem Krankenbett, marschierte auf Bohemunds Befehl weit nach Westen, um unsere linke Flanke zu schützen, eine andere unter Reynaud de Toul nach Süden, um zu verhindern, dass der Feind, der das Georgstor belagerte, uns von dort her angreifen konnte. Von Reynauds Gruppe sollten viele Kameraden fallen, aber sie hielten uns den Rücken frei, und so war der Vormarsch unserer Hauptmacht gesichert.

Godefroi der Lotharinger, Robert von Flandern und Robert der Normandie, sie führten jeder eine von drei Heeresgruppen, die im Eilmarsch nebeneinander Aufstellung fanden, in mehrreihiger, fester Schildwand. Sie würden als Erste dem Feind entgegentreten. Bohemund mit Tankred befehligte die größte Gruppe als Reserve. Das also war unsere Aufstellung.

Gleich beim Ausbruch aus dem Brückentor hatte mich ein Pfeil in die Schulter getroffen. Darüber hatte ich den Anschluss an Aimars Gruppe der Provenzalen verloren und mich dann, trotz Schmerzen, den Lotharingern angeschlossen. Es waren viele blonde Alemannen darunter, und ihre Sprache verstand ich nicht. Sie grinsten mich aus ausgemergelten, bärtigen Gesichtern an

und nahmen mich bereitwillig in ihren Reihen auf. Jemand half mir, den Pfeilschaft abzubrechen, damit er mich nicht behinderte. Dann lärmten die Hörner, und wir marschierten mit beklommenen Herzen los. Staub wirbelte auf, die Sonne stach unbarmherzig auf gepanzerte Rücken herab, schon waren die Münder trocken und die Glieder schwer. Die Männer sangen in die hohlen Schilde, um sich Mut zu machen.
Nördlich des Brückentors und entlang des Flusses griff unsere Schlachtreihe die herbeieilenden Türken an. Es kam zu einem wuchtigen Zusammenstoß der Schildreihen. Auch die Gegenseite bestand aus schwerbewaffnetem Fußvolk. Vereinzelt fanden sich Einheiten der gepanzerten *ghulam* darunter. Unsere hungergeschwächten Männer taumelten für lange, schreckerfüllte Augenblicke unter dem Ansturm der Türken. Die Ersten fielen, dann immer mehr. Mit den vielen anderen presste ich mich gegen die Rücken der vordersten Reihe. Andere stießen mir ihrerseits den Schild in die Lenden und stemmten die Füße ins trockene Gras, um dem Druck der Türken standzuhalten. Man durfte sich nicht von der Angst überwältigen lassen. Ich dachte an Noura allein in der Stadt. Diesen Kampf durften wir nicht verlieren, ein zweites Mal würde es nicht geben. Die letzte Anstrengung war gefordert, auch wenn man es nicht überlebte.
Und es gelang, die Schildwand hielt.
Dann schlugen wir zurück. Wir hatten den Vorteil, dass die meisten von uns Kettenpanzer und Beinschienen trugen und weniger verwundbar waren. In der seltsam kehligen Sprache der Alemannen schrien die Männer sich gegenseitig Mut zu. Viele riefen die Heiligen an, so viel konnte ich verstehen, und plötzlich brüllten alle den alten Schlachtruf, »Gott will es! Gott will es!«, bis jene Raserei über uns kam, in der man die eigene Angst vergisst und nur noch blindwütig den Feind sucht. In der vordersten Reihe versuchten sie, mit dem Schwert in die Lücken zu stoßen, unter dem Schildrand hindurch die Beine des Feindes zu treffen. Wir in der zweiten Reihe drückten uns in den Rücken der Vordermänner, um die türkischen Reihen zum Taumeln zu bringen. Auch mich hatte der wilde Rausch erfasst. Ich spürte meine Wunde

nicht mehr. Blut floss aus hundert Wunden entlang der Schlachtreihe, rann an den Schilden herunter, machte den Boden glitschig. Männer fielen. Immer wieder der Ruf: »Lücke füllen! Zusammenrücken!«

Der Mann vor mir schrie auf und brach in die Knie. Jemand stieß ihn zur Seite, und auf einmal stand ich selbst vor Anstrengung keuchend im vordersten Glied. »Rückt zusammen! Schilde schließen!« Ich stemmte mich gegen den Schild eines Türken. Immer in Linie bleiben, achte auf den Nachbarn, hoch den Schwertarm, verflucht, auch wenn er nicht mehr gehorchen will und der Schweiß dich erblinden lässt. Ein gewaltiger Schlag auf meinen Helm. Ein Speerstoß riss mir die Wange auf. Meine Schwertspitze in die Kehle des Mannes vor mir. Ein anderer an seiner Stelle. Vorwärts! Gegen seinen Schild drücken, stemmen und schieben. Die Hammerschläge der Schwerter machten einen Höllenlärm wie in tausend Waffenschmieden, das Gebrüll der Kämpfer, die Schreie der Getroffenen und hinter uns die Gesänge der Mönche, die uns Mut machen sollten. Brennende Lungen, Blut im Gesicht und Staub in der Nase.

Und endlich wankte der Feind. Man spürte es entlang der Schlachtlinie. »Jetzt, Jungs!«, schrie jemand. »Schiebt, ihr Hurensöhne! Schiebt!« Und die Männer warfen sich gegen die Vordermänner, gegen den Feind, der versuchte, dagegenzuhalten, stolperten über die Gliedmaßen Gefallener. Versuch, nicht zu fallen, Jaufré, um Gottes willen! Und schließlich brach die Schildmauer der Türken ein. Eisengekleidete Alemannen sprangen in die Lücken und rissen große Löcher in die Linie des Feindes.

Trotz unserer geschwächten Leiber konnten sie uns nicht mehr widerstehen und begannen, zu weichen und zu straucheln, viele Türken fielen und wurden niedergetrampelt, andere begannen sich abzuwenden, bis sie auf einmal in Scharen vor uns davonliefen.

Bohemunds Rechnung war aufgegangen, und der Jubel aus zehntausend ausgetrockneten Kehlen hallte über das Feld. Ich brach keuchend in die Knie und bekreuzigte mich. Die Wunde zerriss mir die Schulter. Viel Blut hatte ich verloren. Heftig atmend, sah ich meinen Alemannen hinterher, die die Türken verfolgten. Sie schlachteten alle ab, derer sie habhaft wurden. Unsere wenigen Reiter nahmen die Verfolgung auf und machten Flüchtende nieder.

Während unsere sich sammelten, war Kerbogha mit seiner Hauptmacht herangerückt, aber es war zu spät. Er hatte die Hälfte seiner Kräfte verloren, denn der geschlagene Heerhaufen am Fluss hatte sich völlig aufgelöst. Angreifen mochte Kerbogha nicht, vor Furcht, Bischof Aimar würde ihm im Westen in die Flanke fallen. Bohemund hatte den Bischof dort klug plaziert. Und so zögerte der *atabeg* zu lange. Er war bei den Emiren nicht beliebt, und sie verweigerten ihm nun die Treue. Duqaq wandte sich als Erster ab, andere Emire folgten, bis auch das restliche Heer von Panik ergriffen wurde und alles nur noch kopflos nach Norden floh.

Und so waren wir auch diesmal unbesiegt geblieben. Kerboghas reich ausgestattetes Lager fiel uns unversehrt in die Hände, und die meisten machten sich zuerst über die Lebensmittel her, bevor sie dem Gold der Türken Beachtung schenkten. Am nächsten Tag ergab sich schließlich auch die Besatzung der Zitadelle.

Mit fünfzigtausend Mann waren wir von Konstantinopel aufgebrochen. Verblieben waren noch zwanzigtausend.

Ein Großteil war an Seuchen gestorben, andere verhungert, nicht wenige geflohen, mehr noch in den Kämpfen gefallen. Aber nun hatten wir die schwerste Prüfung des gesamten Feldzugs überlebt, den Kampf um Antiochia. Ich gebe keinen Eselsfurz für die frommen Chroniken, die uns weismachen wollen, der Heilige Andreas, Heilige Georg oder wer auch immer hätten die Feinde vertrieben. Nein, es waren allein Bohemunds Tatkraft und Scharfsinn. Und der Todesmut unserer Männer. In allen Schlachten hatte der listige Normanne einen kühlen Kopf bewahrt. Er war der fähigste der Kriegsherren. Sein Gold hatte die Tore geöffnet und seine Klugheit und Unerschrockenheit Kerbogha besiegt. Er war der wahre Prinz von Antiochia.

Guilhem fand mich, halb tot und immer noch auf dem Schlachtfeld kniend, das Kinn auf die Brust gesunken. Ich war mit Blut besudelt, welches davon mein eigenes und welches Türkenblut war, ließ sich nicht erkennen. Auf einem klapprigen Esel brachte er mich heim. Benommen gewahrte ich Nouras Gesicht, die sich über mich beugte, dann wurde ich ohnmächtig. So spürte ich nicht, wie Guilhem die Schulter freilegte und die Pfeilspitze zur anderen Seite durchstieß, um sie zu entfernen. Ich kam zu mir, als Noura mir die klaffende Wunde im Gesicht nähte. Noch heute trage ich diese Narbe, und sie erinnert mich an ihre geschickten Hände. Aber die Pfeilwunde entzündete sich in den Tagen darauf und stank bald vor Eiter. Ich lag lange in einem fiebrigen Dämmerzustand, und ohne Nouras unermüdliche Pflege wäre ich fraglos gestorben.

Durch die Vorräte im Lager der geflüchteten Türken hatte sich unsere Lage etwas verbessert, war aber dennoch weiterhin schwierig. Irgendwo fand Guilhem trotzdem immer etwas für uns zu beißen. Noura wusch täglich meine Wunden und machte Kräuterpackungen, flößte mir dünne Brühe ein und bedeckte mich mit Decken und Fellen, denn das Fieber ließ mich so vor Kälte zittern, dass meine Zähne ohne Unterlass aufeinanderrasselten. Als es zu schlimm wurde und sie sich vor Verzweiflung nicht mehr zu helfen wusste, legte sie sich zu mir und schmiegte ihren warmen, nackten Körper eng an mich und rieb meine Haut rot, bis ich nicht mehr fror.

Nachdem das Fieber nach Tagen endlich besiegt war und ich aus meinem bewusstlosen Dämmerzustand erwacht war, schlief sie wieder allein. Aber nun war es anders zwischen uns geworden. Wenn ich sie ansah, errötete sie, wurde ernst und wich mir aus. Meinen Bart musste ich fortan selbst trimmen.

So lebten wir miteinander, aber sprachen selten ein Wort. Es war, als sei uns die Fähigkeit, zu reden, abhandengekommen. Die Monate der Belagerung, Kälte, Hunger, das schreckliche Morden, die ständige Furcht vor dem nahenden Feind, die Unausweichlichkeit des eigenen Todes und für Noura die Zerstörung ihrer Familie, all das saß uns noch tief in den Knochen. Es war still in unserem Haus. Zum Lächeln fehlte die Kraft, und der Wein, der sich immer irgendwo auftreiben ließ, bot die einzige Linderung,

wobei Guilhem mir Gesellschaft leistete. Wir soffen uns regelmäßig bewusstlos.
Gefangen in dieser unausweichlichen Woge des Schicksals, klammerten Noura und ich uns aneinander. Und mit der Zeit, trotz der Trübsal, die uns umgab, regte sich etwas in unseren Herzen. Wer vermochte zu sagen, was diese kleine Flamme nährte, aber sie wuchs ganz allmählich von Tag zu Tag. Bis wir begannen, inmitten dieser elenden Welt uns füreinander zu erwärmen. Wir waren jung, und die Liebe weckte neue Hoffnung.

***

Zwölf Jahre war dies nun her, insgesamt glückliche Jahre. Die Hoffnung auf ein besseres Leben hatte uns nicht getrogen. Besitz, Familie, ein gewisses Ansehen. In unseren eigenen Wänden gelang es Noura, eine beruhigende, lindernde Geborgenheit herzuzaubern und gegen die Welt da draußen abzuschirmen. Eine Welt, deren rohe Wirklichkeit sich dennoch nicht leugnen ließ, so dass wir manchmal arg gestritten hatten. Mit ihrer Meinung über uns Eroberer hatte sie nicht hinterm Berg gehalten. Trotz solcher Gegensätze hatte uns eine zärtliche Zuneigung verbunden, genährt durch die Leidenschaft des Fleisches, die wenig brauchte, um sich zu entzünden, ganz gleich, ob wir zuvor gehadert hatten.
Ich griff nach ihrer kalten Hand. Den Leib konnte ich noch berühren, doch die Seele war entflohen. Ihr Lächeln, ihre Gedanken ... nichts mehr. Nie mehr würden wir mit verschlungenen Gliedern liegen, niemals mehr würde ich ihre Küsse spüren noch im Duft unserer Liebe schwelgen.
Lange starrte ich in die Flammen. Da blies ein Windstoß durch die Vorhänge, Schatten tanzten an den Wänden. Waren es wirklich die bleichen Gestalten von Erschlagenen, Gesichter mit vorwurfsvollen Augen und anklagenden Mündern? Waren sie endlich gekommen, mich zu richten? Hatten sie mir deshalb mein Weib genommen? Das Gekeife der alten Hexe begleitete den Tanz um Nouras Leichnam, ihr Gelächter schwoll unerträglich

an und übertönte das Wehklagen der Toten. Die Kammer drehte sich um mich, bis ich aufschreckte, mich auf die Knie warf und inbrünstig zur Jungfrau Maria betete.

***

Ich fuhr hoch, als Hamid mich an der Schulter rüttelte. Schädel und Nacken schmerzten, mein linker Arm war wie taub. Es war heller Tag, und Bauern aus dem Dorf waren gekommen, um die Toten abzuholen. In ihren besten Gewändern standen sie verlegen im Hof neben einem Ochsenkarren. Auch der Priester war dabei. Er war noch jung und trat zögerlich einen Schritt vor. Georgios, so hieße er. Ich gab ihm die Hand. Er sprach ein paar Brocken Latein. Plötzlich wurde mir bewusst, dass ich nichts über die kirchlichen Riten wusste, mit denen Noura aufgewachsen war.

Mit unsicheren Händen füllte ich am Brunnen einen Krug mit Wasser und trat ins Haus, um mich zu waschen. Seit dem Hinterhalt im Libanon trug ich immer noch die gleichen Kleider, und sie stanken nach Schweiß und Blut. Ich riss mir alles vom Leibe, bis ich nackt war, und wusch mich fieberhaft, als wollte ich meine Schuld an ihrem Tod abwaschen. Doch da halfen weder Bimsstein noch Seife.

In unordentlichen Haufen hatten die Plünderer verschmähte Kleider zurückgelassen, und so konnte ich ein reines Hemd überstreifen, Beinkleider und eine lose Tunika. Fibeln und goldbestickte Gürtel waren verschwunden. Aber ich fand noch einen einfachen Leibgurt und einen langen Mantel aus dunklem Tuch. Fertig gekleidet trat ich in den großen Hauptraum des Hauses.

Adela stand am Fenster und sah hinaus, ohne sich umzudrehen. Die Frauen aus dem Dorf mussten sie angekleidet und ihr langes Haar gebunden haben, so schön wie das ihrer Mutter. Ich stellte mich hinter sie und legte meine Hände auf ihre Schultern. So verharrten wir einen langen Augenblick.

»Warum wird Mutter im Dorf und nicht hier begraben?«

»Es ist am besten so. Wir werden nicht bleiben können.«

Vielleicht ahnte ich schon, dass wir ohne Noura nicht mehr hiergehörten. Als sei mit ihrem Tod das Leben an diesem Ort zu einem jähen Ende gekommen. Adela blickte mit feuchten Augen zu mir auf.

»Wohin gehen wir dann?«

»Ich nehme dich mit auf die Festung. Dort bist du sicher.« Sie öffnete den Mund, um zu widersprechen, aber dann schien sie sich an die türkischen Reiter zu erinnern und nickte stumm. Der Schatten des Schreckens stand noch immer in ihren großen Augen. Gleich aber zogen sich ihre Brauen zornig zusammen.

»Wann wirst du sie töten, Vater?«

Wie konnte die Stimme eines Kindes so kalt und tonlos klingen?

»Zuerst werden wir deine Mutter begraben.«

»Ich habe gesehen, was sie getan haben. Sie haben den Tod verdient!«

Ich zog sie an mich, um sie zu trösten, um ihr diese Gedanken zu nehmen. Unwillig machte sie sich frei.

»Versprich es!«

»Wir werden sehen.« Ich hatte nicht vor, Tod mit Tod zu vergelten. Es würde Noura nicht zum Leben erwecken.

Adela ging hinaus, und ich folgte ihr. Sie bewegte sich steif wie eine dieser Gliederpuppen, die an Fäden hängen und auf Jahrmärkten gezeigt werden. Sie blinzelte in der Morgensonne, doch ich sah keine Tränen. Sie starrte zur Gruppe der Bauern hinüber und zu den in Tüchern gehüllten Leichen unter den Bäumen.

»Der Priester wird sich um ihr Grab kümmern. Und sooft wir können, kommen wir sie besuchen.«

»Ich möchte einen Rosenbusch pflanzen.«

»Natürlich.«

Adela schien zurückgezogen und fremd. Nach jedem Wort breitete sich wieder betretenes Schweigen zwischen uns aus.

Die Bauern legten die Leichen in roh gezimmerte Särge. Sie luden sie auf den Ochsenkarren. Bei der Vorstellung meiner Noura auf einem rumpelnden Gefährt drehte sich mir der Magen um. Ich bat meine Gefährten, stattdessen ihre Totenlade zu tragen und ihr in Würde das letzte Geleit zu geben. Und so gingen Hamid

und Guilhem mit einem Sarg in Nouras Kammer und legten sie hinein. Ich mochte nicht dabei helfen. Ich hatte schon Abschied genommen und brachte es nicht übers Herz, sie wie ein Stück geschlachtetes Vieh in eine Kiste zu packen.
Unter einer strahlenden Morgensonne, ganz als sei Gottes Schöpfung in schönster Ordnung, als sei das Grauen der Nacht nur ein böser Traum gewesen, unter dieser gleichgültig lächelnden Sonne wanderte unser trauriger Zug feierlich über die Felder zum Dorf der Maroniten. Sechs Männer, darunter Hamid und Guilhem, trugen Nouras Sarg auf den Schultern. Guilhem hatte ihr Tod schwer getroffen. Sein Gesicht war tränenbenetzt, und er hatte Mühe, neben Hamid den rechten Tritt zu finden.
Hinter dem Sarg folgten Adela und ich. Ihre Hand in meiner war klein und wie leblos, ihre Augen rot gerändert, aber sie hielt den Kopf hoch, die Lippen fest zusammengepresst. Ein Dutzend Schritte hinter uns stapften die Ochsen, die das Gespann mit den anderen Toten zogen. Alexis ging daneben, bleich und mit verquollenen Augen, eine Hand auf dem Sarg seiner Liebsten, als wolle er sie vor den Stößen des schaukelnden Bauernkarrens schützen. Zuletzt, stumm und mit entblößten Häuptern folgte der Rest der Männer, die ihre Reittiere am Zügel führten. Als sich dann unser Zug durch das Dorf schlängelte, säumten die Bewohner rechts und links die Gassen und zollten den Toten die letzte Ehrerbietung. Ich sah viele beten, und Frauen in schwarzen Gewändern hoben einen schrillen Klagegesang an.
Noura fand die letzte Ruhestätte in einem Winkel des Kirchhofs ganz nahe der Kapelle. Adelas schweißnasse Hand hielt mich fest gepackt. Ich wollte ein letztes Wort an mein totes Weib richten, doch die Stimme versagte mir. Wir ließen den Sarg langsam in das Loch gleiten. Der Priester schwenkte sein Weihrauchgefäß, sang Gebetsformeln und warf zuletzt eine Handvoll Erde auf den Sarg. Wir folgten seinem Beispiel, dann war es vorüber.
Nicht ganz, denn Aniketos und seine Dorfgenossen hatten aufgetischt. An Bänken, die von Speise und Trank fast zusammenbrachen, mussten wir uns niederlassen. Auch wenn es an mir gewesen wäre, zum Leichenschmaus zu laden, so hatten die Dorf-

leute die Gelegenheit genutzt, um einen Teil ihres Tributs an mich zu zahlen. Es war ein Festmahl, wenn man weiß, wie bescheiden die Menschen hier leben. Wie unpassend mir der Umstand auch scheinen wollte, ich konnte es nicht ausschlagen.

Nach dem Essen gab es weitere Geschenke und Abgaben. Eine kleine Herde Zicklein und Schafe, eine Fuhre Korn, zwei Fässer Wein, mehrere Amphoren Öl und ein halbes Dutzend aus Weidenruten gefertigte Käfige mit Hühnern. Zuletzt führte Aniketos einen prächtigen Ochsen am Nasenring und übergab mir die Leine mit scheuem Lächeln. Dann kniete der Alte nieder und küsste meine Hand.

»Ich bin sehr zufrieden mit den Gaben«, ließ ich von Hamid übersetzen, »und erneuere hiermit unsere Vereinbarung und werde weiterhin meine Hand über das Dorf halten.«

Aniketos nickte erfreut. Das war, was sie hatten hören wollen.

»Und dann sag allen«, fuhr ich fort, »dass mein Weib sich in ihrer Mitte wohl gefühlt hat. Zum Dank will ich dem Dorf den kleinen Olivenhain am Südhang übermachen. Und eure Geschenke übergebe ich dem Pastor und seiner Kirche. Er wird sie weise zu nutzen wissen. Euch bitte ich nur, täglich für Nouras Seelenheil zu beten.«

Es dauerte eine Weile, bis Hamid übersetzt hatte. Als sie verstanden, ging ein freudiges Raunen durch die Gemeinde. Die jährlichen Einkünfte aus dem Olivenhain würden allen zugutekommen. So war ich sicher, dass sie für Noura beten würden, damit Gott sich ihrer erbarme und sie rasch aus dem Fegefeuer in Sein Himmelreich geleite.

Vielleicht war es das lange Festmahl und all das Gerede, aber plötzlich schien Adela es nicht mehr auszuhalten. Sie sprang auf und rannte fort, zurück zu unserem Haus. Ich warf Guilhem einen bittenden Blick zu, und er folgte ihr. *Paire* Georgios bat ich, einen Stein für Noura zu errichten. Den Familien der Magd Aisha und der Köchin gab ich Silber. Sie waren aus dem Dorf gewesen. Die toten Männer dagegen waren nicht von hier.

Drei Tage blieben wir noch, in denen Adela verloren durch das Haus wanderte oder nur leise mit ihrer hübschen Araberstute sprach. Als jemand versehentlich seinen eisenbeschlagenen Schild fallen ließ, schreckte sie zusammen und konnte nicht mehr aufhören zu weinen. Mitten in der Nacht packte sie ein Alptraum, und sie schrie wie am Spieß, bis ich sie wach rüttelte und meine Arme um sie schlang.

Ich dachte an Bertrans Worte. Dass wir Latiner aus dem Westen in diesem schönen Land siedeln, Söhne zeugen und die Heimat vergessen würden. Aber bis dahin war der Weg noch lang und steinig, wenn man uns überhaupt hier jemals dulden würde. Mit dem einfachen Landvolk, so wie Aniketos' Gemeinde, ließ sich zurechtkommen. In den Städten dagegen lagen die Dinge anders. Doch vielleicht war es nur die Leere an meiner Seite, die mir die Hoffnung genommen hatte.

Auch Alexis lief mit einem elenden Gesicht herum. Plötzlich war es mir zu viel. Auf diesem Anwesen war in allem Noura, und ich wollte weg von hier. Gegen Mittag wurde gepackt. Nur die wichtigsten persönlichen Dinge, die uns verblieben waren. Viel war es nicht. Nouras Schmuck und ihre feinen Seidenkleider hatten die Seldschuken geraubt. Sie würden bald eine Muslima zieren, und meiner Tochter würde wenig von ihrer Mutter bleiben. Bevor wir aufbrachen, fand ich die kleine Madonnenfigur in der Ecke unserer Schlafkammer, wohin sie ein Türke achtlos geworfen hatte. Ich hielt sie lange in der Hand. Abgegriffene, blasse Braun- und Blautöne, die Fleischfarben des Gesichts und des Jesuskindes zu einem gräulichen Weiß verblichen. Traurig blickten mich die Augen der Jungfrau an und weise zugleich.

»Warum hast du uns verlassen?«, flüsterte ich.

Vorsichtig wickelte ich das Figürchen in ein Tuch und steckte es in meine Gürteltasche. Dann saßen wir auf und ritten nach Tripolis.

Raimons dunkle Festung

Sanctus Quirinus, *Patron der Ritter,*
beschützt vor Bein- und Fußleiden, Gicht und Lähmung

Quarta Feria, *30. Tag des Monats März*

Es war später Nachmittag, als wir uns der Stadt näherten. Die Sonne stand schon weit im Westen, und die Mauern von Tripolis in der Ferne waren in warmes Licht getaucht. Wir folgten dem kleinen Fluss Abu Ali, der nach Norden hin ins Meer mündet. Die Pferde gingen im Schritt, denn diesmal hatten wir es nicht eilig. Niemand sprach. Man vernahm nur das Stapfen der Hufe, das Klirren der Beschläge und ein gelegentliches Schnauben der Tiere.

Zu rechter Hand, nach Osten zu, stieg das Gelände zu den Bergen hin an. Vor uns befand sich eine längliche Erhebung entlang des Flusses. Einen Berg konnte man diesen Mons Pelegrinus nicht nennen. Eher eine kleine Anhöhe oder mit Wohlwollen einen Hügel. Von dort ließ sich nach Westen hin die flache Landspitze überblicken, auf der, auf beiden Seiten vom Meer begrenzt, die Stadt lag, um die wir so lange gekämpft hatten. Al-Mina, wie die Araber sie nennen, das eigentliche Tripolis mit seiner mächtigen Mauer, dem Palast des Emirs, den Minaretten und dem Hafenviertel. Davor die umfangreiche Vorstadt, die während der Belagerung zu großen Teilen abgebrannt war und wo Sant Gille von herabstürzenden brennenden Balken so schwer verletzt worden war, dass er sich nicht mehr erholte und bald darauf auf dem Siechbett gestorben war.

Der Hügel nahm sich bescheiden aus, aber die Burg, die Raimon dort hatte errichten lassen, war die größte allein stehende Festungsanlage, die ich je gesehen hatte. So etwas gab es in der alten Heimat nicht und wäre ohne die byzantinischen Baumeister und

Steinmetze, die uns der Basileus aus Zypern hatte schicken lassen, nicht möglich gewesen. Ursprünglich sollte die Burg nicht nur kriegerischen Zwecken dienen, sondern auch den Pilgern auf ihrem Weg ins Heilige Land Schutz gewähren. Daher der Name. Aber heutzutage fanden die frommen Reisenden bessere Unterkünfte in der Stadt.

Als *castelan* war ich Herr und Befehlshaber dieser Festung. Zu meiner Überraschung hatte unser Heermeister Guilhem Jordan mir vor zwei Jahren diese Aufgabe übertragen, und Bertran, nach Balduins Schlichterspruch, hatte meine Stellung bestätigt.

Mit einem Umfang von einhundert mal zweihundert Schritten war die Festung ein riesiger, eher hässlicher, klobiger Kasten, dessen rechteckige Form trotzig nach Tripolis starrte. Dicke, hohe Mauern, die aus mächtigen Felsquadern gefügt waren. Kein Bergfried oder *donjon*, so wie wir es kannten, und keine Dächer überragten die Mauern, sondern nur Wachtürme in kurzen Abständen, jeweils mit Zinnen, Schießscharten und Kampfplattformen versehen.

So einfach und schmucklos nach außen, so vielfältig war das Innenleben der Festung. Beim Bau wurde ein altes Fort aus der Zeit der fatimidischen Herren mit einbezogen, für den Rest herrschte der byzantinische Baustil mit seinen Spitzbögen vor. Da war ein Wirrwarr von Sälen, Treppen, Kammern und Verliesen, Pferdeställen, Vorratslagern, Truppenunterkünften, Wachstuben, Waffenkammern, Schmieden und Handwerksstuben aller Art, ein Kontor und sogar ein griechisches Bad. Ein Bad in einer Festung! So etwas konnten sich nur Griechen ausdenken. *Qala'at Sanjil* nannten die Einheimischen die Burg nach ihrem Erbauer, Sant Gille. Sie war Hauptquartier und militärische Stütze der Tolosaner und konnte, wenn notwendig, ein kleines Heer aufnehmen.

Teile der alten Stadt Al-Mina waren durch die Eroberung im letzten Jahr beschädigt. Die Einheimischen beklagten den Brand der großen arabischen *bibliotheca*, die angeblich über Tausende von Büchern verfügt haben soll. Den schönsten Stadtteil, direkt am Hafen, hatte Bertran den Genuesen überlassen, als Entloh-

nung für die Hilfe ihrer Kriegsschiffe. Hier war ein schwunghafter Umschlagplatz für den Seehandel mit dem Westen entstanden und der Schiffsbau neu belebt worden.
Als Bertran letztes Jahr mit seinem Heer erschien, war ein neues Heerlager südlich der alten Vorstadt entstanden, die sich seit dem Bau der Burg wieder belebt hatte. Erste Zelte und Bretterverschläge hatten sich zu Hütten und Häusern gemausert. Und nun drangen diese von der Vorstadt ins Heerlager vor, so dass die Grenze zwischen beiden nicht mehr zu erkennen war. Viele Menschen waren durch Krieg und Plünderungen aus ihren Dörfern vertrieben worden, andere zog das erbeutete Gold der Soldaten an, und so schienen die Gassen täglich überfüllter und verstopfter zu werden. Handwerker, Hufschmiede und Kesselflicker, Pferde-, Kamel- und Sklavenmärkte, Weinstuben und Kaschemmen, ein großer Marktplatz und viele dunkle Gassen, in denen Huren aller Hautfarben den Soldaten das Silber aus den Taschen lockten.
Wir bahnten uns am Rande dieses geschäftigen Viertels den Weg durch die Menge, die uns respektvoll Platz machte. Einige, die mich kannten, grüßten, andere starrten uns wortlos an. Ob mit Gleichgültigkeit oder verstecktem Hass, war schwer zu sagen. Das Volk war ohne Zweifel froh, dass das Hungerleiden der Belagerungszeit vorüber war. Das Umland war fruchtbar, es gab zu essen, und nun kamen auch wieder Schiffe aus Übersee und Karawanen aus dem Landesinneren. Doch viele waren durch die Zerstörungen obdachlos geworden und lebten in armseligen Unterkünften. Es würde noch Jahre dauern, bis die Spuren des Krieges beseitigt waren.
Wir näherten uns der dunklen Festung. Auf einem der Wehrtürme wehte das Banner der Grafen von Tolosa. Der Wind vom Meer bewegte das Tuch, dessen rote Farbe und keckes Flattern ein wenig den düsteren Anblick der Festung belebten. Von den Wehrgängen sahen Wachen auf uns herab.
Plötzlich und unerwartet bot sich uns ein grausiger Anblick.
Auf der zur Straße gewandten Seite der Festung baumelte ein eiserner Käfig an einer Kette über der Mauer. Darin hing eine

schrecklich zugerichtete Männerleiche. An Brust und Rücken hatte man ihm die Haut vom Leib gezogen, die in langen, blutigen Lappen herunterhing. Arme und Beine waren von Brandmalen verunstaltet, Finger- und Fußnägel ausgerissen und Gelenke zertrümmert. Sein abgeschnittenes Geschlechtsteil hatte man ihm in den Mund gestopft. Das heisere Krächzen der Krähen ließ uns erschauern. Die schwarzen Vögel hockten auf dem Käfig und stritten sich um das geschundene Fleisch des armen Teufels. Ich ahnte, dass es Kyriacos war, dessen Leiche aus leeren Augenhöhlen auf uns herabsah.
Adela erstarrte bei diesem Anblick.
Ich packte die Zügel ihres Gauls und gab Ghalib die Sporen. Im schnellen Trab ritten wir über die Brücke, an den Wachen vorbei durchs Tor und in den Vorhof hinein. Dort sprang ich vom Pferd und hob das Kind aus dem Sattel. Sie barg ihr Gesicht in meinem Mantel, und ich fühlte, wie sie zitterte.
Der Hauptmann der Wache salutierte.
»Wem haben wir dieses … dieses … Ding da draußen zu verdanken?« Ich rang vor Wut nach Worten. Es fiel mir schwer, Kyriacos' Überreste noch als Mensch zu bezeichnen oder gar beim Namen zu nennen.
»Der junge *Senher* Ricard gab den Befehl …«, begann er und ließ den Rest des Satzes ratlos in der Luft hängen.
»Und seit wann ist der Kerl *castelan?*«, schnauzte ich zurück.
»Der Graf hat sich in seinen Palast in Tripolis zurückgezogen. Und in Eurer Abwesenheit hat er *Senher* Ricard die Aufsicht anvertraut. So hieß es jedenfalls«, stammelte er aufgeregt.
»Schafft mir den schändlichen Anblick aus den Augen!«, schrie ich ihn an. »Sind wir denn allesamt zu Bestien verkommen?«
»*Castelan*, es tut mir leid!«, rief der Mann ängstlich.
Mir war bewusst, dass ich meine Wut am falschen Mann ausließ.
»Nehmt diesen Käfig von der Mauer und lasst den Mann christlich begraben. Hast du mich verstanden?«
»Christlich begraben, Herr.« Er nickte beflissen.
»Und schickt jemand zu Ricard de Peyregoux. Er soll sich unverzüglich in meinem Quartier melden.«

»Jawohl, *Castelan.*« Dann besann er sich. »Es tut mir leid, Herr. Der *Cavalier* Ricard ist mit einer Gruppe in die Berge geritten. Zur Jagd. Und man dürfte sie heute nicht mehr erwarten.«
Ich kniff den Mund zusammen. Diese Sache konnte ich ihm nicht durchgehen lassen, Vetter des Grafen oder nicht. Er hatte nicht einmal Befugnis, den Gefangenen zu befragen, ganz zu schweigen, ihn unerlaubt hinzurichten. Und dann auf diese bestialische Weise. Das konnte böses Blut geben. Ernsthafte Aufstände in der Bevölkerung würden uns schwächen oder zumindest so viele Kräfte binden, dass wir für Angriffe von außen empfindlich wurden. Ich musste Ricard zur Rede stellen und ihn maßregeln. Was war dieser Junge nur für ein Kerl, dass er solche Greuel anordnen ließ?
»Dann überbring Arnaud, dem Waffenmeister, meinen Gruß, und dass ich ihn so bald wie möglich empfangen möchte. Und sag ihm, er möge seine Frau mitbringen, wenn es möglich ist.«
Der Mann salutierte und lief in die Wachstube, um seine Männer zu rufen. Ich fasste Adelas Hand, und wir stiegen zu meinem Quartier auf der obersten Ebene des Hauptgebäudes empor. Es war nicht sonderlich groß, hatte jedoch einen geräumigen Tagesraum mit Fenster zum Innenhof, zwei Schlafgemächer und eine Ankleidekammer. Ein Stockwerk tiefer lagen die weitaus umfangreicheren Räumlichkeiten des Grafen. Aber Bertran ließ sich nur selten hier blicken. Es gefiel ihm wohl nicht auf der Burg seines Vaters. Er hatte den Palast der Banu Ammar, der vormaligen Herrscherfamilie der Stadt, ausbessern lassen und sich dort mit Familie und Hofstaat eingerichtet.
Adela schien immer noch wie versteinert nach dem grausigen Anblick der Leiche. Den Becher mit Wasser, den ich ihr brachte, leerte sie ohne ein Wort. So still und in sich gekehrt wie in diesem Augenblick hatte ich sie seit Nouras Tod nicht mehr erlebt, die Augen ausdruckslos, als wolle sie jeden Blick in ihre Seele verwehren. Noura hätte sie aufzumuntern gewusst. Ich aber war ratlos.
Es klopfte, und dann trat die massige Gestalt Arnauds in das Gemach. Hinter ihm folgte Euthalia, sein Weib. Arnaud war Waffen-

meister und Ausbilder der Burgbesatzung. Er war Normanne und wie viele seiner Landsleute hochgewachsen, dazu stark wie ein Ochse. Er hatte ruhige, aber durchdringende blaue Augen. Weiß Gott, was ihn ursprünglich zu den Warägern nach Byzanz verschlagen hatte. Als wir auf unserem Pilgerzug ins Heilige Land wochenlang in Konstantinopel weilten, hatte er sich uns angeschlossen. Im Gegensatz zu ihrem Ehemann war Euthalia, eine Byzantinerin aus Konstantinopel, dunkelhaarig, klein und rundlich. Sie hatte matte Haut, dunkle, verschmitzte Augen und ein breites Lächeln. Trotz ihrer Gegensätze waren sich beide sehr zugetan, und als Beweis hatten sie sechs gesunde Kinder vorzuweisen, die Euthalia mit Liebe, aber fester Hand regierte.
Arnaud räusperte sich verlegen. »Jaufré …« Er suchte nach Worten. Arnaud tat sich schwer, Gefühle in Worte zu kleiden, und war erleichtert, als Euthalia ihm die Hand auf den Arm legte und selbst das Wort ergriff.
»Wir haben die schreckliche Nachricht vernommen.« Sie sprach unsere *lenga romana*, wenn auch mit einer grauenvollen Aussprache. Doch ihre Warmherzigkeit ließ dies sofort vergessen. »Ihr Armen müsst in einem Zustand sein …« Ihr Blick fiel auf Adela, und sofort lief sie zu ihr und wiegte das Kind an ihrem Busen. Adela schlang schluchzend die Arme um sie, woraufhin Euthalia mir einen beruhigenden Blick zuwarf, so als müsse ich mir keine Sorgen machen. Sie würde sich um alles kümmern. Meine stumme Bitte hatte sie gleich verstanden.
»Du wirst bei Euthalia schlafen, Tochter.« Eigentlich hatte es nicht wie ein Befehl klingen sollen.
»Du schickst mich weg?«, schniefte sie.
»Natürlich nicht. Aber Euthalia wird sich fürs Erste um dich kümmern. Es ist besser so, *ma filha!*«, sagte ich mit Nachdruck, um keine Widerrede aufkeimen zu lassen.
Arnauds Frau nahm sie lächelnd bei der Hand. »Komm, mein Herz. Die Männer haben etwas zu besprechen. Wir machen dich erst mal frisch nach der Reise und dann wird gegessen. Die Kinder freuen sich auf dich. Marcos verliert gerade seine Milchzähne. Du wirst sehen, wie lustig das aussieht.«

Adela warf mir einen traurigen Blick aus großen, feuchten Augen zu, folgte Euthalia aber zu meiner Erleichterung ohne Murren. Als wir allein waren, dankte ich Arnaud. »Sie braucht die Fürsorge einer Frau.«
»Keine Frage!«, grinste er. »Bei meiner Brut fällt eine mehr kaum auf.«
»Nur so lange, bis sie über alles hinweg ist.«
Inzwischen war Alexis in mein Gemach getreten und half mir, die Rüstung abzunehmen. Arnaud setzte sich an meinen Tisch, während ich ein landesübliches, loses Baumwollgewand überstreifte. Das war angenehmer zu tragen als unsere steifen Leinenstoffe. Alexis schenkte Wein aus. Auf meinen Dank erhielt ich ein scheues Lächeln. Er sah immer noch bleich aus, bemühte sich jedoch, wie gewohnt seine Arbeit zu verrichten. Er hatte frisches Brot gebracht, Schafskäse und eine Wurst. Arnaud schnitt sich ein Stück ab und kaute genüsslich.
»Seine Wurst wird immer besser«, grinste er und stopfte sich ein Stück Brot zwischen die Zähne. Auf der Festung hatten wir einen Schlachter aus Arles, der Würste und Schinken wie in der Provence herstellte. Die fanden reißenden Absatz, denn viele waren das ewige Hammelfleisch leid, das man in den Essbuden der Stadt vorgesetzt bekam. Irgendwo auf dem Land hielt er eigene Schweine. Seine Schinken reiften im riesigen Kamin der großen Burgküche, wo eine ganze Schar von Köchen und Mägden die Mannschaften versorgten.
»Also, wann rücken wir der Türkenbande auf den Leib, Jaufré?«
»Die sind doch längst über den Libanon verschwunden.«
Arnaud sah mich verwundert an. »Nun, wie du meinst.«
Entgegen der Mode seiner Landsleute, die ihr Haar kurz trugen und den Bart rasierten, ließ Arnaud seine schon angegrauten, blonden Locken bis auf die Schultern fallen. In seinen Bart hatte er kleine Tressen geflochten. Diese Haartracht der Nordmänner, seiner Vorfahren, hatte er bei den berüchtigten Warägern angenommen, der Leibwache des Kaisers, denn die rekrutierte sich ursprünglich nur unter den Männern des hohen Nordens.

Die Einzelheiten unseres erfolglosen Beutezugs waren ihm schon bekannt. Auf meine Frage nach der Hinrichtung des unglücklichen Griechen sagte er, niemand hatte Ricards Wort angezweifelt, dass Bertran ihm bis zu meiner Rückkehr den Befehl über die Burg überlassen habe. Schließlich war er der Vetter des Fürsten.

»Eine Schande, diese Hinrichtung«, sagte ich.

»Angeblich wollten sie ein Geständnis erpressen. Aber wie ich hörte, fanden sie die Quälerei ganz vergnüglich.«

»Warum, zum Teufel, ist niemand eingeschritten?«

Arnaud zuckte mit den Schultern. »Sie behaupteten, es sei auf deine Veranlassung geschehen. Wer will sich schon mit dem Vetter des Grafen anlegen?« Und er fügte verlegen hinzu: »Für einen Verräter.«

»Das kann böses Blut in der Stadt geben.«

Arnaud nickte. »Man spürt Unruhe im Volk.« Mit dem Handrücken wischte er sich das Fett vom Mund. »Übrigens, dieser Peyregoux ist eine Ratte. Er hat ein paar Leute, die ihm ergeben sind. Allesamt Unruhestifter. Du solltest vor ihm auf der Hut sein.« Er nahm einen Riesenschluck Wein und rülpste ausgiebig.

»Genug davon. Wie ist der Stand der Festung?«

Es hatte sich nichts Wichtiges in meiner Abwesenheit ereignet, außer dem Tod eines Wachmannes, der im Suff von der Mauer gestürzt war. Ansonsten ein paar Diebstähle, eine Schlägerei wegen einer Frau, zwei Mann waren krank, einer mit einem eitrigen Zahn, der andere mit schmerzhaft geschwollenem Bauch. Abführmittel und Aderlass hätten versagt. Gebete ebenfalls. Er fiebere nun schon seit Tagen, und es sähe nicht gut aus. Das alte Lied, dachte ich. Wenn Männer auf engem Raum leben, fordern Krankheiten mehr Opfer als der Feind.

»Solange es keine Seuche ist.«

»Sieht nicht so aus, Jaufré. Zur Vorsicht hat der Kaplan die Mannschaftsräume mit Weihrauch purifiziert.«

»Gut. Wie kommst du mit den Neuen voran?« Vor einigen Wochen hatten Schiffe Männer aus der Heimat gebracht, die sich uns anschließen wollten.

»Das Übliche. Schlecht ausgerüstet und keine Ausdauer.«

Er lachte schadenfroh. Für mich, hier auf der Burg, war Arnaud eine unerlässliche Stütze. Aber für neue Rekruten war er ein Schinder. Kein Wunder, dass sie ihn hassten. Doch während der Monate, in denen sie ihre Körper stählten und ihre Kampfweise vervollkommneten, lernten sie sein Können als Krieger und Anführer schätzen. Wer ihn besser kannte, fühlte sich geehrt, sein Freund zu sein. Arnaud war im Kampf wie ein Fels in der Brandung. Nicht wenige verdankten ihm ihr Leben, denn er holte Kameraden aus den brenzligsten Umständen heraus, ohne Rücksicht auf sich selbst.

»Morgen Vormittag schaue ich sie mir an.«

»Keine Eile, Jaufré. Die Herzchen laufen dir nicht weg.«

Er berichtete über die abgeschlossene Instandhaltung der Belagerungsmaschinen und andere unverfängliche Dinge. Mit keinem Wort rührte er an Nouras Tod, und dafür war ich ihm dankbar.

***

Von diesem Tag an erlaubte ich dem Wein, von mir Besitz zu ergreifen. Es tat gut, einen vollen Becher in einem Zug zu leeren. Ich goss nach und hoffte, es würde das Pochen in meinen Schläfen lindern. In der Kammer vertieften sich die Schatten, die Sonne musste sich dem Horizont nähern. Begleitet vom wehmütigen Singsang der Muezzin, dämmerte ich dahin ohne Gedanken oder Erinnerungen.

Nach einer Weile stetigen Trinkens schreckte mich Hamids Klopfen aus meiner Trägheit.

»Ich wollte sehen, wie es dir geht.«

»Setz dich her und trink mit mir.«

»Du weißt doch, ich trinke keinen Wein.«

»Ach was. Predigt Mohammed nicht Barmherzigkeit? Ich sage dir, es ist eine Sünde, einen Freund allein trinken zu lassen.«

»Na schön, dir zuliebe«, grinste er und goss sich einen Becher ein. Wir stießen an und nahmen einen tiefen Schluck.

»Was mache ich nur mit Adela?«, jammerte ich, schon nicht mehr ganz nüchtern. »Wenn sie ein Junge wäre, dann könnte sie mein Knappe werden. Ich würde ihr das Waffenhandwerk beibringen. Aber was, zum Teufel, fängt man mit einer *nina*, einem Mädel, an?«

»Darüber machst du dir Sorgen?«

»Soll ich ihr etwa das Sticken beibringen?« Der Gedanke erheiterte mich. »Ich kann nicht mal einen verdammten Faden durchs Öhr fädeln.«

»Das wird sich alles von selbst ergeben.«

Ich fand seine Gleichmut ärgerlich. »Soll ich sie etwa mitnehmen, wenn wir für den Grafen reiten? Und all dies Frauenzeug, um das die Weiber so ein Geheimnis machen. Davon weiß ich noch weniger. Bei mir wird sie verwildern«, nörgelte ich mit unsicherer Stimme. »Sie ist noch ein Kind, und ihre Mutter wird ihr fehlen.«

Eine plötzliche Welle der Verzweiflung drohte mich zu überschwemmen, und ich musste mich mit aller Kraft zusammenreißen.

»Bei Euthalia ist sie fürs Erste gut aufgehoben.«

Da ich schon recht betrunken war, schien Hamid zu denken, er müsse mich einholen, denn er leerte seinen Becher in einem Zug und goss gleich wieder nach. »Um dich mache ich mir mehr Sorgen.«

»Wieso? Mir geht es gut.«

Ich massierte die schmerzenden Schläfen. In Wahrheit hatte mich Nouras unerwarteter Tod wie ein Keulenschlag aus dem Sattel geholt und nur Leere und Benommenheit hinterlassen. Mir, der immer ihr Beschützer gewesen war, kam auf einmal ein Leben ohne sie unwirklich, ja fast bedrohlich vor, als könne ich mich nicht auf die nächsten Schritte besinnen. Ich fühlte mich fahrig und unsicher, wie auf einem ruderlosen Schiff. Nein, eher wie nach einem Erdbeben, wenn man kaum wagt zu atmen, aus Furcht, jede Bewegung könne das Gebälk des Hauses zum Einsturz bringen.

»Ich bin noch wie taub«, räumte ich ein. »Wie nach einer plötzlichen Wunde in der Schlacht, du weißt, was ich meine. Man sieht

sein Blut fließen, man ist erschrocken und verwirrt, denn es sollte doch höllisch schmerzen, aber man spürt nichts.«
Hamid nickte.
»Kannst du dich an … Wie hieß er noch? Guisbert oder so ähnlich, kannst du dich an den entsinnen?«, fuhr ich fort. »Der sah seine Hand auf dem Boden liegen und wunderte sich. Die Hand hielt noch den Schwertgriff umklammert. Er hatte nicht gemerkt, dass man ihm die verdammte Hand abgeschlagen hatte. Blutete wie ein angestochener Eber, aber spürte nichts. Warf den Schild weg, bückte sich und griff sich die Hand. Wanderte ganz benommen mit seiner toten Hand vom Schlachtfeld.«
»Ich erinnere mich.«
»Genau so fühle ich mich, verstehst du?«
»Der Schmerz kommt später.«
Ich wischte verlegen meine Tränen weg. »Tut mir leid.«
»Ist schon gut, Jaufré.« Er runzelte die Stirn.
»Und dann hat der Kerl Wundbrand bekommen. Der ganze Stumpf ist verfault.« Ich wischte mir die Nase am Ärmel ab. »Schließlich haben sie ihm den Arm abgehackt und die Wunde mit heißem Teer ausgebrannt. Und dann ist er gestorben.« Ich ließ die Schultern hängen. Neue Tränen liefen mir heiß über die Wangen.
»Jetzt ist es aber genug, Jaufré, verfluchte Scheiße!«
Ich starrte ihn an. Warum war er so wütend?
»Deine verdammte Hand ist immer noch dran«, knurrte er. »Also rede dir nichts ein. Das Leben geht weiter!« Er holte tief Luft, lehnte sich zurück und starrte aus dem Fenster in die Nacht. »Tut mir leid, Jaufré. Ich wollte dich nicht anschreien. Mir kam nur die Erinnerung …«
Hamid sprach nicht gern von seiner Vergangenheit, obwohl ich die Geschichte kannte. »Es war damals, als hätte man mir bei lebendigem Leib das Herz aus der Brust geschnitten. Wäre ich nicht gefesselt und eingekerkert gewesen, ich hätte mich umgebracht.« Sein Gesichtsausdruck war grimmig, mit tiefer Furche auf der Stirn, die Lippen zusammengepresst, während er die alten Gefühle zu erforschen schien. Dann entspannten sich seine Züge,

und er legte mir die Hand auf den Arm. »Aber wie es sich jetzt auch anfühlt, mit der Zeit verheilt die Wunde. Das wollte ich dir heute sagen.«

Als jüngster Sohn eines Kaufmanns aus Damaskus hatte Hamid ein reiches und sorgloses Leben geführt. Die Mutter war eine dunkelhäutige Schönheit gewesen, eine nubische Sklavin, die der Vater besonders geliebt und zur Nebenfrau erhoben hatte, wie auch Hamid des Vaters Liebling unter den vier Söhnen gewesen war. Er hatte Schreiben und das Führen der Bücher gelernt, Vater und Brüder auf Reisen begleitet. Er studierte den Koran, die altgriechischen Philosophen und kannte sich in persischer und arabischer Dichtung aus. Ein glückliches Leben schien vorgezeichnet. Er würde in die Fußstapfen des Vaters treten und den Wohlstand der Familie mehren.

Sein Unglück war, sich in die scheue, junge Frau eines alten, aber mächtigen Mannes zu verlieben. Er hatte sie eines Tages vom Dach des väterlichen Hauses unverschleiert im Nachbargarten erspäht. Nach Monaten heimlichen Werbens wurde es beider große Liebe, immer begleitet von Schuldgefühlen und der Furcht vor Entdeckung. Und wie so oft tritt nicht ein, was man sich wünscht, sondern was man am meisten fürchtet. Der Verrat eines gekränkten Sklaven, die Falle des betrogenen Ehemannes und die erforderlichen vier Zeugen besiegelten vor Gericht ihr Schicksal. Dank des einflussreichen Vaters fiel Hamids Urteil mit dreißig Hieben und Galeerendienst auf Lebzeiten noch milde aus. Dennoch, als Sohn einer angesehenen Familie musste er es ertragen, vor dem Volk im Staub kniend wie ein Hund gezüchtigt zu werden.

Aber das war nichts im Vergleich zur Steinigung seiner Geliebten durch die erregte und geifernde Menge. Vor seinen Augen war die schöne Frau, aus vielen Wunden blutend und von allen verhöhnt, eines elenden Todes gestorben. Mit dem Tod musste sie ihre Liebe sühnen und er mit den Ketten an der Ruderbank eines Kriegsschiffes. Aus dieser Zeit stammten seine starken Schultern und Armmuskeln. Sein Rücken war ein Gewebe von silbrigen Narben und Malen. Sie hatten ihm das halbe Ohr abgeschnitten, um ihn als Verbrecher zu zeichnen, und auf der Schulter trug er ein hässliches Brandmal, das ihn als Sklaven des Emirs von Tripolis auswies, an den man ihn später verkauft hatte. Doch die Narben seines Leibes trug er mit einer Art trotzigem Stolz.

»Und bilde dir nicht ein, dass nur du um Noura trauerst.« Ich sah verwundert, dass er feuchte Augen hatte. »Sie erinnert mich an meine Schwester. Die Einzige meiner Familie, die ich wirklich vermisse.«

Nur die Schwester hatte ihn in der Kerkerzelle besucht. Auch das heimlich, denn der Rest des Klans hatte sich abgewandt von ihm, der in ihren Augen die Ehre der Familie besudelt hatte. Von einem Tag zum anderen war er ein von allen geächtetes Stück Vieh geworden, ein rechtloser Sklave, ausgestoßen aus der *ummah*, der Gemeinschaft der aufrechten Gläubigen.

Wir waren uns in Tortosa begegnet, einer kleinen Stadt, nördlich von Tripolis. Sein Schiff hatte dort im Hafen gelegen, wo er und andere Sklaven die Mole ausbessern sollten.

Damals, im Februar 1099 auf dem Weg nach Jerusalem, ritt ich unter Raimon Pilet, und unser Auftrag war, diesen Hafen zu sichern. Für eine Belagerung waren wir zu wenige, aber in der Nacht hatten wir uns angeschlichen und rings um die Stadt Feuer angezündet, um eine große Streitmacht vorzutäuschen. Diese verrückte List war erfolgreich, denn dem Statthalter muss der Schreck so in die Glieder gefahren sein, dass er sich noch in der Nacht auf Schiffen mit seiner gesamten Truppe davonmachte. Morgens öffneten die Bewohner uns die Stadttore. Die Handvoll Rudersklaven auf der Hafenmole, darunter auch Hamid, hatte man in der Eile vergessen.

Trotz Pilets Verbot wollten einige Soldaten am Hafen ihren Spaß mit einer jungen Frau treiben, deren Pech war, ihnen über den Weg zu laufen. Unbewaffnet und noch in Ketten, warf sich Hamid dazwischen. Sie hätten ihn erschlagen, wäre ich nicht zufällig zur Stelle gewesen, um dem Treiben ein Ende zu bereiten. Ich befreite ihn von seinen Fesseln, und es schien irgendwie natürlich, dass er sich mir anschloss, zumal ein Leben unter Muslimen wegen seiner Kennzeichnung als Verbrecher nicht mehr möglich war.

Ja, Hamid hatte Schlimmeres erlebt als ich.
»Weißt du, sie starb damals mit einem Lächeln auf den Lippen.« Seine Augen sahen mich an und schienen mich doch nicht zu sehen. »Ich habe lange darüber nachgedacht. Vielleicht war es eine Gewissheit, dass es das wert gewesen war ... trotz allem.«
Ich starrte ihn verständnislos an.
»Die Zeit mit Noura kann dir niemand nehmen«, sagte er.
Wir betranken uns besinnungslos in dieser Nacht, bis jeder sich eine Ecke suchte und in dumpfen Schlaf versank.

***

Heisere Männerstimmen und Pfiffe gellten über das zertrampelte Übungsfeld. Trotz des Taus auf den Halmen stieg Staub zwischen den Beinen der Männer auf. Schweiß troff von roten Gesichtern, und ich konnte ihren schweren Atem und halb unterdrückte Flüche hören.
Soeben hatten sie den morgendlichen Lauf in voller Kampfausrüstung hinter sich gebracht. Einige wankten noch vor Anstrengung, als Ausbilder sie schon wieder zur Aufstellung brachten. Es hallten Befehle, vierhundert Füße stampften, Schildränder stießen hohl gegeneinander, und Waffen klirrten. Die Ausbilder brüllten, wenn es nicht schnell genug ging, oder schlugen mit langen Stöcken auf Schild und Helm, um Trödler in Reih und Glied zu treiben. *Cans d'Arnaud*, Arnauds Hunde, so wurden sie von den Rekruten genannt. Tatsächlich ähnelten sie bissigen Hirtenkötern, die ihre Herde zusammentrieben.
Ich schloss kurz die Augen. Unerträglich grelles Sonnenlicht hatte mich heute Morgen viel zu früh geweckt. Mit geschwollener Zunge und pelzigem Gaumen war ich aufgestanden, um meine Notdurft zu verrichten. Bei der kleinsten Bewegung hatte sich mein Hirn beschwert, als stäche jemand mit heißen Nadeln hinein.
Mein sanfter Fußstoß in Hamids Richtung hatte ihm nur ein Stöhnen entlockt, gefolgt von derben Verwünschungen, und dann hatte er sich auf die andere Seite gerollt und wie tot weiter-

geschlafen. Ihm, der selten Wein trank, musste es noch schlimmer als mir ergehen.
Trotz der frühen Jahreszeit war es an diesem Morgen nicht kalt, denn eine kräftige Frühlingssonne erwärmte die Erde. Fetzen einer noch frischen Seebrise und der scharfe, kurze Ritt hierher hatten ein wenig geholfen, mir die Spinnweben aus dem Hirn zu blasen. Auch die Hunde liebten den Auslauf. Aber jede ruckartige Bewegung fühlte sich an, als träfe der Pferdefuß des Teufels meinen Kopf. Ich verfluchte unser Gelage vom Vorabend und versuchte, den Bemühungen der Männer auf dem Übungsplatz zu folgen.
Arnaud bestand auf gnadenlosem Drill, um den Neulingen die verbesserten Kampfweisen einzubleuen, die sich in den Schlachten gegen die Türken als wirkungsvoll erwiesen hatten. Schnelligkeit und Beweglichkeit der *cavalaria* waren natürlich seit jeher entscheidend. Während türkische Reiter auf Pfeil und Bogen setzten, suchten unsere den Nahkampf mit der Lanze. Dabei half die bessere Panzerung, die wir trugen, und eine längere und gewichtigere *lansa* war in Gebrauch gekommen, die man zum Angriff unter den Arm legte. Das erfordert mehr Kraft, erzielt aber bei enger Gruppierung der Reiter die notwendige Schockwirkung.
Fußtruppen bestehen in der Heimat meist aus schlecht bewaffneten Bauern, die man möglichst schnell wieder auf die Felder entlassen muss, um Ernteausfälle und Hungersnöte zu vermeiden. Ständige Söldnerheere können sich nur reiche Fürsten leisten. Überhaupt sind größere Aufmärsche und Schlachten ein Wagnis und werden für gewöhnlich vermieden. Herkömmliche Kriegsmacht stützt sich daher auf sichere Burgen, schnelle Reiterausfälle und gezielte Beutezüge, um den Feind durch Verheerung seines Landes zu schwächen.
In Outremer fehlte es uns jedoch an Burgen, und der Feind konnte jederzeit große Heerscharen aufbieten.
Ohne ein stehendes Heer von ausgebildeten *pezos*, wie man die Fußkämpfer herablassend nennt, konnten wir hier nicht bestehen. Waren in der Schlacht die Panzerreiter der Hammer, so

stellten die Fußtruppen den Amboss dar, um den Ansturm des Gegners zu brechen.
Arnaud war gerade dabei, solch eine Übung vorzubereiten. Eine Einheit von *pezos* sollte einen Reiterangriff abwehren. Sie standen in vier Reihen und einer Front von fünfzig Mann. An der rechten Flanke brüllte ein Ausbilder, weil ein paar Tölpel nicht recht im Glied standen. Statt scharfer Waffen trugen sie stumpfe Holzschäfte.
Die Reiter hatten sich in etwa dreihundert Schritt Entfernung gesammelt. Auf Arnauds Hornsignal gaben sie ihren Tieren die Sporen und flogen im gestreckten Galopp auf die Schildwand zu. Ein dichter Haufen von wirbelnden Hufen, Helmen, starrenden Lanzen und hochgereckten Schilden, hinter denen die eisernen Kerle saßen. Die Erde zitterte unter ihrem Ansturm, Staub stieg hoch, und Erdklumpen flogen.
Ein geballter Reiterangriff lässt selbst einem erfahrenen Krieger den Schreck in die Glieder fahren. Solange sie aber fest standen und nicht in der Flanke angegriffen wurden, waren die Männer einigermaßen sicher, denn kaum ein Pferd würde ungebremst in eine Wand aus Eisen und Speerspitzen hineinrennen. Fünfzig Schritte vor der Schildwand brüllte der Reiterführer einen Befehl, woraufhin er und seine Leute einen Bogen schlugen, um dem Fußtrupp in die Flanke zu fallen. Anfänglich ein sauber ausgeführter Schwenk, aber als sie den Angriff erneuerten, erwies sich die Reihe der Reiter als unregelmäßig und voller Lücken. Die Schildreihe versuchte inzwischen, ihre Frontlinie dem Angriff aus veränderter Richtung anzupassen. Der linke Flügel hätte abknicken und der rechte nachrücken müssen. Eine schwierige Bewegung, bei der die Männer übereinander stolperten und mehrere zu Boden stürzten, während andere es versäumten, die Lücken zu füllen. Arnaud stieß einen gellenden Pfiff aus und winkte die Übung angewidert ab.
»Putan merda!«, schrie er. »Was für eine Eselsbande!« Er stapfte ihre Front ab und brüllte sie angewidert an. »Die Türken wären jetzt dazwischen geritten und hätten euch alle einzeln abgestochen!«

Dann kam er zu mir rüber und grinste trotz des Ausbruchs. »Noch ein paar Wochen, und ich hab sie so weit.«
»Na, die Wende eben …«
»Ich weiß. Das werden sie noch fünfzig Mal üben, ich verspreche es dir!«
Die *militia christi* war immer hungrig nach neuen Rekruten. Und dies nicht nur, um Verluste auszugleichen, sondern weil viele einfach nach zwei oder drei Jahren abmusterten, um heimzukehren. Es war in Wahrheit ein ständiges Kommen und Gehen. Nur eine Kerntruppe von Männern wie Arnaud, Guilhem oder ich war über die Jahre geblieben. Als altgediente Haudegen bildeten wir das Rückgrat des provenzalischen Heeres. Wir wussten, wie man die Muslime besiegen konnte. Das machte uns zu den besten Ausbildern und Anführern, auf die Graf Bertran kaum verzichten konnte, wenn er seine Stellung im Land ausbauen wollte.
Seit der Einnahme Jerusalems kamen immer mehr Pilger. Auf Jesus' Spuren zu wandeln, war der Höhepunkt ihres Lebens. Sie besuchten das Grab des Herrn, kletterten auf den Ölberg, hielten Andacht in Bethlehem und ließen sich im Jordan taufen. Manche kamen von ihren Weibern begleitet, andere von Konkubinen. Darunter waren Verzweifelte, die auf Vergebung hofften oder auf Heilung ihrer Krankheiten. Nonnen, Mönche, von Wundern faselnde Irre, geschäftstüchtige Marketender, Diebe, die sich an den Pilgern bereicherten, oder Reliquienjäger, die gierig nach dem Fingerknochen eines Heiligen oder dem Schweißtuch eines Apostels suchten, zumindest, was man dafür halten mochte.
Und in diesem Pilgerstrom fanden sich auch zum Kampf entschlossene Männer, die bereit waren, einen frommen Beitrag zu leisten oder sich für die Heimreise den Sold des Grafen zu verdienen. Was scherte es uns, was so mancher in der Heimat verbrochen hatte. Wir handelten nach Urbans Worten: *Wer zuvor Räuber war, soll in der* militia christi *Ritter werden.* Solange einer zum Krieger taugte, waren wir nicht zimperlich in der Auswahl.
Das Gewicht von Rüstung und Waffen lässt einen Mann schnell ermatten. Außerdem erwarteten wir, dass sie nach langem Marsch

in der Sonnenglut noch fähig waren, im Laufschritt anzugreifen. Kettenpanzer und Schilde der Berittenen sind noch schwerer. Der Einsatz von Lanze, Schwert und Axt verlangt Kraft und Ausdauer. Als Erstes mussten die Neuen daher durch Arnauds brutale Schule zur Stählung ihrer Körper gehen.
Vom Morgengrauen an wurden sie geschunden und gehetzt bis zur völligen Erschöpfung. Es kam vor, dass Einzelne umfielen und nicht mehr aufstanden. Aber Arnaud war unerbittlich. Wer um Gnade flehte oder seinen Forderungen nicht nachkam, wurde in Schande fortgejagt. Sich seine Achtung zu verdienen, bewirkte am Ende mehr als das Gebrüll der Ausbilder. Die, die verblieben, ertüchtigten sich täglich im Umgang mit den Waffen, bis sie wahre Meister wurden, lernten Disziplin und Standhaftigkeit, Mut und Zusammenhalt in der Gruppe. Denn mit einer so geschulten Truppe lässt sich jede Übermacht in Schach halten, wie wir oft genug bewiesen hatten.
»Alles antreten!«, brüllte jetzt Arnaud. Die Fußkämpfer nahmen Aufstellung, dahinter die Reiter. Auch Bogenschützen kamen. Arnaud baute sich breitbeinig vor ihnen auf. »Ihr kennt den *castelan*. Er hat euch ein paar Worte zu sagen.«
Es hatte sich eingebürgert, dass ich denen, die Arnauds Grundausbildung überstanden hatten, eine kleine Ansprache hielt. Eine Art Willkommensgruß. Das war der Grund, warum ich heute Morgen hier herausgeritten war. Ich blickte in die Runde. Dreckig und verschwitzt sahen sie mich erwartungsvoll an.
»Männer!«, rief ich. »Arnauds erste Prüfungen habt ihr hinter euch und Glückwunsch, dass ihr noch am Leben seid.« Das brachte ein Grinsen auf die Gesichter. »Ohne große Worte will ich euch als Kämpfer in der *militia* willkommen heißen. Von nun an tragt ihr, als Zeichen eures Dienstes für Jesus, das Kreuz auf dem Gewand. Jeder von euch wird hier gebraucht. Das Heilige Land muss verteidigt und gehalten werden.«
Ein paar Eifrige schlugen zustimmend mit den Holzspeeren auf ihre Schilde. Ich blickte in ihre erwartungsvollen Gesichter und fragte mich, wer von ihnen beim ersten Scharmützel fallen würde. Oft waren es die Jüngsten.

»Damit wir uns nicht missverstehen, ab jetzt gilt dreierlei. Ihr habt geschworen, dem Grafen die Treue zu halten und seinen Hauptleuten zu gehorchen. Es wird erwartet, dass ihr mutig und tapfer kämpft. Und merkt euch als Drittes: Befehlsverweigerer und Fahnenflüchtige werden auf der Stelle aufgeknüpft.«

Paire d'Aguiliers verlangte von mir bei solchen Gelegenheiten, die Männer in heiliger Andacht auf ihre Christenpflichten einzustimmen. Aber ich sah das anders. Sie waren hier, um zu kämpfen. Für das Beten war ich nicht zuständig. Auch nicht fürs Verhätscheln.

»Dass keiner denkt, es sei ein Leichtes, Türken und Araber zu besiegen, oder dass hier das Gold auf der Straße liege. Manchmal gibt es Gelegenheit, ehrliche Beute zu machen. Aber zumeist ist es ein hartes Leben. Arnaud hat euch gewiss schon einen Vorgeschmack gegeben, oder?« Trotz meiner grimmigen Worte sah ich einige wieder grinsen. Ein gutes Zeichen. »Doch das ist nichts im Vergleich zu einer richtigen Schlacht. Vielleicht habt ihr von unserem Abenteuer in den Bergen gehört, als wir durch Verrat in einen Hinterhalt gerieten. Der Feind war bei weitem in der Übermacht. Und was glaubt ihr, hat uns gerettet und den Sieg beschert?«

Nun hatte ich ihre volle Aufmerksamkeit.

»Mut und Kampfgeist sind wichtig. Aber wir schlugen sie, weil wir zusammenstanden wie ein Mann. Kein Zögern in der Ausführung der Befehle, Zusammenhalt und Disziplin, die man nur durch ständiges Üben erlangt, so wie ihr es heute tut. Der Gegner in Outremer ist meist in der Überzahl. Alles, was ihr tut, müsst ihr deshalb drei Mal besser als jeder Moslem können. Ist das klar? Die harte Ausbildung ist zu eurem eigenen Schutz. Und um euch Siege zu bescheren.«

Sie wechselten Blicke. Ich ließ die Worte einsinken und hoffte, sie hatten verstanden. Dann rief ich mit lauter Stimme: »Ein hartes, doch ehrenvolles Leben erwartet euch. Ihr gehört nun zu den Kriegern Gottes. Ewiger Ruhm und der Segen des Herrn sind euch gewiss!«

Einige lächelten mir zu, andere starrten mich nur schweigend an.

»Noch etwas, das ihr nicht vergessen sollt. Im Augenblick der Schlacht, da kämpft ihr nicht für Christus. Nicht für Tolosa, nicht für eure Liebsten und nicht einmal für euch selbst. Nein, wenn es ernst wird, dann kämpft ihr nur für die Kameraden, die neben euch im Glied stehen, merkt euch das! Einer wacht über den anderen. Wenn sich jeder so verhält, ist euer Haufen unbezwingbar!« Sicher hatte Arnaud ihnen das schon hundertmal eingebleut, aber es schadete nichts, es auch von mir zu hören. »Seid wachsam und misstrauisch, Männer, und niemals zu siegesgewiss. Erinnert euch an das Sprichwort: *Sorglos ist der Narr, bis sie ihn am Arsch haben.*«

Jetzt lachten alle. Und dann überraschten sie mich.

»Wir werden deine Frau rächen, *castelan!*«, schrie in vorderster Reihe ein junger Kerl. Alle brüllten Zustimmung und reckten die Speere in die Höhe. Plötzlich trommelten sie mit den Schäften auf ihre Schilde und schrien: »*Domna* Noura! *Domna* Noura!«

Ich spürte einen Kloß im Hals und wusste nichts zu sagen. Dann gingen die Rufe über in »*Dieu lo vult!*« und den Schlachtruf »Tolosa! Tolosa!«.

Mit schwerem Herzen wandte ich mich ab und ritt langsam zurück zur Burg.

***

Es war bereits später Vormittag, und in der Schreibstube erwarteten mich Zahl- und Quartiermeister. Die Verwaltungsfragen, die sich während meiner Abwesenheit angesammelt hatten, ließen sich nicht länger aufschieben.

Der Zahlmeister war Bruder Albertus, weißhaarig und klapperdürr, immer etwas vornübergebeugt und kurzsichtig blinzelnd, wahrscheinlich von den vielen Stunden, die er über seine Bücher gebeugt zubrachte. Dieser Mönch verwaltete die Geldmittel, die Bertran uns zuteilte, und so schwach und alt er körperlich wirkte, umso knauseriger, dickköpfiger und unbeugsamer war sein Wesen. Jede einzelne Kupfermünze, die man ihm mühsam entrang, schien ihn persönlich zu schmerzen, und er wehrte sich mit

solcher Kraft und Ausdauer, dass es seine schwächliche Erscheinung Lügen strafte.
Dagegen standen die Forderungen des Byzantiners Philippos, ein Eunuch von mächtigem Leibesumfang, der sich gern in lange, kostbare Gewänder kleidete und dessen beringte Hände beim Reden immer in Bewegung waren. Bei den Festungsbauarbeiten hatte er die Versorgung mit Baugut geleitet, Verhandlungen mit Schiffsführern und Fuhrleuten geführt und Steinmetze und Handwerker eingeteilt und beaufsichtigt. Er war ein äußerst fähiger Verwalter. Nach Fertigstellung der Burg war er geblieben und kümmerte sich nun um die Unterkünfte von Mann und Tier und alles, was auf der Festung gebraucht wurde.
In der Schreibstube war eine heftige Auseinandersetzung zwischen beiden im Gange. Erregt zählte Philippos an den Fingern eine lange Liste von Dingen auf, die er dringend benötigte. Bruder Albertus hielt die Arme verschränkt und starrte aus dem Fenster, als ob ihn das alles nichts anginge. Als ich eintrat, verstummten sie plötzlich, und Philippos sah mich unsicher an.
»*Castelan*, wir haben von Eurem Unglück …«
Ich machte eine ungeduldige Handbewegung. Diese ständigen Beileidsbekundungen konnte ich nicht mehr ertragen. Philippos seufzte unglücklich, während Bruder Albertus steif dastand und mich ernst und abwartend musterte.
»Was liegt an?«, fragte ich, und der Eunuch begann als Erster sein Klagelied. Noch einmal zählte er auf, was gebraucht wurde, um seine Aufgaben zu erfüllen und die Mannschaften zu verköstigen. Albertus unterbrach in kaltem Ton und behauptete, es seien keine weiteren Mittel vorhanden. Ich griff ein, und nach mehr als einer Stunde zähen Ringens hatten wir Bruder Albertus endlich so weit, Gelder für das Nötigste an Baumaterial für Ausbesserungen, neuen Fässern, Tierfutter, Verpflegung und zusätzlichen Waffen herauszugeben. Das war erschöpfender als ein Nachmittag auf dem Übungsplatz.
Schließlich ließ ich die beiden Streithähne allein und überquerte den Burghof, um Adela zu suchen, denn seit dem Vorabend hatten wir uns nicht gesehen. Fast war ich an den Durchgang ge-

langt, der in einen zweiten Innenhof führte, als ich plötzlich mehrere Pferde bemerkte, die an ein Geländer vor der großen Halle angebunden waren. Das war ungewöhnlich, denn laut Festungsregel mussten alle Reittiere sofort in die Stallungen gebracht werden. Und dann erkannte ich das Zeichen von Ricard de Peyregoux auf dem Schild, der am Sattelknauf eines der Pferde baumelte.

Sofort kam mir die Galle hoch. Das war die Gelegenheit, jetzt gleich mit diesem anmaßenden Flegel abzurechnen. Nicht ahnend, welche Folgen dies später für mich und andere haben würde, sprang ich die wenigen Stufen hinauf und stieß wütend die schwere Doppeltür zur Fürstenhalle auf.

In Bedrängnis

Sancta Balbina,
beschützt vor Kropf und Halsleiden

Quinta Feria, *früher Nachmittag,*
31. Tag des Monats März

Die *aula magna*, oder große Halle, war nicht so groß, wie ihr Name behauptete, zumindest nicht vergleichbar mit den gewaltigen Sälen, die ich in Konstantinopel gesehen hatte. Auf einer Festung lebt es sich eng, dennoch war dies ein eindrucksvoller Raum mit einem bemalten und von Säulen getragenen Deckengewölbe. Bei Festmahlen bot er Platz für hundert oder mehr Personen.

Als ich durch das Portal trat, mussten meine Augen sich erst an das Halbdunkel gewöhnen. Der Boden bestand aus polierten Marmorplatten. An den Längswänden verlief jeweils ein angedeuteter Säulengang mit Spitzbögen in der Art eines *porticus*, so dass die Halle einem römischen *atrium* oder Innenhof nachempfunden schien, dem Ursprung jeder *aula*. An den Säulen waren Fackelhalter befestigt, in den Nischen dazwischen hingen Waffen, Eberköpfe oder Hirschgeweihe, Wandteppiche byzantinischer Herkunft, die Jagdszenen oder Schlachten darstellten. An der Stirnwand rechter Hand befand sich ein mehr als mannshoher Kamin, der nach zwei Seiten offen war, denn dahinter lag der Gang zur Küche. An der Stirnwand gegenüber hing das Wappen der Grafen von Tolosa, und darunter hatte man als Blickfang die gewaltigen Stoßzähne eines *olifants* angebracht. Ein seltener Anblick in einem Rittersaal. Darunter und quer zum Raum stand ein mächtiger Eichentisch, an dessen Mitte sich der schön geschnitzte und reichverzierte Stuhl des Fürsten von Tripolis befand. Wenn er zugegen war, diente die Halle hauptsächlich seiner

Tafelrunde oder bot den Rahmen für Empfänge und festliche Anlässe. Ansonsten war sie verschlossen und niemandem zugänglich. Philippos hatte einen Schlüssel, ich einen zweiten. Was also hatte Ricard hier zu suchen?

Drei ausgelassene Zecher saßen am Tisch des Fürsten, tranken Wein und redeten durcheinander. Anscheinend schwelgten sie noch in den Erinnerungen ihrer Jagderlebnisse. Eine Magd hatte gerade einen weiteren Krug Wein gebracht und füllte reihum die Becher nach. Als Vierter im Bunde, auf dem Sitz des Grafen, lümmelte sich der junge Ricard, mit den Stiefeln auf dem Tisch, ungeachtet der Sporen, die die Platte zerkratzten.

Ich näherte mich aufgebracht. »Das ist die Fürstenhalle und keine billige Trinkstube!«, rief ich mit harscher Stimme. »Zum Saufen sucht euch gefälligst eine Taverne in der Vorstadt.«

»Ah, *Senher Castelan*«, begrüßte mich Ricard mit aufsässigem Grinsen. Er hatte kleine Mauszähne, und sein Blick war glasig. Offenbar becherten sie schon eine ganze Weile. »Möchtet Ihr nicht einen Schluck mit uns teilen?«

»Wer hat euch hier hereingelassen?«

»Na, wer schon? Der fette Philippos natürlich. Der weiß wenigstens, wann er es mit seinen Oberen zu tun hat. Im Gegensatz zu einigen aufmüpfigen Emporkömmlingen, die von der Gnade meines Vetters leben.«

Seine Begleiter grinsten mich frech an, und einer, ein magerer, dunkelhaariger Kerl, das Gesicht voller Pockennarben, lachte scheppernd.

»Habt Ihr Euch also doch noch eingefunden?«, fragte Ricard ätzend. »Ihr habt Euch wahrlich Zeit gelassen. Graf Bertran fragte sich schon, ob Ihr ihm den Dienst aufgekündigt habt.«

»Habt Ihr deshalb vorgetäuscht, er habe Euch Vollmachten über die Burg gegeben?«, fragte ich scharf. In mir kochte die Wut hoch. Der Kerl und seine Anmaßung waren unerträglich.

»Das hat er, bei Gott, das hat er!«, er schlug seinem Kumpanen auf den Rücken. »Oder etwa nicht?« Der Pockennarbige hatte verschlagene Augen. Er nickte heftig zu Ricards Worten und versuchte dabei, treuherzig dreinzuschauen. Dann kicherte er. Auch die beiden anderen grinsten weinselig. Einer war ein blonder, stiernackiger Kerl von gewaltigen Körpermaßen. An dem Mal auf der Wange erkannte ich ihn als den Burschen, dem ich den Fluch der Alten im Bekaatal verdankte. Sein Anblick verdüsterte meine Laune nur noch mehr. Der Dritte war mittelgroß, lächelte dünn und beschränkte sich ansonsten aufs Beobachten.

Ricard gab seine lässige Haltung auf und setzte sich aufrecht. »Ihr habt Euch von der Truppe entfernt, und einer muss hier ja nach dem Rechten sehen.«

»Und dazu braucht *Coms* Bertran ausgerechnet einen milchbärtigen Jüngling wie Euch?«

Da wurde er rot, sprang auf und schrie: »Ich bin der Vetter des Grafen. Ich bin Euch keine Erklärungen schuldig.« Dabei schlug er mit der Faust auf den Tisch. Einer der Becher fiel um, und roter Wein tropfte auf den Boden, wo er eine Lache wie Blut hinterließ.

Ohne nachzudenken, langte ich hinüber, packte ihn an der Tunika und zerrte ihn halb über den breiten Tisch.

»Hör mir gut zu, *ribaut!*«, zischte ich ihn an. »Du Scheißkerl magst Bertrans Vetter sein. Aber er hat dich in meine Burg gesteckt. Du hast mir, wie jeder hier, Treue und Gehorsam geschworen. Du kriegst Sold aus der Schatulle meiner Festung. Also tust du, was ich dir befehle. Oder du wirst den Tag deiner nutzlosen Geburt bereuen.« Damit ließ ich ihn so plötzlich los, dass er das Gleichgewicht verlor und sich am Tischrand festhalten musste. Wir starrten uns hasserfüllt an. Ricards Begleiter grinsten nicht mehr.

»Mit welchem Recht habt Ihr den Griechen hingerichtet?«, fragte ich scharf.

»Verräter verdienen den Tod«, stieß er giftig hervor.

»Es war nicht an Euch, dies zu entscheiden. Ihr habt Euch Rechte angemaßt, die Euch nicht zustehen. Und wozu ihn so bestialisch zurichten? Zu Eurem Spaß?« Ich spuckte verächtlich auf den Boden. »Ihr widert mich an!«

»Ihr seid zu weich, Montalban. Wir müssen hart vorgehen!«

»Ist Euch nicht klar, dass wir in dieser Stadt auf einem möglichen

Brandherd sitzen?« Ich ging erregt auf und ab. Ricard hatte die Augenbrauen hochgezogen, während er mir mit gespielter Verständnislosigkeit zuhörte. »Im Augenblick trauen sich die Emire nicht, uns in offener Feldschlacht zu begegnen. Aber wir sind hier nur ein paar tausend Mann. Wenn Ihr das Volk zu sehr reizt, kann es zum Aufstand kommen, und dann riskieren wir, alles zu verlieren.« Doch was redete ich überhaupt mit diesem jungen Tölpel? »Ich sehe schon, Ihr seid zu einfältig, um das zu begreifen.«
Ein hämisches Grinsen zeigte sich auf seinem Gesicht. »Ich frage mich, was gefährlicher ist. Eure Unfähigkeit als Kriegsherr oder Eure Verbrüderung mit Ungläubigen und Feinden des Grafen.« Seine Begleiter wieherten belustigt.
»Was soll das heißen?«, brüllte ich. Er sah, dass er mich gereizt hatte, und spann das gleiche Garn mit Vergnügen weiter.
»Ist nicht dieser *sarasin* ständig an Eurer Seite? Etwa, um uns auszuspionieren? Vielleicht helft Ihr ihm sogar dabei. Und noch ein Muslimweib dazu. Was habt Ihr gegen Christen? Sind wir Euch nicht gut genug?«
»Sie war mehr Christin, als Ihr es jemals sein werdet«, presste ich hervor. Es gelang mir nur mit Mühe, nicht in sein dreistes Gesicht zu schlagen.
»Ach ja. Ich habe gehört, sie ist von Euch gegangen. Das ist gut. Vielleicht können wir dann wieder auf Eure Treue hoffen.«
»Auf meine Treue ist Verlass.« Mir pochten die Schläfen. Der Zorn hatte mir inzwischen den Verstand geraubt, da sah ich ihn plötzlich wieder mit vollgepissten Beinkleidern vor mir, und so sagte ich etwas, das ich später bitter bereuen sollte. »Aber was ist denn mit dir, Bürschlein?«, lärmte ich höhnend. »Ein Löwe mit dem Maul, doch wenn's heiß hergeht, dann machst du dir in die Hosen, du Memme!« Ich ergriff den nächsten Becher und goss ihm den Inhalt ins Gesicht.
Damit drehte ich mich um und marschierte in Richtung des Portals. Ich hatte vor, die Wache zu rufen, um die Kerle aus der Halle werfen zu lassen.
Hinter mir war es still geworden. Zu still.

Wir Provenzalen sind als Heißsporne berüchtigt. Ebenso flink mit der Zunge wie mit der Waffe, so sagt man uns nach. Deshalb sollte man keinen Mann von Ehre einen Feigling nennen, am wenigsten einen aus dem Süden, außer man ist bereit, ihn auch zu töten. Und dem Kerl den Rücken zuzukehren, das war wirklich unverzeihlich.

Kaum war mir dies bewusst geworden, da hörte ich das scharfe Geräusch eines Schwerts, das aus der Scheide gerissen wurde, ein Krachen, als der schwere Stuhl umstürzte, das Poltern von Stiefeln, die mir hastig folgten. Ricard schloss in Windeseile zu mir auf, und ich fühlte mich nackt wie ein Säugling, denn ich selbst war ohne Waffe.

»*Putan*, du nennt mich einen Feigling?«

Ich hatte kaum Zeit, zur Seite zu springen, da spürte ich schon den Luftzug seiner Klinge auf der Wange, die mich nur um Haaresbreite verfehlte.

Sein Schwung hatte ihn an mir vorbeigetragen. Nun drehte er sich blitzschnell um. Er war rasend vor Wut. Wein tropfte ihm vom Gesicht. Dass ich unbewaffnet war, schien ihn nicht zu stören, denn er griff wieder unverzüglich an und versuchte, mich mit einem mächtigen Stoß zu durchbohren. Diesmal stach das Schwert ein Loch in meine Tunika. Doch im letzten Augenblick hatte ich meinen Oberkörper wegdrehen können. Fast wäre es mir dabei sogar gelungen, sein Handgelenk zu packen. Dann sprang ich außer Reichweite und spürte über den Rippen ein Brennen auf der Haut. War ich getroffen?

Ricard stand mit dem Rücken zum Halleneingang und versperrte mir den Fluchtweg. Er war jetzt vorsichtiger, verlagerte sein Gewicht ein wenig von einem Fuß auf den anderen, fast wie ein Tänzer. Er machte den Eindruck eines geübten Schwertkämpfers. Seine Haltung war tadellos, und er stand federnd und leichtfüßig, fast katzenhaft, auf den Beinen. Er schwang sein Schwert in weitem Bogen, so dass die lange Klinge mit hörbarem Ton die Luft spaltete. Doch ich achtete nicht auf sein Schwert, sondern starrte ihm in die Augen. Dort würde ich zuerst erkennen, wenn er zum Angriff ansetzte.

Seine Zechbrüder waren aufgesprungen und näherten sich langsam wie ein Rudel Wölfe, das die Beute umkreist. Der mit den Pockennarben hatte ebenfalls sein Schwert gezogen. Er war klein und beweglich und starrte mich mit stechenden Augen an. Ich war ihnen ausgeliefert wie ein Schlachtlamm.

»Haltet euch raus, sonst wird es euch schlecht ergehen«, rief ich den anderen zu.

Ein Grinsen zeigte sich auf ihren vom Wein geröteten Gesichtern. Nun riss auch der blonde Riese sein Schwert aus der Scheide. Ein einziger, gut gezielter Schwertschlag konnte mich töten oder zum Krüppel machen. Während Ricard mich in Schach hielt, rückten seine beiden Hunde näher. Nur der dritte hatte keine Waffe gezogen und hielt sich zurück. Ich begann, ernsthaft um mein Leben zu fürchten.

Ricard machte einen erneuten Vorstoß. Dabei erahnte ich die Bewegung aus den Augenwinkeln mehr, als ich sie sah, und sprang zurück, näher zur Seitenwand der Halle. Aber es war nur eine Finte gewesen, denn Ricard federte leichtfüßig zurück und lachte über meinen hastigen Rückzug.

»Schweißtreibende Arbeit, was, Montalban?«

Mir lief tatsächlich der Schweiß von der Stirn. Wenn es ihnen gelang, mich in die Mitte zu nehmen, war ich geliefert. Von betrunkenen Halunken in meiner eigenen Burg erstochen zu werden, was für ein lächerlicher Tod nach all den Schlachten, die ich überlebt hatte. Gab es eine Möglichkeit, an Ricard vorbei zur Tür zu gelangen? Doch den Gedanken verwarf ich wieder.

»Ist wie blinde Kuh spielen«, lachte Ricard spöttisch. »Dabei machen wir es leicht für dich, denn du trägst ja nicht mal eine Augenbinde, nicht wahr, Jungs?« Der Saal hallte von ihrem betrunkenen Lachen.

Plötzlich sah ich, wie Ricards Pupillen sich verengten. Blitzschnell holte er aus und schnellte nach vorn, um mir den Schädel zu spalten. Viel Platz zum Ausweichen hatte ich nicht und hätte deshalb unter seinem Arm wegtauchen sollen. Stattdessen sprang ich weiter zurück zur Wand und riss das erste solide Stück herunter, das ich zu fassen bekam. Es war ein Schild, den ich an beiden Enden packte und gerade noch hochreißen konnte, bevor Ricards Schlag mich in zwei Stücke zerteilt hätte. Er hatte seine ganze Kraft hineingelegt, und fast hätte es mich in die Knie gezwungen. Der Junge mochte klein sein, aber kräftiger als gedacht. Das Echo des Schlags hallte durch den Raum und dröhnte in meinen Ohren.

Deable! Das war kein Spiel mehr.

Bevor er erneut ausholen konnte, stürmte ich vor, rammte ihm den schweren Schild in die Brust und warf mich mit meinem ganzen Gewicht dagegen. Er strauchelte und stürzte mit einem erschrockenen Aufschrei zu Boden. Ich wollte meinen Vorteil nutzen und ihm den Schild ins Gesicht rammen, doch schon bedrängte mich der Pockennarbige mit der Waffe. Ich sprang zurück. Es gelang mir, mit der linken Faust den Schild am Innengurt zu packen und hochzureißen, so dass die schwere Klinge nur den eisenbeschlagenen Schildrand traf. Wieder dröhnte das Echo des Schwerthiebs wie ein Hammerschlag durch die Halle. Ich lief weiter rückwärts und verdrehte die Augen verzweifelt auf der Suche nach einer Waffe an den Wänden. Der muskelbepackte Blondschopf näherte sich nun ebenfalls. Im Hintergrund hatte Ricard sich wieder aufgerappelt und funkelte mich böse an, während er sich mit dem Ärmel das Blut von der Lippe wischte. Dann packte er sein Schwert fester, und sie begannen, mich zu umkreisen.

»Bist du von Sinnen, Ricard?«, schrie ich.

»Hör auf, wie ein Weib zu flennen!«, verhöhnte er mich. »Wer ist jetzt die Memme, eh?«

»Was du vorhast, ist Mord. Dafür wirst du hängen!«

»Wieso Mord?« Er zog unschuldig die Augenbrauen in die Höhe. »Du hast mich angegriffen. Alle werden es bezeugen, nicht wahr, Jungs?«

Die Kerle grölten ihre Zustimmung.

»Unbewaffnet?«

»Wir werden ein Schwert in deine toten Finger stecken.«

Das fanden seine Kumpane überaus witzig.

»Was bringt dir mein Tod, außer Scherereien?«

»Gold bringt es, viel Gold!«, erwiderte er zu meinem Erstaunen. »Aber genug jetzt von diesem Geschwätz.«

Ohne auf seinen Angriff zu warten, täuschte ich links an, in Richtung des Narbengesichts, sprang dann aber nach rechts, um der Umzingelung zu entkommen. Blondschopf reagierte langsam, denn sie waren alle betrunken. Ich rannte an der Wand entlang, suchte nach einem Schwert oder einer Axt und riss dann einen Speerschaft herunter, der am nächsten hing. Narbengesicht war nachgerückt, und ich konnte gerade noch den Schild heben, um seinen Hieb abzufangen. Blitzschnell stach ich zu und erwischte ihn am Oberschenkel. Er jaulte auf, sprang zurück und hielt sich das Bein, aus dem reichlich Blut quoll. Eine kleine Genugtuung für mich.

Blondschopf ergriff die Gelegenheit und stürmte an meiner ungeschützten rechten Seite vor. Mir blieb nichts anderes übrig, als seinen Hieb allein mit dem Speer zu parieren. Der war ein leichter arabischer Wurfspeer und brach unter dem Schwert wie faules Holz. Wieder hatte ich Glück, denn seine Waffe verfehlte mich knapp. Lange würde ich es nicht mehr durchstehen können. Was hatte er da von Gold gefaselt? Irgendwo hinter mir befand sich Ricard. Und war da nicht noch der vierte Kerl? Wo hatte ich gerade eine Axt an der Wand gesehen? Ich bewegte mich näher zur Wand hin, schon um nicht rücklings von einem meiner Angreifer überrascht zu werden.

In diesem Augenblick lief der blonde Hüne gegen mich an. Ich trat noch einen Schritt zurück, spürte die Wand im Rücken und konnte nicht weiter. Ich hob den Schild und stählte mich gegen seinen Hieb, aber ganz überraschend warf sich der Kerl mit seinem ganzen Gewicht gegen meinen Schild und drückte mich so hart gegen die Wand, dass mein Kopf anschlug und mir fast die Sinne schwanden. Meine Rippen schienen zu bersten, und die Luft blieb mir weg. Der Kerl brüllte wie ein Ochse und hielt mich weiter gegen die Wand gedrückt, so dass ich mich nicht bewegen konnte. Sein rotes Gesicht war vor Anstrengung geschwollen, und das Mal auf der Wange starrte mich blutrot und bösartig an. Langsam wurde mir schwarz vor Augen.

Aus dem Augenwinkel sah ich, wie Pockengesicht ausholte, um mir zwischen Wand und Schildrand das Schwert in die Seite zu stoßen. Gefangen in diesem hilflosen Zustand, sah ich mein Ende nahen. Alles verlangsamte sich. Ich verfolgte seinen Arm, den er zurücknahm, die Schwertspitze, die auf meine Seite zielte, ich schloss die Augen, aber seltsamerweise empfand ich keine Angst. Ich würde sterben wie Noura. Wenn es ein Paradies gab, würden wir uns wiedersehen. Ich wartete, dass der Stahl mich durchbohrte. Würde ich es spüren?

»Schluss jetzt!«, hörte ich plötzlich jemanden brüllen. »Waffen auf den Boden, sonst ist Ricard ein toter Mann!«

Verwundert erkannte ich Hamids Stimme. Ich konnte wenig sehen, nur das Schwert an meiner Seite, das sich langsam zurückzog. Der Druck auf dem Schild ließ nach, bis ich wieder atmen konnte.

»Wird's bald?«, brüllte Hamid erneut.

Auch Ricard schrie, zuerst halb erstickt, dann kreischend: »Lasst von ihm ab, um Gottes willen!«

Sie gaben mich widerwillig frei. Ich holte tief Luft und konnte endlich meinen Retter sehen. Er hatte Ricard von hinten an den Haaren gepackt und hielt ihn am Boden nieder, während sein Schwert ihm an der Kehle lag. Alles Blut war aus Ricards Antlitz gewichen, und in seinen entsetzten Augen zeigte sich das Weiße.

»Brauchst du Hilfe, Jaufré?« Im Halbdunkel des Saales blitzten Hamids Zähne verwegen.

»Wie kommst du darauf?«, grinste ich schwach und wischte mir den Schweiß von der Stirn. Es war knapp gewesen. Der Blondschopf trat noch weiter zurück. Es widerstrebte ihm mächtig, aber schließlich zog er sich in Richtung des Eichentisches zurück, ließ aber nicht das Schwert fallen. Auch Narbengesicht humpelte weg. Er zog seine Waffe am Boden entlang, und blutige Fußspuren folgten ihm. Ricard jedoch ließ die Waffe fahren, die metallisch hart auf den Marmorboden aufschlug. Endlich bekam ich eine Axt von der Wand zu fassen und schaute mich um. Pockengesicht und Blondschopf hatten sich hinter dem Tisch verschanzt, immer noch bewaffnet. Der Vierte stand davor und hob seine leeren Hände. Er war klug genug gewesen, sich nicht zu beteiligen.

Inzwischen waren Wachen in die Halle getreten. Hamid hob Ricards Schwert mit der Linken auf, und ich steckte seinen Dolch in meinen Gürtel. Dann nahm mein Freund die Klinge von Ricards Kehle und hieß ihn aufstehen. Zwei Bewaffnete traten vor und packten ihn an den Armen. Er wehrte sich nicht, als sie ihn mit seinem eigenen Gürtel banden.

Mein Atem hatte sich wieder beruhigt. Ich hielt immer noch den Schild und die schwere Axt. Nun trat ich auf seine drei Kumpane zu.

»Besser, ihr ergebt euch. Oder wollt ihr hier sterben?«

Langsam, mit trotzigen Gesichtern warfen sie ihre Schwerter auf den Tisch. Weitere Wachen traten ein, und alle drei wurden gefesselt und abgeführt.

»Du kamst zur rechten Zeit, *per Dieu!*«, wandte ich mich an Hamid. »Wenig später, und ich wäre Futter für die Geier gewesen.«

»Ich hörte Geschrei aus der Halle und wurde neugierig. Als er auf dich losging, habe ich den rechten Augenblick abgewartet.«

»Wie bist du in die Halle gekommen?«

»Durch die Küche und den Kamin«, grinste er.

Wir verließen die *aula magna* und stiegen die kurze Treppe hinab. Vor mich trat der Wachhauptmann und salutierte.

»Legt die drei in Ketten und steckt sie ins Verlies. So bald wie möglich werden sie gerichtet.« Dann zeigte ich auf Ricard. »Peyregoux hier, den bringt gefesselt zum Grafen in die Stadt. Sagt *Coms* Bertran, dass er und zwei andere mich mit dem Schwert angegriffen haben, obwohl ich unbewaffnet war. Aber, da er sein Vetter ist, übergebe ich ihn seiner Gerichtsgewalt und vertraue auf seine Weisheit.«

Der Mann wiederholte: »Seiner Gewalt und Weisheit. Jawohl. Wir machen uns gleich auf den Weg, Herr.«

Ich fasste mir an die Seite. Meine Tunika hatte ein paar Blutflecke, doch es schien nicht weiter schlimm zu sein. Ricards Schwert hatte mich nur gestreift.

Ich schüttelte den Kopf. »Was für ein Irrsinn!«

»Ich habe dich gewarnt. Aber dank Allah lebst du noch«, war alles, was Hamid dazu sagte. Ich stand immer noch unter höchster Anspannung und leerte auf einen Zug den Becher Wein, den Hamid mir reichte.
»Das wird ein Nachspiel geben. Ich kann das nicht durchgehen lassen. Die hätten mich umgebracht. Noch dazu ihren *castelan*.«
»Es wird kommen, wie es kommen muss«, sagte er bekümmert. »Du wirst nicht aufgeben, und er wird nicht aufgeben. Bis einer von euch beiden tot ist.«
»Was redest du? Der Kerl ist so gut wie erledigt. Weißt du nicht, was Schwurbruch bedeutet?«
Aber in Wirklichkeit war ich mir nicht so sicher. Hatte ich ihn nicht sträflich herausgefordert? Bertran würde entscheiden müssen. Und der Strolch war auch noch sein Vetter. Ich stieß einen lauten Fluch aus.

***

Euthalias rundes Gesicht erschien im Türspalt. Als sie mich erkannte, lächelte sie erfreut und riss die Tür auf.
»Ist Adela bei dir?«, fragte ich.
Sie schüttelte den Kopf. »Aber tritt erst mal ein, Jaufré.«
Ich zögerte. In Arnauds Abwesenheit war dies eher unschicklich. Doch Euthalia fasste mich am Ärmel und zog mich beherzt in die Kammer.
»Stell dich nicht an. Dafür kennen wir uns zu lange. Und wie du siehst, sind wir nicht allein.« Sie wies auf zwei kleine Buben ihrer Brut, die auf dem Boden spielten. Ich trat in ihre Stube. Als Waffenmeister der Festung belegte Arnaud eigene Räume.
Euthalia trug ein einfaches knöchellanges Obergewand, auf dem die Spuren der täglichen Arbeit mit Haushalt und Kindern zu erkennen waren. Ihre Hand strich ungewollt darüber. »Setz dich. Ich bin gleich wieder da«, sagte sie mit einem verlegenen Lächeln.
Die Kinder starrten mich mit großen Augen an. Einer war blond wie Arnaud, der andere dunkelhaarig. Sie mussten drei oder vier

Jahre alt sein. Ich blickte auf die beiden Jungen, ohne sie wirklich wahrzunehmen, denn ich war noch zu aufgewühlt von diesem Kampf in der Halle. Der kleinere der beiden kam näher, fasste mich zutraulich an den Fingern an und grinste, den Kopf im Nacken, zu mir hoch. Unverkennbar das offenherzige Lächeln seiner Mutter.

Schon war Euthalia zurück, diesmal in ein langes, dunkelgrünes Gewand aus feiner Seide gehüllt, das zu ihrer matten Hautfarbe passte.

»Von eurem Zechgelage letzte Nacht hab ich gehört.« Sie schüttelte missbilligend den Kopf und stellte Napf und Löffel auf den Tisch. »Ich bin sicher, du hast nichts gegessen. Also keine Widerrede«, befahl sie in mütterlich strengem Ton und begann, Kräuter zu zerschneiden.

Ihre Wärme und Herzlichkeit taten mir gut. Ich ließ mich nieder und streckte die Beine unter den Tisch. Während ich die beiden Kleinen beim Spiel beobachtete, kam mir plötzlich siedend heiß die Frage in den Sinn, was aus Adela geworden wäre, wenn Ricard mich heute getötet hätte. Bisher hatte ich mir über solche Dinge nie Sorgen machen müssen, denn Adela hatte ihre Mutter, und beider Auskommen war durch unser Anwesen mehr als gesichert gewesen. Aber nun hatte sie nur noch mich, und bei meinem Handwerk konnte mir jederzeit etwas zustoßen. Ein neuer, beunruhigender Gedanke.

»Wo ist Adela?«, fragte ich. Euthalia hantierte an einem Topf, der über der Feuerstelle im Kamin hing.

»Nach dem Mittagsmahl hat sie mit den Kindern gespielt. Sie schien ein wenig still, aber sonst guten Mutes. Vielleicht ist sie auf dem Wehrgang und wird bald zurückkommen.«

Ihre Gelassenheit beruhigte mich. Ich sah mich um. Die Räume wirkten freundlich und sauber. An der Wand hing ein schlichtes Kreuz. Darunter ein herrliches, auf Holz gemaltes Marienbild in kräftigem Braun, Rot und Gold, wie man sie bei den Byzantinern findet. Euthalia nahm meinen Teller und füllte ihn aus dem Topf über der Feuerstelle. Bald dampfte eine Suppe vor mir, mit Gemüse und dicken Fleischbrocken darin. Ich schlürfte vorsichtig.

»Das arme Kind ist ganz durcheinander«, seufzte sie. »Aber was soll man anderes erwarten?« Sie schnitt ein dickes Stück Brot ab und hielt es mir hin. »In ein paar Wochen wird es ihr bessergehen, du wirst sehen.«

Und mir? Würde es mir in ein paar Wochen bessergehen? Ich bezweifelte das. Aber für den Augenblick genoss ich die Suppe und kaute auf dem Brot. Es schien, als hätte ich seit Ewigkeiten nichts im Magen gehabt.

»Ich habe von einem hässlichen Streit in der Halle gehört. Was ist geschehen?«, fragte Euthalia.

Neuigkeiten verbreiten sich auf einer Festung in Windeseile, fast wie am Flussufer, wenn die Dorfweiber ihre Wäsche bearbeiten.

»Peyregoux und sein Gefolge von Taugenichtsen betranken sich in der *aula magna*. Es kam zu einem Wortwechsel, und der kleine Bastard griff mich mit dem Schwert an.«

Euthalias Finger formten unwillkürlich die *corna*, das Zeichen gegen Unheil jeder Art. »Dieser Mann ist mir unheimlich. Er zieht das Böse an. Man sieht es an seinen Augen. Besser, du bleibst ihm fern.« Dann bekreuzigte sie sich. »Womit hast du ihn denn so gereizt?«

»Nichts«, murmelte ich verlegen. »Es ging um Kyriacos.« Dass ich Ricard selbst herausgefordert hatte, verschwieg ich.

»Ah! Verstehe.«

»Sie waren betrunken und hätten mich zu dritt fast umgebracht. Gottlob kam Hamid dazwischen.«

»*Mon Dieu, mon Dieu!*« Auf ihrem runden Gesicht stand die Sorge geschrieben. »Ich bin froh, dass du heil davongekommen bist. Adela, das arme Kind, sie braucht dich jetzt. Sei auf der Hut, Jaufré! Der Mann scheint mir rachsüchtig zu sein und hinterhältig.«

»Vielleicht stört ihn nur mein Gesicht«, tat ich grinsend ab. Ricards Bemerkung, dass mein Tod ihm Gold wert sei, hatte ich in der Aufregung über den Kampf längst vergessen.

»So einer hasst jeden. Am meisten sich selbst. Sieh, was er mit dem Griechen angestellt hat. Wie gotterbärmlich hat der arme

Mann geschrien. Es war nicht zu ertragen.« Sie bekreuzigte sich. Dann füllte sie mir Suppe nach. Eine Weile schwiegen wir und vermieden es auch, über Noura zu sprechen.

»Habt ihr ein Haus gefunden?«, fragte ich schließlich, um etwas zu sagen. Auch Euthalia wollte nicht länger als nötig in der Festung wohnen, wie ich wusste.

»Vielleicht. Da sind noch ein paar arabische Herrenhäuser, die leer stehen. In der Stadt selbst, innerhalb der Mauern. Dort fühle ich mich sicherer.«

»Werdet ihr bleiben?«

»Hier in Tripolis? Wer weiß? Zuerst wollte Arnaud sich etwas beweisen, als er *Coms* Raimon folgte. Nun scheint er hier zufrieden zu sein.«

»Du nicht?«

»Als ich damals mit Arnaud ging, dachte ich nicht viel nach. Wir hatten auch noch keine Kinder. Ich war nur verliebt. Und die Liebe fürchtet keine Gefahr, Jaufré, oder?«

»Nein, die Liebe fürchtet keine Gefahr«, wiederholte ich gedankenverloren. »Und so bist du also hier gelandet.«

Sie schaute auf ihre Hände. Es waren die roten Arbeitshände einer Mutter. »Das hier ist nicht wirklich unsere Heimat, oder?«

»Was fehlt dir?«

Sie lachte. »Jaufré! Bist du einfältig? Weißt du nicht, wo ich herkomme? Konstantinopel, mein Gott! Die größte und schönste Stadt der Welt. Dagegen ist dies hier ein Drecksloch. Aber ich komme schon zurecht. Und falls du es wissen willst, ich bin immer noch in Arnaud verliebt.« Sie lächelte spitzbübisch.

»Was? In diesen hässlichen Wikinger?«, scherzte ich, doch so recht war mein Herz nicht bei der Sache.

Sie lächelte flüchtig. »Ihr Kerle macht es euch einfach. Ihr zieht in den Krieg, und wir Weiber machen den Rest.«

»Welchen Rest?«

»Du weißt schon. Kinder, Familie, Haus und Acker. Wir kochen das Essen und nähen euch die Kleider. Und verbinden eure Wunden, wenn ihr heimkommt.«

Ich runzelte die Stirn. »Hast du keine Magd?«

Sie lachte. »Da siehst du es. Ob Herrin oder Magd, wir Frauen müssen uns um alles kümmern.« Sie beugte sich vor und fragte eindringlich: »Ich meine, wie geht es jetzt weiter mit dir, Jaufré. Was hast du vor?«

Ich zuckte mit den Schultern. »Was soll ich schon vorhaben?«

»Was ist mit deinem Landgut?«

»Das wird auf mich warten müssen. Hier ist Adela wenigstens sicher. Dort kann ich sie nicht lassen.«

Sie musterte mich ernsthaft und platzte dann heraus: »Du solltest dir wieder eine Frau nehmen.«

»*Deable!*«, antwortete ich gereizt. »Das ist das Letzte, an das ich gerade denke.«

Sofort legte sie beschwichtigend die Hand auf meinen Arm. »Verzeih mir. Wie gefühllos von mir. Ich hatte natürlich nur an das Kind gedacht.«

Ich legte den Löffel auf den Teller und schob ihn von mir. »Ich werde das tun, was ich immer tue. Ich bin ein Mann des Grafen, und er wird mich hier brauchen. Er hat Pläne, und ich will ihm dabei helfen. Und was Adela angeht, so wird sich schon etwas finden.«

Euthalia tätschelte meine Hand. »Auf mich kannst du jedenfalls zählen, keine Sorge.« Sie stand auf und holte dann einen Korb mit getrockneten Feigen und Datteln. Für frisches Obst war es noch zu früh im Jahr. »Und du hast recht. Ein Mann braucht eine Aufgabe, wenn er nicht vor die Hunde gehen soll.« Sie drohte mir mit dem Zeigefinger. »Ihr Kerle sauft euch sonst zu Tode.« Und dann lachte sie.

Ich mochte ihre unverblümte und handfeste Art. Sie war keine Frau, die jammerte. Sie packte ihr Leben guten Mutes an und hatte für alles einfache Lebensregeln. Ein Mann braucht eine Frau, damit er ein ordentliches Leben führt und vernünftig verköstigt wird. Man muss ihn beschäftigt halten, damit er nicht auf dumme Gedanken kommt, Unsinn anstellt oder in den Schenken rumlungert. Und Kinder brauchen ihre Mütter, damit etwas aus ihnen wird. Ich musste plötzlich lachen. Vielleicht hatte sie recht und das Leben kann wirklich so einfach sein.

Hatte sie meine Gedanken erraten? Jedenfalls lachte sie herzlich zurück.
Ich erhob mich. »Besser, dass ich jetzt nach Adela suche.« Ich nahm ihre Hand, »du bist ein Goldstück, Euthalia!«, und küsste sie schnell auf die Wange. Ihr Gesicht wurde glutrot, doch sie schenkte mir ihr strahlendstes Lächeln und drückte fest meine Hand.
»Geh, Jaufré. Such sie auf den Wehrgängen. Oder in der Kapelle. Kümmere dich um deine Tochter. Sie liebt dich. Und in ihr lebt deine Noura weiter.«

***

In der Festung wimmelte es von dunklen Gängen und engen Stiegen. Ich suchte meinen Weg zum nächsten Wachturm, um auf die Zinnen zu gelangen. Unterwegs grüßte ich Männer. Viele berührten mich stumm im Vorbeigehen, um ihr Beileid auszudrücken.
Von den Wehrgängen auf der Mauerkrone konnte man das ganze Land in alle Richtungen überblicken. Es war schon später Nachmittag, und in der Ferne beleuchtete die Sonne die Minarette und Dächer von Al-Mina sowie die Zinnen des Palastes, wo Bertran sich eingerichtet hatte. Viele dieser Städte in Outremer waren so alt wie die Menschheit. Tripolis, ehemals phönizische Handelsstadt, hatte schon viele Herrscher in ihrer langen Geschichte ertragen müssen. Ebenso wie Jerusalem und Damaskus. Nicht zu vergessen Antiochia, die stolze Hauptstadt der makedonischen Seleukiden, wie Noura mir beigebracht hatte.
Immer, wenn ich in diesen Tagen an Noura dachte, gingen meine Gedanken zu unseren Anfängen zurück. *Die Liebe fürchtet keine Gefahr*, hatte Euthalia gesagt. Wie wahr. Unbekümmert waren wir durch alle Schrecken des weiteren Feldzugs gewandelt, als haben uns Tod und Verderben nichts anhaben können.
Gleich nach dem großen Sieg über Kerbogha hätte das Heer jubeln und neuen Mut fassen sollen. Aber nach den Leiden und Schrecken der vorangegangenen Monate war die *militia* wie ein

todesmüder Zweikämpfer gewesen, siegreich, aber nach den eingesteckten Schlägen besinnungslos und fast am Ende. Die Toten vor den Toren wurden nach letzten Resten an Brauchbarem gefleddert. Klagende Lagerweiber suchten unermüdlich nach ihren gefallenen Männern, die mit den Haufen toter Türken um die Wette stanken. Erst als die Fürsten Massengräber ausheben ließen, wurde es erträglicher.

Gegen Bohemunds Widerstand setzte Bischof Aimar wieder den griechischen Patriarchen ein, den die Türken während der Belagerung eingekerkert hatten, zum Zeichen, dass man die Rechte der Byzantiner achten wolle. Eine Gesandtschaft wurde nach Konstantinopel geschickt, um dem Kaiser Gelegenheit zu geben, persönlich über das Los der ehemals byzantinischen Stadt zu entscheiden. Auch dies nur gegen Bohemunds zähneknirschenden Widerspruch.

In der zweiten Hälfte des Monats Juli ging das Wundfieber zurück, und ich erholte mich langsam. Im Hafen Sant Simeon, etwa zehn Meilen entfernt, waren genuesische Schiffe aufgetaucht, die begannen, das Heer zu versorgen. Noura legte etwas an Gewicht zu und sah nicht mehr so elfenhaft aus. Wir waren immer noch scheu miteinander, und doch wuchs durch die Wochen ihrer Pflege langsam ein Band zwischen uns, auch wenn sie mich manchmal wie ein störrisches Maultier behandelte und mir den Wein wegnahm, den Guilhem in meine Kammer schmuggelte.

Gegen Ende desselben Monats erkrankten viele an einem seltsamen Fieber, begleitet von Schwindel, Kopfschmerzen, Schüttelfrost und Hautausschlägen. Guilhem behauptete, ihn könne es nicht treffen, da er so viel schlechten Wein tränke, dass seine Gedärme ganz in Essig eingelegt seien. Noura verbot ihm, das Haus zu verlassen, um Berührungen mit Kranken zu vermeiden. Sie schimpfte über die schweinische Art, wie viele Franken sich in ihren Behausungen eingenistet hatten, und putzte das Haus von oben bis unten, denn wo Sauberkeit herrsche, dort gäbe es keine Seuchen. Wer weiß, ob sie recht hatte, jedenfalls erkrankten wir nicht. Doch in der Nachbarschaft starben viele und am ersten Tag des Monats August auch unser geliebter Bischof Aimar.

Sein Tod stürzte alle Latiner und besonders das einfache Kriegsvolk in tiefste Trauer und Niedergeschlagenheit, als hätten sie ihren Vater verloren. Wenn es einen gegeben hatte, der das Gute in uns allen beschworen und immer wieder die Richtung nach Jerusalem gewiesen hatte, dann war es Aimar gewesen. Endlos war die Menschenschlange, die an seinem offenen Sarg vorüberwanderte, um sein Gewand ein letztes Mal zu berühren. Viele fragten sich beklommen, wie es weitergehen sollte.

Und wie um die Befürchtungen des Volkes zu bestätigen, so flammte der Streit unter den Fürsten über den Besitz der Stadt immer heftiger auf. Bohemund beanspruchte Antiochia und das umliegende Land für sich allein, da sein Gold den Verräter Firuz bezahlt hatte. Davon war er wie besessen. Man habe es ihm versprochen, wenn es ihm gelingen würde, die Stadt für das Heer zu öffnen. Und darin hatte er recht. Es gab viel Verständnis für ihn, zumal nach dem Sieg das ganze Heer in seiner Schuld stand. Bohemund hasste die Byzantiner, hatte er doch jahrelang gegen sie in Griechenland gekämpft. Und nachdem er schon das väterliche Erbe an seinen Halbbruder verloren hatte, war dies die ersehnte Gelegenheit, ein eigenes Reich zu gründen.

Raimon dagegen erinnerte, dass man in Konstantinopel Kaiser Alexios die Stadt versprochen hatte. Deshalb entschieden die Fürsten, zuerst die Gesandtschaft abzuwarten, um zu sehen, ob Alexios sich in Person einfände, sein Recht einzufordern. Graf Raimon wollte nicht nur seinen Eid erfüllen, sondern hoffte auf Hilfe durch die byzantinische Flotte auf unserem langen Marsch nach Jerusalem. Bei jeder Zusammenkunft beschwor er die Fürsten aufs Neue, das Richtige für das Heer zu tun. Am Ende schrie Bohemund außer sich vor Wut, von diesen Knaben liebenden, doppelzüngigen, griechischen Arschfickern könne man keine Hilfe erwarten, und er schulde ihnen gar nichts. Es kam zu einem Aufruhr in der Versammlung, und fast wären sich die beiden an die Kehle gegangen.

In der Tat hatte uns das byzantinische Heer im Stich gelassen. Das konnte niemand dem Kaiser verzeihen. Erst Jahre später verstand ich, dass er kaum anders hätte handeln können, denn in

Anatolien trieben weiterhin seldschukische Heerhaufen ihr Unwesen, und es wäre unverantwortlich gewesen, Konstantinopel und sein Land ungeschützt zurückzulassen.
Der Streit zwischen unseren Anführern zerriss das Heer, und die beiden Lager belauerten sich misstrauisch. Täglich kam es zu Handgreiflichkeiten. Die Normannen machten sich ein Vergnügen daraus, uns Provenzalen aufzulauern, weshalb wir nur noch in Gruppen und schwerbewaffnet gingen.
So vergingen Wochen der Untätigkeit. Das Heervolk wurde unruhig, denn das wenige an Nahrung, das die Genuesen aus Zypern bringen konnten, war nicht genug, um alle ausreichend zu versorgen. Raimons Gold beschaffte zumindest uns Provenzalen ein paar Gäule, und Guilhem und ich waren die Ersten, die mit Raimon Pilet weit ins Land ritten, um Nahrung aufzutreiben. Schließlich hatten alle es satt, auf die streitenden Fürsten zu warten. Die einfachen Krieger begannen, heimlich davonzulaufen. Täglich schnürten mehr ihre Bündel. Da begriffen die Herren, dass sie weiterziehen mussten, bevor das Heer wie Butter in der Sonne dahinschmolz. Und so kam es im November endlich zum Aufbruch nach Jerusalem.
Schweren Herzens teilte ich Noura mit, dass wir bald Abschied nehmen müssten. Ich bot ihr all mein Silber und das wenige Gold, das ich besaß. Damit würde sie eine Weile im Haus ihrer Familie leben können. Mehr konnte ich nicht für sie tun. Aber bei meinen Worten stieg ihr die Röte ins Gesicht, sie wandte mir den Rücken zu und klapperte wütend mit Töpfen und Pfannen. Dann fuhr sie mich an, ob sie nicht ihre Arbeit zu meiner Zufriedenheit verrichtet habe? Obwohl aus reicher Familie, habe sie mir doch wie eine Magd gedient. Und habe sie nicht alles getan, um mich gesund zu pflegen? Ich hatte sie noch nie im Zorn gesehen und war erschrocken über die Leidenschaft dieses unerwarteten Ausbruchs. Ich sagte, wie dankbar ich ihr sei. Und nie hätte ich sie als Magd behandelt.
Da wurde sie noch zorniger. Warum ich sie dann fortschicken wolle? Ob sie nicht gut genug für mich sei? Im Gegenteil!, rief ich. Ich würde ihr doch all mein Gold geben, damit es ihr gut-

ginge. Mein Gold wolle sie nicht, schrie sie und brach in bittere Tränen aus.
Das verwirrte mich vollends. Ich war ratlos und unglücklich und versuchte zu erklären, dass dort, wohin ich ging, kein Ort sei für eine Frau wie sie. Auf uns warteten nur noch mehr Schlachten und Entbehrungen. Und falls ich am Ende sterben würde, dann sei sie ohne Schutz in der Welt und müsse sich wie viele Frauen als Lagerhure verdingen. Davor wollte ich sie bewahren. Nach dieser langen Rede wurde sie still.
Ob ich sie denn so hässlich fände, fragte sie schließlich mit tränenerstickter Stimme. Herr im Himmel! Verstehe einer die Frauen! Nein, *per Dieu!*, sie sei so wunderschön wie ein Engel Gottes, stotterte ich verlegen, und der Gedanke, sie zu verlassen, mache mein Herz schwer.
Und dann wusste ich nicht, wie mir geschah, denn plötzlich war sie in meinen Armen, und nach den Monaten der Zurückhaltung küssten wir uns wie Dürstende in der Wüste. Ihr Körper drängte sich an mich, und wir konnten nicht aufhören, uns zu umschlingen und zu liebkosen, als müssten wir alles Versäumte nachholen. In schmerzhafter Ungeduld rissen wir uns die Kleider runter. Sie zitterte am ganzen Leib, und ich drang ungestüm in ihren feuchten Schoß ein. Ihr Schmerzensschrei ließ mich erschrocken zurückfahren. Aber sie küsste mir Gesicht, Hals und Brust, öffnete weit ihre Schenkel und zog mich in sich hinein. Es war, als hätte jemand das Wehr eines aufgestauten Flusses geöffnet. Ein unbeschreibliches Gefühl aus warmer Geborgenheit, sich erfüllender Sehnsucht und überschäumender Begierde durchströmte mich. Noura warf den Kopf in den Nacken und schrie, nicht vor Schmerz, sondern vor Wollust.
Später weinte sie in meinen Armen. Ob vor Glück oder über den Verlust ihrer Familie, ich wagte es nicht, sie zu fragen. Sie lag an meiner Brust, und das genügte mir. Wir liebten uns bis zur Erschöpfung und konnten doch unseren Durst nach Zärtlichkeit nicht stillen, unseren Hunger nach dem Leib des anderen. In dieser Nacht wurde Adela gezeugt. *Enfan d'amor*, wie es so schön heißt.

Auf dem langen Marsch nach Jerusalem saß ich ständig im Sattel. Erkundungen und Beutezüge, gelegentlich Kämpfe gegen Einheimische oder kleinere Gruppen von Seldschuken. Es waren harte Wochen und Monate. Doch wenn ich zurückdenke, ist hauptsächlich die Erinnerung an unsere Liebe geblieben. Was kümmerten uns Tod und Entbehrung, Mühsal und Hunger? Es war, als ob wir uns in einer ganz anderen Welt bewegten. Am Ende eines Tagesmarsches lagen wir beieinander, flüsterten im Dunkeln und ließen unsere Hände den Leib des anderen erkunden. Das Klicken der Würfel im Lager und das Johlen der Betrunkenen störten uns nicht im Geringsten. Es machte unsere stille Vertrautheit hinter der Zeltwand nur noch spürbarer. Und als auf dem staubigen Marsch neues Leben in ihr heranwuchs, war dies ein Wunder, das mich weit mehr berührte als die Heilige Lanze von Antiochia.

Mein Gemütszustand war den Gefährten nicht verborgen geblieben, und sie trieben ihren Spaß mit mir.

»Lasst den Jungen in Ruhe, ihr hässlichen Bastarde!«, lachte Pilet in seinem rumpelnden Bass. »Ihr seid nur neidisch, weil ihr euch noch auf Erden abrackert, während der schon im Himmelreich ist.« Dabei schlug er mir auf die Schulter, dass ich fast vom Gaul gestürzt wäre.

Noura blühte auf. Nie hatte ich sie über Not oder Entbehrung klagen hören, aber nun entwickelte sie einen Zustand heiterer Ruhe und in sich gekehrter Gelassenheit, so als könne ihr nichts und niemand etwas anhaben. Das junge Leben in ihr verklärte sie in einer Weise, als wandele sie in einer inneren Welt, in die ihr niemand folgen konnte, auch ich nicht. Abends entzündete sie ihre Kerzen, und nach der Andacht erforschten wir staunend ihren Leib, dessen Umfang täglich zunahm. Die Mutter Gottes, zu der wir beteten, wurde zur Patronin unseres Glücks, die kleine Madonnenfigur zum Sinnbild der Fruchtbarkeit des Weibes.

***

Wo, zum Teufel, steckte das Kind?
Ich machte weiter die Runde der Wehrgänge, kletterte Stufen hinauf und andere hinunter, zwängte mich durch Turmpforten und an Katapulten vorbei, erklomm die Stiegen zu den Kampfplattformen und fragte überall die Wachen nach Adela, aber niemand hatte sie gesehen.
Schließlich stand ich vor der Kapelle. Raimons byzantinische Baumeister hatten die Ruine eines alten Fatimidenforts in den Festungsbau mit einbezogen, und so war aus der achteckigen Moschee eine ungewöhnliche Kapelle geworden. Den schmalen Turm des Minaretts hatte man entfernt und auf die runde Kuppel hastig ein Kreuz gesetzt. Ansonsten war der Bau unverändert geblieben. Sogar die arabischen Inschriften auf dem Marmor waren noch sichtbar. Und warum nicht? Wenn es Gottes Wille war, aus zwei Kirchen eine einzige zu machen, dann sollte man nichts verändern.
Im Innern wusste ich den *sarcophargus* des alten Raimons. Er hatte geschworen, das Grab Christi zu befreien und niemals wieder heimzukehren. Ein seltsamer Schwur, denn ein Leben lang hatte er um die Herrschaft über Tolosa gestritten. Und plötzlich, schon weißhaarig, fiel es ihm ein, sich diesem ungewissen Unternehmen des Papstes anzuschließen. Warum nur, fragte ich mich. Hätte er doch besser daran getan, die Früchte seines Lebens zu genießen. Nach der Ehe mit der schönen Anhes de Provence hatte keines seiner Kinder das Säuglingsalter überlebt. War es Gottes Strafe gewesen, dass er sie verstoßen hatte? Vielleicht hatte er sich deshalb als Pilger und Büßer gesehen, um den Rest seines Lebens dem Schutz des Heiligen Landes zu widmen?
Unter der Erwartung, doch endlich einen Erben zu gebären, hatte Elvira fürchterlich gelitten. Wer war sie denn, wenn sie keinen Sohn gebären konnte? Doch selbst nur ein Fehltritt. Zwar der eines Königs von Kastilien, aber dennoch seine Bastardtochter. Umso größer Raimons Freude über den gesunden Sohn, der ihm zuletzt geschenkt wurde.
Raimon Sant Gille, der alte Maurentöter. Diese Burg war sein Denkmal. Und ich der Hüter. War ich wie er verdammt, mein

Leben auf diesem Hügel zu beenden? Sollte ich für immer mit ihm auf dieser düsteren Festung hausen und endlos Raubzüge gegen die Ungläubigen führen? Der Gedanke hatte etwas zutiefst Bedrückendes.
Ich dachte an Euthalias Worte. Sie war ihrem Arnaud in dieses grausige Abenteuer gefolgt, wie Noura mir und Elvira ihrem Fürstengemahl. Wie so viele andere ehrbare und weniger ehrbare, Edelfrauen oder Waschweiber, Marketenderinnen oder Huren. Sie hatten ihren Teil mitgetragen, Hitze, Staub und Regen gelitten, Holz gesammelt, gekocht, Kleider geflickt, hatten ihre Kerle geliebt, ihre Wunden verbunden, waren mit ihnen gestorben. Und Kinder hatten sie geboren. Ob in der Glut der Wüste oder in der Eiseskälte eines Gebirgspasses, ob mitten im Getümmel oder abseits des Schlachtenlärms, sie hatten Kinder zur Welt gebracht und um das Leben ihrer Brut gekämpft. Und nicht anders war Adela in diese Welt gekommen.
Über dem Eingang zur Kapelle hatte man den Stein mit einer christlichen Inschrift versehen. Ich wusste, was darauf stand.

MARIA•VIRGO
PIA•CONSOLATRIX
ORA•PRO•NOBIS

Ein Mensch wie wir alle war sie gewesen, die sanfte Jungfrau, die uns tröstet und Gott um Vergebung für uns bittet. Weder unsere Unvollkommenheit noch unsere Sündhaftigkeit sind ihr fremd. Um ihren Sohn hat sie gelitten, wie nur eine Mutter leiden kann. Sie versteht die Qualen, die wir erdulden. In ihr huldigen wir der Stärke der Frauen, erhaben in ihrer Milde, wie sie nur durch tiefe Liebe und tiefes Leid entsteht.
Die vertrauten Worte kamen wie von selbst über meine Lippen. »*Ave Maria, gratia plena, Dominus tecum, benedicta tu in mulieribus, et benedictus fructus ventris tui, Iesus. Sancta Maria, mater Dei, ora pro nobis peccatoribus, nunc et in hora mortis nostrae. Amen.*«
Ich bat um ewigen Frieden für Nouras Seele und um Schutz für

unsere Tochter Adela. Dann bekreuzigte ich mich und trat in die Kapelle.
Der runde Innenraum lag im Halbdunkel, unterbrochen nur von letzten, leuchtenden Farbtupfern, die von Westen her durch die ringsum hoch unter der Kuppel aufgereihten, schmalen Fenster fielen. Die Araber besitzen eine wunderbare Kunstfertigkeit, kleine bunte Glasscheiben mit Zement zu durchsichtigen Fenstern zusammenzufügen und so, je nach Sonnenstand, überraschende Lichtspiele zu erzeugen. Der rückwärtige Teil des Raumes war düster, nur spärlich von Altarkerzen beleuchtet. Darüber hing ein vergoldetes und reichverziertes Kruzifix. Zwei Betende knieten vor dem Altar. Ich erkannte Adela und neben ihr eine weitaus gewichtigere Gestalt in langer Mönchsrobe. *Paire* d'Aguiliers.
Ich muss zugeben, ich hatte ihn nie sehr gemocht. Für mich war er ein hochmütiger Pfaffe. Zwar klug und scharfzüngig, aber es war mir dennoch unverständlich, warum unser *dominus*, *Coms* Raimon, ihn zu seinem Beichtvater und Ratgeber erhoben hatte. Auf dem Feldzug hatte er immer drei Packtiere für seine Habe benötigt. Und Raimon hatte ihm mehr Wachleute für Monstranzen, Bücher und Schriftrollen zugeteilt als für die Kriegskasse der Provenzalen.
Sein Auftrag war gewesen, die *chronica* der Pilgerfahrt zu verfassen. Oft hatte ich ihn im Feldlager daran arbeiten sehen. Mit hochgerafften Zeltbahnen, um bei der Hitze jeden kühlenden Luftzug auszukosten, hatte er an seinem klappbaren Schreibpult gehockt und unermüdlich Pergament mit Schriftzeichen bedeckt. Noch am Totenbett des Grafen musste *Paire* d'Aguiliers ihm versprechen, das Werk zu Ende zu bringen. Die *Historia Francorum* sollte der Nachwelt von den Leiden und Taten der Krieger des Kreuzes berichten. Zweifellos hatte Raimon sich seinen Platz in der Erinnerung der Menschen sichern wollen. Doch was verstand ein Priester schon vom Krieg? Sicher war das Buch nur voller frommer Sprüche und Schmeicheleien für den Grafen.
Adela und der Kaplan waren in gemeinsamem Gebet versunken, obwohl man nur des Paters leises Murmeln in lateinischer Lita-

nei hörte. Wenn Adela Gottes Trost im Gebet fand, dann wollte ich sie nicht stören. Leise wandte ich mich zum Gehen, als ich *Paire* d'Aguiliers' heisere Stimme hinter mir vernahm.

»*Senher* Montalban! Schleicht Euch nicht davon! Gottes Gruß und möge sein Friede mit Euch sein!«

Ich wandte mich um. Adela war aufgestanden und starrte mich aus dunklen Augen an. Warum so trotzig und vorwurfsvoll?

»Ich werde alt.« Der Priester hatte sich mühsam, mit leichtem Stöhnen erhoben. »Zumindest meine Knie sind nicht mehr dieselben.«

Er lachte heiser in sich hinein, während er die Kutte glatt strich. Mit einer Hand stützte er sich dann auf die Gebetsbank, während die andere mit dem Rosenkranz spielte. Der Mann war rasiert, und sein Haupt war von einer wallenden, weißen Mähne bedeckt. Eher die Haartracht eines Edelmannes und ungewöhnlich lang für einen Priester. Doch seit Antiochia hatte er sich sehr verändert. Damals noch rank und schlank, wir waren ja alle halb verhungert gewesen, war ihm die Ehre zuteilgeworden, die Heilige Lanze unter Bischof Aimars Banner gegen Kerbogha ins Feld zu tragen. Diese Geschichte hatten wir nun schon so oft in seinen Predigten zu hören bekommen, dass man meinen konnte, er ganz allein habe die Türken mit seiner Lanze besiegt. Seitdem war er dick geworden, und sein mächtiger Bauch hing über den Gürtel. Eine ungesunde, rote Gesichtsfarbe zeugte von zu viel Blut in seinem fetten Leib, und ein Aderlass täte ihm sicher gut.

»Ihr seid ein seltener Gast in meiner Kirche. Wollt Ihr nicht mit uns beten?«

»Ich kam, um Adela zum Abendmahl zu holen. Aber ich will ihre Andacht nicht stören …«

»Sie ist ein kluges Kind, und wir haben viel geredet«, sagte er mit überraschend weicher Stimme und legte seine Hand sanft, fast wie schützend auf Adelas Haupt. Sie blickte scheu lächelnd zu ihm auf, als gebe es eine Verbindung zwischen ihnen, von der ich ausgeschlossen war.

»Ich danke Euch, *Paire*, dass Ihr Euch meiner Tochter angenommen habt.«

»Ein schwerer Verlust für das arme Kind. Wie für Euch selbst natürlich«, entgegnete er etwas zu ölig. »Wir haben Gottes Beistand erfleht, um die arme Seele ihrer Mutter sanft ins Paradies zu geleiten. Sie war eine gute Frau, und Adela kann stolz auf ihre Mutter sein.«

Ich wunderte mich über diese Töne, denn oft hatte er mir in bösen Worten angemahnt, Noura endlich zu ehelichen und den unerträglichen Zustand der Sünde zu beenden, in dem wir zu leben wagten. Natürlich war es ihm ein immerwährender Dorn in der Seite, dass so viele unserer Männer ein Lotterleben führten, Weiber zu sich nahmen und wieder verstießen, wie es ihnen gefiel, und dass er mehr Bastarde als eheliche Kinder taufen musste, wenn sie denn überhaupt zur Taufe kamen. Ein Heer sammelt Anhang wie ein Hund Flöhe, das war schon immer so. Der Krieg hatte das Land verarmt, und um nicht zu verhungern, öffnete auch so manche Einheimische die Schenkel.

Als Hauptmann der Festung hätte ich ein besseres Beispiel abgeben sollen. Aber Noura zu heiraten, war mir unmöglich gewesen. Den Grund dafür hatte ich ihm jedoch nicht zu erklären. Schließlich war er nicht mein Beichtvater.

Ich wollte Adela bei der Hand nehmen, aber sie ging stumm und kerzengerade an mir vorbei und marschierte durch die Kapellentür, ohne sich umzublicken. Ich musste dem Pater einen gequälten Blick zugeworfen haben, denn er hob die Augenbrauen und runzelte mitfühlend die Stirn. Ich wandte mich ebenfalls zum Gehen.

»Auf ein Wort, *Castelan*.« Schon an der Tür, drehte ich mich um. *Paire* d'Aguiliers war mir humpelnd und kurzatmig ächzend gefolgt. Er sprach leise, mit dem Rücken zur Tür, als fürchtete er, Adela könne uns hören.

»Gott sei mein Zeuge, Montalban. Ich habe mich nie in Eure Angelegenheiten eingemischt.« Das sah ich anders, doch bevor ich antworten konnte, fuhr er fort: »Aber versündigt Euch nicht an Eurer Tochter. Sie ist ein gutes Kind, wenn auch nicht im Stand der heiligen Ehe geboren. Zumindest habt Ihr sie taufen lassen und im rechten Glauben erzogen. Das will ich Euch zugutehalten.« Vom vielen Reden ging sein Atem noch keuchender. »Nein, nein, ich will Euch nicht beschuldigen, zumal die arme Frau nun von uns gegangen ist. Gott sei ihrer Seele gnädig.« Hier bekreuzigte er sich und küsste das silberne Kreuz, das um seinen Nacken hing.

Ich wurde langsam ungehalten, und er merkte es wohl. »Hört mich an, Montalban! Ich mache mir Sorgen. Was habt Ihr mit dem Kind vor? Wo wird sie leben?«

»Hier bei mir auf der Festung. Wo sonst?«

»Das ist doch kein Leben für eine *donzela*, für ein so junges Edelfräulein, unter Soldaten und Hurenböcken aufzuwachsen.« Seine Mundwinkel zogen sich verächtlich nach unten. »Alles vermaledeite *fornicatores*.«

»Fürs Erste kümmert sich Euthalia um sie.«

»Pah. Dieses Byzantinerweib und ihre Brut. Dort lernt sie nicht den wahren Weg zu Christus.«

»Und der wäre?«

Er beachtete meine Frage nicht. »Ich habe den guten Grafen Bertran für ein gottgefälliges Werk gewinnen können.« Er sah mich erwartungsvoll an, als hätte ich es schon erraten. Was, zum Teufel, wollte er von mir?

»Sprecht weiter, *Paire*«, fragte ich ungeduldig.

»Wie Ihr wisst, haben wir kürzlich, ähnlich wie in Jerusalem und anderen Orten, nun auch hier ein *hospitium* eingerichtet, damit Pilger und Reisende auf dem Weg zu den Heiligen Stätten saubere Unterkunft und ein stärkendes Mahl finden können, ebenso wie geistlichen Beistand.«

Ich nickte.

»Und nun wollen wir auch ein Frauenhaus gründen«, fuhr er mit ernster Miene fort. Wieder dieser heischende Blick, als erwarte er meine sofortige Begeisterung. »Denn unter den frommen Pilgern sind viele Frauen. Und dann die gefallenen und misshandelten Frauen hier im Lager. Außerdem gibt es Krankheiten zu heilen und Bälger zu füttern, die keiner will. Und Ihr wisst selbst, wie viel Pflege Eure Soldaten brauchen, wenn sie verwundet sind. Was also besser als ein kleines Frauenkloster, um ein solches *hos-*

pitium zu betreiben, nicht wahr?« Er hatte sich in Eifer geredet und sprach nicht mehr im Flüsterton. »Der Graf hat sich erboten, Land zur Selbstversorgung des Klosters und das nötige Baumaterial zu stiften.« Seine Stimme bebte fast vor Ehrfurcht.
»Ich beglückwünsche Euch«, erwiderte ich trocken.
»Wartet, *Castelan!* Es kommt noch besser.« Seine Stimme senkte sich, als ob er mir eine äußerst freudige, aber vertrauliche Botschaft verkünden wolle. »Ich habe letztes Jahr an eine Abtei unserer Heiligen Frau in der Grafschaft Tolosa geschrieben, und man hat mir versichert, eine Gruppe von mutigen Nonnen habe sich bereits zu uns auf den Weg gemacht. Sie müssten bald eintreffen.«
»Vorausgesetzt, den heiligen Frauen gelingt es, unversehrt bis hierher zu gelangen. Aber, Ihr habt meine volle Unterstützung.«
»Ich wusste es, mein Guter.« Er rieb sich die Hände.
»Nur, was hat das mit meiner Tochter zu tun?«
Er holte tief Luft und lächelte gewinnend. »Sehr viel, mein Lieber. Wenn wir das Kloster eingerichtet haben, und ich hoffe, das wird nicht lange auf sich warten lassen, dann solltet Ihr das Kind als Novizin unter die Obhut der Mutter Priorin geben.«
»Was redet Ihr da? Sie ist doch viel zu jung.«
»Ein bisschen schon. Aber was macht das? Bei den frommen Frauen wird sie redlich erzogen und lernen, Gottes Werk zu tun. Ihr reitet für den Grafen und habt keine Zeit für ein Kind. Soll sie ohne Mutter in dieser Festung aufwachsen, verwahrlost und den geilen Blicken dieser *fornicatores* ausgesetzt? Denkt darüber nach, Montalban, es wäre das Beste für sie. Jetzt ist sie noch jung. Aber bald wird die Sache schwierig für Euch werden. Ihr könnt sie nicht den ganzen Tag bewachen.«
Mit dem letzten Satz hatte er ins Schwarze getroffen. Ich kaute auf der Unterlippe und ließ ihn noch eine Weile weiterreden, während ich nachdachte. Vielleicht hatte er recht. Es war zu überlegen. Adela hätte ein behütetes Dasein, wäre gut versorgt, und ich müsste mir keine Sorgen um sie machen. Natürlich ist es bei Personen von Stand üblich, dem Kloster als Unterhalt eine würdige Schenkung zukommen zu lassen. Land, Äcker oder ei-

nen ganzen Bauernhof. Auch ich würde eine hübsche Summe Gold als Mitgift zahlen müssen. Aber ich konnte es mir leisten, denn aus den vielen Beutezügen über die Jahre hatte sich ein kleines Vermögen angesammelt, und das wusste *Paire* d'Aguiliers. Plötzlich durchschaute ich seine unerwartete Anteilnahme. Weitere Geldmittel waren vonnöten, und der Pater erhoffte sich einen fetten Beitrag von mir. Dass er aus unserem Unglück Vorteil ziehen wollte, erregte meinen Unmut.

»Jetzt ist nicht der Zeitpunkt für solche Überlegungen«, sagte ich unwirsch. »Habt Dank, aber ich muss gehen. Meine Tochter wartet.«

»Möge Gott Euch erleuchten und den rechten Weg weisen, mein Sohn.« Er machte das Zeichen des Kreuzes und segnete mich, woraufhin ich mich kurz verbeugte. Dann fiel die Kapellentür hinter mir ins Schloss.

Das Gespräch hatte mich in eine üble Stimmung versetzt. Ich war nicht bereit, mein Kind in einem Kloster zu vergraben oder mein Gold den Pfaffen zu schenken. Was stellte der Mann sich vor? Andererseits, vielleicht war der Gedanke nicht völlig von der Hand zu weisen.

Adela war dabei, Steine von der Burgmauer zu werfen.

»Lass das«, rief ich gereizt. »Du könntest jemanden verletzen.«

Nun machte sie ein beleidigtes Gesicht und starrte stumm auf ihre Schuhspitzen. Die angespannte Körperhaltung und ihr zusammengekniffener Mund zeugten von Ärger und unterdrücktem Widerspruch.

»Ich bringe dich jetzt zu Euthalia.«

Sie wandte sich ohne ein Wort zum Gehen. Ich hielt sie am Arm fest. »Hiergeblieben, *filheta!* Was ist eigentlich los mit dir?« Mein Ton war schärfer als beabsichtigt gewesen.

Sie starrte mich herausfordernd an. Dann stieß sie hervor: »Was willst du? Dir bin ich doch gleichgültig.«

»Was redest du für dummes Zeug?«, fragte ich eher bestürzt als ärgerlich. Sie wandte trotzig ihr Gesicht ab, als plötzlich Alexis auftauchte.

»Herr. Ein Bote des Grafen. Er will Euch sofort sprechen.«

»Hat er einen Grund genannt?«
»Nein, Herr.«
»Dann geh sofort meinen Rappen satteln.«
Bei diesen Worten verzog Adela die Mundwinkel und warf mir einen zornigen Blick zu, bevor sie auf dem Absatz kehrtmachte und die Stiege hinunter zum Innenhof verschwand. Alexis und ich sahen uns ratlos an. Ich war wütend. Was war nur mit dem Kind los? Wahrscheinlich war sie durch das Erlebte noch zu verstört und machte mich für alles verantwortlich. Das war durchaus verständlich. Besser, mich nicht zu ärgern.
»Geh und sattle Ghalib! Ich komme gleich. Und später sieh nach, ob sie wirklich bei Euthalia ist.« Ich fuhr mir mit der Hand über das Gesicht und seufzte. »Alles ist jetzt so anders geworden, nicht wahr?«
Alexis nickte stumm und folgte Adela die Treppe hinunter.
Ich stieg ein paar Stufen zur Brüstung hinauf und blickte nach Tripolis hinüber. Die plötzliche Vorladung des Grafen beunruhigte mich. Es konnte sich nur um den Streit mit Ricard de Peyregoux handeln. Ich konnte mir vorstellen, wie bitter die kleine Kröte sich über mich beklagt haben musste.
Innerlich machte ich mich auf eine Auseinandersetzung gefasst. Dabei war ich entschlossen, nicht nachzugeben. Mein Ruf und Ansehen als Edelmann und *castelan* standen auf dem Spiel. Was war ein Mann ohne Ehre? Sollte Bertran die Seite seines Neffen vertreten, so war ich entschlossen, ihm nicht länger zu dienen.

Odos Brief

Sancta Balbina,
beschützt vor Kropf und Halsleiden

Quinta Feria, *früher Abend,*
31. Tag des Monats März

Als ich vor das Burgtor ritt, verstummten gerade die Rufe des Muezzins zum Gebet, und die Abendsonne versank hinter dem Horizont. Das Meer und der noch helle Himmel bildeten einen scharfen Gegensatz zum Dunkel der Landfläche, auf der Al-Mina sich erhob. Stadtmauern und Hafenmolen in der Ferne bildeten schwarze Umrisse. Einige Turmspitzen wurden noch für einen Augenblick von den letzten Sonnenstrahlen berührt, bis ganz Tripolis sich in Dämmerlicht hüllte.
Dafür blitzten nun überall, als Lampen und Feuer entzündet wurden, winzige Lichter wie funkelnde Sterne auf. Ferner Schein eines großen Feuers auf einem Platz, ausgelassene Stimmen, die der Wind herantrug, Fetzen fremdartiger Musik. Die Stadt erwachte zu jenem geheimnisvollen Nachtleben, das die Menschen immer auf seltsame Weise anzieht, als geschähen dort im Schein der Laternen Dinge, die man nicht versäumen dürfe.
Die Muslime waren zahlreich vertreten in Tripolis, obwohl Andersgläubige wie orthodoxe Christen, Maroniten und Juden vielleicht insgesamt in der Überzahl waren. Nach dem Fall der Stadt war ein heftiger Streit ausgebrochen, ob man den Muslimen erlauben sollte, ihren Glauben auszuüben. Die latinischen Geistlichen wollten islamische Glaubensriten verbannen. Auch viele unserer Edelleute dachten so. Wozu hatten sie schließlich gekämpft? Aber Bertran hatte von Versöhnung gesprochen und sich am Ende durchgesetzt. Seine Worte hatten mich beeindruckt, denn wie konnten wir hoffen, jemals in Frieden zu leben, wenn

wir nicht Glauben und Gebräuche eines Großteils des Volkes achteten.

Es war die Gewohnheit in diesem Land, in der größten Hitze des Tages zu ruhen und den Geschäften in den kühleren Stunden des späten Nachmittags und Abends nachzugehen. Auch heute Abend waren deshalb die Gassen der Vorstadt voller Menschen, obwohl es erst Frühlingsanfang war und es sich zu dieser Stunde merklich abgekühlt hatte. Die Luft war frisch und angenehm, weshalb ich trotz eines leichten Umhangs nicht fror.

Vor dem Festungstor lauerte die übliche Menge abgerissener und vor Schmutz starrender Bettler in sicherer Entfernung von den Stöcken der Wachen am Tor und doch nah genug, dass kein Reitersmann ihrem Flehen nach Almosen entgehen konnte. Sie trugen ihre Schwären und verkrüppelten Glieder wie Auszeichnungen und deuteten mit den Fingern darauf, damit man sie nicht übersah. Dabei jammerten sie herzzerreißend, bis man ihnen etwas hinwarf, damit sie endlich das Maul hielten.

Ich erkannte einen kräftigen Burschen wieder, mit dicken muskulösen Schultern und einem verfilzten schwarzen Bart, der keine Beine hatte und seinen Leib mit den Armen über den Boden schleppte. Sein behaarter Oberkörper war nackt. Darunter trug er ein grauschmutziges Lendentuch, und die Stümpfe seiner Schenkel waren in abgenutzte Lederfetzen gewickelt. Welches Schicksal mochte ihm die Beine geraubt haben? Mich schauderte. Trotz dieses Gebrechens schien er eine Art Anführer unter den Bettlern zu sein.

»*Vostra Magnificencia!*«, schrie er fröhlich, als er mich sah. Der Rest seines Wortschwalls war auf Arabisch, und außer oft wiederholten Worten für Gott und Almosen konnte ich nichts verstehen. Er hievte sich über den Boden, um mir frech den Weg zu versperren, und hielt dann die schmutzige Hand auf. Ich warf ihm ein paar Kupfermünzen hin. Da grinste er verwegen und schlug, in Nachahmung eines militärischen Grußes, seine Fingerknöchel an die Stirn, ganz als erweise er seinem *capitan* die Ehre. Zweifellos ein alter Soldat.

»Bete für mich, *companh!*«, sagte ich und erwiderte lächelnd seinen Gruß. »Zu welchem Gott ist mir gleich, Kamerad.« Wer weiß, in welchen Schlachten wir uns schon gegenübergestanden hatten. Er nickte, als hätte er verstanden, sammelte dann die Münzen auf und grüßte mich anschließend noch einmal.

Ich gab dem Hengst die Sporen. Schnell war ich mitten im Gewühl der Vorstadt. Hier konnte ich Ghalib nur im Schritt reiten. Nach dem schrecklichen Brand, in dem der alte Graf Raimon verletzt worden war, waren nach und nach wieder Häuser aus Stein entstanden, lehmverputzt und mit weißem Kalk getüncht. Auch einige Villen reicherer Händler mit hohen Mauern, die Hof und Stallungen umschlossen. Nur Bäume gab es nicht mehr, und die meisten Behausungen waren immer noch einfache Hütten, notdürftig aus Trümmerteilen der abgebrannten Stadt errichtet. In besserem Zustand befanden sich die ursprünglichen Pflaster der Straßen und Gassen, so alt, dass sich an vielen Stellen Mosaike mit römischen Mustern erkennen ließen. Die mussten weiß Gott wie viele Jahrhunderte überdauert haben. Bald würden hier Kirchen nach unserer latinischen Bauweise entstehen, um das bunte Gemisch der Lebensweise verschiedener Völker noch weiter zu bereichern.

Die Verkaufsstände waren mit Öllampen erleuchtet, oder es standen dort eiserne Becken, in denen Holzscheite oder Kameldung brannte. Frauen sah man am Abend selten, es sei denn Huren, die mit geschwärzten Augenlidern und hennageröteten Lippen und Händen in Toreingängen oder in den engen Nebengassen auf Kundschaft lauerten.

Auf der Hauptstraße durch die Vorstadt schoben sich Käufer und Schaulustige, Wasserverkäufer riefen ihr Angebot aus, und Lastträger schleppten irdene Krüge auf dem Kopf oder Ballen mit Baumwolle und gewebten Stoffen. Ab und zu unsere Soldaten, die in Gruppen Streife gingen, denn es gab nicht selten Übergriffe, sogar vermehrt in letzter Zeit. Aus diesem Grund trug ich mein Schwert an der Seite.

Am Stand eines Schlachters hingen Lammkarkasse, eine Ochsenschulter und nackte Hühnerleiber an Haken. Nebenan war eine Schneiderwerkstatt, und gegenüber bot ein Händler Nüsse, Dat-

teln, getrocknete Feigen und Gewürze feil. Auf langen Markttischen waren Obst und Gemüse von bester Güte aufgetürmt. Auf anderen Berge von honigdurchtränkten Kuchen und ähnlichen Verlockungen. Eine verwirrende Vielfalt und ein erstaunlicher Reichtum, wenn man bedachte, dass die Vorstadt noch vor kurzer Zeit in Trümmern gelegen hatte. Weiter die Straße hinunter empfing ein Geldwechsler seine Kundschaft. Auf dem Tisch lagen Münzen der verschiedensten Prägungen. Hinter ihm stand ein großer, muskulöser Neger, schwarz wie die Nacht und bis an die Zähne bewaffnet, der alle Passanten argwöhnisch beobachtete. Es war ein ständiges Stimmengewirr, ein Raunen und Feilschen, unterbrochen von den Lockrufen der Händler oder dem lauten Gelächter aus einer der vielen Weinstuben. Der Prophet untersagt den Genuss des Weines, aber in Tripolis schien man sich nicht allzu streng daran zu halten. Die Tavernen und Spelunken betrieben ihr Geschäft zu jeder Tages- und Nachtzeit.
An einer Essbude brachte ich Ghalib zum Stehen und ließ mir gegen eine halbe Kupfermünze ein dampfendes Fladenbrot geben, gefüllt mit einer Mischung aus gebratenem Fleisch, Gemüse und einer dicken Tunke. Es war so heiß, dass ich es von einer Hand zur anderen wechseln musste, und prompt tropfte mir die Flüssigkeit auf den Umhang. Es schmeckte himmlisch.
»He, Franke. Essen gut! Heiß gut!«, grinste der Verkäufer. Er hatte eine Zahnlücke und große, rissige Arbeiterhände, mit denen er mein ungeschicktes Hantieren lachend nachahmte. Sein Kauderwelsch war schrecklich, dafür sein Lächeln umso erwärmender.
Neben mir tauchte ein zehnjähriger Knabe auf. Er zerrte an meinem Steigbügel und zischte mir hinter vorgehaltener Hand zu: »*Senher, Senher! Fotre bela femena*? Schöne Frau ficken? Wirklich Jungfrau! *Gran tetas, Senher*, und nicht teuer.« Er lehnte seinen mageren Oberkörper zurück, während die Hände Brüste von erstaunlichen Ausmaßen in die Luft zeichneten. Dabei rollte er wollüstig die Augen und stöhnte.
»Deine Schwester wahrscheinlich, du kleiner Gauner«, lachte ich. Der Verkäufer ergriff wütend einen Besen und stürzte sich mit

Geschrei auf den Jungen. Der nahm die Beine in die Hand und verschwand um die nächste Ecke. Ich gab Ghalib die Sporen und ritt mit meinem Brot in der Hand weiter. Es kam mir vor, als hätte ich seit Tagen zum ersten Mal gelacht, und dieses Bad in der bunten Menge genoss ich in vollen Zügen.

Aber es währte nicht lange, denn beim Anblick der misstrauischen, waffenstarrenden Wachen vor dem Tor des Palastes holte mich die grimme Wirklichkeit wieder ein. Es war immer noch gefährlich und nicht unbedingt klug, mich allein und nur leichtbewaffnet durch die Stadt zu bewegen.

Ich stieg vom Pferd und übergab die Zügel einem der Knechte, die bei meiner Ankunft herausgeeilt waren. Dann hieß ich den Wachhauptmann, mich beim Grafen zu melden.

Der Palast war in arabischer Bauweise errichtet, weiß getüncht und von großer Schönheit. Obwohl keine Zitadelle, so war er doch von hohen Mauern umgeben. Da sich die letzten Herrscher am Ende ohne weiteren Kampf ergeben hatten, war das Bauwerk im Wesentlichen unzerstört geblieben.

Ich schritt durch den Torbogen und befand mich in einem herrlichen Garten mit schattenspendenden Bäumen und Springbrunnen, der zuvor von Pfauen und anderen schönen Vögeln bevölkert gewesen war, die aber von unseren Männern im ersten Ansturm gejagt und verspeist worden waren. Halb belustigt fragte ich mich, was aus dem *haeraem* des Emirs geworden war, und erinnerte mich an Bertrans Andeutungen über junges Fleisch. Doch solche Gelüste würde die *Comtessa* ihm kaum durchgehen lassen.

»*Cavalier* Montalban«, klang es tonlos hinter mir, gefolgt von einem trockenen Räuspern. Ich wandte mich um und gewahrte einen älteren, hageren Mönch im grauen Habit der Benediktiner, der sich nur andeutungsweise verneigte. Es war der *secretarius* des Grafen. Was nannte er mich *cavalier*, der eingebildete Pinsel?

»Ihr kommt spät, *Castellanus.* Schon vor Stunden hatten wir einen Boten nach Euch gesandt«, bemerkte er hochnäsig.

»Dann besorgt Euch Boten, die zuverlässig sind, *per Dieu!* Dieser muss an jeder Schenke zwischen hier und der Festung seinen

Durst gelöscht haben. Und für Euch immer noch *Senher* Montalban!«
Mit diesen Worten starrte ich ihm kalt in seine farblosen Augen. War das Benehmen des Mönchs ein schlechtes Omen für mein Gespräch mit dem Grafen? Aber Teufel noch eins, von dem Sauertopf wollte ich mich nicht einschüchtern lassen. Der *secretarius* verzichtete auf eine Antwort, wandte sich stattdessen achselzuckend ab und führte mich in das Hauptgebäude und in einen geräumigen Saal, von dem ich wusste, dass er Bertran als *scriptorium* und Audienzraum diente.
Ich sah mich um. Obwohl Bertran seit dem Fall der Stadt hier eingezogen war, sah es immer noch sehr orientalisch aus. Kostbarkeiten waren allerdings den Plünderern zum Opfer gefallen. Es hingen noch ein paar schöne Teppiche an den Wänden, darunter standen kleine vergoldete Tische, seidenbezogene Diwane und bestickte Sitzpolster in bunten Farben. Der Boden war mit weißen Marmorplatten ausgelegt. Die Schönheit der hohen arabischen Glasfenster konnte man nun, da es Nacht war, nicht recht würdigen, dafür war der Saal durch viele Kerzen auf bronzenen Kandelabern erhellt. Mitten im Raum ein gewaltiger Eichentisch und dazu passende Stühle. Die wuchtigen, mit reichen Schnitzereien verzierten Möbel waren mit dem Tolosaner Wappenkreuz versehen und bildeten einen krassen Gegensatz zur Anmut des arabischen Saals. Auf dem Tisch lagen Folianten und Pergamentrollen in säuberlich angeordneten Reihen. Dazu Tintenfässer und Gänsekiele. Bertran war demnach schreibkundig, las oder verfasste gar seine eigenen Briefe. Auch eine kostbare, gläserne Karaffe mit Wein und den dazu passenden Kelchen. Eine Seltenheit, vielleicht aus Byzanz oder Jerusalem. Die Juden dort waren als geschickte Glasmacher bekannt.
Auf einer Seite des Tisches lag nachlässig über den Schriftrollen ausgebreitet eine sorgfältig auf Leder gezeichnete Landkarte der Küstenregion. Ich hatte keine gute Meinung vom Nutzen solcher Karten. Besser waren einheimische Führer. Kyriacos' Verrat jedoch war ein trauriger Beweis dafür, dass man sich auch auf diese nicht verlassen konnte.

Hinter mir ging plötzlich die Saaltür auf, und ich fuhr herum, als *Coms* Bertran den Raum betrat.

»Montalban!«, rief er freudig. »Meine Karte scheint dich zu fesseln.«

Er hielt einen Flügel der Tür für seine Gemahlin auf, die *Comtessa* Elena. Dann trat er rasch neben mich an den großen Tisch und lächelte mir freundlich zu. Seine Herzlichkeit ließ meine ursprüngliche Besorgnis verfliegen.

»Ich habe da einen Genuesen. Du weißt, diese Seefahrer können das besser als unsere gut meinenden Klosterbrüder. Was hältst du von seinen Bemühungen?«

Ich runzelte die Stirn und sah mir das Werk näher an.

»Bertran. Was redest du von Karten?«, unterbrach ihn die *Comtessa.* »Sei kein gefühlloser Hobel!«

Sie trug ein langes, mit Stickereien und Perlen verziertes Kleid und dazu eine hohe Haube, die ihr Haar verbarg. Das schwere Gewand versteckte geschickt ihren etwas fülligen Leib. Sie wandte sich mir zu, fasste meine Hände und hielt sie fest umschlossen. Aus klaren, blassblauen Augen sah sie mich forschend an, und ihr rosiges, rundes Gesicht war voller Mitgefühl.

Ich ließ mich vor ihr auf ein Knie sinken und beugte höfisch mein Haupt. »Ich grüße Euch, *Domina.*«

»Welch schreckliche Kunde, mein guter Jaufré! Ihr müsst Euch ganz elend fühlen.« Sie bedeutete mir, mich zu erheben. Dabei hielt sie immer noch meine Hände wie die eines Kindes, das man trösten und beschützen will. Mir wurden unwillkürlich die Augen feucht, und ich schloss für einen Augenblick die Lider.

»Es schmerzt, Herrin.«

»Natürlich. Ihr habt sie sehr geliebt. Das spüre ich.«

Ich sah sie an und bemerkte, dass ihre Augen ebenfalls mit Tränen gefüllt waren. »Nun ist sie bei unserem Herrgott, Jaufré.« Ihr Mitgefühl schien nicht gespielt zu sein. Bertran trat neben seine Frau und legte den Arm um sie.

»Können wir etwas tun, Jaufré?«, fragte er unbeholfen.

Die Gräfin sah mich wieder eindringlich an. »Was ist mit dem Kind, Eurer Tochter? Heißt sie nicht Adela?« Ich nickte. »Das

arme Mädchen. Ihr könnt sie hier bei mir lassen, solange sie möchte. Sie und meine Anhes haben sich schon angefreundet. Was meint Ihr, *Senher* Jaufré?«
»Sie ist bei mir auf der Festung«, entgegnete ich etwas unsicher.
»Aber Ihr seid ein Kriegsmann. Ihr werdet Euch nicht um sie kümmern können. Gebt sie zu mir. Hier wird sie sich wohler fühlen.«
Die *domina* war nun ganz mitfühlende Mutter. Nicht unähnlich Euthalia. Ich wusste, sie meinte es gut, aber dies war schon der zweite Vorschlag, mir Adela wegzunehmen, und der Gedanke war mir spätestens seit dem Gespräch mit *Paire* d'Aguiliers unerträglich geworden.
Ich musste mich erst räuspern, bevor ich antworten konnte. »Adela hat die Mutter verloren und ich meine Frau«, sagte ich etwas gequält. »Ich möchte sie bei mir wissen. Ich hoffe, Ihr versteht das.«
Sie nickte, sah mich dabei jedoch zweifelnd an.
Nun hatte ich mich wieder gefasst. »Ich kann Euch nicht genug danken, Herrin. Ich fühle mich geehrt, dass Ihr Euch meiner Tochter annehmen wollt«, sagte ich und lächelte entschuldigend, »aber Adelas Mutter und ich haben weit schlimmere Umstände überlebt, damals als das Heer nach Jerusalem zog. Wir haben gehungert und gefroren. Wir hatten nur mein Pferd und einen Esel, ein Zelt und einen ausgebeulten Kochtopf. Und trotzdem waren wir nicht unglücklich. Im Gegenteil. Schon damals war Adela bei uns, wenn auch ungeboren, im Leib ihrer Mutter. Keine Sorge, wir werden zurechtkommen.«
Elena drückte noch einmal meine Hand. Ich sah, dass sie immer noch feuchte Augen hatte. »Ich verstehe. Ihr habt recht. Ihr seid nun der einzige Familienangehörige, den sie auf der Welt hat.« Sie sah sich hilfesuchend zu ihrem Mann um.
»Keine Sorge, mein Herz«, beeilte er sich zu sagen. »Wir planen nichts zurzeit. Jaufré kann sich ganz um seine Tochter kümmern.«
Die Gräfin wandte sich wieder an mich. »Wenn Ihr eine gute Magd braucht, dann sagt es nur. Ich schicke Euch jemanden.«

»Das werde ich gern annehmen, *Domina.*«
»So ist es abgemacht. Und zögert nicht, mich zu bitten, wenn Ihr noch irgendetwas benötigt.«
»Ich verspreche es, *Domna* Elena.«
Sie lächelte mir noch einmal herzlich zu und verließ mit einem Kopfnicken Richtung Bertran den Saal.
Wir blickten ihr nach und schwiegen einen Augenblick.
»Sie hat das Herz auf dem rechten Fleck«, sagte Bertran.
Es stand mir nicht zu, eine Meinung über die *domina* zu äußern. Stattdessen räusperte ich mich und sprach gleich an, was mich bedrückte.
»Herr, was Euren Vetter angeht, so tut es mir leid, dass es heute zu einem solchen Vorfall gekommen ist.«
Bertran hob erstaunt die Augenbrauen. »Es tut dir leid? Verdammt, Jaufré«, fluchte er dann. »Dir hat nichts leidzutun.« Er machte eine ungeduldige Handbewegung zum Zeichen, dass ich mich setzen sollte, und goss uns beiden Wein ein. Er hob seinen Kelch zu meinem Wohl und stürzte sich den Inhalt, ohne abzusetzen, in die Kehle. Dann schnalzte er genießerisch mit der Zunge, goss nach und setzte sich ebenfalls. Seine Finger spielten mit einer schweren Goldkette, die er um den Hals trug und die ihm bis tief auf die Brust hing.
»Ich bin es, dem es leidtut, dass dieser Taugenichts dich angefallen hat. Ich muss mich für meine Familie entschuldigen, Montalban. Überhaupt, dass ich mich habe überreden lassen, dieses Früchtchen aufzunehmen.« Er schlug gereizt mit der flachen Hand auf den Tisch.
»Ich hatte ihn wegen der Hinrichtung des Griechen zur Rede gestellt. Und ein Wort ergab das andere …«
»Sag nichts weiter. Die Wachen haben mir alles berichtet. Du warst unbewaffnet, und er hätte dich, ohne zu zögern, abgestochen. Ich kenne dieses Bürschchen. Er duelliert sich gern und nennt es Gottesurteil. Aber es ist Mord, und er hat schon einige auf dem Gewissen.«
»Hattet Ihr ihm den Befehl über die Festung erteilt, während meiner Abwesenheit?«

»Keineswegs. Eine reine Anmaßung. Warum hätte ich das tun sollen? Hast du nicht den Waffenmeister, der dich vertritt, diesen Hünen von Normannen?« Als ich nickte, fuhr er fort: »Mein Vetter war zu gierig darauf, seine bestialischen Spiele zu treiben. Der Junge hat ein krankes Gemüt.« Er schüttelte traurig den Kopf. »Nein, ich gebe mir selbst die Schuld, denn ich hätte es besser wissen sollen.«

»Ricard steht immer noch unter meinem Befehl, und so wie die Dinge jetzt stehen …«

Er unterbrach mich gleich. »Keine Sorge. Du wirst dich nicht mehr mit ihm plagen müssen.« Und dann begann er, umständlich und etwas verlegen von Ricards Herkunft zu erzählen. »Du erinnerst dich, was ich über meine Mutter und ihre Verwandtschaft erwähnt habe, nicht wahr? In der Nacht in den Bergen.«

Die schöne Anhes. »Die Tochter des Bernard de Provence.«

»Richtig. Markgraf Bernard war also mein Großvater, vermählt mit Estephania von Marselha. Meine Mutter war ihr einziges Kind. Deshalb konnte ja mein Vater den Alten beerben, als der starb. Kein männlicher Nachfolger, zumindest kein rechtmäßiger.« Er lachte gehässig und nahm einen Schluck. »Denn Bernard, der alte Bock, konnte das Herumhuren nicht lassen. Es wurde gemunkelt, dass man die Bastarde nicht zählen konnte, die er überall in der Provence hinterlassen hat. Du siehst, nicht alle in der Familie sind so fromm wie mein Vater.« Er lachte herzlich.

Das vertraute Du schien sich nun bei ihm eingebürgert zu haben. Mir war es recht. Ich war vor allem erleichtert, dass die Sache mit Ricard kein Nachspiel haben sollte.

»Da gibt es eine gewisse Loisa, die ist eines von Großvater Bernards unehelichen Bälgern und daher meine natürliche Tante, obschon sie etwa in meinem Alter ist.« Er erzählte mir, wie diese Loisa als arme, verachtete Verwandte aufgewachsen war und später, nachdem ihr Mann jung verstorben war, als freudlose Matrone auf einem kleinen Besitz in der Provence lebte.

»Meine Mutter wollte nie etwas mit ihr zu tun haben und duldete ihre Halbschwester nur widerwillig. Na ja, ich will nicht zu sehr ausschweifen, jedenfalls ist Ricard Loisas Sohn. Der Junge war schon immer wild. Man erzählt sich so schlimme Dinge von ihm, dass einem die arme Mutter leidtun kann. Sie ist eine gute Frau und hat diesen Satansbraten zwar geboren, aber nicht verdient.« Bertran bekreuzigte sich. »Man muss dem Herrgott danken, wenn er uns Kinder schenkt, die den Eltern Freude machen. Mein Pons ist gottlob ein guter Junge.«

»Warum erzählt Ihr mir das alles?«

Bertran sah mich etwas verlegen an. »Na ja. Auf meinem Weg nach Genua habe ich die gute Loisa besucht. Sie war verzweifelt und machte sich Sorgen um ihren Sohn. Anscheinend lehrte er die ganze Gegend das Fürchten, wenn er nicht übellaunig zu Hause herumsaß. Er hatte sich angeblich in den Kopf gesetzt, ins Heilige Land zu reisen und sich mir anzuschließen. Loisa hoffte, eine Wallfahrt würde ihn zum Guten führen, und im Heer würde er Beherrschung und Verantwortung lernen. Sie hat mich angefleht, ihn mitzunehmen.« Er fuhr sich mit der Hand durch sein dünnes Haupthaar und zog eine sauertöpfische Grimasse. »Ich konnte es ihr nicht abschlagen. Und vor ein paar Monaten ist er hier aufgetaucht, wie du weißt. Ich erzähle dir das alles, damit du meine Lage verstehst.«

»Ihr schuldet mir keine Erklärung, Herr.«

»Ich weiß, du wirst die anderen Halunken aburteilen, die dabei waren.« Mit der blanken Waffe seinen Hauptmann anzugreifen, darauf wurde im Allgemeinen eine schwere Strafe verhängt, je nach den Umständen sogar die Todesstrafe. »Ich wünsche ausdrücklich, dass du sie hart bestrafst, Jaufré. Sonst meint hier jeder, er könne meinen Hauptleuten auf der Nase herumtanzen.«

»Ich hatte nicht vor, sie ungestraft davonkommen zu lassen.«

»Ganz recht. Nur, dabei habe ich eine Bitte.« Er sah mir offen in die Augen. »Ich bitte dich, die Sache aus den Annalen der Festung herauszulassen. Keine offizielle Verhandlung.«

Ich nickte in Zustimmung.

»Da Ricard der eigentliche Übeltäter war, müsste ich ihn sonst ebenfalls aburteilen. Und ich möchte dies seiner Mutter ersparen und irgendwie anders regeln.« Ricard sollte also Gelegenheit zur

Wiedergutmachung erhalten. »Außerdem ...« Er zögerte, sah mich aber immer noch unverwandt an. »Wie ich hörte, hast du ihn zuvor mit einer Beleidigung gereizt.«

»Das ist wahr.«

»Sicher aus gutem Grund. Nur, bei einer Verhandlung würde dies zur Sprache kommen. Ich glaube, das wäre nicht in deinem Sinne.«

»Ich verstehe.« Daher wehte also der Wind.

»Das ist gut, Jaufré. Ich wusste, dass du das verstehst. Ich habe ihn in jedem Fall erst mal einkerkern lassen. Das soll ein paar Tage lang seinen Übermut kühlen. Inzwischen überlege ich mir, was ich mit ihm anfange. Aber genug jetzt von Ricard.«

Vor allem wurde mir klar, dass Bertran es geschickt verstand, die Dinge so nach seinem Willen zu richten, dass man es ihm nicht einmal übelnehmen konnte. Irgendwie hatte ich den Eindruck, er war sehr zufrieden mit der Angelegenheit, denn er lächelte so fröhlich, als hätte ich ihm einen Gefallen getan.

»Mein lieber Montalban, da ist noch eine andere Sache.«

Jetzt kam wohl der wahre Grund für seine Aufforderung, so kurzfristig im Palast zu erscheinen.

»Ich habe einen Brief aus Narbona erhalten.« Er suchte stirnrunzelnd in den säuberlichen Stapeln auf seinem Tisch und fluchte leise zwischen den Zähnen. »Wenn mein Schreiber Ordnung macht, finde ich nichts mehr.« Dann erhellte sich seine Miene, und er zog ein wichtig aussehendes Pergament aus einem der Stapel. Es trug ein großes, bereits aufgebrochenes Siegel. Bertran entfaltete das Dokument.

»Von Seiner Exzellenz und Hochwürden, dem Erzbischof von Narbona, *Mossenher l'Avesque* Odo de Monisat.«

Mich durchzuckte es mit einem Schlag, und ich setzte mich kerzengerade auf. Meine Augen mussten riesengroß geworden sein.

»Du bist erstaunt, nicht wahr?« Bertran grinste zufrieden, als er die Wirkung seiner Worte bemerkte. »Und ich hatte keine Ahnung, dass der alte Erzbischof und Widersacher meines Vaters, ja in gewisser Weise in den letzten Jahren auch mein eigener Lieblingsfeind, dein leibhaftiger Onkel ist.«

Sein Feind? Mir krampfte sich der Magen zusammen. Was, zum Teufel, meinte er? Ricard und seine unselige Mutter waren mit einem Mal völlig in den Hintergrund getreten. Onkel Odo?
Bei seinem Namen überkamen mich Bilder aus meiner Kindheit und Jugend. Ein weißbärtiger, alter Mann, der in meinen Haaren zauste, der Äpfel und süße Birnen aus seinem Garten für mich mit dem Messer zerkleinerte und mir in den Mund schob. Erinnerungen an schöne Sommer auf seinem Gut. Später, als ich bei ihm Knappe war und das Kriegshandwerk lernte, hatte ich oft tagsüber zu Pferde die ganze Gegend durchstreift. Abends hatte ich dann müde mit den Waffenknechten und Mägden am Brunnen gesessen und ihren Geschichten gelauscht. Onkel Odo. Er lebte also noch und musste nun schon über achtzig Jahre alt sein.
Bertran bemerkte, dass ich aus der Fassung geraten war.
»Was ist los? Hat dich die Nachricht erschreckt?«
»Warum sollte er Euer Feind sein?«, stammelte ich.
»Ach, mach dir keine Sorgen darüber. Dazu komme ich gleich. Aber zunächst einmal, ein nicht unerheblicher Teil seines Briefes betrifft dich, mein Lieber.«
»Mich?«, fragte ich etwas einfältig. »Woher weiß er, dass ich hier bin?«
»Er weiß es nicht. Er vermutet es nur. Oder erhofft es sich.«
Dieser Brief rief plötzlich alles wieder wach, was ich im Geist seit langem beiseitegeschoben hatte. Mir stieg eine Hitzewelle den Hals hinauf. War es Scham oder mein alter Zorn? Damals waren Dinge geschehen, an die ich mich nur ungern erinnern wollte. Die Ansprüche einer Familie können herrisch und grausam sein. Ich war ihnen zum Glück entkommen und hatte alles hinter mir gelassen. Was wollte Odo von mir nach all den Jahren? Ich hatte ihn geliebt, den herrschsüchtigen Greis. Aber ich war immer noch zornig auf ihn und auf meine edle Frau Mutter. Beide hatten sich damals gegen mich verbündet.
Bertran tat, als bemerke er meine Verlegenheit nicht. Er erklärte mir lang und breit, dass er mit vielen Leuten aus der Heimat Briefe austausche, um auf dem Laufenden zu bleiben. Er meinte,

diese Briefwechsel könnten nicht schaden. Wer weiß, wie das Schicksal spiele, eines Tages würde man ihn in Tolosa vielleicht wieder brauchen. Dabei grinste er listig. Dann erzählte er, dass Odo de Monisat im Machtkampf der Brüder Guilhem und Raimon um die Vorherrschaft in Tolosa der Vertraute seines Onkels Guilhem gewesen war.

»Er stand sozusagen auf der anderen Seite«, stellte Bertran fest. »Ein schlauer Fuchs, dein Oheim. Du weißt sicher, dass das Haus Tolosa sich immer gut mit den Bischöfen gestellt hat, oder? Die bilden in ihren Diözesen ein natürliches Gegengewicht, um die einheimischen Grafen in Schach zu halten, du verstehst. *Divide et impera!* Das ist bewährte Tolosaner Politik. Raimon hatte also den alten Guifred in der Tasche, Vorgänger deines Onkels im Amt des Erzbischofs. Die beiden haben so einiges zusammen ausgeheckt. Bis Guifred starb. Und weil Papst Gregor nicht noch einen von Raimons Kandidaten wollte, ihn deshalb sogar mit dem Kirchenbann belegte, ist es Guilhem gelungen, gegen den Willen meines Vaters deinen Oheim auf den Sitz des Erzbischofs zu heben.«

»Das ist mir alles neu«, sagte ich. »Ich weiß nur, dass bei uns immer in höchsten Tönen von *Coms* Guilhem gesprochen wurde.«

»Es ist wirklich lange her. Etwa zu der Zeit, als meine Mutter ins Kloster ging. Da war ich noch ein Dreikäsehoch …«

»Aber warum soll Odo Euer Feind sein?«

Bertran lachte. »Ach, mit dem alten Zwist habe ich eigentlich nichts zu tun. Zu meiner Zeit als Stellvertreter meines Vaters und Verweser der Grafschaft, Onkel Guilhem war ja schon lange tot, da hat dein Oheim sich wenig in die Politik gemischt. Und wenn, dann nur als Unparteiischer. Wir hatten einen nicht unfreundlichen Umgang miteinander. Ich habe immer seine Klugheit geschätzt. Allerdings hat der alte Borcelencs ihn dazu gebracht, mir mit Exkommunikation zu drohen, wenn ich nicht der guten Elvira das Feld räumen würde.«

Es war das erste Mal, dass ich diesen Namen hörte, und hätte besser zugehört, wenn ich gewusst hätte, was mir von einem gewissen Borcelencs noch widerfahren sollte. Aber in diesem Augenblick bedeutete er mir gar nichts. Außerdem war ich viel zu aufgeregt, endlich mehr über den Inhalt des Briefes zu erfahren.

»Das tut mir leid«, war alles, was mir dazu einfiel.

»Soll es nicht, denn er war es schließlich, der dann den Streit schlichten konnte. Er hat auch das Gold aufgetrieben, um mein Heer auszustatten. Du siehst, ich bin deinem Onkel nicht gram.«

»In Wahrheit ist er mein Großonkel«, erklärte ich. »Meine Mutter ist seine Nichte.«

»Er ist einer der weisen Köpfe unserer schönen Heimat.« Bertran sah mir direkt in die Augen und lächelte. »Ich wusste nicht, dass du einer so bedeutenden Familie angehörst.«

»Bedeutend? Odo vielleicht, aber nicht wir Montalbans aus Rocafort.« Inzwischen war ich ungeduldig geworden. »Darf ich wissen, was er schreibt? Nur das, was mich betrifft, natürlich.«

»Vergib mir, ich rede mal wieder zu viel.«

Bertran überflog den Inhalt des Schriftstücks. »Er schreibt von den allgemeinen Zuständen im Land, sagt aber nicht viel über Elvira und ihr Balg.« Immer, wenn er von seinem Halbbruder Alfons Jordan sprach, verzog sich sein Gesicht, und er machte eine abschätzige Bemerkung. Der Stachel saß wirklich tief. »Ah … hier ist die Stelle.« Er hielt mir die Seite zum Lesen hin. Auf meine verneinende Gebärde hin blickte er mich einen Moment verdutzt an, dann meinte er entschuldigend: »Oh. Ich vergaß. Die Kunst des Lesens ist leider nur wenig verbreitet. Nicht sehr männlich oder kriegerisch, was?« Er lachte verlegen. »Der Gänsekiel ist kein Schwert, Jaufré, aber auch damit lässt sich manche Schlacht gewinnen.«

»So wie durch Euren Vertrag mit den Genuesen?«

»Ganz recht.« Meine Antwort gefiel ihm. »Und sie haben Wort gehalten. Mit ihren Kriegsschiffen haben sie mir ohne viel Blutvergießen Tripolis geschenkt. Und was hat es gekostet?« Die Antwort lieferte er gleich mit. »Nichts. Nichts hat es gekostet. Nur ein Handelsmonopol wollten sie. Auch das ist zum Vorteil aller. Die Genuesen legen sich ins Zeug, der Handel blüht, und ich kassiere die Zölle.« Er war sichtlich zufrieden mit sich selbst.

Dann nahm er sich den Brief wieder vor. »Also gut. Ich werde dir den wichtigen Teil vorlesen.«

In diesem Augenblick öffnete sich die Tür, und ein in den Tolosaner Farben gekleideter Page trat in den Saal und verbeugte sich ehrerbietig.

»Eure *Magnificencia. Comtessa* Elena verlangt zu wissen, ob *Senher* Montalban die Herrschaften zum Abendmahl beehrt?«

Bertran war begeistert. »Das hast du schön gesagt, Pontius.«

Der Junge strahlte. Natürlich, ich hatte ihn nicht gleich erkannt. Es war Bertrans Sohn, den er mir jetzt vorstellte. Ein hübscher Junge mit einem gewinnenden Lächeln, der sich formvollendet verbeugte. Bertran bemerkte, wie wichtig es doch sei, dass jeder junge Bursche höfisches Benehmen lernte.

»Sitte und Anstand, nicht wahr, Pons?«

Der grinste ergeben. »Gewiss, Vater.«

Ich rutschte ungeduldig auf dem Stuhl herum, aber nun bestand Bertran darauf, mich zum Abendmahl einzuladen. Kein besonderer Anlass, aber es kämen einige unserer Heerführer, und man verbringe den Abend in angenehmer Unterhaltung. Doch heute stand mir nicht der Sinn nach gutem Benehmen und Lautenspiel.

Er bemerkte mein Zögern. »Nur auf ein Stündchen, Jaufré. Ein Stündchen wirst du meiner Elena nicht verweigern, oder?«

Er nickte erfreut, als ich schließlich zusagte. »Da hast du die Antwort, Pons. Und nun lauf zu deiner Mutter.«

Der Junge machte vor jedem eine kurze Verbeugung und zog sich nach Bertrans wohlwollendem Nicken aus dem Saal zurück. Wieder griff er nach dem Pergament und begann endlich vorzulesen.

»Da Ihr mir so freundlich geschrieben habt, hochverehrter Graf, wende ich mich an Euch mit einer persönlichen Bitte, die Ihr mir, so hoffe ich, nicht abschlagen werdet. Meiner Nichte Sohn ist vor vielen Jahren mit dem edlen Coms *Raimon, Eurem illustren Vater, in den Orient gezogen. Sein Name ist Jaufré Montalban de Rocafort. Wiewohl es seiner*

Familie eine Freude ist, zu wissen, dass er sich am heiligsten Auftrag der Christenheit beteiligt hat, so sind wir doch betrübt, da wir seither keine Kunde von ihm haben und nicht wissen, ob er noch unter den Lebenden weilt oder, wie so viele tapfere Ritter, seinen Heldentod bei der Befreiung des Heiligen Grabes gefunden hat.
Vielleicht habt Ihr von Jaufrés Schicksal gehört oder kennt ihn gar. Wenn nicht, möchte ich Euch herzlich bitten, seiner Familie zuliebe Erkundigungen unter den Soldaten und Pilgern zu machen, um Näheres über sein Verbleiben zu erfahren.«

Bertran zwinkerte mir belustigt zu. »Ich will dich jetzt nicht fragen, warum du deine Familie all die Jahre gemieden hast. Jedenfalls siehst du mir noch ganz lebendig aus, was?« Er befeuchtete sich die Kehle mit Wein und las weiter.

»Sollte mein Neffe irgendwo sein Grab gefunden haben, so würden wir gern wissen, wo seine Gebeine ruhen und auf welche Art er den Tod gefunden hat. Sollte er dagegen noch leben, und solltet Ihr ihn ausfindig machen können, so ersuche ich Eure Magnificencia, *ihn zu bitten und mit allen Mitteln dazu zu bewegen, seinen Weg zurück in die Heimat zu nehmen und zuallererst mich selbst in Narbona aufzusuchen.*
Seine Rückkehr ist von größter Wichtigkeit, nicht zuletzt, weil die Familie seines Schutzes bedarf, aber vor allen Dingen, weil ich nun sehr alt geworden bin und der Tag nicht mehr fern ist, an dem der Schöpfer mich zu sich rufen wird. Bevor ich sterbe, muss ich meinem Neffen vertrauliche Familienangelegenheiten übergeben, die von allergrößter Bedeutung und Wichtigkeit sind. Die Erfüllung seines Schicksals liegt nicht in Palästina, sondern auf dem Boden seiner Väter.«

Bertran blickte auf und grinste spöttisch. »Der letzte Satz ist ja richtig prophetisch und voller tiefgründiger Andeutungen.« Er ließ den Brief auf den Tisch sinken. »Welches Schicksal mag er wohl meinen?«, fragte er und sah mich dabei eindringlich an, als ob ich es wissen müsste.

»Ich habe nicht die geringste Ahnung.«

»Nicht die geringste Ahnung«, wiederholte er und hielt immer noch meinen Blick. »Na schön«, meinte er schließlich. »Der Rest des Briefes besteht aus Höflichkeiten.«

Seine drängenden Fragen waren etwas seltsam, aber ich achtete nicht darauf, denn Odos Worte hallten in meinem Kopf nach. Was war nur in den Alten gefahren? Mein erster Gedanke war, es musste irgendetwas geschehen sein.

»Ich wundere mich, warum er jetzt, nach all den Jahren, geschrieben hat«, murmelte ich gedankenverloren.

»Ich nehme an, es handelt sich um dein Erbteil. Obwohl, *die Erfüllung seines Schicksals*, das hört sich nach Größerem an als ein paar Kuhweiden, was?« Schon wieder dieser forschende Blick. »Als warte auf dich der Heilige Gral.«

»Mein Onkel ist sonst nicht so salbungsvoll, eher nüchtern.«

»Wie dem auch sei, ich habe meine Pflicht erfüllt. Alles andere geht mich nichts an.« Er faltete den Brief zusammen und sah mich trotz dieser Aussage erwartungsvoll an, so dass ich mich genötigt sah, eine Erklärung abzugeben.

»Mein Onkel mischt sich gern in alles ein. Seit dem frühen Tod meines Vaters führt er sich als Patriarch auf. Ich bin nicht undankbar, aber eigentlich verwaltet meine Mutter das Erbteil. Unser Lehen umfasst eine kleine Burg und Ländereien im südlichen Teil der Corbieras.«

»Rocafort«, meinte er nachdenklich. »Ich war noch nie dort, aber ich weiß von einer Burg mit diesem Namen. Gehörte sie nicht zur Mitgift meiner werten Base Felipa, der Herzogin von Aquitania?«

»So ist es«, bestätigte ich. »Auch wenn die Schenkung nach ihrem Überfall auf Tolosa wieder rückgängig gemacht wurde. Ein Dorf, gute Äcker, etwas Wald. Dank der Umsicht und des Geschicks meiner Mutter haben wir immer gut gelebt. Ich hatte vor, eines Tages zurückzukehren. Aber es hat sich nicht so ergeben.«

»Und jetzt?«

»Ich habe mein Leben hier in Outremer. Und außer meiner Mutter …«

Ich ließ den Satz unvollständig. Außer meiner Mutter ist da niemand, hatte ich sagen wollen, aber das wäre eine Unwahrheit gewesen.

Bertran beugte sich vor und sah mir in die Augen. »Jaufré, du weißt, ich zähle auf dich hier in der Grafschaft. Ich habe nur eine Handvoll guter Anführer, und dazu gehörst du. Dennoch, dein Onkel ist ein großer Mann, und nach dem Ton seiner Worte zu urteilen, scheint ihm die Angelegenheit sehr wichtig zu sein. Das will ich achten, und deshalb bin ich bereit, dich für eine Weile fortzulassen. Nur komm bald zurück. Ich brauche dich hier.«

Ich zog es vor, die Sache herunterzuspielen. »Es wird sich nur um seinen Besitz handeln. Soweit ich weiß, hat er keine weiteren Erben.«

»Was soll ich ihm nun antworten?«

Ich war noch unschlüssig und wollte Zeit gewinnen.

»Ich möchte einige Tage darüber nachdenken. Wenn mir Euer *secretarius* helfen will, kann man die Angelegenheit vielleicht mit einem Brief regeln.«

Bertran kramte nochmals auf seinem Tisch und zog ein anderes Pergament hervor. »Mein Schreiber hat für dich eine Abschrift des Teils angefertigt, den ich dir vorgelesen habe. Das wird dir nützlich sein.« Er reichte mir das Schriftstück. »So, und jetzt dürfen wir die Tafelrunde nicht länger warten lassen.«

***

Es wurde ein seltsamer Abend. Ein Edelmann aus Bearn mit Namen Guis de la Troya, der auf dem Weg nach Jerusalem war, sorgte für Aufruhr. In der Runde hartgesottener Krieger, die Bertrans Tafel zierten und ihn misstrauisch beäugten, wirkte er äußerst fremd. Schuld daran war nicht sein Gascogner Tonfall, auch nicht die modische Kleidung und das eitle, selbstgefällige Gehabe, mit dem er jeden wissen ließ, dass er an den größten Fürstenhöfen ein und aus ging. Nein, es waren eher seine Reden, die zum Widerspruch reizten. Und seine Schwärmerei über den herzoglichen Hof von Aquitania zeugte von wenig Feingefühl gegenüber seinen Gastgebern, wusste doch jeder, wie verfeindet Bertran mit seiner Base Felipa über das Erbe von Tolosa war.

Noch mehr ging es uns alten Kämpen gegen den Strich, dass er *Duc* Guilhem, Felipas Gemahl, als Vorbild für jeden Ritter pries. Denn als es uns vor Antiochia dreckig ging, war der Mann nicht dabei gewesen. Erst nachdem alle Schlachten geschlagen waren, hatte er sich noch schnell mit Ruhm bekleckern wollen. Und selbst dabei war er kläglich gescheitert. Nein, für diesen Dichterfürsten und Weiberhelden hatten die Männer wenig übrig.

Aber dass dieser Guis uns am Ende auch noch belehren wollte, was einen guten Edelmann auszumachen habe, das ging zu weit. Vom Streben nach hehren Zielen war die Rede, vom Schutz der Schwachen und dass in allem das rechte Maß zu wahren sei. *Comtessa* Elena unterstützte ihn nach Kräften, setzte sich für die Einhaltung des Kirchenfriedens ein und der Pflicht eines jeden aufrechten Mannes, das Böse in der Welt zu bekämpfen. Nun, dagegen war nichts einzuwenden. Doch als der Gascogner erklärte, allein die Liebe erhebe den Menschen über seine niedere Natur, weshalb ein Ritter gut daran tue, sich einer edlen *Domna* zu unterwerfen, um ihr allein zu dienen, da sträubte sich so manchem in der Runde das Nackenhaar.

»Ich weiß nicht, de la Troya, aber meine Pflicht ist es, Mauren zu erschlagen und gute Beute zu machen«, bemerkte Bernard de Lussac trocken, ein alter Haudegen aus Tolosa, dem die Männer fröhlich lärmend beipflichteten. Keiner von ihnen konnte sich als Krieger für einen Weiberrock sehen.

De la Troya nannte unseren Freund daraufhin einen Barbaren ohne edle Gesinnung und verbreitete sich weiter ausufernd über die Wonnen der *fin' amor*, der hohen, reinen Liebe. Glücklich sei der, der einer noblen Dame dienen dürfe, um durch edle Taten ihre Gunst und Liebe zu erringen. *Duc* Guilhem selbst habe berühmte Lieder hierzu verfasst. Die Männer gafften. Das war eine Welt, die wir nicht kannten und die uns so fremd erschien, dass es zum Lachen reizte.

»Dass Duc Guilhem sich unter den Röcken der Weiber gut auskennt, ist ja allgemein bekannt«, ließ sich Bernard de Lussac erneut vernehmen. »Aber wie man dabei zu Ehren kommen soll, ist mir nicht geläufig.«

Besonders Raimon Pilet war es zu viel geworden. »Ich wette mein Schlachtross gegen einen Esel«, rief er in seiner tiefen Bassstimme, »dass dieser Modegeck beim ersten Türkenangriff sich seine ganze edle Gesinnung in die Hosen scheißt!«

Totenstille folgte diesen Worten, Entsetzen in den Augen der *Comtessa*. Guis de la Troya war aufgesprungen, die Hand am Schwertgriff, während Pilet ihn herausfordernd anstarrte. Dann aber fing einer der Hauptleute an zu wiehern, und plötzlich lachte die ganze Tafelrunde, nicht enden wollendes Johlen und auf die Schenkel Klopfen folgte. Selbst Bertran konnte sich ein Grinsen nicht verkneifen, wiewohl er Pilet einen warnenden Blick zuwarf.

Daraufhin entschuldigte sich Pilet bei der *Comtessa* für die derben Worte, und Bertran gelang es, den Gascogner zu beschwichtigen. *Domna* Elena nahm die Entschuldigung ernst, aber nicht ohne ein tadelndes Stirnrunzeln an. Doch das Gelächter an der Tafelrunde wollte nicht aufhören. Immer wieder gluckste jemand in seinen Bierhumpen. Bis die *Comtessa* uns, sichtlich verschnupft, noch einen angenehmen Abend wünschte und sich zurückzog. Das war auch für mich die Gelegenheit, mich endlich von der Tafelrunde zu verabschieden, denn der Abend war mir lang geworden.

»Jaufré, soll ich dir einen Wachtrupp zur Begleitung mitgeben?«, fragte Bertran.

»Nicht nötig, Herr. Es ist nur ein kurzer Weg.«

Ich hastete durch die Gänge des Palastes, um meinen Hengst zu suchen. Sie würden noch Stunden zechen, aber ich war froh, die frische Nachtluft zu atmen und die stürmischen Gedanken zu ordnen, die Odos Brief in mir aufgewirbelt hatte.

Ghalib schnaubte unruhig, als ich mich vor dem Tor auf seinen Rücken schwang. Auch wenn die Stadt noch nicht schlief, so waren viele Feuer und Lampen bereits gelöscht, und die Gassen lagen in Dunkelheit.
Ich blickte zurück. Auf den Zinnen des Palastes ließen sich die Schatten der Bogenschützen erkennen, die ihre Runden machten. Gelächter drang schwach herüber. Es musste Bertrans Gesellschaft sein. Ein kühler Wind wehte vom Meer und zerrte an meinem Umhang. Ich ritt langsam durch Al-Mina, bis ich zu den Mauern kam. Am Tor traten Wachmänner aus den Schatten.
»Gott zum Gruß, *Castelan*.«
»Ist alles ruhig?«
»Sieht so aus. Trotzdem gebt acht, *Mossenher!*«
Ich winkte ihnen zu und brachte den Rappen in einen leichten Trab. Der Platz vor dem Tor lag verlassen da. In den gegenüberliegenden Häusern der Vorstadt brannten vereinzelt Lichter, ansonsten lag bleiches Mondlicht über den Dächern. Auch in den Straßen und Gassen war kaum mehr jemand unterwegs. Dafür scholl Musik aus entfernten Tavernen, und vereinzelt winkten die bunten Lichter der Trinkstuben und Hurenhäuser aus der Schwärze der winkligen Gassen.
Die Abschrift des Briefes, die Bertran mir gegeben hatte, steckte in meiner Tunika, und das kühle Pergament schien mir auf der Haut zu brennen. Heiliger Herrgott! Wie lange war es nun schon her, dass ich die Heimat verlassen hatte? Nicht älter als achtzehn oder neunzehn war ich damals gewesen und wie unzählige Edelleute aus dem ganzen Süden nach Clermont geritten, um Papst Urban zu hören. Und welch flammende Ansprache hatte er gehalten, die allen das Herz geöffnet hatte. Es sei endlich an der Zeit, das Schwert nicht länger gegeneinander in sinnlosem Bruderzwist, sondern gegen die Heiden zu erheben und unseren bedrängten, christlichen Brüdern im Osten zu Hilfe zu eilen, die Pilger zu schützen und das Grab unseres geliebten Heilands zu befreien. Wer sich aufmache, dem seien Gottes Vergebung und das ewige Himmelreich gewiss.
Aber Odo hatte die Begeisterung im Land für den päpstlichen

Aufruf nicht geteilt. Wir würden uns alle umbringen lassen, hatte er gebrüllt und versucht, mir die Sache auszureden. Wir hätten unbekannte Länder, Gebirge und Wüsten zu durchqueren. Wilde Völker würden es nicht leiden, dass wir durch ihr Land zögen und ihnen das bisschen Nahrung raubten, das sie besaßen. In der Fremde würden wir keine Unterstützung finden, sondern aus Unkenntnis des Landes in Hinterhalte geraten, aus Mangel an Nachschub verhungern oder geschwächt an Seuchen sterben. Es handle sich schließlich nicht um eine Fehde mit dem Nachbarn um ein paar Kühe, hatte er entnervt geschrien. Ein Feldzug in diesem Umfang sei kein Spiel für eitle Toren. Und was denn überhaupt aus meiner Familie werden solle? Einen verfluchten Narren hatte er mich gescholten und sich angewidert von mir abgewandt, als ich trotz allem starrsinnig darauf beharrte, mich dem Heer des Grafen anzuschließen. Wie tausend andere war ich von feurigem Eifer erfüllt gewesen. Wir wollten die Sarazenen besiegen, die Welt erobern und den Himmel erstürmen. Nichts sollte uns daran hindern, vor allem nicht die Unkenrufe eines alten Mannes.

In reiferen Jahren seufzt man über die Torheiten seiner Jugend und wie leicht man sich von gewissenlosen Männern hat verleiten lassen. Denn leider hatte Odo mit allem recht behalten. Nur dass die Wirklichkeit noch weit schrecklicher gewesen war als seine Prophezeiung.

Natürlich hatte auch meine Mutter Cecilia versucht, mich von diesem Vorhaben abzubringen. Doch wenn ich meinem Onkel aus Achtung noch zuhörte, so ließ ich die Worte meiner Mutter ohne Antwort einfach an mir abprallen. Das war ungebührlich für einen Sohn. Aber nach meinem Verständnis hatte sie mir, und noch mehr meiner Liebsten, Amelha, großes Unrecht zugefügt. Dafür konnte ich ihr nicht verzeihen. Sie hatte das Recht verwirkt, sich jemals wieder in meine Entscheidungen einzumischen.

Das Gefühl, allein zurückzubleiben, war Cecilia gewiss nicht neu gewesen. Oft genug war mein Vater Ramon in den Krieg gezogen, und eines Tages, ich war erst fünf oder sechs, war er nicht mehr heimgekehrt. Nie haben wir erfahren, wo sein Grab liegt. Was wäre aus so manchem Adelssitz ohne die Frauen geworden, die ihn verwalteten und verteidigten. So lange ich denken konnte, hatte meine Mutter allein und mit fester Hand Burg und Landwirtschaft geführt. Von Tierzucht und Ackerbau verstand sie mehr als jeder andere. Nur ihre Männer hatten ihr wenig Glück gebracht, weder Ehemann noch Sohn hatte sie bei sich behalten können. Der eine in unbekannter Erde verscharrt, der andere, wie sie denken musste, in Feindesland verschollen.

Der Morgen meines Abschieds damals hatte verhangen und düster herangedämmert. Meine kleine Schar hatte sich vor dem Burgtor versammelt, ein Dutzend junger Männer aus dem Dorf, von mir bestimmt, mich auf der Reise zu begleiten. Ein paar Maultiere und ein zweites Schlachtross vervollständigten mein kleines Gefolge. Mit den letzten Mitteln hatte ich sie ausgerüstet. Frisch bemalter Schild, Familienwimpel feucht und lustlos von der Lanze hängend, an meiner Seite das Schwert des Vaters. Das ganze Dorf hatte still den Vorbereitungen zugeschaut, Mütter und Schwestern in Tränen aufgelöst. Palästina, mein Gott, das war so unendlich weit. Nur wenige erwarteten, uns jemals wieder zu sehen.

Und sie hatten recht gehabt, denn all diese unglücklichen Gefährten waren im Verlauf der Jahre nacheinander auf die eine oder andere Art umgekommen oder verschollen. Die meisten vor Antiochia.

Ich konnte mich kaum noch an ihre Namen entsinnen. Oder doch? Enric, ein kräftiger Bursche, hatte ich auf dem Schlachtfeld vor Nicaea mit eingeschlagenem Schädel gefunden. Da war Brun, der zu Anfang mein Schildträger gewesen war, bis eine türkische Lanze sein Leben beendete. Ein anderer war einer Prügelei zum Opfer gefallen. Und natürlich Bennot, mein Leibdiener. Er kochte einen schrecklichen Fraß. Nicht, dass wir viel zu beißen gehabt hätten. Er war elendig an Fieber und blutigem Durchfall verendet, an dem auch das halbe Heer gelitten hatte. Nein, ich hatte ihnen wahrlich nichts Gutes gebracht, und ihre bleichen Gesichter verfolgten mich manchmal in meinen Träumen.

An jenem Morgen des Abschieds war meine Mutter gefasst und mit Würde vor die Burg getreten. Trockenen Auges und kerzengerade hatte sie dagestanden und uns stumm nachgeblickt, als wir in den grauen Morgennebeln davongezogen waren. Neben ihr und mit versteinertem Gesicht hatte die junge Berta gestanden. Mein angetrautes Weib und mir doch so verhasst. Vor allem sie hatte ich in den Jahren aus meiner Erinnerung tilgen wollen. Verflucht hatte ich die erzwungene Ehe, die ich fast zwei Jahre ausgehalten hatte, dann hatte es mich weg von ihr getrieben, weg von meiner harten Mutter, weg von Amelhas Grab.
Amelha hatte mich geliebt. Ein fröhliches Mädel aus dem Volk war sie gewesen und dann zum Spielzeug der hohen Herrschaften von Rocafort geworden. Cecilia hatte die Liebschaft lange als belanglos geduldet. Erst als ich sie geschwängert hatte und so vernarrt in das Mädel war, dass ich gedroht hatte, sie zu ehelichen, da begann ich, den Zorn und die harte Hand meiner Mutter zu spüren. Bastarde durfte ich ruhig zeugen, das war ihr gleichgültig. Aber das Kind einer Müllerstochter als Erbe Rocaforts, das stand völlig außer Frage. Noch nie hatte ich Cecilia so wütend gesehen. Selbst meine *noiriça* Joana, meine Amme, konnte sie nicht erweichen. Den Müller, Amelhas Vater, hatte Cecilia bestochen und bedroht, denn die Mühle gehörte zum Erzbistum meines Onkels, und der Müller war sein Pächter. Was konnte er anderes tun, als seine Tochter vor mir wegzusperren? Und als ich handgreiflich wurde, ließ mich meine Mutter von ihren Kriegsknechten packen und einkerkern. Dann rief sie Onkel Odo auf den Plan.
Odo war klüger als Cecilia. Er überzeugte mich mit sanften Worten. Von Pflichten gegenüber der Familie sprach er, dem ehrenvollen Namen meines Vaters, und dass meine Mutter recht habe, eine standesgemäße Verbindung für mich zu fordern. Darin müsse ich mich fügen. Aber was Amelha betraf, so dürfe ich sie ruhig weiterhin lieben, auch dem Kind sollte es an nichts fehlen, nur eine Heirat mit der Magd war ausgeschlossen. Und dann wurde ich mit Berta, der blutjungen Tochter eines fränkischen Gutsherrn, verkuppelt, eine Braut, die sie auf die Schnelle

gefunden hatten, um Tatsachen zu schaffen, damit ich nicht rückfällig wurde.
Arme Amelha. Besser, du hättest meinen Schwüren nicht geglaubt. Diese schrecklichen Bilder kamen mir wieder in den Sinn. Die Liebste todesbleich zwischen Laken, die über und über von ihrem Blut durchtränkt waren, so dass sie nass und scharlachrot leuchteten oder hässlich braun an den Enden, wo es schon angetrocknet war. So hatte ich sie gefunden, während auf Rocafort die Hochzeitsgäste feierten. Sie lag so still und atmete nicht mehr. Am Tag meiner verfluchten Hochzeit mit Berta war sie im Kindbett allein und elendig verreckt, wie auch die Frucht unserer verbotenen Liebe, das unglückliche Kind.
Ihr Tod hatte mich verändert. Lange hatte ich versucht, meine Pflicht zu erfüllen, das zu tun, was Odo und meine Mutter von mir verlangten. Aber nach zwei Jahren war ich geflohen. Urbans Aufruf zur *militia christi* kam wie gerufen. Es war nicht nur der fromme Wunsch, für Christus zu kämpfen. Nein, verwirrt und erdrückt von Schuldgefühlen hatte ich mich durch die Pilgerreise reinwaschen wollen, so wie Bischof Aimar es versprochen hatte. Gott und der Heilige Krieg wurden mein Lebensinhalt.
Der große Heeresaufmarsch, Krieg und Abenteuer hatten die Vergangenheit schließlich mehr und mehr vor dem Hintergrund gewaltiger Ereignisse verblassen lassen. Die beschwerliche Reise, Konstantinopel, Schlachten und Hungersnöte, Krankheiten und Verwundungen, der Verlust so vieler Gefährten und dann diese so ganz andere Welt des Orients, die sich mir aufgetan hatte. Vielleicht war es auch die stetige Begleitung des Todes, denn allein die tägliche Anstrengung, am Leben zu bleiben, beschränkt den Geist auf das Wesentlichste. Und so, auch wenn ich anfänglich vielleicht sogar selbst den Tod gesucht haben mochte, ließ Gott mich leben. Leben und vergessen.
Ghalib trabte munter durch die dunkle Vorstadt. Seine Hufschläge hallten von den Wänden wider. Er kannte den Weg zur Festung auch ohne meine Hilfe. Gedankenverloren hatte ich auf nichts um mich herum geachtet, als der Hengst plötzlich scheute und mich aus meinem Grübeln aufschreckte.

Ruckartig und mitten im Lauf hatte das Tier die Vorderhufe in den Boden gestemmt, so dass ich fast vornüber aus dem Sattel gefallen wäre. Nun tänzelte er nervös auf der Stelle. Hier war die Straße finster. Die Bewohner der Häuser links und rechts lagen längst in ihren Betten und hatten die Öllampen gelöscht. Ghalib riss jäh den Kopf hoch und gab ein schrilles Wiehern von sich. Was hatte ihn so erschreckt?

Da gewahrte ich zwei dunkle Gestalten vor mir, nur schemenhaft im Licht des Mondes zu erkennen, zumal die Häuser tiefe Schatten warfen. In jenem kurzen Augenblick, der mir verblieb, sah ich, dass sie ganz in Schwarz gekleidet waren. Weite Umhänge, Tücher um den Kopf geschlungen, vermummte Gesichter. Sie bewegten sich lautlos. Die gezogenen Krummschwerter dagegen, die sie hoch über den Köpfen hielten, blitzten bedrohlich auf. Sie hatten es zweifelsohne auf mich abgesehen.

Ich handelte, ohne nachzudenken.

Blitzschnell kam mein Schwert aus der Scheide. Gleichzeitig legte ich mich über Ghalibs Hals und stieß ihm die Fersen in die Flanken. Der Rappe machte einen Satz nach vorn. Eine der Gestalten sprang mir in den Weg. Funken sprühten, als ich seinen Hieb abwehrte, mein Schwert klang hell wie ein Schmiedeschlag auf den Amboss. Dann trug mich Ghalib in vollem Galopp die Gasse entlang.

Wild schlug mir das Herz in der Brust, aber ich zügelte den Hengst an der nächsten Kreuzung und drehte mich um.

Nichts mehr zu sehen. Die Kerle waren verschwunden, mit den Schatten verschmolzen. Alles schien menschenleer zu sein. Und totenstill. Als verkröchen sich die Menschen vor Angst in ihren Betten.

Ich blickte die Querstraße hinunter. Da waren sie wieder. Dunkle Schatten huschten über die Straße. Auch in der anderen Richtung entdeckte ich Bewegung. Sie mussten weiche Schuhe tragen, denn Schritte hörte man nicht. Wollten sie mir den Weg abschneiden? Sie schienen mich zu jagen. Lautlos. Dann hörte ich Pferdehufe hinter mir. Mehrere Reiter. Waren es Provenzalen oder noch mehr Muslimkämpfer?

Ich nahm mir nicht die Zeit, es herauszufinden. Stattdessen gab ich Ghalib die Sporen, und wir jagten in Richtung der Festung. Es war mir, als hörte ich galoppierende Verfolger. Ohne Panzerung war ich leichter für den Hengst und durfte so hoffen zu entkommen.

Mit einem Mal spürte ich unverkennbar den Luftzug eines Pfeils, der knapp an mir vorbeischoss. Ich lenkte Ghalib in vollem Galopp in eine Seitengasse, um weiteren Pfeilen zu entgehen. Ghalibs Hufe rutschten, und von den Pflastersteinen stoben Funken auf. Fast wären wir gegen eine Mauer geprallt, doch der Hengst fing sich, und wir galoppierten bis zur nächsten Ecke, um erneut zu wenden und wieder unsere Richtung zur Festung aufzunehmen.

In diesem Augenblick sprangen zwei vermummte Krieger mit erhobenen Schwertern aus einem Mauerschatten. Ghalib jagte in vollem Galopp weiter. Einen der Kerle ritten wir nieder, den anderen erwischte ich irgendwo mit dem Schwert an der Schulter, denn ich spürte den Schlag auf Fleisch und Knochen und hörte einen heiseren Schrei.

Dann waren wir vorbei und rasten wie verfolgt von allen Furien der Hölle. Dunkle Häuser huschten an uns vorüber, und Ghalibs Hufschläge dröhnten durch die Gassen.

Endlich kam die Festung in Sicht. Wir galoppierten die lange Rampe hinauf. Erst am Burgtor machte ich halt und schaute schwer atmend zurück. Nichts mehr zu sehen oder zu hören. Die Vorstadt lag wie verlassen da. Als hätte ich mir den Spuk nur eingebildet.

Unheimlich.

Wachen traten aus dem Dunkel des Tors. Sie nahmen Ghalib beim Zügel, und ich stieg ab. »Alles in Ordnung, *Castelan*?«

»Die schwarzen Krieger sind wieder da.«

Mein Herz klopfte immer noch wild, und ich konnte mich eines Schauderns nicht erwehren. Die Männer der Wache bekreuzigten sich. Ich untersuchte Ghalib nach Verletzungen und fand Blut an meiner Hand. Ein kleiner Schnitt an seinem Hals, nichts Schlimmes gottlob.

»Sollen wir Alarm schlagen?«, fragte der Hauptmann der Wache. Ich hätte einen Trupp der Bereitschaft zusammenstellen können, um die Vorstadt zu durchkämmen. Doch sie hätten nichts gefunden. Vor Wochen war Ähnliches vorgefallen, und die Durchsuchung der Stadt hatte nichts ergeben. Nicht einmal einen Schatten hatten wir entdecken können.

»Nein. Es wäre vergebliche Mühe. Aber verdoppelt die Wachen und haltet rundum die Augen auf.«

Ich stieg die Stufen des Wachturms am Burgtor empor und nickte den beiden Wachmännern auf den Zinnen zu, die bei meinem Erscheinen ihr leises Gespräch unterbrachen, aufrechter standen und ihre Speere fester packten.

Ich blickte hinaus in die Nacht. Im fahlen Mondlicht und in vollkommener Ruhe lag die Vorstadt unter mir, nur vereinzelte Lichter hier und da. Aber dort unten im Gewirr der Gassen ging heute Nacht der lautlose Tod um. Es war nicht die Gefahr eines Kampfes, die mich erschreckte. Doch dies war ein Feind, den man nicht greifen konnte. Wie Geister, die ihr Unwesen treiben und im Licht der Laterne verblassen. Lautlose, vermummte Gestalten, die in finsteren Ecken auf ihre Opfer lauerten, um hinterrücks zu morden und dann ohne Spur zu verschwinden. Eine Heimsuchung wie aus den Tiefen der Hölle. Waren sie überhaupt aus Fleisch und Blut? Unwillkürlich schlug ich ein Kreuz.

Als ich später in meine Gemächer trat, war mir nicht mehr danach, Adela zu besuchen. Ich redete mir ein, dass es zu spät sei, um an Euthalias Tür zu klopfen. In Wahrheit war ich in einem zu erregten Zustand, um Adelas zornige Blicke zu ertragen, so wie heute Nachmittag. Morgen würde ich in Ruhe mit ihr reden.

Das Strafgericht

Sancta Maria von Ägypten,
Patronin der Büßerinnen und reumütigen Sünderinnen, beschützt vor Fieber

Sexta Feria, *in der Nacht,*
1. Tag des Monats April

Eine einsame Öllampe brannte in meinem Gemach. Alexis hatte mir einen großen Krug Wein und etwas zu essen hingestellt. Ich merkte, wie ausgetrocknet meine Kehle war, und leerte einen vollen Becher in einem Zug und ohne Genuss. Dann ließ ich mich in meinen Lehnstuhl fallen und zog die Stiefel aus. Auch den zweiten Becher trank ich in großen Zügen, entschlossen, mich ernsthaft zu betrinken.

Die Hand, die den Becher hielt, zitterte. Es ist der Schreck über den Angriff der vermummten Krieger, sagte ich mir.

Der Wein und ich waren alte Kameraden und lang vertraut miteinander. Soldaten und zügelloses Trinken gehören zusammen wie Schweine und Scheiße. Ich hatte mein Quantum Wein in den Feldlagern zum Überdruss genossen und oft genug mich und andere unter den Tisch gesoffen. Das bringt der verdammte Krieg mit sich. Nicht wenige versuchen, sich kurz vor der Schlacht Mut anzutrinken, und gehen halb besoffen ins Gefecht. So weit hatte ich es gottlob nie kommen lassen. Aber es hatte Zeiten gegeben, da war ich selten nüchtern gewesen. Man versucht, sich Nacht für Nacht in eine bleierne Bewusstlosigkeit zu trinken, nur um immer wieder von den gleichen Bildern schreiend aus dem Schlaf gerissen zu werden. Besonders nach dem Elend und Grauen von Antiochia war mein Herz wie tot gewesen, als könnte es keine Regung mehr empfinden. Nur der Wein machte das Leben erträglich.

Euthalia hatte gesagt, ohne Frauen verlottern und verrohen wir Männer. Da ist etwas dran. Jedes Heerlager ist Zeugnis dafür. Spielen, saufen, huren und sich prügeln. Nur die harte Hand des Kriegsherrn hält die Männer im Zaum, oder noch besser, die sanfte ihrer eigenen Weiber.
Wie ging noch jener Vers des fahrenden Sängers aus Arles?

Ben a mauvais cor e mendic,
qui ama e no's melhura.

Ein wohl schlechtes und armseliges Herz besitzt, wer sich durch Liebe nicht zum Besseren bekehren lässt. Ähnlich hatte jener Gascogner heute Abend bei Bertrans Gastgelage gesprochen. Natürlich war nicht die Fleischeslust gemeint, sondern die reine, unerfüllte Liebe.
Von solchen Dingen redeten sie also daheim an den Höfen der großen Familien. Als sei die Liebe ein Allheilmittel, als könne sie die Welt verändern. Welch abartiger Gedanke hier in Outremer. Kann die Liebe uns etwa die Seldschuken vom Leibe halten? Hätte sie mich heute Nacht vor den schwarzen Kriegern beschützt oder gar unsere eigenen Barbareien abgewendet?
Wie könnte ein Mann jemals Ma'arrat-an-Numan vergessen? Ungehindert von den Fürsten war der Pöbel plündernd in diese unglückliche Stadt eingedrungen. Dabei war es zu fürchterlichsten Maßlosigkeiten gekommen. Die sogenannten *tafurs,* die Ärmsten unter den Armen der *militia*, dreckig, zerlumpt, halb verhungert, sie hatten Muslime bei lebendigem Leibe gekocht und sich johlend um ihr Fleisch gebalgt, ja sogar Kinder auf Spießen gebraten und gelacht, während sie diese vertilgten. Wie konnte so etwas möglich sein? Und doch war es die schreckliche Wirklichkeit in diesem Land.
Wenn dann so ein hergelaufener Gascogner von der hohen Liebe singt, so klingt es wie Hohn in den Ohren. Die Frage nach Sinn und Ziel des ritterlichen Lebens hatte der Mann wie einen Fehdehandschuh vor uns auf den Tisch geworfen. Doch wir hatten die Herausforderung nicht angenommen, wir hatten nur gelacht und

ihn verspottet. Hatte der Krieg uns so verroht, dass wir kein Gespür mehr für das Edle im Menschen hatten? Oder war es, weil seine Worte uns vor uns selbst entblößt hatten, weil wir wussten, dass wir nicht mehr in seine reine, schöne Welt gehörten. Ich hob den Becher und trank auf ihn, den Kämpfer für die Liebe. Und auf einen müden *castelan*, den seine *domna* für immer verlassen hatte.

Mauvais cor e mendic? Nein, schlecht war es nicht, mein Herz, arm schon eher, armselig wie ein Bettler, dürftig und bedürftig, stumpf und tot. Nouras Wange auf dem Totenbett war so kühl gewesen. Nun konnte ihre Liebe das kalte Kriegerherz nicht mehr erwärmen. Nun würde es ganz zu Eis erstarren. Voller Genuss suhlte ich mich in solchem Selbstmitleid an diesem Abend und trank zügellos. Nur dasitzen, die Augen schließen und den Wein in mir spüren. Kein schlechter Tropfen. Kräftig, etwas fruchtig.

Dann fiel mir Odo wieder ein.

Ich wünschte halb, ich könnte den alten Starrkopf noch einmal sehen, bevor er sterben würde. Was hatte er da von Schicksal gefaselt, auf dem Boden meiner Väter? Ich konnte mir weder ein schicksalhaftes noch überhaupt ein aufregendes Geheimnis unserer Familie vorstellen. Waren sie nicht alle aufrechte Leute ohne Tadel? Kein schwarzes Schaf wie ich darunter. Gewiss wollte er nur, dass ich endlich das Schwert an die Wand hing und Bauer auf der eigenen Scholle wurde. Das hatte auch Noura gewollt.

Ich trank und verschüttete dabei Wein über meine Tunika. Der Brief ist unwichtig, wiederholte ich zu mir selbst und musste rülpsen. Der Alte stirbt und will seine Hinterlassenschaft regeln, nichts weiter. Soll er doch ein Testament aufsetzen. Kein Grund, mich auf die lange Reise zu machen. Mein Platz war hier, *basta!* Ein kaltes Herz. Jawohl!

Ich hob den Becher und trank auf *Coms* Bertran, den Bastard von Tolosa. Der Gedanke erheiterte mich. Waren wir nicht alle Bastarde hier in Outremer? Willkommen, *Mossenher lo Coms*, denn hier bist du in guter Gesellschaft.

***

Alexis fand mich am Morgen halb tot in einer Weinlache. Kaum hatte ich die Augen offen, musste ich mich schon übergeben. Danach zog er mich aus und säuberte mich. Ich weiß nicht, wem es peinlicher war, ihm oder mir.
Die nächsten Tage verliefen ähnlich.
Anfänglich schaffte ich es irgendwie, meine notwendigsten Pflichten zu erfüllen, wenn auch mit Mühe. Danach zog ich mich zurück und gab mich dem Trinken hin. Hamid musterte mich manchmal prüfend von der Seite, sagte aber nichts. Den meisten gegenüber zeigte ich mich schroff, bis man mich in Ruhe ließ. Zu meinen Gelagen lud ich niemanden ein, denn es lag mir nicht an Zeugen. Morgens hasste ich mich jedes Mal für die durchzechte Nacht. Ich aß wenig, und mein Äußeres war mir gleichgültig geworden. Es kam mir nicht einmal in den Sinn zu fragen, warum Adela mich mied. Euthalia würde sich schon um sie kümmern, dachte ich. Es wäre ein Leichtes gewesen, die wenigen Schritte zu gehen, um mein Kind in die Arme zu schließen, doch ich tat es nicht. Später wünschte ich, Euthalia hätte mir früher die Augen geöffnet. Aber kaum jemand traute sich in diesen Tagen in meine Nähe. Außer Alexis, der wortlos und ohne Aufhebens meine Bedürfnisse versorgte.
Am Tag nach meiner nächtlichen Begegnung mit den schwarzen Kriegern, als der Wein mich noch nicht ganz in den Klauen hatte und ich noch einigermaßen ansprechbar war, hielten wir einen Kriegsrat über diese Vorfälle ab. Seit Wochen wurden unter dem Schutz der Dunkelheit hinterhältige Anschläge verübt. Nicht jeden Tag, aber in unregelmäßigen Abständen und häufiger, als uns lieb war.
Sobald ich halbwegs nüchtern war, trafen sich Arnaud, Hamid, Guilhem und der Ritter Roger d'Asterac mit mir in einem der Räume neben der *aula magna*. Sie mussten meine geröteten Augen bemerkt haben, aber niemand sagte ein Wort. Im Gegenteil. Man verhielt sich übertrieben freundlich und verständnisvoll. Guilhem rückte gar den Stuhl für mich zurecht, bis mein ärgerlicher Blick ihn verscheuchte. Auch wenn meine Hände zitterten, ihr Mitleid wollte ich nicht.

Das Wetter war kühl geworden. Es hatte den ganzen Tag geregnet, und ein Feuer prasselte im Kamin, um etwas Behaglichkeit zu verbreiten. Sie befragten mich nach Einzelheiten meiner unheimlichen Begegnung in der Vorstadt. Hamid nickte mit grimmig zusammengepressten Lippen, als ob meine Erzählung seine Vermutungen bestätige. Und Guilhem berichtete, man habe am Morgen wieder die Leichen dreier Provenzalen gefunden. An unterschiedlichen Stellen. Zwei mit durchschnittener Kehle und einer enthauptet. Es hieß, Graf Bertran sei außer sich und fordere, dass der hässliche Spuk endlich aufhöre.
»Ich hätte doch einen Reitertrupp aussenden sollen«, meinte ich nachdenklich. »Vielleicht hätten wir die Bande gefangen.«
Aber Hamid schüttelte den Kopf. »Sinnlos. Du kannst weder unseren Männern die Stadt verbieten noch alle Straßenecken gleichzeitig bewachen. Und vergiss nicht, sie haben vielleicht Unterstützung im Volk. In jedem Haus können sie sich verstecken. Wer kann sie von Unschuldigen unterscheiden.«
»Ist das der Beginn eines Aufstands?«, knurrte Arnaud.
»Wer weiß?« Hamids Gesicht war bitterernst. »Ich habe mich heute Morgen im Volk umgehört, und es sind, wie ich dachte, Krieger der *Haschischin!*«
»Was für ein Name ist das, zum Teufel?«, fragte Guilhem.
»Einer, der Schrecken verbreitet«, erwiderte Hamid. »Die Leute nehmen ihn nur flüsternd in den Mund. Man hat Angst, denn sie morden vornehmlich Muslime, wohlhabende Händler, die mit den Franken Geschäfte machen. Ich habe schon vor Jahren von ihnen gehört. Wusste nur nicht, dass sie nun auch hier ihr Unwesen treiben. Es sind Zeloten, Glaubenseiferer. Sie wollen die Herrschaft Gottes auf Erden errichten, nach der reinen Lehre und dem Vorbild des Propheten.«
»Die Herrschaft Gottes?«, fragte Arnaud. »Du meinst, alle Macht den Priestern? Der Papst würde gewiss eines seiner Eier dafür opfern.« Er lachte dreckig.
Hamid berichtete, es handele sich um eine sagenumwobene Kriegersekte der schiitischen Ismailiten, die in Persien seit etwa zwanzig Jahren von sich reden mache und die sunnitischen Türken-

fürsten als Feinde betrachte. Auch wenn die Seldschuken sich zum Islam bekannten und in den Städten eingenistet hatten, so waren sie im Grunde Nomaden geblieben, raubten und unterdrückten, verteilten Ländereien an ihre Vasallen und befehdeten sich gegenseitig um Macht und Erbe. Keine Herrscher nach dem Vorbild der Kalifen.

»Ganz wie wir«, grinste Guilhem albern.

Ich warf ihm einen bösen Blick zu, so dass er schwieg. Hamid lächelte nur und zuckte mit den Achseln. Es sei den *Haschischin* in den letzten Jahren gelungen, sich in Nordsyrien festzusetzen, fuhr er fort. Seit dem Einfall der *militia* redeten sie von *dschihád* und fänden vermehrt Unterstützung in den eroberten Gebieten. Die Siege der Türken und der Christenheere seien vielen Muslimen wie die Strafe Allahs erschienen. Es sei an der Zeit, gottgefälliger zu leben und ein Kalifat zu errichten, in dem ein guter Muslim nach den Geboten des Korans leben könne, dachten viele.

»Da ist sicher auch Verbitterung über die Kriegsopfer«, meinte Roger.

»Krieg ist Krieg, *deable!*«, knurrte Guilhem ungehalten. »Wir haben ein paar Tausende in ihren Maurenhimmel geschickt. Na und?«

»Mehr als ein paar Tausende, *mon velh!*«, antwortete Arnaud ihm bissig. »Ganze Städte haben wir entvölkert. Wundert es dich, wenn sie uns hassen?«

»Was wissen wir von den Schlupflöchern dieser *Haschischin?*«, fragte Roger.

»Nichts. Nur, dass sie unter dem Schutz Ridwans, des Emirs von Aleppo, stehen«, erwiderte Hamid. »Es heißt, er habe sie vor sechs Jahren beim Versuch benutzt, seinen Bruder Duqaq zu ermorden.«

Stand Ridwan hinter den Anschlägen der schwarzen Krieger? Auf die Frage, was sie denn mit ihrer kleinen Zahl überhaupt ausrichten konnten, erklärte Hamid, dass ihre Krieger von so glühender Treue und blindem Gehorsam beseelt seien, dass sie sich mit Freuden für eine Aufgabe ihres Meisters opferten. Sie mordeten mit Vorliebe die Anführer ihrer Feinde, und es habe erfolgreiche Anschläge auf türkische Fürsten und Heerführer gegeben.

»Feiges Pack!«, murrte Guilhem.

»Das sind doch nur Nadelstiche«, mischte sich Arnaud ein. »Ohne ein Heer können sie nichts bewirken.«

»Ihre Auftritte sollen Schrecken verbreiten. Sie lassen keine eigenen Toten oder Verwundete zurück. Es soll aussehen, als seien sie die Geißel Gottes, die jene bestraft, die nicht auf dem rechten Pfad wandeln. Damit können sie mehr erreichen als mit tausend Mann.«

»Nicht bei uns Christen«, meinte Arnaud achselzuckend.

»Es genügt, wenn sie zum Aufruhr anstacheln«, erwiderte Hamid. »Und je mehr wir den Hass des Volkes auf uns ziehen, umso mehr spielen wir ihnen in die Hände.«

»Vielleicht hat man sie gekauft, wie Kyriacos«, meldete sich Guilhem.

»Wozu? Um Bertran zu ermorden?« Arnaud lachte geringschätzig.

»Könnte doch sein.«

Aber Arnaud winkte ab. »Nein, wir sollten die Bande nicht so ernst nehmen.« Dann grinste er in meine Richtung. »Bei allem Verständnis für den Schrecken, den sie dir eingejagt haben, Jaufré.«

»Wir haben es also mit Meuchelmördern zu tun«, fasste Roger zusammen, »die wir nicht zu fassen kriegen, deren Verstecke wir nicht kennen. Wir wissen nicht einmal, was sie überhaupt vorhaben, außer uns zu erschrecken und das Volk aufzuwiegeln. Wir können nur dasitzen und auf den nächsten Anschlag warten! *Que merda, putan!*«

»Willkommen in Outremer«, lachte Arnaud, und seine blauen Augen blitzten belustigt auf.

Ich massierte meine schmerzenden Schläfen. »Also gut«, sagte ich abschließend. »Wenn niemand einen besseren Einfall hat, dann sende ich einen Boten zu *Coms* Bertran und empfehle ihm, überall die Wachen zu verstärken. In den nächsten Tagen teile ich ihm selbst mit, was Hamid herausgefunden hat.«

»Ich hoffe, wir erwischen mal einen von den Hurensöhnen und bringen ihn dazu, uns ihr Versteck zu verraten. Dann erdrosseln wir sie wie junge Hunde. Bevor sie dem Grafen etwas antun können«, knurrte Guilhem.

Mir brummte der Schädel, und meine Kehle war wie ausgetrocknet. Ich wollte unser Treffen gerade beenden, als Roger fragte: »Was ist eigentlich mit diesem Peyregoux, Jaufré, dem Vetter des Grafen? Hat die Sache ein Nachspiel?«

Ich setzte mich wieder. Herrgott, wie konnte ich das vergessen? Ein Zeichen, dass ich dieser Tage nicht mehr ich selbst war.

»Richtig. Wir müssen ein Urteil fällen.« In Wahrheit war es mir lästig, mich mit diesen Halunken abzugeben. »Der Graf hält Ricard vorübergehend im Kerker des Palastes. Er will sich überlegen, was mit ihm geschehen soll. Jedenfalls wird der Kerl nicht mehr auf die Festung zurückkehren.«

»Gott sei's gelobt!«, ließ sich Arnaud vernehmen. »Wir hatten befürchtet, dir könnten Unannehmlichkeiten entstehen.«

»Sieht nicht so aus.«

Arnaud berichtete über Ricards Kumpane, alle drei berittene Söldner. Zwei waren mit Ricard per Schiff gekommen. Er musste sie schon in der Provence angeheuert haben. Der dritte war erst kürzlich zu ihnen gestoßen. »Was für ein Pack sich bei uns einfindet«, knurrte er verächtlich.

Ich wollte es gleich hinter uns bringen und bat Guilhem, die drei vorführen zu lassen. »Auf Bertrans Wunsch werden wir die Sache im Stillen abhandeln. Es soll nichts in die Annalen der Festung eingetragen werden.«

Arnaud verdrehte die Augen. »Er will also den Hosenscheißer vom Haken lassen. Wieso überrascht mich das nicht?«

Die Saaltür öffnete sich, und die Gefangenen wurden mit dem stumpfen Speerende unsanft in den Raum gestoßen. An Armen und Beinen trugen sie schwere Ketten. Sie sahen nicht aus, als hätten sie eine ruhige Nacht verbracht. Dunkle Schatten unter den Augen, zerzauste Haare und Bärte und missmutige Gesichter. Der große Blonde hatte blutige Kratzer im Gesicht. Ein Zeichen, dass die Wachen nicht sanft mit ihm umgegangen waren.

Der Kleinere mit den Pockennarben hinkte. Er trug einen schmutzigen Verband dort, wo ich ihn am Bein getroffen hatte. Sie wurden angehalten, sich vor dem Tisch in achtungsvoller Entfernung aufzustellen. Ich schaute den Kerlen der Reihe nach ins Gesicht. Wenn ich nach Reue suchte, so konnte ich keine finden. Vielleicht glaubten sie, die hohe Geburt ihres Herrn könne sie schützen.

Ich räusperte mich. »Heute ist der Tag, an dem wir über euch zu richten haben«, sagte ich steif. Der Pockennarbige bewegte sich unruhig, so dass seine Fußketten auf den Steinplatten klirrten. Meinem Stirnrunzeln begegnete er mit einem aufmüpfigen Blick.

»Ihr seid beschuldigt«, fuhr ich fort, »mich, euren Hauptmann, unbewaffnet dazu, mit der blanken Waffe angegriffen zu haben, in der Absicht, zu töten.«

Der blonde Riese maulte: »Ihr habt unseren Herrn beleidigt!«

Ich schenkte diesem Einwand keine Beachtung und wollte fortfahren, als Pockengesicht auf Hamid deutete und wütend zischte: »Was soll der Ungläubige hier?«

Nun war es genug. Ich gab den Wachen ein Zeichen, und einer schlug dem Kerl mit dem schweren Kettenhandschuh ins Gesicht, dass ihm das Blut aus der Nase tropfte. Der Nichtsnutz schien Gewalt geradezu herauszufordern. Die Wachen gebrauchten ihre stumpfen Lanzenschäfte und stießen den Gefangenen in die Kniekehlen, um sie in die Knie zu zwingen. Der Blonde starrte mich trotzig unter zusammengezogenen Brauen an. Mein Blick fiel auf das hässliche Muttermal, das er auf der Wange trug. In der *aula* gestern wäre es beinahe mein letzter Anblick auf Erden gewesen. Mühsam beherrschte ich meine aufkeimende Wut und beschrieb den Hergang des Vorgefallenen. Hamid bezeugte dies, und der Wachhauptmann bestätigte das wenige, was er selbst gesehen hatte.

»Ihr habt dem Grafen und mir die Treue geschworen und wisst, dass derjenige sein Leben verwirkt, der diesen Schwur bricht«, schloss ich die Beweisführung ab. Es war still im Saal. Der blonde Hüne starrte mich weiterhin herausfordernd an. »Ihr habt eure Waffe gegen mich gezogen, mich, den Vertreter des Grafen und *castelan* dieser Festung. Es ist, als ob ihr das Schwert gegen den Grafen selbst erhoben hättet. Was glaubt ihr wohl, wäre seine Strafe in diesem Fall gewesen?«

Ich schwieg eine Weile und ließ die Worte in ihre dickköpfigen Schädel eindringen. Zum ersten Mal zeigten sie sich betroffen und bewegten sich unruhig auf den Knien, so dass die Ketten wieder leise klirrten. Das Pockengesicht leckte sich die Lippen und warf einen ruhelosen Blick auf seine Kameraden. Ich befragte sie nach ihren Namen. Der erste hieß Joan und kam aus einem Dorf bei Avinhon. Er war derjenige, der sich herausgehalten hatte. Er trug halblange, zottelige Haare von unbestimmter Farbe, einen verwahrlosten Bart und harte Gesichtszüge. Angeblich war er erst vor kurzem über den Landweg gekommen.

»Was suchst du hier, Joan d'Avinhon?«, fragte ich.

»Was ein Söldner so sucht, Herr. Silber auf die Hand und gute Beute.«

»Du bist in schlechte Gesellschaft geraten, Joan.«

»Ich habe Euch nicht angegriffen.«

»Das ist wahr. Du bist mir aber auch nicht zu Hilfe geeilt. Was deine Pflicht gewesen wäre.«

Er senkte den Blick und nickte unmerklich.

Der grobschlächtige Blonde kam als Nächster dran. Arnaud kannte ihn gut. Duran *lo Bovier*, der Ochsentreiber, werde er genannt und sei ein übler Bursche, bei Raufereien immer vorne dabei. Der Kerl war selbst wie ein Ochse gebaut, mit breiter Brust und mächtigen Oberarmen und Schenkeln.

»Was hast du für dich zu sagen, Duran?« Er starrte mich zornig aus kleinen Augen an und schwieg trotzig. Mit dem verschwendete ich meine Zeit.

Zuletzt wandte ich mich an das Pockengesicht. Er trug einen kurzen Stoppelbart, hatte fettige, schwarze Haare, im Nacken durch ein Band zusammengehalten, war kleinwüchsig, aber drahtig und muskulös, wie man an seinen nackten Oberarmen erkennen konnte. Er biss die Zähne zusammen, dass seine Kiefermuskeln mahlten, während seine Mundwinkel tief herabgezogen waren. Er versuchte, soweit es die Kette zuließ, mit dem Handrücken das Blut abzuwischen, das ihm immer noch aus der Nase tropfte. Mit stechendem Blick starrte er wütend in die Runde. Leon hieße er, sagte Arnaud, und sei Gascogner. Sein Spitzname sei *la Vespa*.

»Diesmal hat ihn selbst eine Wespe gestochen.« Alle im Raum, außer den drei Gefangenen, lachten über Arnauds Anspielung auf die Wunde, die ich ihm zugefügt hatte. Ich spürte einen dumpfen Kopfschmerz hinter den Schläfen pochen. Das dauerte mir alles schon zu lang.

»Also, Leon *la Vespa*. Hast du etwas zu deiner Verteidigung zu sagen?«, erkundigte ich mich.

»Mir tut nur leid, dass ich dich, *fil de putas*, nicht erwischt habe.« Er spuckte mir die Worte fast ins Gesicht. Dann brüllte er auf, als einer der Wachen ihm den stumpfen Speerschaft in den Rücken stieß.

»Noch ein Wespenstich. Ich sehe, du trägst deinen Namen zu Recht.« Dies brachte noch einen Lacher in der Runde.

»Ricard de Peyregoux wird uns hier rausholen!«, schrie Leon.

»Ich glaube kaum, denn er sitzt selbst im Turm.«

Leon runzelte die Stirn. Das hatte er nicht erwartet, und nun stahl sich blanke Furcht in seine Augen.

»Jetzt zum Strafmaß«, ließ ich vernehmen.

Es wurde still im Saal. Meine Freunde blickten mich erwartungsvoll an. Einer der Wachen verlagerte sein Gewicht auf das andere Bein und packte seinen Speer fester. Die Gefangenen vor mir, immer noch auf den Knien, hatten die Augen gesenkt. Selbst Duran unterließ sein wütendes Starren. Wie ich sie so vor mir sah, spürte ich erneut heißen Hass in mir aufsteigen. Es war, als seien diese drei Halunken für alles schuldig, was mir in diesen Tagen widerfahren war. Jemand sollte, verdammt noch mal, bezahlen, und dafür kamen sie mir gerade recht. Am liebsten hätte ich mein Schwert gezogen und es ihnen in die Kehlen gestoßen. Nur mit Mühe beherrschte ich mich und nahm einen Schluck Wasser, um mich abzuregen.

»Wäre die Sache vor dem Feind geschehen, so hätte ich euch an der Festungsmauer aufknüpfen lassen.« Meine Stimme hatte gefasst, ja fast gelangweilt geklungen, ganz ohne den inneren Aufruhr, den ich in Wirklichkeit verspürte. »Eure Waffen und Pferde werden eingezogen. Ihr seid ohne letzten Sold aus den Diensten des Grafen entlassen. Nach angemessener Erholung von euren Wunden im Verlies der Festung seid ihr angewiesen, die Grafschaft auf immer zu verlassen. Von eurem Besitz dürft ihr nur mitnehmen, was ihr selbst tragen könnt.«

Leon die Wespe sah mich hasserfüllt an. Gut, dachte ich, fangen wir gleich mit dir an, *pessa de merda!*

»Leon *la Vespa* erhält sechzig Schläge auf den Rücken mit der Ochsenpeitsche.« Der Bursche zuckte zusammen und riss entsetzt die Augen auf. Das war eine Strafe, die einen Mann, der nicht in guter Verfassung war, töten konnte. »Leon wird härter bestraft, weil es ihm gestern besondere Freude gemacht hätte, mich abzustechen.« Ich fuhr gleich fort. »Für Duran den Ochsentreiber gibt es vierzig Schläge.« Duran leckte sich nur ein Mal über die Lippen. Ansonsten blieb sein Gesicht unbeweglich und versteinert. »Und Joan zehn Peitschenhiebe. Seine Pflicht wäre es gewesen, seinem Hauptmann beizustehen.« Ich starrte mit Genugtuung in ihre Gesichter. »Die Bestrafung ist für morgen früh kurz nach Morgengrauen angesetzt. Jetzt führt sie ab.«

Joan schien erleichtert. Die anderen marschierten mit dumpfen Mienen aus dem Saal.

»Sechzig Schläge ist eine harte Strafe, Jaufré.« Arnaud sah mich betroffen an. »Sie waren betrunken, und der Hauptschuldige ist Ricard.«

»Die Sitzung ist geschlossen!«, sagte ich mit Bestimmtheit und verließ den Saal, ohne noch jemandem in die Augen zu blicken. Arnauds Bemerkung wurmte mich, denn ein anderer hätte die Halunken am Galgen schwingen lassen.

***

Es war nicht Pflicht, einer Bestrafung beizuwohnen, doch der Haupthof im Innern der Festung war ungeachtet der frühen Stunde bis auf den letzten Winkel gefüllt. Selbst auf den Zinnen standen sie dicht an dicht und sahen in den Hof hinunter. Trotz der vielen Männer war es still, als alle gebannt das Vorgehen beobachteten.

Ich befand mich unter meinen Anführern in einer kleinen Gruppe neben der Richtstätte. Wir waren in voller Rüstung und in lange Mäntel gehüllt, um Würde und Autorität bemüht. Der Himmel über uns war noch grau und wolkenverhangen, so dass kaum Licht in die dunklen Ecken des Burghofs drang und nur Fackeln die düstere Szene erhellten. Der Trommler schlug einen dumpfen Wirbel auf dem Kalbfell.

Die Gefangenen standen mit entblößten Oberkörpern und gefesselten Händen da. Das nackte Fleisch ihrer Rücken hob sich weiß und verletzlich von der sonnenverbrannten Haut an Händen und Gesichtern ab. Sie trugen immer noch ihre Fußketten.

Die Wachen packten Joan und banden ihn an das Gerüst, das für den Strafvollzug verwandt wurde. Zwei mächtige Pfosten waren fünf Schritte voneinander in den Boden eingelassen und mit einem hohen Querbalken verbunden. Daran waren Ketten und eiserne Ringe angebracht, an die der Gefangene so gefesselt wurde, dass er aufrecht, mit dem Rücken zur Menge und mit hochgereckten und weit ausgebreiteten Armen stehen musste. Der Anblick erinnerte an eine Kreuzigung. Hier hatten sie Kyriacos zu Tode gequält. Nun standen sie selbst hier.

Der Hauptmann der Wache rief laut Joans Namen und kündigte das Strafmaß an. Der Mann zitterte leicht. Ob aus Angst oder wegen der Morgenkälte ließ sich nicht sagen. Zwei Mönche hielten Wassereimer und saubere Leinentücher bereit, um später den Bestraften das Blut abzuwaschen und sie, so gut es ging, zu verarzten. Die Männer mit der Ochsenpeitsche waren zwei kräftige Burschen von den Bogenschützen. Sie trugen kein Wams und hatten mehr Muskeln auf den Oberarmen als andere auf ihren Schenkeln. Einer der beiden entrollte die Peitsche hinter sich und sah mich fragend an. Mit einem Kopfnicken gab ich meine Zustimmung.

Der Trommler steigerte seinen Wirbel und endete mit einem einzelnen scharfen Schlag. Der Mann mit der Peitsche holte weit

aus, und in der plötzlichen Stille hörte man den geflochtenen Lederriemen durch die Luft zischen und sodann scharf auf die nackte Haut des Gefangenen klatschen. Joan zuckte zusammen, seine Muskeln verkrampften sich vor Schmerz, aber er gab keinen Laut von sich. Das Peitschenleder hatte sofort einen langen, blutunterlaufenen Striemen gezeichnet. Die Trommel begann erneut ihren Wirbel, der Mann mit der Peitsche holte aus, und so ging es weiter, während der Wachthauptmann laut die Schläge abzählte. Bald kreuzten sich rote Striemen auf Joans Rücken. Jeder Schlag legte einen neuen über die anderen. Der Mann krümmte sich unter den Peitschenhieben, doch er ertrug die Schmerzen mannhaft. Dann hatte er es überstanden. Zehn Schläge brannten wie Feuer, aber die Würde war sicher mehr verletzt als der Körper. Sie banden ihn los, die Mönche trugen eine Salbe auf, und schließlich wurde er abgeführt. Er würde tagelang nicht auf dem Rücken liegen können.
Nun banden sie Duran *lo Bovier* an die Richtstätte. Er blickte sich nicht um, sondern starrte nur auf die Wand vor sich. Der Hauptmann sang seinen Namen und das Strafmaß aus, der Trommelwirbel setzte ein, und das Ritual begann von neuem, als die Peitsche in seinen breiten Rücken biss. Zuerst gab er, wie Joan, keinen Ton von sich, aber nach und nach stöhnte er bei jedem Schlag auf. Zuerst leise, dann immer kräftiger. Wüssten wir es nicht besser, hätte man es fast ein wollüstiges Stöhnen nennen können, das jeden Hieb begleitete. Trommelwirbel – Stille – das Klatschen der Peitsche – dieses tiefe Stöhnen, Schlag um Schlag, bis die Männer an der Peitsche sich abwechselten.
Zuerst gab es nur Striemen. Die Peitschenhiebe wurden kreuzweise gelegt, damit die geschundene Haut sich nicht zu früh öffnete. Aber nach zwanzig Schlägen begann sie aufzuplatzen, und Blut spritzte bei jedem Biss der Peitsche in alle Richtungen. Duran stöhnte lauter, und ein tiefes Keuchen war hinzugekommen. Der Schweiß lief ihm in Strömen von der Stirn, er wand sich in seinen Fesseln, und die Muskeln seines starken Körpers traten im Schmerzenskrampf hervor. Doch er schrie nicht. Nur in die Lippen hatte er sich gebissen, so dass ihm Blut aus dem Mund lief.

Die Mannschaften, die die Züchtigung gebannt beobachteten, bewunderten seinen Mut. Zuerst ging ein Raunen durch die Menge, es kamen vereinzelte, ermutigende Ausrufe, aber dann wurde es so still wie in der Kirche, als die Männer sich wünschten, dass es endlich vorüber sein möge.
Als seine Quäler schließlich schweißtriefend innehielten, war sein Rücken ein einziges blutiges Stück Fleisch. Er stand noch, wenn auch wankend. In der Stille hörte man sein Keuchen. Man band ihn los, die Mönche gossen Wasser über seine Wunden, wuschen ihm das Gesicht mit Schwämmen und hüllten ihn vorsichtig in ein großes Leinentuch, auf dem bald blutige Flecken blumten. Als sie ihn fortführten, warf er mir einen langen Blick zu. Kein hasserfüllter, eher ein kalter, prüfender Blick, als wolle er sich mein Gesicht einprägen, für den Tag der Rache. Ich reckte mich aufrechter und starrte zurück. Versuch es nur, *companh*, antwortete ihm meine grimmige Miene, denn beim nächsten Mal bist du tot.
Nun banden sie Leon *la Vespa* an den Balken. Mit Entsetzen hatte er die Qualen Durans verfolgt und wand sich im Griff der Wachen. Aus schwarzen Augen starrte er wild und gequält um sich, als suche er nach einem Retter. Dann fiel sein Blick auf mich. In diesem Augenblick war der Hass stärker als die Angst. Weder vorher noch nachher habe ich jemals so viel Hass im Gesicht eines Menschen gesehen. Fast hätte ich mich bekreuzigt, doch das wäre nicht gut vor den Mannschaften gewesen. Heimlich, unter meinem Mantel, machte ich das Zeichen gegen den bösen Blick. Sein Name wurde ausgesungen, und die Tortur begann von neuem. Sechzig Hiebe diesmal.
Arnaud hatte recht. Mit diesem Strafmaß hatte ich übertrieben. Auf seltsame Weise fand ich jedoch Befriedigung darin. In *la Vespas* hässlicher Fratze hatte ich meinen Sündenbock gefunden. Und zugleich schämte ich mich dafür.
Schon bei den ersten Hieben schrie er laut auf und zitterte am ganzen Körper. Nach zehn Schlägen wimmerte er um Gnade und zerrte unbändig an seinen Fesseln, so dass sie die Haut durchscheuerten. Als Leons Blut zu fließen begann, kreischte er in

einem hohen Fistelton, fast wie ein Weib in den Armen der Verzückung. Bei jedem Biss der Peitsche überschlug sich seine Stimme, und dazwischen stöhnte und wimmerte er. Ein Mal hörte ich ihn nach der Mutter Gottes schreien oder auch nur nach der eigenen.

Oben von der Mauer kamen vereinzelt Pfiffe. Es ging ein grollendes Murren und eine Bewegung durch die Masse der Zuschauer wie etwas Bedrohliches. Ein graubärtiger Soldat vor mir spuckte auf den Boden und wandte sich angewidert ab. Die Menge pfiff und johlte jetzt, und immer wieder hörte man nach jedem nassen Klatschen der Peitsche das durchdringende Kreischen und Aufheulen dieses Elenden. Mir wurde übel.

Beim fünfundvierzigsten Schlag sackte Leon in sich zusammen, hing leblos an den Fesseln und regte sich nicht mehr. Der Mann an der Peitsche hielt inne. Es war sinnlos, einen Bewusstlosen zu züchtigen. Ein Wachmann kippte einen Eimer Wasser über den Gefangenen. Erst nach einigen Augenblicken rührte er sich und kam spuckend und nach Luft schnappend zu sich. Dann schluchzte er herzzerreißend.

»Schluss jetzt! Lasst die Memme laufen«, schrie einer.

»Macht ihn fertig!«, brüllte ein anderer, begleitet von gellenden Pfiffen und zustimmendem Gejohle. Duran hatten sie bewundert, Leon wollten sie zerstört sehen. Die Menge war zur Bestie geworden. Auch das war widerlich.

Die Peitsche war inzwischen steif vor Blut, der Boden rot, und Blutstropfen hatten die Nächststehenden benetzt. Ich machte ein Zeichen, dass es nun genug sei. Es gellten noch vereinzelt Pfiffe, aber dann beruhigte sich die Menge, und langsam wurde es still. Man vermied, sich gegenseitig anzusehen.

Die Mönche wuschen Leon notdürftig, so wie er da am Balken hing. Der zerfetzte Rücken war ein schrecklicher Anblick. Sein Leben lang würde er diese ungeheuren Narben tragen. Schließlich hüllten sie ihn in Leinen und schafften ihn weg.

Langsam löste sich die Menge auf. Mein Blick kreuzte sich mit Guilhems. Er runzelte die Stirn und schüttelte angewidert den Kopf.

Ich hatte das Bedürfnis, zu fliehen. Schnell stieg ich zu meinen Gemächern auf. Es war getan, was die Disziplin der Festung verlangte. Und dennoch hasste ich mich dafür.

***

In den Tagen nach dem Strafvollzug fuhr ich fort, mich endlos zu betrinken, als wollte ich den Anblick der blutig zerfetzten Rücken so schnell wie möglich vergessen, als wollte ich meinem Herzen nur noch Betäubung zumuten. Alexis durfte mir nur den Weinkrug nachfüllen, dann schickte ich ihn fort.

Hamid, der mich besuchte, redete von vergiftetem Blut in meinem Körper. Es müsse entfernt werden, danach würde es mir bessergehen. Aderlass, wie jeder weiß, ist ein gutes Heilmittel gegen viele Krankheiten. Aber ich war störrisch und erwiderte, was denn schlecht an meinem Blut sein sollte, war es doch zur Hälfte mit gutem Rotwein durchmischt.

Er ließ mich wortlos allein, schickte mir jedoch zur Blutabnahme einen Feldscher, in der Hoffnung, ich würde einsehen, was gut für mich sei. Doch den Feldscher wünschte ich zum Teufel und warf ihm noch einen Schemel hinterher.

Ich wollte nichts und niemanden.

Dann kam Palmsonntag, der Beginn der heiligen Woche. Mein Platz wäre bei der großen Prozession gewesen und in der Messe. Stattdessen lag ich auf meinem Lager, aß nichts und dämmerte im Rausch dahin.

Am Montag erwachte ich mit grässlichen Kopfschmerzen und musste mich gleich übergeben. Danach lag ich zitternd und in Schweiß gebadet auf meinem Lager. Der Geruch meines ungewaschenen Leibes mischte sich mit dem sauren Gestank von Erbrochenem und abgestandenem Wein. Da konnte ich mich selbst nicht mehr ertragen, und am Nachmittag, als der Wind an den Fensterläden rüttelte, erhob ich mich auf unsicheren Beinen und begann, mich langsam, aber gründlich zu waschen.

Alles war mir zuwider geworden. Meine Lagerstatt, die dunkle Kammer, die Festung düster und muffig, der seit Tagen graue

Himmel und der Dauerregen, der alles klamm und feucht machte. Meiner eigenen Gesellschaft überdrüssig, lechzte ich nach Bewegung und frischer Luft. Ich stieß die Läden auf und atmete tief durch. Schwarze Wolkenfetzen jagten über den Himmel, aber der kühle, nach Salz und Meer schmeckende Wind belebte mein gequältes Hirn.

Ghalib freute sich, mich zu sehen, als ich ihn aus seinem Pferch holte und sattelte. Er stieß mich mit der Nase an und hob erregt und freudig nickend seinen herrlichen, schwarzen Kopf. Bald trabten wir aus der Stadt hinaus aufs freie Land und erreichten nach wenigen Meilen Meer und Strand. Der heftige, böige Wind ließ Ghalibs Mähne fliegen. Ich ließ ihn laufen, und es tat uns beiden gut, ungestüm am Rand des Meeres entlangzugaloppieren, auch wenn mein Hirn schmerzhaft dagegen tobte. Fontänen stoben auf, wenn Ghalibs Hufe ins Wasser der ablaufenden Wellen hämmerten. Das Salz der Gischt mischte sich auf meinen Lippen mit dem süßen Regen, den mir der Sturm ins Gesicht trieb.

Nach einer Weile hatte sich der Hengst ausgetollt und verfiel in eine langsamere Gangart. Wir näherten uns einem Fischerdörfchen von nur wenigen Hütten. Bei dem aufgewühlten Meer hatte man die Boote auf den Strand gezogen. Die Fischer saßen untätig unter dem Strohdach einer Hütte und tranken aus kleinen, irdenen Tassen. Ich stieg vom Pferd. Ehrerbietig erwiderten sie meinen Gruß, und auf mein Zeichen, ob ich mich setzen dürfe, rückten sie mir einen Schemel unter dem Dach zurecht. Einer der Fischer hielt mir eine Tasse hin und füllte sie mit einem heißen Aufguss. Minze mit Honig gesüßt, wärmend und erfrischend zugleich.

Ich blickte aufs Meer hinaus.

Die sturmgetriebenen Wellen eilten grau-grün heran, brachen donnernd unter weißem Gischtnebel und hauchten ihren Atem auf dem weiten Strand aus. Dann zog sich das abfließende Wasser ins Meer zurück, der nächsten Welle entgegen. Ein tosender Rhythmus ohne Ende. Ab und an blieb etwas am Strand zurück, wurde wieder ins Meer gesaugt und von der nächsten Welle ein wenig weiter hinaufgespült, etwas Seetang, ein Stückchen Holz.

So bildete sich ein dunkler Rand von Treibgut. Darunter auch größere Stücke, wie der halb im Sand vergrabene, verdorrte Ast eines Baumes, eine morsche Schiffsplanke, ein Fetzen Fischernetz, sogar ein toter Hund, an dem die Möwen pickten und zerrten.

War ich nicht selbst wie dieses Strandgut, unter Tausenden herangetragen von Papst Urbans gewaltiger Woge der Leidenschaften, an diese ferne Küste gespült und an der Hochwasserkante zurückgelassen?

Zwar hatten die Erfolge uns in den Augen der Christenheit zu Helden gemacht, so dass viele kamen, uns nachzueifern, in immer neuen Wellen, wie diese hier, die sich an den Strand warfen. Aber sie verschwanden ebenso bald auch wieder. Von denen, die von Anfang an dabei gewesen waren, gab es nicht mehr viele. Männer wie ich, Arnaud oder Guilhem waren als Treibgut des Lebens zurückgeblieben, weil da nichts war, zu dem es sich lohnte heimzukehren. Das war doch die bittere Wahrheit. Guilhem winkte immer ab, wenn man von zu Hause sprach, und erzählte lieber von seinen Abenteuern in Schenken und Hurenhäusern. Oder Raimon Pilet, den sein Vater enterbt hatte. Arnaud, ein Bauernsohn und Söldner aus der Normandie. Wir waren der Überschuss des Westens. Söhne ohne Erbe, Männer ohne Familie, Verfolgte oder Verdammte. Und bei den Fürsten war es nicht anders. Noura hatte recht gehabt. Auch sie Abenteurer ohne Heimat.

Ich sah mich um.

Die Fischer sprachen mich nicht an, außer, dass sie gelegentlich scheu lächelten, wenn sich unsere Blicke trafen. Was hätten wir auch miteinander reden sollen, da ich ihre Sprache nicht verstand. Sie sahen wie ich aufs Meer hinaus und hofften auf besseres Wetter, aber ganz ohne Ungeduld. Im Gegenteil, sie warteten in lächelnder Gleichmut. Der Sturm würde irgendwann abflauen, sie würden die Boote ins Meer ziehen und ihre Netze werfen, so wie immer. Ihre Haut war wie braunes, gegerbtes Leder. Die Älteren hatten tiefe Furchen im Gesicht. Aber es waren ruhige Gesichter und das Dorf ein Ort der Besinnung.

Ich begann, nochmals über Odos Brief nachzudenken. Die Familie bedürfe meines Schutzes, hatte er geschrieben. Das war der Satz, der mir am meisten zu schaffen machte. Was, zum Teufel, hatte er gemeint? Ich zog das Stück Pergament aus meiner Gürteltasche und starrte auf die Schrift, die ich nicht lesen konnte, außer ein paar Buchstaben hier und da. War die Familie wirklich in Gefahr? Oder war es nur ein Trick, um mich heimzulocken? Menschen zu beeinflussen und seinen Willen durchzusetzen, darin war der alte Kirchenfürst aus Narbona immer Meister gewesen.

Er selbst brauchte meinen Schutz gewiss nicht. Das Erzbistum war mächtig, und Odo konnte ein kleines Heer ins Feld führen, wenn er dessen bedurfte. Außerdem verfügte er über einen Rosenkranz von Burgen und Wehrtürmen im ganzen Land. Nein, Odo brauchte mich nicht. Cecilia vielleicht? Aber auch um meine Mutter musste man sich keine Sorgen machen. Auf Rocafort hungerte niemand. Cecilia war immer die umsichtige Herrin gewesen, hatte Aussaat und Ernten mit Geschick beaufsichtigt. Sie hatte eine gute Hand mit Bauern und Gesinde, und außerdem gab es genug Kriegsknechte auf der Burg, um unser Land vor Übergriffen zu schützen.

Und dann kam mir Berta in den Sinn.

Nun, Odo wusste, dass sie mir gleichgültig war. Sie hatte außerdem ihre eigene Familie und Brüder, wenn sie Hilfe brauchte. Wohlhabende Gutsbesitzer, die nicht darbten. Sehr zufrieden waren sie gewesen, ihr Töchterchen mit dem Neffen des Erzbischofs zu verkuppeln. Nun war sie an meiner Mutters Seite Herrin über eine Burg, über gutes Land und eine Reihe von ertragreichen Pachthöfen. Ihr schuldete ich gewiss nichts. Und dann traf es mich ganz unerwartet wie ein Faustschlag. Natürlich! Er meint das Kind, dachte ich und holte tief Luft, als müsste ich plötzlich ersticken.

Vielleicht war es an der Zeit, gewissen Dingen ins Auge zu sehen. Nach der unseligen Hochzeit war mir Berta verhasst gewesen. Kaum eines Blickes hatte ich sie gewürdigt, und nur mit Mühe war es mir gelungen, höflich zu ihr zu sein. Und dennoch, zum

Teufel, hatte sich dieses Kind nicht vermeiden lassen. Ein paar trunkene Nächte, Augenblicke hastiger Befriedigung, mehr war es nicht gewesen. Und dafür hatte ich sie noch mehr gehasst. Mich selbst in Wirklichkeit. Das Ergebnis meiner Schwäche war nicht zu leugnen gewesen. Ein Kind, ein Sohn. Es war, als ob der Teufel mich habe auslachen wollen. Berta quicklebendig mit einem vor Gesundheit strotzenden Säugling im Arm, während Amelha in Qual hatte sterben müssen. Und mit ihr die Frucht unserer Liebe.

Ja, ganz sicher, Odo musste Bertas Sohn gemeint haben. Sofern der Bengel noch lebte. Ich hatte nichts von ihm wissen wollen, meine Vaterschaft verleugnet. Noura hatte davon gewusst, aber geschwiegen, während ich mich bemüht hatte, die Vergangenheit aus meinem Gedächtnis zu tilgen. Nun begann ich zu ahnen, dass man nicht für immer entfliehen kann, dass man irgendwann seine offenen Rechnungen begleichen muss.

Grübelnd schlürfte ich an meinem Minztee. Möwen drehten sich über den Wellen, und ihre Schreie drangen durch das Getöse der Brandung. Manche schwebten gegen den Wind minutenlang an derselben Stelle. Gelegentlich stürzten sie sich ins Meer, um mit einem zappelnden Fisch im Schnabel wieder aufzutauchen.

Die Fischer unter dem Hüttendach unterhielten hinter einem Windschutz ein Holzkohlenfeuer, über dem sie ihr Gebräu warm hielten. Aber nun legten sie große, aufgeschnittene Garnelen auf den Rost, deren weißem Fleisch bald ein betörender Duft entströmte. Mir lief schmerzhaft das Wasser im Mund zusammen, und ich erinnerte mich, dass ich seit dem Vortag nichts mehr gegessen hatte. Ein alter Mann grinste freundlich aus zahnlosem Mund. Er bot mir ein Holzbrett voll mit dampfenden Garnelen an. Ein junger Bursche, vielleicht sein Sohn, träufelte etwas Olivenöl und Zitronensaft darüber, gab mir dazu ein Stück Brot und streute ein paar Krumen grobes Salz darauf. Ein Festessen, über das ich mich schamlos hermachte. Mein Gott, nie hatte etwas so gut geschmeckt. Die Fischer freuten sich über meinen Heißhunger und nickten mir lächelnd zu.

Der Wind riss an den zum Trocknen aufgehängten Netzen. Er

zerrte und schüttelte an dem Strohdach, unter dem ich saß, und zerzauste mein Haar. Als Kinder hatten wir Flusskrebse gesammelt und in siedendes Wasser geworfen, bis ihre Panzer knackten und zischten. Andere Bilder tauchten aus der Erinnerung auf. Weiße Kalkfelsen und reißende Bergflüsse, die sich durch zerklüftete Schluchten zwängen. Die bewaldeten Hänge unseres Tals, steinige Weinberge, Olivenhaine und überall der Geruch von Thymian und Lavendel.

Ich erhob mich und verbeugte mich dankend vor den Fischerleuten. Es war Zeit, zu gehen. Ich drückte dem Alten ein paar Münzen in die Hand, winkte ihnen noch einmal zu und stieg auf meinen Rappen.

Den Heimweg legten wir in gemächlichem Schritt zurück, denn ich war noch tief in Gedanken. Irgendwo zügelte ich Ghalib und betrachtete den Sonnenuntergang am westlichen Horizont, wo die Wolkendecke schon aufgerissen war und von besserem Wetter kündete. Der Hengst stand dabei so nah am Wasser, dass die Wellen seine Hufe umspülten. Dann machte er jedes Mal einen Schritt zurück. Und wenn das Wasser ihn wieder freigab, tänzelte er vorwärts und nickte mit seinem großen Pferdekopf. Das Wellenspiel schien ihn zu vergnügen, während ich beobachtete, wie der letzte Rand der Sonnenscheibe hinter dem Horizont noch einmal aufblitzte und dann versank.

Ich hätte sicher noch lange auf das dunkler werdende Meer gestarrt, aber Ghalib war spürbar ungeduldig, den Heimweg anzutreten. Ich ließ ihm seinen Willen, und wir trabten in Richtung Al-Mina und dem geschäftigen Genuesenviertel.

Der Ausritt hatte mir gutgetan. Das Leben sollte mich nun wiederhaben, denn eine weitere einsame Nacht auf der Festung war nicht mehr nach meinem Geschmack. Ich spürte deutlich, dass Nouras Tod mein Leben völlig verändert hatte, auch wenn mir noch unklar war, welche Richtung der Fluss des Schicksals von nun an nehmen würde.

War Odos Brief ein Omen?

Die Huren im Viertel der Genuesen

Sanctus Ambrosius,
Patron der Krämer und Imker

Secunda Feria,
4. Tag des Monats April

Die Wachen am Stadttor von Al-Mina grüßten, als ich hindurchritt. Ich lenkte Ghalib in Richtung Hafen, wo ich eine Schenke und Gesellschaft finden würde. Das ganze Hafenviertel sowie fast ein Drittel der Stadt unterlagen der Verwaltung der Genuesen. Das war ihr Lohn für die Unterstützung bei der Einnahme von Tripolis gewesen und für die weitere Sicherung der Küsten.

Sie stellten nicht nur Kriegsschiffe, sondern auch Truppen, besonders ihre gefürchteten Armbrustschützen, deren Bolzen selbst Kettenpanzer durchschlagen. Weniger gefährlich auf offenem Feld, da ein Reitertrupp die ungeschützten Armbrustmänner schnell überrennen kann, aber vom Schiff her oder von einer Festung herunter sind ihre Bolzen treffsicher und tödlich. Obwohl diese *balestas tornissas*, wie man sie nennt, teuer und schwer herzustellen sind, fürchte ich, dass solchen *machinae* die Zukunft gehört.

Den Hafen hatten die Genuesen instand gesetzt und für ihre Handelsflotte mit neuen Docks und hölzernen Hebebäumen ausgebaut. Auch die alten Lagerhäuser der Araber waren erweitert und Häuser eingerissen worden, um Raum für einen großen Warenumschlagplatz zu schaffen. Tripolis hatte schnell wieder seinen Rang als wichtigster Handelshafen der levantinischen Küste eingenommen. Im Hafenviertel tummelten sich Menschen aus allen Teilen des Mittelmeers. Kaufleute aus Genua und Venedig, ägyptische oder griechische Schiffseigner, nubische Ruderklaven und Karawanenführer aus Damaskus oder Bagdad. Wenn man das Treiben und die Menge an Waren beobachtete, die täglich den Besitzer wechselten, konnte man Bertran verstehen, wie er sich vergnügt die Hände über die reichen Zölle rieb, die ihm dieser Handelsplatz einbrachte. Holz, Seile aus Hanf, Seide und kostbare Tuche, Elfenbein, Schmuck, Gewürze, Purpur, Waffen, Öl, Salz, Wein, Obst, Getreide oder Ochsenhäute. Es gab nichts, was nicht feilgeboten wurde, sogar menschliche Ware auf einem großen Sklavenmarkt und in den besten Hurenhäusern der gesamten Küste. Und natürlich Schankstuben und Trinkhäuser an jeder Straßenecke. Für die Mannschaften aus Bertrans Heer war das Genuesenviertel ein Anziehungspunkt von unwiderstehlichem Reiz. Hier schwelgten, soffen und hurten sie bis zum Überdruss.

Vor einer Kaschemme der etwas besseren Art stieg ich vom Pferd und übergab einem Burschen, der herausgeeilt war, die Zügel. Das Gasthaus gehörte einem Mann aus Pisa und wurde ordentlich geführt. Es besaß Ställe hinter dem Schankraum, wo ich Ghalib sicher wusste. Bekannte Gesichter sah ich nicht, aber es war noch früh am Abend und die Schenke erst spärlich gefüllt. Ich setzte mich in eine Ecke und ließ mir einen Krug Wein bringen. Es war Zeit, die Schwermut der letzten Tage zu vertreiben, so hatte ich entschieden. Und doch war mein Inneres aufgewühlt wie das Meer heute Nachmittag.

»Jaufré, zum Teufel, was sitzt du hier und bläst Trübsal?«

Die dröhnende Stimme kannte ich nur zu gut. Ich schaute auf und blickte in die fröhlichen, blauen Augen meines früheren Hauptmanns, Raimon Pilet. Er trug seine fahlblonden, zotteligen Haare lang, hatte gerötete Wangen und grinste mich aus breitem Mund an, umrahmt von einem wuchernden Stoppelbart. Pilet war so groß wie ich, aber breiter gebaut mit einer Brust wie ein Weinfass. Eine tiefe, silbrige Narbe lief ihm quer über Stirn und Wange und verlieh seinem Gesicht einen Ausdruck von Wildheit.

»Pilet, du Schlitzohr.« Ich freute mich, ihn zu sehen.

Er setzte sich mir gegenüber, kostete unaufgefordert von meinem Trinkbecher und goss den Inhalt angewidert auf den Boden. Dann rief er laut nach der Bedienung, einem hübschen Mädel mit dunklen Locken. Pilets forsches Auftreten und seine laute, fröhliche Art weckten die Aufmerksamkeit aller Anwesenden. Der Wirt selbst kam beflissen lächelnd an unseren Tisch.
»Pietro, du Gauner!«, fuhr Pilet ihn an. »Schaff mir mal diesen Fusel vom Tisch. Da verfaulen einem ja die Eingeweide, *per Dieu!* Ich will vom Besten in deinem Keller. Ich weiß, du versteckst da ein Fässchen für deine liebsten Gäste. Also raus damit.«
Der Wirt schätzte Pilets Auftritte und rief grinsend, »*Si, Signore* Raimondo! *Subito, subito!*«, und lief eilfertig zum Schanktisch zurück.
»Und dazu einen großen Teller gegrillter Sardinen«, dröhnte Pilets Stimme ihm hinterher. »Und nicht die halbverwesten von letzter Woche. Ich will sie so frisch, dass sie noch zappeln, hörst du?«
Der Wein, den das Mädel nun brachte, war wirklich besser, und kurz darauf stand ein Riesenteller heißer Sardinen vor uns. Pilet halbierte eine Zitrone und träufelte den Saft ausgiebig über den Fisch. Dann langten wir mit bloßen Fingern zu.
»Ich höre, du hast Unglück gehabt, Alter«, sagte Pilet beim Kauen mit ernster Miene, während ihm das Öl in den Bart lief. »Du weißt, du hast mein verdammtes Mitgefühl.«
Das unterstrich er, indem er mir kurz mit der öligen Faust auf den Arm schlug, sich dann aber schnell einen weiteren Fisch schnappte. »Du kennst meine Meinung zu diesen Dingen. Viel Jammern und Klagen hilft nicht. Bringt die Frau nicht wieder.« Er stopfte ein großes Stück Brot nach. »Besser wir gedenken ihrer mit Fröhlichkeit!«
Er hob seinen Becher und stieß mit mir an. »Erzähl mir von der Schlacht gegen unsere Türkenfreunde. Zum Henker, den Tanz hab ich verpasst.«
Das war mein Pilet, wie ich ihn kannte. Der würde noch im Angesicht des Todes fröhlich seine Possen reißen und selbst dem Teufel verächtlich ins Gesicht spucken. Mit einem Kerl wie Pilet

an der Seite konnte einem nichts geschehen. Das konnte ich selbst bezeugen, denn er hatte mir schon einige Male die Haut gerettet. Außerdem war ich ihm dankbar, nicht über Nouras Tod reden zu müssen. Es war an der Zeit, wieder zu lachen und die Spinnweben aus dem Hirn zu blasen. Ich stieß mit ihm an, und wir leerten die Becher in einem Zug.

Als ich meinen Bericht über das Gefecht in den Bergen beendet hatte, meinte er lobend: »Gute Arbeit, Jaufré! Schnell handeln und voll drauf! Einzig richtige Kampfweise. Du darfst ihnen keine Zeit lassen, dich zu umzingeln und mit ihren verdammten Pfeilen zu zermürben.« Er goss sich den Inhalt eines weiteren Bechers in die Kehle und meinte grinsend: »Vielleicht wird ja doch noch ein passabler Heerführer aus dir!«

Inzwischen gesellten sich andere zu uns. Guilhem erschien, setzte sich und griff nach der letzten Sardine auf dem Teller, woraufhin Pilet ihm mit dem Messer drohte und dann dröhnend lachte, als Guilhem erschrocken die Hand zurückriss. Roger d'Asterac trat in die Schenke. Ich winkte ihn heran, und kurze Zeit später setzte sich noch ein alter Kamerad aus Montpelher zu uns, den sie Robert *lo Caval*, das Pferd, nannten. Diesen Spitznamen verdankte er seinem angeblich riesigen Liebesstecher. Man munkelte, der war so lang wie der eines Hengstes und so dick wie ein Unterarm und dass die Dirnen um Gnade schrien, wenn er ins Hurenhaus trat.

Das Gespräch kam auf die Bestrafung der Gefährten Ricards. Guilhem erzählte Pilet von der Feigheit dieses Kerls, Leon *la Vespa*, und zischte abfällig durch die Zähne.

»Die Strafe war zu hart«, ließ ich mich vernehmen. »Ich weiß nicht, was mich geritten hat.«

»Nicht hart genug, sag ich!«, schrie Robert *lo Caval*. »Wie willst du mit solchen Halunken in die Schlacht ziehen. Da muss man fürchten, dass sie einem das Schwert in den Rücken stoßen.«

»Was mir in der Nase stinkt, ist, dass Bertran seinen Vetter vom Haken lässt. Der hätte es als Erster verdient«, dröhnte Pilet, der offenbar davon erfahren hatte. »Ricard war zwei Monate unter meinem Befehl, bevor ich ihn zu dir gehen ließ. Er wollte unbedingt in der Festung dienen. Ich hätte dich warnen sollen, denn auch bei mir hat er Ärger gemacht.«

»Erzähl!«, riefen die anderen.

»Einer meiner Kerle hatte ein bildhübsches Weib, und es ist wahr, sie wackelte arg mit dem Hintern, wenn sie durchs Lager schritt, aber man macht sich nicht an die Frau eines Kameraden ran, oder?« Pilet goss sich Wein in die Kehle und rülpste genüsslich.

»Was war dann?«, fragte Guilhem, der Weibergeschichten liebte.

»Tag und Nacht ist er der armen Frau nachgestiegen, richtig belästigt hat er sie. Doch sie wollte nichts von ihm. Ihr Mann hat ihn schließlich zur Rede gestellt, und bald darauf zogen sie die Waffen. Ricard hat ihn nach zwei Streichen erschlagen und dabei laut gelacht. Er ist zu gut mit dem Schwert. Aber da es ein Duell vor Zeugen war, konnte ich nichts machen, außer meinen Mann zu begraben.« Er trank einen Schluck und fügte hinzu: »Irgendwann geht der Bursche zu weit und wird am Galgen enden.«

»Und was geschah mit dem Weib?«, wollte Guilhem wissen.

Pilet kratzte sich den Bart. »Verdammt, wenn ich es weiß. Verschwunden. Hab sie nie wieder gesehen.« Dann packte er Guilhem ins graue Haar und schüttelte ihn. »Denkst du eigentlich nur an Weiber, du verhurter Gockel?«

Eine Woge derber Witze und Gelächter brach über Guilhem *lo Galinier* herein, der aber glücklich grinste und allen seine Zahnlücke zeigte.

Als es wieder ruhiger wurde, lehnte sich Pilet zu mir über den Tisch und raunte leise: »Ricard wird hier nicht länger Unruhe stiften. Bertran schickt ihn weit weg, wo er höchstens Beduinen ärgern kann.«

»Woher weißt du das?«

»Der Fürst hat es mir selbst gesagt.«

»Auf einen Grenzposten?«

»So sieht es aus.«

»Es ist das Beste.« Ich hob meinen Trinkbecher. »Auf Graf Bertran!« Auch Pilet hob seinen Becher und zwinkerte mir zu, als wolle er andeuten, dass er an Bertrans Entschluss nicht ganz unbeteiligt gewesen war.

In kurzen Abständen wurde immer mehr aufgetragen. Es kam ein Krug Wein nach dem anderen, mehr Sardinen sowie gedünstete Muscheln, gegrillte Hühnerkeulen, mit Knoblauch gespickter Lammbraten, dazu in Essig eingelegtes Gemüse, Oliven und frischer Schafskäse. Das junge Ding, das uns bediente, beeilte sich, unsere Wünsche, so gut es ging, zu erfüllen. Sie hatte ein hübsches Gesicht und eine schmale Taille, war flink auf den Beinen und lächelte aufs freundlichste. Die Männer machten kecke Bemerkungen, und Roger verneigte sich einmal vor ihr. Da wurde sie rot, musste dennoch über ihn lachen. Ich bemerkte, dass Guilhem sie besonders im Auge hatte und seine Blicke über ihren jungen Leib wandern ließ.

»Männer! Das sind die Freuden der Fastenzeit!«, schrie Robert und leerte seinen Becher in einem Zug. Alle lachten über diese Lästerung und taten es ihm gleich. In der Tat, unser armer Kaplan hätte uns mit dem Kruzifix verprügelt und ins Fegefeuer verwünscht, wenn er heute unsere Prasserei gesehen hätte, so kurz vor dem Fest des Herrn.

Wir langten zu und tranken von Pietros Bestem, redeten durcheinander und lachten über die Zoten, die Pilet und Guilhem um die Wette erzählten. Von den Beichten einer geilen Nonne, vom Bäuerlein, das zu Markte zieht und sich von den Stadthuren alles Geld aus der Tasche ziehen lässt, oder von dem Räuber, der die Edelfrau überfällt, welche jedoch bereit ist, eher die Keuschheit als ihren Schmuck zu opfern. Woraufhin der Bandit sich beides nimmt.

Jede Geschichte endete mit einem großen Gelächter, und die Stimmung wurde immer ausgelassener. Ich sah in ihre weingeröteten Gesichter. Roger war neu in der Runde. Aber sonst waren diese Männer hier meine Kameraden, mit denen ich viel erlebt und durchgemacht hatte. Wer wem schon mal das Leben gerettet hatte, daran konnte man sich kaum noch erinnern. Sie waren in gewisser Weise meine *familia*.

Roger stand auf und sang ein paar Verse eines provenzalischen Liebeslieds.

Sieu so del pe tro qu'al cima
e si tot venta'ill freg'aura,
l'amor qu'ins el cor mi pleu
mi ten caut on plus iverna.

Von Kopf bis Fuß gehör ich nur ihr,
möcht' wehen der Wind auch noch so kalt,
denn die Liebe, die in mein Herz regnet,
hält mich umso wärmer, je mehr es draußen wintert.

Die ganze Schenke klatschte Beifall, und er verbeugte sich rundum. Ich war erstaunt, wie gut er singen konnte. Ein einfaches Lied, aber die Worte berührten mich. Roger hob seinen Trinkbecher.

»Auf *Domna* Noura!«, rief er laut in den Raum.

»Auf *Domna* Noura!«, donnerte es im Chor zurück.

Für einen kurzen Augenblick wurde mir elend zumute. Ich dankte ihm bewegt.

Doch bevor die Wehleidigkeit ausbrechen konnte, zwinkerte Pilet mir zu und trumpfte schon mit einem anderen Vers auf. Von einem Rittersmann, der nachts zu seiner Geliebten in die Kammer steigt und dann, vom heimkehrenden, Schwert schwingenden Ehemann erwischt, mit blankem Arsch das Weite suchen muss. Wir bogen uns vor Lachen und sangen den Kehrreim dreimal hintereinander.

»Ich habe einen Brief aus der Heimat erhalten«, sagte ich unvermittelt. Da wurde es ganz still. Sie starrten mich an und sagten nichts. War es das Wort Heimat, das sie verstummen ließ?

»De la Proensa?«, fragte dann Robert langsam – aus der Provence?

»Aus Narbona, von meinem Onkel«, antwortete ich.

»Gute oder schlechte Nachrichten?«

»Er will, dass ich heimkehre.«

»Jemand gestorben?«, wollte Guilhem wissen.

»Nein. Davon hat er nichts geschrieben. Ich glaube, es hat mit meinem Erbe zu tun.«

»Wirst du uns verlassen?«
»Ich denke nicht dran«, sagte ich mit mehr Bestimmtheit, als ich empfand.
»Jungs! Vermisst ihr nicht so einen richtigen Eintopf, Bohnen mit Pökelfleisch, wie sie ihn nur zu Hause machen? Oder den Geruch einer guten Blutwurst.« Robert hielt sich die eingebildete Wurst unter die Nase und stöhnte wohlig.
»Bei uns riecht im Sommer die ganze Gegend nach Lavendel«, meinte Roger.
»Und der Wein«, seufzte Robert. »Besser als diese Pisse hier.«
»In Narbona hatte ich mal eine Liebste«, ließ sich Guilhem gedankenverloren vernehmen.
»Hört endlich mit dem elenden Gewäsch auf«, dröhnte Pilet. »Geht's uns nicht gut hier? Zugegeben, der Wein könnte besser sein, aber es gibt gutes Land, fette Beute von Zeit zu Zeit und mindestens drei Weiber für jeden.« Er schlug auf den Tisch und schaute allen herausfordernd ins Gesicht. »Seien wir doch ehrlich. Was gibt es im alten Land, was ihr hier nicht dreimal mehr habt?« Die Männer nickten zögerlich. »Schaut euch doch selber an«, fuhr Pilet fort. »Goldene Fibeln, reiche Gürtelschnallen, silberne Sporen. Fein geschmiedete Schwerter. Ich hab euch noch als arme Schlucker im Gedächtnis, als wir durch Anatolien zogen. Statt goldener Ringe hattet ihr Löcher in den Socken.«
»Du hast recht, Bruder«, rief Roger. »Wo ist die nächste Karawane?« Er sprang auf, hüpfte im Kreis und spähte übertrieben wild um sich. Dann hielt er sich die Hand wie einen Schleier über Mund und Nase, verdrehte verführerisch die Augen und wackelte mit den Hüften. Die ganze Schenke tobte und klatschte Beifall, woraufhin er sich wieder auf seine Bank warf und einen Becher Wein hinunterstürzte.
Robert zeigte auf Guilhem. »Du und eine Liebste in Narbona? Was sollte eine Frau an deiner hässlichen Fratze finden?«, wieherte er.
Alle lachten, und Guilhem schnitt eine furchterregende Grimasse. Darauf stießen wir an und sangen ein Lied zusammen. Und so schritt der Abend fort, und wir wurden immer betrunkener.

Dann trat dieses irre Leuchten in Guilhems Augen, und er blickte suchend um sich. Ich kannte das schon und fing an zu kichern. Und richtig, als die hübsche Magd uns noch einen Krug Wein brachte, grapschte er mit der einen Pranke ihr rundes Hinterteil und ihren Busen mit der anderen. Das Mädchen kreischte auf, schüttete ihm einen vollen Krug Wein über den Kopf und floh in die Küche.

»Da hast du deine Liebste, du Esel!«, schrie Robert und fiel vor Lachen von der Bank, blieb auf dem Boden sitzen und hielt sich den Bauch. Dann kam der Wirt Pietro mit einem langen Messer aus der Küche gerannt, fuchtelte damit herum und schrie uns einen ganzen Schwall von Pisaner Dialekt an den Kopf, den wir nicht verstanden, außer, dass das Mädel seine Tochter war. Roger fuhr auf und stieß gegen den Tisch, dass Weinkrüge und Becher zu Boden krachten. Wir lachten nur noch mehr.

Pilet riss dem Mann das Messer aus der Faust und brüllte: »Schluss jetzt, ihr Hurensöhne. Ich sehe, es ist Zeit für die *putas*.«

»Das hast du gut gesagt«, rief Robert vom Boden, zerbrochenes Geschirr um ihn herum. »Mein Kleiner braucht 'ne Ölung.«

»Um Gottes willen«, brummte Pilet. »Wenn du mitkommst, nehmen die Huren alle Reißaus.«

Schließlich warfen wir Silbermünzen auf den Tisch und torkelten nach draußen in die Mondnacht. Guilhem begann, an eine Mauer zu pissen, und bald spritzten wir alle um die Wette.

»Auf zur *Keuschen Barbara!*«, schrie einer, und singend, Arm in Arm, zogen wir durch die Gassen.

***

Der Rest der Nacht ist mir nur in Bruchstücken erhalten geblieben, denn wie meine Gefährten war auch ich schon ziemlich betrunken. Ich erinnere mich aber, wie wir in Hochstimmung, am Hurenhaus angekommen und nach ungestümem Hämmern an der Pforte, in Barbaras Reich der Sinne gestolpert waren.

Raimon Pilet machte wie immer viel Lärm. Die Dirnen, die kichernd um uns herumschwärmten, rümpften die Nase, denn wir stanken nach Schweiß und Wein, und unsere Finger waren noch fettig vom Essen. So zogen sie uns unter Scherzen und Gelächter die Kleider vom Leib. Bei der *Keuschen Barbara* wurde immer zuerst gebadet, denn es war in der Tat ein Badehaus, wenn auch nur von Männern besucht. Nachmittags konnte man sich hier der Körperreinigung widmen, den Bart stutzen lassen oder dem neusten Klatsch aus dem Heerlager lauschen. In der Nacht war der Ort anderen Freuden gewidmet.

Die Herrin des Hauses wachte darüber, dass wir uns benahmen, und befehligte mit ruhiger Stimme ihr kleines Heer von leichtbekleideten Schönheiten. Sie selbst war schon in reiferen Jahren, rothaarig und ein wenig üppig, aber immer noch eine seltene Schönheit. Ohne viel Schmuck oder Schminke, dafür erlesen gekleidet. An den lasterhaften Umtrieben, für die das Haus bekannt war, nahm sie in der Regel nicht teil. Ihre Herkunft lag im Dunkeln. Angeblich war sie aus Siena und mit einem Mailänder Ritter ins Land gekommen, der in einer der Schlachten umgekommen war. Sie beherrschte Bruchstücke aller Sprachen, die in Outremer anzutreffen waren, doch immer mit einer ausgeprägten Einfärbung ihrer *lenga toscana*.

Für den Neuankömmling hatte dieser nächtliche Versammlungsort etwas Geheimnisvolles und Erregendes. Er bestand aus einem großen Raum, der durch sanftes Kerzenlicht nur spärlich beleuchtet war, gegen das die leichten Gewänder der Frauen durchsichtig schienen und ihre nackten Körper darunter schattenhaft sichtbar waren. In der Mitte befand sich eine Reihe von großen, hölzernen Badezubern, die man inzwischen mit dampfendem Wasser gefüllt hatte. Ringsum an den Wänden befanden sich Bettnischen, die in tiefem Schatten lagen, aber dennoch Bewegungen erkennen ließen. Einige hatten die Vorhänge zugezogen, durch die leises Kichern, gelegentliches Stöhnen oder das unmissverständlich klatschende Geräusch von Fleisch auf Fleisch drang. An einer Wand führte eine lange Stiege auf eine Galerie mit weiteren Kammern, die nicht mit Vorhängen, sondern mit richtigen Türen versehen waren. Der Raum war wie eine dunkle Höhle, in der sich schattenhafte Gestalten bewegten, erfüllt von leisem Stimmengemurmel, von Geräuschen und Gerüchen der Sinnenlust und dem vereinzelten, silberhellen Lachen der Frauen.

Kaum war meine Kleidung wie durch Zauber verschwunden, da saß ich mit einer schlanken Nubierin in einem der Zuber und ließ mich von ihr waschen. Pechschwarze, krause Haare, zu hundert winzigen Zöpfen geflochten, die ihr bis auf die Schultern hingen. Was für eine glatte, schwarze Haut sie besaß! Schon die flüchtige Berührung entzündete augenblicklich Begierde. Dazu göttliche Titten mit dicken, schwarzen Brustwarzen, die mich überall zu berühren schienen, wenn sie sich über mich beugte und mich mit sanften Bewegungen wusch. Einmal bekam ich eine fette Knospe zwischen den Lippen zu fassen, bevor sie sich mir kichernd wieder entzog.

Die Dirnen, die uns empfangen hatten, waren nun ebenfalls nackt. Einige saßen mit uns im warmen Wasser, andere wanderten umher und bedienten uns. Auf kleinen Tischen neben den Badezubern gab es Obst, Honigkuchen und süßen Wein. Dinge, die wir jedoch kaum wahrnahmen, denn unsere Augen weideten sich an diesem einzigartigen Fest von nackten Frauenleibern. Samtene Arme wie aus Alabaster geformt, zarte oder schwere Brüste, schmale Taillen über ausladenden Hüften und wackelnden Ärschen. Für jeden Geschmack gab es etwas zu beäugeln oder zitterndes Fleisch zu betatschen. Eine Dunkelhaarige mit Glutaugen und vollen Lippen goss heißes Wasser nach. Dabei fuhr meine Hand unter ihr glattes, rundes Hinterteil und suchte die feuchte Hitze ihres jungen Leibes. Doch mit einem kecken Hüftschwung entzog sie sich und glitt zum nächsten Zuber.

Wenig später trockneten mich die beiden ab und führten mich, benommen, wie ich war, zu meiner Verwunderung die Stiege hinauf, wo ich mich bald in einer geräumigen und reich ausgestatteten Kammer wiederfand. Kaum lag ich auf weiche Kissen gebettet, da schlüpfte vor mir Barbara, die Herrin selbst, aus ihrem Gewand, während ich auf ihre großen, weißen Brüste starrte, die der schimmernde Seidenstoff langsam entblößte. Was für ein stattlicher Körper, in allem wohlgeformt, mit schmalen Flanken und verschwenderischen Hüften. Als sie sich der Bettstatt näherte, ließ die Bewegung ihre Brustspitzen erzittern. Sie stand für einen Augenblick aufrecht neben dem Bett und genoss sichtlich meine Blicke, die über ihren erregenden Leib wanderten.

»Du machst deinem Namen alle Ehre«, murmelte ich heiser.

»Wie das?« Sie hob lächelnd eine Augenbraue.

»Heißt es nicht, die Heilige Barbara sei eine außergewöhnliche Schönheit gewesen?« Ich nahm ihre Hand und zog sie näher. Sie kam zu mir auf die Lagerstatt und brachte sich so über mich in Stellung, dass ihre Schenkel meine Hüften umfassten und ihre vollen Brüste meine Haut streichelten. Dann lächelte sie mit einem Funkeln in den Augen und küsste mich sanft auf die Lippen.

»Die Herrin des Hauses?«, murmelte ich. »Wie komme ich zu dieser Ehre?«

»Weil ich schon lange ein Auge auf dich geworfen habe, *Signore Castellano*, der immer so stolz durch die Stadt reitet. Nun bist du in meiner Höhle und sollst mir für heute nicht mehr entkommen.«

Noch keine Woche war Noura in ihrem Grab, und schon wälzte ich mich mit dieser Frau auf ihrem Sündenlager. Doch verspüren wir nicht oft im Schatten des Todes einen unbändigen Hunger nach Leben? Als dränge uns etwas, dem Tod zu entfliehen, und sei es auch nur durch den flüchtigen Akt der Paarung?

Nicht, dass ich in jenem Augenblick an überhaupt etwas dachte. Nein, ich sah, roch und fühlte nichts anderes mehr als diesen warmen Frauenleib, der auf unerträgliche Weise mein Blut erregte. Rosige Brustwarzen streichelten und spielten mit meiner Haut. Ich legte die Hände um ihre Leibesmitte, betastete ihre Hüften und ließ die Rechte über ihren weichen Hintern wandern, ja griff mit Wollust in ihr Fleisch. Ein kräftiger Duft entströmte ihr, der mich betrunkener als der Wein zu machen schien.

Nicht nur Lust, sondern auch die Nähe und Berührung einer Frau hatte ich gesucht. Ich strich ihr sanft über den Rücken. Ihr weicher Leib war Trost für die Seele, und so schloss ich die Au-

gen und gab mich ihren Küssen hin. Und dann war kein Halten mehr. Ich spürte nur noch ihr üppiges Fleisch in den Händen, ihre Lippen, die an den meinen saugten, und das Begehren, das dieses Weib in mir entfachte. Es wurde ein langer, entfesselter Ritt, bei dem wir um die Wette keuchten, bis sie sich schreiend aufbäumte und ich ebenfalls Erlösung von den Qualen der Lust fand, in einer Woge der Verzückung, der ich mich willig treibend hingab und die jene tumbe Starre, die mich seit Tagen im Griff gehalten hatte, endlich aufweichte und mit sich fortschwemmte.
Fremde waren wir und uns dennoch seltsam vertraut, so dass es in jener Nacht noch einige Male galt, das Feuer zu löschen, das unsere Leiber immer wieder entzünden wollten. Zuletzt sanft und voller Zärtlichkeit. Irgendwann, an ihrem weichen Busen liegend, versank ich in tiefem Schlummer.

***

Meine erste Wahrnehmung im Morgengrauen war Hundegebell, das von der Straße heraufscholl, das Klappern von Pferdehufen auf dem Pflaster und gereizte Männerstimmen. Sofort machte sich der dumpfe Kopfschmerz bemerkbar, den mir das Trinken der letzten Tage allmorgendlich bescherte, und das dringende Bedürfnis, mich zu erleichtern. Da drang es durch mein weinbenebeltes Hirn, dass es meine eigenen Doggen waren. Was taten die hier?
Fahles Licht schien durch die schweren Vorhänge der Kammer. Neben mir im Halbdunkel die Form einer schlafenden Frau. Es dauerte eine Weile, bis mir dämmerte, wo ich mich befand und wer das Weib war. Sie lag auf der Seite, und eine Strähne ihrer roten Mähne bedeckte die Wange. Sie schnarchte leise durch den offenen Mund, und ihr Atem roch leicht säuerlich nach Wein.
Laute Faustschläge an der Eingangstür unten, hastige Schritte, gemurmelte Proteste, dann erkannte ich Hamids Stimme, der nach mir rief. Ich fischte einen Nachttopf aus der Ecke. Beinahe ließ ich ihn fallen, denn meine Hand zitterte, und die Bewegung schmerzte mein Hirn, aber es war eine Erlösung, endlich meine

Blase zu leeren. Was tat Hamid hier? Und die Hunde? Immer noch fiel es mir schwer, einen zusammenhängenden Gedanken zu fassen.

Ich goss Wasser in eine irdene Schüssel, tauchte die Hände ein und erfrischte meine pochende Stirn. Dann strich ich die nassen Finger durchs Haar. Einzelheiten der Nacht kamen an die Oberfläche und Erinnerungen an die Lust, die ich mit dieser Frau geteilt hatte. Sie lag, ruhig atmend, unter einem zerdrückten Laken. Ich zog vorsichtig das Tuch von ihrem warmen Körper und betrachtete sie. Eine ihrer dicken Brüste quoll unter dem angewinkelten Arm hervor. Im Schlaf entspannt, wölbte sich ihr Bauch, auf Gesäß und Hüften saß der weiche Speck einer reifen Frau, und an den Beinen ließen sich vereinzelt blaue Äderchen erkennen. Was mir gestern als rätselhafte, begehrenswerte Venus erschienen war, zeigte sich nun als verlebtes Weib in mittleren Jahren.

Aber das störte mich wenig, denn trotz Übermüdung und pochender Schläfen fühlte meine Seele sich zum ersten Mal seit Tagen wieder frei. Auch verspürte ich keine Gewissensbisse, denn, obwohl etwas beschämt, in einem Freudenhaus aufzuwachen, so schien von mir die tiefe Schwermut der letzten Tage gewichen. Dafür war ich Barbara dankbar, und sogar Noura, die den Freuden des Leibes sehr zugetan gewesen war, hätte es verstanden. Jedenfalls bildete ich mir das ein.

Rasch kleidete ich mich an und schlüpfte in die Stiefel. Zuletzt legte ich den Schwertgürtel an. Für einen Augenblick lang nahm ich noch einmal auf der Bettkante Platz. Es war, als spürte ich noch die Liebkosungen ihres nackten Körpers auf meiner Haut. Sie hatte kräftige, fleischige Frauenschenkel. Ich strich ihr sanft darüber, und sie murmelte etwas im Schlaf.

Ein aufgeregtes Klopfen an der Kammertür, dann schaute ein zerzauster Mädchenkopf herein. »*Senher* Jaufré!«, flüsterte die junge Dirne. »Man verlangt nach Euch!«

»Weiß schon. Bin gleich unten.«

Der Mädchenkopf verschwand wieder. Aber nun war Barbara aufgewacht, fuhr hoch und blinzelte mich verwundert an. »Komm

ins Bett, Geliebter«, murmelte sie verschlafen und kratzte sich abwesend die schweren Brüste. »Es ist noch früh.«
»Nicht jetzt, *bella*. Ein andermal.«
Sie schmollte, deutete einen Kuss an, warf sich zurück aufs Lager und drehte mir ihr herrliches Hinterteil zu. Tatsächlich wäre ich gern wieder zu ihr ins Bett gestiegen. Ich wollte gerade ein Goldstück neben die Waschschüssel legen, als sie schläfrig brummte: »Und ich will kein Geld von dir, hörst du? Komm nur wieder.«
Ich strich ihr abermals über die Fesseln und legte zuletzt meinen Mantel um. Bald erklang wieder ihr leises Schnarchen, während ich aus der Kammer trat und die Tür hinter mir zuzog. Auf der Stiege verstreut lagen Kleidungsstücke, die sich um meine Stiefel und Sporen wickelten, so dass ich fluchend stolperte und beinahe hinuntergestürzt wäre. Der Lärm bewirkte laute Proteste unten aus den Bettnischen. Ein Stiefel kam in meine Richtung geflogen, gefolgt von einem wütendem: *»Va en enfer, fil de putas!«* Das musste Guilhem gewesen sein, der mich einen Hurensohn nannte und zur Hölle wünschte.
Ohne triftigen Grund hätte Hamid mich nicht hier rausgeholt, und das beunruhigte mich. Auf der Straße empfingen mich die Hunde mit Gejaule und freudiger Erregung. Die Luft war so kalt, dass ihr Atem dampfte. Es musste noch sehr früh am Morgen sein. Mich fröstelte. Da standen Hamid, Arnaud und der junge Severin mit ihren Gäulen, und ich erkannte auch meinen *escudier* Alexis, der Ghalib und ein weiteres Pferd am Zügel hielt. Außer Alexis waren alle in voller Kampfrüstung und blickten mir ernst entgegen.
»Was ist los? Ist der Feind im Anzug?«
»Schlimmer!«, knurrte Arnaud.
»Was kann schlimmer sein?«
»Adela ist verschwunden«, war Hamids grimmige Antwort.
Meine Freunde standen da und blickten mich mit kümmerlichen Mienen an. Der junge Severin starrte verlegen auf seine Füße. Mir fuhr ein eisiger Schreck in die Glieder, und das Herz klopfte wie wild im Hals. Adela verschwunden?

»Ich glaube das nicht!«, schrie ich Arnaud an. »Sie war doch in eurer Obhut.«
Arnaud schluckte und erwiderte mit tonloser Stimme: »Sie ist mit den Kindern in die Schlafkammer gegangen. Irgendwann in der Nacht ist sie dann verschwunden. Euthalia hat es gemerkt, als sie kurz nach den Kleinen gesehen hat. Daraufhin haben wir die ganze Festung abgesucht. Bis in alle Winkel.«
Hamid wies Alexis an, mich zu wappnen. Der holte zuerst mein schweres Lederwams vom Rücken seines Pferdes. Ich blickte fragend in ihre Gesichter.
»Wozu die Waffen?« Meine Stimme war heiser vor Sorge. »Denkt ihr, sie ist entführt worden? Mitten aus der Festung heraus?« Hamid schüttelte den Kopf. Warum redeten sie nicht, verflucht? Ich suchte nach anderen Möglichkeiten. »*Paire* d'Aguiliers. Dort könnte sie sein. Zu dem hat sie Zutrauen gefasst.«
»Nein. Der hat sie zuletzt zusammen mit dir gesehen.«
»Que deable!« Ich versuchte verzweifelt, mir vorzustellen, was in einem kleinen Mädchenhirn vorgehen könnte. War dies ein Spiel? Aber warum nur? Und wo konnte sie sein?
»Wir haben alles durchkämmt«, seufzte Arnaud, der sich sichtlich unwohl fühlte. »Mein Gott, Jaufré, die halbe Truppe hat sich an der Suche beteiligt. Vom Verlies bis zu den Wachtürmen. Nichts zu finden.«
Der junge Severin fügte hinzu: »Ein paar Leute und ich haben die Quartiere der Bediensteten durchsucht, die Küchen und alle Vorratslager.«
»Wer ist noch da drin?«, fragte Hamid und deutete mit dem Kopf auf Barbaras Badehaus.
»Pilet, Guilhem und ein paar andere.«
Sein Mund verzog sich verächtlich. »Die alten Zechbrüder, was?« Er befahl Severin barsch, Guilhem rauszuholen, gleichwohl in welchem Zustand. Was war mit Hamid los? Doch im Augenblick zählte nur Adela.
»Da ist die Stute, die sie abgöttisch liebt. Vielleicht wollte sie nach ihr sehen und ist nachher eingeschlafen.«
Es durfte nicht wahr sein, dachte ich. Nicht auch noch Adela!

Die verdammte Hexe im Bekaatal. Konnte ich diesen Fluch nicht abschütteln?
»Die Stute ist nicht im Stall«, sagte Arnaud und warf einen hilfesuchenden Blick in Hamids Richtung. Der aber schwieg grimmig. Sie verheimlichten mir etwas, *putan!*
»Sie wäre doch nicht ungesehen an den Wachen vorbeigekommen. Nicht zu Pferd. Was wollt ihr mir sagen, verflucht!«
Arnaud ließ den Kopf hängen. »Es tut mir leid, Jaufré, aber sie hat die Festung verlassen, und zwar allein. Und die Dummköpfe am Tor haben sie weder aufgehalten noch Alarm geschlagen.«
Einige wild pochende Herzschläge lang war ich wie vor den Kopf gestoßen und brachte keinen Ton hervor. Das ergab alles keinen Sinn. War ich wirklich wach, oder befand ich mich in einem Alptraum?
»Allein?«, stammelte ich. »Das würde sie doch nie tun! Wo sollte sie denn hin wollen? Es ist zu gefährlich da draußen.«
Der Gedanke, Adela hätte nachts allein die Burg verlassen, kam mir so aberwitzig vor, dass ich immer noch nach anderen Möglichkeiten suchte.
Und dann überstürzte sich alles in meinem Hirn, und die wildesten Vorstellungen wirbelten mir im Kopf herum. Adela da draußen, wo Seldschuken, *Haschischin* oder Lösegeldjäger ihr Unwesen trieben. Oder irgendein Muslim, der uns Latiner hasste. Mir wurde ganz übel, denn es war kein Geheimnis, dass man hohe Preise für junge, hübsche Mädchen zahlte, die dann im *haeraem* eines fetten Emirs für immer verschwanden. Und natürlich gab es miese Kerle, die ihren Spaß mit Kindern trieben. All das schoss mir in Windeseile durch den Kopf. Herrgott im Himmel! Mir wurde schwindelig.
Wir mussten sie suchen, überall nach ihr fragen. Hamid hatte recht. Wer weiß, wen man da antreffen mochte, es war besser, gewappnet zu sein. Ich beeilte mich mit den Schnüren des dicken Lederwamses und trieb Alexis an, mir den Kettenpanzer überzustreifen. Wie konnte das Kind nur so leichtsinnig sein?
»Vielleicht wollte sie den Sonnenaufgang sehen«, murmelte ich, »am Meer oder in den Hügeln. Oder sie ist im Palast des Grafen.

Er hat eine Tochter in ihrem Alter.« Mir war *Domna* Elenas Einladung in den Sinn gekommen, Adela bei sich aufzunehmen. »Dort muss sie sein. Die Gräfin hat vielleicht eine Nachricht gesandt und Adela eingeladen.«

»Mitten in der Nacht, Jaufré?« Hamids kurze Entgegnung zeigte mir, wie abwegig der Gedanken war.

»Was weiß ich, was Kindern so in den Kopf kommt«, erwiderte ich lahm.

Die Tür zu Barbaras Haus wurde aufgestoßen, und Guilhem stolperte halb angekleidet und grässlich fluchend ins Freie, gefolgt von Severin, der ihn vor sich herschob und weitere Kleidungsstücke sowie Guilhems Schwert dabeihatte. Die Hunde begrüßten Guilhem freudig und rochen an seinen nackten Beinen. Der zog sich die Stiefel an und wollte wissen, was, zum Teufel, los sei. Dann stellte er sich an die Hauswand und pisste ausgiebig, während Arnaud ihm alles erklärte.

Ich stülpte mir den schweren Normannenhelm mit dem langen Nasenschutz über den Kopf und zog die gepanzerten Handschuhe über. In der Gasse hatten sich Fensterläden geöffnet, aus denen neugierige Gesichter gafften. Guilhem schrie nach seiner Ausrüstung, die Alexis auf dem zusätzlichen Gaul hatte, aber Hamid befahl ihm ungeduldig, endlich aufzusitzen. Wappnen könne er sich später. Ghalib riss unruhig den Kopf hoch. Alexis musste ihn aus der Schenke geholt haben. Ich packte den Zügel und hievte mich in den Sattel.

»Kommt. Zum Palast des Grafen.«

Sie folgten mir den kurzen Weg, und wir befragten sowohl die Wachen am Stadttor als auch die am Palast. Ich beschrieb Adela, so gut es ging. Arnaud konnte sich an ihre Kleider erinnern, die sie am Tag zuvor getragen hatte. Es beschämte mich, dass Arnaud dies besser wusste als ich, ihr leiblicher Vater. Doch niemand schien sie gesehen zu haben.

Guilhem hatte sich indessen in volle Rüstung geworfen.

»Wir verlieren nur unsere Zeit hier«, sagte Hamid ruhig, aber mit einem harten Unterton der Ungeduld. »Ich kann mir schon denken, wo sie ist.«

»Wo soll sie denn sein? Nun sag schon!«

»Versuch mal, wie Adela zu denken«, sagte Hamid kalt. »Ihre Mutter ist tot, und ihr Vater betrinkt sich täglich, anstatt sich um sie zu kümmern. Geht allen aus dem Weg, besonders seiner Tochter. Und wo finden wir ihn, wenn er gebraucht wird? Besoffen in den Armen einer Hure.«

Mir schoss das Blut ins Gesicht, und ich packte ihn an der Gurgel, die andere Faust zum Schlag erhoben. Bei jedem anderen hätte ich nicht gezögert. Doch dies war mein Freund. Er wehrte sich nicht, sondern wartete mit trotzigem Blick, dass ich zuschlug. Aber ich konnte es nicht und ließ die Faust sinken.

»Verdammt, Hamid«, flüsterte ich und blickte um mich. Die anderen vermieden verlegen meine Augen und starrten zu Boden. Dachten sie wie er? »Warum habt ihr mir nichts gesagt?«

Arnaud blickte mir direkt in die Augen. »Ich liebe dich wie einen Bruder, Jaufré, aber man konnte mit dir nicht mehr reden. Jeder versteht natürlich, dass du Zeit brauchtest, mit Nouras Tod zurechtzukommen ...«

»Ich dachte doch nur, bei euch sei sie besser aufgehoben als bei mir.«

Aber meine Worte waren nur eine lahme Entschuldigung. In meinem Kummer hatte ich alle von mir gestoßen, sogar mein eigenes Kind. Ich sah sie plötzlich als Zweijährige vor mir, ihre Ärmchen um meinen Hals, in allem so vertrauensvoll. Und dann beim letzten Mal ihr enttäuschter, trotziger Blick. Außer mir vor Sorge und Scham stieß ich mir vor den Kopf und brüllte aus vollen Lungen: »Was bin ich nur für ein verblendeter Ochse!«

Mein Schrei hallte durch die Gassen vor dem Palast, so dass die Wachen neugierige Augen machten. Wenn es ein Fluch war, der auf mir lastete, so musste ich ihn entkräften. Ich musste das Wohlwollen der Mutter Gottes wiedererlangen.

»Noura, verzeih mir«, flüsterte ich. Dann zog ich mein Schwert aus der Scheide, fiel auf die Knie, hielt die Waffe wie ein Kreuz vor mir hoch und küsste den Knauf.

»O Heilige Jungfrau Maria«, betete ich mit lauter Stimme, die Augen zum Himmel erhoben, »*Sancta dei genetrix*, verschmähe nicht mein Gebet in der Not. Errette meine Tochter von allen Gefahren, *virgo gloriosa et benedicta!* Amen.« Auch meine Gefährten bekreuzigten sich, nur Hamid saß regungslos auf seinem Hengst.

»Hört, was ich gelobe!«, rief ich. »Bei Gott dem Allmächtigen, bei der Jungfrau Maria und bei allem, was mir heilig ist, schwöre ich, dass ich eine Kapelle im Namen der Mutter Gottes errichten werde, wenn sie mir mein Kind gesund und heil wiedergibt.« Dann bekreuzigte ich mich und stand auf. »Gelobt sei Jesus Christus. Amen.«

»Gelobt sei Jesus Christus«, wiederholte Severin und schaute etwas unsicher um sich. Ich holte tief Luft und fühlte mich besser. Mein Blick fiel auf Hamid. »Wenn du weißt, wo sie ist, dann sag es!«

Sein Gesichtsausdruck war kalt. »Hast du nicht bemerkt, wie sehr sie das Leben auf der Festung hasst? Sie ist auf deinem Landgut. Da bin ich sicher.«

»Da ist doch niemand.«

»Da sind immer Leute. Und Adela kennt die Bauern.«

»Es gibt eine alte Amme im Dorf.« Ich war noch unschlüssig und biss mir auf die Lippen. »Wenn du dich irrst, dann werden wir kostbare Zeit verlieren. Es ist ein langer Ritt.«

»Ich irre mich nicht!«

Wir standen noch einen Augenblick unschlüssig da. Aber niemand schien einen besseren Einfall zu haben.

»Also los. Gott gebe, dass du recht hast.«

Wir verließen die letzten Hütten der Vorstadt und folgten in leichtem Galopp dem Weg, der in die Hügel und zu meinem Landsitz führte.

Nicht zu schnell, um die Pferde zu schonen, denn es waren gut vier bis fünf Wegstunden zurückzulegen. Die Sonne war inzwischen hinter den Bergen des Libanon aufgetaucht, und das klare Morgenlicht ließ die Einzelheiten der fruchtbaren Landschaft glitzernd scharf hervortreten. Nach dem gestrigen Frühlingssturm versprach es ein herrlicher Tag zu werden.

Aber darauf achtete ich wenig, sondern saß unruhig grübelnd im

Sattel. Die Gefährten zogen es vor, meine Gedanken nicht zu stören, außer Guilhem, der mir Mut zusprechen wollte. Doch als ich seine aufmunternden Worte nur mit einsilbigem Knurren beantwortete, verfiel auch er in Schweigen. Ich klammerte mich an den Gedanken, dass Adela nichts geschehen konnte, denn war sie uns nicht als Zeichen Gottes am Tag seines Triumphes geboren worden?

Es war in den letzten Tagen der langen Wallfahrt gewesen. Im Juni *Anno Domini* 1099 hatte die *militia* endlich Jerusalem, unser ersehntes Ziel, erreicht. Die Stadt wurde von Ägyptern verteidigt, und um uns das Leben schwerzumachen, hatten sie in der ganzen Umgebung Scheunen verbrannt und Brunnen vergiftet. Mitten im geschäftigen Gewühl der Vorbereitungen zum Sturm auf die Mauern war ich hin- und hergerissen, denn auch Nouras Zeit war gekommen. Sosehr ich mir wünschte, ihr bei der Geburt unseres Kindes beizustehen, konnte ich mich doch meiner Heerespflicht nicht entziehen. Auch Noura war unruhig gewesen, aber nicht vor Sorge. Im Gegenteil, die letzten Tage ihrer Schwangerschaft durchlebte sie in einem seltsam verklärten Zustand erregter Erwartung und Vorfreude, der trotz der Last des schweren Leibes ihr Gesicht leuchten ließ. Nichts um sie herum schien mehr Bedeutung zu haben als das Kind in ihrem Leib und die Flamme unserer Liebe, nichts konnte ihre Zuversicht erschüttern. Auch um mich, der bei der Belagerung täglich den Pfeilen des Feindes ausgesetzt war, bangte sie nicht. Die Jungfrau Maria würde ihre Hand über uns halten, sie fühle dies ganz stark, versicherte sie mir lächelnd. Kundige Weiber aus dem Lager würden ihr die Arbeit abnehmen und ihre Niederkunft begleiten, so hatte sie mich immer wieder beruhigt.

Und so, am fünfzehnten Tag des Monats Juli, ich glaube in der Mittagsstunde, als die ersten Kämpfer Godefrois von Bolhon die Mauer erklommen und wir Provenzalen unter großen Verlusten nachstießen und in die Straßen der Stadt eindrangen, in eben dieser Stunde erblickte Adela das Licht der Welt.

Wir haben es immer als Fügung Gottes betrachtet, dass unser Kind am Tag der Befreiung des Grabes Christi geboren wurde,

gewiss ein Zeichen Seines Wohlwollens und Segens für ihr ganzes Leben. Und es ist wahr, dass Adela eine glückliche Natur geworden ist, eine Freude für alle, die mit ihr Umgang haben.
Verdreckt von Ruß, Staub und dem Blut des Feindes, übel stinkend vom Schweiß der Schlacht war ich zurück ins Lager getaumelt, wo Noura mich sichtlich geschwächt, aber von Glück und Freude überwältigt empfangen hatte. Arm in Arm verbrachten wir die Nacht. Die Stadt war eingenommen, alles Schreckliche hatten wir überlebt und nun dieses winzige Wesen zwischen uns, ein Geschenk der Liebe, ein Geschenk der Mutter Gottes. Unsere Hoffnung blühte auf. Mit dem Kind würde eine neue Zeit anbrechen, so glaubten wir.
Bei diesen Erinnerungen verspürte ich körperlichen Schmerz in der Brust und das atemlähmende Gefühl, nicht nur von Noura, sondern von Gott selbst verlassen zu sein. Endlose und bittere Vorwürfe machte ich mir, denn wie hatte ich Adela nur so vernachlässigen können?
Eine Stunde war vergangen, als an einer Wegbiegung eine große Schafherde unser Fortkommen behinderte. Ungeduldig warteten wir, dass der Schäfer die Tiere zur Seite trieb. Ich lenkte Ghalib neben Hamids Gaul. Seit Tripolis hatte er meinen Blick gemieden.
»Du weißt, die harten Worte nehme ich dir nicht übel.«
Ein kurzer Seitenblick, dann erschien ein kleines Lächeln auf seinen Lippen. »Ich habe vielleicht übertrieben.«
»Nein, du hättest es mir nur schon früher sagen sollen. Nouras …« Das Wort Tod wollte mir nicht über die Lippen kommen. »Ich meine, seit …«
»Niemand weiß besser als ich, Jaufré, wie schwer so etwas ist.«
Wir schwiegen und warteten, dass die Herde den Weg frei machte. Der Hirte brüllte und warf Erdklumpen nach Trödlern unter den Schafen, und seine Hunde liefen auf und ab und schnappten nach den Beinen der blökenden Tiere. Hamid legte mir die Hand auf den Arm.
»Adela ist jetzt wichtiger als deine Trauer um Noura, aber das weißt du selbst. Ich möchte euch beide wieder frohen Mutes

sehen. Und deinen Schmerz wird es lindern, dich um jemand anderen als um dich selbst zu kümmern.« Die kleine Spitze hatte er sich nicht verkneifen können.

Damit spornte er sein Pferd an und ritt durch die Lücke, die die Hirtenhunde endlich frei gemacht hatten. Ich folgte ihm. Auf dem Rücken seines schnellen Araberhengstes war mein Freund eine stattliche Kriegergestalt. Wie immer bewaffnet wie wir Franken, darüber einen weiten arabischen Umhang, der im Wind wehte, und nach Art der Beduinen ein langes Tuch um den Helm geschlungen. Wir fielen in den leichten, meilenfressenden Trab, den die Pferde über Stunden durchhalten konnten. Hinter mir wusste ich Arnaud, den alten Haudegen, dann Severin und Guilhem. Allesamt gute Männer, aber zu wenige, falls wir einer größeren Schar Feinde begegnen sollten. Dennoch fühlte ich mich nicht mehr verlassen.

Ob er mich denn wirklich für so selbstsüchtig hielt, fragte ich Hamid bei nächster Gelegenheit. Nein, meinte er, aber in letzter Zeit oft unbeteiligt und wie abwesend. »Du bist für viele ein Vorbild, Jaufré. Die Männer lieben dich und folgen dir. Dein Wort hat Gewicht. Doch seit geraumer Zeit, auch schon vor Nouras Tod, merkt man, dass dein Herz nicht bei der Sache ist. Dann ziehst du dich zurück, und man spürt eine Kälte in dir. Das kann verletzen.«

Seine Worte trafen mich. *Ben a mauvais cor e mendic.* Ein armselig kaltes Herz. War es denn wahr? In jenem Dorf im Bekaatal, da hatte meine Gleichgültigkeit mich selbst erschreckt. Es musste dieser verdammte Kleinkrieg sein, der mich mürbemachte. In der Nacht verfolgten mich Alpträume und tagsüber der Gestank des Todes. Vierzehn Jahre lang Blut und Gemetzel waren weiß Gott genug für einen Mann.

»Wir alle verstehen, wenn du allein um Noura trauern willst«, unterbrach Hamid meine Gedanken. »Nur deine Tochter versteht es nicht. Dafür ist sie zu jung.«

»Ich muss mich erst an sie gewöhnen«, sagte ich unsicher. »Ich meine, bisher hat sich immer Noura um sie gekümmert.«

»Deine Tochter ist kein Püppchen, dem man gelegentlich ins

niedliche Bäckchen kneift. Sie kann etwas mehr von dir erwarten.«

Was sollte das nun wieder? Dennoch wurde mir klar, dass Adela durch ihr trotziges Verhalten mir etwas hatte sagen wollen, eine Botschaft, die ich nicht verstanden hatte. War sie wirklich aus Verzweiflung fortgelaufen? Ach, könnte ich sie doch nur bald wieder in die Arme schließen, dann wollte ich sie nie mehr loslassen und alles wieder gutmachen.

Die Sonne hatte inzwischen Wärme entwickelt. Von Zeit zu Zeit befragten wir Reisende auf der Straße, aber niemand konnte sich an ein Mädchen auf einer braunen Stute erinnern. Ein abgehärmter Bauer auf einem Esel berichtete von einem Trupp bewaffneter Reiter, der gestern durchgezogen war, vermochte allerdings nicht zu sagen, um wen es sich handelte, denn er hatte sich bei ihrem Anblick gleich in die Büsche geschlagen.

Diese Nachricht beunruhigte uns noch mehr. Vielleicht konnte der Kerl nicht zwischen Türken und Latinern unterscheiden. Obwohl auch unsere eigenen *soudadiers* ruppige Gesellen waren, und wer weiß, was sie mit einem jungen Mädchen anstellen mochten. Arnauds Miene wurde finster, und selbst Hamid war schweigsam geworden. Wir trieben unsere Reittiere zu größerer Eile an.

Endlich, nach etwas weniger als vier Stunden, erreichten wir mein eigenes weites Tal. Überall zeigte der Frühling sein junges Gesicht. Frisches Grün auf Bäumen und Feldern. Es war Zeit, sich um die Bewirtschaftung zu kümmern, sonst würde alles verwildern. Ein neuer Verwalter musste her. Konstantinos war ein guter Mann gewesen und hatte alles Nötige ohne viel Aufheben erledigt. Nun war er tot wie seine Herrin.

In der Ferne hob sich der sanfte Anstieg zu meinem Gehöft auf dem Hügelkamm gegen das Blau der Berge ab. Es sah so ungestört wie immer aus, aber ich dachte an das letzte Mal, als wir nichtsahnend den Weg hinaufgeritten waren, und biss mir auf die Lippen. Ich gab Ghalib die Sporen, und wir flogen die Anhöhe hinauf. Eine lähmende Furcht erfasste mich, als wir erneut durch die Weinberge zum Haupthaus ritten. War es möglich, jenen

Tag zu vergessen und an diesem Ort jemals wieder glücklich zu werden?

Als wir schließlich durch das Hoftor ritten, trafen wir das Gutshaus ohne eine Menschenseele vor, genau so, wie wir es vor Tagen verlassen hatten. Denn weder Adela noch ihr Pferd waren irgendwo zu finden. Auch nicht die alte Amme. Wir durchsuchten alles im Haus und ließen die Hunde in den umliegenden Weingärten und Olivenhainen suchen. Wir riefen nach ihr, bis wir heiser waren, und mussten langsam einsehen, dass sie nicht hier war.

»Außer unserer eigenen sind die Hufspuren im Hof alt und vom Regen verwischt«, meinte Guilhem, nachdem die Suche abgebrochen war. Wir sahen uns ratlos und niedergeschlagen an. Arnaud nahm den Helm ab und kratzte sich ausgiebig den Schädel. Trotz des schönen Frühlingswetters lag der Hof still. Kaum ein Laut war zu vernehmen, so dass es schien, als mieden selbst die Vögel und Zikaden diesen Ort. Die Erinnerung lag wie ein Bleigewicht auf meiner Brust, und selbst die Männer warfen verstohlene Blicke um sich. Auch sie spürten die Geister der Toten, die uns umgaben. Und das Schlimmste, meine Befürchtung hatte sich bewahrheitet. Der lange Weg war umsonst gewesen.

Severin starrte abergläubisch auf die Stelle, wo wir die Leichen hingelegt hatten, bevor wir sie ins Dorf gebracht hatten. Trotz des Regens der letzten Tage waren unter dem Laubdach der Platane noch die Abdrücke auf dem Boden zu erkennen. Ich bekreuzigte mich hastig und wandte mich ab, um ins Haus zu gehen, als es mich durchzuckte. Natürlich. Nouras Grab! Eilig stieg ich wieder in den Sattel und wandte den Hengst zum Tor.

»Kommt, sie muss im Dorf sein.«

Hamid verstand sofort, und nach ihm folgten auch die anderen. Wir galoppierten den Hügel hinunter, durch das Tal und erklommen die Anhöhe, von der man das Dorf sehen konnte. Kaum auf dem Kamm angelangt, bot sich ein niederschmetternder Anblick, der uns das Blut in den Adern gefrieren ließ.

Aus der Entfernung sah das Dorf wie ein Maul voller schwarzer, verfaulter Zähne aus. Von der hübschen Kirche standen nur noch

Ruinen. Viele Häuser waren niedergebrannt, bei anderen stachen verkohlte Dachbalken in den blauen Frühlingshimmel. Tor und Teile der Wehrmauer waren eingerissen. Dünne Rauchfahnen stiegen aus den Trümmern auf. Es konnte nicht lange her sein, dass das Feuer gewütet hatte. Das Dorf war Opfer eines Überfalls geworden, und mir schwante das Schlimmste.

Wir jagten über die Felder, dass Erdklumpen von den Hufen flogen. Inbrünstig betete ich zur Jungfrau Maria, dass mein Kind nicht tot zwischen den Trümmern liegen möge, und fragte mich, ob wir überhaupt noch Lebende finden würden.

Doch als wir uns näherten, winkten Gestalten am Dorfeingang. Man hatte mich an meiner Schildzeichnung erkannt und begrüßte uns mit Geschrei und freudigen Rufen. Wir trabten durchs Tor und durch die Gassen zum Dorfplatz. Kinder liefen aufgeregt neben den Pferden her, hielten sich an den Steigbügeln fest und riefen unverständliches Zeug.

Die Zerstörung hatte aus der Entfernung schlimmer ausgesehen als an Ort und Stelle. Trotzdem würden viele Dächer ersetzt und manche Hütten von Grund auf neu errichtet werden müssen. Wie immer nach Plünderungen lag Hausrat verstreut in den Gassen, zerschlagene Töpferwaren, Kleider- und Stoffreste und zerrissene Bettpolster, aus denen das Stroh trat. Hier hatte es keine Reichtümer gegeben. Dennoch war kein Haus von den Plünderern verschont geblieben.

Weinende Frauen stützten sich auf Verwandte. Jammervolle Blicke begegneten uns. Ich rief laut nach *Paire* Georgios. Man öffnete bereitwillig eine Gasse, und der Priester in ihrer Mitte erhob die Hand zum Gruß. Sie hatten ihre Toten in Leinentücher gehüllt und in einer Reihe auf den Boden gelegt. Mehr als ein Dutzend waren es, darunter auch Kinderleichen. Der Anblick ließ mein Herz gefrieren!

Aber da, neben dem Pater, ich konnte es kaum glauben, da stand sie, Adela, meine Tochter. Gesund und unverletzt.

Sie starrte aus dunklen Augen unsicher zu mir herüber. Wenn ich gehofft hatte, sie würde in meine Arme fliegen, so wurde ich enttäuscht. Sie hielt sich steif, die Arme um den Oberkörper verschränkt, der Mund zugekniffen. Eine tiefe Röte stieg ihr vom Hals ins Gesicht hoch. Ich verstand sofort. Sie fürchtete sich vor mir. Sie fürchtete, ich würde sie für ihre verrückte Flucht bestrafen. Und recht hatte sie, denn für ihren gefährlichen Ungehorsam hatte sie wirklich eine Strafe verdient.

Doch bei ihrem Anblick war ich so schnell vom Pferd runter, dass ich stolperte und schmerzhaft auf den Knien landete und mir die Hand aufschürfte. Ungeachtet dessen riss ich die Arme hoch und schrie: »Adela! Komm her, *filheta!* Komm zu mir!«

Ihr Gesicht verwandelte sich im Nu. Noch hochrot begann sie, vor Freude und Erleichterung zu strahlen. Dann rannte sie mit einem Aufschrei los, durch das Spalier der Bauern und warf sich mir an die Brust. Meine Arme schlossen sich um sie, dass ich sie mit meinem Kettenpanzer fast erdrückte. Sie schien es nicht zu merken, denn immer wieder rief sie: »Vater, Vater! Sei mir nicht böse, bitte!« Sie drückte ihr Gesicht an meine Wange, und Tränen der Erleichterung liefen uns beiden herunter.

»Heilige Maria, du seiest gelobt!«, rief ich. Und dann nahm ich ihr Gesicht in die Hände und küsste sie abgöttisch. »Ich war außer mir vor Sorge, *mon cor*. Du weißt doch, wie sehr ich dich liebe. Warum hast du das getan?«

Sie war schmutzig, wo sie sich mit rußgeschwärzter Hand übers Gesicht gefahren war. Ihre Augen füllten sich erneut mit Tränen, und ihre Stimme bebte. »Du hast mich von dir fortgeschickt. Ich dachte, du wolltest nichts mehr von mir wissen.« Sie schluchzte bitterlich, und die Tränen bahnten sich einen Weg durch ihr rußiges Gesicht. »Und dann wollte ich zu Mama. Ich wollte meine Mama besuchen.« Sie warf sich erneut an meine Brust. Ich streichelte ihren Kopf und wiegte sie lange in meinen Armen.

»Es wird alles gut, *mon anjol.* Von nun an sind wir unzertrennlich.«

»Versprichst du es?«

»Ich verspreche es.«

Ich spuckte auf einen Zipfel meines Mantels und wusch ihr die Tränen aus dem Gesicht. Das verschmierte alles noch schlimmer, aber sie war mein allerliebstes Töchterchen und das schönste

Mädchen auf der Welt. Ich küsste sie abermals auf beide Wangen und konnte mich nicht an ihr sattsehen.
Da kam ein Lächeln auf ihre Lippen, und sie zupfte an meinem Bart, wie sie es als kleines Kind getan hatte. »Ich hatte Angst auf dem langen Weg«, gestand sie.
Ich war erstaunt, dass sie überhaupt hierhergefunden hatte. Adela erzählte, sie sei oft unsicher gewesen und habe einmal nach einer Weggabelung wieder umkehren müssen. In der Nacht hatte sich niemand gefunden, den sie nach dem Weg fragen konnte, obwohl sie sich ohnehin nicht getraut hätte, bei einem Fremden anzuhalten. So war sie erst vor etwa zwei Stunden hier angekommen und hatte das Dorf bereits zerstört vorgefunden.
»Vater, ich war so erschrocken. Es war wie zuvor. Ich dachte, gleich kommen die Türken und bringen mich um.«
Hamid und die anderen Männer kamen näher und küssten Adela. Arnaud packte sie um die Taille und hob sie hoch. »Jetzt wird nicht mehr weggelaufen, *petit domna!* Hast du mich gehört? Wir sind fast gestorben vor Sorge.«
Hamid nahm ihr Gesicht zwischen beide Hände. »Du hast das starke Herz deiner Mutter und den Unverstand deines Vaters«, entschied er und schüttelte glücklich lächelnd den Kopf. Dann küsste er sie auf die rußige Stirn. Guilhem sagte nichts, sondern schlug mir nur wiederholt mit breitem Grinsen auf die Schulter.
Hamid befragte *Paire* Georgios. Es war tatsächlich eine Gruppe Seldschuken gewesen, die das Dorf angegriffen hatten. Möglicherweise die gleiche Bande, die es den Bauern für die wehrhafte Abfuhr heimzahlen wollte, an jenem Tag, als sie unser Gut überfallen hatten. Vielleicht aber auch andere umherstreifende Plünderer. In der Nacht waren sie über das unbewachte Tor geklettert, um die schlaftrunkenen Leute aus ihren Betten zu zerren. Einige Frauen waren vergewaltigt worden, und Männer hatten es mit dem Leben gebüßt, als sie versuchten, ihre Weiber zu schützen.
Ich zog Adela fort, denn ich konnte es nicht mehr hören. Es war immer dasselbe. Mal die eine, dann die andere Seite. Dennoch hatte das Dorf noch Glück gehabt, dass sich die Zahl der Toten in Grenzen hielt.

»Sie haben Aniketos ermordet, Papa«, flüsterte Adela.
Den Dorfältesten hatten sie gefoltert, damit er verrate, wo sich ihr weniges Silber befand, nur um ihm zuletzt doch noch die Kehle durchzuschneiden. Ich fragte nach seiner Frau, die Nouras Leichnam für die Beerdigung vorbereitet hatte. Mit versteinertem Gesicht trat sie vor die Gruppe der Dorfbewohner. Ich legte meine Arme um ihre gebrechlichen Schultern.
»Es tut mir leid, Mütterchen«, flüsterte ich. »Nun hat Gott uns beide gestraft.«
In der Menge weinten die Frauen. Eine junge Mutter mit einem Säugling auf der Hüfte raufte sich die Haare und trauerte in hohen kehligen Tönen. Ob man ihr Kind oder ihren Mann getötet hatte, wagte ich nicht zu fragen. Was für ein beschissenes Land, in dem wir lebten!
Meinen Beutel mit Silberstücken, den ich am Gürtel trug, gab ich dem Priester, um die erste Not zu lindern. Ich würde Alexis mit Handwerkern schicken, um mit ihrer Hilfe das Dorf wieder aufzubauen. Die Bauarbeiten an der Festung konnten warten. *Paire* Georgios bedankte sich überschwenglich. Und schließlich ließ ich ihm sagen, wir würden eine Kriegsschar aussenden, um die Plünderer aufzustöbern. Bertran würde mich darin unterstützen. Wir konnten es uns nicht leisten, dass diese Banden unser Land ungestraft durchstreiften, Vieh stahlen, die Dörfer ausraubten und das Landvolk umbrachten.
Ich nahm Adela bei der Hand, um Nouras Grab aufzusuchen.

***

Die kleine Kirche war schwer beschädigt. Der Dachstuhl ausgebrannt, eine tragende Mauer eingestürzt und alles schwarz und verrußt. *Paire* Georgios, der uns begleitete, war untröstlich über den Zustand seines Gotteshauses. Zu allem Unglück war auch die alte Glocke herabgestürzt. Sie hatte einen Riss davongetragen und war möglicherweise unbrauchbar geworden. Wo sollte er nur eine neue Glocke hernehmen, jammerte er in seinem schlechten Latein.

Nouras Grab in einer stillen Ecke zwischen Zypressen war wie durch ein Wunder unberührt geblieben. Jemand hatte das Grab sorgsam angelegt und einen einfachen Grabstein mit einer schlichten Inschrift errichtet. Unweit setzten wir uns auf die Trümmer der eingestürzten Mauer.
Adela starrte auf den Stein. »Was steht darauf geschrieben?«
»Was man so auf einen Grabstein setzt.«
Die Frage machte mich verlegen. Vielleicht würde es ihr nicht gefallen, denn ich hatte *Paire* Georgios eine schlichte Inschrift aufgetragen. Wie kann man Gefühle in kalten Stein meißeln? Die Buchstaben waren nicht so makellos geformt, wie man es sich wünschen würde. Doch konnte man mehr in einem kleinen Dorf erwarten? Ich winkte den Priester näher, dankte ihm für seine Mühe und lobte den Stein und das Grab. Ich bat ihn, vorzulesen.

NOURA
AMATA•MATER•UXORQUE
ANNO•DOMINI•MCX
CUM•MAGNO•SUORUM•LUCTU•VITA•CESSIT
CUIUS•ANIMA•REQUIESCAT•IN•PACE

EXEGIT•HOC•MONUMENTUM
GOFFREDUS•MONTALBANUS
CUM•ADELA•FILIA

Für Adela sprach ich es auf Provenzalisch nach. »Zur großen Trauer der Ihren starb Noura, geliebte Mutter und Gemahlin, im Jahre des Herrn 1110. Möge ihre Seele in Frieden ruhen.«
»Und darunter?«
»Errichtet von Goffredus Montalbanus und Tochter Adela.«
»Steht da wirklich mein Name?« Sie betrachtete die Schriftzeichen mit feuchten Augen. »Ob sie uns jetzt sieht?«
Ich zuckte mit den Achseln. Wer konnte das sagen? Wir saßen lange stumm, während jeder seinen Gedanken nachhing. Ich hielt Adelas Hand und betrachtete den kleinen Erdhügel. Immer noch

unfassbar, dass sie darunter lag. Wie sehr ich sie vermisste, wenn auch der Schmerz nicht mehr so stechend war.

»Ich möchte bei dir wohnen, Vater.«

Ich bat *Paire* Georgios, uns allein zu lassen, und legte ihr meinen Arm um die Schultern. »Natürlich wirst du das. Die *Comtessa* Elena wird uns jemanden schicken, der sich um deine Kleider kümmert. Sie hat dich eingeladen, ihre Tochter Anhes zu besuchen.«

»Mal sehen.« Sie schien wenig begeistert. Dann bettelte sie. »Ich kann gut reiten, und du kannst mich überallhin mitnehmen. Bitte.«

»Sicher. Sooft ich kann. Das verspreche ich.«

»Müssen wir auf der Festung bleiben?«

»Der Graf ist mein Lehnsherr, und er braucht mich dort.«

»Ich hasse Mons Pelegrinus«, sagte sie düster. Nicht zum ersten Mal wurde mir bewusst, dass ich die verdammte Festung eigentlich auch nicht leiden konnte. Ich hielt sie fest, und sie schmiegte sich an meine Seite.

»Hier zwischen Feldern und Wiesen war Mama glücklich gewesen«, sagte sie weinerlich und fuhr sich mit dem Handrücken über die Augen. »Ihr Kräutergarten wird jetzt verwildern.« Sie zog die Mundwinkel herunter. »Wenn Mama dich nach Tagen auf dem Heimweg wusste, war sie immer schrecklich aufgeregt. Dann hat sie die Mägde gescheucht, und die Köchin musste alles besonders gut anrichten, und ich durfte mich nicht schmutzig machen.«

»Noura? Sie war doch immer so ruhig und gefasst.«

Adela blickte zu mir auf. »Ha! Du kennst Mama nicht!« Dann wurde sie rot und schaute zu Boden. »Ich meine, du weißt nicht, wie sie manchmal war. Du warst ja oft lange weg.«

Das stimmte und auch, dass ich nicht immer der beste aller Ehemänner gewesen war.

Und wann hatte ich überhaupt ein längeres Gespräch mit meiner Tochter geführt? Bedurfte es erst des Todes ihrer Mutter, um Adela wirklich wahrzunehmen? Ich verstand Hamids frühere Andeutung. Dann musste ich lächeln. Mein Kind war der An-

sicht, ich hätte meine Frau nicht recht gekannt. Aber wer weiß. Kennt man denn jemals einen Menschen wirklich?
»Und wieso kanntest du sie besser?«
Sie setzte eine wichtige Miene auf. »Zum Beispiel, ich wette, du weißt nicht, dass sie sich gewünscht hatte, wir alle würden zusammen im Reich der Franken leben, dort wo du herkommst.«
»Woher willst du das wissen?«
»Sie hat es mir gesagt. Aber ich musste versprechen, dass es ein Geheimnis bleibt.«
Meine Neugierde war geweckt. »Was genau hat sie dir gesagt?«
»Dass sie gern ein besseres Leben für uns gehabt hätte. Und dass du bei den Franken viel Land und ein Herrenhaus hast und dass sie traurig sei, weil du bestimmt deine Heimat vermisst.«
»Mir hat sie so etwas nie gesagt.«
»Und dass Gott dieses Land verflucht hat. Immer nur Krieg. Ihre Großeltern seien von den Türken vertrieben worden. Und die Christen hätten alle in der Familie umgebracht. Und zuletzt hatte sie Angst, dass die Türken am Ende doch gewinnen und uns wieder alles wegnehmen. Ist das wahr, Papa? Gewinnen die Türken?«
»Nein. Ich glaube, wir sind immer noch ein wenig stärker als sie«, sagte ich, aber ihre Worte hatten mich betroffen gemacht. »Warum durfte ich nicht wissen, was ihr geredet habt?«
»Sie wollte dich nicht bitten. Du hättest es sonst für sie getan. Zu den Franken ziehen, meine ich. Aber es sei in Wahrheit unmöglich gewesen, hat sie gesagt.«
»Und warum?«
Adela starrte mich einen Augenblick lang prüfend an und überlegte, ob es richtig war, mir Nouras Geheimnis anzuvertrauen. Doch dann entschloss sie sich kurzerhand. »Weil du bei den Franken schon eine Frau hast! Und weil Christen nicht zwei Frauen haben dürfen.«
Jetzt war ich wie vom Donner gerührt. »Das hat sie dir erzählt?«
»Ist es denn nicht wahr, Vater?«, fragte sie in scharfem Ton.
Ich sprang erregt auf und ging ein paar Schritte auf und ab, während Adela mich dabei ängstlich beobachtete. Wie konnte Noura

ihr solche Dinge erzählen? Ich fühlte mich ertappt, verdammt noch mal! Adela war viel zu jung. Sie wusste nichts vom Leben. Wie sollte ich all dies einem Kind erklären? Aber was half es? Ausflüchte waren nun nicht mehr am Platz. Ich drehte mich um und sah ihr offen ins Gesicht.

»*Certas, filheta.* Es ist wahr.«

Ergeben senkte sie den Kopf, als habe sie nichts anderes erwartet, und ich fühlte mich wie ein lausiger Sünder.

»Warum, in Gottes Namen, hat Mama dir das erzählt?«

Einen Augenblick lang hielt sie die Antwort zurück, und als sie sprach, kamen die Worte nur zögerlich. »Weil *Paire* d'Aguiliers gesagt hat, es sei eine Schande, dass du Mama nicht heiraten würdest.«

»Eine Schande?« Dieser verdammte Pfaffe! Konnte er die Menschen nicht in Ruhe lassen?

Adela runzelte unglücklich die Stirn und nickte. »Das habe ich gehört, und dann habe ich ihr dazu so viele Fragen gestellt, bis sie alles erzählt hat. Mama hat gemeint, ihr könntet nie heiraten und auch nie im Reich der Franken leben. Wegen der Frau dort.« Das hatte sie zornig hervorgestoßen, und nun schluchzte sie heftig. »Und als Mama dann tot war und du mich zu Euthalia geschickt hast, da hab ich gedacht, du willst mich jetzt nicht mehr haben und wirst mich hier allein lassen. Weil du zu deiner anderen Frau heimkehren willst.«

Sie saß wie ein wimmerndes Bündel auf den Steinen und barg ihr Gesicht in den Händen. Ich kniete vor ihr auf den Boden und wischte ihr die Tränen aus dem Gesicht.

»Adela, mein Liebling! Was für einen Unsinn hast du dir da nur ausgedacht.« Ich rang nach Worten. »Weißt du, diese Frau in meiner Heimat, die hat gar keine Bedeutung. Ich wurde gezwungen, sie zu heiraten, obwohl ich nichts mit ihr zu tun haben wollte. Vor langer Zeit habe ich sie verlassen und habe keinesfalls vor, zu ihr zurückzukehren, hörst du? Deine Mama Noura, sie war meine einzige Frau. Ich habe sie immer liebgehabt, genauso wie dich. Und auch dich würde ich nie allein lassen. Schau her, welch schreckliche Angst ich heute um dich hatte. Ich hätte es nicht ertragen, wenn dir auch nur das Geringste geschehen wäre. Bitte lauf nicht wieder weg. Versprichst du mir das?«

»Ich hab dich auch lieb, Papa«, schluchzte sie und warf mir die Arme um den Hals.

»Wir müssen jetzt zusammenhalten, du und ich. Ich will dich wieder froh sehen. Und du musst mich auch ein bisschen aufmuntern.«

Ein vorsichtiges Lächeln erschien auf ihrem Gesicht, und sie küsste mir die Wangen. »Mama freut sich bestimmt, dass wir hier zusammen an sie denken.«

Ich hielt sie in den Armen und strich ihr über das dunkle Haar. Es dauerte nicht lange, und Adela schien ihre Tränen vergessen zu haben. Sie machte sich los, und ich bekam Anekdoten über Mägde und Knechte auf dem Gut zu hören, und ihre einfache und direkte Art, Dinge zu sehen und zu beschreiben, machte mir Freude. Wie frühreif sie war. Aber dann dachte ich, wie dumm von mir, anzunehmen, sie sei noch ein Kind und verstünde nichts. War sie doch schon elf Jahre alt und hatte ganz offensichtlich einen klaren Kopf und die Gabe der Beobachtung. Warum war mir dies nicht schon früher aufgefallen? Ich erzählte ihr von meinem Gelübde, im Namen der Jungfrau Maria eine Kapelle zu errichten.

»Das hast du versprochen? Für mich?« Sie schaute mich mit runden Augen an. »Wo soll denn die Kapelle stehen?«

»Vielleicht hier im Dorf oder in Tripolis. Und die *Comtessa* und ihre Tochter Anhes könnten zur Einweihung kommen. Was meinst du? Es wird ja eigentlich deine Kapelle sein. Also sollst du es bestimmen.«

»Ich darf sagen, wo die Kapelle gebaut wird? Bist du sicher?«

Der Gedanke gefiel mir. »*Certas!*«, sagte ich mit Bestimmtheit.

Nach kurzer Überlegung antwortete sie entschlossen: »Dann bauen wir sie in deiner Heimat, im Land der Franken.«

»Warum denn das?«, fragte ich entgeistert.

»Weil Mama es sich so gewünscht hätte.« Sie sagte dies mit großem Nachdruck, als ob die Autorität ihrer Mutter für uns beide unantastbar sei.

»Adela, mein Täubchen, wir sind in Tripolis, und ich bin *castelan* der Festung des Grafen. Hast du das vergessen?«

»Du schuldest es Mama«, erwiderte sie mit Entschiedenheit und sah mich mit großen Augen an. Ich war sprachlos. Was, um Himmels willen, hatte sie sich denn da ausgedacht? Aber ich wollte sehen, wohin dies führen würde.

»Und was ist mit dieser Frau in meinem Haus? Ich kann sie nicht fortschicken. Es ist ja auch ihr Haus.«

Adela überlegte einen Augenblick. »Das brauchst du auch nicht.«

»Stört sie dich denn nicht?«

»Nein. Jetzt nicht mehr.«

»Wieso?«

»Du darfst nicht zwei Frauen haben, oder?«

»Richtig.«

»Jetzt gibt es ja nur eine«, erwiderte sie. »Also wird es darüber keinen Streit geben. Und du hast selbst gesagt, dass sie dir nichts bedeutet. Da kann sie uns ja nicht stören.«

»Sie lebt aber in meinem Haus«, erinnerte ich sie.

»Mama hat gesagt, es ist ein großes Haus. Wir wohnen in einem Teil und sie im anderen.«

»Und das hast du jetzt entschieden?«, fragte ich verwundert.

»Du hast gesagt, ich darf sagen, wo die Kapelle gebaut wird.« Sie sah mich angriffslustig an. »Außerdem bin ich neugierig auf dein Haus. Es gehört doch uns. Warum sollen wir dort nicht wohnen? Mama hat es sich gewünscht. Es ist bestimmt ein schönes Haus. Viel besser als die hässliche Festung.«

»Mein Haus ist auch eine Festung. Eine Wachtburg. Viel kleiner allerdings, aber mir gefällt sie gut.«

»Wirklich?« Sie lächelte, fast ein wenig verträumt. »Und wie ist das Land so drum herum?«

»Berge und Flüsse. Es ist grüner als hier. Es wächst alles, was du dir denken kannst. Weizen, Wein, Obst, Oliven und Gemüse. Es regnet mehr als hier, und der Boden ist gut.«

»Hast du Tiere?«

»Natürlich. Pferde und Rinder, Schweine und Ziegen. Und Geflügel, viele Gänse. Morgens gibt es frische Eier.«

Adela strahlte. »Siehst du, Mama hatte recht. Besser als hier.« Ihre gute Laune war ansteckend.
»Seltsam«, sagte ich nachdenklich. »Vor ein paar Tagen habe ich einen Brief von meinem alten Onkel Odo bekommen. Der will auch, dass ich heimkehre.«
»Siehst du? Jetzt sind wir schon zu dritt. Mama, ich und dein Onkel.« Sie grinste mich herausfordernd an. »Jetzt musst du auch ja sagen, Vater.«
Ich musste lachen und konnte sie gut verstehen. Das Gut war unsicher geworden, und wir fühlten uns beide nicht mehr wohl an diesem Ort. Zumindest nicht im Augenblick. Später vielleicht würden wir uns hier auf dem Lande wieder einrichten können. Aber für die nächste Zeit war ich ratlos.
»Wir sollten uns auf den Weg machen«, sagte ich und erhob mich.
»Fahren wir mit dem Schiff?«
»Adela«, erwiderte ich etwas ungeduldig. »Zunächst reiten wir nach Tripolis. Und über Seereisen denken wir nach, wenn du größer geworden bist.« Ihre Schultern sackten gleich nach unten, und sie sah mich mit traurigen Augen an. Schon tat sie mir leid.
»Ich werde es mir ernsthaft überlegen. Aber versprochen ist gar nichts!«
»*Paire* Georgios hat einen Rosenstrauch für mich«, verkündete sie auffällig rasch wieder froh und lief, um den Priester zu suchen. Ich sah ihr kopfschüttelnd nach und wurde den Eindruck nicht los, dass sie mich geschickt zu lenken verstand. Eine durchtriebene kleine Eva war meine Tochter, dachte ich vergnügt. In Zukunft sollte ich auf der Hut sein.
Bald kehrte sie mit dem Priester im Schlepp zurück. Der trug eine Schaufel und einen kleinen Rosenbusch, den Adela selbst liebevoll neben den Grabstein pflanzte. Dabei stach sie sich an einem Dorn, und ein kleiner Blutstropfen trat hervor. Den betrachtete sie aufmerksam, dann drückte sie den Finger auf den Grabstein und hinterließ einen kleinen roten Fleck darauf. Sie küsste den kühlen Stein und flüsterte: »Hier hast du etwas von mir, Mama. So können wir uns immer finden und miteinander reden.«

Der Gedanke schien sie froh zu machen.
Wir falteten die Hände und baten Gott, Noura in seine Obhut zu nehmen. Ich dankte der Heiligen Jungfrau für Adelas Leben und erneuerte mein Gelöbnis, eine Kapelle zu errichten. Still versprach ich der Seele meiner toten Frau, in Zukunft besser für unsere Tochter zu sorgen. Dann verabschiedeten wir uns stumm von Noura. Ich drückte *Paire* Georgios' Hand und bat ihn, sich gut um seine Gemeinde zu kümmern, und sicherte ihm Hilfe zu, um das Dorf wieder aufzubauen.
Eine letzte Nacht würden wir auf meinem Gut verbringen, dann zurück nach Tripolis. Ich pfiff nach den Hunden, wir saßen auf und ritten los. Schweigend sahen uns die Dorfbewohner nach. Noch vor Sonnenuntergang würden sie ihre Toten begraben.

Ende eines Gotteskriegers

Sancta Galla,
Patronin der Witwen

Quarta Feria,
6. Tag des Monats April

Es heißt, die Zeit heilt alle Wunden.
Das ist nicht immer wahr, denn an vielen geht man elendig zugrunde, an leiblichen wie auch an denen des Herzens. Besonders an Schwären, die durch stetig träufelndes Gift genährt werden. Nouras Verlust war ein schrecklicher Schlag, eine tiefe Wunde. Sie würde mit der Zeit jedoch heilen. Aber da war noch etwas anderes. Meine Gleichgültigkeit und Kälte, von der Hamid gesprochen hatte, waren nur die äußeren Zeichen einer kranken Seele, so wurde mir langsam klar. Sie bildeten eine Art Schutzwall, ohne den ich meine innere Trostlosigkeit nicht einmal mehr vor mir selbst hätte verbergen können. Nouras Liebe hatte diese Schmerzen gelindert, ja zeitweilig vergessen lassen, aber mit ihrem Tod war ich in haltlose Schwermut gestürzt, gleichgültig gegenüber allem, sogar meinem Kind.
Seit Tagen dämmerte es mir, dass es die vierzehn Jahre Krieg waren, die an mir nagten. Ich war Krieger, *capitan de cavalaria*. Von mir wurden Stärke und Abgebrühtheit erwartet. Wie sollte ich sonst Männer führen? Meine Abscheu gegenüber sinnloser Gewalt hatte ich deshalb unterdrückt. Doch es hatte stetig an mir gefressen, in die schreckgeweiteten Augen der Kinder und Alten zu blicken, der Jammer der Verwundeten, die trostlose Endgültigkeit des Todes, die einen beim Anblick der reglosen Leichen überfällt. Als es mich endlich selbst betraf und ich Noura so liegen sah, da war es, als habe der Scherer die Nadel an das überreife Geschwür gesetzt, als habe der innere Druck den ganzen ange-

sammelten Dreck aus dem Krater meiner Seele geschleudert. So groß der Schmerz dabei auch gewesen war, ihm folgte Erleichterung.

Ich begann, gewisse Dinge klarer zu erkennen. Entscheidungen standen an, das spürte ich, auch wenn mein Weg noch im Dunkeln lag. Bertrans Pläne spukten mir im Kopf herum, ebenso wie Odos Brief. Doch zunächst war es an der Zeit, mich um meine Tochter zu kümmern. Für den Rest vertraute ich auf Gottes Fingerzeig.

Als wir die Festung erreichten, nahm uns Euthalia in Empfang und wiegte das Kind weinend an ihrem Busen. Sie machte mir schwere Vorwürfe über meine Nachlässigkeit, die ich gesenkten Hauptes hinnahm. Nachdem sie sich beruhigt hatte, mussten wir uns mit Arnaud und ihrer ganzen Brut an den großen Tisch setzen, ebenso wie Guilhem, Severin und Hamid, und uns satt essen.

Im Gegensatz zu den vorangegangenen Tagen verliefen die nächsten ruhig. Adela und ich nahmen langsam Abstand von den qualvollen Ereignissen und begannen, uns an die neue Wirklichkeit zu gewöhnen. Nachts schlief sie noch unruhig und wurde von Alpträumen gequält. Tagsüber redete sie unablässig von allem, was ihr in den Kopf kam, mit Vorliebe von ihrer Mutter. Das war ihre Art, mit dem Verlust umzugehen.

Ich dagegen war eher still und nachdenklich, das heißt, wenn ich nicht Adela zuhörte. Hier war ein junges Menschenkind, von Nouras und meinem Blut. Ihre aus dem Augenblick geborenen und oft einfallsreichen Gedanken überraschten und vergnügten mich.

Sie war dunkelhaarig wie Noura, hatte meine Locken geerbt, dazu dunkelbraune Augen, eine matthelle Hautfarbe, schlanke, gerade Nase und volle, rosige Lippen. Ich fand sie ausgesprochen hübsch, wenn auch ein wenig zu dünn. Darüber machte ich mir Sorgen und bestand darauf, dass sie mehr aß. Vielleicht war es ihre lebhafte Natur, denn das Kind war immer in Bewegung. Sie war neugierig und für alles offen, gab ihrer Meinung freien Lauf, redete viel und brachte mich zum Lachen mit witzigen Anspielungen und Beobachtungen. Sie zeigte ohne Scheu ihre Gefühle, war stürmisch in der Freude wie im Leid, doch mit einem scharfen Verstand ausgestattet. Überraschend für mich war, wie sehr ich es genoss, ihr Vater zu sein. Sie berührte mein Herz und gab mir die Freude am Leben zurück.

Wir befanden uns in der heiligen Woche, und eingedenk der Leiden Christi verlangt die Kirche, dass man auf fleischliche Genüsse und Vergnügungen verzichtet. Völlerei und Feste hatten mir nie viel bedeutet, doch täglich die Messe zu besuchen, danach stand mir nicht der Sinn, und so unternahmen wir Ausritte. Adela saß erstaunlich gut im Sattel und hatte eine sichere Hand mit ihrer geliebten Stute Kohar, was Juwel auf Armenisch bedeutet. Meist galoppierten wir lange Strecken am Strand entlang, besuchten meine neuen Freunde, die Fischer, und aßen gegrillten Fisch, Krebse oder Muscheln mit ihnen. Adela gewann in kurzer Zeit die Herzen der einfachen Männer, die sich überboten, ihr Leckerbissen zuzubereiten. Ich trank ihren süßen Minztee und beobachtete Adelas ausgelassenes Spiel mit den Pferden und Hunden am Strand.

Einmal, als es ihr zu warm wurde, sprang sie vom Pferd, riss sich den Umhang vom Leib und warf sich, nur mit ihrem Leinenhemd bekleidet, mit Lachen und Gekreische in die anrollenden Wogen. Die Hunde sprangen laut bellend hinterher. Das war nach ihrem Geschmack. Später schüttelten sie sich, dass das Wasser in alle Richtungen flog. Adela wickelte ich in meinen Mantel, aber sie zitterte den ganzen Weg bis zur Festung, denn das Meer war noch kalt. Ihrer guten Laune und ihrem Redeschwall tat dies jedoch keinen Abbruch. Seltsamerweise kam der Gegenstand einer Reise ins Frankenreich, wie sie meine Heimat nannte, nicht mehr zur Sprache. Doch ich war sicher, die Sache war nicht vergessen.

Auch Alexis schien weniger bedrückt, stellte ich befriedigt fest, und Euthalia war zum siebten Mal schwanger, wie Arnaud mir freudig mitteilte. Diese Frau schien wie geschaffen zum Gebären gesunder Kinder, denn alle hatten bisher überlebt, ist doch der Tod im zarten Alter häufig genug. Ich schalt Arnaud, dass es nun

genug sei und seine Brut uns bald alle Vorräte wegfressen würde, und ob er meine, es fehle an Normannen in der Grafschaft.
Nach dem neuerlichen Überfall auf mein Dorf war es mir wichtig, die Plage der türkischen Freischärler zu beenden. Deshalb bat ich Bertran, sie aufstöbern zu lassen und das umliegende Land zu sichern. Zuerst zögerte er, denn er hatte vor Wochen bereits einen Teil des Heeres zur Unterstützung König Balduins Belagerung von Beirut ausgesandt. Aber dann sah er ein, dass wir ein Zeichen setzen mussten. Er bestimmte, Raimon Pilet selbst solle das Kommando führen, und wollte nun die Sache gleich auf den Weg bringen. Noch am Tag des letzten Abendmahls unseres Herrn kam Pilet zu mir, um seinen Kriegsplan zu besprechen, denn trotz der *festa de pasquas* würden sie im Morgengrauen ausrücken. Nach dem Gespräch umarmten wir uns, und ich wünschte ihm Glück.
»Sag den Mädels bei Barbara, sie sollen ihr Bett für mich warm halten«, grinste er und stolperte mit klirrenden Sporen die Stiege hinunter.
Trotz des üblichen Streits mit dem alten Geizkragen Bruder Albertus befahl ich dem Eunuchen Philippos, nach Ostern einen Bautrupp mit Ochsenkarren voller Bauholz in die Hügel zu schicken, um den Dorfbewohnern gegenüber mein Versprechen einzulösen. Die drei Gefangenen, Ricards zwielichtige Kumpane, wurden aus dem Verlies entlassen und fortgeschickt. Ich hörte, dass der Mann, der Joan hieß, sein Glück in Jerusalem versuchen wollte. Die anderen waren kaum fähig zu laufen, und halb trug man sie irgendwo ins Lager. Wo sie dort unterkamen oder was mit ihnen weiter geschah, scherte mich nicht im Geringsten.
Ricard selbst hatte sich bislang nirgends öffentlich gezeigt. Ich hatte die ganze Begebenheit fast vergessen, als er mir unverhofft über den Weg lief. Es war an dem Tag, als ich wegen der türkischen Plünderer um eine Audienz bei Graf Bertran gebeten hatte. Der maulfaule Mönch mit der düsteren Miene, der ihm als *secretarius* diente, hieß mich warten, da der Graf noch beschäftigt sei. Ich ließ mich gegenüber Bertrans Audienzsaal auf einer Bank nieder und sammelte meine Gedanken für das Gespräch

mit ihm. Lange dauerte es nicht, bis durch die großen Flügeltüren die Laute einer aufgeregten Zwiesprache drangen, die immer heftiger zu werden schien. Und dann flog eine der Türen so schwungvoll auf, dass sie mit Getöse gegen die Wand krachte. Ricard trat mit zorngerötetem Kopf rückwärts in die Vorhalle und schrie wutentbrannt: »So behandelst du also dein eigen Fleisch und Blut?«

Bertrans Antwort war schwer zu verstehen, aber es klang nach »sich zum Teufel scheren« oder Ähnlichem. Und Ricard schrie: »Verdammt, Vetter, es wird dich noch reuen!« Woraufhin er die Flügeltür so heftig zuschlug, dass der Rahmen zitterte und es durch den Palast hallte. Dann drehte er sich um und wurde plötzlich meiner ansichtig.

Wie zur Salzsäule erstarrt, stand er da und stierte mich aus Augen an, die fast aus den Höhlen zu treten schienen. Mein Anblick musste ihn noch wütender machen, denn er schien am ganzen Körper zu zittern, und sein Gesicht war dunkelrot angelaufen. Er sah so wild aus, als wolle er sich jeden Augenblick auf mich stürzen. Schnell erhob ich mich von meinem Sitz und legte die Hand auf den Schwertgriff. Aber er beherrschte sich, wenn auch mit sichtlicher Anstrengung. Fast glaubte ich seine Zähne knirschen zu hören.

»Montalban!«, zischte er schließlich. »Das habe ich nur dir zu verdanken. Und es reut mich, dass du noch lebst!«

Da traf mich die Erinnerung wie ein Keulenschlag. Was, zum Teufel, hatte er da vor Wochen in der Halle gesagt?

»Wer bezahlt dir Gold für meinen Tod?«

Eine Antwort bekam ich nicht. Stattdessen trat er unangenehm nah an mich heran, und seine Augen funkelten aus hasserfüllten Schlitzen. »Nimm dich vor mir in Acht, du Bastard einer hochmütigen Hure! Irgendwann erwische ich dich. Dich oder deine verdammte Tochter. Das verspreche ich dir!«

Mit einer obszönen Geste ließ er mich stehen und stürmte aus dem Palast. Ich muss zugeben, dass mich diese Ausfälligkeit zunächst sehr erschreckte, besonders Adelas Erwähnung. Er würde doch nicht wagen, ihr aufzulauern? So hasserfüllt und wild war

er gewesen, dass ich ihm im ersten Augenblick alles zugetraut hätte. Und meine Mutter sollte eine hochmütige Hure sein? Allein der Gedanke war so abwegig, dass ich auch die Sache mit dem Gold nicht mehr ernst nehmen konnte. Ich beschloss, den Vorfall als den unbeherrschten Gefühlsausbruch eines zügellosen jungen Mannes abzutun und die Drohung zu vergessen.
Erst Monate später sollte ich erfahren, wie die Dinge wirklich zwischen uns standen, was er gemeint hatte und wie gefährlich Ricard und die Männer waren, mit denen er sich eingelassen hatte.

***

Am Karfreitag fand die feierliche Prozession statt, um der Leiden Christi zu gedenken. Zwar waren die Anhänger der griechischen Kirche ebenfalls geladen, aber nur wenige kamen, da sie eine lateinische Messe ablehnen. Sie selbst bezeichnen sich als orthodox, als Rechtgläubige. Als seien wir Latiner Unrechtgläubige. Um die Absage zu mildern, sandte ihr Patriarch uns ein großes silbergefasstes Kreuz als Ostergeschenk, und somit waren alle zufrieden. Wir Latiner waren ebenfalls nicht bereit, in der Kirche der Griechen zu feiern, und ein angemessenes Gotteshaus musste erst noch gebaut werden. Deshalb sollte das Fest unter freiem Himmel vor den Mauern von Tripolis begangen werden.
Am Sonnabend besuchten wir die *Comtessa* und ihre Tochter Anhes. Während sich die Kinder im Garten des Palastes vergnügten, hatte ich ein angenehmes Gespräch mit ihr, in dem sie mir versicherte, wie sehr Bertran auf mich zähle. Er wolle einen Bund von engen Getreuen schmieden, um seine Absichten in diesem Land durchzusetzen. Ich hätte ihn darauf gebracht, sagte sie. Als ich mich erstaunt zeigte, fügte sie hinzu, er habe von Kameradschaft und Waffentreue gesprochen. Da verstand ich und musste lächeln.
»Montalban«, rief sie ausgelassen. »Ihr werdet doch der *festa* zu Pfingsten beiwohnen. Ich rechne mit Euch!«
Zu Pfingsten ist es bei uns Provenzalen üblich, große Feste in den Fürstenhäusern zu veranstalten. Alle Lehnsmänner und Gefolgs-

leute finden sich ein, um ihrem *princeps* die Ehre zu erweisen. Es wird gegessen und gezecht, Absprachen werden getroffen, Hochzeiten gefeiert und um die Gunst des Fürsten gebuhlt. Es war auch üblich, *torneis*, kriegerische Wettkämpfe, zu veranstalten. Dabei geht es immer hoch her, und die Pferde zertrampeln Feld und Garten. Wer niedergerungen wird, schuldet dem Sieger Ross und Rüstung. Ein halbes Vermögen für viele, was die Verbissenheit erklärt, mit der gekämpft wird. Ich hatte schon gehört, dass Bertran auch hier in Outremer ein *tornei* veranstalten wollte. Eine Gelegenheit für junge Heißsporne, sich zu messen und die eigene Geschicklichkeit vor den Hofdamen zur Schau zu stellen. Für alte Krieger wie mich waren solche Scheingefechte lächerlich. Nur wer bereit ist, zu töten, sollte eine Waffe in die Hand nehmen. An der Rauferei wollte ich mich also nicht beteiligen, aber das Fest selbst würde sicher unterhaltsam werden.

»Ich danke Euch für die Einladung, *Comtessa*.«

»König Balduin hat sich angemeldet und wird fünfzig seiner besten Ritter mitbringen«, erzählte sie freudig. »Auch der Patriarch von Jerusalem und der Nuntius des Papstes, der sich dort aufhält, werden uns beehren. Der Graf möchte die Eroberung von Tripolis gebührend feiern.«

»Darauf kann er auch stolz sein.«

»Vielleicht«, sagte sie und legte mir die Hand auf den Arm, »aber es ist nichts im Vergleich zu den Mühen von Männern wie Euch, die hier so viele Jahre gekämpft haben. Den tapferen Kriegern der *militia christi* soll dieses Fest gewidmet sein. Nur euch haben wir den Sieg zu verdanken.«

Ich hatte den Eindruck, sie meinte es sogar ernst.

Dann rief sie ein junges Mädel aus ihrem Haushalt mit Namen Cortesa zu sich. Diese sollte Adelas Dienstmagd sein, bis ich selbst jemanden gefunden hätte. Ich lehnte das Angebot höflich ab und verwies auf meinen Knecht Alexis, der gut für uns sorgte. Doch davon wollte Elena nichts wissen. Wer hätte denn schon gehört, dass eine *donzela* von Stand von einem Stallburschen bedient würde. Nein, nein, da gebe es keine Widerrede.

»Hier sind ein paar Dinge für Eure Tochter, Jaufré«, sagte sie und reichte der Magd einen prall gefüllten Ledersack. Als ich nach dem Inhalt fragte, erwiderte sie leicht atemlos, es seien nur ein paar Kleinigkeiten für ein junges Mädchen und nichts, was Männer anzugehen habe. Dann lachte sie über mein Stirnrunzeln, jedoch nicht ohne einen Anflug von Errötung. Zum Abschied fiel ich auf ein Knie, bedankte mich für die Freundlichkeiten und küsste die Ringe an ihren Fingern.

Den Ledersack hängte ich an den Sattelknauf, und so ritten wir zur Festung zurück, zusammen mit der Magd Cortesa, die zu Fuß mit ihrem Bündel auf dem Rücken neben uns herstapfte. Sie war aus der Borgonha wie Elena selbst, und es war nicht ganz leicht, ihre Sprache zu verstehen. Aber sie war ein hübsches Mädel und schien freundlich genug. Wer sich den Namen Cortesa für diese kräftige Bauerntochter ausgedacht hatte, muss einen Sinn für Humor gehabt haben, denn die feine höfische Art, die der Name andeuten will, war ihrer Natur sicher fremd. Doch sie sollte sich bald als beherzte und handfeste Magd erweisen, die sich nicht scheute, selbst mich herumzukommandieren, wenn es ihr passte. Adela mochte sie gleich, und so war ich zufrieden, sie in unseren kleinen Haushalt aufzunehmen. Eine gute Entscheidung, wie sich herausstellen sollte.

***

Ich hatte beschlossen, an diesem Tag, dem Vorabend des Osterfestes, meinen Freund Hamid zum Abendmahl zu laden. Es war das Ende der Fastenzeit, und niemand konnte etwas gegen ein üppiges Mahl einzuwenden haben. Hamid kam in ein langes, weißes Gewand gekleidet, das zusammen mit dem ebenfalls weißen Turban einen Gegensatz zu seiner mattdunklen Haut bildete. Darüber hatte er einen nachtblauen, leichten Umhang geworfen, und im Gürtel steckte ein mit Gold und Edelsteinen verzierter arabischer Dolch. Adela betrachtete seine Erscheinung mit leuchtenden Augen.

»*Jes Maria*, Hamid! Du siehst himmlisch aus!«

Die weißen Zähne blitzten in seinem breiten Lächeln, als er sich zum Wangenkuss herabbeugte. »Ich danke dir, *petit Domna*. Und du bist dabei, noch schöner als deine Mutter zu werden.«

In der großen Festungsküche wurden üblicherweise gewaltige Mengen einfacher Mahlzeiten für die Besatzung zubereitet. Für diesen Abend jedoch hatte ich dem Herrn der Köche einige Silbermünzen zugesteckt und dafür etwas Erlesenes erbeten. Cortesa und Alexis mussten wiederholt mit den verschiedenen Gängen die Stiegen von der Küche herauf erklimmen und kamen mächtig ins Schwitzen. Dafür erhielten sie ihren Anteil an unserem Festessen, den sie gemeinsam in Alexis' Kammer verzehrten.

Zuerst gab es in Palmblätter gerollten und mit Lauch gedünsteten Fisch, verziert mit Hummerkrabben und Muscheln. Dann am Spieß gebratene Täubchen und Wachteln. In Folge Lamm mit Knoblauch und Kräutern in einem irdenen Topf in Wein geschmort. Für viele Gemüsesorten war es noch zu früh im Jahr. Aber es gab Bohnen und Kohlgerichte, gedünsteten Weizengrieß, helles und dunkles Brot. Dazu tranken wir ungegärten Apfelmost, Traubensaft und einen leichten Wein für mich. Am Ende drei Sorten von Schafskäse, zusammen mit den landesüblichen, klebrig süßen Leckereien, Datteln und getrockneten Feigen.

Hamid genoss das Festessen.

»Die Franken aus dem Norden eures Landes haben recht«, sagte er. »Was den Normannen der Krieg, ist den Provenzalen das Fressen!«

»So«, brummte ich, »sagen sie das?«

»Deshalb sind mir die Provenzalen auch lieber!«, grinste er und nahm sich noch mehr von den Köstlichkeiten unseres Küchenmeisters.

Er und Adela unterhielten sich angeregt über Pferde, deren begeisterte Liebhaber beide waren. Ich beobachtete meine Tochter, wie sie anmutig mit dem Messer hantierte, mit spitzen Fingern in die Schüsseln und Teller langte und die Hände zwischen den Gängen sorgfältig in der beigestellten Wasserschale reinigte. Ihre Mutter hatte ihr höfische Tischsitten beigebracht. Ich war stolz auf sie und zeigte es.

»Zum ersten Mal sehe ich euch wieder unbeschwert lachen«, bemerkte Hamid zufrieden und nahm sich noch ein Stück Käse. »Sag mal, mein Freund. Ich habe da etwas von einem Brief gehört.«

Adela hörte gebannt zu, als ich von Odo und dem Brief berichtete, und stellte Fragen über meine Mutter. Eine Großmutter am anderen Ende der Welt, der Gedanke schien sie stark zu bewegen. Nie hatte ich mir Zeit genommen, sie über ihre Familie aufzuklären. Warum also nicht jetzt? Ich begann, von meiner Kindheit zu erzählen, während meine beiden Zuhörer aufmerksam lauschten.

Ich war das einzige Kind von Cecilia de Monisat und Ramon de Montalban auf Rocafort. Mein Vater, ein Katalane, war für den Grafen Guilhem in irgendeinem der vielen Kämpfe gegen die Mauren gefallen. Vielleicht gibt es einen Ort mit Namen Montalban in Catalonha, jedenfalls ist es kein seltener Name. Cecilia hatte aber nie von einer Familie dort erzählt, und mir selbst sind nur undeutliche Erinnerungen an meinen Vater geblieben. Er hatte sich als Söldnerführer das Vertrauen unseres Fürsten erworben und als Dank für seine Treue das Lehen auf Rocafort erhalten. Als er starb, war ich nicht älter als sechs Jahre gewesen.

Und so war ich mit zwei Frauen aufgewachsen, Cecilia, meiner Mutter, und Joana, *la noiriça*. Dabei war sie weit mehr als eine Amme, denn in den Jahren war sie Cecilias Vertraute und Freundin geworden. Sie stritten sich selten und ergänzten sich auf wundervolle Weise. Cecilias Verstand und eine gewisse Strenge fanden sich gepaart mit Joanas überschwenglicher Gutherzigkeit. Cecilia war immer zuerst Burgherrin, auch in ihrem Benehmen zu mir. Sie liebte mich, aber mit ein wenig Abstand, den der Respekt vor ihrer Rolle als Oberhaupt der Gemeinschaft verlangte. Denn die *familia*, das waren alle, die von der Burg in irgendeiner Weise abhängig waren. Für all diese Menschen trug sie Verantwortung und war sich dessen sehr bewusst.

Joana dagegen war überschäumend in ihren Gefühlen, mitteilsam, herzlich. Ihr konnte man alles sagen und alles beichten. Sie hatte das Ohr der Bauern und vermittelte zwischen Dorf und Burg. Sie erzählte mir als Kind Geschichten, wischte mir die Tränen aus dem Gesicht und das Blut von den Knien, wenn ich hingefallen war, und wiegte mich an ihrem umfangreichen Busen. Trotzdem ließ sie sich nicht auf der Nase herumtanzen, denn während Cecilia mich nur streng ermahnte, konnte ich von Joana eine Ohrfeige erwarten, wenn ich es zu wild getrieben hatte.

Ich war mit den Kindern im Dorf aufgewachsen, und mein bester Freund war Drogo, der Sohn des Schmieds, gewesen. Wir kletterten in die höchsten Baumwipfel und kannten alle Höhlen in den Felsen der umliegenden Berghänge. Wir trieben Schabernack mit den Alten oder klauten Hühner, um sie im Wald am Feuer zu braten. Wir lernten Fallen zu stellen und gingen mit den Jägern auf die Pirsch. Im Sommer halfen wir bei der Ernte und kühlten uns hinterher im Fluss ab. Dann ärgerten wir die Mädchen, die ihren Müttern bei der Wäsche halfen. Wir ritten heimlich die Pferde, die auf der Koppel waren, und lieferten uns Schlachten mit selbstgefertigten Schilden und Holzschwertern. Wer weiß, wie oft ich anfänglich vom Pferd gefallen bin. Ich hatte immer Wunden an den Knien oder Kratzer an Armen und Beinen. Einmal trat ich in eine Sichel und verlor fast einen Zeh. Aber, Gott sei Dank, befiel mich nichts, was Joana nicht mit Spucke und Verband, einer Kräutersalbe oder ein paar Zaubersprüchen heilen konnte.

Die Stunden vergingen im Flug, während wir bei sanftem Kerzenlicht saßen und erzählten. Adela lauschte hingerissen meinen Geschichten. Schließlich wurden ihre Augen immer kleiner, und ich schickte sie mit einem Kuss für jeden von uns in ihre Schlafkammer.

Hamid und ich stiegen auf den Wehrgang, um ein wenig frische Luft zu atmen und die sternenklare Nacht zu genießen. Auf einem der Marktplätze der Vorstadt konnten wir das hell lodernde Osterfeuer erkennen und die Fackeln der langen Prozession. Ich erklärte meinem Freund, wie sie um Mitternacht das Licht vom Osterfeuer zu dem noch im Dunkeln liegenden Altar vor der Stadtmauer trugen. Dort würden sie damit die Kerzen anzünden und *lumen christi*, das Licht des auferstandenen Heilands, verkünden. Das Volk würde *gratia Deus* rufen und Gott für seine Gnade danken. Während des Gottesdienstes würde ein mit purpurnem Tuch bedecktes Kreuz als Zeichen der Auferstehung feierlich enthüllt werden.

»Euer Glaube ist voller Sinnbilder und überlieferter Handlungen«, sagte er. »Neben Gott betet ihr zu der Jungfrau und zu Heiligen aller Art. Genügt euch nicht ein einziger Gott?«

»Es sind keine Götter. Nur Heilige, die ein vorbildliches Leben geführt haben. Deshalb sind sie Gott nahe. Wir verehren sie und flehen um Fürbitte.«

»Zu viel Gedrängel in eurem Paradies«, lachte er kopfschüttelnd. Für übersteigerte Frömmigkeit hatte er schon immer, seit ich ihn kannte, wenig übriggehabt, auch was sein eigenes Bekenntnis betraf. Die Gedanken hellenischer Philosophen, die er als junger Mann studiert habe, hätten ihn einen Abstand zu mystischen Dingen gelehrt. Er glaube nicht an die Heiligkeit irgendeines Krieges, und obwohl er vermied, es sich anmerken zu lassen, hatte er wenig Verständnis für die religiöse Inbrunst, die wir Latiner zu jeder Zeit auf den Lippen trugen und mit der wir unsere Kriegszüge rechtfertigten. Besonders wenn aus stillem Glaube engstirniger Eifer wird, hatte er einmal gesagt, dann ist der Mensch zu allen Schandtaten fähig. Deshalb führe man besser mit dem *logos* der Philosophen als mit dem *credo* der Gläubigen! In allem solle die Vernunft herrschen, war sein Leitsatz.

»Ein Gedrängel mag es sein«, erwiderte ich belustigt, »aber die Heiligen geben uns ein Gefühl der Geborgenheit. Sie sind wie Freunde. Man kann ihnen alles sagen, ohne sich gleich dem strengen Blick des Allmächtigen auszusetzen.«

»Wie rührend«, spöttelte er.

Wir blickten auf die Lichter in der Ferne und schwiegen. Ein wohltuendes Beieinandersein, das auf langer Freundschaft und gemeinsamen Erlebnissen beruhte.

»Was wirst du deinem Onkel antworten?«, fragte er plötzlich.

Wie oft hatte ich dieser Tage nicht schon selbst darüber gegrübelt. Ich konnte den Brief natürlich unbeantwortet lassen. Er würde

glauben, ich sei irgendwo verschollen. Aber, das hatte der Alte nicht verdient.
»Ich werde ihm eine Nachricht zukommen lassen.«
»Und diese vertrauliche Familienangelegenheit?«
»Was soll es schon sein? Sein altes Landgut vielleicht. Und ein gewisses Vermögen, das er sich als Bischof angeeignet haben mag. Ich will sein Gold nicht. Um solche Dinge hat sich immer meine Mutter gekümmert.«
»Es war Adela, die mir von dem Brief erzählt hat.«
Das erstaunte mich, und so berichtete ich ihm von ihrem Wunsch, meine Kapelle in der alten Heimat zu errichten. Hamid seufzte und meinte, das Kind wünsche sich eine Familie. Das sei für ihn verständlich, denn ein Araber könne ohne Familie nur schwer leben. Fast schlimmer noch als der Tod der Geliebten sei der Verlust seiner Familie gewesen.
»Was wirst du deinem Onkel also antworten?«, fragte er ein zweites Mal.
Ich kaute unschlüssig auf der Unterlippe und fuhr mir mit der Hand durchs Haar. »Ich hätte sicher schon Jahre früher ein Lebenszeichen senden sollen. Da bin ich ein schlechter Sohn gewesen.«
»Und ein noch schlechterer Vater!« Er wusste von Berta und dem Kind.
»Vielleicht habe ich den Jungen gezeugt, aber ich bin nicht sein Vater. Du weißt, wie sie mich betrogen und in diese Ehe gezwungen haben. Damit habe ich nichts mehr zu tun.«
»Belüg dich nicht selbst, Jaufré. Gleich, wie du es wendest, der Junge ist von deinem Blut.«
»Na und?«
»Ein Vater hat Verantwortung.«
»Er leidet keine Not.«
»Du meinst, er hat genug zu essen«, sagte er leise. »Und vermutlich hat er das.« Er schwieg eine Weile. Dann wandte er mir sein dunkles Gesicht zu und deutete auf seine Brust. »Aber was ist mit dem Herzen? Ein Sohn braucht die Liebe des Vaters. Wie soll ein Mann lernen, das Gute vom Bösen zu unterscheiden, wenn

sein Vater ihm nicht die Welt erklärt, ihm nicht den rechten Weg weist und ihn auf seinen ersten Schritten ermutigt?«

Man konnte sich immer darauf verlassen, dass Hamid klare Worte sprach. Mir kam Ricard in den Sinn und was Bertran von seiner Kindheit erzählt hatte. Ohne Vater und mit einer schwachen Mutter.

»Wird ein Mann ein schlechter Mensch, nur weil er ohne Vater groß wird?«, erwiderte ich trotzig. »Auch ich bin ohne Vater aufgewachsen.«

Hamid verdrehte über meine Sturheit die Augen gen Himmel. »Es wird Zeit, den alten Groll zu vergessen. Was hat dir das Kind getan? Ihm darfst du nicht zürnen.«

»Ach, Hamid! Mein Leben ist so, wie es ist. Ich kann es nicht mehr ändern.« Ich lachte bitter. »Was willst du eigentlich? Hast du dich mit Adela verschworen?«

»Ich habe bisher meinen Mund gehalten, das ist wahr. Weil Noura dich mehr brauchte als die Leute da drüben in deiner Heimat. Sie hatte ja niemanden außer dir.«

Er fasste mich am Arm und sah mir eindringlich ins Gesicht. »Doch Noura ist tot. Was soll dich jetzt hier noch halten? Ich sage dir, Jaufré, der du mein Freund bist. Es ist an der Zeit, heimzukehren.«

Wir standen noch lange schweigsam auf der Zinne. Dann legte er mir sanft die Hand auf die Schulter und wünschte eine gute Nacht.

***

Ein Alptraum plagte mich. Seit Nouras Tod quälten sie mich wieder öfter. Ich sah mich in fahlem Licht über nebelverhüllte Schlachtfelder wandern, die kein Ende nahmen, übersät von bleichen Leibern mit grässlich blutenden Wunden. Sie bewegten sich und schlangen ihre Arme flehend um meine Knie. Ich erkannte alte Gefährten, die mich riefen, stolperte über ihre Gliedmaßen und schrie vor Angst, ich könnte stürzen. Dann würde ich mich nie mehr erheben können und müsste bis zum Jüngsten Gericht

an der Seite dieser grausigen Leichen liegen. Schließlich rannte ich ohne Unterlass, bis ich eine Hütte in einem Moor erreichte. Darin wollte ich mich verkriechen. Aber da lag Amelha auf ihrem blutbesudelten Lager und schrie und schrie mit schmerzverzerrtem Gesicht. Ich brach in die Knie und weinte. Amelha hielt mir ein Neugeborenes hin, ein Knabe, und hörte nicht auf zu lachen und mich zu verhöhnen. Da sah ich, es war nicht Amelha, sondern Berta.
Vor Schweiß triefend wachte ich auf. Als ich ein Becken mit Wasser füllen wollte, zitterten meine Hände so stark, dass ich fürchtete, den Krug fallen zu lassen. Ich setzte mich auf mein Nachtlager und versuchte, langsam und tief zu atmen. Es dauerte lange, bis meine Hände wieder ruhig waren.

***

Adela saß mit finsterer Miene beim Morgenmahl und rührte lustlos in ihrem Brei aus zerquetschten und gekochten Weizenkörnern. Auf meinen freundlichen Morgengruß murmelte sie nur eine dürftige Antwort. Sie würdigte mich keines Blickes, und ein Sturm schien sich auf ihrer Stirn zusammenzubrauen. Ich fragte schließlich, was mit ihr sei.
»Du hast mir nicht die Wahrheit gesagt«, stieß sie hervor.
»Wovon redest du?«
»Von dieser Frau im Frankenreich.«
»Berta?«
»Du hast gesagt, du magst sie nicht. Aber du hast gelogen.«
»Kannst du bitte erklären, was du damit meinst?«
Ihre Unterlippe zitterte. »Mama hat gesagt, wenn man Kinder macht, dann ist es, weil man sich liebt.«
»Was weißt du denn vom Kindermachen, *mon anjol?*«
Sie warf mir einen ungeduldigen Blick zu.
»Das weiß doch jeder.«
»Jeder? Dann erklär es mir.«
»Stell dich nicht so an, Vater!« Sie wurde rot, und als ich sie weiterhin fragend anblickte, zischte sie: »Na, auf der Weide, der

Hengst und die Stute oder bei den Rindern ... die tun es doch auch.«

»Aha!«, lächelte ich. »Du weißt also, wie das geht.«

Nun hatte ich sie vollends durcheinandergebracht, und ich konnte sehen, dass sie gleich wütend werden würde. Daher beeilte ich mich, hinzuzufügen: »Also gut. Was genau hat Mama dir dazu gesagt?«

»Ich hab sie gefragt, ob Menschen das auch tun. Weil ich es nämlich ziemlich eklig finde.« Ich konnte mir nicht helfen und musste grinsen. Adela aber fuhr ungerührt fort: »Da hat sie gesagt, wenn man sich liebhat, dann sei das nicht eklig. Und wenn man sich ganz besonders liebhat, dann sei es sehr schön, und man bekommt dann Kinder.«

»Und warum bist du jetzt wütend auf mich?«

»Weil du mit Berta ein Kind gemacht hast«, warf sie mir angriffslustig ins Gesicht.

»Aha. Du hast wieder gelauscht.«

»Du gibst es also zu?«

Ich blickte betreten auf meinen Teller. »Ja, ich habe einen Sohn«, sagte ich, fast froh, dass es raus war. Sie blickte mich triumphierend und trotzig zugleich an. Offensichtlich erwartete sie nun eine Erklärung von mir. »Und deshalb glaubst du, ich würde Berta lieben wie deine Mama?«

Ihre Augen wurden feucht, und sie sah wütend zum Fenster hinaus. Wir schwiegen beide, während ich nachdachte.

»Adela. So einfach sind die Dinge nicht. Man kann auch Kinder kriegen, wenn man sich gar nicht liebt. Berta ist sicher eine gute Frau, aber ich wollte sie nicht heiraten. Geliebt habe ich sie schon gar nicht. Trotzdem habe ich dummerweise einige Male bei ihr gelegen. Und dann passiert das mit dem Kinderkriegen. Es macht doch aber keinen Unterschied für dich, oder?«

Sie ließ die Schultern hängen und weinte. »Ich weiß nicht, was ich denken soll. Alles ist so anders geworden, seit Mama tot ist.« Sie wischte sich die Nase an ihrem Ärmel. »Zuerst dachte ich, du willst mich verlassen. Und jetzt erfahre ich, ich habe auch noch einen Bruder dort.«

»Das macht dir Angst?«
»Ja.«
»Wir sind doch hier zusammen, du und ich. Er tut dir nichts.«
Für einen Augenblick blieb sie stumm. Dann lächelte sie vorsichtig und sagte: »Gestern warst du glücklich, als du Geschichten von früher erzählt hast. Ich konnte es auf deinem Gesicht sehen. Und ich möchte sie alle kennenlernen. Meine Großmutter und Joana. Die hört sich besonders lieb an. Drogo, deinen Freund. Die Leute im Dorf, den Gänsejungen. Ja, und auch den Bischof.«
»Na ja, der Gänsejunge ist inzwischen ein großer Mann. Aber ich verstehe«, murmelte ich und tätschelte ihre Hand. »Nun iss endlich. Du bist zu dünn.«
Sie stopfte sich den Mund voll, und zwischen Löffeln befragte sie mich nach ihrem Halbbruder.
»Er muss jetzt sechzehn sein.« Mein Gott, dachte ich, schon fast erwachsen.
»Und wie heißt er?«
»Raol.«
»Raol, Raol, Raol!«, sagte sie, als wolle sie sich an den Klang gewöhnen. »Wie es wohl ist, wenn man einen großen Bruder hat?«
»Beschützen soll er dich, wenn dein Vater es nicht kann.«
»Mama hat gesagt, du musstest in den Krieg ziehen, weil dein Lehnsherr es befohlen hat.«
»So ungefähr.«
»Weil es doch sonst nicht richtig ist, seine Kinder zu verlassen, oder?«
»Na ja …«, murmelte ich verlegen.
»Siehst du. Es war ein guter Einfall von mir, die Kapelle in deinem Dorf bei den Franken zu bauen. Du hast erzählt, da gibt es noch keine. Alle im Dorf können helfen, und der Bischof Odo kann sie einweihen.« Sie lächelte mich einschmeichelnd an.
»Sag nicht immer Franken. Die leben nämlich im Norden, mein Herz!«, erklärte ich ihr. »Wir sind Provenzalen, und das Dorf liegt in einer Gegend, die Corbieras heißt, nicht weit von Narbona, wo Bischof Odo lebt.«

Ich küsste sie auf die Stirn und nahm sie bei der Hand. »Komm, ich habe zu tun. Wir müssen mit dem Wachhauptmann reden. Ich kann nicht den ganzen Tag hier herumsitzen und Geschichten erzählen.«

Sie begleitete mich bei meinen Pflichten als *castelan*. Vormittags beobachteten wir Arnauds Ausbildung der Männer. Nachmittags begutachtete ich die Waffenkammer. Jeder Krieger war für seine Ausrüstung selbst verantwortlich, und ich achtete darauf, dass die Bewaffnung meiner Männer immer in gutem Zustand war. Für den Bedarfsfall lagerten wir auch eine bedeutende Menge an Waffen in der Festung. In einem hinteren Bereich der Waffenkammer entdeckte ich viele, die Rost angesetzt hatten. Eine Nachlässigkeit des zuständigen Waffenschmieds. Ich ließ ihn meinen Unmut spüren, und er versprach, die Sache in Ordnung zu bringen.

Danach überprüfte ich die Vorräte. Bruder Albertus begleitete uns mit seinen Büchern und Aufzeichnungen. Wir fanden den üblichen Verlust. Käseräder, die zu stark verschimmelt waren, als dass man sie noch genießen konnte. Kornsäcke, die die Ratten angenagt und geplündert hatten. Aber mit Ausnahme einiger verschwundener Fässer Wein stimmten die Bücher in etwa. Der fette Philippos, der für unsere Vorräte verantwortlich war, atmete erleichtert auf, denn, obwohl die Vorratskammern immer verschlossen bleiben sollten, kam es oft zu kleineren Diebstählen. Das war kaum zu vermeiden. Wein, Getreide oder Oliven wurden gern von den Bediensteten gestohlen.

Adela langweilte sich nicht. Sie beobachtete alles, stellte kluge Fragen und wich nicht von meiner Seite. Als Philippos sie im Scherz fragte, ob er sich wegen seines Amtes Sorgen machen müsse, antwortete sie spitz: »Wer weiß?« Dann lachte sie ausgelassen über sein verdutztes Gesicht.

***

Am nächsten Tag begaben wir uns auf einen längeren Ausflug. Wir erforschten die Hügel, die vom Meer aufsteigen. Es ist ein schönes Land dort am Fuße des Libanongebirges. Die Obstbäume standen in Blüte, und das saftige Grün des Frühlings bedeckte Wald und Flur. Im Hintergrund das Gebirge wie eine *serra*, eine zackige Säge, mit seinen weißen Schneespitzen.

Hamids Worte, in denen er mich an meine Vaterpflichten erinnert hatte, wollten mir nicht aus dem Sinn gehen. Er hatte recht. Ich durfte nicht länger leugnen, dass ich einen fast erwachsenen Sohn hatte. Je mehr ich an Raol dachte, je öfter schwelgte ich auch in Erinnerungen an die Corbieras, und je stärker wurde mein Verlangen, die Wälder und Wiesen meiner Heimat wiederzusehen, die Berge und die schroffen Kalkfelsen. Ich stellte mir vor, wie es wäre, wenn wir eines Tages den steinigen Weg durchs Dorf zur Burg hinaufritten und uns das Volk dabei angaffte, als habe uns der Teufel persönlich herbeigezaubert. Was würden sie sich nicht eiligst bekreuzigen oder das Zeichen gegen Hexenmagie und bösen Blick machen. Denn schrecklich abergläubisch waren sie alle.

In Wahrheit fürchtete ich, meiner Mutter zu erklären, warum ich ohne ein Wort so lange fortgeblieben war. Hier bin ich, Mutter, der Krieg hat leider etwas länger gedauert. Nein, so ginge das nicht. Außerdem hatte ich Bertran meinen Lehnseid gegeben, und er zählte auf mich. So einfach konnte ich nicht fort von hier.

Doch zuletzt war es Raimon Pilet, der, ohne es zu wollen, den letzten Anstoß gab.

Es war schon späte Abenddämmerung, als sein Reitertrupp heimkehrte. Seine Leute schienen keine wesentlichen Verluste erlitten zu haben. In guter Ordnung waren sie ins Lager gekommen. Nichts ließ auf eine Niederlage schließen, und doch waren ihre Mienen düster, voller Trauer und zähneknirschender Wut. Links und rechts der Lagerstraße liefen Männer zusammen und hielten Feuerbrände hoch, um besser sehen zu können. Von allen Seiten flogen Fragen, aber die Reiter gaben nur einsilbige Antworten. Missmutig und niedergeschlagen stiegen sie von den

Gäulen, denn in ihrer Mitte trugen sie Pilet, in Schmerzen gekrümmt und zu Tode verwundet.

Sie hatten ihn gerade ins *hospitium* für Verwundete und Kranke getragen, als ich das Lager erreichte.

»Jaufré, alter Junge.« Pilet versuchte ein dünnes Lächeln.

Er trug weder Helm noch Kettenhaube. In der Nähe des Schlüsselbeins ragte ein Pfeilschaft aus dem Panzer. Die Stimme war heiser, sein Gesicht totenbleich, und das fahlblonde Haar klebte ihm schweißnass auf der Stirn. Ich kniete neben ihn und ergriff seine Hand.

»Wir haben sie erledigt, Jaufré. Aber dann musste ich für meinen Übermut büßen«, sagte er, als wolle er sich für seinen Zustand entschuldigen. »Wird nun vorerst nichts mit den Mädels bei Barbara, was, Alter? Du wirst mich vertreten müssen.« Er versuchte, mir verschmitzt zuzublinzeln, verzog jedoch schmerzhaft das Gesicht.

»Was ist geschehen?«

Er schloss die Augen und schwieg.

Ein gewisser Roland de Bonaserre, sein Unterführer, zog den Helm vom Kopf und seufzte tief. Er machte einen erschöpften Eindruck.

»Wir hatten sie ausfindig gemacht und zwei Tage lang vor uns hergetrieben. Obwohl einige Kerle entkamen, war auch der geplante Hinterhalt erfolgreich gewesen. Aber dann auf dem Rückweg …« Er zögerte.

»Sprich, Mann!«

»Nachmittags hielten wir eine kurze Rast. Es war sehr warm. Raimon hatte Helm und Kettenhaube abgenommen. Plötzlich hagelte es Pfeile auf uns herab. Ein Hinterhalt.«

»Türken?«

»Sahen irgendwie anders aus. Dunkle Kleidung, vermummte Gesichter. Es waren nur wenige, und sie entkamen uns.«

Haschischin, dachte ich bei mir. *Putan merda!* Mich packte eine Wut über diese feigen Angriffe aus dem Hinterhalt. Und gleichzeitig empfand ich eine große Trostlosigkeit. Pilet, der Unverwüstliche, der immer lachend dem Tod getrotzt hatte, der trink-

feste Gefährte so vieler Abenteuer. Mich packte der graue Jammer, ihn so zu sehen.
Guilhem und Arnaud trafen ein, auch Hamid kam bald dazu.
»*Fils de putas!*«, brüllte Pilet und biss sich vor Schmerz auf die Lippen, als die Mönche ihm das Kettenhemd abnahmen und das Lederwams aufschnitten. Aber sie kannten ihr Geschäft, und bald lag er vom Panzer befreit in schweiß- und blutdurchtränktem Hemd auf dem Bett. Mühsam röchelnd ging sein Atem. Man hatte ihm Kissen in den Rücken gestopft, so dass er halb aufrecht lag. Er versuchte zu lächeln.
»He, ihr hässlichen Bastarde! So erwischt es einen.« In seiner Brust hörte man es bei jedem mühsamen Atemzug leise rumpeln und gurgeln.
»Sobald der Pfeil raus ist, wirst du wieder ganz der Alte«, versuchte Guilhem, ihm Mut zu machen.
Doch Pilet schüttelte den Kopf. »Den kriegt keiner mehr raus. Sitzt zu tief in der Lunge«, flüsterte er. »Ich werde am eigenen Blut ersaufen.«
Solche Wunden hatten wir zur Genüge gesehen, um zu wissen, dass er recht hatte. Die Mönche flößten ihm etwas Wein ein, wuschen ihm den Schweiß ab und legten ihm ein feuchtes Tuch auf die fiebernde Stirn. Er hielt die Augen geschlossen, aber sein Atem rasselte und pfiff wie ein alter Blasebalg. Einmal hustete er und spuckte einen Schwall von Blut. Wir fürchteten, ihn ersticken zu sehen, doch er beruhigte sich wieder und lehnte ermattet den Kopf zurück.
»Guilhem!«, flüsterte er heiser. Guilhem nahm Raimons große Pranke in die Hände und beugte sich vor. »Ich bin hier, Raimon.«
»Und Hamid, du ungläubiger Teufel!«, grinste er. »Wisst ihr noch, wie wir den in Tortosa aufgelesen haben?«
»Ohne dich säße ich noch auf der Galeere«, erwiderte Hamid und drückte seine Hand.
Raimons Blick schweifte weiter in der Runde. »Arnaud, du Normannenbastard. Du hast mir dreimal das Leben gerettet.«
»Da siehst du, was geschieht, wenn ich nicht da bin, um dir den Hintern zu putzen«, antwortete Arnaud.

Pilet musste lachen, hustete aber gleich wieder. »Keine Witze bitte«, röchelte er schwach.
Über Guilhems hartes Kriegergesicht rannen Tränen. »Halt den Schnabel, Raimon, und rede nicht so viel.«
Als Pilet mühsam versuchte, sich höher zu setzen, stopfte ich ihm noch ein Kissen in den Rücken.
»Vor Jerusalem haben wir es allen gezeigt, was Jaufré?«
Ich nickte. »Das haben wir, Raimon.«
»Weißt du noch, der verdammte Turm?«
Wie könnte ich es jemals vergessen? Außer verkrüppelten Olivenbäumen hatte es weit und breit kein Holz zu fällen gegeben. Hätten wir nicht zufällig in einer Höhle lange Stämme gefunden, die der Feind vor uns versteckt hatte, so hätte es auch für die zwei armseligen Belagerungstürme nicht gereicht. Godefrois Männer bauten den ihren in der Nähe der Kirche des Heiligen Stefans, wir Provenzalen standen mit unserem an der Südmauer bereit. Die Schwierigkeit war, den Turm nah genug an die Mauer zu rollen. Dazu musste der Festungsgraben mit Steinen gefüllt werden. Immer dem Feindbeschuss ausgesetzt, hatten die Männer drei Tage lang mühselig den Graben zugeschüttet und einen Weg geebnet, auf dem die riesigen Räder des Turms zur Mauer rollen konnten. Es war erschreckend, wie viele dabei unter dem Hagel der Pfeile gefallen waren. Kaum hatten wir das Ungetüm mühsam an die richtige Stelle geschoben, als sie den Turm mit Brandpfeilen belegten. Alles wieder zurück und löschen. Schwere Lederschürzen nagelten wir an die Vorderseite und tränkten sie mit Wasser, bevor wir es erneut versuchten. Die Sturmmannschaften waren schon in den Turm geklettert, als er am unteren Ende wieder zu brennen begann. Ich erinnerte mich an diese grauenvollen Augenblicke. Männer fielen unter den Pfeilen wie die Fliegen. Die Kette der Wasserträger kam nicht schnell genug nach, und uns oben im Turm schien der Flammentod sicher. Bis einer schrie: *Pisst auf das Feuer!*
»Alle holten ihre Schwänze raus, aber bei dir kam kein einziger Tropfen«, flüsterte er fast erstickt vor Mühe, nicht zu lachen. »Deiner war so trocken wie die Möse einer toten Äbtissin.«

Tränen liefen ihm die Wangen herunter, und auch ich konnte einen Lachanfall nur mit Mühe unterdrücken. Er hustete wieder Blut, und nachdem der Anfall vorüber war, rasselte es noch lauter in seiner Brust.

Wir wagten nicht mehr zu sprechen. Die Stille wurde nur durch dieses schreckliche Blubbern und Pfeifen seines Atems unterbrochen. Wir starrten auf die bleichen Wangen unseres Freundes. Ein Mönch erschien, um ihm die letzten Sakramente zu geben. Pilet hielt die Augen fest geschlossen und tat, als nehme er den Mönch nicht zur Kenntnis. Nur seine Hand hielt die meine umklammert, und ab und zu drückte er sie.

»Was ist, Raimon?«

Er blinzelte aus verquollenen Augen. »Wir haben gottlose Dinge getan, was, Jaufré?«

Ich nickte.

»Wird Gott uns verzeihen?« Er fragte dies ängstlich, und meine Antwort schien ihm wichtiger als das *te absolvo* der Ordensbrüder.

»Das wird er, Raimon. Du warst einer seiner besten Kämpfer.«

»Wir alle hier.«

»Jawohl, Raimon. Wir alle.«

»Ich liebe eure hässlichen Affengesichter«, flüsterte er.

Nach einer Weile drückte er abermals meine Hand. Die Augenlider zuckten. Ich musste mich über ihn beugen, um ihn zu verstehen. Ich sah, dass seine Lippen begonnen hatten, sich blau zu färben.

»Geht endlich heim, Jungs«, kam es mit heiserem Pfeifen von ihm. »Wir haben genug getan.«

Und dann, ich konnte es nicht fassen, dass er immer noch reden wollte, starrte er mich noch einmal an und stieß mühsam jedes Wort einzeln hervor. »Grüß Odo von mir.«

Ich traute meinen Ohren nicht. Was, zum Teufel, hatte er mit Odo zu tun? Doch es blieb keine Zeit, ihn zu fragen, denn seine Brust hob und senkte sich mächtig in gurgelnden Krämpfen, während ihm blutiger Schaum vor den Mund trat. Sein Todeskampf war schrecklich anzusehen. Seine Faust umklammerte die meine, als wolle er mir die Knochen brechen, es gelang ihm, ein letztes »Betet für mich!« herauszupressen, dann traten ihm die Augen aus dem Kopf, und er begann, wie im Krampf zu zittern. Sein schnappender Mund öffnete sich, als sei er ein Fisch an Gottes Haken.

Ein letztes Mal bäumte er sich auf, dann wurden die zuckenden Bewegungen langsam ruhiger, bis er sich nicht mehr rührte. Nur die weit aufgerissenen Augen starrten uns an. Arnaud schloss sie mit einer sanften Handbewegung und schob ihm die offene Kinnlade zu.

Eine lange Weile saßen wir neben dem Leichnam, sagten kein Wort und wagten kaum, einen Blick zu tauschen. Bis Guilhem sich den Rotz von der Nase wischte und *»putan merda!«*, murmelte. Dann standen wir auf und verließen stumm das *hospitium*.

Noch Tage danach zermarterte ich mein Hirn, um Pilets letzte Worte zu deuten. Warum nur sollte ich Odo grüßen? Er kannte ihn doch gar nicht. Und nun würde ich ihn nicht mehr fragen können.

***

Die Moslems beerdigen ihre Toten noch am gleichen Tag.

Wir Christen nehmen uns mehr Zeit. Doch hier im Orient, wo während der meisten Zeit des Jahres große Hitze herrscht, ist dies vernünftig. Deshalb, gleich am nächsten Morgen nach der Totenwache seiner Freunde, beerdigten auch wir unseren Kameraden auf dem Friedhof der griechischen Kirche in Tripolis.

Viele gaben ihm das letzte Geleit, denn Raimon Pilet war trotz seines rauhbeinigen Wesens bei allen beliebt gewesen. In vorderster Reihe stand Graf Bertran, begleitet von *Comtessa* Elena. Daneben in respektvollem Abstand Pilets engste Freunde und Weggefährten auf dem langen Marsch, der uns von Tolosa über die Alpen, durch Dalmatien, Makedonien, Konstantinopel, Nicaea und Antiochia bis nach Jerusalem und zuletzt Tripolis geführt hatte. Auch Hamid, obwohl Muslim, war dabei, und hätte man es ihm verwehrt, so hätten die Männer zornig nach ihm verlangt.

Paire d'Aguiliers vollzog die feierliche Handlung. Das lange Priestergewand und seine Stola verliehen der fülligen Gestalt Bedeutung und Würde. Nach den überlieferten Beschwörungen und Gebeten in lateinischer Sprache hielt er eine kurze Grabrede.

»Heute tragen wir den tapferen *Cavalier* und Edelmann Raimon Pilet zu Grabe.« Er schaute in die Runde, und sein Blick schien jeden Einzelnen zu treffen. »Er war nicht immer ein Vorbild christlicher Frömmigkeit und Demut. Leider habe ich ihn auch nicht oft in meiner Kirche gesehen.«

Bei diesen Worten mussten viele grinsen, und in den hinteren Reihen lachte einer kurz auf, bis ihn sein Nachbar in die Rippen stieß. Raimons lockerer Lebenswandel war allen bekannt. Aber musste der Pfaffe so die Grabrede beginnen?

»Und doch«, sprach er weiter, »war Pilet ein wackerer Krieger für den Herrn und hat sein Leben der großen Sache gewidmet, der Befreiung des Heiligen Grabes. Keine Strapaze und keinen Kampf gegen die Ungläubigen hat er je gescheut. Bis zuletzt opferte er jeden Blutstropfen für das Kreuz und die Glorie Jesu. Und so ist er gestorben. Aufrecht, im Kampf gegen die Feinde der Christenbrüder. Dafür soll er auf ewig geehrt sein und an der Seite unseres Erlösers im Paradies wohnen.«

Der Pater hielt einen Moment inne. Das war schon besser. Alle, besonders die alten Kameraden, fühlten sich persönlich angesprochen. Beschrieben solche Worte nicht uns alle?

»Viele verdanken Raimon Pilet ihr Leben. Alle bewunderten seine Kraft und seinen unerschütterlichen Mut in der Not, wenn manch einer verzagen wollte. Sein Brot hat er geteilt, wenn andere hungerten, und immer konnte man sich seiner Hilfe sicher sein. Das ist, was ihn besonders auszeichnete, die Treue zu seinem Herrn ebenso wie die Treue zu seinen Kameraden, die ihn geliebt haben und ihn immer in ihren Herzen bewahren werden.«

Nun hob er die Handflächen nach oben und blickte gen Himmel.

»Vater unser im Himmel. Wir bitten Dich um Gnade für unseren treuen Sohn, einem großen *miles christi*, Krieger unseres Heilands. Erbarme Dich seiner ewigen Seele und geleite ihn in Dein Paradies. Amen.«

In den Gesichtern konnte man lesen, dass der Priester den richtigen Ton getroffen hatte. Hatte ich ihm gar nicht zugetraut. Graf Bertran trat vor und warf als Erster eine Handvoll Erde auf den Sarg, gefolgt von allen anderen. Jeder in seine eigenen Gedanken versunken, verließen wir den byzantinischen Gottesacker.

Der Leichenschmaus sollte bei Pietro am Hafen stattfinden, und es hatte eine lustige Feier sein sollen. Wir wollten von Pilet wie zu seinen Lebzeiten mit gutem Essen und einem ausgelassenen Gelage Abschied nehmen und ihn so unter die Erde bringen, wie er es sich selbst gewünscht hätte.

Aber die Fröhlichkeit war gezwungen, die Gespräche blieben verhalten, und kaum wagten wir, uns wirklich in die Augen zu blicken. Bis Robert *lo Caval* aussprach, was uns bedrückte.

»Unsere Zeit ist vorbei«, sagte er in die Stille hinein, die am Tisch herrschte. Wir rückten zusammen und wollten hören, was er zu sagen hatte. »Ich war zuletzt nicht dabei, aber Arnaud hat mir berichtet, wie er gestorben ist. Und ich sage euch, Pilet hatte recht. Wir haben genug getan. Wir sind die Letzten aus der alten Truppe. Zu viele sind unterwegs und in den Kämpfen verreckt. Und auch jetzt sterben immer noch zu viele.« Er zog dann die Luft geringschätzig durch die Nase. »Sie halten große Reden, wisst ihr. Doch ich frage mich oft, ob die Sache es wert war.«

Er nahm einen tiefen Schluck aus seinem Becher. Wir saßen still da und dachten über das Gesagte nach.

»Hängt davon ab, ob die Türken uns ins Meer werfen oder ob wir uns hier halten können.« Auch Arnaud schien heute düsteren Gedanken nachzuhängen.

»Mag sein. Aber die Zeit von uns alten Kämpen ist vorbei«, wiederholte Robert betrübt. »Und wenn ich ehrlich bin, muss ich sagen, dass ich der Sache nun auch müde bin. Ich habe genug von Brandschatzen und Morden. Es klebt zu viel Blut an meinen Händen. Es reicht mir für den Rest meiner Tage.«

Wie ich so in die Gesichter der anderen schaute, sah ich, dass viele so empfanden, auch wenn sie es bis heute nicht ausgesprochen hatten. Das Gift des Krieges hatte unsere Eingeweide zerfressen, und wir waren müde und bitter geworden. Wir fühlten uns ausgenutzt, fast hassten wir die Geistlichen, die uns immer wieder angetrieben hatten. Wir waren die Letzten einer sterbenden Rasse.

»Wir haben getan, was wir konnten. Nun ist es an anderen, etwas daraus zu machen«, sagte Robert abschließend.

Unwillkürlich wandten wir uns dem Neuen in unserer Mitte zu, dem blonden Roger d'Asterac. Das machte ihn einen Augenblick lang verlegen, aber dann hob er seinen Becher, blickte in die Runde und trank uns zu.

»Ich hätte gern an der Seite von Männern wie Pilet gekämpft«, sagte er nach kurzem Überlegen. »Doch vielleicht ist es Zeit, Frieden zu schließen und etwas in diesem Land aufzubauen. Halten werden wir uns hier nur können, wenn wir etwas für die Menschen tun. Wir müssen sie achten und gerecht herrschen. Wir müssen uns das Recht verdienen, ihre Herren zu sein. Ich glaube, Graf Bertran sieht das so, und er hat Pläne. Dabei will ich sein Mann sein.« Er hob erneut seinen Becher. »Ich trinke auf Pilet, und ich trinke auf den Grafen!«

»Auf Pilet und auf den Grafen«, murmelten wir und tranken in einem Zug aus.

So hatte ich es noch gar nicht betrachtet, aber möglicherweise hatte Roger recht. Pilet und die meisten hier, wir waren die Eroberer und Zerstörer gewesen, zusammen mit unserem Herrn, dem alten Grafen Raimon, der nun in seinem Sarkophag auf dem Pilgersberg lag. Bertran stand vielleicht für etwas Neues in Outremer. Vielleicht konnte er die Völker versöhnen.

Bertran kam mit neuen Gedanken und neuem Eifer. Möge er nun Anführer für tatendurstige Pilger aus der Heimat sein, wie es zuvor sein Vater für uns Krieger gewesen war. Eine starke Hand war weiterhin gefordert, denn der Brückenkopf, den wir in Outremer besetzt hielten, war noch schwach, die Bedrohung groß und die Hinterhalte und das tägliche Morden schienen nicht aufzuhören. Trotzdem gab es die berechtigte Hoffnung, ein starkes Reich der Ritter des Kreuzes errichten zu können. Stützen konnte man sich auf die vielen Christen im Volk. Und die Andersgläubigen sollten wir nicht länger als Feinde betrachten. Vielleicht würde Bertran auch Bauern und Siedler ins Land holen, um das Gewonnene zu festigen, ebenso wie Baumeister, Priester und Handwerker. Besser noch wäre es, von den Arabern zu lernen, denn in Gelehrsamkeit waren sie uns weit überlegen.

Doch das war nicht mehr unser Kampf. Ich fühlte es nun sehr deutlich. Wir hatten unsere Pflicht getan. Wir waren müde und sollten gehen, denn vielleicht standen wir dem Neuen nur im Weg. Und so legte sich endlich der Aufruhr, der in den letzten Tagen in meinem Herzen geherrscht hatte. Mir wurde klar, was ich zu tun hatte, und dies gab mir eine innere Ruhe und Zuversicht, wie ich sie seit langem nicht mehr gekannt hatte.

Odo und meine Mutter würden mich nach vierzehnjähriger Abwesenheit sicher frostig empfangen. Aber ich beschloss, der Sache mit Zuversicht zu begegnen. Was Berta zu meinem plötzlichen Auftauchen sagen würde, daran dachte ich weniger. Überhaupt hatte ich sehr schemenhafte Erinnerungen an sie. Fast schien sie mir nur eine blasse Einbildung zu sein.

Heute muss ich über solche Gedanken schmunzeln, denn dass es Berta in Fleisch und Blut und in voller Lebensgröße gab, das sollte ich nur zu bald erfahren. Ebenso, was es mit Pilet und Odo auf sich hatte.

Des Grafen geheimer Auftrag

Sanctus Tiburtius,
lässt alles grünen und wachsen

Quinta Feria,
14. Tag des Monats April

Nach dem trüben Leichenschmaus und auf dem Weg zurück zur Festung ergriff ich die Gelegenheit, Hamid meinen Entschluss mitzuteilen. Es fiel mir nicht leicht, denn es bedeutete, bald Abschied nehmen zu müssen.

»Du warst mir immer der beste Freund, den man sich wünschen kann, Hamid, aber nun ist es an der Zeit, wie du selbst gesagt hast, in das Land meiner Väter heimzukehren. Und so ist es Gottes Wille, dass sich unsere Wege trennen.«

»Warum sollten sich unsere Wege trennen, Jaufré?«, fragte er mit gerunzelter Stirn. »Reist du denn nicht ins Reich der Franken?«

Spätestens da hätte mich ein belustigtes Leuchten in seinen Augen stutzig machen sollen. Doch ich starrte ihn nur verständnislos an.

»Aber ja, das sage ich doch.«

»Na, dann ist alles gut«, schmunzelte er. »Dann reisen wir in die gleiche Richtung.«

»Was? Ich glaube es nicht! Du begleitest uns?«

»Natürlich. Einer muss doch auf dich und dein Töchterchen achtgeben. Sonst kommt ihr unter die Räder.« Er grinste breit und schlug mir auf die Schulter. »Ich hoffe, du kannst mich noch an deiner Seite ertragen.«

»*Mon Dieu*, Hamid! Ist das wahr? Ich kann dir gar nicht sagen, wie froh ich darüber bin. Und Adela erst.«

Dann wurde ich nachdenklich. »Wirst du dich denn wohl fühlen bei uns, Bruder? Ein fremdes Land, fremde Gewohnheiten. Wir haben keine Moscheen, und es wird nur Christen um dich geben, Ungläubige eben.« Ich sagte es halb im Scherz und lachte dazu, aber er antwortete mit Bedacht.

»Ich habe lange darüber nachgedacht, Jaufré. Du weißt, ich habe alles verloren, Liebe und Familie, Heimat und Besitz.« Er schüttelte den Kopf, als wundere er sich über sein eigenes Schicksal. »Weißt du, ich war einmal der beste Koranschüler in Damaskus. Ein guter Muslim, eifriger Schüler des Propheten, Stolz meines Vaters. Die Philosophen habe ich studiert, Mathematik und Medizin. Ausgerechnet ich also bin Soldat eurer verdammten *militia christi* geworden. Macht es mich zum Verräter an meinem Volk?« Sein Gesicht war voller Selbstzweifel. So kannte ich ihn gar nicht. Ich blieb stumm, denn was gab es da zu erwidern? Hamid zuckte mit den Schultern und seufzte. »Mein Volk ist schwach geworden. Ein leichtes Spiel für fremde Eroberer. Doch das rechtfertigt mich noch weniger.«

»Ist es nicht müßig, Gottes Wege ergründen zu wollen?«, fragte ich vorsichtig.

»Geplant hatte ich dieses Leben wahrlich nicht. Ein tiefer Blick aus den Mandelaugen eines Weibes, ein Fehltritt, und alles war verändert.« Seine Stimme klang bitter.

»Ich dachte, du bereust nichts.«

»Du hast recht. Ich bereue nichts. Will nichts bereuen. Und wer bin ich in der Tat, um die Weisheit Allahs zu hinterfragen? Es war Sein Wille, dass aus mir kein Kaufmann wurde, sondern ein Verbrecher und entlaufener Galeerensklave. Mein Brandmal macht mich zum Freiwild für jeden Muslim. Ich überlebe nur unter dem Schutz des Christenheeres. Sollten Muslime mich jemals zu fassen kriegen und mein Brandmal entdecken, das wäre mein Ende. Keine Galeere diesmal. Sie würden mich pfählen oder lebendig vierteilen. Ein entlaufener Sklave dient nur noch zur Abschreckung für andere.«

»Willst du sagen, dass mein Entschluss dich zwingt, mir zu folgen?«

»Nein, nein! Natürlich nicht.« Er lächelte nachsichtig. »Ich kann weiter Bertran dienen oder mich den Byzantinern als Söldner anbieten. Doch in Wahrheit hält mich nichts hier, das wollte ich dir sagen.«

»Es ist ein großer Schritt. Überlege es dir gut.«

»Ihr Christen des Westens, ihr seid die Zukunft!«

»Hältst du uns nicht für Barbaren?«, erwiderte ich erstaunt.

»Und mit Recht.« Er lachte über meinen Gesichtsausdruck. »Byzantiner und Araber haben euch vieles voraus, ob an Gelehrsamkeit, Kunstfertigkeit oder Lebensart. Euch wie auch den Türken. Die aber achten wenigstens den Koran, das Kalifat und die Lebensweise der Muslime. Deshalb dulden wir sie notgedrungen. Heutzutage scheint die Welt den Barbaren zu gehören, in letzter Zeit besonders euch Latinern. Ihr breitet euch überall aus. Ihr seid dabei, viel zu erreichen. Das, was euch an Wissen mangelt, werdet ihr lernen.« Er schüttelte den Kopf. »Vor Jahrhunderten hat die Botschaft des Propheten ähnlichen Eifer geweckt und zu großen Eroberungen geführt. Aber inzwischen ist der Islam zerstritten, durch Bruderkriege und den Einfall der Türken geschwächt. Die Kalifen sind entmachtet. Die arabischen Fürsten leben im Überfluss und kümmern sich mehr um den eigenen Genuss als um ihren Glauben. Das Kämpfen überlässt man Söldnern oder Sklaven.«

»Glaubst du, wir werden Outremer halten können?«

»Für eine Weile gewiss. Der fränkischen Reiterei haben die Moslems wenig entgegenzusetzen. Doch dieser Vorteil wird mit der Zeit schwinden. Bedeutender ist die Wildheit und Entschlossenheit bis hin zur Selbstaufgabe, die eurer Rasse eigen ist. Dies und der blindwütige Glaube an eine göttliche Sendung machen euch unwiderstehlich. Aber meine Antwort auf deine Frage lautet dennoch nein. Über kurz oder lang, irgendwann werdet ihr hier aufgeben müssen. Dieses Land ist zu zerrissen. Niemand kann es befrieden. Hier streiten sich die Völker seit Abrahams Zeiten. Alle wollen ein Stück dieser blutgetränkten Erde, warum, weiß nur Allah. Außerdem kann niemand so gut hassen wie die Moslems. Sie werden euch am Ende mit ihrem Hass besiegen.«

»Warum willst du dann zu uns kommen?«

»Weil ihr anders seid. Ihr denkt und lebt freier. Ihr habt Könige, doch Despoten sind euch zuwider. Ihr seid ewig uneins und haltet doch zusammen, wenn es nottut. Ihr ringt miteinander. Nicht nur um Macht, sondern auch um unterschiedliche Auffassungen auf der Suche nach Erleuchtung. Ihr verbrennt eure Ketzer, und doch sind sie Suchende. Ihr solltet sie ehren. Bei uns gibt es nichts mehr zu suchen oder zu entdecken. Der Koran ist der Weisheit letzter Schluss. Und das ist bedauerlich.« Er atmete tief durch und lächelte dann. »Nein, hier hält mich nichts, und ich bin neugierig auf euer Land. Bisher habe ich nur eure Krieger kennengelernt. Nun will ich sehen, wie ihr wirklich lebt.«

»Na schön, aber sei dir darüber im Klaren, das Leben eines Fremden unter Fremden ist nicht leicht.«

»Das ist wahr. Aber seit meine Glaubensbrüder mich verstoßen haben, sind Christen die besten Freunde, die ich habe. Wenn ich überhaupt eine Familie habe, dann seid ihr das, du und Adela. Deshalb war auch Nouras Tod für mich schwerer, als du glauben magst.«

Ich drückte seine Hand. »Du bist uns mehr als willkommen!«

»Da ist noch etwas, das mir wichtig wäre.« Er schaute etwas verlegen drein. »Ich habe euch zugehört, heute nach der Bestattung. Und ich denke ebenso wie die anderen. Ich wünsche mir schon lange ein anderes Leben. Du weißt, eigentlich war ich ja nie zum Krieger geboren.«

»Dafür hast du dich aber wacker geschlagen«, erwiderte ich lachend.

Er lächelte scheu und strich seinem Pferd sanft über den langen Nacken.

»Du kennst meine Liebe zu Pferden. Wenn du mir ein Stück von deinem Land verpachten könntest, dann würde ich gern Pferde züchten. Ihr Franken kommt hier immer mit diesen ungelenken Ackergäulen daher. Wir könnten versuchen, sie mit noblem Araberblut zu kreuzen.«

»Du meinst, wir bekämen mit Glück eine schnellere Rasse, aber kräftig genug für schwere Panzerreiter.«

»So etwas schwebt mir vor.«

»Ich weiß, dass es möglich ist, denn ich habe von Leuten gehört, denen es gelungen ist, Araberpferde aus Spanien mit unseren Rassen zu vermehren.«

»Ich bin sicher, man wird uns viel Geld für wendige Schlachtrosse bieten. Du könntest mein Teilhaber werden. Was meinst du?« Ich hielt ihm meine Hand hin, und Hamids weiße Zähne blitzten in der Frühlingssonne auf, als er strahlend einschlug. Nun war die schwermütige Stimmung endgültig verflogen.

In der Festung stürmte ich eiligst die Stiegen hoch. Eine Last schien von mir genommen. Als ich in meine Gemächer trat, fand ich Adela, wie sie Cortesa die Betonung unserer Mundart beibrachte. Das hielt ihre ganze Aufmerksamkeit gefangen, und so bemerkten sie mich nicht. Sie saßen auf der Fensterbank und machten fröhliche Gesichter. Die Sonne in ihrem Rücken fiel durch Adelas offenes Haar und umgab sie mit einem magischen Schein. Wie sehr liebte ich mein Kind, fuhr es mir durch den Sinn. Mit ernstem Gesicht streckte sie anmutig einen Arm vor, spitzte den Mund und zog die Augenbrauen hoch. Dann machte sie einen höfischen Knicks und sprach Cortesa besonders deutlich vor.

»Ben siatz vengut, bel amic.« Gleich kam es ihr aber komisch vor, und sie kicherte, während Cortesa es nachsprach. Dann gewahrte sie mich und sprang auf. »Vater, wo warst du so lange? Cortesa will provenzalische Worte lernen, die sie zu Alexis sagen kann.«

»Und wozu braucht sie da: *Sei willkommen, geliebter Freund?*« Cortesa errötete und wand sich vor Verlegenheit. Aber Adela blieb mir keine Antwort schuldig. »Ist doch klar, Papa. Sie soll wie eine feine *Domna* und nicht wie eine Kuhmagd klingen. Wenn sie schon Cortesa heißt, muss sie auch *cortés* sein, oder?« Dazu lachte sie ausgelassen.

»Alexis spricht ohnehin nur wenig von unserer Sprache.«

»Umso besser. Dann ist sie nicht nur feiner, sondern auch klüger als er. Frauen müssen immer klüger sein, nicht wahr, Cortesa?« Die arme Magd war inzwischen dunkelrot geworden, murmelte etwas, das nach Küche klang, und floh aus dem Gemach. Das

schien Adela noch mehr zu belustigen, so dass sie sich schier ausschütten wollte vor Lachen.
»Arme Cortesa! Ich glaube, sie ist in Alexis verliebt, Papa.«
Nun schlang sie mir ihre Arme um den Leib und himmelte mich an. Ich machte mich sanft frei, setzte mich auf Cortesas Platz auf der Fensterbank und zog Adela neben mich.
»Wir müssen reden, mein Engel.«
An meinem Gesicht merkte sie sofort, dass es etwas Ernsthaftes war. Also setzte sie sich aufrecht und blickte mich erwartungsvoll aus großen, dunklen Augen an.
»Ich will dir deinen Wunsch erfüllen und die Kapelle in meiner Heimat errichten. Was sagst du dazu?«
Ihre Augen leuchteten, eine aufgeregte Röte überflutete ihr Gesicht, und ihr schmächtiger Körper saß gespannt wie ein Bogen.
»Ist das wahr, Vater?«, rief sie. »Keine Festung mehr, keine Soldaten? Wir werden in deinem Haus wohnen?«
Ich nickte. Daraufhin sprang sie auf und hüpfte im Zimmer auf und ab. Dann rannte sie wieder zu mir, warf sich auf meinen Schoß und umarmte mich wild.
»Freu dich aber nicht zu früh, denn ich muss noch mit dem Grafen reden. Nur er kann mich aus meinem Schwur entlassen.«
Aber das schien Adela nicht zu beunruhigen. »Wenn nicht, dann bitte ich die *Comtessa* Elena. Sie wird uns helfen«, sagte sie zuversichtlich. »Ich darf doch Kohar mitnehmen, nicht wahr?« Gemeint war ihre Stute.
»Aber sicher. Auch Ghalib natürlich. Ich hoffe auf ein Schiff, weißt du? Und ich werde noch weitere gute Pferde kaufen. Denn Hamid will eine Zucht bei uns versuchen.«
»Wie? Hamid kommt mit?« Sie machte große Augen.
»Er kommt mit, *mon cor*. Ist das nicht großartig?«
Sie vollführte noch einen wilden Tanz durchs Zimmer, dann bestand sie darauf, Hamid auf der Stelle aufzusuchen und alles mit ihm zu besprechen. Sie raste aus der Kammer und vergaß, die Tür zu schließen. Wie ich sie liebte! Überhaupt, was für ein glücklicher, aufregender Tag.
Ricards wilde Drohung fiel mir ein. Zum Glück würde sich diese

Angelegenheit durch unsere Reise erledigen, vorausgesetzt Bertran würde mich ziehen lassen. Ich konnte mich erst wohl fühlen, wenn diese Frage geklärt war. Ebenso wie Adela hatte mich eine Unruhe gepackt, und ich leerte einen Becher Wein in großen Zügen. Doch dabei ließ ich es bewenden, wie ich es geschworen hatte. Keine Sauferei mehr!

In der Nacht lag ich lange wach, wälzte mich auf meinem Lager und grübelte über das neue Leben nach, das uns erwartete. Unser Fortgehen beendete mit einem Schlag einen ganzen Lebensabschnitt. Adela kannte nur das Leben in Outremer, und auch ich hatte fast die Hälfte meiner Jahre hier verbracht. Unsere Noura würden wir in fremder Erde zurücklassen. Der Abschied würde mir schwerfallen. Und doch hatte ich das gute Gefühl, dass gerade Noura unser Vorhaben gebilligt, ja uns sogar dazu ermutigt hätte. Mit diesem Gedanken schlief ich schließlich ein.

***

Nicht ohne Beklommenheit erhob ich mich am nächsten Morgen, denn heute war der Tag, an dem ich Graf Bertran meinen Entschluss mitteilen und ihn um sofortige Entlassung aus meinen Pflichten bitten würde.

Auch wenn ich mit Unbehagen an diese Unterredung dachte, so trieb mich doch die Ungeduld. Einmal zur Heimkehr entschlossen, war es mir nun eilig, Reisevorbereitungen zu treffen. Im Geiste befand ich mich schon nicht mehr in Tripolis. Jeder Tag, den wir länger verweilten, schien mir verschwendet zu sein. Hinzu kam, dass ich bei der unsicheren militärischen wie politischen Lage fürchtete, irgendetwas könnte unsere Pläne im letzten Augenblick vereiteln. Vieles konnte geschehen, und in der Not würde ich meinen Lehnsherrn nicht im Stich lassen dürfen. Also erinnerte ich mich an einen der Lieblingssprüche meiner Mutter: *Wer lange sinnt, beginnt nicht, und wer nicht beginnt, gewinnt nicht.*

Im byzantinischen Bad auf der Festung bereitete ich mich in Gedanken auf die Begegnung mit dem Grafen vor. Ich saß lange im heißen Dampf und ließ mich anschließend mit kühlem Wasser übergießen. Das würde ich in Zukunft leider nicht mehr genießen können. Zuletzt ließ ich mir Bart, Haare und Fingernägel trimmen und wählte, zurück in meinen Gemächern, meine beste Tunika, darüber einen knielangen, byzantinischen *sobrecot* und einen reichverzierten Gürtel. Ich wollte angemessen gekleidet vor meinen Lehnsherrn treten. Eine Frage der Achtung in dieser heiklen Angelegenheit.

Als ich später, von zwei Bewaffneten begleitet, durch die Stadt ritt, überkam mich ein seltsames Gefühl. Diesen Ort würde ich nun bald verlassen. Das, was ich zuvor als gewohnt und selbstverständlich kaum beachtet hatte, bekam mit einem Mal eine neue Bedeutung. Fast schon wehmütig beobachtete ich für eine Weile das Treiben auf dem großen Markt in der Vorstadt. Neugierige Müßiggänger ebenso wie schwadronierende Kaufleute, verschleierte Frauen mit Einkaufskörben, jammernde Bettler, unsere Soldaten, die sich in Grüppchen durch die Menge bewegten, die unermüdlichen Huren, die ihnen nachstellten, dazwischen flinke, barfüßige Jungs, Botenjungen oder Taschendiebe. Das fremdländische Essen und die Gerüche der Garküchen und Grillbuden, so viel Leben und buntes Treiben. In meinem stillen Dorf in der Corbieras würde ich all dies vermissen. Ich sah mich aufmerksam um, sog alles in mich auf, um mich für den Rest des Lebens daran zu nähren.

Am Tor des Palastes musste ich den Wachen mein Schwert überlassen. Aus Gründen der Sicherheit. Ich murrte, denn ohne Schwert fühlt sich jeder Provenzale nackter als ein Säugling am ersten Tag, aber da ich heute als Bittsteller kam, fügte ich mich.

»Jaufré, mein Guter. Entschuldige die Entwaffnung. Ich weiß, es ist äußerst entwürdigend, doch da es ohne Ausnahme alle Besucher trifft …«

Bertran sah übernächtigt und verkatert aus. Er musste am Vorabend heftig dem Wein zugesprochen haben. Kein guter Anfang für mein Anliegen.

»Verfluchte Mörderbande. Die Spione erzählen von Gerüchten, dass sie es auf mich abgesehen hätten.«

»Die *Haschischin?*«
»Ebendie. Verdammte Plage.«
Bertran hatte selbst Erkundigungen eingeholt, die bestätigten, was Hamid uns erzählt hatte. Er berichtete, was er über Selbstmordanschläge dieser Zeloten gegen türkische Herrscher erfahren hatte. »Stell dir vor, sie glauben, durch ihren Opfertod flugs ins Paradies zu kommen.«
»Das Märchen von den erlesenen Jungfrauen?«, fragte ich spöttisch. »Zweiundsiebzig für jeden frommen Helden. Endlose Freuden bis in alle Ewigkeit.«
»Verlockender Gedanke! Dafür würden wir beide uns vielleicht auch töten lassen, was, Jaufré?«
Wir genossen den kleinen Scherz zusammen.
»Wie soll man sich gegen Selbstmörder verteidigen?«, rief er dann entrüstet. »Übrigens, das war ein guter Plan, den ihr ausgeheckt hattet. Verdammt schade um Pilet, einer unserer Besten. Aber die Leute auf dem Land werden ruhiger schlafen können. Ich will das Volk langsam auf unsere Seite ziehen.«
Ich fasste mir ein Herz. »*Mossenher*, ich bin wegen einer persönlichen Angelegenheit gekommen.«
»Mein Gott, Jaufré, so ernst?«
Er ließ sich auf seinen Stuhl hinter dem riesigen Tisch fallen und starrte mich aus blutunterlaufenen Augen an. Ich räusperte mich. Es half nichts. Die Sache musste raus.
»Ich will in die Corbieras reisen.«
Er zog die Brauen zusammen und erwiderte scharf: »Das kommt mir aber gar nicht gelegen. Ich plane einen Heerzug nach Homs. Das ist noch vertraulich, hörst du?«
»Eine Belagerung?«
»Falls es ohne zu große Verluste zu machen ist. Ich hatte gehofft, du würdest das in den nächsten Tagen für mich auskundschaften. Mit deiner Erfahrung kannst du die Sache am besten einschätzen.«
Ich schluckte, denn das war genau, was ich befürchtet hatte. Einmal in Kriegshandlungen verwickelt, würde ich nicht mehr freikommen. »Ich möchte sofort reisen. Mit dem ersten Schiff.«

»Das trifft mich völlig unerwartet, Montalban.« Er sah mich durchdringend an, ein wenig empört. »Es ist Odos Brief, oder?«

»Ja, *dominus.*« Ich hielt den Blick gesenkt, wie bei einer Beichte. Bertran starrte zum Fenster hinüber und kratzte sich das glattrasierte Kinn.

»Nun setz dich endlich auf den Arsch. Dieses Stehen macht mich irre«, knurrte er ärgerlich.

Verdammt, dachte ich, die Sache läuft nicht gut.

Nachdem ich mich gesetzt hatte, fuhr er fort: »Also gut. Du kannst deine Erbschaft regeln. Aber spätestens vor Wintersanfang erwarte ich dich zurück.«

Das war schon ein großes Zugeständnis, ich wusste das. Doch dann platzte ich heraus: »Ich habe mich schlecht erklärt, Herr. Ich nehme meine Tochter mit. Ich kehre heim. Für immer.« Dann fügte ich schnell hinzu: »Natürlich hoffe ich auf Euer Einverständnis.«

Nun war es raus. Es war sehr still geworden im Saal.

Bertran hatte die Augenbrauen hochgezogen. »Heimkehren? Für immer?«, fragte er ungläubig. »Aber das geht nicht, verdammt!« Er sprang auf und wanderte aufgebracht im Saal umher. »Was für ein verfluchter Tag! Ich hätte heute Morgen nicht aufstehen sollen. Zuerst gängelt mich Elena. Dann gleich nach dem Morgenmahl Streit mit den Genuesen, später Eifersüchteleien unter den Geistlichen der Stadt und nun du. Das rundet meinen Tag ganz wunderbar ab.« Ich hielt es für das Beste, vorerst den Mund zu halten. »Weißt du nicht, dass es mir an erfahrenen Hauptleuten fehlt? Und dann ist Pilet auch noch so blöd, sich von einem verirrten Pfeil töten zu lassen. Das macht alles nur noch schwieriger.«

Er hielt die Hände auf dem Rücken und wanderte mit vorgestrecktem Kopf herum. Dabei schien er eher mit sich selbst zu reden als mit mir. »Das Heer, das ich mitgebracht habe, besteht doch nur aus Rotznasen und grünen Jungs. Und die adeligen Herren, die hier aufkreuzen, sind eher gewohnt, sich in Duellen oder Fehden abzustechen, als einen richtigen Krieg zu führen. Sind nur hier, um nachher prahlen zu können, sie hätten im Heiligen Land gekämpft. So wie Vetter Ricard, der elende Nichtsnutz.«

»Arnaud macht seine Sache gut«, warf ich vorsichtig ein. »Keiner bildet die Mannschaften besser aus.«

»Der große Normanne? Ja, das habe ich gehört. Doch das dauert alles zu lange. Du weißt es selber. Drill ist eines, aber nichts ersetzt die Erfahrung. Und deshalb sind mir Männer wie du wichtig. Ihr seid das Rückgrat des Heeres.« Er wanderte weiter ärgerlich im Kreise und warf mir finstere Blicke zu. »*Putan*, Montalban, ich kann dich nicht ziehen lassen! Es geht einfach nicht.«

Wir schwiegen uns gegenseitig eine Weile an, er wütend, ich trotzig. Ein Groll stieg in mir hoch. Als freier Mann hatte ich das Recht, mein Leben selbst zu bestimmen. Ich war sein Vasall, aber nicht sein Sklave!

»*Mossenher*, ich habe lange Jahre Eurem Vater treu gedient. Ich habe Guilhem Jordanus, seinem Nachfolger, gedient, ebenso wie Euch, wenn auch erst für kurze Zeit. Und ich würde Euch immer und mit Freuden dieselbe Treue wie Eurem Vater erweisen.«

Bertran unterbrach seine Wanderschaft und sah mich misstrauisch an.

Mit fester Stimme fuhr ich fort: »Seit nun schon vierzehn, viel zu langen Jahren kenne ich nur Krieg in meinem Leben. Ich wache nachts schweißgebadet auf, mit Bildern im Kopf, die ich nicht einmal meinen schlimmsten Feinden wünsche. Vor Tagen ist meine Frau erschlagen worden. Und meiner Tochter kann ich nur ein Soldatenleben in einer grimmen Festung bieten.« Ich holte tief Luft. »Ich will das nicht mehr. Besonders gestern, an Pilets Grab, da ist es mir so richtig klargeworden. Einmal muss Schluss sein!«

Bertran hatte sich mit verschränkten Armen vor mir aufgestellt und sah mich nachdenklich an. »Ich verstehe«, brummte er. »Du bist ausgelaugt. Kampfesmüde. Geht wohl den Besten so, hab ich mir sagen lassen.«

»Ja. Vielleicht bin ich das. Aber wie dem auch sei. Meint Ihr nicht, ich hätte genug für die Grafen von Tolosa getan? Meint Ihr, nach vierzehn Jahren hätte ich nicht das Recht erworben, meine Ländereien wiederzusehen und mich um meine Familie zu kümmern?«

Ich biss mir betreten auf die Lippen. War ich zu weit gegangen? Bertran hatte seine Wanderung wieder aufgenommen.

»Was willst du?«, fragte er über die Schulter. »Vielleicht mehr Land? Willst du mein Heermeister werden? Was kann ich dir bieten?«

»Ich will nichts. Nur heimkehren«, sagte ich leise und fügte dann mit Bestimmtheit hinzu: »Für mich ist dieser Krieg zu Ende, Herr.«

Bertran starrte mich schweigend, aber äußerst gereizt an.

»Ihr wisst es nicht, aber ich habe einen halbwüchsigen Sohn in der Corbieras«, fügte ich noch hinzu. »Ich habe mich entschlossen, ihn nicht länger zu vernachlässigen. Es tut mir leid, *Coms*, ich hatte gehofft, Ihr versteht.«

In diesem Augenblick nahm das Gespräch eine völlig andere Wendung. Bertran sah mich noch eine Weile prüfend an, dann ließ er sich auf seinen Stuhl fallen und seufzte entmutigt, als müsse er sich in das Unvermeidliche schicken.

»Ein Sohn, sagst du? Das wusste ich nicht.«

Er schaute zum Fenster hinaus und sprach dann tonlos: »Ich weiß, wie es sich anfühlt, wenn man dem eigenen Vater gleichgültig ist. Wenn man sich danach sehnt, überhaupt einmal beachtet zu werden. Ja, das weiß ich nur zu gut.«

Er läutete eine Handglocke nach seinem Diener und bestellte Erfrischungen für uns. Das hieß Wein für ihn. Ich verlangte nur Wasser. »Du trinkst nicht?«

»Ich habe genug getrunken, ebenso wie ich genug gemordet habe.« Ich war immer noch erregt von meinem Ausbruch.

»Mein Gott, das sind ja ganz neue Töne.«

»Ich habe gelobt, mein Trinken zu mäßigen. Schon meiner Tochter wegen.«

»Ein Gelübde auch noch, herrje. Als Nächstes wirst du mir eröffnen, dass du ins Kloster gehst, was?«

Ich war erleichtert, dass ihn sein Sinn für Humor nicht verlassen hatte. Er nahm sich einen vollen Kelch, leerte ihn in einem Zug

und knallte ihn dann hart auf den Tisch, dass man um das kostbare Stück fürchten musste.
»Also schön. Ich kann dich nicht zurückhalten«, sagte er. »Im Gegenteil. Nun hat deine Familie Vorrang. Ich verstehe. Es passt mir nicht, aber ich verstehe es.«
Nach einem zweiten Kelch fragte er, wer meiner Meinung nach meine Pflichten übernehmen sollte. Ich konnte es immer noch nicht fassen, wie sich das Gespräch so plötzlich zum Guten gewandelt hatte.
»Arnaud natürlich. Da muss ich nicht nachdenken.«
»Dieser ungeschlachte Bär von einem Wikinger?«
Ich nickte.
»Kannst du dich für ihn verbürgen?«
»Er hat bei den Warägern gedient und ist ein ausgezeichneter Söldnerführer. Außerdem ist seine Frau aus Konstantinopel. Er wird Euch bestimmt nicht für die Normandie verlassen wollen.«
»Gut, gut. Nach deinen Eröffnungen heute muss man ihm das als doppelten Verdienst anrechnen. Ich werde ihn in den Stand eines Edelmannes erheben. Das stärkt sein Ansehen bei den Männern. Dir ist hoffentlich klar, dass deine Ländereien hier in Tripolis an ihn gehen.«
Ich hatte nichts anderes erwartet. Mit der Vergabe der neuen Lehen hier in Outremer musste sich Bertran seine Gefolgschaft unter den Adligen sichern. Und diese Gefolgschaft aufzukündigen, war ich ja gerade im Begriff.
»Dann ist das geregelt.« Bertrans natürliche gute Laune schien zurückzukehren, denn nun lächelte er mich spöttisch an. »Und was wirst du dann auf deinem Gut in der Corbieras den ganzen Tag anfangen? Trüffelschweine züchten? Du hast doch nicht etwa vor, dich aufs Altenteil zurückzuziehen, oder?«
»Schweine nicht, aber Pferde. Und mich um den Besitz kümmern. Jetzt, da ich mehr von Belagerung und Festungsbau verstehe, will ich ein paar Änderungen an der Burg vornehmen.«
Ich schwieg, denn Bertran hörte mir gar nicht mehr zu und schien weit weg in Gedanken zu sein. Er saß nur da, schaute aus dem Fenster und grübelte. Draußen hörte man die heiseren Befehle

des Wachwechsels. Dann war es wieder still. Nach einer ganzen Weile, ich wurde schon unruhig, blickte er mich an und grinste wie ein Lausbub. »Vielleicht ist es sogar sehr gut so, Jaufré. Denn ich bin immer noch der Graf von Tolosa, wie du weißt.«

Per deable, was führte er da im Schilde?

»Elvira, meine gute Stiefmutter …« Hier musste er lachen. »Grins nicht! Ich weiß, sie ist jünger als ich, dennoch ist sie meine Stiefmutter! Also Elvira, auf Verlangen der großen Familien, die Alfons für den rechtmäßigen Erben halten, ist jetzt Gebieterin von Tolosa. Jedenfalls mische ich mich daheim nicht mehr ein. Das war die Vereinbarung mit diesen untreuen Bastarden, der Teufel möge ihre Seelen holen! Aber es hat sie auch teuer gekostet. In Schulden haben sie sich gestürzt, mir das Gold für mein Heer zu beschaffen. Dein teurer Oheim ebenso. Alles in der Hoffnung, sich unter einer schwachen Herrscherin am Leichnam Tolosas zu bereichern. Elendes Pack!«

»Odo will sich bereichern?«

»Nein. Er hat andere Absichten, vermute ich.«

Er starrte mich einen Augenblick auf seltsame Weise an, als könne ich durch meine Verwandtschaft Einsichten in die geheimen Absichten des Erzbischofs von Narbona haben.

»Die Sache ist noch nicht ausgestanden«, fuhr er fort, als ich ihn verständnislos ansah und die Schultern hob, »und vielleicht gibt es darüber wieder Krieg.«

»Über die Erbfolge von Tolosa?«

»Ich nenne nur einen Namen«, nickte er. »Felipa!«

»Die Herzogin von Aquitania.«

»*Certas!* Sie wartet nur auf die nächste Gelegenheit.«

»Elvira und Felipa«, scherzte ich. »Welche von beiden kratzt wohl der anderen zuerst die Augen aus?«

Bertran lachte herzlich. »Gegen die Duguessa Felipa würde ich ungern wetten. Nicht viel älter als dreißig, aber ein unerbittliches Weib, eine von Ehrgeiz zerfressene Giftschlange. Sie wird nicht aufgeben, denn es geht um die Frage, wem das Recht des *primogenitus*, des Erstgeborenen, gebührt. Felipa, Alfons oder mir.«

»Ich dachte, das sei entschieden.«

»Nichts ist entschieden. Denn Felipa meint, Tolosa gehöre ihr, und mein Vater habe es ihr gestohlen. Und darin hat sie nicht einmal so unrecht. Und was mich betrifft, sie behandeln mich als Bastard, obwohl ich Raimons Erstgeborener bin und jeder weiß, dass die Verstoßung meiner Mutter damals reine Willkür war. Deshalb haben sie mir den Titel gelassen, und der kleine Alfons erbt ihn erst nach meinem Tod.« Er starrte aus dem Fenster. »Die Lage ist verwickelt und hat alle Zutaten für einen Streit, der Generationen andauern könnte.«

Plötzlich schien er einen Entschluss gefasst zu haben.

»Ich lasse dich ziehen, Jaufré, aber du bleibst weiter in meinen Diensten. Kümmere dich zuerst um deinen Sohn. Doch dann, vielleicht ab dem Spätsommer, wirst du etwas für mich tun. Ich brauche deine Hilfe.«

»Nichts ist mir lieber!«, beeilte ich mich ihm zu versichern.

»Natürlich habe ich noch Anhänger in Tolosa. Aber sie sind alle bekannt. Dich jedoch kennt niemand.« Er sah mir direkt in die Augen. »Was hältst du davon, durch das Land zu reisen, Augen und Ohren offen zu halten und mir gelegentlich zu berichten, wie die Dinge stehen? Es ist wichtig, dass ich weiß, was vor sich geht. Das Blatt könnte sich rasch wenden.«

»Aber ich bin kein Schreiber.«

»Was macht das? Hol dir einen vertrauenswürdigen *scriptor*. Einen Mönch, der den Mund halten kann. Ich werde dir Empfehlungen mitgeben. Besuche Tolosa, rede mit Leuten von Stand. Aber ohne Verdacht zu erregen, dass du mein Mann bist.« Er schien sich an dieser Vorstellung zu erwärmen. »Ich will die Stimmung erfahren, verstehst du? Wie klug Elvira regiert. Vielleicht sind die Barone ihrer schon überdrüssig. Besuch die wichtigsten Grafschaften, Narbona, Albi, Roergue, Cerdanha. Nicht zu vergessen Montpelher. Na, du weißt schon. Und beobachte die großen Adelshäuser. Was sie tun, wen sie befehden und mit wem sie sich verbünden. Die Trencavels, Auriacs und andere. Besonders auch die Borcelencs.«

»Borcelencs?«

Hatte er den Namen nicht schon einmal erwähnt? In diesem Augenblick konnte ich es noch nicht wissen, aber schon bald sollte ich dieser vermaledeiten Brut die Pestilenz an den Hals wünschen.

»Sie sind keines der großen Geschlechter«, erläuterte Bertran, »aber der alte Borcelencs, jetzt kürzlich verstorben, war die rechte Hand meines verfeindeten Oheims Guilhem. Er stand auch hinter den Verhandlungen, die sie mit mir über das Erbe geführt haben. Ein *guiscos*, ein schlauer Fuchs. Hatte viel Einfluss im Land. Den werden seine beiden Söhne jetzt nutzen wollen. Sie sind für ihren Ehrgeiz bekannt, und ich wüsste gern, was sie treiben.«

»Ich will mich für Euch umhören.«

»Ich entbinde dich von deinem Schwur als *castelan*. Du kannst von hier abreisen, wann immer es dir passt. Ansonsten bleibst du mein Gefolgsmann, und vielleicht habe ich einen Auftrag für dich von Zeit zu Zeit. Ist das verstanden? Als Gegenleistung will ich dein Lehen von Abgaben und Kriegsfron befreien.«

Ich konnte nur still nicken, so überrascht war ich. Natürlich war ich gern bereit, ihm diese Gefälligkeiten zu erweisen. Sein Angebot war weit mehr als großzügig. Rocafort würde in ein freies Lehen verwandelt. Ich war vom Heerdienst befreit, musste keine Kriegsknechte entsenden, Ersatzzahlungen oder überhaupt irgendwelche Abgaben leisten. Nur meine Treue und Gefolgschaft waren gefragt. Was konnte ich mir Besseres wünschen?

»Und dann ist da natürlich Aquitania«, sagte er und runzelte die Stirn.

»Aquitania?« Ah, dachte ich, hier kommt der Pferdefuß!

»Vor ein paar Tagen war doch dieser Gascogner bei uns gewesen, wie hieß er noch? De la Troya, richtig! Hat er nicht in höchsten Tönen von Felipa geschwärmt? Man sollte meinen, sie komme gleich nach der Mutter Gottes. Dabei ist sie die größte Gefahr für Tolosa. Und besonders mich kann sie nicht ausstehen.« Er lachte herzlich.

»Warum?«

»Nun, es stimmt, dass mein Vater ihr das Erbe verweigert hat. Sollte etwa ein sechzehnjähriges Mädchen die Verantwortung für die Grafschaft übernehmen? Besonders wenn schon Großvater vor seinem Tod Raimon als Mitregenten bestimmt hatte und ihm ohnehin die Mehrheit der Adelsfamilien huldigten. Jeder hat den Schritt meines Vaters gebilligt, nur Felipa nicht. Ihr dürstet seither angeblich nach Gerechtigkeit. Ich sage, es dürstet ihr eher nach der Macht und dem Reichtum von Tolosa.«

»Wie ist es eigentlich ihrem Mann gelungen, Tolosa zu besetzen? Das war doch zu der Zeit, als wir mit Raimon vor Antiochia lagen.«

»Mein Vater muss vor Wut zersprungen sein, als er dies erfuhr«, sagte Bertran und zog eine schuldbewusste Grimasse. »Ein Überraschungsangriff. Als sie die Stadt belagerten, war ich auf meinen Gütern in Sant Gille gewesen.« Er fuhr sich mit der Hand durchs schüttere Haar. »Felipa rächte sich an unseren Anhängern und machte sich durch ihre hochmütige Art verhasst.«

»Und warum zog *Duc* Guilhem nach einem Jahr wieder ab?«

»Weil er zwar Herzog, aber ein Schwachkopf ist«, entgegnete Bertran ungerührt. »Ich habe ihn einfach bestochen.«

Als er meinen ungläubigen Gesichtsausdruck sah, grinste er und fuhr fort: »Du musst wissen, er hält sich für den besten Ritter der Christenheit, ist ein stolzer Gockel und sehr beliebt bei den Weibern. Anstatt die Stadt mit Blutvergießen zurückzugewinnen, habe ich mich mit ihm ausgesöhnt, mit ihm gesoffen und die Hurenhäuser besucht und ihn dann bei seiner Eitelkeit gepackt. Als Edelmann und *trobador* könne ein Mann wie er doch nicht auf dem faulen Arsch sitzen, während andere im Heiligen Land die Kastanien aus dem Feuer holten. Wo bliebe denn da die hohe Gesinnung?« Bertran kicherte. »Meine Worte verfehlten ihre Wirkung nicht, und bald konnte Guilhem nicht abwarten, es Männern wie Raimon, Godefroi und Bohemund gleichzutun. Schließlich warteten Ruhm und Heldentaten auf ihn.« Er lachte ausgelassen, und seine Augen blitzten fröhlich. »Da der Mann aber unter krankhafter Verschwendungssucht leidet und seine Truhen in Folge ständig leer sind, hatte er kein Gold für eine angemessene Heerschar. Also bot ich ihm die fehlende Summe. Und so kam ich ohne einen Schwertstreich wieder an Tolosa.«

»Er hat die Grafschaft verkauft?«

»Das hat er. Die gute Felipa muss geschäumt haben. Nur ein Jahr lang hatte sie die stolze *domina* in Tolosa spielen dürfen, und dann verscherbelt ihr Weiberheld von einem Gemahl das geliebte Erbe für eine Truhe Gold.«

Ich musste lachen. Was für eine unglaubliche Geschichte.

»Glücklich ist er mit diesem Handel aber nicht geworden«, sagte ich. »Bei der ersten Feindberührung verlor er sein ganzes Heer. In Anatolien ist er in eine Falle getappt und konnte sich selbst nur noch mit der nackten Haut retten.«

»Weil der *Duc* sich mehr auf jungfräuliche Bastionen als auf türkische Reiter versteht«, rief Bertran und schlug sich johlend auf die Schenkel. »Aber dichten kann er, das muss man ihm lassen. Er hat mir ein paar wundervolle *cansos* vorgetragen. Jetzt weißt du, warum Felipa mich nicht ausstehen kann.«

Er saß eine Weile in Gedanken verloren da. Sie sei ein Weib, mit dem zu rechnen sei, sagte er schließlich. Sie habe mehr Feuer als ihr herzoglicher Gatte. Mehr im Kopf allemal.

»Felipa und ihr *trobador* werden, nun, da dort Elvira herrscht, bei erster Gelegenheit von neuem über Tolosa herfallen, da bin ich mir sicher.« Er grinste wie ein Wolf. »Sollen sie sich ruhig gegenseitig schwächen. Felipa wird diesen Kampf gewinnen, aber eines ist sicher, die Barone werden aufschreien und nach dem starken Arm rufen, verstehst du, *mon gartz?*«

»Nach Euch.«

»So ist es! Und dafür müssen wir uns bereithalten. Reise nach Aquitanien und schreibe mir, sobald sie dort einen Krieg planen. Erledige noch heute deine Reisevorbereitungen, Jaufré. Die Empfehlungsschreiben werde ich dir am Montag zustellen lassen. Und natürlich einen Beutel Gold für deine Auslagen.«

Ich dachte, warum nicht? Da ich nun ein Mann des Friedens werden wollte, war dies besser, als eine Festung zu befehligen oder türkische Freischärler zu jagen. Ich nickte und sagte freudig zu.

»Könnt Ihr mir auch einen Befehl ausstellen, der mir Platz auf dem nächsten Schiff garantiert?«

Dies versprach Bertran, und dann saßen wir da und wussten nichts weiter zu sagen, bis er plötzlich aufsprang, zur Wand rann-

te und einen arabischen Dolch unter verschiedenen Waffen auswählte, die dort zur Zier aufgehängt waren.
»Nimm den zum Andenken an mich.« Mit beiden Händen hielt er mir den Dolch hin. Es war eine herrliche Waffe, mit goldenem Knauf und die Scheide reich mit Edelsteinen in den unterschiedlichsten Farben verziert. »Der gebührt dir ohnehin! Ein Beutestück aus der Schlacht kürzlich oben in den Bergen. Einer der Anführer trug ihn. Du hast mir an diesem Tag das Leben gerettet. Also soll er dir gehören.«
Ich nahm den Dolch und sah, dass Bertran sich aufrichtig freute, mir dieses Geschenk zu machen. Er fasste mich an beiden Händen und sagte: »Ich habe die Lehre nicht vergessen, die du mir erteilt hast.« Als ich ihn verständnislos ansah, erklärte er: »In der Schlacht, wo einer für den anderen einsteht. So soll es zwischen uns bleiben, Jaufré, versprich es mir!«
Dann verwirrte er mich noch mehr, denn er trat vor, umarmte mich kräftig und küsste mich herzlich auf die Wange. »Wir werden uns wiedersehen, mein Freund«, sagte er heiser und betrachtete lange mein Gesicht. »Irgendwann. Da bin ich sicher.« Er schien sehr bewegt, und auch ich konnte nur stumm nicken. »Und wenn nicht«, sagte er, »dann schick uns deinen Sohn, dass er meinem Pons zur Seite steht, wenn der einmal Graf von Tripolis ist.«
Ich versprach es. Daraufhin legte er seine Hand auf meine Schulter und geleitete mich zur Tür. Er bat mich, vor meiner Abreise ihm und der *Comtessa* noch einmal die Aufwartung zu machen. So trennten wir uns in allerbestem Einvernehmen, und ich konnte mich nicht genug über mein Glück wundern.
Am Morgen hatte ich noch die größten Befürchtungen gehabt, seinen Unmut zu erregen, und nun war ich Gesandter des Grafen mit einem Auftrag in der Heimat. Es ist schon seltsam, wie das Leben spielt.

***

Die nächsten Tage waren mit Reisevorbereitungen angefüllt, denn ich hatte nach meiner Unterredung mit dem Grafen ein Schiff gefunden, das in vier Tagen segeln würde.
Ein ungewöhnlicher Zufall, denn um diese Jahreszeit beschränkte sich der Seehandel auf Schiffe, die nur die levantinische Küste nach Norden oder Süden hin befuhren. Bis Ägypten, Zypern oder sogar Konstantinopel wagten sie sich. Auch die Kauffahrer aus Genua und Venezia würden die lange Reise nach Outremer erst wagen, wenn die Frühjahrsstürme vorüber waren, und im Mai oder Juni eintreffen. Und bis die Ersten sich wieder auf den Heimweg ins westliche Mittelmeer machten, konnten weitere Wochen vergehen, so dass mit einer Abreise vor dem Sommer kaum zu rechnen war.
Diese enttäuschenden Auskünfte erhielt ich im Hafen, bis mir jemand von einem schnellen Segler aus Genua erzählte, der vornehmlich als Kurierschiff diente und bald in See stechen würde. Als Fahrgast brauchte man allerdings eine besondere Erlaubnis des Grafen. Da Bertran mir einen solchen Befehl versprochen hatte, sollte dies kein Hindernis darstellen.
Die Reise würde über Sizilien nach Genua führen, erklärte mir der Eigner. Von dort, nach Erledigung seiner Geschäfte, könne er uns gegen eine Sonderzahlung bis nach Narbona bringen. *Maistre* Diogenes Bonifacio war ein graubärtiger Genuese, den ich in einer Weinstube getroffen hatte. Er war gut gekleidet und machte den Eindruck eines mit Erfolg gesegneten Mannes seines Standes. Sein Gesicht war braun gebrannt wie eine Haselnuss, und er hatte riesige, muskulöse Hände, mit denen er gern seine Worte unterstrich.
Er pries die Vorzüge seines Seglers, und wir wurden schnell handelseinig, obwohl er nicht glücklich war, sechs Pferde an Bord zu nehmen. Zum einen war an Deck nicht viel Platz für die nötigen Pferche, und zum anderen, so erklärte er mir, würde ein kleines Schiff wie seines bei jedem Seegang schnell zu schaukeln beginnen, was die Tiere unruhig machte. Sie durften sich auf keinen Fall losreißen. Ich musste ihm versprechen, dass wir uns selbst um die Pferde kümmern würden. Dies und ein wenig mehr Gold

aus Bertrans angekündigtem Beutel stimmten ihn dann um. Am kommenden Montag war der halbe Preis als Vorauszahlung fällig, der Rest bei unserer Ankunft in Narbona. Er grinste breit und bot mir seine schwielige Hand an, um das Abkommen zu bekräftigen. Ich schlug ein, und wir hatten ein Schiff.

Am folgenden Tag, ein Sonnabend, begutachtete ich mit Hamid die Stuten, die er auf dem Pferdemarkt für uns ausgewählt hatte. Er besaß mehr Pferdeverstand als irgendjemand sonst, mich selbst eingeschlossen. Deshalb hatte ich auch nichts an seiner Wahl auszusetzen. Drei herrliche sechsjährige Araberstuten, im besten Alter, gedeckt zu werden. Zwei Grauschimmel und eine Braune mit dunkler Zeichnung. Zusammen mit unseren beiden Hengsten und Adelas Stute sollten sie den Grundstock unserer Zucht bilden.

»Hast du sie geritten?«, fragte ich.

»Natürlich. Bin mit zwei Knechten und den Pferden den ganzen Nachmittag am Strand gewesen. Sie sind schnell und ausdauernd und bei bester Gesundheit.«

»Die Braune scheint kleiner zu sein.«

»Bei ihr habe ich lange überlegt, aber sie hat am meisten Feuer, Jaufré, das Herz einer Löwin. Sie wird uns nicht enttäuschen.«

Er bestand darauf, dass wir die Kosten der Tiere teilten. Auch er hatte in den Jahren seinen Anteil an den Raubzügen gemacht. Dabei lebte er bescheiden, ja schon fast geizig. Er konnte es sich leisten. Wenn man es recht bedachte, waren wir wohlhabende Männer geworden. Mein Hort war in der Schatzkammer der Festung unter dem wachsamen Auge von Bruder Albertus sicher verwahrt. Der Mönch empfahl mir nun, alle Wertstücke, die ich nicht als Andenken mitnehmen wollte, auf den Märkten zu veräußern und mir für meine Geldmittel eine Art Schuldschein ausstellen zu lassen. Ein seltsamer Gedanke, Gold gegen Pergament zu tauschen. Doch er versicherte mir, dies sei so üblich und die sicherste Art und Weise, sein flüssiges Vermögen zu überführen. Die Kaufleute gingen täglich mit solchen Wechseln um, wie man sie nannte.

Ich bat ihn, mir behilflich zu sein, und so begleitete er mich mit

meinen und Hamids Schätzen und zwei Wachleuten ins Viertel der Genuesen. Meine Herren hatten mich in den letzten Jahren großzügig entlohnt. Außerdem besaß ich Beutestücke von besonderer Schönheit, die ich mitnehmen wollte, aber auch Münzen aller Art, Perlen, Edel- und Halbedelsteine, Kelche, Schmuckstücke, arabische Waffen und anderes Beutegut, das man versilbern konnte. Bruder Albertus konnte handeln wie kein Jude, und da es seit letztem Jahr zu keinen größeren Kriegshandlungen gekommen war, war der Markt nicht mit Beute überschwemmt, so dass wir insgesamt mit dem Erlös zufrieden sein konnten.
Dann führte Albertus mich zum Kontor eines genuesischen Handelshauses seines Vertrauens, und dort erhielt ich ein Dokument, in dem der Kaufmann und seine Erben sich verpflichteten, mir auf Vorlage die vermerkte Summe in Gold oder Silbermünze an jedem Ort, an dem er ein Kontor oder Agenten unterhielt, bar auszuzahlen. Ja, ich könnte diesen Wechsel jederzeit auch an andere Kaufleute veräußern. Um einen Verlust des Wechsels müsse ich mir keine Sorgen machen, da über solche Geldgeschäfte Buch geführt würde und die strengen Regeln der Kaufmannsgilde für die Ehrlichkeit und Gewissenhaftigkeit ihrer Mitglieder sorge. Außerdem zahle man mir für die Zeit der Überlassung des Geldes einen nicht unerheblichen Zins.
Ich dankte Bruder Albertus für seine Hilfe und klugen Rat und schenkte ihm ein schön gearbeitetes silbernes Kreuz, das ich bei einem toten Seldschuken gefunden hatte, der es wiederum einem Christen geraubt haben musste.
Hamid blickte überrascht, als ich ihm lachend seinen Schatz in Form eines dünnen und versiegelten Pergaments aushändigte. Aber als Bruder Albertus ihm den Grundgedanken erklärte, verstand er sofort und war zufrieden. Arabische Kaufleute verwendeten seit Jahrhunderten ein ähnliches Verfahren, erzählte er, und dass die Genuesen und Venezianer es von ihnen gelernt hätten.
»Kein Wunder, die Genuesen und Venezianer machen sich jetzt überall im Mittelmeer breit«, sagte er lachend. »Sie benutzen das Gold, das ihnen die westlichen Fürsten und Pilger wie du anvertrauen, als Geldmittel für ihre Geschäfte. So können sie größere

Warenmengen umschlagen. Das hätte auch meinem Vater gefallen.«

Den Nachmittag des gleichen Tages verbrachten Alexis und ich auf den Märkten der Stadt. Es gab so vieles, das bei uns im Westen unbekannt war, und da ich nie mehr zurückkehren würde, wollte ich einiges von diesen Kostbarkeiten mitnehmen.

Wir schlenderten zwischen den Marktständen, bestaunten, berührten und begutachteten Waren aller Art, begleitet von den aufdringlichen Rufen und Angeboten der Händler, die sich förmlich um uns rissen, als wir mit zwei Packtieren hinter uns durch die Stände streiften.

Wir fanden einen herrlichen Teppich, in allen Einzelheiten mit einer türkischen Schlachtszene bestickt, dem ich nicht widerstehen konnte. Ich kaufte Ballen von Seidenstoffen in leuchtenden Farben und von so feiner Webart, das sie sich kühl und glatt wie die nackte Haut eines Weibes anfühlten, anders könnte ich es nicht beschreiben. Meine Mutter würde sich freuen, fürstliche Kleider daraus zu nähen. Dazu erwarb ich eine Reihe dieser weiten, losen Baumwollgewänder der Einheimischen, die in der Sommerhitze angenehm zu tragen sind.

Wir kauften kostbare Gewürze und getrocknete Kräuter. Manche, mit denen ich inzwischen vertraut war, andere, die ich nicht kannte. Ich ließ mich von sinnlichen Düften und den wortreichen Angeboten der Händler verführen. Unsere Köchin würde schon herausfinden, was man damit zubereiten konnte. Salben in kleinen, luftdicht mit Wachs verschlossenen irdenen Töpfchen und Gefäßen, die allerlei Krankheiten heilen sollten. Ich war neugierig und kaufte manches, ohne viel nachzudenken. Schließlich hatte ich ja Hamid, der die arabischen Zeichen lesen konnte, und meine Amme Joana, wenn sie noch lebte, kannte sich mit der Behandlung vieler Krankheiten aus. Sie würde diese Dinge zu schätzen wissen.

Bei einem Händler blieb ich stehen und erstand den wunderbaren Tand, den Frauen zur Pflege ihrer Schönheit lieben. Wohlriechende Öle und Salben, rote Schminke für Lippen und Wangen, Kohl für die Augen, Henna für Haare, dann Kämme, Haar-

nadeln und Spangen. Ich sagte mir, dass Adela daran Gefallen finden würde. Aber vielleicht war es auch nur meine Sehnsucht nach Noura, die mich diese Dinge kaufen ließ.
Der Händler zog mich mit bedeutungsvollem Lächeln zur Seite und sprach in sehr gebrochenem Provenzalisch. »Ihr müsst eine schöne Frau haben, Herr, dass Ihr sie so reich beschenkt, und sie wird es Euch danken wollen.«
Diese Worte stachen mir ins Herz. Ich wollte ihn jedoch nicht enttäuschen und nickte lächelnd. Unter dem Warentisch kramte er ein kleines silbernes Kästchen hervor, öffnete es vorsichtig und wies auf ein helles, angeblich kostbares Pulver darin. Rasch verschloss er das Kästchen wieder und machte dazu eine unmissverständliche phallische Geste. Alexis' Übersetzung bestätigte meinen Verdacht. Angeblich handelte es sich um das zerriebene Horn eines afrikanischen Fabeltiers. Schon eine winzige Prise würde einen Mann für eine ganze Nacht stark und unermüdlich machen.
Ich lachte und nahm ihn nicht ernst. Aber er bestand mit rollenden Augen und ernsten Beschwörungen auf der sicheren Wirkung und pries die nie gekannten Freuden, die das Pülverchen bereiten würde, so dass ich schließlich zögerte. Der Preis war hoch. Aber dann bot er mir ohne Aufschlag weitere Kräuter und Pülverchen dazu, die, als Liebestrank verabreicht, jede Frau vor Leidenschaft von Sinnen machen würden. Dabei machte er so komische Verrenkungen, dass ich vor lauter Lachen zuletzt meine Börse zückte und wir uns einig wurden.
Ich erstand ebenfalls allerlei schönen Hausrat. Ein paar marmorne Mörser für das Zerkleinern von Gewürzen, fein geschmiedete Messer mit Silbergriffen, kupferne Kännchen, Gefäße aus Zinn und silberverzierte Kästchen. Die arabischen Kunstschmiede waren für ihre Fähigkeiten berühmt, und so ließ ich mich noch zu einer kleinen Sammlung von silberbeschlagenen Kerzenhaltern hinreißen.
Und dann machte ich einen besonderen Fund. Verpackt in einer eigens dafür angefertigten Kiste aus edlem Holz befanden sich delikate Teller und Schälchen aus einem harten, glänzend weißen

Werkstoff, angeblich Tonware, aber fast durchsichtig, wenn man es gegen das Sonnenlicht hielt. So etwas hatte ich noch nie gesehen. Ich hielt einen dieser mit fremden Zeichen bemalten Teller vorsichtig in der Hand, denn der Händler warnte mich, dass das Material spröde sei und zerbreche, wenn der Teller zu Boden falle. Er behauptete, dieses seltsame Geschirr komme aus einem fernen Land weit im Osten, noch weiter als Indien. So etwas Zerbrechliches war sicher nicht sehr nützlich auf unserer einfachen Burg, aber warum sollte man nicht etwas besitzen einzig und allein wegen seiner Schönheit, auch wenn es darüber hinaus nutzlos war? Und so erwarb ich das Kistchen nach ausdauernden und zähen Verhandlungen.

Alexis fand für mich einen Ballen getrockneter Minze, denn ich hatte mich inzwischen an dieses Gebräu gewöhnt und mochte es nicht missen. Ein Säckchen mit Samen von der Sorte, die hier wuchs, hatte er ebenfalls aufgetrieben. Wir kauften wachsversiegelte Töpfe mit erlesenem Honig, süßen Datteln und getrockneten Feigen und noch dazu Farben aller Art zum Einfärben der Schafswolle, die wir auf Rocafort herstellten. Farbstoffe waren teuer daheim, und nur wenige konnten es sich leisten, mehr als ihre Festgewänder einzufärben.

Ich fand Elfenbeinschnitzereien aus Afrika und Kästchen aus Ebenholz mit eingelegten Elfenbeinmustern. Ich kaufte Rosenkränze mit Perlen aus edlen Steinen, einige Gürtelschnallen und schöne Fibeln. Zuletzt noch besticktes Tuch, um daraus Kissen zu nähen, etwas, das ich hier zu schätzen gelernt hatte. Und dicke Decken aus Kamelhaar, mit denen Berber sich in kalten Wüstennächten warm halten. Die sollten uns auch im Winter in der Corbieras nützen.

Bislang war ich an ein einfaches Soldatenleben gewöhnt. Auch Noura hatte unser Haus nicht mit Prunk und Überfluss gefüllt. Aber an diesem Tag auf dem Markt fand ich immer mehr Begehrenswertes. Die bevorstehende Abreise und der Gedanke, dass ich solche Dinge nie mehr würde kaufen können, trieben mich zu manchem Handel an. Mehr als drei Pferde konnten wir jedoch nicht beladen, und dies dämpfte schließlich meinen Kauf-

drang. Mit beladenen Maultieren kehrten wir am Abend in die Festung zurück.
Auf dem Weg erzählte ich Alexis von unserem Dorf in der Corbieras. Ganz selbstverständlich hatte ich angenommen, dass er uns begleiten würde, hatte ich mich doch an seine stille, verlässliche Art gewöhnt. Er wurde verlegen und versicherte mir, dass er sich nichts lieber wünsche, als mir weiter treu zu dienen, doch er habe Familie hier an der Küste und würde nur ungern seine Heimat verlassen. Als ich mein Angebot erneuerte und ihm ein friedliches Leben in der Corbieras schilderte, kam er schließlich mit der Wahrheit heraus. Cortesa habe ihm eine Stelle im Palast des Grafen besorgt. Ob er sich denn verliebt habe? Da wurde er rot und gestand, dass er sie sehr mochte. Dabei blickte er beschämt weg, und ich fragte nicht weiter. Enttäuscht war ich dennoch.
Als ich meine Gemächer betrat, wartete Adela auf mich.
»Betest du mit mir?«, fragte sie scheu.
Sie hatte den kleinen Schrein der Madonna so aufgestellt, wie sie es von ihrer Mutter gewohnt war. Neben der winzigen Madonnenfigur lag Nouras silbernes Kreuz. Sogar den Schal ihrer Mutter trug sie über dem Kopf. Nur der dreiarmige Leuchter aus Antiochia fehlte. Ihn hatten die Türken gestohlen. Ich nahm ein paar Kerzen vom Tisch und hantierte mit Feuerstein und Zunderschwamm, bis ein warmes Licht den kleinen Altar beleuchtete.
»Nimm«, sagte ich leise und nahm ein goldenes Amulett, das ich heute erworben hatte, aus meiner Gürteltasche. »Darin ist die Locke vom Haar deiner Mutter, wie ich es versprochen habe.«
Ich legte es ihr um den Hals und küsste sie auf die Stirn. Dann entzündete ich ein Weihrauchstäbchen an den Kerzen. Wir falteten die Hände und baten die Jungfrau Maria um Schutz und Segen auf der langen Reise.

***

Am Tag des Herrn las *Paire* d'Aguiliers wie immer die Messe in der Burgkapelle. Er nickte uns zu und sprach nachher ein paar freundliche Worte mit Adela. Ich lobte ihn für seine Rede am

Grab Raimon Pilets und teilte ihm mit, dass wir bald in die Heimat aufbrechen würden. Deshalb sei auch sein Angebot, meine Tochter in einem Kloster aufzunehmen, nun hinfällig. Trotzdem dankte ich ihm aus Höflichkeit.

»Wir werden Euch vermissen, *Mossenher* Montalban«, sagte er und seufzte. »Ach, die alte Heimat. Ich werde sie wohl nicht mehr sehen.« Er nahm Adelas Gesicht in beide Hände und küsste sie auf die Stirn. Dann segnete er uns und winkte wehmütig, als wir uns entfernten. Ich hätte nicht gedacht, dass unser Abschied ihn so berührte, aber wahrscheinlich war es nur der Gedanke an die Heimat gewesen.

Nach dem Mittagsmahl machten Hamid, Alexis und ich uns daran, unser Hab und Gut in feste Ballen zu verpacken, die wir auf die Tiere laden konnten. Wir benutzten Lagen von Rindsleder, außen verstärkt durch geteertes Leinen, um den Inhalt gegen alle Unbill des Wetters zu schützen. Neben meinen Einkäufen packten wir Kleider und persönliche Dinge. Zuletzt waren unsere Waffen zu verstauen. Hamid und ich führten neben der persönlichen Ausrüstung erbeutete Kettenpanzer mit, einige Helme und vor allem Schwerter.

Waffen aus arabischen Schmieden waren unseren westlichen Klingen überlegen. Mein eigenes Schwert hatte ich von einem einheimischen Schmied anfertigen lassen, der in der geheimen Kunst der Waffenschmiede aus Damaskus bewandert war. Es hatte mich eine horrende Summe gekostet, denn es war mit großer Sorgfalt und Kunstfertigkeit geschmiedet, aber auch wegen des Rohmaterials, das selten und teuer ist, denn es kommt aus dem fernen Indien. Nur dieser besondere Stahl und die außergewöhnliche Kunst der Damaszener Schmiede liefern ein Schwert, das zugleich sehr hart und dennoch federnd biegsam ist. Auch heute noch bin ich auf diese Waffe stolz, denn sie liegt gut in der Hand, mit langer, sich verjüngender Klinge, schwer genug, um Helme zu spalten, und dennoch leicht, um eine schnelle Führung zu erlauben. Die Klinge weist eine feine Maserung auf und schimmert schwach bläulich. Die Biegsamkeit des Stahls erlaubt es, die Schneide äußerst scharf zu schleifen, ohne dass beim Kampf

Ecken herausbrechen oder hässliche Scharten entstehen. Ein wahrhaft fürstliches Schwert, das ich hoffe eines Tages meinem Sohn und Erben zu vermachen.

Später am Nachmittag erschien Graf Bertrans griesgrämiger *secretarius* und brachte die Dokumente, die der Graf mir versprochen hatte. Eines verlieh mir eine Art Kurierstatus im Namen des Grafen, um uns in allen Häfen eine schnelle Beförderung zu sichern. Zumindest dort, wo das Wort eines Grafen von Tolosa etwas galt. Außerdem verschiedene Empfehlungsschreiben für Freunde des Grafen und den Hof von Tolosa und, ganz wichtig, die Urkunde, die Rocafort als *allodium*, als freies Lehen, auswies.

»*Coms* Bertran wünscht, Euch daran zu erinnern, alsbald nach Eurer Ankunft einen verlässlichen Schreiber zu finden.«

»Ich weiß.«

»Jemand, der höchste Vertraulichkeit zu wahren weiß.«

»Auch das.«

»Habt Ihr schon ein Schiff?«

»Segelt am Dienstag.«

»Gut, gut. Vergesst nicht, *Coms* Bertran und der *Comtessa* Eure Aufwartung zu machen, bevor Ihr segelt.«

»Natürlich nicht.«

Und damit verschwand er ohne ein Lächeln genauso eingebildet und sauertöpfisch, wie er gekommen war. Jedoch, nicht ohne noch zwei Lederbeutel klirrender Münzen auf meinem Tisch zu hinterlassen. Der kleinere, um die Auslagen der Reise zu decken, und der zweite, wesentlich gewichtigere Beutel sei ein Geschenk des Grafen zum Dank für meine Dienste in Outremer. Ich grinste. Auf Bertran war Verlass.

***

Als ich am Montag die vereinbarte Anzahlung byzantinischer *solidi* für unsere Schiffsreise abzählte, merkte ich, dass selbst nach den Aufwendungen für das Schiff immer noch der größte Teil des Reisegelds übrig bleiben würde. Wo ich Silber erwartet hatte, bestand der Inhalt aus genuesischen und byzantinischen Goldmünzen. Bertran war äußerst großzügig gewesen. Es würde uns an nichts fehlen, auch die Ausgaben einer standesgemäßen Reise nach Aquitania waren mehr als gesichert. Hinzu kam sein freigebiges Abschiedsgeschenk. All dies war weit mehr, als ich erwartet hatte.

Hamid und ich fanden *Maistre* Diogenes Bonifacio auf seinem Schiff. Er empfing uns breit grinsend und streckte uns seine hornige Pranke entgegen.

»*Signori, veni, veni!* Es ist alles für Euch bereit. Heute Vormittag haben wir die Pferche für Eure Reittiere gebaut und an Deck gesichert.«

Ich hatte schon oft Schiffe im Hafen bewundert, war aber noch nie auf einem gewesen.

Wir stolperten über eine wacklige Planke an Bord und folgten ihm, beobachtet von einer halbnackten Mannschaft braungebrannter Seeleute mit harten und muskulösen Körpern. Er zeigte uns alles mit offenkundigem Besitzerstolz. Nicht, dass ich viel davon verstand, aber es schien ein schlankes Gefährt zu sein, mit spitzem Bug und ebenso geformtem Heck. Es trug zwei Masten, von denen jeder ein großes, dreieckiges Segel führte. An der rechten Heckseite war ein mächtiges Steuerruder angebracht, und entlang der Bordwand befanden sich Aussparungen für ein Dutzend Ruder. Wir würden also nicht allein von den Launen des Windes abhängig sein. Das Schiff war gedeckt, und auf den Planken zwischen den Masten hatten sie zwei Pferche für unsere Pferde gebaut, die sie mit Nägeln, Pflöcken und festgezurrten Leinen verankert hatten. Der Boden in den Pferchen war mit einer guten Lage Stroh bedeckt, und auch Futtertröge waren vorhanden. Die Tiere würden eng stehen, und die Reise würde für sie nicht angenehm werden.

Ich nickte *Maistre* Bonifacio zu. »Und wo werden wir untergebracht?«

Er führte uns zum Achterdeck, wo sich hinter dem Mast ein großer Verschlag befand, der sich bis ins Innere des Schiffes vertiefte und so einen begrenzten und nur leicht gebückt begehbaren Innenraum bildete. Man erreichte ihn durch eine kleine Luke, über ein paar Stufen. Innen war der Raum in zwei Bereiche unterteilt, einer auf jeder Seite. Der auf der linken Schiffseite sollte unser Schlafplatz werden. Auf dem Boden waren Strohmatten ausgelegt und mehrere Bündel mit Decken. Zwei große Holzkisten in einer Ecke waren für das persönliche Reisegepäck bestimmt. Außerdem gab es einen verschlossenen, an einer Halterung verzurrten Holzeimer, in den man sein Geschäft verrichten konnte. Es roch ziemlich streng in dieser Schiffskammer, und Bonifacio öffnete die Deckenklappe, um durchzulüften.

»*Senher* Montalban! Alle Bequemlichkeiten vorhanden, nicht wahr? Was sagt Ihr?« Er strahlte mich an. Ich wollte dem Urteil eines erfahrenen Seemannes nicht misstrauen, doch meine Begeisterung hielt sich in Grenzen. »Heute am Nachmittag sollten wir Eure Habe verstauen. Und keine Angst, ich verbürge mich für die Sicherheit. Morgen früh, kurz vor Morgengrauen, bringen wir die Pferde an Bord, und danach segeln wir unverzüglich.«

»Gut.« Das leichte Schwanken des Schiffes an der Kaimauer und der Geruch in der Schiffkammer bereiteten mir Schwindelgefühl. Ich stieg schnell wieder an Deck. »Dann sollten wir nun die Anzahlung regeln.« Ich reichte ihm einen kleinen Beutel mit Münzen. »Wie vereinbart. Wollt Ihr nachzählen?«

»*Senher*, auf keinen Fall. Ihr seid ein Ehrenmann und Gesandter seiner *Magnificencia*, des Grafen. Ich vertraue Euch voll und ganz.«

Der Beutel verschwand in den Brustfalten seines Gewandes, und er geleitete uns äußerst zuvorkommend zurück zur Planke.

»Übrigens, Euer maurischer Diener kann mit der Mannschaft schlafen.« Er nickte in Hamids Richtung. »Wenn wir wenig Ladung führen, dann gibt es immer ein Eckchen im Laderaum vorne. Und sonst schlafen die Männer an Deck.«

»Er ist nicht mein Diener.«

Bonifacio kratzte sich verlegen am Kopf und wartete auf eine weitere Erklärung.

»Er wird bei mir und meiner Tochter schlafen.«

»Wie Ihr meint. Platz genug ist ja vorhanden. Nichts für ungut.« Damit deutete er vor Hamid eine kurze Verbeugung an und fuhr zu mir gewandt fort: »Mein Schiff ist nicht groß, und ich habe einen weiteren Reisenden an Bord. Der wird meinen Schlafbereich teilen. Seine Männer bleiben vorne, und so sollten wir genug Platz für alle haben. Gott sei Dank muss ich für ihn keine Pferde befördern. Dafür hätte es nicht mehr gereicht.«
Noch ein Reisender? Daran hatte ich nicht gedacht. Aber natürlich. Das Schiff war ja nicht nur für uns da. Ich wollte nicht neugierig erscheinen und fragte deshalb nicht weiter nach.
Stattdessen ließ ich noch einmal meinen Blick über das Schiff schweifen. Hier würden wir also morgen das große Abenteuer unserer Heimreise beginnen. Obwohl fest entschlossen, kam mir die vollständige Umkehrung meines Lebens immer noch unwirklich vor. Während mir diese Dinge durch den Sinn gingen, beobachtete ich das Treiben an Deck. Hinter dem vorderen Mast befand sich eine große offene Luke, in welche die Seeleute ein mit Ladung gefülltes Netz mit Hilfe eines Flaschenzugs in den Schiffsbauch hinabließen. Sicher einige der wertvolleren Waren, die dieser schnelle Segler transportieren sollte. Ich schaute einen Augenblick lang neugierig zu, wie die Männer das Netz in den Laderaum bugsierten, als Hamid mich plötzlich am Ärmel zog.
»Siehst du, was ich sehe?«, fragte er mit harter Stimme.
»Was?«
»Da im Netz. Das Wappen auf dem Schild.«
Da ich die Männer bei ihrer Arbeit beobachtet hatte, war mir der Inhalt des Netzes nicht aufgefallen. Aber nun sah ich, es handelte sich um eine Sammlung von Satteltaschen, Reisebeuteln und Lederpacken, wahrscheinlich mit Kettenhemden und anderem Kampfgerät gefüllt, dazu Helme und drei lange Reiterschilde. Zweifelsohne handelte es sich um das Gepäck unseres noch unbekannten Schiffsgefährten, dem Anschein nach ein Edelmann mit zwei Waffenknechten. Das Wappen auf dem zuoberst liegenden Schild zeigte zwei rote gekreuzte Hämmer auf hellblauem Grund. Nein, das konnte nicht sein! Ich fuhr zu unserem Schiffsmeister herum.

»Ist dies die Habschaft des anderen Mitreisenden?« Meine Stimme musste äußerst scharf geklungen haben, denn *Maistre* Bonifacio fuhr erschrocken zurück.
»Aber ja doch. Und beste Gesellschaft, Herr. Ein junger Edelmann. Vetter des Grafen.«
»Ricard de Peyregoux!«
»Ebender.«
»Verdammt!« Ich starrte ihn zornig an, riss mich jedoch gleich wieder zusammen, denn es war nicht sein Fehler, dass das Schicksal mir diesen Mann als Schiffsgefährten aufzwingen wollte. Ricard musste den Grafen überredet haben, ihn in die Heimat zu entlassen. Vielleicht wollte er die Scham einer Strafversetzung nicht auf sich nehmen. Oder Bertran hatte sich zu guter Letzt entschlossen, den unbequemen Verwandten ein für alle Mal loszuwerden. Ich erinnerte mich an ihren hitzigen Wortwechsel, dessen ich durch Zufall Zeuge geworden war, und vermutete eher das Letztere.
»Es geht nicht, *Maistre*«, sagte ich mit größter Bestimmtheit. »Mit diesem Mann reisen wir nicht.«
»Wie das?«, rief er entrüstet. »Warum nicht, um Himmels willen?«
»Nehmt seine Sachen wieder vom Schiff. Wir fahren ohne ihn.«
Meister Bonifacio rang die Hände, und seine Stimme war vor Aufregung in die Höhe geschnellt. »Ich kann ihn nicht von Bord weisen, Herr. Er ist ein naher Verwandter des Grafen, und ich habe strikte Anweisung …« Er unterbrach seinen Wortschwall und suchte in seinen Taschen, bis er ein zerknittertes Pergament hervorzog. »Hier ist es! Es ist eine Order des Grafen, seinen Vetter zu befördern.« Er hielt mir das Pergament unter die Nase und deutete mit dem Zeigefinger auf das Siegel des Grafen. »Das ist ein Befehl. Ich kann nichts machen. Außerdem ist schon alles bezahlt. Der *secretarius* kam gestern und hat die ganze Reise im Voraus bezahlt.«
Ich warf Hamid einen bedeutungsvollen Blick zu.
Der schüttelte verdrossen den Kopf. »Willst du dir das antun?«
»Auf keinen Fall!«

Völlig unmöglich, mit einem Kerl zu reisen, der mich fast erschlagen hätte und mir und meiner Tochter den Tod wünschte. Und selbst wenn es nur eine leere Drohung gewesen war, so war ich nicht bereit, Wochen auf einem engen Schiff mit diesem Galgenvogel zu verbringen und jeden Tag seine hasserfüllten Blicke zu ertragen. Dazu hatte er noch zwei weitere Raufbolde dabei. Nein, nein. Daran war nicht zu denken.
»Es tut mir leid, *Maistre* Bonifacio. Entweder er oder ich. Da gibt es nichts zu machen.«
»Aber warum? Er wird Euch nicht stören.«
»Es ist eine Fehde zwischen uns«, erklärte ich. »Ich werde auf keinen Fall mit ihm auf dem gleichen Schiff reisen. Oder wollt Ihr, dass ich ihn auf hoher See von Bord werfe? Dann habt Ihr Euren Vertrag mit dem Grafen ebenfalls nicht erfüllt. Also wählt jetzt gleich.«
Bonifacio schaute betrübt auf seine Füße. Dann hob er das zerknitterte Pergament mit dem gräflichen Siegel und meinte verzweifelt: »Es tut mir sehr leid, Herr! Es ist ein Befehl. Der Graf hat Vorrang.«
Mein Gott. Adela würde toben. Sie war so ungeduldig gewesen, und ich hatte sie nur mit Mühe davon abhalten können, uns schon heute auf das Schiff zu begleiten. Bertran dagegen zu bitten, Ricards Reise zu verschieben, war mir unangenehm. Ich wusste, wie peinlich ihm die Angelegenheit mit seinem Vetter war, einem Vorfall, an dem ich ja selbst nicht ganz unschuldig gewesen war. Dazu meine überstürzte Abreise und Bertrans Verständnis und unerwartete Großzügigkeit. Ich mochte den Bogen nicht überspannen.
»Dann verzichten wir«, sagte ich enttäuscht. »Bald kommen andere Schiffe.«
Bonifacio zuckte betrübt mit den Schultern. »Nur, die Anzahlung kann ich nicht zurückgeben.«
»Warum denn das nicht?«
»Ich habe zwei andere Angebote ausgeschlagen, um Euren Platz frei zu halten, und nun ist es zu spät, Ersatz zu finden. Außerdem hatten wir die ganze Arbeit mit den Pferchen und dann Proviant

und das Pferdefutter, das ich gekauft habe. Wollt Ihr mich zugrunde richten, Herr?«
Ich holte gerade Luft, um den Mann in scharfem Ton zurechtzuweisen, als Hamid mir die Hand auf den Arm legte und sich an Bonifacio wandte: »*Maistre* Bonifacio. Behaltet die Anzahlung. Gleich wie, wir werden mit Euch reisen. Keine Sorge!«
Als ich erstaunt den Mund aufmachte, legte er den Zeigefinger auf die Lippen und zog mich grinsend am Ärmel zur Planke. Auf der Kaimauer rief er noch dem Schiffsmeister zu: »Bis morgen früh im Morgengrauen, *Maistre* Bonifacio, wir werden da sein. Heute Nachmittag schicke ich Euch einen Karren mit dem Gepäck. Unser Knecht heißt Alexis.« Dann winkte er dem Genuesen noch einmal gut gelaunt zu.
Hamid konnte mich manchmal in Erstaunen versetzen. Aber da er mich mit seinen Eingebungen selten enttäuscht hatte, ließ ich ihn gewähren und zischte ihm erst auf dem Kai zu: »Was soll das? Was hast du vor?«
Er grinste. »Ich kann dir nichts versprechen. Vielleicht klappt es nicht. Dann ist dein Gold weg. Doch da es ohnehin dem Grafen gehört, hast du nichts zu verlieren.«
Er war in sehr angeregter Stimmung und stieg mit Schwung auf seinen Hengst, schlug dem Tier die Fersen in die Seite und trabte eilig in Richtung Festung. Ich folgte im leichten Galopp, um ihn einzuholen.
»Du hast mir immer noch keine Antwort gegeben«, schrie ich ihm nach.
Er drehte den Kopf, und seine weißen Zähne blitzten verwegen in der Sonne. Das Ganze schien ihn zu belustigen. »Besser, du weißt gar nichts, Jaufré! Lass es gut sein. Ich kümmere mich um alles.«
Mehr war nicht aus ihm herauszukriegen.

***

Eigentlich hätte ich heute Bertran und der *Comtessa* zum Abschied meine Aufwartung machen sollen. Trotz Hamids Zuversicht konnte ich mir weder vorstellen, was er vorhatte, noch, dass

er damit erfolgreich sein würde. Deshalb ging ich davon aus, dass die Reise fürs Erste verschoben war.
Wie erwartet warf sich Adela vor Ärger heulend auf ihre Lagerstatt. Es sei ein Missverständnis gewesen, sagte ich und nahm die Schuld auf mich. Dafür schalt sie ihren Vater einen Esel. Gleich darauf entschuldigte sie sich und bat um Vergebung. Aber ihre Enttäuschung und schlechte Laune konnte sie nicht verbergen.
Am Nachmittag begleitete ich sie zu Euthalia, da sie einige Stunden bei den Kindern verbringen wollte. Arnauds Frau hieß uns freudig willkommen. Man konnte bereits gut ihre Schwangerschaft erkennen.
Sie dankte mir überschwenglich für meine Empfehlung. Anscheinend hatte der Graf Arnaud schon empfangen und ihm meinen Rang und Posten angeboten. Sie war überglücklich über das adelige Lehen und das neue Leben, das sie auf dem Gutshof erwarten würde. Ich legte ihr das Schicksal des Maronitendorfes ans Herz, warnte sie jedoch vor den Gefahren, außerhalb der Stadt zu wohnen. Arnaud habe die Erlaubnis des Grafen, beruhigte sie mich, das Gut zu einer festen Burg auszubauen. Das war sinnvoll, denn Burgen würden die Stellung der Provenzalen im Land stärken und weniger Truppen als stehendes Heer nötig machen.
Euthalia versprach, sich um Nouras Grab zu kümmern.
»Ach, Jaufré! Ich sehe dich ungern ziehen.« Sie sah mich schmerzlich lächelnd an. »Ihr beide werdet uns fehlen. Auch Arnaud wird dich vermissen. So viele Jahre, die ihr Seite an Seite gekämpft habt.«
»Es geht mir nicht anders. Ich wünschte, ihr kämet mit uns.«
»Ein wenig von eurer *lenga romana* habe ich ja gelernt, obwohl eure Leute mich bestimmt nicht mit einer Einheimischen verwechseln würden, was, Jaufré?« Sie hatte ihre fürchterliche Aussprache gemeint und brach in herzliches Gelächter aus. »Nein«, sagte sie dann wieder ernst. »Dies ist eine große Gelegenheit für uns. Wir werden hier unser Leben machen.« Lächelnd legte sie ihre Hand auf den schwellenden Bauch. »Tripolis wird das Land unserer Kinder werden.«
Zuletzt gab sie mir eine Leinentasche für Adela mit. »Nichts Be-

sonderes. Ein paar Leibchen und Strümpfe. Nützliche Dinge eben«, sagte sie, und dann nahm sie das Ikonenbild der Maria von der Wand, das ich immer bewundert hatte, und gab es mir. »Nimm das mit zur Erinnerung, Jaufré.«

»Um Gottes willen! Es ist zu kostbar!«

»Ich will, dass ihr es habt«, erwiderte sie schlicht. »Es macht mir Freude.«

Ich nahm das schöne Bildnis und dankte ihr.

»Nun geh schon, bevor ich heule!«, sagte sie mit feuchten Augen und schob mich zur Tür.

***

Später in meinen Gemächern versuchte ich zu schlafen, war aber viel zu aufgewühlt. Reisten wir nun, oder reisten wir nicht? Ich versuchte, mir meinen fast erwachsenen Sohn Raol vorzustellen, doch da war nur die Erinnerung an einen schreienden Säugling, auf den ich widerwillig ein paar flüchtige Blicke geworfen hatte. Das hatte Berta mehr bekümmert als meine Kälte ihrer eigenen Person gegenüber. Und einmal hatte sie ihre Schüchternheit überwunden und mir bittere Vorwürfe gemacht. Ich hatte sie wortlos stehenlassen und war ausgeritten, so wie immer.

Kaum hatte ich ein Auge geschlossen, tauchten Hamid und Alexis auf, um unser Gepäck abzuholen. Ich sah Hamid fragend an, aber er hob abwehrend die Hand und tat weiterhin geheimnisvoll. So dämmerte ich den Nachmittag dahin, abwechselnd an die Decke starrend, dann wieder stand ich auf, um Wasser zu trinken oder mir die Hände zu waschen. Ich war enttäuscht und missmutig wie Adela. Würden wir nie von hier wegkommen? Auf ewig verbannt auf dem Pilgersberg, so wie der alte Sant Gille?

Ich grübelte über Alexis nach. Ich hatte die Scheune vermieden, in der man seine Braut so übel zugerichtet hatte, denn ich kannte solch grauenvolle Anblicke, bei denen einem vor Entsetzen das Blut in den Adern gefriert. Aber Alexis hatte hingeschaut, der arme Kerl. Und nun war er in Cortesa verliebt. Ihretwegen wollte er uns nicht begleiten. Konnte man so schnell heilen? War es

seine Jugend? Fast empfand ich Neid, doch für ihn war es besser so, und ich musste mir keine Sorgen um ihn machen.
Schließlich kletterte ich die Stiege zum Wehrgang hinauf und genoss einen dieser herrlichen Sonnenuntergänge in diesem Land. Die goldene Farbe des Himmels, eine leichte, angenehm frische Brise vom Meer und dazu der ferne Ruf der Muezzins von den Türmen der Moscheen. Eine wehmütige Stimmung erfasste mich. So stand ich lange an der Zinne, bis es ganz dunkel war.

***

Mitten in der Nacht rissen Hamid und Arnaud mich aus einem bleiernen Schlaf. Sie lachten laut und schrien: »Steh auf, Jaufré, was schläfst du noch?« Hamid konnte nicht aufhören zu kichern. »Die Stunde seiner Abreise ist gekommen, und der Mann liegt immer noch im Bett.«
»Was ist?«, fuhr ich hoch und sah mich wirr um. »Es ist stockdunkel, *putan!* Seid ihr betrunken?«
»Es wird bald Tag«, rief Hamid fröhlich.
Wir haben alles für dich geregelt«, ließ sich Arnaud ebenso heiter vernehmen. »Stell dir vor, unser edler Freund Peyregoux hat sich entschlossen, dir großzügig den Vortritt zu lassen.«
»Er fährt nicht?«
»Nein. Du hast den Kahn für dich.«
»Teufel noch eins!« Ich fuhr wie benebelt in meine Kleider. Hamid kümmerte sich inzwischen um Adela, die vor Schlaftrunkenheit kaum auf den Beinen stehen konnte.
»Wie habt ihr das gemacht?«, fragte ich misstrauisch.
»Keine Zeit für Erklärungen«, sagte Hamid. »Wir müssen los!«
Adela stand fröstelnd in der Kühle der frühen Stunde. Sie schien noch nicht begriffen zu haben, was vor sich ging. Ich allerdings auch nicht.
»Du kommst mit mir, *petit Domna*«, sagte Hamid sanft zu ihr. Er packte ihren Reisebeutel und steckte ein paar letzte Sachen hinein. Zu mir gewandt: »Ich bringe Adela auf das Schiff. Unser Gepäck ist bereits verstaut. Alexis holt gerade die Pferde aus dem

Stall. Ein paar bewaffnete Jungs sind schon am Kai und passen auf, dass der Genuese nicht ohne dich fährt.«
Ich musste ungläubige Augen gemacht haben, denn sie begannen wieder zu lachen. Arnaud half mir, mein Schwert zu gürten, und Hamid packte nun auch meinen Beutel in Eile.
»Wir treffen uns später am Schiff«, sagte er.
»Wieso. Wohin gehen wir denn?«, fragte ich Arnaud.
»Du musst noch bei einer Dame vorbeischauen«, meinte er breit grinsend. »Ohne sie wäre es nicht gegangen. Wir mussten ihr versprechen, dass du dich von ihr verabschiedest.« Er griff meinen Mantel und zog mich zur Tür. »Komm schon. Wir wollen nicht trödeln.«
»Vergiss die Hunde nicht!«, schrie ich noch in Hamids Richtung und stolperte dann hinter dem Normannen die Stiege hinunter.
Arnaud legte einen scharfen Ritt durch die Gassen der Vorstadt vor, und bald schossen wir durch das Tor in der Stadtmauer von Tripolis. Dann ging es weiter in Richtung Hafen. Ich war verwirrt. Welche Dame?
Nun schwenkte Arnaud vom Hafen weg, und wenig später hielten wir vor dem Haus der *Keuschen Barbara.*
»Que deable!«
»Still!« Arnaud legte den Finger auf die Lippen. »Es wird alles aufgeklärt. Ich verspreche es.«
Er hämmerte an die Tür, und alsbald wurden wir von einem Hausknecht eingelassen. Wir traten in den Hauptraum des Badehauses. Statt des üblichen Halbdunkels war der Raum strahlend hell von unzähligen Kerzen erleuchtet. »Da ist er endlich!«, schrie es aus vielen Kehlen und »gute Reise, Jaufré!« und »vergiss uns nicht!«
Sie umringten mich, meine alten Kumpane ebenso wie die jungen Dirnen des Hauses und hoben Becher und Kelche, um auf meine Gesundheit zu trinken. Ihre Fröhlichkeit steckte an, obwohl ich immer noch nicht verstand, was hier vor sich ging. Einige traten zur Seite, und plötzlich kam Barbara auf mich zu. Sie war in nachtblaue Seide gekleidet und hatte sich sorgfältig schön gemacht.

»Die schönste Frau von Tripolis liegt ihm zu Füßen, und der arme Tropf will auf ein Schiff steigen.« Das war Robert *lo Caval*. Er schlug mir auf den Rücken und lachte aus vollem Halse.

»Jaufré!« Barbara legte mir die Arme um den Nacken und küsste mich ungeniert auf den Mund, während alle um uns johlten, pfiffen und klatschten. Es wurde ein langer Kuss, und als ich Luft holte, sagte sie: »Danke, dass du gekommen bist. Ich wünsche dir eine gute Reise. Und vergiss uns nicht gleich wieder.«

Sie hielt mein Gesicht in beiden Händen und schaute mir lange in die Augen. Dann senkte sie den Blick und trat zurück.

»Kann mir endlich einer erklären, was hier vor sich geht?«, rief ich in die ausgelassene Menge.

»Ricard hat sich entschlossen, noch ein wenig bei Barbaras hübschen Töchtern zu verweilen«, schrie Guilhem und hieb sich lachend auf die Schenkel, »weil es hier so schön ist.«

Alles fiel in sein Gelächter ein. Plötzlich stand Roger d'Asterac vor mir und grinste mich an.

»Du bist auch hier?«

»Komm Jaufré, ich zeige dir etwas.«

Er schritt mit mir in die hintere Ecke des Raums, wo sich die Tür zu einem Gang befand, der ins Innere des Hauses führte. Er zog mich hinein, und andere folgten lachend. Dann riss er eine weitere Tür auf, und Guilhem, der neben ihm stand, leuchtete mit einer Kerze hinein.

»Da liegt die Bestie«, gluckste Guilhem.

Ricard lag völlig nackt auf dem Steinboden. Blut war ihm aus der Nase geronnen, und er hatte Abschürfungen an den Armen, ansonsten schien er unverletzt. Aber sorgfältig an Händen und Füßen gefesselt, lag er auf der Seite und konnte sich nicht rühren. Als sich sein wirrer Blick auf mich heftete, versuchte er, den Oberkörper zu heben. Dabei starrte er mich mit solch einem Hass an, dass ich unwillkürlich einen Schritt zurückgetreten wäre, hätten meine Freunde nicht so dicht hinter mir gestanden.

»Montalban«, flüsterte er. In dem Lärm konnte ich es kaum hören, aber es war nicht schwer, das Wort von seinen Lippen abzulesen. Er spuckte in meine Richtung, und der Speichel lief ihm

am Kinn herunter. Dann fing er an zu schreien. »Dafür krieg ich dich, glaub es mir, ich krieg dich! Eines Tages, Montalban!«
Roger schlug die Tür wieder zu, aber wir konnten ihn immer noch da drinnen toben hören. Nun zogen sie mich lachend wieder in den Baderaum, wo die Mädchen ausgelassen »Ich krieg dich! Ich krieg dich!« kreischten und die Männer ihre Trinkbecher hoben.
»Auf den edlen Ricard!«, stimmte Guilhem an, und alles brach in neues Gelächter aus. Mir war nicht wirklich nach Lachen zumute. Ich packte Arnaud am Arm. »Was ist hier passiert?«
»Hamid und Robert haben das ausgeheckt!« Er schob Robert *lo Caval* vor und sagte: »Erzähl es ihm!«
»Ich wusste, dass Ricard schlechte Angewohnheiten hat. Es war schon öfter vorgekommen, und Barbara wollte ihm das Haus verbieten.«
»Was für Angewohnheiten?«
»Er fesselt die Weiber und schlägt sie mit dem Gürtel. Scheint ihm nur Spaß zu machen, wenn er ihnen Gewalt antun kann.«
»Un porco!«, stimmte Barbara zu.
»Das brachte uns auf die Idee«, fuhr Robert fort. »Ich kenne die Weinstube, die Ricard besucht, und da hab ich lange mit ihm getrunken und ihn dann überredet, eine vergnügliche Nacht bei Barbaras Schönen zu verbringen.«
Im Gegensatz zu mir schien Robert die ganze Geschichte sehr zu erheitern. »Und dann habt ihr ihn gefangen genommen? Das kann ein Nachspiel geben«, sagte ich.
»Er hat sich selbst gefangen genommen«, schrie Guilhem und grinste mir mit seiner Zahnlücke ins Gesicht.
»Sie haben ihn noch mehr betrunken gemacht«, erklärte Arnaud, »und ihm dann diese kleine Löwin untergeschoben.«
Er zog eine hübsche Syrerin mit dunklen Augen und weißer Haut aus der Menge. Ihre linke Gesichtshälfte war geschwollen und blau angelaufen. Etwas Blut tropfte noch aus einer geplatzten Lippe. Sie hob stolz den Blick und sagte: »Letzte Woche hat er meine Freundin verprügelt. Ich hab's gern getan, Jaufré. Für sie und für dich.«

»Und für Hamids Geldbeutel, mein Täubchen, nicht wahr?«, grinste Robert sie an. Wieder Gelächter um uns herum.
»Wie heißt du?«, fragte ich sie.
»Almira, *Mossenher*.«
»Dein Gesicht. Es tut mir leid, Almira!«
Da rollte sie keck die dunklen Augen. »Schade, dass du mir deine Dankbarkeit nicht ausgiebiger zeigen kannst«, grinste sie.
Nun sprach Arnaud weiter. »Sie haben ihm ein bisschen Zeit gegeben, aber als Almira begann, um Hilfe zu schreien, sind alle in die Kammer gestürzt und haben die Arme gerettet … sozusagen.« Er lachte dröhnend.
»Er ist richtig gefährlich geworden. Hatte schon sein Schwert gezogen«, erzählte Roger. »Guilhem hat ihm dann ein Ding auf die Nase verpasst, und Robert und ich haben ihn überwältigt.«
»Mein Gott«, stöhnte ich, »nicht schon wieder«, musste aber trotzdem lachen.
»Mach dir keine Gedanken«, beruhigte mich Roger. »Der Kerl verprügelt bekanntermaßen Frauen und ist heute vor einer Menge Zeugen gewalttätig geworden. Wir mussten fürchten, er würde das arme Kind umbringen, als sie ihm nicht willig sein wollte.« Dabei zwinkerte er mir zu. »Morgen wird Barbara eine Beschwerde beim Grafen eingeben, und niemand wird es ihr verdenken, wenn sie ihn bis dahin zur Ausnüchterung in der Kammer festhält. Er könnte ja sonst was anstellen und wieder jemanden verletzen, oder?«
Sie grinsten mich an und schlugen mir auf die Schultern.
Guilhem schrie: »Auf unseren alten Jaufré!«, und alle stimmten ein. Rauhe Männerstimmen und dazwischen das aufgeregte Lachen und Gekreische der Dirnen. Becher wurden schneller geleert, als die Diener sie nachfüllen konnten. Guilhem streckte mir einen vollen Humpen hin. Ich trank in einem Zug aus und stimmte in ihre Fröhlichkeit ein.
Nicht viel später stand die ganze Gesellschaft am Kai, wo inzwischen unsere Pferde über eine breite Planke an Deck und in die Pferche geführt wurden. Ricards Habseligkeiten waren schon wieder ausgeladen worden und lagen auf dem Kai. Die Matrosen

beäugelten Barbaras leichtbekleidete »Töchter« im Morgengrauen und pfiffen und johlten ligurische Zoten, die, Gott sei Dank, niemand verstand, sonst hätte es vielleicht noch eine Schlägerei gegeben. Thor und Odin, die schon auf dem Schiff gewesen waren, erkannten mich und sprangen laut bellend über die Planke wieder an Land und mischten sich unter den Tumult auf dem Kai. Ich sah Adela nachtbleich und mit großen Augen an der Reling des Schiffs stehen. Aber Hamid war bei ihr und winkte mir grinsend zu.

Ich umarmte Guilhem. »Mensch, Alter, warum kommst du nicht mit? Ich könnte dich gebrauchen.«

»Ich bin zu alt zum Umsiedeln, Jaufré. Und einige von uns müssen ja die Drecksarbeit machen.«

»Meinst du etwa, ich kneife?«

»Ach was. War nur ein dummer Spruch, Mann.« Er drückte mich an seine Brust und klopfte mir auf den Rücken. Dann machte er sich los und grinste. »Die Weiber sind einfach zu gut hier. So was kriegst du nicht zu Hause.«

»Übertreib's nicht, *mon velh!*«

»Du kennst meinen Wahlspruch. Geehrt wird, wer tugendhaft lebt, aber beneidet wird er nicht!«, rief er fröhlich. Dann kniff er Almira, die bei ihm stand, in den Hintern, dass sie kreischte.

Ich nahm seinen ergrauten Kopf in die Hände und küsste ihn auf die Stirn. »Du hast immer ein Zuhause bei mir. Das weißt du hoffentlich.«

Ich bedankte mich bei Robert *lo Caval* und schüttelte Roger d'Asterac die Hand. »Ihr Teufelskerle. Ich danke euch.«

»Gute Reise, Jaufré!«

Nun kam Alexis an die Reihe. Ich wollte ihm gerade einen Beutel Silber zustecken, als er schief grinste und verlegen herumdruckste. Da trat Cortesa neben ihn und fasste ihn bei der Hand. Sie warf zuerst einen schüchternen Blick auf Alexis, schien sich dann aber ein Herz zu fassen. »Wir kommen mit, *Senher!*«, sagte sie bestimmt, wenn auch etwas atemlos. Alexis war rot geworden, sein Adamsapfel hüpfte auf und ab. Er schien keinen Ton hervorzubringen, nickte aber heftig.

Ich war sprachlos.
»Wie soll ich das deiner Herrin erklären, jetzt in der Nacht? Ich kann ihr doch nicht die Magd entführen.«
Arnaud mischte sich ein. »Ich rede mit der *Comtessa*. Sie wird es verstehen.«
Ich schüttelte den Kopf. »Alexis, ich dachte, du wolltest bei deiner Familie bleiben.«
Der Junge blickte auf Cortesa. »Sie hat Heimweh, Herr.«
»Nehmt mich in Eure Dienste, *Senher*«, bat das Mädel. »Ich will eine gute Magd für die junge Herrin sein, ich verspreche es.«
Der Gräfin gegenüber war mir nicht wohl bei dem Gedanken. Andererseits war ich froh, Alexis weiterhin um mich zu haben. Ich hatte mich an den Jungen gewöhnt, und wenn der Preis dafür diese Magd war, dann sollte es so sein.
»Also gut«, brummte ich, »sucht euch einen Platz an Bord.«
Cortesa ergriff meine Hand und küsste sie inbrünstig. »Ich danke Euch, Herr, Ihr werdet es nicht bereuen!«
Und so kam es, dass die beiden, ihre Bündel mit Habseligkeiten unter dem Arm, ungelenk über die Planke an Bord stiegen. Adela lief gleich zu Cortesa und umarmte sie freudig.
Bevor ich mich von dieser Geschichte erholen konnte, wurden wir von der Menge umringt. Jeder wollte uns berühren und uns gute Reise wünschen. Ich schüttelte viele Hände, Roger, Robert. Guilhem zog mich nochmals an seine Brust, Roland Bonaserre war gekommen, und andere alte Gefährten sagten adieu. Hamid machte die Runde wie ich, die Dirnen küssten uns, man schlug uns immer wieder auf den Rücken, und wir sollten doch bitte die Heimat grüßen.
Schließlich stand die schöne Barbara vor mir. Bilder unserer gemeinsamen Nacht drängten sich auf, und ich wollte sie zum Abschied küssen, aber mit einem Zeichen in Richtung Adela entzog sie sich meiner Umarmung.
»Ich danke dir für deine Hilfe, Barbara.«
»Gute Reise, *caro*.« Sie lächelte mir geheimnisvoll zu. »Werd wieder glücklich, Jaufré. *Felicitá e lunga vita!*« Ich fasste kurz ihre Hände, dann trat sie zurück.

Zuletzt packte mich Arnaud in einer erdrückenden Bärenumarmung, bis ich schrie, ob er mich vor der Reise noch umbringen wolle.

»Jaufré, ich danke dir für dein gutes Wort beim Grafen. Euthalia ist glücklich. Wir werden dich nicht vergessen.«

Ich merkte, dass ich nicht der Einzige war, dem die Augen feucht geworden waren. Ich stolperte über die Planke und wäre fast gestürzt, weil ich kaum noch sehen konnte. Die Hunde liefen an Bord, Hamid versuchte sie zu beruhigen, und dann machten die Seeleute die Leinen los und stießen das Schiff mit den langen Riemen vom Kai ab.

»Ich habe mich nicht vom Grafen verabschiedet!«, rief ich Arnaud zu. Und noch etwas fiel mir ein. »Sag der *Comtessa*, es tut mir leid, dass ich nicht an ihrem Fest teilnehmen kann!«

»Keine Sorge, ich erkläre ihnen alles«, hallte es über den immer größer werdenden Streifen Wasser zwischen Kai und Schiff, dann legte Bonifacio das große Steuer um, die Riemen bissen, und das Schiff bewegte sich langsam auf die Hafenausfahrt zu. Ich fasste Adela bei der Hand, und wir rannten mit Hamid zum Heck und winkten, bis uns die Arme schmerzten. Am Kai schrien sie alle durcheinander und winkten ebenfalls wild herüber. Auch die Seeleute an Bord schrien und warfen den Weibern Kusshände zu. Es war ein Heidenlärm, der erst verebbte, als sich das Schiff schon der Hafeneinfahrt näherte. Zuletzt sah ich noch, wie jemand von der Kaimauer ins Wasser plumpste und Arnaud ihn wieder herauszog.

So endete schließlich ein großer Abschnitt meines Lebens, während ich noch wehmütig zu meinen Freunden zurückblickte. Pilet war hier begraben, so wie unzählige andere Kameraden, die auf diesem Flecken Erde den Tod gefunden hatten. Irgendwo da oben in den Hügeln lag Noura in ihrem kühlen Grab. Sie würde für immer in meinem Herzen bleiben. Ich sah ihr sanftes Antlitz vor mir und flüsterte: »Wünsch uns Glück, mein Liebling. Und bleib an unserer Seite.«

»Was sagst du, Papa?« Adela sah zu mir auf und zitterte im Morgenwind.

»Nichts, mein Schatz.« Ich schlang meine Arme um sie und blickte auf den noch grauen Horizont. Das Schiff bewegte sich in den ersten Wellen, denn wir hatten nun den Hafen verlassen und fuhren aufs offene Meer hinaus. Es war noch kühl, aber die Sonne kündigte sich über den Bergen an. Ein Seemann zeigte Alexis und Cortesa den Verschlag unter dem Achterdeck, wo sie verschwanden, um ihre Bündel zu verstauen. Seeleute rannten an Deck und hievten mit lauten Rufen an Leinen, während andere in schwindelnder Höhe auf den großen Rahen saßen und die Segel fallen ließen. Sie füllten sich mit dem kräftigen Wind, der von den Bergen kam und dem Schiff plötzlich Leben einblies. Die Masten knarrten, es legte sich zu meinem Schrecken leicht auf die Seite und schoss nach vorn. Adela stieß einen kleinen Schrei aus, und wir klammerten uns an der Reling fest.

Während die Riemen eingezogen und an Deck verstaut wurden, tauchte der Bug in die erste große Welle und pflügte mit Wucht und Getöse einen Schwall weißen Schaums zur Seite. Möwen folgten dem Schiff, und ihre Rufe umspielten die Mastspitzen. *Maistre* Bonifacio hielt zufrieden grinsend das große Steuerruder in der Hand. Der Wind zauste an seinen Haaren. Er jedenfalls schien sich ganz zu Hause zu fühlen, wie er dort breitbeinig stand und die Bewegungen des Schiffs ausglich.

»*Mossenher*. Das ist das Leben. Endlich wieder auf See!«

Hamid gesellte sich zu uns an der Reling.

Nun war der Krieg für uns beendet, dachte ich, und gottlob waren wir auf dem Weg nach Westen. Eine neue Heimat für meinen Freund, für mich ein Wiedersehen. Ich legte den Arm um Hamids Schultern, und wir blickten zurück. Es war ein bewegender Augenblick, als Al-Mina hinter uns immer kleiner wurde.

Meine rechte Hand ruhte auf einer anderen, schmaleren Schulter, der meiner Tochter Adela, geboren hier im Heiligen Land, am Tag der Eroberung Jerusalems.

»Nichts, mein Schatz.« Ich schlang meine Arme um sie und blickte auf den noch grauen Horizont. Das Schiff bewegte sich an den ersten Wellen, denn wir hatten nun den Hafen verlassen und fuhren aufs offene Meer hinaus. Es war noch kalt, aber die Sonne kündigte sich über den Bergen an. Ein Seemann zeigte Alexis und Cortesa den Verschlag unter dem Achterdeck, wo sie verschwanden, um ihre Bündel zu verstauen. Seeleute rannten an Deck und hievten mit lauten Rufen an Tauen, während andere in schwindelnder Höhe auf den großen Rahen saßen und die Segel fallen ließen. Sie füllten sich mit dem kräftigen Wind, der von den Bergen kam und dem Schiff plötzlich Leben einblies. Die Masten knarrten, es legte sich zu meinem Schrecken leicht auf die Seite und schoss nach vorn. Adela stieß einen kleinen Schrei aus, und wir klammerten uns an der Reling fest.

Während die Riemen eingezogen und an Deck verstaut wurden, tauchte der Bug in die erste große Welle und pflügte mit Wucht und Getöse einen Schwall weißen Schaums zur Seite. Möwen folgten dem Schiff, und ihre Rufe umspielten die Mastspitzen. Maestro Bertaccio hielt zufrieden grinsend das große Steuerruder in der Hand. Der Wind zauste an seinen Haaren. Er jedenfalls schien sich ganz zu Hause zu fühlen, wie er da [illegible] stand und die Bewegungen des Schiffs ausglich.

»Wunderbar! Das ist das Leben. Endlich wieder auf See!«

Hamid gesellte sich zu uns an der Reling.

Nun war der Krieg für uns beendet, dachte ich, und jetzt waren wir auf dem Weg nach Westen, [illegible] Heimat für meinen Freund, für mich ein Wiedersehen. Ich legte den Arm um Hamids Schultern, und wir blickten zurück. Es war ein bewegender Augenblick, als Al-Mina hinter uns immer kleiner wurde.

Meine rechte Hand ruhte auf einer anderen, schmaleren Schulter, der meiner Tochter Adela, geboren hier im Heiligen Land, am Tag der Eroberung Jerusalems.

Buch II

»Mit gezückten Schwertern rannten die Unsrigen durch die Stadt, wobei sie niemanden verschonten, nicht einmal jene, die um Gnade flehten. Das gemeine Volk fiel wie faule Äpfel von geschüttelten Zweigen und Eicheln von sich im Winde wiegenden Eichen.«

*Fulcher von Chartres (*1059 – †1127)*
In seiner Historia Hierosolymitana
über die Einnahme Jerusalems.

»In Leidenschaft ist kein Glück zu finden,
noch kann das Feuer der Leidenschaft Trost spenden.
Denn wer hat jemals Linderung im lodernden Feuer gefunden?«

*Nizam al-Mulk (*1018 – †1092)*
Wesir der Seldschuken unter Alp Arslan und Malik Shah,
von Assassinen ermordet

Castel Rocafort

Las Corbieras,
Anno Domini 1131

Aufgebrochen bin ich als unerfahrener, junger Bursche mit einer Handvoll Getreuen aus diesem kleinen Dorf, ohne zu wissen, dass uns das größte und schrecklichste Abenteuer bevorstand, das ein Mensch sich vorstellen kann.«

Wir saßen am Turmfenster, seit Stunden in meine Erinnerungen vertieft. Aimar hörte immer noch aufmerksam zu. Er trug wieder seine Kutte, nun gereinigt und sorgfältig geflickt. Irgendjemand hatte seine Tonsur neu geschoren. Sogar die Fingernägel waren sauber. Endlich sah er wie ein Mensch aus.

»Wer nicht dabei gewesen ist, kann sich kaum die Mühsalen und Schrecken ausmalen und die vielen Toten auf beiden Seiten. Ein Wunder, dass ich es überleben durfte.« Ich räusperte mich. Meine Stimme war heiser geworden. »Also, *mon gartz*. Nun weißt du, warum ich Graf Raimon gefolgt bin. Und warum ich dann so lange Jahre geblieben bin.«

»Wegen Eures Weibes Noura.«

»So ist es. Gott sei ihrer Seele gnädig! Berichte meinem Sohn von ihr. Es wird ihm einiges erklären.«

Ich goss uns beiden etwas Wasser ein, als plötzlich heftig atmend die *cosiniera* ins Turmgemach platzte. Die lange Stiege bis zu uns herauf hatte sie außer Atem gebracht. Das hinderte sie aber nicht, uns unter zusammengezogenen Brauen missbilligend anzufunkeln.

»Was sind das für neue Sitten?«

Verwirrt fuhr ich hoch. »Was störst du uns, Weib?«

Sie baute sich vor uns auf. In einer Hand hielt sie eine flackernde Kerze, die andere Faust war in die Hüfte gestemmt, das Kinn angriffslustig nach vorn gereckt. Oha, dachte ich, Gewitter im Anzug.

»Wie lange soll ich mir noch die Kehle heiser brüllen?«, wollte sie wissen, während ihre Augen Blitze schleuderten. Daher wehte also der Wind. Wir hatten nicht bemerkt, dass der Tag vergangen war und nur noch schwaches Dämmerlicht durch das Fenster fiel. Ich gähnte und reckte mich.

»Wir haben dich nicht gehört, Cosiniera, sonst wären wir sicher gleich gekommen.« Dabei grinste ich sie entwaffnend an. Wenn dieses Weib in Rage war, blies man am besten zum Rückzug.

»Was ist so wichtig, dass Ihr Euren Magen darüber vergesst?« Misstrauisch sah sie sich in der Kammer um, konnte allerdings außer Pergamente und Aimars Schreibgerät auf dem Pult nichts Verdächtiges entdecken.

»Wir reden von alten Zeiten.«

»Von Krieg und Weibern will ich wetten!«, ließ sie ungehalten vernehmen, und mit einem verächtlichen »Männer!« wandte sie sich zur Tür, um nach der Magd zu schreien.

»Maria! Wo bleibst du denn? Beeil dich, *nina!*«

Aimar saß eingeschüchtert da. Ich zwinkerte ihm aufmunternd zu. Die Köchin zeigte sich gern mütterlich streng mit mir, und meistens ließ ich sie gewähren. Ein harmloses Spiel. Sie schob nun Aimars Schriftstücke auf die Seite und stellte die Kerze auf den Tisch. Die Magd kam ächzend die Stufen heraufgeklettert. Noch bevor sie über die Schwelle trat, waberte uns ein wunderbarer Duft nach Fleisch und Gewürzen entgegen. Das große Holzbrett, schwerbeladen mit allem für ein wahres Festgelage, ließ sie vorsichtig auf dem Tisch nieder. Feierlich hob die Köchin den Deckel des Schmortopfes ab, so dass sich der köstliche Geruch in der ganzen Kammer verbreitete und uns das Wasser im Mund zusammenlief.

»*Conilh*«, verkündete sie würdevoll und reichte jedem einen Teller mit einer dicken Scheibe Brot darauf. Auf das Brot legte sie jeweils zwei Stücke Fleisch und übergoss das Ganze mit einer braunen Soße, die sie aus dem Topf löffelte. Dies war eines ihrer besseren Gerichte. In Speck gewickelte Kaninchenteile, angebraten in Olivenöl und langsam mit Zwiebeln, Knoblauch, Thymian, Rosmarin und einem Schuss Wein geschmort. Dazu grüne Bohnen, Hirsebrei und zum Nachtisch Kompott. Hungrig schnupperte ich an meinem Teller.

»Ich liebe *conilha!*«, rief ich aus reinem Schabernack. Mein lästerliches Wortspiel beantwortete die Köchin mit einem vernichtenden Blick. Denn *conilha* ist das Karnickelweibchen, und ebenso nennt man ein sittenloses Weib. Und wenn man bedenkt, wie hemmungslos sich die Viecher vermehren, dann weiß man auch, warum.

»Bildet Euch nicht ein, *Senher Castelan*, dass wir nun jeden Tag so auffahren«, rief sie scharf. »Und Eure Frechheiten kommen bei mir schlecht an!« Sie legte dem Mönch noch ein weiteres Stück Fleisch auf den Teller. Maria stand dabei und lächelte sanft. Sie hatte ein freundliches, stilles Wesen.

»Unser Frauenvolk hat dich ins Herz geschlossen, Bruder Aimar.« Ich schlug ihm auf den Rücken. »Lang zu, bevor sie es sich anders überlegen!«

Beim Anblick des Festmahls waren ihm die Augen aus dem Kopf getreten, dass man meinte, sie würden gleich herunterpurzeln. Da konnte die Köchin sich nicht beherrschen und fing an zu lachen.

»Na, wenigstens einer, der unsere Künste zu schätzen weiß.«

Hatte ich da einen anzüglichen Blick entdeckt? Doch die beiden Weiber waren schon auf der Stiege und begannen kichernd ihren Abstieg. Diese Frau trieb es manchmal entschieden zu bunt.

»Bevor ich es vergesse«, rief ich hinterher. »Schickt mir noch Gustau herauf.«

»Machen wir, *Castelan!*«, rief Maria fröhlich, und dann folgte erneutes Lachen. Was, zum Teufel, war daran so witzig? Ich goss mir Wein ein und probierte. Ah! Der war von meinem eigenen Fass, das ich für besondere Gelegenheiten aufbewahrte. Unser heimischer Tropfen ist nicht so gut wie jener aus den besseren Lagen weiter östlich Richtung Küste, aber mir mundet er trefflich. Ich nahm noch einen Schluck und kostete genüsslich die fruchtige Blume und den kräftigen Geschmack der südlichen Sonne.

Kaum hatten wir ein hastiges Dankgebet gemurmelt, machten wir uns wie ausgehungert über das Mahl her, obwohl man sich am heißen Fleisch die Finger verbrannte. Das Kaninchen war leicht scharf. Die Köchin musste ein wenig von meinem gut gehüteten Pfeffer dazugetan haben. Es schmeckte göttlich, und über längere Zeit redeten wir nicht, denn Aimar bestand nur noch aus vollen, kauenden Backen, vor Fett triefenden Fingern, die nach dem nächsten Stück langten, und lustvoll verdrehten Augen. Gelegentlich stieß er einen stöhnenden Seufzer aus. Er fraß alles in sich hinein, als fürchte er, man würde ihm gleich den Teller wegreißen. So ein Essen schien er schon lange nicht mehr, wenn überhaupt jemals, genossen zu haben. Schließlich, nach dem Nachtisch, lehnte er sich zurück und rieb zufrieden seufzend die fettverschmierte Hand über den Bauch.
»Die Frau ist stachelig wie eine Wildrose«, bemerkte ich lachend. »Aber vom Kochen versteht sie was!« Ich hob meinen Becher und trank dem Jungen zu. Er goss sich von der Wasserkaraffe ein und stürzte den Inhalt des Bechers in einem Zug hinunter.
»Jetzt weiß ich, wie Fürsten leben«, flüsterte er außer Atem.
»Möchtest du noch einen Löffel Kompott?« Ich nahm mir einen weiteren Schlag davon. Eingekochte Birnen mit Rosinen und Honig gesüßt.
»Geht nichts mehr«, stöhnte Aimar mit verdrehten Augen.
Ich schob ihm das kleine Wasserbecken hin, das ich gefüllt hatte. »Reib dir die Hände mit Zitrone sauber, bevor du sie hineintauchst. Lern, dich höfisch zu benehmen, Junge.«
»Wie an Graf Bertrans Tafelrunde?«, fragte er mit einem verträumten Blick. »Ich wünschte, ich wäre dabei gewesen.«
»Du wirst wohl kaum Gelegenheit haben, in feiner Gesellschaft zu speisen. Aber falls doch, merk dir eines. In einer solchen Runde geht es gesittet zu, besonders wenn noble Damen am Tisch sitzen. Da stochert man nicht mit dem Messer in den Zähnen herum oder schneuzt sich gar in den Ärmel, hörst du?«
Er nickte ernst. »Es tut mir leid um Eure Frau, Herr«, sagte er plötzlich. Als ich von Nouras Tod berichtet hatte, waren ihm Tränen gekommen.

»Ja«, sagte ich und seufzte. »Es ist lange her, aber ab und zu denke ich noch an sie. In Antiochia hatte sie ihre Familie verloren, in Tripolis ihr Leben.«

»Doch mit Euch war sie glücklich gewesen.«

»Vielleicht«, brummte ich. »Ich war nicht immer der beste Gemahl in jenen Tagen.« Vor meinen Augen sah ich ihr grasumsäumtes Grab mit dem schlichten Stein neben der Maronitenkirche in *Paire* Georgios' Dörfchen. Ob jemand es noch pflegte?

»Ich werde ihr Grab finden«, versprach er, als habe er meine Gedanken erraten. Wir saßen eine Weile stumm da, und dann sagte er mit beseelter Stimme: »Jetzt, nachdem ich Euch zugehört habe, will ich erst recht eine Wallfahrt unternehmen. Ich will alle Orte sehen, an denen Ihr gewesen seid. Und am Jordan will ich mich taufen lassen.«

»Ola!«, rief ich. »Nicht so schnell. Ich brauche dich noch. Was nützt du mir, wenn dir ein Türke auf den Kopf haut, eh? Kannst du dann noch die Familienchronik bewahren?«

»Vielleicht kehrt Euer Sohn bald heim, und dann kann ich auf die Reise gehen.«

»Na schön. Aber nicht vorher.«

Jetzt wurde er ernst. »Schrecklich zu denken, wie sehr die Menschen gelitten haben. Christen wie Heiden.«

»Nenn sie nicht Heiden. Sie glauben an Gott wie wir.«

Seine blauen Augen starrten mich ungläubig an. »Aber sie glauben an Götzen und schmoren auf ewig in der Hölle, Herr!«

»Papperlapapp!«, knurrte ich unwirsch. »Woher willst du das wissen? Ist noch keiner aus der Hölle entsprungen, um davon zu berichten.«

Er runzelte die Stirn. »Jeder sagt es!«

»Gott ist Gott«, sagte ich ihm. »Der eine betet so, der andere anders.«

»Wenn alle an Gott glauben, warum muss man sie dann bekehren?«

»Gute Frage, *mon gartz*.« Darüber dachten wir nach. Aber natürlich fand sich keine Antwort. Es ist müßig, sich solche Fragen zu stellen. Lange sagte er nichts, sondern saß zurückgelehnt am

Tisch und schien zu träumen. Meine Geschichten mussten ihm noch im Kopf herumgehen.
»Und dieser Ricard. Seid Ihr ihm jemals wieder begegnet, Herr?«
Ich grinste bitter. »Du wirst davon hören. Warte es ab.«
»Es war großartig, wie Ihr ihn in jenem Badehaus festgehalten habt …«
»Das hat er mir sehr übelgenommen.«
Plötzlich sah er mich verschämt an. »Aber, *Senher*. Ich dachte immer, Badehäuser seien … na, eben zum Baden da.«
Ich musste ihn lange verdutzt angestarrt haben, dann zuckten mir die Mundwinkel, und schließlich musste ich laut loslachen. »Das sind sie auch«, kicherte ich und konnte mich nicht einkriegen. »Das sind sie auch, mein Junge. Ganz sicher.« Mir liefen die Tränen runter. Nun lachte auch Aimar, und wir hielten uns beide die Bäuche. Es dauerte noch eine ganze Weile, bis wir uns beruhigten.
»Was ist denn aus jener Berta geworden? Und der Sohn. Ist es Raol?«, fragte er schließlich.
Ich legte den Finger auf die Lippen. »Nicht jetzt. Das ist eine lange Geschichte, und mir ist inzwischen die Stimme rauh geworden.« Ich gab ihm ein Zeichen, sich zu erheben.
»Und der Brief Eures Onkels?«, fragte er weiter hartnäckig.
Ich schob ihn langsam in Richtung Stiege. »Geh, geh! Es ist Zeit zum Schlafen.«
Kaum war Aimar hinabgestiegen, da trat mein Jäger und Fallensteller, Gustau *lo chaçador*, ins Turmgemach.
Jetzt im Herbst war es wieder Zeit, auf Hirsch- und Eberjagd zu gehen. Gustau ist ein langer, drahtiger Kerl, maulfaul und ein wenig kauzig. Die beiden herausragendsten Bestandteile seines Gesichts sind ein dicker, grauer, zotteliger Schnauzbart und eine prachtvolle gallische Nase. Er redet nur, wenn es nicht anders geht, und schaut meist trübselig drein, obwohl der Eindruck täuscht. Er ist ein Einzelgänger. Wald und Tiere sind sein stilles Reich, in Gesellschaft der Menschen fühlt er sich unwohl. Gustau und ich haben gemeinsam schon manches Abenteuer bestanden, besonders in jenen Tagen, als wir ums Überleben des Dorfes

kämpfen mussten. Oft, wenn ich ihn sehe, kommt mir das traurige Los seiner Rosa in den Sinn, und dann möchte ich besonders sanft mit ihm umgehen. Wir verstehen uns gut, auch ohne viele Worte.

Er stand verlegen da, die Mütze in der Hand, und wartete.

»Wann ist die Sauhatz dran?«, fragte ich.

»In einer Woche oder zwei.«

Er wollte also noch Fährten überwachen, bis er sich der Schlupfwinkel der Tiere sicher war. In Fährtenkunde findet sich niemand, der ihm das Wasser reichen kann. Er erkennt noch Spuren, wo selbst die Hunde aufgeben.

»Gut. Nach *Toussant* also. Bereite alles vor und such die Männer aus.«

Er nickte stumm, und da ich nichts weiter für ihn hatte, entfernte er sich wortlos mit einem halb angedeuteten Gruß.

Lange noch blieb ich im Turmgemach, um den Tag zu überdenken. Mein kleiner Mönch hatte gelauscht, bis ihm die Ohren glühten. War nun sein Bild von den frommen Christenkriegern befleckt, hatte ihn der Blutgeruch der Schlachten erschreckt und der Gestank der Leichen angewidert? Und war ich in seinen Augen immer noch der brave Pilger und Krieger Gottes, oder, da er nun die Wahrheit kannte, nur noch ein Schlächter, Plünderer und Ehebrecher, ein Abenteurer und kaltherziger Kriegsherr?

Aber was scherte es mich, *putan*, was er dachte. Ein kleiner Mönch mit ungewaschenen Füßen? Die wichtigere Frage war, würde ich auch Raol, wenn er vor mir säße, diese Dinge so freimütig erzählen können? Immer sind es die Söhne, die über die Väter richten. Nein, bei Raol würde mir die Beichte sehr viel schwerer fallen.

Sosehr mich Nouras Tod in tiefe Verzweiflung gestürzt hatte, so war von ihr nichts weiter als ein Schatten der Erinnerung geblieben. Wie vergänglich doch alles ist! Nicht, dass ich sie jemals vergessen hätte, aber das tägliche Heute fordert zu viel, als dass man dem Gestern noch viel Beachtung schenken könnte. Außer man wird langsam alt, so wie ich, und beginnt, über sein Leben nachzudenken.

Ich erhob mich und trat ans Turmfenster. Vollmond tauchte die Landschaft in sanftes, silbriges Licht, die Berge wie ein Rahmen aus tiefem Schatten. Ein Käuzchen rief aus dem Wald, und unten im Dorf antwortete eine Kuh. Und jetzt hörte ich die Katzen über die Dächer und Zinnen streunen und ihre schamlose Liebesglut in die Nacht schreien. Vollmond. Keine Nacht zum Schlafen.

Da vernahm ich ein Geräusch unten im Burghof. Es klang wie ein Steinchen, das an einen Fensterladen geworfen wird. Ich reckte den Hals, um aus dem Turm zu spähen, und lauschte angestrengt. Was ging da vor sich? Und da, noch einmal. Dann ein Flüstern: »Aimar«, gefolgt von einem unterdrückten Kichern, und wieder eindringlicher: »Aimar!«

»Wer ist da?«, klang des Mönches dünne Jünglingsstimme zurück.

»Komm und finde es heraus!« Das Lachen junger Mädchen und leichte Schritte, die sich entfernten. Mägde aus dem Dorf, die ihren Spott mit ihm trieben.

Ich ertappte mich dabei, dass meine Gedanken ungewollt zu den Rundungen der Köchin wanderten. *Mon Dieu*, schon das zweite Mal in diesen Tagen. Was war nur los mit mir? Es altert der Mensch, und dennoch will die Lust nicht weichen. Es gibt Tage, da peinigt sie mich mächtig, und an diesem Abend hatte ich nicht übel Lust, mich heimlich in die Kammer der *cosiniera* zu schleichen, ihr meine Hand auf den prallen Hintern zu legen, sie ins duftende Heu zu ziehen und ihr zu zeigen, wer Herr auf dieser Burg ist, und zwar so lange, bis sie mit den Katzen auf dem Dach um die Wette stöhnte. Nicht ohne Bedauern entschied ich mich dagegen, denn noch lächerlicher als ein geiler Bock ist ein alter geiler Bock.

Doch zu meiner Freude fand sich noch etwas Wein im Krug. Den schlürfte ich genüsslich. Gutes Essen und guter Wein, das kann einem niemand nehmen.

***

»Die ersten Tage auf See waren ein Ritt durch die Hölle.«
Aimar hockte zu meinen Füßen auf einem niedrigen Schemel, während ich im Lehnstuhl saß und meine Geschichte wieder aufgenommen hatte.
Heute war es kühl, und ein scharfer Wind blies um den Turm. Deshalb hatten wir die Läden angebracht und ein Feuer im Kamin entzündet. Und zur Stärkung hatte Maria uns einen warmen Kräuterwein gebracht.
»Kaum hatten wir uns von der Küste entfernt, als ein heftiger Sturm über uns hereinbrach und uns tagelang auf See festhielt. Und ich sage dir, mein Junge, es gibt keinen besseren Ort, um die Allmacht Gottes am eigenen Leib zu spüren, als auf einem kleinen Schiff in einem gewaltigen Sturm.
Es heulte und pfiff, als würden wir von allen Furien der Hölle gejagt. Eine graugrüne Woge nach der anderen rollte heran, und die See türmte sich so wild, dass der Sturm weiße Gischtfetzen von den Wellenkämmen riss. Es sah aus wie tausend Rauchfähnchen, die das Meer vernebelten.
Jedes Mal, wenn eine Welle auf den Bug aufschlug, krachte es, als würde das Schiff in Stücke zerbersten. Der Rumpf erzitterte wie von Gottes Faust geschüttelt, und die Planken ächzten unter der Wucht der Wassermassen. Weiße Gischt fegte über das Deck hinweg, und alles war ständig in Bewegung. Wenn eine besonders heftige Böe das Schiff erfasste, dann legte es sich so stark auf die Seite, dass einem das Herz aus dem Leibe springen wollte und ich überzeugt war, nun würden wir kentern und mit Mann und Tier ersaufen.«
Dann waren wir krank geworden, Adela und ich. Kopfschmerz und Schwindel, alles drehte sich um uns in diesem muffigen Verschlag unter Deck, in den wir vor dem Wetter geflüchtet waren. Die Bewegungen des Schiffes waren so wild, dass wir immer wieder von unserem Strohsack geschleudert wurden. Wir kotzten in den Notdurfteimer, bis nur noch grüne Galle kam. Adela war grünlich bleich und wimmerte an meiner Seite. Alexis ging es nicht besser. Nur Cortesa schien unverwüstlich. Sie hielt Adelas Kopf, wenn sie sich übergab, und trocknete ihr den kalten

Schweiß von der Stirn. Uns blieb nichts anderes, als sturmgeschüttelt dahinzudämmern und auf Gottes Gnade zu hoffen.

»Drei Tage dauerte der Sturm«, fuhr ich fort. »Als der Wind sich schließlich beruhigte und wir wieder unseren Kurs aufnehmen konnten, entflohen wir der stinkenden Kammer, um endlich frische Luft zu atmen.«

Auch die Hunde und vor allem unsere Pferde hatten schrecklich gelitten. In den engen Pferchen waren sie hin und her geschleudert worden. An deren Planken hatten sie sich schmerzhafte Abschürfungen zugezogen, die durch das Salzwasser zu schwären begannen, und einer der Stuten war ein langer Splitter in das Vorderbein gedrungen. Hamid zog ihn heraus, und Adela half ihm, die Wunden mit Süßwasser auszuwaschen und mit Salben zu behandeln. Während der Reise standen die Gäule mit hängenden Köpfen in ihren Pferchen und verweigerten nicht selten das Futter. Der Mangel an Bewegung war für sie das Schlimmste.

»Das Schiff hatte einige Schäden davongetragen, und mit nur einem Segel krochen wir in den Hafen von Larnaka auf Zypern. *Maistre* Bonifacio hatte Botschaften für den Palast des Patriarchen und nahm andere in Empfang, die wir nach Sizilien und Genua bringen sollten. Nach den notwendigen Ausbesserungen segelten wir weiter nach Norden, an der kilikischen Küste entlang bis Rhodos, und von dort folgten wir den Inseln bis nach Kreta.«

Als einzelner Segler mieden wir bewohnte Küstenstriche. Bonifacio wollte keine Begehrlichkeiten wecken, denn Seeräuber waren bei weitem die größte Gefahr. Von Kreta aus waren wir einer weiteren Inselkette bis zum griechischen Festland gefolgt und dann hinüber zu den Ionischen Inseln, wo wir auf Ithaka noch einmal unsere Wasserfässer füllten. Im Morgengrauen des nächsten Tages lichteten wir den Anker und wagten uns gen Westen mit geradem Kurs auf Sizilien.

»Zum ersten Mal segelten wir vier Tage und Nächte lang über offenes Meer, ohne Land zu sehen. Gott sandte uns jede Art von Wetter, und einen Tag lang so starken Wind, dass Bonifacio die Segel reffen ließ. Aber es machte uns nichts mehr aus. Im Gegen-

teil, wir genossen den wilden Ritt über die Wellen und den Geschmack des Salzes auf den Lippen, das die Gischt hinterließ.«
Adela war inzwischen so braun wie die Seeleute selbst und lachte gern über die kindisch derben Scherze und halsbrecherischen Kunststücke, die die Männer in den Masten hoch über dem Schiffsdeck für sie aufführten. Der Schrecken der Seekrankheit war vergessen, und sie fühlte sich wohl unter diesen wilden Burschen. Sie lernte, den Nordstern zu finden und den großen Wagen. Besonders hatte es ihr Orion, der Jäger, angetan. *Maistre* Bonifacio zeigte ihr die Schultern und den Gürtel des Jägers, den Dolch und den Bogen. Er sähe aus wie Hamid und sein Bogen, fand sie und zeigte ihm sein Abbild im Himmel.
»Aber wie gelingt es Seeleuten, ihren Weg übers offene Meer zu finden?«, fragte Aimar.
»Nachts segeln sie nach den Sternen. Tagsüber richten sie sich nach Höhe und Stand der Sonne, nach der Windrichtung, manchmal nach der Tiefe oder der Farbe des Wassers. Die Beobachtung von Seevögeln lässt auf Landnähe schließen. Aber die Seefahrt ist in jedem Fall eine ungenaue Angelegenheit, und am besten entfernt man sich nicht zu weit von der Küste.«
Bonifacio hatte seine Beobachtungen oft mit Eintragungen in einem speckigen und zerfledderten Büchlein verglichen, das er bei sich trug und niemals aus der Hand gab. Neben vielen Anmerkungen enthielt es Zeichnungen von Bergspitzen und Landzungen oder Hinweise auf guten Ankergrund. Er habe es von seinem Vater geerbt und weitergeführt, erklärte er, und wie durch Zauberei kamen wir meist recht genau dort an, wo er hinwollte.
Am dritten Tag der Überfahrt nach Sizilien wehte ein kräftiger, warmer Wind aus Süden, und zu unserem Erstaunen fiel roter Staub vom Himmel und sammelte sich in den Kleidern und in allen Ecken des Schiffes. Er knirschte beim Essen zwischen den Zähnen, rieb unter den Augenlidern, und wenn man sich schneuzte, war das Tuch voller braunrotem, verklumptem Schleim, wie angetrocknetes Blut.
Es sei nichts zu befürchten, hatte Bonifacio uns beruhigt, nur Staub aus der Wüste Afrikas. Jenes sagenumwobene Land befän-

de sich nicht weiter als fünf Tagesreisen entfernt. Ich hielt Ausschau nach Süden, aber nichts als der leere Horizont war zu sehen. Afrika. Die geheimnisvolle Heimat der schönen Nubierin aus Barbaras Badehaus. Schwarz wie die Nacht war sie gewesen. Lange, geschmeidige Glieder und geschickte Lippen, warme, glatte Haut und dieser betörende Geruch ihrer Brüste. Als ob der Duft von Orangen und Granaten aus einer fernen Oase an ihr haftete.

Scylla und Charybdis verschonten uns, als wir bei gutem Wind durch die Meerenge segelten. Den Ätna und Messina ließen wir hinter uns und machten zwei Tage später im Hafen von Palermo fest, dieser größten Stadt Siziliens, um dort einige Tage zu verweilen. Mit Erleichterung entflohen wir der Enge des Schiffs und gönnten unseren Tieren wie uns selbst den ersehnten Landgang.

Sizilien ist ein Schmelztiegel vieler Einwanderer, wie uns der Herbergswirt erklärte. Auf dem Land griechisch geprägt, in den Städten römisch, dazu Jahrhunderte maurischer Einwanderung, meist aus Tunis, und nun die Herrschaft der Normannen. Palermo ist eine bunte und geschäftige Stadt, deutlich arabisch in ihren Moscheen und Basaren, und sie erinnerte uns an Tripolis. Seit ihrer Eroberung durch die Normannen vor etwa vierzig Jahren war aus einem maurischen Seeräuberstützpunkt ein großer Handelsplatz geworden. Schmuggler aus Algier und Tunis treiben Handel mit Kaufleuten aus den fränkischen und italienischen Küstenstädten, und die Verbindungen reichen bis Konstantinopel und der levantinischen Küste.

Mitten in diesem lebhaften Treiben muten die hochgewachsenen, normannischen Wachen mit ihren blonden Haarschöpfen und roten Gesichtern doch recht seltsam an, als ob sie sich hierher verirrt hätten. Ihre Fürsten erlauben allen im Volk die freie Ausübung ihrer jeweiligen Religion, und so gibt es latinische und griechisch-orthodoxe Christengemeinden neben vielen islamischen Gotteshäusern. Ich dachte an Bertran, der es in Tripolis ebenso handhaben wollte. Hier schien diese Politik beste Früchte zu tragen, wie wir feststellen konnten, denn Menschen unterschiedlichster Abstammung und Glaubensrichtung lebten nebeneinander in größter Friedfertigkeit. Das ließ für die Zukunft hoffen.

Wenn man es recht bedachte, war es, als habe man die Welt überall auf den Kopf gestellt. Normannen herrschten in Sizilien, Türken im einst byzantinischen Anatolien, und nun wehten fränkische Banner, wo zuvor der Halbmond regiert hatte. All dies beflügelt natürlich junge Heißsporne, es den Eroberern nachzutun. Besonders in Sizilien unter den Normannen spürte man diese prahlerische Überheblichkeit, als müsse man nur verwegen genug sein, und die Welt falle einem in den Schoß. Bis sie die Wirklichkeit kennenlernen und sich blutige Köpfe holen, die Narren. Nun, für mich war dieser Abschnitt meines Lebens beendet, denn ich sah mit freudiger Erwartung einer ruhigeren Zukunft entgegen. Ja, ich war zufrieden, Schild und Schwert an die Wand zu hängen, und schwor mir, nie wieder in den Krieg zu ziehen.

Das Feuer war inzwischen heruntergebrannt, und ich bat Aimar, noch ein paar Scheite nachzulegen. »Am Ende hätten sie uns beinahe doch noch erwischt«, sagte ich und goss mir von dem Kräuterwein nach.

»Wer?«, fragte Aimar. »Die Normannen?«

»Schwachkopf!«, schalt ich ihn. »Die Seeräuber natürlich.«

Zunächst war die Weiterfahrt nach Sardinien ohne Zwischenfälle verlaufen. Bei ruhiger See hatte ein steter Wind die Segel gefüllt. Alle an Bord waren guter Laune gewesen.

»Um die Mittagszeit steuerten wir auf die Meerenge zwischen Sardinien und Korsika zu. Es war heiß geworden, der Wind hatte stark abgeflaut. Wir glitten langsam durch türkisfarbenes Wasser, das so durchsichtig war, dass man die Fische über dem Grund erkennen konnte. Da tauchte plötzlich hinter einem felsigen Kap eine schnelle Kriegsgaleere auf, die sofort auf uns zuhielt. Maurische Seeräuber. Ich sage dir, ein Fuchs im Hühnerstall hätte nicht für mehr Aufruhr sorgen können.«

Fieberhaft wurden die Ruder ausgerannt, und die Seeleute legten sich verzweifelt in die Riemen, um aufs offene Meer nach Westen zu entkommen. Aber unseres war ein Segelschiff und keine Galeere. Trotz aller Mühen, Hamid und ich inbegriffen, brachten wir es nicht auf die nötige Geschwindigkeit, zumal der Wind nun ganz eingeschlafen war.

»Die dumpfen Trommelschläge des Rudertaktes klangen wie die Herzschläge eines Rieseninsekts, das über die glatte See immer näher auf uns zukroch. Die Seeräuber johlten und schwenkten ihre Waffen.«

Maistre Bonifacio deutete aufgeregt auf eine dunkle Linie im Meer und schrie, es komme neuer Wind. Aber es war zu spät, denn vom Bug der Galeere flogen schon die Enterhaken und verkrallten sich in unserer Bordwand.

Doch dann füllte ein Windstoß die müden Segel, und plötzlich flatterten und zerrten sie wie wild. Die Männer ließen die Riemen fahren, um zu den Leinen zu springen. Unser kleines Schiff warf sich gegen Leinen und Enterhaken, während wir wie besessen mit den Schwertern auf sie einhackten. Plötzlich war das Schiff frei und nahm so gewaltig Fahrt auf, dass wir gegenüber der Galeere schnell mehr als zwanzig Schritte gewonnen hatten. Dennoch, so hoch am Wind, wie wir segelten, konnten wir nicht die beste Fahrt machen, und die Galeere nahm erneut die Verfolgung auf und begann, sich wieder zu nähern und uns den Weg auf das offene Meer abzuschneiden.

»Aber wie seid Ihr dann entkommen, *Senher?*« Aimar saß erregt vorgebeugt und folgte mit hochroten Wangen meiner Erzählung.

»*Ben, mon gartz*, dieser verrückte Genuese warf sich mit einem Mal gegen das Ruder, und das Schiff drehte sofort nach Backbord, genau in die Fahrtrichtung der Galeere. Wir glaubten, unser letztes Stündlein habe geschlagen und der Rammsporn des Kriegsschiffs würde uns auf den Grund des Meeres schicken. Doch er steuerte noch schärfer nach Backbord, und mit Donnergetöse schlugen Baum und Segel über das Deck auf die andere Seite, wobei unser Boot fast zu kentern schien und die Reling für einen Augenblick unter der Gischt der Bugwelle verschwand. Ich weiß nicht, wie, aber wir vermieden den Sporn und im letzten Augenblick auch die fliegenden Ruderblätter und schossen nun in entgegengesetzter Richtung an der Seite des Kriegsschiffes entlang. Noch einmal donnerten unsere Segel auf die andere Bordseite hinüber, und dann schnitten wir unter dem Heck der Galeere hindurch in Richtung Meer und Freiheit. Der Wind hatte inzwischen aufgefrischt, und unser Boot machte jetzt gute Fahrt. Obwohl die Galeere anfänglich noch mithalten konnte, begannen ihre Ruderer zu ermüden, bis sie am Ende aufgaben.«

»Gelobt sei der Herr, der Euch aus dieser Not errettet hat«, bemerkte Aimar noch ganz unter dem Eindruck meiner Erzählung.

»Da hast du recht, mein Sohn. Es hätte nicht viel gefehlt, und wir wären auf dem Sklavenmarkt gelandet, wenn Gott uns nicht diesen Wind geschickt hätte«, lachte ich und trank einen Schluck Wein, um meine Kehle anzufeuchten. »Oder wenn Bonifacio nicht sein Nahen bemerkt hätte. Also merke dir, Aufmerksamkeit in kleinen Dingen kann oft den Unterschied zwischen Leben und Tod ausmachen.«

Eines Morgens, Tage später, stieg eine blasse Bergspitze über den Horizont. Dies waren jene hohen Berge, die wir *los Pireneus* nennen, was in der Sprache der Alten nichts anderes als Gebirge bedeutet. Wir änderten den Kurs nach Nordwest und folgten der Küste. Trotz des Überfalls auf See hatten wir im Ganzen eine gute Reise gehabt und die lange Strecke von Outremer in nicht mehr als fünf Wochen hinter uns bringen können. Der Landweg hätte gewiss vier oder fünf Monate gedauert.

»Der Gedanke an die Ankunft ließ uns die Seeräuber schnell vergessen. Jeder von uns verbrachte die letzten Stunden der Reise in einem aufgewühlten Hochgefühl angespannter Erwartung. Es war Ende Mai, und unsere Ankunft fiel in die schönste Zeit des Jahres. Mit Glück würden die Berghänge der Corbieras noch blühen und sich meiner Adela in den herrlichsten Farben zeigen.«

Die Küste war nun flacher geworden. Ein Sandstrand reihte sich an den anderen. Dahinter ließen sich im Dunst der Entfernung die blauen Umrisse von Hügeln und Bergen erkennen. Das mussten die Höhen der Corbieras sein. Meine Heimat lag zum Greifen nahe.

Schließlich, die Sonne stand schon über den fernen Bergen des Hinterlandes, näherten wir uns endlich der Mündung des Flusses Aude. Mit Herzklopfen konnte ich weit hinter den vorgelagerten Stränden die vom Meer aus noch winzigen Mauern und Dächer der Stadt ausmachen. Selbst aus dieser Entfernung war die Kathedrale unverkennbar, in wuchtiger, römischer Bauweise errichtet. Daneben ein mächtiger Festungsturm, der Palast des Erzbischofs. Endlich waren wir angekommen.

»Narbona muss riesig sein«, sagte Aimar.

»Wer Orte wie Konstantinopel, Antiochia und Jerusalem kennt, dem kommt Narbona klein und beengt vor. Die Gassen sind verwinkelt, die Plätze winzig. Aber du hast recht, die Stadt ist schon seit der Römerzeit der wichtigste Ort der Gegend.«

In der Tat, die Vergangenheit Narbonas ist nicht zu leugnen. Römische Ruinen werden gern als Steinbruch benutzt, und so finden sich Teile einer Villa oder eines Tempels in den Häusern wieder. Selbst die Stadtmauer enthält solche Bruchstücke, Teile eines Tempelfrieses oder marmorne Platten mit fein gemeißelten Inschriften, die man aus den Grabmälern reicher Familien gebrochen hat. Es ist, als sehe man durch kleine Gucklöcher immer nur Ausschnitte der römischen Welt, ohne jemals das Ganze zu erkennen.

»Narbona ist vor allem eine Handelsstadt«, sagte ich. »Der Fluss und die alte Via Domitia sind die Adern, auf denen die Güter der Welt befördert werden, um ihren unersättlichen Durst nach Waren zu stillen. Dieser Lage verdankt die Stadt ihren Wohlstand.«

Olivenöl von den Landgütern der Adligen, Salz, das auf den flachen Stränden gewonnen wird, Tuch aus der Schafwolle des Umlands, Waffen aus Carcassona, Zinn aus Britannien, Bernstein aus dem Norden, Gewürze, Purpur und Seide aus dem Osten. Und obwohl wir mit den spanischen Sarazenen oft im Krieg liegen, scheint dies Narbona wenig zu kümmern, denn maurische Waren sind begehrt.

»In Narbona wird mit allem gehandelt, was irgendwie käuflich ist, und sei es die Ehre eines Abtes. Die Stadt ist nichts als eine Hure.« Ich lachte und füllte meinen Becher. »Zum Glück bleibt

die vornehmste Ware immer noch der Wein, den wir und andere Güter liefern. Man sagt, in uralten Zeiten, als römische Händler Unmengen unseres feurigen Weins nach Rom verschifften, sei die Stadt noch viel wohlhabender gewesen. Kein Fest reicher Römer ohne den erlesenen Wein aus *Gallia Narbonensis*.« Ich hob meinen Becher. »Trink, Bruder Aimar, denn nicht umsonst heißt es, ein Provenzale kann sich schwer entscheiden, was er mehr liebt, ein schnelles Pferd, eine schöne Frau oder einen guten Wein.«
Da musste selbst mein frommer Mönch grinsen.
»Und wem das Alter die Freuden der Liebe nimmt, mein Junge, dem bleibt, Dank sei dem Herrn, immer noch ein guter Tropfen.«

Die Heimkehr

Im Monat April,
einundzwanzig Jahre früher,
im elften Jahr nach der Befreiung des
Heiligen Grabes zu Jerusalem,
Anno Domini 1110

Die alte Römerstadt

Sanctus Urbanus,
Patron des Weines und der Weinberge,
beschützt vor Trunkenheit und Gicht

Quarta Feria,
25. Tag des Monats Mai

»Deine Mutter ist tot.«
Die harschen Worte trafen mich wie ein Keulenschlag. Dabei funkelten mich seine wässrigen Greisenaugen angriffslustig an. Dünn und nach vorn gebeugt, hockte er auf dem mit reichen Schnitzereien versehenen Thronstuhl seines Amtes, seine knochigen Hände, auf denen die blauen Adern hervortraten, hielten die Armlehnen umkrallt. Dünne Fäden weißen Haares lugten unter dem seidenen *pileolus* hervor, der fliederfarbenen Bischofsmütze, die Kopf und Ohren bedeckte. Das silberne Kreuz, das an seiner Brust baumelte, schien fast zu schwer für den dürren Hals. Odo war verdammt alt geworden, dachte ich, sein Körper schwach und gebrechlich, die frühere Leibesfülle dahingeschmolzen wie Butter in der Sonne. Aber seine Augen, die waren immer noch lebendig.
Den halben Vormittag hatte es gedauert, bis man mich vorgelassen hatte. Außer ihm befand sich niemand im Audienzsaal. Er musste alle Bediensteten fortgeschickt haben. Nach meinem Kniefall und hastigen Kuss auf den Bischofsring hatte er mir den Tod meiner Mutter wie einen Fehdehandschuh vor die Füße geworfen. Wenn es seine Absicht gewesen war, mich aus der Fassung zu bringen, dann war es ihm gelungen.
»Sie ist tot?«, stammelte ich ungläubig.
»Vom Pferd gestürzt.« Er starrte mich vorwurfsvoll an, als sei es meine Schuld.

Meine Mutter tot? Alles hatte ich erwartet, nur nicht das. Diese Nachricht rüttelte an meiner Seele. Erst Noura, nun Cecilia. Nicht nur, dass sie für mich Mutter und Vater zugleich gewesen war, sondern sie war der Inbegriff schlechthin von Rocafort. Ein Rocafort ohne Cecilia? Undenkbar! Ich versuchte, tief durchzuatmen, um das bittere Gefühl von öder Leere und Verlassensein abzuschütteln.

»Wann ist das geschehen?«

»Ein paar Jahre nachdem du uns verlassen hast, um auf deine große Wallfahrt zu gehen«, antwortete er ätzend. Etwas Schleim lief ihm aus der Nase, und er wischte ihn mit einem bestickten Seidentuch ab.

»Gestürzt? Sie war doch immer gut zu Pferde.«

Ich hatte gehofft, mich mit meiner Mutter zu versöhnen, gewünscht, sie würde Gefallen an ihrer Enkelin finden. Adela brauchte jetzt eine *avia*, ihre einzige Großmutter. Während der ganzen Reise hatte sie davon geredet.

»Nicht mehr froh geworden ist sie, nachdem du fort warst.«

Unaufgefordert setzte ich mich.

Odo redete sich allmählich in Zorn.

»Und was hat es dir gebracht?«, krächzte er. »Bist du reich geworden? Oder ein *marqués*, ein Markgraf in Outremer? Oder doch nur einer dieser gebrochenen Helden, die sich nach Hause schleichen und die Straßen unsicher machen?«

Ich schwieg. Sollte er seinen Ärger ruhig loswerden, wenn er mochte. Während er über die Unsinnigkeit des Heiligen Krieges wetterte und gegen meine Dummheit, dem Heerhaufen Raimons nachgelaufen zu sein, dachte ich an Cecilia. Eine Frau, die stets Achtung verdient hatte. Ich wusste, sie hatte mich geliebt, wenn es ihr auch nicht immer leichtgefallen war, dies zu zeigen. Nein, nicht nur Achtung, auch meine Liebe hatte sie verdient. Aber wenig genug hatte sie davon erhalten, dachte ich bestürzt. Außer diesem Alten vor mir gab es niemanden mehr aus meiner Familie. Ein niederdrückender Gedanke.

Raimon sei ein Narr gewesen, hörte ich Odo zetern, der nur seine Eitelkeiten habe befriedigen wollen.

»Wir haben Jerusalem befreit«, erwiderte ich. »Ist das nichts?«
»Das ist mir bekannt!«, schrie er. Mein ruhiger Ton schien ihn noch mehr zu erregen. Er tupfte wieder an seiner Nase. »Und wie vielen hat es das Leben gekostet? Oder sind zu Krüppeln geworden?« Er musterte mich von Kopf bis Fuß. »Der Herr sei gelobt. Wenigstens scheinst du noch in einem Stück zu sein.« Er schniefte durch die Nase. »Die Blüte unserer Jugend ist dahin. Jahrgänge von Frauen, die ihren Familien zur Last fallen, weil sie keine Männer finden.«
Hätte man sich doch lieber gegen die Mauren in Spanien gewandt. Leon und Aragon hätten es gedankt. Granada sollte man erobern statt Jerusalem. Alles wäre nützlicher gewesen, als unsere Kräfte am anderen Ende der Welt gegen Türken zu vergeuden. Odo war in Fahrt und wollte nicht mehr aufhören. Ich schüttelte den Kopf. Nach vierzehn Jahren kehrte ich heim, und er hatte nichts Besseres zu tun, als mir sein Gift in die Ohren zu spritzen.
»Ich danke dir für den Brief an Bertran«, warf ich ein, als er unterbrach, um sich geräuschvoll zu schneuzen.
»Ja«, sagte er. »Bertran.« Der Name hing einen Augenblick im Raum zwischen uns, bis er hinzufügte: »Bastard mag er sein, aber kein Dummkopf.« Er wischte sich umständlich die Nase und betrachtete mich lange aus halb geschlossenen Lidern, während sein Atem ruhiger wurde.
»Und warum bist du nicht früher gekommen?«
»Warum hast du nicht früher geschrieben?«
Wir starrten uns gegenseitig vorwurfsvoll an. Doch so kamen wir nicht weiter. »Es gab da eine Frau …«
»Hast du dir diesmal eine Heidenhure zugelegt?«, giftete er mich an.
Mir schoss das Blut ins Gesicht, und ich sprang auf. Nun war es genug. Ich schritt eilig zur schweren Tür des Empfangssaals und riss sie auf.
»Komm zurück, verdammter Narr!«, schrie Odo hinter mir her.
Draußen lag das prachtvoll ausgestattete Vorzimmer. Dort warteten Hamid und Adela auf einer Bank. Alexis und Cortesa hatten wir in der Herberge zurückgelassen, um unsere Habe zu bewa-

chen. Ich gab Hamid ein Zeichen, sich zu gedulden, winkte Adela zu mir und führte sie, nachdem ich die Tür hinter uns wieder geschlossen hatte, vor diesen zänkischen, alten Mann. Ich stellte mich hinter sie mit den Händen auf ihren schmalen Schultern.

»Dies«, sagte ich in scharfem Ton, »ist meine Tochter.«

Odo schien nicht sonderlich überrascht, aber kniff die Augen zusammen, um besser sehen zu können. Trotz Seereise war es Cortesa gelungen, unsere Kleider einigermaßen sauber zu halten. Adela hatte sich für die Gelegenheit herausgeputzt. Sie trug eine lange naturfarbene Leinentunika mit einem weinroten, seidenen *sobrecot* darüber, von einem buntbestickten Gürtel gehalten, dazu die dunklen Haare zu Zöpfen geflochten und um den Kopf gesteckt. Außerdem war sie von der Seereise braun gebrannt und in blendender Gesundheit. Neugierig beugte sich der Alte vor und musterte sie aufmerksam.

»Spricht sie unsere Sprache?«, wollte er wissen.

»Certas!«, erwiderte Adela fröhlich und unbefangen, bevor ich selbst etwas sagen konnte. »Warum, um Himmels willen, nicht?« Sie blickte Odo neugierig an.

Der konnte sich ein Lächeln nicht verkneifen und vermerkte dann in meine Richtung: »Schüchtern scheint sie nicht zu sein, dein Töchterlein.« Er winkte sie näher heran und fasste sie bei der Hand.

»Wie heißt du, mein Kind?«

»Adela, Herr.«

»Man sagt *Mossenher l'Avesque* zu einem Bischof.«

Sie machte artig einen Knicks. »Ich will es mir merken, *Mossenher.*«

»Aber du darfst mich Onkel nennen. Das ist mir lieber.«

Er begutachtete sie eingängig. Dann strich er ihr mit einer zittrigen Hand sanft über die Wange und lächelte. »Du bist unverkennbar die Tochter deines Vaters. Obwohl wesentlich hübscher, das muss ich schon sagen.«

Adela errötete über das Lob. Plötzlich beugte sie sich vor und gab ihm einen Kuss auf die Wange. Odo fuhr in gespieltem Schreck zurück und fasste sich an die geküsste Stelle.

»Oje!«, rief er. Dann beugte er sich vor und flüsterte ihr zu: »Es ist so lange her, dass mich eine schöne Frau geküsst hat.«
Nun wollten sich beide biegen vor Lachen, und Adela umarmte ihn in ihrer überschwenglichen Art. Ich war überrascht, wie schnell sich die Stimmung gewandelt hatte. Er hat es noch nicht verlernt, dachte ich. Er konnte immer noch Menschen verführen, wenn ihm der Sinn danach stand. Doch dann machte er den Fehler, sich nach ihrer Mutter zu erkundigen. Adelas Augen füllten sich sofort mit Tränen, und Odo fuhr erschrocken zu mir herum. Mit einem ernsten Nicken bestätigte ich seine stumme Frage.
»Sie starb zwei Wochen vor dem Osterfest.«
Die näheren Umstände von Nouras Tod wollte ich nicht erklären, nicht vor Adela. Ich erzählte ihm jedoch, dass Noura, aus einer armenischen Christenfamilie stammend, viele Jahre lang meine treue Frau gewesen war, wenn auch nicht von der Kirche gesegnet. Dennoch die einzige Frau, die ich als solche anerkennen könne. Dabei schwang Trotz in meiner Stimme mit.
Wir schwiegen lange, während Odo mit geschlossenen Augen diese Kunde verdaute. Fast schien er zu schlafen. Was für seltsame Angewohnheiten alte Leute haben, dachte ich. Adela starrte auf den schönen, gewachsten Holzboden des Audienzsaals und begann, sich unruhig zu bewegen. Dann nickte Odo, öffnete wieder die Augen und fragte leise: »Ist diese Frau der Grund, warum du so lange fort warst.«
»Ja.«
»Über den Tod eines Menschen kann man nicht froh sein«, sagte er langsam. »Aber dass du mir heute diesen kleinen Engel gebracht hast, darüber muss man sehr glücklich sein.« Dabei strich er Adela über die Wange. Sie hob ihre noch feuchten Augen und lächelte zaghaft. »Sei willkommen in der Heimat deines Vaters, mein Kind.«
»Vater hat versprochen, eine Kapelle zu bauen und der Heiligen Jungfrau zu weihen«, platzte sie plötzlich heraus.
»Hat er das? Warum wohl, frage ich mich?«, erwiderte er und warf mir einen listigen Blick zu, während er ihre Hand tätschelte. »Hat er etwas getan, das Sühne verlangt?«

Adela wurde verlegen. Sie wollte ungern von ihrer Flucht aus der Burg erzählen.
»Es gibt viel zu berichten. Es muss nicht alles auf einmal sein.«
Sie warf mir einen dankbaren Blick zu, und Odo ließ es dabei bewenden. Er fragte sie, ob sie Hunger habe, und bat sie, an der Klingel neben seinem Stuhl zu ziehen. Dem Diener, der herbeieilte, trug er auf, Kuchen und warme Milch mit Honig zu bringen. Bald langten beide zu, und Odo stellte Fragen über Tripolis, die Adela gern beantwortete. Sie schnatterte fröhlich über die große Stadt, die verhasste, hässliche Festung und unser schönes Landgut, wo sie oft über die Felder geritten war. Dann kamen ausführliche Berichte über ihre geliebte Stute. Odo stellte einfühlsame Fragen und war ein guter Zuhörer. Ich war erstaunt, wie vertraut sie miteinander umgingen.
Schließlich stellte ich die Frage, die schon lange an mir nagte. »Wie stehen die Dinge auf Rocafort?«
Odo schien einen Augenblick lang verunsichert zu sein. Er deutete mit dem Kopf in Adelas Richtung. »Weiß sie von …?«
Ich nickte. »Wir haben über alles gesprochen.«
»Gut«, sagte Odo. »Das ist gut.«
»Wie geht es Berta?« Endlich war die Frage raus.
Er schniefte durch die Nase und lächelte dünn.
»Berta redet nicht mit mir.« Er seufzte. »Sie hat genau so einen Dickschädel wie du. Es scheint, ich habe alles falsch gemacht mit euch beiden.«
Nun tätschelte er abermals Adelas Wange. »Sie sind so hart und unnachgiebig, diese jungen Leute. Und sie wissen alles besser. Ich hoffe, du hast mehr Verständnis für einen alten Mann, *mon petit anjol*.«
Dieses Gefasel ärgerte mich, aber ich wollte es nicht zeigen.
»Ist sie gesund?«, fragte ich.
»Soviel ich weiß.«
Warum, zum Teufel, redete er nicht?
»Und Rocafort? Ist dort alles zum Besten?«
»Nach allem, was ich höre, steht die Burg noch, und das Landvolk ernährt sich redlich«, war die wortkarge Antwort.

»Mehr hast du mir nicht zu erzählen?«
Er hob die wässrigen Augen zu mir. Alt und klapprig mochte er sein, aber sein Blick unter den struppigen, weißen Brauen zeugte nicht von Schwäche. »Seit der alten Geschichte mische ich mich nicht mehr ein.« Seine Stimme war hart. »Deshalb habe ich auch nicht früher geschrieben. Du wirst alles selber herausfinden müssen.«
Was sollte ich herausfinden? »Falls du auf deinen Brief anspielst, was sollten die dunklen Andeutungen? Dass meine Familie mich brauche und das Gerede von meinem Schicksal.«
»Hat dir das Sorgen gemacht?« Seine Augen blitzten schelmisch. »Dann hat es seine Absicht erfüllt.« Als ich ärgerlich meine Stirn runzelte, fügte er hastig hinzu: »Nur ein Scherz, Jaufré, nur ein Scherz.«
»Also?«
»Es gibt in der Tat ernste Gründe, warum ich um deine Rückkehr gebeten habe. Aber das hat Zeit. Nicht heute.«
Er fragte, wie lange wir in der Stadt blieben. Ich schluckte meinen Ärger hinunter und entgegnete, ich hätte einiges zu besorgen und bräuchte ein paar Tage. Danach würden wir uns auf den Weg nach Rocafort machen.
»Komm morgen, denn jetzt bin ich müde. Dann reden wir weiter. Und bring Adela mit.« Er ließ sich von ihr küssen und winkte ihr lächelnd hinterher, als wir gingen. Es schien ihm Spaß zu machen, mich auf die Folter zu spannen.

***

Am Vortag, nachdem wir auf Bonifacios Segler angekommen waren, hatten wir neben der Kathedrale eine Herberge gefunden, mit einem Stall für die Reittiere und sicherem Platz für unsere Habschaften. Früh am Morgen schon hatten Hamid, Adela und ich die beste Badestube in der Stadt aufgesucht, um den Schmutz der langen Reise abzuwaschen.
Jetzt, nach der Audienz im Palast des Erzbischofs, schlenderten wir etwas ziellos in der Stadt umher. Ich war noch aufgewühlt.

Zum einen erschütterte mich die unerwartete Nachricht vom Tod meiner Mutter. Und zum anderen ärgerte mich, dass Odo immer noch derselbe herrische Sturkopf war und seine Macht über mich ausübte. Morgen würde er mir hoffentlich mehr über seine geheimnisvollen Andeutungen und Absichten verraten.

»Hast du sein Gewand gesehen?« Auch auf Adela hatte der Besuch im Palast seine Wirkung nicht verfehlt. »Ganz mit Goldfäden durchwirkt. Und so viele Bedienstete. Was macht eigentlich ein Erzbischof?«

Ich zuckte mit den Schultern. »Er herrscht über die anderen Bischöfe im Land. Bestimmt, wie sie die Messe feiern sollen, denke ich mal.«

»Er ist gewiss sehr mächtig.«

»Ja, die halbe Stadt gehört ihm. Er ist ebenso Landesherr wie der Graf. Und das Bistum besitzt viele Burgen und Klöster im Land verteilt. Odo könnte sogar ein kleines Heer aufstellen.«

Nach einem Rundgang entlang der Mauern gewannen wir eine Übersicht, wie Narbona angelegt war. Die Aude zerteilt die Stadt in zwei Hälften. Am Ostufer liegt *la Ciutat*, der ursprüngliche Kern mit Kathedrale, Bischofssitz und dem Palast der Grafen von Narbona. Am Westufer befindet sich *lo Borc*, die Vorstadt neueren Datums, mit Kloster und Basilika des Sant Paul, Ziel vieler Pilger auf ihrem Weg nach Compostela.

Beide Stadtteile platzen schier aus den Nähten, so eng und verwinkelt stehen die Häuser beieinander. Im rechten Winkel zum Fluss durchquert die Via Domitia, die alte Heerstraße, die Stadt und bildet so die Grenze zwischen dem *dominium* des Bischofs und dem der Grafen im Südteil. Narbona ist von hohen Mauern umgeben, an denen in regelmäßigen Abständen mächtige Wehrtürme emporragen, die von alteingesessenen, adeligen Familien gehalten werden.

Ein wenig müde nach unserem Streifzug standen wir zuletzt auf der Kaimauer am Fluss und beobachteten das Treiben auf den Schiffen und Kähnen, auf denen Waren ausgeladen und andere an Bord genommen wurden. Ein Bild wie in allen Häfen. Die gleichen sonnenverbrannten Gesichter der Matrosen, die gleichen nackten Füße auf wackeligen Planken, die gleichen schweißnassen Rücken, die schwere Ladung an Bord hievten.

Aber etwas war doch ganz anders. Ich schloss die Augen, um besser hinzuhören, denn hier sprachen sie kein Arabisch, kein Türkisch, kein Griechisch und kein Aramäisch. Nein, es war das klangvolle Provenzalisch der Küstenbewohner oder die bedächtige und karge Sprache der Bauern aus dem Bergland. Ich genoss den Augenblick und ließ mich in den Strömungen vertrauter Laute treiben, die uns von allen Seiten umspülten. Da schalt ein Meister seinen Lehrling, zwei Nonnen zogen schwatzend und kichernd vorbei, ein Fischer fluchte gotteslästerlich, als ihm ein Bottich aus den Händen glitt. Und mit diesen Lauten durchflutete mich ein sonderliches Gefühl, vom Herzen bis in die Zehenspitzen. Fast hätte ich mich auf den Boden geworfen und die Pflastersteine geküsst.

»Geht es dir gut?«, erkundigte sich Hamid besorgt.

»Es ist mir nie bessergegangen, Alter!«, rief ich lachend. »Die Irrfahrt hat ein Ende. Ich bin zu Hause, Mann!«

Die Aude suchte grün und träge ihren Weg zum Meer. Die Stadt lärmte, Händler beschwatzten Pilger auf der Durchreise, die Bettler waren aufdringlich, es roch nach Unrat und Fäulnis und gebratenem Fisch. Aber die Sonne ließ sich angenehm auf der Haut spüren, es war Frühling, und hinter der Stadt stiegen blau die Berge in den Himmel.

Ich legte meinen Arm um Adelas schmale Schultern. Bald würden wir zu meinem Dorf aufbrechen, und selbst Odo würde die gute Stimmung nicht trüben können.

Wir wandten uns Richtung Marktplatz, wo ein Menschenauflauf unsere Aufmerksamkeit erregt hatte, und drängelten uns durch die Menge, damit Adela etwas zu sehen bekam. Ein Schausteller, ein hässlicher Kerl mit strähnigen, grauen Haaren und seine verhärmte Gefährtin in zerrissenem und vor Schmutz starrendem Rock gaben eine Vorführung mit einem Tanzbären. Das mächtige Tier trat von einem Fuß auf den anderen und schwenkte den zottigen Kopf von Seite zu Seite. Es musste ein alter Bär sein, denn sein Fell war stumpf, an Stellen grau und sah wie von Ratten angefressen aus. Im Gesicht trug er Narben, und über der Schnauze war eine kaum verheilte, noch blutverkrustete Wunde. Sein Halter zerrte am Nasenring und versuchte vergeblich, das Tier zu bewegen, sich auf die Hinterbeine zu stellen. Die Menge buhte und spottete. Zum Abdecker solle er ihn bringen, und selbst als Bettvorleger tauge der Bär nicht mehr. Der Mann zerrte erneut am Nasenring und schlug wieder und wieder mit einer eisernen Kette zu, auch auf den Kopf des Tieres, und es war klar, woher die Narben stammten, denn nun tropfte frisches Blut in den Staub.

»Er soll ihn nicht quälen, Vater.«

Wir hielten gebannt den Atem an, denn gleich würde der Bär sich zur Wehr setzen, und ein Schlag mit der mächtigen Pranke musste seinen Peiniger mit Sicherheit töten. Aber das große Tier wirkte unsicher und seltsam eingeschüchtert, als habe es jeden Glauben an die eigene Kraft verloren. Was hatten sie nur aus diesem König der Wälder gemacht?

Unter den Pfiffen der Leute stemmte sich der Bär schließlich auf die Hinterbeine und machte mit erhobenen Tatzen und angstverdrehten Augen ein paar unsichere Schritte, wobei die Frau mit schnellem Trommelschlag auf und ab tanzte. Ihr Gefährte stieß mit einer kleinen Schaufel in ein Kohlebecken und warf dem Bären eine Handvoll Glut um die Beine. Das Tier hob jaulend die Tatzen, um sich nicht zu verbrennen, und es sah wirklich aus, als ob er mit der Frau tanze. Da klatschten die Leute.

Hamid und ich blickten uns angewidert an. Noch zweimal warf der Kerl dem Bären die Glut unter die Füße, bis er es bewenden ließ und das Tier sich erbärmlich maulend niederließ und die Hintertatzen leckte. Adela hatte Tränen in den Augen, und ich wollte sie aus der Menge ziehen, als hinter mir eine betrunkene Stimme grölte.

»Ist das nicht ein Maurengesicht, Jungs?«

Ich drehte mich um und sah zwei angetrunkene Kriegsknechte, wie sie Hamid festhielten. Einer hatte von hinten seine Arme gepackt, der andere zog ihm den Dolch vom Gürtel und setzte ihm die Spitze an den Hals. Neben mir schrie Adela erschrocken auf.

In der Menge wollte ich nicht das Schwert ziehen. Als ich aber zu meinem Dolch griff, spürte ich kühlen Stahl im Nacken.
»Tu's nicht, wenn du leben willst«, hörte ich eine heisere Stimme hinter mir. Menschen schrien auf, und einige stürzten, als die Menge vor uns zurückwich. Niemand wollte in einen Schwertkampf geraten, und so hatte sich schnell ein freier Kreis um uns gebildet. Vorsichtig blickte ich mich um. Ein Rotschopf hielt seine Schwertspitze an meinen Hals gedrückt. Er sah verwegen genug aus, dass ich es für besser hielt, ihn nicht unnötig zu reizen. Adela hatte sich geistesgegenwärtig hinter mich gestellt und klammerte sich nun an meinem Gürtel fest, ohne zu ahnen, dass sie mich dadurch behinderte.
»Halt dich ruhig, *companh*«, warnte der Kerl grinsend, während sein Weinatem herüberwehte. Wie seine Gefährten trug er wattierten und mit dickem Rindsleder bedeckten Körperschutz. Das waren ausgebildete Fußkämpfer und allesamt kräftige Kerle. Selbst betrunken waren sie gefährlich.
»Ich bin nicht dein *companh*.«
»Wir mögen keine Mauren«, sagte er mit einem bösen, kleinen Lächeln. »In Spanien haben wir ihnen die Bäuche aufgeschlitzt, verstehst du, *companh?*«
»Hier herrscht kein Allah, du Hurensohn«, schrie einer der Burschen Hamid ins Ohr. »Beschneiden wir ihn doch ein bisschen mehr, als er schon ist«, rief der Dritte.
»Ja, wir rasieren dir den Schwanz ab. Dann kommst du ins Paradies, Mustafa!«
Das bewirkte Gelächter, und so ließ ihre Aufmerksamkeit für einen Augenblick nach. Doch bevor ich etwas unternehmen konnte, bemerkte ich aus dem Augenwinkel eine rasche Bewegung. Rotschopf fluchte und strauchelte im gleichen Augenblick, denn jemand hatte ihm gegen das Bein getreten, und seine Klinge lag nicht mehr an meiner Kehle. Ich schob Adela von mir und riss das Schwert aus der Scheide, gerade rechtzeitig, um Rotschopfs Stoß zu parieren. Nun war er es, der hastig zurücktrat.
Ich blickte zur Seite und fand einen kräftigen Kerl in rostigem Kettenhemd neben mir. Der hielt ein riesiges, schartiges Schwert

in der Pranke und zischte mir zu: »Kümmert Euch um Euren Freund und überlasst mir diesen hier!«
Aber Hamid brauchte keine Hilfe. Dem mit dem Dolch hatte er in die Hoden getreten und dem anderen, der ihn festhielt, seinen Hinterkopf ins Gesicht gerammt. Er spannte die Muskeln an und schleuderte den Kerl mit einer mächtigen Körperdrehung in die Menge. Der Erste war heulend und mit den Händen zwischen den Beinen verkrallt zu Boden gesunken. Hamid hieb ihm die Faust an die Schläfe, dass er umfiel wie ein Mehlsack. Dann hob mein Freund seinen Dolch auf und steckte ihn seelenruhig in den Gürtel. Es gab vereinzelt Beifall aus der Menge.
Der Rothaarige ließ das Schwert sinken und hob beschwichtigend die Hand. »War nur ein Scherz, *companh!* Wir hätten Euch nichts getan.«
»Du hast Glück, denn dieser Spaß hätte dich um ein Haar das Leben gekostet«, erwiderte ich. *»Companh!«*
Inzwischen hatten sich die Waffenknechte des Bischofs durch die Menge gekämpft und die drei Kerle entwaffnet und gebunden. Adela drängte sich wieder an meine Seite. Es hätte bös ausgehen können. Ein Schwertkampf in einer Menschenmenge! Nicht auszudenken die Verletzungen an Unbeteiligten. Zischen und wütende Rufe ließen sich vernehmen.
»Hängt die Gauner auf!«, schrien sie in der Menge.
Ich grinste den Rothaarigen an. »Ihr scheint hier nicht beliebt zu sein, *companh*.«
»Die sind von der anderen Seite«, meinte ein Wachmann zu mir und wies mit dem Kopf zum Palast des Grafen. »Immer dasselbe mit ihnen. Ein bisschen Sold, und schon sind sie voller Wein und Pisse. Na, jetzt können sie erst mal eine Weile austrocknen.« Mit fröhlichem Grinsen wandte er sich an die drei. »Willkommen beim Erzbischof, Jungs. Da gibt's kostenlose Unterkunft und viel Zeit fürs Gebet. Eure Gemächer warten schon auf euch. Los, marsch!«
Ich zog Adela an mich und legte ihr den Arm beruhigend um die Schultern. »Nur ein paar Raufbolde, *mon cor*.«
»Ich hoffe, in deinem Dorf gibt es weniger Maurenhasser«, ließ

Hamid sich gleichmütig vernehmen. Die Menge hatte sich aufgelöst, denn es gab nichts mehr zu gaffen.

»Wir sollten einen Schneider finden. Du kleidest dich zu fremdartig.«

»Ich trage, was ich will«, brummte er.

Unser unbekannter Helfer schickte sich an, wortlos zu gehen. Ich hielt ihn am Arm fest. »Nicht so schnell, *amic*.«

Er wandte sich um und lächelte mich scheu aus dunkelblauen Augen an. »Ich wollte nur helfen, Herr.«

»Wie ist dein Name?«

»Brun, Herr.«

Er war noch ein junger Bursche, ich schätzte, zwanzig Jahre alt, etwa von meiner Statur. Dunkle Locken, die ihm in die Stirn fielen, dicke Brauen und ein zotteliger Bart, der gut eine Schere hätte vertragen können. Er machte einen abgerissenen Eindruck. Das rostige Kettenhemd hatte Löcher, außerdem spannte es über der Brust. Der Griff seines Schwerts war notdürftig mit Lederriemen umwickelt, der Gürtel schäbig, die Beinkleider geflickt, und seine abgewetzten Stiefel sahen aus, als würden sie ihm bald von den Füßen fallen. Aber mir gefielen das offene Gesicht und sein kräftiger Händedruck, als ich ihm dankte. So einen Kerl konnte ich gebrauchen.

Und so trat Brun in unser Leben.

Wir luden ihn zu einem Krug Wein ein. Da er einen Herrn suchte und wir, mit unserem Gepäck und den wertvollen Pferden, den Weg nach Rocafort nicht ohne Verstärkung antreten wollten, wurden wir uns schnell einig. Er bat mich, auch seinen Kameraden anzustellen. Der sei ein guter Mann, und ich würde es nicht bereuen. Das war mir recht, und ich bot an, sie für ihre Begleitung bis Rocafort zu bezahlen, und sollten wir gut miteinander auskommen, sie auch für länger in meine Dienste zu nehmen.

»Ich will nicht weiter stören, *Senher* Jaufré«, sagte Brun, nachdem wir den Handel besiegelt hatten, und erhob sich. »Danke für den Wein, und morgen früh finde ich Euch bei der Herberge, wie verabredet.«

»Vergiss nicht, deinen Freund mitzubringen!«

»Keine Sorge.« Er tippte sich zum Gruß an die Stirn und verließ die Schenke. Kaum war er gegangen, als eine kräftig gebaute Gestalt an unseren Tisch trat.
»*Deable*, Jaufré! Bist du's denn wirklich?«
Bei den Worten fuhr ich herum, denn dieser herzhafte Bass kam mir bekannt vor. Die Mütze eines Edelmannes, ein langer Umhang, Sporen an den Stiefeln. Ich erhob mich langsam.
»Erkennst wohl deine Freunde nicht mehr, alter Knabe?«
»Alfons, *per Dieu!*« Wir fielen uns in die Arme. »Du hast dir einen verdammten Wanst zugelegt«, rief ich. »In Antiochia warst du dünn wie eine Bohnenstange. Wie soll ich dich da erkennen. Komm her und lass dich anschauen, *ome!*«
Er war untersetzt, mit muskulösen Armen. Nun reckte er sich zur vollen Höhe auf und tätschelte seinen Bauch. »Gottlob mangelt es nicht an Speck und Würsten in diesem Land«, grinste er selbstzufrieden. »Nach Antiochia hab ich mir, verdammt noch mal, geschworen, nie mehr Hunger zu leiden.«
In der letzten Schlacht vor Antiochia hatte er einen tiefen Lanzenstich in die Seite davongetragen, der lange Zeit nicht heilen wollte und aus dem wochenlang stinkender Eiter geflossen war. Bleich und gekrümmt hatte er sich nur unter fürchterlichen Schmerzen dahingeschleppt. Aber er hatte überlebt und sich mit geplündertem Gold einen Platz auf einem der genuesischen Schiffe erkauft, die uns schließlich erreicht hatten. Mehr tot als lebendig war er von uns geschieden.
»Du bist also wieder bei voller Gesundheit?«
»Das bin ich. Und mein gutes Weib verwöhnt mich, wie du siehst.«
»Geheiratet hast du.«
»Bester Schritt meines Lebens. Und du?«
Ich winkte Adela zu mir.
»Meine Tochter.« Nach kurzem Zögern fügte ich hinzu: »Ihre Mutter ist von uns gegangen.«
»Tut mir leid, Mann!«, murmelte er betroffen. »Kindbett?«
»Nein. Erst vor wenigen Wochen. Türkenüberfall.«
»Dann seid ihr erst jetzt von dort zurück?«

Ich nickte.
»Verdammt, ich hab mich oft gefragt, was aus dir geworden ist.« Er zog mich mit einem Bärengriff an sich und schmatzte mir einen Kuss auf die Wange. Dann packte er meine Schultern und musterte mich von oben bis unten mit feuchten Augen.
»Was bin ich froh, dich lebend und bei guter Gesundheit zu finden! Eines hab ich gelernt. Nichts ist wichtiger, als gesund an Leib und Seele zu bleiben, das kannst du mir glauben!« Mein Freund murmelte nochmals sein Beileid, dann fasste er Adela unters Kinn und schaute ihr lächelnd ins Gesicht. »Bei allen Heiligen! Was für ein hübsches Mädel.« Dabei boxte er mir in die Rippen und grinste.
Obwohl Alfons und Hamid sich nicht kannten – Hamid war erst später zu mir gestoßen – und der eine Christ, der andere Muslim war, so fühlten sie sich dennoch gleich vertraut miteinander, denn gleiches Los verbindet. In groben Zügen erzählten wir Alfons, wie es uns im weiteren Verlauf des Krieges ergangen war, und berichteten über gemeinsame Freunde, was sich leider zumeist darauf beschränkte, wann und wo sie gefallen waren. Das stimmte uns für einen Augenblick traurig, und wir hoben feierlich die Becher und tranken auf tote Kameraden. Irgendwann kamen wir auf *Coms* Bertran zu sprechen.
»Bertran ist kein schlechter Mann. Ich sah es ungern, dass er Tolosa verließ«, seufzte Alfons.
»Man sagt, die großen Familien wollten ihn loswerden.«
»Das ist richtig. Jetzt haben sie mehr Spielraum für eigene Zwecke, denn Elvira herrscht nicht wirklich. Ihre sogenannten Berater entscheiden alles.«
»Sagt dir der Name Borcelencs etwas?«
»Natürlich«, entgegnete Alfons. »Die rühren in diesem Brei mit einem besonders großen Löffel.«
»Sie sollen, zusammen mit anderen Baronen, Bertran das Gold für sein Heer gegeben haben, damit er sich aus Tolosa heraushält.«
»So sagt man. Der alte Borcelencs hat es nie verwirkt, dass sein Fürst, Graf Guilhem, so schmählich abtreten musste, auch wenn es Ewigkeiten her ist.«

»Waren die Borcelencs denn auf der Seite der Aquitanier, als diese Tolosa einnahmen? Ich meine, Felipa hat doch gerechtfertigte Ansprüche.«
»Nein, nein! Der Alte war ein redlicher Mann. Die Grafschaft den Aquitaniern auszuliefern, wäre in seinen Augen Verrat gewesen. Gerade deshalb war er hochgeachtet unter den Baronen.«
»Und jetzt ist er tot?«
»So ist es. Und die beiden Söhne gieren nach Macht. Die sind nicht aus dem gleichen Holz wie der Alte und haben wenig Bedenken, jeden aus dem Weg zu räumen, der sich ihnen entgegenstellt. So heißt es zumindest. Der Ältere ist immer bei Hof. Er scheint Elviras erster Berater zu sein. Vielleicht sogar mehr, so anmaßend, wie der sich gibt.« Alfons lachte gehässig. Dann zog er mit verschmitztem Grinsen die Schultern hoch. »Aber was weiß ich? Vielleicht nur Geschwätz.«
»Und der andere?«
»Die Brüder sind sich nicht besonders grün. Im Gegensatz zu seinem Bruder macht der Jüngere sich lieb Kind bei den ehemaligen Anhängern des Vaters. Man munkelt, dass er ihnen süßes Gift in die Ohren träufelt. Es wird von Aufruhr gegen Elvira und Raimons Balg geflüstert.«
Mein Gott, dachte ich. In einer solchen Vipernhöhle hatte Bertran sein Leben verbracht. »Und Felipa hält sich ruhig?«
»Im Augenblick zumindest. Aber es heißt, sie hat überall Spione. Wie eine Schlange, die ihr Opfer anstarrt, wartet sie auf die erste Gelegenheit, über Tolosa herzufallen. Ich sag dir, Jaufré, es brodelt im Kessel, und ich fürchte, bald fliegt der Deckel ab, denn es fehlt die starke Hand.« Er seufzte. »Der alte Raimon hatte die Dinge im Griff. Auch Bertran auf seine Weise. Jetzt herrscht Gesetzlosigkeit.«
Und das brachte ihn darauf, von Gaunereien und Überfällen im Allgemeinen zu reden, die in den letzten Jahren stets schlimmer geworden waren. »Seid auf der Hut, besonders, wenn ihr Wertvolles mitführt. Wegelagerer gab es schon immer, aber inzwischen hat es Ausmaße angenommen …«

»Und wieso?«
»Zu viele überzählige Mäuler. Herrenlose Söldner, Söhne, die nichts zu erben haben. Was soll ein Mann dann anderes tun, als seine Klinge dem Meistbietenden zu verkaufen? Und findet er keinen Brotherrn, dann ist der Pfad der Tugend schnell verlassen. Weißt du, wie viele zerlumpte Heimkehrer am Bettelstab gehen?«
»Aber sie haben doch ehrenvoll gekämpft. Wird ihnen keine Achtung gezollt?«
»Es wird viel über unser Heldentum geredet. Die adeligen Krieger sonnen sich in der Bewunderung des Volkes. Aber wehe, du bist ein armer Schlucker. Viele kamen abgerissen und verarmt aus dem Osten zurück. Manche auf Krücken. Zu Hause will sie keiner. Ihre Weiber haben längst andere Kerle, und um ihr Erbe, falls sie eines hatten, hat man sie betrogen. Einem Krüppel werfen sie noch eine halbe Kupfermünze vor die Füße. Ansonsten schert sich niemand, ob du im Winter unter der Brücke erfrierst.«
»War es denn je anders?«, fragte ich.
»Nein«, erwiderte Alfons. »Es war schon immer so, und der Mensch wird sich nicht ändern. Nur, dass es jetzt so viele von den armen Teufeln gibt. Sei froh, dass du Besitz hast.«
»Nun, meine Burg steht noch«, sagte ich und lachte. Aber so ganz wohl war mir nicht dabei, denn insgeheim fragte ich mich, wie es auf Rocafort gehen mochte, nun, da Cecilia tot war. Es war gewiss hohe Zeit, mich um alles zu kümmern.
»Dann sei froh, denn vielen hat man ihren Besitz abgeschwindelt. Hast du dir vielleicht Geld geliehen?«
»Ja, bei den Pfaffen. Ich brauchte eine Ausrüstung, und die Klosterbrüder gaben bereitwillig, um Gottes Werk zu unterstützen.«
Alfons lachte grimmig und ohne jede Spur von Humor. »Vertraue keinem Pfaffen, Jaufré. Mit diesem Trick haben sie vielen ihr Hab und Gut genommen. Die Klöster werden immer reicher. Du kannst ihre fetten Ländereien täglich wachsen sehen. Kannst du nicht zahlen, nehmen sie dein Land. Ein paar schlechte Ernten, und du bist längstens Gutsherr gewesen, glaub es mir.«

Nun wurde mir etwas heiß unter der Tunika.
»Aber solltest du jemals Hilfe brauchen, dann kannst du auf mich zählen. Ich meine es ernst, hast du mich verstanden?«
Ich nickte und dankte ihm. Er zwinkerte Hamid zu. »Meine Söhne könnten wirklich eine schlechtere Partie machen, als seine Adela zu heiraten, was?«
»Beim Bart des Propheten, da werden aber einige anstehen«, grinste Hamid. »Die Reihe wird lang werden, fürchte ich.«
Das hob die Stimmung, und wir stießen unsere Becher an.

***

In dieser Nacht schlief ich unruhig und träumte von einer rachsüchtigen Felipa, die auf einem riesigen Geier angeflogen kam und ein Heer von Mönchen in grauen Kutten befehligte, die mit tief ins Gesicht gezogenen Kapuzen über meine Felder liefen und mein Vieh wegtrieben.
Und dann war da Berta, wie sie mit meinem alten Schwert versuchte, die Mönche zu vertreiben, aber diese verwandelten sich in zerlumpte Wegelagerer, die auf die Zinnen meiner Burg kletterten und sich um mein Silber stritten. Und zuletzt vermummte Reiter, ganz in Schwarz und mit unkenntlichen Gesichtern. Sie trugen ein Wappen, das ich nicht kannte, und quälten meine Bauern. Lachend trieben sie meine Herde junger Pferde davon. Hamid und ich liefen ihnen nach und kamen doch nicht voran, weil wir im Sumpf vor den Toren Narbonas wateten und der Morast an unseren Stiefeln saugte. Adela weinte vor Erschöpfung und fiel zurück. Da tauchten maurische Seeleute auf, um mein Kind zu entführen. Doch es war nicht Adela, es war Noura, die sie mir entrissen. Sie streckte ihre Arme aus und schrie nach mir, aber ich konnte sie nicht retten.
Schweißgebadet und mit klopfendem Herzen wachte ich auf und lauschte auf Adelas ruhigen Atem neben mir.

Odos dunkles Geheimnis

Sanctus Beda Venerabilis,
der Weise und Ehrwürdige

Sexta Feria, *27. Tag des Monats Mai*

Brun erschien zur verabredeten Stunde, doch ohne seinen Freund Jaume. Die Sache war ihm peinlich. Er sah verlegen auf die Spitzen seiner zerschlissenen Stiefel.

»Jaume lässt sagen, dass er froh ist, Euch dienen zu dürfen. Es ist nur … eine Weibergeschichte, Herr. Ist ihm nahegegangen. Er bittet sich ein paar Tage aus, dann kommt er nach.« Mehr wollte er nicht sagen, und es ging mich auch nichts an.

Ich zuckte mit den Schultern. »Er kennt den Weg?«

»Ja, Herr. Er kennt die Gegend.«

»Gut. Aber wenn er nicht in einer Woche in Rocafort ist, dann soll er sich einen anderen Herrn suchen.«

Brun nickte. Wir hatten ihn am Tag zuvor nach seinen Erfahrungen als Söldner befragt. Er war der Sohn eines freien Bauern, jedoch früh von zu Hause ausgerissen. Bei verschiedenen Adligen hatte er gedient. Die Namen sagten mir nichts. Angeblich hatte er auch einen spanischen Feldzug bei den Aragonesen im Süden mitgemacht und dabei einiges an Kampfhandlungen erlebt. Er war also kein Neuling. Auf Rocafort würde ich seine Fähigkeiten prüfen und falls nötig verbessern. Nun gab es anderes zu tun.

Ich hatte dem Wirt drei Maultiere abgekauft, um unser umfangreiches Gepäck zu tragen. Einem von ihnen legten wir einen Packsattel auf, denn ich wollte zu den Kontoren am Hafen, um meine Wechsel einzulösen. Und Brun sollte mich begleiten. Ich sagte ihm rundheraus, um was es ging, dass ich ihn als Wächter meiner Habe bräuchte und dass ich mich auf sein ehrliches Gesicht verließe. Dann erklärte ich ihm unsere Reisepläne.

»Ich glaube kaum, dass wir unterwegs etwas zu befürchten haben. Schließlich sind wir vier Bewaffnete.« Auch Alexis würde diesmal ein Schwert tragen. »Sollten wir dennoch überfallen werden, dann ist es deine Aufgabe, meine Tochter zu schützen.«
Brun sah zu Boden. »Traut Ihr mir nichts zu, Herr?«
Ich verstand. Kindermagd zu spielen war anscheinend unter seiner Würde. Ich legte ihm die Hand auf die Schulter. »Ganz im Gegenteil. Nichts bedeutet mir mehr als meine Tochter.«
»Verstanden, Herr«, sagte er wenig überzeugt. »Ich werde sie mit dem eigenen Leib decken.«
»Dein Schild würde auch schon helfen«, erwiderte ich trocken.
Er grinste verlegen.
»Du musst es so sehen, Brun. Hamid und ich sind es gewohnt, zusammen zu kämpfen. Wir ergänzen uns. Aber nur, wenn wir uns auf deine Rückendeckung verlassen können und dass du Adela beschützt. Außerdem bist du unsere Verstärkung, sollte es schlecht laufen, ist das klar?«
»Jetzt weiß ich, was Ihr meint, Herr.«
»Und nun leg diesen hässlichen Rosthaufen ab.«
Ich deutete auf das geflickte Kettenhemd, das er trug. Verwundert gehorchte er. Ich öffnete einen unserer Lederpacken und zog ein gut gearbeitetes und geöltes Kettenhemd in einwandfreiem Zustand heraus. Das warf ich ihm in die Arme.
»Sieh, ob es passt. Stammt von einem ungewöhnlich großen Türken. Du darfst es tragen, solange du in meinen Diensten stehst. Und hier ist ein gutes Schwert. Mit dem alten kann man ja höchstens noch den Garten umgraben.«
Bruns Augen leuchteten. Es war weder die wertvolle Rüstung noch das Schwert. Nein, es war, weil ich ihm vertraute. Für einen Mann wie Brun hat dies große Bedeutung. Er sagte nichts, denn er war kein Kerl fürs Reden, aber nun war er mein Mann geworden, das spürte ich. Wir verließen mit dem Maultier die Herberge. Nun würde sich erweisen, ob Bruder Albertus mich in meinen Geldgeschäften gut beraten hatte.

***

Das Viertel der *jusieus* nimmt einen wichtigen Teil der südlichen Ciutat ein, ganz in der Nähe des Grafenpalastes. Von alters her hat Narbona eine große hebräische Gemeinde. Es gibt sogar eine Schule für ihre Priester, die von weit her besucht wird. Ähnlich wie unsere Klosterschulen, nehme ich an. Und mitten in diesem geschäftigen Viertel besaß der Jude Ephraim ein geräumiges, von außen schlichtes Steinhaus.

Weil die Genueser Kaufleute nicht genug Geldmittel vorrätig hatten, um meinen Wechsel vollständig auszuzahlen, und ich zornig geworden war und nicht warten wollte, bis ihre nächste Flotte eintraf, hatten sie mir empfohlen, mich hier an den reichsten *cambiador* der Stadt zu wenden. Der würde jeden Tag solche Geschäfte tätigen.

»Meine Familie und ich, wir brauchen nicht viel und leben einfach«, sagte der Hausherr sanft, als ich die Bescheidenheit seines Hauses anmerkte. »Außerdem ist es nicht klug, den Neid seiner Nachbarn zu wecken.«

So unauffällig es von außen sein mochte, von innen machte das Haus mit seinen dicken Mauern den Eindruck einer Festung. Die schwere Eichentür war mit armdicken Balken und die Fensteröffnungen mit Eisengittern gesichert. Die Räume, die ich zu sehen bekam, waren schlicht, aber gediegen eingerichtet, die Fußböden mit gewachstem Holz ausgelegt. Sein Kontor, ein großer Raum abseits der Diele, roch nach Bienenwachs und Weihrauch. Auf einem Tisch lagen achtlos hingeworfene Schriftstücke.

Ephraim war ein alter Mann. Auf dem Kopf trug er eine Kappe, die sein Haar verbarg, aber sein Bart war schlohweiß und fiel ihm bis auf die Brust. Er war klein, und sein schmaler Körper war in ein langes, dunkles Gewand gehüllt. Er musterte mich mit aufmerksamen und klugen Augen, denen nichts zu entgehen schien.

»Ihr seid also der *cavalier* aus Outremer, der an sein Gold will.«

»Woher wisst Ihr?«

»Es ist mein Geschäft, Dinge zu wissen.« Sie mussten ihm einen Boten auf schnellerem Weg geschickt haben. »Ich bin selbst in Jerusalem gewesen«, erwähnte er im Plauderton, »wenige Jahre nach der Befreiung, wie ihr Christen es nennt. Eine Wallfahrt. Die Stadt ist ja auch uns Juden heilig, wie Ihr wisst.«

»Ebenso wie den Mauren«, entgegnete ich. »Jeder will Jerusalem für sich. Das ist keine Stadt, sondern ein ewiger Zankapfel. Für den Augenblick gehört sie uns, doch da wird noch mehr Blut fließen, schätze ich.«

»Bittere Worte, *Cavalier,* aber sicher wahr. Dabei habt ihr Christen euch doch redlich bemüht, die Stadt zugrunde zu richten.« Er sprach leise, doch seine Stimme war kalt geworden, und er lächelte nicht mehr. »*Ad dei gloriam*, so heißt es doch, nicht wahr? War es auch zum Ruhme Gottes, dass ihr die Synagoge meines Volkes angezündet habt, gefüllt mit Flüchtenden, Alten, Frauen und Kindern?« Er blickte aus dem Fenster, als wolle er mir nicht in die Augen sehen.

Ich schwieg, denn er hatte die Wahrheit gesprochen, und sich an die Greuel und Massentötungen von Jerusalem zu erinnern, war selbst für mich allzu schmerzlich.

»Ihr habt also Beute gemacht?«, fragte er schroff und mit einem verächtlichen Unterton, nachdem er sich mir brüsk wieder zugewandt hatte. Dachte er, ich hätte seine Brüder in Jerusalem ausgeraubt? In der Tat, wer konnte schon wissen, wessen Haus geplündert wurde. Aber Beute ist der Lohn des Soldaten, sagte ich mir und ertrug seinen frostigen Blick.

»Können wir zur Sache kommen?« Ich war ungeduldig geworden.

Er streckte mir wortlos die offene Hand entgegen, um die Wechsel, die ich in Händen hielt, in Empfang zu nehmen.

Aber ich hielt sie zurück. »Es ist wahr, ich war in Jerusalem, doch Juden habe ich nicht verbrannt. Aber wenn Ihr meinen Anblick nicht ertragen könnt …« Ich wandte mich zum Gehen.

»Verzeiht!« Er war näher getreten. »Ich weiß nicht, was über mich gekommen ist. Es ist sonst nicht meine Art.«

»Ihr habt recht, verbittert zu sein. Auch ich habe so viel an Grässlichkeiten erlebt, dass ich für mein Lebtag genug von Hass und religiösem Eifer habe. Euer verfluchtes Jerusalem kann mir gestohlen bleiben. Ich wünschte, sein unseliger Anblick wäre mir

erspart geblieben!« Ich hatte mit mehr Heftigkeit gesprochen als beabsichtigt.
»Das sagt Ihr, ein Krieger Eures Gottessohnes?«
Ich grinste bissig. »Erzählt es niemandem weiter!«
Er schüttelte traurig den Kopf. »Und alles im Namen Gottes!«
»Das glaubt Ihr doch wohl selbst nicht.«
»Nein? *Dieu lo volt!* haben sie geschrien.«
»Ich weiß. Ich habe es selbst geschrien.«
»Und jetzt seht Ihr es anders?«
»Wir sind alle Abrahams Söhne, oder etwa nicht?«
Damit reichte ich ihm die Wechsel. Sein Blick ruhte unverwandt auf meinem Gesicht. Dann ging er ohne ein weiteres Wort mit den Papieren zum vergitterten Fenster und sah sie sorgfältig durch, auch den Fetzen Pergament, den der Genuese mir mitgegeben hatte und in dem er sich für meine *documenti* verbürgte.
»Es hat alles seine Ordnung, *Senher* Jaufré.« Er deutete auf einen Stuhl und bat mich freundlich, Platz zu nehmen. »Und Ihr müsst mir glauben, ich wollte Euch nicht beleidigen. Vergesst meine harschen Worte. Es geht mich nichts an, wie Ihr zu Eurem Gold gekommen seid.«
Von diesem Augenblick an hatte sich die Stimmung gewandelt, und Ephraim behandelte mich zuvorkommend und geflissentlich. Er entschuldigte sich und verschwand im Inneren des Hauses. Eine junge Frau erschien und brachte mir Erfrischungen. Ich bat sie, auch Brun draußen einen kühlen Trunk zu bringen. Nach geraumer Zeit erschien der Alte in Begleitung zweier kräftiger Männer, die mich misstrauisch musterten. Sie trugen Ledersäcke voller Gold und Silber, die sie auf einem Tisch ausleerten, der an der Wand stand. Darauf befand sich eine Waage, wie sie Geldwechsler benutzen. »Ihr seid der Neffe des Erzbischofs, nicht wahr?«, sagte Ephraim, während die Männer Münzen abwogen und in passende Häufchen legten.
»Das bin ich.«
»Und Ihr besitzt ein *castel* in der Corbieras.«
»Auch das.« Es schien, als gebe es nichts in dieser Stadt, von dem er nicht wusste.

»Euer Oheim ist immer ein gerechter Patron für uns Juden gewesen. Es freut mich deshalb, Euch gefällig sein zu dürfen.«
Sie waren mit dem Zählen der Münzen fertig, und Ephraim wies auf meinen überaus beachtlichen Hort.
»Das also ist Euer Schatz.« Nun entfernte er einen kleinen Teil davon und schob ihn auf die Seite. »Und das ist ein halbes Zehntel. Meine Bezahlung dafür, dass Ihr das Gold schon jetzt bekommt und nicht erst in vier Wochen.«
So lief das also, dachte ich. So viel kostete mich meine Ungeduld.
»Es ist der gängige Preis«, fühlte er sich genötigt, hinzuzufügen.
Ich nagte unschlüssig an meiner Unterlippe.
Ephraim ließ mir Zeit. Aber schließlich schlug er mir ein anderes Geschäft vor. Wenn ich ihm mein Geld für ein Jahr überlassen würde, könne er mir dafür zusätzlich ein stattliches Einkommen garantieren.
»Jesus vermehrte Brot und Fische«, sagte ich spöttisch. »Habt Ihr ein ähnliches Wunder mit meinem Gold vor?«
Der Alte lachte über meine verdutzte Miene. »Es ist ganz einfach, *Cavalier*. Jetzt ist es Mai. Da sprießt das Korn auf den Feldern, die Kälber wachsen, es treibt der Wein. All die Fruchtbarkeit ist schön zu schauen, aber Geld bringt sie nicht. Noch nicht. Deshalb sind jetzt die Truhen vieler Gutsherren leer. Die Erlöse der letzten Ernte sind verzehrt, oder man hat sie verspielt, für Waffen oder teure Pferde ausgegeben. Und bis zur neuen Ernte ist Darben angesagt.«
Das kannte ich nur zu gut. Ich erinnerte mich, wie meine Mutter oft geklagt hatte, dass wir weder Roheisen für den Schmied noch gutes Wolltuch kaufen konnten, bis wir den jungen Wein und das frisch gepresste Öl verkauft hatten.
»Sie kommen also zu mir und leihen sich, was sie brauchen. Nach der Ernte werden dann alle Schulden beglichen. Dafür nehme ich einen Zins. Oft verkaufen sie mir auch schon jetzt den Weizen, der noch auf dem Halm steht. Natürlich unter Preis, denn alles Risiko liegt dann bei mir. Das also, *Senher* Jaufré, ist mein Geschäft. Überlasst mir Euer Gold, so teile ich meinen Gewinn mit Euch. Halbe-halbe.«

»Beutet Ihr nicht die Not der anderen aus?«
»Ohne meine Hilfe wäre so mancher in einer verzweifelten Lage. Auch der Graf macht Geschäfte mit mir. Sogar Euer Onkel brauchte vor einiger Zeit eine große Summe, die ich ihm vorstrecken konnte.«
»Odo steht in Eurer Schuld?«
Er nickte und betrachtete mich mit gütigen Augen. »Der Erzbischof wird Euch bestätigen, dass Ephraim noch nie jemanden betrogen hat.«
Nach einigem Zögern sagte ich zu, besonders nachdem auch er mich vor räuberischem Gesindel warnte, das in den einsameren Gegenden, durch die wir ziehen würden, ihr Unwesen trieben. Zwei Drittel meines Horts würde ich ihm überlassen, den Rest in unsere Kleider nähen. Ephraim zählte alles entsprechend ab und füllte meinen und Hamids Anteil in Beutel, die er mir gab. Dann musste ich warten, bis er Urkunden mit unserem Abkommen aufgesetzt und ich vorsichtig meinen Namen daruntergekritzelt hatte. Auch für Hamid machte ich ein Kreuz.
»Wer ist dieser Mann mit dem maurischen Namen?«, fragte er. »Ein Muslim?«
Ich nickte. »Er ist mein Freund und wird bei uns leben.«
Ephraim schüttelte erstaunt lächelnd den Kopf. »Ein Sohn Allahs im Reich der Franken und Freund eines *miles christi*. Wer könnte jemals die Wege Gottes ergründen?«
Als alles erledigt war, reichte er mir zum Abschluss unseres Geschäftes die Hand. »Nun sind wir Partner, *Cavalier* Jaufré. Ihr werdet es nicht bereuen.«
Das sagt sich leicht. Aber nun war es so entschieden.
»Ihr kehrt nach langer Abwesenheit auf Euer Gut zurück«, sagte er zuletzt. »Dinge verändern sich. Wer weiß, wie Ihr es antreffen werdet. Solltet Ihr jemals Hilfe benötigen, denkt an Ephraim, den Juden. Mein Einfluss reicht weit.«
Ich dankte ihm. Dann machten Brun und ich uns auf den Weg zurück zur Herberge.

***

»Hier kann uns niemand belauschen, mein Junge.«
Was, zum Teufel, war denn so Heimliches zu bereden, fragte ich mich. Mein Onkel ließ sich unter Ächzen auf einer Steinbank mit römischen Ornamenten nieder. Wir befanden uns neben einem Brunnen mitten im Kreuzgang, der als Garten angelegt war. Ein angenehmer grüner Fleck mit feinem Flusskies auf den Wegen, umgeben von einem schattigen Bogengang. Der Lärm der Stadt war hier kaum zu hören. Die Sonne schien auf zartes Frühlingsgras, bunte Blumenbeete und sorgfältig beschnittene Bäumchen und Büsche. Außer dem Plätschern des Brunnens war es ein stiller Ort, gedacht als Zuflucht zur Besinnung und zum Gebet. Von der Kathedrale tönte Mittagsläuten herüber.
»Jetzt beten sie die *hora sexta*, und wir sind ungestört«, sagte er und sah zu mir auf. »Steh nicht so steif da und setz dich zu mir, dass ich dich sehen kann. Ich habe nicht vor, mir das Genick zu verrenken.«
Ich nahm neben ihm auf der kühlen Bank Platz. Ein Auf und Ab schöner Stimmen drang aus der Kirche, zum Lobe des Herrn.
»Du bist ein Mann geworden.« Er musterte mich. »Und ein stattlicher Kerl dazu. Du siehst aus, als sollte man sich vor dir in Acht nehmen.« Er grinste einen Augenblick, war aber gleich wieder ernst. »Nun willst du also wissen, warum ich nach dir gesandt habe.« Als ich nickte, fragte er launisch: »Ist es denn nicht an der Zeit, dass du dich um Besitz und Familie kümmerst?«
»Welche Familie? Deine Berta?«
Odo warf mir einen traurigen Blick zu. Dann holte er sein besticktes Tuch hervor und wischte sich die Nase. Er schien seine Gedanken zu sammeln.
»Erzähl mir von Adelas Mutter.«
Ich berichtete nur das Notwendigste. Als er erfuhr, wie Noura umgekommen war, erschrak er. »Mein Gott. Das arme Kind. Hat sie es mit ansehen müssen?« Er meinte Adela, nicht Noura.
»Nicht wirklich. Beim Anblick der Seldschuken ist sie fortgelaufen.«
»Dem Herrn sei Dank!« Er bekreuzigte sich. »Sie ist ein allerliebstes Kind.«

Wir saßen nebeneinander und schwiegen.
Ich sah Noura wieder auf dem Totenbett liegen, ihr schönes Antlitz im Kerzenschein. Odo neben mir seufzte. »Du hast diese Frau also geliebt.«
»Ja, das habe ich.«
»Das ist gut, mein Sohn.«
»Besser, wenn sie noch lebte«, entfuhr es mir gereizt.
»Natürlich.« Das Gespräch verlief unbeholfen und holprig, als sei die erste schüchterne Vertraulichkeit immer noch zu befremdlich, als dass man ihr freien Lauf gewähren mochte. »Ich bin froh, dass du etwas Glück gefunden hast«, sprach er kaum hörbar leise. »Auch wenn du mir nicht glaubst, aber es hat mich damals sehr geschmerzt, dich leiden zu sehen.«
Das war mir neu, doch heute Morgen wollte ich ihm nicht widersprechen, denn trotz meines Grolls genoss ich es, hier mit ihm in der Sonne zu sitzen und dem Gesang aus der Kirche zu lauschen.
»Ich will mich nicht wieder in dein Leben einmischen, Jaufré, aber ich brauche deine Hilfe!« Er blickte auf die Kieselsteinchen zwischen seinen Füßen. »Wir leben in gefährlichen Zeiten, mein Junge. Der Adel ist unruhig. Machenschaften im Verborgenen. Geheime Bündnisse. Es werden Geister gerufen, die vielleicht nicht mehr zu beherrschen sind.«
»Ich dachte, der Adel war sich einig, Bertran loszuwerden.«
»In dieser Sache, ja. Aber es gibt verschiedene Allianzen, Jaufré. Und jede verfolgt ganz eigene Ziele. Es rumort. Ein Schwelbrand, der plötzlich ausbrechen kann.«
»Kannst du mir mal erklären, wovon du redest?«, sagte ich unnötig laut.
»Schrei mich nicht an. Ich bin alt, aber nicht schwerhörig.«
Ich seufzte und wartete.
Er holte tief Luft. »Elvira ist überfordert und leicht zu beeinflussen. Sie hört immer auf den Berater, der gerade ihr Ohr hat. Es gibt Männer, die um ihre Gunst buhlen. Wer weiß, wen sie sich demnächst ins Bett holt. Der jedenfalls könnte der mächtige Mann werden.«

»Ich höre, da gibt es schon einen, den älteren Sohn der Borcelencs.«
Odo schüttelte angewidert den Kopf. »Schlechte Zeiten, mein Junge, wenn wir von den Liebeslaunen eines schwachen Weibes geschüttelt werden.«
»Habt ihr nicht Bertran vertrieben, um mit Elvira leichtes Spiel zu haben?«
»Barone machen sich immer gern vom Fürsten unabhängig. Aber die Kräfte, von denen ich spreche, haben noch anderes im Sinn.«
»Machtansprüche?«
»Natürlich. Denn jetzt ist die Gelegenheit gut.«
»Bist du darin verwickelt?« Mir wurde so einiges klar. Bertrans Abgang und das freigebig überlassene Gold für sein Heer hatten nicht nur mit Alfons' Erbrecht zu tun. Vielleicht wollte man den Weg frei machen. Meine Frage schien ihn jedenfalls verlegen zu machen.
»Natürlich nicht! Ein Erzbischof muss unbeteiligt bleiben.«
»Das kann ich kaum glauben.«
Er blickte weg und schwieg. Natürlich. Es passte zu ihm. Mit Menschen wie mit Schachfiguren umzugehen, das hatte er schon immer gekonnt. Ich spürte den vertrauten Groll in mir aufsteigen. »Du und der alte Borcelencs. Ich verstehe es jetzt. Er hat die Barone auf eure Seite gebracht und du die Bischöfe. Dann habt ihr Bertran das Messer an die Kehle gesetzt und ihn zuletzt bestochen. War es nicht so? Bist du deshalb bei dem Juden Ephraim in der Schuld?«
Er sah mich mit steinerner Miene an und wischte sich dann wieder die Nase. Nach kurzem Schweigen breitete sich auf seinen faltigen Zügen ein entwaffnendes Lächeln aus, das ihn fast jugendlich erscheinen ließ.
»Ich sehe, du bist erwachsen geworden, Jaufré.«
Ich verdrehte die Augen und stöhnte. »Heilige Mutter Gottes! Du steckst also mittendrin. Ich kann es nicht glauben! Das ist ein gefährliches Spiel, Onkel. Was mischst du dich in so etwas ein?«
»Soll man zusehen, wenn das Land vor die Hunde geht?«, fragte er hitzig. Dann fuhr er in ruhigerem Ton fort: »Ich war immer

Guilhems Mann. Er war der rechtmäßige Graf. Borcelencs kümmerte sich ums Kriegerische. Ich um die Politik. Wir waren seine engsten Vertrauten.« Odo seufzte. »Guilhem hat mich dafür zum Erzbischof gemacht. Ich schulde ihm viel. Leider hat sich sein Bruder Raimon durchgesetzt. Durch die Heirat mit Anhes ist ihm die Provence zugefallen. Die Erbschaft Rouergue hat er sich in langen Jahren erkämpft. Das hat schließlich das Übergewicht gebracht. Trotzdem war ich Guilhem immer treu ergeben. Ein guter Mann. Und daran hat sich bis heute nichts geändert.«

»Mein Gott, Onkel! Das ist jetzt wie lange her?« Ich rechnete nach. »Zweiundzwanzig Jahre! Beide sind lange tot. Guilhem ist vor sechzehn Jahren gestorben. Raimon vor fünf. Was soll das noch für eine Bedeutung haben?«

»Du verstehst nicht«, entgegnete er vorwurfsvoll. »Guilhem besaß die *primogenita*, das Recht des Erstgeborenen. Das hat Raimon ihm in gottloser Weise gestohlen. Der verdammte *usurpator!* Deshalb haben auch seine Kinder keine Rechte, weder Bertran noch Alfons. Diese Brut maßt sich die Macht zu Unrecht an.«

»Also meinetwegen Felipa«, erwiderte ich. »Dann soll sie doch über Tolosa herrschen.«

»Eine schlechte Wahl!«, knurrte er.

»Weil sie ein Weib ist?«

»Nein. Auch Frauen können herrschen. Denk an deine Mutter.« Er lachte leise. »Aber du hast doch sicher von Felipas Mann, dem edlen Herzog von Aquitanien, gehört?«

»Guilhem *lo Jove?*« Er hatte den Beinamen *der Junge*, weil er sein Erbe schon mit sechzehn angetreten hatte. »Ja, ich bin ihm in Sant Gilles Lager begegnet. Ein eitler Narr.«

»Sie nennen ihn den *trobador*. Weil er nichts als Weiber und anzügliche Verse im Kopf hat. Sollen wir uns von einem solchen Leichtfuß auf der Nase herumtanzen lassen?«

»Nein. Sicher nicht. Aber es ist nicht gut, wenn die herrschende Familie schwach ist. Dann ist es besser, Bertran käme zurück. Auch wenn du ihn nicht magst. Ich kenne ihn. Er ist ein guter Mann. Tolosa könnte Schlechteres widerfahren.«

Odo machte ein seltsames Gesicht. »Du hast recht. Aber da ist etwas, das du nicht weißt, nicht wissen kannst«, flüsterte er.
Ich runzelte die Stirn und starrte ihn erwartungsvoll an.
Er zögerte, dann hob er die Schultern und seufzte. »Guilhem hat damals nicht freiwillig verzichtet.«
»Wen überrascht das?«
»Er hat auf seine Rückkehr hingearbeitet. Wir waren fast so weit, dann ist er gestorben.«
»Na und?«
Er beugte sich zu mir und raunte, dass ich es kaum verstehen konnte: »Es gibt noch einen Erbanspruch.«
»Von welcher Seite?«
»Aus Guilhems Linie. Der hat noch mehr Gewicht als Felipas. Aber niemand weiß davon.«
»Nur du?«
»Ich und der alte Borcelencs. Wir hatten geschworen, keinem Menschen ein Sterbenswörtchen zu sagen, bis der Tag reif ist. Nur, Borcelencs ist vor kurzem gestorben. Gott segne seine alte Kämpferseele.« Er bekreuzigte sich.
»Du hast dich mit den Borcelencs verschworen? Für Bertran sind sie Unruhestifter und Rebellen.«
»Er meint die Söhne. Und da hat er recht. Sie schwänzeln um Elvira herum und versuchen, sich Einfluss zu verschaffen, besonders der ältere. Ich habe seinen Namen vergessen. Nein, nein. Die Söhne haben keine Ahnung. Auf die Treue des Alten war immer Verlass. Mit den Jungen habe ich nichts zu schaffen.«
»Du weißt also von einem Versprechen oder Testament, das mit dem Erbe von Tolosa zu tun hat? Eine Kirchenstiftung? Ein entfernter Vetter?«
»Nicht so laut!«, zischte er.
Ich schüttelte den Kopf. »Gleich wirst du mir einen Erben herzaubern, was?«, spottete ich. »Vielleicht einen vergessenen Sohn, den er einer Küchenmagd beschert hat, oder?«
»Sprich leise, um Gottes willen!« Er sah sich um. Dann flüsterte er: »Du hast verstanden.«
»Die Küchenmagd? Wie in den Ammenmärchen, meinst du?

Vom Findelkind zum König? Dass ich nicht lache!« Odo machte eine verletzte Miene, aber ich konnte das nicht ernst nehmen.
»Mach dich nur lustig«, sagte er hitzig. »Aber ihm werden Tolosa und all die anderen Grafschaften gehören, und zur rechten Zeit wirst du erfahren, wer es ist. Es wird dich sehr überraschen!«
Ich lachte in mich hinein. »Was sind das für Hirngespinste, Odo? Selbst wenn es so jemanden gäbe, er hätte alle gegen sich, die Macht und Einfluss besitzen.«
»Er wird sie hinwegfegen.« In Odos Augen funkelte etwas Gefährliches.
Aber ich lachte ihn aus. »Ein rechter Verschwörer bist du. Ich hoffe, dein Held hat mehr als nur seinen Schwanz in der Hand, wenn er aus dem Dickicht kommt!«
»An Truppen wird es nicht mangeln!«
»Wo sollen denn die herkommen?«
»Es gibt Familien, die für die gerechte Sache sind und nur auf ein Zeichen warten. Nicht alle Grafen und Barone stehen hinter Sant Gilles Sippe.«
»Ach was! Die sind sich doch uneinig. Bei uns ist jeder *castelan* sein eigener Fürst, das weißt du. Die werden keinem Habenichts zulaufen, selbst wenn er der König der Franken wäre.«
»Ich kann selbst ein kleines Heer aufstellen. Es gibt Verbindungen zu Aragon und Barcelona. Die können mehr Krieger stellen, als wir brauchen. Guilhem war immer den Spaniern verbunden, seit seine Mutter Almodis den Katalanen Berenguer geheiratet hat.«
»Ich fasse es nicht. Noch so eine alte Geschichte.«
»Spotte nur, aber die Katalanen haben Ansprüche aus dieser Zeit. Und wenn die auf unsere Seite kommen, dann ist Aimeric von Narbona mit dabei. Vielleicht sogar die Herren von Montpelher. Tolosas Hochmut stört sie seit langem.«
»Hör auf, Odo! Das sind doch nur Träumereien eines Greises, der immer noch mit der Macht spielen will. Lass mich damit in Ruhe.«
Ich schüttelte den Kopf. In was hatte der Alte sich da verstiegen? Das Ganze begann mich zu ärgern. Es hatte ein Familienwieder-

sehen sein sollen. Stattdessen dieses unsinnige Gerede über Erbansprüche der Grafen von Tolosa. Ein unbekannter Held, der das Land retten soll. Und Heerscharen aus dem Nichts. Nein, nein! Odo musste altersschwachsinnig geworden sein.

»Genug jetzt, ich will nichts weiter hören.« Ich erhob mich. »Wenn es sonst nichts gibt …«

Odo sah ängstlich zu mir auf und ergriff meine Hand.

»Jaufré. Ich bin alt und gebrechlich, und ich habe vor langer Zeit einen heiligen Eid geschworen. Meine Tage sind nun gezählt, die Zeit ist reif. Borcelencs ist tot. Allein schaffe ich es nicht. Ich brauche deine Hilfe.«

»Ich will nichts mit solchen Dingen zu tun haben.«

»Du bist ein erfahrener Kriegsmann und hast Fähigkeiten, die gebraucht werden.«

»Was weißt du von meinen Fähigkeiten?«

»Ich erhalte seit langem Berichte über dich.«

»Was?« Ich fuhr herum und starrte ihn an. »Von wem?«

Was, zum Teufel, redete er da? Berichte aus Outremer?

»Von *Paire* d'Aguiliers, dem Kaplan des Grafen.«

»Nein, ich glaube es nicht!«

»Raimon d'Aguiliers ist schon immer mein Mann gewesen.«

»Sant Gilles Beichtvater ist in deinem Sold?«

Odo grinste schwach. »Ein nützlicher Mann.«

Mir schwindelte. Ich setzte mich wieder.

»Denkst du, ich hätte dich ohne Schutz ziehen lassen?«

»Schutz? Wie sollte ein Kaplan mich schützen? Noch ein alter Fettwanst dazu.« Ich musste lachen.

»Nicht der, du Dummkopf! Ein Edelmann und seine Kriegsknechte.«

»Du hast Kriegsknechte hinter mir hergeschickt?«, fragte ich ungläubig. »Wen, verdammt noch mal?«

»Sie sollten in deiner Nähe bleiben. Heimlich, verstehst du? Denn hättest du es gewusst, hättest du sie fortgeschickt.«

»Nun sag schon, wer es war?«

»Du kennst ihn gut«, murmelte Odo. »Seine Familie schuldete mir einen Gefallen.«

»Nun sag mir endlich seinen Namen, *per Dieu!*«
»Raimon Pilet.«
Ich war wie vom Donner gerührt. »Raimon?«
»Ein guter Soldat, habe ich mir sagen lassen.«
Ich schüttelte den Kopf und wollte es nicht glauben. »Und ich hatte ihn für meinen Freund gehalten!«
»Das eine schließt das andere nicht aus, mein Sohn. Über *Paire* d'Aguiliers und den Kurier des Grafen hat er mir regelmäßig Nachrichten zukommen lassen. So wie er sich ausdrückte, scheint er dich sehr in sein Herz geschlossen zu haben.«
Pilet auf dem Totenbett. Grüß mir Odo, hatte er als Letztes geröchelt.
Nun wusste ich, warum. Kalter Zorn stieg in mir hoch.
»Pilet ist tot!«
»Das tut mir leid«, erwiderte Odo gleichmütig.
»Nichts tut dir leid. Du benutzt alle um dich herum. Selbst aus der Ferne musst du die Fäden ziehen«, rief ich angewidert.
»Sei kein Tropf, Jaufré! Wozu dient es, Erzbischof zu sein, wenn man nicht einmal seine eigene Familie beschützen darf?« Schleim war ihm aus der Nase getreten, und er schneuzte sich in sein Tuch. »Du warst so ein Dickschädel. Schon allein für deine arme Mutter musste ich es versuchen.«
»Wie immer unter einer Decke, ihr beiden.«
»Dein Leben war uns wichtig, verstehst du das nicht? Aus mehr als einem Grund.«
»Was soll das heißen?«
»Nichts, nichts!« Er wich mir aus. »Ich höre, aus dir ist ein fähiger Soldat und Anführer geworden.«
»Nicht für deine Verschwörungen!«
»Du bist mein Neffe. Ich zähle auf dich.«
»So wie damals? Als du mich gegen meinen Willen beschwatzt hast?« Er sah mich mit verletzter Miene an. Geschah ihm recht, dachte ich bitter. »Ich bin heimgekehrt, weil mein Weib gestorben ist, weil ich genug vom Krieg habe, weil ich mich um mein Kind und um mein Erbe kümmern will. Nicht, um mich an einem Aufstand zu beteiligen. Außerdem ist Bertran mein Lehnsherr,

und ich habe nicht vor, ihm die Treue aufzukündigen. Ich habe mit alldem nichts zu schaffen, verstehst du?«

»Du steckst schon tiefer drin, als du glaubst, mein Sohn!«

Ich erhob mich. »Das genügt jetzt, Onkel.«

Niemals hatte er wahrere Worte gesprochen, aber ich hörte nicht hin, ich wollte nichts davon wissen. Für mich war das alles nur altersschwaches Gefasel, und ich schob es von mir. Auch Odo hatte sich erhoben und wankte einen Augenblick, so dass ich ihn stützen musste.

»Hast du Gold, Jaufré? Oder bist du mittellos heimgekehrt? Soll ich meinen Schatzmeister rufen lassen?«

»Deine Spione haben dir sicher berichtet, dass ich nicht mittellos bin. Ich habe mehr, als ich jemals brauchen werde, Odo. Ich danke dir.« Ich zog die Abschriften des Juden aus meiner Gürteltasche und reichte sie ihm. »Ich bitte dich, dies zur Sicherheit zu verwahren.« Odo faltete die Dokumente auseinander und überflog den Inhalt mit zusammengekniffenen Augen. Dann pfiff er anerkennend durch die Zähne.

»Ein hübsches Sümmchen!«, grinste er. »Der Jude ist übrigens verlässlich. Und wir werden ein andermal weiterreden. Du bist jetzt nicht in der Verfassung dazu.« Wir gingen langsam zu einer kleinen Pforte im Kreuzgang. »Reite nach Rocafort und sieh dort nach dem Rechten. Aber spätestens nach der Weizenernte erwarte ich dich zurück.«

»Ich werde meine Meinung nicht ändern.«

»Wir werden sehen.« Er lächelte geheimnisvoll. Der alte Luchs führte etwas im Schilde. »Und in der Zwischenzeit solltest du ein paar Kriegsknechte in deinen Dienst stellen.«

»Ich brauche keine.«

»So etwa fünfzig Mann zu Beginn. Ich komme dafür auf.«

»Vergiss es!«

Wir waren an der Pforte angekommen, und ich öffnete sie. Draußen standen Wachen. »Wann reitest du?«, fragte Odo.

»Morgen früh.«

»Ich möchte mich von meiner kleinen Adela verabschieden. Wer weiß, wann ich sie wiedersehe, ob überhaupt.«

Waren es die wässrigen Augen eines alten Mannes, oder war da wirklich Rührung zu erkennen? »Ich verspreche es.« Dann umarmte ich seinen gebrechlichen Körper und wandte mich zum Gehen.
»Ach, Jaufré, noch etwas.«
Er fummelte umständlich in einem verborgenen Täschchen in seinem Gewand und holte einen goldenen Ring hervor, den er mir fast achtlos hinhielt. »Der gehörte deinem Vater. Sein Wert ist nicht das Gold. Der Ring ist ein altes Familiensiegel. Verlier ihn nicht!«
Damit drehte er sich um und ging. Einer der Wachen begleitete ihn, der andere schloss die Pforte hinter seinem Rücken und sah mich mit einer Miene an, als wolle er fragen, was ich hier noch zu suchen habe.
Gedankenverloren kehrte ich zur Herberge zurück.
Was scherten mich die Streitereien der großen Adelshäuser? Dank Bertrans Freibrief musste ich für niemanden mehr in den Krieg ziehen. Da kam mir sein Auftrag wieder in den Sinn. Er war großzügig gewesen, und ich würde ihn nicht enttäuschen, auch wenn es mir gleich war, wer Tolosa erbte, ob Alfons Jordan, Bertran oder Felipa. Doch vor Odos Karren würde ich mich nicht spannen lassen. Untreue war nicht meine Art.
Nein, mein Weg führte nach Rocafort. Meinem Sohn wollte ich ein guter Vater werden und ihn zum Edelmann erziehen. Und in einigen Jahren würde ich für Adela einen würdigen Mann finden. Über solche Angelegenheiten der Familie hatte ich mit Odo reden wollen, auch was mit seinem Besitz geschehen sollte, im Falle seines Ablebens. Dieser Tag konnte nicht mehr fern sein. Insgeheim hatte ich mir auch eine Annäherung gewünscht, ein ruhiges Gespräch, vielleicht seinen Rat. Doch dazu war es nicht gekommen. Er hatte nicht einmal gefragt, wie es mir in den letzten vierzehn Jahren ergangen war. Eigensinniger alter Bock. Und ausgerechnet *Paire* d'Aguiliers und mein Freund Pilet hatten mich bespitzelt!
In den kommenden Monaten, als mich das Schicksal immer tiefer in den Strudel ebenjener Verschwörungen reißen sollte, da würde

ich mich noch oft an dieses Gespräch erinnern. Er war nahe daran gewesen, mir alles zu erzählen. Hätte er es doch nur getan, dann wären die Dinge vielleicht anders gekommen. Aber ich hatte ihn nicht reden lassen und hatte all dies von mir gewiesen. Ich besah mir diesen seltsamen Ring. Ein Siegelring meines Vaters? Es war ein schwerer Goldring, recht kunstvoll gearbeitet, aber kein Wappenring, wie man sie kennt. Er sah alt aus und schien nicht christlichen Ursprungs zu sein. Römisch kam er mir auch nicht vor. Es ließ sich so etwas wie ein Raubvogel erkennen. Ein Falke. Oder ein Adler. Ja, eher ein Adler. Umgeben von einem Schlangengeflecht. Ein Adler umringt von Schlangen? Seltsam. Doch wenn es der Ring meines Vaters war, dann wollte ich ihn in Ehren tragen, beschloss ich und steckte ihn mir auf den Finger.

Ritt durch die Corbieras

Sanctus Germanus,
Patron von Paris und der Gefangenen,
beschützt vor Feuersbrunst und Fieber

Sabbatum, *28. Tag des Monats Mai*

Thor, Odin! Ruhe, verdammt!«
Ich zog den Hunden einen Hieb mit dem Packriemen über, so dass sie sich setzten und mit dem aufgeregten Jaulen und Bellen aufhörten. Hunde wie Pferde waren erregt und spürten, dass es heute weiterging. Gutes Futter und drei Tage Untätigkeit im Stall schienen Ghalib von den Strapazen der Seereise wiederhergestellt zu haben. Er schnaubte und tänzelte, dass ich Mühe hatte, ihm den schweren Kampfsattel aufzulegen.
»Ruhig, mein Junge.«
Ich strich über sein glänzend dunkles Fell und sprach zu ihm wie zu einem Kind. Als Antwort blies er mir seinen heißen Atem ins Gesicht und gab mir einen spielerischen Stoß mit der Nase. Es war sehr früh, die Welt noch grau. Adela sah verschlafen aus, aber sie war reisefertig gekleidet und kümmerte sich um ihre Stute. Das gefiel mir an meiner Tochter. Sie jammerte nicht. Im Gegenteil. Jeder Tag war ein Abenteuer für sie.
Alexis und Brun hatten begonnen, die übrigen Tiere zu beladen, und Cortesa packte unsere persönlichen Habseligkeiten. Unsere schweren Schlachtpanzer waren gut verstaut, ebenso wie die Stoßlanzen, deren scharfe Eisenspitzen mit Lederscheiden geschützt waren. Wir selbst trugen leichte türkische Kettenhemden über gefütterten Lederwesten, ähnlich wie jenes, das ich Brun gegeben hatte. Am Sattelhorn hingen Kampfhelme, Schwerter und die langen Schilde. Eine Magd brachte Wegzehrung, die wir auf die ledernen Proviantbeutel verteilten. Brun füllte Wasser-

schläuche, und für den Notfall luden wir etwas Hafer für die Pferde auf. Dann nahmen wir hastig unser Morgenmahl ein und teilten uns eine Kanne warmer Kuhmilch frisch aus dem Euter.
»Gestern hat hier ein Kerl nach Euch gefragt«, sagte der Wirt, nachdem ich ihn bezahlt hatte.
»Jemand, der mich sprechen wollte?«
»Nein, nein. Er hat nur Fragen gestellt. Woher Ihr kämet und wann Ihr abreisen würdet. Und ob ich wüsste, wohin Eure Reise gehen soll.«
»Und was hast du geantwortet.«
»Gar nichts hab ich gesagt, *Senher Cavalier*. Das müsst Ihr glauben. Obwohl er mir Silber aufdrängen wollte.«
Das Silber hast du bestimmt genommen und getratscht dazu, dachte ich. Und nun erwartest du auch von mir ein paar Münzen für deine angebliche Verschwiegenheit.
»Wie sah er aus?«
»Einfach gekleidet, keine Waffen. Dunkler Umhang. Braune Haare, ziemlich dürr. Ja, dem fehlte wirklich ein wenig Speck auf den Rippen. Seine Nase war schief. Gebrochen vielleicht. Und ein Schnauzbart. Aber sonst …« Mehr fiel ihm nicht ein. »Und dann sah er sich im Stall um und beäugte Eure Reittiere.«
Ich legte ihm eine Silbermünze in die Hand und bedankte mich.
»Seid auf der Hut, Herr!« Damit zog sich der Wirt mit einem Katzbuckel zurück. Brun sah mich fragend an. Ich zuckte gleichmütig mit den Schultern.
»Wir werden vorsichtig sein.«
Schließlich war alles zum Aufbruch bereit. Hamid steckte seinen Bogen ins Futteral am Sattel und hängte sich den Köcher mit Pfeilen um. Ich band die Hunde los, dann saßen wir auf und verließen den Herbergshof.
Odo musste schon gewartet haben, denn kaum meldeten wir uns bei den Wachen am Bischofspalast, als ein Mönch erschien und uns in den Kreuzgang bat. Adela und ich traten durch die Pforte und fanden den Alten auf der Steinbank am Brunnen. Er erhob sich mühsam und umarmte Adela.
»*Ven, mon anjol!*« Er nahm sie bei der Hand. Sie schritten lang-

sam durch den Kreuzgang, und er zeigte ihr Heiligenstatuen, Inschriften und die Verzierungen an den Kapitellen der marmornen Säulen, die wilde Tiere und Fabelwesen darstellten. Adela hing an seinen Lippen und bestaunte alles. Dann sah ich beide durch eine Seitentür in die große Kirche treten. Ich seufzte ungeduldig. Und doch wollte ich Odo die kurze Zeit mit Adela nicht verderben. In Wirklichkeit freute es mich, dass er Gefallen an ihr gefunden hatte. Zu lange schon hatten wir ohne Familie gelebt.

»Warum bleibt ihr nicht zum Pfingstfest?«, fragte Odo, als sie zurückkamen, er schlurfenden Schrittes, seine Hand auf Adelas Schulter gestützt. Ich sah ihr an, dass auch sie gern geblieben wäre.

»Wir sind schon zu lange unterwegs«, entfuhr es mir schroffer als beabsichtigt. Eine gewisse Unruhe trieb mich nach Rocafort. Nun, da ich Cecilia tot wusste, machte ich mir Sorgen. »Eine Frau wie Berta, allein …«, fügte ich lahm hinzu.

»Du willst nach dem Rechten sehen«, nickte Odo zustimmend. Er fasste in sein Gewand und zog umständlich eine Urkunde heraus.

»Was ist das?«

»Die Mühle in Cubaria. Du erinnerst dich? Sie gehört zur Diözese, und die Klosterbrüder verwalten sie für mich. Der Müller behält ein Viertel des Gewinns, ein Viertel bekommt das Kloster, die Nutzungsrechte und den Rest des Gewinns habe ich dir überschrieben. Der Prior dort hat manchmal sonderliche Einfälle. Ich will, dass euch euer Mehl sicher ist.«

Ich dankte ihm und steckte die Urkunde weg.

»Versprich mir, nach der Ernte findest du dich wieder ein.« Ich versprach es. »Und bring meine kleine Nichte mit!« Er lächelte Adela liebevoll an und strich ihr über die Wange. »Meine kleine Urgroßnichte.« Er fasste erneut in sein Gewand und holte eine dünne Kette heraus, an der ein Goldkreuz baumelte, das mit einem eingefassten, roten Stein verziert war.

»Dein Vater wird mir verzeihen, wenn ich, ohne ihn zu fragen, dir das Kreuz deiner Großmutter schenke. Aber bei dir ist es sicher gut aufgehoben, mein Engel.«

»Von meiner Großmutter?«
Adela machte große Augen und wurde rot vor Freude. Cecilias Tod hatte sie gefasst aufgenommen, aber nun betrachtete sie lange das Kreuz. Schließlich half ich ihr, es anzulegen. Daraufhin nahm sie Odo und mich bei der Hand. »Ich will nicht, dass ihr streitet, hört ihr?«
»Du hast ihn schon bemerkt, unseren kleinen Familienzwist, was?« Odo holte sein Taschentuch hervor, wischte sich die Nase. »Du hast recht. Es ist dumm. Denn ich bin sehr glücklich, deinen Vater wiederzuhaben. Ich hatte ihn schon fast verloren geglaubt. Er hat mir doch sehr gefehlt, das kannst du mir glauben.« Zitterte seine Stimme bei diesen Worten, oder bildete ich mir das nur ein? Ich zeigte Adela den Ring meines Vaters.
»Kleine Gaben als Willkommensgruß«, lächelte Odo und küsste Adela auf die Stirn. »Geh mit Gott, *mon petit anjol*, und komm bald wieder!«
Er geleitete uns hinaus. Seine welke Hand umklammerte meinen Arm. Er zog mich zur Seite und flüsterte: »Ich erwarte dich dann nach der Ernte. Bis dahin sind einige Dinge zu klären. Und Briefe zu versenden. Man soll wissen, dass du da bist.«
»Wer soll das wissen?«
Er legte den Zeigefinger auf die Lippen und grinste verschwörerisch. Gott im Himmel! Nun fing er wieder mit diesem Getue an. Ich wollte mich losmachen, aber für einen Greis hielt er mich mit erstaunlicher Kraft fest.
»Jaufré, hör mir zu!«, raunte er. »Ich bin alt, und Gott kann mich jederzeit zu sich rufen.«
»Du wirst noch hundert Jahre alt, Oheim. Da mach ich mir keine Sorgen.«
»Hör zu, du Holzkopf!«, zischte er ungehalten. »Falls ich sterbe, bevor du zurückkehrst, dann finde den Mönch Jacobus. Er wird dir alles erklären.«
Ich nickte. Nicht, dass ich ihn ernst nahm. Er merkte es und schüttelte mich am Arm. »Versprich es!«
»Also gut, ich verspreche es. Und wo hält sich dieser Bruder Jacobus auf?«

Er reckte sich höher und wisperte in mein Ohr: »Galamus.«
»Die Einsiedelei?«
Odo nickte bedeutungsvoll. »Er war mir lange Zeit ein treuer Diener.«
»Jacobus in der Einsiedelei. Ich werde es nicht vergessen.«
»Und nimm Waffenknechte in deinen Dienst, wie ich gesagt habe.«
»Auf keinen Fall! Wir werden dir im Sommer einen Familienbesuch abstatten, keinen Kriegszug beginnen.«
Odo grinste und zog mich sanft am Ohr, als sei ich ein widerspenstiger Knabe. Ich küsste ihn auf die faltigen Wangen und merkte überrascht, dass eine Träne an seinen Wimpern hing.
»*Dieu vos salv!*«, rief er hinter uns her. »Gott behüte euch!«
Wenig später saßen wir im Sattel und winkten zum Abschied. Er stand unbeweglich unter dem Bogen der Pforte und sah uns nach, als wir über den Neuen Markt trabten. Vorbei an Graf Aimerics Palast, wo uns die Wachen neugierig beobachtet hatten, weiter durchs Wassertor und über die alte Brücke und am anderen Ende zum Stadttor hinaus.
Trotz allem mag ich den alten Narren, dachte ich auf dem Weg in die blauen Berge der Corbieras, die sich im Morgendunst vor uns erhoben. Noch wusste ich nicht, dass es ein Abschied für immer gewesen war.

***

»Ist morgen nicht eines eurer Christenfeste?«, fragte Hamid, nachdem wir schon die ersten Meilen hinter uns gebracht hatten.
»Pfingsten!«, sagte ich.
»Solltest du nicht deinen Glaubenspflichten nachkommen?«
»Man muss nicht jedes Fest einhalten.«
»Willst du kein guter Christ sein?«, spottete er.
»Ich bin kein schlechterer als andere«, knurrte ich.
Alles grünte und blühte auf den Wiesen und Feldern. Wir folgten nicht länger der Via Domitia nach Süden, sondern nahmen die

Straße nach Westen in Richtung Carcassona und Tolosa. Später würden wir dann in südwestlicher Richtung den langen Ritt durch die Corbieras beginnen. Pferde und Hunde wollten laufen, und so ritten wir in leichtem Galopp durch die fruchtbare Küstenebene vor den Toren Narbonas.
War ich ein guter Christ? Was ist überhaupt ein guter Christ? Der Bettelmönch, der Jesus nacheifert, oder der in Gold und Seide gewandete Kirchenfürst? Derjenige, der in allem die Lehren des Gekreuzigten beherzigt, oder der, der die Weisungen der Kirche befolgt? Und warum ist beides nicht dasselbe? In letzter Zeit hatte ich oft über diese Widersprüche nachgedacht. Als guter Christ hätte ich nie mit Sant Gille ins Heilige Land ziehen dürfen, um anderen Gewalt anzutun. Oder doch? Hatte ich alles verkehrt?
Die Sonne stand noch nicht sehr hoch, da mussten wir die Tiere zügeln, denn Cortesa schrie erbärmlich um Hilfe. Sie war halb vom Sattel ihres Maultiers gerutscht und lief Gefahr, schwer zu stürzen. Verzweifelt und ungeschickt hing sie wie ein Sack Rüben am Sattelknauf. Brun erwischte ihr Reittier am Zügel, und Alexis sprang vom Pferd, um das Mädel aufzufangen.
»Kannst du nicht reiten, Magd?«, rief ich gereizt.
»Reiten ist für Herren, nicht für unsereins«, erwiderte sie trotzig.
»Dann wirst du es lernen. Sitz auf!«
Sie hatte ihre Haube verloren und strich sich eine widerspenstige Locke aus der Stirn. Alexis hielt ihr den Steigbügel, aber sie stampfte mit dem Fuß auf und machte ein entschlossenes Gesicht. »Ich gehe zu Fuß!«
Damit ließ sie Alexis und das Maultier stehen und marschierte los. Wir starrten ihr mit offenen Mündern nach.
»Setz dich auf das verdammte Maultier!«, schrie ich ihr nach. »So kommen wir nicht voran.«
»Nein, Herr!«, rief sie über die Schulter. »Ich setz mich auf kein Viech mehr.«
»Du verweigerst mir den Gehorsam?«, brüllte ich und schäumte vor Wut.

»Das tu ich nicht. Aber reiten will ich auch nicht!«
Hamid und Brun bogen sich vor Lachen.
»Was ist da so witzig?«, knurrte ich.
Alexis machte ein verlegenes Gesicht, sprang auf sein Pferd und jagte Cortesa nach. Adela schloss sich ihm an, und bald sahen wir beide heftig auf die Magd einreden. Die stapfte ungeachtet weiter und schüttelte nur ab und zu den Kopf. Zuletzt griff sie einen Erdklumpen vom Boden und warf ihn nach Alexis. Nun musste ich selbst lachen.
»Ist mir nicht in den Sinn gekommen, dass sie nicht reiten könnte.«
»Was soll's, Jaufré«, meinte Hamid. »Wir haben doch Zeit. Ein Tag mehr oder weniger.« Und so bestimmte Cortesas Gangart das weitere Fortkommen unserer Reise.
Morgens hatte ein scharfer Wind geweht, aber nun genossen wir die Maisonne, die sich bald immer stärker durchsetzte. Wer reist, setzt sich Gefahren aus, wobei die Unbill des Wetters noch das kleinste Übel darstellt. In strengen Wintern kommen manchmal Wölfe und Bären von den Bergen herunter, aber das wirklich gefährliche Raubtier ist der Mensch. Landgüter und Siedlungen sind wie Inseln der Zuflucht in einer oft feindlichen Welt. Wenn man schon reisen muss, dann nur bei Tageslicht, in Gruppen oder schwerbewaffnet, besonders durch einsame Gegenden. Wir führten Schätze mit uns, für die jeder Strauchdieb und Wegelagerer uns bedenkenlos ermordet und im Wald verscharrt hätte. Und manch armer Ritter auch.
Brun ritt deshalb als Späher immer ein gutes Stück voraus und wartete auf uns an den Weggabelungen. Die Doggen hatten sich schnell an ihn gewöhnt und beanspruchten ihren gewohnten Platz in der Vorhut. Dann kamen Hamid, Adela und ich mit den beladenen Pferden und Maultieren. Neben uns marschierte Cortesa stur und verbissen mit weit ausholenden Schritten. Zumindest trödelte sie nicht, wenn ihr auch bald der Schweiß von der Stirn lief. Zuletzt kam Alexis, der sich auf meine Anweisung hin oft zurückfallen ließ, um zu prüfen, ob uns jemand folgte.
Am späten Vormittag wartete Brun im Schatten einer Eiche auf

uns. »Wenn Ihr rasten wollt, *Senher*«, sagte er. »Ich kenne da ein Klösterchen, etwas abseits vom Weg, nicht weit von hier. Es nennt sich Fontfreda, nach einer Quelle, die dort entspringt. Die Mönche sind freundlich zu Reisenden.«

»Eine kühle Quelle täte gut«, stimmte ich zu.

Das Kloster befand sich zwischen sanften Hügeln in einer hübschen Talmulde, umgeben von gut bestellten Äckern und einem schattenspendenden Wäldchen. Wir wurden aufs herzlichste empfangen. Die Brüder stellten Bänke in den Klosterhof, versorgten die Tiere und stellten Wasser, Brot und Speck auf eine hastig errichtete Tafel. Hamid streckte wohlig die Glieder von sich. Seine Erscheinung kam mir auf einmal verändert vor, bis ich bemerkte, dass er nicht seine übliche Tracht trug. Auf meine Frage erhielt ich einen gequälten Blick als Antwort.

»Ich habe mich von deiner Tochter beraten lassen«, meinte er und grinste verlegen. Als ich am Vortag bei Odo gewesen war, hatten sie einen Schneider gefunden und Hamid neu eingekleidet.

»Wir mussten Gebrauchtes kaufen, Vater, weil du es so eilig hattest. Findest du nicht, dass ihm dunkle Farben stehen?«

»Lass dich bewundern, o dunkler Prinz!«, rief ich spöttisch Hamid zu. »Vielleicht solltest du mich auch beraten, *mon cor*. Und wie steht's mit dir, Brun?«

Der nickte ernst. »Ich könnt es gebrauchen, *Domna* Adela.«

»Da könntest du verdammt recht haben«, spottete ich und deutete auf seine geflickten Beinkleider.

Adela warf uns einen misstrauischen Blick zu, unsicher, ob wir sie auf den Arm nehmen wollten. Sie hatte eine spitze Antwort auf der Zunge, als der Prior des Klösterchens sich zu uns gesellte.

»Ein Ort des Friedens, Vater.«

Mein Lob freute ihn. *Paire* Dominicus war ein rundlicher Mann mit Lachfalten um die Augen, aber auch Händen, denen man die harte Arbeit ansah. Das Kloster sei erst vor siebzehn Jahren von einer Handvoll Brüdern gegründet worden, erzählte er. Damals war er selbst noch nicht Prior gewesen. Nach den ersten mühseligen Jahren ginge es nun mit Gottes Hilfe aufwärts. Erst kürzlich habe Graf Aimeric von Narbona mehr Land und Geld gestiftet, so dass man daran denken könne, einen größeren Anbau zu errichten. Sein Wunsch sei es, die kleine Klosterkapelle eines Tages durch eine große Kirche zu ersetzen.

Er musterte uns wohlwollend neugierig. Als ich erzählte, dass wir gerade erst aus dem Heiligen Land gekommen waren, da musste ich von Jerusalem berichten und der Kirche des Heiligen Grabes. Und als er erfuhr, dass wir zu den Kriegern gehörten, die Jerusalem befreit hatten, da war seine Begeisterung grenzenlos.

»Jesus und Maria, *Senher!*«, rief er und bekreuzigte sich dreimal. Dann bestand er darauf, mich zu umarmen und auf die Wangen zu küssen. »Ihr habt der Christenheit einen unendlichen Dienst erwiesen, *Senher Cavalier*. Der Herr wird es Euch tausendfach vergelten.«

Zu Hamids Verlegenheit umarmte und küsste er auch ihn, machte selbst vor Brun und Alexis nicht halt und rief schließlich aufgeregt die ganze Bruderschaft zusammen.

»Seht nur, Brüder, diese tapferen Männer haben das Grab des Erlösers aus den Händen der Ungläubigen befreit.«

Staunend traten die Mönche näher. Manche fielen auf die Knie und lobten den Herrn, andere küssten unsere Hände. Doch schließlich bemerkte der Prior unsere Verlegenheit und verscheuchte seine frommen Schafe.

»Genug, genug!«, befahl er. »Wir wollen den Herrschaften nicht zur Last fallen. Bringt lieber etwas Besseres zu essen!« Zu mir gewandt meinte er: »Wir sind kein reiches Kloster, aber ein paar gute Dinge haben wir schon in der Vorratskammer.«

Sie brachten Wein, Käse, Würste und Schinken. Alles schmeckte köstlich, wie ich es schon lange vermisst hatte. Während wir aßen, bemerkte ich Narben auf seinen Handrücken und fragte danach.

»Als junger Mann wähnte ich mich sehr vom Licht des Herrn erfüllt«, erwiderte er beschämt. »So sehr, dass ich seine Wunden am eigenen Leib spüren wollte.«

»Und das ist Euch widerfahren?«

»Nein. Eben nicht«, gestand er. »Ich habe das frömmste Leben geführt, gebetet ohne Unterlass, mich monatelang gegeißelt. Aber keine Stigmata. Nicht einmal ein Hauch. Vielleicht war ich nicht würdig.«

»Und die Narben?«

»Zuletzt war mein Geist von Selbstgeißelung und vom langen Fasten so verwirrt, dass ich mir selbst die Wunden zugefügt habe.«

»Herr im Himmel!«, rief ich. Ich stellte mir vor, wie es sein musste, sich einen kräftigen Eisennagel durch die Handfläche zu hämmern. »Und? Seid Ihr Gott dadurch näher gekommen?«

»Vielleicht. Ich weiß es nicht. Zumindest war es höllisch schmerzhaft«, lachte er. »Mein Bischof in Narbona hat mich einen verrückten Halunken geschimpft.«

»Erzbischof Odo?«

Er nickte. »Der Mensch sei Gottes Schöpfung. Wie könne ich glauben, ihm durch Selbstverstümmelung zu gefallen? Hochmütig sei ich. Wolle etwas Besseres sein, mich über andere erheben.«

»Und wie denkt Ihr jetzt darüber?«

»Ich glaube, er hatte recht. Besonders, was die Hochmut betrifft. Seitdem versuche ich, mich in Demut und Bescheidenheit zu üben.« Er lächelte sanft und schenkte mir ein. »Kein großer Wein, den wir hier keltern. Aber für uns reicht er allemal.«

Ich kostete und fand, er hatte Körper, wenn auch etwas zu fruchtig. »*Paire* Dominicus, ob Euer Weg der richtige war, das kann ich nicht beurteilen. Aber ich entnehme daraus, dass Ihr durch das Teilen seiner Leiden vor allem Christus selbst nahe sein wolltet.«

»Vermessen, wie es war, aber ja, das wollte ich.«

»Was hat Vorrang, *Paire*, das Gebot Jesu oder das der Kirche?«

Seine Augen öffneten sich überrascht, und einen Augenblick lang sah er mich unsicher an. Auf eine solche Frage war er nicht vorbereitet.

»Nun, Jesus hat natürlich Vorrang«, erwiderte er nach kurzer Überlegung. »Wobei es nicht jedem gegeben ist, sein Wort richtig zu deuten. Das ist die Aufgabe der Kirche.«

»Das ist, was mich seit langem beschäftigt«, sagte ich. »Wir sind

Soldaten, mein Freund hier und ich. Und Soldaten haben ihre Befehle. Über mehr grübeln sie selten, außer, wo man sich als Nächstes den Bauch stopfen kann, denn bei einem Feldzug scheint immer der Hunger mitzureiten.«

Paire Dominicus lachte und schob mir noch ein Stück Blutwurst zu. »Dann greift zu, *Cavalier!* Davon haben wir genug.«

»Danke!«, erwiderte ich und biss hinein. Ich lud ihn ein, auf ein paar Schritte mit mir in den Klostergarten zu gehen, um ungestörter zu reden. Ein Stück Brot nahm ich mit, um der Wurst Gesellschaft zu leisten.

»Auch ich habe mir lange Zeit wenig Gedanken über die Welt gemacht«, fuhr ich fort. »Doch in den letzten Jahren schlafe ich schlecht, habe oft schlimme Träume. Die Galle verbittert meine gute Laune.«

»Was drückt Euch, mein Sohn?«

»Es ist, als ob die Toten nach mir greifen, Vater«, sagte ich. »Ihr feiert uns als Helden. Dabei sagt Gott: *Du sollst nicht töten*. Wisst Ihr, dass wir Krieger Christi durch Ströme von Blut gewatet ind, unser eigenes und das anderer? Damit zu leben ist eine Bürde geworden.«

Er sah mich mit mitfühlenden Augen an. »Wollt Ihr beichten?«

»Nein, nein! Ich will nur Eure Meinung. Ihr seid nicht nur ein Mann der Kirche, sondern wolltet Christus nacheifern. Sagt mir also, wie wird Gott uns richten für diese Taten?«

Er überlegte einen Augenblick, um mir die rechte Antwort zuteilwerden zu lassen. »Töten ist gegen Gottes Gebot. Das ist wahr. Aber manchmal lässt es sich nicht vermeiden. Und besonders in Eurem Fall, denn Ihr habt für die gerechte Sache gekämpft. Für Christus.«

»Das ist eben die Frage. Muss man überhaupt für Christus töten? Das erscheint mir unsinnig und ein Widerspruch in sich selbst zu sein. Befahl er nicht Petrus, sein Schwert wieder einzustecken?«

Er sah mich verwundert an. Dann begann er, weiter auszuholen. Ich hatte ihn wohl an seinem Ehrgeiz gepackt. »Schaut her. Der Heilige Augustinus lehrt uns, dass der Mensch nach Adams Vertreibung aus dem Paradies in Sünde geboren ist. Allesamt sind

wir elende Sünder und verdammt, auf ewig in der Hölle zu brennen. Nur Gottes Gnade kann uns vor diesem Schicksal bewahren. Und Gottes Gnade können wir nur erlangen, indem wir seiner Kirche dienen!« Er sah mir eindringlich in die Augen. »Die Kirche ist von Gott geheiligt, das wisst Ihr so gut wie ich. Sie verbreitet Gottes Wort und tut seinen Willen kund. Was Ihr getan habt, *Cavalier*, war, dem Gebot der Kirche zu folgen. Deshalb ist Euch das Paradies sicher, habt also keine Sorge!«
»Dem Gebot der Kirche, sagt Ihr. Aber wer ist diese Kirche, Vater? In diesem Fall war es Papst Urbans Gebot. Aber hatte er recht? Sprach er wirklich für Gott?«
»Zweifelt Ihr an der Weisheit des Heiligen Vaters? An seiner Eingebung durch Gott selbst?«
»Nein. Gewiss nicht«, sagte ich und schwieg nachdenklich. »Aber was ist mit der Nächstenliebe? Sollen wir nicht unsere Feinde lieben? Was ist mit dem Gebot, die andere Wange hinzuhalten?«
»In gewisser Weise habt Ihr recht.« Er nickte eifrig mit dem Kopf. »Krieg unter Christenbrüdern ist eine Sünde. Nun versteht Ihr, warum die Kirche auf den Gottesfrieden besteht. Ich wünschte, mehr würden das so sehen wie Ihr. Aber in Eurem Fall reden wir von Ungläubigen. Das ist nicht dasselbe.«
»Ich sehe keinen Unterschied. Sind sie nicht auch Gottes Geschöpfe? Die Sarazenen taten uns Christen nichts zuleide, bevor wir kamen. Warum sollten wir sie unchristlich behandeln?«
Der Prior dachte nach. Meine Fragen mussten ihm unbequem sein, und er schien ein wenig verwirrt, dennoch war er ehrlich bemüht, mir nach bestem Gewissen zu antworten.
»Der Ungläubige ist so gut wie jeder Christ«, sprach er ernst, »vorausgesetzt, er lässt sich taufen. Wir nehmen ihn mit offenen Armen in unsere Gemeinschaft auf, daran kann kein Zweifel sein. Besteht er jedoch auf seinem Heidentum, dann müssen wir ihn umso härter bekämpfen. Oder besser gesagt, wir bekämpfen das Heidentum durch ihn, der es vertritt.«
Er begann, sich an dieser Begründung zu erwärmen. »Auch hier weist uns der Heilige Augustinus den Weg. Er betrachtete den

Krieg als etwas Böses. Aber weil es schlimmer wäre, wenn die Ungerechten über die Gerechten herrschten, so ist ein solcher Krieg ein Glück zu nennen.« Er sah mir forschend ins Gesicht, um die Wirkung seiner Worte zu prüfen. »Wie können wir es zulassen, dass ausgerechnet am Grab des Herrn die Ungerechten über die Gerechten herrschen? Nein, nein, mein Sohn. Ihr macht Euch ganz unnötige Sorgen.«
Bei den Ungläubigen gelten Gottes Gebote also nicht, dachte ich nicht ohne Bitterkeit. Und dies aus dem Mund eines freundlichen, sanftmütigen Mönches! Aber warum sollte ich ihn weiter mit diesen Fragen quälen?
»Es hört sich alles sehr schlüssig an, was Ihr sagt, Vater.«
In meiner Stimme mussten Zweifel mitgeklungen haben, denn er ergriff meine Hände und sah mir aufrichtig in die Augen. »Ich würde Euch gern Eure Bürde abnehmen. Doch das kann nur Gott. Vielleicht nützt Euch, was mir geholfen hat. Begebt Euch für eine Weile an einen Ort fern von allem Treiben. Vielleicht in die Wildnis. Und dort versucht Ihr, alles aus Eurem Herzen zu verbannen, jeden Gedanken, jedes Gefühl, jeden Wunsch und jede Angst. Manchmal kann es lange dauern, aber wartet geduldig auf die Stille in Eurem Herzen, denn das ist die Stille Gottes. In ihr spricht Er zu uns.«
Er umfasste meine Schläfen mit beiden Händen und küsste mich auf die Stirn. Dann segnete er mich. Wir kehrten zu meinen Gefährten zurück, und ich dankte ihm für seine Worte.
»Wir müssen nun aufbrechen, Vater.«
Ich konnte ihm die Enttäuschung ansehen. Er hatte auf einen langen Abend voller Geschichten aus Outremer gehofft. Ich musste ihm versprechen, Fontfreda bei nächster Gelegenheit wieder zu besuchen.
»Habt Dank, Vater Prior!«, verabschiedete ich mich und reichte ihm eine Börse mit Silberstücken. »Ein kleiner Beitrag für Eure Kirche. Und schließt uns in Eure Gebete ein.«
Er dankte mir überschwenglich und segnete uns. »Der Herr lasse sein Angesicht über Euch leuchten, edler *Senher!*« Dann wünschte er allen Gottes Frieden und Schutz auf der Reise.

Die Mönche reichten uns noch ein Bündel mit Speck und Würsten für die Reise. Als wir aufsaßen, raunte Hamid mir zu: »Die Magd wird uns noch zu schaffen machen. Ich habe ihre Füße gesehen, als sie die Blasen am Brunnen kühlte.«

»Sie hat zu lange im Palast der *Comtessa* gelebt und ist das Laufen nicht mehr gewohnt.«

Wir winkten den Mönchen noch einmal zu und folgten dem Weg zurück zur Straße, um unsere Reise aufzunehmen.

»Worüber hast du so lange mit dem Mönch geredet?«, fragte Hamid.

»Über mein Seelenheil«, erwiderte ich grinsend. »Und ob ein Mann wie du vor der ewigen Verdammnis gerettet werden kann.«

»Das lass mal meine Sorge sein«, brummte er.

»Jedenfalls bist du ein Held der Christenheit, wie du gesehen hast. Wie fühlt sich das an?«, neckte ich ihn.

»Wenn du jedem Mönch von hier bis Rocafort dein Silber aufdrängst, bist du bald arm, mein Freund«, gab er ungerührt zurück.

»Die Mönche beten für uns. Und das schadet keinem Sünder.« Es war spöttisch gemeint, obwohl es wahr ist. So mancher stiftet sein halbes Vermögen in der Stunde des Todes, damit sie für ihn beten. »Was ist schon ein wenig Silber gegen das ewige Seelenheil?«

»Du hast recht. Ein wenig Fürsprache bei eurem Gott ist vielleicht nicht zu verachten.« Ich sah ihn verwundert an, aber er zuckte nur mit den Schultern und gab seinem Hengst die Sporen.

***

Kurz vor einem Zollposten wartete Brun auf uns.

»Sant Martin, Herr«, sagte er und wies auf einen Wehrturm, der sich auf einem nahen Hügel erhob. Auf der Straße verwehrte uns eine eiserne Kette den Weg. Daneben, an einer Stange, hing das Banner des Grafen von Narbona. Zwei Speerträger kamen ge-

langweilt aus einer Hütte geschlendert und musterten unsere Gruppe mit abschätzenden Blicken.
Was wir im Gepäck hätten, wollten sie wissen. Das ginge sie nichts an, knurrte ich. Einer der Kerle machte sich an einem der Maultiere zu schaffen, bis ich mein Schwert zog. Heute hätte ich noch keinen Dieb erstochen, sagte ich ihm, aber es könne ja noch werden. Daraufhin zog er sich zurück. Der andere zählte Mann und Tier und nannte mir einen viel zu hohen Preis für den einfachen Wegezoll, der ihnen zustand. Schließlich waren wir keine Händler. Aber ich wollte nicht endlos verhandeln und zahlte. Die Kerle senkten die Kette zu Boden und winkten uns durch.
Nach ein paar Stunden verließen wir die Ebene, und die Straße schlängelte sich in hügeliges Land. Adela und Cortesa schwatzten miteinander, ohne zu ermüden. Wiederholte Aufforderungen, nun doch endlich ihr Reittier zu besteigen, schlug die Magd beharrlich aus. Energisch wie zuvor schritt sie einher. Also machte ich mir keine weiteren Gedanken um sie. Wir durchquerten sanfte, flache Täler, in denen Wein wuchs. Olivenhaine auf den langen Hängen, Schafherden auf karstigen Flächen und hier und da grauweiße Kalksteinfelsen, die aus dem dunkelgrünen Dickicht der Hügelkronen ragten.
Gelegentlich begegneten wir einfachen Wandersleuten oder Bauern. Eine große Schafherde graste am Hang oberhalb der Straße. Ich winkte den Schäfer heran und fragte, ob er nicht einen Schafkäse habe.
»Nur was mir meine Alte eingepackt hat, Herr«, antwortete er. »Aber ich will gern mit Euch teilen. Sie macht einen guten Käse mit vielen Kräutern.«
Er ließ mich probieren, und in der Tat hatte er nicht übertrieben. Seine Hunde liefen aufgeregt auf und ab, im Zwiespalt, ob sie die Herde bewachen oder sich mit Thor und Odin raufen sollten, bis der Schäfer fluchend einen Stein nach ihnen warf. Dann schnitt er mir ein großzügiges Stück von seinem Käse ab. Dafür schenkte ich ihm eine von Prior Dominicus' Würsten. Er roch daran und grinste anerkennend.
»Ich glaube, ich werde meinen Entschluss nicht bereuen«, be-

merkte Hamid, während er genüsslich an seinem Käse kaute. »Dein Land ist besser, als ich es mir vorgestellt habe.«
»Freu dich nicht zu früh, denn hier ist der reichere Teil der Corbieras. Weiter in den Bergen wird es steiniger und der Ackerbau mühseliger.«
Er lachte nur. »Solange meine Pferde Gras finden, ist mir das gleich.«
Ich hatte noch keine Gelegenheit gefunden, ihm über meine Unterredung mit Odo zu berichten. Auch umgaben uns zu viele Ohren. Nur eine Sache musste ich zur Sprache bringen.
»Stell dir vor, mein Oheim hat mich all die Jahre in Outremer bespitzeln lassen. Er hat es gestern zugegeben. *Paire* d'Aguiliers war ihm Auge und Ohr und hat Berichte geschickt.«
»Der Mann ist Priester und dein Onkel ein dem Hause Tolosa verbundener Kirchenfürst. Schuldet er dem Bischof nicht mehr Treue als dem Fürsten? Sicher war deine Person nur ein kleiner Teil seiner Berichte. Ich kann darin nichts Schlechtes sehen.«
»So betrachtet, hast du vielleicht recht«, erwiderte ich nachdenklich. »Aber, nun kommt es noch dicker. Der Alte hatte Männer im Sold, auf mich achtzugeben. Und rate, wen er beauftragt hatte!«
»Raimon Pilet«, sagte Hamid ungerührt.
»Was? Du wusstest davon?«
Er lächelte über meinen entgeisterten Gesichtsausdruck. »Natürlich. Guilhem hat sich mal verplappert, als er betrunken war.«
»Guilhem?« Mir schwindelte. »Guilhem gehörte auch zu dieser Verschwörung? Am Ende auch noch du!«
Ich glaube, ich war knallrot vor Entrüstung geworden, und Adela hatte sich bei meinem lauten Ausbruch besorgt umgedreht. Ich winkte ihr beruhigend zu und zwang mich, die Stimme zu senken. »Und ich wähnte euch meine Freunde. Dabei hat euch der Alte bezahlt. Nicht zu fassen!«
»Reg dich ab, Jaufré!« Hamid schien dies alles zu belustigen. »Ich bin nicht bezahlt worden. Ich weiß nur, dass Pilet deinem Onkel versprochen hat, auf dich zu achten. Odo hat sich Sorgen gemacht. Ist das nicht verständlich?«

»Und was hat Guilhem damit zu tun?«
»Pilet konnte ja schlecht persönlich den Leibwächter spielen. Also hat er Männer angeworben. Einer davon war Guilhem.«
»Also doch für Silber.«
»Jaufré, lass das. Für das bisschen Silber lässt sich niemand in Stücke hauen. Guilhem liebt dich wie seinen eigenen Sohn, wenn er einen hätte. Aus dem Auftrag ist Freundschaft geworden.«
»Du gehörtest also auch dazu?«
»Gewissermaßen, obwohl ich nur durch Zufall davon erfahren hatte. Doch seitdem waren Guilhem oder ich immer an deiner Seite. Es gab auch andere. Die meisten inzwischen tot.«
»Warum ist Guilhem dann nicht hier?«, fragte ich bitter. »Odo hätte ihm gewiss noch eine Belohnung für erfolgreiche Dienste gezahlt.«
»Er blieb zurück, um dir Ricard vom Leib zu halten. Der Kerl hat geschworen, dir zu folgen, um dich umzubringen.«
»Na schön, dass man mal was erfährt. Und warum solche Umstände ausgerechnet um mich?«
»Pilet hat gesagt, die deine sei eine besondere Familie, und dein Leben habe eine besondere Bedeutung.«
»Wie soll ich das nun wieder verstehen?«
»Was weiß ich? Es gab dunkle Andeutungen, dass man dir nach dem Leben trachten könnte. Mehr hat er nicht gesagt.«
Ich versuchte vergeblich, mir einen Reim daraus zu machen. Welche Bedeutung sollte mein Leben denn schon haben, außer, dass Odo keinen anderen Erben besaß.
»Und warum hat mir niemand etwas gesagt?«
Hamid zuckte mit den Achseln. »Du lagst im Streit mit deiner Familie. Es hieß, du würdest nie mehr ein Wort mit ihnen wechseln. Hättest du von Pilets Auftrag erfahren, so hättest du dich aus Trotz vielleicht besonders in Gefahr begeben, so jedenfalls war die Befürchtung. Später ist es einfach zur Gewohnheit geworden.«
»Gibt es noch mehr Geheimnisse, die ich wissen sollte?«
»Nichts, Jaufré. Ich schwöre es bei unserer Freundschaft!« Dabei legte er die Hand aufs Herz.

»Dann muss ich mich wohl bei euch allen bedanken«, brummte ich unmutig. Sie hatten ihr Leben für mich aufs Spiel gesetzt, ohne dass ich es ihnen hätte vergelten können. Das behagte mir nicht.
»Du hast oft genug selbst dein Leben für andere eingesetzt. Es ist alles schon aufgewogen, mein Freund. Mach dir keine Sorgen darüber.«
Wie so oft hatte er meine Gedanken erraten. Aber wer, zum Teufel, sollte mir denn nach dem Leben trachten? Irgendetwas stimmte nicht an dieser Geschichte.
»Vater!« Adela unterbrach aufgeregt mein Grübeln.
»Was ist, *mon cor?*«
Auch Alexis hatte sich mit besorgter Miene genähert. »Ich glaube, Cortesa hat große Schmerzen«, raunte er. »Sie will es nicht zugeben, Herr, aber bei jedem Schritt beißt sie sich auf die Lippen.«
Ich drehte mich um. Die Magd war in der Tat zurückgefallen. Ich hatte es wegen des hitzigen Gesprächs nicht bemerkt. Sie wankte, und ihr Gesicht war schmerzverzerrt. Starrköpfiges Weibsstück! Warum setzte sie nicht ihren Hintern auf das Reittier? So etwas Dummes war mir noch nicht untergekommen.
»Ich reite voraus und bitte Brun, uns eine Herberge zu suchen«, sagte Hamid. »Für heute sind wir schon lang genug unterwegs.«
»Tu das.«
Als Cortesa heranstolperte, sagte ich ruppig: »Nun ist es gut, Magd. Steig auf das verdammte Maultier, oder ich werfe dich eigenhändig wie einen Sack Korn auf den Gaul, verstanden?«
Sie war stehen geblieben und atmete heftig. Nasse Haare klebten ihr an der Stirn. Dennoch sah sie mir fest in die Augen. Ein Teufelsbraten, diese Magd.
»Ich will Euch nicht zur Last fallen, Herr.«
»Ich verspreche dir, Mädel«, seufzte ich in milderem Ton, »wir werden ganz langsam im Schritt reiten und in Kürze irgendwo einkehren. Aber ich bitte dich, setz dich endlich auf das vermaledeite Viech.«
Sie schlug die Augen nieder und nickte. Auf mein Zeichen half Alexis seiner Liebsten aufzusteigen. Er gab ihr gute Ratschläge

und streichelte ihr verstohlen das Knie, das sie verkrampft in die Seite des Tiers presste. Dann nahmen wir gemächlich unseren Weg wieder auf.

Nach ein paar Meilen, die Sonne näherte sich schon den Bergkämmen, befanden wir uns vor einem großen Fronhof, wo wir um Unterkunft für die Nacht baten. Der Verwalter empfing uns freundlich und öffnete seine Gästekammern. Für die Tiere fand sich Futter, und das Gesinde brachte kühles Brunnenwasser für ausgetrocknete Kehlen.

Als Alexis der Magd vom Reittier half, brach sie in seinen Armen zusammen und konnte auf ihren Füßen nicht mehr stehen. Der Junge versuchte, ihren Schnürschuh auszuziehen, doch dabei stöhnte und wimmerte sie so sehr, dass er es aufgab. Leder und Socke waren vermutlich an aufgeplatzten und blutenden Blasen verklebt. Er musste ihr die Schuhe in einem Wasserbottich einweichen, bevor er sie davon befreien konnte. Als ihre geschundenen Füße hervorkamen, sahen sie übel aus. Alexis wusch sie in sauberem Wasser, rieb sie mit Schweinefett ein und wickelte sie unter Hamids Anleitung vorsichtig in leichte, saubere Leinenbinden. Während dieser Behandlung biss sie sich auf die Lippen und kämpfte mit den Tränen. Armes Mädel. Alexis kümmerte sich liebevoll um sie, flüsterte ihr Ermutigung zu und küsste sie verstohlen auf den Mund, als er sich unbeobachtet glaubte.

Es war ein reiches Gut, auf dem wir uns befanden. Haupthaus, Scheune, Schmiedewerkstatt und Stallungen bildeten ein Viereck um den geräumigen Hof, der sich nur nach Süden zu öffnete. Diese Bauweise schützt ein wenig vor dem *mistral*, dem kalten Nordwind, der hier an manchen Tagen des Jahres mit so überraschender Gewalt bläst. Mitten im Hof befand sich der Brunnen. Eine Stiege führte zu einem geräumigen Saal, der über Küche und Vorratslagern lag, ein schmaler Gang zu den Kammern. Außerhalb des Guts bildeten die aneinandergelehnten Behausungen der Leibeigenen eine winzige *vila*. Solche Fronhöfe gibt es viele im Land verteilt, und dieser gehörte zum Erzbistum Narbona.

Der Verwalter, oder *villicus*, wie man sie noch allerorten nennt, war ein schlanker Mann mit einem offenem Gesicht und herz-

lichem Lächeln, mit dem er nicht geizte. Er nannte sich Simon, wie der Apostel des Herrn.
»Bring deine Familie!«, sagte ich. »Heute lade ich alle ein.«
»Zuerst müsst Ihr essen, *Senher*«, erwiderte er erfreut. »Aber nachher leisten wir Euch gern Gesellschaft.«
»Bring das Gesinde mit. Es soll ein fröhlicher Abend werden.«
Sie tischten gebratene Wachteln auf und einen wunderbar duftenden Hammelrücken vom Rost. Der lange Ritt hatte uns ausgehungert, und so ließen wir es uns schmecken. Nach dem Essen wurden weitere Bänke in den Saal getragen und Wein und Most gebracht. Simon stellte uns sein Weib vor, die in Begleitung ihrer zwei heranwachsenden Töchter erschienen war und sich still lächelnd an die hintere Wand setzte. Trotz ihrer einfachen, ländlichen Kleidung erwiesen sich alle drei als ausgesprochen hübsche Weibsbilder.
Bald brannte ein Feuer gegen die Abendkühle, und schüchtern traten immer mehr Mägde und Knechte in den Raum und suchten sich ein Plätzchen. Kinder krochen zwischen den Beinen der Großen hindurch, Hunde steckten neugierig den Kopf herein, um zu erfahren, was der ganze Wirbel bedeuten mochte, und plötzlich stand vor mir ein kleiner Bub mit zerzausten Haaren und triefender Rotznase. Ich hob ihn auf meinen Schoß und goss ihm einen Becher Apfelmost ein. Simons Frau erhob sich verlegen, um mir das Kind abzunehmen, aber ich winkte ihr zu, sich wieder zu setzen.
»Seit vielen Jahren bin ich zum ersten Mal wieder in der Heimat. Und das möchte ich feiern. Seid also meine Gäste, solange Bischof Odos Vorrat reicht.«
Ich hatte ihnen inzwischen gesagt, wer ich war. Man ließ es sich also nicht zweimal sagen, und aus schüchternen Anfängen wurde schnell eine ausgelassene Gesellschaft. Ein Dudelsack tauchte auf, und alles stampfte und klatschte im Takt. Dann bat Simon um Ruhe, und seine Töchter unterhielten uns mit Volksweisen. Ihre jungen Stimmen ergänzten sich wohlklingend, und bei den Kehrreimen sang alles aus voller Kehle mit. Nach jedem Lied gab es begeisterten Beifall, was die Mädchen umso mehr anspornte.

Adelas Augen leuchteten, und sogar Cortesa hatte ihre Schmerzen vergessen und lachte und klatschte mehr als alle anderen.
Nach diesen Darbietungen beantworteten wir Simons Fragen nach dem Heiligen Land. Es wurde still im Saal, als alle andächtig lauschten. Ob die *sarasins* denn wirklich wie die Teufel seien und Hörner trügen, wollte eine Magd atemlos wissen. Ich winkte sie näher und legte ihre Hand auf Hamids Stirn. Ob sie Hörner spüre, fragte ich, und als sie schüchtern verneinte, erklärte ich ihr, dass sie dennoch die Stirn eines *deable de sarasin* berührt habe. Vor Schreck machte sie einen Satz rückwärts und bekreuzigte sich unter dem Gelächter aller Anwesenden. Aber als Hamid ihr sein wärmstes Lächeln schenkte, lachte sie selbst und war versöhnt.
Es wurde über die Aussaat geredet und wie der Weizen sprieße, über eine bevorstehende Hochzeit in der Nachbarschaft und was sonst das Landvolk bewegte.
Die besagte Hochzeit allerdings blieb lange Gesprächsstoff an diesem Abend. Denn ein freier Bauer hatte seine Tochter an einen wohlhabenden Steuereintreiber des Grafen von Narbona verheiraten wollen. Diese aber liebte den armen Jungen aus der Nachbarschaft und wollte sich nicht davon abbringen lassen. Als der Bauer seine Tochter einsperren wollte, waren die beiden kurzerhand in die Wälder geflohen. So schafften sie durch die Entführung Tatsachen, die sich schon bald nicht mehr leugnen ließen, denn als man die beiden endlich fand, war das Mädel schwanger und der Bauer musste zähneknirschend in die Hochzeit mit dem armen Schlucker einwilligen.
Adela, die der Erzählung mit ganzer Aufmerksamkeit gelauscht hatte, platzte plötzlich mit den Worten heraus: »Ach, würde mich doch eines Tages auch ein Rittersmann entführen.«
»*Filha!*«, rief ich lachend. »Denk nicht einmal an so etwas.«
Dann wandte ich mich lachend an Simon. »Pass nur gut auf deine hübschen Töchter auf, sonst geschieht dir das Gleiche.«
»Heißt es nicht«, erwiderte dieser mit einem verschmitzten Lächeln, *»wer die Liebe verbietet, der gürtet ihr Sporen an?«*
»Hört, hört!«, rief eine ältere Magd zum Gelächter der Leute.

Sie solle sich nur keine falschen Hoffnungen machen, knurrte ein ebenso betagter Knecht, was noch mehr Heiterkeit erzeugte. Währenddessen bemerkte ich, dass Simons Frau errötet war und ihrem Mann auf eine Weise zulächelte, als teilten sie ein Geheimnis. Was für eine Geschichte mochte sich hier wohl verbergen. Ich hob den Becher und trank Simon zu.

»Auf die Liebe, mein Freund!«

***

Frühmorgens weckte uns das Brüllen des Viehs.

Ich hämmerte an Hamids Kammertür. Alexis war schon mit den Tieren beschäftigt, als ich die Stiege hinunterstolperte. Nach kurzem Morgenmahl verabschiedeten wir uns von Simon und seiner Familie. Von Bezahlung wollte er nichts hören.

»Das Gut gehört dem Erzbistum, und Eurem Oheim habe ich vieles zu verdanken«, sagte er. »Da ist es mir eine große Freude, mich seinem Neffen erkenntlich zu zeigen. Es kommt von Herzen, *Senher* Jaufré!«

Seine Frau steckte Adela ein Säckchen getrockneten Obstes zu und küsste sie zum Abschied. Wie ich die Frau mein Kind umarmen sah, da fuhr mir ein Stich durchs Herz, und ich dachte an Noura. Brun und Alexis hoben Cortesa in den Sattel, nicht ohne anzügliche Bemerkungen des Gesindes. Ich versprach Simon, wieder bei ihm einzukehren, und als wir endlich unsere Reise aufnahmen, stand der halbe Hof am Wegrand und winkte uns nach.

Hamid war guter Laune, trotz der frühen Stunde, und summte vor sich hin. »Du hast dich verändert, seit wir Outremer verlassen haben«, sagte er.

»Wie meinst du das?«

»Als sei eine Last von deinen Schultern genommen. Und seit wir in diesem Land sind, liest du mehr Freunde auf als ein Hund Flöhe.« Dabei lachte er und schlug mir auf die Schulter.

Ich grinste zurück. Dieser Tage fühlte ich mich wirklich, als tränke ich einen prickelnden, jungen Wein, der einem angenehm in die Nase steigt und die Sinne belebt. Übermütig gab ich Ghalib die Sporen und galoppierte die Straße entlang und zügelte den Hengst erst wieder, als ich Brun fand, der mich überrascht anstarrte. »Dieser Schleichmarsch kann einem den Geist trüben«, rief ich ihm gutgelaunt zu. Wir warteten, bis sich die anderen näherten. Adela kaute auf den Trockenfrüchten, Cortesa saß mit verbundenen Füßen auf ihrem Maultier und machte einen zerknirschten Eindruck, das arme Kind.

Im Gegensatz zur Schönheit der Landschaft wurde die Straße immer schlechter. Pflastersteine, so wie auf der Via Domitia gab es hier nicht. Ochsenkarren hatten Furchen in den Weg gegraben, es gab tiefe und schlammige Regenlöcher. Und an einer Stelle war die ganze Straße vom Hang gerutscht. Wir mussten einen weiten Bogen durch sumpfige Wiesen reiten, um den Weg auf der anderen Seite wiederzufinden. Brücken über Bäche und Flüsschen waren selten, und wenn, dann aus Holz, manche in einem wenig vertrauenswürdigen Zustand. Meist überquerten wir die Flussläufe an seichten Stellen, wo das Ufer von kreuzenden Viehherden aufgeweicht und schlammig war. Doch Adela, trotz der schwierigen Straßen, hielt sich selbst nach Stunden noch gut im Sattel.

»Du wünschst dir also einen hübschen Ritter«, neckte ich sie, »der dich auf seinem Ross entführt?«

»Davon träumen doch alle Mädchen«, kicherte sie. »Ist es nicht wahr, Cortesa?« Die Magd lächelte scheu.

»*Ben, mon anjol.* Dann will ich dir von Almodis erzählen, deren Liebhaber ein Maurenschiff schickte, um sie zu entführen.«

»Seeräuber?« Der Gedanke gefiel ihr weniger. Der Schreck unserer Begegnung auf dem Meer saß ihr noch in den Gliedern.

»So sollte es aussehen, aber es waren keine. Es ist bald an die sechzig Jahre her, und inzwischen ist Almodis schon lange tot, aber man redet immer noch von ihr. Sie stammte aus edlem Geschlecht und war eine anerkannte Schönheit. Nach kurzer Ehe mit einem Lehnsmann des Herzogs von Aquitania, die wieder aufgehoben wurde, vermählte man sie mit Pontius, dem Grafen von Tolosa.«

»Pontius, wie Bertrans Sohn in Tripolis?«

»*Certas!* Der ist eben nach seinem Urgroßvater benannt worden. Sie heiratete also den Grafen Pontius von Tolosa und gebar ihm vier Kinder, Guilhem der Älteste, Raimon Sant Gille, Bertrans Vater, ein Hugues, der Abt wurde, und noch eine Tochter, die ebenfalls Almodis getauft wurde.«

»Was war denn nun mit der Entführung?«

»Warte es ab, *mon cor!*«, rief ich. »Mit dreiunddreißig war sie immer noch eine schöne Frau. Es heißt, die Edelleute des Hofes lagen ihr zu Füßen. Selbst der Graf mochte ihr nichts abschlagen. Vielleicht auch, weil er zwanzig Jahre älter war«, sagte ich spöttisch. »Einer ihrer Verehrer war Ramon Berenguer, Graf von Barcelona, damals erst neunundzwanzig und auf Besuch in Tolosa. Es gab Gerede, aber Pontius wies alles Geschwätz von sich und wollte nicht die Tugend seiner Gemahlin in Frage stellen. Zumal Ramon Berenguer inzwischen in sein heimatliches Catalonha zurückgekehrt war.«

»Wie alt war Sant Gille zu der Zeit?«, fragte Hamid, der gelauscht hatte.

»Schätze, elf oder so. Sein Bruder war zwei Jahre älter.«

»Und dann?«, fragte Adela, die an meinen Lippen hing.

»Ein paar Monate später reiste Almodis nach Narbona, um eine Verwandte zu besuchen. Dort ritt sie eines Tages am Strand, nur von einer Magd, ihrem Kaplan und zwei Soldaten begleitet, als sie von maurischen Seeräubern überfallen wurden, die in der Nacht heimlich gelandet waren. Die Wachleute fand man später erschlagen am Strand. Von Almodis und dem Priester keine Spur.«

»Also waren es doch Seeräuber!«, rief Adela erschrocken.

»So dachte man, und Pontius wartete ungeduldig, dass man ihm eine Lösegeldforderung stellte. Es dauerte viele Monate, bis eines Tages jener Mönch, Almodis' Kaplan, in Tolosa erschien und die Wahrheit berichtete. Seine Herrin sei in Barcelona, habe inzwischen Ramon Berenguer geehelicht und sei bereits von ihm schwanger. Dem Grafen Pontius ließ sie ausrichten, sie bitte ihn tausendmal um Vergebung, aber nun habe sie zum ersten Mal in

ihrem Leben die Liebe gefunden, und ihre Bestimmung läge in Barcelona.«
»Es war alles ein abgekartetes Spiel gewesen?«, fragte Adela mit großen Augen.
»Scheint so! Denn die maurischen Seeräuber waren in Wirklichkeit Männer des Emirs von Tortosa, eines Nachbarn und Verbündeten des jungen Ramon Berenguer.«
»Sie hätte das nicht tun dürfen, Vater.«
»Recht hast du. Aber man hat ihr verziehen. Dem Grafen von Barcelona schenkte sie noch vier Kinder, darunter die Zwillingssöhne, die ihn später beerbten.«
Hamid lachte. »Ein fruchtbares Weib, so viel ist sicher!«
»Als Pontius gestorben war, erlaubte man ihr sogar, zur Hochzeit ihrer Tochter nach Tolosa zu kommen, wo sie trotz allem vom Volk wie eine Heldin empfangen und mit aller Hochachtung behandelt wurde. Eine bemerkenswerte Frau.«
»Und was ist aus ihr geworden?«, fragte Adela.
»Hat dann doch ein böses Ende genommen«, erwiderte ich. »Ramon Berenguers Sohn Pedro aus erster Ehe war auf ihren Einfluss am Hof so neidisch, dass er sie eines Tages erdolchte. Genützt hat es ihm nichts, denn für diese Tat wurde er vom Vater verbannt und von der Erbfolge ausgeschlossen.«
»Die arme Frau!«, flüsterte Adela entsetzt.
»Du siehst«, scherzte ich, »vielleicht ist so eine Entführung doch keine so gute Sache, *petite domna!*«
Adela ließ sich zurückfallen, um das Gehörte ausgiebig mit Cortesa zu besprechen.
»War das alles wahr?«, fragte Hamid.
»Natürlich! Odo hat es oft genug erzählt.«
»Mich wundert, wie unbekümmert ihr Franken mit Dingen wie Ehebruch umgeht. Und Entführungen sollen sogar üblich sein, sagst du. Bei uns wäre die ganze Sippe entehrt und könnte sich von der Schmach nur durch den Tod der Übeltäter reinwaschen.«
»Es ist auch bei uns eine schlimme Sache«, erklärte ich. »Einer Ehebrecherin, wenn arm, schert man das Haupt kahl und kettet

sie zur Belustigung des Volkes mit nackten Brüsten an den Pranger, wenn das Urteil nicht schlimmer ausfällt. Mit Sicherheit verliert sie Ehemann und Kinder und muss hoffen, dass ihre Familie sie wieder aufnimmt. Ist sie reich, werden oft Mitgift und andere Besitztümer gepfändet. Auch Männer, wenn überführt, werden zu Geldbußen und Wallfahrten verurteilt.«

»Da sei froh, dass du ein Mann bist«, sagte er trocken. »Dabei fordert ihr es geradezu heraus. Sind nicht die meisten eurer Liebeslieder versteckte Einladungen zum Ehebruch?«

»Nein, die Lieder schmeicheln eher dem Burgherrn als seiner Gemahlin. Die jungen Heißsporne bei Hofe ehren ihn, indem sie seine Gemahlin bewundern.« Hamid sah mich verständnislos an. »Vom *dominus* wird Großzügigkeit erwartet. Deshalb zeigt er gern seinen Reichtum. Und das liebste Juwel ist oft eine schöne Gemahlin von edler Gesinnung, die von allen bewundert wird. Natürlich nur aus sicherer Entfernung, denn eine untreue Frau verliert jede Achtung.«

»Ein Spiel mit dem Feuer.«

»Macht das Leben spannend, oder?«

Er schien wenig überzeugt von dieser Erklärung. »Anscheinend finden es alle sehr vergnüglich, wenn das Weib dem Mann Hörner aufsetzt, wie ihr es nennt. Wie viele Geschichten habe ich nicht schon bei euch gehört, in denen ein gerissenes Weib ihren Mann übertölpelt. Immer voller Schadenfreude, als sei ihr Fehltritt die gerechte Strafe für seine eigene Unachtsamkeit.«

Ich musste lachen. »Der Betrogene macht immer eine komische Figur.«

»Und doch mögt ihr keine unterwürfigen Weiber.« Er schüttelte den Kopf.

»Nein. Die wären langweilig!«

»Nun, vielleicht ist eure Art besser, als Köpfe abzuschlagen oder Frauen zu steinigen. Aber ich muss mich an diese Leichtigkeit noch gewöhnen.«

***

Wenn zu Anfang noch viele Reisende unterwegs gewesen waren, so wurden es nun merklich weniger. Händler waren stets von Waffenknechten begleitet. Mönche und Pilger, die uns begegneten, grüßten freundlich, Bauern hingegen beäugten uns misstrauisch und blieben wortkarg und verschlossen, wenn ich sie ansprach. So kannte ich meine Landsleute gar nicht. Es waren gewiss die unsicheren Zeiten und das gefährliche Pack, das sich im Land herumtrieb, wie mein Freund Alfons erzählt hatte. Die Bauern fürchteten sich vor Fremden.

Als wir eine Anhöhe hinaufritten, empfing uns ein Anblick, der dies auf schreckliche Weise verdeutlichte. Schon von weitem hatte sich ein Schwarm von Vögeln bemerkbar gemacht, die lärmend über der Hügelkuppe kreisten. Als wir uns näherten, erkannten wir Raben und Krähen und ein paar Geier, die sich um das verfaulte Fleisch von fünf Erhängten stritten, deren stinkende und zerfetzte Leichen von den Ästen einer Eiche hingen. Es mussten Diebe oder Wegelagerer gewesen sein, denn vor der Hinrichtung hatte man ihnen Nasen und Hände abgeschnitten. Aus schaurigen, von den Vögeln leergepickten Augenhöhlen starrten sie uns an. Ein Windstoß ließ die Leichen an ihren Stricken schaukeln, so dass die Äste knarrten. Adela war bleich geworden. Uns allen war nicht wohl bei diesem Anblick, und wir ritten eilig weiter, nicht ohne uns zu bekreuzigen.

Bald darauf kamen wir durch eine wilde Gegend ohne ein Zeichen menschlicher Behausung. Auch auf der Straße fand sich keine Menschenseele. Der Himmel hatte sich merklich eingetrübt, und graue Wolken waren aufgezogen. Dichter Wald auf beiden Seiten verdunkelte den Weg noch mehr, und wir mussten häufig tiefhängenden Zweigen ausweichen. Da warnte uns Brun vor einem sich nähernden Reitertrupp.

Eilig zogen wir uns in den Wald zurück, denn es war besser, vorsichtig zu sein.

Wir saßen ab und beobachteten die Straße durch die dichten Büsche. Hamids Bogen lag schussbereit in seiner Hand. Bald kamen sie in Sicht, etwa ein Dutzend berittener Waffenknechte, angeführt von einem wettergegerbten Graubart mit dunkler Augenklappe. Schwerbewaffnete, grimmig dreinblickende Kerle. Die meisten von ihnen trugen ein mir unbekanntes Wappenzeichen auf den Schilden, eine angedeutete Burgzinne, darunter ein in eiserner Faust erhobenes Schwert. Vermutlich die Streife einer Burg aus der Gegend. Vielleicht hatten sie gar die Diebe aufgeknüpft. Wir hätten uns nicht verstecken müssen, und doch beschlich mich ein seltsames Gefühl, wie eine dumpfe Ahnung, dass man diesen Kerlen besser aus dem Weg ging. Was wieder einmal beweist, dass man solche Eingebungen nicht missachten soll, denn in der Tat würde ich dieses Wappen bald gründlich hassen lernen.

Nach einer Weile nahmen wir die Reise wieder auf. Aber unsere Fröhlichkeit war dahin. Meilenweit folgten wir der Straße, ohne jemanden zu Gesicht zu bekommen. Dann zog es noch schwärzer auf. In den Bergen grollte Donner, und mit einem Mal peitschte ein heftiger Regenguss auf uns herab. Wir fanden Zuflucht unter einer stattlichen Eiche, doch es schüttete so heftig, dass es auch hier bald durch die Zweige tropfte und wir uns zum Schutz in unsere Mäntel hüllten.

Adela fürchtete sich.

»Ein Frühlingsgewitter, mein Herz. Weiter nichts Schlimmes.«

Ein gewaltiges Donnerkrachen rollte durch das Tal. Es wurde langsam ungemütlich unter dem Baum, doch besser, als im strömenden Regen zu reiten, denn der fiel so dicht, dass man kaum mehr als zwanzig Schritte sehen konnte.

Plötzlich ließen sich dumpfe Hufschläge im Rauschen und Prasseln des Regens vernehmen, wurden rasch lauter, und dann tauchte schemenhaft eine dunkle Gestalt auf. Der Mann, wenn es einer war, lag weit über den Hals des Pferdes gebeugt und war in einen weiten, triefenden Umhang mit Kapuze gehüllt, die das Gesicht verbarg. Das Wasser strömte von Ross und Reiter, Schlamm spritzend trabte er heran, der Kopf drehte sich kurz zu uns herum, ein gegen den Regen zugekniffenes Auge, eine knochige Wange, ein triefender Schnauzbart vielleicht, und schon war er vorbei. Die Erscheinung verschwand, so plötzlich sie aufgetaucht war, und verlor sich in den Regenschwaden. Wären nicht die Hufabdrücke im Morast des Weges geblieben, man hätte an einen Geist glauben können.

»Wenn ihm unsere Gesellschaft nicht genehm ist, dann muss er mit dem Regen vorliebnehmen«, lachte ich. Es dauerte nicht lange, da hellte es auf, und der Regen hörte ebenso plötzlich auf, wie er begonnen hatte. Schließlich wagten wir uns hervor und nahmen die Reise wieder auf. Von dem einsamen Reitersmann war weit und breit nichts mehr zu sehen. Bald schlug das verrückte Wetter vollends um, die Wolkendecke riss auf, und die Sonne kam hervor. Es wurde warm, und nun dampften die Wiesen mit unseren Kleidern um die Wette.

»*Senher*, auf ein Wort«, meldete sich Brun. »Der Reiter vorhin.«

»Was ist mit ihm?«

»Er passt auf die Beschreibung des Wirts in Narbona.«

»Wie kommst du darauf?«

»Er hatte einen Schnauzbart.«

»Den hast du auch, mein Junge.«

»Ich trage Vollbart.«

Ich blickte spöttisch zu ihm hinüber. »Wenn eine Kapuze dein halbes Gesicht verdeckt und der Mantel dazu das Kinn, dann hast auch du nur einen Schnauzbart.«

Er sah mich verdutzt an. »Das ist wahr. Daran habe ich nicht gedacht.« Nun musste er lachen. »Natürlich.«

»So gesehen trägt das halbe Land einen Schnauzbart, oder?«

»Das stimmt, Herr.«

»Mach dir keine Gedanken um den Kerl«, sagte ich leichthin.

Unter der Nachmittagssonne wurde es heiß, und die Zikaden begleiteten uns mit ihrem eintönigen Singsang. Felsige Hänge waren von Steineichen und Wacholder bedeckt, es gab ganze Haselnusswälder und noch mehr immergrünes Gebüsch, das auf den Höhenlagen ein fast undurchdringliches Dickicht von zehn oder mehr Fuß Höhe bildete. Am Wegrand stand Thymian. Dort, wo Feuer den Wald gefressen hatte, blühte gelber Ginster. An besonders sonnigen Stellen wuchs Rosmarin, daneben blühten Dutzende von Kräuterarten in allen Farben, und in hellen Lichtungen fand sich das sanfte Blauviolett der Lavendelblüten. Wir bewegten uns durch die *garrigue*, diese besondere Landschaft meiner Heimat. Ein steiniger, oft kalkiger Boden, der nur in den Tälern ertragreich ist, aber auf den trockenen Hängen eine Fülle an Farben und Gerüchen hervorbringt.

Ich stieg vom Pferd, pflückte einen Lavendelzweig und ließ Adela daran riechen. »*Mon Dieu*, wie das riecht!«, schrie sie verzückt. »Wir müssen das mitnehmen. Lassen sich die Blüten trocknen?«

Ich lachte. »Keine Sorge. Es wächst hier überall wie Unkraut, und du wirst noch genug davon finden.«

Aber sie sprang vom Pferd, lief in die Wiese und warf sich kreischend ins noch feuchte Gras. Dann sammelte sie einen Arm voller Lavendel und Feldblumen und kam strahlend zurück. So gefiel mir unser Heimkommen. Adela mit glücklichem Gesicht in einem Meer von Frühlingsblumen. Ihr Lächeln wärmte mein Herz.

Am frühen Abend fanden wir einen einsamen, ärmlichen Bauernhof nicht weit von der Straße. Das Gras war zu feucht, um im Freien zu nächtigen, und so überredeten wir den misstrauischen Bauern und seine beiden griesgrämigen Söhne, uns die Scheune für die Nacht zu überlassen, allerdings nicht ohne die Hilfe eines Silberstücks aus meiner Börse.

Die Bauersfrau, ein mageres, verhärmtes Weib, war freundlich und brachte uns eine Öllampe und etwas Feuerholz. Wir aßen von unseren Vorräten und legten uns früh schlafen. Die Nacht war kalt und feucht, doch im frischen Heu und unter unseren Pferdedecken lagen wir gut und trocken. Ich konnte jedoch lange nicht einschlafen, denn der einsame Reiter im Regen beschäftigte mich mehr, als ich hatte zugeben wollen.

Die Tafel der Mauren

Sancta Petronilla,
Patronin der Pilger und Reisenden

Tertia Feria,
31. Tag des Monats Mai

Die Bauersfrau war früh auf den Beinen, um ihre Ziegen zu melken. Anschließend fragte sie, ob es uns nach Essen verlange, sie würde gern etwas zubereiten. Das reichliche Morgenmahl, das sie brachte, bestand aus gekochtem Haferbrei, Rührei mit Kräutern und gebratenen Speckscheiben. Dazu eine Kanne frischer Ziegenmilch. Ärmlich mochte der Hof aussehen, doch an Nahrung schien es nicht zu mangeln. Ich entlohnte die Frau großzügig, und mit gut gefüllten Mägen sattelten wir die Pferde und machten uns auf den Weg.

Das Wetter war warm und angenehm, mit klarer Sicht auf ferne Bergkuppen, zwischen denen man sogar die weißen Spitzen des Pireneus erkennen konnte, ganz als hätte das gestrige Gewitter den Himmel reingewaschen. In der Gegend, durch die wir ritten, waren die Täler wieder dichter besiedelt. Wir kamen durch manche *vila* und sahen Burgen und Wehrtürme auf den Hügeln. Leider hatten wir deshalb auch öfter Zoll zu entrichten.

Am Nachmittag wurde der Weg schwieriger und empfindlich steiler, denn wir hatten die Hauptstraße verlassen und einen Pfad nach Süden genommen, der über einen hohen Bergrücken führte. Eine Abkürzung, die uns gut einen Tag ersparen würde. Der schmale Saumpfad zog sich in langen Schleifen immer höher hinauf. Hier war es still und einsam, und nur das durchdringende Zirpen der Zikaden war zu hören. Ein immergrünes Dickicht von Buchsbaum und Steineichen bedeckte den Berg, mächtige Felsklippen säumten den Weg, hinter denen man ein halbes Heer hätte verstecken können. Hamid blickte häufig prüfend in alle Richtungen. Brun und die Hunde vorn würden uns vor einem Hinterhalt warnen, so hofften wir. Adela und Cortesa waren zur Abwechslung einmal still, denn auch sie spürten die Beklemmung, die von diesem einsamen Bergwald ausging. So ging es Stunde um Stunde aufwärts, nur unterbrochen von einem kurzen Halt an einem winzigen Bergbach.

Endlich erreichten wir die breite Kuppe des Bergzugs. Hier war der Wald der *garrigue* gewichen, und so öffnete sich der Blick in alle Richtungen über Täler und ferne Berge. Der Pfad schlängelte sich durch trockene, steinige Wiesen mit Heidekraut, Flechten und kleinen Büschen bedeckt. Eine Schafherde musste vor kurzem durchgezogen sein, denn wir fanden trockene Kotspuren. Ein leichter Wind fächelte uns Kühlung zu, und die Stimmung hob sich trotz Müdigkeit und wunden Hinterteilen.

Wir würden die Nacht im Freien verbringen müssen. Doch der Abend war mild und unsere Wasserschläuche gefüllt. Verpflegung gab es genug. Ich kannte die Gegend von Ausritten in meiner Jugend und versuchte, mich an einen geeigneten Ort für das Nachtlager zu entsinnen. Am besten eine Anhöhe mit freier Sicht auf jeden, der sich näherte.

Da fiel mir eine felsige Erhöhung ein, ein wenig unterhalb der Bergspitze, die man nur über einen schmalen Grat erreichen kann und deren Südseite steil in das dahinterliegende große Tal abfällt. Etwas versteckt zwischen Büschen befinden sich dort gewaltige, aufeinandergetürmte Felsbrocken. Kein natürliches Gebilde, und man sagt, es sei das Fürstengrab eines heidnischen und längst vergangenen Volkes.

Ein einsamer Ort, doch gerade deshalb war ich nach Amelhas Tod oft hier gewesen. Die Felsen seien verwunschen, heißt es. Des Nachts trieben Teufel und Hexen ihr Unwesen, und Menschen, die sich herwagten, verschwänden ohne Spur. Dummes Zeug, aber ich beschloss, meinen Begleitern nichts von diesem Aberglauben zu erzählen.

Bald fanden wir die Stelle und verließen den Pfad, um den Grat zu erklimmen, der zu den Felsen hinaufführte. Von Buschwerk umgeben zeichneten sie sich dunkel gegen den Himmel ab. Bei ihrem düsteren Anblick konnte man die wilden Geschichten der Bauern verstehen.

»Der Ort heißt Taula de Sarasins, Tafel der Mauren.«

Ich bemerkte, wie Brun sich unsicher umsah.

»Wer mag solche Steine aufgetürmt haben?«, fragte sich Hamid.

»Es gibt ähnliche in der Gegend. Druidensteine vielleicht. Unter den Heiden soll es Menschenopfer gegeben haben, wenn man dem Volksmund glauben will.«

Brun konnte sich nicht zurückhalten. »Teufelszeug, Herr! Nur der Teufel kann solche Steine aufstellen.« Dann machte er ein verlegenes Gesicht.

»Ach was, Brun. Hier ist es friedlich. Niemand wird uns stören.«

Ich begann, die Sättel von den Pferden zu nehmen. Brun half mir, aber er sah nicht glücklich aus. Alexis errichtete unser Lager zwischen Sträuchern im Schatten der Steine. Von hier oben ließ sich das große Tal nach Süden überblicken und auf der Nordseite der Saumpfad, auf dem wir gekommen waren. Niemand würde uns überraschen können. Hinter den Felsen war der Hang mit Sträuchern und kleinen Bäumen bedeckt, deren Wurzeln sich tief in den kargen Boden gruben. Für die Gäule fanden wir eine mit Gras und Kräutern bewachsene Lichtung, legten ihnen lose Fußfesseln an und ließen sie grasen. Vom Saumpfad her waren sie dort nicht zu sehen. Auf ein Feuer würden wir verzichten, besser, keine Aufmerksamkeit zu erregen.

Alexis legte ein einfaches Mahl für uns aus, das wir schweigend mit Blick auf die Landschaft, die uns zu Füßen lag, verzehrten. Über unseren Köpfen zog ein Bussard seine Kreise, und aus dem Tal hörten wir weit entferntes Blöken. Vielleicht die Schafherde, die hier früher am Tag durchgezogen war.

»Wie weit wir doch von Tripolis sind«, murmelte Hamid.

»Heimweh?«

»Ein wenig.«

»Mir fehlen die Kameraden.«

Vor allen Dingen fehlte mir Noura. Hamids Blick zeigte, dass er

mich verstanden hatte. »Man wird sich daran gewöhnen müssen«, war alles, was er sagte.
Brun, der immer noch ein unglückliches Gesicht machte, sollte die erste Wache übernehmen. Er bemerkte meinen prüfenden Blick und setzte ein entschlosseneres Gesicht auf. Gut so. Einen Hasenfuß konnten wir nicht gebrauchen. Nach ihm würde ich die Wache übernehmen und zuletzt Hamid bis zum Morgengrauen.
Auf dem Schiff hatten wir nicht zur Jungfrau gebetet, aber nun richteten Adela und ich in der letzten Abendsonne unseren kleinen Altar auf einem Felsvorsprung her und luden auch Brun, Alexis und die Magd zur stillen Andacht. Adela konnte die Tränen nicht zurückhalten, als ihre Hand das Medaillon mit Nouras Locke umfasste, das sie am Hals trug. Später saß sie an mich gelehnt, während Hamid und Brun das Umfeld erkundeten. Mein Diener und die Magd unterhielten sich flüsternd etwas abseits, wo sie ihr Lager hergerichtet hatten. Auch Alexis musste sich fremd fühlen. Adela betrachtete im Licht der untergehenden Sonne das kleine Goldkreuz meiner Mutter. Die Hunde lagen dicht an uns geschmiegt und gaben im Halbschlaf kleine, wohlige Laute von sich. Sie hielten nichts von Bruns Furcht vor Teufelszeug.
»Warum müssen Menschen sterben, Vater?«
Ich hielt den Atem an, murmelte etwas Dummes über Gottes Wille und verstummte dann betreten. Was, zum Teufel, antwortet man einem Kind auf diese Frage?
»Ich will, dass du immer bei mir bleibst, Papa.«
Sie spürte also auch die Leere und Unsicherheit, das flaue Gefühl, als habe der Verstorbene uns irgendwie im Stich gelassen. Ohne ihn war die Bürde des Lebens noch schwerer geworden. Aber dann verscheuchte ich solche Gedanken und zog sie enger an mich.
»Ich bleibe immer bei dir, mein Herz.«
»Du versprichst es?«
Ich nickte.
»Und Hamid auch.« Sie sah lächelnd zu ihm auf, als er sich nach

seinem Rundgang zu uns setzte. Ihr Blick fiel auf den seltsamen Ring, den ich trug. Sie zog ihn mir vom Finger und betrachtete ihn lange. Dann gab sie ihn an Hamid weiter.

»Adler und Schlangen? Was mag das bedeuten, Jaufré?«

»Ich weiß es nicht. Der Adler ist Wahrzeichen für Herrschaft. Aber Schlangen? Die Schlange ist die Verführerin in der Bibel. Nur christlich kommt mir der Ring nicht vor.«

»Sieht alt aus. Maurisch ist er jedenfalls nicht, denn Abbildungen sind im Koran verboten.«

»Vielleicht stammt er von den Riesen, die dieses Grab errichtet haben«, sagte ich scherzhaft und küsste Adela auf die Nasenspitze.

»Dann wäre er aber groß wie ein Armreif«, kicherte sie.

Sie spielte mit Cecilias Goldkreuz und stellte Fragen über ihre *avia*, über meinen Vater Ramon, über Drogo, meinen Freund aus Kindertagen. Hingerissen lauschte sie unseren Streichen, wie wir den Mädchen im Dorf die Kleider am Fluss gestohlen hatten, so dass sie nackt zurück zum Dorf hatten laufen müssen. Plötzlich wurde mir bewusst, dass Adela ohne andere Kinder aufgewachsen war. Ich hoffte, ich würde ihr auf Rocafort noch ein wenig unbeschwerte Kindheit schenken können. Ihren Halbbruder Raol erwähnte sie mit keinem Wort.

»Warum hast du Streit mit Onkel Odo? Du bist so anders, wenn du mit ihm sprichst.«

»Eine alte Geschichte«, wich ich aus.

»Hat es mit Berta zu tun?«

Wir hatten seit Wochen Berta nicht mehr erwähnt. »In gewisser Weise. Aber du solltest jetzt schlafen. Morgen wird wieder ein anstrengender Tag.«

»Warum musstest du sie heiraten? Hat Odo es befohlen?«

Ich nickte. »Ja, so war es.«

Sobald ich von Schlaf gesprochen hatte, wurden ihre Augen immer kleiner. Sie drängte sich enger an meine Seite, und ich legte noch eine Decke um sie, denn in der Nacht würde es kühler werden. »Aber dann hast du Mama gefunden«, murmelte sie noch. Ihre Atemzüge wurden gleichmäßig. Das Tageslicht schwand, und wenig später betrachteten Hamid und ich schweigend den Mond, der langsam über den Bergen aufstieg. Unermüdlich zirpten die Zikaden ihr Lied, und der Blumenduft der *garrigue* hing noch warm in der Luft.

»Deiner Tochter wolltest du nichts sagen, aber was war denn wirklich der Anlass eures Streits?«, fragte Hamid leise.

»Nur eine Liebesgeschichte, Hamid.«

Eines der Pferde schnaubte. Sonst war es still. Selbst die Zikaden schwiegen einen Augenblick. Ich nahm etwas Erde und Gras in die Hand und roch daran. Fast hatte ich diesen Geruch vergessen. Schon den ganzen Tag lang war es mir so gegangen. Ich sah und fühlte Berge, Bäume und Erde um mich herum wie zum ersten Mal, und doch weckten sie tausend Erinnerungen. Schon die Luft schien anders zu sein. Und mit den Gerüchen der Wälder und der Kräuter überfielen mich Gedanken an Amelha, als seien das Land und sie eins. Als würde sie jeden Augenblick wie eine Märchenfee aus dem Wald ins Mondlicht treten, sich zu mir legen und ihren Kopf mit dem schwarzgelockten Haar auf meinen Schoß legen.

»Blutjung und verrückt vor Liebe. Du weißt, was ich meine.«

Adela seufzte im Schlaf und drehte sich auf die Seite. Als sie wieder still war, erzählte ich, wie sie gewesen war, meine Amelha. Dunkelhaarig, helläugig, lebendig, geschmeidig, anschmiegsam und verspielt wie ein Kätzchen, doch nicht ohne Krallen. Schlagfertig und witzig. Sie konnte die Leute in Rocafort nachahmen, bis ich mich vor Lachen bog. Gleichzeitig war sie so hübsch gewesen, dass es einem im Herzen weh tat, wenn man sie nur anschaute. Nicht genug hatte ich von ihr bekommen können.

»Manchmal spannen wir Träume, die wir in allen Farben ausmalten. Wie alle jungen Männer wollte ich in die Ferne ziehen, und sie würde sich dabei als mein Schildträger, mein *escudier*, verkleiden, und ich würde ihr beibringen, wie man eine Lanze schärft und ein Schwert führt. Dann würden wir von Hof zu Hof ziehen und Abenteuer bestehen. Der junge Ritter und sein schöner *escudier*. Und mehr solch dummes Zeug«, lachte ich. »Wie halbe Kinder eben.«

Jener Sommer hatte nur uns gehört, in der Stille und Einsamkeit des Waldes, wo wir uns trafen, fern von der Welt der anderen, ein Sommer voller Lachen und geheimer Verzauberung. Wann sonst als in der Jugend ist man bereit, sich in so arglosem Überschwang, so unbeschwert und doch leidenschaftlich und völlig selbstlos einem anderen Menschen hinzugeben? Wir hatten unsere Heimlichkeiten, aber Sünde kannten wir nicht. Wir waren wie das erste Menschenpaar in Gottes Garten Eden.

»Und so grausam wie in der Bibel war auch die Vertreibung aus dem Paradies.«

»Was ist geschehen?«

»Das Übliche. Amelha wurde schwanger. Nicht, dass meine Mutter etwas gegen eine Liebschaft oder gar gegen einen Bastard gehabt hätte. Die Herrensöhnchen trugen ihre Leidenschaft zu den Mägden, wen scherte das? Das war der Lauf der Welt. Erst als ich darauf bestand, sie zu heiraten, da war ihre Geduld am Ende. Ich hätte meinen Spaß gehabt, nun sei es genug. Sie drohte, mich zu enterben und wie einen Bettler von der Burg zu jagen. Eine Woche lang hielt sie mich bei Wasser und Brot gefangen, um meinen Widerstand zu brechen.«

»Ein beherztes Weib, die gute Cecilia«, grinste Hamid.

»Ja, sie konnte hart sein. Ein Gut wie das unsere ohne Mann zu führen, das hatte sie streng und unnachgiebig gemacht. Nach überliefertem Recht konnte sie mich zu allem zwingen.«

»Und dein Mädchen?«

»Ich habe sie nie mehr gesehen. Nicht lebend jedenfalls. Man hat sie zu ihren Eltern geschafft, und dort durfte sie das Haus nicht mehr verlassen. Der Müller hatte keine Wahl. Und warum sollte er sich widersetzen? Man gab ihm zehn Kühe, ein paar Maultiere mit Wagen und einen fetten Acker. Darüber war er äußerst zufrieden und bewachte seine Tochter mit dem eigenen Leben. Ich hätte Vater und Brüder ermorden müssen, um zu ihr vorzustoßen. Sie starb bei der Entbindung und unser Kind mit ihr. Erst auf dem Totenbett ließen sie mich zu ihr. Obwohl ich später weit Schlimmeres gesehen habe, so war ihr blutiger Leichnam doch der grausamste Anblick meines Lebens. Es verfolgt mich noch heute. Danach habe ich kein Wort mehr mit meiner Mutter geredet.«

»Trotzdem kann ich deine Mutter verstehen.«

»Natürlich. Solche Geschichten gibt es zuhauf, und Frauen sterben im Kindbett, daran ist nichts Neues. Aber erzähl das einem Achtzehnjährigen, der seine Liebste verloren hat.«

»Und Odo? Was war seine Rolle in dieser Geschichte?«

»Er hat mich zum Judas gemacht.«

Man müsse die Dinge wieder in Einklang mit Gottes Ordnung bringen, hatte er mir erklärt. Als junger Edelmann hätte ich Pflichten gegenüber der *familia* und all den Menschen, für die ich später einmal verantwortlich sein würde. Sie zu führen, würde meine Aufgabe werden. Doch dazu müssten sie mich achten können. Meine Waffenkunst allein reiche nicht aus. Und wie könnten sie einen *dominus* achten, der eine arme Müllerin heiratet? Lachen würden sie hinter meinem Rücken. Deshalb sei es geboten, standesgemäß zu heiraten. Und zwar schnell, um die bösen Mäuler zu stopfen, ein gutes Beispiel zu setzen und alles wieder zum Besten zu führen. Ich müsse meine Pflicht tun und den Anschein wahren. Das sei das Wichtigste. Nachher bliebe immer noch genügend Spielraum für mein eigenes Glück.

Hamid lachte. »Die Müllerin als heimliche *concubina*? Ich beginne, eure Sitten zu lernen.«

»Man würde Mutter und Kind anerkennen, ihnen ein Haus einrichten. Alles im Rahmen der Verschwiegenheit und des Anstands natürlich.«

»Und du hast zugestimmt.«

»Hatte ich eine Wahl? Bei uns ist ein Sohn so lange unmündig, bis er einen eigenen Hausstand gründet. Hätte ich mich enterben lassen sollen? Was hätte ich Amelha bieten können? Ein Leben im Sattel als *soudadier*, von einem Feldlager zum anderen? Und ein Kind dazu?«

»Gewitzt, dein Onkel. Schiebt dem Jungen schnell ein Eheweib unter, und er vergisst die Müllerin.«

»So ähnlich.«

»Ich sage dir, dein Onkel hat sich Mühe mit dir gegeben. Bei uns in Damaskus hättest du deine Amelha mit durchschnittener Kehle am Fluss gefunden. Dafür hätte schon ihr Vater gesorgt, um mit ihrem Blut die Ehre der Familie reinzuwaschen.«

»Das fändest du richtig?«

»Nicht mehr«, antwortete er grimmig. »Du hast dir also die Schuld an Amelhas Tod gegeben und bist zur Sühne auf die lange Wallfahrt nach Jerusalem aufgebrochen.«

»Erst später.«

»Ach ja«, spottete er. »Zuerst hast du noch von den Reizen der jungen Gattin gekostet. Sonst gäbe es ja keinen Sohn.«

»Du kannst gut spotten, aber so war es nicht!«

»Jaufré, es ist lange her. Warum quälst du dich immer noch?«

»Muss die Gegend sein«, brummte ich. »Da kann man den Erinnerungen nicht entfliehen.«

»Ich sage dir, was ich denke. Diese Geschichte war vielleicht der Anlass, dass du in die Fremde gezogen bist. Aber dann bist du ein Wanderer und ein Abenteurer geworden. In all den Jahren hast du dich weder um deine Mutter noch um Odo oder um deinen Sohn geschert. Ich habe auch nicht gemerkt, dass du mit Noura unglücklich warst. Der Krieg hat dir zuletzt zugesetzt, das ist wahr. Doch sei ehrlich. Die Abenteuer von Konstantinopel bis Jerusalem hättest du nicht missen mögen, oder?«

Ich senkte den Blick. Eine Ameise kroch über Adelas Stirn, und ich schnippte sie vorsichtig fort.

»Und was Odo betrifft«, fuhr er fort, »lass den alten Mann in Ruhe, Jaufré. Ich bin sicher, er liebt dich. Vergäll dir nicht die Heimkehr.«

Er hatte recht. Für Cecilia war es zu spät, aber mit Odo würde ich meinen Frieden machen. Beim Gedanken an ihn musste ich lächeln. So verbohrt in seinen Vorstellungen von Macht und Erbfolge. So ist das, dachte ich, jeder schlägt sich mit den eigenen Gespenstern herum.

»Mich beunruhigt eher, wie Berta uns empfangen wird.«

»Was kümmert uns Berta?«, fragte ich.

Das hatte ich so dahingesagt. Ein wenig trotzig. In Wahrheit war mir nicht ganz wohl bei dem Gedanken, was mein unerwartetes

Auftauchen auslösen würde, was ich überhaupt vorfinden würde. Vielleicht war alles heruntergekommen, die Burg verwahrlost, die Äcker ausgelaugt und das Vieh von Pestilenz befallen.

»Ich schätze, sie wird froh sein, dass endlich ein Mann die Zügel in die Hand nimmt«, brummte ich.

»Ein verschollener Ehemann, der unerwartet nach vierzehn Jahren auftaucht? Wer weiß, wie da die Dinge liegen?« Er grinste, und seine Zähne schienen im Mondlicht.

»Wenn es ihr nicht gefällt, kann sie zu ihrer Familie zurückgehen. Das ist vielleicht überhaupt das Beste, *per Dieu!* Wir machen reinen Tisch. Ich zahle ihr die verdammte Mitgift aus und bin sie endlich los. Hat lang genug gedauert.«

»Eine zweite Ehe ist doch ausgeschlossen bei euch Franken. Aber vielleicht willst du der Fleischeslust entsagen, wie eure Priester.«

»Mach dich nur lustig! Aber willige Dirnen gibt es genug. Kinder habe ich auch. Wozu noch ein Eheweib?«, brummte ich.

Hamid lächelte nur und sagte nichts.

Später, als Adela sich an meiner Seite rührte, wachte ich auf. Mein Arm war eingeschlafen, mein Rücken schmerzte vom harten Boden. Während ich sie gut zudeckte, murmelte sie etwas Unverständliches im Schlaf. Die Hunde hoben den Kopf. Wie viele Nächte hatten die beiden Rüden nicht schon mit mir in der Wüste gelagert. Ich strich ihnen über die Flanken. Thor streckte sich gähnend, dann schliefen sie weiter.

Hamid lag halb unter einem Strauch, ein Schaffell um die Schultern, und schnarchte leise. Der Mond breitete seinen bleichen Schimmer über Baum und Strauch der *garrigue*. Brun saß zehn Schritte weiter auf einem Stein, der eine gute Aussicht in alle Richtungen erlaubte. Als ich ihn an der Schulter berührte, fuhr er herum und starrte mich an. Dann grinste er verlegen, kratzte sich den Bart und gähnte.

»Alles ruhig, Herr«, flüsterte er.

Ich ging, um nach den Pferden zu sehen. Die Hunde erhoben sich und folgten mir. Eine der Stuten rupfte Gras und bewegte sich schemenhaft in der Dunkelheit. Alexis hatte die Hengste etwas abseits angekoppelt, damit sie die Nähe der Stuten nicht erregte. Ghalib schien stehend zu schlafen und scheute leicht, als ich ihn berührte. Ich atmete seinen vertrauten Geruch ein und streichelte seinen seidigen Hals, nicht ohne ein paar geflüsterte Liebkosungen. Die Hunde trollten sich wieder zu ihrem Schlafplatz, als ich zu Brun zurückkehrte.

»Leg dich schlafen, Junge.«

Er machte sich sein Lager, und ich nahm, in eine Decke gehüllt, seinen Platz auf dem Felsbrocken ein, noch warm von seinem Körper, und sog die kühle Nachtluft in die Lungen. Ein Rascheln im Laub, das Schnauben eines Pferdes und das Geräusch von Gras rupfenden Rosszähnen. Dies und der warme Pferdegeruch, der aus meiner Decke stieg, hatten etwas Anheimelndes.

Ja, es war Zeit, mit der Vergangenheit abzuschließen. Wenn Berta einverstanden war, dann würde ich sie auszahlen. Das war wirklich das Beste. Ihre Mitgift würde ihr ein bescheidenes, aber standesgemäßes Auskommen erlauben, ohne ihrer Familie zur Last zu fallen. Oder sie zog ein bequemes Leben im Kloster vor wie so viele Witwen. Jedenfalls sollte sie mich nicht ertragen müssen und umgekehrt auch nicht.

***

Jemand berührte meine Schulter, und eine schwielige Hand legte sich über meine Lippen. Es war Hamid.

»Ganz still, Bruder!«, flüsterte er. »Wir haben Besuch.«

Ich war sofort hellwach und setzte mich langsam auf. Der Mond war längst untergegangen. Es musste kurz vor Morgengrauen sein, immer noch dunkel genug, aber die erste Dämmerung ließ sich erahnen. Die Hunde spähten aufmerksam mit in den Wind gestellten Ohren in die Nacht hinaus. Ihre Rücken verrieten Anspannung, und aus ihren Kehlen drang ein leises, kaum vernehmliches Knurren. Sie waren abgerichtet, bei Gefahr keinen Laut von sich zu geben. Auf meinen geflüsterten Befehl legten sie sich sprungbereit ins feuchte Gras.

Hamid hockte sich neben mich. »Sie schleichen den Hang herauf.«

»Wie viele?«
»Zwölf. Vielleicht mehr. Noch zu dunkel, um sicher zu sein.«
Auf dem Bauch kroch ich durchs Kraut, während Hamid die anderen weckte. Tautropfen perlten von den Gräsern. Ich fuhr mit der Hand darüber, netzte Gesicht und Lippen. Die kühle Berührung machte mich munter. Hinter einem Felsbrocken verborgen, spähte ich den Hang hinunter.
Alles schien still. Aber dann entdeckte ich hier und da Bewegung zwischen den Ginstersträuchern, die große Flächen des Hangs bedeckten. Sie kamen nicht über den schmalen Grat vom Berg her, sondern stiegen von tiefer unten den Hang herauf, sicher in der Annahme, uns so eher zu überraschen. Schatten überquerten eine Lichtung. Auch weiter rechts nahm ich Bewegungen wahr, ohne klare Formen ausmachen zu können. Schwer zu sagen, wie viele es waren, vielleicht achtzehn oder zwanzig.
Ich fluchte stumm durch die Zähne. Zum Glück ging ihr Aufstieg nur langsam voran. Wir hatten Zeit, eine Verteidigung vorzubereiten.
Ich hatte genug gesehen und kroch zurück. Die Kerle hatten bis kurz vor Morgengrauen gewartet, in der Hoffnung, uns schlafend zu erwischen, und gingen vorsichtig zu Werke, trotz ihrer Überzahl. Hamid war dabei, unsere Waffen zurechtzulegen. Mit den dunklen Steinen als Hintergrund und vom Rand der Hügelkuppe verdeckt, mussten wir von unten unsichtbar sein. Gott sei Dank hatten wir die Kettenpanzer in der Nacht nicht abgelegt. Adela kniete mit verschlafenem Gesicht auf dem Boden und legte sich ihren Reisemantel um. Sie zitterte in der Kühle des Morgens. Auch Cortesa war in einen Umhang gehüllt und machte ein besorgtes Gesicht. Sie bemühte sich jedoch um Fassung, hielt Adelas Hand und flüsterte ihr beruhigend zu. Brun gürtete sein Schwert, setzte den Helm auf und hob vorsichtig seinen Schild, bedacht, kein Geräusch zu machen.
»Wo ist Alexis?«, flüsterte ich Hamid zu.
»Er führt die Pferde tiefer in den Wald. Für eine Flucht ist es ohnehin zu spät.« Er lachte leise und schien die Ruhe selbst zu sein.

»Von oben hast du das beste Schussfeld«, riet ich ihm. »Wir warten, bis du den Tanz eröffnest.« Hamid und ich brauchten keine Beratung. Wir wussten, was zu tun war.
»Hör zu, mein Schatz«, flüsterte ich Adela zu. »Es kann hässlich werden, deshalb musst du tapfer sein. Gib keinen Laut von dir und tu, was ich dir sage, hörst du?« Die Angst stand in ihren dunklen Augen, aber sie hielt die Lippen fest zusammengepresst und nickte heftig. »Hamid wird mit seinem Bogen auf die Steine klettern. Du und Cortesa, ihr geht mit ihm. Dort oben seid ihr am sichersten, nur kommt Hamid nicht in die Füße. Lasst euch nicht blicken, bis alles vorbei ist und ich rufe. Hast du das verstanden?«
Sie konnte ein kleines Wimmern nicht unterdrücken. »Werden sie uns töten, Papa?«
Ich gab ihr einen schnellen Kuss auf die Wange. »Nicht mein Mädchen! Ich werde es nicht zulassen«, raunte ich und lächelte ihr zuversichtlich zu. »Und nun ab mit dir. Aber ganz leise, dass sie euch nicht hören.«
Hamid half ihnen beim Aufstieg und hieß sie, sich sofort flach hinzulegen, um gegen den heller werdenden Himmel nicht gesehen zu werden. Er selbst hatte den Helm aufgestülpt, Schild auf dem Rücken und seinen Bogen in der Hand. Ein leichtes Scharren auf den Steinen, dann war auch er nicht mehr zu sehen.
Brun und ich rollten Steine in unsere Decken, so dass es im Halbdunkel wie schlafende Körper aussah. Dann legte ich den Schwertgürtel um, setzte den Helm auf und griff nach meinem Schild. Ich lauschte noch einmal angestrengt in die Dunkelheit, aber nichts, kein Laut, nicht einmal ein Rascheln drang den Hang herauf. Doch dann hinter mir ein leiser Schritt durchs Gras. Ich fuhr herum, die Hand am Schwertgriff.
»Ich bin es, Herr!«, flüsterte Alexis. Er und Brun zogen sich jetzt leise hinter die Felsen zurück, wo ich unseren Hinterhalt legen wollte. Ich rief flüsternd die Hunde und folgte ihnen. Wir standen reglos, eng an den Felsen gedrückt und halb im Gestrüpp verborgen. Thor und Odin drängten sich an meine Schenkel. Sie zitterten vor Aufregung und warteten ungeduldig auf meinen

Befehl zum Angriff. Dann wieder horchten sie angespannt in die Nacht hinaus. Mit den Hunden an unserer Seite würde sich niemand unbemerkt an uns heranschleichen.

»Wo hast du die Pferde gelassen?«

»Tiefer am Südhang im Wald, Herr.«

Es war besser so. Sie hätten die Angreifer bemerkt und wären unruhig geworden. Alexis hatte einen meiner erbeuteten Türkenhelme aufgestülpt, und die Ringe seines leichten Panzers schimmerten in der Dunkelheit. Seine Augen waren geweitet vor Angst. Ich tätschelte ihm aufmunternd die Wange.

»Wie viele sind es?«, wollte Brun wissen.

»An die zwanzig.«

»*Deable!*«, entfuhr es ihm.

»Nein, Teufel sind das nicht«, lachte ich leise und fuhr mit der Hand durchs taufeuchte Gras, um meine trockenen Lippen zu benetzen. »Wir werden schon mit ihnen fertig werden.«

Alles hing davon ab, wie gut unsere Überraschung gelang. Brun zog sein neues Schwert. Er fuhr leicht mit dem Daumen über die scharfe Schneide. »Hiermit wird es ein Vergnügen sein. Ihr könnt Euch auf mich verlassen, Herr. Aber sollte ich fallen, dann begrabt mich nicht an diesem Teufelsort«, flüsterte er kaum hörbar.

»Wenn du tust, was ich sage, wirst du als alter Mann im Bett sterben«, grinste ich zurück.

Ich zog nun selbst das Schwert. So standen wir eine lange Zeit, während sich immer noch nichts rührte. Der Morgen graute fahl und ließ Felsen und Sträucher erkennen. Die ersten Vögel schmetterten ihr Morgenlied. Ein Schweißtropfen lief mir in den Nacken. Und plötzlich standen die Hunde stocksteif, mit hochgezogenen Lefzen und gebleckten Zähnen. Da war ein schwaches Geräusch, wie Füße, die leicht durch feuchtes Gras streifen. Dann nichts mehr. Schließlich aufgeregtes Flüstern, gefolgt von einem unterdrückten Fluch. »*Merda*, sie sind nicht hier.« Und ein anderer antwortete: »Wie kann das sein?«

Da ließ sich über uns das Geräusch einer Bogensehne vernehmen, fast melodisch wie die hart angezupfte tiefe Saite einer Harfe. Ein gurgelnder Schrei und ein schwerer Fall. Es hatte begonnen!

Ich riss den Schild hoch und packte mein Schwert fester. Wieder tönte Hamids Bogensehne, erneut gefolgt vom Schrei eines Getroffenen, dann noch ein drittes Mal. In weniger Zeit, als man braucht, einen Becher Wein hinunterzustürzen, hatte Hamid drei Männer außer Gefecht gesetzt. Wir hörten das Geräusch von Füßen im Gras, erschrockenes Gestammel und eine aufgeregte Stimme: »Da, auf dem Felsen! Er ist da oben!«

»Thor, Odin! Fass!«, schrie ich.

Zähnefletschend und mit wütenden Kehllauten sprangen sie vor. Sie warfen sich gegen unsere Angreifer, und wir hörten ihr schreckliches Knurren, die entsetzten Schreie, als ihre Fänge sich in Menschenfleisch vergruben. Schild hoch und mit dem Schwert in der Hand stürmten Brun und ich hinterher.

Vor uns wogte ein verwirrtes Knäuel von schreckgelähmten Männern. Die meisten schlecht bewaffnet. Ein Kerl lag zuckend im feuchten Gras. Blut aus einer tiefen Halswunde spritzte zwischen seinen Fingern hervor. Ein anderer kroch schreiend auf allen vieren, um von den entfesselten Doggen wegzukommen. Diese stürzten sich wie Höllenhunde auf neue Opfer, die ihnen ihre kümmerlichen Waffen entgegenstreckten. Einem der Männer fuhr ein weiterer Pfeil in die Brust, und er ging in die Knie.

Mit erhobenen Schwertern und wildem Geheul stürzten Brun und ich uns ins Getümmel. Einem rammte ich den Schild ins Gesicht, während Brun ihm seine Waffe in den Bauch stieß. Einem anderen hackte ich in die ungeschützte Schulter. Er brach in die Knie, und ich trat ihm gegen die Brust, um meine Klinge zu befreien. Von rechts schwang eine Axt auf mich zu. Im letzten Augenblick drehte ich mich weg, so dass sie schmerzhaft von den Kettengliedern meines Oberarms abglitt. Ein junges Gesicht starrte mich erschrocken an, dann wandte sich der Axtträger zur Flucht. Mein Schwert kam frei. Mit der Rückhand schwingend erwischte ich ihn an der Kniekehle. Er ging zu Boden, ließ die Axt fallen und hob schützend die Hände vors Gesicht. Ich ließ von ihm ab und wandte mich einem kräftigen Graubart zu, der mir seinen Speer entgegenreckte. Hinter ihm stand ein gut bewaffneter Kämpfer, Schild vor und Schwert in der erhobenen

Faust. In ihm erkannte ich den hageren Kerl mit dem Schnauzbart. Im Lärm des Kampfes schrie er seinen Leuten etwas Unverständliches zu.
Den Speerstoß des Graubarts wehrte ich ab und holte zum Gegenschlag aus. Aber plötzlich wandten sie uns den Rücken zu und rannten in heilloser Flucht den Hang hinunter, verfolgt von Hamids Pfeilen, die noch einen von ihnen niederstreckten. Auch der Schnauzbart folgte seinen erschrockenen Männern. Zwei Pfeile schickte Hamid ihm nach, aber sie blieben im Schild stecken, den er auf den Rücken geschwungen hatte.
Ich pfiff die Hunde zurück. Kein Grund, ihr Leben unnötig aufs Spiel zu setzen. Mit dem Bogen in der Hand sprang Hamid leichtfüßig von den Steinen herunter und grinste. »Fürs Erste nicht schlecht, oder?«
Brun sah sich erstaunt um. »Zwanzig Kerle im Anmarsch, und ich denke schon, *ome*, den Sonnenaufgang wirst du nicht mehr erleben … und dann dies …« Er deutete auf das Gemetzel, das wir angerichtet hatten.
Von den fünf Männern, die Hamids Pfeile ereilt hatten, waren zwei tot. Einer saß auf dem Boden und röchelte im Blut, das aus seiner Halswunde drang. Er sah uns mit wilden Augen an und wusste, dass er ein toter Mann war. Ein älterer, grobschlächtiger Kerl mit einem Pfeil in der Schulter erhob sich wankend und knickte dann wieder in die Knie. Er blickte halb ergeben, halb trotzig, als erwarte er jeden Augenblick den Todesstoß. Hamid nahm einen Lederriemen und begann, ihm Hände und Füße zu binden. Seine Leute würden sich später um ihn kümmern können. Der Letzte, den es auf dem Hang erwischt hatte, kroch auf allen vieren seinen Kameraden hinterher. Der Kerl, den die Hunde so übel zugerichtet hatten, bewegte sich nicht mehr. Der mit der zerhackten Schulter lag mit angsterfüllten Augen schwer atmend auf dem Rücken, und sein pulsendes Blut mischte sich mit dem Morgentau im Gras. Für ihn konnten wir nichts mehr tun.
»Meint Ihr, sie kommen wieder?«, fragte Brun.
»Je nachdem, wie entschlossen sie sind«, erwiderte ich.
»Aber wir haben neun von ihnen erledigt.«

»Sie sind immer noch in der Überzahl, und die Überraschung ist nicht mehr auf unserer Seite.«
»Es war der Schnauzbart, habe ich recht?«
»*Certas*. Der Reiter im Regen. Er ist uns gefolgt, um sich hier mit seiner Bande zu treffen.«
Ich rief nach Adela, und sie kletterte auf unsicheren Füßen den Fels herunter, gefolgt von ihrer Magd. Mit entsetzten Augen starrten beide um sich.
»Schau nicht hin, *mon cor!*« Sie warf sich mir in die Arme. »Und vergiss nicht, dass sie uns töten wollten.«
Ich wandte mich dem Jungen mit der Axt zu. Er saß verängstigt im Gras und hielt sein blutendes Bein umklammert. Ich hockte mich neben ihn. »Lass die Wunde sehen, *mon gartz*.«
Er nahm die Hand weg, aber vor lauter Blut, das aus der Kniekehle trat, ließ sich nicht viel erkennen. Hamid schnitt das Beinkleid aus rauhem Wolltuch auf, spülte das Blut mit Wasser aus seiner Flasche weg und prüfte die Wunde. Dann legte er einen Verband an, dass ein mit eingebundenes Holzstückchen fest auf die Wunde presste und sie verschloss.
»Du wirst für den Rest deines Lebens humpeln«, sagte er grimmig. »Doch es wird dich lehren, Räubergesindel zu folgen.«
»Wie heißt du?«, fragte ich den Burschen.
Der Junge wagte nicht, mich anzusehen. Er hatte braune Locken, die ihm bis auf die Schultern fielen, und klare Augen. Ein hübscher Bursche. Vielleicht siebzehn oder achtzehn. Ich stieß mit dem Stiefel an seinen gesunden Fuß und wiederholte die Frage.
»Enric«, antwortete er mürrisch.
»Es tut mir leid für deine Wunde, Enric. Aber es geht dir immer noch besser als denen da.« Dabei wies ich auf die Toten. »Wer ist euer Anführer?«
»Nemo.«
»Nemo? Er nennt sich Nemo?«
»Ja, Herr!«
»Das ist doch kein Name!« Nemo heißt *niemand* auf Lateinisch. Wie konnte ein Mann sich Niemand nennen? »Sag mir, wie er wirklich heißt!«, befahl ich unwirsch.

»Was macht es, wie der Kerl heißt?«, sagte Hamid milde. »Lass den Jungen in Ruhe.«
»Er soll …«
Weiter kam ich nicht, denn jemand brüllte von unten zu uns herauf. *»Cavalier!«*, und nochmals, *»Senher Cavalier!«*
Ich formte die Hände zum Trichter. »Bist du das, Nemo? Oder wie du dich nennst?«
»Ganz recht.«
Die Hunde waren aufgesprungen und knurrten. »Was willst du, Galgenvogel?«, schrie ich zurück. »Hast du nicht genug? Sollen wir auch den Rest von euch erledigen?«
»Ein guter Trick, *Senher.* Ich habe Euch unterschätzt.«
»Dann unterschätz uns nicht ein zweites Mal!«
»Ihr seid umstellt«, scholl es herauf. »Der Südhang ist nicht begehbar, und Wasser gibt es keines da oben. Gebt uns also Euer Gold, und wir lassen Euch gehen.«
»Hier ist kein Gold.«
»Oh, doch! Beim Juden Ephraim seid Ihr mit Beuteln voller Gold herausgekommen.«
»Willst du dich versündigen, *vilan?* Gott sagt, du sollst nicht stehlen.«
»Und der Herr sagt: *Es ist leichter, dass ein Kamel durch ein Nadelöhr gehe, als dass ein Reicher ins Reich Gottes komme.*«
Man hörte sie unten fröhlich wiehern. Ein rechter Spaßvogel, dieser Nemo. Aber ein *vilan* war er nicht, eher ein heruntergekommener Ritter.
»Dann komm her und hol es dir!«, höhnte ich.
»Wir warten einfach, bis Ihr verdurstet seid.«
Hamid und ich sahen uns bedeutungsvoll an.
»Er hat nicht unrecht«, murmelte ich.
Alexis hatte mich gehört und machte ein unglückliches Gesicht. Entweder harrten wir aus in der Hoffnung auf ein Wunder oder versuchten, uns mit Gewalt durchzuschlagen. Dass ich das in Begleitung meiner Tochter ungern wagen würde, war vermutlich Teil ihrer Berechnung. Andererseits, je länger wir warteten, desto mehr Zeit würde es ihnen verschaffen, noch mehr herrenlose

Galgenvögel zusammenzuziehen. Von denen gab es sicher genug in diesen Bergen.

»Er hat nicht unrecht«, wiederholte ich. »Zumindest aus seiner Sicht.« Hamid hatte das Zwinkern in meinen Augen entdeckt und zog die Augenbrauen hoch.

»Was hast du vor?«

»Sattelt im Schutz der Steine auf.«

Alexis und Brun entfernten sich eilig. Cortesa begann, die Decken zusammenzurollen und unsere Satteltaschen zu packen.

»Recht hast du, Nemo!«, schrie ich, um die Kerle abzulenken. »Wir sitzen in der Falle. Wie der Fuchs im Bau.« Dabei lachte ich lauthals, als kümmere es mich nicht im Geringsten. Und dann hatte ich eine plötzliche Eingebung. Mal sehen, wie lieb und teuer ihm seine Leute waren. Ich war hinter den jungen Enric getreten, packte ihn am Haar und legte ihm meinen Dolch an die Kehle.

»Nemo!«, kreischte der Junge vor Entsetzen. »Nemo! Sie bringen mich um!« Ich sägte noch ein wenig an seinem Hals, nicht, um ihn wirklich zu verletzen, auch wenn es ein bisschen blutete. Doch es half, dass er noch lauter und herzzerreißender jammerte.

Da brüllte Nemo von unten: »Lasst den Jungen in Ruhe! Enric, wir holen dich da raus!«

Ich nahm das Messer von seiner Kehle. »Ist er dein Vater?«

»Nein.« Enric schluchzte, und seine Stimme zitterte.

»Scheint aber sehr um dich besorgt zu sein.«

Er antwortete nicht, starrte mich nur voller Angst an. Ich musste ihm wie der Leibhaftige vorkommen. Brun und Alexis kamen mit den Pferden und begannen, die Tiere zu satteln. Ich gab ihnen ein Zeichen, dass wir den Jungen mitnehmen würden, und entsprechend verteilten sie die Bürde der Lasttiere.

»Enric!«, scholl es von unten. »Wer lebt sonst noch, Enric?«

Der Junge sah mich fragend an, und ich nickte. »Berard und Luc. Sie sind verwundet«, rief er zurück. »Und Joan. Aber er …« Seine Stimme verließ ihn.

»Nemo!«, rief ich. »Weißt du, wer ich bin?«

»Ein vorlauter Edelmann mit zu viel Gold in den Satteltaschen.«

»Ich bin Jaufré Montalban von Rocafort.«
»*Tu mentes.* Wen glaubst du, belügen zu können? Der Mann ist längst tot, und seine Gebeine modern bei den Sarazenen.«
Was faselte der Kerl da? »Nein, nein! Ich bin zurück, *per Dieu!* Es ging mir nie besser, wie du siehst. Nur eines verspreche ich dir und schwöre es beim Rosenkranz der Jungfrau Maria. Von der dicksten Eiche auf meinem Land wirst du baumeln. Die Raben werden dir die Augen aushacken, Geier dein Aas fressen, und den Rest werden die Ameisen von den Knochen putzen.«
»Was seid Ihr doch für ein Verseschmied, Herr Edelmann!«, scholl es herauf. »Gleich bringen wir eine Laute und spielen eine Weise dazu.« Man hörte vereinzeltes Lachen.
»Wir hängen schon mal deinen Enric hier, was meinst du?«, rief ich. Darauf wurde es still da unten.
Adela bestieg ihre Stute, und Cortesa hievte sich schwerfällig in den Sattel. Meine Gefährten packten Enric und zerrten ihn zu seinem Reittier.
»Nemo!«, schrie der Junge voller Angst, denn er wusste nicht, was wir vorhatten.
»Lasst ihn laufen!«, kam es von unten. »Wenn Ihr dem Jungen auch nur ein Haar krümmt, bringen wir euch alle um, ich schwöre es!«
»Er wird nur vorausgehen und euch schon mal den Weg zur Hölle zeigen.« Dazu lachte ich herzlos.
Brun und Alexis fesselten ihm die Füße unter dem Bauch des Pferdes, so dass er nicht fliehen konnte. Mit seiner Wunde wäre er ohnehin kaum weit gekommen. Alle außer mir saßen schon im Sattel. Hamid sah mich fragend an.
»An ihnen kommen wir nicht vorbei. Was hast du vor?«
»Hast du schon einen Fuchsbau ohne Schlupfloch gesehen?«, raunte ich. Er grinste belustigt. Laut rief ich, damit sie es unten hören konnten: »Legt ihm den Strick um den Hals!«
Und Brun schlang dem Jungen wirklich einen Riemen um den Hals und würgte ihn. Dann lockerte er die Schlinge wieder. Da war wieder große Angst in Enrics Augen, und er schrie: »Nemo, sie bringen mich um!«

»Wartet, *Senher!*«, brüllte Nemo. »Wir lassen Euch ziehen, ich schwör's beim Allmächtigen! Aber lasst den Jungen gehen.«
Ich stieg in den Sattel und lenkte Ghalib an den Rand des Abhangs, so dass sie mich von unten sehen konnten. »Gut!«, rief ich hinunter. »Dann nehmen wir ihn eben mit.«
Die Bande hatte sich hinter Felsbrocken und Büschen verschanzt. Einige bewachten den schmalen Grat, falls wir dort auszubrechen versuchten. Ich zählte mehr noch als zuvor. Nemo stand aufrecht mit den Armen auf seinen Schild gestützt.
»Was soll das heißen?«, rief er. »Hier kommt Ihr nicht raus.«
»Du irrst, Nemo! Es gibt einen Weg. Und den Jungen nehmen wir mit. Solltet ihr uns folgen, dann ist er tot. Lasst ihr uns aber in Ruhe, dann werde ich ihn laufen lassen, sobald wir auf Rocafort sind. Darauf hast du mein Wort.«
Er blickte zu Boden, drehte sich zur Seite, wie einer, der unschlüssig nachdenkt. Einer der Männer murmelte ihm etwas zu. Ein hitziger Wortwechsel, den ich nicht verstehen konnte. Es musste sie schmerzen, die goldene Gans entfliegen zu sehen, doch dann sah ich, wie er tief durchatmete.
»Also gut«, rief er. »Ich habe Euer Wort, *Senher* Montalban.«
»Das hast du. Aber das andere Versprechen gilt auch. Eines Tages spüre ich dich auf, und dann strampelst du am nächsten Baum.«
Damit wendete ich den Hengst, und wir begannen unsere Flucht von der steinernen Tafel der Mauren in der Hoffnung, sie würden uns nicht verfolgen.

Ausgesperrt

Sanctus Iustinus,
Patron der Philosophen

Quarta Feria,
1. Tag des Monats Juni

Hamid verließ die Hügelkuppe als Letzter und deckte uns mit seinem Bogen, falls die Wegelagerer uns verfolgen sollten. Es sah jedoch so aus, als ob Nemo sich an die Abmachung halten würde. Ich ritt voraus und lenkte Ghalib den steilen Südhang hinab. Einmal rutschten seine Hufe im Geröll, doch er fand gleich wieder Halt. Die Tiere setzten vorsichtig einen Fuß vor den anderen. Nach einer Weile fiel der Hang so steil ins Tal ab, dass es unmöglich schien, dort hinunterzukommen. An einem Felsen hieß ich alle von den Pferden steigen, außer Cortesa, denn sie konnte immer noch nicht laufen.

»Von hier an werden wir die Tiere führen«, sagte ich. »Keine Angst, hinter dem Fels beginnt ein Ziegenpfad, der ist recht gut begehbar.«

Adela vermied meinen Blick. Ich bemerkte ihre tränennassen Wangen und ahnte, was in ihr vorging. »Sie haben uns angegriffen, Kind.« Die Mundwinkel nach unten gezogen, nickte sie tapfer, nur in die Augen sehen mochte sie mir nicht.

»Hättest du ihn ermordet?«, hauchte sie.

Ich blickte zu dem Jungen hinüber, der sich Enric nannte. Mit hängenden Schultern saß er im Sattel. Er hielt sich den Hals, wo ich ihn geritzt hatte. Auch er vermied es, mich anzusehen. Ich spürte noch den Schmerz in der Schulter, wo er mir den Axthieb versetzt hatte.

»Natürlich nicht«, antwortete ich. »Doch dieser Nemo musste es glauben, verstehst du?«

Sie wischte sich die Tränen aus dem Gesicht. Herrgott, dachte ich, was musste das Kind noch alles erleben. »Bleib genau hinter mir, hörst du? Geh langsam und sieh zu, dass deine Stute ruhig bleibt. Es ist weniger gefährlich, als es aussieht.«
Ich führte unsere kleine Gruppe den schmalen Steig hinab, der in Windungen zu Tal führte. Eines der Maultiere scheute einige Male, aber Alexis beruhigte das Tier. Nach etwa einer Stunde hatten wir den steilsten Teil hinter uns gebracht und saßen wieder auf. Ich blickte zurück, den Hang hinauf, über den wir gekommen waren.
»Werden sie uns folgen?«, fragte Brun.
»Vermutlich schon. Aber bis jetzt sehe ich niemanden.«
Wir erreichten die Talsohle und fanden einen breiteren Weg, der sich durch das Tal nach Südwesten schlängelte. Wir ritten durch niedrigen, aber dichten Wald. Nach dem Überfall waren wir immer noch angespannt. Adela und Cortesa waren nicht die Einzigen, die ängstlich nach links und rechts spähten. Doch bald lockerte sich der Wald, und wir kamen durch Wiesen und vereinzelte Felder. Auf einer Anhöhe versteckten wir uns hinter Büschen und warteten lange, bis die Sonne hoch am Himmel stand, um zu sehen, ob Nemo uns folgte. Aber mehr als einen Bauern auf einem Esel und einen Jungen, der eine Herde Ziegen in die Berge trieb, bekamen wir nicht zu sehen.
»Woher kommst du, Enric?«, fragte ich den Jungen.
Er zuckte nur mit den Schultern. Offensichtlich wollte er nichts preisgeben. Aber seine Mundart stammte so eindeutig aus dieser Gegend, dass wenig Zweifel über seine Herkunft bestand.
»Ist dieser Nemo ein Edelmann?« Wiederum keine Antwort.
»Wie lange kennst du ihn?«
»Seit langem«, sagte er endlich.
»Warum ist er so besorgt um dich, wenn er nicht dein Vater ist?«
»Er und meine Mutter …« Verlegen schwieg er.
»Und wo versteckt ihr euch?«
Er runzelte die Stirn und blieb stumm. Ich ließ es fürs Erste dabei bewenden. Wir setzten unsere Reise fort und kamen durch be-

wohntere Gegenden. Einzelne Höfe, einfache Bauernhütten. Man grüßte uns unterwürfig mit ängstlichen Blicken. Wir waren Fremde, und dass wir einen gefesselten Gefangenen mitführten, flößte wenig Vertrauen ein. Ich deutete auf den Bergrücken südlich von uns, der uns die Sicht auf den Pireneus versperrte.

»Dahinter liegt Peirapertusa, eine mächtige Burg. Sie beherrscht einen Teil der südlichen Corbieras.«

»Freund oder Feind?«, fragte Hamid.

»Feind kann man nicht sagen, aber früher in meiner Jugend hat es öfter Übergriffe gegeben. Viehdiebstähle meistens. Einmal wurde ein Hof ausgeplündert, ein andermal eine Magd vergewaltigt. Es hieß immer, es seien junge Heißsporne von der Burg gewesen. Doch jedes Mal, wenn Cecilia sich bei Odo beklagte, folgten eine Entschuldigung und etwas Silber als Schadensersatz. Wie es heute um nachbarliche Freundschaft steht, wer weiß. Am besten, wir halten uns fern.«

Und so nahmen wir wieder die Bergpfade, die uns über einsame, wenn auch beschwerliche Wege an eine Stelle brachten, wo wir des Klosters von Cubaria ansichtig wurden und weiter östlich den steilen Felsen erblickten, auf dem Rocafort errichtet ist. Es war schon kurz vor Sonnenuntergang, und die letzten Strahlen ließen die Burg gegen den Hintergrund der grünen Äcker und dunklen Wälder weißrötlich aufleuchten. So hatte ich Rocafort immer in Erinnerung gehabt. Mir schlug das Herz bis zur Kehle, und ich merkte lange nicht, dass Adela mich am Arm zupfte und Fragen stellte.

»Was sind das für Felsen«, wollte sie wissen. Sie hatte sich von ihrem Schrecken erholt und ihre Neugier wiedergefunden. Sie wies auf die mächtigen grauweißen Felsbastionen, die Rocafort in einiger Entfernung voneinander flankierten.

»Auf der westlich gelegenen Felsgruppe gibt es ein paar Mauerreste. Vielleicht nur eine verlassene Einsiedelei.« Ich deutete auf den zweiten Felsen, östlich und aus unserer Sicht näher gelegen. »Dort war eine heidnische Kultstätte. Von Menschenopfer wird gemunkelt. Da spukt es nachts, sagen die Bauern und halten sich fern.«

»Menschenopfer?« Adela bekreuzigte sich.
»Nur Gerede aus alten Zeiten. Man muss so etwas nicht glauben.«
Sie runzelte die Stirn und starrte zu den Felsen hinüber. Ich zeigte ihr das Kloster von Cubaria mit seiner gedrungenen Kirche und das enge Tal dahinter, an dessen Ende das Flüsschen Agli in die unwegsame Schlucht stürzt, wo irgendwo weiter unten, verloren in der Wildnis, die Einsiedelei Galamus liegt. Dort also lebte jener Bruder Jacobus, der angeblich in die Winkelzüge meines Onkels eingeweiht war. Bei Gelegenheit würde ich ihn aufsuchen.
Wir ritten noch eine gute Stunde weiter, bis das Licht zu schlecht für diese schmalen Bergpfade wurde. In einer Höhle, die ich kannte und kaum weiter als ein paar Meilen von Rocafort gelegen war, errichteten wir unser Nachtlager. Müde, wie wir waren, zog ich es vor, die Nacht im Freien zu verbringen, um den Aufruhr, den unsere Ankunft auslösen würde, auf den Morgen zu verschieben.

***

»Nichts Auffälliges zu sehen.«
Hamid und ich hockten noch vor Sonnenaufgang zwischen Büschen versteckt, nicht weit von der Dorfwiese entfernt. Frühes Vogelgezwitscher erscholl, ein erster schwacher Sonnenstrahl berührte hoch oben die Turmspitze auf seiner Ostseite. Dort hing ein Wimpel von der Fahnenstange, aber Wachen waren keine zu sehen. Unten im Flusstal trieben Nebelschleier, und das Dorf war noch halb in graue Dunkelheit gehüllt. Irgendwo krakeelte ein Hahn.
Unsere Gefährten hatten wir ein Stück weiter zurückgelassen. Ich war vielleicht übervorsichtig, aber ich wollte erst einmal die Lage beurteilen, mir ein Bild machen. Das ist, was ich den anderen gesagt hatte. In Wahrheit war ich einfach zögerlich und fand es schwer, so plötzlich mitten ins Dorf zu reiten.
Wir hatten weiter östlich den Agli überquert, der in dieser Ge-

gend nicht viel mehr als ein breiter Bach ist, und uns dem Dorf über die Felder genähert, um den Zollposten an der Straße zu vermeiden. Es war alles ganz ähnlich wie in den Bildern, die ich in meinem Herzen bewahrt hatte. Vielleicht ein paar neue Hütten, eine Rodung, die ich nicht kannte. Nur die Burg kam mir weniger mächtig und das Dorf kleiner vor als in der Erinnerung. Beide lagen vor uns in Stille gehüllt, nichts rührte sich. Selbst die Dorfköter schienen zu schlafen.

»Ich schau mich mal um.«

Ich erhob mich und bewegte mich leise am Rand der Wiese entlang bis zur Schmiede. Eine Seite der Werkstatt lag offen zugänglich zur Dorfmitte hin, und man konnte trotz der Dunkelheit den Blasebalg unter der Decke, die Feuerstelle und den großen Amboss erkennen. Werkzeug und Material lagen ordentlich aufgeräumt an ihrem Platz, so wie Drogos Vater es ihm eingebleut hatte. Ich musste mit den Tränen kämpfen, denn für uns Jungs war die Schmiede der aufregendste Ort im ganzen Dorf gewesen. Auf einmal spürte ich wieder den beißenden Geruch angebrannten Horns in der Nase, wenn Pferde beschlagen wurden, sah Funken sprühen, wo der schwere Hammer traf, und hörte das Zischen, wenn rotglühendes Eisen in den Wasserbottich getaucht wird. Der Schmied war der wichtigste Mann im Dorf. Und der wohlhabendste. Sie kamen von weit her, um seine Kunstfertigkeit in Anspruch zu nehmen, und Drogos Vater Albin war der Fürsprecher des ganzen Dorfs gewesen, wenn es etwas mit Cecilia zu regeln gab. Sie mochte die Herrin der Burg sein, aber im Dorf oder unter den Bauern ging nichts ohne den Schmied.

Plötzlich schreckte ich auf, denn da war Bewegung im Wohnbereich des Hauses, und jemand hustete sich den Morgenschleim aus der Kehle. Schnell trat ich in den Schatten einer Nachbarhütte. Ein Mann wankte schlaftrunken bis zum Misthaufen und entleerte mit dampfendem Strahl seine Blase.

»Hier kann sich ja jeder einschleichen«, sagte ich gerade laut genug, als er seine Kleider wieder geordnet hatte. Der Mann drehte sich erschrocken um, musterte mich eindringlich, aber es dauerte eine Weile, bis es ihm schließlich dämmerte.

»Jaufré? Bist du das?«, fragte er ungläubig und starrte mich völlig entgeistert an. »Nein, ist es denn möglich? *Que deable!* Du siehst so anders aus.«
Ich legte den Finger auf die Lippen. »Leise. Wir wollen niemanden wecken«, raunte ich. »Komm erst mal her, du Satansbraten.«
Wir fielen uns in die Arme.
»*Mon Dieu, mon Dieu!*«, rief er immer wieder kopfschüttelnd und wollte mich gar nicht mehr loslassen. »Dass du lebst! Ich kann es nicht glauben!«
Und da heulten wir beide und fielen uns erneut in die Arme. Es dauerte eine Weile, bis wir uns wieder gefasst hatten, dann trat Drogo einen Schritt zurück. Er war ein großer, kräftiger Mann mit behaarten Armen, hellbraunen, zotteligen Haaren und einem kurzen Bart, der ein kantiges Gesicht umrahmte, inzwischen weit entfernt von dem kleinen Jungen, der mein ewiger Spielkamerad gewesen war. Und doch war sein breites Grinsen dasselbe geblieben.
»Lass dich anschauen«, sagte er und wischte sich die Tränen von der Wange. Er befühlte das Tuch meines Umhangs und ließ die Augen an mir hinabgleiten. »Ich sehe, es geht dir gut. Waffen vom Feinsten. Du bist gesund und, verdammt noch mal, nicht mehr der pickelige Bursche von damals.« Dabei grinste er von einem Ohr zum anderen. Dann streckte er die Hand aus, und sein Finger folgte der Narbe auf meiner Wange.
»Gezeichnet bist du, vom Krieg«, sagte er nachdenklich. Wir sahen uns lange an. Drogo hatte die kräftigen Muskeln, die man vom Schwingen des schweren Hammers bekommt, Narben auf dem Handrücken vom Funkenflug, und unter den Nägeln hatte er Ränder vom feinen Kohlestaub, den man auch mit der Bürste kaum wegbekommt. Aber ein Mann auf der Höhe seiner Lebenskraft.
»Wir haben dich alle für tot gehalten, Jaufré.«
Es war nicht als Vorwurf gemeint. Dennoch senkte ich den Blick. »Ich kann es mir denken.«
»Und die anderen?«

Ich sah ihm in die Augen und hob die Schultern. »Es hat niemand überlebt, Drogo.«
»Man hat sich schon lange damit abgefunden«, seufzte er. »Wir hörten Geschichten von mörderischen Schlachten, Pestilenz und Hungersnot.«
Ich nickte. »Sei froh, dass dir das erspart geblieben ist.«
Er zog eine schmerzliche Grimasse. »Ich habe mich immer dafür gehasst, dass ich nicht mit dir geritten bin.«
»Dein Vater brauchte dich, und Cecilia hatte es verboten.«
»Das ist wahr.« Dann fiel ihm etwas anderes ein. »Wo sind dein Pferd und dein Gefolge?«, fragte er. »Ein Mann wie du.«
»Nicht weit.« Ich trat ein paar Schritte zur Wiese hin und gab Hamid das verabredete Zeichen. Er würde die anderen holen. »Ich wollte erst mal sehen ...«
»Warum die Heimlichkeit, *ome*? Wir sollten alle zusammenrufen und ein Fest feiern.«
»Ist alles in Ordnung hier?«, fragte ich schnell.
»Was soll nicht in Ordnung sein?«
»Viel Zeit ist vergangen. Dinge können sich ändern.«
»Nein. Es ist so wie immer! Hast du anderes erwartet?«
»Meine Mutter ist tot, hörte ich.«
»So ist es, und es tut mir leid, Jaufré. Schon lange her. Und sie hat nicht gelitten. Ein bockiger Gaul war es. Schlecht zugeritten. Aber sie hatte darauf bestanden, das Viech zu reiten.«
»Und Berta?« Die Frage hatte ich bis zuletzt aufgehoben.
»Berta?« Er kratzte sich den kurzen Bart und warf mir einen prüfenden Blick zu. »Tja, Berta scheint es auch gutzugehen. Obwohl, ich muss dir ehrlich sagen ...«
»Was?«
»Es kann sein, dass sie nicht gut auf dich zu sprechen ist.« Dabei lachte er verlegen.
»Kommst du mit ihr zurecht?«
»Ich kann nicht klagen«, war die vorsichtige Antwort. »Sie ist eine gerechte Herrin.«
Inzwischen stiegen die anderen von den Pferden und schauten sich neugierig um. Alexis half seiner Cortesa aus dem Sattel. Brun

band die Gäule vor der Schmiede an die rostigen Ringe, die in der Wand eingelassen waren. Ich legte meinen Arm um Drogos Schultern und stellte meine Gefährten vor. Zuletzt schlüpfte Adela an meine Seite und lächelte scheu zu ihm auf.
»Das ist Adela, meine Tochter. Ich habe ihr von dir erzählt.«
Drogo machte große Augen. »Eine Tochter hast du. Und noch dazu aus dem Morgenland.« Mit einem freundlichen Grinsen verbeugte er sich tief vor ihr. »Willkommen auf Rocafort, *petite domna!*«
Inzwischen hatten Brun und Alexis den jungen Enric vom Pferd gehoben und setzten ihn auf einen Schemel, den Drogo aus der Schmiede geholt hatte. Der Verband hatte sich gelöst, und die Wunde blutete wieder. Ich erzählte in knappen Worten von dem Überfall, während Hamid die Wunde mit frischem Wasser auswusch und neu verband.
»Nemo?«, meinte Drogo nachdenklich. »Der Name ist nicht unbekannt in der Gegend. Soll viel Zulauf haben von Gesetzlosen und Vogelfreien.«
Ich fragte Drogo, ob er Enric nicht aufnehmen könne. In diesem Augenblick schaute der hübsche Kopf einer jungen Frau mit zerzausten, dunklen Locken aus der Haustür, der aber gleich wieder mit einem erschrockenen Aufschrei zurückfuhr, als sie den Auflauf fremder Menschen vor der Schmiede gewahrte.
»Gisla, mein Herz«, rief Drogo fröhlich. »Sieh nur, wer heimgekehrt ist.« Mit diesen Worten lief er zur Tür und zog sie auf die Straße, wobei die Frau sich noch hastig eine helle Leinenhaube umband, um ihr Haar zu verstecken. Er stellte sie als sein Weib vor. Man konnte sehen, wie stolz er auf sie war. Sie mochte zehn Jahre jünger sein als Drogo. Eine hübsche Frau mit einem gewinnenden Lächeln, die vor mir knickste und vor Schüchternheit den Mund nicht aufbekam. Ich sah ihr forschend ins Gesicht, doch sie kam mir nicht bekannt vor.
»Gisla ist aus einem Dorf bei Quilhan. Wir haben vor drei Jahren geheiratet, nachdem Maria, meine erste Frau, verstorben war.«
»Maria ist tot?«
Maria war eines der Mädchen aus dem Dorf gewesen, denen wir

nachgelaufen waren. Inzwischen waren mehr und mehr Menschen aus den Hütten getreten, Männer riefen ihre Weiber und umgekehrt, bis es bald schien, als stünde das ganze Dorf um uns herum. Manche erkannten mich zuerst nicht, andere mochten ihren Augen nicht trauen, viele bekreuzigten sich und gafften offenen Mundes. Eine alte Magd fiel vor mir auf die Knie und küsste weinend meine Hand. »*O Senher*«, schluchzte sie. »Dass ich Euch noch einmal sehen durfte.«

Ich hob sie an den Händen auf und küsste ihre Wange. »Loisa! Du wirst mich ab jetzt jeden Tag sehen, denn ich bin für immer heimgekehrt.«

Dann stand der alte Albin vor mir, Drogos Vater. Fast hätte ich ihn nicht erkannt, so sehr hatte ihn die Gicht gekrümmt.

»Jungchen«, murmelte er bewegt und tätschelte meine Wange. Plötzlich versuchte er, Haltung anzunehmen. »*Escusa*, *Senher*. Ich wollte nicht unhöflich sein.«

»Nenn mich, wie es dir beliebt, Albin, denn ich bin froh, dich zu sehen.« Ich umarmte ihn herzlich. Er war dünn geworden, die Knöchel knotig, die Muskeln zu Strängen verkommen. Dabei hatte ich ihn noch größer und kräftiger als Drogo in Erinnerung. Im Überschwang zog ich einen Dolch von meinem Gürtel. »Dies habe ich für dich mitgebracht. Eine Schmiedearbeit aus Damaskus. Sieh dir diesen Stahl an. Ist er nicht unvergleichlich?«

Andächtig nahm er den Dolch in seine gichtigen Hände und betrachtete das Stück mit leuchtenden Augen von allen Seiten. Dann gab er ihn mir zurück. »Das kann ich nicht annehmen, Herr! Zu kostbar für einen alten Mann.«

»Ich bestehe darauf«, sagte ich und steckte ihm den Dolch in den Gürtel. »Oder weißt du wirklich nicht, wie oft ich dich bestohlen habe.« Drogo und ich hatten Werkzeug, Nägel und Eisenteile entwendet, um heimlich damit Schilde und Speere zu fertigen, mit denen wir geübt hatten.

»Wenn das so ist«, sagte er grinsend, »dann nehme ich dein Geschenk als Bezahlung an.« Er schob einen sommersprossigen Jungen vor, vierzehn oder fünfzehn Jahre alt. »Das ist mein Enkelsohn. Er wird ein guter Schmied werden. Sein Vater hat ihn

Jaufré getauft, damals, als Ihr fortgezogen seid. Zur Erinnerung an Euch, Herr.«

Ich nahm die Hand des Jungen in die meinen. »Dann will ich gern dein Pate sein, Jaufré.«

Nun traten andere vor und berührten scheu meine Kleider oder hauchten Küsse auf meine Hände. Berard, der Schäfer, Lois und Peire, beides Bauern in meinem Alter, und viele mehr. Ich konnte die Gesichter, die mich neugierig umgaben und mit Rufen und Fragen bedrängten, gar nicht schnell genug erkennen und einordnen. Doch auf einmal sah ich mitten in der Menge ein verhärmtes Frauengesicht, aus dem mich böse Augen anstarrten.

»Hier bist du wieder in deiner ganzen Pracht, *Senher* Montalban«, fauchte sie. »Mit silberner Rüstung und schönen Pferden. Bringst Geschenke gar. Ich möchte nicht wissen, wie viel Gold und Seide in diesen Ballen ist.« Sie deutete auf die beladenen Pferde. »Aber sag mir, was ist mit unseren Söhnen, he? Mit Bennot, meinem Kind? Und Brun und Enric und all den anderen, die mit dir gehen mussten?«

Vereinzelt nickten und murmelten Leute ihre Zustimmung zu diesen Worten und schauten gespannt, was ich antworten mochte. Ich erinnerte mich an diese Frau, eine Witwe. Bennot war ihr einziger Sohn gewesen. Fragen wie ihre hatte ich mir oft genug selbst gestellt, ohne eine Antwort zu finden.

»Sie sind tot, Elena. So wie auch ich eigentlich tot sein müsste«, entgegnete ich ihr ruhig. »An Gelegenheiten hierzu hat es wahrlich nicht gemangelt.«

»Und doch bist du hier, und unsere Kinder liegen, wer weiß wo, bei den Heiden verscharrt!« Es war ein Aufschrei gegen die Ungerechtigkeit der Welt. Tränen des Zorns standen in ihren Augen.

»Gott hat es so bestimmt«, sagte Drogo sanft zu ihr.

»Sie sind für unseren Heiland gestorben«, rief eine junge Frau.

»Was weißt denn du schon, Bruna?«, rief Elena aufgebracht. »Halt den Schnabel und kümmere dich lieber um deinen Mann, damit er aufhört, in fremden Gärten zu wildern.«

Das brachte alle zum Lachen, und derbe Scherze flogen hin und her, bis die angesprochene Bruna mit rotem Kopf dastand. Die Witwe Elena drehte sich giftig um, warf ihren schwarzen Umhang fester um die Schultern und ging erhobenen Hauptes davon.

Mit Trauer im Herzen sah ich ihr nach.

Plötzlich scholl ein Ruf durch die Menge. »*La Domna, la Domna!* Da kommt die Herrin!«

»Fast jeden Morgen reitet sie aus«, raunte mir Drogo ins Ohr.

Ich schaute auf und erkannte drei Reiter, die sich uns im Schritt den steilen Weg von der Burg her näherten. Zwei waren bewaffnete Kriegsknechte mit Schild und Helm und langen Speeren. Der Dritte, auf einem hübschen Schecken, ritt ihnen voraus, und erst bei näherem Hinsehen sah ich, dass es eine Frau war. Sie trug Männerkleider, eine einfache Tunika mit einem Umhang aus schwerem Tuch darüber, wollene Beinkleider, die in Stiefeln steckten, und einen wetterbeständigen Filzhut, wie ihn die Jäger gerne tragen.

Die Reiterin gab ihrem Pferd die Sporen und näherte sich im Trab, während die Menge ihr bereitwillig eine Gasse öffnete. Wenige Schritte vor Drogo und mir zügelte sie den Gaul und kam zum Stehen. Während das Pferd unruhig tänzelte, starrten blaugrüne Augen streng auf uns herab.

»Was geht hier vor, Drogo? Wer sind diese Leute?«

Der Schecke wollte nicht still stehen und lenkte Bertas Aufmerksamkeit ab. Während sie mit der einen Hand die Zügel straff hielt, sprach sie beruhigende Worte und streichelte den Hals des Tieres, bis es endlich Ruhe gab. Sie war schon früher eine gute Reiterin gewesen, erinnerte ich mich, und hatte täglich Stunden im Sattel verbracht, ungeduldig mit langen Weiberröcken, die ihre Bewegungsfreiheit einschränkten.

Während sie mit dem Pferd beschäftigt war, hatte ich kurz Gelegenheit, sie zu mustern. Ihr Gesicht war leicht gerötet, etwas reifer und voller, als ich es in Erinnerung hatte. Eine goldene Haarsträhne hatte sich unter der Hutkrempe gelöst und fiel bis auf die Schulter herab. Sie kam mir nicht mehr so dünn vor, aber das ließ sich wegen der groben Kleidung schlecht beurteilen.

»Also, wer sind diese Leute?«, wiederholte sie ihre Frage mit fester Stimme und starrte neugierig forschend zu mir herüber. Doch dann wurde ihr Blick unsicher, als traue sie ihren Augen nicht. Drogo zeigte verlegen auf mich.

»Es ist *Senher* Jaufré, *Domna*. Er ist heimgekehrt.«

»Jaufré?«, hauchte sie ungläubig.

Auf einmal war sämtliche Farbe aus ihrem Gesicht gewichen, und diese plötzliche Bleiche ließ ihre Sonnenflecken hervortreten. Drogo sagte noch etwas, aber machte dann den Mund zu. Auch die Dörfler hielten den Atem an, und es war totenstill um uns herum geworden. Bertas Augen waren weit aufgerissen und bohrten sich fassungslos in mein Gesicht, der Mund halb geöffnet, als hätte sie ein Gespenst gesehen.

Ruhig erwiderte ich ihren Blick. Da verdunkelte sich jäh ihr Antlitz, die hellen Brauen zogen sich wütend zusammen, und das Blut schoss ihr ins Gesicht. So heftig zerrte sie an den Zügeln, dass der Schecke erschrocken mit den Vorderhufen hochstieg.

»Ich kenne keinen Jaufré!«, schrie sie außer sich und gab dem Tier die Sporen.

Mit offenen Mündern starrten wir ihr nach, wie sie den Weg zur Burg hinaufgaloppierte. Unsicher folgten ihr die Wachmänner, und wenig später hörte man das schwere Burgtor ins Schloss krachen und das Rumpeln der dicken Sicherungsbalken, die von innen in ihre Halterungen geschoben wurden. Hamid und ich sahen uns betreten an. Irgendjemand in der Menge lachte verlegen, bis ihm ein anderer in die Rippen stieß.

»Ich habe dich gewarnt«, meinte Drogo.

»Vielleicht der erste Schreck«, erwiderte ich lahm.

»Ja, der Mann, der von den Toten aufersteht«, bemerkte Hamid bissig. »Er denkt, man freut sich. Dabei hat man längst sein Erbe aufgeteilt, und nun ist er nur noch lästig.«

»Danke, Hamid. Das genügt!«, knurrte ich wütend.

Per deable! Das hatte ich nicht von Berta erwartet. Ich fühlte mich vor dem ganzen Dorf bloßgestellt. Ich band Ghalib los, und wir zogen mit unseren Pferden vor das Burgtor. Die Leute folgten, denn niemand wollte sich auch nur einen einzigen Augenblick dieses Schauspiels entgehen lassen.

Wir hämmerten abwechselnd an das Tor, doch nichts geschah. Die Wachen starrten betreten zu uns herunter, aber sie öffneten nicht. Stunden vergingen, die Sonne stand schon hoch am Himmel. Alexis brachte die Tiere in den Schatten, und auch wir Menschen suchten uns ein kühleres Plätzchen. Wir hatten Helm und Panzer abgelegt, und aus dem Dorf brachten sie uns frisches Wasser und etwas zu essen.

»Die Frau geht zu weit«, knurrte ich zornig. Noch einmal stapfte ich zum Burgtor hinauf und hämmerte mit dem Schwertknauf an die schweren, eisenbeschlagenen Bohlen des Tors.

»Berta! Verdammt!«, brüllte ich. »Nun ist es genug. Mach endlich auf!«

»Was willst du?«, hörte ich sie von der Zinne über dem Tor schreien. Da war ihr gerötetes Gesicht über mir, die Haare immer noch unter diesem lächerlichen Filzhut versteckt.

»Ich verlange Einlass!«

»Geh zurück, woher du gekommen bist, Jaufré!«

»Es ist meine verdammte Burg!«, schrie ich außer mir vor Wut.

»Was soll sie dich scheren? Bis jetzt war sie dir gleichgültig.«

»Wenn du nicht aufmachst, nehme ich sie mit Gewalt.«

»Versuch es!«, rief sie und lachte höhnisch.

»Deine Kerle fressen wir zur Vesper, mach dir nichts vor.«

»Hier ist meine Antwort«, johlte sie, und als ich hochblickte, sah ich den Inhalt eines Nachttopfs mit Schwung über die Mauer fliegen. Gerade noch rechtzeitig konnte ich das Gröbste vermeiden, dennoch spritzte mir ein Teil über die Füße.

»Verdammtes Weibsstück. Es ist nicht zu fassen«, murmelte ich weiß vor Wut und zog mich schäumend zurück, während sie hinter mir herlachte. Ich griff einen dicken Stein vom Boden und warf ihn gegen das Tor, dass es dumpf dröhnte.

Hamid bog sich vor Lachen.

»Tausend Meilen sind wir gereist«, rief er, »und welch herzlicher Empfang!« Er schlug sich auf die Schenkel. »Hast du mir nicht erzählt, sie sei ein schüchternes Mädchen?« Er konnte kaum reden vor Lachen. »Wenn die da schüchtern ist, wie sind dann die anderen Frankenweiber?«

Er hielt sich die Seiten und konnte sich nicht beruhigen. »Streitbare Weiber habt ihr Franken!«, prustete es aus ihm hervor. »Seid ihr deshalb ins Morgenland gezogen? Um ihnen zu entkommen?« Nun konnte auch Drogo sich nicht mehr beherrschen und stimmte in Hamids Lachen ein.

»Jerusalem hast du erobert«, japste Hamid. »Aber das war ein Kinderspiel! Denn jetzt gilt es, deine eigene Burg zu nehmen. Und an diesem Weib beißt du dir die Zähne aus.«

Erneut überfiel ihn ein Lachkrampf, und er schrie vor Vergnügen. Langsam, wenn auch widerwillig, zuckte es mir selbst um die Mundwinkel. Dann lachte Brun und nach ihm das ganze Dorf.

Dieu, mon Dieu!, dachte ich, was für eine Schmach!

***

Dabei war die Angelegenheit gar nicht witzig.

Berta ließ niemanden rein und niemanden raus. Sie hatte sich vollständig verbarrikadiert und ihre mit Bögen bewaffneten Männer auf den Zinnen postiert. Auch, wenn es nur sechs Wachleute waren, im Handstreich ließ sich die Burg nicht nehmen. Außerdem war an Blutvergießen nicht zu denken, nicht in meinem eigenen Dorf, zum Kuckuck! Nein, es blieb mir nichts anderes übrig, als zähneknirschend abzuwarten. Aber mit genügend Wasser in den Zisternen konnte sie dort oben Monate ausharren. Die Sache war peinlich für mich, und Hamids beißender Humor machte es nicht besser.

»Hattest du nicht vor, sie in ein Kloster abzuschieben«, erinnerte er mich grinsend. »Freiwillig wird sie wohl nicht gehen. Eher macht sie dich zum Mönch!«

Mein finsteres Gesicht schien ihn nur noch mehr zu erheitern.

Die Leute im Dorf waren ganz Mitgefühl, zuckten hilflos mit den Schultern und sprachen mir aufmunternde Worte zu. Was denn nur in die Herrin gefahren sei, so zornig kenne man sie gar nicht. Und freuen solle sie sich doch, dass der *Senher* endlich heimgekehrt sei, nach so vielen Jahren. Man versuchte, mir Mut zu machen. Berta würde sich bestimmt bald besinnen.

Doch bei allem mitfühlenden Verständnis für meine missliche Lage wurde ich das Gefühl nicht los, dass sich viele heimlich freuten, dass ihre Herrin den Mut hatte, einem Kerl wie dem *Senher* die Stirn zu bieten. Wahrscheinlich feixten sie hinter meinem Rücken, bewunderten Bertas Rückgrat und schlossen Wetten ab, wie lange sie durchhalten würde. Besonders für die Weiber wurde sie vermutlich zur heimlichen Heldin, wie man dem gelegentlichen Grinsen hinter vorgehaltener Hand entnehmen konnte, und mancher Bauer mochte mich verfluchen, wenn er sich abends sein Essen selbst zubereiten musste. Wer den Schaden hat, muss sich um den Spott nicht sorgen, so heißt es seit eh und je. Äußerlich nahm ich diese Erniedrigung mit Gelassenheit, aber in meinem Inneren brodelte es gefährlich.

Zwischenzeitlich hatten wir uns in der *alberc* einquartiert, wie das leerstehende Haus schon seit jeher genannt wird, auch heute noch. Es ist vor langer Zeit von Odo errichtet worden, um sein umfangreiches Gefolge unterzubringen, wenn er zu Besuch auf Rocafort weilte. Und es dient gelegentlichen Reisenden von Stand als Unterkunft, wenn sie von der Nacht überrascht werden. Ein geräumiges Haus mit rotem Ziegeldach, das am südlichen Rand des Dorfes steht, mit Blick über die Wiesen, die sich über zwei Meilen bis zum Berg hinauf ziehen.

»Dort oben, Nähe Waldrand, werden wir dein Gestüt errichten«, sagte ich, um von etwas anderem zu reden als nur von Bertas wildem Aufstand gegen ihren rechtmäßigen Herrn und Gemahl.

Hamid hob die Hand, um seine Augen gegen die Mittagssonne zu schützen.

»Ich hoffe, der Boden ist nicht zu trocken.«

»Ein sanfter Nordhang, wie du siehst, und die Wiesen sind saftig. Wir werden ein paar Äcker roden, damit du dich nächstes Jahr selbst versorgen kannst.«

Unser Hab und Gut hatten wir in die *alberc* geschafft und die Pferde auf die Weide treiben lassen. Gisla, Drogos Weib, und die alte Loisa richteten alles für uns her. Knechte schleppten Eselladungen mit Wasser für ein Bad herauf, denn das Haus besitzt keine Regenzisterne. Einen guten Brunnen gibt es in der Nähe

der Schmiede, ansonsten verlässt sich das Dorf auf Regenwasser, das auf einigen der Dächer aufgefangen wird und über Wasserrinnen in zwei große Zisternen läuft. Ähnlich ist die Wasserversorgung auf der Burg geregelt, denn einen Brunnen gibt es auf dem Felsen nicht. Für die meiste Zeit des Jahres ist dies ausreichend, außer in den trockenen Monaten, wenn Wasser vom Agli auf Eselsrücken geholt werden muss.
Ich fragte nach Joana, meiner Amme. Sie sei wohl im Wald bei ihrem Köhler, hieß es. Und auf die Frage, was sie bei einem Köhler zu suchen hätte, gab es anzügliche Blicke und ausweichende Antworten. Ich sandte ein paar Dorfjungen, sie zu suchen, und am frühen Nachmittag tauchte sie endlich auf. Völlig außer Atem stürzte sie ins Haus und warf sich weinend in meine Arme.
»*Jes, mon Dieu!*«, stieß sie keuchend hervor. »Dank sei der Mutter Gottes und allen Heiligen im Himmel! Du bist heil und gesund zu mir zurückgekehrt.« Sie schluchzte in meinen Armen und wollte sich lange nicht beruhigen. »Wie habe ich dafür gebetet. Jeden Tag.« Ein neuer Tränenstrom lief ihr die Wangen hinunter und netzte meine Tunika. Ich hielt sie fest umschlungen, wie ich es als Kind getan hatte. Gott im Himmel, dachte ich, sie riecht immer noch so gut wie früher, als tausend Erinnerungen und Gefühle mich überschwemmten.
»Ich hätte früher …«, stammelte ich verlegen.
Sie umfasste mein Gesicht mit beiden Händen. »Ja, was hat dich bloß so lange aufgehalten, Junge? Aber nun ist es gleich, nun bist du hier, und ich kann endlich wieder glücklich sein.« Mit diesen Worten zog sie meinen Kopf zu sich herunter und küsste überschwenglich mein Gesicht.
Als ich ihr meine Tochter vorstellte, fiel sie mit einem Aufschrei über Adela her und herzte sie ebenso lang und ausgiebig. Das Mädchen war dem Ansturm kaum gewachsen, aber bald sonnte sie sich in Joanas Bewunderung und Herzenswärme. Alles wollte Joana sofort wissen, und Adela erzählte von Tripolis und von ihrer Mutter. Und dabei gab es erneute Tränen, als sie das Kind tröstend an ihrem Busen wiegte.
»Nun bist du hier bei uns, *mon petit anjol*«, sagte sie. »Deine

Mama können wir nicht ersetzen, aber hier soll es dir gutgehen. Ich kümmere mich um dich, wie ich mich um deinen Vater gekümmert habe, als er noch kein so kriegerisches Mannsbild war.« Dabei zwinkerte sie ihr fröhlich zu.

Joana war von mittlerer Größe und schon immer etwas rundlich gewesen, mit einem üppigen Busen und kräftigen Waden gesegnet. Sie trug ein einfaches Leinenkleid mit einem breiten, weichen Gürtel um die Hüften, darüber ein gesticktes Mieder. Ihr kräftiges, dunkles Haar, nun von grauen Strähnen durchzogen, fiel ihr, nur von einem Band gehalten, frei den Rücken hinab, im Gegensatz zu den meisten Matronen, die ihr Haar züchtig bedeckten.

Aber dann erinnerte ich mich. Sie trug keine Haube, weil sie ja nie verheiratet gewesen war. Sie hatte ein weiches, ausdrucksvolles Gesicht mit kräftigen Augenbrauen und einem leichten Schatten auf der Oberlippe. So sehr verändert hatte sie sich nicht, außer, dass sie mit den Jahren noch rundlicher geworden war und dass es nun viele Fältchen in ihrem Gesicht gab, die sich beim Lachen von ihren braunen Augen aus in alle Richtungen ausbreiteten. Wie hatte ich sie doch als Kind geliebt, meine *noiriça!*

Ich stellte ihr Hamid vor. Sie war erstaunt über seine dunkle Haut. »Vergebt mir, fremder *Cavalier*«, sagte sie, »aber ich habe noch nie einen *sarasin* gesehen.« Dabei lachte sie und hieß ihn herzlich willkommen. Hamid nahm Adela bei der Hand, um das Dorf zu erkunden, denn er spürte, ich wollte mit Joana unter vier Augen reden.

»Was höre ich da von einem Köhler«, begann ich scherzhaft.

»Ferran?«, erwiderte sie etwas zu unbekümmert.

»Heißt er so?«

»Er ist vor Jahren hier aufgetaucht und suchte Arbeit. Berta hat ihm erlaubt, Holz in den Wäldern zu schlagen und die Schmiede mit Kohle zu versorgen.«

»Und du besuchst ihn.«

»Ich bin viel im Wald, Jaufré. Ich sammle Pilze oder Kräuter. So trifft man sich.« Plötzlich streckte sie mir die Zunge raus und lachte. »Frag nicht so viel!«

»Liebst du ihn?« Ich war selbst über die Frage überrascht, denn dass Joana einen Mann lieben könnte, wäre mir bis dahin nie in den Sinn gekommen. Noch überraschender war die allzu weibliche Geste, mit der sie rätselhaft lächelnd eine Haarlocke hinters Ohr strich.

»Ob ich ihn liebe?«, wiederholte sie seufzend meine Frage. »Ach, Jaufré. Ich habe mich immer nur um dich, um Cecilia, das Dorf und um Berta gekümmert. Dabei bin auch ich eine Frau. Ich hatte es selbst schon fast vergessen.«

»Du musst nichts erklären.«

Sie sah mich mit leuchtenden Augen an. »Ein bisschen Glück auf meine alten Tage. Das schadet niemandem, oder?«

»Nein, das tut es nicht.« Ich nahm ihre Hand in die meine. Und plötzlich, als ich in ihre Augen sah, fühlte ich mich als Eindringling in Dinge, die mich nichts angingen. Deshalb lenkte ich das Gespräch auf das, was mir selbst am Herzen lag.

»Berta ist bei meinem Anblick völlig verrückt geworden.«

»Du hast sie sehr verletzt, damals«, sagte sie nachdenklich. »Schlimmer noch. Du hast ihren Stolz als Frau mit Füßen getreten. Damals war sie zu jung, um sich zu wehren. Sie hat es hingenommen, aber nie vergessen.«

»Ich habe nichts davon gemerkt.«

»Natürlich nicht!« Plötzlich sprühten ihre Augen Feuer. »Du warst so besessen von deinem eigenen Leid, du hast gar nichts und niemanden mehr gesehen.«

»Deshalb hasst sie mich also.«

»Bei deinem Anblick muss ihr alles hochgekommen sein. Nur, heutzutage ist sie eine andere Frau, mein Sohn. Sie ist gewachsen. Es ist besser, du nimmst sie ernst.«

»Sie hat mich zum verdammten Gespött des Dorfs gemacht.«

»Ach was. Ein Kerl wie eine Eiche bist du geworden. Du wirst es überleben«, erwiderte sie ungerührt. »Aber eines solltest du ihr hoch anrechnen. Zu deinen Söhnen hat sie von dir immer nur mit Hochachtung gesprochen.«

»Söhne?«

»Raol und Martin natürlich.«

»Von einem Martin weiß ich nichts«, sagte ich verblüfft.
»Na, der wurde erst später, lange nach deiner Abreise, geboren«, sagte sie, als sei nichts Besonderes dabei.
»An eine Schwangerschaft kann ich mich aber nicht erinnern«, brummte ich misstrauisch.
»Was wisst ihr Männer schon davon? Außerdem hast du Berta doch kaum eines Blickes gewürdigt.«
Ich war noch nicht bereit, mich mit dieser Aussage zufriedenzugeben. *Was wisst ihr Männer schon davon!* Oder, *das ist Frauensache!* So sprechen Weiber immer, wenn sie etwas zu vertuschen hatten. »Nach vierzehn Jahren komme ich zurück und finde plötzlich, o welch freudige Überraschung, einen Sohn vor, von dem ich nie gehört habe.« Ich lehnte mich vor und starrte ihr ins Gesicht. »Würdest du dir etwa keine Gedanken machen?«
»Du kannst dir so viele Gedanken machen, wie du willst«, erwiderte sie patzig. »Berta ist eine ehrbare Frau, und Martin ist dein Sohn. Basta!«
Ich lehnte mich wieder zurück und dachte darüber nach.
»Am besten frag ich sie selbst.«
»Das wirst du nicht tun, Jaufré!« Ihr bestimmter Ton überraschte mich. »Du hast sie schon genug gedemütigt. Damit soll jetzt Schluss sein!« Sie funkelte mich zornig an. Fast hätte ich laut gelacht, denn so hatte sie immer ausgesehen, bevor sie mir als Bub eine Ohrfeige verabreicht hatte. Um ehrlich zu sein, ich traute es ihr immer noch zu.
»Außerdem«, fuhr sie fort. »Wer bist denn ausgerechnet du, um solche Fragen zu stellen? Vierzehn Jahre lang hat dich unser Leben hier nicht gekümmert. Und deine kleine Tochter? Ist die etwa auf Bäumen gewachsen?«
Ich wollte nicht weiter auf mein Verhältnis mit Adelas Mutter eingehen, denn es war klar, da würde ich den Kürzeren ziehen. War heute nicht der Tag des Heiligen Justinus, des Philosophen? Wie er sollte ich die Dinge besonnen und abgeklärt angehen. Also beschloss ich, fürs Erste zu schweigen.
»Schon gut.« Ich versuchte zu lächeln. »Kein Grund, verstimmt zu sein. Ich habe also zwei Söhne. Raol und Martin.«

»Raol ist nicht immer einfach. Aber Martin ist ein lieber Junge. Du wirst ihn mögen.« So plötzlich, wie ihr Zorn gekommen war, so schnell war er auch verflogen. »Ich will jetzt versuchen, Berta zur Vernunft zu bringen.«

Mit diesen Worten küsste sie mich auf die Stirn und war zur Tür hinaus.

Joana wurde tatsächlich eingelassen, verbrachte sogar Stunden auf der Burg. Doch es gelang ihr nicht, Berta umzustimmen. Weder an diesem noch an den folgenden Tagen. Als ich sie mit Fragen bestürmte, sagte sie nur, Berta brauche Zeit. Zeit für was, wollte ich wissen. Meine Ankunft habe alles verändert, antwortete Joana. Berta müsse nachdenken. Mehr wollte sie nicht sagen. Was, zum Teufel, ging hier vor?

Cecilias Grab

Sancta Blandina,
Patronin der Dienstmägde und Jungfrauen

Quinta Feria,
2. Tag des Monats Juni

Früh am anderen Morgen besuchten Adela und ich das Grab meiner Mutter. Am Westrand des Dorfs befindet sich ein kleiner, eingefriedeter Gottesacker, dessen oberer Bereich seit jeher von den Burgherren beansprucht wird. Dort hatte sie ihre letzte Ruhe gefunden. Stumm standen wir vor dem Gedenkstein, auf dem ihr Name eingemeißelt ist, Cecilia de Monisat, Gemahlin des Ramon Montalban.

Wir Gottesfürchtigen, sei es Christen oder Muslime, glauben an ein Leben nach dem Tod. Wir glauben an die Seele, die zu Gott auffährt und in seiner Umarmung ewige Ruhe findet. Aber auch auf Erden leben die Toten weiter, in der Erinnerung derjenigen, die ihren Lebensweg geteilt haben. Hier also lag Cecilia, eine gute Herrin, von allen geachtet. In meinem Herzen versuchte ich, sie lebendig werden zu lassen, Trauer über ihren frühen Tod zu verspüren. Doch zu meinem Erstaunen empfand ich wenig für meine Mutter. Nur ein undeutliches Gefühl des Bedauerns für ihr unerfülltes Leben ohne Mann und ohne Kinder, außer einem Sohn, der sich von ihr abgewandt hatte.

Adela befingerte Cecilias Kreuz an ihrem Hals.

»Wo ist Großvater begraben?«, fragte sie.

»Irgendwo in Spanien. Er ist bei einer Schlacht gegen die Mauren gefallen. Nur sein Schwert hat man heimgebracht.«

»Hast du es noch?«

»Natürlich.« Ich verschwieg, dass Noura es zuletzt in der Hand gehabt hatte, um sich gegen ihren Mörder zu wehren.

»War er so groß wie du?«
»Nein. Eher untersetzt und kräftig. Wie viele Katalanen.«
»Und Großmutter? Wie hat sie ausgesehen?«
Ich versuchte, mir Cecilias Gesicht in Erinnerung zu rufen. »Sie war eine stolze Frau. Auch nicht sehr groß, fast zart. Hellbraune Haare, die sie meist unter einer Haube versteckt hielt, und kluge, graue Augen.«
»Dann sah sie aber nicht aus wie du.«
»Nicht wirklich.«
»Wieso bist du so groß, wenn deine Eltern klein waren.«
Ich zuckte mit den Achseln. »Odo ist groß, wenn dir das hilft.«
»Werden wir jetzt immer in diesem Haus wohnen?«, fragte sie. Gemeint war die *alberc*.
»Ich hoffe nicht.«
»Aber wenn sie uns nie mehr in die Burg lässt?«
»Berta wird sich wieder beruhigen«, erwiderte ich mit mehr Überzeugung, als ich verspürte.
»Wirst du meine Kapelle bauen, wie du versprochen hast?«
Nun war es schon ihre Kapelle, dachte ich belustigt.
»Natürlich. Wenn sich alles ein wenig beruhigt hat. Aber zuerst muss ich einen Baumeister finden.«
Arme Cecilia. Auch Adela hatte andere Sorgen, als an ihre Großmutter zu denken. Für die Seele der alten Dame hoffte ich auf mehr Wärme im Himmel als bei uns Hinterbliebenen.

***

Vormittags ritten Hamid und ich mit Bauern aus dem Dorf zu den höher gelegenen Wiesen und begannen, die neuen Koppeln abzustecken. Einige Männer schlugen Holz für Umzäunungen, andere begannen die harte Arbeit, Brachland in Ackerböden zu verwandeln. Dabei unterhielt ich mich mit ihnen. Viehdiebstähle habe es in letzter Zeit gegeben, so klagten sie. Scheunen seien in Flammen aufgegangen. Jemand habe an manchen Stellen Olivenbäume umgehauen, und einem Pächter weiter das Tal hinauf habe man ein totes Kalb in den Brunnen geworfen und so das Wasser vergiftet. Es ging so weit, dass sich niemand des Nachts mehr hinaustraue. Erst kürzlich sei ein Kind tot geboren worden, und letzte Woche war eine Kuh beim Kalben gestorben. Vielleicht habe man, ohne es zu wollen, einen Heiligen beleidigt, oder Gott selbst habe sich von Rocafort abgewandt. Ja, und nun gebe es auch noch Streit unter den hohen Herrschaften. Dabei blickten sie betreten weg und wollten sich nicht weiter auslassen. Es war schon mutig, dass sie überhaupt etwas gesagt hatten.

Auf einer sanften Anhöhe stand eine alte, baufällige Schäferhütte. Dort saßen später Hamid und ich und schauten auf Rocafort hinunter. »Ich hoffe, dieser Unfriede dauert nicht zu lange«, meinte er. »Ich glaube, das Dorf leidet darunter.«

»Zunächst mal bin ich es, der darunter leidet«, erwiderte ich gereizt.

»Die Leute sind Berta treu ergeben. Du wirst dich mit ihr verständigen müssen. Sonst zerreißt es die Gemeinschaft.«

»Ich muss gar nichts!«, knurrte ich.

Als wir mittags zurück ins Dorf kamen, stellte Brun seinen Kameraden Jaume vor, der uns nachgeritten war. Er war nicht so groß wie Brun, im gleichen Alter, fast ebenso schäbig ausgerüstet, wie ich Brun vorgefunden hatte, aber von freundlicher Natur und einem kecken Grinsen, das jeden gleich für ihn einnahm. Er entschuldigte sich für sein spätes Kommen.

»Ist sie wenigstens hübsch?«, fragte ich.

Er lachte verlegen und bedankte sich für mein Verständnis. Dann schwelgte er in höchsten Tönen von der Liebe seines Lebens, während Brun die Augen verdrehte. Denn schon bald sollte sich herausstellen, dass Jaume ständig in irgendeiner großen Liebe verstrickt war, nur der Gegenstand dieser heftigen Zuneigung änderte sich leider häufig. Seinem sonnigen Gemüt und nicht zuletzt seiner Begabung als Lautenspieler verdankte er, dass sich immer neue, freiwillige Opfer für diese unersättliche Liebeslust fanden.

Doch das ging mich nichts an. Ich brauchte einen verlässlichen Waffenknecht, und wie er so vor uns stand, machte Jaume einen willigen und tatkräftigen Eindruck. Außerdem hatte sich Brun für seine Treue und Fähigkeiten als *soudadier* verbürgt, so dass ich ihn, ebenso wie Brun, aus unseren mitgeführten Vorräten mit besseren Waffen versah.

»Wir hätten dich unterwegs gebrauchen können, Jaume.«

»Habe schon gehört, Herr. Aber auch ohne mich habt Ihr Euch wacker geschlagen, wie ich hörte«, erwiderte er lachend. »Das nächste Mal bin ich dabei, das müsst Ihr mir versprechen.«

»Kann schneller geschehen, als du denkst, denn wenn sich hier die Aufregung über unsere Ankunft gelegt hat, dann will ich nach diesen Wegelagerern suchen.«

War Nemos Bande für die Übergriffe verantwortlich, über welche die Bauern geklagt hatten? Obwohl, worin sollte sein Gewinn liegen, Scheunen zu verbrennen oder Brunnen zu vergiften?

Hamid rieb nach unserem Ritt seinen Hengst ab, und Alexis kümmerte sich um Ghalib. Die Araberstuten, auch Adelas Reittier, hatten wir oben auf den Weiden unter Aufsicht der Männer aus dem Dorf gelassen, denn sie mussten bald rossig werden, und wir hatten noch keine Entscheidung getroffen, wie wir sie decken lassen würden.

***

Am gleichen Nachmittag erschien im Dorf eine Frau auf einem Esel und verlangte nach mir. Alexis führte sie zu mir in die *alberc*.

»*Mossenher* Jaufré?«, fragte sie, als sie vor mir stand. Sie hatte eine angenehme Stimme, tief für eine Frau.

Ich nickte und musterte sie aufmerksam. Sie war etwas jünger als ich, von gefälligem Aussehen und trug Kleidung von erstaunlich guter Beschaffenheit. Zuerst kam sie mir etwas rundlich vor, bis ich bemerkte, dass sie mehrere Kleidungsstücke gleichzeitig trug, eines über das andere gezogen, so dass man sich wunderte, ob es ihr nicht zu warm würde. Ihre Haut war von der Sonne verbrannt, wie bei jemandem, der sein Leben im Freien verbringt. Hinzu kam, dass sie ganz allein auf einem Esel dahergeritten war.

Mir kam der Verdacht, sie trug vielleicht alles, was sie besaß, am Leib und wohnte nicht in einem Haus wie andere Menschen.
»Was ist dein Begehr, Weib?«, fragte ich misstrauisch.
»Ich bin Enrics Mutter«, sagte sie geradeheraus. Dabei zitterte ihre Unterlippe, und die Augen füllten sich mit Tränen. »Ist er noch am Leben?«
»Na, so was, Enrics Mutter!«, erwiderte ich erstaunt. »Es geht ihm gut. Die Frauen füttern ihn täglich mit gebratenen Tauben und Kapaunen.«
Sie fand meinen Scherz nicht zum Lachen. »Ihr habt geschworen, ihn gehen zu lassen.«
Das war also Nemos Räuberbraut. Und die Kleider waren Diebesgut, das man frommen Pilgerinnen vom Leib gerissen hatte.
»Er ist verwundet.«
»Verwundet?« Ihre Hand war an den Mund gefahren, und in ihren Augen stand die Angst.
»Nicht sehr schlimm. Nur, dass er für immer humpeln wird.«
»Mon Dieu!«, rief sie und rang die Hände. »Wer hat ihn so verletzt?«
»Er und andere hatten vor, uns die Kehlen durchzuschneiden«, antwortete ich kalt. »Auch meiner eigenen Tochter, wenn du es wissen willst.«
Sie stöhnte tief auf, ließ sich auf den nächsten Stuhl fallen und bedeckte ihr Gesicht mit den Händen. Dabei nickte sie, als habe sie alles schon geahnt, und meine Worte seien nur die Bestätigung all ihrer Ängste.
»Sei froh, dass er lebt. Andere waren nicht so glücklich.«
»Was werdet Ihr jetzt mit ihm tun?«
»Du wagst viel, hierherzukommen. Ich sollte euch beide richten!«
Trotz meiner Worte blickte sie mich gefasst an. »Nemo sagt, Ihr habt Euer Wort gegeben und werdet es nicht brechen«, und seltsam entschlossen fügte sie hinzu: »Und wenn Ihr es dennoch tut, so ist es Gottes Wille, und ich will im Tod bei meinem Kind sein.«
Einige Augenblicke lang schwiegen wir und starrten einander an. Ich abschätzend, sie ernst, fast ergeben. Ihr Vertrauen war ent-

waffnend. Diese Frau entsprach nicht dem Bild einer Hure von Mördern und Halsabschneidern. Außerdem hatte sie Mut.

»Sag mir, wie du heißt und wie es kommt, dass dein Sohn unschuldige Reisende überfällt.«

Ihre Brust hob und senkte sich, als sie tief durchatmete. Dabei schloss sie einen Augenblick lang die Augen. »Magdalena heiße ich, Herr«, antwortete sie dann leise.

»Wie die Sünderin in der Bibel.«

Sie blickte zu Boden. »Ja, eine Sünderin bin ich wohl.«

»Und?«

»Wir hatten einen Hof, vor langer Zeit, mein Mann und ich. Weiter nördlich, nahe der Aude. Und noch zwei Mädchen. Enric ist der Älteste. Die Kriegsknechte schleppten meinen Mann fort, als die Kinder noch klein waren. Sie brauchten Kämpfer für Jerusalem.«

»Für Graf Raimon und die *militia christi?*«

»Ja, so hieß es. Ich habe ihn nie wiedergesehen.« Bei der Erinnerung liefen ihr Tränen die Wangen herunter. Sie saß mit hängenden Schultern auf dem Stuhl. Entweder war die Geschichte wahr oder das Weib eine gute Lügnerin.

»Die Landarbeit war zu schwer für mich allein, wir hatten schlechte Ernten. Da kamen sie und jagten uns vom Hof.«

»Wer?«

»Mönche. Mein Mann schuldete Pacht und Geld für die Saat, das er sich geborgt hatte.«

Zuerst hatte sie sich als Magd auf einem Nachbarhof verdingt, musste aber fort, als die Bauersfrau merkte, dass der Mann begann, ihr schöne Augen zu machen. Für eine Weile war sie in einem Kloster untergekommen, wo sie den frommen Frauen zur Hand gegangen war. Aber es gab zu viele Arme und Kranke dort, um alle Mäuler zu stopfen, und so musste sie weiterziehen, immer mit ihren Kindern dabei, die Kleinste auf dem Arm. Bis nach Narbona war sie gekommen, in der Hoffnung, dort Arbeit zu finden. Doch niemand wollte sie beschäftigen, und so schlug sie sich mit Betteln durch, lebte lange Zeit auf der Straße. Im Winter war die Jüngste an Fieber und Keuchhusten gestorben, im Frühjahr die andere Tochter an der Schwindsucht. Da hatte sie sich entschlossen, das zu verkaufen, was man ihr auf ihrer Wanderschaft schon oft mit Gewalt genommen hatte, und war in ein Hurenhaus gegangen. Zumindest hatte sie dort eine Unterkunft und verdiente genug für sich und Enric, um zu essen. Nach einigen Jahren hatte ein gewisser Nemo sie dort herausgeholt.

»Der erste Mann, der sich um uns gekümmert hat«, beschloss sie ihre Leidensgeschichte.

»Seitdem lebst du also mit Räubern und Wegelagerern.«

Sie sah mich flehentlich an. »Gebt mir meinen Enric, Herr. Er allein ist mir geblieben. Ich habe nichts in der Welt außer ihn.«

Was rührte mich das Schicksal dieser Frau? So erging es Tausenden. »Wie hieß dein Mann?«

»Joan Enric. Warum fragt Ihr?«

»Weil auch ich bei der *militia* war. Aber ich kannte ihn nicht. Waren ja zu viele.«

Ich fragte mich, wie er gestorben war. Durch ein Türkenschwert bei der ersten Schlacht, durch die Pestilenz im Lager am Orontes oder beim Sturm der Mauern von Jerusalem. Verschollen wie so viele.

Innerlich verfluchte ich mein weiches Herz. Gewiss nur Lügengeschichten, die mir dieses Banditenweib auftischte. Und wenn es wahr war? Wie konnte ich der Frau eines Kameraden meine Hilfe verwehren, war er auch noch so niedrig gestellt?

»Der Junge wird noch nicht reisen können«, sagte ich nach einigem Nachdenken. »In der Zwischenzeit kannst du der Frau des Schmieds zur Hand gehen. Sie hat zwei kleine Töchter.«

»Aber ich muss zurück«, jammerte sie, »sonst …«

»Sonst was?«

»Nemo hat geschworen, Eure Felder zu verwüsten und Euer Vieh zu töten, wenn Ihr uns nicht gehen lasst.«

»Tut er das nicht schon seit Monaten? Seltsame Dinge geschehen auf meinem Land, wie man mir berichtet.«

Sie sah mich verständnislos an. »Davon weiß ich nichts, Herr! Ihr müsst mir glauben. Ich schwöre es beim Haupte meines Kindes.«

Sie tat mir leid. Und gerade deshalb wollte ich weder sie noch den Jungen zu diesem Wegelagerer zurückschicken.
»Wie dem auch sei, es ist besser, dass ihr beide hier bleibt«, sagte ich mit Bestimmtheit. »Denn solltet ihr jemals bei dieser Bande erwischt werden, dann endet ihr am Galgen. Hier aber gibt es Arbeit für dich und den Jungen. Er kann Tierhäute gerben, Schafe scheren oder das Pfluggerät ausbessern. Auch für dich wird sich etwas finden.«
»Ich danke Euch für Eure Großmut, Herr.« Sie versuchte, meine Hand zu küssen. »Aber spätestens in zehn Tagen muss ich zurück sein. Sonst wird sich Nemo an Euch rächen. Ihr müsst es mir glauben.«
»Hat er dir aufgetragen, dies auszurichten?«
»*Senher Castelan*. Nemo ist kein Prahler. Er tut, was er sagt. Fordert ihn nicht heraus!«
»Das wollen wir doch mal sehen!«, knurrte ich unmutig und zog meine Hand zurück. »Soll er kommen, dein Nemo. Du und der Junge, ihr bleibt hier, hast du verstanden? Und jetzt bringe ich dich zu deinem Sohn.«
Vor dem Haus trafen wir Hamid, und ich bat ihn, uns zu begleiten, denn wir wollten mit Drogo über die Arbeiten für das Gestüt sprechen. Mein Freund musterte die Frau neugierig, die so anders als die hiesigen Bauersfrauen aussah. Auch Magdalena starrte ihn verwundert an, wie alle hier, die ihn zum ersten Mal sahen. Als Gisla auf mein Klopfen öffnete, erklärte ich ihr, wer Magdalena war und was ich entschieden hatte. Odos Frau lächelte freundlich und beruhigte sie, dass es ihrem Sohn gutginge. Sie versprach, sich um die beiden zu kümmern, und die Frauen verschwanden im Haus.
Ich begann, Drogos junge Frau zu mögen. Er hatte gut gewählt. Hamid und ich traten in die Schmiede, wo Drogo bei der Arbeit war, Hals und nackte Schultern schweißgebadet, die Muskeln glänzend im Schein des Feuers. Er trug einen schweren Lederschurz und drehte mit einer eisernen Zange ein Werkstück um, das er im Ofen zum Glühen brachte. Mit dem rechten Arm betätigte er den Blasebalg. Er war dabei, unseren Waffenhort zu

erweitern, wie ich ihn gebeten hatte. Für eine schlagkräftige Mannschaft gegen die Wegelagerer würden wir mehr Waffen brauchen. Im Hintergrund arbeiteten zwei Knechte mit seinem Sohn und versahen neu geschmiedete Speerspitzen mit langen Holzschäften.

Drogo war dabei, zwei lange, dünne Stahlstäbe miteinander zu verschweißen. Der eine aus weicherem Stahl würde den inneren Kern eines Schwerts bilden und es biegsam und geschmeidig machen, während der zweite aus hartem Stahl später zur Schneide gehämmert und der Waffe Festigkeit geben würde. Um sie zu verbinden, mussten die Stücke bis fast zum Schmelzpunkt des Metalls erhitzt werden. Und der ließ sich nur an der Farbe und dem Aussehen der Oberflächen erkennen, wie ich aus den vielen Stunden wusste, die ich als Junge in der Schmiede verbracht hatte. Drogo nahm die verschweißten Teile aus dem Feuer und bearbeitete sie weiter mit dem schweren Hammer, dass die Funken in alle Richtungen stoben.

»Ein gutes Schwert zu schmieden, ist eine wahre Kunst«, bemerkte Hamid, als Drogo das Werkstück unter Zischen in einen Wassertrog zum Auskühlen eintauchte.

Er legte den Hammer weg und grinste. »Ich habe es von meinem Vater gelernt. Meine Schwerter sind nicht die allerbesten, aber für unseren Gebrauch sicher gut genug.«

»Sei nicht zu bescheiden«, warf ich ein. »Du warst schon früher ein guter Waffenschmied.« Ich zog eines der Schwerter, die wir aus Outremer mitgebracht hatten, aus seiner Scheide und legte es auf die Werkbank. »Mein Geschenk für dich, Drogo.«

Seine Augen leuchteten, als er die Waffe in die Hand nahm. Sie war nach der Damaszener Art geschmiedet, nicht so kostbar wie mein eigenes, bescheidener in den Verzierungen des Knaufs und der Parierstange, dennoch unverkennbar das Werkstück eines arabischen Meisters. Drogos fachmännisches Auge untersuchte die feine Maserung des Stahls im Licht des Schmiedefeuers, und sein Daumen fuhr prüfend über die Schneide.

»*Jes Maria!* Was für ein Schwert«, rief er.

Er griff sich einen Fetzen Leinen von der Werkbank und rief seinen Sohn, um es zu halten. Das Schwert durchtrennte sauber den Stoff, obwohl er nur ganz leicht darüberfuhr. »Siehst du das, Junge? Das ist Meisterarbeit! Im maurischen Spanien soll es solche Schwerter geben. Dabei werden Stahlstreifen unterschiedlicher Härte zusammengeschweißt, flach gehämmert, aufeinander gefaltet, neuerlich verschweißt, flach gehämmert, gefaltet und immer so weiter, bis Hunderte von hauchdünnen Lagen entstehen, die so ein Schwert hart und biegsam zugleich machen.«

»Ist es möglich, hier so etwas zu schmieden?«, fragte ich.

»Nein.« Drogo kratzte sich den Bart und schüttelte den Kopf. »Solche Kunstfertigkeit besitzen wir nicht. Das fängt schon mit dem Stahl an. Wo soll ich solch wunderbaren Stahl hernehmen?«

»Aus Indien!«, sagte Hamid prompt und lachte über unsere verdutzten Gesichter. »Im Ernst. Der beste Stahl kommt aus Indien. Mein Vater hat selbst damit gehandelt.«

»Da siehst du es, Jaufré«, lachte Drogo. »Aus der Traum.«

Er ließ das Schwert durch die Luft schwingen. »*Putan!* So etwas habe ich noch nie in den Händen gehalten. Bist du sicher, dass du es mir schenken willst? Wie könnte ich dir jemals danken?«

»Indem du Hamid hilfst, sein Gestüt zu errichten«, erwiderte ich. »Die Koppeln haben wir bereits abgesteckt, und die Männer sind dabei, Zäune zu ziehen. Jetzt sollten wir daran denken, Haus und Stallungen zu bauen. Wir brauchen einen Baumeister, der dies noch vor Wintereinbruch fertigstellt. Und genügend Arbeiter.«

»Da ist ein Mönch in Cubaria, der versteht sein Geschäft. Arbeiter werden sich finden. Nur nicht während der Erntezeit, da sind alle Hände unabkömmlich.« Er lachte breit. »Wir werden dir deine Hütte schon bauen, mein Freund!«, sagte er zu Hamid.

Nachdem dies geregelt war, erzählte ich ihm von dieser Magdalena. Und so kamen wir auf die seltsamen Vorkommnisse zu sprechen, von denen die Bauern mir berichtet hatten.

»Es stimmt, Jaufré«, gab Drogo niedergeschlagen zu. »Und nicht erst seit kurzem. Es begann im letzten Sommer, und die Lage ist noch schlimmer, als sie dir zu erzählen wagten.«

Im letzten Sommer hatten fremde Reiter Kornfelder angezündet, so dass ein Großteil der Ernte verbrannt war. Später war auch die Weinernte über Nacht zerstört worden. Schlimmer noch war es mit den gefällten Olivenbäumen. Viele unwiederbringlich zerstört. Sogar das Viehfutter war knapp geworden. Berta hatte das Notwendigste zukaufen müssen, um die Leute zu ernähren. Alles Verfügbare wurde eingesammelt und sorgfältig zugeteilt, damit niemand hungern musste. Selbst den freien Pächtern hatte sie geholfen. Dann musste Wintersaat gekauft werden, mindestens ein Drittel der benötigten, zukünftigen Ernte. Darüber hatte Berta sich über Gebühr verschulden müssen.
»Gottlob hat das Kloster ausgeholfen, sonst würde heute die Hungersnot im Dorf herrschen«, sagte Drogo. »Und Berta hat sich um alles selbst gekümmert. Zu den Höfen ist sie geritten und hat die Familien maultierweise mit Nahrung und neuem Saatgut versorgt.«
»Du scheinst sie zu schätzen.«
Drogo nickte. »Wir alle hier. Sie ist eine gute Herrin.«
»So gut wie Cecilia?«
»Warmherziger.« Er fuhr sich mit der Hand durch seine drahtigen Locken. »Nichts gegen deine Mutter, Jaufré.«
Berta hatte sich also als Herrin gemausert. Und beliebt war sie auch noch.
Bei meinem Groll gegen das widerspenstige Weibsbild wäre mir das Gegenteil fast lieber gewesen.
»Wer tut so etwas?«, fragte ich betroffen. »Und, verdammt noch mal, warum?«
Drogo zuckte mit den Achseln. »Wir hatten wochenlang bewaffnete Streifen draußen, konnten aber niemanden fassen.«
»Dieser Nemo vielleicht?«
»Räuber würden stehlen, aber nicht zerstören.«
»Außer jemand bezahlt sie«, gab Hamid zu bedenken.
Drogo sah ihn aufmerksam an und nickte dann zustimmend. »Man soll niemanden falsch beschuldigen«, sagte er leise, »aber Gedanken macht man sich schon.«
»An wen denkst du?«

»Man sollte sich fragen, wem es nützt«, entgegnete er. Dabei machte er eine Kopfbewegung nach Osten. »Cubaria.«
»Das Kloster? Doch nicht Prior Julianus! Das kann ich mir nicht vorstellen!«
»Der ist lange tot und begraben«, antwortete Drogo. »Aber sein Nachfolger ist ein Ehrgeizling. Ich mag ihn nicht.«
»Aber ein Mann Gottes, Drogo! Der würde sich doch nicht derart versündigen.«
»Ich weiß. Klingt unwahrscheinlich, doch er versucht seit Jahren, den Landbesitz des Klosters zu erweitern. Außerdem sammelt er Reliquien. Darin steckt er alles und vernachlässigt sogar die Kirche. Sie ist etwas baufällig geworden in den letzten Jahren.«
»Auf was willst du hinaus?«
»Denk nach, Jaufré. Berta ist in seiner Schuld. Wenn sie nicht zahlen kann, zwingt er sie, ihm Land zu übertragen. Und hattest du bei den Mönchen nicht auch schon Gold geliehen?«
»Natürlich. Für die Reise ins Heilige Land.« Ich hatte für mich selbst und meine kleine Truppe Ausrüstung und Verpflegung benötigt, Waffen, Pferde und Geld für die Reise. Das ging über unsere Mittel, und so hatten wir uns hoch verschuldet. Natürlich war Cecilia dagegen gewesen. Aber ich war inzwischen mündig geworden und hatte nicht mehr ihre Einwilligung benötigt.
»Aber Drogo! Mönche, die heimlich meine Felder abbrennen? Das kann ich mir nicht vorstellen.«
Ungläubig schüttelte ich den Kopf.
»Nur so ein verdammt ungutes Gefühl, das ich habe«, sagte Drogo.

***

Am nächsten Morgen ritten Hamid und ich wieder zu den Wiesen hinauf. Es war nun schon der dritte Tag, an dem Berta weiter darauf bestand, mich aus meiner Burg auszuschließen. Die Sache begann wirklich ärgerlich zu werden.
Diesmal waren wir in Drogos Begleitung, der einen grobknochigen Falben besaß. Adela war bei Joana geblieben. Cortesa konnte

schon wieder vorsichtig auf ihren geschundenen Füßen gehen und war mit dem Waschen unserer Kleider beschäftigt. Neuerdings hatte sie unter Joanas Aufsicht begonnen, für uns zu kochen. Die ersten Versuche waren nicht sehr befriedigend ausgefallen, aber sie schien Gefallen daran zu finden, und mit ihrer wohlbekannten Verbissenheit würde sie sicher nicht nachlassen, bis sie auch die Kochkunst meisterte. Solange sie uns nicht vergiftete, sollte es mir recht sein.

Es war ein strahlender Morgen, keine Wolke trübte das Blau des Himmels, und die Luft war so frisch und würzig wie junger Wein. Die erste, kleinere Einfriedung oben am Waldrand war fertig, und wir fanden dort unsere Araberstuten ruhig grasen. Drogo betrachtete die herrlichen Tiere mit ihren gewölbten Hälsen und noblen Köpfen, wie sie zu uns herüberschauten, die Ohren beweglich, mit den feinen Nüstern jeden Luftzug witternd.

»Das ist wahre Schönheit«, sprach er ehrfürchtig.

»Dazu feurig und schnell wie der Wind«, fügte ich hinzu. »Wir werden sie mit größeren Rassen kreuzen, um schnelle Kampfrosse zu züchten.«

»Ach, lasst sie, wie sie sind. Diese Prachttiere sind die reine Vollendung.«

»Ein wahres Wort, mein Freund!«, warf Hamid ein. Dann schlenderte er zufrieden lächelnd umher und sprach mit den Bauern, die bei der Arbeit waren, Pflöcke zu setzen, wanderte eine Weile allein über die Wiesen, um die Beschaffenheit des Grases zu prüfen, und setzte sich schließlich auf den neuen Zaun, um seine Stuten zu beobachten.

»Er liebt diese Tiere abgöttisch«, sagte ich. »Er redet mit ihnen, ohne zu sprechen, als könne er ihre Seelen berühren.«

»Tiere haben keine Seele.«

»Die schon.«

Drogo und ich waren den sanften Hügel hinaufgestiegen, wo die alte Hütte stand, und begannen, uns nach der besten Stelle für Hamids Haus umzusehen. »Erzähl mir von Adelas Mutter«, sagte Drogo. »Wie war sie?«

Mein Gott, seit Tagen hatte ich nicht mehr an Noura gedacht.

»Du hättest sie kennenlernen sollen. Klug war sie. Und schön wie eine Nachtfee. Ich vermisse sie.«
Ich erzählte ihm in groben Zügen die Geschichte unserer Begegnung, ein wenig über Antiochia und über Adelas Geburt vor den Toren Jerusalems. Die Kriegsgeschichten ließ ich aus, denn daran wollte ich mich an diesem schönen Morgen nicht erinnern. Ich beschränkte mich auf kurze Schilderungen von Tripolis und Jerusalem, Einblicke in das Leben in Outremer, ich erwähnte mein Landgut in den Hügeln und erzählte von *Coms* Bertran und seinen Plänen.
»Du hast die ganze Welt gesehen und viel erlebt. Dazu warst du ein großer Mann, *Castelan* des Grafen von Tolosa, mit einem Gut im Heiligen Land.« Er starrte mich ungläubig an und schüttelte den Kopf. »Warum bist du zurückgekommen, Jaufré? Das hier ist nur ein Dorf ohne Bedeutung. Wie willst du dich hier eingewöhnen nach all dem fremden Glanz?«
»Ich habe dies alles vermisst, weißt du?« Mit einer Armbewegung umfasste ich das ganze Tal. »Meine eigene ruhige Welt.« Dann erzählte ich ihm, wie Noura gestorben war.
»Ich kann es dir nachfühlen«, seufzte er, nachdem wir eine Weile geschwiegen hatten. »Als Maria starb, wusste ich nicht weiter. Unser zweites Kind war schon früh im Krippenalter verstorben, da begann sie zu kränkeln und hat sich nie mehr erholt.« Drogo hatte seine Maria schon als Junge geliebt. »Joana war mir eine große Hilfe. Und natürlich unsere alte Loisa. Die hat sich um meinen Jungen gekümmert.«
»Und Gisla?«
Sofort hellte sich sein Gesicht wieder auf. »Gefällt sie dir? Mein Vater hat sie bei ihrer Familie auf dem Markt von Quilhan gesehen und gleich gedacht, sie sei die Richtige. Gislas Vater ist Wagener, und wir liefern ihm manchmal Eisenbeschläge.«
»Hatte schon immer den richtigen Blick, dein Vater.« Ich lachte, denn ich erinnerte mich, dass Albin in jungen Jahren gern den Mägden schöne Augen gemacht hatte.
»Er musste mich überreden, sie mir anzusehen. Aber danach konnte ich's nicht mehr abwarten, sie heimzuführen.«

»Um ihr gleich zwei Kinder zu machen!«
Hamid hatte sich inzwischen zu uns gesellt.
»Was gibt's zu lachen?«, fragte er in allerbester Laune.
»Wir reden von Kuppelei und schönen Weibern«, sagte ich grinsend.
»Bei Allah«, seufzte Hamid, »ich habe schon ganz vergessen, wie eine Frau sich anfühlt.«
»Wenn selbst Kerle wie Drogo hier einen passenden Rock finden«, scherzte ich und stieß ihm in die Rippen, »dann sollst auch du, mein dunkler Prinz, nicht leer ausgehen. Die Corbieras ist voller schöner Frauen.«
»Und eine von denen sitzt da unten in deiner Burg und zeigt dir eine lange Nase!«, spottete Hamid.
»Nicht witzig, Bruder! Aber dir gefällt sie wohl.«
»Dir etwa nicht?«
Ich zog ein säuerliches Gesicht. »Liebt der Esel die Bürde, die man ihm aufsattelt?«
»Es gibt Bürden, die trägt ein Mann mit Freuden«, versetzte Hamid schlagfertig und machte lüsterne Augen zu allgemeinem Gelächter.
Den Rest des Vormittags überlegten und stritten wir, wie und wo das Haus am besten anzulegen sei. Schließlich einigten wir uns auf eine herrliche Lage auf dem Hügel nicht weit von der Schäferhütte und steckten die Ausmaße des Gestüts ab. Links ein Flügel mit Stallungen und rechts einen für die Scheune. In der Mitte der Hof mit offenem Blick ins Tal.
»Lasst uns zuerst einen Brunnen graben«, sagte Drogo. »Nur um sicher zu sein, dass wir hier Wasser finden.«
»Du hast recht. Beginnen wir damit in den nächsten Tagen.«
»Jetzt wird es Zeit, sich einen Schluck zu genehmigen«, sagte Drogo gutgelaunt, ging zu seinem Pferd und kam mit einer Kalebasse in der Hand zurück. »Bester Wein aus unserem Tal. Hat schon ein paar Jahre auf dem Buckel. Aber ich hab ihn ordentlich gelagert.«
Wir ließen uns im Gras nieder. Drogo öffnete die Kürbisflasche und goss für Glück und langes Leben ein paar Tropfen ins Gras.

»Schweiß und Tränen bringt das Leben schon genug, nur die Heiterkeit macht es erträglich. Und der Wein.« Damit reichte er Hamid zuerst die Flasche. »Ein Mann, der lachen kann, ist mir willkommen. Also trink, mein Maurenfreund. *Beu e ben vengut!*«

Hamid freute sich sichtlich und lächelte, dass seine weißen Zähne strahlten, bevor er einen tiefen Schluck nahm. Wir reichten die Flasche reihum.

»Trinken wir darauf, dass in Rocafort die guten Zeiten wieder einkehren!«, sagte Drogo, und das besiegelten wir, indem wir noch einmal die Kalebasse kreisen ließen.

Nun, gute Zeiten hatte Gott für uns leider nicht im Sinn. Eher das Gegenteil! Schweiß und Tränen bringt das Leben, hatte Drogo gesagt. Und wie recht er damit haben sollte.

Es begann, dass Hamid wie zufällig ins Tal hinunterschaute.

»Von hier aus werde ich sehen können, was ihr da unten so treibt«, meinte er lachend. Der Wein war uns schon ein wenig zu Kopf gestiegen, oder es war die Sonne, die uns den Pelz verbrannte. Plötzlich setzte er sich auf, hielt die Hand über die Augen und spähte angestrengt zur Straße, die von Westen nach Rocafort führt.

»Ist das ein Reiterhaufen, der da kommt?«

»Ich kann nichts sehen«, brummte ich.

»Doch, doch«, sagte er. »Da. Jetzt kommen sie hinter dem Wäldchen hervor.«

Man konnte sie aus dieser Entfernung nur schwer ausmachen, aber Hamid hatte recht, da bewegte sich etwas fast nicht erkennbar in der Landschaft. Ein winziges Farbtüpfelchen. Ein Banner? Und da blitzte etwas kaum merklich auf. Vielleicht ein Helm in der Sonne.

»Wir sollten mal nachschauen«, sagte ich, und mit diesen Worten gingen wir zu unseren Gäulen, die wir mit gefesselten Vorderläufen und in gebührlichem Abstand von den Mähren hatten grasen lassen.

Nach scharfem Ritt hatten wir uns dem Dorf bis auf eine Viertelmeile genähert, als Drogo seinen Falben auf einer kleinen Anhöhe zum Stehen brachte, von der wir den gegenüberliegenden Dorfhügel und den Burgfelsen auf seiner Krone gut überblicken konnten. Es ließ sich tatsächlich ein Reitertrupp erkennen, der gerade den steilen Weg vom Agli zum Dorf aufstieg, begleitet von Bannerträgern, Bediensteten und einem ganzen Tross von Maultieren.

»*Que deable!*«, entfuhr es mir. »Da könnte man meinen, Aimeric von Narbona persönlich stattet uns einen Besuch ab.«

»Der verfluchte Kerl schon wieder!« Drogo zog ein wütendes Gesicht. »Tut mir leid, Jaufré. Jemand hätte dich warnen sollen. Berta als Erste. Es ist nicht an mir, darüber zu sprechen. Aber nun muss es raus.«

»Nun rede schon! Was geht hier vor?«

»Seit geraumer Zeit schwänzelt der Mann um Berta herum. Alle zwei, drei Monate taucht er in großer Prachtentfaltung auf und benimmt sich, als gehöre hier alles ihm. Dein Sohn Raol hat drei Monate auf seinen Gütern als Knappe und *escudier* verbracht. Zurzeit hält er sich wieder dort auf. Ein schönes Pferd hat er ihm geschenkt und teure Waffen. Das Gleiche verspricht er Martin, sobald der ins rechte Alter kommt.«

»Und wozu das alles?«

»Der Kerl will Berta heiraten.«

»Berta heiraten?« Mir stand vor Überraschung der Mund offen. »Ich kann mich nicht erinnern, dass meine Ehe aufgelöst wurde.«

»Noch nicht«, sagte er. »Aber da es nie ein Lebenszeichen von dir gab. Alle Welt glaubt dich seit langem tot. Es hat auch schon andere Brautwerber gegeben. Bisher wurden sie immer abgewiesen. Diesmal ist es anders.«

»Was ist anders?«

»Weil Berta bis zum Hals in Schwierigkeiten steckt.«

»Mein Gott, rede schon, Mann! Muss man dir alles brockenweise aus der Nase ziehen?«

»Ich hab es dir doch gesagt. Sie hat sich vom Kloster große Summen geliehen. Die Vorratskammern sind leer, es ist noch weit bis zur Ernte, und es gibt Familien, die hungern bereits. Mir geht es noch besser als den Hörigen und kleinen Pächtern. Berta ist besorgt. Ihre Söhne kann sie nicht standesgemäß erziehen und ausrüsten. Und was soll aus uns allen werden, wenn die Pfaffen ihr Darlehen einfordern?«

»So schlimm steht es?«

»Schlimmer.«

»Und der Kerl ist natürlich reich.«

»So sieht es aus. Hatte sie also eine andere Wahl?«

»Wie kann sie ihn heiraten?«

»Was weiß ich?«, rief Drogo. »Vielleicht lässt sie dich von der Kirche für tot erklären.«

Ich war wie vom Donner gerührt. Und Hamids belustigter Blick machte mich nur noch zorniger.

»Das wollen wir doch mal sehen!«, schrie ich und gab Ghalib, entgegen meiner sonstigen Art, so heftig die Sporen, dass das arme Tier erschrocken einen Satz nach vorn machte und die Anhöhe hinuntergaloppierte. Drogo und Hamid jagten hinter mir her. Ich war aufgebracht, wütend, fühlte mich schändlich hintergangen. Ich würde Berta zur Rede stellen, den Gecken hinauswerfen und dem Treiben ein für alle Mal ein Ende machen. Aber nach kurzer Strecke zügelte ich den Hengst und zwang ihn zum Schritt. Ich atmete tief durch. Es war besser, erst einmal klar zu denken.

»Der hat da eine ansehnliche Begleitmannschaft, oder?«, fragte ich Drogo, als meine Freunde mich eingeholt hatten.

»Üble Raufbolde, wenn du mich fragst. Es läuft einem kalt den Rücken hinunter, wenn die auftauchen.«

»Und Berta hat sechs Wachleute auf der Burg.«

»Die sind in Ordnung.«

Wir waren am Morgen ohne Waffen ausgeritten. Mehr als ein Messer trug keiner von uns am Gürtel. Es hatte keinen Grund gegeben, sich mit Kriegsgerät zu beschweren. Berta heiraten? Mein Gott, da bin ich keinen Tag zu früh aus Outremer heimgekehrt. Es war hohe Zeit, die Dinge hier zu ordnen.

»Auf die Mannschaft der Burg können wir nicht zählen. Wir drei sind unbewaffnet, Brun und Jaume wahrscheinlich ebenso. Also sollten wir besser keinen Streit vom Zaun brechen, oder?«

»Nein, nicht empfehlenswert«, bestätigte Drogo grimmig.
Ich fluchte leise. »Wie wird Berta sich verhalten?«
»Sie wird das Rechte tun«, sagte er mit Überzeugung.
»Auch, wenn ich ihr so offensichtlich im Weg stehe?«
»Wie denkst du denn von ihr?«, fragte er entrüstet.
Darauf wusste ich keine Antwort. Natürlich verstand ich, dass Drogo ihr die Treue hielt. Es ehrte ihn. Doch was sollte man von einer Frau halten, die mir seit Tagen mein Heim und Erbe verweigerte. Sie stand doch gewiss mit ihrem Werber im Bunde.
»Es hol mich der Teufel«, knurrte ich schließlich. »Sie mögen in der Überzahl sein. Aber davonschleichen werde ich mich nicht.«
»Was hast du vor?«, fragte Hamid ruhig. Das Gute an ihm war, dass er immer einen kühlen Kopf bewahrte.
»Wir werden uns unbemerkt dem Dorf nähern. Lasst die Hengste außer Sicht, die sind zu auffällig. Ich stelle mich unter die Leute, um zu sehen, was geschieht.« Ich überlegte weiter. »Hamid. Finde Brun und Jaume! Bewaffnet euch, aber bleibt im Hintergrund. Tut so, als wäret ihr Teil der Burgmannschaft. Alexis soll meine Waffen bereithalten. Drogo, du warnst heimlich Männer aus dem Dorf und wappnet euch mit dem, was ihr so habt.«
»Ist das klug?«, fragte Drogo. »Ein offener Kampf …«
»Ich suche keinen Kampf«, unterbrach ich ihn. »Aber wir sollten nicht unvorbereitet sein.«
Sie nickten beide ihre Zustimmung.
Wir gaben den Pferden die Sporen und machten uns auf den Weg, ohne zu ahnen, dass dies der Beginn von Verstrickungen war, die zu einem erbitterten Kampf um Rocafort führen würden.
Niemand hätte es verhindern können, denn mit der Ankunft dieses fremden Edelmannes war, wie man so schön sagt, der Gaul aus der Scheune, die Katze aus dem Sack und der Fuchs unter den Hühnern.

Der Brautwerber

Sanctus Hubertus,
Patron der Jäger und Bogenschützen

Sexta Feria,
3. Tag des Monats Juni

Um nicht den Verdacht der fremden Reiter zu erregen, machte ich betont gemächlich meinen Weg durch das Dorf. Dabei kam mir gelegen, dass ich am Morgen ein einfaches Bauernhemd übergestreift hatte und Drogos geflickte Beinkleider trug. Meine anderen Sachen lagen irgendwo in einem Waschtrog. So fiel ich unter dem Dorfvolk nicht auf und konnte mich unbemerkt in die Menge auf der Wiese drängeln, wo livrierte Bedienstete beschäftigt waren, zum Schutz vor der Sonne einen großen Baldachin aus besticktem Leinenstoff zu errichten. Die fremden Reiter, etwa ein Dutzend, standen in einer Gruppe und blickten geringschätzig auf unsere Dörfler, die das Geschehen neugierig begafften. Bauern waren eilig vom Feld gekommen und trugen noch Spaten oder Rechen in der Hand. Den Frauen hingen die Kinder an den Röcken. Die Dörfler warfen mir neugierige Blicke zu, und ich musste wiederholt verstohlene Zeichen machen, bis alle taten, als gäbe es mich nicht. Von Adela konnte ich nichts entdecken.

Drogo hatte recht, die fremden Kriegsknechte sahen nicht nur wie hartgesottene *soudadiers* aus, sondern verbreiteten in der Art ihres Auftretens ein spürbares Gefühl von Bedrohung. Besonders ein riesiger Kerl unter ihnen, der wie ein fleischgewordener Alptraum aussah. Die meisten trugen Lederpanzerung, zwei von ihnen Kettenhemden. Die Schilde hingen am Sattel ihrer Reitpferde, die einige Schritte weiter von Pferdeknechten am Zaum gehalten wurden. Sie schienen also keine Schwierigkeiten zu erwarten und ahnten nichts von meiner Gegenwart. Das Wappen in den Farben Grün und Flieder auf dem Baldachin und der Kleidung der Bediensteten kam mir bekannt vor. Plötzlich durchfuhr es mich. Natürlich! Die Reiter, denen wir unterwegs nach dem Hügel der Gehenkten begegnet waren, sie hatten Wimpel mit diesem Zeichen getragen, ein Schwert in eiserner Faust unter einer Burgzinne.

Drei sehr ungleiche Gestalten standen etwas abseits und unterhielten sich leise, während sie die Arbeit der Dienstleute im Auge behielten.

In einem erkannte ich den Kerl mit der Augenklappe, augenscheinlich war er der Anführer der Söldner. Der Zweite musste der geheimnisvolle Brautwerber sein, obwohl er mir den Rücken zukehrte. Ich hatte vergessen, Drogo nach seinem Namen zu fragen. Der Dritte war ein schlaksiger Halbwüchsiger, gut gekleidet, aber mit von der Reise staubigen Stiefeln. Der Mann fuhr dem Jungen mit der Hand durch die dunklen Locken. Sie lachten. Offensichtlich verstand man sich gut.

Dann waren die Dienstleute fertig, und zwei Feldstühle wurden unter den Baldachin gestellt. Der Mann, den ich für den Brautwerber hielt, drehte sich um und ließ sich in einen der Stühle fallen. Wie durch Zauber erschienen ein kleiner Falttisch neben ihm, ein paar schön geformte Kelche und eine Karaffe mit Wein, aus der man ihn bediente.

Er war beileibe kein kleiner Mann, hatte ein glattrasiertes, fleischiges Gesicht und trug sein dichtes, schwarzes Haar, das unter einer mit Goldfäden bestickten Samtmütze hervorschaute, bis auf die Schultern herab. Er war überhaupt sehr kostbar gekleidet, trug keinen Panzer, nur ein langes Schwert an einem goldverzierten Gürtel. Der war kein Kriegsmann, dachte ich. Dazu erschienen seine beringten Hände zu weich, und es fehlten die harten Muskeln eines kampferprobten *cavaliers*. Dennoch schien er Respekt zu verbreiten. Kein Mann, den man unterschätzen sollte. Zurückgelehnt auf dem Feldstuhl, betrachtete er gleichmütig oder eher gelangweilt das Landvolk um ihn herum.

Ich fragte mich schon, was all dies Getue auf der Wiese darstellen sollte, da ging ein Raunen durch die Menge, und Finger deuteten zur Burg hinauf. Sie hatten das Tor geöffnet, und über die Zugbrücke schritt Berta, diesmal zu Fuß, langsam, in würdevoller Haltung und in Begleitung eines Knaben, der an ihrer rechten Seite ging. Ihnen folgten Mägde und vier mit Speeren bewehrte Wachleute in ihren einfachen Waffenröcken.

Während sie sich näherte, starrten aller Augen auf Berta und ihr kleines Gefolge. Sie hatte sich festlich ausgestattet, trug ein hochgeschlossenes, langes Unterkleid aus hellblauem Leinen, die Borten mit aufwendigen Stickmustern besetzt. Darüber ein langer Samtumhang von dunkelblauer Farbe, dessen endlose Schleppe von den zwei ebenfalls festlich gekleideten Mägden getragen wurde. Auf dem Kopf schließlich einen weißen, von einem verzierten Stirnband gehaltenen Schleier, unter dem sich ihr dichtes blondes Haar andeutete.

Ich begann zu verstehen. Es sollte eine öffentliche Handlung werden, mit dem ganzen Dorf als Zeuge. Vielleicht war gar eine Urkunde aufzusetzen. Wieder begann es in mir zu brodeln, so dass ich mich beherrschen musste, nicht auf der Stelle dazwischenzugehen. Aber fürs Erste war es besser, zu beobachten, was hier vor sich ging.

Berta näherte sich dem Baldachin.

Der fremde Besucher war aufgesprungen, aber ließ dem jungen Burschen an der Seite des Söldnerführers den Vortritt. Der ging ihr entgegen, sprach sie mit Mutter an und begrüßte sie in aller Form. Dass dies mein Sohn Raol sein musste, ließ mein Herz schneller schlagen. Hochgewachsen für sein Alter, fast schon ein Mann, dunkelhaarig und mit ernstem Gesicht. Bertas hastige Umarmung schien er steif und nur mit Zurückhaltung über sich ergehen zu lassen. Dann nickte er dem Bruder zu und nahm seinen Platz zur Linken seiner Mutter ein. Bertas Hand ruhte auf Martins Schulter, der noch klein, fast kindlich wirkte. Sein Blondschopf leuchtete in der Sonne, und er blickte sich neugierig um. Das also waren meine Söhne! Ich bekam einen Kloß in der Kehle, denn nicht zuletzt für sie hatte ich die lange Reise unternommen.

»*Domna* Berta. Was für eine schöne Frau Ihr doch seid!«, sagte der Brautwerber mit einem gewinnenden Lächeln. »Ich bin froh, Euch gesund und wohlbehalten wiederzufinden.«
Dabei verbeugte er sich tief. Ich musste zugeben, der Mann hatte recht. Fast so groß wie er, gab Berta eine ansehnliche Erscheinung ab. Ungeduldig wartete ich auf ihre Antwort. Auch das Dorfvolk lauschte gebannt.
»*Mossenher* Borcelencs, willkommen auf Rocafort«, erwiderte sie ernst mit einem angedeuteten Kopfnicken.
Borcelencs? Der Name traf mich wie ein Blitz aus blauem Himmel. Hatte ich richtig gehört? War der Kerl einer der Borcelencs-Brüder? Nachdem ich so viel von Graf Bertran und meinem Onkel über jene Familie gehört hatte, konnte das kein Zufall sein. Was hatte Berta mit den Borcelencs zu tun? Und was wollten die von uns?
»Auf den Tag genau vor drei Monden habe ich Euch vorgeschlagen, mit mir die Bande des heiligen *matrimoniums* zu knüpfen«, sprach Borcelencs auf ruhige, selbstsichere Art, doch ohne hochmütig zu wirken. Ein gewandter Höfling, gewohnt, in vornehmer Gesellschaft das Wort zu ergreifen. »Und Ihr batet um diese Bedenkzeit.«
»So ist es«, erwiderte Berta gefasst, obwohl es mir vorkam, als schwanke sie einen Herzschlag lang. Um mich herum spürte ich eine leichte Bewegung in der Menge, wie der Wind, der über ein Ährenfeld streicht. Manche blickten verstohlen zu mir herüber, neugierig, welche Miene ich zu alldem machen würde.
»Nun, die vereinbarte Zeit ist um«, sagte Borcelencs und lächelte Berta erwartungsvoll zu. Und dann, als sei es ihm gerade erst eingefallen: »Verzeiht! Ich bin zu ungeduldig, und das macht mich vergesslich. Wollt Ihr Euch nicht setzen?« Mit diesen Worten verbeugte er sich abermals und wies auf einen der Feldstühle.
Berta zögerte wieder einen winzigen Augenblick lang, aber dann sagte sie mit höflichem Lächeln: »Für jetzt gefällt es mir zu stehen, *Senher* Robert.«
Robert! Es war also der jüngere der Brüder, der Aufrührer. Hatte Odo nicht gesagt, dass er versuche, unter den alten Verbünde-

ten seines Vaters Widerstand gegen Elvira und ihren Sohn zu entfachen?

»Nun gut, meine Liebe«, erwiderte Robert Borcelencs mit einem Stirnrunzeln, das aber gleich wieder dem siegesgewissen Lächeln wich, das er bisher zur Schau getragen hatte. »Meinen Vorschlag für den Ehevertrag habt Ihr bereits erhalten. Ich nehme an, Ihr fandet ihn äußerst großzügig. Eure Söhne, besonders Raol hier …« Er nickte freundlich in Raols Richtung, der ihm diese Aufmerksamkeit mit einem erfreuten Lächeln dankte. »Eure Söhne kennen meine Großzügigkeit. Es wird ihnen unter meiner Munt an nichts fehlen, *Domna* Berta. Dafür bürge ich. Die betreffende Urkunde werden wir nach der Hochzeit unterschreiben.«

Munt? Wollte der Kerl sich die Gewalt über meine Söhne anmaßen? Das wurde ja immer schöner!

Die Munt oder die Verantwortung für Frau und Kind hat naturgegeben der Vater. Er bestimmt das Schicksal der Familie. Söhne bleiben so lange unter seiner Herrschaft, bis sie einen eigenen Hausstand gründen. Durch diese Heirat also schien Robert sich die Munt über meine Söhne sichern zu wollen. Sie würden seine Fürsorge und persönlichen Schutz genießen. Andererseits konnte er alle Entscheidungsgewalt und jede rechtliche Vertretung beanspruchen. Es ist zwar nicht ungewöhnlich, bei erneuter Vermählung einer Witwe dem Stiefvater die Munt der Kinder zu übertragen, doch dies hier zu hören, wurmte mich mächtig, denn es würde die Aberkennung meiner Rechte als Vater bedeuten. Und das würde ich niemals zulassen.

Berta stand reglos da, während Robert redete, und nickte nur leicht ab und zu mit dem Kopf. Es ist also alles verabredet, dachte ich immer zorniger. Aber ich würde den beiden die Suppe versalzen, *per Dieu!*

Unauffällig sah ich mich um. Zur Rechten, halb versteckt zwischen den Bauern und nicht weit von mir, standen Brun und Jaume in voller Wappnung. Auf der anderen Seite gewahrte ich Hamid ebenso gerüstet, mit seinem Bogen in der Hand lässig an die Schmiede gelehnt. Auch in der Gasse dahinter bewegte sich etwas. Wahrscheinlich Drogo mit ein paar kräftigen Männern.

Robert winkte ungeduldig einen Pfaffen herbei, den ich bislang nicht bemerkt hatte. »Bruder Galhard, den Ihr hier seht, liebe Berta, hat die Urkunde unserer Abmachungen bei sich. Der gute Bruder ist aus Cubaria, und er wird bezeugen, dass alles seine Richtigkeit hat. Wir können also jetzt unterschreiben und noch heute Abend unsere Verlobung feiern.«

Der Mönch trat mit feierlicher Miene vor und hielt eine lederne Urkundenmappe hoch. Ich verstand. Das ganze Dorf sollte Zeuge dieser Unterschrift werden. Der kleine Martin runzelte die Stirn und sah plötzlich neugierig zu mir herüber. Wusste er, wer ich war? Die alte Bauersfrau neben mir bekreuzigte sich, während ihr Mann zornig die Augenbrauen zusammenzog und gespannt auf Berta starrte.

Robert bedeutete einem Bediensteten, Wein einzuschenken, und mit breitem Lächeln bot er Berta einen Kelch dar.

Sie tat jedoch, als sehe sie den Weinkelch nicht, und räusperte sich, während sie die linke Hand auf die Brust legte. Dann reckte sie stolz das Kinn und sprach nur einen einzigen Satz, aber den mit fester Stimme. »Es tut mir leid, Robert, aber ich werde Euch nicht heiraten!«

Ein Seufzen ging durch die Menge. Es war, als ob alle zur gleichen Zeit ausatmeten. Die Leute flüsterten und sahen sich verstohlen an. Hier und da tauchte ein verstecktes Lächeln auf. Borcelencs und seine Söldnerbande schienen hier nicht sonderlich beliebt zu sein.

Robert dagegen war zurückgewichen, als habe er eine Ohrfeige erhalten. »Warum, zum Teufel, nicht?«, stammelte er ungläubig und stellte den Kelch ab. In seiner Fassungslosigkeit schien er die höfischen Sitten vergessen zu haben.

Der kleine Martin warf mir noch einen versteckten Blick zu, dann beobachtete er neugierig seine Mutter, während sein Bruder Raol ein ungläubiges Gesicht machte und sichtlich erblasst war. Ein entrüstetes »Mutter!« entrang sich ihm. Ihm war wohl am meisten an dieser Heirat gelegen. Ich konnte ihn sogar verstehen. Ein Robert Borcelencs als Munt würde ihm Tür und Tor an den Höfen der Prinzen öffnen können.

»Keine Verlobung und keine Hochzeit, *Senher* Robert!«, wiederholte Berta mit einem Seitenblick auf Raol. »Ich danke Euch herzlich für Euren Antrag, der mich ehrt, aber nun müsst Ihr Euch nicht weiter bemühen.«
»Ihr seid kaum in der Lage, mein Angebot auszuschlagen«, zischte Robert sie an. Er war sichtlich wütend.
»Was wisst Ihr von meiner Lage, *Mossenher?*« Hatte sie zuvor kühl und beherrscht gewirkt, so sprühten ihre Augen bei dieser Frage vor Zorn. »Ich kann mich nicht erinnern, meine Lage, wie Ihr es nennt, mit Euch besprochen zu haben.«
»Nun«, brachte er hervor, um Fassung bemüht, »es ist ja allgemein bekannt …«
»Was ist bekannt?«
»Schlechte Ernten, Verluste im Viehbestand. Ihr steht Gefahr, alles zu verlieren, liebe Berta.«
»Und da meint Ihr, der Henne sei gedient, sich unter den Schutz des Fuchses zu stellen?«, bemerkte sie bissig. »Habe ich Euch so recht verstanden?« Sie starrte ihn angriffslustig an.
Ich dachte an Drogos Worte. Wem nützt es, hatte er gefragt. Durch Roberts Äußerungen schien es klar, wer hinter den seltsamen Vorfällen stand. Offensichtlich war auch Berta zu dieser Erkenntnis gelangt.
»Ich weiß nicht, was Ihr damit andeuten wollt, meine Liebe.« Robert war ein Stück näher getreten und hob beschwichtigend die Arme. Nun war er wieder ganz Höfling. »Ich will nur Euer Bestes, und jedermann weiß, eine Frau braucht die Stütze eines starken Arms, den ich Euch hiermit anbiete. Ich bitte Euch im Namen Eurer Söhne, schlagt mein Angebot nicht aus.«
»Ich brauche Euren Arm nicht, denn ich bin schon verheiratet«, sagte Berta mit Nachdruck.
»Aber Euer Gemahl ist seit vierzehn Jahren verschollen«, rief Robert gereizt. »Wir haben darüber gesprochen. Es ist nur eine Formsache. Prior Bernard wird sein Ableben in einer kirchlichen Urkunde bestätigen. Ihr seid frei, *Domna* Berta.«
Nun versuchte Raol, sich einzumischen. »Mutter, sei vernünftig. Es ist doch das Beste für uns alle!«

Sie sah ihren Sohn lange an und seufzte schließlich.
»Raol, dein Vater ist heimgekehrt.«
Bei diesen Worten fiel dem Jungen die Kinnlade auf die Brust, und Robert verlor zum zweiten Mal die Fassung.
»Was sagt Ihr da?«, schrie er außer sich. »Der Kerl ist zurückgekehrt? Wo ist er? Was soll das heißen?«
Es war an der Zeit, einzugreifen.
»Das heißt«, rief ich mit lauter Stimme und bahnte mir meinen Weg durch die Dorfgemeinschaft, »dass ich, Jaufré Montalban, aus dem Heiligen Land zurückgekehrt bin und dass diese Frau immer noch mein Eheweib ist.«
Aller Augen richteten sich auf mich. Es war sehr still geworden. Trotz der bedrohlichen Nähe seiner *soudadiers* konnte ich es mir nicht verkneifen, mich breitbeinig und mit verschränkten Armen vor Robert aufzubauen. Ein Stück größer als er war ich außerdem. Täuschte ich mich, oder hatte ich ein belustigtes Glitzern in Bertas Augen entdeckt? Als ich aber zu ihr hinüberblickte, war sie wie zuvor ernst und gefasst, schien jedoch nicht unzufrieden über mein plötzliches Erscheinen.
»Und damit ist Euer Handel mit Berta ja wohl hinfällig«, fügte ich hinzu.
»Was ist das für ein elendes Spiel?« Fast schrie er Berta an. »Wer ist dieser Kerl. Wollt Ihr mir einen Bauern als Euren Gemahl vorführen?«
»Das ist mein Gemahl! Ob es Euch oder mir gefällt, ist unwichtig.«
»Ein Spitzbube und Betrüger ist er, da bin ich sicher!«
»Es ist Jaufré!«
»Kann er es beweisen?«
Da war ich nun selbst für einen Augenblick ratlos, und Robert merkte dies sofort. »Seht Ihr. Er kann es nicht!«
Mir fiel der Ring ein, den Odo mir gegeben hatte. »Hier, Berta. Dies ist der Ring meines Vaters.«
Ich nahm ihn vom Finger und reichte ihn ihr. Gleichzeitig wurde mir der Irrwitz bewusst, dass ich ausgerechnet auf meinem eigenen Grund und Boden beweisen sollte, wer ich war. Aber bevor

ich den Ring wieder an mich nehmen konnte, hatte Robert ihn schon Berta mit einer hastigen Entschuldigung entrissen und hielt ihn in die Sonne, um ihn sich genauestens anzusehen. War es nur ein Eindruck, oder war Robert wirklich beim Betrachten des Rings leichenblass geworden? Er fluchte leise, warf mir einen mörderischen Blick zu und murmelte etwas vom »Ring der Tolosaner«, aber ich war nicht sicher, ob ich richtig gehört hatte. Dann fing er sich wieder, gab Berta den Ring zurück und machte ein geringschätziges Gesicht.

»Ohne Zweifel gestohlen«, knurrte er. »Der Mann ist ein Betrüger. Seht ihn Euch doch an, Berta! Sieht so ein *senher* aus? Vielleicht hat er Euren Jaufré ermordet und ausgeraubt. Und Ihr lasst Euch von diesem Strauchdieb Sand in die Augen streuen?« Er hob den Blick zum Himmel und stieß einen Stoßseufzer aus. »Oh, die Leichtgläubigkeit der Weiber! *Que Dieu m'ajut!*«

Dann zog er ein Schriftstück aus der Brust seines Gewandes.

»Hier ist der Beweis«, sagte er und entrollte das Pergament. »In der Tat hat Prior Bernard schon die Sterbeurkunde ausgestellt. Ich habe sie Euch gleich mitgebracht. Seht her!« Er hielt die Urkunde zuerst hoch, dass alle sie sehen konnten, und dann zeigte er sie Berta. Die konnte sie ebenso wenig lesen wie die Dorfbewohner. »Ein Dokument der Kirche, das beweist, dass Euer Gemahl nicht mehr lebt.«

Verdammt noch mal! Mit diesem Schriftstück in der Hand brauchte er mich nur noch umzubringen. Wollte er Berta verführen, mit ihm zum Verräter an mir zu werden? Langsam wurde es mir zu viel. Ich wollte diesen Robert schon am Kragen packen, da trat der Graubärtige mit der Augenklappe vor und sprach in einer Stimme so rauh wie ein Reibeisen.

»Herr, wenn Ihr wollt, hängen wir ihn gleich auf, diesen Strolch.«

»Seid kein Narr, Robert«, rief Berta heftig und trat dazwischen. »Bei allen Heiligen! Es ist Jaufré, ich kann es beschwören.«

Nun versuchte auch der Mönch Galhard, Robert zu beschwichtigen. Man müsse die Sache doch erst prüfen, meinte er.

»Prüfen.« In Roberts Gesicht leuchtete es auf. »*Certas, certas!* Das ist gut, sehr gut«, grinste er plötzlich. »Ganz recht. Wir werden die Sache einer Prüfung unterziehen.« Er hob die Arme und sprach laut in die Runde. »*La prova de Dieu!* Der Herrgott selbst soll diesen Halunken überführen. Ich verlange ein Gottesurteil!«

Da ging ein Raunen durch die Menge, und bald redete und flüsterte alles durcheinander. Der Mönch überlegte es sich und nickte zuletzt zustimmend. Die Kriegsknechte grinsten. Berta wusste nicht, wie ihr geschah, und war zu sprachlos, um etwas zu sagen, genau wie ich selbst. Das Ganze war so überraschend gekommen, dass niemand widersprach. Ich selbst war noch zu erstaunt darüber, wie Berta sich für mich eingesetzt hatte, und zum anderen rätselte ich über die Wirkung, die mein Ring auf Robert ausgeübt hatte. *Ring der Tolosaner*? Was hatte er damit gemeint? Aber sie ließen mir keine Zeit, darüber nachzudenken.

»Solltest du der wahre Jaufré sein, dann wirst du siegen«, schrie Robert, dass alle es hören konnten. »Und wenn nicht, *vilan*, dann hat dich die gerechte Strafe Gottes ereilt.« Er winkte dem ungeschlachten Riesen aus seiner Söldnertruppe zu. »Hier ist mein *champio*, mein Kämpfer für die Sache der Gerechtigkeit.« Er zog ihn am Arm zu sich heran und klopfte ihm auf die Schulter.

Neben diesem Koloss wirkte Robert wie ein Winzling. Dieser Borcelencs schien es mächtig eilig zu haben, mich aus dem Leben zu befördern. Seine Männer traten einen Schritt näher und bildeten einen Halbkreis. Der hässliche Riese stülpte sich den Helm über und grinste über sein stoppelbärtiges Gesicht. Ein Berg von einem Kerl, ganz in Eisen gekleidet, Helm und Nasenschutz wie eine furchterregende Maske. Man hatte ihm seinen übergroßen, eisenbeschlagenen Schild gebracht, und nun zog er eine mächtige Streitaxt aus dem Gürtel, so breit und schwer, als ob sie mit einem Streich einen ausgewachsenen Ochsen fällen könnte.

»He, *vilan?*«, höhnte er in tiefem Bass. »Willst du nicht kämpfen? Wo ist deine Mistgabel, Bauer?« Seine Axt machte einen hässlichen Ton, als er sie mit Wucht durch die Luft zischen ließ. Noch hässlicher war sein Lachen.

Rasch blickte ich mich um. *Deable*, wo war mein Schwert?

Brun und Jaume hatten sich unauffällig genähert, und hinter den

Köpfen der Menge sah ich Drogo in Begleitung von Männern mit Spießen und Saustechern in den Händen. Meine Freunde standen bereit, aber es hatte keinen Sinn, hier auf der Dorfwiese ein Blutbad anzuzetteln, das wir kaum gewinnen konnten. Da tauchte Alexis auf und schleppte meine Waffen an.

»Schwert genügt!«, rief ich, und er warf es mir zu.

Roberts Diener hatten die Leute zurückgedrängt. So irrsinnig es schien, ich sah keine andere Möglichkeit, als mich mit diesem Hünen zu messen und ihn zu besiegen, wenn ein blutiges Ende mit vielen Toten vermieden werden sollte. Ich riss das Schwert aus der Scheide und ließ die Klinge in weitem Schwung durch die Luft schneiden, nur um dem Kerl zu zeigen, dass er mich nicht beeindruckte. Dann spannte und lockerte ich abwechselnd meine Nackenmuskeln. Um mich herum das aufgeregte Gemurmel der Dorfgemeinde und vereinzelte Spottrufe von Roberts Männern.

»Du darfst dir ruhig Schild und Panzer nehmen«, sagte Robert. »Keiner soll sagen, dass es nicht gerecht zugegangen ist. Aber es wird dir ohnehin nichts nützen.«

Es war gewagt, gegen diesen Goliath nur mit einem Schwert in der Hand anzutreten. Aber ich sagte mir, Panzer und Schild würden mich gegen diese Axt ohnehin nicht lange schützen, während ihr Gewicht an meiner Kraft zehren und jede Bewegung verlangsamen würde. Bei diesem klobigen Klotz war ich bereit, mein Leben auf Schnelligkeit und Beweglichkeit zu setzen.

»Braucht man eine Rüstung, um einen fetten Ochsen zu schlachten?«, erwiderte ich höhnisch auf Roberts Angebot und starrte meinem Gegner herausfordernd in die blutunterlaufenen Augen. Er musste den Abend zuvor schwer gezecht haben. Umso besser. Noch einmal schwang ich die Damaszenerklinge durch die Luft, dass sie sang.

»Ein guter Ochsenstecher genügt. Und den hab ich hier.«

Die Beleidigung entlockte dem Riesen ein wütendes Grollen. Er hob den Schild und packte die Axt fester. Roberts Männer johlten und pfiffen, um Goliath anzutreiben. Robert selbst grinste erwartungsvoll.

Und dann lief der Koloss gegen mich an.

Im vollen Lauf schwang er seine Waffe. Ich sprang zurück, und die Axt, deren Lufthauch ich spürte, verfehlte mich um wenig, aber sein Schwung hatte den Riesen an mir vorbeigetragen und aus dem Gleichgewicht gebracht. Ich gab ihm einen guten Hieb auf den Helm, nicht gefährlich, doch es wischte das Grinsen von seinem Gesicht. Dann lief ich in den freien Raum und wartete auf ihn. Diesmal kam er vorsichtiger mit erhobenem Schild und lauernden Augen. Wieder schwang die Axt ins Leere, denn ich war flink an ihm vorbei auf seine linke Schildseite gelaufen. Und als er mir schwerfällig folgte, stand ich schon wieder woanders.

So ging es noch einige Male. Er drehte sich wie ein Kreisel, bekam mich jedoch nicht zu fassen. Langsam wurde er wütend und grunzte verdrießlich. Ich täuschte vor, zu straucheln, und ließ mich auf ein Knie fallen. Da sah er seine Gelegenheit und setzte sich in Bewegung, so schnell er konnte. Doch im letzten Augenblick sprang ich auf die Füße, um seinen Axthieb abermals ins Leere gehen zu lassen, während ich darunter wegtauchte, mich um die eigene Achse drehte. Dabei erwischte ich ihn knapp über dem Kniegelenk. Er schrie auf, mehr vor Wut als vor Schmerz, drehte sich, um mich zu fassen, aber da stand ich schon wieder hinter ihm. Mit einem schnellen Stoß in den Nacken hätte ich ihn jetzt vielleicht töten können, aber sicherheitshalber tanzte ich aus der Reichweite seiner Waffe und lachte ihm ins Gesicht.

»Was ist los, Ochse?«, spottete ich. »Hat dich eine Hornisse gestochen?«

Blut tränkte sein rechtes Beinkleid und lief ihm in den Stiefel. Ich hatte getroffen, aber nicht gut genug. Der Kampf hatte mich aufgewärmt, ich stand leichtfüßig auf den Beinen, das Blut sang mir in den Ohren, und die Sache begann, mir Vergnügen zu machen. Sollte er kommen, ich war zu mehr bereit. Aber der Bursche war vorsichtig geworden und beäugte mich misstrauisch.

Inzwischen musste Berta aus ihrer Betäubung erwacht sein. Vielleicht war es das Blut, das auf die Wiese tropfte, denn plötzlich schrie sie außer sich vor Zorn und in einem schneidenden Befehlston, den ich ihr gar nicht zugetraut hätte.

»Jetzt ist es genug!«, brüllte sie. »Hört auf! Schluss damit!«

Sie packte einen der noch vollen Weinkelche und schleuderte dem Riesen den Inhalt in die Augen. Der wankte sichtlich verdutzt über den unerwarteten Angriff.
»Robert!«, tobte sie. »Ruft sofort diesen Schlächter zurück. Was fällt Euch eigentlich ein? Auf meinem Land gibt es kein Gottesurteil. Nicht solange ich Herrin bin.«
»Keine Sorge!«, rief ich und lachte. »Der Ochse ist so gut wie tot.«
Der Riese hob die Axt und sammelte sich für einen neuen Angriff. Da hörte ich das unverkennbare Zischen eines Pfeils und einen dumpfen Aufschlag. Erstaunt starrte der Goliath auf den noch zitternden Pfeilschaft zwischen seinen Beinen.
»Du hast die *Domna* gehört!«, tönte Hamids Stimme hinter uns. »Der nächste Pfeil ist tödlich. Wer sich zuerst bewegt, stirbt zuerst! Oder soll ich bei Robert, Eurem Herrn, anfangen?«
Alles war plötzlich still. Ich blickte mich um. Hamid stand auf dem Dach der Schmiede und hatte bereits einen neuen Pfeil angelegt. Neben ihm zwei andere aus dem Dorf mit Jagdbögen im Anschlag. Auf Hamid war wie immer Verlass, dachte ich erleichtert.
»Mein Freund trifft besser als der Teufel, Borcelencs!«, sagte ich grinsend. »Und er hat mehr Türken auf dem Kerbholz, als Euer Kampfochse hier Läuse hat. Falls Ihr leben wollt, befehlt Euren Männern, sich zurückzuziehen!«
Und so endete das Gottesurteil.
Brun und Jaume sammelten die Waffen ein, immer bemüht, nicht in Hamids Schusslinie zu kommen. Der Riese hinkte zu seinen Kameraden und hinterließ eine feine Blutspur auf dem Gras. Robert schaute zornig um sich, die beiden Jungs bekamen die Münder nicht zu, und die Dorfgemeinschaft begann erst zögerlich, dann immer heftiger zu jubeln.
Warum Berta mir einen missbilligenden Blick zuwarf, konnte ich mir nicht erklären. Hatte sie gemerkt, dass ich in Wahrheit Roberts Ochsen gern geschlachtet hätte? Ich zuckte mit den Schultern. Was soll's? Und dann musste auch ich lauthals lachen.
Bei aller Erleichterung und Fröhlichkeit über diesen glimpflichen

Ausgang endete die Sache zuletzt doch mit einem Tropfen Bitterkeit. Robert hatte es so eilig, von Rocafort fortzukommen, dass er seinen Dienern nicht einmal die Zeit gab, den prachtvollen Baldachin auf einem der Packtiere zu verstauen. Nur die kostbaren Weinkelche samt Karaffe wurden hastig in eine Satteltasche gesteckt, dann begannen die ersten seiner *soudadiers*, aufzusitzen. Einer der Reitknechte führte einen noblen Braunen vor, und Robert schickte sich an, ebenfalls in den Sattel zu steigen.

Unter den Pferden in Borcelencs' Gefolge befand sich ein prächtiger Schimmel, gepflegt und kostbar aufgezäumt. Dieser Hengst machte einen lebhaft feurigen, dennoch beherrschten Eindruck. Wahrhaft das Reittier eines Fürsten. Umso erstaunter war ich, dass es Raol war, der die Zügel dieses Tieres ergriff und schon den Fuß in den Steigbügel setzte, als Berta ihn scharf zurückrief.

»Raol!«, befahl sie. »Hiergeblieben! Du wirst nicht mit ihnen reiten!«

»Aber Mutter!«, rief der Junge kläglich und blickte hilfesuchend zu Robert, der mit finsterem Gesicht auf seinem Braunen saß und schließlich mürrisch mit den Schultern zuckte. »Er ist wie immer bei mir willkommen!«, sagte er widerwillig und zu Raols Erleichterung.

»Kommt nicht in Frage!«, erwiderte Berta scharf. »Nimm deine Habseligkeiten, Raol, und gib das Pferd zurück!«

»Aber Mutter!«, schrie der Junge noch einmal.

Robert raffte sich auf und sprang ihm mit mehr Nachdruck zur Seite. »*Domna* Berta. Der Hengst ist ein Geschenk. Ich sehe nicht, warum Ihr Euren Sohn bestrafen wollt, nur weil …«

Der Gaul musste ein kleines Vermögen wert sein. Warum bestand Robert darauf, dass Raol ihn behalten durfte? Kaum aus Liebe zu meinem Sohn.

»Du tust, was ich dir sage, Raol!«

Ihre Stimme hatte schneidend und endgültig geklungen. Dem Jungen schoss das Blut in die Wangen, aber er gehorchte. Mit hochrotem Kopf und bitter heruntergezogenen Mundwinkeln hob er eine Satteltasche vom Hengst und schickte sich an, auch Helm und Schild herunterzunehmen.

»Diese Waffen gehören dir nicht!« Berta war unerbittlich.
Raol sah sie gequält an, nahm langsam sein Schwert vom Gürtel, ihm als Einzigen hatten meine Männer die Waffe gelassen, und schleuderte es ihr zusammen mit dem Rest der Ausrüstung trotzig vor die Füße. Dann warf er sich die Satteltasche über die Schulter und stürmte ohne ein weiteres Wort den Weg zur Burg hinauf, Rücken steif vor Entrüstung und verhaltener Wut. Ich blickte ihm nach und konnte seine Scham und Erniedrigung fast am eigenen Leibe spüren. Es war, als sähe ich mich selbst vor so vielen Jahren unter Cecilias scharfer Zunge ducken. Aber Berta hatte natürlich recht.
Auch Robert widersprach nicht länger. Als er sich von mir beobachtet fühlte, tippte er bedeutsam mit dem Finger auf die Brust seines *surcots*, wo er meine Sterbeurkunde eingesteckt hatte, und grinste bösartig, ganz so, als hielte er mit diesem Schriftstück mein Leben in seiner Hand. Für jetzt allerdings gab er dem Braunen die Sporen und verließ grußlos das Dorf, eiligst gefolgt von seinen Männern.
Berta nickte grimmig, aber befriedigt.
Ohne mich oder irgendjemanden eines weiteren Blickes zu würdigen, machte sie sich ebenfalls auf den Weg zur Burg. Nur der kleine Martin war zurückgeblieben und starrte mich nachdenklich an. Ernst nickte ich ihm zu. Da erschien ein schüchternes Lächeln auf seinen Zügen. Er hob zögernd die Hand wie zum Gruß. Dann drehte er sich um und folgte seiner Mutter.
Später fanden sie den weißen Hengst unten am Fluss an einen Baum gebunden, mitsamt Sattel und Raols Waffen. Ich dachte darüber nach, was das bedeuten mochte. Wie eine Einladung kam es mir vor. Eine Einladung für Raol. Und was hatte er vom *Ring der Tolosaner* gefaselt? Das war noch seltsamer.

Bertas scharfe Zunge

Sancta Chlotilda,
Patronin der Frauen, Bekehrung der Ehegatten

Sabbatum, *4. Tag des Monats Juni*

Trotz des gestrigen Vorfalls blieb das Burgtor weiterhin verschlossen. Aber inzwischen war es mir damit nicht mehr so eilig, denn Berta hatte sich ehrenhaft verhalten, und wenn sie noch etwas Zeit brauchte, dann sollte mir das recht sein. Ich war überhaupt beeindruckt, wie selbstbewusst und entschlossen sie aufgetreten war. Das war tatsächlich nicht mehr das schüchterne Mädel, das ich in Erinnerung hatte.

In der *alberc* saßen meine Gefährten und ich beim Morgenmahl, ebenso wie Joana, die ihr Nachtlager mit Adela in einer der winzigen Kammern aufgeschlagen hatte. Die beiden waren gestern lange im Wald gewesen, um Joanas Kräutersammlung aufzufrischen, und hatten dadurch ein Gutteil des Aufruhrs versäumt. Cortesa stellte eine große Holzschüssel mit warmem Haferbrei auf den Tisch und verteilte Löffel, damit sich jeder bedienen konnte. Joana warf eine Handvoll Nüsse hinein und süßte mit Honig.

»Dieser ewige Brei!«, murrte ich.

»Mehr haben wir nicht. Also gewöhn dich dran«, erwiderte Joana kurz angebunden. Sie behandelte mich immer noch wie den ungezogenen Lausbub, der ich mal gewesen war. Und dann lächelte sie Adela zu. »Heute Abend, mein Herz, gibt es ein Festessen. Gustau hat uns ein paar Hasen gebracht.«

Gustau war ein schüchterner junger Mann und einer der beiden Bogenschützen, der mit Hamid auf dem Dach der Schmiede gestanden hatte. Es hieß, er verbringe mehr Zeit im Wald als irgendwo anders.

»Schluss mit diesem Fraß«, grollte ich und legte einen Beutel mit Silbermünzen auf den Tisch. »Nimm zwei, drei Ochsenkarren, Joana, und hol in der Nachbarschaft, was es zu kaufen gibt. Nimm Alexis mit und ein paar kräftige Burschen und holt Mehl in der Mühle und bei den Brüdern in Cubaria Bohnen, Erbsen und Pökelfleisch. Und Hirse natürlich. Na, du weißt schon. Ich will keinen Haferbrei mehr sehen und auch keinen halb verrotteten Kohl in Essig. Und bringt Hühner mit und Gänse, ein paar Schweine und Zicklein. Die Männer brauchen was Herzhaftes.«

»Willst du etwa das ganze Dorf versorgen?«

»Verdammt richtig!«, erwiderte ich. »Kauft, was ihr tragen könnt. Würste, Käse und Schinken. Und vergesst den Wein nicht. Sag den Leuten, es ist mein Geschenk, um meine Heimkehr zu feiern. Aber sie sollen sich nicht daran gewöhnen!«

»Wird gemacht, *Castelan!*« Joana grinste über ihr breites Gesicht. Und dann erhob sich ein solch aufgeregtes Getuschel und Geschnatter zwischen Joana, Cortesa und Adela, dass man kein Wort mehr verstand. Ich wollte schon auf den Tisch hauen, als ich plötzlich Martin gewahrte, wie er vor uns stand und verlegen lächelte.

»Mutter schickt mich«, sagte er, als ihn alle ansahen und es deshalb still geworden war. Joana strich ihm liebevoll über die goldblonden, gelockten Haare. Wie Berta aus dem Gesicht geschnitten, dachte ich. Es tanzten sogar die gleichen Sommersprossen auf seiner Nase. Nur die Augen waren einen Ton dunkler und liefen ins Grünbraune.

»Und was hat sie dir aufgetragen?«, fragte ich.

Er wurde rot und stieg unsicher von einem Fuß auf den anderen.

»Starr den Jungen nicht so an!«, nörgelte Joana. »Du machst ihm Angst.«

»Oh, das war nicht meine Absicht«, erwiderte ich und versuchte, freundlich zu lächeln. Ich ergriff seine Hand und tätschelte sie beruhigend. Sie war feucht und schwielig, voller Kratzer und abgerissener Fingernägel. Eine richtige Jungenhand. Gott sei Dank! Wenigstens kein Weichling, wenn er schon mein Sohn sein soll.

»Du bist also Martin.«
»Ja, *Senher!*«
»Er ist dein Vater, Martin«, ermahnte Joana ihn.
Er wand sich etwas, denn diese Anrede war ihm sichtlich ungewohnt. »Ja, Vater«, ließ er dann hören.
Ich stellte ihm alle in der Runde vor. Adela betrachtete er verstohlen, aber Hamid lächelte er bewundernd an. Er mochte noch klein sein für sein Alter, zart war er jedoch nicht, eher muskulös. In ein oder zwei Jahren würde er ohne Zweifel zulegen und ein kräftiger Jüngling werden.
»Und wie alt?«, fragte ich trotz Joanas warnendem Blick.
»Dreizehn, *Senher* … äh, Vater.« Er grinste über seinen Fehler. »Im Herbst werde ich vierzehn.«
»So. Vierzehn.« Ich nickte. »Bist du ein guter Reiter?«
»Besser als Raol!« Er reckte das Kinn höher. Ein wenig Wettstreit unter Brüdern kann nicht schaden, dachte ich belustigt.
»Dann wird es Zeit, dass du lernst, mit Lanze und Schwert umzugehen.«
»Mutter hat es verboten.« Diese Aussage war von einem so treuherzigen Augenaufschlag begleitet, dass Joana laut auflachte.
»Du kleiner Schlingel!«, rief sie. »Meinst du, ich weiß nicht, was ihr heimlich im Wald treibt? Der ist genauso schlimm, wie du es warst, Jaufré.«
»Hättest du ihn besiegt, Vater?«, platzte Martin heraus.
»Wen, Roberts Grobian?« Ich musste lachen. »Ich glaube schon.« Dann fuhr ich ernsthafter fort: »Aber man kann sich nie sicher sein. Einen Gegner darf man nicht unterschätzen, hörst du?«
Er nickte ernst.
»Außerdem, zieh niemals ein Schwert unbedacht, mein Junge. Eine Waffe zu tragen ist eine große Verantwortung.«
»Den Rat hättest du dir gestern selber geben sollen«, klagte Joana, »statt dich mit diesem Totschläger zu messen.« Dabei fuhr sie mir mit der Hand durch die Haare und seufzte. »Aber wild warst du ja schon immer.«
»Dieser Borcelencs ließ mir keine Wahl.«
»Nur gut, dass Berta eingegriffen hat.«

Als ob Berta etwas hätte verhindern können, dachte ich und tauschte mit Hamid einen belustigten Blick aus.
»Vater ist der beste Krieger in Outremer«, krähte Adela plötzlich und wurde rot, als alle sie erstaunt ansahen.
»Also raus damit!«, wandte ich mich wieder an den Jungen. »Was hat dir deine Mutter aufgetragen?«
»Sie lädt euch alle ein!«, sagte er aufgeregt, und seine Armbewegung umfasste den ganzen Raum. »Heute zum Abendmahl in die *aula.*«
»Deable!«, rief ich überrascht. »Sie will wohl Frieden schließen!«
Er nickte ernst. »Ich glaub schon … Vater.«
Das erleichterte Gelächter, das die Tischrunde daraufhin anstimmte, überraschte den Jungen, doch dann lachte er kräftig mit.

***

Über den Nachmittag verteilt kehrten Maultiere und Wagen vollbeladen zurück, und mit dem letzten kamen auch Joana und Alexis. Die Mönche in Cubaria hatten seltsamerweise nur wenig von ihren Vorräten herausgeben wollen, und Joana hatte mehrere Dörfer unserer adeligen Nachbarn abwandern müssen.
Wohlig stöhnend kühlte sie ihre Füße in einem Bottich mit Wasser. »Es war nicht einfach, Jaufré«, erzählte sie und reichte mir den Rest meines Silbers. »Um diese Jahreszeit müssen alle mit ihren Vorräten haushalten. Morgen treiben sie eine kleine Herde Kühe her, die wirst du noch bezahlen müssen. Das ersetzt nicht, was wir an Vieh verloren haben, aber es ist ein Anfang.«
»Wie würdest du alles verteilen?«
»Wir haben einiges zur Burg hinaufgeschafft. Der Rest hat Zeit bis morgen. Berta wird es entscheiden. Wie immer.«
Aha. Berta entscheidet. Wie immer. Nun, langsam würde ich selbst die Zügel in die Hand nehmen müssen, dachte ich unmutig. Es gab viel zu klären.
»Hast du mit ihr geredet? Was hat sie jetzt vor?«
»Du kannst auf der Burg wohnen. Sie wird dir den Platz räumen.«

»Welch ein Sinneswandel!«, rief ich erstaunt.

»Es fällt ihr nicht leicht, glaub mir. Aber sie sieht ein, sie kann dir nicht dein Haus verwehren. Wir werden alle enger zusammenrücken und ihr ein paar Kammern in der Vorburg einrichten müssen.« Sie sah sich um. »Oder vielleicht hier.«

»Ein Umzug aus ihren Gemächern? Das sieht vor den Leuten im Dorf nicht gut aus. Ich will sie nicht erniedrigen. Warum bleibt sie nicht einfach, wo sie ist?« Da ich gewonnen hatte, konnte ich es mir leisten, großzügig zu sein.

»Dein Bett wird sie gewiss nicht teilen«, erwiderte Joana spitz, »falls du darauf anspielst.«

»Natürlich nicht!«, sagte ich entrüstet. »Ich könnte mich oben im Turm einrichten. Hamid wird bald sein eigenes Haus haben, und Adela schläft in deiner Kammer. Dann muss niemand umziehen. Was meinst du?«

»Im Turm?«, fragte sie, und ihr Gesicht verdunkelte sich. »So wie früher, als du dich da oben eingesperrt und mit niemandem mehr geredet hast?«

»Ich sperre mich nicht ein. Diese Zeiten sind vorbei«, beruhigte ich sie. »Nein, ich möchte nur das Beste für alle, auch für Berta. Außerdem mag ich den Turm. Wo gibt es einen besseren Ausblick, eh?«

Joana sah mich misstrauisch an. »Wir werden sehen, ob das gutgeht«, seufzte sie schließlich. »Bertas Burgfrieden ist auch an einige Bedingungen geknüpft. Das solltest du wissen.«

»Was für Bedingungen?«

»Das wird sie dir selbst erklären.«

Ich zuckte unbekümmert mit den Achseln. Über Bedingungen machte ich mir keine Gedanken. Es gab nur einen *Castelan* hier, und der war ich. Der Rest würde sich ergeben. Es sollte nichts überstürzt werden, aber zur rechten Zeit würden wir in aller Ruhe Bertas Zukunft regeln. So jedenfalls stellte ich mir die Sache vor.

***

Bertas Abend war ein Erfolg, auch wenn das nachfolgende Gespräch unter vier Augen weit weniger angenehm wurde.
Zur Unterhaltung aller Anwesenden hatte Hamid von seiner Heimatstadt Damaskus erzählt. Von Märkten und Plätzen, von Moscheen und Palästen, von den Einrichtungen für Kranke, von Häusern der Wissenschaft und Gelehrsamkeit. Er erzählte von Karawanen, die Gewürze und Seide aus dem fernen Osten brachten, und vom Überfluss in den *villae* der Reichen. Hamids Redseligkeit überraschte mich, da er sonst wenig über seine verlorene Heimat sprach. Es musste Berta sein, die diese Wirkung auf ihn hatte.
»Und wo liegt diese wunderbare Stadt?«
Man merkte, sie hatte Schwierigkeiten, sich einen solchen Ort auszumalen, aber mit klugen Fragen ermunterte sie Hamid und entlockte ihm immer neue Einzelheiten.
»Drei bis vier Tagesreisen von Tripolis entfernt. Damaskus liegt in der Wüste. Es ist eine fruchtbare Oase, die von einem Flusslauf aus den Bergen gespeist wird. Es gibt genug Wasser, um die üppigsten Gärten zu unterhalten. Die Stadt ist sehr alt. Schon seit Kain und Abel ist dieser Ort bewohnt.«
Die meisten in der Tafelrunde konnten sich unter einer Wüste nicht viel vorstellen, bis Hamid die Unendlichkeit der Sanddünen beschrieb, von Beduinen in ihren Zeltlagern erzählte und von diesen einzigartigen Tieren, den Kamelen, die große Lasten tragen und viele Tage ohne Wasser auskommen können. Alles lauschte mit aufgesperrten Ohren und gelegentlichen Ausrufen des Erstaunens.
Berta saß am Kopf der Tafel mit Hamid als Ehrengast zu ihrer Rechten, ihm gegenüber Raol und Martin, dann in bunter Reihenfolge Adela, Joana, Brun, Jaume, ein gewisser Peire de Lambesc, Hauptmann der Burgbesatzung, und weitere Waffenknechte, deren Namen ich mir noch nicht gemerkt hatte, der alte Albin, Drogo und seine Frau Gisla sowie Drogos Sohn Jaufré, mein Patenkind. Und zuletzt ich selbst am anderen Ende der Tafel.
Wir befanden uns in der *aula*, ein großer Name für den kleinen Saal auf der Burg, dichtgedrängt um eine aufgebockte und mit

sauberem Leinen bedeckte, festliche Tafel. Löffel und bemalte, glasierte Teller an jedem Platz, Trinkbecher aus Zinn, dazu irdene Wassergefäße, um zwischen den Gängen die Finger zu reinigen. Kerzen auf der Tafel umgaben die Gesellschaft mit warmem Licht, an den Wänden brannten Fackeln in eisernen Haltern. Die Hitze der offenen Flammen machte den Raum trotz der weit geöffneten Fenster etwas stickig. Weinkrüge gingen reihum und mussten häufig nachgefüllt werden. Dank der vielen Vorräte, die Joana herangeschafft hatte, war das Essen reichhaltig und schmackhaft. In Knoblauchsud geschmortes Hasenfleisch, Fasan vom Rost, in Rotwein gekochten Schinken, Hirsebrei mit Rosinen und Bohnengemüse mit frischen Zwiebeln und Kräutern. Nur an Brot fehlte es, denn zum Backen hatte die Zeit gefehlt.

Verstohlen beobachtete ich Berta am anderen Ende der Tafel. Sie war in ein einfaches, ungefärbtes Leinengewand gekleidet, das Haar unter einem schlichten Stirnband hochgesteckt. Auch Schmuck trug sie nicht. Und dennoch hielt sie Hof wie eine Königin. Ihre Wandlungsfähigkeit war erstaunlich. Bei unserer ersten Begegnung war sie eine fauchende Wildkatze gewesen, dann, während Roberts Besuch, die würdige und selbstbeherrschte Burgherrin, und nun gab sie sich als freundliche Gastgeberin, bedachte alle Anwesenden mit einem herzlichen Lächeln und sorgte sich, dass die Mägde jedem ein gutes Stück auf den Teller legten.

Mich hatte sie höflich begrüßt, ansonsten jedoch wenig beachtet. Kein Wort über die vergangenen Tage, nicht einmal über Borcelencs, als wäre das alles nicht geschehen. Dafür widmete sie sich umso mehr Hamid, zeigte sich wissbegierig und folgte all seinen Ausführungen mit großer Hingabe.

»Lieber *Cavalier Sarasin!* Einem Mann wie Euch zu begegnen«, rief sie entzückt, »das hätte ich mir nie träumen lassen. Man kann sich kaum eine Vorstellung von Eurer fremden Welt machen.«

Mein Freund deutete eine kleine Verbeugung an. »Ich bedanke mich für Eure Gastfreundschaft, *Domna* Berta, möge Allah Euch segnen.«

So turtelten sie schon den ganzen Abend, während ich mich langweilte. Aber wenn mein Freund sich zum Hanswurst machen wollte, dann sollte es mir recht sein. Zur Abwechslung fragte ich Gisla nach ihren Kindern, hörte jedoch nur halb zu. Magdalena kümmere sich um ihren Sohn, und dessen Wunde beginne, langsam zu heilen, nicht zuletzt dank Joanas Pflege. Albin und Drogo waren in ein Gespräch über die Geheimnisse der Damaszener Schmiedekunst verwickelt. Brun und Jaume machten leise Bemerkungen untereinander und lachten. Plötzlich fiel mir auf, dass dieser Peire de Lambesc mich aus halb geschlossenen Lidern und mit einem abfälligen kleinen Lächeln auf den Lippen beobachtete, dann aber schnell wegsah, als mein Blick ihn traf.

»Woher kommt dieser Lambesc?«, fragte ich Drogo verstohlen.

»Ein Gascogner *soudadier*«, raunte er. »Ich mag ihn nicht besonders, aber er scheint seine Sache gut zu machen. Berta nahm ihn als Ersatz für Brunon. Du erinnerst dich doch an Brunon, oder? Ist leider vor sechs Monaten gestorben.«

»Brunon ist tot?« Fast hatte ich unseren alten Waffenmeister vergessen, mit dem ich mich oft im Schwertkampf geübt hatte.

»Wir haben seine Leiche mit eingeschlagenem Schädel im Wald gefunden. Wilderer oder Viehdiebe vermutlich.«

Zu viele unglückliche Zufälle in Rocafort. Oder war ich nach Roberts Besuch allzu misstrauisch geworden?

»Und wie leben die Frauen in Eurem Land?«, hörte ich Berta am anderen Ende der Tafel zwitschern.

Hamid lächelte vorsichtig. »Nun«, sagte er. »Frauen sieht man weniger auf den Straßen als bei Euch Franken. Sie beschränken ihre Anwesenheit auf das Haus. Besonders die aus guter Familie.«

Berta stutzte. »Sie dürfen das Haus nicht verlassen?«

»Es wird nicht gern gesehen.«

»Haltet Ihr sie etwa in Käfigen?« Sie lachte über ihren Scherz, aber dann bemerkte sie, dass Hamid verlegen geworden war. »Nein! Im Ernst?«

»Natürlich nicht«, beeilte er sich zu sagen. »Es fehlt ihnen außerdem an nichts, denn ein Mann ist gehalten, sich gut um seine Frauen zu kümmern. Der Prophet selbst hat gesagt …«

»Frauen, sagtet Ihr?«, unterbrach Berta ungläubig. »Ein Mann hat mehr als eine?« Ein Raunen ging um den Tisch. Nun hörten wieder alle zu.

»Vier«, antwortete Hamid lahm. »Der Prophet erlaubt vier Frauen. Aber die wenigsten …«

»Manche haben sogar mehr«, warf ich ein. »Besonders die Türkenfürsten. Da leben die Frauen in abgetrennten Bereichen, die man *haeraem* nennt, und werden streng bewacht.«

»Bei allen Heiligen«, rief Berta und bekreuzigte sich. Sie war entsetzt, dass es Frauen gab, die ihre Männer mit anderen Weibern teilen mussten. »Lieber würde ich ins Kloster gehen«, hörte ich sie kopfschüttelnd murmeln. Auch Joana machte eine finstere Miene. Hamid warf mir einen ärgerlichen Blick zu, und ich konnte nicht anders, als laut zu lachen.

»Es stimmt zwar, was Jaufré sagt«, versuchte Hamid, die Dinge ins rechte Licht zu rücken, »aber das sind Ausnahmen. Die meisten Männer haben nur eine Gemahlin, so wie Ihr Franken auch.«

»Mir scheint, Ihr *sarasins* seid ein schlechter Einfluss«, bemerkte sie spitz und starrte mir, nicht ohne einen schnellen Seitenblick auf Adela, herausfordernd in die Augen. »Denn auch unter uns gibt es neuerdings Männer, die der Vielweiberei frönen.«

Diesmal war es Hamid, der mich auslachte. Berta setzte nach. »Und die Kinder aus solchen Verbindungen, wachsen die alle kunterbunt durcheinander auf?«

Ah! So sah sie das also. Für sie war Adela nichts weiter als ein Kuckucksei, das ich ihr ins Nest legte. Ich biss mir aber auf die Zunge, denn es war nicht der rechte Augenblick, mit ihr zu streiten. Gottlob blieb dies der einzige unangenehme Wortwechsel während dieses sonst so einträchtigen Abendmahls. Ich hatte das Gefühl, dass Berta sich bemühte, ihr rüdes Verhalten der ersten Tage vergessen zu machen. Auch die Sache mit Borcelencs musste ihr peinlich sein, selbst wenn sie es nicht zur Sprache brachte.

Die Mägde trugen den Nachtisch auf. Es gab in Wein eingelegtes Trockenobst mit süßem Rahm übergossen. Das war nach Adelas Geschmack, und sie erbat sich einen Nachschlag. Berta selbst füllte ihr den Teller, als wolle sie ihre frühere Bemerkung wieder-

gutmachen, und ließ noch eine goldfarbene, triefende Honigwabe aus der Küche kommen.
»Iss, mein Kind!«, sagte sie gutherzig. »Dank deinem Vater gibt es nun alles im Überfluss.« Sie hob ihren Weinbecher und trank mir zu.
Es war eine freundliche Geste, aber ihr Blick enthielt wenig Wärme. Adela dagegen schien sich wohl zu fühlen. Kein Wunder, denn Joana hatte sich den ganzen Abend um sie gekümmert und ihr kleine Leckerbissen in den Mund geschoben. Außerdem schien sie in Martin eine Eroberung gemacht zu haben, denn der ließ keine Gelegenheit aus, ihr zuzulächeln, obwohl er sich noch kaum traute, mit ihr zu reden.
Man brachte frisches Wasser für die Handbecken und weiche Tücher zum Trocknen. Eine der jungen Mägde, die uns bedienten, war ein allerliebstes Geschöpf von vielleicht achtzehn Jahren. Sie hatte eine reine, weiße Haut und rote Wangen, dunkles Haar zu einem langen Zopf geflochten, der ihr den Rücken hinab bis auf die Hüften fiel. Sie schien bei allen beliebt zu sein, und bei ihrem freundlichen Wesen und engelhaftem Lächeln war dies nicht verwunderlich.
Diese Magd war dabei, die Tafel abzuräumen, als Berta sich erhob und sie bei der Hand nahm. Gleichzeitig rief sie nach Gustau, dem jungen Jäger. Da wurde getuschelt und gelacht. Das Mädel wurde rot, fuhr sich befangen übers Haar, lächelte jedoch in fröhlicher Erwartung.
»Jetzt hat sie ihn wohl endlich rumgekriegt«, grinste Drogo.
Die Männer klopften mit den Bechern auf die Tafel, und vereinzelt ertönten Rufe wie »nimm doch lieber mich, Rosa!« oder »ich bin noch zu haben, *mon cor!*«. Dann riefen alle ihren Namen, »Rosa, Rosa, Rosa!«, bis Gustau die Stiege von der Küche erklommen hatte und atemlos, vom Lärm überrascht, in der *aula* auftauchte. Berta fasste auch ihn bei der Hand.
»Rosa und Gustau haben sich das Jawort gegeben«, rief sie zu lautem Jubel in die Runde. »Rosas Vater hat sich lange geziert, doch nun hat auch er zugestimmt. Nach der Ernte feiern wir Hochzeit!«

Frisch gefüllte Weinkrüge erschienen, es wurde lautstark auf das Wohl des jungen Paares getrunken, Rosa musste ihren Bräutigam küssen, und die Gesellschaft wurde immer ausgelassener. Schließlich holte Jaume seine Laute und gab Volksweisen zum Besten, in die alle herzhaft einstimmten. Er hatte eine gute Stimme, und ich bemerkte, dass er die Blicke der jungen Mägde auf sich zog.
Ich selbst sagte nicht viel, aber genoss den Abend.
Es war schön, die fröhlichen Gesichter zu sehen. So hatte ich mir die Heimkehr vorgestellt. Schmerzlich wurde mir bewusst, wie lange ich all dies vermisst hatte. Hier war ich endlich wieder unter den Meinen. Die rauhe Soldatengemeinschaft kann das nicht ersetzen. Nichts ist wichtiger als der Zusammenhalt der *familia*. Jeder weiß es, jeder sagt es. Und doch hatte ich nicht danach gelebt. Ich hatte die Familie mit Füßen getreten.
Bei uns umfasst das Wort weit mehr als nur der enge Kreis nächster Verwandtschaft. Denn zur *familia* gehören alle, die dem *dominus* nahestehen, unter seinem Dach wohnen, von seiner Gunst leben oder ihm sonst in irgendeiner Weise verpflichtet sind. Ob Waffenmeister oder Ritter, Knappen aus verbündeten Familien, Gesinde, Handwerker, Stallburschen, leibeigene Bauern oder freie Pächter, sie alle bilden durch Blutsbande, Treueschwur oder Pachtverpflichtung eine enge Lebensgemeinschaft. Die Achtung überlieferter Regeln und Gebräuche, die Gerechtigkeit des *dominus*, Gehorsam und Treue ebenso wie Gemeinsinn und Eintracht, das sind die Grundpfeiler dieses Zusammenlebens. Und was die Gemeinschaft stark macht, ist nicht zuletzt die Liebe ihrer Mitglieder untereinander. Als Hort der Geborgenheit für die Schwachen und Quelle der Kraft für die Starken bedeutet die *familia* Schutz, Ordnung und Wohlstand. Ohne sie ist der Mensch nichts weiter als ein Tier, anderen wilden Tieren schutzlos ausgeliefert.
So liefen meine Gedanken, während ich Berta beobachtete, wie sie beschwingt am anderen Ende der Tafel redete. Wenn man es recht bedachte, hatte sie allein die Familie zusammengehalten, genau wie Cecilia vor ihr. Ich sollte ihr dafür dankbar sein. Mein unerwartetes Erscheinen hatte einen ziemlichen Wirbel verursacht. Nun sollten wir den Ärger der letzten Tage vergessen und

die alten Gegensätze zwischen uns klären. Vor allem um Raol musste ich mich kümmern. Ich würde versuchen, ihn für mich zu gewinnen.

Drogo stieß mich an. »He, Jaufré! Du bist so still.«

»Ich bin noch ganz benommen, mein Freund, hier zu sitzen und mit euch zu feiern!«

Er drückte meine Hand, und wir tranken uns zu. Dann stand ich auf und bat um Aufmerksamkeit.

»Ich danke Berta für diese Einladung und trinke auf ihre Gesundheit!« Sie ließen Berta hochleben und leerten zu ihrem Wohl die Becher. »Und nun wollen wir meine Heimkehr feiern.«

Ich rief nach Alexis und Cortesa und bat sie, die Satteltaschen hereinzubringen, die wir vorbereitet hatten, denn zur Heimkehr des *dominus* gehörten schließlich Geschenke und Gaben. Unter erwartungsvollem Raunen und Tuscheln wurden Teller und Schüsseln von der Tafel geräumt.

»Bald werden wir hier eine Kapelle bauen«, eröffnete ich ihnen als Erstes und unter allgemeiner Freude. Ich nahm Euthalias Ikonenbild zur Hand und entfernte vorsichtig die schützende Hülle.

»Dieses Marienbild kommt aus Konstantinopel, der größten Stadt der Welt, und wir werden es in eine Altarnische hängen, damit alle die Heilige Jungfrau sehen und anbeten können.«

Sie bestaunten die mit klaren Linien gezeichneten Figuren, die kräftigen Farben und das pure Blattgold des Heiligenscheins der Jungfrau und des Kindes. Ich zwinkerte Adela zu, die wusste, woher das Bild stammte. Nachdem sich alle daran sattgesehen hatten, nahm ich einen in Rot- und Goldtönen gehaltenen, kostbar bestickten Schal aus meinen Satteltaschen, den ich vorsichtig entfaltete und in seiner ganzen Länge und Breite vor Berta ausbreitete.

»Dieses Stück kommt aus einem Land, das man Indien nennt«, erklärte ich ihr. »Ein seltenes Gewebe, feinste Wolle von Bergziegen verwebt mit Seide. Es soll im Winter gut warm halten.«

Bertas Finger ertasteten staunend die winzigen Stickereien, die die Borten zierten. »Welch herrliche Farben«, sagte sie lächelnd, doch immer noch mit einer gewissen Zurückhaltung.

Da fasste ich nach ihrer Hand und legte eine goldene Gewandnadel hinein. Alle, die dieses Kleinod sahen, atmeten hörbar ein und hielten den Atem an, denn es war eine hervorragende Goldschmiedearbeit, die in ihrer Grundform eine offene Auster darstellte. Und anstatt einer Perle war darin ein grüner Smaragd befestigt. Die Leute am hinteren Ende der Tafel sprangen auf und kamen näher, um besser sehen zu können. Berta war so erstaunt, dass sie die andere Hand vor den Mund geschlagen hielt, während sie mit großen Augen das Juwel betrachtete.

»*Mon Dieu!* Ich danke dir, Jaufré.« Mehr konnte sie nicht sagen und war sichtlich bewegt.

»Das ist noch nicht alles«, beeilte ich mich zu sagen und holte die kleine Kiste aus kostbarem Holz hervor und öffnete sie. Alle beugten sich vor. Die darin enthaltenen Teller waren in Seide gewickelt, und jeder einzelne lag in einem weichen Bett von Schafswolle. So hatten sie die Reise unbeschadet überstanden. Ich nahm einen von ihnen vorsichtig heraus.

»Hart, aber zerbrechlich. Man darf sie nicht fallen lassen.« Das glänzende Weiß des kleinen Tellers leuchtete strahlend hell im Kerzenschein. In blassem Blau waren rundherum Blütenmuster aufgemalt und in der Mitte so etwas wie ein Strauch mit verschlungenen Zweigen, auf denen winzige Vögel saßen. »Jeder Teller ist anders und einzigartig.«

Berta hob ihn mit beiden Händen vorsichtig hoch und betrachtete lange die Bemalung. Dann hielt sie das Stück gegen das Licht.

»Fast durchsichtig«, sagte sie andächtig.

»Ähnelt dem Inneren einer Muschelschale, nicht wahr? Der Händler meinte, sie kämen aus einem Land, das noch weit hinter Indien liegt. Hat mich ein kleines Vermögen gekostet.«

»Und wozu dienen diese Teller?«

»Müssen sie zu etwas dienen?«, fragte ich. »Genügt es nicht, dass sie schön sind?«

»Ja. Sie genügen sich selbst«, erwiderte sie und lächelte. »Ich danke dir von Herzen, Jaufré.«

»Und nun zu dir, Joana!« Ich breitete zwei bunte, arabische Gewänder aus Baumwolle vor ihr aus. »Leicht und luftig, für die

Hitze des Sommers, wenn du mal wieder im Wald spazieren gehst.« Alle stießen sich lachend an, und Joana drohte mir mit dem Zeigefinger. »Und dies, damit du auch besonders hübsch aussiehst.« Ich legte ihr ein paar goldene Armreifen dazu.

»Er wird denken, ich bin die Königin von Saba«, lachte sie, »und fällt vor Schreck in Ohnmacht.«

Nun stellte ich eine Reihe irdener, mit Wachs verschlossener Gefäße und Fläschchen vor ihr auf. Sie trugen arabische Schriftzeichen.

»Beim heiligen Antonius, was ist denn das?«

»Arzneien arabischer Ärzte. Kräuter, Salben, Tinkturen.«

»Aber was weiß ich von der Heilkunst der Mauren?« Joana bekreuzigte sich, als fürchte sie den Leibhaftigen.

»Ich kenne mich ein wenig damit aus«, beruhigte Hamid sie, »ich werde dich lehren, was ich behalten habe.«

»Aber kein Teufelswerk!«, rief sie misstrauisch.

»Ich schwöre es!« Seine Zähne leuchteten blendend weiß in einem Grinsen, das von Ohr zu Ohr ging. »Kein Teufelswerk.«

Ich griff wieder in meine Taschen und warf nun zur Überraschung der Runde einen Ballen herrlicher blauer Seide auf den Tisch.

»Rosa, komm her!«, rief ich der Magd zu und hob das kostbare Tuch hoch, so dass es von ihrer Schulter bis auf den Boden fiel. »Daraus wirst du dir ein Brautkleid nähen. Gib Joana jetzt den Ballen, sie wird dir geben, was du brauchst.«

Rosa schlug die Hand vor den Mund und war sprachlos. Andächtig befühlte sie die feine Seide, und dabei schossen ihr Tränen in die Augen, die sie rasch an ihrem Ärmel abwischte, damit nur ja nichts auf das Tuch fiel. Ihr Gesicht war feuerrot vor Freude, und sie hauchte ihren Dank. Dann nahm sie den Ballen und trug ihn vorsichtig zu Joana hinüber. Auf dem Weg wollten alle Frauen den zarten Stoff berühren und brachen eine nach der anderen in Ausrufe des Erstaunens und Entzückens aus. Seide kannte man vom Namen her, aber kaum jemand hatte sie jemals in der Hand gehalten. Auch Berta machte große Augen.

Und so ging es weiter mit den Geschenken. Gustau, der Bräutigam, erhielt ein langes Jagdmesser, Gisla ein Elfenbeinkästchen, gefüllt mit Goldmünzen für die Aussteuer ihrer Töchter, Cortesa ebenfalls Seide für ein Hochzeitsgewand, Alexis eine silberne Gürtelschnalle. Unter den Waffenknechten verteilte ich byzantinische Goldmünzen, den Mägden schenkte ich silberne Haarnadeln, Seidenbänder und Kämme, den Knechten Silbermünzen, und selbst diesen Peire ließ ich nicht aus. Die Männer waren in Hochstimmung, erhoben sich allesamt, mancher schon leicht schwankend, und tranken auf Bertas und mein Wohl.

Zuletzt rief ich meine Söhne zu mir. Martin, begleitet von freundlichen Ermunterungen aus der Tafelrunde, erreichte mich als Erster und grinste über beide Ohren. Er zappelte ungeduldig, als könne er es nicht abwarten.

»Ich habe gesehen, wie du Hamid und seinen Bogen bewundert hast«, sagte ich zu ihm. »Du musst wissen, die Türken sind die besten Bogenschützen der Welt, und deshalb habe ich einen echten Türkenbogen für dich mitgebracht.«

Seine Augen weiteten sich. Er nahm ihn andächtig aus meiner Hand entgegen und zupfte an der Sehne. Alexis und ich hatten die Waffe für ihn gespannt. Dazu reichte ich ihm einen Köcher Pfeile mit geschliffenen Stahlspitzen.

»Für die Jagd«, beruhigte ich Berta, die über dieses Geschenk nicht sehr glücklich schien. Die kleine Lüge war heute gewiss erlaubt, denn es handelte sich um den Kampfbogen jenes toten Seldschuken, den ich nach der Schlacht im Libanon an mich genommen hatte. Ich erinnerte mich an seine edlen Züge. Ich hoffe, du bist nicht unzufrieden, mein Freund, dass ich deine Waffe meinem Sohn schenke. So werden wir ab und zu an dich denken. Und Martins vor Freude leuchtendes Gesicht machte mich froh.

Raol war widerwillig vorgetreten. Sein Antlitz war verschlossen, und er vermied es, mich anzusehen. Wenn Martin nach seiner Mutter kam, so erkannte ich in Raol meine eigenen Züge wieder. Ein gutaussehender, hochgewachsener Jüngling mit schmalem Gesicht, dunklen Locken und einem ersten, hauchdünnen Bartflaum auf der Oberlippe. An den kräftigen Muskeln an Nacken und Armen sah ich mit Befriedigung, dass er in der Waffenausbildung gewesen war, wie es sich für einen jungen Edelmann gehört.

Er hatte auch nicht mehr Martins kindlichen Blick, sondern machte einen erwachsenen Eindruck.
»Raol, sieh mich an!« Widerstrebend hob er die Augen, die Lippen fest zusammengepresst, um nur ja kein Lächeln entgleiten zu lassen. »Als Erstgeborener wirst du eines Tages meine Waffen und mein Streitross erben. Doch da ich noch nicht vorhabe zu sterben, darfst du bis dahin mit diesem hier vorliebnehmen.«
Mit diesen Worten hielt ich ihm ein kostbares Schwert hin. Es steckte in einer silberverzierten Lederscheide und trug als Knauf das Abbild eines Wolfskopfs. Passend dazu ein reichgeschmückter Schwertgürtel. Eines der besseren Beutestücke aus meiner Sammlung, und ich hoffte, das Geschenk würde den gestrigen Verlust des anderen Schwerts mehr als ausgleichen.
Die Runde klatschte begeistert Beifall. Alle Welt wusste, was so ein Schwert wert war, und jeder Junge seines Alters wäre bei diesem Geschenk vor Freude hochgesprungen. Aber Raol bedankte sich kühl, nahm, ohne eine Miene zu verziehen, die Waffe aus meiner Hand und machte kehrt, um sich wieder auf seinen Platz zu begeben.
Ich fing Bertas besorgten Blick auf. Mit dem Jungen würde es schwierig werden, dachte ich. Raols Kälte hatte mich getroffen. Plötzlich kam ich mir lächerlich vor mit meinen Gaben. Verärgert über mich selbst, nahm ich wieder Platz.
Die Tafelrunde trank, redete und lachte noch eine Weile, bis dem alten Albin der Kopf auf die Brust sank und er in den schönsten Tönen zu schnarchen begann. Berta nahm dies zum Anlass, den Abend zu beenden.
»Nun geht, denn Jaufré und ich haben einiges zu besprechen.«
So ist es, dachte ich und goss mir in grimmer Erwartung etwas Wein nach. Es war Zeit, reinen Tisch zu machen.
Die Tafel wurde abgeräumt, und nachdem die Fackeln gelöscht waren, blieben nur zwei Kerzenleuchter, so dass der Rest des Raums in Dunkelheit lag. Rosa ließ uns einen Wasserkrug und eine Kanne Wein. Schüchtern wünschte sie eine gute Nacht und verließ den Raum.
Berta hatte ihren Platz am Kopf der Tafel beibehalten.

Ich nahm einen Schemel und rückte näher. Sie machte sich umständlich mit dem Wasserkrug zu schaffen, wobei sie durch Ungeschick etwas auf die Tafel schwappen ließ. Vermutlich war sie ebenso aufgeregt wie ich, auch wenn wir beide es nicht zeigen mochten. Sie vermied es, mich anzusehen.
»Du bist also zurück.«
Eine leise Feststellung, und doch, in ihrer freudlosen Nüchternheit, standen die Worte zwischen uns wie eine Mauer. Ja, ich war wieder zurück.
Besser ihr den Anfang überlassen, dachte ich und beobachtete ihre Hände, die mit dem Becher spielten. Die Finger waren lang und feingliedrig und gleichzeitig kräftig, ein Gegensatz, der sich auch anderweitig in ihrer Erscheinung spiegelte. Der schlaksige Jungmädchenleib war weiblicheren Formen gewichen, dennoch hatte sie sich ihre jugendliche Geschmeidigkeit und Anmut bewahrt.
Hamid hatte recht, und ich musste es widerstrebend zugeben, sie war eine schöne Frau.
»Und kehrst heim als Held.«
»Als Held?«
»Seit Jahren wird von nichts anderem geredet. Von Jerusalem und Sant Gille, vom Grab des Heilands und diesem neuen König Balduin. Von siegreichen Schlachten und den Scharen von Ungläubigen, die ihr vernichtet habt.«
»Es wird gern übertrieben.«
»Damals, als ihr alle auszogt«, fuhr sie fort, als habe sie mich nicht gehört, »wurden täglich Kerzen für euch angezündet. In allen Kirchen und im ganzen Land wurde ohne Unterlass gebetet, obwohl man lange Zeit wenig hörte. Gerüchte nur. Fast jede Familie hatte einen Sohn bei eurem Heerzug, und all diese Mütter starben tausend Tode vor Sorge. Dann kamen die ersten Heimkehrer, oft verwundet oder verkrüppelt. In ihren Augen konnte man das Grauen lesen. Doch in den meisten Familien wartete man vergebens. Langsam, oft erst nach Jahren, schwand die Hoffnung, jemals Sohn, Ehemann oder Bruder wiederzusehen, und immer nagte die Ungewissheit am Herzen.«

»Warum reden wir von diesen Dingen?«, fragte ich ungeduldig. Hatten wir nicht Wichtigeres zu besprechen?
Mich traf ein zorniger Blick aus grünen Augen. »Damit du weißt, wie es für die Menschen war, die ihr zurückgelassen habt. Für jemanden wie deine Mutter, die hoffte und bangte, die täglich von dir sprach, die in schrecklicher Ungewissheit gestorben ist. Hast du jemals an sie gedacht? Oder wie es ist, wenn Söhne heranwachsen, ohne zu wissen, ob sie noch einen Vater haben?«
»Ich verstehe.«
»Nichts verstehst du«, fuhr sie mir erregt über den Mund. Dann beherrschte sie sich und starrte auf den Becher in ihren Händen. »Es kommt der Tag«, sprach sie leise weiter, »da wird man es müde, zu warten und zu hoffen. Man findet sich am Ende mit dem Tod ab, denn der Tod ist barmherziger als diese quälende Ungewissheit.«
In das Schweigen, das sich zwischen uns legte, drangen kleine Nachtgeräusche, ein Windstoß in den Bäumen, der Ruf eines Käuzchens draußen im Wald. Bertas Worte hatten mich getroffen, denn so hatte ich die Dinge noch nie betrachtet. Ich fragte mich in der Tat, warum ich so unempfindlich gegen den Schmerz meiner Mutter gewesen war. Warum hatte mich am Tag unseres Aufbruchs ihr versteinertes Gesicht so wenig gerührt?
»Mit den Jahren verklärt sich das Bild der Toten.« Bertas Stimme klang, als führe sie ein Selbstgespräch. »Man verehrt sie als Helden, versucht, ihrem Tod einen Sinn zu geben. Haben sie nicht ihr Leben für Jesus gegeben? Für ihn und damit auch für uns? Durch solche Gedanken fühlt man sich schmerzlich, doch fast glücklich mit ihnen verbunden. Es wird einem warm ums Herz, wenn man die Kerzen anzündet und für ihre Seelen betet.«
»Wie erhebend«, spottete ich. *»Ad dei gloriam.«*
»Was?«
»Nicht auch du, Berta! Dieses fromme Geschwafel und der verdammte Weihrauch, mit dem die Pfaffen alles vernebeln. Zum Ruhme ihres verfluchten Gottes! Was meinst du, wie heldenhaft es ist, mit einem Schwert durch die Eingeweide in der eigenen Scheiße zu verrecken?«

Ich war laut geworden, und Berta fuhr zurück, als hätte ich sie geschlagen. »Kein Grund, unflätig zu werden!«, fauchte sie.
»*Escusa*«, murmelte ich. »Aber die Wirklichkeit ist nicht erhebend, sondern einfach nur hässlich.« Ich nahm einen Schluck Wein. Aber er schmeckte nur noch flach und sauer.
»Deinen Söhnen hat es viel bedeutet, einen Helden zum Vater zu haben«, sagte sie steif. »Du warst ihnen ein Vorbild.«
»Und jetzt?«
»Jetzt bist du nur ein Abenteurer, der es versäumt hat, heimzukehren.«
»Warum hasst mich Raol?«
»Eben deshalb!«, rief sie aufgebracht. »Er war stolz, ein Montalban zu sein. Er dachte, du hättest den Heldentod auf einem Schlachtfeld gefunden.«
»Muss man tot sein, um geachtet zu werden?«
»Nein, aber jetzt begreift er, wer du wirklich bist.« Sie lachte bitter. »Ein Mann, der seine Mutter nicht ehrt, dem die eigenen Söhne gleichgültig sind, der es nicht für nötig hält, ein Lebenszeichen zu senden. Ein Kerl, der mit einer Hure lebt und Bastarde zeugt, anstatt zu seiner *familia* zurückzukehren. Das ist, was den Jungen schmerzt.«
Nun hatte sie endlich den bitteren Brocken ausgespuckt, der ihr wohl seit Tagen in der Kehle würgte.
»Sie war keine Hure«, sagte ich kalt.
»Es ist mir gleich, was sie war«, zischte Berta, und ihre Brust hob und senkte sich im Aufruhr der Gefühle. Sie war rot angelaufen, ihre Augen sprühten Feuer, ihre Stimme überschlug sich. »Warum jetzt, nach so langer Zeit? Was willst du überhaupt hier?«
»Dies ist mein Land. Hast du das vergessen?«
Die nächsten Worte spie sie mir förmlich ins Gesicht. »Besser, du wärest tot geblieben, Jaufré! In deinem verfluchten Outremer. Tot und begraben!«
Mir rauschte das Blut in den Schläfen. Wie konnte sie es wagen? Ich schnappte nach Luft wie ein gestrandeter Fisch, so ungeheuerlich waren diese Worte. Zuletzt sprang ich auf und stürmte auf und ab, um mein Gemüt zu beruhigen.

»Warum hast du mich dann gestern nicht töten lassen?«, schrie ich sie an. »Dein Borcelencs hätte es gern für dich getan!«
»Eine gute Frage!«, schoss sie zurück. »Weil ich dich und deinen mörderischen *sarasin* für gefährlicher halte als Robert und seine Bande. Ihr hättet sie alle umgebracht und das halbe Dorf dazu.«
»Ach, der arme Robert, ja? Du musstest ihn vor mir beschützen, was?«
Diesmal würdigte sie mich keiner Antwort.
Ich setzte mich wieder, immer noch aufgewühlt. Lange sagten wir nichts. Jeder vermied es, den anderen anzusehen. Berta starrte mit finsterer Miene aus dem Fenster. Ich hielt die Arme über der Brust verschränkt und stierte in die Kerzenflamme. Da hat sie sich aber eine schöne Wahrheit zurechtgezimmert, dachte ich wütend. Berta, die edle Kriegerwitwe, erzieht ihre Söhne in Gottesfurcht und Heldenverehrung. Und nun komme ich daher und zerstöre das ergreifende Bild. Ich lachte grimmig und leerte meinen Becher.
»Ohne Heldentod keine edle Witwe, eh? Es macht dich rasend, dass du diesen Borcelencs nicht ehelichen kannst! Ich stehe eurem Glück im Weg.«
Sie knallte den Becher auf die Tafel, dass es spritzte. »Mach dich nicht lächerlich, Montalban. Ich habe ihn, ohne zu zögern, zum Teufel geschickt! Schon vergessen?«
»Ohne zu zögern?«, schrie ich zurück. »Drei Tage hast du dich eingemauert, auf den Nägeln gekaut und gegrübelt, was zu tun sei.«
»Ja, nachgedacht habe ich sehr wohl. Aber nicht über Borcelencs!« Sie holte tief Luft. »Über deine Selbstsucht und die verlorenen Jahre meines Lebens habe ich nachgedacht.«
»Um mich umzubringen, habt ihr es aber dumm angestellt.«
»Verdammt, Jaufré! Ich habe mich gestern vor dich gestellt!«
»Hat aber gedauert. Du hast dem Kerl viel Zeit gegeben. Sind dir am Ende Zweifel gekommen, mein Täubchen?«
»Ich bin nicht dein Täubchen!«, schrie sie zurück. »Außerdem, dir hätte es doch Spaß gemacht, den Kerl umzubringen, gib es zu! Man konnte die Mordlust in deinen Augen sehen. Und das

mitten auf dem Dorfplatz unter Frauen und Kindern. Bei Gott, nichts als ein Mörder und Raufbold ist aus dir geworden!«

Putan! Das musste ich mir nicht sagen lassen.

Doch bevor ich scharf dagegenhalten konnte, verzog sich plötzlich ihr Gesicht, und sie begann zu weinen, schluchzte heftig, während ihre Schultern zuckten. Wenn es eines ist, das ich auf den Tod nicht ausstehen kann, dann sind es Weibertränen! Ich stapfte im Saal umher, die Hände auf dem Rücken. Was flennt sie jetzt, etwa um Robert oder um den Goliath, den ich fast getötet hätte? Verstehe einer die Weiber!

Nach einer Weile, während Berta sich die Tränen aus dem Gesicht wischte, verrauchte meine Wut, und ich versuchte, die Dinge mit etwas mehr Abstand zu sehen. Schließlich war ich nicht hergekommen, um mit ihr zu streiten. Und es stimmte, sie hatte Borcelencs zum Teufel geschickt. Wenn unsere Verbindung auch keine rechte Ehe war, so war Berta vor der Welt immer noch meine Gemahlin und die Mutter meiner Söhne. Als solche schuldete ich ihr Respekt.

»Es war nie meine Absicht gewesen, dich zu verletzen.«

»Hat es dich je gekümmert, was ich empfinde?«, erwiderte sie bitter. »Aber um mich geht es nicht, sondern um deine Söhne. Sie haben Besseres verdient.«

»Martin scheint sich über meine Heimkehr zu freuen.«

Wenn wir schon dabei waren, schmutzige Wäsche zu waschen, dann sollte man vielleicht klären, ob der Junge tatsächlich mein Sohn war. Ich machte den Mund auf, doch dann sah ich, dass ihre Augen sich wieder mit Tränen gefüllt hatten. Vielleicht war es doch nicht der rechte Augenblick.

»Martin war immer ein glückliches Kind«, flüsterte sie. »Aber mit Raol ist es anders. Er nimmt alles viel zu schwer. Ich weiß nicht, was ich falsch mache.« Mühsam unterdrückte sie ein Schluchzen.

»Gestern hast du ihn hart angefasst«, erwiderte ich. »Der Schimmel ist ihm mehr als wichtig. Du hast den Jungen erniedrigt.«

»Ich weiß.« Sie wischte sich mit dem Ärmel über die Augen. »Aber dieser verfluchte Borcelencs hat ihn verhext wie der Teufel in Person. Geschenke hier, Geschenke da. Aufenthalte auf seinen Gütern, Ritterspiele, Falkenjagden. Das hat dem Jungen den Kopf verdreht.«

»Warum Borcelencs heiraten, wenn du ihn nicht magst?«

Sie schwieg und sah auf ihre Hände. Es war ihr unangenehm, darüber zu reden, aber dann holte sie tief Luft und begann zu erzählen. »Nach dem Tod deiner Mutter war es für mich zuerst schwer. Aber später sind wir besser zurechtgekommen. Plötzlich begannen diese Schwierigkeiten im letzten Jahr. Scheunen brannten. Beim ersten Mal sah es so aus, als wäre es der Blitz gewesen. Doch es geschah immer wieder. Es war, als habe Gott uns mit Unglück geschlagen. Schließlich hatten die Leute einige Male aus der Ferne Fremde beim Feuerlegen beobachtet, die unerkannt verschwinden konnten. Ich habe mir monatelang das Hirn zermartert, wer dahinterstecken könnte.« Sie hob die Schultern in einer hilflosen Geste.

»Ich hätte ihnen aufgelauert«, sagte ich.

»Das hatte auch der alte Brunon vor.«

»Ist er deshalb umgekommen?«

»Man hat ihn im Wald gefunden. Viehdiebe angeblich. Wir waren alle sehr betroffen. Er wird mir noch lange fehlen.«

Sie sah mich niedergeschlagen an. Als ich ihren Blick erwiderte, schlug sie schnell die Augen nieder, als scheue sie sich vor allzu viel Nähe. Auch ich war plötzlich verlegen geworden.

»Wir konnten uns nicht schützen«, fuhr sie rasch fort. »Du kannst dir vorstellen, was es bedeutet, wenn die Ernte ausfällt und das Letzte, was man besitzt, in den Scheunen verbrennt. Die Leute hungern, und das Vieh kommt nicht durch den Winter. Ich hatte keine Wahl, als mich zu verschulden. Sollten als Nächstes die Kinder sterben?«

»Du hast richtig gehandelt.«

»Da kam Borcelencs wie ein Retter in der Not.«

»Und jetzt denkst du, er steckt dahinter?«

»Wer kann das wissen?«, sagte sie unschlüssig. »Ich habe seit gestern immer wieder darüber gegrübelt. Sein Werben war einfach zu hartnäckig, obwohl ich ihn nicht ermuntert habe. Die

Borcelencs besitzen zehnmal mehr als wir. Ich bin weder reich noch jung. Was war ihm so wichtig an mir? Und dann sein Benehmen gestern. Hast du nicht gemerkt, wie besessen er war? Es gibt mir zu denken, dass etwas anderes dahinterstecken könnte.«

»Und meine Sterbeurkunde schon in der Tasche.«

»Davon wusste ich nichts, glaub mir.«

»Sie könnte ihm nützlich sein, wenn er sich beeilt. Da ich für alle Welt schon tot bin, kann er mich ungestraft beseitigen lassen und behaupten, ich sei ein Schwindler gewesen.«

»Glaubst du, er würde so weit gehen? Aber warum nur?«

»Eifersucht? Leidenschaft?«, spöttelte ich.

»Nicht für mich«, sagte sie entschieden. »Trotz seiner Schmeicheleien hatte ich nie den Eindruck, dass er mich begehrt. Nein, eine Frau spürt das, wenn es so wäre.« Sie runzelte die Stirn und dachte nach. »Raol hat er weit mehr Aufmerksamkeit geschenkt als mir. Immer ging es um Raol. Warum hat er gestern nach so einer Abfuhr den Schimmel zurückgelassen?« Ihre Augen verengten sich. »Aber damit ist Schluss! Das Pferd kommt weg. Und andere Geschenke auch. Ich werde Peire damit beauftragen.«

»Wer ist eigentlich dieser Lambesc?«

»Ein Söldnerführer. Er kam auf Empfehlung.«

»Wir sollten die Wachmannschaft verstärken. Für alle Fälle.« Ich wagte ein Lächeln in ihre Richtung. »Jetzt, da ich hier bin, kann ich helfen, einiges ins Reine zu bringen.«

Sie seufzte. »Ich habe mich am ersten Tag dumm verhalten«, sagte sie verlegen. »Aber als du so plötzlich vor mir standest, als wärest du von den Toten auferstanden …« Sie zögerte. »Und ich habe das vorhin nicht so gemeint.«

»Was?«

»Dass du besser tot wärest. Ich hätte das nicht sagen dürfen.«

»Ich bin immer noch lebendig«, grinste ich.

Zum ersten Mal schenkte sie mir ein vorsichtiges Lächeln. Vielleicht ließen sich unsere Meinungsverschiedenheiten ja doch noch aus der Welt räumen, dachte ich hoffnungsvoll.

»Haben dir die Geschenke gefallen?«

»Sehr!« Sie lächelte abermals, wurde aber gleich wieder ernst. »Nur, warum solche Verschwendung? Seide für Mägde, Gold für die Wachleute! Wir leben bescheiden hier. Und da tauchst du auf und wirfst mit Gold und Silber um dich. Wo ich herkomme, geht man vorsichtig mit seinem Besitz um.«

»Und wo ich herkomme, misst man den *dominus* an seiner Großzügigkeit!«, entgegnete ich gereizt und wieder etwas zu laut.

»Wir haben Schulden, das Wasser steht uns bis zum Hals!«

»Wer Schulden gemacht hat, bist du! Ich habe Gold genug.«

»Geplündertes Gold!«

»Ganz recht!«

»Das verdirbt die Seele. Davon wollen wir nichts!«

»So ein Blödsinn!« Herrgott im Himmel! Die Frau hatte eine Art, mich in Zorn zu bringen.

»Wenn die Mägde bald in Seide herumlaufen«, höhnte sie, »was ist mit uns? Essen wir von goldenen Tellern? Und wo ist meine Sänfte, edler Herr?«

Ich verdrehte die Augen. Dem Weib konnte man nichts recht machen. Ich holte tief Luft und versuchte, vernünftig mit ihr zu reden.

»Ein guter Herr soll nicht mit seinem Reichtum geizen. Wir herrschen über die Leute, und da ist es nur recht, dass man etwas zurückgibt. So ist es Brauch, und du weißt es.«

»In Maßen!«, erwiderte sie streng. »Ein guter Herr soll in allem das rechte Maß halten. Schließlich ist er Vorbild.«

»Gut, die Seide für die Mägde war vielleicht etwas zu großzügig«, räumte ich ein.

»Solange es nicht überhandnimmt«, erwiderte sie besänftigt, setzte aber gleich wieder eine besorgte Miene auf. »Wir schulden dem Kloster eine wirklich große Summe. Und der Prior ist ein Aasgeier.«

»Ich werde ihn auszahlen. Dann ist die Sache vom Tisch.«

Völlig unerwartet fragte sie auf einmal: »Bist du sicher, du willst im Turm wohnen? Im Winter ist es kalt und zugig da oben.«

»Vorläufig genügt es mir. Bis wir eine andere Lösung gefunden haben.«

Da horchte sie sofort auf. »Eine andere Lösung?«
»Nun«, wand ich mich etwas verlegen. »Wir haben uns nie besonders gut verstanden, Berta, das weißt du.«
Sie setzte sich aufrecht und starrte mich stirnrunzelnd an, während ihr eine leichte Röte in die Wangen gestiegen war. Es war, als ahne sie etwas. »Das war nicht meine Schuld«, erwiderte sie atemlos.
»Natürlich nicht. Aber es ist, wie es ist.«
Eigentlich hätte ich mir eine bessere Gelegenheit aussuchen sollen, um über unsere Zukunft zu sprechen. Aber was soll's? Manchmal ist ein schneller Angriff die beste Strategie.
»Vielleicht möchtest du zu deiner Familie zurückkehren.«
»Was?«
»Ich zahle dich natürlich aus. Du erhältst deine Mitgift zurück.«
Wie jeder weiß, darf ein Ehemann über die Mitgift verfügen, aber rechtlich gehört sie der Frau, denn mit ihrer Auszahlung tritt die Braut alle Erbansprüche an ihre Brüder ab. Bei Aufhebung der Ehe wird sie zurückerstattet. Und einer Witwe dient sie als Lebensunterhalt, wenn die Erben des Mannes seinen Besitz beanspruchen. Man darf die Mitgift also nicht verschwenden, sondern soll sie zur Sicherheit der Frau verwahren und wenn möglich mehren.
»Wozu brauche ich meine Mitgift?« Inzwischen hatte sie rote Flecken im Gesicht und starrte mich ungläubig und zunehmend misstrauisch an.
»Nun. Damit es dir an nichts mangelt bei deiner Familie.«
»Mein Vater ist tot, meine Brüder haben eigene Familien, und mit meiner Mutter verstehe ich mich gar nicht gut. Was soll ich also bei meiner Familie?«
»Vielleicht ein Kloster«, schlug ich vor. »Ich könnte deine Mittel großzügig aufstocken. Du hättest ein bequemes Leben bei den frommen Frauen.«
»Ich glaube es nicht«, flüsterte sie entgeistert. »Du willst mich loswerden!«
»Nein«, sagte ich rasch. »Ich denke nur, es wäre das Beste für uns.«

Sie atmete heftig, als versuche sie mit großer Mühe, sich zu beherrschen. Tatsächlich war sie knallrot geworden und sprang plötzlich so schnell auf, dass ihr Stuhl polternd umfiel. Das Stirnband riss sie mit einer einzigen Bewegung vom Kopf und schleuderte es in eine Ecke. Das blonde Haar fiel ihr schwer auf die Schultern und den Rücken hinab. Nun war sie es, die aufgewühlt hin und her lief und mir wilde Blicke zuwarf.

»Das könnte dir so passen, Jaufré Montalban!«, schrie sie voller Wut.

»Was ist dagegen einzuwenden?«

Ich verstand die Aufregung nicht. Die letzten Tage hatten gezeigt, wie schlecht wir miteinander auskamen. Ein ewiger Streit wäre für niemanden gut.

»Jetzt hör mir gut zu, Jaufré Montalban!«

Sie hatte sich vor mir aufgebaut, eine Faust in die Hüften gestemmt, mit der anderen Hand unterstrich sie die Worte, die sie mir an den Kopf warf. »Auch wenn du mich nicht lieben konntest, wie es deine Pflicht gewesen wäre, hast du mir trotzdem zwei Kinder gemacht, mit denen du mich dann hast sitzenlassen. Verschwunden auf Nimmerwiedersehen!« Mit dem Zeigefinger fuchtelte sie vor meiner Nase herum. »Wer hat deine Söhne aufgezogen? Wer hat sich um alles gekümmert, nachdem deine Mutter tot war? Wem hast du es zu verdanken, dass du überhaupt noch ein Familienerbe besitzt? Mit oder ohne Mitgift. Beantworte mir das, verdammt!«

»Ich will deinen Verdienst nicht schmälern«, erwiderte ich beschwichtigend.

»Das kannst du auch gar nicht, selbst wenn du es wolltest!«, fuhr sie mir über den Mund. »Ich habe jahrelang alles zusammengehalten. So wie andere Frauen auch. Wenn ihr Herren euch befehdet und in den Krieg zieht, wer sieht da zu, dass die Felder bestellt werden, wer teilt die Arbeit für die Ernte ein, wer beaufsichtigt das Landvolk, achtet darauf, dass niemand hungert, dass der Viehbestand gesund bleibt, wer treibt die Abgaben ein, lässt die Dächer ausbessern, Wälder roden und Gräben ziehen? Wer spricht Recht und schlichtet Streitigkeiten? Wer hält euch den

Rücken frei, damit ihr eure verfluchte Gier nach Abenteuer und Eroberung austoben könnt?« Ihre Lautstärke hatte sich bei der Aufzählung immer mehr gesteigert. Zuletzt schrie sie mir ins Gesicht: »Antworte mir, verdammt!«

»Beruhige dich, Berta.«

»Nein!«, brüllte sie immer noch außer sich. »Was soll ich mich beruhigen? Vierzehn Jahre habe ich all dies getan. Für deine *familia*. Nicht ein einziges Wort hast du gesandt, du Mistkerl! Und dann kommt es dir in den Sinn, mit einer Bastardtochter heimzukehren. Und jetzt willst du mich aus meinem eigenen Haus kehren? So geht das nicht, *mon Senher!* Oder soll alle Welt sehen, was für ein unchristliches Scheusal du bist?«

Ich ließ die Schultern hängen. Dieses Scharmützel würde ich heute nicht gewinnen. Ich war die Sache falsch angegangen, zumal sie in vielen Dingen recht hatte, das wollte ich nicht abstreiten. Natürlich konnte ich sie zwingen. Als ihr Munt durfte ich alles entscheiden, ohne sie zu fragen. Aber was würde mir das einbringen? Martin würde es nicht verstehen, und Raol würde mich noch mehr hassen. Das ganze Dorf würde mich hassen. Nein, ich zog es vor, fürs Erste zum Rückzug zu blasen.

»Wir können uns sicher verständigen.«

»Verständigen?«, tobte sie weiter. »Jawohl! Verständigen wir uns! Du kannst gern den großzügigen *dominus* spielen, aber wer hier das Sagen hat, das bin ich! So wie immer. Und daran wird sich nichts ändern.« Sie stampfte auf und ab. »Am besten gewöhnst du dich daran, wenn du Frieden haben willst.«

»Lass uns ein andermal darüber reden.«

»Es gibt nichts mehr zu bereden. Dies ist mein Zuhause, und ich gehe in kein Kloster! Schlag es dir aus dem Kopf! Und wenn es dir nicht gefällt, kannst du dein Pferd satteln und ins nächste Abenteuer reiten, das da draußen auf dich wartet. Am besten bleibst du gleich ganz weg. Hier wirst du nicht gebraucht. Denn Rocafort, mein Lieber, das bin ich!«

Damit rauschte sie aus dem Saal. Ich hörte ihre Schritte den schmalen Gang entlang zu ihren Gemächern stürmen. Die Tür krachte ins Schloss, und zuletzt ließ sich das Geräusch eines

schweren Riegels vernehmen, der mit heftigem Ruck vorgeschoben wurde.
Ich goss mir einen Becher Wein ein und leerte ihn in einem Zug. Teufel noch eins! Das würde noch ein Tanz werden.

***

Auf einer Burg wie Rocafort lässt sich wenig verheimlichen. Dafür leben zu viele Menschen auf engem Raum. Unverheiratetes Gesinde teilt das Bett nicht selten mit Geschlechtsgenossen, aus Platzmangel oder weil man sich vor den Dämonen der Nacht fürchtet. Bettkästen sind deshalb groß genug für zwei oder drei, und zum Schlafen entledigt man sich ohnehin nur der Überkleider. Kleine Kinder schlafen bei den Eltern, und Kammerzofen teilen das Bett der Herrin, wenn der Hausherr abwesend ist.
Rosa musste also unseren Streit und Bertas stürmischen Abgang aus nächster Nähe mitbekommen haben. Denn von der *aula* gelangt man gleich in die privaten Gemächer des Burgherrn, wo Berta wohnte. Raol und Martin hatten im Stockwerk darüber ihr Quartier. Im Anschluss daran befindet sich der Bereich, der üblicherweise den Frauen vorbehalten ist und von Männern, mit Ausnahme des *dominus*, nicht betreten werden darf. Und selbst der verirrt sich nur selten dorthin.
Das Reich der Frauen besteht aus einem geräumigen Saal, wo sie tagsüber ihren Beschäftigungen nachgehen, Weben, Sticken, Schneidern oder was sie sonst so treiben. Dazu verschiedene kleine Schlafkammern für weibliche Verwandte des Hauses und für die Mägde und Dienerinnen der *domina*. Joana bewohnte eine etwas größere Kammer, und Adela, so war es entschieden, sollte fortan ihr Bett teilen. Hier herrscht ein reges Kommen und Gehen, viel Gerede und Getuschel, und manchmal dringt ein Lied aus den offenen Fenstern in den Burghof oder helles Frauengelächter. Man wundert sich, worüber sie wohl lachen mögen. Unter den Männern machen ständig Gerüchte und Andeutungen um diesen Teil der Burg die Runde, natürlich gern genährt vom Weibervolk selbst, das aus allem Weiblichen eine *res occulta* zu

machen trachtet, ganz als geschähen dort geheime Dinge, über die man nur flüstern dürfe.
Ebenfalls von der *aula* geht es über eine enge Treppe in die große Küche hinab, an die sich eine Reihe geräumiger Vorratskammern anschließt. Über einen Gang und Stiege kommt man von dort in die Unterkünfte der Küchenmägde. Nur ein paar Schritte entfernt, auf der anderen Seite des kleinen Burghofs, befinden sich, über einer Werkstatt und dem Lager für Katapulte und anderem Kriegsgerät, Tagesraum und Schlafbereich der Wachleute. Im Anschluss die Pferdeställe mit Heuböden unter dem Dach und den Schlafkammern der Knechte. Auf der höchsten Stelle des Felsen steht schließlich der aus mächtigen Quadern gefügte, viereckige Turm, dessen Eingang nur über eine abnehmbare Holztreppe zu erreichen ist.
Es liegt alles nahe beieinander, denn die Gebäude, die sich hinter der Ringmauer auf dem engen Felsen drängen, sind von bescheidenen Ausmaßen und die meisten Kammern winzig. Auf den Holzböden ist jeder Schritt zu hören, die Bettkästen mit ihren Strohfüllungen knarren und ächzen bei der kleinsten Bewegung, Stimmen hallen über den engen Burghof, und nachts, wenn man nicht einschlafen kann, hört man die Pferde in den Ställen furzen, oder es machen einen die Katzen verrückt, die auf den Dächern ihr Unwesen treiben.
Man kann also kaum etwas tun oder sagen, ohne dass die meisten Burgbewohner in irgendeiner Form daran teilnehmen. Man weiß, wer schnarcht oder im Schlaf redet, wer unter Blähungen leidet oder von Alpträumen geplagt wird. Im Verborgenen blüht die Liebe und das an Stellen, wo man sie kaum vermuten würde. Jeder versteckte Blick wird beobachtet und gedeutet. Wer mit wem, das ist der Inhalt von endlosem Getuschel, Anspielungen und Frotzeleien ebenso wie von eifersüchtigen Streitigkeiten und harten Worten. Jetzt am Morgen nach Bertas Einladung hätte es mich kaum gewundert, wenn nicht bereits das ganze Dorf über unseren Streit in allen Einzelheiten Bescheid wusste. Die Fenster hatten weit offen gestanden, und wir waren nicht gerade leise gewesen.

Als ich zum Turm aufstieg, um mich dort einzurichten, spürte ich, dass alle, denen ich begegnete, mich verstohlen beobachteten, und wenn ich ihre Blicke erwiderte, sahen sie betreten weg. Diese Runde ist an Berta gegangen, dachte ich schlechtgelaunt, als ich im Turm die Satteltaschen mit meinen persönlichen Sachen in eine Ecke des Gemachs warf, das ganz oben unterhalb der Zinne liegt.

Ich blickte mich um. Der Raum war leer, roch muffig und war ringsum nur mäßig durch vier schmale Fenster erhellt, durch die so früh am Morgen ein kühler Wind blies. War es meine schlechte Laune, oder lag es daran, dass heute ein trüber und verregneter Tag war? Alexis stolperte hinter mir die Stiege hoch, schwerbeladen mit weiteren Lederpacken. An den Fenstern sollten wir die üblichen Verschalungen anbringen, mit dünnstem Pergament bespannt, um sie verschließen zu können, ohne dass es an Tageslicht fehlte. Der Boden musste mit frischem Stroh ausgelegt werden, und es fehlte an Möbeln, Leuchtern, Wandteppichen. Ich seufzte. Es war einiges zu tun, um den Raum so herzurichten, dass man sich hier wohl fühlen konnte.

Dieser Umstand und das schlechte Wetter waren die Gründe, warum ich beschloss, meinen Besuch des Klosters aufzuschieben. Außerdem war heute Sonntag, und am Tag des Herrn regelte man keine Geldgeschäfte.

Ich traf Peire Alfons, den Zimmermann, in seiner Werkstatt an. Er war, wie man mir gesagt hatte, seit langem so eine Art Verwalter der Burg, Handwerker und Dienstmann für alle Einrichtungen. Auch ihn kannte ich noch aus alten Tagen, und wir begrüßten uns herzlich. Sein Haar war ergraut, und es fehlten ihm zwei Schneidezähne, aber ansonsten schien er der Alte zu sein. Ein richtiger Handwerker, so wie man sie in den Gilden in der Stadt ausbildet, war er sicher nicht, aber immer gut mit seinen Händen gewesen, wie ich mich erinnerte. Sogar feine Stühle und Truhen konnte er schreinern. Er kümmere sich um alles, sagte er mir, und bessere jeden Schaden aus. Ich bat ihn, noch heute zumindest ein Bett für mich auf den Turm zu schaffen. Den Rest würde man morgen erledigen können.

Peire Alfons hatte Schlüssel zu allem. Deshalb trug ich ihm auf, zusammen mit Alexis unser restliches Gepäck in den Turm zu tragen, beziehungsweise alles, was nicht persönlicher Natur war, in die Waffenkammer zu bringen, die ebenfalls im Turm liegt und der sicherste Ort der Burg ist. Ich selbst stieg mit ihnen dorthin auf, um mein Gold und alle Wertsachen in einer kleinen abgetrennten Kammer zu verschließen, die durch eine eiserne Tür gesichert ist. Noch heute bewahren wir dort unseren Hort und wichtige Urkunden auf.

Inzwischen war es später Morgen geworden, und ich war wieder in den Burghof hinabgestiegen. Berta hatte sich noch nicht gezeigt, auch meine Söhne waren nirgends zu sehen. Kein Wunder bei dem schlechten Wetter. Da sah ich Joana an einem der Fenster der Frauengemächer stehen. Sie blickte einen Augenblick lang missbilligend zu mir herab, ohne etwas zu sagen, und schloss dann den Fensterladen. Wie schon vermutet, war ich heute nicht sehr beliebt bei den Weibern der *familia*. Ich zuckte mit den Achseln und wandte mich ab, da stand plötzlich Peire de Lambesc vor mir.

»Einen schönen Morgen, *Castelan*«, grüßte er mit übertriebener Herzlichkeit und ein wenig zu unterwürfig. Er hatte schlechte Zähne und mausgraues Haar, im Nacken mit einem Lederbändchen zusammengehalten, breite, kräftige Hände und ausladende Schultern. Sicher ein erfahrener Kriegsmann.

»Ebenfalls«, erwiderte ich kurz angebunden. »Gut, dass wir uns treffen, Lambesc. Morgen Nachmittag möchte ich eine vollständige Besichtigung der Burg vornehmen. Ich will die Anlagen und den Zustand der Bewaffnung prüfen und alle Männer persönlich kennenlernen. Sie sollen mit ihrer gesamten Ausrüstung antreten.«

»Verstanden, *Castelan!*«, antwortete er eilfertig.

Es war nicht, dass ich einen Angriff fürchtete, trotz der Auseinandersetzung mit Robert Borcelencs. Nein, wozu sollte er nach solchen Mitteln greifen, etwa, um die Braut zu entführen? Auch wenn er wütend über die Abfuhr war, aber darüber eine ernsthafte Fehde zu beginnen, das war abwegig und nicht zu erwarten.

Nein, mir lag daran, die Mannschaft wachsam und in Übung zu halten. Wer weiß, in welchem Zustand sich die Dinge befanden. Nachlässigkeiten wollte ich austreiben, und auch die Verteidigungsanlagen konnten mit Sicherheit einiges an Instandhaltung und Verbesserung vertragen.
»Sieh zu, dass alles zum Besten ist!«
Ich tippte zum Gruß kurz an die Stirn und ließ ihn stehen. Eigentlich wäre dies eine Gelegenheit gewesen, mich mit ihm näher zu unterhalten, schon allein, um ihn kennenzulernen. Schließlich war er als Waffenmeister ein wichtiger Mann. Aber der Kerl war mir nicht geheuer. Warum, war schwer zu erklären. Nach einigen Schritten drehte ich mich noch einmal um. Er starrte mir immer noch hinterher, mit einem abfällig zusammengekniffenen Mund und berechnendem Blick. Nein, ich mochte ihn nicht. Bei nächster Gelegenheit würde ich einen anderen Waffenmeister suchen.
Es hatte aufgehört zu regnen, und ich beschloss, einen Ausritt zu wagen. Die Ställe in der Burg haben nur Platz für eine beschränkte Anzahl Reittiere, vorrangig die der Familie. Aber da viele Stuten rossig waren, machte es die Hengste in ihrer Nähe unruhig, übellaunig und schwer zu bändigen. Deshalb hatten wir Ghalib in einem getrennten Pferch in den größeren Ställen der Vorburg untergebracht.
Dort stand auch Raols Schimmel. Ein schönes Tier, kräftiger und größer als unsere Araber, machte aber einen lebhaften und geschmeidigen Eindruck. Wir sollten uns den Burschen genauer anschauen, dachte ich. War er schnell genug, so käme er für die Zucht gelegen. Nebenan im Sattelraum hingen der kostbare, silberbeschlagene Sattel des Schimmels und das passende Zaumzeug. Wenn man bedachte, dass so ein Tier an die zwanzig gute Zugochsen wert war und das teure Zaumzeug noch dazugerechnet, dann verstand man, welch ein Geschenk Robert meinem Sohn gemacht hatte. Kein Wunder, dass der Junge untröstlich war, den Hengst zu verlieren. Ich beschloss, gleichwohl wie Berta darüber dachte, das Tier zu behalten. Der Gaul kam uns gelegen, und Raol würde sich freuen. Außerdem war er ein Geschenk, und Geschenke gibt man nicht zurück, oder?

Ich sattelte Ghalib selbst und nahm die Hunde mit. Draußen, vor dem Burgtor saß ich auf und sah mich um. Das Dorf lag still und verlassen unter dem trüben Himmel. Mit Sicherheit waren viele unterwegs in die Klosterkirche von Cubaria zur Messe.

Es ging im Schritt durch die Gasse zwischen den niedrigen Hütten des Dorfs hindurch. Die meisten hatten einen angebauten Stall, für eine Kuh oder ein paar Ziegen, und einen winzigen, mit einer Steinmauer umsäumten Hof, in dem sie Hühner hielten und sorgfältig den Mist der Tiere sammelten, um ihn im Frühjahr auf die Felder zu tragen. Jetzt standen die Ställe leer, da das meiste Vieh den Winter nicht überlebt hatte.

Meine Hunde sorgten für Unruhe und Schrecken unter dem Federvieh in der Gasse, das wild gackernd vor ihnen davonstob. Eine verschrumpelte Alte zog das Sacktuch von der Tür und schaute hinaus, neugierig, wer den Lärm verursachte. Mit einer Hand klammerte sich ein kleines Mädchen an ihren Rock, den Daumen der anderen im Mund.

»*Ola avia!*«, rief ich. »Haben sie euch von den Vorräten gegeben, Großmütterchen?«

»Ja, Herr!«, rief sie und grinste zahnlos von Ohr zu Ohr. »Dank Euch vielmals, *Senher!*«

»Dann koch was Gutes! Nachher komm ich und probier es!«

»Das will ich tun!«, rief sie mir lachend hinterher.

Am Waldrand fand ich Hamid und Martin, die mit dem Bogen beschäftigt waren. Ich hörte zu, als mein Freund dem Jungen erklärte, wie so ein Bogen gemacht ist. Zuerst wird ein Holzkern unter Vorspannung auf der Innenseite zur Versteifung mit einer Hornschicht verleimt. Dann wird die Außenseite mit mehreren, überlappenden Faserschichten aus Tiersehnen beklebt, die dem Bogen die Spannkraft verleihen, wenn er zurückgebogen wird.

»Horn und Sehnen geben ihm weit mehr Spannkraft als ein einfacher Holzbogen«, erklärte er seinem begeisterten Schüler. »Und durch die geschwungene Form lässt er sich stärker spannen, so dass man fast so weit schießen kann wie mit dem Langbogen, obwohl er wesentlich kürzer ist. Deshalb eignet er sich gut für Reiter.«

»Ist es wirklich ein Türkenbogen?«

»Ohne Zweifel. Und ein sehr guter. Die besten Schützen unter ihnen können im Galopp einen Apfel vom Pfosten schießen.«

Martin staunte. »Das will ich auch lernen!«

»Wir werden dir einen Armschutz machen lassen. Und du wirst üben müssen, um die Muskeln an Brust und Armen zu stärken.«

Martin befühlte Hamids Oberarme. »So wie du?«

Der lachte. »Das dauert Jahre. Aber mit Ausdauer wird es dir gelingen.«

Sie schienen beide sehr vertieft zu sein. Also gab ich Ghalib die Sporen. Wir folgten im Trab einem Pfad durch die Felder. Alles war, wie es sein sollte, Koppelzäune in gutem Zustand, die Wiesen grün, das Korn stand gut, und wenn es nicht zu viel Regen gab, würden wir in fünf bis sechs Wochen die Ernte einfahren können. An Bertas Verwaltung gab es nichts zu tadeln, nur der Viehbestand war sehr gering, doch den Grund dafür kannte ich ja. Ich traf keinen Menschen, denn am Tag des Herrn bearbeitete niemand sein Land. Der Himmel drohte erneut mit Regen, doch bevor ich den Heimweg antrat, machte ich noch einen weiten Bogen nach Norden. Ghalib lief in leichtem Trab über das wellige, sanft abfallende Gelände. Die Bewegung tat uns beiden gut. Tief sog ich die kühle Luft ein. An den Feldrainen wuchsen Holunder, Weißdorn und andere Beerensträucher, die nassen Wiesen waren von hundert Blumenarten übersät. Joana hätte sie sicher alle benennen können.

Der Streit mit Berta wollte mir nicht aus dem Sinn. Sie hatte recht, dass ich mich lange Jahre nicht um die Familie geschert hatte. Aber nun war ich hier und bereit, mich zu bessern, um den Frieden auf Rocafort wiederherzustellen. Von ihr jedoch konnte ich wenig Entgegenkommen erwarten. Hatte ich mit meinen lächerlichen Geschenken auf Einklang oder ein wenig Freundschaft gehofft, so kam ich mir nun wie ein Narr vor und stand beschämt vor allen da. Der Abgrund zwischen uns war unüberbrückbar. Ich wusste nicht, was ich erwartet hatte, aber nicht dieses herrische und bockige Weib. Und dass sie meinen Tod wünschte, hatte mich tief verletzt.

Bald traf ich auf die Straße nach Quilhan, wandte mich aber in Richtung Rocafort. Linker Hand auf einem sanften Hang fand sich ein Pachthof. Auch auf der rechten Seite erstreckte sich kultiviertes Land bis hin zum Waldgürtel, der den Felshügel umgab. Ich würde auf dem Viehmarkt in Quilhan Rinder kaufen, und mit Gottes Hilfe würden sich unsere Verluste in einigen Jahren ersetzen lassen. Vielleicht sollten wir auch neue Rodungen anlegen oder eine kleine Mühle ein Stück weiter flussaufwärts errichten. Ich erinnerte mich an eine Stelle, wo der Fluss ein paar Teiche bildet. Dort ließe sich ein Wehr bauen, um das Wasser aufzustauen und durch eine Mühle zu leiten. Vielleicht sollten wir sogar Karpfen im Mühlteich aussetzen. Herrgott, wie viele Jahre hatte ich kein fettes Karpfenfleisch im Mund gehabt? Joana hatte sie immer in Kräutersud gedünstet.

Mit triefendem Mantel, denn es regnete seit einer Weile, und dem Kopf voller Pläne kam ich zu unserer Zollstelle an der Brücke über das Flüsschen. Einer der Wachleute, die gestern das Abendmahl mit uns geteilt hatten, trat aus der Wachhütte in den Regen und grüßte ehrerbietig. Der Anblick der großen Hunde verunsicherte ihn, bis ich ihn beruhigte.

»Nicht viel los heute?«, fragte ich.

»Alles ruhig, *Castelan*. Kaum Reisende unterwegs.«

»Solltet ihr nicht zu zweit sein?«

»Nicht am Tag des Herrn. Es sind jetzt nur wenige Wachleute auf der Burg. Da hat die Herrin entschieden, sonntags soll einer genügen.«

»In Ordnung. Wie heißt du übrigens?«

»Lois Bertran, Herr.«

»Ein guter Name. Ich will ihn mir merken.«

Er freute sich über das Lob und lächelte.

»Zeig mal das Kerbholz«, bat ich ihn.

Der Mann lief zur Hütte und holte es. Ein fast armlanges Stück Holz, über den größten Teil seiner Länge durchgesägt, damit es sich später leicht in zwei Teile spalten ließ. Etwa zur Vollmondzeit wurde jeweils ein neues begonnen. Die Kerben wurden über beide Hälften geschnitten und verzeichneten die Einnahmen.

Den halben Zoll mussten wir dem Kloster überlassen, so war meine Abmachung gewesen. Am Ende des Monats wurden die Kerbholzhälften endgültig getrennt und eine Hälfte den Klosterbrüdern mit ihrem Anteil an Münzen übergeben. So ließ sich die Richtigkeit jederzeit von beiden Seiten überprüfen. Natürlich konnte man nie ganz ausschließen, dass einen die eigenen Wachleute betrogen. Es war klug, ein Auge auf sie zu halten.

»Da ist wenig drauf«, sagte ich.

»Ist noch früh im Jahr.«

»Da hast du recht.« Später nach der Erntezeit, wenn mehr Kaufleute unterwegs waren, würde die Ausbeute reicher werden.

»Hat das Kloster seine Hälfte vom letzten Monat schon bekommen?«

»Natürlich«, erwiderte er. »Aber nicht nur die Hälfte.«

»Was meinst du?«

»Sie bekommen jetzt alles.«

»Was?«, fragte ich ungläubig. »Wir haben alle Kosten und sie alle Einnahmen?«

»Bis das Geld zurückgezahlt ist, das die *domina* schuldet.«

Sie wollen uns das Blut aussaugen, die frommen Brüder von Cubaria, dachte ich grimmig. Doch das wird sich bald ändern. Ich reichte ihm das Kerbholz zurück.

»Halt die Augen offen, Lois Bertran.«

Er nickte. »Schönes Pferd habt Ihr da, Herr!«

»Davon werden wir bald mehr züchten. Du wirst es sehen.«

Ich winkte ihm zu, pfiff die Hunde zu mir und begann den Aufstieg zur Burg. Dabei dachte ich an Raol und seinen Groll gegen mich. Ich wollte ihn endlich näher kennenlernen. Es war Zeit, mit ihm zu reden, so wie ein Vater mit seinem Sohn spricht.

Aber dazu kam es nicht, denn als ich Ghalib in den Stall brachte, hieß es, Raol sei mit Peire de Lambesc ausgeritten. Seltsam. Ich hatte die beiden unterwegs nicht bemerkt, und niemand konnte mir sagen, welchen Weg sie genommen hatten. Im Stall fehlte der Schimmel. Oje, dachte ich. Das wird Berta gar nicht mögen.

Den Nachmittag verbrachte ich im Turm, um etwas Ordnung in meine Sachen zu bringen. Peire Alfons, der Zimmermann, und zwei Knechte bauten mir ein Bett zusammen. Tisch und Stühle folgten bald, ebenso eine große Truhe. Fürs Erste reichte es. Adela kam die Stufen heraufgeklettert und schaute sich um. »Nicht sehr behaglich«, war ihr Urteil. »Außerdem zieht es.« Sie schüttelte sich und rieb sich die Arme. Dann erzählte sie von Hamid und Martin, die sie beim Bogenschießen beobachtet hatte.

»Martin mag ich«, meinte sie. »Da hast du mir einen netten Bruder geschenkt.« Sie lachte und gab mir einen Kuss auf die Wange. »Aber Raol ist eingebildet. Der redet nicht mit mir.«

»Hast du ihn fortreiten sehen?«

»Die sind an uns vorbei, ohne ein Wort zu sagen.«

»Gib ihm Zeit, *mon cor*. Er ist noch etwas verwirrt.«

»Weil wir jetzt hier sind?«

»Er wird sich daran gewöhnen.«

»Martin sagt, er will bald das Kriegerhandwerk erlernen.«

»Er ist noch etwas jung«, überlegte ich. »Aber warum nicht? Es ist gut, sich früh zu üben.«

»Er will nur dich und Hamid als Lehrer. Ich glaube, den Waffenmeister mag er nicht.«

»Was hat er über ihn gesagt?«

»Er sei hochnäsig, und er triezt gern die Wachmänner. Aber Raol behandelt er wie einen Prinzen.«

»Vielleicht ist Martin eifersüchtig.«

»Vielleicht«, meinte sie. »Aber ich glaube es nicht.«

Auf Martin wollte sie wohl nichts kommen lassen. Adela ließ mich bald allein, und ich setzte mich an eines der Fenster und starrte nachdenklich ins Tal. Nach Amelhas Tod hatte ich hier endlose Stunden verbracht. Meistens, um Bertas vorwurfsvollen Blicken zu entgehen. Ein seltsames Gefühl, nun wieder hier oben zu sitzen. Als habe sich das Rad des Schicksals einmal ganz um seine Achse gedreht.

Zum Abendmahl waren Raol und Peire immer noch nicht zurück. Berta kniff die Lippen zusammen, als sie erfuhr, dass Raol den Schimmel genommen hatte. Das wird nicht angenehm für den Jungen, wenn er zurückkehrt, dachte ich. Diesmal war die

Runde am Tisch still und eher bedrückt. Der Unfriede zwischen uns hing dick in der Luft.

»Raol verbringt zu viel Zeit mit diesem Peire«, bemerkte Joana, nachdem sich Berta zurückgezogen hatte. »Er ist natürlich sein Waffenlehrer. Aber in letzter Zeit scheinen sie immer irgendwo zusammenzustecken. Das heißt, wenn er nicht bei den Borcelencs ist, wie während der letzten Wochen. Ich bin froh, dass damit Schluss ist.«

»Wo, zum Teufel, wollten sie bei diesem Wetter nur hin«, knurrte ich.

»Es ist nicht das erste Mal. Waidmannskunst soll der Junge lernen und allein im Wald zurechtkommen. Soll ihn abhärten.«

»Gut«, brummte ich. »Nichts dagegen einzuwenden.«

»Es gibt Wölfe in den Bergen«, sagte sie besorgt. »Und vor vier Wochen hat ein Bär bei einem Bauern Schafe gerissen.«

Ich lachte. »In seinem Alter habe ich meinen ersten Wolf mit dem Speer erledigt.«

»Sie hätten etwas sagen sollen«, murrte sie. »Einfach ohne ein Wort wegzureiten.«

»Berta hätte es verboten.«

Als ihr Name fiel, sagte Hamid: »Ich hoffe, Jaufré, es wird nicht jeden Abend Streit geben.«

»Was hast du zu ihr gesagt«, hakte Joana ein. »Man konnte sie übers ganze Dorf hören, so wütend war sie.«

»Nichts!« Ich zuckte unschuldig mit den Achseln.

»Pah!«, rief sie angewidert. »Männer!«

»Hat sie es dir nicht brühwarm erzählt?«

»Dass du sie in ein Kloster verbannen willst.«

»So habe ich es nicht gesagt«, antwortete ich entrüstet.

»Wie dem auch sei, meine Unterstützung hast du nicht! Warum bemühst du dich nicht ein wenig um sie? Sie ist eine gute Frau.«

»O ja. Das hat sie mir deutlich gezeigt!«, antwortete ich gehässig.

Später vertraten Hamid und ich uns die Beine auf dem Wehrgang und blickten aufs dunkle Dorf hinab. Vereinzelt brannte noch ein Licht, aber die meisten schliefen bereits, und die Nacht lag drückend schwarz über der Burg.

»Mit Frauen scheine ich wenig Glück zu haben«, sagte ich und versuchte, witzig zu klingen. »Die erste hat mein Leben auf den Kopf gestellt. Die zweite habe ich erst vor kurzem begraben. Und die hier«, ich wies mit dem Daumen über die Schulter, »kann es kaum abwarten, bis sie mich wieder loswird.«
Hamid lachte tonlos neben mir. »Wahrscheinlich hast du es verdient«, sagte er ungerührt. »Ich sehe es so wie Joana. Man könnte es schlechter treffen als mit einer Berta. Also spar dir dein Selbstmitleid.«
»Seid ihr jetzt alle gegen mich?«, fragte ich entrüstet. »Was bist du eigentlich für ein Freund?«
»Keiner, der dir den Arsch küsst«, lachte er.
»Das Weib hasst mich!«
»Ach was.«
»Die *Keusche Barbara*, das war eine Frau!«
»Du machst wohl Witze!«
»Ganz und gar nicht! Freundlich, verträglich, ein Vulkan im Bett. Und dazu ganz ohne Ansprüche, stell dir vor!«
»Die Ansprüche kommen immer später.«
»Sie steht auf eigenen Füßen, wie du weißt.«
»Willst du etwa ein Badehaus gründen?«, kicherte Hamid. »Vielleicht kommt sie ja wirklich und beehrt uns mit ihren Schönen.«
»Bei meinen Bauern wird sie nichts verdienen.« Dann wurde ich wieder ernst. »Was mach ich nur mit diesem widerspenstigen Weibsbild?«
»Berta?«, fragte er. »Du wirst ihr bald Serenaden singen! So wie du sie mit den Augen verschlingst.«
»Bist du völlig verrückt geworden? Dieser Megäre? Niemals!«
»Ich geh jetzt schlafen, Bruder.«
Damit ließ er mich allein, und ich hörte ihn noch lachen, während er vom Wehrgang stieg.

Der Prior von Cubaria

Sanctus Deocarus, *Patron der Blinden*

Tertia Feria, *7. Tag des Monats Juni*

»Und?«, rief sie. »Was gedenkst du zu unternehmen?«
Berta war mir bis zur Werkstatt gefolgt, wo ich mit Peire Alfons reden wollte, um Ghalibs Zaumzeug ausbessern zu lassen.
»Was soll ich unternehmen?«
»Der Junge ist immer noch nicht heimgekehrt«, sagte sie vorwurfsvoll, als hätte ich etwas damit zu tun. Berta sah bleich und übernächtigt aus. Sie musste die ganze Nacht in Sorge wach gelegen haben. Fast tat sie mir leid.
»Beruhige dich. Er ist mit seinem Waffenmeister unterwegs. Joana sagt, sie übernachten öfter im Freien. Sie werden also auf der Jagd sein.«
»Bei dem Wetter gestern?«
»Da oben gibt es genug Höhlen, um Unterschlupf zu finden. Und heute Morgen …« Ich deutete auf den strahlend blauen Himmel.
»Ich habe kein gutes Gefühl bei der Sache.«
»Dein Sohn hat sicher besser geschlafen als du, und im Morgengrauen haben sie einen Rehbock erlegt oder verfolgen gerade eine frische Fährte.«
Da trat Peire Alfons vor die Werkstatt. Er musste uns gelauscht haben. »Mit Verlaub, Herr«, sagte er. »Sie haben kein Jagdgerät dabei.«
»Was redest du? Hast du sie reiten sehen?«, fragte ich erstaunt.
»Ich verwahre alle Jagdwaffen, sogar Schlingen und Fallen. Nur ich und die *domina* haben den Schlüssel.« Er sah zu Berta. »Aus Vorsicht wegen der Jungs.«

»Und was heißt das?«
»Es ist alles an seinem Platz, Herr. Ich habe gerade nachgesehen.«
»Das ist seltsam.«
»Wir müssen sie suchen gehen!«, rief Berta sofort. Man spürte die Anspannung in ihrer Stimme, obwohl sie sich um Fassung bemühte.
»Suchen? Wo sollen wir suchen?«
»Du wirst doch wohl wissen, wie man einen Suchtrupp aufstellt«, sagte sie schroff. »Bist du nicht Kriegsmann?«
Ich schenkte ihr keine Beachtung. »Sonst gibt es keine Jagdwaffen? Was ist mit Gustau?«, fragte ich Peire Alfons.
»Der hat seine eigenen, aber die würde er nicht einmal dem Herrgott anvertrauen.« Er lachte.
»Hörst du mir nicht zu?« Berta war gereizt.
Ich begegnete ihrem Blick. »Lambesc hat eine Verabredung mit mir heute Nachmittag. Die wird er einhalten«, sagte ich. »Sonst ist er hier längstens Waffenmeister gewesen.«
Wirklich besorgt war ich immer noch nicht. In Raols Alter war ich oft tagelang zu Pferde unterwegs gewesen. Das war spannender, als mich von Joana oder meiner Mutter bevormunden zu lassen. Bei Raol würde es nicht anders sein.
Berta starrte mir zornig ins Gesicht. »Wenn du nicht willst, dann reite ich selbst!« Und zu Peire Alfons: »Ruf die Wachleute zusammen und lass die Pferde satteln. Sie sollen sich bewaffnen. Ich bin gleich zurück.«
Ohne mich eines weiteren Blickes zu würdigen, überquerte sie schnellen Schrittes den Burghof und stieg die Außentreppe zur *aula* hinauf. Sie schien zu allem entschlossen. Dabei fiel mir Hamids Scherz über die streitbaren Fränkinnen ein, und ich musste lächeln.
»Ist schon gut!«, rief ich hinterher. »Ich werde reiten.«

***

Es wurde eine lange Suche.
Bis spät in den Nachmittag durchkämmten wir jeden Winkel meines Besitzes. Ich hatte die sechs Wachleute in Zweiergruppen aufgeteilt, jedem Paar ein Gebiet zugeordnet und jeweils einen Führer aus dem Dorf mitgegeben. Drogo und sein Sohn beteiligten sich ebenfalls und wollten die Hänge des Bugarach ersteigen. Hamid ritt mit mir. Wir nahmen uns den östlichen Teil meines Landes vor.
Zuerst erklommen wir die Hänge nördlich von Rocafort. Das ist ödes, wildes Gelände, von dichtem, immergrünen, fast undurchdringlichen Gestrüpp bedeckt, felsiger Grund und steile Pfade, auf denen sich die Pferde abmühten. Wir brüllten uns die Kehlen heiser, hörten und sahen aber keinen Menschen.
»Wer sich hier verstecken will, den findet niemand«, bemerkte Hamid, als wir auf einer grasbedeckten Erhebung rasteten und hinab ins Tal nach Rocafort und Cubaria blickten.
»Ich weiß«, antwortete ich übelgelaunt. »Gutes Gelände für lichtscheues Gesindel.«
Es war heiß geworden, und ich war froh, dass wir außer Schwertern keine Ausrüstung trugen. Wir tranken aus unseren Wasserschläuchen und stiegen dann wieder hinab ins Tal, überquerten die Straße nahe der Burg und folgten dem Agli eine Weile nach Südwesten. Die Pferde ließen wir im Fluss saufen und erklommen dann die gegenüberliegenden Hänge. Da diese von der Sonne abgewandt liegen, ist es ein wenig feuchter und der Baumbewuchs kräftiger, obwohl das Gelände noch steiler ist. An schwierigen Stellen führten wir die Tiere am Zügel. Aber auch hier fanden wir niemanden, außer Wild, das vor uns floh, oder Vögel, die sich bei unserem Erscheinen mit Gezeter in die Luft erhoben.
»Vielleicht sind sie längst zurück«, sagte ich und wischte mir den Schweiß vom Gesicht. »Hier jedenfalls sind sie nicht.«
Wir wandten uns wieder dem Fluss zu und folgten seinem Lauf bis dorthin, wo der Weg aufhört und der Agli sich in die Tiefe stürzt. Nackte Felsen säumen auf beiden Seiten die enge Schlucht. Es ist, als habe Gott mit einem Riesenbeil den Berg gespalten.

Dort unten, zwischen Steinen und Gebüsch, zeigte sich das Wasser des Flüsschens, mal blaugrün in den kleinen Teichen, die sich auf Felsterrassen formen, mal weiß schäumend, wo es die nächste Stufe hinabfällt. Kein Windhauch kühlte die brütende Hitze. Nach Beute spähend segelte ein Adlerpärchen ohne Flügelschlag über der Schlucht.

»Gibt es einen Pfad hinunter?«, fragte Hamid.

»Nur für Bergziegen«, erwiderte ich. »Weiter unten, in einer der Windungen der Schlucht, liegt eine Einsiedelei. Eigentlich nur eine große Höhle im Fels hoch über dem Fluss und ein paar armselige, wie an den Berg geklebte Hütten. Der Zugang ist nur von der anderen Seite, von der tiefen Ebene aus, möglich. Und auch das nur über Kletterpfade.«

Dort lebt dieser Bruder, den Odo mir empfohlen hatte, erinnerte ich mich, wie hieß er noch, Bruder Jacobus, oder? Was, zum Teufel, hatte Odo mit einem verlausten Bettelmönch in so einer verlassenen Gegend zu tun?

»Kehren wir heim«, meinte Hamid und wendete seinen Hengst.

»Lass uns mit dem Müller sprechen. Vielleicht hat er sie gesehen.«

Wir wateten durch den Fluss, der hier, kurz vor den Fällen, breit und seicht und kaum merklich dahinfließt, so als gönne er sich eine Ruhepause vor dem Sprung in die Tiefe. Erstaunlich viele Fische tummeln sich im grünen Wasser, und das Geschrei von Kindern in der Nähe klang wie Musik in meinen Ohren. Es muss die Brut des Müllers sein, dachte ich vergnügt. Hier, unter den kühlen Uferweiden, hatte auch ich als Kind gespielt. Die Feldblumen am Fluss, die friedliche, grüne Au, die Mühle im Schatten der Bäume, alles schien verklärt, wie eine Erscheinung aus verlorener Zeit.

»Wie wird eigentlich die Mühle betrieben?«, unterbrach Hamid meine Tagträume. Er wundere sich, dass es im Fluss kein Mühlrad gebe.

»Dazu fließt hier das Wasser zu langsam.« Ich zeigte ihm das langgezogene Becken hinter der Mühle, dessen Ränder von Pflanzen überwuchert waren. »Der Beckenboden liegt ein paar

Fuß über dem Fluss. Weiter oben ist ein Wehr. Dort wird das Wasser über einen kleinen Kanal in das Becken abgeleitet, bis es randvoll ist. Das Mühlrad selbst befindet sich im Keller der Mühle. Zur rechten Zeit öffnet man eine unterirdische Rohrleitung und lässt das Wasser aus dem Becken unter Druck über das Mühlrad schießen. Das bewegt den Mühlstein für etwa drei Stunden. Dann muss man wieder das Becken füllen.«

Wir stiegen von den Pferden, als der Müller zu uns trat. Ich erkannte einen von Amelhas Brüdern, ich glaube, es war der ältere. Er war groß und kräftig, wie ich ihn in Erinnerung hatte. Nur älter war er geworden, Furchen hatten sich in sein Gesicht gegraben, und das erste Grau zeigte sich an den Schläfen.

»Du weißt, wer ich bin?«, fragte ich schroff. Nur zu gut erinnerte ich mich, wie sie mich damals vom Mühlhof vertrieben hatten.

Er nickte und hielt den Kopf gesenkt. War es Trotz oder Ergebenheit? Dann hob er das Kinn und blickte mir ruhig in die Augen.

»Wir haben von Eurer Ankunft erfahren, Herr«, sagte er, »und danken Gott, dass Ihr heil zurückgekehrt seid. Von nun an, so will ich hoffen, werden sich die Dinge hier zum Guten wenden.«

»Bist du nicht Jori der Ältere?«

»Das bin ich, Herr.« Er deutete lächelnd mit dem Daumen hinter sich in die Richtung, woher das Kindergeschrei tönte. »Und inzwischen gut verheiratet.«

»Das freut mich, Jori«, sagte ich. »Und dein Bruder?«

»Matiu ist mit einer Karrenladung unterwegs.«

»Leben die Eltern noch?«

»Der Vater ist vor zwei Jahren gestorben. Aber unsere Mutter lebt noch.« Mit diesen Worten wandte er sich zum Haus. Erst da bemerkte ich eine Frau mit einem Säugling auf der Hüfte, die im Türrahmen stand, und hinter ihr der ängstliche Blick eines alten Weibes, Amelhas Mutter, ich erkannte sie. Jori rief ihnen zu, einen Trunk für die Herren zu bringen, und wies auf Tisch und Bänke, die ein paar Stufen tiefer am Flussufer aufgestellt waren. Dort setzten wir uns. Es war angenehm kühl unter den Weiden, und ein kleiner Windhauch erfrischte unsere erhitzten Gesichter.

»Mögt Ihr Apfelmost, *Senher*? Wir hatten noch eine Kiste Äpfel vom letzten Jahr übrig. Oder Wein?«

»Lieber deinen Most, Müller.«

Er rief etwas über seine Schulter, und bald standen Krug und Becher vor uns auf dem Tisch. Ich grüßte ernst die Alte, die uns bediente, und sie lächelte verlegen. Hatte sie mir verziehen? Eigentlich war sie noch nicht so alt, aber ihre Haare waren schlohweiß geworden, und sie ging gebeugt, als habe sie an einer schweren Last zu tragen.

»Mutter geht es nicht gut«, sagte Jori, nachdem sie gegangen war. »Seit Vaters Tod ist sie nicht mehr dieselbe.«

»Und die Mühle?«, fragte ich.

»Wirft gutes Geld ab, Herr! Sie ist die einzige weit und breit. Da sollte man eigentlich zufrieden sein.«

»Eigentlich?«

Seine Miene verdüsterte sich.

»Was ist los?«

»Ich will nicht klagen.« Er wand sich ein wenig. Dann deutete er mit einer Kopfbewegung nach Cubaria. »Aber die Mönche machen uns das Leben schwer.«

Hinter Joris Rücken war ein Junge aus dem Haus getreten, etwa sechzehn, schätzte ich. Ich wollte Jori weiter befragen, doch die seltsamen Bewegungen dieses Jungen hielten meinen Blick gefangen.

Er humpelte schrecklich, dabei knickte er regelmäßig in der Hüfte ein, als habe er keine rechte Gewalt über seine Glieder. Auch die Arme schlenkerten ungelenk um seinen mageren Oberkörper, der Kopf stand schief und wackelte bei jedem Schritt. So machte er seinen Weg zum Flussufer und setzte sich mühsam auf den Boden und ließ die nackten Füße ins Wasser baumeln. Dann blickte er scheu zu uns herüber, und ich sah, dass er schielte.

Jori war meinen Blicken gefolgt, sagte aber nichts.

Ich wandte mich ihm wieder zu und fragte: »Was ist denn mit den Mönchen?«

Er seufzte. »Sie verwalten die Nutzung der Mühle für den Bischof. Ein Viertel der Einnahmen geht an uns, dafür, dass wir sie betreiben. Aber sie gönnen uns kaum einen Heller. Immer muss ich mich um unseren Anteil streiten. Und seit Jahren lassen sie uns nichts, um die Mühle instand zu halten. Auch das muss ich von dem wenigen bezahlen, das wir erwirtschaften.«
»Ich habe schon gehört, dass Prior Bernard ein wenig scharf hinter dem Geld her ist.«
»Ein wenig?«, bemerkte er höhnisch. Dann sprach er weiter. »Dazu kommt, dass die Dinge auf Rocafort schlechtgehen. Von dort kriegen wir nur noch wenig Mahlgut.«
»All das wird sich ändern«, sagte ich mit Bestimmtheit. Auf seinen fragenden Blick hin klärte ich ihn auf. »Die Nutzung der Mühle hat mein Onkel mir überschrieben. Du behältst deinen normalen Anteil, ein weiteres Viertel zahlen wir als Pacht an den Erzbischof, und der Rest geht an mich. Damit ist Prior Bernard raus aus der Sache. Und wenn du Auslagen hast, dann komm zu mir, und wir werden das besprechen.«
Er schaute mich verdutzt an, aber als die Neuigkeit einsank, breitete sich ein Lächeln auf seinem Gesicht aus. »Gott hat unsere Bitten erhört. Ich muss es gleich meiner Marta sagen, Herr«, rief er erfreut, sprang auf und rief laut nach seinem Weib, eine kräftige Frau mit freundlichem Gesicht und roten Apfelbäckchen. Ich sah sie am Haus freudig erregt tuscheln und flüstern.
Mein Blick war wieder zu dem Jungen am Uferrand gewandert. Der planschte mit den Füßen im Wasser. Sein Kopf mit dem dunklen Haarschopf wippte dazu. Irgendetwas an ihm kam mir seltsam vertraut vor.
Jori kam zurückgelaufen und brachte eine Karaffe Wein.
»Darauf müssen wir trinken, *Senher* Jaufré!« Er schenkte uns von seinem rauhen Landwein ein und wünschte Gesundheit und langes Leben.
Wir tranken, auch Hamid nahm einen Schluck, und Jori setzte sich wieder zu uns. Da merkte er, dass ich immer noch verstohlen zu dem Jungen hinüberstarrte.
»Er ist dumm im Kopf. Seit seiner Geburt. Beachtet ihn nicht!«

Joris Frau war zu dem Jungen getreten und fuhr ihm mit der Hand durchs Haar. Der drehte sich zu ihr um und lächelte glücklich über diese Berührung. Als ich sein Lächeln sah, gab es mir einen scharfen Stich durchs Herz, denn es war, als hätte Amelha selbst gelächelt.
»Ist das etwa …?«, stammelte ich verwirrt. »Wie kann das sein?«
Jori sah betreten auf seine schwieligen Hände. »Ja, Herr. Es ist Euer Sohn. Er ist nicht gestorben, wie man es Euch hat glauben machen.«
Mir stockte der Atem. Ich hatte das Gefühl, als sei alles Blut aus meinem Gesicht gewichen.
»Wie ist sein Name?«, flüsterte ich.
»Ich weiß, es ist anmaßend, und ich hoffe, Ihr verzeiht, aber meine Schwester hatte vor ihrem Tod darauf bestanden, dass wir ihn nach Eurem Vater benennen. Er heißt Ramon.«

***

Nur wenig später brachen wir auf und ritten schweigend zurück nach Rocafort.
Die Mühle und das Treffen mit Jori hielten mich in ihrem Bann. Plötzlich hatte die Vergangenheit mich wieder eingeholt. Jahrelang war ich in dem Glauben gewesen, unser Kind sei mit Amelha gestorben. Sie hatte ihn Ramon genannt. War das ihr letzter Wunsch gewesen, bevor sie ihr Leben aushauchte? Daran zu denken, schnürte mir die Kehle zu.
»Jetzt weiß ich, warum die Alte so ängstlich war«, sagte ich, als wir uns der Burg näherten. »Sie haben mich belogen.«
»Warum hast du nicht mit dem Jungen gesprochen?«
»Ich weiß nicht. Es kam so plötzlich. Ich muss mich erst daran gewöhnen.«
Er lachte leise. »Deine Familie wird immer größer.«
»Ich finde das nicht zum Lachen!«
»Nein. Sicher nicht. Aber sei froh. Kinder sind ein Geschenk Allahs.«
»Soll ich mich über einen schwachsinnigen Krüppel freuen?«

»Warum nicht?«
»Gottes Strafe für meinen Verrat an ihr«, murmelte ich.
»Das ist lächerlich, Jaufré. Es war doch zu erwarten, dass dich hier das eine oder andere an vergangene Tage erinnern würde. Damit musst du leben. Es ist ein Teil von dir.«
»Aber warum das Kind bestrafen? Warum konnte es nicht gesund zur Welt kommen?«
»Du weißt, ich habe ein wenig von unserer Heilkunst studiert«, sagte er geduldig. »Ein Kind liegt manchmal falsch im Leib der Mutter. Das behindert die Geburt und verletzt das Neugeborene. Daran ist Amelha gestorben. Wäre ein guter Arzt zur Hand gewesen, er hätte das Kind drehen können, und niemand wäre zu Schaden gekommen. Ich habe solche Eingriffe mehrfach beobachtet.«
»Du meinst wie beim Kalben? Wenn nicht zuerst der Kopf herauskommt, stirbt die Kuh?«
»So ähnlich. Manchmal dreht sich das Kind so heftig im Mutterleib, dass es an der eigenen Nabelschnur erstickt.« Hamid lächelte und schlug mir auf die Schulter. »Sei froh, der Junge lebt, auch wenn er nicht wie andere ist. Hör auf, von Gottes Zorn zu reden. Im Gegenteil, Allah hat es gut mit dir gemeint. Er hat dir Amelhas Kind geschenkt, damit du dich mit Freude an sie erinnerst, denn in Ramon lebt sie weiter.«
Seine Worte bewegten mich. Ich atmete tief durch. »Aber sag niemandem etwas davon.«
»Ich wette, das ganze Dorf weiß, wer Ramon ist.«
»Vielleicht, aber ich will nicht darauf angesprochen werden«, erwiderte ich heftig. »Zuerst muss ich selbst damit ins Reine kommen.«
Er nickte, und wir legten den Rest des Weges in Schweigen zurück.
An der Brücke sahen wir zur Burg hinauf. Sie lag still und erhaben, von allem entrückt, hoch über der Straße auf ihrem Felsen, so als stünde sie über allen kleinlichen, irdischen Sorgen, die uns hier unten bewegten. Ein falscher Eindruck, denn als wir wenig später in den Hof der Vorburg ritten, fanden wir dort große Auf-

regung vor. Berta, umringt von Gesinde und Waffenknechten, hatte ungeduldig auf mich gewartet und ließ mir kaum Zeit, vom Gaul zu steigen.
»Er ist zu Borcelencs geritten!«, stürmte sie auf mich ein. Ihre Augen waren rot gerändert. Sie musste geweint haben.
»Woher weißt du das?«
Sie packte Martin am Arm, der hinter ihr stand, und zerrte ihn vor mich hin.
»Los, du Schlingel!«, befahl sie. »Sag es ihm.«
Der Junge hatte Tränen in den Augen, und seine Stimme zitterte. »Ich musste Raol versprechen, nichts zu sagen.«
»Erzähl mir alles, ganz langsam und von vorn«, sagte ich zu ihm.
Berta unterbrach mich. »Raols feine Kleider sind weg und seine silbernen Gürtelschnallen. Da war mir klar, sie sind nicht zum Jagen geritten.«
Ich blickte Martin in die Augen. »Und du wusstest es?«
Er nickte und zog ein klägliches Gesicht. Da bekam er Unterstützung von Adela. »Er wollte seinen Bruder nicht verraten!«, rief sie. »Du hast mir selbst gesagt, man muss für seine Kameraden einstehen.«
Per Dieu! So wird man an seinen eigenen Worten gemessen. »Und du meinst, du müsstest jetzt Martin beispringen, was?«, fragte ich etwas gereizt.
Unter meinem strengen Blick war sie rot geworden, reckte aber ihr Kinn in die Höhe. »Es ist nur recht, meine ich!«
»Ist es wahr, du wolltest Raol nicht verraten?«, fragte ich Martin.
»Ja, Vater.«
Verdammt. Die ganze Sucherei heute war umsonst gewesen. Eigentlich hätte ich wütend auf ihn sein sollen, stattdessen freute es mich, dass er mich Vater genannt hatte.
Berta dagegen sah aus, als erwarte sie von mir eine Bestrafung für den Jungen.
»Auch wenn es in diesem Fall nicht richtig war, so will ich es achten, dass du deinem Bruder die Treue gehalten hast.« Er sah

mich dankbar an und wischte sich die Nase am Ärmel ab. »Deine Mutter macht sich jedoch große Sorgen um Raol. Deshalb wirst du uns jetzt sagen, was du weißt, Martin.«
»Er wollte den Schimmel nicht hergeben«, erzählte er mit stockenden Worten. »Eher ließe er sich in Stücke hauen, hat er gesagt. Außerdem sei er jetzt *Senher* Roberts Knappe und habe ihm die Treue geschworen. Dort gehöre er von nun an hin. Und er sei nur froh, wenn er von hier wegkäme.«
»Und das Schwert, das ich ihm geschenkt habe?«
»Das hat er mir gegeben. Er habe ja schon *Senher* Roberts Schwert, hat er gemeint.«
»War das der Preis für dein Schweigen?«
»Nein, Vater. Du hast mir doch schon den Bogen gegeben!« Seine blauen Augen enthielten keinen Hintersinn.
»Ich glaube dir. Geh und wasch dir das Gesicht!«
Eines konnte ich nicht verstehen. Wie kam dieser Peire de Lambesc dazu, Raol zu Robert Borcelencs reiten zu lassen? Allem Anschein nach hatte er ihn begleitet, vielleicht sogar ermutigt.
»Wer ist dieser Lambesc, Berta?«, fragte ich in schneidendem Ton.
Sie sah mich mit großen Augen an. »Auch seine Habseligkeiten sind weg. Glaubst du, es war ein abgekartetes Spiel?«, fragte sie atemlos.
»Auf wessen Empfehlung kam der Kerl?«
Sie biss sich auf die Lippen. »Robert schickte ihn zu mir.«
Ich schlug mir vor die Stirn. »*Jes Maria!* Bei allen Heiligen! Gott behüte mich vor Pestilenz und leichtgläubigen Weibern!«
Sie warf mir einen wütenden Blick zu. Aber nur kurz, denn gleich waren ihre Augen wieder voller Angst und Besorgnis.
»Langsam verstehe ich«, murmelte sie. »Er ist ein Teufel, dieser Borcelencs. Wie konnte ich nur jemals auf ihn hören? Unseren Besitz hat er geschädigt, um mich gefügig zu machen. Dem Jungen hat er mit Ehrgeiz den Kopf verdreht. Deine Sterbeurkunde war schon vorbereitet. Und jetzt finden wir heraus, die ganze Zeit hat er einen Spitzel auf der Burg gehabt.«
Ich nickte grimmig. »Es war alles von langer Hand geplant.«

»Merkst du nicht? Unser Sohn ist in seiner Gewalt«, schrie sie verzweifelt und schlug sich auf die Brust. »Was will der Mann von uns, Jaufré? Was können wir tun?«

***

Eine gute Frage. Was konnten wir tun?

Nach dem Abendmahl saßen wir in der *aula* und hielten Kriegsrat. Berta war außer sich und wollte, dass ich auf der Stelle zu Roberts Burg ritt, um Raol zurückzuholen. Wenn notwendig, ihm ein Lösegeld anbieten. Sie fand, nun wäre Gelegenheit, mein Beutegold zu einem guten Zweck zu nutzen, anstatt es zu verschwenden.

Selbst mit Hamids wortreicher Unterstützung brauchten wir eine ganze Weile, um sie davon abzubringen. Erstens war Robert reich genug, sein Spiel war sicher nicht, ein Lösegeld zu erpressen, das zudem jeder rechtlichen Grundlage entbehrte, denn schließlich war Raol kein Kriegsgefangener. Zweitens würde der Junge niemals freiwillig mit uns gehen. Und ihn auf Roberts eigenem Boden mit Gewalt zu entführen, das gäbe dem Mann einen vortrefflichen Anlass, uns zu befehden. Und da er gewiss weit mehr Krieger aufstellen konnte als ich, war dies kein guter Plan. Berta sah schließlich ein, dass unsere Möglichkeiten begrenzt waren.

»Was immer der Mann vorhat, es ist seit langem geplant und gut vorbereitet«, sagte Hamid. Er zählte an den Fingern auf: »Jaufré steht seinen Plänen ganz offensichtlich im Weg, Lösegeld für Raol scheint er nicht anzustreben, und die Heirat mit Berta war nur ein Vorwand.«

Berta stimmte zu. »Davon bin ich überzeugt.«

»Vergessen wir nicht die Munt über die Kinder, zu der ihn die Eheschließung berechtigt hätte«, sagte ich.

»Alles scheint sich um Raol zu drehen.«

»Er ist der Älteste und erbberechtigt.« Eigentlich war Ramon der Älteste, wurde mir plötzlich bewusst. Aber er war nur ein Bastard und schwachsinnig obendrein. »Bei meinem Ableben wäre

Raol mein Nachfolger in allen Dingen. Er erbt Land und Titel. Aber solange er unverheiratet ist, hat sein Munt das Sagen. Danach wird er selbst mündig und kann über alles allein verfügen. Andere Erbverfügungen hängen vom Testament ab. Berta bekäme in jedem Fall ihre Mitgift.«

Bei dem Wort Mitgift zog sie die Mundwinkel herunter und warf mir einen giftigen Blick zu. »Gibt es denn ein Testament?«, fragte sie.

»Nein«, gab ich zu.

»Jaufrés Tod würde Robert also nutzen«, schloss Hamid, »vorausgesetzt, er kann sich Hoffnungen auf Raols Vormundschaft machen. Gesetzt den Fall, dir würde etwas zustoßen, Jaufré, könnte er dann die Munt ohne Bertas Zustimmung beanspruchen?«

»Anspruch hätte er nur als ihr Gemahl.«

»Zu einer Ehe würde ich jetzt niemals einwilligen«, fauchte Berta.

»Er hat sich als kluger Mann erwiesen«, sagte Hamid ruhig. »Er würde ein Mittel finden und dir keine Wahl lassen.«

Joana, die bisher mit finsterer Miene und ohne ein Wort am Tisch gesessen hatte, öffnete plötzlich den Mund. »Es stecken ganz andere Dinge dahinter.«

»Wovon redest du?«, fragte ich.

»Von Dingen aus alten Zeiten«, sagte sie. »Es hat mit Odo zu tun. Ich kann es fühlen, und es macht mir Angst.«

»Was soll das sein?«

»Ich weiß es nicht«, brummte sie zornig. »Aber Rocafort ist der Schlüssel. Er will die Burg, sage ich!«

»Eine kleine Wachtburg?«, fragte ich. »Wie kommst du darauf? Und wie soll er das anstellen? Wir können uns verteidigen.«

»Wie soll ich das wissen? Irgendeine Schurkerei wird er schon im Sinn haben.«

»Was ist an der Burg, Joana?« Hamid hatte sich vorgelehnt und blickte ihr eindringlich in die Augen.

»Sie haben immer so heimlich getan. Vielleicht sind hier Dinge versteckt, von denen wir nichts wissen.«

»Was, zum Teufel, soll das sein?«, fragte ich.
»Odo wird es wissen«, wich sie aus. »Frag ihn!«
Sie machte den Mund zu, und alles weitere Fragen half nichts. Joana blieb stumm. Damit gingen wir auseinander.
Am Abend stand ich noch lange am Turmfenster und starrte hinaus in die dunkle Landschaft. Was hatte Joana gemeint? War es nur ihr Gefühl, oder wusste sie etwas? Und was sollte es Geheimnisvolles auf dieser Burg geben? Eigentlich hatte dieser Borcelencs bisher nur um Bertas Hand angehalten und Raol mit Geschenken überhäuft. An sich nichts Schlimmes. Ob er hinter den Brandstiftungen steckte, konnten wir nur vermuten, und doch waren genug seltsame Dinge geschehen, dass wir alle bereit waren, ihm die schlechtesten Absichten zuzutrauen. Warum war ihm Raol so wichtig? Was, zum Henker, wollte er von uns?

***

Ghalib scharrte ungeduldig mit den Hufen.
Die Mühle lag winzig klein in einiger Entfernung vor uns in der Flussmulde. Die neue Heimat schien dem Tier gut zu bekommen. Sein Fell glänzte schwarzseiden, und heute Morgen war er übermütig und wollte laufen. Ich klopfte ihm beruhigend auf den Hals. Dort unten lebt also Ramon, dachte ich. Ein Jahr älter als Raol. Ob er wusste, wer sein Vater war? Was hatten sie ihm erzählt? Begriff er überhaupt etwas von seinem Schicksal?
Ich gab Ghalib das ersehnte Zeichen, dass es weiterging, und auf der Strecke bis zum Kloster erlaubte ich ihm, sich auszutoben, so dass wir im Galopp und mit fliegenden Hufen ankamen und den Sand vor der Klosterkirche aufwühlten. Ich sprang aus dem Sattel und warf den beiden Mönchen, die angelaufen kamen, die Zügel zu.
»Willkommen zu Cubaria, *Senher!*«, rief einer der beiden, ein kahlköpfiger Bruder mit einer hässlichen Flechte am Hals.
Ich nickte kurz angebunden und trat in die Kirche.
Die kleine Klosterkirche zu Cubaria ist ein einfaches, gedrungenes Bauwerk in der *maneira romana* erbaut mit wenigen, winzi-

gen Fenstern hoch oben in den dicken Mauern und einer Glocke über dem Giebel. Der Innenraum ist klein, und das Gewölbe braucht keine Säulen. Ich konnte kaum etwas erkennen, so dunkel war es nach dem grellen Sonnenlicht draußen, dafür aber angenehm kühl. Nichts hatte sich verändert. Der gleiche karge Raum aus rauhem Stein, an den ich mich erinnerte. Kein Laut drang durch die zeitlosen, mächtigen Mauern, und es war, als gäbe es hier weder Vergangenheit noch Zukunft. Auf dem Altar beleuchteten zwei Kerzen ein geschnitztes Kruzifix, auf dem ein Jesus mit hervortretenden, traurigen Augen aussah wie einer meiner Bauern auf dem Feld, nur noch ausgemergelter. Hier hatte ich als Knabe gebetet, manchmal ehrfürchtig, meist eher unfähig stillzuhalten und ungeduldig, ins Freie zu entkommen. Auch heute war es nicht anders. Ich kniete kurz, murmelte ein schnelles *pater noster*, bekreuzigte mich und trat wieder ins Freie.
»Wo ist der Prior?«, fragte ich den kahlen Mönch, der auf mich gewartet hatte.
»Im *scriptorium*, Herr. Ich werde Euch ankündigen, wenn Ihr mir Euren Namen sagt.«
»Führ mich einfach hin. Das geht schneller«, brummte ich.
Er sah verunsichert aus. Das war wohl nicht die Gepflogenheit hier. Ich fasste ihn an der Schulter und gab ihm einen leichten Schubs.
»Na los, was wartest du?«
Er zuckte mit den Achseln und ging schließlich voran. Ich folgte ihm auf dem Fuß. Das Gemäuer der Klostergebäude war von ähnlich gedrungener Bauweise wie das der Kirche. Wir traten durch eine kleine Pforte, deren altersgraues Holz aussah, als stamme sie noch aus der Zeit der Römer. Nach einem kurzen Gang betraten wir einen erstaunlich sauberen und freundlichen Raum. Bücherborde säumten die Wände, gefüllt mit sorgfältig aufgeschichteten Buchrücken und alten Schriftrollen. Große, mit hauchdünner Kalbshaut ausgeschlagene Fenster beleuchteten eine Reihe von Schreibpulten. Zwei von ihnen waren besetzt. Ein hagerer Mann in einem Mönchshabit aus feinem Tuch diktierte einem anderen, der emsig über sein Pult gebeugt war.

»Prior Bernard«, sagte mein Begleiter mit einem verhaltenen Räuspern, und der hagere Mönch drehte sich ungehalten um. Er war ein Mann in mittleren Jahren mit erstem Frost in den Haaren. Er besaß kleine Augen, eine scharfe Hakennase und einen hochmütigen Mund. Als er mich gewahrte, wurde seine Miene für einen Herzschlag lang unsicher, dann fing er sich und lächelte freundlich. Fast zu freundlich, für meinen Geschmack.

»Ich hatte also recht, denn mir war vorhin, als hätte ich ein Pferd gehört!«, sagte er. »Ihr müsst Jaufré Montalban sein.« Er trat einen Schritt näher. »Der Herr sei mit Euch, *Castelan*. Ich freue mich, dass wir uns endlich begegnen.« Er schüttelte meine Hand aufs wärmste.

»Warum habt Ihr mich dann für tot erklärt?«, fragte ich ohne Umschweife.

»Ach das«, lachte er und zuckte gleichmütig mit den Schultern. »Ihr wart verschollen. Was sollte man anderes annehmen nach so vielen Jahren? Da sieht man mal, wie sich der Mensch irren kann. Aber danken wir lieber dem Herrgott in seiner unendlichen Güte, dass er Euch wohlbehalten heimgeführt hat. *Domna* Berta muss überglücklich sein! Ein wahres Wunder!«

Nun, sehr glücklich ist sie nicht, doch das ging den Pfaffen wenig an. Er hatte mir den Weg zu einem kleinen Empfangsraum gewiesen. Ich setzte mich auf den angebotenen Stuhl, und der Prior rief nach Erfrischungen, die in kürzester Zeit auf einem Tischchen zwischen uns abgestellt wurden.

»Trinken wir auf Eure glückliche Heimkehr!«, rief er und hob seinen Weinkelch. Ich nahm einen Schluck. Ein edler Tropfen, bemerkte ich. Auch die Kelche aus buntem Glas sahen kostbar aus. Der Prior schien die schönen Dinge des Lebens zu schätzen. Trotz seiner Freundlichkeit wollte ich die Sache mit der Urkunde noch nicht auf sich beruhen lassen.

»Wieso habt Ihr die Urkunde einem Fremden ausgehändigt?«

Einen Augenblick lang sah er mich leicht gereizt an, aber dann zwang er wieder ein Lächeln auf seine Züge.

»Ganz einfach, *Castelan*«, sagte er immer noch freundlich, wenn auch mit einer Spur von Herablassung. »Es war ja allgemein bekannt, dass *Domna* Berta vorhatte, sich neu zu vermählen. Nach so langer Zeit musste sie schließlich vermuten, Ihr hättet Euer Grab bei den Sarazenen gefunden, wie so viele. Und für eine Frau allein ist es hart, zwei Söhne zu erziehen. Was liegt also näher, als dem zukünftigen Bräutigam die Unterlagen auszuhändigen. Das ist doch verständlich, oder?« Er sah mich an, als ob selbst ein Dreijähriger dies verstehen müsse. »Aber nun, *mercé de Dieu*, ist alles anders gekommen«, fuhr er lächelnd fort. »Damit ist die Sache natürlich aus der Welt.«

»Borcelencs hat immer noch die Urkunde!«

»Das ist nicht von Belang«, wischte er meinen Einwand ungeduldig hinweg. »Ich werde den Eintrag in den Klosterannalen streichen, und damit ist es erledigt.«

»Ganz wohl ist mir nicht bei der Sache.«

»Aber lieber Montalban. Macht Euch keine Gedanken. *Senher* Robert kenne ich als Mann von Ehre«, beschwichtigte er. »Reden wir von anderen Dingen. Jetzt, da Ihr mein Gast seid, müsst Ihr von Jerusalem berichten. Ihr wart doch in Jerusalem, oder? Finden sich dort noch *reliquiae*, lieber Freund, oder haben die Ungläubigen alles geplündert und zerstört?«

»Reliquien?«, fragte ich, ein wenig außer Fassung über diese unerwartete Frage, und dachte bei mir, dass es weniger die Ungläubigen gewesen waren, die geplündert hatten.

»Na, Ihr wisst schon«, sagte er ungeduldig. »Schweißtuch des Herrn, Dornenkrone, ein Nagel aus dem Kreuz.«

Ich lachte. »Solche Dinge soll es beim Basileus in Konstantinopel geben, habe ich gehört. Auf dem Basar in Jerusalem findet man sie sicher nicht.«

»Natürlich nicht!« Er fand meine Bemerkung wenig witzig. »Das waren doch nur Beispiele. Es gibt ja auch kleinere Stücke. Vielleicht der Zeh eines Apostels oder sein Gebetsschal, Splitter des Kreuzes. Immer wieder tauchen solche Gegenstände auf. Besonders seit der Befreiung des Heiligen Landes. Habt Ihr denn nichts davon mitgebracht? Man sollte meinen …«

Natürlich wusste ich, wie jedermann auch, wie wichtig Reliquien den meisten Gläubigen sind. Wunderheilung spricht man ihnen zu, Abwehr gegen bösen Blick und üble Nachrede, Fruchtbarkeit bei den Weibern, ein langes Leben und unzählige Dinge mehr.

»Cubaria ist leider unbedeutend«, sagte er. »Hätten wir nur ein klein wenig vom Glanz solcher Heiligkeit, dann kämen viele fromme Pilger.« Um Pilger und ihr Geld ging es ihm also.

»Ich habe mal die Heilige Lanze von Antiochia in der Hand gehabt«, sagte ich, halb zum Spaß.

»*Verges Maria!* Habt Ihr wirklich?« Er machte große Augen. Fast musste ich über seinen Gesichtsausdruck lachen. »Wie war sie, die Lanze. Erzählt es mir!«

»Rostig!«

»Rostig?« Er starrte mich mit gerunzelter Stirn an.

»Ja. Der Rost blätterte ab. Kaum noch als Speerspitze zu erkennen.«

Das schien ihn zu betrüben. Hätte ich behauptet, sie sei von strahlendem Gold gewesen und mit Rubinen besetzt, er hätte es sofort geglaubt. Prior Bernards Enttäuschung dauerte jedoch nicht lange.

»Aber mit ihr habt Ihr die Türken hinweggefegt!«

»Wir haben gesiegt. Das ist wahr.« Und ein verflucht teurer Sieg war es gewesen.

»Na also! Lob sei dem Herrn.«

Den bitteren Unterton in meiner Stimme hatte er gar nicht wahrgenommen, denn nun sprang er auf und fischte einen großen Schlüsselbund aus den Tiefen seines Habits.

»Ich will Euch etwas zeigen«, lächelte er verschwörerisch und wandte sich einem wuchtigen Schrank zu, der die halbe Rückwand der Kammer einnahm. Er schloss ihn auf und winkte mich heran. Langsam wurde mir dieses Gerede zu viel. Aber aufgrund unserer Geldschulden würde ein gutes Einvernehmen mit dem Prior nicht schaden, und so fasste ich mich in Geduld.

Mit einem anderen Schlüssel schloss er eine mit Elfenbeineinlagen verzierte, hölzerne Schatulle auf. Ihr entnahm er einen Gegenstand ganz in Gold, der fast wie ein Kieferknochen nebst Zahnreihe aussah, wenn auch nur angedeutet und klobig in der

Darstellung. Plötzlich öffnete er diesen goldenen Kiefer, und ich sah, es war nur ein Behälter, und darin befand sich wirklich ein Teil eines Unterkiefers, geschwärzt und angefault, und es steckten noch fünf wackelige Zähne darin, braun und mit schwarzen Hälsen.

»*Deable!* Was ist das?«, fragte ich.

Triumphierend blitzten mich seine Augen an. »Der Heilige Antonius!«, flüsterte er andächtig. »Vor etwa hundert Jahren sind seine Gebeine ins Land gekommen. Und wir hier in Cubaria haben dieses Stück.«

»Seid Ihr Euch der Echtheit sicher?«

»Völlig sicher.«

»Man sagt, es wird viel gefälscht«, warnte ich.

»Ich habe eine Urkunde. Von einem Bischof Dimitrios von Alexandrien, ein Zeitgenosse, der selbst den großen Heiligen noch gekannt hat«, raunte er.

»Guter Gott!« Ich pfiff anerkennend durch die Zähne, um meine Zweifel zu verbergen. Im Heiligen Land war mir von abgebrühten Fälschern einiges an Schamlosigkeit untergekommen. Einen Burschen hatten wir gefasst, der vertrauensseligen Pilgern für viel Geld silbergefasste Schweinerippen als *reliquiae* des Apostels Andreas verkauft hatte. Aber ich wollte den Prior nicht enttäuschen.

»Ihr seid ein gesegneter Mann, Prior!«, beglückwünschte ich ihn stattdessen. »Bald wird Cubaria Berühmtheit erlangen.«

Auf einmal starrte er mich an, als sei ihm gerade ein unerwarteter Gedanke gekommen, und verschloss die Reliquie wieder in der Schatulle. Auch den Schrank versperrte er sorgfältig. Als er sich umdrehte, war jede Freundlichkeit aus seinem Gesicht verschwunden.

»Nun«, sagte er kalt. »Eigentlich hätte ich Euch dies niemals zeigen sollen. Die Sache ist vertraulich.«

Oha, dachte ich. Warum sollte eine Reliquie vertraulich sein? War sie etwa unrechtmäßig erworben oder gar gestohlen? So etwas war nicht ungewöhnlich. Nun, sei's drum.

»Mit Eurem Vorgänger«, lenkte ich nun das Gespräch auf den

Kern meines Anliegens, »mit Prior Julianus also, hatte ich eine Abmachung.«
»Darüber bin ich im Bilde«, erwiderte er kurz angebunden.
»Ist er schon lange verstorben?«
»An die fünf Jahre.«
»Ich hoffe, Ihr betet für seine Seele, denn er war ein guter Mann«, sagte ich, nachdem ich mich bekreuzigt hatte.
Der Prior blieb stumm.
»Er hat mir damals eintausend *solidi* geliehen.«
»Und dafür habt Ihr uns die Burg als Sicherheit überschrieben.«
»Nun ja. Das heißt, nur die zeitweilige Nutzung.«
»Seid nicht spitzfindig, *Cavalier!* Das läuft auf dasselbe hinaus.«
Seine herablassende Art begann mich zu ärgern.
»Nur solange die Anleihe nicht getilgt ist. Und was wollen Mönche mit einer Burg?« Ich lachte als Versuch, die Stimmung aufzuheitern. »Nein, es ging nur um den Wegezoll, den Rocafort zu erheben berechtigt ist. Bis zur Tilgung sollten die halben Einnahmen daraus an Cubaria gehen. Das Eintreiben des Wegezolls sollte weiterhin unserer Familie überlassen bleiben, wie auch das Wohnrecht. Es ist ja schließlich unser Familiensitz, und wir haben militärische Verpflichtungen gegenüber unseren Lehnsherren.«
»Was Ihr Euren Lehnsherren schuldet, geht mich nichts an«, erwiderte er schroff. »Ihr habt die Burg verpfändet, mehr weiß ich nicht!«
»Ich wollte nur an die Verabredung mit Eurem Vorgänger erinnern«, sagte ich, so ruhig es ging, obwohl mir die Galle hochstieg. Wie kommt es, dass Leute, denen man Geld schuldet, immer glauben, sie müssten sich von ihrer hochmütigsten Seite zeigen?
»Ihr erzählt mir nichts Neues. Würdet Ihr nun zur Sache kommen?«
»Gut, dann sind wir uns so weit einig. Nun zu *Domna* Bertas Anleihe. Auf wie viel beläuft sie sich?«
»Dreihundert *solidi.*«
»Welche Sicherheiten?«
»Keine. Man hat für sie gebürgt!«

Da war ich überrascht. »Wer denn?«
»Der Bräutigam. Äh, der edle Borcelencs, meine ich.«
Hier hätte ich aufhorchen sollen.
Aber ich war noch zu sehr in die Einzelheiten unserer Schuldverschreibungen vertieft.
»Nun«, sagte ich mit Genugtuung, »heute Nachmittag komme ich zurück und übergebe Euch das Gold in barer Münze. Insgesamt also eintausenddreihundert *solidi.* Es ist doch nicht mehr, oder?«
»Nein, nein!« Er schien verwirrt.
»Da ist noch etwas«, sagte ich und zog Odos Urkunde aus meiner Gürteltasche. »Die Mühle unten am Fluss.«
»Was ist mit ihr?«
»Mein Oheim hat mir die Pacht überschrieben.«
Ich ließ ihn das Schriftstück lesen. Er wurde rot vor Ärger und warf mir einen bösen Blick zu. »Die Mühle ist Kircheneigentum. Das ist Begünstigung«, giftete er.
»Sie bleibt ja Eigentum des Bistums. Ich pachte sie nur«, erwiderte ich und nahm die Pachtvereinbarung wieder an mich. »Ich komme also am Nachmittag und bezahle alle Schulden. Bitte haltet die Dokumente bereit, damit wir die Sache aus der Welt schaffen können.«
»Tut mir leid, aber damit kann ich Euch nicht dienen.«
»Wie soll ich das verstehen?«
»Nun.« Er räusperte sich umständlich. »Ich habe die Schuldverschreibungen verkauft. Zu einem sehr guten Preis, wohlgemerkt.« Er lächelte selbstgefällig. »Mir schuldet Ihr also gar nichts, *Senher* Jaufré. Behaltet Euer Gold.«
»Verkauft? Wie kommt Ihr dazu?«
»Das Kloster kann schließlich nicht ewig auf Tilgung warten. Und das bisschen Wegezoll …«
Da wusste ich, warum er es vorher so plötzlich bereut hatte, mir diese verdammte Reliquie zu zeigen.
»Für einen gestohlenen Unterkiefer habt Ihr meine Burg verkauft?«, schrie ich erbost. »Noch dazu ein gefälschter, verflucht! Den hat doch jemand aus einem Armengrab gebuddelt und Euch

einen Riesenbären aufgebunden. Der Heilige Antonius ... dass ich nicht lache!«

Ich war aufgesprungen und schnappte nach Luft vor Wut. Auch der Prior war von seinem Stuhl hochgefahren.

»Wie könnt Ihr es wagen«, zischte er. »Bauerntölpel, der Ihr seid! Sohn eines spanischen Kriegsknechts. Was wisst Ihr von heiligen Reliquien?«

Auf einmal begann es, mir zu dämmern.

»An wen habt Ihr verkauft?«, fragte ich scharf.

»An Robert Borcelencs. Wen sonst?«

Ich war wie vor den Kopf geschlagen. Siedend heiß fielen mir die Worte meines Freundes Alfons ein, wie viele heimkehrende Ritter schon um ihr Erbe betrogen worden waren. Von den Pfaffen übertölpelt und ausgeplündert. Verdammt! Nun sollte dies auch mir geschehen?

»Er wird sie einfordern, Eure Burg«, kreischte er schrill. »Ich weiß nicht, was an dem Steinhaufen so wichtig sein soll, aber er ist hinter dieser Burg her und das gieriger als der Leibhaftige hinter Eurer erbärmlichen Seele!«

Mir rauschte das Blut im Kopf, meine Halsadern schwollen an. Als ich das Schwert aus der Scheide riss, wich der Prior entsetzt vor mir zurück und hob beschwörend die Hände.

»Montalban! Ihr werdet Euch doch nicht an einem Kirchenmann versündigen!«

Ich hob den Arm und ließ das Schwert mit aller Macht auf den Tisch niederkrachen. Der ging zu Bruch, und die fein geschliffenen Glaskelche samt Karaffe zerschellten klirrend am Boden. Der rote Wein spritzte über unsere Füße, so dass es aussah, als hätte ich tatsächlich jemanden erschlagen.

»Ich sage dir, Mönch! Wenn dieser Borcelencs uns deinetwegen Ungemach bereitet, dann gnade dir Gott! Es ist mir gleich, wo du hinläufst, aber ich werde dich finden.«

Damit eilte ich aus dem Gemach und warf die Tür so heftig hinter mir ins Schloss, dass es laut durch das alte Gemäuer dröhnte. Hundert Gedanken jagten mir in wilder Unordnung durch den Kopf. Zumindest würde ich mein Land behalten, denn das war nicht Teil der Abmachung gewesen. Doch ohne Burg waren wir nichts mehr als bessere Bauern.

Auf dem Weg zu meinem Pferd vergaß ich die wilde Drohung, die ich ausgestoßen hatte, denn inzwischen war mir klargeworden, dass wir andere Sorgen hatten als ein reliquiengieriger Prior und dass Joana mit ihrer Vermutung recht hatte. Es ging um Rocafort.

Buch III

»Ich wartete des Guten, und es kommt das Böse;
ich hoffte aufs Licht, und es kommt Finsternis.«

Altes Testament
Hiob 30.26

»Erhaben ist Gott, der tun kann, was er will und wie er will!
Das Schicksal lässt sich nicht hinausschieben,
indem man sich zurückhält, ebenso wenig wie es sich
beschleunigen lässt, wenn man mutig angreift!«

Emir Usama Ibn Munqidh von Schaizar
*(*1095 – †1188)*

Castel Rocafort

Las Corbieras,
Anno Domini 1131

Heute war ich unruhig und brauchte Bewegung.
Es waren nun schon drei ganze Tage, dass ich mich mit dem Mönch Aimar im Turm verkrochen hatte, um meine Geschichte zu erzählen. Da wird man steif, und der Rücken schmerzt vom langen Sitzen.
Auch Alina, meine Lieblingsstute, scharrte ungeduldig mit den Hufen, als ich den Stall betrat. Sie ist Ghalibs Tochter, und in ihr lebt er weiter, wie in vielen anderen, die inzwischen sein Blut in sich tragen. Sie ist schwarz wie ihr Vater, und ihr Fell ist wie Samt. Zärtlich und ungestüm zugleich. Zu feingliedrig für ein Schlachtross, aber schnell. Sehr schnell. Am frühen Morgen, gleich nach dem Morgenmahl, ritten wir aus.
Bruder Aimar hatte ich auf eines unserer zähen Bergponys gesetzt. Er war kein Reiter, doch er biss die Zähne zusammen und schaffte es irgendwie, nicht vom Sattel zu rutschen. Brun und zwei seiner Männer begleiteten uns, und so machten wir unseren Weg mit klappernden Hufen durch das Dorf an der Schmiede vorbei und folgten dem Pfad durch Wiesen und Felder hinauf zu den Bergen.
Brun machte einen unausgeschlafenen Eindruck. Auch er wird älter, dachte ich nicht ohne Genugtuung. Er war wesentlich jünger als ich, und bisher waren mir die ersten grauen Strähnen in seinem Haar gar nicht aufgefallen. Aber Brun ist stark und verlässlich wie eh und je. Ein freundlicher Hüne mit einem scheuen Lächeln. Doch unterschätzen sollte man ihn nicht, denn er ist hart im Kampf. Als *capitan* unserer kleinen Kriegsmannschaft hat er mir seit zwanzig Jahren treu gedient. Es wird Zeit, dass ich

ihm für seine Kinder ein Stück Land zum Lehen gab. Ich würde Bruder Aimar bitten, eine Urkunde aufzusetzen.

Das schöne Herbstwetter hatte sich gehalten, und in der kühlen Morgenluft trabten die Gäule den langen Hang hinauf, vorbei an den Koppeln des Gestüts, das Hamid und ich errichtet hatten, bis es steiler wurde und wir in einen gemächlichen Schritt verfielen. Bald gelangten wir an die Gabelung des Pfades. Geradeaus geht ein schmaler Steig über den Berg und wieder hinunter in die tiefe, weite Talebene, wo eine Tagesreise von Rocafort entfernt Adela auf dem alten Landsitz meines Onkels lebt. Wir aber nahmen die Abzweigung nach Westen, einen sanfteren Anstieg entlang des langgezogenen Bergrückens, an den sich der Bugarach anschließt. Ersteigt man seine Spitze, dann sieht man im Norden die Schwarzen Berge, an deren Fuß Carcassona liegt, im Süden die weißen Gipfel des Pireneus, und an klaren Tagen kann man ostwärts bis zum Meer blicken.

Am frühen Vormittag, die Sonne zeigte trotz der Jahreszeit noch Biss, saßen wir ab und genossen die Aussicht über unser weites Tal. Gott hat diese Landschaft mit großer Schönheit gesegnet. Trotz des dürftigen Bodens und der Hitze, die hier im Sommer herrscht, erfreut ein wohltuendes Grün in vielen Schattierungen das Auge, sogar noch in der kalten Jahreszeit.

Wir ließen uns auf einen Felsbrocken nieder und legten an Wegzehrung aus, was Maria uns mitgegeben hatte. Unter uns das sonnendurchflutete Tal, der Blick in die Ferne zu den blauen Bergen, die Luft prickelnd frisch und nach feuchter Erde duftend. Was will ein Mensch mehr, um glücklich zu sein?

Wir aßen eine Weile stumm und reichten den Wein herum. In einiger Entfernung lag Rocafort unter uns, zu beiden Seiten von den massigen Felsgruppierungen flankiert.

»Sie sehen aus wie steinerne Wächter«, meinte Aimar, während er auf seinem Stück Wurst kaute. »Auf welchem wurden die Menschenopfer gebracht?«

»Hast du dir also diesen heidnischen Unsinn gemerkt«, antwortete ich. »Daran glauben wir doch nicht, was, Brun?« Ich zwinkerte ihm zu. Er war immer noch ein wenig abergläubisch.

»Es wird viel erzählt, Herr. Wer weiß?«
»Jedenfalls war der Felsen von Rocafort schon in grauer Vorzeit befestigt. Es gibt römische Mauerreste im Fundament. Die meisten Burgen hier gehen auf alte Wehrtürme zurück. Sie sind Glieder in einer Kette, vom Pireneus bis nach Carcassona, um vor Maureneinfällen zu warnen. Das war, als der ganze Süden noch eine einzige Grenzmark war, von der Gasconha im Westen bis zur Provence im Osten und über das Gebirge bis nach Catalonha. Lange Zeit war das Land geeint, und du kannst es daran erkennen, dass wir hier im Süden alle die gleiche Sprache sprechen. Oder fast.«
»Im Norden sprechen sie anders?«
»Ganz anders.«
»Wie lebt es sich da im Norden?«
»Das Land ist flach und kalt, habe ich mir sagen lassen. Feucht und nebelig. Die Kaufleute klagen, dass ihre Karren oft im Schlamm stecken bleiben, so morastig ist es.«
»Mit Verlaub, Herr, ich war einmal in Paris«, mischte sich einer der Männer ein. »Es war Winter, die Straßen voller Schnee. Das Essen war schlecht, und ich habe nur gefroren. Außerdem sind die Leute hochnäsig und mürrisch. Glaubt mir, Bruder Aimar, selbst Gascogner und Katalanen sind mir lieber als die kalten Fischköpfe und Käsefresser aus dem Norden.«
»Nur weil dich keines ihrer Weiber unter ihren Rock gelassen hat«, knurrte Brun gutmütig. Wir stimmten alle in sein Lachen ein.
Nach dem Mahl führten wir die Pferde eine Weile am Zügel, denn der direkte Weg ins Tal ist steil. Später wich der Wald den Viehweiden, und schließlich ritten wir durch gutes Ackerland. Hier und dort ernteten die Bauern Kürbis und Rüben. Das Kraut wurde zu Haufen zusammengerecht und verbrannt, so dass weißer Qualm über den Feldern lag. Die Asche ist als Dünger fast so gut wie Viehjauche.
Auf einem der Felder arbeitete ein leibeigener Bauer. Er sah müde und abgezehrt aus. Zwei kleine Buben und ein Mädchen, keiner älter als fünf Jahre, versuchten, ihm zu helfen. Sie waren dreckig

und halb nackt und starrten uns aus großen Augen an. Am Wegrand lag ein Korb am Boden, aus dem ein Säugling schrie, als würde man ihn am Spieß rösten.

»Was lässt du das Kind schreien, Matiu?«, knurrte ich.

Der Mann war immer ein guter Arbeiter gewesen, aber seit die Frau gestorben war, war er unzuverlässig geworden. Ich vermutete, dass ihn der Weinteufel am Kragen hatte.

»Der kleine Racker will keine Ziegenmilch, Herr. Ich weiß nicht, was ich noch tun soll.« Er war näher getreten, den Rechen in der Hand, das Gesicht schmutzig von der Asche des Feuers, die Augen eines vom Schicksal Geschlagenen. Er war schon immer ein Schwächling gewesen, und ohne Frau kam er gar nicht mehr zurecht.

Ich seufzte. »Bring das Kind zur *cosiniera!* Sie wird eine junge Mutter finden, die noch Milch in den Brüsten hat. Ich glaube, die Kleine von Berards Tochter ist noch nicht entwöhnt. Aber gleich heute und ohne Fehl, hörst du?«

Er nickte ergeben. »Ja, Herr! Und ich danke Euch, Herr.«

»Und morgen kommst du zu mir. Will mal sehen, was wir mit dir anstellen können. So kannst du nicht weitermachen.«

Er senkte den Blick und sagte nichts.

»Also dann.«

Ich gab der Stute die Sporen, und den Rest des Weges ließen wir die Pferde ihre Beine strecken. Ich würde ihn als Stallknecht holen. Da bekam er regelmäßiges Essen, und um seine Kinder konnten sich die Mägde kümmern. Bis wir ein Weib fanden, das den Kerl noch wollte.

***

Zu Aimars Enttäuschung gab es auch an den folgenden Tagen keine Fortsetzung meiner Geschichten. Ich musste ihn vertrösten, denn ich wollte endlich mit der Arbeit an meinem Testament fortfahren. Dabei war ich zu dem Schluss gekommen, dass wir zuerst eine Liste aller Besitztümer, Verträge und Verpflichtungen aufstellen sollten, um spätere Missverständnisse zu vermeiden.

Bisher hatte ich mich immer auf das gute Gedächtnis meines Verwalters verlassen, aber die Zeiten ändern sich, und ich sah ein, dass eine klare Buchführung Vorteile hat.
Mein *villicus*, mein Verwalter also, heißt Joan, und sie nennen ihn *lo Catalan*, weil er vor zwanzig Jahren aus Catalonha zu uns gekommen ist, gleich nach jenem schrecklichen Sommer, von dem noch zu berichten ist. Joan ist kaum jünger als ich, geht leicht vornübergebeugt, als trage er schwer an der Last seiner Verantwortung, hat schlohweiße Haare, die sich gegen seine lederne, sonnengebräunte Haut abheben, und spricht nur, wenn es sich nicht vermeiden lässt. Wenn man seine Ruhe haben will, dann geben er und mein Wildhüter Gustau ein prächtiges Paar ab.
Er hat ein unglaubliches Gedächtnis und einen Kopf für Zahlen. Er kennt die Pachtvereinbarungen jeder Lage bis in alle Einzelheiten und weiß bei jedem Feldstück genau, wie viel der Bauer mir von seinem Ertrag zu leisten hat, obwohl es sich je nach Feldfruchtwechsel ändern kann. Er hat ein Auge auf jeden Ackerrain, und so mancher hat sich schon von ihm erwischen lassen bei dem Versuch, die Marksteine zu verlegen. Er überwacht die Herden, prüft Mühleinnahmen und zählt das Holz, das aus meinen Wäldern geschlagen wird. Er kümmert sich um die Vorräte in den Gemeindescheunen, das Saatgut fürs nächste Jahr, um die Wagen, Maultiere, Ochsen und Gerätschaften, die für die Bewirtschaftung gebraucht werden. Er überwacht den Frondienst, den man mir schuldet, und entscheidet, wer von den jungen Mägden und Knechten den Dienst auf der Burg zu verrichten hat, und vor allen Dingen überwacht er täglich die Einnahmen an unserer Zollstelle unten bei der Brücke, damit die Wachleute gar nicht erst auf den Gedanken kommen, irgendetwas zu unterschlagen.
An den nächsten Tagen steckten Joan und Bruder Aimar also die Köpfe zusammen und schrieben alles auf. Eine Liste meiner Wiesen, Felder, Weingärten und Olivenhaine, der Bestand an Vieh, an Reit- und Zugtieren, unsere Wald- und Fischrechte, das Land der Hörigen, die Aufzählung der Pachthöfe und Einzelheiten ihrer Pachtverträge. Die Nahrungsversorgung pro Mann und Pferd meiner Wachleute, die mir das Dorf schuldet, meinen An-

teil an gewissen Äckern, Mühlen und Handwerksbetrieben, das Entgelt für die Nutzung meiner Öl- und Weinpressen und des Backofens, die Aufgaben zu Pflege der Gemeindebrunnen und Wassertränken, das Wege- und Zollrecht der Burg Rocafort, der Grenzverlauf zu den Ländereien meiner Nachbarn. Zuletzt die Beschreibung der kleinen Lehen, die ich vergeben habe, nicht viele, doch es gibt sie, darunter das Erbe meines Onkels zu Monisat, ein kleines, aber ertragreiches Gut in der neuen Rodung, und das Gestüt auf den Anhöhen über Rocafort. Ich war selbst erstaunt, wie lang die Liste wurde.
Schließlich, da wir schon dabei waren, ließ ich auch die Schätze der Familie auflisten, Beutestücke, Kleinodien und Goldmünzen. Beteiligungen im Umland, die auf meinen Namen laufen. Ich besitze das Viertel einer Walkmühle an der Aude, bin an Gerbereien in Quilhan beteiligt, habe Anteile an zwei großen Viehherden, die jedes Frühjahr auf die Höhen des Pireneus getrieben werden, und bin außerdem Mitbesitzer einer Bleimine in den Bergen nördlich von hier. Dazu die Geschäfte, die ich mit den *jusieus*, den Juden von Narbona, habe. Mein Freund, der alte Ephraim, ist lange tot, aber er hat mir andere aus dem Judenviertel empfohlen. Ich habe es nie bereut, dass ich damals auf seinen Rat gehört habe. Jedes Jahr pünktlich zur gleichen Zeit zahlen sie mir ihren Zins für meine Einlage. Ja, wir haben gut gewirtschaftet, Joan und ich, und Raol wird es mir eines Tages danken.

***

»Ist das nicht der Dolch, den Euch Graf Bertran geschenkt hat?«
Ich reichte ihm die Waffe. Aimar ergriff sie ehrfürchtig wie eine Reliquie. Er bewunderte von allen Seiten die eingefassten Edelsteine und elfenbeinernen Einlegearbeiten und zog schließlich die lange Klinge aus der verzierten Scheide.
»Warum ist sie krumm?«
»Eine Klinge für Mörder«, sagte ich scherzhaft, packte das Heft so, dass die gebogene Spitze nach oben wies, und berührte ihn damit unter dem Brustbein. »Hier mit Kraft zugestoßen und

nach oben gedrückt, dann durchbohrt sie das Herz.« Ich machte ihm die Handbewegung vor.
»*Jes Maria!*«, rief er erschrocken.
»Jeder Araber trägt so einen Dolch. Je mehr ein Mann auf sich hält, je kostbarer und verzierter ist er.«
Ich räusperte mich ausgiebig, denn nun war es Zeit, Ernsthafteres zu besprechen. »Es gibt da einen wichtigen Grund, warum ich dir meine Geschichte erzähle.«
»Ich weiß!«
»Du weißt?« Ich fuhr erstaunt zurück. »Was weißt du?«
»Eigentlich nichts«, beeilte er sich zu antworten. »Mein Prior hat nur gesagt, falls der *Senher* mir etwas unter dem Siegel der Verschwiegenheit anvertrauen würde, dürfe ich niemandem in der Welt davon erzählen, nicht einmal den Hauch einer Andeutung machen.«
»Was noch?«
»Nur, dass es eine Ehre sei, wenn Ihr mir vertraut.«
»Na schön. Du weißt ja wohl, was eine *chronica* ist.«
»So wie die von *Paire* d'Aguiliers?«
»Richtig! Und Ähnliches hält man auch über das Geschick einer Familie fest, damit spätere Generationen sich erinnern.«
»Soll ich wieder etwas zum Schreiben holen?«
»Nein, nein! Denn unsere *chronica* ist geheim! Sie ist nur für meinen Sohn bestimmt.«
»Sonst darf es niemand wissen?«
»Niemand!«
»Auch nicht Eure Tochter?«
»Auch nicht Adela!«
»Warum?«
»Weil sie in eine andere Familie eingeheiratet hat. Und ihren Ehemann betrifft die Sache am allerwenigsten.«
»Dann geht es Eurer Tochter also gut?«
»Es geht ihr gut.«
»Ist sie wirklich so hübsch, wie Ihr sagt?«
»Davon kannst du dich bald selbst überzeugen, denn sie wird zu *Toussant*, dem Allerheiligenfest, erwartet.«

Unsere vielen Heiligen. Hamid nennt sie belustigt die kleinen Götter der Christen. Das sollte er besser nicht laut sagen, aber ich bin fast geneigt, ihm zuzustimmen, denn an jedem Tag des Jahres gedenken wir eines anderen Heiligen. *Sanctus* dieser oder *Sanctus* jener. Die meisten Menschen kennen kaum den Kalender, aber die Heiligentage, die haben sie im Kopf. Am Sankt Medardus wird es Zeit fürs Heumachen, und wenn Sankt Joan naht, dann schärfen sie schon die Sicheln für die Weizenernte. So ist das ganze Jahr den Regeln und dem Wohlwollen der Heiligen unterworfen. Inbrünstig erfleht man ihren Schutz, wobei jeder Heilige da so seine eigenen Fähigkeiten besitzt. Sankt Antonius hält das Vieh gesund, und von Petrus erfleht man gutes Wetter. Und zur frommen Erbauung der armen Sünder, die wir ja alle sind, dienen sie uns als Vorbild.

»Prior Jacobus will die Messe lesen. Ich habe vergessen, es auszurichten.«

»Ah! Umso besser.« Es freute mich, den alten Mönch wiederzusehen. »Wenn du möchtest, bist du eingeladen.«

»Werdet Ihr mich Eurer Tochter vorstellen?«, fragte er aufgeregt.

»Warum nicht? Aber mach dir keine Hoffnungen. Sie ist ein bisschen zu reif für dich«, erwiderte ich trocken, und Aimar wurde gleich wieder rot. »Außerdem ist sie verheiratet und hat zwei Kinder. Ein dreijähriges Mädel mit Namen Ada und einen siebenjährigen Sohn. Arnaut heißt er.«

»Ich bin froh, dass es ihr gutgeht«, sagte er und lächelte.

Unser Gespräch war nun schon wieder in falsche Richtungen gewandert. »Hör auf, mich dauernd zu unterbrechen«, ließ ich deshalb ungeduldig vernehmen.

»*Perdona me, Senher!*« Seine blauen Augen sahen mich treuherzig an. »Aber was ist mit Eurem zweiten Sohn? Habt Ihr nicht erzählt, da war ein Junge namens Martin?«

»Ja natürlich«, seufzte ich. »Und du erinnerst mich an ihn. Obwohl du ihm nicht wirklich ähnlich siehst.« Jedes Mal, wenn ich an Martin dachte, spürte ich einen Stich im Herzen, denn er war mir von allen der Liebste gewesen. »Von ihm erzähle ich dir später. Jetzt geht es um Raol.« Ich sah ihn ernst an. »Bist du also

bereit, die Geschichte unserer *familia* vor fremden Ohren zu bewahren und dies auf der Bibel bei deinem Leben, beim Haupte deiner Mutter und bei allen Heiligen zu schwören?«
Er holte tief Luft, aber sah mich fest an. »Das bin ich, Herr!«
»Also gut. Berichten sollst du nur meinem Sohn Raol. Oder einem anderen nächsten Erben, wie zum Beispiel meinem Enkel Arnaut, aber nicht vor seinem fünfundzwanzigsten Lebensjahr und nur falls er Oberhaupt der *familia* wird. Auch dann nur, wenn du ihn für würdig hältst und es der *familia* nicht schaden kann.«
»Ich schwöre es«, sagte er feierlich.
»Warte!«, rief ich und ging zu meiner Truhe, in der ich eine Weile kramte. Aimar machte große Augen, als ich das kostbare Buch auf den Tisch legte.
»Die Bibel meines Onkels.« Ich nahm seine Hand und legte sie darauf. »Jetzt schwöre bei Gott, unserem Herrn, und allem, was dir heilig ist!«
»Ich schwöre!«
»Sag, deine Seele soll auf alle Ewigkeit verdammt sein, wenn du diesen Schwur brichst!«
Das musste ihn erschreckt haben, dennoch sprach er mir tapfer nach. »Breche ich den Schwur, so soll meine Seele auf immer verdammt sein.«
»Gut!«, erwiderte ich befriedigt. »So soll es sein.«
Aimar setzte sich aufrecht hin und strich seine Kutte glatt. Ich sah, dass ihn der Schwur verunsichert hatte. Doch das legte sich rasch, denn bald öffnete er mit Andacht den schweren ledernen Einband der Bibel und bewunderte die gestochen scharfe Kalligraphie und die mit Blattgold hinterlegten, farbigen Illuminationen. Seine Lippen bewegten sich, als er die lateinischen Worte las.
»In Monisat befinden sich noch viele von Odos Büchern. Eines Tages wirst du sie lesen dürfen«, sagte ich. »Jetzt haben wir anderes vor.«
Widerstrebend schloss er den Buchdeckel. »Wie weiß ich, ob es der Familie schadet oder nicht?«, fragte er.

»Was?«
»Ihr sagtet, ich dürfe es nur weitersagen, wenn es keinen Schaden anrichten kann.«
»Wenn du alles von mir erfahren hast, wirst du es wissen. Dein Verstand wird es dir sagen.« Er runzelte die Stirn und schaute etwas unsicher drein. »Jetzt, da du auf die Bibel geschworen hast, bist du Mitglied unserer *familia*. Wir werden uns fortan um dich kümmern. Es soll dir an nichts fehlen. Und im Gegenzug wirst auch du dich um die *familia* sorgen. Ihr Schicksal ist dein Schicksal. Ist das klar?«
Er machte große Augen, als er begriff, dass dies sein Leben verändern würde. »Ja, Herr!«
»Von nun an gehörst du zu denen von Rocafort!«
»Verstanden, Herr!«, wiederholte er, und dann murmelte er mit einem schüchternen Lächeln: »Ich danke Euch, Herr.«
Was für Unschuldsaugen er doch hatte! Und noch so junge Schultern für diese Bürde. Aber mit Gottes Hilfe würde er daran wachsen.

Kampf um Rocafort

Im Monat Juni,
einundzwanzig Jahre früher,
im elften Jahr nach der Befreiung des
Heiligen Grabes zu Jerusalem,
Anno Domini 1110

Warten auf den Sturm

Sanctus Medardus,
Patron der Bauern,
sorgt für trockenes Heuwetter und gute Ernte

Quarta Feria,
8. Tag des Monats Juni

Meinen Sohn Raol hatte Robert mit List auf seine Seite gebracht, und Rocafort war sein nächstes Ziel. Was immer seine Gründe waren, er würde kommen und die Übergabe der Burg verlangen, wenn nötig mit Gewalt. Die Frage war nur, wie viele Bewaffnete er unter seinem Banner vereinigen konnte und wie bald er sich zeigen würde. Vermutlich brauchte er Zeit, um genug *soudadiers* für eine Belagerung zu sammeln. Lange würde er aber nicht auf sich warten lassen.

Berta war bleich geworden, als ich ihr beibrachte, dass Krieg unausweichlich war. Was soll aus uns werden, fragte sie mit zitternder Stimme, und einen Augenblick lang überlegte sie ernsthaft, ob es nicht besser sei, ihm Rocafort zu überlassen und uns auf einen der Höfe zurückzuziehen. Doch als sie mein Gesicht sah, sprach sie nicht mehr davon.

»Wir müssen uns eiligst auf Kampf vorbereiten«, sagte ich.

»Aber es ist nicht rechtens!«, erwiderte sie verzweifelt. »Dein Lehnsherr muss uns schützen!«

»Mein Lehnsherr ist Bertran in Tripolis. Wie soll der uns helfen? Ich könnte mich an Elvira wenden. Aber sie ist in Tolosa, und das ist weit. Außerdem wäre sie uns nicht unbedingt wohlgesinnt. Sie und Bertran sind nicht die besten Freunde.«

»An wen können wir uns denn sonst wenden?«

»Odo.«

»Ein Kirchenmann? Was kann der schon bewirken?«

»Das Erzbistum hat Burgen und Männer unter Waffen. Ich werde einen Boten zu ihm schicken.«

Sie war nicht überzeugt. »Und Graf Aimeric von Narbona?«

»Welchen Grund hätte er, uns zu helfen?« Ich schüttelte den Kopf. »Wir schulden ihm nichts und er uns noch weniger. Nein, wir sind auf uns selbst gestellt.«

»Wie konnte uns dieser Prior so verraten? Ich hätte nie gedacht, dass ein Priester, von dem man gottgefällige Werke erwartet, sich so von Habgier leiten lässt. Noch dazu unser Nachbar.«

»Der Teufel macht auch vor Priestern nicht halt.«

Ich hatte Mönche gesehen, die sich nicht gescheut hatten, ihre Kutte mit dem Blut Unschuldiger zu besudeln. Mit bloßen Händen hatten sie getötet oder Wehrlose mit dem Kreuz erschlagen.

Am nächsten Morgen erhob ich mich beklommen von meinem Lager. Dem Krieg hatten wir entfliehen wollen. Nun waren wir erneut in einen Kampf verwickelt und wussten nicht einmal, warum. Zu unseren Stärken konnten wir nur acht berittene Söldner zählen, deren Kampfkraft wir nicht kannten, eine Handvoll Bauern und eine Burg, die seit Menschengedenken keinen Krieg gesehen hatte. Das erfüllte mich nicht gerade mit Zuversicht.

Zum Glück waren wir nicht unerfahren in diesen Dingen. Hamid, Drogo, der alte Peire Alfons und ich begannen, unsere Verteidigung zu planen und die Aufgaben für die notwendigen Vorbereitungen zu verteilen. Das ganze Dorf wurde eingespannt, und die nächsten Tage waren von harter Arbeit und fieberhafter Eile bestimmt.

Die Burg selbst war natürlich unsere größte Stärke. Während Normannen und Franken im flachen Norden ihre Burgen aus Holz errichten und mit Erdwällen und Palisaden umgeben, haben wir hier im Süden seit Römerzeiten mit Stein gebaut. Pfähle könnte man im felsigen Grund kaum verankern, und Stein, den man zu Quadern formen kann, den gibt es hier im Überfluss.

Aber mehr noch vertrauten die Erbauer von Rocafort auf die Lage. Während an der Nordseite des Agli das Gelände nur ganz gemächlich ansteigt, so erhebt sich das Südufer steil bis zu einer Art Hochebene, auf der sich, von unten versteckt, das Dorf und ein Großteil unserer Äcker und Weiden befinden. Am Rand dieser Hochebene liegt ein von einem mächtigen weißen Kalkfelsen gekrönter Hügel. Darauf thront die Burg Rocafort mit ihrem Bergfried fast zweihundert Fuß über dem Flüsschen.

Der direkte Aufstieg an dieser Stelle ist fast unmöglich. Den steilen Hang zu erklimmen, ist durch dichtes Gestrüpp erschwert, und dann müsste man noch einmal dreißig Fuß von fast senkrechter und mauergekrönter Felswand überwinden. Selbst eine Bergziege käme da nicht hinauf. Von der Talseite her waren wir also sicher.

Von der Bergseite sieht es anders aus. Zwar überragt auch hier der Hügel noch um einiges die Sohle der Hochebene, aber der Hang, an den sich das Dorf schmiegt, ist weit weniger steil, und auch der krönende Burgfels könnte von einem Kletterer leicht überwunden werden, wäre da nicht die hohe Ringmauer der inneren Burg. Die Vorburg am Fuß des Felsens ist ebenfalls durch eine hohe Mauer gesichert. Das Burgtor liegt gut sechs Fuß über dem Boden, und man erreicht es nur über eine Fallbrücke zu der mit Steinblöcken befestigten Erdrampe, über die der Weg vom Dorf heraufführt.

Ein Angreifer hat nur eine begrenzte Anzahl von Möglichkeiten. Die Mauern zu untertunneln, ist aufgrund des Felsens unmöglich. Die Hanglage erlaubt keinen Belagerungsturm, und auch ein Rammbock wäre auf der engen Rampe nur schwer in Stellung zu bringen. Mit Wurfmaschinen ließen sich die hölzernen Dächer in Brand setzen, aber da alles Übrige aus Stein ist, würde sich der Schaden in Grenzen halten. Dennoch stellt die Vorburg die Schwachstelle der Verteidigung dar, denn hier gelangt man zumindest bis an die Mauer heran, was Leiterangriffe ermöglicht, und um solche abzuweisen, bedarf es einer ausreichenden Zahl beherzter Verteidiger.

Gelingt es nicht länger, die Vorburg zu halten, können sich die Belagerten in die innere Burg zurückziehen, die sich wie eine Zitadelle auf dem Felsen selbst befindet. Der steile Zugang zum zurückgesetzten Tor geht über eine kurze Spitzkehre, die von drei Seiten durch Bogenschützen bewacht werden kann. Hier ist schwer durchzukommen, und selbst eine Handvoll Krieger könnte einen ganzen Heerhaufen aufhalten, solange Wasser, Nahrung und Pfeile reichen.

Deshalb war der Zustand der Zisternen das Erste, was wir auf unserem Rundgang prüften. Auf dem Burgfelsen befinden sich zwei Zisternen und unten in der Vorburg eine weitere, noch größere. Sie werden vom Regenwasser gespeichert, das über eingemauerte Röhren von den Dächern abgeleitet wird. Dank des Regens vor einigen Tagen waren sie zu zwei Dritteln voll und das Wasser in frischem Zustand. Ich befahl, mit Eseln noch mehr Wasser vom Fluss zu holen, um die Zisternen und alles, was wir sonst noch an Fässern, Wannen und Bottichen besaßen, bis zum Rand mit Trinkwasser zu füllen. Ab sofort waren Bäder und Wäschewaschen auf der Burg verboten. Wem der Sinn nach Reinlichkeit stand, der musste sich im Dorf waschen oder zum Fluss bequemen.

Fuhrenladungen von Steinen wurden auf die Burg geschafft und als Wurfgeschosse gestapelt. Holz wurde geschlagen und auf Vorrat gelegt, denn Holz ist immer nützlich. Drogos Sohn Jaufré und ein paar Knechte schmiedeten tagelang Pfeilspitzen, und die Frauen im Dorf arbeiteten an Bergen von Pfeilschäften, auch wenn sie nicht immer Hamids prüfendem Auge standhielten. Wurfspeere und Spieße wurden hergestellt, Stangen mit eisernen Haken auf die Wehrgänge verteilt, um Leitern von der Mauer stoßen zu können. Alles Öl, das wir finden konnten, wurde herbeigeschafft, denn damit ließ sich den Angreifern schwerste Verbrennungen zufügen.

Peire Alfons und seine Männer kümmerten sich um Ausbesserungen aller Art. Die Tore wurden verstärkt und mächtige Bohlen bereitgelegt, um sie von innen zu stützen. Hölzerne Wehrgänge wurden erneuert, wo sie morsch waren, und an schwachen Stellen die Mauern verstärkt. Unsere zwei alten *ballistae* wurden hervorgeholt und ausgebessert. Auf dem Hang, der zur Vorburg hinaufführt, entfernten wir Gebüsch und Felsbrocken, hinter denen sich feindliche Bogenschützen verbergen konnten, und vergruben in regelmäßigen Abständen angespitzte Pflöcke, die

wir unter Reisig versteckten, in der Hoffnung, dass Roberts Krieger sich diese in den Fuß treten würden.
Drogo bekam die Aufgabe, Nahrung für Mann und Tier herbeizuschaffen. Dazu mussten wir in der Gegend noch mehr Getreide, Hafer, Gerste und Hirse kaufen und alles, was sie an Erbsen, Bohnen oder Linsen ergattern konnten. Die Pferde wurden auf die Weide geführt, und an ihrer Stelle wurden die Rinder, die Joana erworben hatte, in den Ställen der Burg untergebracht. Sie würden uns Milch geben und wenn notwendig Fleisch. Ebenso Schafe, Ziegen und Geflügel. Joana übernahm es, das Essen sorgfältig einzuteilen, und zu aller Leidwesen waren wir bei den meisten Mahlzeiten wieder bei Hirsebrei und Hafergrütze angelangt.
Es traf sich gut, dass Sankt Medardus war und so die Heuernte beginnen konnte. Die Bauern machten sich unter wolkenlosem Himmel daran, frisches Gras zu mähen, in der Hoffnung, dass es noch rechtzeitig in der Sonne trocknen würde, um als Viehfutter auf die Burg gebracht zu werden.
»Herrliches Wetter zum Heumachen«, sagte ich fröhlich zu Berta, um ihre düstere Stimmung aufzuhellen. »Sankt Medardus' Wetter hält sich meist bis zur Ernte, wie es im Volksmund heißt, und dann haben wir die Scheunen zum Bersten voll.«
»Was hast du mit den Pferden vor?«, fragte sie brüsk.
Es war das erste Mal, dass sie sich einmischte. Die meiste Zeit hatte sie nur mit starrem, ungläubigem Blick dem geschäftigen Treiben zugeschaut. Was für Krieger wie Hamid und mich zweite Natur war, erfüllte sie mit Schrecken. Je weiter unsere Vorbereitungen voranschritten, je mehr begriff sie, wie ernst die Lage war. Ich sah die nackte Angst in ihren Augen, auch wenn sie bemüht war, dies zu verbergen.
»Auf der Burg kosten die Pferde uns nur Futter«, erwiderte ich. »Wir verstecken sie oben im Wald.«
Auf den an vielen Stellen flachen Bergkuppen gab es verborgene Lichtungen mit gutem Gras, die aber nur über lange, steile Wege durch dichten Wald und Gestrüpp zu erreichen waren. Dort würden die Männer leichte Koppeln bauen. Hamid war unter-

wegs nach Quilhan, um weitere Stuten von gutem Blut zu erwerben. Zum einen für unsere Zucht, an die wir immer noch glaubten, aber auch, weil wir nicht genug Reittiere besaßen, sollte es unerwarteterweise doch zu einem Reiterkampf kommen.
Auch die neuen Tiere würden wir auf den Berg bringen. Was ich Berta nicht sagte, war, dass wir dort oben ein verstecktes Lager errichteten, ausgestattet mit Waffen, Werkzeug und dem Nötigsten an Nahrung, Zeltplanen und Kleidung. Drogo hatte mich erstaunt angesehen, als ich den Befehl dazu gab. Aber wer konnte wissen, wie die Dinge laufen würden? Ich hatte ein unbestimmtes Gefühl, dass so etwas nützlich sein könnte. Und in den langen Kriegsjahren hatte ich gelernt, meinen Eingebungen zu vertrauen.
Während Hamid Pferde kaufte, ritt ich zu meinen Nachbarn, um Unterstützung und Verstärkung zu erbitten. Aber da hatte ich mich getäuscht.
»Die Borcelencs sind eine mächtige Familie geworden, mein Junge«, brummte der alte Bernard Berenguer von Peirapertusa, der mich ansonsten freundlich empfangen und zu meiner glücklichen Heimkehr beglückwünscht hatte. »Ich weiß vom Prior in Cubaria, dass die Burg verpfändet ist und er die Darlehen verkauft hat. Das ist unangenehm, aber man kann es ihm nicht verwehren.«
»Ich bin in der Lage, alles sofort zurückzuzahlen«, entgegnete ich. »Niemand hat das Recht, die Burg zu nehmen, wenn ich die Schuld begleiche.«
Er seufzte und schüttelte den Kopf. »Das mag sein, doch gegen einen Borcelencs werde ich nicht antreten. Pferde und Waffen kannst du haben, Jaufré. Aber Männer werde ich nicht stellen.«
Ich kaufte drei gute Gäule und belud sie mit Hafer und Weizenkorn, Schilden und Lanzen. Zum Abschied umarmte er mich.
»Warum hilft dir nicht dein Oheim?«, fragte er.
»Ich habe einen Boten geschickt, aber bis Odo Verstärkung senden kann …«
»Kopf hoch, Junge!«, ermutigte er mich und tätschelte meine Wange. »Rocafort ist schwer zu nehmen. Haltet durch, bis Odos Männer kommen.«

Ich besuchte noch zwei weitere Burgherren aus der Gegend, aber auch die waren nicht bereit, sich in die Fehde mit einem Borcelencs einzumischen. Sollte es zu einem Schiedsgericht kommen, würden sie gerne für mich aussagen, aber mehr könne ich nicht erwarten. Ich mochte es ihnen nicht verdenken, war doch mein Besitzrecht durch die Schuldverschreibungen vorübergehend zweifelhaft oder zumindest eingeschränkt. Wir mussten uns also allein auf unsere Klugheit und die Stärke Rocaforts verlassen, bis Odos Mannschaften anrückten. Dass er sie schicken würde, daran hegte ich keinen Zweifel. Es konnte jedoch Wochen dauern, denn ein Erzbischof unterhält kein stehendes Heer, und um Söldner anzuwerben, braucht es Zeit.

Nach Tagen kam Hamid mit sechs weiteren Stuten ins Dorf geritten. Er hatte junge, kräftige und hochgewachsene Tiere gewählt und wollte gleich mit dem Decken beginnen, um nicht ein ganzes Jahr zu verlieren, wenn es nicht schon für dieses Jahr zu spät war. Und so gab ich ihm Ghalib mit. Ich ließ Alexis den Hengst reiten, und begleitet von einigen Knechten, brachen sie in die Berge auf. Wir behielten nur wenige Reittiere zurück.

Gleich am ersten Tag der Vorbereitungen ließ ich die Wachmannschaft antreten. Da war Lois Bertran, den ich an der Zollstelle getroffen hatte. Er nickte mir fröhlich zu, so als freue er sich auf einen heißen Kampf. Vielleicht hatte er das Postenstehen satt. Einer fiel durch seine unruhigen Blicke auf. Er hieß Berlan, und sie nannten ihn *lo gort*, den Dicken. Dick war er in der Tat, und wie ein Kämpfer kam er mir nicht vor. Die anderen machten einen brauchbaren Eindruck. Auch mit ihrer Ausrüstung hatten sie sich Mühe gegeben, wenn auch niemand außer Brun und Jaume Kettenhemden trug. Gepolsterte Lederpanzer waren die Regel. Einem Escobon befahl ich, sein schartiges Schwert ausbessern zu lassen, und einem anderen mit Namen German, seinen allzu leichten Schild zu ersetzen.

»Seht her, dies ist Brun, wie ihr inzwischen schon wisst.« Ich hatte ihn an meine Seite gewunken. »Er wird fürs Erste euer *capitan* sein.« Brun sah mich überrascht an. Auf unserer Reise hatte sich mein Vertrauen zu ihm gestärkt, und wer weiß, vielleicht befand sich noch ein Verräter unter den Männern. »Die nächsten Tage werdet ihr Waffenübungen machen, und zwar vom ersten Tageslicht bis Sonnenuntergang, ist das klar?«

Ich wollte sehen, wie gut jeder Einzelne war, und sie alle, wenn es in der kurzen Zeit möglich war, zu einer einigermaßen schlagkräftigen Truppe ausbilden. Mit Brun und Jaume, Hamid und mir würden wir nur zehn waffenkundige Krieger sein. Das war verdammt nicht viel. Deshalb bat ich Drogo, weitere Männer aus dem Dorf auszuwählen.

Da war zunächst Drogo selbst. Auf ihn und seine Körperstärke konnte man sich verlassen. Gustau war gut mit dem Bogen. Er brachte vier Burschen mit, die ebenfalls mit Bögen umzugehen verstanden. Aus einer Gruppe junger Bauern und Knechte wählten wir zwanzig kräftige Burschen aus, die wir bewaffnen und, so gut es ging, als Fußkämpfer ausbilden wollten. Spieße gab es genug, aber für mehr hatten wir keine Schilde und Helme. Weitere zwanzig würden sich mit Wurfspießen und Hirtenschleudern versehen, um unserer kleinen Truppe bei Bedarf Deckung geben zu können. Außerdem konnten sie Wasser tragen, Steine von der Mauer werfen, die Wurfmaschinen bedienen und sich anderweitig nützlich machen.

Die Leute im Dorf wie auf der Burg arbeiteten fieberhaft an ihren Aufgaben. Tag um Tag verstrich, an dem ich in meiner Einbildung schon den Hornstoß einer unserer Späher zu hören glaubte und die Hufe galoppierender Pferde.

Aber Robert zeigte sich nicht.

Noch nicht.

***

Eine ungewöhnliche Hitze machte allen zu schaffen.

Zum Glück gingen in der Mitte der Woche ein paar Schauer nieder. Sie verhinderten ein Austrocknen der Feldfrucht, auch wenn der kurze Regen nur wenig Erleichterung brachte. Die Pflanzen sogen die Feuchtigkeit gierig auf, der Rest verdunstete in Stunden. Bei diesem Wetter schien das Korn schneller als gewöhnlich zu reifen, und vielleicht würden wir schon bald nach dem Johannisfest unseren Weizen ernten können.

Um die Arbeiten zur Verteidigung der Burg so schnell wie möglich voranzutreiben, schuftete das ganze Dorf in der glühenden Hitze, wussten wir doch nicht, wie viel Zeit uns noch bleiben würde. Sogar die Kinder mussten helfen und führten unermüdlich Lasten schleppende Esel und Maultiere. Von den freien Höfen kamen junge Bauern, obwohl sie nicht zu Frondienst verpflichtet waren. Taten sie es aus Treue zu Berta, die sich für sie eingesetzt hatte, oder weil sie sich meinen Schutz erhofften? Wir fragten nicht. Jeder Freiwillige war uns unbesehen willkommen.

Abends aßen die Leute ein karges, oft kaltes Mahl, um gleich darauf in bleiernen Schlaf zu fallen, denn schon vor dem Morgengrauen ging es mit schmerzenden Gliedern weiter, und dies ohne Unterlass den ganzen Tag lang. Kaum nahm man sich Zeit, Durst und Hunger zu stillen. Die Gemüter waren unruhig und aufs äußerste angespannt. Erschöpfung und brütende Hitze machten jeden gereizt und ungeduldig. Nicht selten fielen harsche Worte, und einmal schlugen sich zwei junge Burschen. Dann geschah ein Unfall beim Grasschneiden. Ein Bauer erlitt eine tiefe Schnittwunde in der Wade. Joana legte blutstillende Kräuter auf und verband das Bein. Und mich ärgerte, dass nun eine nützliche Hand fehlte.

Joana benahm sich seltsam. Seit dem Tag, an dem sie ihre düsteren Vermutungen ausgestoßen hatte, war sie wenig zugänglich gewesen und sprach mit kaum einer Seele. Ich konnte mir nicht helfen, aber irgendwie beschlich mich der Eindruck, als sei besonders ich derjenige, den sie zu meiden suchte. Sie ging mir aus dem Weg, und wenn ich sie durch Zufall traf, dann machte sie ein verschlossenes Gesicht und fand einen Vorwand, um sich zu entfernen.

Nun, ich hatte keine Zeit, darüber nachzudenken. Ich beaufsichtigte die Arbeit auf der Burg, zeigte den Knechten, wo die Dinge zu lagern waren, die sie herbeischleppten, begutachtete die Ausbesserungen an Mauerwerk und Toren, das Graben der Fallen auf dem Hang. Alles Wertvolle, Schmuck, Möbel oder Seidenstoff, wurde in den Turm getragen. Darüber beklagte sich Berta bitterlich, bis ich ihr erklärte, dass der Turm das einzige Gebäude ohne Holzdach war und so nicht brennen könne. Dann wiederum war ich zu Pferd unterwegs, um die Arbeit beim Holzschlagen oder auf den Feldern voranzutreiben. Ich ritt einen kräftigen braunen Wallach, einen der wenigen Gäule, die wir nicht in die Berge geschickt hatten.

Alle, die irgendwie, wenn auch nur für Stunden, entbehrlich waren, halfen beim Heumachen. Frauen und Kinder wendeten unentwegt das frische Heu in der Sonne, um es zu trocknen. Die Männer schwangen ihre Sicheln und arbeiteten schweißüberströmt mit bloßem Oberkörper. Auch die Weiber trugen unter der glühenden Sonne nur leichtes Linnen, das herausfordernd an ihren Rundungen klebte. Um sich leichter bewegen zu können, hatten sie die Röcke hochgebunden, was die Beine sehen ließ. Ein Anblick, den die Männer genossen, und trotz der harten Arbeit flogen Scherze und Anzüglichkeiten hin und her.

An einem dieser Nachmittage war ich zu den Wiesen am Agli hinausgeritten und war überrascht, Berta in der flimmernden Hitze mit einer großen Heugabel in der Hand inmitten der Bauersfrauen zu finden. Auch sie war sich nicht zu schade, mit geschürztem Rock zu arbeiten. Sie warf mir einen herausfordernden Blick zu, als warte sie nur darauf, ich würde etwas dagegen zu sagen haben.

»He, Leute«, rief ich grinsend in die Runde. »Ich hoffe, ihr seid stolz auf eure *domina*. Sie schwingt die Heugabel so gut wie jede andere.«

Das erntete fröhlichen Beifall, und zum ersten Mal seit Tagen lächelte auch Berta unbeschwert.

Ich sprang vom Pferd und näherte mich ihr. In ihrer einfachen, ärmellosen Tunika mit zerzausten blonden Haaren, Schweißperlen auf Stirn und Lippe und von der Arbeit gerötetem Gesicht, so erschien sie mir noch schöner als sonst. Ich reichte ihr meinen Wasserschlauch.

»Da! Trink!«, sagte ich leise. »Du musst das hier nicht tun.«

»Soll ich herumsitzen, wenn alle arbeiten?«, fragte sie. »Mein

Pferd hast du in die Berge geschickt, meinen Stickrahmen in den Turm. Also will ich mich wenigstens hier nützlich machen.«
Das frische Heu verströmte einen süßlich betörenden Duft, und Zikaden zirpten unermüdlich ihr Lied um uns herum. Es war wie in einem Backofen. Berta öffnete den Schlauch und hob ihre nackten, weißen Arme, um sich einen kräftigen Strahl Wasser in den Mund zu spritzen. Dabei lief ihr ein Rinnsal an der Kehle entlang den Hals hinunter bis in den üppig gefüllten Ausschnitt. Als hätte sie bemerkt, wo meine Augen waren, wischte sie sich mit der Hand das Wasser vom Brustansatz und gab mir den Schlauch zurück.
In ihren grünen Augen glimmte ein herausforderndes Lächeln, wenn auch nur flüchtig und für einen winzigen Augenblick. Oder hatte ich es mir nur eingebildet?
»Danke, Jaufré.«
Verlegen und ohne ein weiteres Wort wandte ich mich ab und stieg in den Sattel. Als ich mich umdrehte, war sie schon wieder eifrig bei der Arbeit und würdigte mich keines weiteren Blickes.

***

Bertas Wachmannschaft bestand nicht gerade aus erlesenen Kriegern. Das bequeme Landleben hatte sie rosten lassen, und es war nicht allein Berlan *lo Gort*, der nach ein paar Runden mit Schwert und Schild laut schnaufend nach Luft japste. Zumindest konnten sie mit Waffen umgehen. Tägliche Leibesübung würde sie in Schwung bringen, sagte ich mir und befahl Brun, sie jeden Morgen in voller Kampfausrüstung den steilen Weg vom Fluss zur Burg hinaufzuscheuchen bis ganz oben auf den Bergfried. Und das im Dauerlauf zehn Mal hintereinander oder bis sie umfielen. Und dann noch ein Mal. Den Rest des Tages sollten sie mit Schwertübungen und Scheinkämpfen verbringen.
Gleich am ersten Tag befiel den dicken Berlan ein Hitzschlag, zwei weitere Männer erlitten Schwächeanfälle, und die restlichen warfen mir, kaum zu Atem gekommen, solche Mörderblicke zu, dass ich nicht anders konnte, als laut zu lachen. Nur als ich es

ihnen vormachte und allen, selbst Brun, davonlief, da packte sie der Ehrgeiz, und sie bissen die Zähne zusammen. Es zahlte sich aus, denn in den kommenden zehn Tagen sollten sie wesentlich härter und ausdauernder werden. Selbst von Berlan rollten die Pfunde ab, so dass er wieder in seinen Lederpanzer passte.

So weit die Waffenknechte. Die wirkliche Schwierigkeit lag beim Rest meiner tapferen Mannen, denn wie sollte ich in wenigen Tagen eine Handvoll ungeübter Bauernburschen in eine Kampftruppe verwandeln? Es begann damit, dass wir sie hießen, ihre klobigen Holzschuhe auszuziehen. Ich beauftragte Peire Alfons für jene, die keine besaßen, einfache, aber robuste Bundschuhe aus Rindsleder anfertigen zu lassen. In der Zwischenzeit mussten sie barfuß üben.

Wir versuchten, ihnen das Allernötigste an Waffenfertigkeit und Disziplin beizubringen. Brun unterwies sie, wie man mit dem Speer in der Schildwand kämpft. Er zeigte ihnen, auch ohne Schild zu kämpfen, wie man Schwerthiebe abfängt oder unter Axt und Morgenstern hinwegtaucht. Wir hielten sie an, sich an das Gewicht des Schildes zu gewöhnen, mit den Waffen zu laufen, schnell und beweglich zu werden und trotz der Hitze den Helmriemen oder ihren Lederpanzer niemals zu lockern. Nicht, dass wir für die meisten wirklich gute Lederpanzer hatten, sondern eher nur einen eilig, aus doppeltem Rindsleder zusammengenähten Brustschutz mit breiten Schulterriemen. Immer noch besser als gar nichts.

Sie waren jung und willig, aber mein Gott, manche stellten sich wie wahre Tölpel an.

Seltsamerweise waren es die Mädchen und jungen Mägde aus dem Dorf, die sie zu höchster Anstrengung anspornten. Obwohl sie selbst genug zu tun hatten, tauchten immer wieder junge Dirnen auf, die nichts spannender fanden, als die Männer bei ihren Übungen zu beobachten. Dabei stießen sie sich an und kicherten, wenn einer sich ungeschickt benahm. Auch wenn sie bald wieder von den älteren Weibern verscheucht und zur Arbeit angetrieben wurden, so wirkte ihre Anwesenheit wie ein Elixier auf meine Jungs, denn keiner wollte zum Gespött der Mädels werden.

Nach drei Tagen waren sie so weit, dass ich sie zum ersten Mal in Reih und Glied aufstellen ließ. Ich führte vor, wie man den Schild hielt, wie der rechte Rand den des Nachbarn zu überlappen hatte, um seine Seite zu schützen. Dann übten wir den Gleichschritt, zuerst unbewaffnet, vor und zurück und seitwärts, drehen und schwenken im Glied, bis sie nicht länger über ihre eigenen Füße stolperten. Dann mussten sie lernen, alles mit ihren Waffen auszuführen.

Manchmal, wenn ich sie bei ihren unsicheren Schritten beobachtete, wusste ich nicht, ob ich lachen oder weinen sollte. Wie oft wünschte ich mir nicht in diesen Tagen eine Kompanie Fußsoldaten, unsere guten, alten *pezos*, wie wir sie dank Arnauds harter Ausbildung in Tripolis gehabt hatten.

Aber zuletzt konnten sie kämpfen, ohne Gefahr zu laufen, sich gegenseitig zu verletzen. Turnierpreise würden sie nicht gewinnen, doch nun waren sie einigermaßen einsatzfähig. Jetzt übten wir mit ihnen den Kampf im Gedränge, wie es bei einem Sturm auf die Burg vorkommt. Sich gegenseitig in kleinen Gruppen mit den Schilden decken, auf Befehl vorstoßen, die Speere zum Einsatz bringen, sich wieder zurückziehen, den Kameraden den Rücken schützen, sich neu formieren. Wir stiegen auf die Wehrgänge und gingen mehrfach durch, wie man einen Leiterangriff abwehrt, wie man die Katapulte bedient, was zu tun ist, wenn der Feind das Tor zertrümmert. Peire Alfons zeigte ihnen die Pfannen zum Erhitzen des Öls, wie man Brandpfeile für die Katapulte herstellt, wie man Feuertöpfe mit brennendem Öl ins Gedränge der Gegner hinabschleudert.

Mein Sohn Martin wich bei all diesen kriegerischen Übungen nicht von meiner Seite. Alles beobachtete er mit größter Aufmerksamkeit. Oft, wenn die jungen Kerle etwas nicht verstanden hatten, sich aber nicht trauten zu fragen, tat er es an ihrer Stelle. Wenn ich woanders gebraucht wurde, gesellte er sich zu Gustau und übte mit den Bogenschützen. Die Männer liebten ihn und betrachteten den Jungen als eine Art Glücksbringer. Wenn Martin mit seinem sonnigen Grinsen auftauchte, dann war die ganze Truppe zufrieden. Und wo er war, da war auch Adela nicht weit.

Sie hatte Martin mittlerweile mütterlich unter ihre Flügel genommen, auch wenn sie die Jüngere war. Den Jungen schien es nicht zu stören.
Und dann, in der Mitte der zweiten Woche, nach all den Mühsalen und der Eile, war plötzlich alles getan, und die Arbeit ruhte. Ich zerbrach mir den Kopf, was ich vergessen haben könnte. Wichtiges konnte es nicht sein. Zeit, ein wenig auszuruhen, denn die Leute aus dem Dorf waren völlig erschöpft. Nur mein kleines Heer führte seine Übungen fort, wenn auch etwas gemäßigter.
Drogo und ich riefen das Dorf zusammen. Auch von den umliegenden Höfen waren sie gekommen.
»Ihr wisst inzwischen, wer eure Felder verwüstet und euer Vieh auf dem Gewissen hat«, rief ich mit lauter Stimme, damit alle mich hören konnten. »Er schreckt vor nichts zurück, und nun ist er im Anmarsch. Nur mit vereinten Kräften können wir uns zur Wehr setzen.«
Es erhob sich ein Gemurmel, als sie untereinander tuschelten. Ich bat um Ruhe.
»Wir sind gut vorbereitet, und wenn alle tun, was ich sage, dann geht die Sache sicher glimpflich ab. Aber wir können nicht alle in der Burg unterbringen. Deshalb werden wir neben den Wachleuten nur etwa die Hälfte der anderen Kämpfer aufnehmen, in der Hauptsache Ledige, die sich nicht um Weib und Kind zu sorgen haben. Wir nehmen die Hälfte der Speerkämpfer, dazu Gustaus Bogenschützen und einige andere, die besonders gut mit der Schleuder umgehen können. Das muss zur Verteidigung der Burg ausreichen.«
»Und was sollen die anderen tun?«, fragte einer der jungen Bauern, die mit uns hart geübt hatten.
»Die restlichen Krieger sind zum Schutz des Lagers in den Bergen bestellt. Drogo hier«, ich legte meinem Freund den Arm um die Schulter, »Drogo ist euer *capitan*. Der Feind wird nicht wissen, dass es euch gibt. Zur rechten Zeit werdet ihr, so Gott will, für eine Überraschung sorgen.«
Drogo hatte einen Großteil der Waffenübungen mitgemacht und konnte es leicht mit jedem aufnehmen. »Maultiere und Esel

werden mit Lebensmitteln beladen«, sagte er. »Am späten Nachmittag rücken wir aus. Wer will, kann gleich mit uns kommen.«

»Was wird aus dem Dorf?«, rief einer.

»Ich will, dass alle das Dorf verlassen. Bei einer Belagerung seid ihr nur im Weg und riskiert euer Leben.« Ich machte eine Pause und ließ diesen Gedanken einsinken. »Wer kann, soll sehen, dass er auf den Höfen in der Gegend Unterschlupf findet. Die anderen sollten sich in die Berge zu Drogos Lager zurückziehen. Besonders die Frauen. Aber das heißt, im Freien schlafen und den Gürtel enger schnallen, bis sich die Lage geklärt hat. Nehmt mit, was ihr noch an Nahrung besitzt.«

»Soll ich etwa mit meinen Säuglingen im Wald hausen?«, rief eine junge Frau besorgt.

»Nein«, beruhigte ich sie. »Mütter mit kleinen Kindern und die Alten können auf der Burg Zuflucht nehmen, wenn ihr euch dort sicherer fühlt. Aber der Platz ist begrenzt.«

Es war allen klar, dass wir das Dorf nicht würden verteidigen können. Viele Frauen weinten um ihr Hab und Gut, noch mehr um ihr Leben und das ihrer Kinder und Männer. Ein Krieg bringt Leid und Opfer, das wussten alle.

»Was ist eigentlich der Grund für diese Fehde?«, fragte einer der freien Bauern aufmüpfig. »Warum sollen wir für dich bluten, Herr?«

Eine ähnliche Frage hatte ich schon lange erwartet. Die freien Pächter konnte ich ohnehin zu nichts verpflichten. Was änderte sich groß für sie, wenn ein anderer Herr die Burg übernahm? Anders natürlich die Hörigen im Dorf. Denen konnte ich befehlen. Doch was nützte es, wenn sie mir nur widerwillig folgten. In den kommenden Tagen brauchte ich aller Einsatz und Kraftanstrengung, besonders, da es mir an Söldnern fehlte.

»Es hat mit den Schulden zu tun, die *Domna* Berta aufgenommen hat, um euch alle durch den Winter zu bringen«, erinnerte ich sie. Das sollte als Antwort genügen, auch wenn es nur die halbe Wahrheit war. »Wenn Robert meine Zahlung annimmt, dann wendet sich alles zum Guten.«

Die Antwort schien den Mann nicht zu befriedigen. Auch andere murrten und tuschelten im Hintergrund. Da meldete sich ein alter Hirte zu Wort.

»Mancher in meinem Alter erinnert sich noch an die gesetzlosen Zeiten, als hier nur Soldaten hausten«, rief er in die Runde. Er sprach von den Jahren vor meiner Geburt, als eine Truppe der Tolosaner die Burg besetzt gehalten hatte. Sie hatten den Bauern das Leben zur Hölle gemacht, ihnen alles genommen und dazu das Weibervolk zum Freiwild ihrer Gelüste gemacht. Der Besitz war dabei, vor die Hunde zu gehen, als Graf Guilhem meinem Vater das Lehen übertragen hatte.

»Mit dem *Cavalier* Ramon und *Domna* Cecilia hat sich alles zum Guten gewandelt. Auch *Domna* Berta hat sich immer um uns gekümmert.« Er wandte sich an den aufmüpfigen Bauern. »Warum du für die Herrin bluten sollst, fragst du, Felipe? Gerade du?«

Aller Augen waren auf den Bauern gerichtet, der sich sichtlich wand. »Hat sie dir nicht eine Kuh gegeben, als deine verhungert ist? Und dein Saatgut? Hat sie es dir nicht geschenkt, weil du dein eigenes aufgefressen hast? Wo wärest du jetzt ohne Berta, sag mir das?«

Berta, immer wieder Berta! Es war nicht zu überhören, für wen ihre Herzen schlugen.

Der Bauer blickte beschämt zu Boden.

»Schon gut, schon gut«, murrte er. »Man darf doch noch fragen.«

Aber der alte Schäfer war noch nicht fertig. »Wem wollt ihr die Zukunft eurer Familien anvertrauen? Eurem rechtmäßigen Herrn, der euch zur Seite steht, oder einem ruchlosen Kerl, der uns allen hier dem Hungertod preisgeben wollte und der uns jetzt seine Kriegshunde auf den Hals hetzt?«

Starke Worte, die alle beeindruckten. Die zornigen Blicke, die sie dem Bauern zuwarfen, sagten laut und deutlich, wie die Stimmung unter den Leuten war. Er selbst hob unschuldig die Arme und grinste entschuldigend. Dann trollte er sich mit seinem jungen Sohn. Ich ging zu dem Schäfer, dankte ihm für seine Worte und bat ihn, den anderen Hirten einzuschärfen, ihre Augen offen zu halten, denn sie waren meine Wachposten.

»Ihr könnt Euch auf uns verlassen, Herr«, sagte er und pfiff nach seinem Hund, bevor er sich auf den Weg machte.
Drogo und ich blieben allein zurück.
»Halte die Männer mit täglichen Waffenübungen in guter Verfassung«, sagte ich. »Du musst sie beschäftigen, damit sie nicht zu grübeln beginnen. Denk daran, immer Kundschafter unterwegs zu haben, um euch nicht überraschen zu lassen. Sucht euch ein zweites Versteck, zu dem ihr euch zurückziehen könnt, falls ihr angegriffen werdet.«
»Mach dir keine Sorgen, Jaufré«, grinste er. »Wir haben es oft genug durchgesprochen.«
»Und keine Heldentaten, Drogo. Ich brauche euch unversehrt und einsatzbereit, wenn die Gelegenheit sich bietet.«
»Wie werde ich wissen, wenn du mich brauchst?«
»Ich werde jemanden schicken«, erwiderte ich. »Du weißt schon, wie.«
Er nickte, die Hand auf dem Knauf des Schwertes, das ich ihm geschenkt hatte. Und dann sagte er, es sei Zeit, sein Pferd zu satteln. Wir umarmten uns.
»Geh mit Gott, mein Freund«, sagte ich.
»*Dieu vos gard*, Jaufré!« Sein zuversichtliches Grinsen und kräftiger Händedruck machten mir Mut. »Wir werden es diesem herausgeputzten Höfling schon zeigen!«
Viele im Dorf schlangen ihre notdürftigste Habe auf den Rücken, um mit Drogo zu ziehen. Für uns andere begannen die Tage des Wartens. Meine Familie, Bedienstete und über dreißig Krieger zählte ich im Geist zusammen, dazu Alte, Frauen und Kinder, das würde sicher an die hundertundfünfzig Seelen ausmachen, wenn nicht mehr, die wir zu versorgen und zu schützen hatten. Und die Tiere. Wir würden eng zusammenrücken und Wasser und Nahrung sorgfältig einteilen müssen.

***

Drogos Auszug aus dem Dorf hinterließ eine Leere. Obwohl noch Familien im Dorf geblieben waren, schien es ohne Leben. Man hörte kaum einen Laut heraufschallen, es war, als hielte Rocafort den Atem an.

Magdalena kam zu mir und verlangte von neuem, dass ich sie und ihren Sohn Enric ziehen ließ. Vielleicht hatte sie Angst, und damit wäre sie sicher nicht die Einzige gewesen. Aber ich war entschlossen, beider Räuberdasein zu beenden. In gewisser Weise fühlte ich mich seit dem Überfall bei der Taula de Sarasins für Enric verantwortlich.

»Ihr meint es gut, Herr!« Ihre Augen wurden feucht, und sie wandte sich ab. Schon wieder Weibertränen. Unbeholfen klopfte ich ihr auf den Rücken, um sie zu beruhigen. »Aber Nemo hat mir heimlich einen Boten geschickt. Er hat abermals gedroht, Eure Felder zu verwüsten, wenn ich nicht zu ihm gehe.«

»Wir sind gerüstet, Weib!«, erwiderte ich, denn Drohungen bewirken bei mir meist das Gegenteil. »Ein Feind mehr oder weniger, was macht das schon?«

Hamid war zu uns getreten. Er war gerade aus den Bergen zurück.

Als Magdalena ihn sah, wischte sie sich die Tränen von den Wangen, und plötzlich schien ihr Gesicht zu leuchten. Wie schön sie ist, dachte ich, auch wenn kein junges Mädchen mehr. Und dann sah ich, wie Hamid sie auf eine Weise anlächelte, die mir zu denken gab.

»Warum die Tränen, Magdalena?«, fragte er sanft.

»Sie will zu ihrem Nemo zurück«, murrte ich. Hamid runzelte die Stirn. Bei meiner Bemerkung war auch Magdalenas Lächeln wieder verflogen. »Oder willst du dein Wissen über Rocafort verkaufen?«, fragte ich bissig, obwohl ich das nicht wirklich glaubte.

Sie sah mich betroffen an. »Ich würde niemals …«

»Das reicht, Jaufré!«, knurrte Hamid.

»Bist du jetzt ihr Beschützer?«, fragte ich verdrießlich.

»Ich dachte, dazu hattest du dich schon aufgespielt.« Er sah mich herausfordernd an, und Magdalena starrte unglücklich auf ihre

Zehenspitzen. Es fehlte noch, dass wir uns stritten, aber die Warterei begann einen zu zermürben.

»Also schön«, brummte ich. »Ich nehme das zurück. Es tut mir leid. Aber du wirst nicht gehen, Magdalena. Und das ist mein letztes Wort. Rede mit Joana, sie wird euch ein Plätzchen auf der Burg einrichten.«

Damit ließ ich die beiden stehen. Ich suchte Joana, aber sie war nirgends zu finden. Es hieß, sie sei bei ihrem Köhler im Wald, aber niemand wusste es genau. *Deable*, dachte ich, ausgerechnet jetzt, da Roberts Reiter jeden Augenblick ins Tal einfallen konnten.

Beim Abendmahl in der *aula* wurde wenig gesprochen, und um die gedrückte Stimmung aufzulockern, erzählte Hamid, dass unsere Zucht auf dem Weg sei. Die meisten Stuten hatten sich decken lassen. Niemand schien ihm jedoch so recht zuzuhören, also beendete auch er sein Mahl schweigend. Sogar Martin war heute still. Berta spielte lustlos mit dem Essen auf ihrem Teller, und Adela saß neben ihr und beobachtete sie verstohlen.

»Wo ist Joana?«, fragte ich schließlich.

Berta zuckte teilnahmslos mit den Schultern. Auch sonst wusste niemand etwas.

»Kann ich bei dir schlafen, Berta?«, bettelte Adela mit einer Kinderstimme, die ich schon lange nicht mehr bei ihr gehört hatte. »Jetzt, da Rosa nicht da ist.«

Berta strich ihr mit den Fingern durchs Haar. »Natürlich, *mon cor*. Das darfst du gerne.« Ich hatte noch gar nicht bemerkt, dass die beiden schon so befreundet waren. Spürte ich einen kleinen Stich von Eifersucht? Dabei sollte ich doch froh sein, wenn Berta sich ihrer annahm.

»Rosa ist nicht hier? Wo, zum Teufel, ist sie denn?«, fragte ich. Am Morgen hatte die Magd uns noch das Morgenmahl gebracht, und ich hatte gescherzt, dass sie froh sein müsse, ihren Gustau nun jede Nacht auf der Burg zu haben. Trotz hochroter Wangen hatte sie mir ein Lächeln geschenkt, so allerliebst, dass man nicht übel Lust hatte, sich selbst in das hübsche Mädel zu verlieben. Das hatte ich ihr natürlich nicht gesagt.

»Sie wollte zu ihren Eltern, um nach dem Rechten zu sehen«, ließ Berta sich vernehmen. »Nur ein paar Tage.«
»Was ist nur mit euch Weibern los«, polterte ich. »Diese Magdalena muss man anbinden, sonst läuft sie weg, Joana verschwindet ohne ein Wort im Wald und nun Rosa. Ist euch nicht klar, dass Roberts Schlächter jeden Augenblick auftauchen können? Was denkt ihr, machen die mit Frauen, die allein in der Gegend herumwandern?«
Berta antwortete nicht, sah mich nur lange ernst und mit unbeweglicher Miene an, bis sich plötzlich ihre Augen mit Tränen füllten. Eine lief die Wange hinunter und tropfte auf den Teller. Ein Schluchzen, halb unterdrückt, entrang sich ihrer Brust, und ihr Mund verzerrte sich in Gram. Dann schlug sie die Hand vors Gesicht. Herrgott, was hatte ich denn so Schlimmes gesagt?
»Es ist doch nur, dass man sich Sorgen macht«, murmelte ich bestürzt.
»Ich weiß, Jaufré«, flüsterte sie, und noch mehr Tränen netzten ihr Gesicht. »Ich denke nur immerzu an Raol.« Sie nahm ein Leinentuch von der Tafel und trocknete sich die Augen. »Wo steckt er nur? Ich hoffe, es geht ihm gut.« Da wurde sie wieder von heftigem Schluchzen geschüttelt, stand auf und verließ fluchtartig die *aula*. Adela war ebenfalls auf den Beinen, warf mir einen vorwurfsvollen Blick zu und folgte ihr.
Wir anderen sahen uns betreten an, während Cortesa schweigend abräumte. Martin räusperte sich, und die Angst stand in seinen Augen. »Mutter sagt, Raol ist jetzt Roberts Geisel.«
Er schluckte und sah hundsunglücklich aus. Ich glaube, er gab sich selbst die Schuld, weil er Raols Flucht hätte verhindern können.
»Werden sie ihn foltern?«, flüsterte er und bekam nun ebenfalls feuchte Augen. Um seinen Mund zuckte es verdächtig.
Hamid kam mir zu Hilfe und sprach zu ihm wie zu einem Erwachsenen. »Wir wissen nicht genau, was Robert am Ende vorhat, Martin. Eines aber ist sicher, mit Raol hat er andere Pläne, als eine Burg zu erpressen. Irgendetwas soll dein Bruder für ihn tun. Was genau, wissen wir nicht, aber er verwöhnt und beschenkt

ihn, um ihn bei guter Laune zu halten. Ich bin mir sicher, Raol wird es nicht einmal erfahren, wenn sie uns hier angreifen. Sie werden es ihm verheimlichen.«

»Raol ist in größerer Sicherheit als wir, glaub mir«, sagte ich und nahm Martins Hand in meine. »Und es ist nicht deine Schuld, dass er fortgeritten ist.«

Martin sah mich stumm an, als wolle er mir gern glauben. Er wischte sich die Nase am Ärmel ab. Ich strich ihm durchs Haar und grinste aufmunternd, doch innerlich verfluchte ich diesen Borcelencs.

Joanas Beichte

Sanctus Gervasius,
Patron der Kinder und Heuarbeiter,
beschützt vor Diebstahl, Harn- und Blutfluss

Dominica,
19. Tag des Monats Juni

Ich sah mich durch eine fruchtbare, von flachen Hügeln gerahmte Ebene wandern, licht- und sonnenüberflutet, nach reifer Sommerwiese duftend. Meine Hand streifte Grasähren und blaue Feldblumen. In der Ferne schimmerte ein See, oder war es das Meer? Auf einer kleinen Anhöhe winkte mir eine blonde Frau zu, die auf einem Stein saß. Zu meinem Erstaunen war sie nackt und ihr Leib von solcher Schönheit, dass es mir den Atem verschlug.

Ich lachte und begann zu laufen, um mich zu ihr zu gesellen. Aber da verwandelten die Halme sich mehr und mehr in menschliche Gerippe, die sich im Sommerwind wiegten. Immer höher stiegen sie aus dem Boden, immer schwerer war es, mich durch sie hindurchzuzwängen. Ich versuchte, schneller zu laufen, doch die blonde Frau entfernte sich von mir. Dabei hörte sie nicht auf zu lachen. Ich stolperte über bleiche Schädel und Berge von Gebein. Knochenarme wanden sich seltsam schlangengleich um meine Schenkel und Knie. Und es erhob sich ein schauerlicher Gesang, wie aus einer dunklen Höhle. Jaufré, rief eine Mädchenstimme, und jedes Mal, wenn sie rief, schwoll der Chor der Toten an, so unerträglich, dass ich mir die Ohren zuhielt. Plötzlich stand Noura vor mir und lächelte geheimnisvoll. Ich war froh, sie zu sehen, aber als ich sie bei der Hand nehmen wollte, war es, als würde ich in Nebel greifen. Sie wich vor mir zurück, und ihre Augen glühten. Sie wurde alt vor meinen Augen, runzlig und verhärmt, und ihr hässlicher Mund spuckte Feuer und verfluchte mich. Rache, flüsterte die Alte. Rache!

***

Ich erwachte und fuhr hoch.

Das Herz schlug wild, und Schweiß stand mir auf der Stirn. Es war, als müsste ich ersticken. *Putan*, ich hatte sie immer noch, diese Alpträume! Und die verdammte Alte aus dem Bekaatal wollte mich nicht loslassen. Ich atmete tief durch. Maria beschütze uns! *Ora pro nobis peccatoribus!* Ich bekreuzigte mich und trank einen ganzen Becher Wasser in einem Zug.

Neben mir hörte ich Hamids gleichmäßigen Atem.

Wir hatten den Abend bei einem Krug Wein auf dem Turm verbracht und unsere Vorbereitungen noch einmal durchgesprochen. Hamid fielen zuletzt die Augen zu, und so hatten wir uns auf meinem Lager ausgestreckt, das breit genug für eine Familie war, und waren eingeschlafen.

Nach dem Traum wälzte ich mich von einer Seite auf die andere und konnte nicht mehr schlafen. Ich gehöre nicht zu denen, die versuchen, in jeden Traum etwas hineinzulesen, aber die Augen der alten Hexe verfolgten mich.

Schließlich stand ich vorsichtig auf, um Hamid nicht zu wecken, und suchte im fahlen Mondlicht, das durch die schmalen Turmfenster fiel, nach dem Nachttopf, um mich zu erleichtern. Dann sah ich aus dem Fenster. Es war windstill und schwül draußen. Eine Wolke zog über den Mond und warf ihren Schatten über die Landschaft. Da sah ich plötzlich Berta vor meinen Augen, wie sie beim Heumachen aus meinem Wasserschlauch getrunken hatte, ihre weiche Kehle, die samtenen Arme, Wangen von der Hitze gerötet und das Rinnsal Wasser, das ihr den Hals hinunter in den Ausschnitt gelaufen war. War sie die blonde Frau in meinem Traum? Unsinn! Ich hatte wohl zu lange nicht mehr bei einem Weib gelegen. Ja, das musste es sein, dachte ich gereizt und versuchte, Nouras Antlitz heraufzubeschwören. Aber es wollte mir nicht recht gelingen. Stattdessen sah ich Bertas blonden Haar-

schopf und ihren schlanken Leib, wie sie mit den Frauen auf der Wiese arbeitete.
»Warum schläfst du nicht?«, fragte Hamid verschlafen.
»Ich hatte einen üblen Traum.«
»Willst du ihn mir erzählen?«
»Nein. Es ist nicht wichtig. Ich werde bei den Wachen nach dem Rechten sehen und frische Luft schöpfen.«
»Gut«, sagte er und war mit einem Sprung aus dem Bett. »Ich komme mit. Es ist wirklich stickig heute Nacht.«
Ich nahm den Wasserkrug mit, und wir stiegen die Stufen zur Turmzinne hinauf. Auf der Plattform standen Lois Bertran und der dicke Berlan und spähten in die Dunkelheit. Nach ein paar freundlichen Worten schickten wir sie schlafen, um die Wache bis zur nächsten Ablösung selbst zu übernehmen. Die Wolke am Himmel war weitergezogen, und im Licht des weißen Halbmondes hoben sich die Felder scharf gegen den dunklen Waldrand ab.
»Die Corbieras unter dem Zeichen des Halbmondes«, scherzte ich. »Übrigens habe ich dich schon lange nicht mehr beten sehen.«
Hamid lachte. »Das ist wahr. Es muss dieses gotteslästerliche Land sein. Kein Imam, der vom Minarett ruft, keine Moschee. Wie soll ein armer Muslim da die fünf Säulen des Islam beherzigen?«
»Du verwilderst unter uns Ungläubigen«, grinste ich.
Wir spähten aufmerksam in alle Richtungen, aber nichts regte sich. Die Tore zur Burg waren sorgfältig verschlossen, denn ein heimlicher Nachtangriff war möglich, wenn auch nicht sehr wahrscheinlich. Das Schlimmste im Krieg ist immer das Warten.
»Es muss schwer für Berta sein«, sagte Hamid. »In wenigen Tagen hat sich alles in ihrem Leben verändert.«
»Und das ist meine Schuld, meinst du?«
»Ich denke, du solltest dein Herz ein wenig für sie öffnen.«
»Mein Herz?«
Was hatte mein Herz mit Berta zu tun? War es doch eher mein Verstand, mit dem ich zu ringen hatte, denn auch für mich hatte

sich einiges verändert. Verwirrende Erkenntnisse, Halbwahrheiten und Rätsel. Nichts war mehr so eindeutig und klar wie noch vor Wochen. Berta und meine Söhne, Ramon in der Mühle. Odos abenteuerliche Andeutungen, plötzlich ein Borcelencs in meinem Leben. Was hatte das alles zu bedeuten? Durch die fieberhafte Arbeit in den letzten Tagen war ich kaum zur Besinnung gekommen. Ich brauchte Zeit, musste nachdenken, mir einen Reim auf alles machen.

»Erzähl mal von deiner Hochzeit«, sagte Hamid.

»Was für eine Hochzeit?«

»Wie war es, als du sie zum ersten Mal gesehen hast?«

»Wen?«

»Berta natürlich. Wie war sie als junges Mädchen?«

»Warum willst du das wissen?«

»Bisher war immer nur von der Müllerstochter die Rede. Aber die ist längst Vergangenheit. Lass uns von Berta sprechen. Hast du sie schon vor der Hochzeit kennengelernt?«

»Nein.«

»Ah. Wie bei uns Arabern also«, grinste er. »Alles von der Familie verabredet. Das junge Paar sieht sich zum ersten Mal, wenn es eigentlich kein Zurück mehr gibt.«

»So ähnlich.«

»Also erzähl schon!«

»Eine peinliche Angelegenheit. Ich wollte es endlich hinter mich bringen, so wie man mit einem Geschwür zum Bartscherer geht, damit er es aufsticht, verstehst du?«

Ich erzählte, wie das Gesinde auf der Burg in aufgeregte Geschäftigkeit verfallen war, um alles vorzubereiten. Eilig wurde geschlachtet und Brot gebacken. Man schickte Karren zum Kloster Cubaria und nach Quilhan, um Vorräte zu holen. Ich ging mit den Männern auf die Jagd, und mancher Fasan, Rehbock oder Eber verlor sein Leben. Ritter aus der Gegend sowie der alte Abt aus dem Kloster machten Erzbischof Odo ihre Aufwartung, was den Trubel noch steigerte. Die Mägde gafften und schnatterten unaufhörlich über die vielen Besucher und besonders über die bevorstehende Hochzeit. Im Dorf verfolgten mich neugierige

Blicke auf Schritt und Tritt. Die Männer in ihrer einfachen Art machten mich verlegen, indem sie mir eindeutige Ratschläge für die Entjungferung einer jungen Braut gaben.
Bis mir all das unerträglich wurde und ich an manchen Tagen in die Berge floh. Amelha durfte ich ja nicht sehen. Drogo hatte gehört, dass sie mit schwerem Leib kurz vor der Niederkunft stünde und oft nach mir frage. Er erzählte auch, im Dorf werde getuschelt. Einige hätten Mitleid mit ihr und murrten, dass die Herren sich wie immer alles erlauben dürften. Die meisten aber machten hämische Bemerkungen. Es geschehe ihr schon recht, denn sie habe sich über ihren Stand erheben wollen. Ihre Schönheit wäre ihr zu Kopf gestiegen, und sie habe sich den Balg in den Bauch schieben lassen, um den jungen Herrn einzufangen. So berichtete Drogo, und wir ließen beide die Köpfe hängen über so viel Missgunst.
Wenige Tage vor der *festa de pasquas*, dem heiligen Osterfest, war ein Zug mit Reisewagen, Packtieren und Gefolge vor der Burg erschienen. Ein großer, grobknochiger Mann stieg vom Pferd. Er hatte blonde, aber schon halb ergraute Haare, eine bedächtige Redeweise und stellte sich als Rotgiers von Tournai und Vater der Braut vor. Dann half er seiner Frau Lisette aus dem Reisewagen. Sie war in schlichtem, aber gutem Tuch gekleidet, allerdings mit kostbarem Pelz verbrämt, und dazu trug sie einen mit Federn und Glasperlen geschmückten Reisehut. Ihre wachen Augen blickten neugierig umher und schienen alles in Windeseile aufzunehmen und einzuordnen. Rotgiers stand etwas steif da und drehte seine Mütze in den großen Händen. Es war leicht zu erkennen, wer hier die Zügel führte. Lisette lächelte, knickste kurz und küsste Odos Ring.
Rotgiers gehörte zum niederen Adel, sein Großvater war aus dem fränkischen Norden gekommen, war aber kein armer Mann. Er besaß ein großes Gut mit ausgedehnten Ländereien, die er durch Pächter bewirtschaften ließ. Die Tournais sahen es als Ehre an, in die Familie des Erzbischofs einzuheiraten. Nur deshalb hatten sie der großen Eile und den ungewöhnlichen Umständen dieser Hochzeit zugestimmt.

»Ich wette, es hat euch eine gute Mitgift eingebracht«, unterbrach Hamid meine Erzählung.
»Das stimmt. In der Hauptsache Äcker und Olivenhaine. Meine Mutter konnte sich nicht beklagen. Unter anderem zwei edle Pferde und ein silberverzierter Sattel für mich. Die Gäule habe ich später bis nach Antiochia mitgenommen.« Ich musste lachen. »Den einen haben die Türken unter mir erstochen, den anderen habe ich verspeist, aber zumindest hat er mir und einer Handvoll Kameraden das Leben gerettet.«
»Und«, fragte Hamid ungeduldig. »Wie war die Braut?«
»Warte«, sagte ich, »ich will mich erinnern.«
Lisette hatte in den Verschlag des Reisewagens gerufen und ihrer Tochter befohlen, endlich auszusteigen. Alles hatte sich neugierig vorgedrängt, und plötzlich stand sie vor uns.
Eine große, schlaksige Sechzehnjährige mit langen, blonden Zöpfen, Sommersprossen und einem etwas zu groß geratenen Busen für ihre schlanke Gestalt. Sie starrte mich einen Augenblick lang ängstlich aus blaugrünen Augen an und senkte dann den Blick auf ihre Arme, die sie schützend vor der Brust verschränkt hielt. Dabei stieg ihr so die Röte ins Gesicht, dass sie regelrecht glühte. Das war mein erster Eindruck von Berta gewesen. Eine linkische Halbwüchsige, die nicht wusste, was sie sagen oder mit ihren Armen anfangen sollte. Noch dazu eine fade Blonde. Von denen hatten wir gottlob nicht so viele in unserer Gegend.
»Fade Blonde?«, fragte Hamid.
»Na ja. Eigentlich sah sie recht gefällig aus«, gab ich zu und lachte. »Aber damals war ich entschlossen, kein gutes Haar an ihr zu lassen.«
»Und die Hochzeit war ein Riesenfest, nehme ich an.«
»Das war es. Obwohl mir alles schrecklich peinlich war.«
Odo hielt die Messe früh am Ostersonntag auf der Wiese vor der Burg ab. Aus der ganzen Gegend hatten sich die Leute eingefunden. Noch nie hatten sie die *pasquas* mit einem Erzbischof in ihrer Mitte feiern dürfen. Noch dazu eine Hochzeit im Anschluss. Sie drängten sich um Berta, besonders die Frauen, und

betasteten ihre feinen Kleider, denn es bringt Glück, die Braut vor der Hochzeit zu berühren.

Es war ein schöner Frühlingstag und warm für Anfang April. Doch selbst wenn es in Strömen gegossen hätte, ich wollte es nur schnell hinter mich bringen. Man hatte mir die besten Kleider angelegt, so dass ich mir wie einer jener festlich geschmückten Ochsen vorkam, wenn die Hirten sie im Frühjahr in die Berge treiben. So stand ich vor Erzbischof Odo im Kreis all dieser Menschen neben der ebenso herausgeputzten Berta. Er sprach die Worte des Ehebundes und segnete uns. Die Menge jubelte, Berta hob ihren Schleier, und meine Lippen berührten flüchtig ihre Wange. Dabei wurde sie wieder schrecklich rot, und ich glaube, es war uns beiden ziemlich unangenehm.

»Das denkst du!«, lachte Hamid. »Sie hat es bestimmt genossen. Alle Weiber, ob alt oder jung, sind verrückt nach Hochzeiten.«

Sie zogen uns fort zu den aufgebockten Tafeln auf der Wiese, wo meine Mutter das große Festmahl hatte anrichten lassen. Odo hielt unter den adeligen Herrschaften Hof. Etwas abseits empfing Cecilia Bauern, die um einen Gefallen baten, so wie es bei uns auf dem Lande bei so einer Gelegenheit üblich ist. Rotgiers betrank sich maßlos, und Lisette, seine Frau, zupfte ständig an Bertas Kleid, um sie möglichst vorteilhaft erscheinen zu lassen. Später merkte ich, wie meine Mutter forschend von der anderen Seite der Tafel zu mir herüberblickte. Sie versuchte ein vorsichtiges Lächeln in meine Richtung. Aber ich wandte ihr schnell den Rücken zu.

»Ja, es wurde sehr ausgelassen. Die Bauern betranken sich, und alle fraßen uns die Vorratskeller leer.«

So war der Nachmittag dahingegangen. Da stimmten sie die Fiedel und bliesen auf Flöte und Dudelsack. Das Volk begann, zum Tanz zu stampfen, die Mägde drehten sich, dass die Röcke flogen. Den ganzen Nachmittag hatte ich Berta gelegentlich zugelächelt, wenn es sich nicht vermeiden ließ, mich aber geschickt von ihr ferngehalten. Nun schrien alle und wollten nicht Ruhe geben, bis wir beide auf dem Tanzboden waren. Sie klatschten im Takt der Musik und feuerten uns an. Anfangs ging es noch unbeholfen, und einmal wäre Berta fast über ihr langes Kleid gestolpert, aber bald drehten wir die Runden und duckten uns unter den Girlanden und bunten Bändern zum Beifall der Gäste. Berta bewegte sich geschmeidig, und sie schwang ihre Beine nicht schlechter als die flinksten Mädels im Dorf. Selbst ich fand Gefallen daran.

»Und wie war die erste Nacht?« Hamid grinste erwartungsvoll.

»*Mon Dieu,* was bist du neugierig!«, entgegnete ich steif. »Dazu ist es jedenfalls nicht mehr gekommen. Man rief mich fort, weil Amelha im Sterben lag.«

Wir schwiegen eine Weile. Aber Hamid wollte immer noch keine Ruhe geben. »Das heißt, du hast mit ihr getanzt, und mehr war nicht?«

»Mehr war nicht.«

Natürlich war mehr gewesen, aber an diese Wunde hatte ich jahrelang nicht mehr gerührt. Und hatte es auch jetzt nicht vor.

»Und wie sind deine Söhne entstanden?« Er grinste frech.

»Nicht so, wie du denkst!«

Er merkte, dass ich nicht darüber reden wollte, und drang nicht weiter in mich. Nein, ich wollte ihm wirklich nicht von meiner Scham erzählen, von den Schuldgefühlen, die ich damals durchlitten hatte.

Schuld an allem war dieser unselige Kuss gewesen. Was ist schon ein Kuss, fragt man sich. Aber der hier hatte es in sich gehabt.

Berta hatte es verstanden, mich nach dem Tanz schüchtern lächelnd vom Fest wegzuziehen und zu einem Spaziergang zu überreden. Das konnte ich ihr nicht verwehren. Sie sei die langen Röcke nicht gewohnt, hatte sie atemlos gestanden, als wir durch die Felder schlenderten und uns von der Abendbrise kühlen ließen. Sie sei mit Brüdern aufgewachsen und eher gewohnt, den Tag im Sattel zu verbringen, als Kleider zu tragen und am Stickrahmen zu arbeiten. Hastig fügte sie hinzu, sie habe natürlich auch Frauenhandwerk gelernt, so dass ich mich ihrer nicht würde schämen müssen. Ich entgegnete, ich hätte für heute genug von feinen Kleidern und dass die verdammten Stiefel mich drückten. Darüber mussten wir beide lachen. Ihre Wangen waren vom Tanzen gerötet, und die fröhliche Miene stand ihr gut zu Gesicht.

Den Schleier hatte sie sich vom Kopf gerissen, und ihr blondes Haar wehte im Wind. Eigentlich war sie hübscher, als es mein erster Eindruck gewesen war. Dass ich sie anziehend fand, verwirrte mich.
Sie sei froh, sagte sie, dass jemand wie ich ihr Bräutigam sei und nicht so ein alter Kerl. Die Tochter vom Nachbargut hätte einen alten Mann heiraten müssen, von über vierzig Jahren, mit braunen Zähnen und einem Bauch. Dabei war sie in fröhliches Gelächter ausgebrochen, und ich hatte eingestimmt.
Während die meisten Frauen mir nicht weiter als bis zur Schulter reichen, war Berta nur einen knappen Kopf kleiner als ich. Sie hatte sich eingehängt, und wir wanderten den Weg zur nächsten Anhöhe hinauf, während sie mich über meine Familie und die Menschen auf der Burg und im Dorf ausfragte. Danach erzählte ich vom Gut meines Onkels und der Waffenausbildung, die ich dort hinter mir hatte. Ihre Neugierde schmeichelte mir. Sie hatte sich eng bei mir eingehakt, und von Zeit zu Zeit berührten sich wie zufällig unsere Hüften. Beim Gehen lauschte sie aufmerksam meinen Erzählungen und wandte sich mir zu, um in mein Gesicht zu blicken. Dabei strich ihr weicher Busen manchmal ganz sanft an meinen Oberarm. Ich glaube, sie dachte sich nichts dabei, aber jede dieser winzigen Berührungen erregte mich und fuhr mir wie ein Blitz durch den Körper. Ich ertappte mich dabei, wie ich hungrig ihre vollen Lippen anstarrte.
Berta hatte gemerkt, dass ich ihr nicht zuhörte, sondern meine Aufmerksamkeit woanders lag. Eine neue Röte stieg ihr vom Hals in die Wangen, und die war nicht vom Tanzen. Sie hob die großen Augen zu mir und sah mich ernst an. In der Abendsonne gewahrte ich winzige Fleckchen in ihrer Iris. Ich schien im Blaugrün dieser Augen zu versinken wie in einem tiefen Teich, sah nur noch die halb geöffneten Lippen, die sich mir darboten, mich wie von Hexenhand anzogen, bis ich ihren roten Mund zuerst sanft und dann immer drängender küsste. Sie warf die Arme um meinen Hals, ich spürte ihren Busen an meiner Brust und ihre Lenden, die sich an mich drückten. Es raubte mir den Atem und den Verstand. Während unsere Münder verschmolzen, schien der

Boden unter mir zu wanken, die schon niedrige Sonne, deren Strahlen durch meine geschlossenen Lider drangen, drehte sich in verrückten Kreisen, ich fürchtete zu fallen, und es hätte nicht viel gefehlt, und wir wären in die Gräser und ersten Frühlingsblumen gesunken.

Unverhofft und unerwünscht zugleich zerstörte lautes Rufen den Zauber dieses Augenblicks. Drogo schrie von weitem und kam auf uns zugelaufen. Wir fuhren, wie ertappt, auseinander, aber er hatte genug gesehen.

»Während du dich hier vergnügst, verblutet sie im Kindbett. Schämen sollst du dich«, schrie er wütend und rannte wieder davon.

Mir stieg brandheiß das Blut ins Gesicht. Ja, ich schämte mich. Wie schnell ich bereit gewesen war, alle Treueschwüre in den Wind zu schlagen und mich schamlos und wie ein Tier mit diesem blonden Mädchen zu paaren. Drogo hatte recht, ich war nichts als ein treuloser Schurke.

Berta stand wie zu Eis erstarrt. Sie verstand wenig, außer, dass etwas Schreckliches geschehen sein musste. Und wie ich sie anstarrte, verwandelte sich meine Scham in Wut auf sie, die Verführerin. Wortlos ließ ich sie stehen und rannte Drogo hinterher.

Ein junger Bursche lässt sich verführen, der Körper fordert sein Recht, was ist schon dabei, würde so mancher sagen. Aber damals war ich in einem Alter, wo man Dinge wie ewige Treue mehr als ernst nimmt. Gerade weil der Kuss mich so heftig erregt hatte, umso grässlicher der Gedanke, dass zur selben Stunde Amelha im Todeskampf gelegen hatte. Und so verschmolz meine niederträchtige Lust mit Amelhas bleichem Gesicht auf dem blutdurchtränkten Laken zu einem einzigen Bild des Horrors und der Schande, das sich für immer in mein Hirn brannte. Fast schien es, als wäre sie aus Gram über meine Verderbtheit gestorben und ich ihr Mörder.

Den Hass auf mich selbst übertrug ich auf Berta. Das Weib ist Verlockung und ihr Leib Sünde, das Begehren eine Versuchung des Teufels. An solchen Unsinn glaubte ich und war fortan entschlossen, mich von Berta fernzuhalten. In den zwei Jahren danach tat ich so, als gäbe es sie nicht. Und sie ging mir ebenfalls aus dem Weg, um nicht meine Verachtung und kalten Zorn zu spüren. Nur manchmal sah ich ihre traurigen Augen auf mir ruhen.

Einige wenige Male hatte ich sturzbetrunken und wie ein Dieb in der Nacht ihr Lager aufgesucht. Sie ließ es wortlos über sich ergehen, und am nächsten Morgen schmerzte nicht nur mein Hirn vom heftigen Trinken, sondern das Gewissen plagte mich aufs Neue, und ich hasste mich für diese Schwäche. Lang genug redete ich mir ein, Berta zu verabscheuen, bis ich zuletzt wirklich daran glaubte und es mir zuwider geworden war, die gleiche Luft mit ihr zu atmen. Meine Abreise in den Krieg war wie eine Befreiung gewesen.

Hamid hatte mein Gesicht beobachtet, aber Fragen stellte er nicht.

»Schade«, meinte er nur, »denn ihr wäret ein gutes Paar.«

»Dieser Krug ist zerbrochen«, sagte ich mit einem bitteren Lachen. »Außerdem sind wir zu verschieden, wie du gemerkt hast. Jedes Wort führt zum Streit. Nein, es ist zu spät.«

Obwohl ich noch nicht bereit war, es zuzugeben, so hatte ich insgeheim begonnen, Berta mit anderen Augen zu sehen, und es dämmerte mir langsam, dass ich ihr großes Unrecht angetan hatte.

Ein junges Mädchen an ihrem Hochzeitstag, voller Hoffnung, und dann so etwas. Kein Wunder, dass sie mich hasste.

»Schade«, wiederholte Hamid und schüttelte den Kopf.

»Hör auf, mir ständig von Berta vorzuflöten. Es ist, wie es ist. Und weiter ist nichts zu sagen. Außerdem haben wir im Augenblick ganz andere Sorgen.«

»Manchmal bist du ein Narr und Dickschädel, mein Freund.«

»Und was ist mit Magdalena?«, erwiderte ich lachend.

»Bist du verrückt geworden, oder verwirrt dich der Mond? Da ist nichts dergleichen!« Seine Stimme hatte sehr bestimmt geklungen. Zu bestimmt.

Nun, jeder hat Anrecht auf seine geheimen Gedanken, oder nicht? Mich zum Beispiel verfolgte immer noch das Bild der blonden Schönheit aus dem Traum. Und das Ärgerliche war, dass sie Berta verdammt ähnlich gesehen hatte. Ich seufzte. Mein Leben schien immer verworrener zu werden.

***

Das Warten auf Robert begann zur Qual zu werden.
Innerlich waren wir angespannt und auf Kampf eingestellt, und als dann, Tag um Tag, nichts geschah, das zerrieb den Geduldigsten. Es waren nun über zwei Wochen seit Borcelencs' Besuch. Zeit genug, sein Heer zu sammeln, sollte man meinen. Ich begann, mich zu fragen, ob ich mir nicht alles nur eingebildet hatte. Mein Bote, den ich vor zehn Tagen zu Odo gesandt hatte, ließ sich ebenfalls nicht blicken. Er war ein aufgeweckter Knecht aus Drogos Schmiede, der bei ihm das Handwerk gelernt hatte und oft für seinen Herrn Geschäfte in Quilhan oder den umliegenden Dörfern erledigte. Die Welt draußen war ihm deshalb nicht fremd. Schon seit Tagen hätte er uns Odos Antwort bringen müssen. Ich machte mir Sorgen über seinen Verbleib.
Am Sonntag ging niemand zur Kirche in Cubaria. Diejenigen, die zurückgeblieben waren, versteckten sich in ihren Häusern, im Fall, dass sie schnell mit ihrer Habe auf die Burg umsiedeln mussten. Es war schwül und heiß. Auch die Tiere suchten den Schatten, und am Abend erwarteten wir ein erlösendes Gewitter. Aber es kam nicht.
Schließlich, am Montag, wurde es mir auf der Burg zu eng. Kurzentschlossen sattelte ich den Braunen, nahm die Hunde mit und machte eine weite Runde über Wiesen und Felder, ungepanzert und nur mit dem Schwert bewaffnet, da es immer noch unerträglich heiß war. Das war leichtsinnig, etwas, das ich bei jedem anderen scharf gerügt hätte, denn jederzeit konnten Roberts Reiter auftauchen. Doch ich vertraute auf die warnenden Hornrufe meiner Späher.
Joana und Rosa waren immer noch nicht zurück. Ich schlug den Weg zum Köhler ein, den man mir erklärt hatte, um sie zu überzeugen, sich in Sicherheit zu bringen.

Eine Weile folgte ich dem Fluss. In der Hitze schimmerte das durchsichtig grüne Wasser mehr als einladend. Da dachte ich an die Kinder des Müllers, wie sie kreischend im Fluss gespielt hatten, und an Ramon, Amelhas Sohn, mitten unter ihnen. Nein, er war doch auch mein Sohn, wenn der Gedanke auch noch ungewohnt war. Wie fremd sie mir noch waren, meine Söhne. Keinen von ihnen hatte ich je als Säugling im Arm gehalten, nicht einmal Raol. *Jes Maria*, war das wahr? Nicht einmal Raol! Mein Gott, Jaufré, sagte ich zu mir selbst, du hast sie nicht verdient, deine Kinder, und sie so einen wie dich noch weniger.

Es war nicht weit bis zur Mühle, und ich beschloss, dort nach dem Rechten zu sehen. Als ich ankam, war es still am Fluss. Ich stieg vom Pferd und setzte mich ans Ufer, zog die Stiefel aus und steckte meine Füße ins kühle Wasser. Thor und Odin hingen ihre Zungen in den Fluss und schlabberten geräuschvoll. Es war angenehm im Schatten der Weiden. Plötzlich raschelte es im Gras hinter mir, aber ich sah mich nicht um. Die Hunde hoben die Köpfe und nahmen Witterung auf. Ich sprach beruhigende Worte, und sie legten sich in den Schatten.

»Sie tun dir nichts«, sagte ich.

Und dann, mit seinen ungeschickten Bewegungen, setzte sich Ramon neben mich und steckte ebenfalls seine braungebrannten Füße ins Wasser. Er grinste mich unsicher an.

»Ramon!« Ich lächelte ihm aufmunternd zu. »Wie geht es dir?«

»Gut!«, erwiderte er und sah verlegen weg.

Er schielte etwas besorgt zu den Hunden hinüber. Sein Kopf nickte unruhig, und es war, als wüsste er nicht, was er mit seinen Händen anfangen sollte. Er fummelte an seinem vielgeflickten Hemd, rupfte ein paar Grashalme aus und warf sie ins Wasser, kratzte sich die Nase. Schließlich blickte er mich schüchtern an, nur einmal ganz kurz, als brauche er Zeit, sich an mich zu gewöhnen. Als ich ihm sanft die Hand auf die Schulter legte, zuckte er zuerst zurück, aber dann ließ er es geschehen.

»Weißt du, wer ich bin, Ramon?«

Er schüttelte den Kopf und zappelte dabei aufgeregt. Die Frage schien ihn zu beunruhigen. Ich ließ ihm Zeit.

»M-Mutter sagt, du b-bist mein Vater.« Das war ein langer Satz, und er hatte Schwierigkeiten damit, musste mehrmals Anlauf nehmen, bevor er ihn herausbekam.
»Doch du glaubst ihr nicht.«
»Nein.« Er schüttelte wild den Kopf und verdrehte die Augen.
»Warum nicht?«
»H-Hab schon einen!«, stieß er hervor und grinste. »Hab schon einen!«, wiederholte er noch mal, falls ich nicht begriffen hätte.
»Warum sitzt du dann hier bei mir?«, fragte ich.
Er lächelte scheu und wurde ein bisschen rot.
»M-Mutter schickt mich«, brachte er hervor.
Ich sah mich um. Sie stand in der Tür zur Mühle, halb die Hand zum Gruß erhoben. Ich erinnerte mich an ihren Namen, Marta, Joris Frau, und erwiderte ihre flüchtige Geste.
Plötzlich fasste mich Ramon am Bart und berührte meine Narbe.
»W-Wunde«, stammelte er und machte ein mitfühlendes Gesicht. »Wunde, Wunde.«
Marta näherte sich langsam und setzte sich auf einen Hocker.
»Er soll Euch nicht stören, *Senher*.«
»Du bist ihm eine gute Mutter, Marta. Dafür will ich dir danken.«
Sie lächelte sichtlich erfreut. »Wie geht es *Domna* Berta?«
»Es geht ihr gut.«
»Berta, Berta«, murmelte Ramon und grinste glücklich.
»Er kennt sie?«
»Sie kommt ihn häufig besuchen«, antwortete Marta verlegen.
Nun war ich sprachlos. »Warum tut sie das?«
Sie hob die Schultern. »Er ist Jaufrés Sohn, gleich wie die anderen, sagt sie immer. Und sie gibt mir Silber, damit ich mich um ihn kümmere. Obwohl ich es nicht brauche.«
Berta war doch immer für eine Überraschung gut, *per Dieu!*
»Berta«, gluckste Ramon.
Martas Miene war besorgt geworden.
»Alle sprechen nur von Krieg, Herr. Was sollen wir tun?«
»Nichts«, entgegnete ich. »Sie werden euch nichts tun.«

»Jori und Matiu haben unsere Vorräte ins Kloster gebracht. Zur Sicherheit. Sie sind gerade dort.«
»Das ist klug. Das Kloster werden sie in Ruhe lassen. Die fremden *soudadiers* werden Nahrung kaufen wollen. Da ist gutes Geld zu verdienen.«
»Jori denkt genauso. Aber ich mache mir Sorgen.«
»Wenn du willst, komm mit deinen Kindern auf die Burg. Aber das Kloster ist noch besser«, riet ich ihr. »Niemand wird dort den Gottesfrieden stören.«
Sie nickte. »Ich habe schon das Nötigste gepackt.«
»Wenn alles vorbei ist, möchte ich Ramon zu mir nehmen.«
Sie fuhr zurück und schlug bestürzt die Hand auf den Mund.
»Aber er wird sich dort nicht wohl fühlen.«
Ihre Augen wurden feucht. Liebte sie ihn so sehr, diesen einfältigen Krüppel, der mein Sohn war? Ramon verstand nicht, was wir redeten. Er sah mich nur mit großen Augen an und lächelte ein wenig. Amelhas Lächeln. Da begriff ich. Ja, auch so ein Kind konnte man lieben.
Ich hob die Füße aus dem Wasser und zog die Stiefel über.
»Mach dir keine Sorgen, Marta. Wir sprechen später darüber.«
Ich band den Braunen los und stieg in den Sattel. Thor und Odin sprangen auf und hechelten erwartungsvoll.
»Bis bald, Ramon!«
Er winkte linkisch und lächelte Amelhas Lächeln.

***

Mit dem braunen Wallach kam ich gut zurecht. Weit weniger lebhaft als Ghalib und sicher nicht so schnell, aber trotz seiner ruhigen Art folgte er auf jede meiner Regungen. Er trottete zufrieden den Waldpfad entlang und überließ mich meinen Grübeleien.
Wie anders hatte ich mir meine Heimkehr vorgestellt. Ein ruhiges Leben und keine bedrohliche Fehde. Die Vergangenheit hatte ich vergessen wollen, aber sie ließ mich nicht los. Und dann Berta. Diese Frau verwirrte mich!
Als ich so durch den Wald ritt, ahnte ich nicht, dass meine Ver-

wirrung in Kürze noch viel größer sein, ja, dass meine ganze Welt bald einstürzen würde. Es begann damit, dass der Braune unverhofft scheute, so dass ich fast aus dem Sattel rutschte. Als sei sie wie ein Gespenst aus dem Boden gewachsen, stand Joana plötzlich vor uns, barfuß im alten Laub des letzten Herbstes stehend, die Schuhe an den Schnüren über die Schulter geworfen.

Thor und Odin schnupperten an ihren Beinen.

»Ruf sie zurück, Jaufré!« Ihre Stimme klang ängstlich. »Vielleicht sind sie zahm, wie du sagst, aber …«

Ich hieß die Hunde, sich niederzulegen.

»Was machst du hier?«, fragte sie dann.

»Ich suche dich, was denkst du!«, rief ich entrüstet. »Du kannst nicht einfach ohne ein Wort weglaufen.«

Sie lächelte nachsichtig und ließ sich auf einen verwitterten Baumstamm nieder. »Komm, setz dich zu mir.«

Ich stieg vom Pferd und tat wie geheißen. »Wir haben uns Sorgen gemacht.«

»Ich musste nachdenken.«

Sie machte ein kummervolles Gesicht. Um sie aufzumuntern, schlang ich meine Arme um sie und gab ihr einen Kuss auf die Wange. Sie schmiegte sich an mich. »Ach, Jaufré. Es ist schön, dass du wieder da bist.«

»Ich wette, du warst wieder bei deinem Köhler!«

»Das geht dich nichts an, du Naseweis!« Aber sie lächelte wie eine zufriedene Katze und zauste zärtlich meine Locken. »Wer ohne Liebe lebt, der ist doch lebendig begraben!«

Bei diesen Worten grinste sie mich spöttisch an. War das auf mich gemünzt? Joana hatte schon immer solche Sprüche auf der Zunge gehabt und mich gern mit ihren fragwürdigen Weisheiten geneckt. Wortgefechte hatten wir uns früher gern geliefert.

»Zu deiner Liebe fällt mir ein Vers ein«, sagte ich.

Enquer me membra d'un mati
que nos fezem de guerra fi
e que-m donet un don tan gran:

Gern gedenk ich jenes Morgens,
als wir unseren Krieg beilegten
und sie mich reich beschenkte:

Joana riss die Augen auf. »Fängst du jetzt zu dichten an? Scheint ja eine Allerweltsmode geworden zu sein.«

»Ach woher!«, lachte ich. »Hab den Vers irgendwo gehört. Passt zu dir und deinem Köhler.«

»Zu mir?«, fragte sie misstrauisch. »Womit hat denn die Dame deinen Dichter so reich beschenkt?«

»Aha«, rief ich. »Du willst es wissen. Also hör zu!«

Sa drudaria e son anel
enquer me lais Deus viure tan
qu'aia mas mans sotz son mantel!

Mit der Liebe ihres Leibes und ihrem Ring.
Möge Gott mich noch lange leben und meine Hände
unter ihren Mantel schlüpfen lassen!

Sie war rot geworden. »*Drudaria* von wegen! Und Gefummel dazu!«, rief sie wütend. »Ein bisschen Respekt für deine alte Amme. Zotige Soldatenlieder solltest du besser für dich behalten. Bei mir wird nicht gefummelt.«

Schließlich musste sie doch lachen und kniff mich in die Seite. »Im Ernst, Jaufré, der Vers passt besser zu dir und Berta, denn ihr seid es, die euren Krieg beenden solltet.« Sie lächelte verschmitzt. »Und was das andere betrifft, ihr seid noch beide jung, und hässlich seid ihr auch nicht. Dein Platz ist nicht im Turm, sondern in ihrem Bett!«

Ich runzelte die Stirn, denn solches Gerede war mir peinlich. »Lenk nicht ab, *nounou!*«, erwiderte ich. »Wann lernen wir endlich deinen geheimnisvollen Liebhaber kennen, diesen Waldmenschen?«

»Mach mich nicht verlegen, Jaufré. Er ist ein guter, aber nur ein einfacher Mann.«

»Verachte ich etwa die einfachen Leute, eh?«, antwortete ich entrüstet. »Von denen hab ich mehr bekommen als von den großen Herren. Mit einer Ausnahme.« Sie hob fragend die Augenbrauen. »Bertran, Raimons Sohn. Der hat mich reich beschenkt.«

»Also schön«, sie lächelte verlegen. »Zur *festa de Sant Joan* will ich meinen Köhler herausputzen und ihn dir vorstellen.«

»Versprochen?«

»Versprochen.«

Dann schwiegen wir, und sie machte wieder ein tiefernstes Gesicht. Mit dem Zeh spielte sie unschlüssig im Gras und seufzte. Sie sah aus, als trage sie eine schwere Last auf dem Herzen.

»Was ist?«, fragte ich.

»Ich habe lange nachgedacht, Jaufré.«

Ich wartete. Anscheinend hatte sie mir etwas Bedeutsames mitzuteilen. Lange rang sie noch mit sich und holte schließlich tief Luft.

»Es war nie mein Platz, dich aufzuklären«, sagte sie gequält. »Odo hätte es tun müssen. Ich habe immer treu geschwiegen, wie er es wollte. Aber nun liegen die Dinge so, dass du es ohne Aufschub wissen musst.«

»Was muss ich wissen?«

»Raimons Sohn, sagtest du vorhin?«, fragte sie versonnen.

»Ja. Graf Bertran«, erwiderte ich erstaunt. »Mein Lehnsherr in Tripolis. Was ist mit ihm?«

»Es freut mich, dass er dich gut behandelt hat, Jaufré, denn …«

Sie zögerte immer noch.

»Denn was?«

Endlich fasste sie sich ein Herz.

»Er ist dein Bruder, Jaufré«, stieß sie atemlos hervor.

Hatte sie getrunken? Ich beugte mich vor, aber ihr Atem roch nicht nach Wein. War ihr die Hitze zu Kopf gestiegen?

»Was, zum Teufel, redest du da?«, fragte ich halb belustigt.

»Er ist dein Bruder«, wiederholte sie. Dabei zitterte ihre Stimme.

»Jetzt geht der Scherz zu weit, Joana!«, knurrte ich ungehalten. »Was soll der Unsinn?«

»Niemand durfte reden, Jaufré! All die Jahre. Aus Angst, man könne dir etwas antun.« Ihre Augen hatten sich mit Tränen gefüllt, die sofort überquollen und ihr die Wangen hinunterliefen. Sie fasste meine Hände. »Aber als ich diesen Borcelencs gesehen habe, da war mir alles klar. Der weiß es, Jaufré. Ich bin sicher, der Kerl weiß alles.«

»Was weiß er?«, fragte ich wie betäubt.

»Sein Vater, der alte Borcelencs, und Odo. Die haben es ausgeheckt. Niemand durfte etwas wissen.«

Ich schüttelte benommen den Kopf. Was ging hier vor?

Und dann begann sie zu erzählen. Unterbrochen von gelegentlichem Schluchzen und neuen Tränen. Dass ich ein ganz anderer sei als immer geglaubt, nicht Cecilias Sohn, sondern das Kind einer unseligen Liebe. Versteckt hatten sie den Säugling hier auf dieser Burg, weit weg vom Hof.

Cecilia nicht meine Mutter?

Ich saß da wie in einem Traum, in dem man halb abwesend ist und doch alles um einen herum ganz eindringlich sieht, hört und fühlt. Thor, der den Rachen aufriss und gähnte. Der Braune, dessen lange Zähne an den Gräsern rupften, die er dann ruhig zwischen den Kiefern zermalmte, die schwüle Hitze, die einem das Hemd am Leib kleben ließ, tanzende Lichtflecken auf dem Gras, wo die Sonnenstrahlen sich ihren Weg durch das Laubdach der Bäume bahnten, ein Rascheln im Gebüsch, der Geruch modernder Blätter, ein Schmetterling, der torkelnd die nächste Blüte suchte. Ich nahm alles wahr und auch wieder nicht, denn über allem war Joanas Stimme, die mir diese irrsinnige Geschichte beichtete, mit mir als Hauptperson. Dabei hielt sie die ganze Zeit meine Hand. Ich sah, wie ihre Lippen sich ohne Unterlass bewegten und eine neue Träne der Spur folgte, die schon andere auf der Wange hinterlassen hatten, bis sie zitternd an ihrem Kinn hing. Ich wartete, dass die Träne fallen würde, und war enttäuscht, als Joana sie ungeduldig wegwischte.

Trotz dieser Eindrücke kann ich mich an jedes Wort erinnern, auch wenn sie keinen Sinn zu ergeben schienen.

Als Zwölfjährige sei sie in den Dienst der Familie des Markgrafen Bertran de Provence getreten. Joana war aus der Provence? Das erklärte den andersfarbigen Klang ihrer Sprache, der mir seit meiner Kindheit vertraut war, dachte ich, und den ich daher nie als fremdartig empfunden hatte. Weil sie ein tüchtiges und fröhliches Mädchen gewesen war, hatte bald die edle Anhes, die Tochter des Markgrafen, nach ihr verlangt. So wurde Joana ihre Dienstmagd, badete und kleidete die junge Herrin, band ihr Haar und teilte ihr Bett.

»Sie war schön wie eine Elfe, deine Mutter. Weißhäutig, pechschwarze Haare, Lippen rot wie Mohn. Oft verwöhnt und eigensinnig, manchmal herrisch. Aber ich habe sie geliebt, hätte alles für sie getan, Jaufré.«

Meine Mutter? Ich schüttelte den Kopf.

Aber Joana sprach weiter, und ihre Stimme füllte mein Herz mit wachsender Beklommenheit.

Als Anhes mit ihrem Vetter Raimon de Sant Gille vermählt wurde, war es nur natürlich, dass Joana die Braut in ihr neues Leben begleitete. Und welch ein rastloses Leben es in den ersten Jahren gewesen war. Der ehrgeizige, junge Raimon, als Zweitgeborener mit nur wenig Land und Macht versehen, war entschlossen, dies zu ändern. Alle Ländereien wurden besucht, die Erträge selbst des kleinsten Fronhofs überprüft und verbessert, jede Zollstelle, die ihm unterstand, jede Burg, jede Mühle, Wollfärberei oder Schmiede. Mit dem Geld, das er eintrieb, erkaufte er sich Einfluss und Vorrechte. Bischöfe, die er auf seine Seite brachte, kleinere Adelshäuser, denen er seinen Schutz versprach. Er spielte sich in den Vordergrund, trat als Schlichter in heiklen Streitfragen auf, sicherte sich den Dank einflussreicher Familien, nutzte jeden Vorteil, den ihm Abstammung und Verwandtschaft boten. Er scheute sich auch nicht, wenn es sich rechtfertigen ließ, seine Ansprüche und Bestrebungen mit Kriegsmacht durchzusetzen. Zu diesem Zweck unterhielt er eine kleine, aber schlagkräftige Hausmacht, deren harter Kriegsherr er wurde. Mit dem listigen Erzbischof Guifred von Narbona verband ihn eine herzliche Freundschaft, die ihm manchen Nutzen brachte. Derartige Einzelheiten über Raimons frühe Jahre erfuhr ich erst später. An jenem Nachmittag beschränkte Joana sich allein auf das Nötigste, und vor allem sprach sie von ihrer geliebten Anhes.

Raimon war immer in Bewegung gewesen, immer unterwegs. Viel Zeit nahm er sich nicht für seine Frau, aber da er sich nichts so sehr wünschte wie einen Sohn und Nachfolger, verlangte er, dass sie ihn überallhin begleitete. So saß die verwöhnte Markgrafentochter mehr im Sattel als sonst irgendwo. Wie später Elvira, die im Heiligen Land immer an seiner Seite gewesen war, so musste auch Anhes jedes Feldlager mit ihm teilen und ihn auf jede zugige Burg begleiten. Mit zwei Fehlgeburten und einem totgeborenen Kind wurde sie geschlagen, bis er ein Einsehen zeigte und Anhes und ihr kleines Gefolge nicht länger in seinem Tross reiten ließ. Das ruhigere Leben auf einer seiner Burgen nahe dem Kloster Sant Gille im Delta der Rhone bekam Anhes jedenfalls besser, und dort erblickte Bertran das Licht der Welt.

»Sie mochten sich nicht«, erzählte Joana und verzog die Mundwinkel. »Wenn er ihr Schlafgemach besuchte, ertrug sie es wie eine Heimsuchung mit zusammengebissenen Zähnen.«

Raimon war zunächst erfreut über sein Kind, und während einiger Monate verstanden sie sich besser. Bald stritten sie sich jedoch immer häufiger, weil beide von so ungleicher Gemütsart waren, aber auch, weil Anhes glaubte, mit der Geburt eines Sohnes habe sie ihre Pflicht als Eheweib getan und müsse seine nächtlichen Besuche nun nicht länger hinnehmen. Raimon nahm sein rastloses Reisen wieder auf und kam immer seltener. Ich erinnerte mich, was Bertran in jener Nacht am Lagerfeuer über seine Eltern erzählt hatte. Wie sie sich gestritten und gehasst hatten. Es passte zu Joanas Geschichte.

Der Himmel hatte sich inzwischen verfinstert. Es war dunkel im Wald geworden, und von ferne ließ sich Donnergrollen vernehmen. Das lang erwartete Gewitter war im Anzug. Zwei Libellen jagten sich über den Weg, und einer der Hunde schnappte nach ihnen. Die Schwüle war fast unerträglich geworden.

»Und was hat das alles mit mir zu tun?«, fragte ich tonlos.

Die Frage brachte einen weiteren Tränenstrom hervor.

»Es hat damit zu tun, weil Gott ihr eine Leidenschaft ins Herz gepflanzt hat, die sie ihr Lebtag nicht mehr losgeworden ist«, sagte sie weinerlich, während sie sich mühte, mit ihrem Rock die Tränen abzuwischen. »Sie hat alles versucht, ihre Gefühle zu unterdrücken. Vergeblich. Daran ist sie fast krank geworden.«

Sie erzählte, dass gleich im Jahr nach Anhes' Hochzeit Raimons Schwester Almodis in Tolosa ihre Vermählung mit dem Grafen von Melgueil feierte. Zu diesem Ereignis traf sich die ganze Familie und viele Adlige von Rang und Namen, sogar die Mutter der Braut, die berüchtigte Almodis de la Marche, war aus Barcelona gekommen in Begleitung ihrer katalonischen Söhne. Natürlich waren auch Raimon und Anhes unter den Gästen.

»Als sie Raimons Bruder Guilhem zum ersten Mal erblickte, war es um sie geschehen«, flüsterte Joana und sah sich um, als befürchte sie, es könne sie jemand hören.

»Graf Guilhem, sagst du?«

Meine Kehle fühlte sich plötzlich staubtrocken an. Ich sah Joana schluchzend nicken. Mir schwanden fast die Sinne, als ob alles Blut aus meinem Hirn gewichen wäre.

»Guilhem soll mein Vater sein?«, stammelte ich. »Sant Gilles Bruder? Was erzählst du da?«

»Ja«, sagte sie. »Ich lüge nicht.«

»Aber ich bin jünger als Bertran!«

»Lange Jahre hat sie sich nichts anmerken lassen. Guilhem selbst wusste nichts von ihrer Liebe. Nur ich. Mit irgendjemandem musste sie ja reden.«

Wieder musste der Rock als Tränentuch herhalten. Als sie sich wieder gefasst hatte, erzählte sie von einem Fest zu Pfingsten in Carcassona, es muss vier Jahre nach Bertrans Geburt gewesen sein, fast ein Jahrzehnt nach ihrer ersten Begegnung mit Guilhem. Alle Welt sollte sich dort treffen. Junge Ritter von weither würden Mut und Geschicklichkeit in einem großen *tornei* unter Beweis stellen. Hierzu muss man wissen, dass die Trencavels, die Carcassona beherrschen, in den Jahren immer mächtiger geworden waren. Besonders seit Almodis de la Marche vor ihrem Tod Graf Guilhem überredet hatte, ihren Söhnen in Catalonha gegen Gold die Lehnsherrschaft über Carcassona zu übertragen. Vielleicht wollte sie die Halbbrüder in Frieden vereinen, aber das Gegenteil geschah. Die Trencavels nutzten die Lage, um Barcelona gegen Tolosa auszuspielen, um so ihre eigene Stellung zu stärken. Raimon steckte zu dieser Zeit im Krieg um die Grafschaft Roergue und fürchtete, sein Feldlager zu verlassen. Um nicht an Einfluss einzubüßen, schickte er seine besten Berater nach Carcassona – und seine Gemahlin Anhes.

»Anhes war das erste Mal seit vielen Jahren in höfischer Gesellschaft. Sie war schön, sie wurde hofiert wie eine Königin, alles war aufregend. Es verdrehte ihr den Kopf, Jaufré«, sagte Joana. »Und dann ritt Guilhem mit seinen Rittern in die Stadt. So ein stattlicher Mann. Du hast viel Ähnlichkeit mit ihm. Es verschlug ihr den Atem, ihn wiederzusehen. Guilhem war immer noch betrübt über den Tod seiner ersten Frau Matilda, und man sah es ihm an. Es brach ihr das Herz, ihn so zu sehen. Das hat vielleicht den Ausschlag gegeben, dass Anhes schließlich alle Bedenken in den Wind schlug.«

Ich schlug die Faust gegen meine Stirn.

»Heilige Maria! Ich kann es nicht glauben.«

Joana missdeutete meinen Ausruf. »Du musst ihr verzeihen, Jaufré!«

Ein gewaltiger Windstoß fuhr plötzlich durch die Bäume. Äste bogen sich, und altes Laub wirbelte hoch. Der Braune riss den Kopf hoch, und die Hunde waren aufgesprungen. Dann ein Blitz, und der nachfolgende Donner zeigte, dass das Gewitter schon sehr nah war.

»Was soll ich ihr verzeihen? Mein Leben?« Ich lachte irre, doch es war nicht komisch. »Wer bin ich also, wenn ich nicht Jaufré Montalban bin?«

Joana umfasste mein Gesicht mit beiden Händen. »Du bist immer noch derselbe.«

Ich riss mich los, und mit einer heftigen Armbewegung umschloss ich alles um uns herum. »Und das hier? Das gibt es auch nicht, was? Rocafort, meine Heimat … alles Einbildung? Warum bin ich dann hierher zurückgekehrt, wenn ich nicht hierhergehöre?«

Ich war aufgesprungen. Der Kopf wollte mir zerspringen. Ich biss mir in die Handknöchel, in der Hoffnung aufzuwachen. Irgendwo, dünn und weit entfernt, tönte ein Hirtenhorn. Ein zweites antwortete, etwas näher. Ich hörte es, aber was die Hornrufe bedeuteten, wollte nicht in mein Bewusstsein dringen. Wer, zum Teufel, war ich dann, wenn kein Montalban? Was hatten sie mit mir gemacht? Odo hat alles ausgeheckt, hatte sie gesagt, und bestimmt Cecilia. Das große Kriegshorn auf dem Turm von Rocafort ließ sich jetzt vernehmen, eindringlich, immer wieder. Aber da sah ich Bertrans gutmütiges Gesicht vor mir und sein verschmitztes Augenzwinkern. Er sollte mein Bruder sein? Nein, das kann nicht wahr sein. Joana war ebenfalls aufgesprungen und schrie mich an. Was wollte sie von mir?

Plötzlich schlug sie mir so hart ins Gesicht, dass meine Augen tränten.

»Jaufré, verdammt!«, schrie sie. »Wach auf! Robert ist im Anzug.«

»Was?«

Endlich verstand ich, was die verzweifelten Hornstöße uns sagen wollten. Der Wind heulte durch die Bäume, und es blitzte wieder.

»Los!«, schrie ich. »In den Sattel mit dir«, und hievte sie auf den Braunen.

Dann schwang ich mich hinter ihr auf die Kruppe des Gauls und, eine Wolke von aufgewirbeltem Laub hinter uns her lassend und mit den Doggen im Gefolge, so stoben wir im gestreckten Galopp den Weg zurück zur Burg.

In einer Hand hielt ich die Zügel, die andere war um Joanas Mitte geschlungen, meine Schenkel an die Rippen des Braunen gepresst. Gottlob war sie kein Fremder auf einem Pferd. Vornübergebeugt, die Hände in die Mähne gekrallt, glich sie geschickt die Bewegungen des Wallachs aus. Mit unserem doppelten Gewicht war es ein Glück, dass er ein kräftiger Bursche war. Dumpf hämmerten seine Hufe auf dem Boden, und mit langen Sätzen sprengte er durch den Wald. Wir mussten uns ducken, um nicht von niedrigen Zweigen aus dem Sattel gefegt zu werden.

»Und du«, rief ich ihr ins Ohr. »Wo warst du in dieser Geschichte. Warst du nicht meine Amme und hast mich genährt.«
»Das habe ich! Aber meine Geschichte erzähle ich dir ein andermal«, brüllte sie zurück. Wir mussten schreien, um uns bei dem wilden Ritt zu verständigen.
Es blitzte abermals, gefolgt von einem mächtigen Donnerschlag. Der Braune warf den Kopf hoch und wieherte schrill. Nur keine Panik, Alter. Weiter ging es in halsbrecherischer Geschwindigkeit. Jetzt setzten wir über den Fluss, das Wasser spritzte in Fontänen unter den Hufen auf. Der Braune verlangsamte seinen Lauf, suchte sich am anderen Ufer einen Weg die Böschung hinauf, und dann ging der Höllenritt weiter. Zum Glück waren wir nicht gestürzt. Hinter uns hörte ich die Hunde durch das Flussbett jagen.
»Verstehst du jetzt, was Robert vorhat?«, schrie mir Joana ins Ohr.
»Nein!«
»Du bist Graf Guilhems Erbe.«
»Ich? Wieso?«, brüllte ich zurück.
»Du bist sein ältester Sohn!«
Ich schüttelte den Kopf. »Ein Bastard hat keine Rechte. Und wenn alles so heimlich war, wusste er doch nichts von mir.«
Wir galoppierten über eine Wiese. Der Braune begann zu schwitzen.
»Du irrst. Er liebte Anhes, und er wusste alles. Odo und der alte Borcelencs haben dich hier versteckt. Auf seinen Befehl.«
Wohl eher, um einen peinlichen Balg aus dem Weg zu haben, dachte ich grimmig.
So viele Fragen tobten in meinem Kopf. Aber dazu war jetzt keine Zeit. Der Braune schnaufte heftig. Ich trieb ihn weiter an. Nur jetzt nicht schlappmachen, Junge.
»Trotzdem«, schrie ich gegen die Windbö an, die über die Wiese fegte und uns Tränen in die Augen trieb. »Nicht ohne Testament. Und selbst dann …«
»Vielleicht gibt es eins«, rief Joana, »und es ist auf Rocafort versteckt. Vielleicht ist Robert deshalb so versessen auf die Burg.«

Ein abwegiger Gedanke, aber irgendetwas musste sich auf der Burg befinden, hinter dem er her war. Wie sollte man sonst seine Handlungen erklären? Der Braune mühte sich jetzt einen Hang hinauf, eine Abkürzung zum Dorf. Schaum flog ihm vom Maul.
»Was soll er mit einem Testament, falls es das gibt?«
»Raol!«, schrie sie zurück. »Raol ist der Schlüssel!«
Da fiel es mir wie Schuppen von den Augen. Natürlich! Von Anfang an hatte Robert es darauf abgesehen, die Munt über die Jungs zu erlangen. Alle hatten ja geglaubt, ich wäre in Palästina verschollen. Deshalb wollte er Berta heiraten. Dann wäre er ihr aller Vormund geworden und hätte frei im Namen meiner Söhne handeln können. In Raols Namen. Raol, der Erbe des Erben. Nur mich musste er loswerden. Mein Auftauchen hatte seine Pläne in Gefahr gebracht. Verdammt, war das des Rätsels Lösung?
Joana wandte mir wieder den Kopf zu. »Er ist von Ehrgeiz zerfressen. Er will Macht«, rief sie. »Macht in Tolosa.«
»Hast du von einem Bruder Jacobus gehört?«, brüllte ich.
»Ja«, schrie sie zurück. »Odos *secretarius*. War immer in seiner Nähe.«
Ich musste diesen Jacobus finden!
Ich zügelte den Braunen auf der Anhöhe, die wir gerade erklommen hatten. Seine Flanken hoben und senkten sich wie wild, so dass ich ihm einige Herzschläge lang Ruhe gönnte, um halbwegs zu Atem zu kommen. Wir waren fast da. Nur noch ein kurzer Weg durch einen tiefer gelegenen Wiesengrund und dann das letzte Stück zum Dorf und zur Burg hinauf. Tiefschwarze Gewitterwolken zogen über das Tal und ließen alles finster und drohend erscheinen, obwohl es erst später Nachmittag war. Bäume bogen sich unter den Windböen, und abgerissene Blätter wirbelten in der Luft. Von Westen zog eine graue Regenwand heran. Das Horn schallte klagend vom Turm. Sie riefen uns. Sie brauchten uns.
Und plötzlich tauchten Reiter auf, die über die Wiesen galoppierten. Eine Handvoll nur. Es musste Roberts Vorhut sein. Ich gab dem Braunen die Sporen und wusste, nun begann ein ver-

zweifeltes Rennen um unser Leben. Wer würde zuerst die Burg erreichen?

Lauf, Brauner, lauf! Er schien zu wissen, um was es ging, denn er gab alles. Die Reiter näherten sich dem Eingang des Dorfes. Sie hielten Schwerter und Lanzen in den Händen. Der Gaul keuchte, und fingerdicker Schaum flog ihm vom Maul. Auf dem weichen Wiesengrund machten die Hufe wenig Lärm, und noch hatten sie uns nicht bemerkt. Nun waren sie im Dorf. Ich hörte ein Aufschreien. Waren noch Leute in den Hütten? Der Braune mühte sich den Hang hoch. Plötzlich flackerte Feuer auf den Dächern. Verdammt! Sie mussten ein loderndes Herdfeuer gefunden haben und warfen brennende Scheite auf die Dächer. Dann erschienen zwei von ihnen zwischen den Hütten und entdeckten uns. Sie stießen ein wildes Triumphgeheul aus und spornten ihre Gäule an.

»Jaufré!«, schrie Joana vor Angst. »Wir schaffen es nicht!«

Ich schlug dem Braunen mit den langen Zügelriemen auf die Kruppe und trieb ihn zum Äußersten. Jeden Augenblick erwartete ich, dass er zusammenbrach, aber er hatte das Herz eines Löwen und mühte sich den Hang hoch. Das Tor stand offen, und auf den Mauern starrten sie gebannt auf das, was sich vor ihren Augen abspielte.

In diesem Augenblick öffnete der Himmel seine Schleusen, und ein gewaltiger, sturmgetriebener Regen peitschte hernieder. Wenigstens würden nun die Dächer nicht brennen, fuhr es mir durch den Sinn, als ob das jetzt von Bedeutung gewesen wäre. Wir waren sofort bis auf die Haut durchnässt, der Weg wurde glitschig, und unser Brauner strauchelte. Joana schrie auf. Aber er fing sich wieder und stürmte weiter. Die Reiter versuchten, uns den Weg abzuschneiden. Der Vorderste würde uns gleich einholen. Er hatte seine Lanze angelegt und zielte auf meinen ungeschützten Rücken. Es fehlten nur noch dreißig Schritte bis zum Burgtor, aber noch weniger trennten uns vom Tod.

»Weiter, Joana, durchs Tor«, brüllte ich, um den Lärm des Regensturms zu übertönen, und ließ mich von der Kruppe des Gauls gleiten.

Fast wäre ich ausgerutscht, fing mich aber rechtzeitig. Keine Zeit, um nachzusehen, ob Joana es schaffte. Mein Sprung vom Pferd hatte den ersten unserer Verfolger überrascht. Die Lanzenspitze hatte versucht, mir zu folgen, mich aber verfehlt. Ich packte den Schaft und riss damit den Mann vom Pferd. Sein Gaul ging in die Knie, der Reiter stürzte schwer auf den nassen Boden. Ein Blitz zuckte grell durch die Regenflut. Bevor der Kerl sich erheben konnte, hatte ich das Schwert aus der Scheide und hieb ihm zwischen Lederpanzer und Helm in den Nacken. Donner rollte über uns. Es war, als ob die Erde bebte.

Ohne abzuwarten, ob der Mann tot war, sprang ich dem nächsten Reiter entgegen. Pfeile flogen von der Mauer, verfehlten aber meinen Gegner. Ich sah seine entblößten Zähne. Grinste er aus Vorfreude, mich aufzuspießen? Plötzlich brach sein Gaul mit dem Vorderhuf in eine unserer getarnten Fallen. Krachend zerbarst der Knochen des rechten Vorderbeins, und das Tier überschlug sich fast, bevor es zu Boden ging. Der Reiter war auf den Knien im Dreck. Benommen versuchte er aufzustehen, da sprangen ihn die Hunde an, brachten ihn zu Fall und verbissen sich in seiner Kehle. Er hatte nicht einmal Zeit, zu schreien, bevor sich sein Blut mit dem Regen mischte. Ich pfiff Thor und Odin zu mir, und wir rannten, begleitet vom erleichterten Gejohle meiner Männer auf den Mauern, durch das Burgtor und in Sicherheit. Endlich konnten sie die schweren Torflügel zuwerfen und die Querbalken in die eisernen Halterungen rammen.

Joana fiel mir in die Arme und heulte vor Erleichterung.

Putan! Das war knapp gewesen, dachte ich und wischte mir die nassen Haare aus der Stirn.

Ein unliebsames Wiedersehen

Sanctus Deodatus,
Patron gegen Pest, Unglück, böse Geister, Gewitter, Nebel, Regen und Überschwemmung

Secunda Feria,
20. Tag des Monats Juni

Kaum hatte sich Joana aus meinen Armen gelöst, als Berta, die vor Angst halb von Sinnen unseren irrwitzigen Wettlauf verfolgt hatte, von den Wehrgängen herabstürmte und mich zur Rede stellte.

»Bist du noch bei Verstand, Jaufré?«, schrie sie außer sich. »Ihr hättet beide tot sein können.«

Müde zuckte ich mit den Schultern. Joanas Enthüllungen, der wilde Ritt, ich befand mich noch in einem Zustand tauber Benommenheit, ebenso entrückt von den freudigen Gesichtern der Bauern, die mich umringten, wie von Bertas vorwurfsvoller Miene und harschen Worten. Ich wischte mir den Regen aus dem Gesicht und atmete tief durch. Natürlich hatte sie recht, besonders was Joana betraf. Und was mich anging, würde es ihr etwas bedeuten, mich dort draußen liegen zu sehen? Nicht viel, gab ich mir selbst die Antwort. Dann wäre sie mich wenigstens los.

»Lass es gut sein, Berta«, beruhigte Joana sie. »Es war allein meine Schuld. Ohne Jaufré …«

Bei diesen Worten fielen sich beide Frauen weinend in die Arme. Berta küsste Joana, hielt sie fest an sich gedrückt und schien sie nicht mehr loslassen zu wollen. *Per ma fe*, was für ein glorreicher Tag für Tränen, es wollte schier nicht enden. Ich hatte genug davon und trat zu den Männern.

»Wir hatten kein freies Schussfeld«, murmelte Hamid, der seinen kostbaren Bogen in die schützende Hülle steckte. »Der Kerl war euch zu dicht auf den Fersen. Und durch den heftigen Regen konnte man wenig erkennen. Ich hatte Angst, den Falschen zu treffen.«

Ich grinste. »Bin auch so zurechtgekommen.«

Er klopfte mir auf den Rücken, dann stiegen wir auf den Wehrgang. So heftig das Unwetter begonnen hatte, so schnell hatte es sich ausgetobt. Wind und Regen waren im Begriff nachzulassen, und im Westen riss der Himmel auf. Vor der Burg lagen die beiden Toten. Vor Augenblicken waren sie noch kraftstrotzende, junge Krieger gewesen, nun nur noch seelenlose Hüllen, die in unnatürlicher Haltung lagen, so wie sie gefallen waren. Wie Abfall des Krieges, dachte ich angewidert. Hatte ich nicht geglaubt, dies alles hinter mir gelassen zu haben?

Dem verletzten Gaul war es gelungen, sich zu erheben. Mit kläglichen Schmerzensschreien und mühsam auf drei Beinen humpelnd, suchte er sich den Weg zurück zu den Pferden der anderen Reiter aus Roberts Vorhut. Sie starrten zu uns herauf, hielten aber ihren Abstand.

»Ich hörte vorhin Schreie. Ist jemand im Dorf zurückgeblieben?«, fragte ich einen der Wachmänner auf der Mauer. Sie trugen dicke Mäntel gegen den Regen, die vor Nässe trieften.

»Ein paar Alte, vielleicht«, antwortete er.

»Loisa war es, Herr!«, rief Joan, ein junger Bursche aus dem Dorf. Er hatte sich bei unseren Übungen hervorgetan. »Sie hatte etwas vergessen.« Er schwieg betreten. Sollte ausgerechnet die alte Magd unser erstes Opfer geworden sein? Sie war wie eine Großmutter zu Drogos Kindern. Auch ich hatte lebhafte Erinnerungen an sie von früher.

»Zieh dir das über, Vater!«, hörte ich Adelas Stimme neben mir. Sie hatte mir einen Mantel gebracht. Es war einer dieser weiten Umhänge aus unbehandelter Wolle, die nach Schaf riechen, aber gut gegen jedes Wetter sind. Als ich ihn anlegte, merkte ich, wie kalt mir in den nassen Kleidern geworden war.

»Danke. Das ist lieb von dir.«

Sie drängte sich an mich und hielt mich umfangen. »Berta hat mich geschickt. Sie will nicht, dass du dir den Tod holst.«

»Soso«, brummte ich etwas überrascht. Ich zog sie enger an mich und lächelte auf ihr besorgtes Gesicht hinab. »Mein armes Kind. Jetzt bist du schon wieder in einer Festung gefangen. Es tut mir leid.«

»Hier ist es anders, Vater«, sagte sie entschieden. »Dies ist unser Heim und unsere *familia*.«

Unsere *familia*? Nach Joanas Beichte war ich nicht sicher, ob es so etwas für mich überhaupt gab. Joan, der neben uns stand, nickte zu ihren Worten und hielt sich aufrechter. »Mit Gottes Hilfe werden wir sie vertreiben, nicht wahr, Herr?«

Ich sah in sein Gesicht, treuherzig wie das eines jungen Hundes, auf dem sich Eifer mit Ängstlichkeit mischte, und in seine unschuldigen Augen, die nach Ermutigung und Zuversicht heischten. »Jawohl, mein Sohn. Mit Gottes Hilfe. Aber auch mit deiner, Joan. Da bin ich mir sicher.«

Er wurde rot vor Freude.

Ich drehte mich um und sah hinauf zur Hauptburg. Mein Banner, der rote Eber, wehte trotzig auf dem Turm. Dann wanderte mein Blick hinunter in den Hof der Vorburg. Viele aus dem Dorf drängten sich noch unschlüssig mit ihren Habseligkeiten auf dem Arm und warteten, dass man ihnen ein Plätzchen auf dem Heuschober oder in den leeren und mit Stroh ausgelegten Pferdeställen zuwies. Sie mussten erst beim Klang der warnenden Hörner in die Burg geflüchtet sein. Ich sah Albin, Drogos Vater, die kratzbürstige Elena, die mich bei meiner Ankunft zur Rede gestellt hatte, und viele andere der älteren Dorfbewohner. Magdalena und ihr Sohn Enric waren unter ihnen. Doch die meisten waren junge Frauen mit kleinen Kindern auf dem Arm. Cortesa schien das Heft in der Hand zu haben und kümmerte sich um alle. Sie gab den Knechten Befehle, ließ Milch und Brot für die Kinder holen und führte jeden an seinen Platz. Ein kleines Mädchen trug ein Zicklein auf dem Arm und lächelte vertrauensvoll zu mir hoch. Es war die Kleine, die ich mit ihrer *avia* gesehen hatte. Mein ist die Verantwortung für sie alle, dachte ich verwundert und seltsam berührt.

Hamid hatte meine Gedanken erraten.

»Soldaten sind entbehrlich«, raunte er. »Aber das hier …«
»Ja«, gab ich zu. »Das hier ist anders.«
Soldaten rechnen mit dem Tod, denn es ist ihr Handwerk. Aber Alte, Mütter und Kinder? Gelang es dem Feind, irgendwo auch nur eine Bresche zu schlagen, dann waren sie alle der Willkür des Kriegsrechts ausgeliefert. Ich dachte an Outremer. Dort hatten wir Städte belagert, Mauern untertunnelt, uns zum Sturm auf die Befestigungen gerüstet. Immer waren wir die Angreifer gewesen, während unser Feind mit Weib und Kind hinter seinen Mauern gezittert haben musste.
Nun war es umgekehrt.
Der Regen hatte aufgehört, und im Westen zeigten sich die ersten Sonnenstrahlen. Die Luft war feuchtfrisch und klar nach dem Sturm. Langsam traf Roberts Hauptmacht ein. Am Waldrand unten, in respektvoller Entfernung vor unseren Pfeilen, füllte sich die Wiese mit Reitern. Helme und Kettenpanzer schimmerten silbern. Gut zwanzig an der Zahl mit einem Dutzend Knechten und Ersatzpferden. Robert musste sich unter ihnen befinden, obwohl ich ihn nicht erkennen konnte. Sie begannen, Zelte zu errichten.
»Für mich immer noch in Reichweite«, grinste Hamid. »Soll ich ihnen ein paar Pfeile zur Begrüßung schicken?«
»Nein. So unüberlegt, wie ihre Vorhut angegriffen hat, scheinen sie unsere Kampfkraft zu unterschätzen. Die halten uns für Bauerntölpel. Lass sie in dem Glauben.«
Da stand plötzlich Martin neben uns. Das Lächeln dieses Jungen konnte saure Milch in Nektar verwandeln. Ich fuhr ihm mit der Hand durch die blonden Locken und musste dabei wieder an Joanas ungeheuerliche Beichte denken. Raol und Martin sollten Nachkommen der Tolosaner Grafen sein? Wenn es stimmte, dann floss das Blut des großen Guilhem *Talha Fer* in ihren Adern! Vergeblich suchte ich nach Sant Gilles oder Bertrans Zügen in Martins fröhlichem Gesicht. Aber da fand ich nur Berta wieder. Raol, mit seinem schmalen Antlitz und seiner Körpergröße, kam der Sache schon näher. Und hatte meine kleine Adela ihre Leidenschaft von Almodis, ihrer verrückten Urgroßmutter, von der

hundert Legenden im Umlauf waren? Das alles wollte mir überhaupt nicht in den Schädel hinein. Nach außen gab ich mich ruhig, aber in meiner verwirrten Seele brodelte es.

Martin blickte neugierig über die Zinne.

»Da kommt sein Fußvolk«, bemerkte er sachkundig wie ein kleiner General. »Sie sind gut bewaffnet.«

Ein großer Trupp *pezos* war angerückt, ich schätzte an die achtzig Mann, Schild auf dem Rücken, Schwert an der Seite und Spieß auf der Schulter. Dazu ein Dutzend Bogenschützen. Alle waren in Borcelencs' Farben gekleidet. Unsere Leute auf der Mauer starrten besorgt auf die schiere Menge der feindlichen Kämpfer hinunter. Ich konnte mir vorstellen, was in ihren Köpfen vorging, und schlug deshalb einen leichten Ton an.

»Unwichtig, wie viele es sind«, sagte ich so, dass mich alle hören konnten. »Sie können nur an einer Stelle angreifen, und da sind wir im Vorteil.«

Hamid nickte. »Hier werden sie sich die Zähne ausbeißen.«

»Robert lässt sich die Sache etwas kosten«, bemerkte ich seelenruhig, als berührte mich der feindliche Aufmarsch wenig. »Das sind Söldner, die für Gold kämpfen. Mal sehen, wie bereit sie sind, für Robert auch zu sterben.«

»Jedenfalls scheinen sie es bequem zu mögen!«, meinte Hamid lachend und deutete auf den umfangreichen Tross von Maultieren, der die Wiese erreicht hatte. Knechte machten sich daran, die Tiere von ihrer Last zu befreien. Männer holten sich ihr Gepäck und was sie an persönlicher Ausrüstung mitführten. Ein großes Kochzelt entstand etwas abseits, fertig mit Kesseln und Pfannen, einem mächtigen Dreifuß für eine Feuerstelle, Säcke mit Korn und Bohnen wurden unter der Zeltplane gestapelt, Fässer voller Pökelfleisch, Amphoren mit Öl und Wein. Das Futter für die Tiere, Getreide und Gemüse würden sie natürlich von unseren Feldern stehlen. Aber ansonsten würde es ihnen nicht an Annehmlichkeiten fehlen. Hamid hatte recht. Eine gut versorgte Truppe war das da unten.

»Würde mich nicht wundern«, grinste ich, »wenn Robert auch seinen Badezuber dabeihat und Gaukler zur Unterhaltung.«

Es war kein wirklich guter Augenblick für Witze, andererseits hat ein Scherz noch niemandem geschadet, und ich sah, dass unsere Unbekümmertheit den gewünschten Eindruck hinterließ. Unsere Leute standen entspannter, die Furcht war aus ihren Augen gewichen.

Roberts Männer bewegten sich so seelenruhig auf meinem Grund und Boden, als stünde ihnen alles frei zur Verfügung. Mannschaftszelte wuchsen aus dem nassen Boden, Latrinen wurden ausgehoben und Maultiere mit leeren Fässern zum Fluss geschickt, um Wasser zu holen. Ihre Pferde trieben sie in einen mit Seilen abgezäunten Weidegrund. Auf einem großen Heuwagen führten sie Sturmleitern mit, auf einem anderen Waffen, Seile, Werkzeug und Äxte, die eine Handvoll Männer nahmen, um Holz im nahen Wäldchen zu schlagen. Nicht weit vom Hang, der zur Burg aufsteigt, begannen sie, zwei *ballistae* zusammenzusetzen, mit denen man zolldicke, eisenbeschlagene Pfeile auf uns abschießen konnte. Darüber hinaus konnten wir jedoch kein schweres Belagerungsgerät entdecken.

Ihr Lager zu schützen, kam ihnen allerdings nicht in den Sinn. Niemand machte Anstalten, einen Graben auszuheben. Und das Holz, das sie schlugen, war nicht für eine Palisade, sondern nur als Feuerholz gedacht. Sie mussten sich sehr sicher fühlen. Und mit Recht, denn wir waren natürlich zu wenige, um an einen ernsthaften Ausfall zu denken. In Mannschaften waren sie dreimal so viele und in Kampfstärke noch viel mehr, wenn man meine grünen Jungs gegen kampferfahrene *pezos* rechnete.

»Vielleicht könnten wir Drogo eine Nachricht senden«, überlegte Hamid.

»Wozu?«

»Ein vorgetäuschter Nachtangriff von der Burg, um sie abzulenken, während er ihnen die Pferde stiehlt.«

Ich lachte. »Nicht schlecht! Aber heben wir uns den Gedanken für später auf. Erst soll Robert seine Karten zeigen.«

Wie auf Bestellung löste sich in diesem Augenblick ein einzelner *cavalier* aus den geschäftigen Umtrieben im Lager und näherte sich hoch zu Ross mit erhobener Lanze und einem an der Spitze befestigten weißen Tuchfetzen. Ich winkte ihn heran, und er ließ sein Pferd vorsichtig und im Schritt den Weg zum Burgtor erklimmen. Dabei spähte er beständig auf den Boden vor den Hufen seines Gauls aus Furcht, selbst in eine Falle zu treten.

»Seid Ihr Jaufré Montalban?«, ließ er sich lautstark vernehmen, nachdem er sich auf Rufweite genähert hatte.

»Der bin ich!«

»Der edle Robert lässt Euch grüßen«, rief der Kerl mürrisch.

»Ach, der edle Robert ist es, ja?«, antwortete ich höhnisch. »Hatte mich schon gewundert, wer uns da die Ehre gibt. Was will er denn?«

»Das Lachen wird Euch bald vergehen!«, scholl es zurück.

»Nun sprich schon, Mann, sonst spicken wir dich mit Pfeilen, dass du wie ein verdammter Igel aussiehst.«

Unwillkürlich hob er den Schild, um seine Brust zu decken.

»Verhandeln will er!«, rief er. »Ihr und *Senher* Robert allein.«

»Gut!«, erwiderte ich. »Wir treffen uns auf halbem Hang und in einer Stunde, wenn die Sonne sich den Bergkämmen nähert! Aber jeder hat Anrecht auf drei Begleiter, darüber hinaus kommt niemand näher als fünfzig Schritt. Verstanden?«

Der Mann nickte gleichmütig. »Geht in Ordnung.«

Er wendete sein Pferd. Sein Rücken wäre ein gutes Ziel gewesen. Sicher wusste er das, denn steif und betont würdevoll ritt er davon.

Ich stieg langsam zum Turm auf, um meine klammen Kleider zu wechseln und mich zu wappnen. Die tausend ungeklärten Fragen, die in meinem Kopf schwirrten, mussten warten. Berta fing mich auf halbem Weg ab.

»Was wollen sie?«, fragte sie besorgt.

»Verhandeln«, antwortete ich knapp. »Wir werden sehen.«

Sie hielt mich am Arm fest. »Ich bin froh, Jaufré, dass dir nichts geschehen ist. Ich hatte schreckliche Angst um dich.«

Von diesen Worten fühlte ich mich überrumpelt. Eigentlich wollte ich ihr danken, dass sie sich um Ramon gekümmert hatte, aber es fiel mir nichts Besseres ein, als dümmlich zu grinsen.

»So schnell bringt man mich nicht um«, sagte ich und räusperte mich verlegen. Dann murmelte ich, ich müsse mich rüsten, und entschuldigte mich. Ich spürte ihren sorgenvollen Blick im Rücken, während ich zum Turm aufstieg.

***

Sie warteten bereits auf uns, als wir vor das Tor traten.
Allerdings in sicherer Entfernung von Gustaus Bogenschützen, die uns auf der Mauer den Rücken deckten. Wir marschierten den Hang hinunter und blieben auf halber Höhe stehen. Hamid und Jaume hielten sich zu meiner Linken, Brun zu meiner Rechten. Jeder war gewappnet, trug Helm und Schild und war zu allem gerüstet, sollte es Verrat geben. Nur die Schwerter steckten in den Scheiden.
Auch die anderen näherten sich vorsichtig. Sie waren ähnlich gerüstet und trugen dazu schwere Mäntel. Das wunderte mich, denn die Sonne war wieder herausgekommen und wärmte, auch wenn sie inzwischen tief stand. Aber ich dachte nicht weiter darüber nach. In der Mitte erkannte ich Robert an seiner hohen Gestalt und dem kostbaren, silberverzierten Helm. An seiner rechten Seite schritt der einäugige Graubart. Und Lambesc, der mich spöttisch angrinste. Da hörte ich Hamid neben mir überrascht durch die Zähne pfeifen, und als ich auf den vierten Mann blickte, wusste ich, warum. Mir stockte der Atem.
»Mein guter Montalban. Ich grüße Euch«, begann Robert in bester höfischer Manier, als sie auf zehn Schritte herangekommen waren und nun ihrerseits stehen blieben. Er hatte bemerkt, auf wen ich so ungläubig starrte.
»Vermutlich kennt Ihr meinen Verbündeten bereits, aber ich will ihn trotzdem vorstellen …« Er wandte sich freundlich lächelnd zu dem Mann an seiner Linken. »Der wohlgeborene Vetter des Grafen Bertran, Ricard de Peyregoux.«
Es konnte nicht wahr sein!
»Gelungene Überraschung, was, Montalban?«, zischte Ricard. In seinen Augen funkelte es. »Du siehst, du entkommst mir nicht.«
Diese Wende hatte mich in der Tat aus dem Gleichgewicht ge-

worfen. Der Mund muss mir lange offen gestanden haben. Wie hatte er es geschafft, mir so schnell nachzureisen? Und wenn diese verdammte Kellerratte Bertrans Vetter war, dann natürlich auch meiner, wie ich inzwischen wusste. Der Gedanke ließ mich schaudern.

Robert lächelte entwaffnend. »Es war äußerst nützlich, einen verlässlichen Verbündeten in Graf Bertrans Nähe zu haben«, beeilte er sich zu erklären. »Oder besser gesagt, in Eurer Nähe.« Dabei zwinkerte er bedeutungsvoll, als müsse ich doch wissen, was er meinte.

Und dann verstand ich. Er hatte Ricard nach Tripolis geschickt, um mich zu beobachten. Oder zu töten, durchfuhr es mich plötzlich, denn nun fielen mir Ricards unbedachte Worte ein, die er in der Halle des Grafen während unseres ungleichen Kampfes hatte fallenlassen. Mein Tod würde ihm viel Gold einbringen, hatte er gesagt. Robert musste ihn als Mörder gedungen haben. Immer mehr wurde mir das Ausmaß von Roberts Vorbereitungen bewusst. Mir schwante Übles. Was würde als Nächstes kommen?

Ricards Augen waren Schlitze. »Jetzt stehst du mit dem Rücken zur Wand, Montalban«, fauchte er giftig. »Jetzt zermalmen wir dich und deine Brut!«

Robert legte Ricard die eisenbewehrte Hand auf den Arm. »Mäßigt Euch, mein lieber Freund«, sagte er beschwichtigend. »Wir wollen das Ganze in Ruhe unter Edelmännern besprechen.« Und zu mir gewandt: »Übrigens, ich bitte um Verzeihung für den Übereifer meiner jungen Reiter.« Er deutete auf die beiden Leichen, die weiter oben lagen. »Nun haben sie ihren Ungehorsam mit dem Leben bezahlt.« Er hob die Schultern und zog ein betrübtes Gesicht, als habe er überhaupt kein Verständnis für ungestüme Gewalt. »Vielleicht erlaubt Ihr uns, den Leichen ein christliches Begräbnis zu geben.«

»Die bleiben, wo sie sind«, knurrte ich, »damit Eure Männer wissen, was sie hier erwartet.«

»Nun, ich hoffe doch, dass wir so etwas vermeiden können …«

»Wo ist mein Sohn?«, unterbrach ich ihn barsch.

»Raol?«, fragte er mit unschuldiger Miene. »Dem geht es prächtig. Ich habe ihn an den Hof von Tolosa geschickt.«
»Was habt Ihr?«
»Er ist unter der Obhut meines Bruders. Ihr müsst Euch nicht sorgen.«
»Wenn er Euch als Geisel dienen soll …«
»Montalban, *per Dieu!* Wie kommt Ihr nur darauf?«, rief er und hob beschwichtigend die Hand. »Raol selbst war begeistert. Kann es denn Besseres für einen jungen Mann geben? Er wird das Leben an Elviras Hof kennenlernen, sich vielleicht einen Namen machen können. In jedem Fall bekommt er dort den Schliff für Höheres. *Domna* Berta wird mir dankbar sein.« Er sah kurz zur Burg hinauf. »Ich hoffe, sie trägt sich wohl, die edle Berta.«
Ob Raol nun Geisel war oder nicht, er würde es nicht zugeben. Ich hatte mich immer noch nicht von der Überraschung erholt, Bertrans Vetter hier in Rocafort und ausgerechnet als Roberts Verbündeten anzutreffen. Was mochte diese beiden verbinden? Ricard, dieser verbitterte junge Kerl mit dem grausamen Zug um den Mund, der die ganze Welt zu hassen schien. Und besonders mich aus Gründen, die ich nicht verstand. Und Robert, reicher Höfling, kluger Planer und Vordenker dieser Verschwörung gegen uns. Er sah immer noch nicht wie ein Krieger aus, eher wie ein erfolgreicher Kaufmann, der sich ein Leben im Überfluss leisten kann, oder ein mächtiger Bischof, den man in eine Rüstung gezwängt hatte. Immer schien er bemüht, seine niederen Absichten hinter einem gefälligen Benehmen zu verstecken. Oder wollte er damit nur seine Verachtung kundtun und mir zeigen, wie meisterhaft er alle Fäden in der Hand hielt? Doch so leicht würde ich es ihm nicht machen. In Ränken und Winkelzügen mochte er mir überlegen sein, aber nun hatte er sich auf ein Gebiet begeben, auf dem ich Meister war, dem Krieg.
»*Domna* Berta ginge es weitaus besser, wenn Ihr von hier verschwinden würdet! Sagt, was Ihr zu sagen habt, und dann packt Euch, mitsamt Euren als Soldaten verkleideten Bauerntölpeln.«
Einen Augenblick lang schwieg er, und es gelang ihm sogar, über meinen Ausbruch verletzt zu wirken. »Nun gut, kommen wir

also zur Sache«, sagte er schließlich und seufzte. »Es ist nicht meine Schuld, dass Ihr Euer Erbe so unklug verspielt habt. Die Schuldscheine gehören nun einmal mir, und wer nicht zahlen kann ...«

»Wer sagt, dass ich nicht zahlen kann? Ich zahle gleich. Jetzt sofort!«

Zur Antwort zuckte er nur mit den Schultern und sah mich leidvoll an.

»Ihr habt kein Recht ...«

»Ich habe alles Recht der Welt!« Plötzlich klang Roberts Stimme scharf und nicht mehr so höflich. »Die Burg ist mein Pfand! Solange Ihr nicht zahlen könnt ...«

»Seid Ihr taub?«, schrie ich. »Ich zahle. Und zwar auf der Stelle!«

Gleichmütig wandte er sich an Ricard. »Er meint, ich sei taub. Dann erklärt mir doch, was er sagt, Peyregoux.«

»Ich höre immer nur, dass er nicht zahlen kann und auch nicht zahlen will«, antwortete Ricard kichernd. »Und anscheinend will er Euch die rechtmäßige Inbesitznahme der Burg verwehren.«

Robert drehte sich mit fragender Miene zu seinen anderen Begleitern um. Die nickten eifrig. »Das können wir bestätigen, Herr!«

Lambesc konnte sich nicht beherrschen und lachte laut auf.

»Ist das wahr, Montalban?«, fragte Robert mit einem boshaften, kleinen Lächeln. »Ihr wollt mir meinen Besitz nicht aushändigen?«

Hamid raunte mir ins Ohr. »Lass es, Jaufré. So kommst du nicht weiter.«

»Wer meine Burg will«, knurrte ich, »der muss sie sich erkämpfen.« Damit wandte ich mich zum Gehen.

»Einen Augenblick!«, hörte ich Robert sagen und hielt inne. »Wir können uns doch sicher gütlich einigen.«

»Was wollt Ihr noch?«

Er deutete auf das Lager seiner Männer unter uns. »Wir sind in der Überzahl. Lambesc hier kennt Eure Stärke. Mit Euren paar Wachmännern könnt Ihr Euch kaum verteidigen, geschweige denn siegen. Nur eine Frage der Zeit also. Ich habe auch keine

Schwierigkeit, wenn nötig, noch mehr Männer unter meine Fahnen zu rufen. Ihr dagegen seid auf Euch allein gestellt. Niemand wird Euch helfen. Euer Onkel ist ein alter Mann, Euer Lehnsherr Bertran ist weit. In Tolosa hat ein Gefolgsmann Bertrans ohnehin keine Freunde. Und Eure Nachbarn haben nichts dabei zu gewinnen, Euch zu helfen.«
Er machte eine Pause und sah mich milde lächelnd an. Ich hielt es für besser, ihn nicht darüber in Kenntnis zu setzen, dass wir Hilfe von Odo erwarteten. Aber ansonsten hatte er, verdammt noch mal, recht. Wir standen allein.
»Ich hasse Blutvergießen«, fuhr er fort. »Seid also vernünftig. Übergebt mir die Burg freiwillig. Ich verspreche Euch freien Abzug. Ich könnte Euch Rocafort sogar als Lehen zurückgeben, wenn Ihr Euch mir anschließen und die Treue schwören wollt. Wir haben Großes vor. In jedem Fall kann ich Euch besser schützen als Euer alter Oheim.«
Es war zu lächerlich, auf so etwas auch nur zu antworten. Wenn Joana recht hatte, dann würde er mich bei der ersten Gelegenheit beseitigen lassen. Außerdem unterstand die Burg militärisch den Tolosanern und konnte nicht irgendwem übergeben werden. Ich war sicher, er wusste das.
»Was ist so wichtig an Rocafort?«
Er zog die Brauen hoch und warf mir einen abschätzenden Blick zu. »Hat Euch der Alte nichts gesagt? Das erstaunt mich.«
»Wenn wir uns gütlich einigen sollen, wie Ihr sagt, dann will ich wissen, um was es geht.«
»Rocafort gefällt mir!« Er grinste. »Ein hübsches Tal dazu.«
Dieses Gerede brachte uns nicht weiter. Angewidert wandte ich mich zum Gehen.
»Ich will die Burg und das verdammte Testament«, presste er plötzlich zwischen den Zähnen hervor. »Und den Ring! Tut nicht so unschuldig. Ihr wisst genau, was ich will.«
Es gab also tatsächlich ein Testament, zumindest schien Robert es zu glauben. Die Frage nach dem Ring meines Vaters überraschte mich. Und dann begriff ich. Es musste Guilhems Ring sein, nicht Ramons. Roberts Züge waren hart und lauernd ge-

worden. Der Graubart und Lambesc trugen das gleiche dümmliche Grinsen wie vorher. Sie waren nur gedungene Schergen und hatten nichts verstanden. Aber Ricard nickte wissend und wartete ebenso gespannt auf meine Antwort. Dieser Höllenhund weiß Bescheid, dachte ich. Was hat Robert ihm versprochen?
Ich ließ mir Zeit mit meiner Antwort. »Natürlich«, sagte ich dann langsam, während sich mein Blick in Roberts Augen bohrte. »Das Testament und der Ring. Das Siegel der Macht, nicht wahr?« Als er meinen Gesichtsausdruck sah, zogen sich seine Brauen zusammen, und sein Mund wurde hart. Er wusste, was ich ihm antworten würde, noch bevor ich es sagte. »*Va en enfern!*«, murmelte ich schließlich und wiederholte es lauter, dass alle es hören konnten. »Fahr zur Hölle, Borcelencs!«
In diesem Augenblick gab es einen unerwarteten Aufruhr hinter uns am Burgtor und schnelle Schritte, die sich näherten. Wie ich später erfuhr, hatte Berta die Unterhandlung in äußerster Unruhe beobachtet. Verstehen konnte sie kein Wort von ihrem Standort auf der Mauerzinne, und die Sorge um Raol hatte sie halb um den Verstand gebracht. Da stand der Kerl, der ihren Sohn in seiner Gewalt hatte. Wie konnten wir so gesittet mit seinen Entführern reden? Sie hatte sich nicht mehr beherrschen können.
»Wo ist mein Sohn, du Bastard?« Ihre Stimme überschlug sich fast. »Was hast du mit ihm gemacht?«
Was, zum Teufel, tat sie hier? Ich drehte überrascht den Kopf. Sie näherte sich rasch. Mit sprühenden Augen, wehenden, blonden Haaren und fliegenden Röcken sah sie wie eine Rachegöttin aus, als wolle sie sich auf Borcelencs stürzen und ihm die Augen ausreißen.
Da bemerkte ich aus dem Augenwinkel eine Handbewegung, sah, wie Ricard plötzlich den Umhang zurückwarf, hinter seinem Rücken eine gespannte Armbrust hervorholte und diese in einem Schwung auf mich richtete. Das war die Erklärung für die Mäntel, die sie trugen. Es ging so schnell, dass ich keine Zeit hatte, den Schild zu heben, bevor der Bolzen auf mich zuraste. Nur leicht nach rechts konnte ich mich noch drehen, und schon schlug der Pfeil mit Wucht in meine linke Brustseite ein. Ich

spürte einen stechenden Schmerz und strauchelte über einen Stein, mehr aus Überraschung eigentlich, und fiel schwer zu Boden.

Jetzt geschah alles gleichzeitig.

Brun und Hamid sprangen vor, um mich mit ihren Schilden zu decken. Graubart und Lambesc hielten plötzlich ebenfalls Armbrüste in den Händen, so erzählten sie mir später. Jaume versuchte, Berta abzufangen. »Jaufré, *mon Dieu!«*, hörte ich sie aufschreien und fand sie plötzlich neben mir auf den Knien und spürte ihren heißen Atem auf dem Gesicht. Dann ein dumpfer, hohler Schlag. Ein Bolzen musste einen Schild getroffen haben. Ein weiterer schlug in den Boden neben uns ein. Ich blickte hoch, und da sah ich sie rennen. Robert und seine Mörderbande liefen den Hang herunter. Gleichzeitig preschte unten eine johlende Masse feindlicher Söldner vor. War das der Angriff?

Jaume bekam endlich Berta zu fassen und zerrte sie hoch und hinter sich her. Hamid und Brun packten mich unter den Achseln und schleiften mich rücklings den Hang hinauf auf das Tor zu. Mit Bedauern blickte ich meinem Schild nach, der vergessen liegen geblieben war. Ein verdammt guter Schild.

»He!«, schrie ich. »Was soll das? Ich kann selbst laufen.«

Doch sie hörten nicht, bis sie mich in Sicherheit hatten und das Tor mit lautem Krachen hinter uns zugefallen war. Schon das zweite Mal heute. Erst dann ließen sie mich los. Ich stöhnte vor Schmerz, als ich zu Boden glitt, und fasste mich an die Brust.

Diesmal war es Berta, die sich harsche Worte gefallen lassen musste. Verlegen und noch atemlos saß sie auf dem Stein der Pferdetränke und ließ Joanas Vorhaltungen über sich ergehen. Wie könne eine erwachsene Frau sich so unsinnig benehmen, tobte diese, während Hamid ihr half, mein Kettenhemd abzustreifen. Er brach den befiederten Teil des Bolzenschafts ab, um ihn von den Kettengliedern befreien zu können. Jede Bewegung schmerzte, und ich fluchte leise vor mich hin. Genau so war es Pilet ergangen.

»Sie haben sich zurückgezogen«, rief Brun von der Mauer. »Zwei sind in unsere Fallen gestürzt, einen haben wir angeschossen.«

Der junge Joan brachte mir meinen Schild. Er hatte ihn geholt, sobald der Feind zurückgewichen war. Ich dankte ihm, denn dieser Schild war mir lieb, hatte er mich doch schon in manchem Kampf beschützt.

Unter denen, die einen Kreis um mich bildeten, standen auch Adela und Martin mit verschreckten Augen im Gesicht. Der Vorhof lag in tiefem Abendschatten. Nur die Zinnen der inneren Mauer über uns wurden noch von den Strahlen der untergehenden Sonne beleuchtet. Hamid rief nach Licht. Er schnallte mein Lederwams auf, zog es vorsichtig über den Schaft und schnitt dann die blutdurchtränkte Tunika auf.

»An Pfeilwunden bin ich ja gewöhnt«, scherzte ich. »Was ist schon eine mehr oder weniger?«

»Ich hoffe, es sind keine Stofffetzen in der Wunde«, brummte Hamid. »Die führen oft zu Wundbrand und Fäulnis.« Beim Licht einer Öllampe sah er sich die Verletzung genau an. Er ruckelte an dem Bolzen, so dass ich vor Schmerz die Zähne zusammenbiss. »Scheint nichts hineingezogen zu haben. Bei Allah, du hast verdammtes Glück gehabt. Ein trefflicher Schuss. Der wäre ins Herz gegangen. Du musst dich im letzten Augenblick gedreht haben, so dass er nur die Rippen angekratzt hat. Dein Kettenhemd und das gepolsterte Leder haben die Wucht des Bolzens abgebremst. Er steckt quer und nicht tiefer als eine Daumenlänge. Viel mehr als der Muskel ist nicht verletzt.«

Berta war beim Anblick meiner blutigen Brust erbleicht. »*Mon Dieu!* Es tut mir leid«, hauchte sie, aschfahl im Gesicht. »Ich hätte nicht hinauslaufen dürfen.«

»Nicht deine Schuld«, sagte ich. »Sie hatten es von Anfang an geplant. All das Gerede war nur Ablenkung gewesen.«

»Du stehst Roberts Plänen im Weg, so viel ist sicher«, ließ sich Hamid grimmig vernehmen.

»*Que ribaut!* Was für ein hinterhältiger Halunke!«, stieß Berta zornig hervor. »Und der nennt sich Edelmann!«

Wir alle waren über diese Schurkerei erschüttert. Armbrüste, oder *balestas tornissas,* wie man sie nennt, werden unter Adligen ohnehin als feige Waffen geächtet und dann so ein Anschlag bei einer Unterhandlung unter weißer Flagge. Die Unverfrorenheit verschlug einem den Atem.

»Der Bolzen muss raus«, knurrte Hamid. »Mach dich darauf gefasst, dass es jetzt höllisch schmerzen wird.«

Zum Glück trug die Pfeilspitze in meiner Brust keine nennenswerten Widerhaken. Ein Panzerbolzen also. So gearbeitet bieten sie weniger Widerstand und durchschlagen umso leichter die Glieder eines Kettenhemdes. Mein Freund rief einen Knecht, der mich von hinten festhalten sollte, hieß mich auf ein Holzstück gegen den Schmerz beißen, dann ein kräftiger Ruck, ein Schwall von Blut, und ich war das verdammte Ding los.

Joana wischte mir den Schweiß von der Stirn. »Mir ist das Herz stehengeblieben, als ich dich fallen sah«, murmelte sie mit feuchten Augen, während sie sorgfältig den Bolzen sauber wischte und ihn in ihr Mieder steckte. »Den brauchen wir noch.« Sie schüttelte den Kopf. »Zwei Mal schon bist du heute nur knapp mit dem Leben davongekommen.«

»Jemand dort oben hält seine Hand über mich.«

»Die Jungfrau Maria, Vater! Ich bete jeden Tag, dass sie dich beschützt.« Adela küsste meine Hand. Ihre Augen waren nass von Tränen, doch sie versuchte, tapfer zu lächeln.

»Unsere kleine Mutter Gottes?« Ich strich ihr über die Wange. »Wem soll ich dann danken? Dir oder ihr?«

»Mir natürlich!« Sie wischte die Tränen weg. »Wer hat schließlich gebetet?«

Ich musste lachen, obwohl die Wunde schmerzte. Wir stiegen zur *aula* hoch, wo Joana, nachdem man saubere Binden und heißes Wasser gebracht hatte, die Wunde gründlich auswusch und eine Kräuterpaste auftrug.

»Zerstoßene Schafgarbe in Gänsefett. Stillt die Blutung und schließt die Wunde«, murmelte sie.

»Wenn kein Wundfieber einsetzt«, meinte Hamid.

»Es wird keines geben.« Sie nahm die Pfeilspitze aus ihrem Mieder. »Nicht, wenn wir die Waffe, die die Wunde schlug, auf gleiche Weise behandeln.« Dabei schmierte sie auch Ricards tödlichen Bolzen mit der Kräuterpaste ein, beugte sich darüber und bewegte lange murmelnd die Lippen. War es ein heidnischer Zauberspruch oder ein Gebet? Zuletzt schlug sie zur Bekräftigung ein Kreuz. Den Pfeil legte sie vorsichtig auf den Kaminsims. Hamid lächelte nachsichtig. Vielleicht würden die weisen Ärzte in Damaskus diese Behandlung verlachen, aber hier in unseren Wäldern herrschten noch seltsame und mächtige Geister, auch wenn man es nicht laut sagen durfte.

Berta starrte mit großen Augen auf die vielen Narben an meinem Körper.

»Gaff den Mann nicht so an«, brummte Joana. »Hilf mir lieber, den Verband anzulegen.«

Als dies geschehen war, brachte Cortesa Wein. Ich nahm einen Schluck und grinste meinen Samariterinnen zu.

»So lass ich mich gern verwöhnen.«

Berta setzte sich zu mir, nahm meine Hand und sah mich an, ohne ein Wort zu sagen. Ihr Blick aus feuchten grünen Augen hielt mich lange gefangen, ein Blick, als sähe sie mich zum ersten Mal. Hatte sie mein Gesicht geküsst, als ich vor der Burg am Boden lag, oder war das nur eine Sinnestäuschung gewesen? Ich konnte mich nicht klar erinnern. Alles war so schnell gegangen.

»Du hast dich um Ramon gekümmert«, flüsterte ich ihr zu.

Sie bedachte mich mit einem überraschten, fast schuldbewussten Blick. »Du hast ihn gesehen?«

Ich nickte. »Ich danke dir von Herzen.«

Sie drückte meine Hand fester. »Er ist doch dein Sohn«, hauchte sie verlegen und schlug die Augen nieder. Ich wollte etwas erwidern, aber als Cortesa mit einer frischen Tunika für mich kam, war der Augenblick verloren.

Bald darauf trug sie Essen auf. Niemandem war danach zumute. Beim Essen redet es sich besser, meinte sie, und Joana gab ihr recht. Ich dankte der Magd und bat sie, Türen und Fensterläden zu schließen und allem Gesinde aufzutragen, uns nicht zu stören. Endlich blieben wir allein, um wieder Kriegsrat zu halten. Zuerst besprachen wir die Unterredung mit Robert.

»Raol in Tolosa? So weit?« Bertas Augen füllten sich mit Tränen. »Er hält ihn als Geisel, nicht wahr? Verschweigt es mir nicht!«

»Vielleicht«, sagte Hamid. »Aber er wird ihm nichts tun.«
»Wer schlachtet schon die Gans, die goldene Eier legt?«, fügte ich hinzu. Joana nickte grimmig, aber Berta war verwirrt.
»Was will er dann?«, fragte sie aufgelöst.
»Das Testament und den Ring der Grafen von Tolosa.«
Ich nahm den Ring vom Finger und gab ihn ihr.
Auf mein Kopfnicken hin begann Joana zu erzählen, alles, was sie mir am Nachmittag gebeichtet hatte. Berta wurde immer stiller, ihr Antlitz immer bleicher. Ungläubig wanderte ihr Blick zwischen Joana und mir hin und her. Ab und zu starrte sie auf den Ring. Ihre Mundwinkel zogen sich nach unten, und schließlich goss sie sich mit fahrigen Händen einen Becher Wein ein und trank ihn in einem Zug leer. Daraufhin drehte sie das Gesicht weg und blickte starr auf die gegenüberliegende Wand, ohne ein Wort zu sagen. Auch Hamid saß sprachlos auf seinem Schemel, als Joana geendet hatte.
»So seltsam das klingt, aber es ist möglich«, sagte ich, »dass das Testament, wenn es dieses wirklich geben sollte, mich als Erben von Tolosa bestimmt. Zumindest muss Robert davon überzeugt sein. Er will diesen Beweis mit aller Macht an sich bringen, und gelingt es ihm, mich aus dem Weg zu räumen, dann wäre Raol der Nächste in der Erbfolge. Deshalb war ihm die Munt über den Jungen so wichtig. Er will ihn zu seinem Werkzeug machen. Wer weiß, was er im Einzelnen vorhat, aber es kann nichts Gutes sein.«
Wir alle schwiegen, und jeder hing seinen Gedanken nach. Hamid schüttelte nur immer wieder den Kopf. »Nun wird auch klar, warum Odo Leibwächter auf dich angesetzt hatte. Er würde jetzt wissen, was zu tun wäre.«
»Zunächst müssen wir uns aus dieser Belagerung befreien«, sagte ich.
Unverhofft sprang Berta auf und warf den Becher an die Wand. Tränen der Wut strömten ihr über die Wangen. Es musste schon eine Weile in ihr gebrodelt haben. »Ich verfluche den Tag, an dem ich dich geheiratet habe, Jaufré Montalban!«, schrie sie außer sich und rannte schluchzend aus dem Saal.

Wir anderen sahen uns betreten an. Joana seufzte tief, und Hamid betrachtete lange seine Fingernägel. »Mit dem heutigen Tag hat sich alles für uns verändert«, sagte er leise.
Ich ließ den Kopf hängen. »Ich kann es ja selbst nicht fassen.«
Nach einer Weile brachen wir das Brot und begannen zu essen. Ich schmeckte kaum, was ich mir zwischen die Zähne steckte, zu sehr wühlte mich das Gehörte noch auf, selbst beim zweiten Erzählen.
»Aber wie ist es der *Comtessa* Anhes gelungen, die Schwangerschaft zu verbergen?« Hamid stellte die Frage, die mich ebenfalls beschäftigte. »Denn ich nehme an, Sant Gille hat nie etwas erfahren.«
Joana zuckte mit den Schultern. »Das war nicht schwer. Der Graf war kaum zu Hause. Der Krieg in Roergue zog sich über Jahre in die Länge und erforderte seinen ganzen Einsatz. Außerdem teilten sie seit langem nicht mehr das Ehebett. Anhes begann, weite Kleider zu tragen, und später zog sie sich in ein Kloster zurück. Dort ist Jaufré in aller Heimlichkeit geboren worden.«
»Aber die Nonnen!«
»Nur die Äbtissin wusste Bescheid. Vielleicht die eine oder andere Schwester. Doch sie wurden zur Verschwiegenheit verpflichtet.«
»Laut Bertran gab es aber Gerede«, sagte ich.
Joana blickte mich überrascht an. Dann zuckte sie gleichmütig mit den Schultern. »Gesinde tratscht gern, wie du weißt. Zum Glück hat es wohl niemand ernst genommen.«
Welche Ängste musste Anhes ausgestanden haben, dachte ich. Nicht auszudenken, wenn die Sache herausgekommen wäre.
»Aber wie kann man ein Neugeborenes im Kloster verstecken? Die guten Schwestern sind doch nicht dumm?«
Joana war rot geworden. »Ich bin für meine Herrin eingesprungen«, sagte sie leise. »Ich hatte eine kurze Liebschaft, schon vor der Reise nach Carcassona, auf der ihr Graf Guilhem zum zweiten Mal begegnet war. Ein junger Taugenichts, der mich rumgekriegt hat.«
»Du auch?« Trotz der Schmerzen in meiner Brust musste ich la-

chen, als ich mir die beiden Verschwörerinnen vorstellte, die eine schwangerer als die andere. »Nicht zu glauben!«

»Mach dich nur lustig über mich«, sagte Joana drohend. »Aber so war es, bei meiner Seele. Mein Kind habe ich einer Bauersfrau gegeben, die Gott mit Unfruchtbarkeit geschlagen hatte.«

»Du hast dein Kind weggegeben?«

Sie nickte. »Zuerst hat es mich fast zerrissen. Doch ich habe es für Anhes getan. Und dann hatte ich ja dich.« Sie tätschelte liebevoll meine Hand. »Ich bin sicher, für meine Tochter war gut gesorgt. Obwohl ich mich manchmal frage, ob sie noch lebt und wie es ihr gehen mag.« Sie seufzte. »So ist das Leben, Jaufré. Gott hat es so gewollt, und man soll sich nicht zu viele Fragen stellen. Du auch nicht. Nimm die Dinge, wie sie sind.«

Die Dinge nehmen, wie sie sind. Das war leichter gesagt als getan, denn noch sträubte sich alles in mir zu begreifen, dass *Coms* Bertran und ich aus demselben Mutterleib gekrochen waren. Joana sah, wie ich mit mir kämpfte.

»Du bist Jaufré Montalban. Und hier bist du aufgewachsen. Aber du bist auch der erstgeborene Sohn des wahren Grafen von Tolosa. Daran wirst du dich gewöhnen müssen.«

»Und Cecilia? Was war mit ihr?«

»Sie war eine gute Frau, aufopfernd und tapfer. Sie hat dich gut erzogen, und du warst ungerecht zu ihr.«

»Ich weiß«, murmelte ich. »Aber erzähl, was hat es mit ihr und Rocafort auf sich.«

»Graf Guilhem, dein Vater, hat Anhes heimlich im Kloster besucht, als sie schwanger war. Er hat auch versucht, Anhes' Ehe zu hintertreiben. Wäre es gelungen, hätten die beiden vielleicht heiraten können. Odo schrieb an den Papst und bezichtigte Raimon der Ehe mit einer Blutsverwandten. Anhes war seine Base.«

»Mit Guilhem war sie doch nicht weniger blutsverwandt.«

»*Certas*, aber einen Versuch war es wert. Und sie hätten sich auch ohne den Segen der Kirche vermählt. Guilhem war fest entschlossen gewesen.«

»Das war also der Grund für Sant Gilles Kirchenbann. Und danach hat er sie verstoßen.«

»Nein. Erst Jahre später. Zunächst hat er sich geweigert. Aus Trotz. Vielleicht vermutete er sogar Anhes hinter dem Kirchenbann. Er hat sie besucht, und dabei gab es einen gewaltigen Streit, ich erinnere mich. Sie sollte das Kloster verlassen und ihre Ehepflichten wieder aufnehmen, aber sie hat sich widersetzt.«

»Und was geschah mit mir?«

»Guilhem wollte nicht, dass du als Sohn einer Magd aufwächst. Odo hat alles eingefädelt. Sie haben einen jungen Ritter gefunden, und Cecilia, Odos Nichte, kam gelegen. Sie war weder schön noch reich.« Joana schlug die Augen nieder und betrachtete die Hände in ihrem Schoß. »Sie hat sich bereit erklärt, Ramon Montalban zu heiraten, und so sind wir, du und ich, in aller Heimlichkeit hierhergekommen.«

»Cecilia hat sich geopfert?«

»Es war kein schlechtes Leben, Jaufré. Dein Ziehvater Ramon war ein guter Mann. Sie mochte ihn. Leider konnte sie ihm keine Kinder schenken, das hat sie am meisten betrübt.«

»Und Anhes?«

Joana holte tief Luft und seufzte. »Es hat ihr das Herz gebrochen, dich herzugeben. Aber niemand durfte von diesem Ehebruch erfahren. Lieber wollte sie sterben. Vor der Abreise haben wir nächtelang geweint.« Joanas Augen wurden feucht, als sie die Erinnerung noch einmal durchlebte. »Ich habe danach nur noch wenig von Anhes gehört. Nur, was Cecilia wusste. Raimon gelang es, den Papst zu überzeugen, den Kirchenbann zu lösen. Für Guilhem und Anhes waren damit alle Hoffnungen dahin. Deine Mutter hat es als Strafe Gottes für ihre Sünde verstanden und wollte nie mehr das Kloster verlassen. Sie soll später schwermütig geworden sein und ist an der Schwindsucht gestorben.«

Diese Frau, die angeblich meine Mutter war, würde immer eine Fremde für mich bleiben, dennoch rührte mich ihr Schicksal.

Joana schneuzte sich. »Guilhem hat später unter Drängen seiner Vasallen diese Normannin Emma geheiratet. Doch sie konnte ihm nur eine Tochter schenken.«

»Felipa!«

»Richtig. Die Duguessa von Aquitania.«

Plötzlich flog die Tür auf, und Berta kam wieder herein. Sie warf mir einen kalten Blick zu und setzte sich wortlos. Ihre Augen waren gerötet, und sie sah bleich aus. Mein Lächeln erwiderte sie nicht, sondern sie saß nur gefasst, mit verschlossener Miene da und hörte zu, was wir redeten.

»Was weißt du von einem Testament?«, fragte ich Joana.

»Nur, was Cecilia mir erzählt hat. Danach war Guilhem verzweifelt, dass Gott ihm nur einen Bastard geschenkt hatte und keinen Sohn, den er als Erben anerkennen konnte. Odo aber legte ihm nahe, dass man Gottes Geschenke so annehmen müsse, wie sie gegeben werden. Ein Sohn sei ein Sohn, und für Gott gäbe es keinen Unterschied. Schließlich sei auch die Ehe Raimons nicht von Gott gewollt gewesen, und sein Bruder würde noch in der Hölle büßen, dass er sich dem Heiligen Vater in dieser Sache widersetzt hatte, denn er ist noch ein zweites Mal mit dem Kirchenbann belegt worden. Wusstest du das?«

Ich nickte. »Es ging aber doch auch um Ämterhandel und Ähnliches.«

»Das stimmt. Aber daraufhin wurde diese unselige Ehe aufgelöst. Für deine Mutter war es jedoch zu spät. Dieser zweite Bann hat Guilhem schließlich überzeugt, dass du sein wahrer und gottgewollter Erbe bist. Sie kamen hierher, der Graf, Odo und Borcelencs. Es gab Geheimnistuerei über Wochen. Cecilia, Gott segne ihre Seele, war über alles im Bilde. Ich selbst weiß nicht mehr, als ich gesagt habe. Es tut mir leid, Jaufré, dass du es erst jetzt erfahren musstest.«

»Gibt es kein Andenken an sie?«, fragte ich mit belegter Stimme.

»Das kleine Kreuz. Das Kreuz, das Adela um den Hals trägt.«

»Das hat Odo ihr gegeben. Es ist nicht Cecilias?«

»Nein, deine Mutter hat es getragen, seit ihrer Kindheit.«

So ein hinterlistiger alter Mann, dachte ich. Und doch hatte er recht gehandelt. Für Adela war es das Kreuz ihrer *avia*, mehr musste sie fürs Erste nicht wissen.

»Ich muss diesen Bruder Jacobus finden.«

»Aber was nützt Robert ein solches Testament?«, warf Hamid ein, der bisher geschwiegen hatte.

»Ich weiß zu wenig über die Mächte im Land«, überlegte ich. »Doch Odo scheint überzeugt zu sein, dass man meinen Anspruch durchsetzen kann. Als er Andeutungen von einem vierten Erben machte, habe ich Esel ihn ausgelacht. Wie konnte ich ahnen, dass von mir selbst die Rede war?«
Ich nahm den Ring vom Tisch und betrachtete ihn.
Der Ring deines Vaters, hatte Odo nur gesagt. Nun stellte sich heraus, das Stück war nicht weniger als der Siegelring eines Fürsten.
»Niemand will Felipa als Herrscherin«, fuhr ich fort. »Elvira hat sich ebenfalls keine Freunde gemacht, wie ich höre. Alfons Jordan ist noch ein Kind, und Bertran ist weit entfernt in Tripolis. Wenn Robert genügend mächtige Familien überzeugen kann, dass meine Blutlinie die wahren Rechte beansprucht, solch ein Bündnis würde vielleicht reichen, um Elvira zu stürzen. Ein Testament und Papst Gregors zweimaliger Kirchenbann gegen Raimons Ehe vermag vielleicht viele zu beeindrucken. Mir kommt es unwahrscheinlich vor, aber da weiß Robert sicher mehr als wir.«
»Gelänge es ihm also, dich stillschweigend aus dem Weg zu räumen«, sagte Hamid, »dann könnte er sich selbst als Vormund des Jungen an die Macht bringen. Oder sich Einfluss und Reichtum als Kopf eines wichtigen Bündnisses verschaffen.«
»So ähnlich, denke ich, ist sein Plan.«
Berta, die lange geschwiegen hatte, starrte mich herausfordernd an. »Graf bist du also«, sagte sie.
»Eher die Frucht eines Fehltritts«, antwortete ich verlegen.
»Muss man dich jetzt mit *Magnificencia* anreden?«
»Was kann er für seine Abstammung?«, erwiderte Joana scharf.
»Ich bin von Anfang an getäuscht worden«, rief Berta hitzig. »Erst heirate ich einen Kerl, der nichts von mir wissen will und mich mit meinen Kindern sitzenlässt. Und als er endlich heimkommt, finde ich mich in dieser haarsträubenden Geschichte wieder, mit der ich nichts zu tun habe. Mein Sohn wird mir genommen, ich laufe Gefahr, nicht nur mein Heim, sondern auch noch mein Leben zu verlieren. Wir alle sitzen hier in der Falle.

Mitgefangen, mitgehangen!« Ihre Augen blitzten vor Zorn. Wir anderen schwiegen.

»Und jetzt, Montalban? Oh, *perdona me! Coms* Jaufré natürlich!«, lästerte sie. »Hast du wenigstens einen Plan, wie du uns aus dieser *miseria* wieder herausbringst, die du uns eingebrockt hast?«

»Berta«, rief Joana. »Es nützt wenig, sich so aufzuregen!«

»Berta hat recht«, sagte ich zerknirscht. »Und es tut mir leid für jeden, der in diese Geschichte hineingezogen wurde. Ich wünschte, es wäre anders.«

»Lasst uns in Ruhe überlegen, was zu tun ist«, sagte Hamid.

»Joana und Berta, ich möchte euch bitten, morgen die Burg von oben bis unten zu durchkämmen. Findet das verdammte Testament!«, sagte ich. »Unter Cecilias Habseligkeiten, im Turm, in der Schatzkammer, jede Lade, jede Truhe. Und versprecht mir, dass dies alles unter uns bleibt. *No parla mot!*«

Berta presste die Lippen zusammen und schüttelte den Kopf, als wolle sie sich verweigern, aber dann nickte sie zögernd, woraufhin Joana ihr ein aufmunterndes Lächeln schenkte. »Wir werden es durchstehen, mein Täubchen!«, sagte sie und legte ihren Arm um sie.

Doch da drangen Hamids nächste Worte eiskalt in unsere Seelen. »Macht euch lieber bereit, denn morgen beginnt der Sturm auf die Mauern.« Als die Frauen ihn angstvoll anstarrten, grinste er wie ein Wolf. »Doch sie werden sich wundern, was sie erwartet.«

»Wir können sie halten, bis Odos Verstärkung eintrifft«, sagte ich.

»Beten wir, dass sie zur rechten Zeit kommt«, flüsterte Berta und bekreuzigte sich.

Die Feuer der Johannisnacht

Sanctus Albanus,
Patron der Bauern, beschützt vor Unwetter, Pest und Epilepsie

Tertia Feria,
21. Tag des Monats Juni

Wann baust du mir meine Kapelle, Vater?«
Adela gab sich launisch an diesem Morgen. Vermutlich hatte sie schlecht geschlafen. Wie wir alle. Wir standen auf dem Turm und sahen auf Roberts Lager hinab. Die ersten Sonnenstrahlen warfen lange Schatten über den Wiesengrund, den der feindliche Heerhaufen beanspruchte. Ein heißer Tag stand uns bevor, in mehr als einer Hinsicht. Die Mannschaften dort unten hatten ihr Morgenmahl beendet. Sie begannen, sich zu rüsten.
»Wir werden belagert, Adela«, brummte ich leicht gereizt. »Wie kann ich mich um deine Kapelle kümmern?«
»Ich weiß.« Sie zog einen Schmollmund. »Aber seit wir hier sind, hast du nicht mehr darüber gesprochen.«
Wohl wahr. Zu viel war in den letzten Wochen geschehen.
»Siehst du die bewaldete Kuppe dort?« Ich deutete auf den zweiten Höcker des Dorfhügels, niedriger als der Burgfelsen und einen Pfeilschuss weit auf der Ostseite gelegen. Cecilia hatte nie erlaubt, dort die Bäume zu schlagen, obwohl sie Buschwerk und Unterholz sorgfältig hatte entfernen lassen.
»Unter den Bäumen steht eine Bank«, sagte ich, »auf der deine Großmutter …«, ich stockte, »… auf der deine Großmutter oft gesessen hat, wenn sie allein sein wollte. Von dort hat man einen guten Blick ins Tal. Das wäre ein beschaulicher Ort für eine Kapelle. Was meinst du? Man würde sie von allen Seiten sehen können.«

Sie beugte sich über die Brüstung und blickte lange hinunter.
»Die Bank soll dort aber stehen bleiben.«
»Einverstanden.«
Adela schmiegte sich an mich.
»Du stinkst, Vater.« Sie hielt sich die Nase zu.
Ich lachte, zuckte aber unwillkürlich vor Schmerz zusammen, als meine verwundete Brust sich meldete. Ich war in voller Rüstung, hatte den Arm jedoch in einer Schlinge und fragte mich, wie ich den Schild tragen sollte.
»Alle Ritter stinken. So ein Lederwams saugt sich voll Schweiß und riecht dann nicht mehr so jungfräulich.« Diesmal vermied ich es zu lachen. »Zeig mal das Kreuz deiner *avia*.« Das ihrer wirklichen Großmutter.
Sie fasste in den Halsausschnitt und hielt es mir entgegen. Ein schlichtes Goldkreuz mit einem Rubin in der Mitte. Mich durchfuhr ein seltsamer Schauer zu denken, dass Anhes de Provence dies getragen hatte. Und ich dachte an Bertran, Lehnsherr und nun – Bruder! Am Lagerfeuer auf den Höhen des Libanon hatten wir gesessen, als er sie die schöne Anhes nannte und dass er gern den Grund ihrer Schwermut gekannt hätte. Nun war es ausgerechnet ich, der ihr Geheimnis kannte.
»Verwahr es gut, mein Schatz.« Ich strich ihr über die Wange.
Plötzlich gellte ein Pfiff herauf. Hamid stand auf dem Wehrgang unten und winkte mich zu sich. Ich sah, dass Roberts Männer sich bereitmachten. Sie begannen, die Sturmleitern vom Wagen zu nehmen. Es ging also los. Ich verspürte jenes flaue Gefühl im Magen und ein Kribbeln in den Gliedern, wie immer vor einer Schlacht.
»Du gehst jetzt mit Berta und Joana in die Küche oder in die Vorratsräume, hast du gehört? Wie wir es besprochen haben. Dort seid ihr am sichersten. Lasst euch draußen auf keinen Fall blicken. Es wird Pfeile und Wurfgeschosse regnen.«
Als ich sie auf die Stirn küssen wollte, warf sie sich mir an den Hals. »Besiegst du sie, Papa?«, hauchte sie.
»Bestimmt!«
Plötzlich hatte sie die kleine Madonnenfigur in der Hand. »Ich

habe heute Morgen lange zu ihr gebetet, damit sie dich beschützt.« Ihr dünner Leib zitterte. Ich drückte sie fest an mich, ungeachtet der Schmerzen in meiner Brust.
Als ich die Mauer unten erreichte, wurden die letzten Vorbereitungen getroffen. Im Hof der Vorburg erhitzten sie Öl in einem Kessel. Die Stangen, die dazu dienen sollten, die Leitern wegzustoßen, lehnten innen gegen die Ringmauer und waren leicht von oben erreichbar. Bündel von Wurfspeeren und Haufen von Steinen lagen in greifbarer Nähe. Meine Männer waren gewappnet und trugen ihre Schilde.
Wir hatten verabredet, dass sich zunächst nur Hamid und ich, die sechs Wachleute, Brun und Jaume auf der Mauer zeigen sollten. Das war die Mannschaft, von der Lambesc wusste. Die anderen, insgesamt mehr als zwanzig Mann, standen zusammen mit Gustaus Bogenschützen im Vorhof bereit. Darunter Hirten, die mit Schleudern umzugehen verstanden. Ich klopfte dem einen oder anderen auf die Schulter und murmelte ein ermutigendes Wort. Sie grinsten unbekümmert, junge Burschen die meisten, die keine Ahnung von dem hatten, was sie erwartete.
Rechts und links an den Mauerecken auf geschützten, hölzernen Plattformen waren unsere eigenen *ballistae* aufgestellt, jeweils von zwei Mann bedient. Von dort hatten sie freies Schussfeld auf den Hang, über den Roberts Söldner kommen mussten.
»Ist Rosa zurückgekommen?«, fragte ich Gustau.
Er senkte den Blick. »Nein, *Castelan*«, erwiderte er tonlos und zerrte an seinem Schnauzbart. »Sie muss auf dem Hof ihrer Eltern geblieben sein.«
Ich nickte. »Ist vielleicht besser so.«
Nun kletterte ich die Stiege zum Wehrgang hinauf. Brun, Hamid und ich verteilten uns auf der Mauer. Auf uns kam es an, die richtigen Befehle zu erteilen und den Mut der Männer hochzuhalten, wenn der Kampf sich gegen uns wenden sollte.
»Deckt die Bogenschützen mit euren Schilden, wenn sie nachher zum Einsatz kommen«, erinnerte ich Brun.
»Keine Sorge, *Castelan!*« Er grinste breit. »Wir haben es oft genug geübt.«

Sie schienen alle zuversichtlicher zu sein als ich selbst. Aber vor einer Schlacht packte mich immer die Unruhe. Nichts Ungewöhnliches also. Über die linke Faust zog ich den eisenbewehrten Handschuh. Den rechten steckte ich in den Gürtel, denn zum Speerwerfen hat man ohne Handschuh einen besseren Griff. Als ich den Schild heftete, spürte ich stechend die Wunde in der Brust. Der dicke Berlan sah mein schmerzverzerrtes Gesicht und half mir, den Schild am ledernen Tragriemen um den Nacken zu hängen. Das nahm das Gewicht vom Arm, und so hatte ich weniger Schmerzen. Ich dankte ihm und ergriff einen Wurfspeer. Sollten sie kommen. Wir waren bereit.

Doch sie schienen sich da unten nicht einig zu sein, und die Sache dauerte. Männer liefen hierhin und dorthin. Dann nahmen sie Aufstellung mit den Leitern, stritten sich aber, wie viele eine Leiter tragen sollten. Eine ihrer *ballistae* löste einen Schuss, der auf das Tor gezielt war, jedoch harmlos die Mauer traf. Ein zweiter Schuss verfehlte ganz die Burg und flog in hohem Bogen ins dahinterliegende Tal des Agli. Der nächste durchschlug das Dach der Mannschaftsunterkünfte in der oberen Burg und hinterließ ein fußbreites Loch. Doch dann hieß man die Schützen seltsamerweise, den Beschuss einzustellen.

Sie schienen auch ihre Befehlskette nicht klar geregelt zu haben. Hoch zu Ross erkannte ich Robert, begleitet, ebenfalls zu Pferde, von seinem *escudier*, einem jungen Ritter mit auffällig langem blondem Haupthaar.

Robert fuchtelte mit den Armen und schrie Anweisungen. Der einäugige Graubart war nicht einverstanden und widersprach heftig. Der *capitan* der Fußtruppen stand unschlüssig daneben. Auch Ricard hielt sich im Hintergrund, wie die übrigen Reiter, die das Treiben eher gleichmütig beobachteten. Sie waren bei einem Sturmangriff nicht gefordert.

Schließlich brachen sie alles wieder ab. Robert, Ricard, der Graubart und der Anführer der *pezos* verschwanden in Roberts Zelt. Die Mannschaften ließen sich ins Gras fallen und reichten Weinschläuche herum. Sie schienen die Sache nicht allzu ernst zu nehmen.

»Ein kluger Höfling mag er sein«, spottete ich. »Aber ein erfahrener Kriegsherr wohl nicht. Ich frage mich, warum sie mit ihren *ballistae* nicht Brandpfeile in die Burg schießen.«
»Soll er das verbrennen, nach dem er sucht?«, fragte Hamid.
»Ah, das Testament. Da hast du recht.«
Ich befahl, einen Eimer Wasser zu bringen, und die Männer ließen die Trinkkelle von einem zum anderen gehen, denn auch das Nichtstun machte durstig.
»Verdammt, worauf warten die?« Brun schritt ungeduldig auf und ab.
»Sie streiten sich über ihren Schlachtplan«, antwortete Hamid gleichmütig und zupfte an der Sehne seines Bogens. Sie gab einen melodischen Ton von sich, fast wie eine Harfe. Aber ein tödlicher Ton.
Berta und Joana kamen in den Vorhof und wollten wissen, was da vor sich ging. Die Leute verließen die Sicherheit der Kellergewölbe und begannen, wild durcheinanderzureden. Vor lauter Unruhe brüllten auch noch die Kühe im Stall.
»Beruhigt die Leute«, rief ich. »Im Augenblick geschieht gar nichts. Alle sollen sich wieder in Sicherheit bringen, falls es Robert in den Sinn kommt, uns zu beschießen. Und haltet das verdammte Vieh ruhig!«
So ging der halbe Vormittag dahin.
Schließlich, die Sonne stand schon hoch, kamen Borcelencs und seine Unterführer wieder aus dem Zelt. Es schien, dass der einäugige Graubart sich durchgesetzt hatte, denn er übernahm das Kommando und brachte die *pezos* mit Flüchen und Tritten auf die Beine. Ricard und Lambesc kletterten auf das Dach einer Hütte, um das kommende Schauspiel besser beobachten zu können. Zwei der Reiter schlenderten zu ihnen hinüber und stiegen ebenfalls auf das Hüttendach. Die kamen mir bekannt vor. Der eine war ein blonder Hüne, der andere dunkel und von kleiner Statur. Und dann erkannte ich sie. Duran *lo Bovier* und Leon *la Vespa*, Ricards Galgenvögel, die mich in Tripolis fast ermordet hatten.
»Noch lachen sie da unten«, sagte Hamid so kalt, dass es mir ei-

nen Schauer den Rücken hinunterjagte. »Doch der Tod hat sie schon gezeichnet.« Er spielte mit seinem Bogen und ließ wieder leise die Sehne erklingen. Ich spürte die Wut in ihm, auch wenn er sich äußerlich ruhig gab.

Endlich hatten sich Roberts Mannschaften gesammelt. Fünf Leitern trugen sie, zu jeweils acht Mann. Damit sollte die Hälfte der *pezos* den ersten Angriff wagen. Der Rest dahinter bildete die zweite Welle. Die Bogenschützen näherten sich als Erste und brachten sich in einer Reihe in Stellung. Das beunruhigte die Krähen, die an den Leichen vor dem Tor zerrten, und sie erhoben sich mit gereiztem Krakeelen in die Luft.

»Alles in Deckung!«, schrie ich und nahm Zuflucht hinter einer Zinne.

Die feindlichen Schützen rannten vor und spannten ihre Bögen. Ein Schwarm von Pfeilen stieg auf und regnete auf uns herab. Ich schaute umher. Niemand schien getroffen zu sein. Wir hatten verabredet, nur auf Hamids Befehl zurückzuschießen.

Unten hatten sie wieder aufgelegt, und weitere Pfeile flogen über die Mauer. Dann noch eine dritte Salve. Ein Pfeil zischte an meinem Ohr vorbei, andere prasselten auf den Wehrgang. Sie hatten ihre Reichweite gefunden. Hamid gab den Männern der *ballistae* ein Zeichen, und gleich darauf hörten wir den scharfen Knall der zurückschnellenden Katapultarme. Einer der Bolzen flog weit über die Köpfe der Angreifer hinweg und bohrte sich in die Wiese, der andere aber riss einen der Bogenschützen um. Der schwere Bolzen hatte ihm den Arm abgetrennt. Der Mann schrie erbärmlich, während sein Blut ins Gras pumpte. Daraufhin zog sich der Rest der Schützen verunsichert zurück, wobei sie den tödlich Verwundeten ohne viel Aufheben hinter sich herschleiften.

Die Unsrigen luden die Katapulte nach.

Graubart marschierte nun die Front der Leitermänner ab. Mit einer Hand hielten sie die Leitern gepackt, mit der anderen trugen sie Schild und Speer. Die Bogenschützen verteilten sich auf beiden Seiten, um den Angriff zu decken. Robert saß wieder auf seinem Pferd, mischte sich diesmal aber nicht ein.

Ein heiserer Befehl schallte zu uns herauf, und mit einem Mal setzten sie sich in Bewegung und kamen in zügigem Trott den Hang heraufgestürmt. Hamid winkte Gustau und seine Männer auf den Wehrgang. Schnell kamen sie heraufgeklettert und machten Bögen und Schleudern bereit. Auf dem Hüttendach unten sah ich Ricard überrascht auf unsere Zinnen zeigen. Sie hatten die plötzlich angewachsene Zahl von Verteidigern entdeckt und versuchten, ihre Leute zu warnen.
Doch die hörten nicht, sondern rannten stur den Hang hinauf, den Blick auf den Boden geheftet. Der Vorderste brach in eine der Fallen und schrie, als ihn der scharfe Pflock durchbohrte. Sein Hintermann versuchte, über ihn hinwegzuspringen, und stürzte dabei zu Boden. Das brachte die anderen Träger durcheinander, und das Leiterende bohrte sich in die Erde. Jemand aus einer anderen Gruppe trat ebenfalls in eine Falle, verfehlte den Pflock und sprang wieder aus dem Loch. Zwei weitere brachen ein und blieben mit durchbohrtem Schenkel liegen. Der Leiterangriff kam ins Stocken. Unten befahlen sie der zweiten Welle loszulaufen. Wahrscheinlich, um die Lücken zu füllen und die Leitern weiter an die Mauer zu tragen. Nur eine Leitergruppe lief unbeirrt auf die Burg zu. Irgendwie hatten sie die Fallen verfehlt. Nach dem langen Lauf bergauf hörten wir sie keuchen, als sie näher kamen. So vertieft waren sie in ihre Aufgabe, dass sie sich nur ungenügend mit den Schilden deckten.
Da gab Hamid das Zeichen.
Sechs Pfeile gleichzeitig verließen die Sehnen. Zwei *pezos* wurden am Hals getroffen und gingen blutspuckend in die Knie, einer ließ Leiter und Schild fahren und fasste sich an die Brust, zwei weitere waren nur leicht an Schultern und Arm verwundet. Diese und die anderen drei wandten sich zur Flucht. Ein Hagel von schweren Steinen aus den Schleudern der Hirten folgte ihnen, und alle gingen zu Boden außer einem, der es schaffte, zu entkommen und den Hang hinunterzulaufen.
Die restlichen Leiterträger waren in einem unordentlichen Knäuel zum Stehen gekommen und starrten mit offenen Mündern zu uns herauf. So viel Gegenwehr hatten sie nicht erwartet. Ihre Bo-

genschützen legten an und suchten sich Ziele auf der Mauer. Auf Bruns Ruf sprangen die Schildträger vor, um ihre Kameraden zu schützen. Einer unserer Hirten schrie auf. Die anderen schickten unbeirrt einen weiteren Hagel von Pfeilen und Steinen auf die eng gruppierten Angreifer. Vier gingen zu Boden, auch zwei Bogenschützen. Da ließen die anderen die Leitern fahren und rannten, so schnell sie konnten, bergab und in die zweite Welle hinein, was das Durcheinander noch erhöhte. Hamid und Gustaus Männer schossen Pfeil um Pfeil, und es gab weitere Verwundete und Tote. Zuletzt feuerte unsere *ballistae* in das Menschenknäuel, und noch einmal gingen drei *pezos* zu Boden. Bevor man nachladen konnte, begann der Feind, sich eiligst zurückzuziehen. Nur Tote und Schwerverwundete blieben, von denen Gustau noch einen niederstreckte.

»Das genügt!«, rief ich. »Töten wir nicht mehr als notwendig.«

»*Certas, Castelan!*« Alle atmeten tief durch.

»Das hat ihnen erst einmal den Geschmack verleidet«, grinste Hamid und schoss noch zwei Pfeile auf die Hütte ab, auf der Ricard und seine Kumpane ungläubig das Geschehen verfolgt hatten. Beide Geschosse verfehlten ihr Ziel nur knapp, und die vier sprangen eiligst herunter, um sich in Sicherheit zu bringen. Als unsere Männer sie laufen sahen, jubelten sie zum ersten Mal, und es war wie eine Befreiung.

Ich blickte mich nach dem verwundeten Hirten um. Ein Pfeil hatte ihn am Oberarm verletzt, aber nicht gefährlich. Der Mann feierte auch schon mit den anderen, wenn auch mit schmerzverzerrtem Gesicht.

»Ein klarer Sieg, Herr«, strahlte Brun.

»Das ist es«, bestätigte ich und rief mit lauter Stimme, so dass alle mich hören konnten: »Ihr habt eure Sache gut gemacht!«

Die Männer klopften sich gegenseitig auf die Schultern und waren höchst zufrieden mit sich und ihrer Leistung. Es war so einfach gewesen, sagten sie erstaunt. Ja, einfach. Ein Spiel mit Pfeilen, Speeren und Steinen. Aber warten wir ab, bis ihr dem Feind in die Augen seht, seinen Atem spürt und seinen Schweiß riecht, ob ihr dann noch so mutig seid.

»Hört her, Männer!«, rief ich. »Es war einfach, weil sie uns unterschätzt haben, weil wir gut vorbereitet waren und sie überraschen konnten. Beim nächsten Mal wird es anders sein. Sie wissen nun, was sie erwartet, und sie werden ihre Angriffsweise überdenken. Nun geht es erst richtig los, und wir müssen wachsam sein.«

***

An diesem Tag geschah nichts weiter.

Der Feind schien seine Wunden zu lecken. Wir sahen *pezos* mit notdürftigen Verbänden durchs Lager humpeln. Im weichen Wiesengrund wurde am Waldrand eine Grube für die Leichen ausgehoben, die sie während des Angriffs hatten bergen können. Sonst tat sich nichts in ihrem Lager.

Einer der gefallenen Leitermänner vor dem Burgtor lebte noch, konnte sich jedoch kaum bewegen, denn er war schwer verwundet. Er schrie um Hilfe und später auch nach Wasser und dies ohne Unterlass den ganzen Nachmittag lang. In der Hitze der prallen Sonne musste er Höllenqualen leiden. Roberts Leute holten ihn nicht, wahrscheinlich aus Angst vor unseren Pfeilen.

Das Geschrei wurde bald unerträglich und zerrte an jedermanns Nerven. Joana bat mich unter Tränen, ihm endlich zu helfen oder zumindest jemanden zu schicken, um ihm den Gnadentod zu geben. Doch ich weigerte mich, auch wenn sie mich dafür hasste. Denn waren seine Hilferufe schon für uns schwer zu ertragen, dann umso mehr für seine Kameraden. Jeder der herzzerreißenden Schreie würde ihre Entschlossenheit auf die Probe stellen. Die *pezos* waren Söldner, die für Geld kämpften und nicht unbedingt, um zu sterben. Ich wollte ihnen den Mut nehmen. Sie sollten darüber nachdenken, ob es sich lohnte, vor dieser Burg ihr Leben zu lassen.

»Rocafort ist uneinnehmbar«, behauptete Martin großspurig.

Wir saßen nach dem einfachen Abendmahl noch in der *aula*, Hamid, Brun, Gustau und ein paar andere der Kriegsknechte. Ein Gutteil meiner kleinen Truppe stand Wache auf den Wehrgängen, die anderen schliefen auf Vorrat. Das Weibervolk hatte sich zurückgezogen. Vielleicht ertrugen sie nicht das Wehklagen des armen Teufels vor der Burg, obwohl er sich immer seltener und mit zunehmend schwächerer Stimme hören ließ. Bald würden ihm die Raben zusetzen.

»Das stimmt doch, Vater, oder?«, hob Martin von neuem an. Er zuckte jedes Mal ein wenig zusammen, wenn der Sterbende sich vernehmen ließ, versuchte aber tapfer, keine Miene zu verziehen. Ich fand, er war alt genug, die Wahrheit zu hören.

»Keine Burg, keine Stadt ist uneinnehmbar«, sagte ich. »Es ist nur eine Frage der Zeit und der Hilfsmittel, die ein Angreifer zur Verfügung hat. Eine gut geführte Festung in vorteilhafter Lage kann es ihm aber schwermachen. Das ist unsere Aufgabe.«

Darüber dachte er nach.

Es war ein angenehmer Abend und die Luft milde. Die Sonne hatte sich hinter den Bergen verkrochen, und über den Zinnen und dem Burghof schwirrten große Schwärme von Schwalben in der lauen Dämmerung, um sich ihr Abendmahl zu erjagen. Eine friedliche Stimmung umgab uns, und nichts deutete darauf hin, dass im Wiesengrund ein feindlicher Heerhaufen lagerte. Nur das gelegentliche Stöhnen des zu Tode Verwundeten erinnerte an unsere heikle Lage.

Martin hatte eine Weile geschwiegen, aber nun bohrte er weiter. Wie sollte es denn überhaupt möglich sein, Rocafort einzunehmen, wollte er wissen. Hatten wir sie heute nicht mit Leichtigkeit zurückgeschlagen?

»Je nach Beschaffenheit einer Festung gibt es unterschiedliche Möglichkeiten«, erklärte ich ihm. »Natürlich versuchen die Verteidiger, alle Schwachstellen auszuschließen, aber das gelingt nicht immer.« Ich merkte, ich hatte seine Zuversicht erschüttert. »Ich will dir keine Angst machen, Martin, doch Überheblichkeit hilft uns wenig. Wir müssen voraussehen, was der Feind als Nächstes vorhat, und ihn darin hindern.«

Er nickte ernst. »Und wo sind unsere Schwächen?«

»Zum einen müssen wir Leiterangriffe fürchten, das hast du heute gesehen. Aber ich glaube, dagegen sind wir ganz gut gerüstet. Feuer stellt auch eine gewisse Gefahr dar. Doch es scheint, Robert will die Burg unversehrt erobern. Unser wirklicher Feind ist Mangel an Wasser und Nahrung. Sollte sich die Belagerung über viele Monde hinziehen, dann müssten wir irgendwann aufgeben.«

Plötzlich grinste er mich herausfordernd an. »Aber du hast doch sicher einen guten Plan, wie du Robert besiegen kannst, oder?«

Der Junge schien grenzenloses Vertrauen in mich zu haben. Hamid lachte, als er merkte, dass es mir für einen Augenblick die Sprache verschlagen hatte.

»Dein Vater behält seine Pläne für sich«, erklärte er ihm mit ernster Miene. »Nicht einmal mir sagt er etwas.«

Ich warf meinem Freund einen dankbaren Blick zu, denn um die Wahrheit zu gestehen, ich hatte überhaupt keinen Plan. Nicht, dass ich mir nicht schon endlos das Hirn zermartert hätte. Berta lag mit ihrer Vermutung richtig. Wir saßen in der Falle. Wir konnten viele töten und sie lang genug hinhalten, bis Robert schließlich die Lust verging oder ihm die Leute wegliefen. Deshalb mein Anliegen, seine Söldner zu entmutigen. Aber wenn er zäh und entschlossen genug war, dann hatten wir ihm auf lange Sicht wenig entgegenzusetzen. Einzig Drogos kleine Schar in den Bergen gab mir Hoffnung, obwohl ich noch nicht wusste, wie wir diesen Vorteil nutzen sollten.

»Zunächst warten wir ab, bis Odo uns Unterstützung schickt. Das sollte nicht allzu lange dauern.« Meine Stimme klang zuversichtlicher, als ich mich fühlte.

Und während wir schweigend dasaßen, eine Kanne Wein miteinander teilten und jeder über das Gesagte nachdachte, fiel uns auf, dass der Verwundete da draußen schon lange keinen Laut mehr von sich gegeben hatte. Seltsamerweise wog die ungewohnte Stille schwerer als sein Schreien. Brun bekreuzigte sich, und Lois Bertran sprach ein schnelles Gebet für die Seele des Toten, das wir alle mit einem Amen beendeten, sogar Hamid.

***

Am nächsten Tag geschah immer noch wenig.
Roberts Reiter schwärmten aus, wahrscheinlich um das Tal zu erkunden, denn Futter für ihre Pferde gab es genug in der näheren Umgebung. Ein Trupp *pezos* mit Äxten über der Schulter, begleitet von ihrem Heuwagen, machte sich in Richtung Wald auf, um noch mehr Holz zu schlagen. Robert selbst erschien in Begleitung seines *escudiers* und seiner Unterführer. Dazu gehörte auch Ricard. Sie ritten eine große Runde um die Burg, immer in gebührendem Abstand, und deuteten gelegentlich auf unsere Zinnen. Sie besprachen wohl, wo und wie der nächste Angriff stattfinden sollte, nicht dass aufgrund des schwierigen Geländes die Auswahl besonders groß gewesen wäre.
Auf Rocafort hielten wir die Mauern zu jeder Tageszeit besetzt. Die Männer wechselten sich regelmäßig ab, um zu essen oder zu schlafen. Den ganzen Tag über wurde in der Werkstatt gearbeitet, um den Vorrat an Pfeilen und Bolzen für die Katapulte zu ergänzen. Gisla hatte sich der Mütter und kleinen Kinder angenommen. Die hielten sich tagsüber im Hof der oberen Burg auf, wo sie den Männern am wenigsten im Weg waren. Kindergeschrei und die Stimmen der Frauen drangen herab und bildeten einen seltsamen Gegensatz zur kriegerischen Betriebsamkeit in der Vorburg.
Cortesa und andere Mägde waren beschäftigt, die Leute mit Nahrung zu versorgen, wobei alles sorgfältig eingeteilt wurde, besonders unser Wasserverbrauch. Selbst Urin wurde gesammelt, denn besser mit Pisse löschen als kostbares Wasser verschwenden. Mit einem gelegentlichen Regentag, um die Zisternen nachzufüllen, konnten wir es vielleicht bis zum Herbst schaffen, schätzte ich. Ich hoffte aber, dass uns Odos Krieger schon lange vorher erreichen würden.
Berta und Cortesa verbrachten den Tag damit, das Testament zu suchen, ohne den geringsten Erfolg. Die verriegelte Kammer im Turm enthielt uralte Pergamente, die mit der Vergabe und den Bedingungen des Lehens zu tun hatten, aber nichts, das wie ein Testament aussah. Auch in Cecilias Truhe fand sich nichts von Bedeutung. Die Frauen hatten jede Kammer durchsucht, nach

geheimen Fächern oder herausnehmbaren Dielen geforscht, ebenso im Turm wie in der *aula* oder den Frauengemächern. Eine verblichene Ahnentafel hatten sie gefunden. Sonst nichts. Sie musste dem verschollenen Geschlecht der früheren Besitzer der Burg gehört haben.

»Es gibt kein Testament. Und ich habe auch nie davon gehört«, sagte Berta müde, die sich mit einem Seufzer auf einem Schemel niedergelassen hatte.

Mir fiel auf, dass Bertas Verhalten sich verändert hatte. Zuvor war sie die unbestrittene Herrin von Rocafort gewesen. Aber seit Joanas Enthüllungen hielt sie sich abseits und benahm sich zunehmend teilnahmslos, als ginge sie das alles nichts mehr an, als sei es allein mein Kampf und nicht länger der ihre.

Jetzt, da es Krieg gab, wurde die Burg von Männern beherrscht. Wo zuvor Berta und ihr Dienstvolk die Verwaltung des Besitzes in der Hand gehalten hatten, diente nun jede Arbeit und jede Entscheidung nur noch dem Zweck, Rocafort in eine Kriegsmaschine zu verwandeln. Die Frauen halfen, wo sie konnten, aber aus dem friedlichen Mittelpunkt einer großen, landwirtschaftlichen Domäne war mit einem Mal eine waffenstarrende Festung geworden, die auf herrische Weise alles dem Soldatischen unterordnete. Ich nahm an, dies war der Grund für Bertas Zurückhaltung und verändertes Wesen. Fühlte sie sich etwa nutzlos? Was natürlich Unsinn gewesen wäre, denn es gab auch für die Frauen genug zu tun. Doch Berta zog sich die meiste Zeit in ihr Gemach zurück und überließ die Aufsicht Joana und der Magd Cortesa, die sich immer mehr als zupackende und beherzte Seele entpuppte.

Später am Nachmittag wusch Joana meine Verletzung aus und erneuerte den Verband. »Du musst dich schonen, Jaufré. Sonst beginnt die Wunde, womöglich zu schwären und zu eitern. Hamid und Brun können sich um alles kümmern. Versuch, ein wenig zu schlafen!«

Sie hatte recht, denn mir war heißer als sonst, und der Kopf schmerzte. Als ich mich erhob, wurde mir einen Augenblick lang schwarz vor Augen, und ich merkte plötzlich, wie müde ich war.

Da betrat Berta die *aula*. Die Haare hingen ihr wirr und ungekämmt herunter, sie war bleich und hatte dunkle Schatten unter den Augen. Auch vermisste ich ihren regen, aufrechten Gang. Stattdessen stahl sie sich still in den Raum mit verschlossener Miene. Es war allzu offensichtlich, dass ihr etwas mächtig zusetzte, nur was das sein mochte, neben der Sorge um Raol, das konnte ich mir nicht erklären. Natürlich lebten wir alle auf der Burg unter Angst und Anspannung, doch Berta schien mehr als andere darunter zu leiden.

»So habt ihr also bei den Sarazenen gehaust!«, griff sie mich unerwartet an. »Mit Grausamkeiten, wie gegen den armen Mann gestern, den du in der Hitze hast verrecken lassen.«

»Hast du vergessen? Er und seine Leute sind gekommen, uns zu ermorden, Berta. Nicht, weil sie uns hassen, sondern für Geld. Was noch verachtenswürdiger ist.«

»Selbst ein Tier behandelt man besser!«, rief sie entrüstet. »Obwohl ... man muss sich fragen, wer hier das reißende Tier eigentlich ist.«

»Die Verteidigung der Burg musst du schon mir überlassen«, sagte ich wütend. »Darin habe ich mehr Erfahrung.«

»Wohl dem, der keine solche Kenntnisse hat!«, zischte sie und funkelte mich herausfordernd an.

Ich sprang auf und packte sie am Arm. »Was denkst du, was das hier ist? Ein Wettstreit unter edlen Rittern?«, rief ich aufgebracht. »Du hast gesehen, zu welchen Niedrigkeiten die Kerle fähig sind. Und diesen Ricard kenne ich gut.« Ich redete mich in Zorn und schüttelte ihren Arm. »Weißt du überhaupt, was Krieg ist? Und was sie dir antun, wenn wir es ihnen erlaubten? Hast du schon mal zerstückelte Kinderleiber gesehen und die Leichen von geschändeten Weibern? Rede nicht von Tieren. Menschen im Krieg sind schlimmer und schändlicher als alle Tiere!«

»Lass mich los«, schrie sie auf. »Du tust mir weh!«

Ich hatte nicht gemerkt, wie fest ich zugepackt hatte, und ließ sie erschrocken los. Mit Tränen in den Augen rieb sie sich den Arm.

»Bist du denn besser?«, flüsterte sie.

Ihr Blick war voller Trauer, und sie schüttelte entmutigt den Kopf, als habe sie nicht einmal mehr die Kraft, sich mit mir zu streiten. Die Berührung mit ihrem kühlen Fleisch brannte in meiner Hand. Verlegen versteckte ich sie hinter dem Rücken. Berta aber ließ mich stehen und schlich aus dem Raum. Ähnliches hatte sie schon einmal gesagt. Spürte sie das kalte Herz des Gotteskriegers in meiner Brust? Dabei hatte ich geglaubt, es für immer in Tripolis gelassen zu haben. Ich holte tief Luft und setzte mich wieder.

»So ist Adelas Mutter gestorben«, flüsterte ich. »Ich will es nicht noch einmal erleben.«

Joanas Hand fuhr an ihren Mund. »Man hat sie …?« Sie wagte es nicht auszusprechen.

»Nein. Das ist ihr erspart geblieben, denn sie hat sich nicht lebend ergeben. Aber andere lagen übel zugerichtet neben ihrer Leiche.«

»Jes Maria!«, flüsterte Joana. Sie trat zu mir und legte den Arm um meine Schultern. »Du hast Schlimmes erlebt«, murmelte sie. »Man sieht es manchmal in deinen Augen. Sprich darüber, wenn es dich erleichtert.«

»Ich will es nur vergessen.«

»Gut. Dann reden wir nicht mehr davon.« Sie fuhr mir liebevoll durch die Haare. »Deine Stirn ist heiß, und du sollst dich jetzt ausruhen, hast du gehört?«

»Was nagt eigentlich an Berta? Was hat sie gegen mich?«

»Sie hat Angst. Wie wir alle.«

»Nein. Da ist noch etwas anderes.«

»Du hast recht«, antwortete Joana zögerlich, »sie macht sich weniger Sorgen um die Belagerung als um dich.«

»Um mich?«

»Ich hoffe, du findest einen Weg, dass wir lebend aus dieser Sache herauskommen. Aber was wirst du dann tun? Wirst du dein Erbe antreten wollen? Wirst du von neuem dem Ruf des Krieges folgen, um deine Ansprüche durchzusetzen? Denn freiwillig wird dir niemand etwas zugestehen.«

»Darüber macht Berta sich Sorgen?«

»Darüber und was aus Rocafort wird. Nichts wird mehr sein wie

früher.« Sie seufzte tief. »Und dich werden wir aufs Neue verlieren.«
Wenig später lag ich auf meinem Bett im Turm und dachte über ihre Worte nach. Dass Berta sich Gedanken machte, mich zu verlieren, konnte ich mir kaum vorstellen. Das war wohl eher Joanas Sorge. Nein, Berta war einfach von allem überwältigt. Und wen mochte es wundern? Die andere Frage beschäftigte mich mehr. Falls ich wirklich Guilhems geheimnisvoller Erbe war, was würde ich dann tun? Lange grübelte ich darüber nach, ohne die geringste Antwort zu finden. In meinem Kopf war nur dumpfe Leere. Nach einer Weile fiel ich in einen bleiernen Schlaf.

***

Mitten in der Nacht wachte ich auf.
Der Kopf schmerzte mehr als zuvor, und mein Herz schlug wie wild. Benommen setzte ich mich auf, und eine ungeschickte Bewegung ließ mich dabei vor Schmerz zusammenzucken. Gottverdammte Wunde! Mühselig und mit zusammengebissenen Zähnen zog ich mir im Dunkeln die Stiefel über. Was hatte mich nur geweckt? Ich lauschte. Nichts zu hören. Es war Neumond und stockdunkel im Turmgemach. Nur die schmalen Fenster ließen ein wenig Licht herein. Das musste die alte Funzel am Fuß des Turms sein, die den Wachen die Stiege leuchtete.
Ich erhob mich und tastete mich bis zum Fenster. Der Lichtschein kam jedoch von einer Laterne unten auf der Mauer der Vorburg. *Malvat pec!* Welcher verdammte Dummkopf stellte eine Lampe auf die Mauer? Das machte die Wache zur Zielscheibe und zerstörte die Nachtsicht. Neben der Laterne hatten es sich zwei unserer Waffenknechte gemütlich gemacht. Der eine war Escobon, der andere hatte mir den Rücken zugekehrt. Sie verkürzten sich die lange Nachtwache mit Wein und Würfelspiel. Das leise Klicken musste mich geweckt haben. Nun war an Schlaf nicht mehr zu denken, und ich würde hinuntergehen, um sie zurechtzuweisen. Außerdem hatte ich genug geschlafen, und die frische Nachtluft würde mir guttun.

Ich ließ noch kurz einen Blick über die dunkle Landschaft wandern. Alles war still und trotz klaren Sternenhimmels kaum etwas zu erkennen in der Finsternis. Auch in Roberts Lager regte sich nichts. Kein Licht, keine Bewegung, nicht einmal der Hauch eines Lüftchens in den Blättern der Bäume. Es war fast unheimlich still, nur ab und zu das leise Kichern der beiden Wachen auf der Mauer.
Als ich dem Fenster den Rücken zukehrte, hörte ich ein winziges Geräusch, das nicht zu dem, was ich gesehen hatte, passte. Ein kaum merkliches metallisches Klirren, so leise, dass ich es fast überhört hätte.
Ich nahm an, es müsse einer der beiden Zecher gewesen sein, der an sein Schwert gestoßen war, blickte dann aber doch noch einmal aus dem Fenster. Sie lachten leise, und wieder ließ sich das Klicken der Würfel vernehmen.
Und plötzlich erstarrte ich zu Eis.
In der Dunkelheit vor der Mauer bewegte sich etwas. Als ich genauer hinsah, ließen sich entfernte, kaum wahrnehmbare, schattenhafte Gestalten ausmachen, Helme, Leitern, ein schwacher Schimmer von Speerspitzen im Licht der Laterne auf der Mauer. Und sie krochen immer näher an die Mauer heran.
Ich formte einen Trichter mit den Händen und brüllte: »Zu den Waffen! Zu den Waffen! Feind im Anmarsch! Alles auf die äußere Ringmauer!«
Ich sah noch, wie die beiden Dummköpfe hochfuhren, als hätte sie eine Wespe in den Hintern gestochen, dann wandte ich mich ab, um mein Schwert in der Dunkelheit zu suchen, heulte vor Schmerz auf, als ich mit dem Schienbein an das Bett stieß, und tastete am Boden, bis ich die Waffe fand. Dann lief ich in der Finsternis, so schnell ich konnte, die Wendeltreppe des Turms hinunter, wobei ich mich an der äußeren Wand entlangtastete, um nicht zu stürzen. Als ich unten ankam, stolperten die Ersten verwirrt und benommen aus den Mannschaftsquartieren.
»Los, los, los!«, schrie ich. »Beeilt euch! Sie kommen über die untere Ringmauer.«
Sie stülpten sich Helme über, packten ihre Waffen und liefen los.

Einen schlaftrunkenen Tölpel, der mich verständnislos anstierte, schubste ich seinen Kameraden hinterher.
»Alles in die Vorburg!«, brüllte ich.
Meine Rüstung samt Helm und Schild hatte ich am Nachmittag in der *aula* gelassen. Zu spät dafür! Die Tür zur Waffenkammer stand offen. Ich schob jemanden zur Seite und griff den erstbesten Schild, den ich zu fassen bekam, schlang mir unter Schmerzen den Tragriemen über die Schulter und stürmte in den Hof der Vorburg. Unten zog ich das Schwert und warf die Scheide von mir. Die Wunde schmerzte höllisch, aber ich biss die Zähne zusammen. Nun war nicht die Zeit für Schwäche.
In der Vorburg lief alles durcheinander. Vieh brüllte in den Ställen, und ich hörte meine Doggen vor Aufregung jaulen und sich gegen die Gitter des Zwingers werfen. Der junge Joan lief mir über den Weg. Ich packte ihn am Arm. »Bring das Dorfvolk in die obere Burg. Du bist mir verantwortlich, hörst du? Und beeilt euch.«
»Ja, Herr!«, schrie er und rannte sofort in die Ställe und Scheunen, die als Unterkunft dienten. Ängstliche Gesichter blickten ihm entgegen.
Der Feind war bereits auf der Mauerkrone, vielleicht sechs oder acht von ihnen, während noch mehr ihren Kopf über die Zinnen hoben. Die verdammte Laterne stand nach wie vor unversehrt dort oben und erhellte das Schauspiel des Angriffs. Den unglücklichen Tölpel Escobon hatten sie zuerst erwischt. Er kniete auf dem Wehrgang und starrte totenbleich und irre schreiend auf das Blut, das aus dem Stumpf seines Armes schoss. Über ihm stand sein *companh* und versuchte, den Feind aufzuhalten, aber eine Speerspitze drang ihm tief unter das Kinn. Er fiel rücklings auf Escobon, der trotz seines abgehackten Arms versuchte, unter ihm hervorzukriechen. Im Vorhof starrten die Unsrigen wie gelähmt auf dieses Schauspiel. Keiner bewegte sich oder schien zu wissen, was zu tun war. Verdammte Grünschnäbel!
»Los, los! Von beiden Seiten auf die Mauer und nehmt sie in die Mitte!«, brüllte ich. »Verteidigt die Aufgänge!«
Wir mussten sie aufhalten, damit sie nicht in den Hof der Vor-

burg gelangten, wo Weiber und Kinder schreiend durcheinanderliefen. Aber vor allen Dingen mussten wir den Kampf auf die Wehrgänge tragen, um zu verhindern, dass noch mehr über die Mauer kamen. Denn wurden es zu viele, dann blieb uns nur noch ein verzweifelter Rückzug in die obere Burg.

»Mir nach, Mann!«, brüllte ich einem meiner Wachleute zu. Es war Lois Bertran. »Und deck mir den Rücken.«

Wir drängten uns den Weg durch die fliehenden Menschen. Kinder schrien, eine Alte war gestürzt und kreischte. Da war Cortesa zur Stelle und hob sie auf, reichte sie weiter an eine andere junge Frau. Joan trieb die Leute zur Eile an. Diese Dinge nahm ich nur am Rande wahr, denn wir versuchten eiligst, auf die Mauer zu kommen.

Da hörte ich den scharfen, unverkennbaren Klang von Hamids Bogen, und einer der *pezos* fasste sich an den Hals, aus dem plötzlich ein Pfeil ragte, und stürzte mit einem gurgelnden Schrei auf das Dach eines der Ställe, die sich von innen an die Außenmauer schmiegen. Hamid und Gustau standen auf der oberen Ringmauer gegenüber, wo sie freies Schussfeld über den Hof der Vorburg hatten. Gott sei Dank, dachte ich erleichtert. Noch ein *pezo* schrie auf. Zwei Stufen auf einmal nehmend, stürmte ich zum Wehrgang hoch, Lois Bertran und andere dicht auf meinen Fersen.

Kaum oben, verstellte mir ein grobschlächtiger Kerl den Weg, der mit hochgereckter Axt auf meinen ungeschützten Kopf zielte. Ich war schneller, und meine Schwertspitze drang ihm durchs offene Maul zwischen die Halswirbel. Er fiel wie von einem Schmiedehammer getroffen. Ich trat über ihn hinweg und suchte den nächsten Gegner. Hinter mir drängten sich meine Männer. Es war eng auf dem Wehrgang, so dass kaum mehr als einer gegen einen kämpfen konnte.

»Werft die Toten von der Mauer, damit wir Platz haben«, schrie ich ihnen hinter mir zu.

Die *pezos* merkten, dass sie im Licht der Laterne ein leichtes Ziel für die Bogenschützen waren. Einer von ihnen stieß sie deshalb von der Zinne, und es wurde so dunkel, dass man nicht die Hand vor Augen sehen konnte. Ich hörte Hamid laut nach Fackeln rufen. Vor mir hörte ich die *pezos* keuchen nach der Anstrengung, Hang und Mauer zu erklimmen, und roch den beißenden Schweiß ihrer ungewaschenen Leiber. Vorsichtig schob ich den linken Fuß vor, Schild bereit.

Ein Schatten stürzte sich auf mich, um mir eine *lansa* in die Eingeweide zu stoßen. Mit dem Schild wehrte ich die Speerspitze ab und hieb ihm gleichzeitig das Schwert an die Stelle, wo ich seinen Nacken vermutete. Mit erhobenem Fuß stieß ich ihn von mir, in den nächsten Angreifer hinein. Beide gingen zu Boden und fielen auf den unglücklichen Escobon, der immer noch schrie, aber so eingeklemmt war, dass er sich nicht mehr bewegen konnte.

Langsam erkannte ich wieder die Dinge um mich herum. Der Vorhof schien sich zu leeren. Joan und Cortesa hatten alle in Sicherheit gebracht. Am gegenüberliegenden Aufgang schob sich eine dunkle Masse von Männern hoch. Von dort hörte ich Bruns Stimme. Er war also in Stellung, und nun hatten wir Roberts Männer zwischen uns. Doch immer noch kletterten sie über die Mauer und standen gedrängt auf dem schmalen Wehrgang. Zwei machten sich daran, auf die darunterliegenden Ställe zu springen, doch ein anderer zog sie zurück. »Zuerst den Wehrgang freikämpfen«, rief er. Da der Weg in meine Richtung durch gefallene Leiber versperrt war, wandten sie sich zuerst gegen Brun. Es klang wie Hammerschläge, und Funken sprühten in der Dunkelheit, als Schwert auf Schild traf.

Jemand musste Feuer aus der Küche geholt haben, denn plötzlich tauchten Fackeln hinter Hamids Bogenschützen auf und beleuchteten den Kampf auf den Wehrgängen. Einer der Fackelträger war Martin. Ich werde ihm die Ohren langziehen, dachte ich noch, da flogen schon die Pfeile und schlugen in die ledergekleideten Leiber der *pezos*. Hamid und Gustau hatten Verstärkung von anderen Schützen bekommen. Zwei Angreifer kippten über die Zinne, ein anderer schwankte, hielt sich jedoch auf den Beinen. Dafür kletterten zwei weitere Krieger über die Zinne. Einer wurde im Gesicht getroffen, und mit einem Schrei stürzte er in die Finsternis vor der Mauer. Ein Kerl in Kettenpanzer, anscheinend ihr Anführer, schrie seinen Männern zu, sich mit ihren Schilden zu decken. Sie ließen von Brun ab, rückten eng zusammen und bildeten eine Wand aus Schilden, an der die Pfeile nutzlos abprallten.

Es musste auch hier eine Leiter an der Zinne lehnen, denn neben mir tauchte ein behelmter Kopf auf. Ich schwang mein Schwert und traf sein Kinn, und während er noch auf der Leiter schwankte, stach ich ihm in die Kehle, so dass er, ohne einen Laut von sich zu geben, rücklings in die Nacht stürzte.

Unsere jungen Kämpfer hinter mir packten schwere Feldsteine, die wir auf den Wehrgängen gestapelt hatten, und warfen sie auf den Feind, der versuchte, die Leiter zu erklimmen. Ich hörte Flüche, Schreie und schwere Stürze. Lois Bertran und ein anderer zogen eine der langen Stangen zu sich herauf und stießen mit dem am Ende befestigten eisernen Bügel die Leiter von der Mauer.

Ich wagte, den Kopf über die Zinne zu strecken.

Zuerst konnte ich in der Schwärze, die vor der Burg herrschte, kaum etwas erkennen. Dann sah ich zwei Leitern an der Zinne lehnen. Auf beiden befanden sich Männer, die aber wegen der Pfeile nicht wagten, über die Mauer zu klettern. Dann bemerkte ich etwas weiter auf Bruns Seite, dass sie dort ebenfalls eine Leiter anlegten.

Der Anführer der *pezos* gab einen Befehl, und drei seiner Leute stürzten vor, um Brun daran zu hindern, die Leiter wegzustoßen. Gleich schwirrten Pfeile um sie herum, trafen aber nicht. Ich winkte Lois Bertran hinter mir mit der Stange heran und ließ für einen Augenblick Schild und Schwert fahren. Wir packten die Stange und zielten den eisernen Bügel auf die *pezos*, die immer noch mit hocherhobenen Schilden nach Pfeilen Ausschau hielten und nicht auf uns achteten.

»Jetzt!«, schrie ich, und wir rammten die Stange schwungvoll in diese Gruppe. Ich spürte den Aufprall stechend in meiner verwundeten Brust und brüllte vor Schmerz. Aber die Wucht des Stoßes hatte zwei zu Boden gestreckt und die ganze Reihe zum Torkeln gebracht. Einer strauchelte derart, dass er mitsamt Schild

und Speer auf das darunterliegende Stalldach fiel und gleich weiter in den Vorhof abrutschte, wo er schwer auf dem Boden aufschlug. Zu meinem Erstaunen sah ich dort unten Cortesa, die geistesgegenwärtig eine Mistgabel ergriff und dem Kerl durch den Leib rannte, bevor er sich erheben konnte.
Als habe die Magd uns Glück gebracht, wendete sich jetzt das Blatt, denn nun dauerte es nicht mehr lange, bis wir den Wehrgang zurückerobern konnten. Hamid und Gustau trafen drei weitere von Roberts Männern. Brun konnte zwei seiner Widersacher niedermachen, und Lois Bertran und andere bedrängten mit meiner Hilfe die Verbliebenen so sehr, dass der *capitan* der *pezos* sich kurzerhand zum Rückzug entschloss und von der Mauer sprang. Andere folgten ihm auf gleichem Wege. Die letzten drei starben unten den Streichen unserer Männer. Wir blickten über die Mauer und sahen die Überlebenden laufen. Einige humpelten stark.
Erschöpft holte ich Atem und bekreuzigte mich. Die Pfeilwunde brannte wie verrückt. Aber, *deable!*, wir waren noch einmal davongekommen! Da bemerkte ich Cortesa unten im Vorhof vor ihrem toten Feind stehen, die Hand über dem Mund, erschrocken über das, was sie getan hatte.
»Cortesa!«, rief ich und hob mein Schwert zum Ehrengruß vor die Stirn. Sie blickte auf und sah aller Augen auf sich gerichtet. »Was bist du nur für ein Teufelsweib!« Allgemeiner Beifall folgte meinen Worten. Zur Antwort warf sie mir ein kurzes Grinsen zu.
»Ein Hoch auf Cortesa«, brüllte einer neben mir.
Daraufhin schlugen alle wie wild mit den Speeren auf die Schilde und schrien sich ihre Erleichterung über den knappen Sieg aus dem Leib. Die Magd errötete heftig, raffte ihren Rock und floh in die obere Burg.
»Gut gekämpft, Männer!«, rief ich in die Runde.
»Sogar die Weiber!«, antwortete einer, und das brachte noch ein paar Lacher.
»*Certas!* Alle haben ihr Bestes gegeben.«
Martin aber warf ich einen strengen Blick zu. Der Junge hatte

sich unnötig in Gefahr gebracht. Er grinste schuldbewusst, doch als Hamid ihm den Arm auf die Schulter legte, straffte sich sein Rückgrat, und er strahlte. Ich seufzte und schüttelte den Kopf. Zu früh, dachte ich, viel zu früh!

Mit den Fackeln, die sie auf die Mauer brachten, endete unsere Siegesfreude in Ernüchterung. Escobon fanden wir verblutet unter anderen Leichen, eine davon die seines Freundes, ein gewisser Rotgier. Für ihren Fehler hatten sie mit dem Leben gebüßt. Ein junger Bauer von einem der freien Höfe starb noch vor unseren Augen an einer tödlichen Halswunde. Ein weiterer aus dem Dorf mit Namen Felipe hatte einen so tiefen Speerstich in der Seite davongetragen, dass ich bezweifelte, er würde noch lange leben. Die anderen Verwundungen waren leichterer Natur. Einer hatte einen bösen Schnitt über der Schulter, ein anderer eine heftig blutende, aber harmlose Wunde im Gesicht, ansonsten Schrammen und blaue Flecke. Drei Tote also und ein Schwerverletzter. Diese Rechnung für die Unaufmerksamkeit der Wachen wog schwer auf unseren Gemütern.

Als wir Felipe vorsichtig in den Vorhof trugen und auf ein Lager aus Stroh betteten, erschien seine junge Frau mit einem Säugling auf dem Arm, tränenüberströmt und völlig außer sich vor Gram. Jemand nahm ihr das schreiende Kind ab. Da warf sie sich neben ihrem Mann auf die Knie und hielt schluchzend sein Gesicht in ihren Händen.

Joana erzählte mir später, dass Escobon und dieser Rotgier schon immer unzuverlässig gewesen waren und der Kopf ihnen mehr nach Wein und Weibern gestanden hätte als nach sonst irgendetwas. Verflucht, dachte ich, das hätten sie uns früher sagen müssen. Aber insgeheim gab ich mir selbst die Schuld. Anstatt zu schlafen, hätte ich ahnen müssen, dass der Feind die dunkle Nacht zu seinem Vorteil nutzen würde.

»Ein dummer Fehler hätte uns fast die Burg gekostet«, sagte ich. »Wir alle tragen ein Quentchen Schuld daran und ich selbst noch am meisten. Es soll uns eine Lehre sein. Brun und auch ihr anderen habt euch wacker gehalten. Besonders unsere Bogenschützen.«

Hamid und Gustau waren die Helden des Tages, denn ohne sie hätten die *pezos* uns auf der Mauer überwältigt.

»Bist du verwundet?«, fragte Hamid besorgt, als er das Blut auf meiner Tunika und mein schmerzverzerrtes Gesicht bemerkte.

»Nicht mehr als vorher«, grinste ich und sah an mir herunter. Die Wunde musste wieder aufgebrochen sein, aber das meiste Blut war gottlob nicht mein eigenes.

Wenn wir Verluste erlitten hatten, so waren Roberts weitaus größer. Wir zählten ein Dutzend Tote, einige lagen draußen am Fuß der Mauer, und noch einmal so viele Verwundete, von denen fünf sich noch auf den Beinen halten konnten und sich ergeben hatten. Für diese öffneten wir das Tor und ließen sie gehen. Die toten *pezos* warfen wir über die Mauer. Den Schwerverletzten bereiteten die Frauen ein Bett aus Stroh, verbanden ihre Wunden und gaben ihnen Wasser. Aber sie waren in einem so hoffnungslosen Zustand, dass sie ohnehin bald sterben würden.

Nach den bisherigen Angriffen konnten wir mit Befriedigung feststellen, dass fast ein Drittel von Roberts Fußtruppen tot oder schwerverletzt war, etwa zwanzig weitere verwundet und nicht voll einsatzfähig.

Er würde einsehen müssen, dass Rocafort eine härtere Nuss war, als er angenommen hatte. Auch die Söldner würden nach diesem Aderlass die Burg gründlich hassen. Genug, so hoffte ich, dass sie Robert den Dienst aufkündigten oder sich weigerten, erneut gegen die Mauern zu stürmen.

Das zumindest würde eine Atempause für uns bedeuten, denn dass Roberts Rückschlag noch nicht das Ende der Belagerung bedeutete, war mir klar.

***

Als nach dieser wilden Nacht im Osten die Sonne aufging, machten sich die Mägde daran, das Mahl zu verteilen, das sie schon im Morgengrauen gekocht hatten. Haferbrei, eingelegte Oliven und saurer Kohl, gebratener Speck für die, die es mochten, oder Käse. Ein Festessen, das wir uns bei längerer Belagerung sicher nicht

leisten konnten. Aber heute hatten die Männer es verdient. Ich ließ deshalb auch etwas verdünnten Wein ausschenken.
Berta schien sich wieder aufgerafft zu haben. Vielleicht hatte die brutale Wirklichkeit des Nachtangriffs sie aus ihrer Teilnahmslosigkeit geschreckt. Sie kümmerte sich mit Joana um die Verletzten und sprach den Frauen Mut zu. Mich dagegen behandelte sie, als sei ich unsichtbar.
Peire Alfons zimmerte einfache Särge für unsere Toten. Es folgte ein gemeinsames Gebet an den Herrn, sich ihrer Seelen anzunehmen. Dann, begleitet von den Wehklagen der Frauen, ließen wir die Särge an langen Seilen die steile Felswand auf der unwegsamen, dem Fluss zugekehrten Seite hinunter, bis sie tief unten im dichten Gehölz des Hanges festsaßen und nicht wegrutschen konnten. Dann holten wir die Seile wieder ein. Auf der Burg konnten wir die Toten nicht begraben und hofften, sie so vor wilden Tieren zu schützen, bis wir ihnen ein besseres Begräbnis geben konnten.
Meine Wunde pochte bösartig, die Ränder waren rot geschwollen. Joana machte Kräuterumschläge, um die Entzündung aus dem Fleisch zu ziehen, und befahl mir vollständige Ruhe. Sie bestand darauf, mir ein Lager in der *aula* einzurichten, damit sie mich leichter unter Beobachtung halten konnte.
Es dauerte nicht lange, und ich fiel in einen erschöpften, traumlosen Schlaf.
Am Nachmittag erwachte ich. Der Kopfschmerz war wie weggeblasen, und ich fühlte mich zwar matt, aber nicht mehr fiebrig. Hamid setzte sich zu mir, und wir überdachten unsere Lage.
Robert hatte unsere Stärke unterschätzt. Wieder einmal hatte sich gezeigt, dass eine Handvoll entschlossener Männer ausreicht, um eine gut gebaute Burg zu verteidigen. Und es erklärte, warum landein, landab die Burgherren das Sagen haben, oft mehr als die großen Adelsgeschlechter, denn mit Hilfe von Burgen lassen sich weite Landstriche mit wenigen Kriegern beherrschen.
Für Robert aber stellte sich die Sache anders dar, denn wenn er Rocafort wirklich einnehmen wollte, war dazu eine bedeutende Schar an Fußkämpfern nötig. Bauern sind dafür meist nutzlos

und von der Feldarbeit nur für kurze Zeit abkömmlich. Und ein größeres Söldnerheer über lange Zeit zu unterhalten, das kostet ein Vermögen.

Deshalb war es unwahrscheinlich, dass er die Geduld hatte, uns monatelang zu belagern. Um eine schnelle Entscheidung herbeizuführen, würde er eine bessere Angriffsstrategie brauchen, aber vor allen Dingen mehr Männer. Deshalb überraschte es mich nicht, als Hamid berichtete, dass Robert mit einer Handvoll Reitern das Lager verlassen hatte. Ohne Zweifel, um Verstärkungen heranzuholen, während seine Hauptmacht uns hier festhielt. Wir waren also bei weitem noch nicht am Ziel und der Ausgang des Kampfes ungewiss.

Während wir uns unterhielten, merkte ich, dass Hamid nicht recht bei der Sache war. Ich kannte ihn zu gut, um nicht zu ahnen, dass ihn etwas beschäftigte, etwas Unangenehmes. Als ich ihn danach fragte, sah er betreten zu Boden.

»Ich fürchte«, erwiderte er, und seine Stimme klang dunkel vor Schmerz, »sie versuchen auch etwas anderes, um uns in die Knie zu zwingen.«

»Was geht da unten vor?«, fragte ich misstrauisch.

Er räusperte sich umständlich. »Sie haben einen Käfig gebaut.«

»Einen was?«

»Sie haben im Rechteck dicke Pfähle in den Boden gerammt und darüber ein festes Gitterwerk aus Holzstangen errichtet.«

Ich war verblüfft, bis ich plötzlich verstand. »Sie halten Gefangene.«

Hamid nickte betrübt. »Sie hätten sie leichter in eine Hütte sperren können, aber wir sollen wohl das Schauspiel genießen.«

Ich fuhr hoch. »Das will ich sofort sehen.«

Er drückte mich zurück auf mein Lager. »Ruh dich aus. Du kannst ohnehin nichts tun.«

»Wen haben sie, verdammt! Spann mich nicht auf die Folter!«

»Es sieht nach der Alten aus, Drogos Magd.«

»Loisa! Sie lebt also noch.« Seine Miene sagte mir, es war noch schlimmer.

»Wen noch?«

»Rosa.«
»O mein Gott!«
Rosas Schicksal hätte mich nicht mehr berühren sollen als das der armen Loisa, und dennoch, jenes liebliche Kind in Ricards Gewalt zu wissen, war ein unerträglicher Gedanke. Gustau musste außer sich vor Sorge sein.
Hamids Gesicht war eine steinerne Maske.
»Noch mehr?«, flüsterte ich.
Er schlug die Augen nieder und nickte. »Sie haben wahllos Gefangene gemacht. Von den Höfen ringsum.« Er schluckte. »Und darunter …«, er sah auf, und seine Augen waren voller Trauer, »… ist dein Sohn Ramon.«
Hamid und ich starrten einander lange an, beide ahnend, dass Roberts Fehde von nun an eine neue Richtung genommen hatte, denn mit der Geiselnahme hatten sie den Spieß umgedreht.
Und so begann nur wenige Stunden später, was allen in Rocafort für immer als die Nacht des Horrors in Erinnerung bleiben sollte.

***

Von alters her feiern Menschen die Sommersonnenwende. Ein ausgelassenes Fest, das leider bei den Christen in Verruf geraten ist. Wahrscheinlich, weil es oft allzu ausgelassen hergeht. Obwohl die Kirche es verboten hat, halten sich die Bauern selten daran. Aus diesem Grund und weil der Tag des Täufers Johannes zeitlich ähnlich liegt, erlauben die Priester neuerdings, zu Ehren des Heiligen und am Vorabend seines Geburtstags die alten Bräuche der Mittsommernacht zu begehen. Das ist *la noit de Sant Joan*, die Johannisnacht.
Ringsum von den Bergkuppen leuchten dann die Feuer, und für die Priester künden sie von Christus, so wie Johannes von der Ankunft des Messias als dem Licht der Welt gepredigt hatte. Deshalb sei das reinigende Feuer das *signum* des Heiligen. Für das Bauernvolk jedoch haben die lodernden Feuer, um die sie tanzen, eine ganz andere Bedeutung. Nach alter Sitte sollen sie

die Dämonen vertreiben, die uns Hagel, Krankheit, Rinderpest und missgestaltete Kinder bringen. Und wie so oft mischt sich Christliches mit heidnischem Brauchtum.

Ich erzähle dies, denn just in dieser Nacht war *Sant Joan* zu begehen, und Ricard hatte entschieden, dem Fest noch eine dritte, für alle schreckliche Bedeutung zu verleihen.

Während des ganzen Nachmittags hatten sie uns in beklommener Unsicherheit schmoren lassen. Stundenlang hatten wir auf den Wehrgängen gestanden und zu den Gefangenen hinabgestarrt. Neben Loisa, Rosa und meinem armen Sohn Ramon befanden sich vier junge Bäuerinnen in ihrer Gewalt, ein gefesselter Mann, dessen Gesicht wir nicht erkennen konnten, denn sie hatten ihn vermummt, außerdem einer der Hirten und schließlich auch noch die unglückliche Müllerin Marta, Ramons Ziehmutter. Sie alle wie Tiere in diesem Käfig zu sehen, machte mich krank vor Sorge. Entsetzliche Ahnungen überfielen mich, denn allzu gegenwärtig war noch das Bild jenes grausam zugerichteten Griechen, wie er von der Burgmauer des Mons Pelegrinus gehangen hatte.

Botschaften der Hoffnung hatten die Unsrigen den Geiseln zugerufen, doch außer Jammern und Wehklagen wenig Antwort erhalten. Besonders der sonst so schweigsame Gustau hatte unermüdlich seiner Rosa zugeschrien, wie sehr er sie liebe, doch inzwischen war er heiser geworden und starrte nur noch schweigsam hinunter. In der Stille des frühen Abends hörte man nichts mehr außer den Raben und Krähen, die an den Leichen vor der Mauer zerrten. Der leichte Sommerwind trug den Gestank der verwesenden Leiber zu uns, der wie eine Wolke der Verdammnis über der Burg hing.

Im letzten Licht des schwindenden Tages entschied Peyregoux endlich, seine Aufwartung zu machen. Es begann harmlos genug mit einer weißen Flagge und der höflichen Bitte um eine Verhandlung. Doch mein Herz bebte in Vorahnung dessen, was uns erwartete.

Auf einem hellen Fuchs ritt er frech, weder Schild noch Helm tragend, zur Burg herauf, wohl wissend, dass kein Pfeil ihn treffen würde, dass die Geiseln in diesem verdammten Käfig ein besserer Schutz als jeder Schild waren. Der stiernackige Duran und der kleine Leon, seine beiden Totschläger, ritten an seiner Seite und seltsamerweise auch Roberts *escudier*, jener blonde Jüngling, der mir schon vorher aufgefallen war. Zehn Schritte vor dem Tor zügelten sie ihre Reittiere.

»Du bist wohlauf, wie ich sehe«, grüßte er mich und lachte gehässig.

»Nicht dank dir, du heimtückische Viper!«

»War einen Versuch wert.« Es schien ihn sehr zu erheitern.

Leon *la Vespa* starrte mich hasserfüllt an. Duran dagegen musterte mich, ohne zu blinzeln, mit eiskalten Augen wie eine Katze ihre Beute. Beide konnten es nicht abwarten, mit mir abzurechnen. Ricard deutete auf die verwesenden Leichen seiner *pezos* und rümpfte die Nase.

»Es riecht, *putan,* nicht gut bei euch.«

»Wer ist das Milchgesicht?«, fragte ich.

»Mein junger Begleiter hier?«, erwiderte er, obwohl er selbst nur wenige Jahre älter war. »Erlaubt mir, ihn vorzustellen. Er nennt sich Jordan de Laforcada und ist Borcelencs' Knappe und Schildträger. Ein Mann von edlem Geblüt.«

Ricard schien Roberts höfische Manieren nachäffen zu wollen, aber mit eher kläglichem Erfolg, so wie eine Stadthure, die versucht, sich als wohlgeborene *domna* aufzuspielen. Der junge *donzel* hatte ein hübsches Gesicht und eine vornehme Haltung. Er beobachtete mich neugierig aus hellgrauen Augen. Seine blonde Lockenpracht trug er heute im Nacken zusammengebunden. Erst wenig Flaum spross ihm auf der Oberlippe. Er war jung für einen Schildträger, der ja seinen Herrn nicht nur zu bedienen, sondern auch in der Schlacht zu schützen hatte, und besonders kriegerisch sah er nicht aus. Er schien auch nicht in diese Gesellschaft von Halsabschneidern zu passen.

»Schickt Robert jetzt Kinder, um sein Anliegen zu verhandeln?«

»Verhandelt wird mit mir!«, sagte Ricard bestimmt. »Nachdem die beiden Narren da unten so kläglich versagt haben.« Gemeint waren wohl der einäugige Graubart und der Hauptmann

der *pezos*. Durch ihr Unvermögen, die Burg im Sturm zu nehmen, mussten sie an Einfluss eingebüßt haben.
»Rocafort ist eine härtere Nuss, als mancher denkt.«
»Ziemlich stachelig in der Tat«, nickte er zustimmend und kicherte. »Aber ich hatte sie gewarnt. Einen Hauptmann der *militia christi* sollte man nicht unterschätzen.« Er tönte, als sei er selbst ein erfahrener Veteran der *militia*. Ich konnte mir vorstellen, wie unerträglich er mit seinen wenigen Monaten in Outremer herumprahlte.
»Wo ist Borcelencs?«, fragte ich.
»Er hat Wichtigeres zu tun, als hier untätig auf seinem Hintern zu sitzen.«
»Und warum machst du gemeinsame Sache mit dem Kerl? Was springt für dich dabei raus?«
Die Antwort überraschte mich.
»Mein hochmütiger Vetter Bertran soll sehen, wer der bessere Mann ist!« Dieser hasserfüllte Satz musste ihm, ohne nachzudenken, entschlüpft sein, denn gleich beherrschte er sich wieder. »Unser Ziel ist Tolosa. Aber später, wer weiß, vielleicht auch Tripolis.«
»Er hat dir Tripolis versprochen?«
Der Gedanke war so absonderlich, dass ich laut lachen musste. Dieser Wicht war gefährlich, doch ein Fürst war er bestimmt nicht. Bei meinem Gelächter war Ricard die Schamröte ins Gesicht gestiegen, und seine Augen funkelten vor Bosheit.
»Genug von diesem Gerede!«
Er drehte sich im Sattel um und winkte mit dem Arm nach unten in Richtung Lager. Sie hatten den Mann mit dem Sack über dem Kopf aus dem Käfig geholt, an Händen gefesselt und mit einem Strick um den Hals, an dem ein *pezo* ihn nun roh den Hang heraufzog. Einmal strauchelte er und fiel auf die Knie, was ihm einen Fußtritt einbrachte und erneutes Zerren am Strick.
»He, *ome!* Du sollst ihn nicht erdrosseln!«, rief Ricard. »Noch nicht jedenfalls.« Und er ließ wieder sein meckerndes Lachen hören. »Ich glaube, ihr kennt diesen Burschen«, grinste er.
Der *pezo* riss dem Gefangenen den Sack vom Kopf, und beim

Anblick seines zerschundenen Gesichts stöhnten alle um mich herum auf.
Es war Joan *lo Bon*, Drogos Knecht, so genannt, weil er nicht nur fleißig war, sondern auch ein gutes Herz hatte. Alle liebten ihn im Dorf. Ihn hatten wir zu Odo geschickt. Sie mussten ihn geschlagen haben, denn seine Nase schien gebrochen, Blut besudelte sein Wollhemd, beide Augen waren zugeschwollen, ähnlich unförmig wie die Lippen. Der Strick würgte ihn, und wie er nach Luft rang, sah man, dass sie ihm alle Vorderzähne ausgeschlagen hatten.
»Nun, Jaufré. Von Odo kannst du keine Hilfe erwarten!«
»Woher willst du das wissen?«
»Mach den verdammten Strick los und lass den Vogel singen«, rief Ricard dem *pezo* zu. Kaum geschehen, brach Joan *lo Bon* in die Knie und begann, zu schluchzen und am ganzen Körper zu zittern. Die Männer um mich herum waren mit ihm aufgewachsen. Sie bebten vor Wut, ihn so zu sehen. Neben mir standen Gustau und Matiu. Ihre Hände krampften sich um die Bögen, aber sie wussten, dass auch nur ein einziger Pfeil den Tod der Geiseln bedeuten würde. Auch Ricard wusste das und lächelte spöttisch.
»Was ist geschehen, Joan?«, fragte ich sanft.
Es dauerte, bis der Junge reden konnte und auch dann nur mit Unterbrechungen. Ohne Vorderzähne und mit geschwollenen Lippen war er kaum zu verstehen. Anscheinend hatte er Odo nicht in Narbona angetroffen. Er sei erkrankt, hatte es geheißen, und man habe ihn auf sein Landgut nach Monisat gebracht. Niemand im Palast des Erzbischofs hatte Joan zuhören, geschweige denn einen Kriegshaufen nach Rocafort senden wollen. Daraufhin hatte er nach Monisat reiten und auf dem Weg dorthin zuerst uns berichten wollen. Dabei hatten ihn Roberts Männer aufgegriffen, und sein Versuch, vor ihnen davonzulaufen, hatte sie misstrauisch gemacht.
Die Tränen liefen ihm über sein zerschundenes Gesicht. »Ich habe alles falsch gemacht, *Senher*, und Eure Hoffnungen enttäuscht.«

»Du hast getan, was du konntest, Joan«, sagte ich zu ihm. »Und ich danke dir dafür. Der Herrgott wird deine Peiniger bestrafen.«
Ricard fand das sehr vergnüglich. »Der Herrgott wird deine Peiniger bestrafen«, äffte er mich nach. »Sieh ein, dass Odo euch nicht helfen wird. Rocafort ist verloren. Nur eine Frage der Zeit.« Er genoss es, Salz in unsere Wunden zu reiben, und lachte höhnisch.
»Certas«, sagte ich mit gespielter Ruhe. »Eine Frage der Zeit. Wir haben genug davon. Aber habt ihr sie auch?«
»Ergib dich lieber gleich, Jaufré, und alles Leiden ist vorüber. Wir wollen nur die Burg. Du und deine Bauern haben nichts zu befürchten.«
Niemand sagte etwas. Aber manch einer äugte verstohlen zu mir herüber, als erwarteten sie von mir einen wundersamen Ausweg aus dieser Zwangslage. *Putan, merda!* Wie ich dieses Schwein hasste! Mit bloßen Händen hätte ich ihn erwürgt, wäre da nicht die Mauer zwischen uns gewesen … und mein unglückliches Kind dort unten wie ein Tier in seinem Käfig.
»Ihr marschiert einfach raus, und das war's!«, versuchte er noch einmal.
»Ohne Kampf?«
»Ohne Kampf. Ich schwör's!«
Mancher Hasenfuß schien Ricards Beteuerungen zu glauben, wie ich an den unsicheren Blicken einiger Männer erkannte. Doch seinem Vorschlag nachzukommen, wäre Tollheit gewesen. Ricard war ein schlechter Schauspieler, denn das Funkeln in seinen Augen verriet die Lüge. Trotz ihrer Verluste, mit an die vierzig kampffähigen *pezos* und den fünfzehn Reitern, die Robert zurückgelassen hatte, würden sie mein Häuflein Bauern schneller umbringen, als es braucht, eine Gans zu schlachten.
»Geh zum Teufel!«, schrie plötzlich eine helle Frauenstimme von der oberen Ringmauer hinter uns. Als wir uns überrascht umdrehten, gewahrten wir Berta stolz und erhobenen Hauptes stehend, beide Fäuste in die Hüften gestemmt. Joana stand neben ihr, nicht minder grimmig. Sie mussten alles mit angehört haben,

denn da Ricards Gruppe gebührenden Abstand zur Mauer hielt, hatten wir mit lauter Stimme gesprochen.
»Wie weit man deinem Wort trauen kann«, rief Berta von ihrem Platz auf der hohen Mauer, »das hast du Mordgeier uns ja schon gezeigt. Unseren Tod habt ihr doch längst beschlossen. Also kriech zurück in dein Loch, du elender Wurm, und verschwende nicht länger unsere Zeit!«
Die Leute flüsterten und raunten aufgeregt und machten besorgte Gesichter über solch harsche Worte. Und dennoch, trotz ihrer Furcht, klang Bewunderung für ihre Herrin durch. In Augenblicken wie diesen suchen die Menschen nach Halt und Führung. Dass eine Frau so furchtlos sprach, beschämte die Verzagten. Hoffnung hatte Berta ihnen nicht gegeben, aber Entschlossenheit.
»*Domna* Berta«, versuchte es Ricard abermals. »Wir bieten freies Geleit. Denkt darüber nach!«
»Du hast die *domina* gehört«, knurrte ich. »Das Geschwätz ist jetzt beendet!«
»Also gut!«, rief er fast triumphierend. »Ihr habt es so gewollt.«
Er warf seinen Männern einen vieldeutigen Blick zu, und sie grinsten zurück. Da braut sich etwas Teuflisches zusammen, dachte ich.
»Ist heute nicht *la festa de Sant Joan*, *Domna* Berta?«, rief er ihr zu. »Das muss doch gebührend gefeiert werden. Wir werden Euch ein Feuer anzünden, an das Ihr Euch noch lange erinnern werdet.« Er wendete seinen Fuchs und zeigte auf den armen Joan *lo Bon*. »Mit dem hier fangen wir an! Und von jetzt an wird es jede Nacht ein Johannisfeuer geben. Und als letzten, Jaufré, verbrennen wir den kleinen Krüppel, deinen Sohn Ramon!«
Er lachte gehässig und gab seinem Gaul die Sporen.
Mit einem üblen Gefühl im Magen starrte ich ihm nach, denn ich wusste, dass er nicht aufhören würde, bis er mich auf den Knien hatte.
Und bis dahin würden er und seine Galgenvögel ihren grausigen Spaß mit uns treiben.
Ricards Begleiter folgten, und Joan *lo Bon* wurde erneut auf die

Füße gezerrt. Hatte der Junge verstanden, was mit ihm geschehen sollte?
Ich konnte meinen Blick nicht von seinem Rücken reißen. Vielleicht hätten wir dem armen Kerl die bevorstehenden Leiden durch einen gut gesetzten Pfeil verkürzen sollen. Aber was hätte das genutzt? Ein anderer hätte seine Stelle eingenommen. Nein, Gott hatte ihn dazu bestimmt, das erste der Lämmer zu sein, die für uns geopfert wurden.

***

Was in dieser Nacht geschah, will ich nur in groben Zügen berichten, denn selbst nach den zwanzig Jahren, die seitdem vergangen sind, kann ich immer noch die unerträgliche Ohnmacht spüren und die lähmende Beklemmung, die einem das Herz zerdrückt, dass man kaum noch zu atmen vermag.
Gleich nachdem Ricard in das Lager zurückgekehrt war, stoben in der Abenddämmerung Reiter mit Feuerbränden in alle Richtungen, und es dauerte nicht lange, da begann es, um uns herum zu brennen.
Weizenfelder, die wir in wenigen Tagen abzuernten gehofft hatten, verwandelten sich in glühende Infernos. Scheunen gingen in Flammen auf. Überall stiegen breite Rauchschwaden in den Nachthimmel, gelb und rot beleuchtet von den tobenden Feuersbrünsten darunter. Bald konnte man kaum noch etwas erkennen, und selbst hoch oben vom Turm ließ sich das Ausmaß der Brände schlecht abschätzen, so dicht lag der Qualm über der Landschaft. Die ganze Nacht hindurch wüteten die Feuer. Während die Felder schnell ausbrannten, griff die Feuersbrunst hier und dort auf ein Waldstück über und fraß sich langsam und in unregelmäßigen Flecken den nördlichen Berghang hinauf. Funkenflug erfasste Heuschober und einzelne Höfe auf den unteren Hängen, die gespensterhaft und wie Fackeln in der Nacht loderten.
Mann und Weib weinten in dieser Nacht.
Not und Elend waren groß in unseren Herzen.

Gibt es Schlimmeres für einen Landmann, als die Arbeit eines Jahres in Flammen aufgehen zu sehen? War denn alle Mühe und Plage umsonst gewesen? Was würden wir im Winter essen, so fragte sich manch banges Herz.
Aber Ricard hatte noch Schlimmeres mit uns vor. Bald hallten schrille Schreie zu uns herauf. Im Licht eines riesigen Feuers auf der Wiese mussten wir mit ansehen, wie sie die Frauen aus dem Käfig holten, ihnen die Kleider vom Leib rissen und sich an ihnen vergnügten.
Rosa zerrten sie in Roberts Zelt, auf sie hatte es wohl Ricard selbst abgesehen. Wie Spielbälle schubsten sie die übrigen nackten Weiber, auch die arme Marta, von einem zum anderen, und als sie davon genug hatten, warfen sie sich über sie und vergingen sich an ihnen. Vier oder fünf Kerle hielten jeweils ein schreiendes Weib an Armen und Beinen fest, während ein anderer sich an ihr zu schaffen machte. Immer wieder wechselten sie sich ab, bis die Frauen nicht mehr schrien, sondern alles nur noch leise jammernd über sich ergehen ließen.
Als sie sich an ihnen gesättigt hatten, erfanden sie ein neues Spiel. Zuvor schon hatten wir einen Pfahl bemerkt, den sie in den Boden eingegraben hatten. Darum errichteten sie nun einen Scheiterhaufen, banden Joan *lo Bon* an den Pfahl und zündeten die Scheite an. Manche behaupten, dass Menschen auf dem Scheiterhaufen wenig spüren, weil Rauch und Hitze sie schnell ohnmächtig werden lassen. Doch das stimmt nicht, denn Joan schrie und schrie ohne Unterlass. Selbst als schon der Geruch gerösteten Fleisches zu uns herüberwaberte, da schrie er immer noch. Ein hohes, unmenschliches Kreischen wie ein Tier in höchsten Qualen. Erst als die Haut aufplatzte und das Körperfett zischend Feuer fing, so dass er lichterloh wie eine Fackel brannte, da hörte es endlich auf.
Ich kannte Ähnliches schon zur Genüge. Antiochia und Jerusalem grüßen aus der Ferne, dachte ich bitter. In den Feuern der Nacht sah ich die glühenden Augen der Alten aus dem Bekaatal und konnte ihr hassverzerrtes Gesicht nicht verdrängen. Es war ihr Fluch, der uns heimsuchte.

Hamid und ich überlegten, ob wir einen Ausfall wagen sollten, um die Geiseln zu befreien. Aber das hätte nur zu schlimmerem Blutvergießen geführt. Ricards Männer waren bewaffnet geblieben, und eine Abteilung bildete einen festen Verteidigungsring. Auf so eine Verzweiflungstat schienen sie nur zu warten. Mit meinen zehn Speerkämpfern und der Handvoll Wachleuten wäre es Selbstmord gewesen.

Immer wieder flogen meine Gedanken zu Ramon. Welch wirre Empfindungen rasten durch sein dumpfes Hirn? Was musste in ihm vorgehen, seine Marta vor seinen Augen geschändet und gequält zu sehen? Ach, hätte ich doch nur nicht mit ihm geredet, fuhr es mir durch den Kopf! An jenem Nachmittag unten am Fluss hatte ich begonnen, ihn zu lieben. Seine Hilflosigkeit und sein linkisches Lächeln hatten ihn mir teuer gemacht. Die Vorstellung an die Schrecken, die er jetzt durchleben musste, zerriss mir das Herz. Es war, als ob mich meine Alpträume eingeholt hätten.

Während sich alle um mich herum verkrochen und die Ohren verstopften, um nicht sehen und hören zu müssen, betete ich unentwegt zur Heiligen Jungfrau. *»Maria virgo pia consolatrix, sancta Maria, Mater Dei, benedicta tu in mulieribus, ora pro nobis peccatoribus nunc et in hora nostrae.«*

Berta stand allein auf der Zinne, eine dunkle Gestalt vor dem Hintergrund der Feuer. Während die Brände tobten, das Lachen der Soldaten unsere Ohren beleidigte, die Schreie der Gequälten sich in unsere Seelen bohrten, stand sie trockenen Auges und mit steinerner Miene unbeweglich da und nahm alles in sich auf, als wolle sie es nie mehr vergessen.

Ich trat an ihre Seite.

»Mein Gott! Was habe ich nur getan?«

»Nichts hätte dies verhindern können«, sagte ich. Doch sie hörte mich nicht. Es war, als wolle sie allein die Verantwortung auf sich nehmen.

»Deus, perdona me!«, flüsterte sie.

Ich legte sanft meinen Arm um ihre Schulter, aber ungeduldig wehrte sie mich ab, und ihr Mund war hart, als sie sprach.

»Bring mir seinen Kopf!« Ihre Augen funkelten im Licht der Feuer. »Du sollst ihn umbringen, hörst du? Versprich es!«
»Ich verspreche es!«
»Langsam und qualvoll, wie er es verdient hat.«
Auch ihre Barmherzigkeit hatte also Grenzen.
Ich nickte. »So soll es geschehen.«

Der Schlüssel

Sanctus Iohannes,
*Patron der Weber, Sattler, Schmiede,
Hirten und Bauern, der Lämmer, Schafe und Haustiere
und der Weinstöcke; beschützt vor Kopfschmerz,
Schwindel, Krämpfen, Furcht und Hagel*

Sexta Feria,
24. Tag des Monats Juni

Am Festtag des *Sant Joan* hat der Teufel keine Macht.
So heißt es im Volk. Ich schüttelte angewidert den Kopf. Der gute Heilige hatte den Teufel nicht davon abhalten können, uns Ricard de Peyregoux zu schicken. Es zeigte nur wieder, wie dumm solche Sprüche sind.
Wie kann man sich nach einer solchen Nacht in die Augen sehen? Niemand brachte das fertig. Nicht im harschen Licht des Tages. Nach den gellen Schreien fühlten wir uns leer und zittrig mit dumpfen Schuldgefühlen in der Brust, denn hier oben, in der Sicherheit der Burg, hatten wir nicht mehr getan, als uns die Ohren zuzuhalten. Bis ins Mark hatten uns die Qualen der Opfer getroffen, und ihre Schreie hallten noch lange in unseren bebenden Herzen nach, selbst als sie längst verstummt waren.
Die Feuer brannten langsam aus. Es blieben nur ein Glühen hier und da und der Gestank von verkohltem Holz, der sich bleiern auf die Brust legte. Von den geschändeten Frauen war zuletzt nur noch ein gelegentliches Wimmern zu uns heraufgedrungen, wie das Flüstern, das ein sterbender Wind noch im Laub der Bäume hören lässt. Das war noch schwerer zu ertragen gewesen als die Schreie.
Am Morgen kümmerten sich die Mütter leise um ihre Kinder, die Wachen gingen ihre Runden, die Mägde kochten das Essen. Alles

schien seinen gewohnten Gang zu gehen, aber kaum jemand sprach ein Wort. Man ging sich aus dem Weg und sah sich nicht an. Wer nichts zu tun hatte, schnitzte in einer stillen Ecke ziellos an einem Stück Holz oder legte sich auf sein Bett und starrte an die Decke. Nicht einmal Tränen konnten wir vergießen. Die Ohnmacht schlug jedem gallig bitter auf den Magen und schürte unseren Hass.

Die beiden schwerverwundeten *pezos* waren verendet. Brun ließ ihre Leichen ohne viel Federlesen über die Mauer werfen.

Dann entdeckten wir, dass Gustau verschwunden war. In der Nacht hatte er sich heimlich davongemacht, niemand hatte ihn gesehen, aber am Morgen fanden wir ein Seil, mit dem er über die Mauer geklettert war. Ich konnte ihn verstehen. Er wollte etwas unternehmen, auch wenn es wenig Aussicht auf Erfolg haben und sein Leben kosten würde. Gern hätte ich es ihm nachgemacht, aber ich war für die Gemeinschaft verantwortlich, und unsinnige Heldentaten waren nicht angesagt.

War es ein Fehler gewesen, Drogo in die Berge zu schicken? Hätten wir sie mit vereinten Kräften überwältigen können? Es fiel mir schwer, einen klaren Gedanken zu fassen, auch wenn alle es von mir erwarteten. Die plötzlichen Enthüllungen, die Eindrücke der vergangenen Nacht und dann Ramon dort unten in diesem Käfig zu wissen. Was mochte in seinem schreckgequälten Herzen vorgehen? Sein einfältiges Leben war bisher glücklich verlaufen, am kühlen Fluss bei Marta und Jori und ihren Kindern. Er hatte nichts von mir gewusst, begriff nicht, warum jener fremde Mann aus Outremer sein Vater sein sollte. Einmal kam es mir vor, als hörte ich ihn schreien. Aber als ich ans Turmfenster stürzte, ließ sich nichts erkennen. Nur eine tote Frau lag unten im Lager vor dem Küchenzelt, nackt in der Sonne, wie ein vergessener, weißer Fleischklumpen. Es war weder Rosa noch Marta, so glaubte ich zu wissen. Wahrscheinlich eine der Bäuerinnen. Warum, zum Teufel, begruben sie den Kadaver nicht?

Ricard würde nicht einlenken. Er würde neue Geiseln finden und uns jede Nacht quälen, bis wir alle verrückt wurden. Unschuldige litten und verloren ihr Leben. Ich biss mir auf die Lippen. War es der Fluch, Bastardsohn eines verdammten Fürsten zu sein, oder der Preis für mein gewalttätiges Leben? Ich ertappte mich bei Selbstgesprächen mit dem Prior von Fontfreda. Wenn der Mensch schon als Sünder zur Welt kommt, hat er dann überhaupt eine eigene Wahl? Und wenn nicht, wozu Vergebung? War Ricard von Grund auf schlecht, und musste man ihn nur zertreten wie einen Skorpion? Oder war er fähig zur Reue und wert, gerettet zu werden? Und wie stand es um mich, der im Namen des Herrn getötet hatte? Jesus selbst war auf einem Esel in Jerusalem eingezogen, nicht an der Spitze einer Heermacht. Was hatten wir nur aus seinen sanften Gedanken gemacht?

Aber solche Überlegungen brachten mich nicht weiter. Ich musste einen Ausweg finden. Sollte ich mich selbst ausliefern? Robert wollte die Burg, aber auch meinen Tod. Vielleicht wäre dann Ramon gerettet, ebenso wie all die anderen. Und Berta könnte von vorn beginnen. Gold genug gab es bei dem Juden in Narbona. Sie könnte die Schäden an Vieh und Feldern ausgleichen, den kurzen Spuk meines plötzlichen Auftauchens wieder vergessen. Mein Leben war ohnehin nichts wert. Wem nützte ich in irgendeiner Weise? Eine Weile lang gaukelte ich mir vor, dass mein Opfer die Lösung sein könnte.

Doch auch das würde nichts helfen, denn Berta würden sie ebenso wenig am Leben lassen wie Martin oder Adela, niemand von Stand, dessen Wort und Zeugnis vor einem gräflichen Richter Gehör finden konnte. Nein, für sie war es klüger, alle Mitwisser umzubringen. Nur Raol würde überleben. Aber er war fest in Roberts Fängen, und der würde ihm schon die rechten Lügen auftischen.

Und wo war das verfluchte Testament, wenn es so etwas überhaupt gab? Ich rief einen Knecht und ließ mir Cecilias Truhe kommen, in der Hoffnung, einen Hinweis zu finden. Obenauf lagen ihre wenigen Festkleider. Darunter erkannte ich ein blaues, mit Silberfäden besticktes Gewand. Das war ihr Hochzeitskleid gewesen, als sie Ramon Montalban geheiratet hatte, den Mann, der auf einmal nicht mehr mein Vater sein sollte. Ich nahm ihre besten Schuhe aus weichem Kalbsleder zur Hand. Ich erinnerte

mich an sie und auch an einige ihrer silbernen Gürtelschnallen und Fibeln. Cecilia hatte immer auf ihr Äußeres geachtet, auch wenn sie weibischen Tand verabscheute.
Ich fand ihren bescheidenen Schmuck und das Bildnis einer Frau. Das musste Ada, ihre Mutter, sein. Das Bild war nicht größer als mein Handteller und zeigte eine festlich gekleidete, junge Frau mit dunklen Augen und vollen Lippen, die Haare züchtig unter einer Haube versteckt. Kein Meisterwerk, nicht wie die Ikonen der Byzantiner. Aber man konnte erkennen, dass sie eine Schönheit gewesen war, schöner als Cecilia, wenn man dem Abbild trauen durfte, und – Odos Geliebte.
Ja, ich wusste um diese geheime Liebe, die nicht hatte sein dürfen, denn Ada war seines Bruders Weib gewesen. Das hatte Odo bewegt, Mönch zu werden. Nachdem Jahre später der Bruder an einem Fieber gestorben war, hatte Odo sich um das Gut Monisat und um die kinderlose Witwe gekümmert. Doch als Priester hatte er sie zu beider Kummer nicht heiraten können, und Cecilia, die kaum ein Jahr später zur Welt kam, gaben sie als seine Nichte aus. Odo war also nicht mein Großonkel, sondern mein Großvater. Eine Verlogenheit, die mich eher abgestoßen hatte. Doch in Wirklichkeit nicht einmal das! Er war überhaupt nicht mit mir verwandt, wie ich jetzt wusste, sondern ein Mann, der geschickt den Fehltritt seines Herrn versteckt hatte wie den eigenen. Und seine Tochter war nicht meine Mutter. Nichts war, wie es schien in dieser Familie, die gar keine war. Es ist sehr verwirrend, wenn die Fundamente des eigenen Lebens plötzlich als Lügengebilde in sich zusammenstürzen. Wer war ich, verflucht?
Als ich Adas Bild zurück in die Truhe legte, fiel mir ein Gegenstand auf, den ich gut kannte. Ein großer eiserner Schlüssel, der schwer in meiner Hand wog. Und bei seinem Anblick legten sich plötzlich die Verwirrung und der Aufruhr in meinem Herzen. Blitzartig verdichtete sich alles zu einem Plan. Noch einmal nahm ich das Bildnis zur Hand und küsste es. Danke, Ada! Gott hatte mir durch sie den Schlüssel zu Rocaforts geheimen Gang zugespielt. Darin erkannte ich Seinen Fingerzeig. Nun wusste ich, was zu tun war.

Während ich den Schlüssel einsteckte, hörte ich leichte Tritte auf der Stiege.

»Adela?«, rief ich. »Bist du das?«

Jemand stieg ohne Antwort weiter zur Zinne empor.

Ich schloss die Truhe und folgte nach, um zu sehen, wer es sein mochte. Nach dem Halbdunkel im Turmgemach blendete mich das grelle Sonnenlicht, so dass ich die Lider zusammenkneifen musste.

Es war Berta. Mit den Händen auf den rauhen Stein der Zinne gestützt, starrte sie hinaus in die verunstaltete Landschaft.

»Mon Dieu!«, flüsterte sie zutiefst betroffen.

Ich folgte ihrem Blick. Wo gestern noch goldene, erntereife Felder gewesen waren, beschmutzte jetzt der schwarze Aussatz hässlicher Brandmale die grüne Landschaft. Mitten in dieser ausgedehnten Trostlosigkeit fanden sich die Reste niedergebrannter Scheunen und Bauernhütten, aus denen noch dünne Rauchfahnen in den Himmel stiegen. Auf den Hängen darüber reckten ganze Wälder von verbrannten Bäumen ihre schwarzen Äste in den Himmel. Riesige verkohlte Flächen hatte das Feuer aus dem Hang gefressen bis weit hinauf unter den Berggipfel. Der Waldschaden war beträchtlich. Welche weiteren Opfer an Mensch und Tier dieser sinnlose Akt der Zerstörung gekostet hatte, wagte ich mir nicht auszumalen.

»Mon Dieu!« Berta schlug vor Entsetzen die Hände vors Gesicht. Lange blieb sie so stehen. Dann ließ sie die Hände sinken und sah bleich und mit tränengefüllten Augen wieder auf die Landschaft.

Im klaren Licht der Sonne versuchte ich nüchtern, den Schaden einzuschätzen. Fast alle Felder in der Nähe des Dorfes schienen verbrannt zu sein. Ich zählte mindestens sechs zerstörte Höfe in der näheren Umgebung. Die Hütten ließen sich rasch wieder aufbauen, und den Feldern tat die Asche sogar gut, wenn wir sie unterpflügten. Doch der Verlust der Kornfrucht würde uns im kommenden Winter hungern lassen, denn mehr als Kürbis und ein bisschen Kohl würde nicht bleiben, wenn der Feind nicht auch diese Felder zertrampelt hatte. Besonders schlimm war der

Verlust von Olivenbäumen und Weingärten. Es würde Jahre dauern, bis sie sich davon erholten.
Aber es gab auch Hoffnung, denn weiter draußen waren noch Weizengelb und die ordentlichen Reihen anderer Feldfrüchte zu erkennen, so dass ich schätzte, dass etwa die Hälfte unseres Anbaus unversehrt geblieben war. Vorläufig jedenfalls.
»Womit haben wir das verdient?«, flüsterte Berta immer noch fassungslos. »Wo war der gerechte Gott in dieser Nacht? Wie konnte er das zulassen? Und wie kann es sein, dass heute Morgen die Sonne scheint und die Vögel singen, als wäre nichts geschehen? Macht Er sich lustig über uns?«
»Den Feind auszuhungern oder seinen Besitz zu zerstören ist bei Fehden nicht unüblich.«
Was für eine einfältige Bemerkung, dachte ich und biss mir auf die Lippen. Als wüsste ich nicht selbst, dass dies keine einfache Fehde, kein kleiner Grenzstreit zwischen Nachbarn war. Warum, zum Teufel, machte mich Bertas Gegenwart in letzter Zeit so linkisch und unbeholfen?
»Es passt zu Ricard«, fügte ich lahm hinzu.
»Wer ist dieses Ungeheuer?«, fragte sie flüsternd.
Ich senkte den Blick und erwiderte verlegen: »Er gehört zu meiner neuen Verwandtschaft. Er ist mein Vetter.«
Sie sah mich ungläubig und mit weit aufgerissenen Augen an, als wäre ich selbst ein Ungeheuer.
Ich erzählte, was ich von Bertran erfahren hatte. Dass Ricards Mutter die uneheliche Halbschwester meiner Mutter Anhes gewesen war. Einer der vielen Fehltritte, die sich der alte Markgraf Bernard de Provence bis ins hohe Alter geleistet hatte und für die er schließlich durch eine Wallfahrt nach Compostela hatte Buße tun wollen. Auf dieser Reise war er von Räubern erschlagen worden. Des Schutzes ihres markgräflichen Vaters beraubt, war Ricards Mutter am Hof in Ungnade gefallen und kaum geduldet aufgewachsen, hatte später einen armen Edelmann geheiratet, der früh verstorben war, und ihren Sohn Ricard allein und in ärmlichen Verhältnissen großgezogen. Der Junge hatte laut Bertran immer unter der Schmach gelitten, zum verachteten Teil der

Familie zu gehören, und seinen mühsam unterdrückten Hass hatte er an anderen ausgelassen. Als Junge hatte er Katzen an Scheunentore genagelt und später dann aufmüpfige Bauern. Was er mit Frauen tat, hatten wir inzwischen selbst erlebt.

»Er ist krank im Gemüt oder vom Teufel besessen. Er hasst Bertran, weil der vermeintlich seinen Platz in der Welt gestohlen hat. Und mich sicher aus ähnlichen Gründen, nachdem er von Robert weiß, wer ich wirklich bin. Seine arme Mutter kann einem leidtun.«

Berta blickte mich kalt und verständnislos an.

»Was schert mich das Weib, aus dessen Leib diese Teufelsbrut gekrochen ist. Er gehört nicht in diese Welt. Mir ist gleich, wie du es anstellst, aber dieser Kerl hat sein Leben verwirkt.«

Es widerstrebte mir, kaltblütig den Tod eines Mannes zu planen. Doch vielleicht hatte Berta recht. Ich öffnete den Mund, um ihr zu antworten, als ich Berittene gewahrte, die an unserem Wachposten angehalten hatten, wo Ricards Männer den Weg absperrten und Reisende zur Umkehr zwangen. Zeugen der Belagerung waren ihnen wohl unangenehm. Es handelte sich um zwei *cavaliers* in Begleitung eines ebenfalls berittenen Reitknechts, der ein mit Gepäck und Waffen beladenes Maultier mitführte. Gute Gäule, bemerkte ich. Auf dieser Straße nach Quilhan, Couiza oder Limos waren Reisende aller Art und selbst gewappnete Reiter natürlich nicht ungewöhnlich.

Was mich dennoch näher hinschauen ließ, waren Ausrüstung und kriegerisches Gebaren der Ritter. Beide waren bis an die Zähne bewaffnet, in schwerer Kettenpanzerung, mit festgeschnallten Helmen, die selbst aus der Nähe wenig vom Gesicht hätten erkennen lassen. So gewappnet zu reisen, musste bei der Hitze, die in diesen Tagen herrschte, äußerst unangenehm sein. Soweit es sich in der Entfernung erkennen ließ, trugen Schilde und Helme Scharten und Beulen, als hätten sie schon manchen Kampf gesehen, und in den gepanzerten Fäusten hielten sie lange Lanzen, die in Bereitschaft auf ihren Steigbügeln ruhten, ganz als befänden sie sich auf dem Schlachtfeld in Sichtweite des Feindes. Seltsam das.

Wer mochten diese Männer sein? Handelte es sich etwa doch um die Vorhut von Odos Heerhaufen? Aber sie trugen weder Wappen auf den Schilden noch Wimpel an den Lanzenspitzen. Herrenlose Söldner also, wenn auch sehr gut gerüstet. Irgendetwas an Gestalt und Bewegungen des Anführers kam mir bekannt vor, doch bevor ich weiter darüber nachdenken konnte, hallten von Roberts Lager schrille Schreie und Männerflüche zu uns herauf. Auch die fremden Reiter unten am Fluss wandten die Köpfe und horchten auf. Aber da die Zelte des Feindes weit über ihnen, hinter Bäumen und dem Dorfhügel, versteckt lagen, konnten sie nichts sehen.

Berta und ich liefen beunruhigt zur gegenüberliegenden Zinne des Turms. Unten im Lager erkannte ich Duran, der ein junges Weib aus seinem Zelt zerrte. Ihre bleiche Nacktheit wirkte zerbrechlich neben der massigen Gestalt des grobschlächtigen Kerls. Mein Magen krampfte sich zusammen. Es musste Rosa sein, obwohl man sie kaum erkennen konnte, denn die langen, dunklen Haare hingen ihr wirr übers Gesicht. Nach Ricard war wohl nun auch Duran ihrer überdrüssig geworden. Grinsend warteten Leon *la Vespa* und zwei andere, sie als Nächste in Empfang zu nehmen. Rosa schrie und wehrte sich, versuchte, sich aus den Pranken Durans zu befreien. Aber der schlug ihr so hart ins Gesicht, dass ihr Kopf nach hinten flog. In ihre Schreie mischte sich das Lachen der Kerle.

Berta starrte totenbleich über die Zinne. Ihre Lippen zitterten, und sie kämpfte um Beherrschung. Wo war Gustau, fragte ich mich. Saß er in den Büschen und sah ohnmächtig zu? Ich hoffte inständig, die Leiden seiner Liebsten würden ihn nicht zu einer tödlichen Dummheit hinreißen, denn so ein Anblick war genug, jeden Mann um den Verstand zu bringen. *Putan, merda!* Wie hatte ich diese Hilflosigkeit satt!

Da fielen mir die Reiter an der Zollstelle wieder ein. Konnten sie uns irgendwie helfen?

Aber als ich über die Zinne blickte, da sah ich sie davonreiten, zurück, woher sie gekommen waren, und bald schon verschwand auch ihr Reitknecht hinter einer Wegbiegung. Enttäuscht atmete ich aus und ließ die Schultern hängen. Was hätten zwei Mann auch schon ausrichten können?

Unten im Lager führte ein Knecht gerade ein gesatteltes Pferd vor, und Ricard trat aus seinem Zelt, schwang sich auf und nahm eine mit einem weißen Tuch versehene Lanze aus den Händen des Knechts.

Mussten wir sein höhnisches Geschwätz erneut ertragen? Auf unserer Mauer sah ich Bogenschützen vortreten. Doch die auf ihn gerichteten Pfeile störten Ricard wenig, denn er trieb seinen Gaul den steilen Hang bis auf zehn Schritt an die äußere Ringmauer heran.

»He, Montalban!«, schrie er. Sein suchender Blick entdeckte mich auf dem Turm. »Ah. Da ist ja unser edler *Castelan!*«, rief er gutgelaunt. »Wie hat dir unsere Johannisnacht gefallen, eh?«

»Du bist ein toter Mann, Peyregoux!«

»Ha! Ich bin noch sehr lebendig!«

»Wer ins Feuer bläst, dem fliegen Funken ins Auge«, schrie ich wütend. »Hüte dich vor meiner Rache!«

»Willst du mir mit deinen Bauernweisheiten drohen? Deine Lage ist aussichtslos. Ergib dich lieber.« Nun hatte er Berta entdeckt. »*Domna* Berta! Sagt dem Dummkopf, er soll sich ergeben. Das erspart Euch weiteren Kummer. Wir lassen euch alle gehen, das ist versprochen.« Dann lachte er wieder, als meine er es nicht ernst.

Etwas tat sich unten im Lager. Sie hatten Marta aus dem Käfig geholt und schleppten sie zu einem neu errichteten Pfahl, um den sie wie gestern einen Scheiterhaufen gelegt hatten. Auch sie war nackt, und zwischen den Männern hing ihr Kopf wie leblos vornüber. Sie konnte kaum gehen, und immer wieder sackten ihre Beine weg, so dass sie den halben Weg über den Boden geschleift wurde. Jetzt hoben sie sie auf den Scheiterhaufen und banden sie an den Pfahl. Dort hing sie schlaff in ihren Fesseln, das Gesicht kaum noch erkennbar, Rippen, Arme und sogar die Brüste von Kratzern und Blutergüssen gezeichnet. Geronnenes Blut klebte an der Innenseite ihrer Schenkel. Sie schien nur noch ein misshandeltes Stück Fleisch zu sein, ein menschliches Wrack, das in nichts mehr an die warmherzige Frau erinnerte, die ich gekannt hatte und die meinem Sohn eine Mutter gewesen war.

»Sieh gut hin, Montalban«, johlte Ricard. »Wir bereiten uns schon auf die Abendfeierlichkeiten vor. Freut euch auf ein neues Fest der Sinne.« Er warf den Kopf in den Nacken und konnte sich kaum einkriegen vor Heiterkeit. »Wir werden heute Nachmittag noch ein paar eurer Bauerntölpel einfangen. Da ist Vorrat genug. Den Köhler haben wir auch schon gefunden. Ist er nicht *Domna* Joanas kleiner Freund, *son bel amic?*«

Meine Fäuste krampften sich zusammen. Lambesc hatte ihm natürlich genug Einzelheiten berichtet, um uns aufs äußerste zu quälen. Könnte ich ihm doch nur mit dem nackten Schwert das höhnische Grinsen aus dem Gesicht schneiden! Zum ersten Mal empfand ich, dass selbst das Pfählen bei lebendigem Leibe eine gerechte Strafe sein kann.

»Und vergiss nicht, Jaufré«, hörte ich ihn höhnisch rufen, bevor er dem Gaul die Sporen gab. »Deinen Ramon, den halten wir uns frisch … bis zuletzt.«

Ich starrte zum Käfig hinunter. Darin stand eine dünne Gestalt, die Hände in die Stangen gekrallt. Es brach mir fast das Herz. *O Santissima Maria*, verlass uns nicht!

Berta musste zu lange um Fassung gerungen haben, denn plötzlich konnte sie nicht mehr und warf sich wie ein krankes Tier wimmernd an meine Brust. Die Wunde meldete sich scharf bei der brüsken Berührung, aber dieser Schmerz war mir fast willkommen und nichts gegen das, was unsere Seelen quälte. Ich schlang meine Arme um sie und hielt sie fest an mich gedrückt. Ihre Selbstbeherrschung war endgültig zerbrochen. Sie zitterte am ganzen Leib, und stöhnende, ja ächzende Laute kamen aus ihrer Kehle. Ab und zu warf sie das tränenüberströmte Gesicht in den Nacken und konnte kaum Luft durch den gramverzerrten Mund bekommen. Dann schlug sie auf meine Brust und war von Krämpfen geschüttelt, so dass ich sie festhalten musste, sonst wäre sie zu Boden gestürzt.

»Noch so eine Nacht halte ich nicht durch«, flüsterte sie zu Tode erschöpft, als die schlimmsten Weinkrämpfe vorüber waren und ihr Kopf ermattet an meiner Brust lag. Ich strich ihr über die Haare und wiegte sie wie eine Mutter ihr Kind. Bertas Haut verströmte einen Duft wie warmer Honig. So standen wir, bis sie ruhiger atmete. Und dann spürte ich ganz leicht ihre streichelnden Finger auf meinem Gesicht wie die Flügel eines Schmetterlings. Die Berührung löste eine plötzliche Sehnsucht in mir aus, nach etwas lang Verlorenem, so heftig, dass es mir den Atem nahm. Doch der Augenblick war nur flüchtig. Sie hob den Kopf und sah mir forschend in die Augen. Ihr Blick war voller Müdigkeit und Trauer. Ich wagte nicht, zu sprechen. Dann neigte sie ihr Gesicht zur Seite und seufzte, schlang die Arme um meinen Leib und hielt mich noch einen Augenblick umfangen, bis sie sich endlich von mir löste.

»Was werden wir jetzt tun, Jaufré?«, fragte sie wieder gefasst, wenn auch bleich und mit blauen Schatten unter den geröteten Augen.

Ich brauchte noch etwas Zeit, um mich aus dem Bann unserer Umarmung zu befreien. Meine Gedanken auf die nächsten Stunden und Tage zu richten, fiel schwer. Dennoch mussten wir bald eine Entscheidung treffen. Unser Heil lag nicht auf Rocafort. Die Rettung konnte nur von außen kommen.

»Wir werden alle die Burg verlassen«, sagte ich langsam.

»Was redest du da?«, fragte sie entgeistert.

»Noch heute Nacht!«

***

Mein überraschender Entschluss löste helle Aufregung aus und führte zu heftigen Auseinandersetzungen in der Burg.

»Lasst uns ein gutes Mahl genießen«, hatte ich gesagt. »Es wird für eine Weile das Letzte sein, das wir hier zu uns nehmen, und von den Vorräten können wir nur wenig mitnehmen.« Diese Worte waren in Windeseile um die Burg gegangen, und die Leute mussten sich ernsthaft fragen, ob ich ganz richtig im Kopf war.

Mein Plan betraf alle in der *familia* von Rocafort, und so war es angesagt, gemeinsam Rat zu halten. Um die Tafel in der *aula* saßen Hamid, Berta, Joana, Brun, Jaume, Lois Bertran von der Wachmannschaft und Matiu, einer der Jäger aus dem Dorf. Ihn brauchte ich, um meine Kenntnisse der näheren Umgebung aufzufrischen. Und als Stimme der Mütter des Dorfes lud ich Gisla dazu. Mir war klar, dass das Gesinde auf der Stiege uns belauschte, um nur ja zu erhaschen, was ihr *castelan* da vorhatte. Nun gut. Sie würden es ohnehin bald erfahren.

Cortesa teilte das Essen aus, und Ana, eine junge Magd, füllte die Becher von unserem Besten. Berta sprach das Dankgebet, und dann langten wir zu. Trotz der grausigen Nacht, die hinter uns lag, oder vielleicht gerade deshalb, aßen die meisten mit großem Heißhunger, denn nicht nur körperliche Anstrengungen, sondern auch die Leiden der Seele zehren an den Kräften. Und davon hatte es ausreichend gegeben in dieser teuflischen Johannisnacht.

Cortesas Kochkünste hatten sich merklich verbessert. Bei allem, was in diesen Tagen vor sich gegangen war, schien kaum jemand bemerkt zu haben, dass sie inzwischen ohne viel Aufhebens Joanas Herrschaft über die Küchenmägde übernommen hatte, die Arbeit einteilte und zusah, dass alle an der Tafel gut bedient waren. Vielleicht war es ihr neuer Ruhm als wehrhafte Jungfrau, der ihr allgemeinen Respekt eingebracht hatte.

»Die Zeit ist gekommen, etwas zu unternehmen«, sagte ich. »Sie haben uns hier eingeschlossen und dazu verdammt, ihre Grausamkeiten tatenlos zu ertragen. Aber damit ist jetzt Schluss!« Ich warf den eisernen Schlüssel auf die Tafel. »Dies Ding hier öffnet uns den Weg zur Freiheit.«

Sie starrten gebannt auf das angerostete Stück Eisen und blickten mich verständnislos an. Außer Joana, die den Schlüssel sofort erkannte. Sie aß wenig und sah elend aus. Die Kunde von der Gefangennahme ihres Köhlers hatte sie schwer getroffen. Nun musterte sie mich mit einem durchdringenden Blick.

»Willst du etwa durch die Höhle gehen?«

»Was für eine Höhle?«, fragte Berta.

»In der Gegend gibt es überall Höhlen«, erklärte ich. »Wasser wäscht sich durch das Kalkgestein. So auch im Innern dieses Felsens, auf dem wir sitzen. Beim Bau der Fundamente ist man auf eine verborgene Spalte gestoßen, eine Art Kamin, der in die Tiefe führt. Unten, auf dem schroffen Hang oberhalb des Flussufers gibt es einen von Gestrüpp überwucherten Ausgang. Der ist innen durch ein schweres Eisengitter gesichert. Dazu ist dies der Schlüssel.«

Sie hatten aufgehört zu kauen.

»Ein geheimer Fluchtweg?« Jaume machte große Augen.

»Wieso weiß ich nichts davon?« Berta blickte erstaunt zu Joana hinüber, die verlegen auf dem Schemel rutschte.

»Die kleinen Schlingel damals ...«

»Die Schlingel waren Drogo und ich«, unterbrach ich sie. »Mit Feuerbränden haben wir heimlich die ganze Höhle durchforscht. Ich hatte Cecilia den Schlüssel gestohlen, und wir benutzten die geheime Stiege, um aus der Burg unbemerkt ein und aus zu gehen. Was kann es Spannenderes für zwei Jungens geben? Als Cecilia uns erwischte, bekamen wir den Gürtel des Waffenmeisters zu spüren.«

»Und mit Recht!«, entrüstete sich Joana. »Es ist gefährlich da unten. Cecilia ließ kurzerhand den Zugang zumauern. Und niemand durfte den Geheimgang auch nur erwähnen. Irgendwann habe selbst ich vergessen, dass es ihn gibt.« Sie zuckte mit den Schultern.

»Weiberherrschaft«, murrte ich und schüttelte den Kopf. »Wer mauert denn einen Fluchtweg zu und vergisst ihn? Aber es hat auch sein Gutes, denn Lambesc weiß nichts davon und somit auch nicht Ricard. Und die Wand, die sie hochgezogen haben, ist nichts, was man nicht mit Hammer und Meißel in wenigen Stunden einreißen kann. Heute Nacht also verlassen wir heimlich die Burg und gehen in die Berge.«

Das sorgte für Aufregung am Tisch.

»Die Burg aufgeben?« Lois Bertran schlug sich vor den Kopf.

Es folgte ein langer Streit. Die Frauen bangten vor allem um die Sicherheit der Gemeinschaft. Gisla weinte um ihre Kinder, Joana war entsetzt über diesen wahnsinnigen Einfall. Sie würden uns da draußen jagen, bis wir alle tot seien. Die Männer dachten über andere Möglichkeiten nach. Brun war für einen Ausfall, um die Geiseln zu befreien, bis Hamid ihn überzeugte, dass sie unsere wenigen Männer in Stücke hauen würden. Und selbst wenn es gelänge, würden sie mit anderen Geiseln weitermachen. Lois Bertran warnte, sich zu einer unbedachten Handlung hinreißen zu lassen, denn vielleicht war gerade dies Ricards Absicht. Wir sollten lieber die Belagerung durchstehen.

»Na schön«, sagte ich grimmig. »Die Burg ist fest. Hier sind wir sicher. Zumindest für eine Weile. Wir müssen uns nur daran gewöhnen, dass sie jede Nacht neue Unschuldige zu Tode quälen. Bedenkt, es sind eure Nachbarn, eure Freunde und Verwandten! Könnt ihr das ertragen?«

Die meisten, auch Gisla, schlugen die Augen nieder. Joanas Hand machte das Zeichen der *corna*, um weiteres Übel abzuwenden. »Was können wir anderes tun?«, hauchte sie.

»Hinzu kommt«, fuhr ich ungerührt fort, »dass Robert Verstärkungen heranschafft. Je länger wir warten, desto schwieriger wird es, den Feind zu besiegen. Zuletzt werden sie uns aushungern. Ich kenne solche Belagerungen nur zu gut und weiß, wie es ist, wenn man sich am Ende um jede magere Ratte prügelt. Das, Gisla, möchte ich dir und deinen Kindern ersparen.«

»Und wenn wir uns ergeben?«, fragte sie zögerlich. »Sie haben versprochen, uns alle gehen zu lassen …«

»Umbringen werden sie uns!«, unterbrach Berta sie harsch. »Schon um Zeugen ihrer Freveltaten zu beseitigen.«

Gisla schwieg betroffen. Für eine Weile waren alle ratlos.

»Niemand gewinnt eine Schlacht«, sprach Hamid in die Stille, »indem er wie ein Has*enherz* auf seinem Hügel hocken bleibt. Es wird Zeit, das Heft in die Hand zu nehmen.«

»Also, *Castelan*«, sagte Jaume lässig. »Was habt Ihr vor?«

Er schien als Einziger unbesorgt, ließ sich Wein nachfüllen und zwinkerte der Magd Ana zu, die mit offenem Mund gelauscht hatte. Das Mädchen schien ihn mehr zu fesseln als unser hitziges Gerede.

»Wenn sie Rocafort verlassen vorfinden«, so legte ich ihnen meinen Plan auseinander, »sind wir bereits in Sicherheit. Warum sollten sie dann weitere Geiseln quälen? Sie haben, was sie wollen. Uns zu verfolgen, wird schwierig sein. Der Wald ist dicht und voll von dornigem Unterholz. Für jemanden, der die Wildpfade nicht kennt, ist da schwer durchzukommen. Verfolger lassen sich leicht in einen Hinterhalt locken. Das wissen auch die Söldner. Oben auf dem Berg hat Drogo ein Lager an einem versteckten Ort errichtet, mit Zelten und Mundvorrat für Wochen. Dort sind Frauen und Kinder sicher. Fast so sicher wie auf Rocafort. Und von Drogos Männern wissen Robert und Ricard nichts. Zusammen mit ihnen sind wir stark genug, um sie anzugreifen. Unsere Männer kennen jeden Schlupfwinkel, wir können unerwartet und von jeder Seite zuschlagen und wieder verschwinden.«

Hamid grinste wölfisch. »Unterschätzt nicht unsere Kampferfahrung. In Outremer haben wir schon ganz andere Feinde geschlagen.«

»Per Dieu, Castelan!«, rief Jaume und stieß sein Messer in die Tafel, dass es stecken blieb. »Ich bin dabei! Das Rumsitzen hab ich satt!«

Ich blickte zu Berta. »Ich verspreche dir Ricards Kopf, wie du verlangt hast!«

Alle starrten plötzlich Berta an. Ein Anflug von Röte ging über ihr Gesicht. Ihr Blick wanderte über die Versammelten, auf deren Mienen sie grimmige Zustimmung las. Außer Joana, die immer noch den Kopf schüttelte und verärgert etwas von »Leichtsinn« und »so war er schon immer« murmelte. Dann sah Berta mich lange an. Dabei überkam mich die Erinnerung an den Geruch ihres Haares und die Weichheit ihres Leibes in meinen Armen. War es nur eine flüchtige Umarmung gewesen? Hatte es irgendeine Bedeutung? Die Antwort auf diese Frage schien mir plötzlich von großer Wichtigkeit. Undeutlich ahnte ich, dass alles, was Berta tat oder sagte, mich schon seit unserer Ankunft auf eine Weise beschäftigte, die ich mir nicht erklären konnte.

»Was ist mit Rosa und Loisa …«, sie zögerte, »… und Ramon?«

»Ich hoffe, dass Ricard sie gehen lässt. Ansonsten, sobald wir können, befreien wir sie alle«, versprach ich. »Auch Ferran, Joana.«

Bei der Erinnerung an ihren *bel amic* machte Joana ein so klägliches Gesicht, dass ich mich neben sie setzte und sie an mich zog. Sie begann zu weinen. »Welches Unglück ist nur über uns gekommen, Jaufré?«, wehklagte sie und legte ihren Kopf auf meine Brust. Ihr rundlicher Leib wurde von heftigem Schluchzen geschüttelt. Ich hielt sie sanft und flüsterte ihr Mut zu, bis sie sich beruhigte.

Berta beobachtete uns. Hilfloser Zorn, Mitgefühl und Sorge um unser aller Wohl wechselten auf ihrem Gesicht ab. Eine kleine Falte stand auf ihrer Nasenwurzel, während sie lange nachdachte. Der Raum war still geworden. Schließlich holte sie tief Luft und atmete langsam wieder aus, so als ergebe sie sich ins Unvermeidliche. Dabei sah sie mir wieder in die Augen und nickte unmerklich. Sie hatte sich entschieden.

»Jaufré und Hamid sind die erfahrensten Kriegsmänner unter uns«, sprach sie mit gefasster Stimme. »Sie haben uns bisher gut geführt, und wir müssen ihnen auch in dieser Sache vertrauen. Solange sie als Erstes unser aller Wohl im Auge behalten, stimme ich zu.«

War sie dankbar, dass ich ihr das letzte Wort überlassen hatte? Jedenfalls belohnte sie mich mit einem tapferen Lächeln, so als lege sie ihr Leben und das der *familia* in meine Hände, nicht ohne Besorgnis, aber dennoch hoffnungsvoll. Gisla wischte sich eine Träne aus den Augen. Auch sie war einverstanden. Feierlich hoben wir die Becher und tranken auf die Erlösung von den verfluchten Peinigern da draußen. Als wir die Becher abgesetzt hatten, nahm Berta etwas Salz in die Hand und warf es über die Schulter.

»Auf gutes Gelingen!«, sagte sie.

»Auf gutes Gelingen!«, murmelten wir ihr nach und erhoben uns, um alles vorzubereiten.

Flucht durch die Unterwelt

Sanctus Iohannes

Sexta Feria, *am Nachmittag,* *24. Tag des Monats Juni*

Wie in einem Bienenstock liefen sie geschäftig hin und her. Brun kümmerte sich um Waffen und Kriegsgerät. Die *ballistae* wurden in Teile zerlegt, um sie tragen zu können. Was ich noch an Kettenhemden, Helmen und anderen Waffen besaß, wurde auf die Männer verteilt, ebenso Seile, Äxte, Schaufeln und Pickhacken, falls wir diese für Schanzarbeit brauchen würden. Ein Knecht verbrachte den ganzen Nachmittag an einem fußgetriebenen Schleifrad, um Schwerter und Speerspitzen ein letztes Mal zu schärfen. Dieses unverkennbare Geräusch mussten sie unten im Lager hören. Sollten sie doch versuchen, sich einen Reim darauf zu machen.

Eine Gruppe von Frauen fertigte einfache Tragetaschen für jedermann, nicht viel mehr als ein breites Tuch aus grobem Leinen mit einem kräftigen Band oder Lederriemen an beiden Enden, um das Ganze quer über die Schulter schlingen zu können. Jeder der Dorfleute würde zwei solcher Bündel tragen. Warme Kleidung für kühle Nächte würden wir mitnehmen, das Allernötigste an haltbaren Nahrungsmitteln wie Hülsenfrüchte, Korn, Käse und Speck. Den größten Teil der Burgvorräte würden wir allerdings zurücklassen müssen. Am meisten schmerzte mich der Wein, der in Fässern im Kellergewölbe lagerte.

Auf dem Burghof fand ich Magdalena und Hamid, der Enrics Bein untersuchte. Die Wunde hatte sich gut geschlossen, und eine dicke, rote Narbe war darüber gewachsen. Hamid hieß den Jungen gehen und beobachtete sein unbeholfenes Humpeln.

»Wird es sich bessern?«, fragte Magdalena kummervoll.
»Mit der Zeit wird er lernen, sich geschickter zu bewegen. Aber das Bein wird steif bleiben. Daran lässt sich nichts ändern.«
»Und heute Nacht?«, fragte ich. »Wird er durchhalten?«
Hamid zuckte mit den Schultern. »Wenn nicht, werden wir ihn tragen.« Magdalena sah dankbar zu ihm auf.
Hamid und ich kletterten in den Turm und holten unsere ledernen Reisetaschen hervor. Darin verstauten wir alles, was sich an Wertvollem auf der Burg befand. Ich wollte verdammt sein, dies den *pezos* zu hinterlassen. Die prall gefüllten Taschen trugen wir in den Burghof, wo sich langsam ein Berg von Packen und Bündeln auftürmte.
»*Putan!* Das werden wir nicht alles tragen können.«
»Brot oder Seide«, lachte Hamid. »Entscheide dich.«
»Da bin ich für die Seide, denn solchen Stoff gibt's nicht einmal in Narbona.«
Inzwischen hatten Peire Alfons und ein kräftiger Knecht namens Alban begonnen, die Wand einzureißen, die den geheimen Fluchtweg versiegelte. Sie befand sich in der hintersten Ecke eines Vorratskellers und wäre für einen Uneingeweihten kaum zu finden gewesen. Die Mauern auf Rocafort sind dick und aus soliden Felsbrocken, aber als wir an dieser Stelle mit dem Hammer klopften, hatte es hohl geklungen. Mit Meißeln und gut gezielten Schlägen lockerten sie den Mörtel und brachen einen Stein nach dem anderen aus der Wand. Als das Loch groß genug war, kletterten Hamid und ich in die kühle, muffig riechende Schwärze dahinter und ließen uns Fackeln nachreichen.
»Lass mich mitkommen, Vater«, bettelte Martin.
»Nicht jetzt, mein Sohn. Aber später brauche ich dich, um deiner Mutter und Joana hinunterzuhelfen.«
Hamid hatte ein Stemmeisen dabei, und ich trug ein langes Seil über der Schulter. Das Licht der Fackeln erhellte die kleine Vorkammer, in der wir uns nun befanden. Vor uns ein niedriger Torbogen aus grob behauenem Stein und dahinter schmale Stufen, die durch einen kurzen Tunnel durch das Fundament der Ringmauer nach unten führten. Im Anschluss ein gähnendes, schwar-

zes Loch, aus dem uns ein feuchter Modergeruch entgegenschlug. Wir hoben die Fackeln über unsere Köpfe, und ihr flackernder Schein ließ die unebenen Wände der Felsspalte aufleuchten, die wie ein verschlungener Schacht in unregelmäßigen Windungen steil nach unten führte. Schwarzes Getier huschte aus dem Lichtschein und verkroch sich scheu in dunkle Löcher. Spinnenweben hingen über der Stiege, und eine klamme Grabeskälte schien zu uns heraufzusteigen.

»Das ist also dein Hades«, spottete Hamid.

»Hades?«

»So nannten die Griechen das Reich der Toten.«

»Mach keine Scherze!« Ich bekreuzigte mich. »Pass lieber auf, wo du hintrittst. An manchen Stellen tropft Wasser von den Wänden, und die Steinstufen sind glitschig. Die Holzstiegen sind vielleicht morsch.« Ich hielt die Fackel hoch und begann vorsichtig den langen Abstieg.

Der Höhlenschacht fiel zuerst steil ab. Hier hatte man Balken verkeilt, die den Holzstufen als Unterlage dienten. Das Holz schien noch in gutem Zustand zu sein. Später folgten wir schrägen Windungen, als bewegten wir uns in einem Schneckenhaus. Es gab enge Durchlässe, die man mit Hammer und Meißel erweitert hatte. Dann betraten wir eine Höhle, die durch den Einsturz der Decke entstanden war. Zur Sicherheit waren dort mächtige Stützpfeiler angebracht. Im Boden befand sich ein Loch, durch das man über eine halb verrottete Holzleiter weiter nach unten in die nächste Kammer gelangte. Wo möglich, waren grobe Stufen in den Stein gehauen worden, an anderen Stellen erleichterten immer wieder Holzgerüste den Abstieg, manche ziemlich wackelig. Morsche Haltetaue waren an eisernen Haken befestigt, die man in den Fels getrieben hatte.

»Joana hat recht«, murmelte Hamid. »Ein gefährliches Loch. Ich frage mich, wie wir hier mit Frauen, Kindern und den Alten durchkommen werden.«

Von hoch oben klangen Peire Alfons' helle Hammerschläge, deren Echo verstärkt und seltsam verfremdet durch die Felswände hallte, als säßen wir in einer riesigen Trommel. Plötzlich hatte ich

Angst, auch der Feind würde es hören. Aber das war töricht. Nicht durch unzählige Klafter von Felsgestein und Burghügel! Wir nahmen unseren Weg wieder auf und gelangten durch einen niedrigen Gang und zuletzt über eine kurze, morsche Leiter in eine größere Höhle.

»Fast geschafft«, sagte ich.

Hamid sah sich erstaunt um.

Ein Teil dieses umfangreichen Hohlraums lag unter Wasser und formte einen kleinen, glasklaren Teich, dessen Oberfläche das Licht der Fackeln widerspiegelte. Es war sehr still hier unten. Die Hammerschläge klangen jetzt weit entfernt. Die Felswände waren feucht, und hier und da schimmerten Kristalle im Schein unserer Feuerbrände. Von der Decke hingen spitze Steinnadeln, von denen ab und zu ein Tropfen fiel und im durchsichtigen Wasser darunter einen musikalischen Laut und einen Ring erzeugte, der sich in vollkommener Kreisförmigkeit ausbreitete, um dann von den Rändern des Teiches sanft zurückgeworfen zu werden, bis die Oberfläche sich langsam wieder glättete und der nächste Tropfen fiel.

»Ein magischer Ort«, raunte ich andächtig.

Hier hatten wir als Kinder Stunden verbracht und versucht, uns die Ewigkeit vorzustellen. Oder zumindest, wie lange es dauern würde, bis eine der Nadeln von der Decke bis auf den Boden wachsen würde.

Plötzlich erschraken wir, denn ein wildes Flattern erfüllte die Luft. Kleine, schwarze, schemenhafte Wesen streiften uns fast im Flug, während sie um eine Felskante flohen und dünn zirpend verschwanden.

»Fledermäuse«, lachte ich und zeigte auf die Höhlendecke. In einer Ecke hingen Hunderte von diesen Biestern, die kleinen Klauen in den Fels gekrallt. »Folgen wir ihnen!«

Ich führte Hamid um die Felskante und in eine schmale Spalte, die zu einem Tunnel erweitert worden war. Dahinter lag ein weiterer enger Hohlraum, dessen Ende aus einem gemauerten Torbogen bestand, versperrt durch ein geschmiedetes Eisenrost mit Stäben so dick wie mein Handgelenk. Dahinter führte der Gang weiter bis zu einer Stelle, wo sich fahles Tageslicht erkennen ließ. Der Ausgang zum Fluss.

Wir hoben einen mächtigen eisernen Riegel aus der Halterung. Das Gitterschloss jedoch war eingerostet und ließ sich nicht öffnen. Zum Glück hatten wir Schweinetalg mitgebracht, das wir erhitzten und in das Schloss träufelten, bis der Schlüssel sich endlich drehen ließ. Auch die alten Scharniere ölten wir, damit sie sich geräuschlos bewegen ließen.

Schließlich standen wir vor der schmalen Spalte des Ausgangs. Frische Luft und spärliches Licht drangen durch die dichten Büsche, die ihn von außen abschirmten. Ich zwängte mich vorsichtig hindurch und bog die letzten Zweige auseinander, bis ich auf den Agli und die Straße hinabblicken konnte. Niemand zu sehen. Ich zog mich wieder in die Höhle zurück.

»Ziemlich zugewachsen. Wir werden ein paar Büsche entfernen müssen, aber sonst ist alles so, wie ich es in Erinnerung habe.«

»Ich hoffe, Ricard lässt nicht die Straße bewachen.«

»Warum sollten sie? Falls sie einen Angriff erwarten, dann durch das Burgtor oben und nicht von hier aus.«

Auf dem Rückweg durch die Höhle erzählte ich Hamid von den beiden fremden Rittern, die ich gesehen hatte. »Sie waren wie zur Schlacht gerüstet. Und irgendwie hatte ich das Gefühl, als sei Rocafort ihr Ziel gewesen. Sie redeten lange mit Ricards Wachen und schienen sie auszufragen, studierten sorgfältig die Burg, den Weg und die ganze Umgebung, so wie jemand, der sich mit der Lage vertraut machen will.«

»Vielleicht nur Neugierde.«

Plötzlich fiel mir ein, was mir an ihnen bekannt vorgekommen war. »Ihre Lanzen waren länger als hier üblich.« Hamid schien nicht zu verstehen. »Und einer hatte einen Umhang, wie ihn nur Araber tragen.«

»Du glaubst, sie sind aus Outremer?«

»Ich bin mir sicher.«

Während des Aufstiegs dachten wir darüber nach. »Fahrendes Volk«, brummte Hamid. »Es kommen sicher öfter Heimkehrer durch diese Gegend.«

»In voller Rüstung und zum Kampf gewappnet?«
Darauf gab es keine Antwort.
Als wir oben ankamen, hatten Alban und Peire Alfons die Mauer größtenteils durchbrochen.
»Geht als Erstes in den Schacht und bessert die morschen Holzstiegen aus«, trug ich ihm auf. »Ersetzt auch die Haltetaue. Und sichert euch mit Seilen während der Arbeit.«
Im Burghof fand ich Berta. »Das wird ein Spaziergang«, scherzte ich.
»Jaufré, wir sollten mehr Mundvorräte mitnehmen.«
»Wie sollen wir alles tragen?«
»Ich habe es mir überlegt. Die Nacht ist lang. Wir können mehrfach gehen. Und die Vorräte vergraben wir irgendwo im Wald.«
Ich dachte nach. Dann rief ich Matiu, der gerade ein Bündel Pfeile zusammenschnürte. »Wo würdest du Vorräte verstecken? An einem Ort nicht weit von hier, wo wir sie später leicht holen können?«
Er überlegte und beschrieb mir dann einen dunklen Tannenwald weiter flussaufwärts auf unserem Weg. »Wir könnten alles mit Reisig zudecken und mit Steinen beschweren, um die Tiere abzuhalten«, riet er.
Die Sache würde die Gefahr erhöhen, entdeckt zu werden. Andererseits hatten wir unsere Leute zu ernähren.
»Gut. Dann ist es so entschieden«, sagte ich. Und zu Berta: »Zwanzig Mann als Träger. Dreimal hin und zurück. Nicht mehr!«
Sie grinste mich verschmitzt an. »Zu Befehl, *Castelan!*«
Ich starrte auf ihren Mund. Die Erinnerung an unsere Umarmung auf dem Turm war immer noch lebendig in mir, ebenso wie die unbestimmte Sehnsucht, die ich dabei empfunden hatte. Und als ich nun ihr Lächeln sah, dieses winzige Aufblitzen von schelmischer Fröhlichkeit mitten in der sorgenvollen Anspannung und Niedergeschlagenheit, die uns alle seit Tagen im Griff hielt, da überkam mich auf einmal ein unbändiges Verlangen nach ihrer Nähe. Ohne nachzudenken, nahm ich sie bei der Hand und zog sie sanft hinter mir her.

»Was ist?«, fragte sie erstaunt.
»Ich muss mit dir reden«, raunte ich ihr verlegen ins Ohr. »Jetzt gleich! Komm mit mir in die *aula*, da stört uns niemand.«

***

Mein Flüstern hatte sie beunruhigt, denn Berta zögerte nicht, sah sich nur kurz um, als scheue sie die Blicke der anderen im Burghof, und folgte mir rasch die Stiege hinauf zur *aula*. Innen schob ich den Riegel vor.
»Was ist, *mon Dieu?*«, flüsterte sie aufgeregt.
»Berta, wir müssen reden«, stammelte ich. »Du und ich. Wir …«
Dann verließ mich meine Beredsamkeit.
Wichtiges wollte ich sagen, Worte, von denen ich hoffte, sie würden endlich alles zwischen uns klären. Was für ein Narr ich mein Lebtag lang gewesen war. Für alles wollte ich Abbitte tun. Aber das Bedürfnis, meine Reue zu bekennen, war so aus dem Augenblick geboren, dass ich mir keine Rede zurechtgelegt hatte. Trotz der übermächtigen Gefühle wollten die Worte nicht kommen. In stummer Verzweiflung fasste ich ihre Hände und zog sie an mich. Berta machte große Augen, aber ließ es geschehen.
»Ich wollte dir sagen …«
Rüde wurde ich unterbrochen. Adela kam durch die andere Tür gestürmt, die von den Schlafkammern herführte, und platzte mit der Aufforderung herein, Berta müsse ihr beim Packen helfen. Als sie uns so stehen sah, meine Arme um Berta gelegt, da riss sie erstaunt die Augen auf.
»Kann man in diesem Haus nicht ein einziges Mal ungestört bleiben?«, rief ich gereizt. »Raus mit dir, *filheta!*«
Eilig machte sich das Kind davon, aber nicht ohne ein wissendes Grinsen auf dem Gesicht. Ich hob erneut zum Reden an, doch ich hatte den Faden verloren und ließ entmutigt die Arme sinken.
»Ungestört sind wir nur in der Kammer.« Berta nahm mich bei der Hand. »Komm!«
Wir traten in ihr geräumiges Gemach. Es war einst Cecilias Reich

gewesen und nun Bertas. Ich sah mich kurz um. In einer Ecke stand ein großes, erhöhtes Bett, der Boden war mit frischem Stroh ausgelegt und wohlriechenden Kräutern bestreut, an den Wänden standen Truhen und am Fenster ein Spinnrad. Gestickte Teppiche zierten die Wände. Neben dem Kamin vervollständigten mehrere Holzsessel und ein viereckiger Tisch die Einrichtung. Ein freundlicher und wohnlicher Raum. *Deable*, morgen würden die dreckigen Stiefel der *pezos* hier herumtrampeln.
Berta schob den Riegel vor und drehte sich um. Ihr schönes Gesicht war ernst und aufmerksam, die Lippen erwartungsvoll geöffnet wie die eines Kindes. Das verwirrte mich erneut.
»Was wolltest du mir sagen?«, flüsterte sie.
Ich machte eine hilflose Geste. »Diese Belagerung, die Lage, in der wir uns befinden, der ganze Tumult in deinem Leben ... Es ist alles meine Schuld, und es tut mir leid, Berta.« Das stimmte zwar, aber es war nicht das, was ich hatte sagen wollen.
»Es ist nicht deine Schuld«, erwiderte sie milde und seufzte.
Hatte ihre Stimme etwas enttäuscht geklungen, oder bildete ich mir das nur ein? Ich rang mit mir. *Jes Maria!* Wie schwer es doch war, zuzugeben, was für ein verbohrtes Rindvieh ich gewesen war. Schließlich gab ich mir einen Ruck und warf mich vor ihr auf die Knie.
»Es tut mir leid um die verschwendeten Jahre, Berta!«, stammelte ich und umfasste ihre Beine. »*Perdona me!* Ich bitte dich um Verzeihung! Auch wenn ich es nicht verdient habe.«
Ich spürte, wie sie zusammenzuckte und ihr Körper sich versteifte. Aber sie blieb stumm und sprach kein Wort. Warum sollte sie mir auch helfen? Ich elender Wurm hatte es nicht verdient. Hätte sie in diesem Augenblick den Fuß auf mein armseliges Haupt gestellt, es hätte mich gefreut, in solch einem zerknirschten Zustand befand ich mich.
Behutsam legte ich meine Wange an ihren Schenkel.
»Ich sehe dich noch vor mir auf unserer Hochzeit damals. So ein hübsches, junges Ding. Und ich habe dich von mir gestoßen. All dieser unnötige Zorn in mir. Meine Hochmut. Meine Missachtung. Ich habe dich gequält.«

Immer noch lähmende Stille, doch dann regte sie sich.

»Wieso die späte Reue?«

»Weil …«

Ich stockte. Gab es überhaupt eine glaubwürdige Erklärung? Fast mein halbes Leben lang waren mir solche Worte nicht eingefallen. Warum also jetzt? Es musste doch wie Hohn in ihren Ohren klingen. Wie konnte ich ihr erklären, dass die vergangenen Monate und Wochen mir in vielen Dingen das Herz geöffnet hatten. Nicht zuletzt ihre eigenen bitteren Worte an jenem Abend in der *aula*. Wie konnte ich ihr erklären, dass der Tod einer anderen Frau vieles verändert hatte? Noura, die ich zwar geliebt, aber immer als gegeben hingenommen hatte genauso wie Adela. Erst der Verlust hatte mir gezeigt, was letztlich von Bedeutung ist. Deshalb hatte ich Outremer den Rücken gekehrt.

»Weil mir einiges klargeworden ist«, murmelte ich.

Zurück in Rocafort hatte ich zu verstehen begonnen, was ich vor langer Zeit so achtlos weggeworfen hatte. Aber auch das sagte ich nicht, denn es war nur die halbe Wahrheit.

»*Te amo*, Berta!«

Ich hatte die Worte nur geflüstert, doch in meinem Kopf hallten sie wie Donnerschläge. *Te amo!* Hatte ich das wirklich gesagt? Zwei kleine Worte, die alles veränderten, eine neue Welt öffneten. Dabei war es doch so einfach. Denn die zwei Worte sagten alles. Alles, was wichtig war.

»Was hast du gesagt?«, hauchte sie.

»Verdammt, Berta, ich liebe dich!« Ja, dachte ich, es ist die Wahrheit, auch wenn ich viel zu lange gebraucht hatte, um dies zu erkennen. Aber nun ist es gesagt.

Ich erhob mich langsam.

»Jetzt auf einmal liebst du mich?«

Sie hatte immer noch leise gesprochen, doch nun war nicht mehr Ungläubigkeit in ihrer Stimme, sondern Bitterkeit, ja Geringschätzung. Sie wandte mir mit einem Ruck den Rücken zu und verschränkte die Arme vor der Brust.

»Du redest von Liebe, Jaufré? Ich weiß nicht, ob ich das hören will.«

Ich nickte gefasst. »Natürlich. Das verstehe ich. Aber ich sage dies nicht leichtfertig. Schon lange bevor wir in Outremer aufs Schiff gestiegen sind, habe ich ernsthaft mein Leben überdacht. Manches war gut, vieles schlecht. Ich habe in der Vergangenheit Dinge mit Füßen getreten, die in Wahrheit wichtiger als alles andere sind. Eine späte Erkenntnis. Und natürlich hätte ich früher kommen sollen, aber es ging nicht. Da war Adelas Mutter …« Ich schwieg verlegen einen Augenblick und holte tief Luft. »Seit ich zurück bin, ist mir klargeworden, dass ich damals einen schrecklichen Fehler gemacht habe. Ich habe mich selbst belogen. Zuletzt bin ich vor dir davongelaufen, so verrückt es sich anhört. Weil ich schon immer diese Gefühle für dich hatte, auch wenn ich sie nie zugeben wollte. Schlimmer, ich wollte mir diese Gefühle nicht erlauben, als sei etwas Verbotenes daran.«

Bertas Rücken war steif. Sie schüttelte immer wieder den Kopf, als wolle sie nichts von alldem hören. Es ist zu spät, dachte ich. Warum habe ich überhaupt angefangen, so peinliche Dinge zu sagen? Meine eigenen Worte beschämten mich, Worte, die sie gar nicht hören wollte.

»Erinnerst du dich an jenen Kuss?«, versuchte ich es noch einmal.

»Leider zu genau«, erwiderte sie nach kurzem Zögern.

»Ich war verzaubert. Als hätte mich ein Elfenstab berührt.«

»Stehenlassen hast du mich. Mitten auf dem Feld. Und bist zu der anderen gerannt.«

»Amelhas schrecklicher Tod holte mich wie ein Kübel Bergwasser in die Wirklichkeit zurück. Ich hatte ihr so viel versprochen, und dann hatte ich sie betrogen. Mit dir! Wie ein elender Verräter war ich mir vorgekommen, kannst du das verstehen? Wir waren alle noch so jung, *mon Dieu!*«

»Ich weiß. Joana hat mir alles erzählt. Ich solle geduldig mit dir sein, hat sie gesagt. Und ich habe versucht, es zu verstehen.«

»Ich gab mir die Schuld am Tod zweier Menschen.«

»Nein, mir hast du die Schuld gegeben. Vor allem mir.«

»Das ist wahr«, antwortete ich zerknirscht. »Ich gab dir die

Schuld dafür, dass ich dich begehrte. Du warst die Hexe, die mich verführen wollte. Meine Gefühle kehrten sich ins Gegenteil.«
Ich sah, wie sie tief Luft holte und mit ihrer Fassung kämpfte. »*Jes Maria!* Und was jetzt? Der Herr hat seine Meinung geändert, und nun wird alles gut? Oder wie hast du dir das gedacht? Was erwartest du eigentlich von mir? Soll ich dir etwa in die Arme fallen?«
Ich senkte den Kopf. »Töricht von mir, ich weiß. Dazu ist es zu spät. Das habe ich auch Hamid gesagt.«
»Was hat er damit zu tun?«
»Er meint, wir würden ein gutes Paar abgeben.«
»So! Sagt er das? Was weiß denn er davon?«
»Es tut mir leid, Berta.«
»Das sagtest du schon.« Es hatte harsch klingen sollen, aber ihre Stimme bebte unsicher, und sie räusperte sich, um es zu verstecken.
Ich trat einen Schritt zurück. »Ich erwarte gar nichts von dir. Es war nur«, murmelte ich beschämt, »weil wir uns in wenigen Stunden in Gefahr begeben. Keine Sorge, wir werden uns sicher gut schlagen. Aber im Krieg muss man immer mit dem Tod rechnen. Falls mir etwas geschieht … ich wollte nur, dass du weißt …«
Langsam hatte sie sich umgedreht und sah mich an.
»Weinst du etwa, Jaufré?«
Ihre Stimme brach, und ihre Unterlippe zitterte, als sie in mein Gesicht blickte. Tränen traten ihr in die Augen, und plötzlich war sie in meinen Armen und küsste mich. Zuerst auf den Mund und gleich darauf über Wangen, Stirn und Schläfen. Und wieder wühlte sich ihr Mund in meine Lippen. Dabei stöhnte sie, als ob es ihr Pein bereitete. Sie betastete mein Gesicht und küsste mich wie eine Ertrinkende. Dann hielt sie inne, um heftig Luft zu holen, sah mich aus tränenverschleierten Augen an und schüttelte immer wieder den Kopf. Ob über mich oder sich selbst oder den Irrsinn des Lebens, ich wagte sie nicht zu fragen, denn der plötzliche Ansturm hatte mich vollkommen überwältigt. Und dann, als sei es nicht genug, befreite sie sich aus meiner Umarmung, zerrte mich aufs Bett und riss sich ungeduldig das Mieder herun-

ter. Ihre Hände zogen mein Hemd aus dem Gürtel, rollten es hoch, und mit einem Aufstöhnen schmiegte sie ihre vollen Brüste an meinen Leib. Ihre Arme umfassten mich, und so lagen wir engumschlungen und regungslos, während sie von heftigem Schluchzen geschüttelt wurde und ihre Tränen meine Brust netzten. Ich war so fassungslos, dass ich kaum wagte zu atmen, geschweige denn, sie zu berühren. Aber langsam ließ ich vorsichtig meine Hände auf ihren Rücken sinken.

Ich weiß nicht, wie lange wir so lagen.

»Wie oft habe ich auf den Knien gelegen und zur Jungfrau gebetet«, stöhnte sie schließlich, »dass du mich ein Mal, nur ein einziges Mal so halten mögest wie jetzt. Aber wenn du nicht gerade wütend warst, dann warst du kalt wie ein Fisch, du verdammter Bastard. Ich hasse dich!« Sie wischte sich die Nase und heulte dennoch weiter. »Die Jungfrau Maria ist mein Zeuge. Ich wollte dir nur ein gutes Weib sein. So leben wie andere Paare. Dich berühren und lieben, deine Haut spüren. Danach habe ich mich gesehnt.«

In ihrer Stimme war der aufgestaute Schmerz liebloser Jahre. Ich drückte sie fester an mich.

»Und am Ende hast du uns ohne ein gutes Wort verlassen. Wäre nicht Joana gewesen, ich hätte es nicht ertragen. Besonders nach Cecilias Tod.«

»Perdona me, mon cor!«

Ich strich ihr sanft über den nackten Rücken und spürte, wie sie darunter erschauerte. Sie atmete inzwischen ruhiger, und ihre Finger berührten vorsichtig meine Wunde. Dann spürte ich ihre Lippen darauf. Bertas weiche Arme schlangen sich fester um meinen Leib, und sie flüsterte etwas Unverständliches an meiner Brust. Es störte mich fast, wie ihr warmer Duft und die Berührung ihres Fleisches mich erregten und mir die Sinne benebelten, denn sie nur halten zu dürfen, war schon mehr, als ich erhofft hatte.

»Wenn wir dies hier überstehen«, flüsterte ich ihr ins Ohr, »will ich versuchen, alles wiedergutzumachen. Lass es mich versuchen, bitte!«

Lange antwortete sie nicht.
Wenn ich für kurze Zeit auf Versöhnung gehofft hatte, so wurde ich enttäuscht, denn ihre Stimme klang ruhiger, aber auch nüchterner.
»Hör zu, Jaufré. Ich habe sehr gelitten.« Sie lehnte sich zurück auf ihren Ellbogen, und ihr Gesicht war gefasst, wenn auch voller Traurigkeit. Meine Haut vermisste die Wärme, wo sie gelegen hatte. »Nicht nur ich. Cecilia hat gelitten wie ein Hund, als du fortgegangen bist. Auch Joana, obwohl sie es nicht zeigen wollte. Von den Kindern will ich gar nicht sprechen.« Sie starrte auf einen Punkt an der gegenüberliegenden Wand. »Deshalb weiß ich nicht, ob ich dir jemals verzeihen kann.«
Ich schluckte und fühlte mich plötzlich wie jemand, der an der Pforte zum Paradies abgewiesen wird. Und wusste doch, dass ich auf mehr gehofft hatte, als mir zustand.
»Aber du hast mich einmal geliebt.«
»Ja«, seufzte sie neben mir, »leider.«
»Kannst du es nicht wieder versuchen?«
»Ich weiß nicht.« Sie dachte nach. »Ist es dir ernst damit?«
Ich hielt den Atem an. »Mehr als das!«
»Also gut«, sagte sie mit einem Hauch von Lächeln. »Vielleicht kann ich es versuchen.« Sie streichelte wie abwesend meine Brust. »Erwarte nur nicht zu viel von mir. Es wird nicht von heute auf morgen gehen. Und vielleicht auch gar nicht.«
Mit diesen Worten sprang sie aus dem Bett, zog ihr Mieder hoch und verstaute ihre Brüste darin. Als sie merkte, wohin ich starrte, grinste sie anzüglich. Aber gleich zogen sich ihre Brauen wieder zusammen. »Vergiss, was heute hier geschehen ist, Jaufré. Es gibt dir keine Rechte, hörst du? Vor allen Dingen bedräng mich nicht! Wenn du mir nachstellst, überlege ich mir das mit dem Kloster!«
Ich stöhnte auf. »Ich muss von Sinnen gewesen sein, so etwas zu sagen.«
»Ja«, erwiderte sie trocken. »Da ist einiges auf deinem Kerbholz.« Und als ich ein langes Gesicht machte, lachte sie mich aus.
»Komm, du Faulpelz! Wir haben zu tun!«

Früher war mir dies entgangen, Bertas unnachahmliche Fähigkeit, mich in Atem zu halten, eine Eigenart, die mich noch viele gemeinsame Jahre lang mal verunsichern, mal verzaubern sollte. Ich glaube, ich bin nie ganz schlau aus ihr geworden. In weniger Zeit, als es dauert, zehn Ave-Marias zu beten, hatte ich zuerst Zerknirschung, dann Zärtlichkeit durchlebt und wilde Leidenschaft, ein Tal der Tränen durchwandert und zuletzt diese unbekümmerte Heiterkeit. Alles hatte sie in Aussicht gestellt, aber nichts versprochen. Wen wundert es, dass sich mir der Kopf drehte. Hatte ich geglaubt, diese Frau zu kennen, so war es weit gefehlt! Ein wenig hatte sie vergeben, aber nicht wirklich. Nur hoffen ließ sie mich.

Als Berta und ich aus der *aula* traten, schien sich plötzlich auch bei allen anderen neue Hoffnung verbreitet zu haben. Das spürte ich gleich, denn die Arbeit im Burghof wurde unterbrochen, und aller Augen waren neugierig auf uns gerichtet. Die Aussicht auf Versöhnung hatte sich schon herumgesprochen. Ich war noch benommen von den Augenblicken allein mit Berta. Und ich war mir sicher, alle Welt konnte auf meinem Gesicht lesen, wie sehr die Erinnerung an ihr Fleisch noch auf meiner Haut brannte. Verlegen trat ich neben sie.

Auch sie war rot geworden, aber sie überspielte die Befangenheit, indem sie meine Hand ergriff, meinen Arm wie zum Triumph hob und den Leuten laut zurief: »Mit Jaufré und Hamid werden wir siegen!« Dann, unter vereinzelten und noch zögerlichen Hochrufen, fasste sie mich an den Schultern und küsste mich vor allen feierlich auf den Mund.

Das hätte mir schon gefallen, wenn es der innige Kuss einer Liebenden gewesen wäre oder der vertraute einer treuen Gemahlin. Aber nein, dies war ein förmlicher Kuss, so wie man seinen liebsten Lehnsmann ehrt und küsst. *Putan,* fuhr es mir durch den Sinn, sie stellt sich über mich, als habe sie mich berufen! Sie, die *domina*, kürte ihren *champio*, ihren Fürstreiter in Sachen Rocafort, und alle sollten sehen, dass ich ihr Banner tragen würde. Ich schwankte zwischen Zorn und Heiterkeit, doch Letzteres gewann, und ich musste lachen. Was blieb mir anderes übrig?

Berta strahlte erleichtert. Und mit ihr alle, die im Burghof versammelt waren. Da war Genugtuung auf den gutmütigen Gesichtern zu erkennen. Sie wollten Einigkeit zwischen uns. Nur so war die *familia* stark in ihren Augen.

Und ich verstand. Für diese Menschen war immer noch Berta die Herrin und ich nur der Neuankömmling, der seine Treue zu Rocafort erst noch beweisen musste. Ihr Kuss war das Siegel unseres Paktes. Sie brauchte meine Erfahrung als Kriegsherr, ich dagegen brauchte die Hilfe der gesamten *familia*. Nun, ich würde sie nicht enttäuschen!

Und wenn es ihnen an Küssen mangelte, so wollte ich dem gerne abhelfen. Unversehens packte ich Berta um die Leibesmitte und küsste sie heftig auf die Lippen. Nicht förmlich diesmal, sondern richtig, so wie ein Mann ein Weib küsst, das er begehrt.

Als sie entrüstet Atem holte, ließ ich sie los und hob entschuldigend die Hände. Im Burghof johlten sie vor Entzücken. Männer schlugen sich auf den Rücken, die Weiber stießen sich an und feixten vieldeutig. Selbst Hamid konnte sich ein Augenzwinkern nicht verkneifen.

»Endlich mal ein rechter Kerl«, rief eine stattliche Matrone. »Haltet diesen Falken gut fest, *Domna*, bevor er aus dem Fenster fliegt!«

»Ich überleg es mir, Maria«, lachte Berta. »Obwohl er sich nur ungern zähmen lässt.«

»Was nützt der zahmste Falke, Herzchen, wenn er nicht mehr jagt?«, meldete sich eine zahnlose Vettel zu Wort, und alles lachte über ihre Anzüglichkeit.

»Genug davon!«, rief ich grinsend und wartete, bis das Lachen verklungen war. »Nun müssen wir über ernste Dinge sprechen.«

Sie sahen mich erwartungsvoll an.

»Robert Borcelencs und seine Schlächter bedrohen den Bestand der Familiengemeinschaft«, begann ich. »Ihr habt gesehen, zu was sie fähig sind. Wir haben Opfer zu beklagen, andere befinden sich noch in ihrer Gewalt wie auch mein Sohn Ramon.«

Der kurze Funke von Fröhlichkeit war erloschen, und auf ihren Gesichtern spiegelte sich der Ernst der Lage. Die Frauen warfen einander angstvolle Blicke zu. Ein Kind weinte, bis seine Mutter es in den Armen wiegte und beruhigte.

»Große Teile der Ernte sind dem Feuer zum Opfer gefallen, und jeder fragt sich, wie wir den kommenden Winter überstehen sollen. Der Feind holt Verstärkung, vielleicht sogar schweres Kriegsgerät, um die Mauern zu brechen. Uns dagegen schickt niemand ein Heer zu Hilfe, und wir selbst sind zu wenige.«

Es war totenstill im Burghof geworden. Alle starrten mich kummervoll an. »Deshalb gehen wir jetzt in die Berge. Dorthin, wohin sie nicht wagen, uns zu folgen, und von wo wir besser zurückschlagen können. Aber machen wir uns nichts vor. Es wird eine schwere Aufgabe, bei der die Hilfe eines jeden von euch gefordert ist. Wir können nur überleben, wenn wir zusammenstehen, jeder Mann und jede Frau. Niemand darf sich davonschleichen, auch wenn es gefährlich wird. Es wird Opfer kosten, aber gemeinsam werden wir den Feind vertreiben. Das verspreche ich.«

Der alte Albin meldete sich zu Wort. »Jeder, Herr, wird sein Bestes geben.« Er sah sich mit grimmiger Miene um, ob jemand es wagte, dem zu widersprechen. Alle murmelten ihr Einverständnis.

»Gut«, erwiderte ich. »Das ist gut. Und, gleich was geschieht, in diesem Jahr sind die üblichen Ernteabgaben erlassen. Berta und ich werden niemandem das wenige nehmen, das ihm noch bleibt. Im Gegenteil. Ich verspreche, dass niemand hungern wird. Aber ich verlange, dass wir gerecht aufteilen, was am Ende an Feldfrucht oder Vieh übrig bleiben sollte. Was fehlt, werde ich dazukaufen. Und jetzt macht euch alle nützlich, denn heute haben wir noch viel zu tun.«

Mit großem Eifer packten sie es an. Ich musste Entscheidungen treffen und jedem für heute Nacht eine Aufgabe zuteilen. Bald war ich viel zu beschäftigt, um an Berta zu denken, und dennoch war sie gegenwärtig in allem, was ich tat.

Die Männer bildeten in der Felsspalte eine Kette, um die mit Vorräten gefüllten Leinenbündel von Mann zu Mann in die Tiefe zu reichen. Langsam leerte sich der Burghof von dem, was wir mit-

nehmen konnten, und alles verschwand in jenem finsteren Loch im Fels.
Berta teilte unterdessen die Dörfler in drei große Gruppen ein. Wir wollten nicht alle auf einmal losschicken, denn ich fürchtete, wir könnten sonst die Übersicht verlieren, wenn sich unser Treck in der Nacht zu weit auseinanderzog.
Während sie mit den Frauen redete, warf sie mir ab und zu einen versteckten Blick zu. Es kam mir vor, als leuchteten ihre Augen, wenn sie mich ansah. Aber vielleicht war es nur das Licht des späten Tages.

***

Je mehr sich der Abend näherte, umso unruhiger wurden wir. Hatten wir alles bedacht? Würde es gelingen, unbemerkt davonzukommen? Immer wieder gingen unsere Gedanken zu den Geiseln in den Händen Ricards. Ich flehte zu Gott, meinen Sohn Ramon am Leben zu erhalten, bis ich ihn befreien konnte.
Als die Sonne sich dem Horizont zuneigte und die Schwalben im Abendhimmel wieder auf Jagd gingen, da waren wir bereit. Die Männer prüften ihre Waffen. Dann wurde das letzte Mahl auf der Burg ausgeteilt. Immer noch gab es Berge von Vorräten, die wir zurücklassen mussten. Deshalb nahm sich jeder vom Besten. Nur mit dem Wein befahl ich maßzuhalten. Schließlich gab es nichts mehr zu tun. Nun mussten wir warten.
Da unterbrach das erste qualvolle Stöhnen die abendliche Stille. Wir hatten versucht, nicht mehr an Marta zu denken, aber Ricard ließ uns nicht so leicht vom Haken. Abermals mussten wir die markerschütternden Schreie ertragen, die immer höher und schriller wurden, bis sie nichts Menschliches mehr hatten, mussten den entsetzlichen Geruch einatmen, wenn ein Mensch bei lebendigem Leib verbrannt wird. Fast noch schlimmer war, was in unseren Köpfen vorging, unerträgliche Schmerzen, die wir am eigenen Leib mitfühlten, so stark, dass einem die Haare zu Berge standen. Bilder vor dem inneren Auge, die uns vor Grauen erzittern ließen. Männer saßen mit grimmen Gesichtern, die Frauen

rückten weinend zusammen, und die Kinder klammerten sich an ihre Mütter.
Und doch war es diesmal anders. Heute würden wir ausziehen, um zurückzuschlagen. An diesen Gedanken klammerten wir uns, und er festigte unsere Herzen, ja wir versuchten im Geiste, dies auch Marta auf ihrem Weg ins Paradies mitzugeben, dass sie nicht umsonst sterben würde. Als ihr letztes Wimmern verklungen war, atmeten wir schuldbewusst, aber erleichtert auf. Für heute war es vorbei, und in der Totenstille, die sich bleiern auf uns senkte, sprach ich ein Gebet für die gequälte Seele der Müllerin. Niemand sonst äußerte ein Wort, doch im Herzen gelobte ein jeder Vergeltung.

***

Unser *exodus* aus Rocafort, wie ich ihn gerne nenne, war für die meisten aus dem Dorf eine beklemmende und gefährliche Reise ins Ungewisse.
Es herrschte mondlose, pechschwarze Nacht. Sträucher und Bäume waren nur als undeutliche Schatten gegen das spärliche Licht des Sternenhimmels zu erkennen. Während Straße und Fluss sich noch einigermaßen ausmachen ließen, wäre es abseits davon ohne unsere Jäger und Fährtenleser kaum möglich gewesen, auch nur hundert Schritte zu gehen, ohne sich zu verlaufen. Martas qualvolle Schreie hallten noch roh in unseren Köpfen wider, so dass der Ruf eines Käuzchens oder das Rascheln eines Kleintieres im Laub genügte, jedes Herz vor Angst erbeben zu lassen. Der leichte Wind trug Geräusche aus Ricards Lager an unser Ohr, Laute, die uns erzittern ließen, als würden jeden Augenblick meuchelnde Krieger aus den umliegenden Büschen hervorbrechen.
In diesem Gemütszustand verlangte ich von den Meinen, in Begleitung ihrer Kinder, ihrer Alten und Gebrechlichen die sichere Festung zu verlassen und meinem windigen Plan zu vertrauen. Sogar ich hatte Bedenken, als ich mich durch die Sträucher am Ausgang der Höhle zwängte. Was machte mich so sicher, dass

Ricard nicht die Straße bewachen ließ? Aber hier unten am Fluss war niemand, und trotz aller Befürchtungen lief alles wie geplant. Anfänglich zumindest.

Zuerst schickten wir Späher aus, um Ricards Lager auszukundschaften und herauszufinden, wo seine Wachen standen. Es war, wie ich vermutet hatte. Der Feind beobachtete die Burg, aber verschwendete keine Aufmerksamkeit in andere Richtungen. Sogar die Pferdekoppeln hatten sie unbewacht gelassen. Mir fiel ein Stein vom Herzen. Die Späher ließen wir am Platz, um vor Überraschungen sicher zu sein.

Als Nächstes ging Matiu voraus, begleitet von zwei Männern, um den Weg bis zu unserem verabredeten Treffpunkt am Col de Lima zu erkunden. Wir warteten lange und ungeduldig, bis endlich einer zurückgeschlichen kam und meldete, dass die Luft rein war.

Dann waren die Träger an der Reihe, den Großteil unserer Habseligkeiten und Vorräte fortzuschaffen. Um ihren Weg zu sichern, nahm ich acht unserer schildbewehrten Speermänner und führte sie leise über den Fluss und auf den flachen Sattel hinauf zwischen Burghügel und Westfelsen, halbwegs zwischen Straße und feindlichem Lager. Auch Hamid mit seinem Bogen war dabei. Der Feuerschein des feindlichen Lagers reichte aus, uns in der Dunkelheit zurechtzufinden, aber ich widerstand der Versuchung, uns weiter als notwendig zu nähern. Ein unbeabsichtigter Tritt auf einen trockenen Ast hätte leicht ihre Wachen alarmieren können. Natürlich waren wir zehn zu wenige, um einem Ansturm der *pezos* standzuhalten, aber genug, um in der Dunkelheit einen schnellen Rückzug unserer Leute zu decken. Reiter fürchteten wir nicht. In der Schwärze der Nacht würde kein Berittener wagen, Speerkämpfer anzugreifen.

Am Fluss machten sich derweil die Träger in kleinen Gruppen von drei oder vier Mann voll bepackt auf den Weg. Matiu würde sie am Ende ihrer Wegstrecke erwarten und in das Tannenwäldchen führen.

Lange mussten wir so ausharren. Trotz der Nachtkühle war es Hamid und mir warm unter den schweren Reiterrüstungen, die bis zum Knie gingen. Zu viel Gewicht für lange Fußmärsche, doch wir würden sie in den kommenden Tagen brauchen. Aus dem Lager des Feindes scholl gelegentliches Gelächter herüber oder das dünne Wehklagen eines Weibes, aber weit seltener als in der ersten Nacht. Vielleicht waren die misshandelten Seelen inzwischen abgestumpft, wehrten sich nicht mehr oder waren unfähig, überhaupt noch die Stimme zu heben. Meine Männer fluchten zähneknirschend. Nichts trifft einen Mann härter, als seine Frauen in ihrem Intimsten entwürdigt und verletzt zu wissen. Und darum geht es dem Schänder mehr als um das Leiden der Opfer. Fast hoffte ich, Rosa möge tot sein, damit ihr weiteres Leiden erspart blieb. Es war schon seltsam. Mein Lebtag lang war ich Krieger gewesen, ein Mann, für den Gewalt das tägliche Handwerk darstellte. Und doch war sie mir verhasst. War ich wie der Säufer, der den Wein hasst, von dem er nicht lassen kann?

Endlich, wir hatten schon das Gefühl, die halbe Nacht hier zu stehen, da tauchte Brun auf. Die Träger hatten ihre Arbeit getan, und nun konnte der entscheidende Teil unserer Flucht beginnen. Hamid und ich ließen die Speermänner in Bruns Obhut zurück und kletterten leise den Hang hinunter, wateten durch den Fluss und auf die Straße. Die Träger waren erschöpft, aber ich hieß einen Teil von ihnen, mit Schild und Speer bewaffnet, Brun zu verstärken. Die vier Männer der Burgmannschaft, die den Nachtangriff überlebt hatten, behielt ich bei mir als Reserve. Wir würden als Letzte gehen.

Die Bogenschützen und ein paar Hirten mit ihren Schleudern und kurzen Speeren sollten die Frauen und Alten auf dem langen Weg führen und begleiten. Sie machten sich daran, die erste Gruppe mit Vorsicht durch den steilen Höhlenschacht zu bringen. Einer nach dem anderen kamen sie aus dem versteckten Felsspalt. Ängstlich standen sie nun auf der Straße. Nur ihren Mund konnten sie nicht stillhalten. Es wurde geraunt und geflüstert, bis ich diesen oder jenen mit dem stumpfen Speerende anstieß, um sie zur Ruhe zu mahnen.

Die schwierigste Aufgabe war, den schwerverwundeten Felipe durch die Höhle zu bringen. Wider Erwarten hatte sich sein Zustand eher verbessert als verschlechtert, aber nun litt er grausame Schmerzen, als sie ihn halb trugen, halb durch den Schacht abseilten. Er biss die Zähne zusammen, und außer einem gelegentlichen Keuchen, selbst als die Wunde wieder aufbrach, gab er keinen Laut von sich.

Nicht so sein kleiner Sohn. Felipes Weib war mehr um ihren Mann als um das Kind bemüht gewesen, und als wir die drei endlich auf der Straße hatten, begann der Säugling, plötzlich wie am Spieß zu brüllen. Der Schreck fuhr uns in die Glieder. In Panik stand das dumme Mädel wie angewurzelt da, mit dem schreienden Säugling auf dem Arm, und wusste nicht, sich zu helfen. Da sprang geistesgegenwärtig eine junge Mutter vor, riss sich die Bluse von den milchgeschwollenen Brüsten und schob dem Schreihals einen fetten Nippel zwischen die Lippen. Wie abgehackt verstummte das Gebrüll, und in der plötzlichen Stille, die uns umgab, lauschten wir lange mit ängstlichen Herzen. Aber außer dem zufriedenen Schmatzen des Säuglings blieb alles ruhig. Langsam stieß ich den Atem aus und sandte ein stilles Dankgebet zum Himmel.

Sie legten Felipe auf eine Bahre, die wir am Nachmittag gefertigt hatten. »Ich bin allen zur Last, *Castelan*«, flüsterte er ermattet und mit Tränen in den Augen. »Ihr hättet mich zurücklassen sollen.«

»Red keinen Unsinn«, knurrte ich leise. »Sei froh, dass du ein gesundes Söhnchen hast. Der wird seinen Vater noch brauchen.«

Hamid sollte die erste Gruppe anführen. Joana begleitete ihn, um sich um den Verwundeten zu kümmern. Auch die meisten alten Leute waren dabei. Jeder trug zwei prall gefüllte Leinenbündel kreuzweise über die Schulter gehängt. Die Frauen hatten sich die Röcke hochgebunden, um besser marschieren zu können. Schuhwerk war eine Sorge gewesen. Im Dorf und auf den Feldern gingen die Leute barfuß oder in klobigen Holzschuhen. Letztere machten Lärm, und mit bloßen Füßen hatte ich niemand auf eine lange Wanderung durch den Wald schicken wollen, besonders nicht in die Berge, wo die Pfade von Geröll und scharfkantigen

Steinen übersät sind. Also hatten die Bauersfrauen für jene, die keine besaßen, aus Lederresten einfache Bundschuhe gefertigt.
Ich küsste Joana und wollte ihr Mut zusprechen, fand aber keine Spur mehr von ihrer früheren Ängstlichkeit. Sie sei glücklich, dass Berta und ich uns ausgesöhnt hätten.
»Zumindest kratzt sie mir nicht mehr die Augen aus.«
»Jaufré, mein Junge.« Sie tätschelte meine Wange. »Lern endlich, die Gefühle der Frauen zu verstehen! Sie wird dir vergeben, denn sie liebt dich. Und das ist gut für uns alle. Habgier und böse Gedanken, wie dieser Robert sie hegt, führen nur zum Verderben. Glück, Erfolg und Gesundheit entstehen durch Freude und die Liebe einer guten Frau. Sei guten Mutes, denn solange Berta dich liebt, wirst du siegen.«
Sie hatte mehr Vertrauen in Bertas Liebe als in meine Kriegskünste. *»Amor vincit omnia«*, erwiderte ich deshalb spöttisch.
»Sprich kein Latein mit mir!«
»Die Liebe bezwingt alles«, übersetzte ich. Das war die Weisheit aus den Liedern vieler *trobadors* und ein Wahlspruch, an den sich mancher gern klammert in Zeiten wie die unseren.
»So ist es«, antwortete sie fröhlich. *»Joia e amor*, Jaufré!«
Sie warf mir noch eine Kusshand zu, dann setzte sich die Gruppe in Bewegung. Nach wenigen Augenblicken hatte die Dunkelheit sie verschluckt. Freude und Liebe. Wer wünscht sich das nicht?
Nachdenklich stand ich auf der Straße, als schon die Nächsten den Hang heruntergeklettert kamen und durch den Agli wateten. Ich erkannte Adela und Martin unter ihnen und dann mit einem unruhigen Flattern im Herzen die Frau, deren Liebe, wenn es nach Joana ging, alle unsere Schwierigkeiten überwinden würde.
»Wie läuft es?«, flüsterte Berta.
»Wie nach Plan. Du solltest doch erst mit der letzten Gruppe kommen.«
»Ich konnte das Warten nicht mehr aushalten.«
»Wie spät ist es?«
»Eine Stunde nach Mitternacht.«
Wir brannten Stundenkerzen in der Höhle, um sicherzugehen, dass wir uns nicht verspäten und vom Morgengrauen überrascht

würden. Berta trug enge Beinkleider wie ein Mann. Eine kurze Tunika darüber und feste Stiefel an den Füßen, so wie sie sich oft für ihre Reitausflüge kleidete. Im Gürtel steckte ein langes Jagdmesser. Sie hatte auf ihre Mütze verzichtet, und das blonde Haar fiel ihr in Kaskaden den Rücken herunter. Sie sah wie die Göttin Diana aus, die ich auf einem Fries in einem alten, griechischen Tempel in Nicaea gesehen hatte. Nur Bogen und Köcher fehlten. Dafür trug sie ihre Bündel an Habseligkeiten über die Schultern geschlungen.

»Joana meint, du bringst mir Glück«, flüsterte ich scherzhaft. »Wenn dem so ist, bleibst du am besten in meiner Nähe.«

Sie schüttelte energisch den Kopf. »Hamid führt die erste Gruppe und du die letzte. Also ist mein Platz in der Mitte«, erwiderte sie mit Bestimmtheit.

»Und ich gehe mit Berta«, sagte Adela ebenso entschlossen und warf einen trotzigen Blick auf Martin, der sich zu mir gestellt hatte. Hatten sie sich gestritten? Auch Martin trug zwei Bündel. In der Hand hielt er seinen Bogen. Den Köcher hatte er über den Rücken geschlungen.

»Mach dir keine Sorgen«, sagte Berta lächelnd. »Wir sehen uns bald wieder.« Dann küsste sie mich kurz und allzu flüchtig.

Gleich darauf marschierten sie los. Irgendwie hatte ich ein schlechtes Gefühl bei dem Gedanken, Berta nicht in meiner Nähe zu wissen. Übertriebene Sorgen, dachte ich mit einem Schulterzucken und legte meine Hand auf Martins Schulter.

»Dann lass uns mal den Rest unserer Schäfchen zusammentreiben.«

Immer noch war alles still. Keiner der Späher hatte Alarm geschlagen. Die verbliebenen Dörfler sammelten sich auf der Straße. Renat, ein junger Schafhirte, der den Umgang mit Hunden gewohnt war, hatte sich seit Alexis' Abwesenheit um Thor und Odin gekümmert und sie nun durch die Höhle gebracht. Er hielt sie an langen Lederleinen, damit sie nicht herumstreunten. Gisla kam mit ihren beiden Töchterchen, eines auf den Rücken gebunden, das andere an der Hand. Magdalena und die alte Elena stiegen zuletzt durch den Fluss, begleitet von Enric, dem Lois

Bertran die Böschung hochhalf. Elena ging an mir vorbei, ohne mich eines Blickes zu würdigen. Sie würde mir nie für den Tod ihres Sohnes verzeihen.

»Wir sind die Letzten«, flüsterte Magdalena.

»Gut. Dann macht euch auf den Weg«, sagte ich und gab den Männern ihrer Begleitung Zeichen, aufzubrechen, und ließ gleich auch Bruns Speerkämpfer rufen. Unsere zwei Späher hatten Befehl, sich ein Versteck zu suchen und tagsüber auszuharren, um Ricards Männer zu beobachten. Am Abend würden sie an verabredeter Stelle abgelöst werden.

Ich wartete, bis Jaume durch die Höhle kam. Er hatte darauf zu achten, dass niemand zurückblieb und dass die üblichen Laternen auf der Burg brannten, so dass für Ricard bis zum Morgen alles wie gewohnt aussah. Schließlich tauchte er auf und planschte durch den Fluss. Er trug nur ein Bündel, dafür aber seine Laute in eine Lederhülle gewickelt und auf den Rücken geschnallt.

»Verdammt schade, den Bastarden die Burg zu überlassen«, murrte er und reichte mir den Schlüssel zur eisernen Pforte. Dann zog er mein Banner aus dem Ärmel seines Kettenpanzers. Er musste es vom Turm geholt haben.

»Der *Castelan* hat die Burg verlassen!«, grinste er und band das Banner um den Speer, den er trug. »Ihr erlaubt doch, Herr?«

»Also gut, dann sollst du ab jetzt mein Bannerträger sein.«

»Das ist ein Wort, *Senher!*« Er lachte unbekümmert in der Dunkelheit. »Sie werden Euren roten Eber fürchten lernen.«

»Ich wollte dich … äh … etwas fragen, Jaume«, sagte ich verlegen, während wir auf Brun warteten.

»Was ist, *Castelan?*«

»Woher hast du eigentlich deine Lieder?«

Er sah mich erstaunt an. »Einige sind aus dem Volk, andere habe ich von fahrenden Sängern«, erwiderte er. »Und manchmal fallen mir selbst ein paar Verse ein. Warum fragt Ihr?«

»Ich möchte, dass du ein *canso* erfindest.«

»Ein *canso.*« Er verstand nicht.

»Na, du weißt schon. Ein Liebeslied.« Ich musste rot geworden sein. Zum Glück konnte man das in der Dunkelheit nicht sehen.

»Und eine passende Melodie dazu. Etwas Gefühlvolles, verstehst du?«
»Und wem soll es gewidmet sein?«
Mon Dieu! Der Kerl stellte sich aber dumm an.
Plötzlich grinste er übers ganze Gesicht. »*Domna* Berta vielleicht?«
»Wem denn sonst?«, knurrte ich.
»Ah! Das gefällt mir«, raunte er hocherfreut. »Ein wenig bin ich selbst in sie verliebt. Wie alle Kerle auf Rocafort, nehme ich an.« Dazu lachte er. »Gebt mir etwas Zeit, Herr. Es sollen die besten Verse werden, die ich je gemacht habe.«
»Gut. Ich will es dir auch gebührend vergelten. Aber kein Wort zu irgendjemandem. Du auch nicht, Martin«, wandte ich mich an meinen Sohn. »*No parla mot!* Es soll eine Überraschung werden.«
»Verlasst Euch auf mich«, sagte Jaume. »Und habt Dank, Herr. Ich werde Euch nicht enttäuschen.«
Brun, der inzwischen ebenfalls auf der Straße angekommen war, zählte seine Männer durch. Wir schulterten unsere Bündel und schweren Ledertaschen, hängten unsere Schilde über. Wankend unter all dem Gewicht marschierten wir los. Brun berichtete, dass sich seit Stunden nichts mehr in Ricards Lager geregt hatte. Wir waren in Hochstimmung über unseren Erfolg und schritten aus, so gut es ging, um die letzte Gruppe einzuholen. Renat folgte mit den Hunden, die so aufgeregt am Halsband zerrten, dass er Mühe hatte, sie zu halten. Martin ging an meiner Seite und bemühte sich redlich, nicht zurückzufallen.
»Adela und du«, fragte ich. »Habt ihr euch gestritten?«
»Ein bisschen«, gab er zu. »Sie ist wütend auf mich.«
»Und warum?«
»Ich hab nur gesagt, dass ich froh bin, dass du jetzt wieder bei deiner richtigen Frau bist.«
»Keine kluge Bemerkung, mein Junge.«
»Aber es stimmt doch«, verteidigte er sich.
»Jetzt ist sie also böse auf dich.«
»Sie hat geweint und gesagt, dass ihre Mutter Noura die richtige

Frau gewesen sei. Dass du unsere Mama überhaupt nicht ausstehen konntest. Ist das wahr, Vater?«
Gott im Himmel! Was sagt man dazu? »Adelas Mutter war eine wunderbare Frau«, antwortete ich vorsichtig. »Du hättest sie gemocht. Aber was deine Mutter betrifft, so habe ich mich schrecklich geirrt.«
»Wie meinst du das?«
»Eigentlich habe ich sie gleich beim ersten Anblick geliebt.«
»Und warum bist du dann so lange fortgeblieben?«
»Weil ich Hornochse es erst jetzt gemerkt habe.« Seltsamerweise schien diese Antwort für ihn mehr Sinn zu ergeben als für mich selbst. Jedenfalls machte er ein zufriedenes Gesicht.
»Aber du solltest dich bei Adela entschuldigen, denn ihre Mutter habe ich auch geliebt. Auch wenn das schwer zu verstehen ist.«
»Kann man denn zwei Frauen lieben?«
Ich lachte verlegen. »Wie du siehst, *filho*. Am besten aber nicht zur gleichen Zeit. Das gibt Ärger.«
Eine Zeitlang stapften wir wortlos nebeneinanderher. Martin schien über diese neuen Erkenntnisse nachzudenken.
»Warum quälen sie unsere Rosa?«, fragte er auf einmal.
»Weil sie mich zwingen wollen, ihnen Rocafort zu überlassen.«
»Ich weiß. Mama hat es mir gesagt. Glaubst du, sie hören jetzt auf damit?«
»Ich hoffe es, Martin. Ich hoffe es.«
»Und Gustau? Denkst du, er lebt noch?«
»Er ist ein Waldläufer und ein kluger Bursche.«
»Vater«, sagte er verlegen. »Bitte sei mir nicht böse!«
»Warum sollte ich?«
»Ich will Gustau meinen Bogen schenken.«
»Willst du ihn nicht mehr?«
»Doch. Aber Gustau schießt besser als ich. Und dann kann er sich rächen und viele von den Schweinen töten.«
Ich war betroffen, dies aus seinem Mund zu hören. Gott schenkt uns Kinder, damit wir sie schützen, nähren und lieben. Aber wir beschützen sie nicht vor dieser elenden Welt. Schreckliche Dinge muten wir ihnen zu. Nicht einmal vor unseren eigenen Irrungen

und Verblendungen können wir sie behüten. Zu beschäftigt sind wir, unser selbstsüchtiges Leben zu leben, dass wir gar nicht merken, was wir ihnen antun.

Schweigsam marschierten wir weiter. Nach zwei oder drei Meilen hielten wir inne, da die Hunde angespannt und mit nach vorn gerichteten Ohren in die Dunkelheit starrten und dabei ein leises, kehliges Knurren vernehmen ließen. Kurz darauf sahen wir jemanden, der keuchend aus der Dunkelheit auf uns zugelaufen kam. Wir nahmen die Schilde hoch und packten unsere Speere fester. Die Männer bildeten rasch eine Doppelreihe, wie sie es gelernt hatten.

Aber es war nur Alban, der Knecht. *»Castelan!«*, rief er mit gedämpfter Stimme und völlig außer Atem. »Wo ist der *Castelan*?«

Ich trat vor. Mein Herz sank, denn ein Blick auf sein verzerrtes, schweißüberströmtes Gesicht sagte mir, dass unsere Glückssträhne nun ein Ende hatte.

»Die *Domna*, Herr!«, stieß er mühsam hervor.

»Was ist mit ihr?«

»Sie haben sie gefangen!«

»Was sagst du, Mann?«, schrie ich und packte ihn am Arm. Aber der arme Kerl musste erst einmal richtig Luft holen, bevor er ein weiteres Wort hervorbrachte. »Sie haben auf uns gewartet«, keuchte er. »Plötzlich waren wir umzingelt!«

»Wer, zum Teufel?«, brüllte ich.

»Räuber, *Castelan*. Gesetzlose.«

»Erzähl schon!«

»An einem Hohlweg haben sie uns aufgelauert. Es waren viele. Mit Bögen bewaffnet und Speeren.« Sein Atem ging jetzt ein wenig ruhiger. »Wir hatten zu wenige Bewaffnete.«

»Ist jemand verletzt?«

»Nein, niemand. Unsere waren zu erschrocken, um an Gegenwehr zu denken. Und dann haben sie die Herrin in ihre Gewalt genommen. Und die *Donzela* Adela. Gleich darauf sind sie im Wald verschwunden, und ich bin gelaufen wie verrückt, um Euch zu warnen, Herr.«

Es überlief mich siedend heiß. Berta gefangen! Mein Gott! Und

Adela! Kaum gab es einen Hoffnungsschimmer, da hob der Teufel seine hässliche Fratze und stellte uns von neuem ein Bein.

»Haben die Halunken nichts gesagt?«

»Doch. Ihr Anführer will Magdalena und ihren Sohn. Im Tausch gegen unsere Herrin und die *Donzela.*«

Nemo!

Putan, merda! Ihn hatte ich völlig vergessen. Wahrscheinlich schlichen er und seine Bande schon seit Tagen durch die Gegend. Sie mussten alles beobachtet haben und waren heimlich Zeugen unserer Flucht geworden. Das Kommen und Gehen der Träger hatte ihnen Zeit gegeben, im rechten Augenblick zuzuschlagen. Ich schüttelte den Knecht, bis ihm die Zähne im Kopf rasselten.

»Bist du sicher?«, rief ich außer mir. »Nur Magdalena und Enric? Mehr will er nicht? Kein Lösegeld? Pferde, Waffen? Nichts weiter?«

»Nein, *Castelan.* Nichts weiter!«

Magdalena war in der letzten Gruppe gewesen. Hätte Nemo nur etwas länger gewartet ... Aber Wenn und Aber halfen nicht weiter.

»Und wie soll das Tauschgeschäft ablaufen? Haben sie das gesagt?«

»Es hieß, sie wüssten von unserem Lager in den Bergen. Dort sollen wir warten. Jemand wird kommen, um zu reden.«

Que malaventura! So ein verdammtes Pech! Kaum waren wir Ricard entkommen, fielen wir in die Hände von Wegelagerern. Ich biss mir auf die Lippen, bis es schmerzte. Der eine hatte meinen Sohn, der andere Weib und Tochter. Und die Banditen wollten mehr, da war ich sicher. Mit Berta und Adela in ihrer Gewalt konnten sie alles von mir verlangen. Wie sollte ich mich wehren? Wie auf zwei Fronten kämpfen?

»Wo sind die anderen aus eurer Gruppe?«

»Nicht weit. Die Leute hatten Angst und wollten zurück.«

Eine Panik. Das fehlte noch.

»Los, Männer!«, rief ich. »Jetzt im Eilmarsch!«

Trotz unserer schweren Last hasteten wir die Straße entlang. Nach etwa einer halben Stunde, die Sterne hatten schon den Glanz verloren und die Nacht an Schwärze, da stießen wir auf einen Haufen verwirrter Dörfler, die verängstigt nach uns riefen, als wir uns näherten. Bertas Gruppe war vor Schreck davongelaufen, um bei mir und unseren Kriegern Schutz zu suchen. Nun saßen allesamt ratlos am Wegrand und warteten auf uns.

Wie sie erzählten, war alles sehr schnell gegangen. Die Beschreibung, die sie von Nemo gaben, schien zu passen. Aber als ich sie fragte, wie viele es gewesen waren, sagte der eine zwanzig, ein anderer schwor, es seien mindestens fünfzig gewesen, und ein Weib wollte gar hundert furchterregende Halsabschneider gesehen haben. Ich schüttelte den Kopf.

»Haben sie Berta oder Adela etwas angetan, sie schlecht behandelt?«

»Nein, Herr, und die *Domna* ist ganz ruhig mitgegangen«, sagte ein altes Mütterchen. »Auch die kleine *Donzela.* Aber Angst hat sie gehabt, das arme Kindchen.«

»Nemo ist nicht gewalttätig!«, rief Magdalena heftig.

»Nicht gewalttätig?« Ich lachte bitter. »Lammfromm aber auch nicht. Frag deinen Enric, was sie mit uns vorgehabt hatten auf der Taula de Sarasins.«

Enric öffnete den Mund, doch ich unterbrach ihn gleich wieder.

»Keine Zeit für dummes Geschwätz! Wir haben andere Sorgen. Wir können hier nicht bleiben. Wir müssen die anderen am Col de Lima treffen und in die Berge gehen, bevor Ricard seine Reiter schickt.«

So machten wir uns wieder auf den Weg. Ich war ungeduldig. Es ging mir alles zu langsam. Brun und seine Männer mussten das Dorfvolk ständig antreiben. Am Ende blieb den jungen Kerlen nichts anderes übrig, als neben ihrem Gepäck auch noch die Kinder zu tragen. Ein paar kräftige Burschen schleppten Enric, wenn er zu müde wurde. So erreichten wir schließlich Hamid, Joana und die anderen, die als Erste unseren *exodus* begonnen hatten.

»Beruhige dich! Er wird ihnen nichts tun«, sagte Hamid, nachdem das Wichtigste erzählt war. Er sah mir meine Anspannung und Aufregung an. »Schließlich hast du Magdalena.«

»Und das wird auch so bleiben«, erwiderte ich grimmig.

Ich hatte der Räuberbraut die Hände binden lassen und sie mit einem langen Strick an meinen Gürtel gefesselt. Sie war mein Pfand und sollte mir nicht entkommen. Der Junge mit seiner Verletzung war kaum in der Lage, zu fliehen. Hamid sah nach Magdalenas Fesseln und lockerte sie ein wenig, woraufhin sie ihm einen dankbaren Blick zuwarf.

»Ich laufe nicht weg, *Castelan*«, sagte sie ruhig.

»Ich möchte dir glauben. Aber sicher ist sicher.«

Dann rief ich nach Jaume. »Hör zu, mein Freund. Du musst etwas Wichtiges für mich erledigen. Ich will, dass du von hier aus so schnell wie möglich nach Süden über den Berg zu jener *ermitatge* gehst, die auf der anderen Seite in der tiefen Schlucht des Agli liegt.«

»Und wie soll ich die finden?«

»Es ist die Einsiedelei des Heiligen Antonius von Galamus. Ich gebe dir zwei Männer aus dem Dorf mit. Sie kennen den Weg. Dort fragst du nach Bruder Jacobus. Sag ihm, wer ich bin, und erklär ihm, warum ich nicht selbst kommen kann. Dann bring ihn auf schnellstem Weg in unser Lager. Und schärf ihm ein, er soll alles mitbringen, was mir gehört.«

»Wäre es nicht besser, zuerst zum Lager zu gehen, damit ich meinen Gaul hole? Ich bin ein *ome de cavalaria* und kein *pezo!*«, murrte er.

»Wohin du gehst, wird dir eher eine Bergziege nützen als ein Gaul.«

Jaume war nicht glücklich, aber reichte Brun die Laute und sein Bündel. »Also gut.«

»Der Mönch wird nicht kommen«, wandte Joana ein. »Er ist misstrauisch.«

»Dann nimm dies!«, ich nahm Guilhems Siegelring vom Finger. »Den wird er erkennen.«

Joana schüttelte den Kopf. »Er ist ein vorsichtiger Mann. Der Ring könnte gestohlen sein. Lass mich mit ihnen gehen. Ich kenne Jacobus gut. Mir wird er vertrauen.«

»Gut! Dann machen wir uns jetzt alle auf den Weg«, befahl ich und steckte den Ring wieder auf den Finger.

Eine Weile noch wanderten wir gemeinsam, dann trennten sich unsere Wege. Zwei der Burschen aus dem Dorf hatten sich freiwillig gemeldet, mit Jaume und Joana zu gehen. Ich küsste meine Amme zum Abschied.

»Versucht bis heute Abend im Lager zu sein. Und danke, *noiriça!*«

Als die Sonne im Osten ihr Gesicht zeigte, waren wir schon mitten im dichten Bergwald und stiegen auf gewundenen Pfaden immer höher. Die Luft war noch frisch vom Tau der Nacht, aber die Morgensonne wärmte rasch das Gras in den Lichtungen, wo Bienen und Hummeln, vom nimmermüden Singsang der Zikaden begleitet, sich an ihr Tagwerk machten, die Blüten auszusaugen. Es wurde bald immer steiler, die Alten verlangten häufiger nach Ruhepausen, und die Kinder quengelten. Unter der Last, die wir trugen, wurde das Atmen schwerer, und der Schweiß lief in Strömen. Der Weg, nun nicht mehr als ein schmaler Saumpfad und gerade noch für ein Lasttier begehbar, führte durch struppiges Buschwerk und undurchdringlichen, immergrünen Wald, zwängte sich in immer steileren Windungen um scharfkantige, grauweiße Felsbrocken herum. Knorrige Wurzeln und loses Gestein erschwerten den Aufstieg. Schenkel und Waden brannten wie Feuer, und die Zungen klebten am Gaumen. Mit gekrümmten Rücken und Schultern, in die die Tragriemen schmerzhaft schnitten, so quälten wir uns den Berg hinauf, bis die zitternden Glieder versagten und man wieder ein wenig rasten musste, um Luft zu holen. Aber wir kamen voran. Langsam, aber stetig, auch wenn sich unser Trupp immer weiter auseinanderzog. An einem Bächlein erfrischten wir uns. Jedoch nur so lange, bis wir alle wieder beisammenhatten. Dann schulterten wir die Lasten erneut und kletterten weiter.

Ich hätte gern Ricards Gesicht gesehen, wenn er entdeckte, dass wir wie von Geisterhand durch den Ring seiner Belagerer geschlüpft waren. Doch meine Genugtuung war nur von kurzer Dauer, denn gleich kehrten die Gedanken zu Berta und Adela zurück. Und zu Ramon, der immer noch in diesem verfluchten Käfig saß.

Kain und Abel

Sanctus Elegius,
Patron der Knechte und Bauern,
der Gold-, Silber- und Hufschmiede, Wagner und Sattler;
Beschützer der Pferde vor Krankheiten

Sabbatum,
25. Tag des Monats Juni

Das letzte Wegstück wurde leichter, nachdem wir endlich die Hochebene erreicht hatten. Das hohe, immergrüne Gestrüpp dünnte aus, und wir wanderten auf blumenübersätem Gras- und Heideland, das in großen Flächen die dichte Decke des Höhenwalds durchbrach. Vor uns erhob sich der Bugarach. Dahinter in der Ferne, wie eine blassblaue Wand, der Gebirgszug des Pireneus, auf dessen kahlen Höhen noch Schnee lag.
Doch in Wahrheit waren wir viel zu erschöpft, um die Schönheit der Landschaft zu würdigen. Bald trafen wir auf Drogos Kundschafter, die sich auf dem Weg ins Tal befanden. Sie waren erstaunt, uns zu sehen, und geleiteten uns bis ins Lager, das in einer großen, grasbewachsenen Waldlichtung lag. Die einfachen Laubhütten und Zeltbehausungen schienen uns willkommen zu heißen, und der Anblick der friedlich grasenden Pferde rührte manchen zu Tränen. Schon kamen sie aus dem Lager gerannt, und die Freude des Wiedersehens war groß. Wir ließen unsere Lasten zu Boden sinken und warfen uns auf der Stelle erschöpft ins Gras. Die Flucht war gelungen.
Gisla warf sich in Drogos Arme, und nachdem sie sich lange geküsst hatten, drückte er seine kleinen Mädchen an sich. Alles umarmte und herzte sich. Hier oben hatten sie sich Sorgen gemacht und waren überglücklich, uns wohlbehalten in Empfang zu nehmen. Alexis umarmte seine Cortesa, und die sonst so beherzte

Magd schien völlig außer sich in seinen Armen dahinzuschmelzen.
»Sie ist schwanger«, flüsterte mir Hamid ins Ohr.
»Woher weißt du das?«
»Auf deiner Burg gibt es keine Geheimnisse.«
Gut, dachte ich erfreut. Mein kleiner Alexis hatte sein Glück gefunden. Dabei ließ sich die Erinnerung an Nouras Todestag nicht vermeiden, als wir seine erste Liebe so übel zugerichtet im Stall gefunden hatten. Das erinnerte mich an Ricard, und ein kalter Schauer lief mir den Rücken hinab, denn es war noch nicht zu Ende. Auch wenn die Wölfe hier keine Turbane trugen, waren sie nicht weniger reißend.
Drogo trat zu mir. »Wo ist Berta?« Er sah sich mit besorgter Miene um. »Und ich sehe weder Joana noch deine *filheta*.«
»Joana ist auf dem Weg nach Galamus. Und Berta … nun, davon später!« Ich hatte keine Lust, viel zu erklären. Stattdessen band ich den Strick vom Gürtel, der mich mit Magdalena verband, und gab ihn Brun. »Finde jemanden, der gut auf sie aufpasst.«
Als man sie fortführte, warf sie Hamid einen langen Blick zu.
»Keine Sorge, Magdalena«, rief er ihr nach. »Nach Berta bist du jetzt die wichtigste Frau für unseren *Castelan*.«
Ihr Gesicht zeigte, dass sie wenig Verständnis für solche Scherze hatte. Drogo sah erstaunt von einem zum anderen, fragte aber nicht weiter, sondern führte mich herum, nachdem ich mir die Panzerung und das schwere Lederwams vom schweißtriefenden Leib gerissen hatte.
Das Lager lag versteckt zwischen bewaldeten, felsübersäten Hügeln unterhalb eines Berggrats des Bugarach. Dort gab es eine Grotte, die für Vorräte genutzt wurde und in der nun auch unsere Bündel verschwanden. Gutes Gras für die Tiere fand sich in den angrenzenden Weiden, und Drogo hatte eine einfache hölzerne Wasserleitung von einem nahen Bergbach bauen lassen, so dass es an nichts fehlte. Abfallgrube und Latrinen hatten sie in sicherer Entfernung vom Lager und vom Bett des umgeleiteten Bächleins gegraben, so wie ich es Drogo aufgetragen hatte. Aus eigenem Schaden hatten wir dies im Heiligen Land gelernt. Nie-

mand weiß, warum, aber Latrinen, die zu nah an Wohnzelten oder Wasser liegen, scheinen Seuchen zu verbreiten, als seien die Ausscheidungen des Menschen vom Teufel vergiftet. Zelte und Laubhütten waren in ordentlichen Reihen errichtet, und in der Mitte des Lagers, auf einem freien Platz, gab es zwei große Feuerstellen, auf denen für alle gekocht wurde.
Ich lobte ihn für seine Ortswahl und umsichtige Verwaltung.
»Es kann sein, dass sie uns verfolgen«, sagte ich. »Wir müssen jeden Pfad aus dem Tal bewachen.«
»Und was tun wir, wenn sie kommen?«
»Hinterhalt. Wir beschießen sie mit Pfeilen, bringen ihnen so viele Verluste wie möglich bei und ziehen uns in den Wald zurück.«
»Keine offenen Angriffe also?«
»Nichts dergleichen. Ich will nur verhindern, dass sie uns bis hierher verfolgen. Wenn sie Angst haben, hinter jedem Baum könnte ein Mann stehen und hinter jeder Wegbiegung tödliche Pfeile lauern, dann werden sie uns hier oben in Ruhe lassen.«
»Gut. Ich werde sofort Männer aussenden, um geeignete Stellen zu markieren«, sagte Drogo.
Wie seltsam das Leben spielt. Er war mein Jugendfreund und der friedliche Schmied eines Dorfes. Und nun war er dabei, Krieger wider Willen zu werden. Aber er lernte schnell und hatte bisher alles bestens nach meinen Anweisungen erledigt. Nun wollte er wissen, wie es uns ergangen war. Wir berichteten kurz von den Kämpfen um die Burg und von unserer Flucht durch den Höhlenschacht. Von den Heimsuchungen, mit denen Ricard uns überzogen hatte, wusste er natürlich. Die Verwüstungen waren unübersehbar, und als wir von Schändungen und dem schrecklichen Tod Martas und seines Knechtes Joan *lo Bon* berichteten, verdunkelte sich sein Gesicht vor Zorn.
»Gott hilf, dass wir dieses Schwein zur Strecke bringen.«
»Das werden wir!«, bestätigte ich grimmig.
»Jetzt will ich endlich wissen, was, zum Teufel, mit der *domina* geschehen ist? Raus mit der Sprache. Was habt ihr zu verbergen?«

»Der Schurke Nemo«, sagte ich niedergeschlagen, »hat Berta und Adela in seiner Gewalt.«
»Wie, um Himmels willen, konnte das geschehen?«
Hamid erzählte den Hergang in kurzen Worten. »Dieser Nemo glaubt, wir halten Magdalena und ihren Sohn gegen ihren Willen fest, und er will sie deshalb austauschen.«
»Ich wette, es steckt mehr dahinter«, warf ich düster ein.
»Wir haben schon gemerkt, dass sich Gesindel herumschleicht«, sagte Drogo. »Haben uns aber nichts dabei gedacht. In den Wäldern gibt es immer ein paar Herumtreiber. Was hast du jetzt vor?«
»Abwarten. Sie wollen einen Unterhändler schicken. Ich hoffe nur, dieser Nemo kommt nicht auf den Gedanken, sich mit Robert und Ricard zu verbünden.«
Seit Bertas Gefangennahme war ich in meiner düsteren Stimmung bereit, mir das Schlimmste auszumalen. Wer sagte uns, dass die Gesetzlosen Berta und Adela nicht an Ricard ausliefern würden? Robert würde jedes Lösegeld zahlen, um ein solches Pfand gegen mich in der Hand zu halten. Uns blieb für den Augenblick nichts übrig, als zu warten. Ich nutzte die Zeit, um mich zum ersten Mal seit Tagen wieder von Kopf bis Fuß zu waschen. Das kühle Wasser des Gebirgsbaches erfrischte Leib und Seele. Danach aßen wir, ausgehungert wie wir nach der langen Nacht waren. Trotz der Sorge um Adela und Berta verspürte ich nach dem Mahl tiefe Müdigkeit, denn seit Tagen hatte ich nicht richtig geschlafen.
Hamid und ich suchten uns deshalb eine schattige Stelle. Krieger lernen, immer und überall zu schlafen, wenn sich eine Gelegenheit bietet. Aber diesmal wollte der Schlaf nicht kommen. Ich wälzte mich von einer Seite zur anderen, während die ruhigen Atemzüge meines Freundes mich mehr störten als das Rumoren im Lager, wo sie Unterkünfte für uns Neuankömmlinge errichteten. Ich verzog mich mit meiner Bettrolle tiefer zwischen die Büsche, doch auch dort kam der Schlaf immer nur für flüchtige Augenblicke, unterbrochen von Grübeln und unruhigen Gedanken, die um Raol und Ramon kreisten, um das Erbe der Tolosaner und immer wieder zu Berta zurückkehrten.

Ich rieb die juckende Pfeilwunde auf meiner Brust, ein Zeichen, dass sie auf dem Weg der Heilung war. Nicht so die verdammte Wunde in meinem Herzen, wo mich ein anderer Schaft getroffen hatte. Genau wie damals, als wegen eines Kusses meine Welt für einen Augenblick nur noch aus grünen Augen und diesen halb geöffneten Lippen bestanden hatte. *Perdona me*, Noura, ich habe dich geliebt, aber jetzt stand mir der Sinn nur noch nach Berta. Und diesmal sollten mir nicht noch einmal falsche Schuldgefühle in die Quere kommen. *Que folatura!* Ich war wieder in dieses Weib vernarrt, wie schon damals.

Ich wälzte mich auf die Seite, aber da bohrte sich ein Stein in meine Hüfte. Gereizt setzte ich mich auf und lehnte mich an einen Baumstamm. Warum ließ Nemos Unterhändler nur so lange auf sich warten? Und dann rissen mich Stimmen aus meiner Grübelei. »Gustau!«, hieß es. »Da kommt Gustau!«

»Und er bringt Rosa!«, rief jemand. »Rosa ist bei ihm!«

»Verges Maria!«, murmelte ich und bekreuzigte mich unwillkürlich. »Ist es denn möglich?«

Alles lief zusammen, um die beiden zu begrüßen. Ich drängte mich durch die Menge. Da kam Gustau, ohne Hemd, Bogen in der Hand und Köcher auf dem nackten Rücken. Seine schleppenden Schritte waren die eines Mannes, dem Kraft und Lebenswillen abhandengekommen sind. Hin und wieder drehte er sich zu Rosa um, die zwanzig Schritt hinter ihm ging, um zu sehen, ob sie noch folgte. Als sie näher kamen, teilte sich die Menge, um ihnen Platz zu machen. Alle starrten gebannt auf das Mädchen. Es herrschte Stille, niemand sagte ein Wort, denn alle wussten ja, was mit ihr geschehen war.

Rosa ging barfuß, mit zögernden Schritten, nur mit Gustaus schmutzigem Bauernhemd bekleidet, das ihr bis auf die Oberschenkel fiel. Sie hielt den Blick auf den Boden geheftet, als müsse sie aufpassen, wohin sie trat, um nicht zu stolpern. Von ihrem Gesicht konnte man wenig unter den dunklen Haaren erkennen, die in langen, verklebten Strähnen von der Stirn bis über die Hüften fielen. Auf Beinen und Armen war die blasse Haut von Kratzern und Blutergüssen bedeckt.

Jemand schluchzte in der Menge.
Bei ihrem Anblick würgte mich ein fürchterliches Schuldgefühl. Auch wenn ich es nicht zu verantworten hatte, aber dieses arme Kind war allein meinetwillen zum Opfer geworden wie auch die übrigen Gefangenen. Wenn es ums Kämpfen ging, dann war es an uns Männern zu sterben und nicht, unsere Weiber leiden lassen.
Gustau war stehen geblieben und sprach ihr sanft zu.
»Rosa. Wir sind da, *mon cor.*«
Abrupt blickte sie auf, strich sich die Haare aus dem Gesicht und sah sich wie gehetzt um. Beide Augen waren blutverkrustet und zugeschwollen, die Unterlippe eingerissen, und an ihrem Kinn klebte getrocknetes Blut. Als sie aller Blicke auf sich gerichtet fand, begann sie, am ganzen Leib zu zittern, ihre Augen irrten wild umher, nicht wie die eines Menschen, sondern wie die eines in die Enge getriebenen Tieres.
Gustau näherte sich ihr. Da stieß sie ihn vor die Brust und spuckte ihm ins Gesicht. Sie entblößte die Zähne, ja, sie fauchte geradezu. Dabei schrie sie vor mörderischer Wut, als wolle sie Gustau die Augen auskratzen. Er sprang erschrocken zurück. Rosa rannte fort, stolperte, raffte sich wieder auf und lief weiter. Plötzlich befand sie sich mitten unter den Pferden, die in der Nähe grasten. Die Tiere scheuten und sprangen unruhig zur Seite. Aber Rosa schien sich unter ihnen sicherer zu fühlen als unter Menschen. Sie streckte ihre Hand aus und berührte sanft die Nüstern einer Stute. Dann legte sie ihren Kopf an den langen Hals des Tieres. Auf einmal brach sie in die Knie, legte die Arme um den eigenen Körper und wiegte sich in rhythmischen Bewegungen, während sie sich die Wut und Erniedrigung aus dem Leib stöhnte und schrie. Lange Zeit ging das so, immer wieder von Weinkrämpfen unterbrochen, und niemand wagte, zu ihr zu gehen.
»Sie redet nicht«, flüsterte Gustau. »Sie hat Angst vor mir.«
Seine Augen waren rot und übermüdet. Ich glaube, sein Zustand war nicht viel besser als Rosas. Alles, was sie ihr angetan hatten, hatte er mit eigenen Augen miterleben müssen. Geschändet waren beide.

»Was ist geschehen?«, fragte ich leise.
Erst sah er mich an, als verstehe er mich nicht. Dann sprach er in einer tonlosen Stimme, in der jede Hoffnung gestorben war. »Als sie entdeckten, dass niemand mehr in der Burg war, da gab es ein Durcheinander. Ich habe zwei von ihnen getötet, und dann sind wir einfach fortgelaufen.«
Als ich meinen Arm um ihn legte, begann er zu schluchzen wie ein Kind, und ich ließ ihn weinen, bis er sich beruhigt hatte.
»Es war Allahs Wille, Jaufré«, raunte Hamid an meiner Seite.
»Gottes Wille?«, murmelte ich verächtlich. »Ausgerechnet du sagst das? Einer, der nicht mehr betet?«
»Manchmal ist es barmherziger, an einen Plan Gottes zu glauben.« Er legte mir die Hand auf die Schulter. »Vor allen Dingen, gib dir nicht selbst die Schuld. Dinge geschehen, die man nicht ändern kann.«
Gisla versuchte gar nicht erst, sich Rosa zu nähern. Sie schickte stattdessen ihre beiden kleinen Mädchen mit einer Kalebasse Wasser und ein wenig Brot. Die Kinder setzten sich zu der gebrochenen Magd, die jetzt still im Gras saß, und legten ihre Gaben vor ihr auf den Boden. Lange rührte Rosa sich nicht, dann trank sie etwas Wasser. Die Mädchen lächelten und rückten näher, steckten ihr ein Stück Brot zwischen die Lippen. Rosa ließ es mit sich geschehen. Das war ein Anfang.
Und dann tauchte Joana mitten unter uns auf. Wir hatten nicht bemerkt, dass sie und Jaume zurückgekehrt waren.
»Mein Gott, da ist ja Rosa«, flüsterte sie, als wundere sie sich, die Magd noch lebend anzutreffen. »Haltet ihr alle vom Leibe, ich kümmere mich um das arme Kind.«
Ich war erleichtert.
Als ich mich umdrehte, stand Jaume vor mir und hob eine Hand zum Gruß. »Verdammt langer Weg, *Castelan*«, sagte er sichtlich müde.
Neben ihm stand ein hagerer, weißhaariger Greis mit ruhigen, klugen Augen. Seine Kutte war mehr als schäbig. Die hornigen Füße sahen aus, als haben sie nie in ihrem Leben Leder gekannt. Er stützte sich auf einen langen Stab, doch er hielt sich aufrecht

und erweckte den Eindruck, als habe ihn der lange Aufstieg kaum ermüdet. Sein Blick wanderte über Rosa und die Kinder und dann zurück zu mir. Ich wusste nicht, wie viel er von unseren Heimsuchungen wusste, aber sein Antlitz war das eines Mannes, dem kein Leid dieser Welt fremd war und der sich dennoch eine stille Zuversicht in seinen Gott bewahrt hatte. Kein Zweifler wie ich.

»Salve, Castelan«, sagte er mit einem milden Lächeln.

»*Paire* Jacobus«, rief ich erfreut und nahm seine Hand. »Endlich! Ich bin froh, Euch zu sehen, *Paire*.«

»Ihr seid also Jaufré Montalban«, antwortete er, nachdem er mich aufmerksam gemustert hatte, und fügte mit einem Augenzwinkern hinzu: »Der verlorene Sohn ist heimgekehrt.«

»Die Verlockungen des Morgenlands, *Paire*«, grinste ich achselzuckend in Antwort auf seinen heiteren Ton.

»Wir alle haben lange warten müssen«, seufzte er. »Nun kann ich hoffen, endlich meine Bürde abzulegen.«

Aus der Nähe sah er weniger alt aus, als es auf den ersten Blick den Anschein gehabt hatte. Auf Mitte fünfzig schätzte ich ihn. Ich nahm ihn freundlich beim Arm und geleitete ihn zu der zeltähnlichen Behausung, die Drogo für mich hatte errichten lassen. Dabei drehte ich mich noch einmal zu Rosa um. Die Kinder waren zu ihrer Mutter zurückgekehrt, und die Pferde grasten wieder ruhig in ihrer Nähe. Sie aber saß immer noch unbeweglich am gleichen Fleck und starrte in die Ferne. Joana hatte sich wenige Schritte von ihr niedergelassen und schien ebenso still zu sitzen. Wenn jemand wusste, was zu tun war, dann Joana.

Alexis bot uns Erfrischungen an, aber Jacobus wollte nicht mehr als Wasser und ein Stück Brot zu sich nehmen.

»Die gute Joana hat mir berichtet, was Euch widerfahren ist«, sagte er bedächtig. »Was soll man dazu sagen? Gottes Sohn liebt einen jeden von uns und ist für uns alle gestorben. Aber es gibt Menschen, bei denen muss man sich in der Tat fragen, ob sein Opfer es wert war.« Er kaute gedankenverloren an seinem Brot. »Was rede ich? Ihr seid Kriegsmann, und solche Dinge sind Euch gewiss nicht fremd.«

Er sah mich sanft lächelnd an, aber sein Blick drang in meine Seele. Vor diesem Mann konnte man nichts verbergen. Ich fühlte mich nackt vor diesen Augen und zugleich geborgen.
»Nein, *Paire*. Sie sind mir nicht fremd. Bedauerlicherweise.«
»Gott verzeiht«, sagte er. »Und so müsst Ihr.«
Ich war mir nicht sicher, ob er von Ricards Sünden sprach oder meinen eigenen. »*Paire*«, hob ich an. »Ihr seid doch geweihter Pater, oder?«
»Ja, ich bin geweiht.«
»Ihr habt ein großes Opfer auf Euch genommen, für eine Sache, die nicht die Eure ist.«
»Als Hüter Eurer Familiengeheimnisse?« Wieder leuchtete Heiterkeit in seinen Augen.
»War das Euer Auftrag?«
»Odo wollte sichergehen, dass dieses Wissen weder verlorengeht noch in falsche Hände gerät. Er vertraute meiner Verschwiegenheit.«
»Und dafür seid Ihr in die Einöde gegangen? Wie könnt Ihr es ertragen, an einem solchen Ort zu leben?«
»Für Galamus hatte ich mich schon lange vorher entschieden, mein Sohn. Das Leben in der Einöde ist hart, aber voll wilder Schönheit. Und wo kann ein Mann besser mit seinem Schöpfer reden?« Er lächelte milde. »Im Winter versorgt uns *Domna* Berta mit dem Nötigsten, so dass wir nicht verhungern. Und was mich selbst betrifft, vor vielen Jahren haben meine Mitbrüder darauf bestanden, mich zum Prior zu wählen. Nun muss ich nicht mehr ganz so hart arbeiten und kann mich meinen Büchern widmen.«
»Ihr habt Bücher in der Wildnis?«
»Galamus ist nicht ganz so unerträglich, wie Ihr glaubt. Wir haben uns gut eingerichtet in unserer Grotte. Ein paar Hütten gibt es auch. Und ja, Erzbischof Odo hat mir über die Jahre eine kleine Sammlung geschickt, dazu etwas Pergament zum Schreiben.«
Er lehnte sich vor und berührte meinen Arm. »Um Euch zu beruhigen, Euer Oheim hat mir seinen Auftrag erst später anvertraut. Wir kennen uns schon sehr lange, denn schließlich war

ich jahrelang sein *secretarius* und ohnehin mit den wichtigsten Dingen vertraut.«

»Ich habe Euch mit Ungeduld erwartet, *Paire*.«

»Ja, mein Sohn. Wir müssen reden.«

»Kommt, wenn Ihr nicht zu müde seid. Gehen wir ein paar Schritte.«

Wir wanderten auf die Lichtung hinaus, bis wir weit genug vom Lager waren, so dass niemand unser Gespräch belauschen konnte. Jacobus musterte mich von neuem.

»Eine gewisse Ähnlichkeit ist unverkennbar. Ihr habt das dunkle, gute Aussehen Eurer Mutter. Gott hatte sie mit seltener Schönheit gesegnet. Und gleichzeitig habt Ihr die Körpermaße der Tolosaner geerbt, die, wie Ihr wisst, aus altem Frankengeschlecht stammen.«

»Ihr kanntet meinen Vater?«

Er nickte. »Ich kannte ihn. Natürlich auch die *Comtessa* Anhes. Obwohl noch jung, war ich, wie schon gesagt, Odos *secretarius* und begleitete ihn überallhin.«

»So ist es wahr, sie sind meine Eltern?«

»Es ist gewiss nicht leicht, so spät im Leben zu erfahren, dass man ein anderer ist, als man immer geglaubt hat.« Er sah mich mitfühlend an. »Aber ja. Es ist wahr. Ich hoffe, Ihr werdet Euch an diesen Gedanken gewöhnen können.«

Er schien den Tumult zu erahnen, der mich seit der Enthüllung meiner wahren Herkunft erfasst hatte.

»Und dieses Testament? Gibt es das wirklich?«

»Ich habe es selbst aufgesetzt. Odo hatte mich dafür aus Galamus holen lassen.«

»Niemand kann es finden.«

»Es ist in der Burg, wie Borcelencs richtig vermutet. Aber nur Odo weiß, wo es ist. Er hat es gut versteckt, und ich glaube nicht, dass sie es finden werden.« Er erlaubte sich ein schadenfrohes Lächeln. »Auch wenn er es fände, würde es ihm wenig nützen.«

»Er braucht auch den Ring, soviel ich weiß.« Ich hob meine Hand. Der Ring mit dem seltsamen Zeichen darauf funkelte golden in der Sonne.

»Ah!«, seufzte er, als er das Kleinod erkannte. »Der Siegelring der Tolosaner Grafen. Was die Bildzeichen bedeuten, weiß wohl niemand mehr, denn der Ring ist keltischen Ursprungs. Die Franken haben ihn den Goten gestohlen und diese dem gallischen Prinzen, dem er einmal gehört haben mag. Ja, Borcelencs braucht den Ring. Aber er braucht noch mehr. Das Testament ist nur gültig mit einer Liste, die in meiner Verwahrung ist. Odo ist sehr vorsichtig zu Werke gegangen.«

Ich war verwirrt. »Es ist besser, *Paire*, Ihr erzählt mir alles von Anfang an.«

»Also gut«, sagte er und strich sich über den Bart. »Anfänglich ging es nur darum, den Fehltritt der *Comtessa* zu verbergen. Üblicherweise kräht kein Hahn danach, wenn ein verheirateter Mann Ehebruch begeht.« Er zog schmerzlich die Mundwinkel herunter. »Wo es vor Gott doch das Gleiche ist. Aber eine Frau ... Das ist etwas anderes, wie Ihr wisst. Noch dazu mit dem Bruder des Betrogenen. In den Augen vieler ist dies fast so schlimm wie Blutschande. Sie musste den Zorn ihres Gemahls und die Ächtung ihrer Familie fürchten. Nicht nur ihre Güter und Besitzungen wären verpfändet gewesen, auch ihr Leben war in Gefahr. Kein Gericht, nicht einmal ein *concilium* der Bischöfe hätte Raimon verurteilt, wenn es ihm in den Kopf gekommen wäre, seine treulose Gattin zu ermorden. Deshalb dieses ganze Versteckspiel auf Rocafort, was Euch betrifft. Aber das wisst Ihr schon alles, nehme ich an.«

»Joana hat es mir erzählt ...«

»Was später kam, ist für Euch noch wichtiger ...«

Plötzlich wurde unser Gespräch von lautem Geschrei unterbrochen. Ich hörte, wie mein Name gerufen wurde, und als wir uns umdrehten, um die Ursache des Aufruhrs auszumachen, sahen wir sie winken und mit den Armen deuten. Andere liefen auf die Stelle zu, wo der Wald in Heide übergeht, und von dort kamen drei Reiter und einige Männer zu Fuß. Als er die Leute gewahrte, gab der erste der Reiter seinem Tier die Sporen und galoppierte auf das Lager zu.

Dieu! Es konnte nicht wahr sein! Sicher täuschte ich mich. Und

doch. Ihr langes blondes Haar strömte im Wind und leuchtete hell in der Nachmittagssonne.
Es war Berta!
»Verzeiht mir, *Paire*, aber …« Mehr bekam ich nicht heraus, so sprachlos war ich.
»Ich habe etwas von Versöhnung gehört.« Er lächelte wohlwollend. »Nur zu, mein Sohn. Wir reden später.«
Ich rannte, so schnell ich konnte. Berta hatte die ersten Dörfler erreicht und brachte ihr Reittier zum Stehen. Die Leute umschwärmten sie, hielten die Zügel des Gauls, berührten ihre Stiefel und überfielen sie mit hundert Fragen gleichzeitig. Berta warf den Kopf in den Nacken und lachte ausgelassen. Mich hatte sie noch nicht bemerkt, und etwas abseits von der Menge blieb ich stehen, um mich an ihrem Anblick zu weiden.
Da stürmte der zweite Reiter im Galopp heran, und ich erkannte Adela. Sie sah mich sofort und schrie aus vollem Hals »Vater, Vater! Wir sind wieder frei!« und ritt übermütig johlend einen vollen Kreis um mich herum. Dann preschte sie weiter in Richtung der Unterkünfte, wo sie sich vom Pferd fallen ließ und lautstark nach Joana rief. Berta war inzwischen abgesessen und drängte sich durch die Menge in meine Richtung. Ihr Gesicht leuchtete vor Fröhlichkeit, und aus ihren Augen sprühte der Schalk. Mit einer Hand an der Hüfte blieb sie stehen und grinste verwegen.
»Der *Castelan* ist sprachlos, wie ich sehe«, lachte sie.
»Völlig sprachlos«, stammelte ich. »Wie seid ihr freigekommen?«
»Bist du nicht froh, mich zu sehen?«, schmollte sie gespielt.
»Überglücklich!« Und zum Beweis schlang ich meine Arme um sie, bis sie lachend schrie, es sei genug, ich zerquetsche ihre Rippen. Auch meine Wunde schmerzte bei dieser heftigen Umarmung, aber das war mir gleich. Berta war zurück, *mercé de Dieu!* Nur das zählte.
»Genug, Jaufré«, kicherte sie und wand sich aus meinen Armen. Mit Bedauern ließ ich sie los.
Inzwischen hatte sich der dritte Reiter genähert und war vom Pferd gestiegen. Berta nahm mich bei der Hand und führte mich

zu ihm. Ich ahnte, wem diese hagere Gestalt, die gebogene Nase und der buschige Schnauzbart gehörten. Der Kerl zog sein Schwert samt Scheide aus dem Gürtel und reichte mir zu meinem Erstaunen wortlos die Waffe.

»Ich möchte dir den Edelmann Esteve de Vilapros vorstellen, Jaufré«, sagte Berta nicht ohne Feierlichkeit, konnte sich dennoch das Grinsen von einem Ohr zum anderen nicht verkneifen.

»Edelmann? Man kennt ihn eher als Nemo!«

»Das ist richtig, *Senher* Jaufré«, erwiderte er mit einem vorsichtigen Lächeln. »*Mon nom de guerra*, sozusagen. Alle reden über Nemo, aber niemand verbindet ihn mit Vilapros. Das ist mein Schutz.«

»Den Ihr soeben in den Wind geschlagen habt«, knurrte ich misstrauisch.

»Ich habe mich vertrauensvoll in die Hände der *domina* von Rocafort begeben.« Er machte eine kleine Verbeugung vor Berta. »Sie hat mir Zusicherungen gemacht, die Ihr als Mann von Ehre sicher achten werdet.«

Ich runzelte die Stirn. »Berta, was soll dies bedeuten?«

»Wir müssen ein stilles Plätzchen finden, um alles in Ruhe zu bereden«, lächelte sie augenzwinkernd. »Du wirst dich wundern.«

Gegen ein stilles Plätzchen mit ihr hatte ich nichts einzuwenden, aber sie hatte anderes im Sinn. Zuerst begrüßte sie die übrigen Dorfbewohner, die sich hocherfreut um sie scharten. Dann herzte sie Martin, unseren Sohn, begrüßte *Paire* Jacobus und ließ sich von Drogo das Lager zeigen. Sie wollte auch mit Rosa sprechen, aber Joana verbot es. Die Amme hatte die junge Magd fürs Erste in ihrem eigenen Zelt untergebracht, damit sie schlafen und sich erholen konnte.

Schließlich ließ Berta Nemo und seine beiden Begleiter abseits des Lagers mit Wein und Nahrung versorgen und trug Brun auf, Magdalena und Enric zu holen. Man sah Nemo die große Erleichterung an, beide wohlbehalten wiederzufinden, wohingegen es mir vorkam, als nehme Magdalena seine Umarmungen etwas weniger überschwenglich hin. Aber vielleicht war sie nur scheu, ihre Gefühle vor aller Augen kundzutun.

Endlich konnten wir uns vor meinem Zelt zur allgemeinen Beratung niederlassen. Ohne Umschweife kam Berta mit ihrer guten Nachricht heraus.

»Ich habe Esteve überzeugt, sich uns anzuschließen.«

»Was hast du?«, fragte ich ungläubig. »Ein Räuber?«

»Er ist ebenso Opfer von Borcelencs' Willkür wie wir!«

»Du machst Scherze!«

»Ein Kerl, der Euch verschleppt hat, Herrin?«, fragte Brun. »Auch uns hat er überfallen, habt Ihr das vergessen?«

»Mit Räubern verhandelt man nicht«, stimmte Drogo grimmig zu.

Berta lächelte nur.

»Was hat er mit Borcelencs zu schaffen?«, fragte ich.

»Das soll er dir selbst sagen«, antwortete sie. »Er mag ein Räuber sein, aber dafür gibt es Gründe. Er ist kein schlechter Mensch. Und das Wichtigste …« Berta lachte triumphierend. »Er bringt uns die Männer seiner Bande. Ist das etwa nichts?«

»Und das hast du ihm eingeredet?«, fragte ich ungläubig. »Willst du sagen, er tut es dir zuliebe?«

»Er hasst Borcelencs, und da kam mir der Einfall, er könne uns helfen und sich an ihm rächen. Und im Gegenzug nehmen wir ihn und seine Leute unter unseren Schutz.«

»Wie bitte?«

»Er ist bereit, dein Vasall zu werden.«

»Mein Vasall?« Ich glaube, ich bekam lange Zeit meinen Mund nicht zu. »Bist du von Sinnen?«, fragte ich schließlich benommen.

»Was genau soll das beinhalten?«, fragte Hamid, immer der kühle Kopf.

»Ganz einfach. Wir geben ihm ein Stück Land. Dort, auf halbem Wege zum Col de Lima haben wir genug unberührtes Busch- und Weideland, teilweise bewaldet. Ich wollte es schon immer roden lassen, und jetzt ist einiges davon abgebrannt. Dort können er und seine Männer sich niederlassen, einen Gutshof errichten und Felder anlegen. Er schwört uns Treue, stellt Krieger, wenn wir sie brauchen, und macht die üblichen Abgaben. Wir können nur gewinnen, Jaufré.«

»Aber ist er nicht vogelfrei?«, fragte Drogo. »Ein Gesetzloser. Wem es beliebt, kann ihn straffrei töten. Wir haben nicht das Recht, solche Leute unter unseren Schutz zu stellen.«

»Denkt nach!«, erwiderte Berta. »Gesetzlos ist ein gewisser Nemo. Den aber kaum jemand wirklich gesehen hat. Ein Vilapros hat sich nichts zuschulden kommen lassen.«

»Haarspalterei!«, knurrte Drogo.

»Wir wissen doch, wer er ist«, pflichtete ich bei.

»Hast du gesehen, wie er ein Verbrechen begangen hat? Kannst du es bezeugen?«, fragte Berta.

»Nun«, erwiderte ich verlegen. »Es war im Morgengrauen, und man konnte nicht viel sehen.«

»Ihr hattet keine Verletzten, und gestohlen wurde auch nichts.«

»Weil wir es vereitelt haben.«

»Natürlich!«, meinte Berta. »Andererseits, soviel ich weiß, habt ihr mehrere seiner Leute verwundet und einige getötet. Fast könnte man sagen, ihr habt ihn überfallen und nicht umgekehrt!«

»He, was soll das, Berta?«

Sie zuckte mit den Schultern und grinste. »Wort gegen Wort.«

»Aber seine Männer können gegen ihn aussagen.«

»Warum sollten sie? Sie würden sich nur selbst schaden. Natürlich nehmen wir sie alle ebenfalls auf.«

»Das kann nicht dein Ernst sein!«, rief ich aus. Es wurde immer bunter.

»Jaufré, denk nach!«, bat Berta eindringlich. »Nemos Männer machen unser braches Land urbar, was uns zusätzliches Einkommen bringt. Sie helfen, unsere Feinde zu besiegen und die Burg zurückzugewinnen. Alles, was wir tun müssen, ist, ihnen einen neuen Anfang zu ermöglichen.«

Paire Jacobus lachte leise. »*Wer lange Räuber war, soll nun Ritter werden.* Ich erinnere mich an so etwas in Papst Urbans Rede. Habt ihr deshalb nicht allerlei Gesindel ins Heilige Land mitgenommen?«

»Nicht dasselbe«, murrte ich. »Der Papst wollte solchen Kerlen Gelegenheit geben, sich durch ein heiliges Werk die Vergebung ihrer Sünden zu verdienen.«
»Eben«, erwiderte er. »Der Handel scheint mir auch hier ähnlich zu liegen. Kriegsdienst gegen Vergebung, oder?«
»Wenn man es so betrachtet.«
»Und wir sollten nicht außer Acht lassen«, fuhr er lächelnd fort, »dass es vielleicht Gottes Wille ist, Nemo zu vergeben. Da wollt Ihr doch dem Herrgott nicht im Weg stehen, *Castelan*, oder?«
An Hamids Grinsen konnte ich ablesen, dass auch er an der Sache Gefallen gefunden hatte. Das Ganze war wirklich zu verrückt. *Folatura!* Und doch, der Gedanke hatte etwas, das war nicht zu leugnen. Andererseits hörte sich alles gar zu triftig an. Wo war der Haken?
»*Paire* Jacobus. Als ehemaliger *secretarius* des Erzbistums werdet Ihr etwas von der Gerichtsbarkeit verstehen. Kann uns aus einer solchen Sache kein Nachteil entstehen?«
»Ich glaube kaum. Als Lehnsmann würde Vilapros unter Eurem Schutz stehen, und soviel ich weiß, liegt die Gerichtsbarkeit auf Rocafort bei Euch selbst. Da kann Euch nur Tolosa dreinreden, anders als in den benachbarten Besitzungen, die Narbona verpflichtet sind. Schlimmstenfalls könnt Ihr sagen, Euch war nichts von seiner unrühmlichen Vergangenheit bekannt. Und das ist sogar wahr. Nichts als Hörensagen, oder?« Er zwinkerte vergnügt mit den Augen.
»Und der Prior von Cubaria?«
»*Paire* Bernard?« Er machte eine wegwerfende Handbewegung. »Macht ihm ein Geschenk. Dann wird er den Mund halten. Und wenn Vilapros ihm regelmäßig den Zehnten entrichtet, so hat er mehr als jetzt. Was soll er sich da beschweren?«
Ich schüttelte den Kopf und musste schließlich lachen. »Also gut. Aber bevor ich mich entscheide, will ich den Mann selbst hören und warum er Borcelencs so hasst.«
Vilapros, nachdem Alexis ihn herbestellt hatte, stand etwas verlegen am Rande unserer Runde, bis ich ihn bat, sich zu setzen. Er warf Berta einen fragenden Blick zu, den sie mit einem aufmun-

ternden Lächeln beantwortete. Doch ganz so einfach wollte ich es ihm noch nicht machen.

»Wenn ich es recht verstehe«, eröffnete ich das Gespräch mit einem Stirnrunzeln, »soll ich nun vergessen, dass ihr Kerle mir vor wenigen Wochen die Kehle durchschneiden wolltet.«

»Nur überwältigen wollten wir euch«, erwiderte er mit Bestimmtheit. »Wir leben vom Raub, das ist wahr. Aber Mord ist nicht mein Geschäft. Die Sache ist leider danebengegangen, und ich habe gute Männer verloren.«

»Aha. Nichts als Raub also«, knurrte ich. »Und heute wolltest du mir Frau und Kind rauben.«

»Es lag ihm nur an Magdalena«, mischte Berta sich ein. »Er dachte, wir würden sie gegen ihren Willen festhalten. Und das hast du ja auch.«

»Nur zu ihrem Besten.«

»Jedenfalls haben Nemo und seine Leute uns gut behandelt.«

»Der reinste Engel, dieser Nemo, ich weiß!«, brummte ich bissig.

»Sagt mir, Vilapros, warum wollt Ihr Euer Leben im Kampf gegen diesen Borcelencs aufs Spiel setzen?«

»Es ist lange her«, begann er, »da besaß meine Familie einen Gutshof, weiter nördlich in der Gegend von Limos.« Seine Augen verengten sich beim Erzählen. Er starrte über unsere Köpfe hinweg, als wandere sein Geist zurück in jene Zeit. »Mein Vater war für treue Kriegsdienste in den niederen Adelsstand erhoben worden, aber dann, wie auch meine Mutter, früh verstorben. Geschwister habe ich keine. Unser kleines Lehen gehörte zum Besitz einer Witwe, der ich eine Menge Pacht schuldete, denn über die Jahre waren wir von Missernten geplagt gewesen. Wir hatten eine Übereinkunft, wie ich die Schuld abtragen würde. Aber dann starb die Witwe, und ihr Erbe fiel an Robert Borcelencs. Sie war eine entfernte Tante gewesen, wie sich herausstellte, und andere Erben gab es nicht. Robert brauchte damals schnelles Geld und forderte sofortige Zahlung aller Schulden, dem ich nicht Folge leisten konnte. Da zwang er mich zu Kriegsdiensten bei einem anderen Herrn gegen Bezahlung, die er sich selbst in die Tasche steckte. Und in meiner Abwesenheit ließ er das Vieh zusammentreiben und verkaufen. Mein Weib und mein Verwalter mussten sich widersetzt haben, jedenfalls kam es zum Kampf, und dabei steckten sie mein Haus in Brand, und alle, Gesinde, Weib und unsere kleine Tochter, kamen in den Flammen um.«

Vilapros' Stimme klang bei dieser Erzählung seltsam flach und fast unbeteiligt. Dennoch verfehlten seine Worte nicht ihre Wirkung. Mir stieg die schwarze Galle hoch, denn mit ähnlich verbrecherischen Mitteln hatte sich Borcelencs auch Rocafort aneignen wollen.

»Mein Land wurde an ein Kloster als Weideland für Schafherden verkauft. Als ich alles erfuhr, nahm ich mein Schwert und schwor Rache. Aber in meiner Wut handelte ich übereilt, und sie nahmen mich gefangen. Ich sollte in Ketten als Minensklave in einem Bleibergwerk enden, angeblich, um den Rest meiner Schuld abzuarbeiten. Nur mit nackter Haut bin ich entkommen.«

»Und so seid Ihr Wegelagerer geworden?«, fragte Jacobus.

Vilapros senkte den Kopf. »Ich weiß, *Paire*, dass ich einen sündhaften und unehrenhaften Weg gewählt habe. Aber ich wusste nicht, wie ich sonst hätte überleben können. Außerdem war ich entschlossen, es diesem Bastard heimzuzahlen. Doch bisher ist es mir nicht gelungen, denn er umgibt sich immer mit einer großen Leibwache. In den Jahren habe ich andere gefunden, mit denen er ähnlich umgesprungen ist. Immer so, dass man ihn nicht belangen kann. Einen Großteil seines Reichtums hat er auf solche Weise zusammengerafft. Er ist sehr findig und durchtrieben, inzwischen auch sehr mächtig geworden. Wenige wagen es, sich mit ihm anzulegen. Ich hoffe nur, dass er sich eines Tages selbst überschätzt und den findet, der ihn endlich zu Fall bringt.«

»Und derjenige soll ich sein?«, fragte ich. »Mit Eurer Hilfe?«

»Warum nicht? Ihr seid ein erfahrener Kriegsheld. Ich habe beobachtet, wie Ihr Eure Bauern zu Kriegern ausgebildet habt und wie sich Roberts Leute eine blutige Nase geholt haben. Mit meiner Hilfe könnte es gehen, sie zu schlagen, will ich meinen.« Er lächelte entwaffnend.

»Sagt mir, Vilapros, wie viele Männer könnt Ihr stellen?«

»Etwa zwanzig. Keine ausgebildeten Schildkämpfer, aber sie verstehen sich gut mit Speer und Bogen und anderen nützlichen Tricks, die man bei unserem Broterwerb lernt.«

»Und wie ernst ist es Euch damit, Euer Leben zu ändern?«

»Sehr ernst. Das ist Voraussetzung für unseren Handel«, erwiderte er sofort. »Wenn ich schon in Eurer Schlachtreihe kämpfe, dann nur, um endlich in meinen alten Stand zurückzukehren. Ansonsten seht zu, wie Ihr selbst mit Borcelencs fertig werdet.«

Ich lachte. »Ein ehrliches Wort.«

»Und nicht ohne Lehnseid vor den Männern«, fügte er hinzu.

Klug von ihm. Durch ein *homagium* würde ich ihm ebenso verpflichtet sein wie er mir. Ich sah noch einmal in die Runde. Jacobus lächelte gütig, Drogo runzelte die Stirn, Brun zuckte mit den Schultern, und Berta sah mich gespannt an. Hamid betrachtete seine Fingernägel. Dann blickte er auf und grinste. »Ein paar Bogenschützen könnten uns schon nützen. Ich wäre dafür.«

»Also gut«, sagte ich zu Vilapros. »Drei fähige und vollständig ausgerüstete Berittene, wann immer ich sie benötige, zehn Gänse zu Sankt Martin und hundert *solidi* Pacht pro Jahr.«

Er hob die Brauen. »Das ist viel.«

»Dafür gebe ich Euch auch zehn Hufe Land, das Ihr urbar machen sollt, und zwanzig Hufe Wald für die Jagd und Holz zum Eigengebrauch. Dazu Setzlinge für Olivenbäume und Weinstöcke sowie freies Saatgut für das erste Jahr.«

Nun lächelte er zufrieden.

»So ist es also abgemacht«, sagte ich und gab ihm die Hand. »Schickt jetzt Euren Boten und lasst Eure Leute kommen. Wir müssen zusammenrücken. Langsam wird es eng in diesem Lager. Morgen früh bei erstem Licht halten wir den Schwur ab.«

Und so kam es, dass per Handschlag aus einem Wegelagerer ein Gutsherr und Pächter wurde.

***

»Was ist das für eine Liste, von der Ihr spracht, *Paire?*«
Nach dem Handel mit Vilapros hatten Jacobus und ich unser Gespräch wieder aufgenommen.
»Eine Auflistung von Besitzungen und die dazugehörigen Urkunden«, belehrte er mich. »Das Testament ist nur in Gegenwart der Liste gültig und die Besitzurkunden nur zusammen mit dem Testament. Odo wollte jeden Missbrauch verhindern.«
»So viel Geheimnis um ein paar Ländereien?«
Jacobus seufzte. »Es sind mehr als nur ein paar Ländereien. Das Ganze ist eine lange Geschichte, Jaufré. Eine Geschichte wie die von Kain und Abel.«
»Streit unter Brüdern, meint Ihr?«
Er seufzte abermals, sah mir kurz in die Augen und nickte langsam. »Mehr als das«, hörte ich ihn sagen. »Mehr als das, mein Sohn.«
Für einen Augenblick war ich zu erschrocken, um irgendetwas zu sagen. Was wollte er da andeuten? Jacobus faltete die Hände auf dem Rücken und nahm wieder den schmalen Pfad über die Heide auf, dem wir gefolgt waren, um allein und in Abgeschiedenheit zu reden. Die Sonne brannte unbarmherzig von einem tiefblauen Himmel herunter. Seit Tagen hatte es nicht mehr geregnet, nicht eine Wolke hatte sich sehen lassen, so dass das Gras spröde und ausgetrocknet war. Langsam überquerten wir die Lichtung und erreichten den Schatten des Waldrandes. Wir fanden einen verwitterten Baumstamm, der aus dem Unterholz ragte, und setzten uns.
»Warum hassten sie sich?«, fragte ich.
»Ich glaube nicht, dass sie sich wirklich hassten«, erwiderte Jacobus, nachdem er über diese Frage nachgedacht hatte. »Es war eher ein ständiger Wettstreit, den sie schon als Kinder ausfochten, wie es oft unter Brüdern ist. Obwohl Euer Vater, Guilhem, der ältere war, so wollte Raimon ihm in nichts nachstehen. Und sein Ehrgeiz half ihm oft, sich schon als Knabe durchzusetzen.«
Bertran hatte mir über unsere Väter erzählt, dass sie schon in der Jugend Helden sein wollten, einer besser als der andere. Nach-

dem Guilhem sich später einen Namen im Kampf gegen die spanischen Mauren gemacht hatte, musste Raimon ihn übertrumpfen. Da durfte nichts Geringeres als die Eroberung Jerusalems herhalten. So jedenfalls legte Bertran die Beweggründe seines Vaters aus, ins Heilige Land zu ziehen. Und Schuld daran habe nur die Mutter gehabt, hatte er lachend behauptet, die schöne Hexe Almodis, die zu ihren Lebzeiten allen Männern den Kopf verdreht hatte. Sie habe die beiden angestachelt, ihrem Großvater nachzueifern, Guilhem *Talha Fer*, dem Eisenspalter, um nicht wie ihr schwacher Ehemann Pons zu werden, dem sie später auf solch grandiose Weise die Hörner aufgesetzt hatte.
»Raimon hat sich auch später durchgesetzt.«
»So ist es. Euer Vater war dem Bruder nicht gewachsen, obschon er immer der Strahlendere von beiden war. Er hatte Anmut. Ihm flogen die Herzen zu. Er war großzügig, mutig, ein blonder Löwe. Kein Wunder, dass sich Anhes in ihn verliebt hat. Aber er hatte weder Raimons Bauernschläue noch dessen Zielstrebigkeit oder Rücksichtslosigkeit.«
»Was ist geschehen?«
»Was geschehen musste. Die Spiele der Jugend können im Mannesalter leicht in blutigen Ernst umschlagen. Über Jahre arbeitete Raimon darauf hin, Guilhems Macht zurückzudrängen. Er tat es heimlich und besonnen, mit jeder kleinen Grafschaft und jedem Bistum, das er an sich band, wurde er stärker. Guilhem dagegen vergeudete sein Erbe, seine Zeit und seine Fähigkeiten. Oft genug hatte Odo ihn gewarnt, aber er nahm solche Dinge nicht ernst, hatte Odo verlacht, er sei wie ein altes Weib, das sich ständig sorge. Und dann war er wie gewöhnlich auf die Jagd geritten oder hatte sich um seine Greifvögel gekümmert. Er liebte die Falknerei über alles wie auch seine Kameraden, seine Pferde und das Kampfgetümmel. Er war der Graf von Tolosa und fühlte sich unverwundbar.«
»Ich hätte ihn gern gekannt.«
Jacobus lächelte. »Aber das habt Ihr doch, Jaufré!«
»Nicht, dass ich wüsste!«, erwiderte ich erstaunt.
»Mehrmals hat er Rocafort besucht, um nach seinem Sohn zu

sehen, wobei er sich als reisender Söldnerführer ausgab, um unerkannt zu bleiben. Nicht einmal seine Begleiter wussten, was es mit dem Jungen und der Burg auf sich hatte, auf der sie übernachteten.«

Konnte das wahr sein? Ich forschte in meinen Erinnerungen. Ein blonder Hüne? Ja, ich erinnerte mich schwach. So einer hatte mich auf seinen Schoß gehoben und viel gelacht. Sein Schwert hatte ich halten dürfen.

»Das war mein Vater?«

»Das war Euer Vater!«

Ich schüttelte ungläubig den Kopf. Ich fand es immer noch schwer, mich an meine neue Abstammung zu gewöhnen.

»Und Anhes? Was hat meine Mutter ihm bedeutet?«

Jacobus holte tief Luft und seufzte. »Ich will ehrlich sein. Zuerst war es sicher nur der Reiz, dem Bruder die Frau zu stehlen. Auch dies nur ein Spiel, aus dem aber später bitterer Ernst wurde, denn es dauerte nicht lange, und er konnte an nichts anderes mehr denken als an Anhes.«

»Warum hat er dann drei Jahre später Emma de Conteville geheiratet?«

»Papst Gregor wollte die Kirche erneuern, den Einfluss der Fürsten zurückdrängen. Odo hat dies heimlich genutzt, einen Kirchenbann gegen Raimon zu erwirken, um ihn zu zwingen, die Ehe mit Anhes aufzulösen. Doch der weigerte sich. Erst als dieser Versuch gescheitert war, willigte Guilhem ein, Emma zu heiraten. Man bedrängte ihn von allen Seiten, endlich einen Erben zu zeugen.«

»Anhes starb an gebrochenem Herzen, und Emma gebar Felipa.«

Jacobus nickte. »Eine sehr betrübliche Geschichte«, sagte er. »Gott schien nicht auf Guilhems Seite zu sein. Der ersehnte Sohn blieb aus, und den Verlust Eurer Mutter konnte er nur schwer verwinden. Er glaubte nun, es sei ein Fehler gewesen, Emma zu ehelichen. Hatte der Papst die unglückliche Ehe zwischen Raimon und Anhes nicht verdammt? Er war überzeugt, Anhes allein sei sein gottgewolltes Weib gewesen, denn nur durch sie habe der

Herr ihm einen Sohn geschenkt. Daraus folgte, dass es nur einen Erben geben könne, seinen Sohn Guilhem, der einmal als Fünfter dieses Namens über Tolosa herrschen sollte.«

»Guilhem?«

»Euer Taufname, *Castelan.*« Jacobus lachte herzlich über mein verdutztes Gesicht. »Nach Guilhem *Talha Fer* und anderen vor ihm. So ist es doch Brauch in Eurem Geschlecht, den erstgeborenen Sohn zu nennen.«

»Ha!«, rief ich. »Jetzt soll ich auch noch anders heißen? Das wird ja immer bunter!«

»Auf Rocafort hat man Euch Jaufré gerufen, um jede Spur zu verwischen. Im Testament sind beide Namen vermerkt.«

»Dann will ich Jaufré bleiben.«

Jacobus lächelte. »Jedenfalls seid Ihr und Eure Nachkommen im Testament eindeutig als Erben festgelegt und nicht Felipa, wie sie gern alle Welt glauben machen will. Das war einer der Gründe, warum er Felipa, als sie zwölf wurde, mit König Sancho Ramirez verheiratet hat. Um sie aus der Erbfolge zu nehmen. So war der Vertrag mit dem Aragonesen. Alles sollte Euch gehören. Bis auf einige Gebiete, die er als Mitgift Aragon versprochen hatte, ebenso wie Kriegshilfe gegen die Mauren.«

»Und was war der andere Grund?«

»Er brauchte das Bündnis mit dem Hause Aragon. Gegen Raimon.«

»Wozu? Plante er einen Kriegszug?«

»Zwei Jahre vor Felipas Hochzeit, Ihr müsst damals etwa fünfzehn gewesen sein, war offener Streit zwischen den Brüdern ausgebrochen. Raimon schien etwas erfahren zu haben. Ob er von einem Kind wusste, das kann ich nicht sagen. Doch er wusste von Anhes' Verhältnis mit Guilhem, seinem Bruder. Was vorher nicht mehr als ein wetteiferndes Spiel um Macht und Einfluss war, schlug damals in offenen Hass um. Gott sei Dank musste Anhes dies nicht mehr erleben.«

Que malaventura! Aber es erklärte, warum Bertran etwas von einem Stiefbruder angedeutet hatte. Zumindest eine Vermutung hatte es also gegeben.

»Raimon, um seinen guten Ruf zu schützen«, fuhr Jacobus fort, »ließ öffentlich nichts verlauten. Aber wo er früher Guilhems Vorrang noch geachtet hatte, kannte er nun keine Mäßigung. Mehr Land, Reichtum und Macht besaß er ohnehin inzwischen. Er beanspruchte also die Herrschaft als Oberhaupt der Familie und zwang seinen Bruder, ihm den Titel abzutreten.«

»Und Guilhem hat klein beigegeben?«

»Für einen Krieg war er unzureichend gerüstet. Die meisten seiner Lehnsleute und Vasallen hätten ihn unterstützt, aber Raimon unterhielt seit Jahren ein stehendes Heer und war zu mächtig geworden. Und in seiner Wut wollte er Guilhem nichts mehr lassen, außer Unterschlupf in einem Kloster. Er begann, die Hand auf Guilhems persönliche Besitzungen zu legen. Odo hat versucht zu retten, was er konnte. Die Liste, von der ich sprach, sind große Ländereien, Burgen, Mühlen, Bergwerke und andere Werte, die zum Schein dem Erzbistum von Narbona und einer Reihe von Klöstern übermacht wurden, um sie Raimons Zugriff zu entziehen. Geheime Urkunden bezeugen jedoch, dass es sich nur um Leihgaben handelt, die jederzeit von Guilhem oder seinen Erben eingefordert werden können.«

»Eine unglaubliche Geschichte!«

»Und ein erhebliches Vermögen. Ihr seid nun ein sehr reicher Mann, Jaufré.«

»Nur, wenn ich mich öffentlich zu diesem Erbe bekenne.«

»Natürlich.«

»Robert Borcelencs wäre dann meine kleinste Schwierigkeit.«

»Das ist leider wahr, denn Euer rechtmäßiger Anspruch auf die Herrschaft von Tolosa würde den ganzen Süden in Aufruhr versetzen, von Aquitania bis Catalonha.«

»Guilhem muss einen Plan gehabt haben.«

»Er versuchte, heimlich eine Allianz gegen Raimon auf die Beine zu stellen. Zum einen, wie schon gesagt, mit Sancho Ramirez, dem König von Aragon, und wichtigsten Verbündeten. Odo verhandelte auch mit Barcelona, die schon seit langem einen Fuß in unsere Gegend setzen wollen. Auch Besalú war bereit, auf Guilhems Seite zu kämpfen, und die Cerdanha. Der alte Borcelencs stellte Männer unter Waffen. Auf Rocafort hielten sie ihre Kriegskasse versteckt.«

»Wieso weiß ich nichts davon. Ein Kommen und Gehen wäre mir doch nicht verborgen geblieben.«

»In diesen Jahren wart Ihr Knappe auf Monisat.«

»Verstehe.«

»Der Hort ist immer noch da.«

»Was?« Ich riss die Augen auf. Ein Goldhort auf Rocafort? Ich glaubte zu träumen. Was, zum Teufel, würde als Nächstes kommen? Da fiel mir ein, Ricard musste gerade dabei sein, die Burg von oben bis unten zu durchwühlen. Auch Robert musste von dem Hort wissen, wenn es ihn gab. Sein Vater hatte ihm diese Tatsache sicher nicht vorenthalten. Ein weiterer Grund, warum er so versessen war, sich der Burg zu bemächtigen. Und ich ahnungsloser Trottel habe es ihnen auch noch leichtgemacht, dachte ich angewidert.

»Es wird ihnen alles in die Hände fallen«, sagte ich finster.

Jacobus schüttelte den Kopf. »Odo hat das Gold später verlegt. Es befindet sich in einer Grotte, nahe der Einsiedelei.«

Mit Erstaunen betrachtete ich diesen Mönch. So bettelarm, und doch bewachte er ein Vermögen in Gold? »Mein Gott! Odo hat an alles gedacht. Wie viel ist es?«

»Genug, um ein kleines, aber schlagkräftiges Heer auszurüsten. Es wäre ein Anfang. Wenn es gelänge, wie damals, die alten Verbündeten auf Eure Seite zu bringen, könnte es reichen, Elvira zu vertreiben.«

Ich schüttelte den Kopf. Alles klang so unglaublich. Ich sollte gegen die halbe Welt in den Krieg ziehen, um Fürst von Tolosa zu werden? Was für ein abwegiger Gedanke! Andererseits, war nicht auch der Normanne Guilhem nur ein Bastard gewesen und noch dazu Sohn einer Wäscherin? Und doch war er nach vielen Kämpfen Herzog geworden und später sogar König der Engländer.

»Erklärt mir Eure Andeutung vorhin über Kain und Abel.«

Jacobus antwortete nicht. Er saß lange da mit zusammengezogenen Brauen, die Arme über der Brust verschränkt. So lange, bis

ich unruhig wurde. Was für ein weiteres Geheimnis verbarg er da vor mir?
»Sprecht, *Paire!* Ich will alles wissen.«
Er schien sich aufzuraffen und sah mich an, als wolle er mich auf Schweres gefasst machen.
»Raimon Sant Gille …« Er hielt inne, wie jemand, der vor dem Sprung ins eisige Wasser noch einmal Atem schöpft.
»Raimon Sant Gille hat Euren Vater ermordet«, sagte er dann entschlossen und mit einem grimmigen Ausdruck auf dem Gesicht.
Für die Dauer einiger Herzschläge schien die Welt in entsetzter Starre zu verharren. Nichts rührte sich, selbst die Zikaden schienen zu verstummen. *Que Dieu m'ajut,* konnte ich nur denken. Hilf Gott! Ist der Mann verrückt geworden?
»Was sagt Ihr da?«, flüsterte ich.
Jacobus hielt meinen Blick und nickte grimmig.
»Ihr habt mich gehört.«
»Aber es heißt, er sei *Anno Domini* 1094 in der Schlacht vor Osca gefallen, zusammen mit König Sancho Ramirez.«
»So ist es, mein Sohn«, seufzte Jacobus. »Guilhem hatte Jahre in Spanien verbracht und besonders den Aragonesen Kriegshilfe geleistet. Er und Sancho Ramirez kämpften in dieser Schlacht Seite an Seite und wurden plötzlich von einem maurischen Reitertrupp abgedrängt. Euer Vater starb mit dem Schwert in der Hand.«
»In einer Schlacht! Was redet Ihr also von Mord?«
»Die Reiter waren in Wirklichkeit Raimons Männer. Sie sollten seinen Bruder umbringen und es wie Tod auf dem Schlachtfeld erscheinen lassen.«
Wütend zertrat ich einen Käfer. Was, um Gottes willen, erzählte dieser Mönch? Raimon Sant Gille ein Mörder? Er, mein *dominus*, dem wir durch dick und dünn die Treuc gehalten hatten, der alte *Coms* Sant Gille, der Rechtschaffene, der fromme Diener Christi, der sollte den eigenen Bruder ermordet haben? Ich sah sein weißbärtiges und von der Sonne des Ostens verbranntes Gesicht vor mir, der schmallippige, strenge Mund und das eine, ihm

verbliebene, stahlgraue Auge, das oft zornig aufblitzte oder sein Gegenüber mit ungeduldig abschätzigen Blicken maß. Nein, ein einfacher Mann war er gewiss nicht gewesen, manchmal engherzig, hart gegen sich selbst und andere, nicht selten barsch oder ruppig. Aber ein von den Sarazenen gefürchteter Kriegsherr, dessen Name, *Sanjil*, von ihnen immer noch mit großem Respekt in den Mund genommen wurde. Ein harter, aber gerechter Anführer, der weder Ausschweifung noch Liederlichkeit duldete und dazu fast übertrieben fromm war. Nie hatte er sein Wort gebrochen, allen Schwierigkeiten getrotzt und uns bis nach Jerusalem geführt. Wenn dieser Mann kein Held der Christenheit war, wer dann sonst? Alles mochte er von mir aus gewesen sein, doch kein Mörder, verdammt noch mal!

»Woher wollt Ihr das wissen?«, fragte ich schroff, als könne ich es nicht ertragen, Raimon vom Sockel stürzen zu sehen.

»Ich weiß, es muss Euch schwerfallen zu glauben, mein Sohn, aber Guilhems Mörder waren, wie ich schon sagte, verkleidet und keine Mauren. Untereinander sprachen sie die *lengua romana,* und einer trug einen blonden Bart. Sie töteten alle, die bei Guilhem waren, auch König Sancho Ramirez fiel unter ihren Pfeilen. Dann wurden sie abgedrängt, mussten sich zurückziehen und verschwanden im Schlachtgetümmel. Guilhems Schildträger wurde bei diesem Angriff ebenfalls schwer verwundet, überlebte aber und konnte Odo, nachdem er sich von seinen Verletzungen erholt hatte, den Ring überbringen, den er dem Grafen vom Finger gezogen hatte. Seiner Aussage nach konnte er zwei der Mörderbande als Krieger aus Raimons Leibwache benennen.«

Ich saß lange still und mochte es nicht glauben. Aber warum sollte der *escudier* gelogen haben? Dann war es also wahr. Der große Sant Gille, frommer Held und Befreier des Heiligen Grabes, war gleichzeitig Mörder des eigenen Bruders. Welch Höhen und Tiefen in der Seele eines einzigen Menschen. Mir lief es kalt den Rücken hinunter.

»Aber zu der Zeit war Raimon schon sechs Jahre lang Graf von Tolosa gewesen«, rechnete ich nach. »Er hatte längst alles erreicht. Wozu noch dieser Mord?«

»Das Bündnis, das Odo über die Jahre geschmiedet hatte, war kein Geheimnis geblieben. Es hätte den ganzen Süden gegen Raimon vereinigt, von Barcelona bis Aragon. Das hätte ihm gefährlich werden können. Durch Guilhems Tod war seine Herrschaft gesichert. Später konnte er deshalb ruhigen Mutes dem Ruf des Papstes folgen, um als Krieger Christi in die Geschichte einzugehen und sich selbst ein Denkmal zu setzen.«
Jacobus konnte man eine tiefe Verbitterung anmerken.
»Sein Tod schmerzt Euch noch immer«, sagte ich.
»Es steht uns nicht an, Gottes Wille zu hinterfragen«, erwiderte er tonlos. »Aber schwer ist es doch, eine solche Ungerechtigkeit hinzunehmen. Euer Vater war unbekümmert, handelte oft unbedacht, aber er war ein guter Mensch. Er hatte Pläne, sein Erbe zurückzuholen, den Süden zu vereinen und mit gemeinsamen Kräften die Mauren in Spanien zurückzudrängen. Ein würdiges Vorhaben, doch es war ihm nicht vergönnt.«
»Und Odo hat geschwiegen, obwohl er von dem Mord wusste?«
Jacobus nickte. »Jeden Mitwisser hätte Raimon rücksichtslos vernichtet. Deshalb hat Odo den *escudier* außer Landes geschickt und sich nur darauf beschränkt, Euch zu schützen und den Tag vorzubereiten, an dem Ihr Euren Vater rächen würdet.«
»Rache, sagt Ihr? Der Mörder ist lange tot.«
Jacobus sah auf und nickte seufzend. »Ja, nun ist er tot. Aber dem Gericht Gottes wird er nicht entgehen. Was Odo betrifft, so war es immer sein Ziel, Euch eines Tages als Graf von Tolosa zu sehen.«
»Warum hat er nicht früher nach mir gesandt?«
»Das müsst Ihr ihn selbst fragen. Ich weiß es nicht.«
»Hat mein Vater noch etwas gesagt, bevor er starb?«
»Auch das weiß nur Odo. Euch gegenüber habe ich nun meine Pflicht erfüllt«, schloss er seinen Bericht. »Natürlich könnt Ihr weiter auf mich zählen.«
Ich holte tief Luft. »Ich danke Euch, *Paire*.«
»Ich kann nur hoffen, dass Gott Euch besser beschützt als Euren Vater, damit Ihr die Schurken besiegt, die Euch nach dem Leben

trachten, und damit Ihr endlich Euren verdienten Platz in der Welt einnehmen könnt.«
Schweigsam wanderten wir zurück zum Lager. Meinen verdienten Platz in der Welt? Wo, *per Deable*, war denn dieser verdiente Platz? Die Verwirrung in meinem Herzen war groß.

***

Es war früher Abend geworden, und an den Küchenfeuern bereiteten sie das Abendmahl zu. Ich fütterte die Hunde. Um die Wartezeit zu verkürzen, hatte Jaume seine Laute hervorgeholt. Er sang das Lied von einem Ritter, den es auf seinem *caval* weit fort von der Heimat treibt, fort von der *domna* seines Herzens, nach deren süßen Küssen er sich angeblich sehne. Und wenn der Tag zum Sterben käme, dann solle ein Vöglein ihr berichten, dass er dem Tod mit ihrem Namen auf den Lippen begegnet sei.
Was für ein Rührstück, dachte ich angewidert.
Aber Verse dieser Art waren nicht nur bei Hofe beliebt, wie die andächtige Stille um den Sänger bewies. Alles lauschte der traurigen Weise, und besonders die jungen Weiber waren hingerissen. Hamid grinste, als er mich sah. Berta dagegen forschte besorgt in meinem Gesicht. Sie schien mir anzusehen, dass mich das lange Gespräch mit dem Mönch aus dem Gleichgewicht gebracht hatte. Ich schüttelte unmerklich den Kopf. Nach Reden war mir nicht zumute. Im Gegenteil, ich wollte eine Weile allein sein, um Herr des Sturms zu werden, den Jacobus' Enthüllungen in meinem Herzen entfesselt hatten. Ich folgte einem schmalen Bergpfad und kletterte rasch, bis ich nach einer Weile und etwas außer Atem einen Felsvorsprung erreichte, von dem man weit ins Tal blicken konnte. Hier, wo nur Abendstille herrschte, ließ ich mich nieder.
Wie ein verlorener Ritter in Jaumes Lied, so fühlte ich mich ebenfalls. Strandgut des Krieges. War das nicht das Bild, das ich mir von uns Veteranen gemacht hatte, an jenem Nachmittag bei den Fischern von Tripolis? Inzwischen war ich zurückgekehrt an meinen Ursprung. Aber was hatte sich geändert? Ich war immer

noch ein Fremder, immer noch ein Stück Treibgut. Vielleicht mehr denn je nach diesen Enthüllungen. Gehörte ich überhaupt noch hierher?

Ach, meine liebste, kluge Noura, fern liegst du in deinem Grab. Könnte ich doch jetzt neben dir ruhen, sechs Fuß tief in kühler Erde, um deine sanften Liebkosungen spüren. Was würdest du tun, an meiner Stelle?

Im Tal fernab konnte ich Rocafort erkennen. Obwohl winzig von hier oben, so hoben Mauern und Turm sich dennoch, von der goldenen Abendsonne beleuchtet, hell und scharf gegen das Dunkel der Wälder ab. So hatte ich die Burg auf meinen Reisen in Erinnerung behalten, wie ein Leuchtfeuer in der Dunkelheit, an das man sich halten kann, um in der Fremde nicht verlorenzugehen, ein Wegweiser der Seele, der uns daran erinnert, wer wir sind und woher wir kommen.

Und mit einem Mal verspürte ich fast schmerzhaft, was mir dieser karge, von der Sonne beleuchtete Felsbrocken da unten bedeutete, jene enge Burg, das einsame Tal und seine Menschen. Gerade jetzt in diesem seltsamen Wirrwarr, der sich meines Lebens bemächtigt hatte, erschien mir Rocafort als der einzige feste Halt, wie ein Rettungsanker im Sturm dieser jüngsten Verwicklungen. Ihn durfte ich nicht loslassen.

Und deshalb machte es mich rasend vor Zorn, das hässliche Grauschwarz verbrannter Felder zu sehen und die Flächen verkohlter Baumstümpfe. Zu wissen, dass sich rüde Soldaten in dieser Stunde an meinem Tisch rekelten und meinen Wein soffen, dass Ricard sich mit einer gezwungenen Bauernmagd in Bertas Bett suhlen durfte, um es mit seinen Ausdünstungen und widerlichen Körpersäften zu beschmutzen. Und dass es ihm gestattet war, meinen Sohn Ramon, halb irre vor Angst, wie ein Tier in einem Käfig zu halten. Je länger ich nachdachte, umso heftiger steigerte ich mich in eine Wut hinein. Was maßte sich Robert an, um seinen Ehrgeiz und seine Machtgelüste zu befriedigen? Ricards krankhafte Wollust, zu martern und zu quälen? Vor lauter Habgier und Missgunst, Hochmut und Maßlosigkeit wurden sie zu Bestien.

Und nun auch noch Sant Gille! Keinen Deut besser als die Galgenvögel dort unten. Nach den unglaublichen Enthüllungen der letzten Tage war dies der Brocken, an dem ich fast zu ersticken drohte. Vielleicht, weil diese Tat meinen letzten Glauben an menschlichen Anstand ins Wanken brachte. Mein Vater ermordet durch die Hand eines Mannes, den ich geachtet und über Jahre treu gedient hatte. Gab es denn keine Ehre mehr, keine Grenze? War alles nur noch Ehrgeiz und Machthunger? Und dieser Elende lässt sich als Befreier des Grabes Christi feiern!

Ein solcher Zorn stieg in mir empor, dass mir der Kopf zu zerspringen drohte. Am liebsten hätte ich auf sein Grab gespuckt, dort auf der Burg Mons Pelegrinus! War ich denn nur Spielball gewissenloser Halunken? Der eine mordete meinen Vater, der andere hielt das Messer an die Kehle meines Sohnes. Ich schwor, den Spieß umzudrehen und mein Schicksal selbst in die Hand zu nehmen.

Rache war der Gedanke, der mich mit Macht überfiel und mein Herz rasen ließ. Tötet ihr einen der Meinen, töte ich zwei der Euren. Auge um Auge, Zahn um Zahn. Wie in alten Zeiten. Jacobus und Odo hatten recht. Warum sollte ich denn nicht um den Fürstentitel kämpfen? Schon allein um meinen Vater zu rächen und dieses Pack hinwegzufegen, das sich wie Heuschrecken an meinem Erbe fett fraß?

Robert und Ricard würde es zuerst treffen. Elvira würde ich vertreiben und Felipa trotzen. Wer stand mir noch im Weg? Was war mit Bertran? Konnte er von der Tat seines Vaters gewusst haben oder gar selbst beteiligt gewesen sein? Nein, nicht Bertran, stöhnte ich innerlich und sah sein fröhliches Gesicht vor mir und wie er sich die Lippen nach einem guten Schluck Wein leckte. Der Gedanke, er könnte Raimons Mordgehilfe gewesen sein, schmerzte sehr. In diesem Zustand wollte ich nur noch das Schlechte sehen. Alles schien sich gegen mich verschworen zu haben. Odo, verdammt noch mal, wo bist du? Einmal brauche ich dich, und du bist nicht da, alter Mann! Am liebsten hätte ich blind gegen die ganze Welt gewütet.

Doch was half das? Ich holte tief Luft, und dann erinnerte ich mich an Prior Dominicus vom Kloster Fontfreda. Was hatte er geraten? Alles aus meinem Herzen zu verbannen und nur die Stille in mir selbst zu suchen. Um Gott einzulassen, damit er mir sage, was zu tun sei.

Aber es ging nicht. Ich war viel zu unruhig, zu wirr meine Gedanken. Dennoch tat die Erinnerung an das freundliche Gesicht des Priors gut und ließ mein Herz wieder etwas ruhiger schlagen.

Als die langen Schatten sich im Tal ausbreiteten, überfiel mich Niedergeschlagenheit, denn in Wahrheit war ich allein, ohne mächtige Verbündete. Nur auf mich gestellt, galt es, äußerst klug vorzugehen, meine wenigen Vorteile zu nutzen. List war besser als Gewalt. Guilhems Goldhort würde nützlich sein. Es musste alles weiter geheim bleiben. Niemand sollte wissen, wer ich war oder dass es überhaupt einen männlichen Erben aus Guilhems Blutlinie gab. Ich musste mit Odo sprechen. Er hatte gewiss einen Plan und eine Liste von Baronen und alten Vasallen, die mich unterstützen würden.

Nachdenklich saß ich auf dem Fels und starrte in den Himmel, wo zwei Adler gemächliche Kreise zogen. Hier oben gibt es immer drei oder vier Paare, die in den schroffen Felswänden der Bergspitze nisten. Drogo und ich hatten sie als Kinder oft beobachtet. Schwerelos schienen sie dahinzugleiten, als kümmere sie nichts, erhaben über allem Irdischen. Ihr Anblick gab mir Mut, denn ich sah es als gutes Omen. Was konnte ich von ihnen lernen, um Robert zu besiegen?

Etwas raschelte hinter mir, und erschrocken wandte ich mich um. Da stand zu meiner Überraschung Berta und hielt sich am Stamm eines Bäumchens fest. Sie atmete heftig und wischte sich den Schweiß von der Stirn. Dann kletterte sie das letzte Stück bis auf den Felsen und ließ sich neben mir nieder. Sie trug immer noch ihre Männerkluft, und der Stoff der Beinkleider spannte sich um ihre Schenkel.

»Hier hast du dich also versteckt«, sagte sie atemlos. »Läufst du wieder vor mir davon?«

»Ich musste nachdenken.«

»Was hat der Mönch dir erzählt, dass du so durcheinander bist?«
Ich nahm ihre Hand in die meine. Sie hatte wohlgeformte, schlanke Hände, an deren Innenfläche sich das blasse Blau der Adern abzeichnete. Dorthin drückte ich sanft meine Lippen.
»Nicht jetzt, *mon cor!* Es muss sich erst in mir setzen.«
»Ist es also wahr, was Joana erzählt hat?«
»Es ist wahr.«
Ich zeigte ihr die Adler, die unter uns über die Baumwipfel des Berghangs glitten. Sie mussten Beute erspäht haben. Einer flog voran, der zweite hielt sich zurück.
Plötzlich stoben Krähen wild krächzend aus einem Baum und flohen pfeilschnell in alle Richtungen, eine genau in die Flugbahn des zweiten Adlers, der darauf gewartet zu haben schien. Ein wildes Federknäuel in der Luft, ein Todesschrei, und dann schlug der Adler seine Schwingen und erhob sich über dem Wald mit der toten Krähe in den Fängen, immer höher hinauf zu dem felsigen Horst, wo seine Brut auf ihn wartete. Sein Partner folgte in einigem Abstand.
»Sie jagen oft zu zweit«, erklärte ich. »Männchen wahrscheinlich. Die Weibchen hüten die Brut.«
»Wie wir Menschen«, sagte sie lächelnd.
Ja, dachte ich, so mussten wir Robert besiegen. Der eine stöbert ihn auf, der andere schlägt zu.
Bertas Blick glitt über Rocafort in der Ferne, und ihre Augen wurden feucht. »Wir haben alles verloren«, flüsterte sie. »Es ist ein Alptraum.«
Ich legte meinen Arm um sie und zog sie an mich.
»Wir werden es uns wiederholen.«
»Mein armer Raol. Er weiß nichts von alldem. Du darfst nicht zulassen, dass sie ihn als Geisel gegen uns verwenden.« Ich versprach es, obwohl ich kaum in der Lage dazu war. »Und Ramon da unten. Du musst ihn befreien.«
Natürlich! Nur wie? Berta lehnte sich an mich und legte ihren Kopf auf meine Schulter. Ich hielt sie umschlungen und spürte, wie ihr Körper sich entspannte.

»Da wir von Ramon sprechen …«, sagte ich. »Hier habe ich oft gesessen, als ich um Amelha trauerte.« Mir war danach, etwas klarzustellen. »Es ist ein guter Ort zum Nachdenken. Nur deshalb bin ich hier, nicht, weil ich vor dir davonlaufe. Alles andere ist Vergangenheit. Nur du bist mir wichtig.«
Sie hob ihr Gesicht und sah mich an. Die Abendsonne ließ ihre Augen goldgrün leuchten. »Und Adelas Mutter? Erzähl mir von ihr.«
Ich seufzte. »Sie ist tot, Berta.«
»Es tut mir leid.« Sie küsste mich auf die Wange. »Ich wollte nicht daran rühren.«
Sie lehnte sich zurück an den Felsen und schaute lange in die Ferne. »Für deine Liebe zu Amelha war ich dir nicht gram, Jaufré. Im Gegenteil. Ich hätte mir gewünscht, jemand wäre mir so treu gewesen wie du ihr.« Sie fuhr sich mit der Hand durchs Haar und seufzte. »Nur, dass du uns beiden nie eine Gelegenheit gegeben hast. Du wolltest nicht leben, du wolltest dich nur selbst bestrafen. Und alle um dich herum gleich mit.«
Ich betrachtete ihr Gesicht. Die sterbende Abendsonne schien durch ihr Haar, und die Strähnen, die ihr in die Stirn fielen, leuchteten hell wie geschmolzenes Gold. Winzigste Härchen bildeten einen sanften Flaum auf ihrer Oberlippe. Wir sahen uns in die Augen, und ich spürte wieder den Zauber wie an jenem fernen Nachmittag an unserem Hochzeitstag. Voller Zartheit küsste ich sie. Zuerst erwiderte sie meinen Kuss nicht, aber dann hob sie ihr Kinn, und ihre Lippen öffneten sich. Lange hielten wir uns so umschlungen. Ich wollte mehr, und meine Finger berührten ihre Brust. Sie stöhnte leise, aber dann wehrte sie meiner Hand und entzog sich mir.
»Nicht jetzt«, flüsterte sie und suchte nach Beherrschung. »Nicht, bevor alles zwischen uns geklärt ist.«
»Was gibt es noch zu klären?«
»Wenn Robert besiegt ist, was geschieht dann?«
»Nicht so schnell! Im Augenblick geht's um unser Überleben.«
»Ich weiß. Aber was ist danach? Willst du Graf von Tolosa werden?«

»Ein jeder muss seiner Bestimmung folgen.«
Sie atmete langsam aus und sah nicht sehr glücklich aus.
»Das habe ich mir gedacht«, war alles, was sie dazu sagte.
Sie erhob sich, und meiner Frage, was sie betrübe, wich sie aus, wollte nur zurück ins Lager, und so machten wir uns schweigsam auf den Weg.

***

Irgendetwas zerrte mich am Fuß.
Dies und jammerndes Jaulen rissen mich aus dem Schlaf. Ich fuhr hoch und starrte in das sabbernde Maul eines Hundes. *Deable*, es war Thor. Ich erkannte ihn an der Narbe über dem Auge. Seine nasse Zunge fuhr mir übers Gesicht, dann war er wieder aus dem Zelt und wartete maulend, dass ich herauskam. Ich fluchte leise, hievte mich auf die Beine und steckte den Kopf raus. Beide Doggen starrten mich mit schräg gestellten Köpfen erwartungsvoll an. Draußen begann gerade erst der Tag zu grauen, und niemand rührte sich im Lager. Außer den Hunden des Dorfes. Sie bellten nicht, liefen nur unruhig hin und her und winselten in klagend hohen Tönen.
Irgendetwas stimmte hier nicht.
»Berta!«, rief ich ins Zelt, laut genug, um sie zu wecken. »Die Hunde sind unruhig. Besser, ihr steht gleich auf.«
Ich konnte in der Dunkelheit des kleinen Zeltes ihre schemenhafte Form ausmachen, wie sie erschrocken hochfuhr. Auch Adela hob verschlafen den Kopf. Meine Tochter hatte am Abend darauf bestanden, zwischen uns zu kriechen, und gesagt, sie wolle nur in meinen Armen einschlafen. Kein Wunder, denn meine arme *filheta* hatte in diesen Tagen mehr erlebt, als für einen Erwachsenen gut war und noch viel weniger für ein elfjähriges Kind. Außerdem hatte ich kaum Zeit gehabt, mich um sie zu kümmern. Berta war zwar bereit gewesen, mein Zelt zu teilen, aber weiterhin auf Abstand bedacht. Selbst wenn es anders gewesen wäre, nach zwei Tagen ohne Nachtruhe waren wir viel zu müde gewesen, um an mehr als Schlaf zu denken.

Rasch zog ich meine Stiefel an und legte den Schwertgürtel um. Ich ergriff meinen Speer und trat vor das Zelt. Hamid war ebenfalls auf den Beinen, schon in voller Rüstung, den gespannten Bogen in der Hand und Köcher auf dem Rücken. Andere Männer mit Waffen in den Händen traten schlaftrunken hinzu.

»Haben sich die Wachen nicht gemeldet?«, fragte ich Drogo, der seinen Helm überstülpte. Bevor er dies verneinen konnte, stieß mich Thor mit der Nase an und zerrte zu unserer Verblüffung mit den Zähnen an meiner Tunika, als wolle er mich irgendwohin führen.

Berta trat aus dem Zelt und reichte mir meinen Schild.

»Was ist?«, fragte sie besorgt.

»Die Hunde müssen etwas entdeckt haben.«

Meine Doggen liefen in den Wald, gefolgt von den anderen Hunden. Immer wieder blieben sie stehen und sahen sich nach uns um. Seltsam. Ich hieß zwei Männer vorgehen, und wir anderen folgten vorsichtig in einigem Abstand. Ich hatte nicht vor, in eine Falle zu laufen.

Und dann entdeckten wir, was die Tiere so aufgeregt hatte. Vom Ast einer Eiche hing eine leblose Form und drehte sich ein wenig in der kühlen Morgenluft. Uns allen blieb das Herz stehen. Es war Rosa.

Sie baumelte an einem Strick um den Hals. Entsetzt starrten wir auf das grässliche Bild. Der Kopf hing auf die Brust, Augen im Todeskampf verdreht, blauviolett und geschwollen quoll die Zunge aus ihrem Mund, so hing ihre schmale Gestalt, Füße leicht nach innen gedreht, die nackten Beine mit Blutergüssen und blauen Flecken übersät, wie wir sie gestern hatten ins Lager stolpern sehen.

»*Verges Maria*«, flüsterte ich. Unsere kleine Rosa, der Liebling des Dorfes, so entstellt, so geschunden, und nun so unwiederbringlich tot. Welche Schmach musste sie erlitten haben, dass sie nicht mehr leben wollte. Lange sagte niemand ein Wort. Selbst die Hunde waren still. Nur ein alter Köter roch an ihren Füßen und gab einen langgezogenen Klagelaut von sich.

Hamid trat an sie heran und fühlte unter ihrem nackten Arm.

»Lange kann es nicht her sein«, sagte er. »Sie ist noch warm.«
Er zog sein Messer vom Gürtel und schnitt sie ab, während Drogo sie in seinen Armen auffing. Ich hatte Drogo noch nie weinen sehen, selbst nicht als Knabe. Aber in diesem Augenblick stand er mit der toten Magd in den Armen, und die Tränen liefen ihm in den Bart. Dann wurde er plötzlich feuerrot im Gesicht, und er brüllte vor Wut, dass es durch den ganzen Wald hallte. Der junge Joan riss sich das Hemd vom Leib und bedeckte Rosas angelaufenes, verzerrtes Gesicht und den immer noch vom Strickende zusammengeschnürten Hals.
Drogo trug sie langsam ins Lager, und wir folgten ihm wie bei einer heiligen Prozession. Alle im Lager waren nun aufgewacht und versammelt, aber niemand sprach ein Wort. Da stand Gustau wie zu einer Salzsäule erstarrt. Drogo legte sanft seine Bürde vor ihm auf den Boden nieder und erhob sich langsam. In der Stille betete jemand. Ich glaube, es war die alte Elena. Wir murmelten mit ihr und bekreuzigten uns.
Gustau hatte sich immer noch nicht gerührt.
Da trat Martin vor und gab ihm seinen Bogen und den Köcher mit den messerscharfen Pfeilen. Gustau verstand erst nicht, sondern sah nur dumpf auf die Waffe in seiner Hand. Aber dann wurde sein Mund hart, und er hielt sich aufrecht. Er war nie besonders gesprächig gewesen, doch von diesem Tag an sollte er kaum mehr ein Wort sprechen.
Und alle, die ihn sahen, wie er vor der Leiche seiner Liebsten stand, erkannten die finstere Entschlossenheit auf seinem Gesicht. Keiner von Rosas Peinigern sollte mit dem Leben davonkommen. Das schwor er sich in diesem Augenblick.

Schlacht an der Brücke

Sanctus Vigilius,
Patron der Bergwerke

Dominica,
26. Tag des Monats Juni

Für Trauer um Rosa blieb wenig Zeit.
Der Kampf gegen Robert verlangte nach sofortiger Vorbereitung. Wir mussten auf dem Laufenden bleiben, was unten im Tal vor sich ging, allein schon, um Überraschungsangriffe der *pezos* zu vereiteln und um unsererseits jede Gelegenheit, die sich bot, sofort ausnutzen zu können. Mit anderen Worten, wollte ich wie ein Adler zuschlagen, brauchte ich als Erstes seine scharfen Augen.

Während einer Versammlung der Anführer kurz nach Sonnenaufgang, zu der ich nun auch Vilapros lud, legten wir fest, an verschiedenen Stellen ständige Beobachtungsposten einzurichten. Die Frauen stifteten Spiegel aus poliertem Kupfer, um mit Hilfe des Sonnenlichts jederzeit Warnungen an einen Ausguck auf dem südlichen Berghang zu senden, von wo wir alle Posten einsehen konnten. Alles, was die Beobachtung des Tals betraf, übertrug ich dem Jäger Matiu, der ein umsichtiger Mann war und wie Gustau das Gelände bestens kannte.

Vor allem war es wichtig, frühe Warnung zu erhalten, wenn Robert mit weiteren Fußtruppen zurückkehrte, voraussichtlich aus westlicher Richtung. Esteve de Vilapros erbot sich, diese Aufgabe zu übernehmen, da er ohnehin Spione an den Straßen hatte, die er gelegentlich mit ein paar Silberstücken belohnte. Damit die Kunde von Roberts Anmarsch uns früh genug erreichen konnte, schickten wir berittene Boten zu ihnen.

Ich fragte mich, wie es Odo gehen mochte. Eine Krankheit in

seinem Alter konnte leicht zum Tod führen. Wir waren immer noch auf seine Hilfe angewiesen. Deshalb war es an der Zeit, einen Boten nach Monisat zu schicken, und für diese Aufgabe wählte ich Berlan *lo Gort*, der als Kämpfer kein großes Licht war.

»Monisat ist nur einen Tagesritt entfernt«, sagte ich ihm. »Du musst den Berg hinunter, dann durch die Ebene nach Süden. Ricards Leuten wirst du also nicht begegnen. Jetzt hör gut zu. Sag dem Erzbischof, ich kann ihn selbst nicht aufsuchen. Sag ihm, ich habe mit *Paire* Jacobus gesprochen. Er wird verstehen, was das bedeutet«, schärfte ich ihm ein. »Erzähl ihm alles, was hier geschehen ist und dass wir dringend erfahrene Krieger brauchen. Ohne Verstärkung können wir Robert nicht in offener Schlacht besiegen. Reiter, aber auch Fußvolk werden gebraucht. Am besten hundert gute Männer. Verstanden?«

Ich ließ mir alles von ihm wiederholen, dann gaben wir ihm ein Pferd und schickten ihn auf den Weg, begleitet von guten Wünschen und Gottes Segen.

Nemos Leute, oder Esteve, wie wir ihn nun bei seinem richtigen Namen nannten, waren am Vorabend in kleinen Gruppen ins Lager gekommen und hatten etwas abseits ihre Unterkünfte eingerichtet. Sie besaßen Maultiere und ein paar Pferde, bepackt mit Zelten, Kesseln und Pfannen und anderen bescheidenen Habseligkeiten ihrer Gemeinschaft. Neben den etwa zwanzig Männern, die Esteve versprochen hatte, befanden sich zu unserer Überraschung auch ein Dutzend Frauen, die Magdalena freudig begrüßten, einige halbwüchsige Jungen und Mädchen und sogar Kinder. Sie sähen wie eine wandernde Gauklertruppe aus, sagte ich zu Vilapros. Aber das genau seien sie auch, war seine Antwort. Es sei eine gute Tarnung. Bei Gelegenheit würden sie gern ein paar akrobatische Darbietungen zeigen, mit Feuerbränden jonglieren oder aus der Hand lesen. Sogar zwei kleine Bühnenspiele waren im Bestand ihrer Vorführungskünste. Ein frommes Stück über den Heiligen Jacobus und die Wunder, die er in Spanien gewirkt haben soll. Das andere ein derber Bauernschwank, der sehr beliebt war.

Die Neuankömmlinge waren in gleichen Maßen scheu wie die Unsrigen misstrauisch, ein Zustand, den ich gleich beenden wollte, denn ohne gegenseitiges Vertrauen würde die Zusammenarbeit schwierig werden. Deshalb rief ich alle zur Versammlung, um Zeugnis des Treueschwurs zu werden.
Vor der Menge stand Jacobus mit einem silberverzierten Kreuz in der Hand. Eine Bibel besaßen wir nicht auf Rocafort. Wer hätte sie auch lesen sollen? Jacobus war inzwischen mit den Bedingungen unseres Handels vertraut. Er würde später eine Urkunde anfertigen. Gemäß der Feierlichkeit des Augenblicks nahmen wir hinter dem Prior Aufstellung. Ich, als Lehnsherr, in der Mitte, an meiner Seite die Zeugen. Zu meiner Rechten Berta und unsere Kinder, beide inzwischen alt genug für diese feierliche Handlung. Hamid und Drogo zu meiner Linken.
Es sei schon zum Lachen, flüsterte ich Hamid heimlich zu, ausgerechnet der erste Vasall in meiner *vita* als angehender Fürst sollte ein Räuberhauptmann werden.
»In der Not ist man nicht wählerisch«, grinste er. »Möchtest du, dass auch ich dir Gefolgschaft schwöre? Es könnte die Ränge füllen. Oder bin ich nur dein Pächter?«
»Weder noch. Du bist mein Freund«, flüsterte ich lächelnd zurück. »Was willst du mir noch schwören, das du mir nicht schon hundertmal geschenkt hast? Ich bin in deiner Schuld, nicht umgekehrt.«
Er nahm dies mit einem verlegenen Grinsen zur Kenntnis und deutete dann auf Vilapros. »Sei unbesorgt. In dem Mann ist keine Falschheit. Er wird dir treu zur Seite stehen.«
Das war auch mein Gefühl. Seine Leute schienen ihm ergeben zu sein und behandelten ihn eher wie einen Vater als einen *capitan*. Magdalena sei einer der Gründe, warum er sein Leben ändern wolle, hatte Hamid mir berichtet. Der andere die Toten und Verwundeten des verunglückten Überfalls auf der Maurentafel, für die er sich selbst die Schuld gab. Bertas Angebot und die Aussicht auf Vergeltung an Borcelencs hätten ihn schließlich überzeugt, diesen Schritt zu tun.
»Der Mann hat mehr zu verlieren als du«, fügte Hamid hinzu.

»Er begibt sich in deine Gewalt, muss dir ganz vertrauen. Und, indem er gegen Borcelencs antritt, setzt er für dich sein Leben und das seiner Leute ein.«

Daran dachte ich bei meiner kleinen Ansprache.

»Nach dem heutigen Schwur, den Esteve de Vilapros für sich und die Seinen leistet und der einen jeden, der ihn begleitet, auf gleiche Weise bindet, mit diesem Schwur gehören er und alle seine Gefährten zu Rocafort, und ich erwarte, dass sie so behandelt werden. Mit ihrer und Gottes Hilfe werden wir den Feind besiegen. Jeder, der für uns kämpft, wird einer von uns, ein Mitglied der *familia*, dem unser Dank und unser Schutz gebührt. Später, wenn wir die Feinde hoffentlich vertrieben haben, werden sie neue Felder roden und gute Nachbarn werden.«

Nemos Leute sahen sich scheu um, aber meine Worte hatten den richtigen Ton getroffen und sie ermutigt. Bei denen aus dem Dorf gab es Gemurmel und versteckte Blicke. Sie alle waren einfaches Landvolk und ohnehin misstrauisch gegenüber Fremden. Umso mehr gegenüber fahrendem Volk und Wegelagerern, die für sie nicht besser als reißende Wölfe waren. Doch durch die gemeinsame Anstrengung, die vor uns lag, würde gewiss bald Freundschaft wachsen. Besonders den Frauen in Nemos Truppe sah man die Freude an, dass ihr gesetzloses Leben ein Ende haben sollte, vorausgesetzt, dass wir den Sieg davontragen würden.

Nachdem Prior Jacobus die Einzelheiten unserer Vereinbarung sowie Vilapros' Rechte und Pflichten laut verlesen hatte, hieß er ihn vortreten und niederknien. Dies tat er und bat mich mit gefalteten Händen und festem Blick, ihn und die Seinen in meinen Schutz aufzunehmen. Als Antwort hielt ich feierlich seine Hände umfangen. Dann erhob er sich, legte die Hand auf das Kreuz, das *Paire* Jacobus ihm hinhielt, und sprach die gleichen Worte, die ich bei ähnlicher Gelegenheit zu Bertran gesprochen hatte.

D'aquesta ora enant
eu Esteve non decebrai
te Jaufré, nel ti tolrai
ni om ne femena ab mun consel …

Als die letzten Worte verhallt waren, umarmte ich Vilapros und küsste ihn zur Bekräftigung herzlich auf die Wange. Nun war er mein Vasall und durch heiligen Schwur verpflichtet, mein Hab und Gut zu verteidigen und mir in jeder Gefahr beizustehen, ebenso wie ich ihm. Und alle Anwesenden waren Zeuge.
Diesen Schwur sollte er gleich unter Beweis stellen, denn obwohl heute am Tag des Herrn laut heiligem Kirchenfrieden jegliche Kampfhandlung untersagt war, ließen wir unverzüglich die Krieger antreten, prüften ihre Waffen und rückten aus.

***

»Was meinst du, wie viele Verfolger es sind?«, fragte ich.
Hamid legte gegen die Sonne des frühen Tages eine Hand über die Augen und spähte angestrengt das Tal hinunter, durch das sich die Straße bis hier hinaufschlängelte, wo wir versteckt auf der Böschung am Wegrand lagen.
»Ein gutes Dutzend, schätze ich.«
Obwohl sich in der Ferne erst winzige Punkte bewegten, konnten wir zwei Reiter erkennen, offensichtlich in vollem Galopp, und dahinter in einigem Abstand eine langgezogene Kette von Verfolgern. Manchmal verschwanden sie hinter Bäumen oder einer Bodenwelle, um dann an der nächsten Biegung wieder aufzutauchen.
Wir waren gekommen, um unsere Vorräte zu holen, die umso nötiger gebraucht wurden, da mit Vilapros' Bande die Zahl der Mäuler, die wir zu füttern hatten, zugenommen hatte. Die Hunde hatte ich zurückgelassen, aber zur Sicherheit und als Marschübung begleiteten uns der Großteil unserer Kämpfer. Lasttiere und die Pferde der Ritter unter uns hatten wir ein Stück weit im Wald zurückgelassen, um erst die Lage zu sichten, bevor wir die Straße überqueren und in den Tannenwald zu unserem Vorratsversteck vordringen würden.
Die fernen Reiter hatten sich ein Stück genähert. Helme blitzten in der Sonne, und es ließen sich Schilde ausmachen. Offensichtlich waren es gepanzerte Ritter.

»Verstecken wir uns?«, fragte Hamid ungeduldig, denn es blieb nicht viel Zeit, bis uns die wilde Jagd erreichen würde.
Sich zu verbergen, wäre das Beste und Sicherste gewesen. Aber irgendetwas ließ mich zögern. Wer mochten die Männer sein, die da von Ricards Leuten gejagt wurden? Denn dass es sich bei den Verfolgern um seine *soudadiers* handeln musste, stand für mich außer Frage. Da fielen mir wieder die beiden *cavaliers* ein, die ich vor unserer Flucht vom Turm aus gesehen hatte. Ritter aus Outremer. Männer der *militia christi* womöglich. Ob sie es waren, die da flohen? Plötzlich lag mein Entschluss fest. Mein Blick schweifte noch rasch über das Gelände, und dann wies ich auf die Wegbiegung hinter uns, kaum mehr als hundert Schritt entfernt.
»Dahinter gehen wir in Stellung und fangen sie ab!«, rief ich. Die, die mich gehört hatten, sahen sich erstaunt an.
»Ich will wissen, wen sie da verfolgen«, erklärte ich. »Hinter der Biegung ist eine gute Stelle für eine Reiterfalle.« Und dann brüllte ich laut, dass alle es hören konnten: »Jungs, bindet eure Helme fest! Es wird Zeit, dass ihr Blut zu schmecken bekommt!«
Ich gab kurze Anweisungen. Hamid, Brun und Jaume sollten ihre Gäule holen und uns als Reserve unterstützen, falls wir in Bedrängnis gerieten. Drogo, Vilapros und ich würden die Männer in der Schildwand verstärken, ihnen bei diesem ersten Kampf Mut machen und zur Seite stehen. Wir liefen los, um Aufstellung hinter der Biegung zu nehmen, wo uns die Reiter erst im letzten Augenblick sehen würden. Zu rechter Hand war eine steile, dichtbewaldete Böschung, kein Ort für Pferde. Auf diesem Hang befahl ich allen Bogenschützen und Schleuderern, die bei uns waren, sich hinter Bäumen und Büschen zu verstecken und sich erst auf meinen Befehl zu zeigen.
»Holt sie aus den Sätteln, wenn ich euch das Zeichen gebe!«, rief ich Gustau zu. Auch Vilapros' Bogenschützen hatte ich unter Gustaus Befehl gestellt. »Zielt auf ungeschützte Haut, wie Gesicht und Nacken. Oder auf ihre Gäule.«
Der Weg vor uns, auf dem sie heranstürmen würden, lag im Schatten der dichten Bäume. Linker Hand fiel der Hang steil ab, ebenfalls stark bewaldet und für Reiter nicht passierbar. Der

Feind würde nur begrenzten Freiraum auf der engen Straße haben, wo ich unsere zwanzig Speerkämpfer aufstellte, quer über die Straße in drei Reihen. Ich hieß sie eng zusammenrücken, Schilde überlappend, Speerspitzen nach vorn, Schäfte in den Boden gerammt. Vilapros stand mitten in der ersten Reihe. Er schien zu wissen, was zu tun war. Drogo befehligte die letzte Reihe, wo sie ihre Schilde den Vordermännern in den Rücken stemmten.

»Merkt euch, je enger ihr steht, je weniger haben die Gäule Lust, gegen euch anzurennen«, sagte ich ihnen. »Achtet auf die beiden Verfolgten. Die wollen wir schützen. Ist das klar?«

Die Männer nickten, aber ich sah Furcht in ihren Augen. Bewaffnete Reiter flößen jedem Bauern eine heillose Furcht ein, denn ihnen geht man tunlichst aus dem Weg. Sich gar anstürmenden Schlachtrossen entgegenzustellen, verlangt eine Menge Mut und Erfahrung. Letzteres besaßen sie nicht, und auch ihr Mut war unerprobt. War ich also leichtsinnig und das Wagnis zu groß, mit diesen grünen Bauernjungen einer Reiterschar zu trotzen? Wenn sie nicht standhielten und aus Furcht aus der Schildwand brachen, dann war es um uns geschehen. Doch darüber nachzudenken war zu spät, denn schon hörten wir das Trommeln der herannahenden Hufe.

»Gut so, Männer! Immer eng zusammenrücken. Solange ihr wie eine Wand steht, werden die Gäule scheuen.«

Ich stemmte mich an die Flanke der mittleren Reihe, als der erste Reiter um die Biegung galoppierte, dann der zweite. Von den weit aufgerissenen Mäulern der Gäule flogen Schaumflocken. Brust und Flanken der Tiere waren weiß davon, die Reiter lagen weit über den gestreckten Pferdehälsen gebeugt, Steine und Erdklumpen flogen von den hämmernden Hufen. Und gleich darauf erschienen drei der Verfolger mit angelegten Lanzen und dann immer mehr.

»*Coratge*, Männer, Mut! Und steht fest!«, feuerte ich sie über das dumpfe Getöse der Hufe hinweg an und drückte mich fest an meinen Nachbarn und Vordermann. »Wer kneift, kriegt's mit mir zu tun, ich schwöre es euch!«

Die Reiter kamen aus dem grellen Sonnenlicht und sahen uns

nicht gleich, da wir im Schatten des Waldes standen. Unvermindert hielten sie auf uns zu, und es sah aus, als ob der ganze Pulk uns über den Haufen rennen wollte.
»Hooo hoooh!«, brüllte ich, so laut ich konnte. »Stillgestanden!«
Das brachte die Pferde aus dem Tritt, und dann schien alles auf einmal über uns hereinzubrechen. Der erste Gaul scheute, als er plötzlich vor seinen schreckgeweiteten Augen eine Mauer aus Eisen und scharfen Speerspitzen gewahrte. Um das Hindernis zu vermeiden, machte er einen wilden Satz nach links und halb die Böschung hinauf. Aber da sein Schwung ihn weiter geradeaus trieb, stürzte er zurück auf den Weg und rollte über seinen unglücklichen Reiter. Der zweite Gaul stemmte die Hufe so heftig in den Boden, dass sein Mann vornüber aus dem Sattel flog und samt Schild und Schwert vor unseren Füßen landete. In sein keuchendes Ross krachte der vorderste der Verfolger mit angelegter Lanze, die ihm beim Aufprall aus der Hand und in unsere Reihen flog und einem unserer Männer die Wange aufschlitzte, während der Reiter selbst zwischen die Gäule fiel und einen so derben Hufschlag an den Kopf erhielt, dass er sich nicht mehr regte.
Gleichzeitig, und bevor sie wussten, wie ihnen geschah, rasten weitere Ritter mit vorgehaltenen Lanzen in das Knäuel und verletzten ungewollt die Pferde ihrer Kameraden, ihre eigenen Tiere strauchelten, brachen in die Knie oder bockten in Panik und warfen ihre Reiter ab. Die letzten der Verfolger hatten das Durcheinander vermeiden können, starrten aber mit aufgerissenen Mäulern um sich, als wüssten sie nicht, wie ihnen geschah.
Ich schrie nach Gustau und seinen Schützen.
Vilapros hatte sich währenddessen gebückt und zerrte den Verfolgten, der vor seine Füße gefallen war, zu sich heran. Sie öffneten eine Lücke, lang genug, um den Mann hindurchkriechen zu lassen.
Das Pferd des ersten Reiters war inzwischen wieder auf die Beine gekommen und hatte die Flucht ergriffen. Ihm folgten andere reiterlose Tiere, bis auch jene Ritter, die noch im Sattel saßen, mit den eigenen Gäulen zu kämpfen hatten. Der Tumult wurde voll-

kommen, als ein Sturm von Pfeilen und Steinen auf die Reiter niederging. Manche verfehlten ihr Ziel, andere trafen die Schilde oder prallten von den Kettenpanzern ab, aber ein Kerl schrie, als ihm ein Pfeil in die Brust fuhr, ein anderer war am Hals getroffen und sank rücklings vom Pferd. Gustau stand auf der Böschung wie ein junger Rachegott. Bei jedem Pfeil, der von seiner Sehne schnellte, schrie er Rosas Namen. Noch ein Mann wurde durchs Auge getroffen und kippte vom Pferd, ein weiterer hielt sich schreiend den Schenkel. Reittiere wurden verwundet, eines bäumte sich auf, riss bockend aus und schleifte seinen gestürzten Reiter hinter sich her.

Als die reiterlosen Tiere geflohen waren, trat eine seltsame Stille ein, als sei das Bild vor unseren Augen plötzlich eingefroren. Die Schützen hielten inne, die verbliebenen Reiter starrten mit erhobenen Schilden wild um sich, und meine Jungs in der Schildwand wagten nicht zu atmen. Es war, als hielten wir uns gegenseitig in Schach, bewegungslos, als würden diejenigen verlieren, die zuerst mit den Augen blinkten.

Mitten auf dem Weg, zwischen Speerkämpfern und Reitern, stand Leon *la Vespa*, den ich gleich erkannte, denn beim Sturz vom Gaul musste er den Helm verloren haben. Er war genauso hässlich, wie ich ihn in Erinnerung hatte. Den Schild schützend vor Kopf und Leib haltend, stierte er auf die unbewegliche Schildwand, dann vorsichtig zu unseren Schützen hinüber.

»Was schreist du nach Rosa, eh?«, brüllte er in die plötzliche Stille des Waldes und in Gustaus Richtung. »Bist du etwa ihr Bock?«

Gustau war so verblüfft, dass er keinen Ton hervorbrachte.

»Ein wahrlich hübsches Kind«, rief Leon und lachte scheppernd. »Haben alle viel Spaß mit ihr gehabt. Sie selbst am meisten. Hättest sehen sollen, wie geil sie mit dem Arsch gewackelt hat!«

Das war zu viel für Gustau. Mit einem Aufschrei ließ er den Bogen fahren und stürzte sich, nur mit seinem Messer in der Faust, die Böschung hinab. Leon lachte immer noch, hatte jedoch sein Schwert gezogen.

Das würde ein zu ungleicher Kampf werden.

»Angriff!«, brüllte ich, ohne nachzudenken. »Im Laufschritt, marsch!«
Leon, der schon das Schwert zum tödlichen Hieb erhoben hatte, stutzte. Und bevor meine Jungs sich endlich aus ihrer Starre lösten, die ersten Schritte machten und noch über die gefallenen Reiter stolperten, hatte er sich umgedreht und war zu seinen Kameraden gerannt. Ein starker Arm, ich glaubte, Duran *lo Bovier* zu erkennen, hievte ihn hoch, und dann gaben sie ihren Gäulen die Sporen und flohen vor unserer angreifenden Truppe.
Meine Jungs jubelten und klopften sich begeistert auf die Schulter.
»Wer hat euch erlaubt, die Schildwand zu verlassen«, brüllte ich aufgebracht. »Sie könnten zurückkommen!«
Das brachte sie zur Besinnung, und Vilapros und Drogo ordneten noch einmal die Reihen. Ich drehte mich um. Gustau war weiß im Gesicht und sah aus, als sei er nicht mehr bei Sinnen. Er stürzte sich auf den Kerl mit dem Beinschuss und schnitt ihm die Kehle durch, bevor der Mann zur Abwehr auch nur die Arme heben konnte. Dem Nächsten, der stöhnend am Boden lag, stieß er das Messer ins Genick und stürzte sich gleich auf eine weitere leblose Gestalt. Ich wollte nicht, dass der Junge zum Meuchelmörder wurde, ließ Schild und Speer fahren und rannte hinter ihm her. Gerade noch rechtzeitig konnte ich ihn am Messerarm packen, bevor er auch diesen Mann erdolchte.
»Ruhig Blut, *mon gartz*«, raunte ich ihm zu, hielt ihn aber eisern fest. »Für heute ist es genug!«
Erst blickte er mich wild an und wollte sich gewaltsam meinem Griff entziehen, dann erschlafften langsam seine Muskeln, und er fing an zu zittern. Ich nahm ihm das Messer aus der Hand, es war jenes, das ich ihm geschenkt hatte, und legte ihm den Arm um die Schultern. Plötzlich schien er in sich zusammenzusacken. Ich hielt ihn einen Augenblick fest umschlungen, bis er ruhiger atmete.
Da hörte ich eine bekannte Stimme hinter mir fluchen. »*Putan, merda!* Ich werde, verdammt noch mal, zu alt für solche Späße!«
Mich traf der Schlag. »Guilhem?«, brüllte ich. »Bist du das?«

»Wer denn sonst?«, krächzte er zurück. »Hilf mir lieber auf, anstatt blöde Fragen zu stellen.«
Das tat ich nur zu gern und packte ihn am Arm.
»Sachte, sachte!«, schrie er. »Der verfluchte Gaul hat mir alle Knochen im Leib zerquetscht!«
Dann lagen wir uns in den Armen.
»Aber nichts gebrochen«, lachte ich. »Was, zum Henker, tust du hier?«
Er hielt sich die Rippen und stöhnte. »Lange Geschichte, Jaufré. Lass mich erst mal zu Atem kommen.«
Ich sah mich nach seinem Kameraden um, der durch unsere Reihen gekrochen war. Der stand jetzt wieder auf den Beinen und löste den Helmriemen. Der Mann trug sogar noch seinen arabischen Umhang, bemerkte ich.
»Danke für die Rettung, *Castelan!*«, lachte er übers ganze Gesicht, und als er den Helm abnahm, erkannte ich ihn endlich.
»Severin!«, rief ich außer mir. »Ich glaub's einfach nicht! Komm in meine Arme, Junge!«
Nachdem ich auch ihn gebührend begrüßt hatte, fragte ich beide zum wiederholten Mal. »Was, zum Teufel, tut ihr hier?«
Severin zuckte mit den Achseln. »Als Guilhem Platz auf einem Schiff gebucht hatte, bin ich kurzerhand mitgekommen. Ihr wart immer gut zu mir. Außerdem will ich zu meiner Familie.«
»Verdammt froh, euch beide zu sehen«, erwiderte ich und meinte es von Herzen.
»Wir wollten mal schauen, wie du ohne uns zurechtkommst«, grinste Guilhem spöttisch. »Anscheinend eher schlecht, wie ich so sehe. Lässt sich seine verdammte Burg unter dem Hintern wegklauen. Wie ist es denn dazu gekommen, Alter, eh?«
Ich zuckte mit den Schultern. »Das ist eine noch viel längere Geschichte.«
Da hörten wir Hufschlag und sahen besorgt auf, aber es waren nur Hamid und die anderen, die um die Wegbiegung kamen. Sie führten ein reiterloses Schlachtross am Zügel mit.
»Sie sind fort«, rief er schon von weitem. Und zu Vilapros: »Lass die Männer aus den Reihen treten. Keine Gefahr mehr.« Dann

riss er die Augen auf, als er unsere beiden Kameraden aus Outremer erkannte.
»Bei Allah und dem Propheten!«, rief er und sprang aus dem Sattel, um sie freudig zu umarmen.
»Sag deinem zahmen *sarasin*, er soll mich nicht erdrücken, *per Dieu!*«, stieß Guilhem unter fröhlichem Gelächter hervor.
»Guilhem *lo Galinier!*« Hamid hielt ihn auf Armeslänge. »Also war die ganze Aufregung nur deinetwegen, du alter Gockel«, spottete er. »Und dann fällst du auch noch vom Ross!« Er wies mit der Hand auf das Pferd, das sie mitgebracht hatten. »Graste friedlich auf einer Wiese. Ist es deines?«
»Verdammtes Viech«, grollte Guilhem. »Hat mich fast umgebracht.«
»*Castelan!*«, rief Jaume und machte ein übertrieben enttäuschtes Gesicht. »Jetzt bin ich schon wieder zu spät gekommen. Langsam wird's mir langweilig bei Euch.«
Hielt sich wohl für einen Witzbold, aber alles lachte. Und man sah den Leuten an, wie gut ihnen ein Gelächter nach der Angst tat, die sie ausgestanden hatten. Immerhin, meine Jungs hatten dem Feind ins Auge geblickt, ohne wegzulaufen.
»Männer«, rief ich ihnen zu. »Das war fürs Erste nicht schlecht. Wenn ihr so weitermacht, kann es sein, dass ich eines Tages noch stolz auf euch bin.«
Sie feixten und grinsten erleichtert. Die meisten sind noch halbe Kinder, dachte ich. Der Junge, der die Lanze abbekommen hatte, blutete, doch es war keine tiefe Wunde. Sein Schildrand hatte Schlimmeres verhütet.
»Unsere erste gemeinsame Schlacht«, sagte ich zu Vilapros.
»Zuerst hatte ich Bedenken«, erwiderte er lächelnd. »Wie jeder von uns. Aber die Überraschung hätte nicht besser sein können. Die dachten nicht einmal an Gegenwehr.«
»Überraschung ist oft der halbe Sieg.«
»Ich erinnere mich«, erwiderte er trocken. »Auch mir habt Ihr diese Lektion erteilt.«
Ich hielt ihm die Hand hin. »Lass die Förmlichkeit, Esteve! Nicht unter Waffengefährten. Denn das sind wir doch jetzt, oder?«

Er schlug freudig ein.
Wir sahen uns den Burschen an, dessen Lanze unseren Mann verletzt hatte. Er lag auf der Seite und rührte sich nicht. Ein Huftritt, wie ich mich erinnerte. Als Drogo ihm vorsichtig den Helm vom Kopf zog, sahen wir langes blondes Haar hervorquellen. Wir drehten ihn auf den Rücken. Es war Roberts Schildknappe. Und er atmete, war demnach nur benommen.
»Bindet ihn. Der kann uns nützlich werden«, sagte ich.
Das war schnell erledigt, und sie legten ihn über Hamids Sattel. Es war Zeit, dass wir hier wegkamen, denn Ricard konnte mit Verstärkungen anrücken. Ich befahl Brun und Jaume, zu sehen, ob sie noch andere versprengte Pferde finden konnten, und bat Vilapros, mit der gesamten Mannschaft unsere Vorräte zu holen. Hamid, Guilhem und ich hatten uns einiges zu erzählen, und wir würden die anderen später dort treffen, wo wir zuvor die Pferde gelassen hatten.
»Jetzt ist unser verdammtes Gepäck weg«, fluchte Guilhem. »Der Reitknecht hat sich mit dem Maultier gleich in die Büsche geschlagen, als sie uns angriffen. Der hat ein gutes Geschäft gemacht, verflucht!«
»Sei froh, dass du lebst«, lachte ich.
Er brummte unwirsch, aber dann hellte sich seine Miene wieder auf.
»Ich soll dir Grüße von einer gewissen Barbara überbringen«, raunte er anzüglich. »Sie hat Sehnsucht nach dir.«
Barbara, mein Gott. Kaum drei Monde her, dass ich in ihrem Bett gelegen hatte, und doch lag es schon so weit zurück. Hamid merkte, dass mich die Erinnerung an Barbara freute, andererseits auch peinlich berührte.
»Unser Jaufré hat keine Zeit mehr für *putas*, Guilhem.«
»Seit wann denn das?«
»Seit er verliebt ist.«
»Verliebt? In wen?«
»In seine Frau!«
»Wie kann man sich in das eigene Weib verlieben?«, spöttelte Guilhem und machte dann ein erstauntes Gesicht, als ihm klar-

wurde, was er gerade gehört hatte. »Aber Noura ist doch tot! Hat er noch eine?«
Hamid kicherte und weidete sich an meinem verlegenen Gesicht. Ich klärte Guilhem über meine verwickelten Familienverhältnisse auf.
»O Mann«, stöhnte er. »Bin ich froh, dass ich mich nie habe einfangen lassen.« Dann grinste er mich erwartungsvoll an. »Na, und wie ist sie, deine neue, alte Frau? Hübsch oder ein Drachen?«
»Sehr hübsch«, beeilte sich Hamid dazwischenzuwerfen.
Guilhem zog ein neidisches Gesicht. »Auf dem Gebiet scheinst du ja immer Glück zu haben. Und wie läuft's in der Bettkiste?«
Ich ließ den Kopf hängen. »Gar nicht. Ich glaube, ich verstehe mehr vom Krieg als von den Weibern. Gib mir lieber eine feindliche Festung als ein widerspenstiges Weib!«
Guilhem sah sich fragend nach Hamid um.
»Sie schmollt, weil er sie vor vierzehn Jahren hat sitzenlassen«, klärte der ihn auf.
»Recht hat sie! In der Hölle sollst du dafür schmoren!«, brüllte Guilhem. Dann rieb er sich vergnügt die Hände. »Aber vorher können wir noch ein wenig Spaß haben, oder? Habt ihr keinen Wein, dass wir auf unser Wiedersehen trinken können?«
Wir waren bei den Pferden angekommen, und ich nahm meinen Weinschlauch von Ghalibs Sattel. Der Hengst drehte neugierig seinen Kopf in Guilhems Richtung und stellte aufmerksam die Ohren vor, während er leicht von einem Huf auf den anderen trat.
»Sieh mal, der Gaul hat dich erkannt«, sagte ich zu meinem Freund. Guilhem näherte sich dem Pferd mit einem freundlichen Grinsen, streichelte ihm die Nüstern und raunte ihm etwas ins Ohr. Der Hengst schien es zu mögen und schubste ihn zärtlich mit der Nase an.
»Hört auf zu turteln, bevor ich eifersüchtig werde«, rief ich lachend.
»Um den Burschen hab ich dich oft beneidet«, erwiderte Guilhem und strich Ghalib über den Hals. Dann hoben Hamid und

Guilhem den Gefangenen, der immer noch ohnmächtig war, von Hamids Pferd und banden ihn mit einer langen Leine an den nächsten Baum, damit er nicht weglaufen konnte, falls er aufwachte. Danach suchten wir uns etwas abseits, im Schatten eines hohen Gebüschs, ein angenehmes Plätzchen im Gras und ließen den Weinschlauch kreisen.

»Nun erzähl schon, warum du hier bist und nicht bei deinen Dirnen in Tripolis«, forderte ich Guilhem auf.

»Um dich zu beschützen«, antwortete er. Und dann redete er von Pilet und dem Auftrag, etwas, das ich nun schon wusste. Als Nächstes, dass Ricard nach seiner Befreiung aus dem Hurenhaus wilde Drohungen ausgestoßen hatte, sofort nach Rocafort zu reisen, um mich umzubringen. Zu diesem Zweck hatte er sich einschiffen wollen.

»Der Kerl hat es ernst gemeint, und er ist gefährlich. Ich dachte, es wäre besser, dich zu warnen. Bei Montpelher haben sie uns am Strand abgesetzt. Da haben wir auch die Gäule gekauft.«

»Aber du bist doch immer abgebrannt. Wie hast du eine Schiffsreise bezahlen können?«

»Severin kann besser mit Geld umgehen als ich. Für sich selbst hatte er genug zusammen. Und was mich betrifft, du wirst es nicht glauben.« Er grinste breit. »Es war die werte *Domna* Barbara! Sie hat den Eigner von Ricards Schiff bestochen, uns ebenfalls an Bord zu nehmen. Und einen Beutel Gold hat sie mir aufgeschwatzt. Ich hab ihn gleich bei Severin in Verwahrung gegeben, und es ist, glaube ich, noch einiges übrig.«

»Hol mich der Teufel!«, sagte ich. Die *Keusche Barbara*. Das hätte ich ihr nicht zugetraut. Fast überkam mich so etwas wie Wehmut, als ich an sie dachte.

»Ich soll dich grüßen, wie gesagt«, meinte Guilhem. »Und mich würde sie eigenhändig erwürgen, sollte Peyregoux dir auch nur ein Haar krümmen.«

Bis nach Konstantinopel waren Ricard und meine beiden Freunde auf dem gleichen Kauffahrer gesegelt und hatten sich täglich gegenseitig belauert. Aber in der riesigen Stadt war Ricard ihnen irgendwie entschlüpft. Schließlich hatten sie ein anderes Schiff genommen bis nach Pisa. Dort hätten sie eine ganze Weile festgelegen, bis sich die Überfahrt nach Montpelher ergeben hatte.

»Noch nie so viel gekotzt«, schloss Guilhem seine Erzählung. »Ich hab genug vom Meer bis ans Ende meiner Tage, das schwör ich euch.«

Ich schlug ihm auf die Schulter und lachte. »Mir ging es nicht anders.«

Als habe er uns gehört, begann unser Gefangener plötzlich, sich fürchterlich zu erbrechen. Das Würgen wollte nicht aufhören, bis er verzweifelt nach Luft schnappte. Wir sprangen auf, um nach ihm zu sehen. Er war auf den Rücken zurückgesunken, sein Kettenhemd besudelt, und lag ermattet im Gras. Die Augen waren nur halb geöffnet, und er stöhnte laut, bleich wie der Tod.

»Was ist mit ihm?«, fragte ich.

»Er ist am Kopf getroffen«, antwortete Hamid. »Siehst du nicht die Schwellung unter dem Haaransatz?«

»Ja. Das war ein Pferdehuf. Ohne Helm wäre er tot.«

»Hübsches Bürschchen«, grinste Guilhem. »Er stand an eurem Zollposten vorhin. Severin und ich wollten uns noch einmal nach dem Stand der Dinge erkundigen. Da kamen Duran und dieser Leon mit einem Trupp Reiter. Die haben uns natürlich gleich erkannt, und wir mussten fliehen. Aber vorher haben wir noch gehört, wie die Wachen sich über den Knaben hier lustig gemacht haben. *L'anjol de* Robert haben sie ihn genannt. Und wie ein Engel sieht er ja auch aus. Solch hübsche Locken.« Er lachte gehässig.

L'anjol de Robert?

Bevor ich weiter darüber nachdenken konnte, bedrängte mich Guilhem, ihm zu erklären, was es eigentlich mit der Fehde auf sich habe. Sie hätten von einem Borcelencs gehört, der angeblich seine Schulden bei mir eintreiben wolle. Und Ricard sei sein Vasall. Dies hatten sie von den Brüdern in Cubaria erfahren, obwohl der Prior gekommen war und die geschwätzigen Mönche verscheucht hatte.

»Aus dem Prior selbst konnten wir nichts rauskriegen. Steckt er etwa mit diesem Borcelencs unter einer Decke?«

Wir erzählten ihm das Nötigste und berichteten von der Belagerung, der Geiselnahme und unserer Flucht. Und natürlich von den Hintergründen, warum sie uns verfolgten. Auch wenn ich meine Herkunft, für die nächste Zeit zumindest, geheim halten wollte, schuldete ich meinem alten Freund dennoch Ehrlichkeit, besonders wenn man bedachte, welche Mühen er auf sich genommen hatte, um mich zu warnen, auch wenn er zu spät gekommen war. Nur von Sant Gilles Schandtat sagte ich nichts. Dass wir einem Meuchelmörder gedient hatten, wollte ich ihm ersparen. Mein Bericht dauerte eine ganze Weile, so dass uns der Wein lange ausgegangen war, bevor ich endete. Während meiner Erzählung sah er mich immer häufiger mit großen Augen an und schüttelte den Kopf, als könne er das alles gar nicht glauben.

Zuletzt holte er tief Luft. »Dass du kein einfacher Ritter bist, hab ich schon immer geahnt. Schließlich hat nicht jeder eine Leibwache vom Erzbischof von Narbona, wenn auch eine heimliche. Aber Sohn des Grafen von Tolosa … *Jes Maria!*« Er pfiff leise durch die Zähne.

Aber dann fand er seinen Humor wieder. »Mach dir nichts draus, Alter«, grinste er und schlug mir derb auf die Schulter. »Besser der Bastard eines Grafen als gar kein Bastard.« Bei diesen Worten brach er in schallendes Gelächter aus.

Mein Gott, Guilhem, dachte ich, wie schön, dich wiederzuhaben.

Noch eine Weile redeten wir. Schließlich kehrten unsere Leute mit den Vorräten zurück, und in guter Laune begannen wir unseren Aufstieg.

***

Jene Leichtigkeit, die uns nach dem Sieg wie von selbst den Berg hinaufgetragen hatte, verflüchtigte sich rasch, denn im Lager empfing uns eine düstere, fast verzweifelte Stimmung. Während die jungen Männer noch trunken von ihrem ersten Erfolg waren, fand ihre Begeisterung nicht das erwartete Echo. Die Frauen waren zu erschrocken, dass es überhaupt zu einem Kampf gekommen war, und warfen mir finstere Blicke zu, als sie hörten, welches Wagnis ich eingegangen war. Joana blieb ebenfalls stumm und machte ein niedergeschlagenes Gesicht. Es muss die Sorge um ihren gefangenen Ferran sein, dachte ich, aber auch die anderen Weiber gaben sich wenig gesprächig.

»Was können Männer doch für Schweine sein«, sagte Berta mit einer müden Stimme ohne Ausdruck. Sie vermied es, mich anzusehen. Es dauerte eine Weile, bis sie die Kraft fand, weiterzusprechen. »Wir haben Rosas Leichnam für ihr Begräbnis hergerichtet. Der Anblick der Prellungen und Wunden ließ uns den Schmerz wie am eigenen Leib spüren, ebenso wie die bitteren Erniedrigungen, die sie hat erleiden müssen. Dabei ist mir so schlecht geworden, dass ich mich übergeben musste. Ich fühle mich immer noch schwach.« Sie holte tief Luft und rang um Fassung. »Wir sahen uns selbst dort liegen. Es war, als seien Rosa und Marta nur die ersten von vielen, die bald folgen würden.« Sie schlug die Hand vor die Augen und weinte. Ich schirmte sie mit meinem Körper ab, denn ich wollte nicht, dass andere sie weinen sahen.

»Unsinn«, sagte ich und war doch zutiefst betroffen. »Bei unserem Auszug aus der Burg warst du noch guten Mutes.«

»Ich weiß.« Sie fuhr sich mit der Hand über die Stirn. »Aber jetzt kommt mir alles sinnlos vor. Die jungen Bauern, die deine Speere und Schilde tragen, sind doch noch halbe Kinder. Was können sie schon gegen Panzerreiter ausrichten?« Ich wollte entgegnen, dass wir uns bisher recht wacker geschlagen hatten, aber Berta ließ mich nicht zu Wort kommen. »Sieh, wie wir hier leben! Wie die Tiere im Wald. Wo finden wir Schutz, wenn es regnet? Hast du dir überlegt, wie lange unsere Vorräte reichen? Zwei Wochen oder drei? Die Feldfrucht ist zerstört und unser Land ebenso geschändet wie der Leib der armen Rosa.« Sie schluchzte auf. »Ich kann mir nicht helfen, aber ich denke, dies ist unser aller Untergang«, flüsterte sie verzweifelt. »Das Ende von Rocafort.« Ich biss mir auf die Lippen, denn unsere erbärmliche Lage war allein meine Schuld. Ich war es, der alle ins Unglück stürzte. Trotzdem war ich dankbar, dass sie es nicht aussprach. Sie hielt den Kopf gesenkt, und eine Träne lief ihr die Wange herunter.

Die wischte ich vorsichtig mit dem Finger fort und fasste sie sanft unters Kinn.

»Hör zu, *mon cor*. Ich weiß, wie schwer dies alles zu ertragen ist. Aber heute sind die Männer erleichtert, dass sie in offenem Kampf ihren Mann gestanden haben, und stolz über ihren ersten Triumph. Das dürft ihr ihnen nicht nehmen, denn sie werden noch ihren ganzen Mut aufbringen müssen, wenn wir siegen wollen. Ich brauche deine Hilfe, Berta, deine Stärke. Auch die der anderen Frauen.«

Sie nickte kraftlos.

»Wir werden alles zurückgewinnen«, fuhr ich fort, »und vielleicht viel mehr dazu. Wenn wir es nur wollen!«

Sie sah auf. »Das *viel mehr dazu* ist auch etwas, das mich beunruhigt«, erwiderte sie. Eine Erklärung war nicht nötig. Ich wusste, was sie meinte. Schließlich wischte sie die Tränen fort und bemühte sich, eine entschlossenere Miene aufzusetzen.

»Du hast recht, Jaufré. Ich werde mit den Frauen reden. Wir müssen uns zusammennehmen. Die Männer verdienen Besseres von uns.«

Als sie sich wieder ganz in der Gewalt hatte, zeigte ich auf Guilhem und Severin, die etwas abseits standen und uns neugierig beobachteten, und winkte sie zu uns heran. »Schau her. Noch etwas Gutes hat uns der Morgen gebracht. Wir haben zwei alte Freunde wiedergefunden, die uns helfen werden. Dies ist mein langjähriger *companh* Guilhem. Ich weiß nicht mehr, in wie vielen Schlachten wir Seite an Seite gestanden haben.«

»*Domna* Berta, meine Verehrung«, murmelte Guilhem mit einem verlegenen Grinsen auf dem Gesicht und verneigte sich unbeholfen. Zu mehr war er nicht fähig, denn Bertas Anblick schien ihm die Sprache verschlagen zu haben.

»Und dieser mutige, junge Mann hier«, ich legte Guilhems Gefährten die Hand auf die Schulter, »er heißt Severin, und wenn er etwas seltsam spricht, dann ist es, weil er aus der Gasconha stammt.«

»*Domina*«, sprach Severin mit klarer Stimme. Guilhems Hemmungen schienen ihn nicht zu plagen. »Ohne Jaufré wäre es uns beiden heute an den Kragen gegangen. Und wir danken Euch für Eure Gastfreundschaft. Wenn Ihr erlaubt, *Domina*, werden wir für Euch kämpfen!«

Damit verneigte er sich gewandt wie ein Höfling. Na so was, dachte ich erstaunt, wer hätte das gedacht? Berta lächelte beiden freundlich zu. Sie schien ihre Trübsal für den Augenblick vergessen zu haben.

»Ich danke Euch von ganzem Herzen, *Cavalier*«, antwortete sie. »Jeder starke Arm ist uns mehr als willkommen. Und was die Gastfreundschaft betrifft, so haben wir nicht viel zu bieten, aber wir wollen tun, was wir können.«

Sie rief nach Mägden und Knechten, um den Gästen eine Unterkunft zu errichten. Joana und *Paire* Jacobus waren zu uns getreten, und ich machte sie mit meinen Freunden bekannt. Adela warf sich Guilhem in die Arme, und auch meine Hunde schwänzelten aufgeregt um ihn herum.

»Soso. Aus Outremer kommt Ihr«, sagte Joana abwesend und entschuldigte sich gleich wieder. Sie müsse sich um eine Schwangere kümmern, deren Zeit nahte. Jacobus war dagegen gesprächiger und ließ sich lang und breit von der Schiffsreise meiner Freunde erzählen.

Später, als sich eine Gelegenheit bot, raunte Guilhem mir zu, er habe ja selbst sehr an Noura gehangen, aber es käme der Tag, da müsse man von den Toten Abschied nehmen. Dabei zwinkerte er mir unmissverständlich zu, woraus ich schloss, dass Berta Eindruck gemacht hatte.

»Sag mal … diese Joana. Ist sie wirklich deine Amme?«, fragte er mit betont unschuldiger Miene.

»Jetzt gewiss nicht mehr«, lachte ich. »Aber früher schon.«

»Ist sie nicht ein bisschen jung dafür?«

»Vorsicht, Alter«, grinste ich. »Falls du dich anschleichen willst, sie kann ziemlich bissig werden.«

»Wo denkst du hin?«, schmollte er. »Ich frag doch nur.«

»Sie macht sich Sorgen um ihren Freund«, sagte ich ernst, »den Ricard mit den anderen Geiseln gefangen hält.«

»Ah«, erwiderte er betroffen. »Das tut mir leid.«

Am Ende des Vormittags stießen noch weitere junge Bauern zu uns. Sie kamen von den freien Höfen im Tal und hatten gehört, dass wir die Burg verlassen hatten, einige hatten gar schon von unserem Erfolg am Morgen gehört. Sie waren mit Sicheln und Dreschflegeln bewaffnet und wollten an unserer Seite kämpfen. Mein kleines Heer schien zu wachsen. Leider besaßen wir keine besseren Waffen mehr, aber zur Bewachung des Lagers und als Späher und Boten konnten wir sie gut gebrauchen.

Die Neuankömmlinge berichteten, dass Ricards Reiter das Tal auskundschafteten, sich jedoch nicht in die Wälder trauten. Ich ließ es mir nicht anmerken, doch in Wahrheit war ich unruhig. Unser Hinterhalt hatte ihnen Respekt eingeflößt, aber wer weiß, wie lange sie sich abschrecken ließen. Halb erwartete ich die Warnung unserer Späher, dass Ricards *pezos* im Anmarsch waren. Oder wir verpassten Roberts Rückkehr und konnten nicht verhindern, dass beide Gruppen sich vereinten. Das war überhaupt meine Hauptsorge, denn es würde unsere Aufgabe bei weitem erschweren. Wie konnte ich das verhindern? Es war eine Sache, von unserer wiedererlangten Bewegungsfreiheit zu reden, aber eine andere Frage, was wir damit anfangen sollten, denn tatsächlich hatte ich noch keinen festen Plan.

Nach einem bescheidenen Mittagsmahl bat ich Hamid, den Nachmittag mit Kampfübungen zu nutzen. Trotz der Einwände der Männer, sie seien müde und hätten für heute genug marschiert, ließ ich mich nicht erweichen, denn ein dumpfes Gefühl sagte mir, all unsere kriegerischen Fähigkeiten würden bald auf die Probe gestellt werden.

»Ein richtiges kleines Heer«, lobte Guilhem. Wir beide saßen am Rand der Lichtung und sahen aufmerksam zu, um Schwächen auszumachen.

»Sie bemühen sich«, brummte ich.

»Sieht doch schon vielversprechend aus, Jaufré. Natürlich, ein paar Wochen mit Arnaud würden ihnen sicher guttun.«

»Wie geht es Arnaud?«

»Macht sich gut als *Castelan*. Ach, übrigens, *Coms* Bertran schickt dir seine Grüße.« Und dann schlug er sich vor die Stirn.

»Ich Rindviech hab es ganz vergessen. Er hat mir einen Brief für dich mitgegeben.«

»Einen Brief?«

Er fasste ins Wams und zog ein zerknittertes Schriftstück aus der Innentasche und reichte es mir. Erstaunt erbrach ich das Siegel und entfaltete das Dokument. Es war auf Lateinisch aufgesetzt, so viel konnte ich ausmachen, und sorgfältig mit engliegenden Zeilen beschrieben. Guilhem musste es die ganze Reise über am Leib getragen haben, denn es hatte Schweißflecken, und hier und da war ein Buchstabe verwischt, aber im Ganzen noch gut lesbar. Ich schickte nach Jacobus.

Der Prior kam herüber und betastete erstaunt das Schriftstück.

»Das ist kein Pergament«, sagte er. »Was ist es?«

»Papier«, antwortete ich. »Die Araber verwenden es. Leichter als Pergament und angeblich billiger in der Herstellung. Allerdings nicht so haltbar.«

Das Papier schien Jacobus außerordentlich zu fesseln, denn er drehte und wendete das Blatt, hielt es gegen das Licht und prüfte seine Oberfläche, bis ich ihn sanft daran erinnerte, er möge doch bitte vorlesen.

Der Brief war an Goffredus Montalbanus gerichtet und im dürren Latein eines *scriptoriums* aufgesetzt. Fast leiblich konnte ich Bertrans sauertöpfischen *secretarius* vor mir sehen, wie er die Buchstaben auf das Blatt setzte. Aber ganz ließ sich Bertrans Persönlichkeit nicht unterdrücken, die sich immer wieder zwischen den Zeilen durch ein Wort oder einen witzigen Vergleich durchsetzte. Deshalb will ich hier den Inhalt so wiedergeben, wie ich ihn verstanden habe und glaube, dass er gemeint war.

Salve Goffredus,

sei herzlich gegrüßt, nicht nur von mir, sondern auch von der Comtessa Elena, die sich liebevoll an dich erinnert, obwohl sie beklagt, dass du ihr eine tüchtige Magd entführt hast. Aber in der Gewissheit, dass diese sich bestens um deine Tochter kümmern wird, wolle sie von ganzem Herzen zufrieden sein. Von deiner stürmischen Abreise haben wir erfahren und herzlich darüber gelacht. Wir hoffen, dass Gott eure Reise mit einer sicheren Überfahrt und Ankunft gesegnet hat und dass du deinen Sohn artig und dir wohlgesinnt vorgefunden hast.

Nun ja, Cortesa scheint sich inzwischen nicht nur um Adela zu kümmern, dachte ich belustigt. Sogar beim Töten half sie den Männern. Und Söhne besaß ich plötzlich mehr als je erträumt.

Dein Mann Guilhelmus hat mir seltsame Dinge berichtet, zum einen, was seine Rolle als heimlichen Leibwächter betrifft, von der du angeblich nichts wusstest, zum anderen von befürchteten und sogar versuchten Mordanschlägen gegen deine Person. Seine Anschuldigungen gegen meinen Vetter Ricardus hätte ich sicher nicht ernst genommen, aber da ich Ricardus kenne und mir sein Hass gegen dich nicht entgangen ist, hielt ich es für sicherer, dass Guilhelmus sich aufmacht, dich zu warnen. Zu diesem Zweck habe ich ihn mit einer angemessenen Summe für die Reise ausgestattet und hoffe, er findet dich gesund an Leib und Seele vor.

»Ah!«, rief ich. »Hatte nicht Barbara eure Reise bezahlt?«
Guilhem war sichtlich verlegen. »Das stimmt, und ich habe alles Severin gegeben, wie ich es dir erzählt habe. Als *Coms* Bertran mir noch mehr aufgedrängt hat, dachte ich, für die Reise brauchten wir es sicher nicht.«
»Aufgedrängt?«, fragte ich spöttisch. »Wahrscheinlich hast du inzwischen alles ausgegeben.«
»Wir lagen wochenlang in Pisa fest. Und sie haben hübsche Weiber dort, das kann ich dir sagen. Du solltest die Stadt mal besuchen.«
Ich schüttelte grinsend den Kopf und bat Jacobus, weiterzulesen.

Und nun zum schwierigen Teil meiner Botschaft. Ich beschränke mich auf Andeutungen, denn wer weiß, wem dieser

Brief in die Hände fallen könnte. Gewisse Dinge geben mir sehr zu denken. Zum einen, was mir dieser Guilhelmus berichtet hat. Zum anderen unbedachte Worte, die Ricardus im Zorn und kurz vor seiner Abreise entschlüpfen ließ. Auch ein weiterer Brief von deinem Oheim, der mich erst nach deiner Abreise erreicht hat und in dem er noch ungeduldiger als zuvor deine Heimkehr anmahnt. Darin macht er Anspielungen, die man nur in einer bestimmten Weise deuten kann, wenn man sie mit Gerüchten und Gemunkel in Verbindung bringt, die mir schon früher zu Ohren gekommen waren. All dies bestätigt also einen leisen Verdacht, den ich seit einiger Zeit genährt habe, aber dir gegenüber nicht hatte aussprechen wollen, da du selbst nichts zu wissen schienst und die Sache mir damals noch zu abwegig vorgekommen war.

Odo hat dich inzwischen gewiss in allem aufgeklärt, das heißt, wenn meine Vermutung richtig ist. Wenn du also derjenige bist, für den ich dich halte, dann sollst du wissen, dass ich mit vielen Handlungen meines Vaters weder etwas zu tun hatte noch damit einverstanden gewesen wäre, hätte ich seine Absichten auch nur geahnt. Im Gegenteil, trotz der kurzen Zeit, die uns vergönnt war, habe ich dich und den Beginn unserer Freundschaft sehr geschätzt. Schon als Kind hätte ich mir einen companh *wie dich gewünscht. Wir hätten hier in Outremer noch viel gemeinsam unternehmen und bis nach Bagdad reiten können. Erinnerst du dich an unser Gespräch an jenem Abend? Vielleicht hätten wir sogar einen* haeraem *erbeutet. Was für ein Spaß wäre das gewesen! Ich sage nicht mehr.*

Nun, Gott hat es anders verfügt.

Ich frage mich, was du nun tun wirst. Es liegt ein langer und schwieriger Weg vor dir, und du wirst Unterstützung brauchen. Odo ist ein schlauer Fuchs. Er wird dir raten. Vor allen Dingen solltest du nichts übereilt in Angriff nehmen. Die Feinde sind mächtig, Elvira, die Barone, aber vor allen Dingen Felipa. Es ist besser, zunächst Stillschweigen zu bewahren. Für meinen Teil werde ich nichts verlauten lassen.

Ich gewöhne mich langsam an das Leben hier und habe Pläne mit der Grafschaft Tripolis. Tolosa liegt jetzt hinter mir, besonders da ich weiß, dass jemand wie du dieser hochmütigen Felipa und ihrem aufgeblasenen Gemahl die Stirn bieten wird.
Von hier aus kann ich leider nur eingeschränkt wirken, dennoch biete ich dir meine Hand und Hilfe an, jederzeit, wann immer du sie gebrauchen kannst. Lass es mich nur wissen. Denn wenn es eine Gerechtigkeit Gottes gibt, dann sollte uns beide gerade das verbinden, was unsere Väter getrennt hat.
In Liebe und Freundschaft

Bertran
Graf von Tripolis

Der Prior hatte geendet, faltete den Brief zusammen und reichte ihn mir.
»Putan!«, entfuhr es Guilhem, wonach er betreten zu Prior Jacobus hinüberschielte. Nach diesem Fluch saß er stocksteif da und äußerte kein weiteres Wort, sah mich nur mit großen Augen an, als hätte es ihn eingeschüchtert, dass der hochwohlgeborene Bertran, immerhin Graf von Tolosa und Tripolis, mir einen solchen Brief geschrieben hatte.
Ich sah Bertran vor mir, an jenem Abend am Lagerfeuer in den Bergen des Libanon, als er schon angetrunken, aus mir damals unverständlichen Gründen, meine Nähe gesucht hatte.
»Jetzt weiß er es also«, sagte ich nachdenklich.
Er hatte nicht als Graf von Tolosa signiert, obwohl es noch sein Titel war. Ein Zeichen, dass er seine Zukunft nur noch in Outremer sah? Pons, Bertrans Söhnchen, kam mir in den Sinn und seine Schwester, die kleine Anhes. Gott sei es gelobt, ich musste mich an niemandem aus dieser Familie rächen, dachte ich in tiefer Erleichterung. Allein schon beim Gedanken an die gutherzige *Comtessa* Elena hätte ich es nicht vermocht. Und dass ich einen Bruder besaß, wenn auch weit fort von hier, füllte mein Herz mit Wärme und seltsamerweise auch mit Zuversicht.

»Guilhem, du Schlitzohr«, rief ich aufgekratzt. »Stell dir vor! Jetzt habe ich nicht nur drei Söhne, sondern auch noch einen Bruder!« Ich lachte und schlug ihm kräftig auf den Rücken.

»Verdammt, du Riesenviech«, schrie er, seine Scheu vergessend. »Willst du mir die Schulter zertrümmern?«

Jacobus lächelte nachsichtig über unsere Albereien. »Ein Verbündeter wie Bertran kann nicht schaden. Im Gegenteil, dies könnte am Ende die Waagschale zu Eurem Vorteil kippen.«

»Wir werden sehen«, entgegnete ich wieder ernüchtert. Es hatte gutgetan, an Bertran zu denken und für einen Augenblick unsere unglückliche Lage zu vergessen. »Jetzt gibt es nur ein einziges Ziel. Diesem Robert das Handwerk zu legen. Wir müssen uns die nächsten Schritte überlegen.«

Spricht man vom Teufel, dann ist er schon da. Kaum hatte ich den letzten Satz gesagt, als einer unserer Boten über die Heide gesprengt kam, mich erkannte und schnurstracks auf uns zugaloppierte. Atemlos und noch halb im Sattel schrie er: »Der Borcelencs kommt, *Castelan!* Sie sind im Anmarsch!«

Ross und Reiter waren völlig am Ende. Ich rief nach Knechten, um den Gaul zu versorgen und dem erschöpften Burschen Wasser zu bringen. Hamid hatte die Arbeit mit den Mannschaften beendet und sich zu uns gesellt.

»Sprich, Mann! Was weißt du?«, fragte ich den Boten.

Er nannte mir ein Dorf weiter nördlich, wo Roberts Haufen am frühen Nachmittag, etwa vier Stunden zuvor, gesichtet worden war. Der Junge musste wie der Teufel geritten sein.

»Wie viele Krieger?«

»Nur zehn Reiter, aber mindestens siebzig oder achtzig Mann Fußvolk«, kam die atemlose Antwort, nachdem er eine ganze Kalebasse Wasser geleert hatte. Das bestätigte meine schlimmsten Befürchtungen. Zusammen mit Ricards Leuten würden sie über zwanzig Reiter und mehr als hundertunddreißig Fußtruppen verfügen. Eine niederdrückende Übermacht.

»Erfahrene Söldner?«

»Das weiß ich nicht, Herr. Bogenschützen waren wohl auch darunter.«

»Gut gemacht, *mon gartz!*«, lobte ich den Mann und gab ihm ein Goldstück.
»Das wird eng«, brummte Guilhem, als wir unsere Mannschaftsstärke betrachteten. Wenn man unsere Verluste abzog und die Leute, die als Späher, Boten oder Lagerwachen eingesetzt waren, dann blieben uns acht Reiter, zwei Dutzend Speerkämpfer, zehn Bogenschützen und noch zwei Dutzend Leichtbewaffnete, die allerdings nur bedingt nützlich waren. Wie wir damit Robert schlagen sollten, war mir nicht klar. Irgendwie mussten wir verhindern, dass sie sich mit Ricards Männern vereinigten.
Das Dorf, von dem der Bote berichtet hatte, lag für Roberts Haufen zu weit entfernt, um von dort bis Rocafort in einem durchzumarschieren. Also würden sie irgendwo ein Nachtlager aufschlagen. Wenn wir nur wüssten, wo. Gleichwohl, dass wir sofort ausrücken mussten, darüber herrschte kein Zweifel.
Nach kurzer Beratung verbreiteten wir die Losung, dass alle Krieger essen und anschließend zwei Stunden ruhen sollten, bevor wir uns in der Abenddämmerung auf den Weg machen würden. Für einen Nachtmarsch waren wir durch unsere ortskundigen Männer besser gerüstet als Robert, und das würde uns den entscheidenden Vorsprung sichern, so hoffte ich.
Aber aus der Ruhe wurde nichts.
Zuerst musste Rosa beerdigt werden, und dabei wollte niemand fehlen, ich selbst am wenigsten. Bei den Frauen gab es Tränen, während die Männer mit steinernen Gesichtern dastanden. So auch Gustau, auf dessen Zügen sich kein Muskel regte. Obwohl es eine schwere Sünde ist, sich selbst zu richten, verlor Jacobus kein Wort darüber, sondern hielt eine Grabrede, die uns allen Mut machen sollte.
»Seit der Herrgott Adam und Eva aus dem Paradies vertrieben hat«, sprach er, »gehört nicht mehr nur die Freude zum Los des Menschen, sondern auch das Leid, so wie es unsere gute Schwester hier erdulden musste. Manchmal sind die Kräfte des Bösen so übermächtig, dass es scheint, als umgebe uns nur noch Finsternis, und es darum unsäglich schwer ist, nicht zu verzagen und aufzugeben. Aber vergessen wir nicht, dass unser Heiland das Licht

der Welt ist, dass Gott die Sonne jeden Morgen von neuem aufgehen lässt und Er uns mit ihr neue Hoffnung bringt, eine Hoffnung, die in sich selbst schon Freude ist und die uns die Zuversicht und Kraft gibt, mit der Zeit alles Leid zu überwinden.«
Wir beteten mit Jacobus für die Aufnahme Rosas reiner Seele in Gottes Himmelreich. Danach erwies ihr ein jeder die letzte Ehre. Vier Männer senkten langsam den in ein Leinentuch gehüllten Leichnam in die Gruft und begannen, das Grab mit Erde zu füllen. Schweren Herzens gingen wir anderen auseinander.
Ich bestand erneut darauf, dass meine Krieger etwas Schlaf bekamen, doch kaum hatte jeder ein Ruheplätzchen gefunden, als ein lautes Spektakel begann. Ob es der beschwerliche Aufstieg gestern war, Rosas kläglicher Tod oder die Sorge um die Männer, die bald zum Kampf ausrücken würden, jedenfalls wurde die schwangere Bauersfrau plötzlich und unerwartet früh von heftigen Wehen erfasst. Bei ihrem durchdringenden Gejammer und Gestöhne und dem Hin und Her der Weiber konnte niemand ein Auge zubekommen. Jeder wartete auf das erlösende Geschrei des Neugeborenen, und als es endlich ertönte und auch die Mutter die Tortur gesund überstanden hatte, fand sich auf vielen Gesichtern ein erleichtertes Lächeln. Ich dachte an *Paire* Jacobus' tröstende Worte. Was ist es an Neugeborenen, dass sie uns, gleichwohl wie düster die Welt sein mag, immer ein Quentchen Hoffnung bescheren?
Hamid erzählte, dass Menschen im fernen Indien davon überzeugt seien, die Seele lebe so lange weiter, bis sie eines Tages in einem neuen Leib zur Welt komme.
»Glaubst du, da ist etwas dran?«, fragte ich.
»Wer kann das wissen? Und wer kann mit Sicherheit sagen, ob es wirklich ein Paradies gibt, eh?«, warf er die Frage spöttisch zurück. »Findest du es nicht seltsam, kaum haben wir Rosa beerdigt, da wird ein Kind geboren? Glaubst du etwa, es ist ein Zufall?«
Vor meinem inneren Auge sah ich Rosas Geist in dieses noch blutverschmierte, zappelnde Wesen fahren. Erschrocken starrte ich Hamid an. Aber seine Augen blitzten schelmisch, als wolle er sich über mich lustig machen.

»Verdammt, Hamid«, brummte ich und bekreuzigte mich eiligst. »Paradies und Fegefeuer reichen mir vollauf, hörst du? Verwirr uns nicht mit fremdem Hexenwerk!«
Die Freude über das Neugeborene war nur von kurzer Dauer, denn dann trafen unsere Späher aus dem Tal ein. Und was sie berichteten, ließ uns das Blut in den Adern gefrieren. Ihr Wortführer wagte mir kaum in die Augen zu blicken.
»*Castelan*, die Geiseln sind tot!«
Alles starrte den Mann an, niemand sprach ein Wort.
Eine eisige Faust packte mein Herz. Mein Blick fand Joana, die sich durch die Menge gedrängt hatte. Ihr Ferran lebte also nicht mehr. Als sollte kein Ton ihrer Kehle entweichen, so fest hielt sie die Hand an den Mund gepresst. Aber ihre Augen quollen über vor Tränen. Dann ertrug sie es nicht mehr und lief davon, um mit ihrem Schmerz allein zu sein.
»Und Ramon?«, fragte ich kläglich, das Schlimmste fürchtend.
Der Mann schüttelte den Kopf. »Nein, Herr. Ihn haben wir nicht gesehen. Sie müssen ihn noch auf der Burg festhalten. Die anderen Leichen trieben mit durchschnittener Kehle im Fluss.«
»Que Dieu nos ajut!«, flüsterte ich und spürte, wie mir das Blut aus den Wangen wich.
Die Ermordung der Geiseln war wohl die Vergeltung für unseren Hinterhalt. Ein schrecklicher Gedanke, und fast wurde es mir schlecht vor bitterer Galle. Die Rechnung auf Ricards Kerbholz stieg ins Unermessliche.
»Wurdet ihr gesehen?«, fragte ich, nachdem ich mich gefasst hatte.
»Nein, Herr. Aus Furcht, die *pezos* könnten uns entdecken, wagten wir nicht, die Toten zu bergen.«
»Ihr habt recht gehandelt. Gott wird sich ihrer Seelen annehmen.«
Die Späher hatten beim Wachwechsel von unserem kurzen Kampf am Morgen erfahren und berichteten nun, dass nach der Rückkehr ihrer Reiter das feindliche Lager abgebrochen worden war und sich Ricards Mannschaften allesamt hinter die Mauern der Burg zurückgezogen hatten. Nur ihre Reiter streiften durch

die Felder, vielleicht, um auf den abgelegenen Höfen nach Nahrung zu plündern.

»Geht jetzt ans Feuer und lasst euch zu essen geben. Und morgen haltet weiter Ausschau.«

Voller Wut und Trauer machten wir uns marschbereit.

Ich wollte den Abstieg über die steilsten Stellen möglichst noch bei letztem Tageslicht hinter uns bringen. Später in der Nacht von Ricards Reitern entdeckt zu werden, das fürchtete ich weniger. Mehr beunruhigte es mich, das Lager nur von wenigen Wachen beschützt zurückzulassen. Doch das ließ sich nicht ändern. Ich vertraute darauf, dass Ricard in der Zwischenzeit nichts unternehmen würde, denn nach dem Hinterhalt heute Morgen würden sie sich kaum in die Wälder trauen.

So leicht wie möglich wollten wir marschieren. Vier Reservepferde trugen zusätzliche Waffen, besonders Lanzen, Speere, Pfeile und einige Schilde, um die im Kampf zerhauenen zu ersetzen. Jeder Mann trug seinen Wasserschlauch, Wegzehr und Bettrolle, ansonsten nur das Nötigste. Ich ließ sie antreten und nahm ihre Ausrüstung in Augenschein. Einem gaben wir einen besseren Helm, ein anderer bekam festeres Schuhwerk. Einem dritten hatte sein Weib so viel an Wegzehr eingepackt, dass es drei Mann eine ganze Woche lang ernährt hätte. Ich befahl ihm, den Überschuss auf andere zu verteilen.

Schließlich waren wir bereit, und ich trat zu Berta, um mich zu verabschieden. Wir gingen ein paar Schritte, um unter uns zu sein.

»Ich will versuchen, Robert zu überraschen«, sagte ich.

»Viel Glück!«, antwortete sie erstaunlich kühl und unbeteiligt.

»Viel Glück?«

»Ja, natürlich.«

»Das ist alles, was du zu sagen hast? Viel Glück?«

»Was willst du mehr?«

»Ein wenig mehr Anteilnahme und Gefühl hätte ich mir schon gewünscht«, antwortete ich leicht gereizt.

»Bin ich dir etwa nicht verliebt genug?«, rief sie plötzlich aufgebracht. »Soll ich mich dem Helden tränenüberströmt an die Brust werfen? Ist es das, was du willst?«

Sprachlos starrte ich sie an. Was, zum Teufel, war nur in sie gefahren?

»Und was hätte ich davon? Sag mir das!« Ihre Augen blitzten angriffslustig. »Wenn du verlierst, ist ohnehin nichts mehr von Bedeutung. Dann sterben wir genau wie Rosa und die anderen. Und solltest du wider Erwarten siegen …«, sie suchte einen Augenblick nach Worten, »… solltest du siegen, dann ist wenigstens das Dorf gerettet. Ja, ich wünsche dir Erfolg, Jaufré. Kämpfe gut. Für Rocafort und das Dorf.«

»Nicht für uns?«

Sie wandte sich ab, um mich nicht ansehen zu müssen. »Ich habe nachgedacht«, erwiderte sie tonlos. »Du und ich, wir haben in Wahrheit keine Zukunft.«

»Was redest du da?«, flüsterte ich entgeistert.

»Ich rede von diesem verdammten Erbe!«, stieß sie zornig hervor. »Darum geht es euch allen doch nur. Robert, deinem Onkel Odo, selbst diesem zerlumpten Mönch. Und natürlich dir! Gib es zu! Du hast jetzt nur deine glorreiche Zukunft im Kopf. Was macht es schon, wenn dafür Menschen sterben müssen.«

»Du verkennst mich.«

Sie blickte mich zornig über ihre Schulter an. »Hast du nicht stundenlang mit dem Prior getuschelt und den Brief von deinem Grafenbruder aus Tripolis gelesen? Ich weiß, du hast einen Brief erhalten. Dein Freund Severin hat es gesagt. Ihr habt Pläne ausgeheckt, wie du die Grafschaft übernehmen kannst. Aber mir erzählst du nichts. Ich bin Luft. Als ob es mich nichts anginge!«

»Es tut mir leid«, stammelte ich. »Natürlich hätte ich dir davon erzählt. Wir hatten noch keine Gelegenheit.«

Sie wandte sich wieder ab, tat so, als höre sie mich nicht. »Hast du mich etwa gefragt, ob ich deine Glorie teilen will?«, fragte sie und gab sich gleich selbst die Antwort. »Nein, gefragt hast du nicht. Du tust, was dir beliebt. Und ich sehe schon, es wird so sein wie früher«, sagte sie bitter. »Falls du also siegst, dann wirst du deine großen Ziele verfolgen und dich ins nächste Abenteuer stürzen. Uns alle hier wirst du bald vergessen haben, so wie du es schon früher getan hast. Und die Männer, die vielleicht morgen sterben, sind nichts als Stufen, auf denen du zu Höherem aufsteigst.«

Ich war wie vom Donner gerührt, und wenn etwas aufstieg, dann war es das Blut in meine Wangen. Als sei es nicht genug, wandte Berta sich mit einem Ruck um und starrte mir ins Gesicht. Ihre grünen Augen sprühten und waren doch mit Tränen gefüllt, Tränen des Zorns.

»Und dafür, Jaufré Montalban, oder wie du dich in Zukunft nennen wirst, dafür ist mir meine Liebe zu schade!« Damit drehte sie sich auf dem Absatz um und ließ mich stehen.

Ich rief sie nicht zurück, starrte ihr nur reglos nach, während das Blut in meinen Schläfen hämmerte, denn jetzt war ich ebenso teufelswütend.

Ghalib neben mir tänzelte und scharrte mit den Hufen im Licht des Sonnenuntergangs. Er war ungeduldig und mit Recht. Es war Zeit, sich auf den Weg zu machen. Die Hunde liefen aufgeregt hin und her, und die Männer warteten. Alexis hielt mir den Steigbügel.

Ich zwang mich zur Ruhe.

»Danke, mein Junge. Ich höre, Cortesa ist schwanger.«

Er nickte und schenkte mir ein scheues Lächeln.

»Dann gib gut auf sie acht«, sagte ich und fuhr ihm mit der Hand durch die Locken. Rasch stieg ich in den Sattel, gab das Zeichen zum Aufbruch und ritt voran.

Ob Berta mir nachsah, kann ich nicht sagen, denn ich wäre eher gestorben, als mich umzudrehen.

***

So begannen wir unseren langen Abstieg ins Tal.

Am Anfang mussten wir Reiter die Pferde noch zu Fuß über steile Kehren führen, dann ging es leichter. Allmählich wurde es dunkler, besonders wo die Bäume höher wuchsen. Schließlich konnte man kaum noch etwas sehen, trotzdem marschierten wir weiter, geleitet von unseren Jägern, die jeden Weg und Steg kannten.

Natürlich hatten die Männer unseren Streit bemerkt, und daher wagte niemand, mich anzusprechen. Als sich die dünne Mondsichel über dem Wald erhob, war mein Zorn jedoch verflogen. Stattdessen hatte mich tiefe Mutlosigkeit erfasst. In meiner Vorstellung sah ich die Leichen der Geiseln mit durchschnittenen Kehlen im Fluss treiben. Hoffnungslosigkeit drohte mich zu überwältigen. Es war ein Trugschluss gewesen, wir hätten sie niemals befreien können. Der Feind war zu zahlreich, zu gewissenlos. Nun besaßen sie auch noch Rocafort, von wo wir sie nicht vertreiben konnten. Morgen würden Roberts Verstärkungen eintreffen. Und was hatte ich dem entgegenzusetzen? Nur eine Handvoll schlecht bewaffneter Bauernlümmel und ein paar wohlmeinende Reiter, das war alles. War es nicht besser, einzugestehen, dass ich mich verrechnet hatte? Alle Mühen waren umsonst, unsere kleine Welt in diesem Tal und unsere *familia* würden zugrunde gehen. Warum noch unnötig das Leben dieser treuen Seelen aufs Spiel setzen?

So brütete ich vor mich hin. Und es war gut, dass in der Dunkelheit die Männer nicht die Niedergeschlagenheit auf meinem Gesicht erkennen konnten. Denn bitterer noch als das Eingeständnis meiner Niederlage war das Ende einer Liebe. Gewogen und für zu leicht befunden, denn in Bertas Augen war ich nicht besser als Robert und ihrer Liebe nicht wert. Vielleicht wäre es wirklich das Beste, meine Habseligkeiten auf ein Packtier zu schnüren und, solange noch Zeit dazu war, auf immer von hier zu verschwinden. Was scherte mich Rocafort? Bertran konnte mich in Tripolis gut gebrauchen. Zum Teufel mit dem Grafentitel, zum Teufel auch mit Berta. Auf nach Homs, nach Damaskus und Bagdad! Es gab noch viel zu erobern in dieser Welt.

Später schämte ich mich für solche Gedanken, aber Zorn und Enttäuschung über Bertas Abfuhr brannten wie Säure in meinem Herzen. Während ich auf Ghalibs Rücken durch die Nacht ritt, spielte ich lange mit der Vorstellung, allen den Rücken zu kehren, vor allem Berta. Ich malte es mir aus, wollte die grimmige Befriedigung darüber spüren. Doch gleichzeitig wusste ich, dass ich das niemals tun würde. Nicht ein zweites Mal.

Ich kam zur Besinnung und nahm die vertrauensvollen Gesichter um mich wahr, die mir scheu zulächelten. Im Geiste hörte ich wieder das Neugeborene im Lager schreien. Frauen und Kinder, die um uns bangten und sich in der Nacht in den Zelten aneinanderklammerten, um ihre Angst zu besiegen. Ich, für meinen Teil, konnte natürlich gehen, wohin es mir beliebte, aber die Menschen hier, wohin sollten sie fliehen? Sie hatten nur diesen einen Flecken Erde, an den sie nach Gesetz und Brauch gebunden waren. Ich blickte auf die jungen Bauernburschen an meiner Seite. Sie waren bereit, für mich und ihr Dorf zu kämpfen. Konnte ich anderes tun?

Ich holte tief Luft. Was blieb uns also übrig, als *fortuna* herauszufordern und sich dem Kampf zu stellen?

Als der Weg breit genug geworden war, gesellte sich Hamid an meine Seite. »Hast du endlich genug Trübsal geblasen?«

»Es tut mir leid, aber der üblen Laune gewisser Weiber ist schwer zu entkommen«, gab ich griesgrämig zur Antwort.

»Ach, ihr habt euch mal wieder gestritten«, stellte er mit einem leicht gequälten Seufzer fest. Mir wollte das Herz vor Liebesgram zerspringen, und für ihn war es nur wieder so ein kleiner Ehezwist, ein lästiges Gezänk. Das ärgerte mich. Es ärgerte mich sogar gewaltig. Doch plötzlich erschien mir das Ganze aus einer anderen Sicht. Hier kämpften wir ums Überleben, Gefährten wie Hamid und Guilhem setzen freiwillig Leben und Gesundheit für mich aufs Spiel, und das Schicksal so vieler lag in der Waage, nicht zuletzt das meiner Kinder. Da waren mein Mut und wacher Kopf gefragt, stattdessen schmollte ich über privates Liebesglück. Fast war es zum Lachen. Kein Besserer als Hamid, um alles ins rechte Licht zu rücken.

»Wer das verdammte Zölibat erfunden hat«, knurrte ich, »der wusste zumindest, wie man seinen Seelenfrieden erhält.«

Ich atmete tief durch. Es ging mir besser. In der Dunkelheit sah ich Hamids weiße Zähne, als er zu mir herübergrinste.

»Warum soll es dir bessergehen als uns anderen?«

Ich warf ihm einen neugierigen Blick zu.

»Redest du etwa von Magdalena?«, fragte ich leise.

Er brummte etwas, das ich als Zustimmung auslegte.
»Aber sie ist doch schon vergeben.«
»So ist es«, sagte er missmutig.
Dass ich nicht der Einzige war, tat irgendwie gut. Ich klopfte ihm lachend auf die Schulter. »Zwei alte Haudegen wie wir und beim ersten Liebesgefecht werden wir aufs Kreuz gelegt.«
»Amor no es guerra.« Er zuckte gleichmütig mit den Schultern. »Und es gibt sicher Schlimmeres.«
»Ich sage dir«, spottete ich, »uns Männern macht zu sehr der Schwanz zu schaffen! *Retenir los colhons,* den alten Schwengel aus allem raushalten, das ist das Sicherste.« Darüber mussten wir lachen. Ich spann den Gedanken weiter. »Ja, Zölibat ist vielleicht nicht die schlechteste Lösung. In Jerusalem wurde vor kurzem ein kriegerischer Orden gegründet, die *Arme Ritterschaft vom Tempel Salomons.* Sie wollen die Pilgerstraßen schützen. Vielleicht sollten wir uns anschließen.«
»Meinst du, sie nehmen Moslems?«
»Warum nicht? Ob du zu Allah betest oder zu Christus, was ist der Unterschied? Aber im Ernst, Hamid. Glaubst du nicht manchmal, dass Freundschaft unter Männern mehr wert ist als Liebe zu einem Weib? Auf Freundschaft ist Verlass, und mit ihr lässt sich Großes erreichen.«
»Freundschaft ist gut, aber unvollständig.«
Ich musste zugeben, dass es stimmte. »Womit wir wieder bei den *colhons* wären«, sagte ich und lachte.
»Sag mal«, lenkte er das Gespräch auf unsere nächstliegende Aufgabe, »hast du eigentlich einen Plan?«
»Ob ich einen Plan habe?«, fragte ich entrüstet.
Wenn wir eines vom alten Sant Gille gelernt hatten, Gott verfluche seine Seele, dann war es planen. Seine verbissene Beharrlichkeit gegenüber jedem Hindernis, durch Berge und Wüsten immer einen mühseligen Schritt nach dem anderen zu setzen, sich jeder Herausforderung mit Mut und Witz zu stellen. Und immer hatte er einen Plan gehabt. Erwies der sich als schlecht, dann machte er einen neuen. Niemals aufgeben. Nur so hatten wir den langen Weg nach Jerusalem überstanden und trotz aller Widrigkeiten

gesiegt. *Dum spiro spero*. Die Hoffnung stirbt zuletzt. Das war sein Leitspruch gewesen.
Natürlich hatte ich einen verdammten Plan! Auch wenn der Herrgott mir diesen erst vor wenigen Augenblicken eingegeben hatte. Aber das musste nicht jeder wissen, oder?
»Unten im Tal ist eine alte Römerbrücke«, erwiderte ich grimmig. »Es ist eine enge Stelle. Aber da müssen sie durch, und da werden wir ihnen auflauern.«
»Gut«, murmelte Hamid. »Ich wusste, auf dich ist Verlass!«

***

Wir lagen auf dem flachen Hang oberhalb der alten Brücke.
»Sie kommen«, raunte Hamid und deutete auf die Anhöhe, wo Lanzen und Helme gepanzerter Reiter auftauchten. Von dort führte die Straße bergab in eine schmale Talmulde, die uns gegenüber durch einen steilen und felsigen Hang begrenzt war. Auf der Sohle dieser Mulde überquerte die Brücke eine enge Schlucht, die ein Bach durch den Hang gegraben hatte. Auf der anderen Seite der Schlucht, also am linken Ufer des Baches, verlief die Straße weiter und verschwand nach einer langen Kurve zwischen den Hügeln.
Roberts Marschordnung war uns durch berittene Späher gemeldet worden. Er selbst, mit seinen Dutzend Rittern, stellte ziemlich unbekümmert die Vorhut, als erwarte er nicht die geringste Gefahr. Warum auch? Dachte er doch, wir säßen noch immer eingeschlossen in der Burg.
In kurzem Abstand ein Maultiertross von vielleicht zwanzig Tieren, dann folgte eine unordentliche und langgezogene Marschkolonne Fußvolk, wir zählten etwa fünfzig von ihnen. Darunter auch einige wenige Bogenschützen. Sie trugen Bauernkleider und schienen nur dürftig bewaffnet zu sein. Das gab mir Hoffnung, denn gegen Bauernvolk konnten wir uns eher behaupten. Zuletzt aber kamen drei Dutzend *pezos*, gut bewaffnet und in Lederpanzern. Sie schienen die trödelnden *vilans* vor sich herzutreiben und würden, neben den Reitern, die weitaus größere Herausfor-

derung darstellen. Dass Robert so viele Bauern von seinen Ländereien geholt hatte und dies mitten in der Erntezeit, wenn sie am meisten gebraucht wurden, deutete an, dass er keine weiteren Söldner hatte finden oder bezahlen können. Oder er unterschätzte uns immer noch und war sich sicher, die Sache schnell zu Ende zu bringen.

In der Nacht waren wir ohne Unterbrechung bis hierher marschiert, hatten Kundschafter ausgeschickt, uns ein Versteck auf einem Hügel gesucht und sogar einige Stunden versucht zu schlafen, obwohl die meisten viel zu aufgeregt gewesen waren, um ein Auge zu schließen. Seit den frühen Morgenstunden lagen wir nun hier auf unserem Posten und warteten. Die Sonne näherte sich inzwischen ihrem Höchststand. Hoch über uns schwebte gemächlich ein Bussard. Ein Jäger, der seine Beute ausspäht, so wie wir.

Unser Schlachtplan war gewagt, aber denkbar einfach. Die Brücke spielte dabei die Hauptrolle, denn die kleine Schlucht, in deren Tiefe der Bach floss, ließ sich nur zu Fuß und durch mühsames Klettern überwinden. Ich hatte vor, Roberts Haufen in zwei Teile zu schneiden, um jede Hälfte einzeln zu besiegen. Gustau und seine Männer lagen auf unserer Hangseite und entlang der Talmulde versteckt. Unsere Reiter standen etwas abseits im Schutz des Waldes verborgen.

Wir knieten nieder und murmelten ein kurzes Gebet.

Dann gab ich Hamid das Zeichen, zu seinen Reitern zu schlüpfen. Das waren Guilhem, Severin, Brun, Jaume, Vilapros und von der alten Wachmannschaft Lois Bertran, Esteve und German, mit Hamid also neun. Alexis und zwei Knechte würden die Ersatzpferde ins Feld führen, falls wir einen Gaul oder neue Waffen brauchten. Mit Vilapros' Leuten und den Bauern, die sich uns angeschlossen hatten, befehligte Gustau an die dreißig Mann, die mit Bögen, Schleudern und Wurfspeeren bewaffnet waren.

Ich beobachtete Roberts Reiter, die inzwischen fast die Sohle der Talmulde erreicht hatten. Die Hufe ihrer Reittiere wirbelten feinen Staub auf, der wie eine dünne Nebelwolke in der Luft hing. Drogo und ich selbst würden unsere zwei Dutzend schild-

bewehrten Speerkämpfer anführen. Vorläufig lagen wir hinter einem riesigen Felsbrocken versteckt.
Thor und Odin hechelten aufgeregt an meiner Seite. Ich flüsterte ihnen beruhigende Worte zu und strich auch über Ghalibs Fell. Der Hengst drehte mir seinen Kopf zu und blähte die Nüstern auf. Ein Zittern lief über sein schwarzes Fell, als schien er zu spüren, dass es bald ernst werden würde. Als Schutz hatte ich ihm einen schweren, mit Kettenpanzer bewehrten Lederschurz vor die Brust geschnallt. Ich selbst trug, ebenso wie Hamid, den knielangen Schlachtpanzer.
Drogo neben mir wischte sich den Schweiß von der Stirn und stülpte den Helm über. Er zog den Riemen fest. Dann ließ er leise das Damaszenerschwert, das ich ihm geschenkt hatte, aus der Scheide gleiten und küsste es zwischen Griff und Klinge, als wäre es ein Kreuz.
Schließlich packte er meine Hand.
»Mit Gottes Hilfe, Jaufré!«, flüsterte er.
Ich schlang meinen Arm um seinen muskulösen Nacken und küsste ihn auf die bärtige Wange. »Mit Gottes Hilfe, Bruder!«
Unter dem Schutz eines Busches spähte ich vorsichtig um die Felsecke. Die Reiter hatten die Brücke erreicht. Robert war klar zu erkennen, denn sie waren so sorglos, dass keiner von ihnen einen Helm trug. Die Schilde hingen am Sattelknauf, und ihre Lanzen waren auf einem Maultier des Trosses verstaut.
Die alte Römerbrücke wölbt sich etwas nach oben und ist ziemlich schmal. Mehr als gerade mal ein Ochsenkarren passt nicht rüber, und drei, vier entschlossene Männer, die Seite an Seite stehen, können sie abriegeln. Das war, zusammen mit zehn Mann unserer Speerkämpfer, Drogos Aufgabe. Der Rest, etwa fünfzehn unter meiner Führung, würde auf der anderen Seite ebenfalls den Zugang zur Brücke unterbinden und ihm den Rücken decken.
Die Reiter unten verweilten plötzlich mitten auf der Brücke, denn einer wollte zum Bach hinabsteigen, um seinen Wasserschlauch aufzufüllen. Das war nicht gut, denn wenn der ganze Heerhaufen an der Brücke rasten würde, könnte es unseren Plan gefährden. Aber Robert wies den Mann scharf zurecht. Er mach-

te eine ungeduldige Handbewegung und gab seinem Reittier die Sporen. Der Rest folgte, und kurz darauf hatten alle die Brücke passiert und nahmen ihren Weg auf der anderen Seite der Schlucht wieder auf.

Ich atmete langsam aus.

Inzwischen hatte sich der Maultiertross genähert und überquerte ebenfalls die Schlucht. Immer noch hielten wir still. Es war heiß. Die Sonne brannte auf meinen Kettenpanzer, und der Schweiß rann mir den Nacken hinunter. Mein Lederwams stank so erbärmlich, dass ich fürchtete, sogar der Feind auf der Straße würde mich riechen können. Die *vilans* ließen auf sich warten, bis die Ersten sich schließlich der Brücke näherten. Ich zog mich zurück, und im Schutz des Felsens stieg ich vorsichtig in den Sattel, tätschelte Ghalibs Hals und flüsterte ihm aufmunternde Worte ins Ohr. Dann setzte ich mir den Helm auf und zog den Riemen fest. Zuletzt die eisenbewehrten Handschuhe. Jemand reichte mir eine leichte Reiterlanze.

»Sag mir, wenn eine Handvoll auf der Brücke ist«, raunte ich Drogo zu. »Nicht mehr.« Er wusste, was ich vorhatte. Wir hatten es so abgestimmt.

Dann, nach einer Weile zischte er: »Jetzt, Jaufré! Jetzt!«

Ghalib brauchte kaum Ermutigung. Er spürte, wie ich mich vorbeugte und den leichten Schenkeldruck, und schon warf er den Kopf hoch und preschte hinter dem Felsen hervor. Thor und Odin jaulten auf und folgten im Galopp. Aus Gewohnheit schrie ich Sant Gilles alten Schlachtruf: »Tolosa! Tolosa!« Schild in der Linken und die Lanze in der Rechten, so stürmten wir das kurze Stück den Hang hinunter. Die Zügel hatte ich lose um den Sattelknauf geschlungen, Ghalib würde wissen, was ich wollte.

Die Überraschung hätte nicht größer sein können.

Eine gute Speerkämpfertruppe hätte mich mit Leichtigkeit abgewehrt. Aber die *vilans* auf der Straße erstarrten, als sie mich wie eine Erscheinung aus der Hölle auf sich zurasen sahen, gefolgt von Drogo und den anderen, die ebenfalls wie die Furien brüllten. Jemand schrie, sie sollten sich verdammt noch mal in Reih und Glied aufstellen, aber die meisten waren viel zu erschrocken, um darauf zu achten, ja sie vergaßen fast, ihre Waffen zu heben, von Ordnung oder Schlachtreihe keine Spur. Die Vordersten wichen in heller Panik vor mir zurück und stolperten über andere. Männer gingen zu Boden, und eine weite Lücke tat sich auf.

Und so begann ich, Bauern zu töten.

Ich ritt in sie hinein, stach mit meiner Lanze um mich, wehrte die schwache Gegenwehr mit dem Schild ab. Ghalib drehte sich nach rechts und links, gebrauchte seine Zähne, keilte aus und warf Männer zu Boden, so wie er es gelernt hatte. Gleichzeitig stürzten sich die Hunde auf die Bauern und verbissen sich in Arme und Kehlen. Ich warf einen hastigen Blick hinter mich, denn wir wollten Drogo die Zeit geben, die Brücke einzunehmen, bevor der Feind sich von seinem Schrecken erholte. Befriedigt sah ich, dass seine Männer mit vorgehaltenen Schilden die Bauern von der Brücke drängten. Einer stürzte schreiend in die Tiefe, die anderen wichen zurück, und unsere Truppe nahm Aufstellung, wie vereinbart.

Meine eigenen Speerkämpfer waren gefolgt und setzten den *vilans* diesseits der Brücke nach, die sich vor unserem überraschenden Angriff zurückgezogen hatten. Auch Thor und Odin wüteten immer noch unter ihnen. Ich rief die Unsrigen zurück und hieß sie quer über der Straße in Doppelreihe Aufstellung nehmen, um Gustau freies Schussfeld zu geben. Sofort traf der erste Pfeil- und Steinhagel die Bauern, und viele taumelten schreiend zu Boden. Dann folgten Wurfspeere.

Ich versuchte, mir einen Überblick zu verschaffen. Drogos Männer standen fest in drei Reihen auf der Brücke wie ein Korken in der Flasche. Für den Augenblick hielten sie die Stellung gegen einen Angriff der Reiter, die inzwischen zurückgekommen waren und sich durch das Dutzend der *vilans* drängten, die die Schlucht zuvor schon überquert hatten und nutzlos und mit Schrecken zusahen, wie wir über ihre Kameraden herfielen. Denn auf unserer Seite hatten wir acht oder zehn der Bauern im ersten Ansturm außer Gefecht gesetzt, weitere fielen unter Gustaus Geschossen. Unter dem Schutz leichter Schilde aus Weidengeflecht wichen sie dabei ängstlich Schritt um Schritt zurück.

Aber nun wurde es ernst. Die *pezos* rückten an.
Drei Dutzend von ihnen kamen im Laufschritt und stießen die Bauern aus dem Weg, die hatten fliehen wollen. Mehr als doppelt so viele wie meine Jungs, würden die Söldner unsere kleine Truppe mit Leichtigkeit überrennen. Auch die *vilans* fassten neuen Mut und begannen, den Hang zu ersteigen, um an Gustaus Schützen zu kommen. Aber Pfeile und Steine hagelten erneut auf sie nieder, Männer fielen, und ihr Angriff wankte. Ich betete, dass Hamid bald auftauchen würde. Und Gustaus Beschuss hätte ich mir lieber für die *pezos* gewünscht, die jetzt brüllend und mit vorgehaltenen Schilden auf meine Jungs prallten. Blut spritzte in den Staub der Straße. Unser Blut.
Wir mussten ihnen unbedingt standhalten, damit sie Drogo nicht in den Rücken fallen konnten. Ich spornte Ghalib an und warf mich auf die Flanke der Söldner, stieß meine Lanze in den Nacken eines Kerls, stach erneut zu. Dabei entwand sich die Lanze meiner Faust, und während ich mein Schwert zog, traf mich eine Speerspitze schmerzhaft an der Schulter. Ghalib warf sich gegen den Kerl und trampelte ihn unter seine Hufe. Ich schlug auf einen Helm, traf aber nur den Schildrand. Zumindest lenkte ich einige von ihnen von meinen Speerkämpfern ab, die schon begannen, sich Schritt für Schritt zurückzuziehen. Noch einer fiel. Wer es war, konnte ich im Gedränge nicht erkennen. Eine Axt verfehlte mich knapp. Ein Speer stach auf Ghalib ein, der drehte sich weg, und ich hackte dem Mann meine Klinge ins Gesicht.
Da klang das ersehnte Dröhnen von Hufen hinter mir, und Hamid und die anderen kamen herangeprescht. Ein paar Bauern wurden niedergeritten, dann trafen sie die *pezos* von hinten und durchbohrten gleich vier oder fünf mit ihren Lanzen. Jetzt waren die Söldner eingekeilt, und ich sah Schrecken in ihren Augen, als sie sich nach allen Seiten verteidigen mussten. Unsere Schildwand rückte zusammen, die Männer fassten neuen Mut. Guilhem, Brun, Vilapros und die anderen Reiter ließen ihre Schwerter tanzen und wüteten unter den Söldnern. Immer mehr fielen unter unseren Hieben, und der Boden, auf dem sie standen, färbte sich rot vor Blut.

Im Staubgeflirr, im Lärm der Waffen und Gestöhne der Männer bekam ich kaum noch mit, was um uns herum geschah. Aber immer mehr Bauern liefen weg, und auch die ersten *pezos* versuchten, zwischen unseren Pferden hindurch zu entkommen. Da gewahrte ich Alexis und die Knechte heranreiten. Was, zum Teufel, taten sie in diesem Durcheinander? Ein Blick zu Drogos Leuten zeigte, dass auch sie standgehalten hatten. Robert dagegen saß wie gelähmt auf seinem Pferd und starrte zu seinen *pezos* herüber, die von unseren Reitern in Stücke gehauen wurden. Da riss er abrupt seinen Gaul herum und floh. Auch seine Ritter gaben auf und folgten ihm aufs eiligste.

»Der Sieg ist unser, Männer!«, brüllte ich, und mit einem Hieb fällte ich einen baumlangen Kerl, der im Begriff war, zu fliehen. Und dann waren plötzlich die *vilans* verschwunden, und ich hörte die Hunde, wie sie den Flüchtenden nachsetzten. Von den *pezos* standen nur noch wenige, die sich jetzt ergaben und ihre Waffen auf den Boden warfen.

»Bindet sie!«, knurrte ich. Viele der Söldner lagen tot in ihrem Blut oder wimmerten schwerverwundet. Und dennoch war es einem guten Dutzend gelungen, an unseren Reitern vorbeizukommen und wie die Bauern das Weite zu suchen.

Deshalb sagte ich zu Brun: »Nimm vier Reiter, verfolgt die Flüchtenden und tötet, wer sich weigert, Waffen und Rüstung niederzulegen.«

Ich stieg vom Pferd und reinigte mein Schwert an einem Grasklumpen. Ghalib hatte von dem Speerstich zum Glück nur eine leichte Wunde an der Schulter. Sein Lederpanzer hatte das Schlimmste verhütet. Er tänzelte und war immer noch aufgeregt, bis meine Stimme ihn beruhigte.

»Seid Ihr verletzt, *Senher*?«

Es war Alexis, und sein Gesicht war voller Sorge. Ich sah an mir herunter. Mein Panzer war an vielen Stellen mit Blut besudelt. Mein Blick fiel auf seine rechte Hand, die er an die Hüfte gepresst hielt. Es quoll rot zwischen den Fingern hervor.

»Mir geht es gut, aber was ist mit dir, Junge?«

»Ein Speer hat mich gestreift.«

Hamid kam zu uns herüber. Auch er blutete. Sein linkes Auge und die Wange waren davon zugekleistert.
»Was ist mit deinem Auge?«
»Nichts. Nur eine Platzwunde über der Braue, glaube ich.«
Er riss Alexis' Tunika auf und sah sich dessen Hüfte an.
»Eine flache Fleischwunde. Im Lager kümmere ich mich darum.«
»Was hattest du mitten im Kampfgetümmel zu suchen, Alexis?«, fragte ich ärgerlich.
»Ich dachte, Ihr würdet einen Schild brauchen oder eine Lanze, Herr«, sagte er und schlug die Augen nieder. »Daran hätte es doch nicht mangeln dürfen.«
»Also gut«, knurrte ich und tätschelte ihm rauh auf die Wange. »Aber das nächste Mal trägst du einen Lederpanzer, verstanden? Von denen haben wir heute genug erbeutet.«
Gustaus Leute waren vom Hang heruntergekommen und begannen, den toten und verwundeten Feinden ihre Habseligkeiten abzunehmen. Die toten Bauern hatten kaum Wertvolles bei sich, aber bei den *pezos* fanden sich immer ein paar Münzen des letzten Solds, eine silberne Schnalle, ein schöner Gürtel oder ein gut gearbeiteter Dolch.
»Waffen und Rüstungen gehören mir«, rief ich laut in die Runde. Da fiel mir Gustau auf, wie er die Gefallenen abtastete. Aber es war nicht Gold oder Silber, das er suchte, sondern seine Pfeile, die er vom Boden auflas oder den Toten aus dem Fleisch riss. Auch bei den Verwundeten war er nicht zimperlich. Mich schauderte. Gustau war nur noch von Rache beseelt und ohne Gnade.
Und dann brachten sie Drogos Leiche.
Herrgott, nein! Drogo tot?
Das durfte nicht sein. Ich warf mich an seiner Seite auf die Knie und fasste seine schlaffe Hand. Eine Reiterlanze war durch die Kehle gedrungen und hatte ihm das Lebenslicht ausgelöscht. Ich küsste die schwieligen, leblosen Finger und drückte ihm die Augen zu. Ach, dachte ich voller Schmerz, was hat denn ein Schmied auf einem Schlachtfeld zu suchen? Er hätte niemals kämpfen dürfen. Sein Gesicht war noch von der Anstrengung gezeichnet.

Zum Glück hatte der Stahl ihn auf der Stelle getötet und langes Leiden erspart. Ich nahm sein Schwert an mich und stand schwerfällig auf.

Die Schlacht an der Brücke hatte uns acht Tote gekostet, darunter auch der junge Joan aus dem Dorf, den ich besonders gemocht hatte. Weitere sieben waren verwundet, davon drei schwer, die vielleicht den Tag nicht überleben würden. Wir hatten gesiegt, aber nicht ohne schwere Opfer.

Den überlebenden *pezos* ließen wir nur ein Hemd über der nackten Haut und das Versprechen, sie nicht zu töten, wenn sie schworen, niemals mehr Waffen gegen Rocafort zu erheben. Dann ließen wir sie laufen.

Die Hälfte von Roberts Maultieren konnten wir gleich einfangen. Sie trugen Proviant und Waffen, beides hochwillkommen. Die nackten Leichen des Gegners legten wir an den Wegrand. Es waren zu viele und wir zu erschöpft, um sie zu bestatten. Unsere eigenen Toten und Verwundeten luden wir auf die Pferde, und nachdem Brun zurückgekommen war, machten wir uns zu Fuß auf den Weg.

Es wurde ein langer, trauriger Aufstieg. Nun wussten meine Jungs, wie es ist, dachte ich und blickte in ihre schwitzenden, blut- und staubverklebten Gesichter. Manche marschierten wie unter einer Bürde gebeugt, betäubt von den schrecklichen Eindrücken. Andere ernst, aber aufrecht. Das waren die geborenen Kämpfer, und ich merkte sie mir für später.

Als wir uns am frühen Abend dem Lager näherten, sahen wir schon von weitem einen einsamen Reiter von einer Höhe auf uns herabblicken. Als wir uns näherten, erkannte ich Berta auf ihrem Schecken.

»Du lebst also«, sagte sie, und ihre Stimme zitterte.

Dann fiel ihr Blick auf Drogos Leiche, die über Ghalibs Rücken hing. Als sie erkannte, wer es war, wurde sie bleich.

»Mon Dieu!« Mehr bekam sie nicht heraus.

Wir zogen weiter. Kaum jemand sagte ein Wort, und doch schritten viele mit einer neuen Entschlossenheit einher. Sie schuldeten es den Toten, die Sache glücklich zu Ende zu bringen. Im Lager empfing man uns in betretenem Schweigen. Nur hier und da wehklagte eine Mutter um ihren Sohn oder ein Weib um ihren Mann oder Bruder. Ich umarmte Gisla, Drogos Weib, und Jaufré, seinen Sohn. Ihm gab ich das Damaszenerschwert.

»Dein Vater war ein tapferer Mann, Jaufré«, sagte ich zu dem Jungen. »Sein Mut hat uns heute die Schlacht gewinnen lassen.«

Alexis half mir, die Rüstung abzulegen. Ich betastete die Wunde an meiner Schulter, aber es war nichts. Die Speerspitze war nur einen halben Daumen tief durch den Panzer gedrungen. Hamid wusch sich die Hände und machte sich mit Joana daran, die Verwundeten zu versorgen. Zuletzt auch Alexis und mich.

Da trat Berlan *lo Gort* auf uns zu, denn er war zurückgekehrt.

»Hast du Kunde von Odo?«, fragte ich ihn ungeduldig.

»Ja, *Castelan*«, sagte er ernst. »Euer Oheim ist verstorben.«

»Was sagst du?«

Auch das noch. Der zähe alte Fuchs, nun war er nicht mehr. Der Kopf fiel mir auf die Brust. Tränen liefen mir über die Wangen, und dies nicht nur für Odo. Ich griff nach einem Weinschlauch. Wo war Guilhem, verdammt? Denn heute war eine gute Nacht zum Saufen.

Das Turnier

Sanctus Petrus,
Patron des Wetters und der Schiffbrüchigen,
der Reuigen und Büßenden; beschützt vor Besessenheit,
Tollwut, Fieber, Schlangenbiss und Diebstahl

Quarta Feria,
29. Tag des Monats Juni

Also, was wollt Ihr, Montalban?«, fragte Robert hochnäsig, als täte er mir nur widerwillig den Gefallen, sich hier mit mir auf freiem Feld zu treffen.

Ich lächelte gelassen und gab mir Zeit mit der Antwort.

Hochmütig mochte er sich geben, aber die Blässe seiner Wangen, die dunklen Schatten unter den Augen und die unruhigen Bewegungen sprachen eine andere Sprache. Es ist der Tod, dachte ich, der Tod, der sich ihm so unerwartet in den Weg gestellt hat. Rocafort zu nehmen, hatte ein Leichtes sein sollen, denn was war an Gegenwehr schon von sechs faulen Wachleuten und zwei müden *veterani* aus Outremer zu erwarten gewesen. Ein Spaziergang, eine kleine Übung für seine *pezos*. Aber nun war die Fehde hässlich geworden, eine Menge Blut war geflossen, Männer hatten den Tod gefunden, hauptsächlich seine Männer.

Äußerlich war er immer noch der mächtige *senher*, der gewandte Höfling und Edelmann, wie immer glattrasiert, das Zaumzeug seines Reittiers und der kostbare Kettenpanzer tadellos poliert und frisch geölt. Seine Rüstung stank nicht, denn er hatte nie darin gekämpft. Warum auch? Ein Borcelencs ließ andere für sich kämpfen. Doch nun umwehte der unerträgliche Gestank des Krieges ihn selbst.

Ich sah seinen unsteten Blick über meine eigene Erscheinung gleiten, wie ich drei Schritte vor ihm auf meinem schwarzen Araberhengst saß. Gegensätzlicher konnte mein Anblick kaum sein. Mein alter Kampfpanzer mit seinen ausgefransten Lederborten war angerostet, verdreckt und blutverkrustet, der Schild zerbeult, voller Kratzer und ausgebesserter Axtspuren.

Ich war sicher, er hatte auch nicht die frischen, silberhellen Scharten auf meinem Schild übersehen und das getrocknete Blut, das ich mit Absicht nicht entfernt hatte, die Spuren unserer siegreichen Schlacht an der Brücke. Auch Hamid neben mir saß wie ein *centaurus* im Sattel, hart wie ein Fels, ein Kerl, dem man lieber aus dem Weg ging. Nein, mit gesitteten Höflingen hatte Robert es hier nicht zu tun. Sollte er sich ruhig an unserem Anblick weiden.

Ich ließ mir deshalb noch ein wenig Zeit und warf einen Blick auf Ricard, der neben Robert auf seinem hübschen Fuchs saß und mich unter zusammengekniffenen Lidern anstarrte. Auch ihm war das Lachen vergangen.

»Nun redet schon!«, rief Robert ungeduldig. »Was wollt Ihr von mir?«

Früh am Morgen hatte ich einen Boten zur Burg geschickt und die beiden mit einem Tauschgeschäft geködert. »Heute ist Sankt Petrus«, sagte ich. »Schützt er nicht gegen Diebe? Ein guter Tag, um mein Eigentum zurückzufordern.«

»Ich bin nicht gekommen, um mich beleidigen zu lassen. Sagt gleich, was Ihr wollt, sonst ziehen wir uns zurück.«

Roberts Unruhe übertrug sich auf sein Pferd, das begann, den Kopf hochzuwerfen und an der Trense zu zerren. Die Versuche, den Gaul wieder in seine Gewalt zu bringen, machten das Tier nur noch reizbarer, und es dauerte eine Weile, bis wir weiterreden konnten.

»Ich will Euch einen Vorschlag machen«, sagte ich in versöhnlichem Ton. »Ein Vorschlag, der mir für beide Seiten annehmbar erscheint. Aber erst müsst Ihr zwei Bedingungen erfüllen. Dann reden wir. Nicht vorher!«

»Was für Bedingungen?«

»Ich will meinen Sohn sehen, wie vereinbart.«

Das war die Voraussetzung für dieses Treffen gewesen, wie ich meinem Boten eingeschärft hatte. Ich wollte sichergehen, dass Ramon noch lebte.

Robert lächelte dünnlippig. »Natürlich«, sagte er und gab ein Handzeichen, woraufhin sich zwei Reiter aus der Gruppe der feindlichen *soudadiers* lösten und langsam auf uns zukamen. Ich erkannte Lambesc und den einäugigen Graubart. Mit sich führten sie ein drittes Pferd, auf dem mein armer Ramon saß. Er sah unversehrt aus, wie ich erleichtert bemerkte, aber Lambesc hielt ihm eine nackte Schwertklinge an die Kehle.

»Ich rate dir keine falsche Bewegung, Montalban!« Es war Ricard, der mich mit kaltem Hass musterte. Was war mit diesem Kerl? Was hatte ihn so ätzend bitter gemacht?

»Und die zweite Bedingung?«, fragte Robert ungeduldig.

»Die zweite ist«, sagte ich und deutete auf Peyregoux, »dass Ihr mir diese Kakerlake aus den Augen schafft.«

»Fil de puta!«, zischte Ricard und zog seine Waffe.

Aber Robert wies ihn scharf zurecht. Wieder nutzte sein Pferd die Gelegenheit, unruhig zu tänzeln und zu bocken. Robert schlug dem Tier mit dem gepanzerten Handschuh um die Ohren. Ihm standen Schweißperlen auf der Stirn, und er war sichtlich wütend, sowohl auf seinen Gaul als auch auf Ricard. Gab es einen Riss in ihrem Bündnis?

»Ich habe keine Geheimnisse vor Peyregoux«, sagte Robert verdrießlich.

»Dann haben wir keinen Handel miteinander!«, knurrte ich und wendete meinen Hengst. Hamid folgte mir. Schon nach wenigen Schritten rief Robert uns zurück. Wir blieben stehen und sahen uns um. Ricard rammte wütend sein Schwert in die Scheide und bedachte mich mit einem mörderischen Blick. Dann machte er kehrt und trollte sich.

Langsam lenkten wir die Pferde wieder näher.

»Zufrieden?«, grollte Robert. Sein Brauner schien sich beruhigt zu haben. Vielleicht mochte er Ricard ebenso wenig wie ich.

»Bringt den Jungen näher«, sagte ich.

Auf Roberts Handbewegung hin näherten sich Lambesc und Graubart mit meinem Sohn in der Mitte. Ramon kauerte eingeschüchtert im Sattel und wagte niemanden anzusehen. Nur sein Kopf wackelte unsicher, und seine Schultern zuckten gelegentlich ein wenig. Er hatte Angst vor dem Schwert, das ihn bedrohte. Er war dreckig, die Haare hingen ihm wirr in die Stirn, aber er war unverletzt. Einmal nur hob er kurz den Blick und sah mir ängstlich in die Augen, aber ob er mich erkannte, hätte ich nicht sagen können.

»Ihr habt ihn nicht misshandelt«, sagte ich gleichmütig, denn ich wollte nicht zeigen, wie sehr der Junge mir am Herzen lag. »Gut für Euch. Das macht es leichter zu verhandeln.«

Entspannt winkte ich Roberts Leuten zu, sie mochten sich zurückziehen. Auch Hamid bat ich, uns allein zu lassen.

»Hör zu, Borcelencs.« Ich war es leid, den Höflichen mit diesem Schurken zu spielen. »Deine Zeit ist abgelaufen. Ich will meine Burg zurück! Und alles, was mir gehört, auch meinen Sohn! Ich will Bezahlung für die Verluste an Mensch und Tier und einen angemessenen Ausgleich für meine verlorene Ernte!«

Völlig verdutzt starrte er mich an. Dann kräuselten sich seine Lippen zu einem verächtlichen Grinsen. »Bist du verrückt geworden, Montalban?«, lachte er höhnisch. »Warum, zum Teufel, sollte ich dem zustimmen?«

»Weil ich dir gebe, was du willst!«, zischte ich. »Ich gebe dir das verfluchte Testament, an dem dir so gelegen ist.«

***

Das verfluchte Testament.

Ja, ich hatte mich entschlossen, es ihm anzubieten. Aber nicht ohne Kampf. Und Kampf zu meinen Bedingungen.

Am Abend nach der Schlacht an der Brücke hatten wir in der Tat bis zum Umfallen gesoffen. Nicht nur Guilhem und ich, auch Brun, Vilapros und Severin. Ebenso Matiu, der Jäger, und Lois Bertran, mein wackerer *soudadier*. Hamid dagegen hatte es vorgezogen, sich früh schlafen zu legen, Gustau war für niemanden ansprechbar, und Jaume hatte wohl angenehmere Gesellschaft gefunden. Von Berta hagelte es missbilligende Blicke, aber das

war mir gleichgültig, waren wir doch geschiedene Leute. Und nichts deutete darauf hin, dass es anders war.
Anlass des Gelages war, meinen alten Freund Drogo gebührend zu verabschieden, so wie es unter Kriegern üblich ist. Ich unterhielt die anderen mit Erlebnissen aus unserer gemeinsamen Jugend, wir gedachten seines tapferen Einsatzes an der Brücke, sprachen viel und rührselig von allen Freunden, die gefallen waren. Auf jeden einzelnen tranken wir, und die Becher leerten sich wie von selbst.
Wir tranken, um die Schrecken der Feldschlacht zu vergessen, zumindest jene, für die es das erste Mal gewesen war. Und ich? Abschied von meinem Jugendfreund zum einen, aber auch von Odo, dem alten Bastard, an den ich nicht ohne Rührung dachte. Aber besonders betrank ich mich aus verschmähter Liebe, auch wenn ich dies nicht hätte zugeben wollen.
Am Ende waren wir zu müde, um die Augen offen zu halten. Was Guilhem noch lallend hervorbrachte, war: »Jaufré, *mon velh*, bring diesen Borcelencs zur Strecke, bevor uns der verdammte Wein ausgeht.« Dann war er rücklings ins Gras gefallen und hatte angefangen, laut zu schnarchen.
Eben das war die Frage, die mich beschäftigte. Wie konnten wir Borcelencs besiegen? Darüber vergaß ich auch Odos Brief, den Berlan mir gegeben hatte. Er musste ihn kurz vor seinem Tod diktiert haben. Ich hatte ihn irgendwohin gesteckt und dann vergessen, denn andere Dinge waren wichtiger gewesen.
Am nächsten Morgen brummte mir der Schädel, und ich achtete kaum auf das, was während der Bestattung unserer Toten vor sich ging. Ich hörte nicht auf Grabreden, küsste und umarmte wie taub die Familienmitglieder der Verstorbenen und tat, was zu tun war, ohne wirklich beteiligt zu sein, denn währenddessen zermarterte ich mir das Hirn über Guilhems Frage.
Unser glänzender Sieg hatte verhindert, dass Robert seine früheren Verluste wettmachen konnte. Und dennoch reichte es bei weitem nicht. Er hielt Rocafort, das wir nicht stürmen konnten. Umgekehrt würde er uns nicht in den Wäldern packen können, ohne den Rest seiner Männer aufs Spiel zu setzen. Alles, was wir

erreicht hatten, war also eine Art Gleichgewicht. Doch dafür hatten wir teuer bezahlt an Toten und Verwundeten.
Zwei weitere Kameraden waren in der Nacht gestorben. Am frühen Vormittag machte ich die Runde der überlebenden Verwundeten. Ich legte meine Hand auf pochende Schläfen und versuchte, ihnen Ermutigung zuzusprechen. Schwert und Speer hinterlassen schreckliche Verletzungen. Die Weiber aus dem Dorf, die so etwas noch nie gesehen hatten, wankten grau im Gesicht und tränenüberströmt zwischen den Verwundeten umher, um Verbände zu wechseln, die Schwachen zu füttern und die Fiebernden mit frischem Bergwasser zu kühlen. Zu meiner Bestürzung hatte sich auch Felipes Zustand wieder verschlechtert. Seine Speerwunde hatte sich entzündet, war trotz Joanas Mühen an den Rändern grün geworden und stank entsetzlich. Der Mann befand sich im *delirium*, erkannte sein Weib nicht mehr und würde die Nacht nicht überleben.
Plötzlich stand ich Berta gegenüber, die mit blutverschmierten Händen einem Mann den Verband erneuerte. Als ihre grünen Augen mich vorwurfsvoll anstarrten, floh ich aus ihrer Gegenwart.
Einen weiteren Sieg dieser Art konnten wir uns nicht mehr leisten. Ich war nicht bereit, noch weitere junge Burschen in offener Feldschlacht zu opfern. Es musste einen anderen Weg geben. Eine List, ein Hinterhalt. Schrullige Einfälle gingen mir durch den Kopf. Man müsste jemanden bestechen, uns in der Nacht in die Burg einzulassen, so wie damals in Antiochia. Oder ich könnte Robert zum Zweikampf herausfordern, der Sieger bekommt alles, Burg und Testament. Aber warum sollte er zustimmen? Alles Unsinn. Nichts davon ließ sich umsetzen.
Da stand Berta plötzlich vor mir und schreckte mich aus meinen Grübeleien. »Was hast du eigentlich mit dem Jungen vor?«, fragte sie ohne Umschweife.
»Was?« Ich setzte mich rasch auf, noch tief in Gedanken.
»Roberts Knappe.« Sie sah blass und übermüdet aus. »Seit zwei Tagen kümmert sich niemand um ihn. Willst du, dass er umkommt?«

Ich sprang auf. »Warum sollte er umkommen?«
Jordan de Laforcada, so hieß er doch. *Mon Dieu*, den hatte ich völlig vergessen. Ich folgte Berta, die mich zu ihm führte.
Abseits vom Lager, unter einem armseligen Laubdach, das kaum Sonne und noch weniger Regen abhalten konnte, lag er ausgestreckt auf dem Rücken, mit Hand- und Fußgelenken an Pflöcke gefesselt, die man in den Boden gerammt hatte, so dass er sich nicht rühren konnte. Der Junge sah zum Fürchten aus. Vom Haaransatz bis über die linke Wange verlief ein riesiger Bluterguss, der in allen Farben schillerte. Die Haut war von der Sonne verbrannt und geschwollen. Fliegen tranken an den Augenwinkeln, Ameisen liefen über sein Gesicht, das an vielen Stellen Insektenstiche aufwies. Aber das Schlimmste waren die Hände und nackten Füße. Sie waren dunkelviolett angelaufen und unförmig aufgeschwollen.
Herrgott! Wer hatte ihn so gefesselt? Dass unsere Leute wenig Mitleid mit Roberts Kriegern hatten, war nur verständlich, aber dies ging zu weit. Er war doch nur ein Bengel, wenig älter als Raol. Rasch begann ich, die Fesseln zu lösen. Das Haar hing ihm strähnig und wirr über die Stirn, und seine Augen starrten darunter hervor, als sei er nicht mehr ganz bei Verstand. Meine Berührungen schmerzten ihn. Er presste die geschwollenen Lider zusammen und biss sich stöhnend auf die Lippen. Ich nahm mein Messer. So ging es schneller.
»Warum hast du nicht um Hilfe gerufen, du verrückter Dummkopf?«, knurrte ich aufgebracht. »Denkst du, ich will dich foltern? Oder ist das deine Vorstellung von Tapferkeit, *fol pec?*«
Ich stemmte seinen Oberkörper hoch und half ihm aufzusitzen.
»Hol Wasser!«, rief ich Berta zu.
Er hatte sich in seiner Not beschmutzt und stank erbärmlich. Jetzt, da langsam das Blut in die abgeschnürten Glieder zurückströmte, begannen die Schmerzen, und er biss die Zähne zusammen, bis er es nicht mehr aushalten konnte. Er schrie, während ich ihn in den Armen wiegte. Nach einer Weile ging es besser, und er wimmerte nur noch.
Den ganzen Nachmittag kümmerten sich Hamid, Joana und Ber-

ta um ihn. Vorsichtig massierten sie seine geschwollenen Glieder, wuschen und kleideten ihn, gaben ihm zu essen und zu trinken und behandelten seine verbrannte Haut mit Olivenöl und Wundsalben.

»Er hat Glück gehabt.« Hamid schüttelte verdrossen den Kopf. »Noch einen Tag länger, und Hände und Füße wären abgestorben.«

Fürs Erste schien sich Jordan jedoch rasch zu erholen. Nachdem Joana sein blondes Haar gewaschen und gekämmt hatte, sah er wieder menschlich aus. Sein Körper war schlank, aber durch Waffengebrauch gestählt. Der Mangel an Bartwuchs, die langen Wimpern über den strahlend blauen Augen und die vollen Lippen verliehen ihm etwas Verletzliches, fast Mädchenhaftes. Berta betrachtete ihn lange aufmerksam, dann konnte sie sich plötzlich ein Lachen nicht verkneifen.

»Wie lange bist du schon in Roberts Diensten?«

»Fast zwei Jahre, *Domina*«, antwortete er schüchtern.

»Ist er gut zu dir?«

»Ja, Herrin. Er ist gut zu mir.«

»Und liebst du ihn sehr, deinen Herrn?«

Da wurde er rot und senkte verlegen den Blick. Dann nickte er kaum merklich, während eine Träne seine Wange netzte. Berta erhob sich befriedigt und forderte Hamid und mich mit einer Handbewegung auf, mit ihr ein Stück zur Seite zu treten.

»Was ist?«, fragte ich.

»Ich hatte bei Borcelencs nie das Gefühl, dass er mich als Frau begehrte. Habe ich dir das nicht gesagt?« Ich nickte, verstand aber immer noch nicht. Hamid lächelte. Er schien zu ahnen, was sie andeuten wollte.

»Verstehst du nicht?« Sie wies mit einer Kopfbewegung auf den jungen Jordan. »Robert Borcelencs liebt Knaben.«

»Was sagst du? Er ist ein Sodomit?«

Berta grinste spöttisch. »Da bin ich sicher«, war ihre Antwort. »Damit wirst du doch wohl etwas anfangen können, oder? Denn Robert wird sich gewiss nach seinem blonden Engel verzehren.«

Ja, Roberts Engel. *L'anjol de* Robert. So hatten laut Guilhem die

Wachen den Jungen genannt. Hol mich doch gleich der Teufel, dachte ich. Damit ließ sich in der Tat etwas anfangen.

Freundesliebe in der Art von Kameradschaft und Waffenbruderschaft ist natürlich ein hohes Gut für den, der sich ihrer erfreuen darf. *Sodomia* dagegen, der Beischlaf unter Männern, ist als Todsünde geächtet. Kein Edelmann, der nach Ruhm und Ämtern strebt, darf sich dem Vorwurf dieses *vitium contra naturam* aussetzen, dieser Missachtung der von Gott gewollten Ordnung zwischen Mann und Weib. Kein Ritter, der auf sich hält, würde ihm mehr folgen wollen.

Aufmerksam betrachtete ich den Jungen. War er wirklich Roberts Spielzeug? Wie viel mochte er ihm bedeuten? Und wie konnten wir diese Erkenntnis zu unserem Vorteil nutzen?

Ich ließ Hamid und Berta stehen und wanderte zu Vilapros' Zeltbehausung hinüber. Er kannte Robert von früher. Vielleicht wusste er mehr. Als ich mich seinem Zelt näherte, konnte ich nicht umhin, Zeuge eines heftigen Wortwechsels zwischen Vilapros und Magdalena zu werden.

»Was verlangst du noch mehr von mir?«, hörte ich ihn verärgert sagen. »Ehrbar wolltest du werden, also habe ich die Räuberei aufgegeben. Und das ist gut so. Du hattest recht. Und meinetwegen können wir sogar heiraten. Jaufré als mein Lehnsherr kann uns trauen, oder wenn du es vorziehst, sie haben einen Priester hier im Lager. Gleich morgen, wenn du willst!«

Magdalenas Antwort konnte ich nicht verstehen, aber sie war nicht schwer zu erraten, denn gleich darauf hörte ich Vilapros sagen: »Warum, zum Teufel, nicht? Jahrelang war ich dir gut genug. Und jetzt nicht mehr?«

Als ich mich lautstark räusperte, verstummten sie. Vilapros steckte unwirsch den Kopf aus dem Zelt, doch als er mich sah, kam er heraus und hob entschuldigend die Schultern.

»Weiber!«, knurrte er. »Wer soll aus ihnen schlau werden?«

»*Diga me*, Esteve«, kam ich zur Sache. »Du kanntest Robert Borcelencs von früher. Gab es da etwas, dass er … wie soll ich es nennen … ein Frauenverächter ist?«

»Frauenverächter? Was meinst du?«

»Nun, dass er sich lieber auf anderen Feldern tummelt, du weißt schon, was ich meine.«
Es dämmerte ihm, auf was ich anspielte, denn ein spöttisches Lächeln erschien auf seinen Lippen. »Nur Gerüchte. Nichts Bestimmtes. Gelegentlich ein Witz unter seinen Kriegsknechten, als sie mich gefangen hielten. Ich hab es nie ernst genommen. Warum fragst du?«
Ich machte eine Kopfbewegung zum Lager hin. »Sein Knappe.«
»Jetzt, da du es sagst«, meinte er nachdenklich. »Denkbar ist es.«
Dann grinste er anzüglich. »Du meinst, in dem blonden *donzel* versteckt sich eine *donzela?*« Er lachte lauthals. Edelknabe oder Edelfräulein, die Frage schien ihn zu belustigen. »Was dem einen sein Schaf, ist dem anderen sein Knappe«, rief er, und dabei liefen ihm vor Lachen die Tränen hinunter. Er konnte sich gar nicht mehr einkriegen.
Und so, mit dem Testament als Köder und dem armen Jordan de Laforcada als Faustpfand, war in Grundzügen mein Plan entstanden. Ich hatte vor, Robert tatsächlich zu einem Gottesurteil zu zwingen. Nicht zu einem Zweikampf, sondern zu einem ehrenhaften *tornei* unter den besten unserer Ritter. Joana hielt mich für völlig verrückt, und Berta sagte gar nichts. Sie saß nur mit steinerner Miene dabei, wenngleich sie den Anstoß dazu gegeben hatte. Ohne Zweifel war die Sache ein Wagnis, äußerst leichtsinnig, wenn man will. Aber ich war es leid, Unschuldige leiden zu sehen. Hamid und ich besaßen genug Kampferfahrung und Schlitzohrigkeit, dass ich überzeugt war, wir könnten die Sache für uns entscheiden.
Es gab nur einen entscheidenden Haken.
Das Testament, nach dem Robert so gierig war, besaß ich in Wahrheit gar nicht und hatte auch keine Ahnung, wo es sich befinden mochte. Irgendwie mussten wir den Besitz vortäuschen. Lange redete ich mit *Paire* Jacobus. Schließlich, schweren Herzens, versprach er seine Hilfe, obwohl es gegen die eigenen und alle Prinzipien der Heiligen Kirche verstieß.

***

Die Behauptung beim Treffen mit Robert, ich wäre in der Lage, ihm das Testament zu überlassen, war also eine dreiste Lüge.
»Du willst es mir geben? Einfach so?«, fragte er misstrauisch. Da er das verfluchte Ding nicht auf Rocafort gefunden hatte, nahm er an, es müsse sich zwangsläufig bei mir befinden.
Ich nickte. »Aber zuerst ein Vorschlag, wie du dich aus deiner unangenehmen Lage befreien kannst.«
»Was für eine unangenehme Lage?«, lachte er verwundert, etwas zu heiter und selbstgefällig.
»Wir haben euch mehrfach geschlagen. Jedes Mal hast du schwere Verluste hinnehmen müssen. Zuletzt haben sich auch noch deine Verstärkungen in Luft aufgelöst, oder irre ich mich?«
»Nur weil ihr uns überraschen konntet.«
»Krieg ist voller Überraschungen!«
Er streckte die Brust raus und hob herausfordernd das Kinn. »Was soll das, Montalban? Ich sitze behaglich auf deiner Burg, während du bei den Tieren im Wald verrottest. Bald werden wir euch da oben ausräuchern. Und sollte ich dich nicht gleich zu fassen kriegen, fressen euch die Bären und Wölfe im Winter, wenn ihr nicht schon vorher verhungert.«
»Lach nur«, sagte ich freundlich. »Aber in Wahrheit wagen sich deine Männer gar nicht in die Wälder, aus Angst vor einem weiteren Hinterhalt.«
Seine Miene hatte sich wieder verfinstert. »Ich habe deinen Sohn, vergiss das nicht!« Er deutete mit dem Kopf in Richtung Ramon.
»Ein nutzloser Krüppel.«
Sein Blick wurde unsicher. »Und Raol natürlich«, fügte er lahm hinzu.
»Ach ja, Raol. Wie geht es ihm?«
Berta hatte mir aufgetragen, Robert unbedingt nach unserem Sohn zu fragen. Sie war besorgt, ebenso wie ich selbst, auch wenn ich das Robert nicht zeigen wollte. Als die Sprache auf Raol kam, schien sich Roberts Laune zu bessern. Er genoss es geradezu, mir von ihm zu berichten. Bevor er nach Rocafort zurückgekehrt sei, habe er Boten aus Tolosa empfangen. Angeblich war mein Sohn der *Comtessa* Elvira und ihrem Hofstaat vorgestellt worden. Er

habe alle entzückt mit seinem guten Aussehen und gefälligem Gebaren. Dieses Gerede diente nur dazu, mir seine Macht über Raol zu zeigen und seinen Einfluss am Hof von Tolosa. Ich hob die Hand und unterbrach seinen Redeschwall.

»Ich weiß, um Raols Sicherheit muss sich niemand sorgen, denn ohne den Erben nützt dir auch das Testament nicht, habe ich recht?« Ich lächelte sanft. »Nur die Zeit läuft dir davon, Robert. Die Zeit.«

Er runzelte die Stirn, und seine Augen verengten sich, als ob er zu erraten versuchte, was ich im Schilde führte. Ich ließ ihn ein wenig schmoren, bevor ich weitersprach.

»Je länger es dauert und je blutiger die Sache wird, je schwieriger wirst du alles erklären können, was sich hier abspielt. Kunde davon wird nach Tolosa dringen. Schon jetzt sind Boten unterwegs zu meinem Oheim.« Ich log, denn von Odos Tod konnte er noch nichts wissen.

»Dummes Geschwätz«, erwiderte er hitzig. »Ich streite alles ab. Nichts ist geschehen, außer, dass du mir mein Eigentum verweigert hast, so dass ich es mir mit Gewalt nehmen musste. Wer schert sich schon darum, dass dabei ein paar Leibeigene ins Gras beißen, eh?«

»Ich sage, die Zeit läuft dir davon. Ich höre, deine Söldner beginnen schon, dir wegzulaufen. *Fortuna* ist dir abhandengekommen, so glauben sie.« Ich konnte an seinem verkniffenen Mund sehen, dass ich einen wunden Punkt getroffen hatte. »Wenn du lange wartest, bist du bald allein auf der Burg, und irgendwann werden dir die Vorräte ausgehen. Du wirst alles verlieren, wenn es dir nicht sehr bald gelingt, mich zu töten. Die Urkunde dazu hast du ja schon.« Ich lachte gehässig.

Das Ganze war ziemlich dick aufgetragen, aber ich sah an seinem Gesicht, dass ich ihn verunsichert hatte, besonders nach den Schlappen, die er hatte einstecken müssen.

»Was willst du also?«, fragte er barsch, um die Anspannung zu verbergen.

»Bringen wir es zu Ende«, sagte ich. »Du und ich. Schnell und ehrenvoll!«

»Was soll das heißen?«
»Ein Gottesurteil. Gewinner bekommt Burg und Testament. Dann ist die Sache bereinigt.«
Er lachte unsicher. »Ein Zweikampf? Lächerlich!«
»Nein. Kein Zweikampf. Eher ein *tornei* nach altem Brauch, aber mit scharfen Waffen. Zwei Parteien im offenen Kampf, gleiche Anzahl Reiter. Ansonsten ist alles erlaubt, bis einer der Anführer tot oder gefangen ist.«
»Warum sollte ich das annehmen? Ich habe immer noch deinen Krüppel von Sohn. Ich glaube kaum, dass er dir so gleichgültig ist, wie du vorgibst. Was sagst du? Dein Sohn gegen das Testament?« Er grinste hinterhältig.
»Nicht so schnell, Robert! Auch ich habe ein Pfand.«
Auf mein Zeichen hin brachten Brun und Jaume den jungen Jordan. Wir hatten ihn in einfache Bauernkleider gesteckt, und er trug, wie vor Tagen Drogos unglücklicher Knecht, einen leeren Mehlsack über den Kopf gezogen, so dass Robert nicht ahnen konnte, um wen es sich handelte.
Ich wollte sein Gesicht genau beobachten, wenn sie dem Jungen den Sack vom Kopf nahmen.
Ich nickte Brun zu. Eine bessere Wirkung hätte ich mir kaum wünschen können. Als Robert seinen Knappen erkannte, riss er die Augen auf, schluckte heftig und wurde blass wie ein Leinentuch. »Nein!«, flüsterte er und kniff die Augen wie im Schmerz zusammen.
»Dein *bel amic*«, sagte ich nicht ohne Grausamkeit. »Ein hübscher Knabe.«
»Das ist nicht wahr«, stammelte Robert wie betäubt.
»Wir wissen, dass du Schändliches mit ihm treibst.«
»Er ist mein Knappe, weiter nichts.«
»Er hat alles gestanden, Robert. Unter Zeugen.«
Er zuckte zusammen. »Stimmt das, Jordan?«, fragte er den Jungen, sichtlich erschüttert, denn seine Stimme konnte man kaum noch hören. Jordan liefen die Tränen hinunter.
»Es tut mir leid, Robert«, flüsterte er.
Borcelencs ließ die Schultern hängen, und für einen Augenblick

sah er aus wie ein geprügelter Hund. Dann bemerkte er Jordans Verletzungen.
»Was ist mit ihm?«, fragte er besorgt.
»Er ist vom Gaul gefallen, und ein Huf hat ihn getroffen. Es wird ihm bald wieder gutgehen«, erwiderte ich.
»Mein Gott, du lebst!«, sagte er zu Jordan. »Ricard hatte behauptet, du seiest tot.«
Nun war es an der Zeit, den Sack zuzubinden.
»Du hältst Ramon, Robert. Und ich habe deinen kleinen Liebling in meiner Gewalt. Du hast also die Wahl. Entweder überhäufe ich dich mit Spott und Hohn und Schimpf und Schande, in Tolosa oder an welchem Hof auch immer. In der Kirche werden sie dir den Zutritt verwehren. Spottlieder werden sie dir nachsingen, ich verspreche es dir. Borcelencs, der Sodomit, wird es heißen, der Knabenverführer und Arschficker.«
Er war tiefrot geworden und leckte sich unsicher die Lippen. Auch Jordan sah aus, als wolle er vor Scham in die Erde versinken.
»Oder …«, fuhr ich fort, »du lieferst mir einen ehrlichen Kampf, um das Testament und um deine Mannesehre wieder herzustellen! Und sollte ich überleben, schwöre ich dir ewiges Stillschweigen, bei Gott und beim Haupte meiner Kinder. Ich werde dein Geheimnis bewahren.«
Lange starrte er mich an.
Dann schien er in sich zusammenzusacken, als habe er seinen Willen verloren. Er stimmte allem zu, sogar meiner Forderung, dass er selbst und höchstpersönlich antreten müsse, dass er sich nur unter Einsatz seines Lebens reinwaschen könne. Siegte er, dann war ich tot und würde ihm nicht weiter schaden können. Starb er, war ohnehin alles gleich.
Im Gegenzug erkaufte er sich nach zäher Verhandlung allerdings das Recht, ein Dutzend Kämpfer zu stellen, also doppelt so viele wie wir. Das war ein äußerst gewagtes Spiel für uns, aber als Hamid nickte, stimmte auch ich zu. Vielleicht war mein Freund der ganzen Sache ebenso überdrüssig geworden wie ich und wollte sie so schnell wie möglich zu Ende bringen.

Wir trennten uns von Robert und ritten ein paar Meilen höher zum Waldrand hinauf, nicht weit von der Stelle, wo Hamids Gestüt einmal stehen sollte. Von hier hatten wir einen guten Blick auf Rocafort und alle Bewegungen feindlicher Truppen, sollte es Robert einfallen, sein Wort zu brechen und uns zu überfallen.

***

Wenn Robert die Zeit davonlief, wie ich so kühn behauptet hatte, warum dann nicht einfach abwarten, bis er aufgab? Warum mein Leben und das meiner Gefährten in diesem verrückten *tornei* aufs Spiel setzen?

In Wahrheit hatte ich natürlich übertrieben. Robert war noch bei weitem nicht am Ende. Mit mehr Gold würde er seine Söldner halten oder vielleicht sogar noch einmal verstärken können. Eine weitere offene Feldschlacht mochte ich nicht wagen. Und Ricards boshaftem Einfallsreichtum war noch manche Quälerei zuzutrauen. Zu viele Ungewissheiten also, als dass ich den Ausgang gern auf die lange Bank geschoben hätte. Ein Glück also, dass der junge Jordan in unsere Hände gefallen war.

Um mein Leben war mir nicht bange. Tod und Gefahr waren zu alte Bekannte, als dass sie mich geschreckt hätten. Dasselbe galt für meine Gefährten, die alle freiwillig mit mir in den Kampf gingen, so wie ich es auch für sie getan hätte. Der Weg zu meinem Erbe konnte jetzt nur noch über Roberts Leiche führen. Und umgekehrt, je länger ich am Leben blieb, je mehr wurde ich zur Gefahr für ihn. Dies war die tödliche Umklammerung, in der wir uns befanden.

Hamid verstand dies, und ich war froh, dass er an meiner Seite war, ebenso wie mein treuer Guilhem, der junge Severin und Jaume, der Lautenspieler. Vilapros hatte eigene Gründe, gegen Robert anzutreten, weshalb ich es ihm nicht abschlagen mochte. Schon am Vorabend hatte ich die Auswahl meiner Mitstreiter getroffen. Brun hatte gebettelt, dabei sein zu dürfen, und ich verzichtete ungern auf ihn. Aber ich zählte auf seinen starken Arm, Berta und die Familie zu beschützen, sollten wir anderen den

Wettkampf nicht überleben. Morgen früh würden wir sechs also gegen Robert, Ricard und zehn weitere ausgesuchte *soudadiers* antreten, in einem Kampf um Leben und Tod.
Wir stellten Wachen auf und errichteten ein einfaches Nachtlager. Den Rest des Nachmittags verbrachten wir damit, Kampftaktiken einzuüben. Anschließend aßen wir schweigend das Mahl, das die Männer am Feuer zubereitet hatten. Auch die Speerkrieger und Bogenschützen, die uns begleiteten, unterhielten sich mit gedämpften Stimmen.
Es war ein stiller Abend, an dem jeder seinen eigenen Gedanken nachhing.
Als die Sonne sich dem Horizont näherte, tauchte zu aller Überraschung Berta auf ihrem Schecken auf. Sie stieg vom Pferd und schien nur mich zu sehen.
»So kann ich dich nicht in den Kampf ziehen lassen«, sagte sie leise, als sie auf mich zutrat. Sie hob die Hand und berührte die Narbe an meiner Wange. »Ich muss mit dir reden.«
Wir wanderten lange am Waldrand entlang, bis wir eine einsame Stelle auf einem flachen, moosbewachsenen Felsen fanden. Hier ließen wir uns in der letzten Abendsonne nieder.
»Joana hat recht«, sagte sie.
»Womit?«
»Dass ich eine dumme Gans bin, die nicht weiß, was gut für sie ist.«
»Du bist keine dumme Gans.«
»Ob ich etwa Angst vor der Liebe hätte, hat sie gefragt. Was könne denn mehr zählen in einer schlechten Welt als die Liebe. Und worauf ich eigentlich noch warten würde? Bis ich eine alte, vertrocknete Jungfer sei?« Ich konnte mir ein Grinsen nicht verkneifen, denn das klang ganz nach Joana. Berta rückte näher. »Findest du mich auch schon alt und vertrocknet, Jaufré?«
Ich nahm ihr Gesicht in meine Hände und küsste sie sanft. Sie schlang ihre Arme um mich und schmiegte sich dicht an mich.
»Bitte verzeih mir«, flüsterte sie in meinen Bart. »Du bist mir alle meine Liebe wert. Schon immer gewesen. Ich hatte nur Angst, du könntest mich verlassen. So wie damals.«

Ich strich eine Haarlocke aus ihrer Stirn. »Nur wenn du mich fortschickst.«
»Nie mehr! Ich verspreche es.«
Wir sanken auf das Moos und hielten uns umschlungen, während das späte Sonnenlicht in ihren Augen leuchtete. Immer wieder küsste sie mich, bis die Lust uns die Kehle zuschnürte und nach Atem ringen ließ. Sie half mir, ihr Mieder aufzuschnüren und die Beinkleider abzustreifen, die sie immer noch trug. Ich öffnete meinen Gürtel und entledigte mich hastig meiner Kleider. Als ich mich ihr zuwandte, lag sie vor mir im Licht des goldenen Abendhimmels, und es war, als hätte ich nie ein schöneres Weib erblickt. Die sanfte Abendbrise fächelte über ihre Brüste und ließ die rosa Knospen aufrecht stehen. Der rotgoldene Flaum ihrer Scham fing die letzten Sonnenstrahlen auf, und sie erzitterte, als meine Hand sanft über ihren weichen Bauch strich. Ich konnte mich an ihr nicht sattsehen, aber Berta zog mich an sich, und ich tauchte ein in diesen feuchtwarmen Schoß und versank in ihrer reifen Weiblichkeit. Bertas nackter Leib war aufregend und wollüstig, entfachte eine ungeahnte Glut in mir und war doch vertraut zugleich, ein schmiegsames Gefäß voll warmer Geborgenheit, in dem meine Seele Frieden fand. In diesen Augenblicken der Erfüllung fühlte ich mich zum ersten Mal wirklich heimgekehrt und endlich dort, wo ich hingehörte.
Wir hatten so viel nachzuholen und weinten über die verlorenen Jahre, wurden nicht müde, den anderen zu berühren und zu liebkosen und uns unsere Liebe zuzuflüstern. Wer kann an Schlaf denken in so einer Nacht? Irgendwann tauchte Alexis auf und rief mit leiser Stimme, bis wir ihm verlegen antworteten. Er hatte Decken gegen die Nachtkühle gebracht, die er in gebührendem Abstand ins Gras legte, um sich rücksichtsvoll wieder zu entfernen.
Wir rollten uns lachend in die nach Pferdeschweiß riechenden Decken und redeten lange mit leisen Stimmen über uns und unsere Kinder. Wir lagen Arm in Arm beieinander, bis uns von neuem nach Liebe hungerte, und wir uns, diesmal sanfter und gemächlicher, im süßen Taumel der Lust treiben ließen. Als Berta

erschöpft neben mir einschlief, betrachtete ich ihr Antlitz im Licht des jungen Mondes. Sie hatte etwas Kindliches im Schlaf, und ihr Anblick rührte mich so heftig, dass es schmerzte.
Noch lange lag ich wach und lauschte ihrem Atem. War dies die Stille, von der Prior Dominicus gesprochen hatte? Vielleicht nicht. Und doch war plötzlich vieles klarer geworden.
Als auch mich der Schlaf übermannte, träumte ich wieder von jenem Dorf am Litani, wo wir Menschen gequält und gemordet hatten. Auch das Gesicht der alten Hexe suchte mich heim, aber ihre Augen schienen nicht mehr zu glühen, und ihr geiferndes Maul blieb diesmal stumm. Das Bild verblasste schnell, als ich Bertas Lippen auf meiner Brust spürte und ihren weichen Leib neben mir.
»Was ist, *amor?*«, flüsterte sie schlaftrunken.
»Schlaf, mein Engel!«, raunte ich und küsste ihre Wange.
Meine Hand strich sanft über ihre Hüften, und zur Antwort schmiegte sie sich wohlig an meine Seite. Dann schliefen wir wieder ein.

***

»Reite nicht in diesen Kampf!«
Bertas Stimme zitterte. »Was nützt mir dein Tod? Was nützt er irgendjemandem? Es muss einen anderen Weg geben.«
Alexis half mir, mich mit dem schweren Kampfpanzer zu wappnen. Anschließend legte ich mir den Schwertgürtel um und prüfte, ob die Waffe sich leicht genug ziehen ließ. Dann wandte ich mich Berta zu und betrachtete lange ihr von Furcht gezeichnetes Gesicht.
»Bleib in Bruns Nähe«, sagte ich ihr. »Sollte mir etwas zustoßen, dann wird er dich und die *familia* beschützen. Da ist Gold in Narbona, bei einem Juden namens Ephraim. Brun kennt ihn, ich habe ihm alles erklärt.«
»Ich könnte es nicht ertragen, Jaufré. Nicht nach dieser Nacht.«
»Ich weiß, *mon cor*«, antwortete ich schweren Herzens und strich ihr über die Wange. »Aber nun ist es eine *res d'onor*, eine Frage

der Ehre. Er oder ich, verstehst du? Weder Robert noch ich könnten jetzt von unserer Abmachung zurücktreten.«

»Ich pfeife auf eure Männerehre«, weinte sie. »Sie bringt nur Unglück.«

Ich umarmte sie. »Wünsch mir Glück und bete für uns alle.« Ich küsste sie zärtlich auf den Mund. »Ich liebe dich, Berta«, flüsterte ich ihr ins Ohr.

Alexis und ein weiterer Knecht bestiegen die Gäule, die uns als Reserve dienen sollten, und nahmen die Zügel eines Maultiers, auf dem wir einen kleinen Vorrat an Lanzen und Schilden mitführen würden. Trotz seiner leichten Verletzung hatte Alexis es sich nicht nehmen lassen, uns zu begleiten und seine Rolle in unserem Plan zu spielen. Aber diesmal trug er ein schenkellanges Kettenhemd über einem festen Lederwams und einen Helm auf dem Kopf. Auch *Paire* Jacobus würde uns auf einem Maultier begleiten. Er musste Robert überzeugen, dass wir das Testament liefern konnten.

Schließlich saßen wir auf. Wir hängten unsere Schilde an die Sättel und packten die langen Lanzen. Mein Ghalib war ausgeruht und guter Dinge, fast ein wenig übermütig, so dass ich ihn freundlich maßregeln musste. Dann strich ich ihm über den Hals und raunte ihm aufmunternde Worte zu. Vor allem auf ihn musste ich mich heute verlassen können, auf unsere eigene Sprache von Lauten und Berührungen, denn in der Hitze des Gefechts bleibt dem Reiter für Zügel keine Hand frei. Unzertrennlich und wie ein einziges Wesen mussten wir sein, wenn wir den Kampf heil überstehen wollten.

Berta ging von einem zum anderen, nahm die Hand eines jeden in die ihren und wünschte ihm Gottes Schutz und Segen. Dann kam sie noch einmal zu mir. Sie biss sich auf die Lippen, um nicht die Beherrschung zu verlieren, aber ihre Augen schwammen in Tränen.

»Reite und komm heil wieder! Für mich und für uns alle.«

»Amor vincit omnia!«, rief ich scherzhaft und lachte unbekümmert, um sie aufzumuntern, aber Berta nahm die Worte ernst. Sogar ein schwaches Lächeln zeigte sich auf ihren Lippen.

»Seltsam. Ähnliches hat Joana gesagt«, erwiderte sie verwundert. »Glaubst du, es gibt sie, die Macht der Liebe?«
Warum wollen Menschen immer an Überirdisches glauben? Aber ich mochte sie nicht tadeln, denn dass Liebe Großes bewegen könne, ist ein weitverbreiteter Glaube.
»Keine Ahnung, mein Herz. Nur eines weiß ich mit Sicherheit. Dich will ich noch tausendmal küssen, bevor du wirklich alt bist. Und dann erst recht noch tausendmal!«
Das brachte etwas Farbe auf ihre Wangen.
»Dann war es gut, dass ich zu dir gekommen bin.«
Für einen flüchtigen Augenblick spürte ich ihre Hand auf meinem Schenkel ruhen, als wolle sie mir die Erinnerung an die gemeinsame Nacht mit auf den Weg geben. Mit einem letzten Blick zurück gab ich Ghalib die Sporen, und wir sprengten aus dem Lager. Der verstohlene Druck ihrer Finger blieb noch lange auf meiner Haut zu spüren, und ich empfand ihn wie einen Glücksbringer.

***

Ein *tornei* ist die Nachahmung eines kleinen Reitergefechts, so wie sie häufig in den Fehden unter Burgherren ausgetragen werden, und ist im Grunde nichts anderes als das wilde Aufeinanderprallen zweier Reiterhorden ohne die geordnete Schlachtaufstellung größerer Heeresgruppen. Es zählen allein Tapferkeit, die Beherrschung seines Schlachtrosses und die Geschicklichkeit im Umgang mit den Waffen. Obwohl sich die Zuschauer auf beiden Seiten um einen ungefähren Kampfbereich scharen, gibt es keine wirkliche Eingrenzung, und nicht selten erlebt man wilde Verfolgungsjagden über Stock und Stein.
So einen Wettstreit würden wir ausfechten, ehrenhaft und nach den Regeln der Ritterlichkeit, aber mit dem Unterschied, dass niemand geschont werden würde, denn heute ging es um Leben oder Tod.
Der Tag war grau und wolkenverhangen. Solange es nicht regnete, sollte es mir recht sein. Die kämpfenden Mannschaften warte-

ten in einiger Entfernung von der Burg und in gebührendem Abstand voneinander. Unter den *champios* der Gegenseite befand sich auch Ricard, bemerkte ich befriedigt. Robert, in Begleitung von Prior Bernard, den sie aus Cubaria geholt hatten, und ich, unterstützt von *Paire* Jacobus, trafen zusammen, um alle Vorkehrungen zu treffen. Robert war bleich und wirkte fahrig. Auch ich hatte ein flaues Gefühl im Magen.

Die Priester sollten als Richter und Gottes Zeugen dienen und auf die Einhaltung der Regeln achten. Letztlich bürgten jedoch die Geiseln, Ramon und Jordan, dafür, dass jede Partei sich an ihr Abkommen hielt. Prior Bernard wagte kaum, mich anzusehen. Er wusste nur zu gut, welche Rolle er in diesem verhängnisvollen Schauerstück gespielt hatte.

Wir hatten vereinbart, dass, gleich wie das Gefecht ausgehen sollte und solange ich die Regeln einhielt, alle meine Schuldverschreibungen als Aufrechnung gegen erlittene Schäden nichtig sein würden. Damit wäre Rocafort schuldenfrei. Entsprechend händigte Robert unsere Schuldscheine aus, und Bernard und Jacobus überprüften und verwahrten sie. Im Gegenzug schwor Jacobus auf die Bibel, er würde das bewusste Testament im Falle meiner Niederlage unverzüglich an Robert übergeben. Obwohl wir die Urkunde auf der Burg vermuteten, konnten wir nicht sicher sein. Es hatte mich Stunden gekostet, ihn zu überreden, denn ein Schwur ist ein Schwur und nicht leichtfertig zu behandeln. Zuletzt hatte er zugestimmt, obwohl uns beiden bewusst war, dass im Fall meiner Niederlage auch seine Tage gezählt waren. Das Wagnis, sein Leben wie sein Seelenheil zu verwirken, war sein Geschenk an mich, dem Erben von Tolosa.

Brun hatte mit unseren Speerkämpfern und Leichtbewaffneten den für uns angezeigten Zuschauerbereich eingenommen. Unter ihnen saß Berta bleich und unbeweglich auf ihrem Schecken. Lois Bertran und German wachten über unsere Geisel. Um seine Hände zu schonen, hatten wir ihn nicht gefesselt. Aber sie hielten die Zügel seines Gauls fest in den Händen und ein loses Seil um seinen Hals, damit er uns nicht entkommen konnte.

Gegenüber den Unseren hatten sich Roberts *pezos* eingefunden.

Unter ihnen auch der Rest seiner Reiter, diesmal zu Fuß, denn ihre Gäule hatten sie zurücklassen müssen. Andere Bewaffnete waren nicht erlaubt. Roberts *pezos* ließen Weinschläuche kreisen. Johlen und Pfeifen und gegenseitige Beleidigungen flogen von einer Gruppe zur anderen. Gottlob waren sie weit genug voneinander entfernt, um Schlimmeres zu vermeiden.

Endlich war es so weit. Prior Bernard und *Paire* Jacobus baten Gott um einen gerechten Ausgang des Kampfes, segneten uns und kletterten auf den Hochsitz, den man für sie errichtet hatte und auf dem eine weiße Flagge wehte. Daneben bewegten sich die Banner beider Parteien im kühlen Morgenwind.

Robert und ich nickten uns mit ernster Miene zu, und jeder ritt zu seinen Männern. Alexis und der Knecht Luis hatten das mit Waffen beladene Maultier dabei. Sie saßen auf den Gäulen, die wir zur Reserve mitführten, ähnlich wie auch Roberts Männern Ersatzpferde gestattet waren. Ein Blick in die Gesichter meiner Kameraden zeigte die Anspannung, unter der wir standen. Ich prüfte noch einmal den Helmriemen und zog die langen Manschetten meiner gepanzerten Handschuhe hoch. Der Schild hing in der richtigen Höhe am Nackenriemen, und die Axt, die ich heute neben dem Schwert mitführte, steckte am rechten Platz an meinem Gürtel. Meine Wunde schmerzte zum Glück kaum noch.

»*In šh' Allah*«, sagte Hamid und küsste sein Schwert. »So Gott will, werden wir sie heute in den Staub treten.« Wir alle bekreuzigten uns zur Bekräftigung. Mehr gab es nicht zu sagen.

Roberts Männer verteilten sich in einer langen Reihe auf der östlichen Seite in einem meiner zerstörten Äcker, wir dagegen im Westen, auf freiem Weideland, wo das Gebüsch begann und etwas weiter in ein kleines Waldstück überging.

»Sollte mich heute der Tod finden, Jaufré«, sagte Vilapros auf einmal, »musst du wissen, dass ich deine Großmut sehr zu schätzen weiß, so wie du mich und die Meinen aufgenommen hast.«

»Im Gegenteil, Esteve. Du bist eine Bereicherung für uns.«

Er lächelte verlegen. »Kümmere dich um Magdalena und Enric. Mehr verlange ich nicht.«

Ich versprach es. In diesem Augenblick erscholl der verabredete

Hornstoß, und die weiße Flagge, die über dem Hochsitz der Mönche geweht hatte, senkte sich.

»Es geht los«, sagte ich. »Gott sei mit uns!«

Roberts Männer hatten sich langsam in Bewegung gesetzt. In leichtem Trab kamen sie im losen Haufen und ohne besondere Ordnung auf uns zu, wobei sich Robert mit dreien von ihnen, darunter auch Ricard, etwas zurück und hinter der Angreifergruppe hielt. Sie trugen Schilde wie wir und leichte Reiterspeere. Das war die übliche Waffe für den berittenen Krieger, der heranprescht, zustößt, sich wieder zurückzieht. Dieses ständige Drehen und Wenden verlangt viel reiterisches Geschick und hat dem *tornei* seinen Namen gegeben.

Zwölf Mann gegen sechs.

Ein ungleicher Wettkampf in einer *mesclada*, jenem wildem Kampfgewühl, das unweigerlich entsteht, wenn zwei Reitergruppen aufeinandertreffen und das Gefecht in ein unberechenbares Wirrwarr ausartet. In solch einem wilden Geraufe würde ihre zahlenmäßige Überlegenheit für uns fatal werden. Nein, eine *mesclada* war unter allen Umständen zu vermeiden.

Ich gab den Befehl, dem Feind im Schritt entgegenzureiten, aber zögerlich und ohne Ordnung, als seien wir noch unschlüssig, wie ihnen zu begegnen sei.

Im Gegensatz zu Roberts Leuten führte jeder von uns eine überlange, schwere *lansa*, die ich schon vor Wochen hatte anfertigen lassen. Alexis hielt ein ganzes Bündel solcher Stoßlanzen bereit, sollten wir Ersatz benötigen. Wir wollten sie mit der Kampfweise überraschen, die wir in Outremer gegen die Türken zur Vollkommenheit gebracht hatten.

Als Roberts Männer sich auf zweihundert Schritt genähert hatten, wandte sich Severin ab, wie wir es ausgemacht hatten, dann Guilhem, als wollten sich beide zurückziehen. Ein Ruck ging durch die gegnerischen Reiter. Sie beschleunigten und näherten sich dem Mittelpunkt des Kampfplatzes. Auch ich wendete Ghalib und setzte ein Stück zurück, die anderen folgten mir. Roberts Leute gaben ihren Tieren die Sporen, um uns zu stellen, bevor wir fliehen konnten.

Da stieß ich einen Pfiff aus, und wir wendeten gleichzeitig wie ein Mann. *»A l'assai!«*, schrie ich. »Attacke, Männer!«
Und damit legten wir die langen Lanzen an. Gleichzeitig kamen unsere Gäule in einer Linie Seite an Seite zusammen und bildeten einen dichten Block. Die Pferde liefen beherrscht, aber in vollem Galopp, und der Abstand zu Roberts heranstürmenden Reitern verringerte sich in Windeseile. Ricard brüllte, um seine Leute zu warnen, und sie begannen im letzten Augenblick, ihre Gäule herumzureißen, um der Attacke zu entkommen.
Aber es war zu spät. Mit voller Wucht krachten wir in ihre lose Gruppe. Meine Lanze durchbohrte ein Kettenhemd, als sei es Butter, und zerbrach, als der Mann, wie von einem Katapult geschleudert, rücklings aus dem Sattel flog. Schon waren wir durch ihre Reihen und verfehlten nur knapp Robert und Ricard, die noch rechtzeitig zur Seite geprescht waren. Der Schwung unseres Angriffs trug uns ein Stück weiter, bevor wir wenden konnten.
Nicht nur die Heftigkeit des Angriffs, sondern auch die längere Reichweite der Lanzen hatten den Gegner überrumpelt. Drei Sättel waren leer, ein Gaul war durchgedreht und preschte samt Mann davon, andere bockten und keilten aus, so dass ihre Reiter Mühe hatten, sie zu bändigen. Ich wollte dem Feind keine Zeit lassen, zog meine schwere Axt aus dem Gürtel und gab erneut den Befehl zum Angriff. Wieder legten meine Kameraden die Lanzen an, und wir nahmen Anlauf.
Sie versuchten, uns zu entkommen, aber Guilhem hob noch einen aus dem Sattel, und ich erwischte einen kettenbewehrten Arm mit der Axt. Zuletzt rammte Ghalib einen Gaul, der zu Boden ging und seinen Reiter unter sich begrub. Dann waren wir durch und kehrten im Galopp und unter dem wilden Jubel unserer Leute zu unserem Ausgangspunkt zurück.
Wir blickten zurück. Zwei Männer lagen am Boden und rührten sich nicht, einer stand mühsam auf, aber der rechte Arm hing ihm nutzlos an der Seite. Ein anderer brüllte nach einem Pferd, denn eine Lanze steckte tief in den Eingeweiden seines Gauls. Immerhin hatten wir mit einem Schlag drei Mann außer Gefecht gesetzt. Nun hieß es nur noch neun gegen sechs.

»He, *companhs*«, frohlockte ich. »Das war gute Arbeit!«

Wir warteten, dass der Gegner sich erholte. Sie aber erneuerten nicht ihren Angriff, sondern berieten sich. Lange Zeit schienen sie sich auf kein rechtes Vorgehen einigen zu können, bis sie sich schließlich in drei Gruppen aufteilten, fünf Mann in der Mitte, darunter Robert, während jeweils zwei an den Seiten ausschwärmten.

Wir legten die Lanzen an und ritten einen Scheinangriff in Roberts Richtung, doch sofort löste sich diese Gruppe auf und bot so kein Ziel mehr, während die Kerle an den Flügeln drohten, uns in die Flanken zu fallen. Sie hatten gelernt. Als ich den Befehl zum Rückzug gab, trieben sie ihre Tiere an, um von allen Seiten über uns herzufallen. Ein guter Versuch, aber wir ließen die Gäule laufen und flohen rechtzeitig aus der sich schließenden Umklammerung.

Dadurch entfernten wir uns vom Kampfplatz zwischen den Zuschauern, und Hamid galoppierte allen voran in das Wäldchen, wo Alexis schon auf ihn wartete. Dies war die Einleitung zum zweiten Teil unseres Plans. Ich hielt einen Augenblick inne und sah den Gegner zögern, uns zu folgen, denn ein Wald ist kein guter Ort für Reiter. Als ich Ghalib wieder zur Eile trieb und ebenfalls zwischen den Büschen verschwand, hörte ich jedoch anfeuernde Rufe und erneut die Hufschläge ihrer Gäule hinter mir.

Quer durch den Wald raste ich hinter meinen Männern her. Unter dem Laubdach war es dunkel, aber da die Bauern hierher oft Schweine und Kleinvieh trieben, gab es wenig Buschwerk oder Unterholz. Deshalb war es nicht schwer für Ghalib, in leichtem Galopp seinen Weg zwischen den Stämmen zu finden. Ich musste mich nur ducken, um niedrigen Zweigen auszuweichen. Schon hörte ich die dumpfen Hufschläge unserer Verfolger über den weichen Boden trommeln. Das Wäldchen war nicht groß, und bald setzten wir über einen sumpfigen Graben und brachen schließlich aus dem Blätterwald auf die offene Weide hinaus.

Vor mir meine Kameraden. Hundert Schritte vom Wald entfernt hatten sie ihre Tiere zum Stehen gebracht. Mit mir zusammen waren wir wieder zu sechst. Doch Roberts Männer konnten nicht ahnen, dass Alexis und Hamid im Schutz der Bäume die Waffen getauscht hatten und dass nun Alexis an seiner Stelle mit Schild und Lanze im Sattel saß. Hamid dagegen lauerte irgendwo am Waldrand mit dem Bogen im Anschlag. Zwischen seinem Bogen und einem neuerlichen Lanzenangriff erhofften wir uns einen entscheidenden Schlag und vielleicht den Sieg.

Doch darauf fielen sie nicht herein.

Duran ritt als Erster aus dem Wald. Als seine Schweinsaugen uns in Angriffsstellung sahen, roch er die List und drängte seine Kameraden in den Schutz der Bäume und Blätter zurück. Ich fluchte, denn dort waren unsere Lanzen von wenig Nutzen. Plötzlich schrie jemand auf, und wir hörten einen dumpfen Laut, als wäre ein Mann aus dem Sattel gefallen. Das musste Hamids Werk gewesen sein. Aus dem Gehölz tönte Gebrüll, die Hufe ihrer Pferde, wildes Rascheln, wie wenn sich ein schwerer Körper durch Büsche zwängt, und das Knacken trockener Zweige. Sie schienen sich von uns fortzubewegen. Jagten sie nun Hamid? Besorgt machte ich den anderen Zeichen, in den Wald auszuschwärmen. Wir ließen unsere Lanzen zurück, zogen die Schwerter und zwängten uns durch die Büsche in die Dunkelheit des Waldes. Durch die Blätter eines Baumes sah ich einen Helm und Kettenpanzer schimmern. Ein Mann lag reglos am Boden. Als ich näher kam, erkannte ich Peire de Lambesc, dem ein Pfeil aus der Brust ragte. Ein Blutrinnsal lief ihm aus dem Mund, und er röchelte schwach. Seine Augen stierten, als sei er verblüfft, mich zu sehen, oder erstaunt über seinen unweigerlichen Tod.

»Der Lohn eines Verräters, Lambesc. Bald pissen hier die Schweine auf deine modernden Knochen.«

»Fahr zur Hölle, Montalban!«, stieß er mühsam hervor.

Nun sind sie nur noch acht, dachte ich befriedigt. Wir folgten den Geräuschen, die Roberts Männer vor uns machten, und schwärmten aus, um sie zu überraschen.

Auf einmal hörten wir Hamids Bogensehne, einen gurgelnden Schrei, Männerstimmen, die durcheinanderschrien, und Hufschlag, der sich rasch näherte.

Gleich darauf brach Hamid im Galopp durch ein Gebüsch, verfolgt von jenem Goliath, mit dem ich vor Wochen Roberts Gottesurteil bestritten hatte. Als der seine mächtige Axt schwang, tauchte Vilapros wie ein Blitz an meiner Seite auf, um sich dem Riesen in den Weg zu stellen. Schon flog die Axt durch die Luft und traf, statt Hamids Rücken, Vilapros' Kopf mit solcher Wucht, dass er rücklings vom Pferd flog und reglos am Boden liegen blieb. Gleichzeitig drehte sich Hamid im Sattel, und sein Pfeil traf Goliaths Schulter. Der Mann wankte, und mit einem gut gezielten Schwerthieb holte ich ihm den Kopf von den Schultern. Hamid wendete und kam zurück. Betroffen starrte er auf Vilapros' Leichnam.

Da hörten wir nicht weit von uns einen wilden Kampf ausbrechen und eilten unseren Freunden zu Hilfe. Wir fanden Guilhem auf den Beinen, mit beiden Händen den Schwertgriff umklammernd, während er sich gegen den stiernackigen Duran verteidigte. Ohne Zögern griff ich Duran an. Jaume stritt mit Ricard, und Hamids Pfeil erlegte einen der beiden, die Severin bedrängten. Duran stieß mit dem Speer nach mir, aber ich riss rechtzeitig den Schild in die Höhe. Dann schlug ich in rascher Folge auf ihn ein. Als Guilhem sich ihm von der anderen Seite näherte, zerrte der Mann den Gaul herum und floh. Auch Ricard und ein anderer zogen sich eilig zurück, von Robert keine Spur.

Wir atmeten tief durch und sammelten uns. Guilhems Panzer und Wams waren an der Seite voller Blut. »Duran hat mich erwischt«, ächzte er. »Aber ich glaube, es ist nicht tief.« Er deutete auf sein Pferd, das mit durchtrenntem Halswirbel tot am Boden lag. »Um ihn ist es schlimmer bestellt«, klagte er. »War ein guter Gaul.«

Severin hatte seinen Helm verloren und blutete heftig vom Ohr. Hamid hieß ihn absteigen. Er riss sich von seiner Tunika einen Streifen ab und band den langen Fetzen um Severins Kopf. Der fand seinen Helm im Laub und setzte ihn mit schmerzverzerrtem Grinsen wieder auf. Guilhem rief mit lauter Stimme nach den beiden Knechten, dass sie ihm ein Pferd brächten.

»Die sind zu weit, um uns zu hören«, meinte Jaume.

Aber kurz darauf sahen wir beide, vorsichtig in alle Richtungen blickend, durch den Wald reiten. Plötzlich löste sich ein Schatten von einer Reihe dunkler Baumstämme und raste mit Speer im Anschlag auf Alexis zu. Bevor wir ihn warnen konnten, hatte der Reiter zugestoßen, genau zwischen die Schulterblätter des Jungen. Den Speer ließ er stecken und machte, dass er davonkam. Leon *la Vespa!* Die verfluchte Fratze würde ich überall erkennen.

»Merda!«, schrie Jaume und gab seinem Gaul die Sporen, um ihn zu verfolgen.

»Lass ihn laufen«, brüllte ich ihm hinterher, aber Jaume hörte nicht. Ich lief zu Alexis, so schnell ich konnte. Er wankte im Sattel, mit dem Speer noch im Rücken, und sah mich mit weit aufgerissenen Augen entsetzt und flehentlich an, als könne ich es ungeschehen machen. Dann verließen ihn die Sinne, und er stürzte in meine Arme.

Luis, der Knecht, war untröstlich. »Er dachte, Ihr würdet ihn brauchen, *Castelan*. Er wollte nicht warten, obwohl Ihr befohlen hattet, in Sicherheit zu bleiben.«

Hamid zog Alexis vorsichtig den Speer aus dem Rücken. Ich legte ihn auf den Waldboden, auf die Seite, um zu vermeiden, dass Schmutz in die Wunde kam. Er blutete heftig, aber nur noch für kurze Augenblicke, denn mein sanfter Knecht und treuer *escudier* lebte nicht mehr.

Ich hatte ihn ständig, jahrein, jahraus wie einen Schatten um mich gehabt. Sein Tod riss eine größere Wunde in meine Seele, als ich es vermutet hätte. Ich verbarg das Gesicht in meinen Händen, die noch von seinem Herzblut besudelt waren. Wie sollte ich dies Cortesa erklären? Diesmal war der Stich der Wespe tödlich gewesen. Aber ich würde Leon den Stachel ausreißen, dass er daran krepieren sollte, das schwor ich mir.

Diese Art von Kampf hatte ich vermeiden wollen. Zu unberechenbar war der Ausgang. Und nun hatten wir gleich zwei Tote zu beklagen. Außerdem war Jaume verschwunden. Ansonsten hatte Robert, sich selbst eingeschlossen, noch vier Kämpfer übrig. Genauso viele wie wir, Hamid, Guilhem, Severin und ich, obwohl Guilhem verwundet war. Er stieg auf Alexis' Pferd, eine unserer Araberstuten und ein ausgezeichnetes Tier, das er häufig in den letzten Wochen bei den Übungen geritten hatte. Dann bewaffneten wir uns wieder mit den langen *lansas* und machten vorsichtig unseren Weg durch das Gehölz.

Robert und seine verbliebenen *champios* hatten sich in die Nähe ihrer *pezos* zurückgezogen. Als wir den Wald verließen, starrten unsere Leute fast ungläubig, als hätten sie nicht erwartet, uns wiederzusehen. Brun hob kurz die Hand, Berta aber saß wie versteinert auf ihrem Schecken. Es konnte ihr nicht entgangen sein, dass zwei Mann sowie Alexis fehlten.

Auch Roberts *pezos* machten lange Gesichter. Nicht verwunderlich, denn ihre Mannschaft hatte sich von einem vollen Dutzend auf vier Mann verringert. Sie raunten und flüsterten finster untereinander. Würden sie trotz Geiseln unser Fußvolk angreifen?

Robert selbst hatte sich bisher aus allen Kämpfen herausgehalten. Er wirkte seltsam benommen, als könne er nicht glauben, dass seine stolze Mannschaft so schnell geschrumpft war. Neben Ricard und Duran, die ihn schützten, saß der vierte Reiter etwas abseits auf seinem Pferd. Es wurde still, niemand sprach oder regte sich, alles beobachtete mit Spannung die Ritter beider Seiten und wartete, wer zuerst angreifen würde.

Da brüllte Guilhem los: »Das ist der *fil de puta*, der meinen Gaul geschlachtet hat!« Er gab seiner Stute die Sporen.

»Was hast du vor?«, rief ich ihm nach.

»Halt dich da raus, Jaufré!«

Dreißig Schritt vor dem Gegner zügelte er sein Pferd und wandte sich an ebenjenen vierten, uns unbekannten Reiter, einen grobschlächtigen Kerl in dickem Lederpanzer. Er schulde ihm, verdammt noch mal, ein Pferd, schrie Guilhem. Der Mann blickte erstaunt auf, dann rief er zurück, Guilhem solle es sich doch selbst holen, wenn ihm eines fehle.

»Das werde ich auch«, schrie unser Freund, »wenn du Manns genug bist, mit mir zu kämpfen.« Er warf die lange, unhandliche *lansa* zu Boden und zog sein Schwert. Was war nur in ihn gefah-

ren? Ich versuchte, ihn zurückzurufen. Aber er tat, als höre er mich nicht.
Die *pezos* murrten im Hintergrund und riefen ihrem Mann zu, er solle kein Weib sein und das auf sich sitzenlassen. Robert verzog währenddessen keine Miene. Die Söldner begannen, zu johlen und zu pfeifen. Durch das Kämpfen im Wald hatten wir sie um ihr Schauspiel betrogen, und Roberts Mangel an Angriffslust erweckte ihren Spott.
Plötzlich hatte der Herausgeforderte genug und stieß seinem Pferd die Hacken in die Flanken.
Guilhem ließ ihn kommen, wehrte fast träge den Speerstoß ab und setzte erst dann seinen Gaul in Bewegung, um den Mann in gemächlichem Trab zu umkreisen. Der griff ihn immer wieder an, konnte ihn aber nicht treffen. Jedes Mal gelang es Guilhem, sein Ross im letzten Augenblick wegzudrehen oder sich zu ducken, wenngleich er dabei einen ungeschickten Eindruck machte. Er nutzte kaum sein Schwert, wankte im Sattel, hielt sich die verwundete Seite und schimpfte lautstark über seinen dummen Gaul, der angeblich nicht so wollte wie er. Sie drehten und wendeten, die Hufe ihrer Tiere wirbelten Staub und Dreckklumpen hoch, immer wieder duckte sich unser Freund im letzten Augenblick oder fing den Stoß mit dem Schild ab. Ich begann, mir Sorgen zu machen. Die Wunde musste ihn geschwächt haben, und jedes Mal, wenn der Speer ihn um Haaresbreite verfehlte, hielt ich den Atem an aus Furcht, nun sei es endgültig um ihn geschehen.
Hamid musste meine Unruhe bemerkt haben. »Warte es ab, Jaufré! Er spielt nur mit ihm.«
Und tatsächlich, was wie ein hilfloses Ausweichen aussehen sollte, war bei näherem Hinsehen eine Lehrstunde der hohen Reitkunst. Guilhem beherrschte sein Tier bis zur Vollkommenheit. Allein mit Schenkeldruck, Zungenschnalzen und Körperbewegungen brachte er es dazu, sich mal rechts oder links oder ganz um die eigene Achse zu drehen, zu beschleunigen oder zwei Schritte rückwärts zu setzen, während er selbst vorgab, im Sattel zu wanken, als sei er nicht imstande, sich zu wehren.

Roberts Mann griff immer wütender an und vergaß dabei die Deckung mit dem Schild. Und als er wieder sein Tier herumzerrte und ungestüm angeritten kam, warf Guilhem seinen Gaul auf die Seite, richtete sich plötzlich im Sattel auf und stieß dem Kerl mit aller Macht das lange Schwert in den ungeschützten Unterleib, wobei Wucht und Geschwindigkeit des Gegners ihr Übriges taten, ihm den Stahl durch den Lederpanzer und tief in den Leib zu treiben.

Ein langer Seufzer ging durch die Menge der *pezos*.

Mit dem Stiefel stieß Guilhem den Kerl vom Pferd. Der blieb mit schmerzverzerrtem Gesicht am Boden liegen, die Fäuste auf seine tödliche Wunde gepresst. Guilhem schob das blutige Schwert in die Scheide und packte den Zügel des reiterlosen Pferdes.

»Seinen Panzer könnt ihr behalten«, rief er Roberts Leuten spöttisch zu. »Zu viele Löcher!«

Damit kehrte er zu uns zurück und reichte Luis die Zügel des erbeuteten Gauls. »Nicht so gut wie meiner, aber ich will nicht kleinlich sein«, grinste er.

Trotz seines hochmütigen Gebarens war Guilhems Gesicht blutleer und fast grau geworden, und der Fleck auf seiner Seite hatte sich vergrößert und glänzte von frischem Blut.

»Halt dich ab jetzt zurück, *mon velh*«, raunte ich ihm zu. »Du hast genug getan.«

»Zu Befehl, *Castelan!*«, murmelte er spöttisch. »Ich überlass euch gern den Rest der Bande.«

Manche der *pezos* hatten sich angewidert abgewandt, als ihr Mann gefallen war. Von unseren eigenen Leuten hörten wir verhaltene Jubelrufe. In diesem Augenblick tauchte Jaume auf. Unbekümmert trabte er heran, als könne keine Sorge seinen Mut trüben. Ich blickte mich um. Wo war Leon?

Die Antwort ließ nicht auf sich warten, als Jaume an uns vorüberritt und sich Robert näherte. Dabei band er etwas vom Sattelknauf los und warf es mit mächtigem Schwung in dessen Richtung. Es war ein von langen schwarzen Haaren bedeckter Menschenkopf, der schwer auf dem Boden aufschlug und weiterrollte, bis er vor den Hufen von Roberts Pferd liegen blieb. Der Gaul scheute, und Robert hatte Mühe, das Tier zu beruhigen. Entsetzt blickte er auf den blutigen Kopf. Es waren *la Vespas* tote Augen, die ihn vorwurfsvoll anstarrten.

»Ist der Kerl einer von Euch?«, fragte Jaume spöttisch und wendete sein Pferd, um sich bei uns einzureihen.

Durans Gesicht war vor Wut über den Tod seines Freundes verzerrt, und er musste sich im Zaum halten, nicht gegen uns loszustürmen. Ich beobachtete Roberts *soudadiers* und *pezos*. Alles kam darauf an, wie sie sich verhielten. Sie machten grimmige Gesichter, und viele packten ihre Speere und hängten sich die Schildriemen um den Nacken. Würden sie trotz Geiseln angreifen?

Aber was ich für Wut gehalten hatte, war nur Ärger über Roberts Unfähigkeit, uns zu besiegen. Vielleicht hatten sie Wetten verloren, denn es gab heftiges Gerede unter ihnen, sogar Handgreiflichkeiten. Die Absicht jener, die sich die Schildriemen umgelegt hatten, war nicht, uns anzugreifen, sondern sich aus dem Staub zu machen. Zumindest drei von ihnen schulterten ihre Speere und machten sich davon. Zwei weitere folgten und dann noch einer. Der einäugige Graubart versuchte, sie zur Umkehr zu bewegen, drohte ihnen mit erhobener Faust. Es half nichts. Zwei weitere gingen.

Auch die, die geblieben waren, warfen sich unruhige Blicke zu, als seien sie unschlüssig, was zu tun sei. Robert sah den Fahnenflüchtigen nur ratlos hinterher.

Ricard dagegen mischte sich ein und befahl den übrigen Söldnern, sich zum Kampf zu stellen. Ebenso den Reitern, mit oder ohne Gäule, denn sie waren gut gewappnet und trugen wie die *pezos* Schild und Speer. Auch zu Fuß waren sie zusammen mit den restlichen *pezos* eine starke Truppe gegen meine Bauernburschen. Über Ricards Angebot, den Sold zu verdoppeln, machten sie nachdenkliche Gesichter, trotzdem folgten sie nicht seinem Befehl. Nicht sofort zumindest.

»Niemand darf in das *tornei* eingreifen! Das ist gegen die Regel!«, widersprach ich heftig.

»Wir scheißen auf deine Regel«, schrie Ricard und lachte bösartig.

Ich starrte ihn an. Dass es so enden würde, hätte ich mir denken können.
»Robert«, versuchte ich dennoch. »Hast du vergessen, dass wir Jordan als Geisel halten? Willst du ihn opfern?«
Roberts Gesicht verfinsterte sich. Er rang mit sich. Aber bevor er antworten konnte, fuhr Ricard dazwischen.
»Ja! Wir opfern ihn. Meinetwegen brecht dem kleinen Scheißer das Genick. Der kümmert mich einen Dreck!« Er lachte hämisch.
Endlich schien Robert aus seiner Trägheit aufzuwachen.
»Nein!«, schrie er rot vor Wut. »Halt dein verdammtes Maul, du hässlicher Wicht. Wer hier bestimmt, bin immer noch ich!«
Doch Ricard nahm ihn nicht mehr ernst. Immer wieder feuerte er die Söldner an, sich auf uns zu stürzen, und machte immer größere Versprechungen. Doch die Uneinigkeit unter den Anführern schien sie nur noch mehr zu verunsichern. Drei weitere *pezos* schüttelten den Kopf und machten sich auf den Weg. Einer schrie Ricard zu, er solle sich andere suchen, seine Drecksarbeit zu machen. Ungläubig starrte Ricard ihnen nach.
»Robert«, sagte ich. »Gib auf, bevor jemand unnötig stirbt.«
Er blickte unsicher in Jordans Richtung. Als er mir wieder den Kopf zuwandte, waren seine Augen voller Misstrauen, denn er fürchtete zu Recht meine Rache. Und dennoch zögerte er.
Ricard dagegen sprang vom Pferd und rannte hinüber zu Ramon und dem Graubart, der ihn bewachte. Er riss meinen Sohn mit einem Ruck vom Maultier, zog sein Schwert, packte das Seil, mit dem sie Ramon gefesselt hielten, und zerrte den Jungen brutal hinter sich her, während er ihm die nackte Klinge an den Hals drückte.
»So kommst du mir nicht davon, Montalban!«, schrie er außer sich. »Endlich will ich dich kämpfen sehen, Mann gegen Mann. Jetzt werden wir das wahre Gottesurteil erleben.« Dann befahl er Duran, gegen mich anzutreten.
Robert widersprach, aber niemand schien ihn zu beachten.
Der stiernackige Hüne grinste boshaft. Er sprang vom Pferd, warf den Speer zu Boden und nahm eine Kriegsaxt von seinem

Sattel. Seine Schweinsaugen funkelten mich an, und sein rotes Mal auf der Wange glühte vor Kampfeslust. Plötzlich sah ich ihn wieder vor mir, auf der Burg Mons Pelegrinus, der Rücken eine einzige blutige Masse. Im Geist hörte ich das Klatschen der Peitsche und bei jedem Schlag sein Keuchen. Monatelang musste er davon geträumt haben, mich in blutige Stücke zu schneiden. Dies war seine Stunde der Abrechnung.

Ängstlich flog mein Blick zu Ramon, und ich sah, wie er zum Erbarmen zuckte und jammerte und sich in Todesangst dem kalten Kuss des Schwertstahls zu entwinden suchte. Seine Augen fanden mich, Amelhas Augen, und ein Arm reckte sich mir verzweifelt entgegen. Er wusste also doch, wer ich war, und seine Lippen flehten mich um Hilfe an. Dies war mein Kind, und es brauchte mich! Aber Ricard hatte die Faust fest in seinem Haarschopf verkrallt und riss den Kopf des Jungen herum.

»Was ist, Jaufré?«, schrie er. »Soll der Krüppel sterben?«

»Lass ihn gehen!« Meine Stimme überschlug sich fast.

»Runter von deinem Gaul, Montalban!«, schrie Ricard und zerrte Ramon auf die Knie. Der Junge heulte auf, seine Hände flatterten hilflos in der Luft. Ein paar Blutstropfen bildeten eine rote Spur auf seinem Hals. »Wenn du dein nutzloses Balg retten willst, dann kämpf um ihn!«

Als unsere eigenen Leute sahen, wie roh er Ramon behandelte, war kein Halten mehr. Sie hoben ihre Waffen und kamen auf uns zugerannt.

»Bleibt mir vom Leib!«, brüllte Ricard. »Keiner kommt mir näher, sonst schneide ich dem kleinen Bastard die Kehle durch!«

Ich ritt meinen Speerkämpfern erschrocken entgegen, schrie allen zu, sich zurückzuhalten. Das brachte sie gottlob in einigem Abstand zum Stehen. Auch Brun war unseren Kämpfern gefolgt, zusammen mit dem gefangenen Jordan. Bertas Augen waren groß vor Entsetzen. Ich rief Robert zu, Ricards Treiben zu beenden. Doch das war vergebliche Mühe, denn Borcelencs schien verwirrt, und es war, als habe er keinen Willen mehr.

»Zum letzten Mal, Montalban«, schrie Ricard. »Du sollst kämpfen!«

Hamid hatte plötzlich einen Pfeil auf dem Bogen.
»Hamid, nein!«, brüllte ich. »Ich werde gegen ihn antreten.«
Ich hob das rechte Bein über den Sattelknauf. Ein Raunen ging durch die Menge. Ich hörte Berta irgendetwas schreien. Kurz nickte ich ihr zu und sprang vom Pferd, Schild vor dem Leib und Schwert in der Rechten.
Aber Duran ließ mir keine Zeit. Kaum waren meine Füße auf dem Boden, da rannte er in mich hinein, und sein Schild krachte dabei mit solcher Wucht auf den meinen, dass ich das Gleichgewicht verlor, gegen Ghalib taumelte und neben seinen Hufen zu Boden ging.
Die Leute schrien auf.
Der Kerl stand über mir, die Axt hoch über dem Kopf. Es gelang mir, mich unter ihm wegzudrehen, so dass die Klinge tief in die Grasnarbe fuhr. Das gab mir einen kurzen Augenblick, um auf allen vieren unter Ghalibs Bauch hindurchzukriechen. Der Hengst war aufgeschreckt, wieherte und versuchte, von Duran wegzukommen. Dabei rammte er mich unversehens mit dem Hinterteil, so dass ich stolperte und in die Knie ging. Duran, trotz seiner Körpergröße und Muskelmasse, war flink auf den Beinen und tauchte schon auf der anderen Seite des Pferdes auf, bevor ich auf die Füße kam und den Schild heben konnte.
In diesem Augenblick zeigte sich Ghalib als wahres Schlachtross und tat, wofür er abgerichtet worden war. Er rempelte Duran an und versuchte, ihn zu beißen, bekam aber nur ein Stück seines gepanzerten Arms zwischen die Zähne. Duran wehrte sich mit dem schweren Schild, aber der Hengst rammte ihn erneut mit der Brust, so dass Duran fast gestürzt wäre und hastig zurückwich.
»Malvat bestia!«, schrie er und ging diesmal mit der Axt auf den Gaul los, streifte ihn in seiner Wut aber nur ungeschickt an der Brust. Ghalib wieherte schrill, setzte sich fast auf die Hinterbeine, hob die Vorderhufe und versetzte Duran einen Schlag auf die Brust, der ihn weit zurücktaumeln ließ. Dann preschte das Tier davon.
Ghalib hatte mir Zeit verschafft, mich zu erheben und nun meinerseits mit mörderischen Schlägen auf Duran einzudringen. Ich

traf Schildrand, Helm und sogar seinen gepanzerten Arm. Aber der Kerl stand fest wie eine Eiche. Heftig atmend belauerten wir uns. Sein Gesicht unter dem Helm war rot vor Anstrengung, und er bleckte die Zähne, als wolle er mir die Gurgel durchbeißen.

»Danke Gott, wenn ich dir nur den Schädel spalte«, zischte er. »Leon hätte dir bei lebendigem Leib die Haut abgezogen.«

»Seit wann so schwatzhaft, Ochsentreiber?«, spottete ich keuchend.

Als Antwort schwang er die Axt, und diesmal fuhr sie mit solcher Wucht in meinen Schildrand, dass ich in die Knie sackte und mein Arm sich für einen Augenblick lang taub anfühlte. Schnell sprang ich zwei Schritte zurück.

Eine schwere Streitaxt kann den Schild des Gegners Stück für Stück zertrümmern, besonders in der Hand eines bärenstarken Kerls wie Duran. Aber sie ist unhandlich und nicht so schnell zu führen wie ein Schwert. Ich musste in Bewegung bleiben und die Axt vermeiden.

Wie lauernde Raubkatzen auf dem Sprung drehten wir uns umeinander. Duran folgte mir bei jedem Schritt, und immer wieder traf die Axt mit Wucht meinen Schild. Der eisengefasste Rand war längst an vielen Stellen durchtrennt, und bei jedem Hieb fuhr die Waffe tief ins Holz und begann, den Schild zu zersplittern.

Ich suchte nach einer Öffnung, um ihn zu treffen, über den Schildrand hinweg oder durch einen flachen Schlag ans Knie. Ich zog mich zurück oder sprang unerwartet vor, versuchte Finten und Scheinangriffe, aber er trug seinen Schild vor sich her wie eine bewegliche Mauer, an der ich nicht vorbeikam. Jeden meiner Angriffe parierte er geschickt, und dann folgte unweigerlich die Axt, die in das Holz meines eigenen Schildes schmetterte. Der begann, sich in seine Bestandteile aufzulösen, und würde mich nicht mehr lange schützen können. Jedes Mal lachte Duran und schrie: »Gleich ist es vorbei, Montalban. Gleich fährst du zur Hölle.«

Verzweifelt sah ich mich nach einem neuen Schild um und bemerkte aus den Augenwinkeln, dass Hamid sich bereitmachte, mir den seinen zuzuwerfen.

Diese kurze Unaufmerksamkeit wäre mir fast zum Verhängnis geworden, denn ich stolperte über einen Stein und ging vorübergehend in die Knie. Duran sah die Gelegenheit und stürzte sich auf mich. Dabei zielte er einen gewaltigen Schlag auf mein Haupt. Irgendwie gelang es mir, den schwer beschädigten Schild noch rechtzeitig hochzureißen. Tief fuhr die Axt ins Holz und drohte ihn ganz zu spalten. Jetzt zog Duran an der Klinge, um sie vom Holz zu befreien, doch sie stak fest, und er konnte sie nicht loskriegen. Blitzschnell riss ich an meinem zerfetzten Schild und zerrte so den massigen Kerl zu mir herüber. Gleichzeitig warf ich die ganze Kraft meiner rechten Schulter hinter die Schwertspitze, die endlich die Lücke fand und sich durch die Kettenglieder tief unter sein Brustbein bohrte.
Reglos, Brust an Brust, hielten wir inne.
Mit einem Grunzen ließ er die Luft aus den Lungen fahren, die ungläubigen Augen starr auf mich geheftet. Sein schweißnasses Gesicht mit dem aufgerissenen Maul befand sich nur eine Handbreit vor meinen Augen, so dass sein Atem mich faul anwehte. Langsam und grausam drehte ich die Schwertklinge in seinem Herzen um. Da schrie er auf und schwang mit letzter Kraft den Schild. Die Ecke traf mich an der Schläfe, und meine Beine gaben nach. Ich fiel hart auf den Rücken, und der todwunde Leib dieses schweren Kerls begrub mich unter sich. Ein Zittern ging durch diesen Körper, und das erdbeerfarbene Mal auf seiner Wange war das Letzte, was ich wahrnahm, bevor mir die Sinne schwanden.
Ich weiß nicht, wie lange ich unter diesem Koloss lag. Lange jedenfalls kann es nicht gewesen sein. Als ich wieder zu mir kam, gelang es mir nur mit Schwierigkeiten, zu atmen. Ansonsten schien alles still zu sein, nichts war zu hören. Ich konnte nicht wissen, dass alle, die uns fallen sahen, den Atem angehalten hatten.
Auf einmal schnaubte ein Pferd hinter mir, und ich öffnete die Augen. Ich merkte, dass es das Gewicht dieses Kerls war, das mir die Luft raubte. Der Schlag auf die Schläfe benebelte mich noch. Ich fand nicht die Kraft, mich zu rühren, geschweige denn, diesen massigen Leib von mir zu wälzen. So blieb ich liegen, und der

saure Schweißgestank des fremden Körpers umhüllte mich, so dass mir übel wurde. Jetzt bloß nicht kotzen, betete ich aus Angst, ich könnte daran ersticken.

»Er ist tot! Jaufré ist tot!«, hörte ich eine Stimme brüllen. »Jetzt macht sie nieder, diese Bauerntölpel, greift sie an! Wascht eure Speere in ihrem Blut!«

Die Stimme überschlug sich fast, und es war Ricard, der so schrie. War ich denn tot? Der Schwertknauf drückte mich, denn die Klinge steckte immer noch in Durans leblosen Körper über mir. Ich versuchte, meine rechte Hand zu bewegen. Langsam gelang es mir, sie unter dem Kerl hervorzuziehen. Und dann wälzten sie den Ochsentreiber von mir runter, und ich konnte endlich wieder tief Luft holen. Ich musste husten, schaffte es jedoch, mich auf ein Knie zu heben. Wankend kam ich auf die Beine.

»Tot bin ich noch lange nicht, du Kröte«, krächzte ich und hustete abermals.

Roberts Söldner starrten mich an, als sei ich geradewegs der Hölle entkommen. Ricard schrie ihnen abermals zu, endlich die Waffen aufzunehmen, aber sie hatten ihr Vertrauen in Roberts Sache verloren. Zu viele ihrer Kameraden waren schon gefallen. Sie blickten sich noch einen Augenblick unschlüssig an, dann machten sie sich davon. Der Graubart schrie ihnen wütend hinterher, drohte, ihnen den verdienten Sold nicht mehr zu zahlen. Da drehte der Letzte sich zu ihm um. »Behalte dein Silber für die Hölle. Ich behalte mein Leben!« Dann lief er, um seine Kameraden einzuholen.

In Ricards Augen loderte jetzt ein wildes Feuer.

Alles war verloren. Und vielleicht war ihm gerade deshalb alles gleichgültig. Er riss sich sogar den Helm vom Kopf und schleuderte ihn von sich. Der letzte Rest von Selbstbeherrschung zerbrach in ihm, das letzte Fünkchen Vernunft wurde von einer Welle hemmungsloser Wut überschwemmt.

Ich habe später oft vergeblich zu ergründen versucht, warum er mich so hasste, warum er bis zum letzten Atemzug getrieben war, Rache an mir zu nehmen. Was hatte ich ihm getan, dass er mich um alles in der Welt vernichten wollte? Und als dies nicht gelang, musste er den nächstbesten, unschuldigen Menschen zerstören, der einen Platz in meinem Herzen gefunden hatte.

Bevor ihn jemand daran hindern konnte, packte er Ramon fester am Haar und riss seinen Kopf hoch, und dann mit einem unmenschlichen Schrei aus tiefster Kehle, wie der eines gepeinigten Tieres, schnitt er dem Jungen die Kehle durch.

»Da hast du deinen Krüppel«, schrie er frohlockend und hielt das bluttriefende Schwert in die Luft. Mit irrem Gelächter machte er die Runde, das Schwert gen Himmel gereckt. Die Menge stand wie zu Eis erstarrt. Es fiel ihnen nicht einmal ein, sich zu bekreuzigen.

Ich war sofort an Ramons Seite, während Severin sich mit dem Schwert in der Hand schützend vor uns stellte. Die Finger des Jungen krallten sich in seinen Hals, und er starrte entsetzt auf das Blut, das aus ihm hervorquoll. Vergeblich versuchte er zu atmen, und hilflos musste ich zusehen, wie mein Sohn in meinen Armen am eigenen Blut erstickte.

Die nächsten Augenblicke nahm ich kaum noch wahr. Erst später haben sie es mir erzählt.

Während ich Ramon in den Armen hielt, fand sich Ricard von unseren, vor ohnmächtigem Zorn rasenden Speerträgern umringt. Er schwang sein Schwert in alle Richtungen, und das hielt sie eine Weile zurück, bis Gustau auftauchte und brüllte, der Kerl gehöre ihm. Da machten sie eine Gasse, und Gustau hob Martins Türkenbogen.

Der erste Pfeil traf Ricard in die Gurgel, der zweite in die Brust. Aber er fiel nicht. Wankend und blutspuckend, fuchtelte er weiter mit dem Schwert vor sich herum und machte unflätige Gesten mit der anderen Faust. Hier war der Mann, der sie in Angst und Schrecken gehalten, ihre Frauen geschändet und gemordet hatte. Wie auf ein Kommando warfen sich alle auf einmal auf ihn, schlugen und stachen auf ihn ein, trampelten auf ihm herum, als er am Boden lag, begannen, ihn mit ihren Messern zu zerstückeln, und balgten sich um Teile seines Leichnams. Zuletzt pflanzten sie seinen blutigen Kopf auf einen Speer. Erst dann beruhigte sich die Menge.

Aber all das sah ich nicht.
Ich sah nur Ramon. Sein Gesicht war still und leichenblass. Im Tod hatte er nichts Einfältiges mehr. Seine Züge waren ernst, als müsse er nachdenken oder als schaue er nach innen in seine junge Seele hinein. Ich spürte schmerzhaft, wie mit ihm das letzte Band zu Amelha zerschnitten war. Ein wilder Klageschrei entriss sich meiner Brust, während ich den schmalen Körper in meinen Armen wiegte. Und dann war Berta auf den Knien neben mir. Tränenüberströmt warf sie die Arme um uns beide und hielt uns fest umschlungen. Wir hockten auf dem Wiesengrund und weinten gemeinsam um meinen Sohn Ramon, den Krüppel.
»Lasst sie nicht entkommen, bei Allah!«
Hamids Stimme drang schwach in mein Bewusstsein. Dann Pfiffe und das Klatschen von Riemen auf Pferdeflanken und sich entfernender Hufschlag. Es dauerte, bis ich mich von meinem toten Kind losreißen konnte. Ich war so unendlich müde. Den Leichnam betteten wir ins Gras und erhoben uns langsam. Berta wollte mich nicht loslassen. In ihren Augen stand immer noch die Angst der letzten Stunden.
In der Ferne konnte ich Hamid, Jaume und Severin ausmachen, die zwei Reitern nachjagten. Robert und sein blonder Engel hatten die Flucht ergriffen.
Luis, der Knecht, hielt Ghalib am Zügel und reichte mir mein Schwert. Ich schnallte Ghalibs Brustschutz ab und untersuchte seine Wunde. Er scheute, als ich sie berührte, aber ich sah, dass es weniger schlimm war, als ich angenommen hatte. Die Kettenringe hatten die Axt abgefangen. Ich streichelte seinen Hals und legte kurz mein Gesicht an seine lange Nase, um ihm für seine Treue zu danken. Ein Schlachtross ist mehr als nur ein Reittier. Und Ghalib hatte sich heute als mein wahrer *companh* erwiesen.
»Berta, die Sache ist noch nicht zu Ende.«
Damit schwang ich mich in den Sattel und folgte den anderen, wenn auch in einer gemächlicheren Gangart, denn ich wusste, die Flüchtenden würden Hamid nicht entkommen.
Unweit des Dorfes hatten sie die beiden schon gestellt. Ein gut gezielter Pfeil hatte Roberts Gaul verletzt, so dass er heftig lahm-

te. Der junge Jordan hatte sich nicht davongemacht, sondern war an der Seite seines Herrn geblieben. Robert selbst saß mit düsterer Miene am Wegrand, Severins Schwert im Nacken, während Jaume ihm die Hände auf den Rücken band. Sie hatten ihm den Helm abgenommen, und sein Haar, sonst so gepflegt, hing ihm wirr in die Stirn.

»Auf die Knie!«, schrie Jaume. Und als Robert ihm Folge leistete, stieß er ihn mit der Faust in den Rücken. »Und beug dich vor unserem *Castelan!*«

Aber das tat er nicht. Ruhig sah er zu mir auf. Er wusste, dass er keine Gnade von mir zu erwarten hatte, aber er behielt seine Würde. Wie ein Spieler, der alles auf einen Wurf gesetzt und dann verloren hat, so schien er entschlossen, sein Schicksal mit Fassung zu tragen.

Lange starrten wir uns gegenseitig an.

»Es gibt kein Testament«, sagte ich schließlich. »Odo hat es zerstört.«

Ich weiß nicht, warum ich dies sagte. Eine plötzliche Eingebung. Oder vielleicht wollte ich ihn nur quälen.

Robert runzelte die Stirn. »Kein Testament?«

»Nein. Du bist einem leeren Traum nachgejagt, der sich nie hätte erfüllen können.« Er senkte den Blick und schluckte. »Alles für ein Pergament, das es nicht gibt«, fügte ich verächtlich hinzu. »So viele Tote für nichts.«

»Bist du sicher?« Er sah mich ungläubig an.

»Odo wusste, nur Übles würde daraus erwachsen«, fabulierte ich drauflos. »Warum denkst du, dass er mich so lange von diesen Dingen ferngehalten hat? Er wollte alles vergessen machen. Niemand sollte je daran rühren. Am wenigsten ich und meine Familie.«

Robert dachte eine Weile darüber nach. Dann hob er die Augen und nickte. »Vielleicht weiser.«

»Jedenfalls weiser als dein Vater, der die Gier in dir geweckt hat.«

»Nein«, erwiderte er. »Nicht mein Vater.« Mehr sagte er nicht dazu. Stattdessen sah er mir offen in die Augen. »Und nun willst du mich töten, obwohl ich unbewaffnet vor dir knie.« Er sprach beherrscht und mit mehr Mut, als er während des *tornei* gezeigt hatte.

»So waren die Regeln. Ich habe gesiegt, und du musst mit deinem Leben bezahlen.« Neben uns hörte ich, wie Jordan aufschluchzte und sich die Nase wischte. Seine Tränen rührten mich wenig, denn ich dachte an das Leid und die vielen Toten, die diese unsinnige Fehde gekostet hatte.

»Was ist mit Barmherzigkeit?«, fragte Robert.

»Bettelst du etwa um dein Leben?«

»Das Gebot Jesu. Bist du nicht ein Ritter Christi?«

»Du sprichst von Barmherzigkeit?«, fragte ich aufgebracht. Die Wut stieg in mir empor. »Kerle wie du haben das Gebot der Liebe mit Füßen getreten und in eine Lehre des Hasses verwandelt. Sie haben sich im Namen Christi über andere Völker erhoben, sinnlos gemordet, erobert und alles unersättlich in sich hineingefressen. Und Dummköpfe wie ich haben ihnen auch noch dabei geholfen. Barmherzigkeit?« Ich lachte bitter. »Du meinst, du verdienst Barmherzigkeit? Ich sage dir, es gibt nur eine Barmherzigkeit, nämlich die Welt von Heuschrecken wie dich zu befreien. Hast du vergessen, was dein Handlanger Peyregoux hier verbrochen hat?«

»Ich habe davon gehört«, murmelte er dumpf.

»Er hat es getan, aber es ist in deinem Namen geschehen. Ich bin sicher, du hast schon viele benutzt, wie du auch meinen Sohn Raol benutzen wolltest. Kerle wie du, ihr ekelt mich an.«

Fast hätte ich ihm ins Gesicht gespuckt, so wütend war ich. Und mein Schwert machte dieses unverkennbare Geräusch, als es aus der Scheide glitt. Ich hörte, wie Jordan den Atem anhielt. Und die Pupillen in Roberts dunklen Augen weiteten sich. Er wusste, was ihm bevorstand.

»Lass den Jungen leben«, flüsterte er. »Mich kannst du töten, aber er … Ich bitte dich … Er hat den Tod nicht verdient.«

Seine Augen richteten sich auf Jordan, und in diesem Blick war so viel Liebe und Zärtlichkeit, dass es mich wider Willen ins Herz traf. Jordan weinte und hob eine zitternde Hand und berührte

Roberts Gesicht. Der schloss die Augen und küsste mit bebenden Lippen die Finger seines Geliebten.
Alles hatte ich erwartet. Dass er jammerte und um Gnade flehte, dass er mich verfluchte und verhöhnte, meine Mutter eine Hure schimpfte. Alles, aber nicht das. Nicht diese Liebe. Hier war ein Mann voller Hochmut, Gier und Gewissenlosigkeit, ein Mächtiger bei Hofe, einer, der Menschen benutzte und hinterhältige Pläne schmiedete. Und in diesem Augenblick, in Erwartung seines Todes, schien all dies von ihm abgefallen zu sein. Nichts zählte mehr für ihn als die Liebe zu diesem jungen Burschen.
Ich hob mein Schwert und packte es fest mit beiden Fäusten. Niemand sprach ein Wort. Es war still um uns herum, die Stille des Todes. Oder war es die Stille Gottes? Lange starrte ich die beiden vor mir an. Dann atmete ich langsam aus und ließ das Schwert wieder in die Scheide gleiten.
»Bindet ihn los«, befahl ich barsch.
»Was?«, rief Hamid erstaunt. »Bist du von Sinnen? Der Kerl wird nie aufhören, dein Feind zu sein, und dich immer verfolgen. Besser, du tötest ihn.«
Er hatte wie immer recht. Einen mächtigen Todfeind am Leben zu lassen, wie dumm konnte man sein? Ich würde es mein Lebtag lang bereuen.
»Ich sage, bindet ihn los!«
»Was ist mit Raol«, versuchte es Hamid noch einmal. »Er wird sich an deinem Sohn rächen.«
Ja. Vielleicht.
Robert sah mich mit großen Augen an. Er schien noch nicht verstanden zu haben. Vielleicht war es meine Liebe zu Berta, die mich daran hinderte, das einzig Sinnvolle zu tun, und weil ich dachte, dass ein Mann, der einen anderen Menschen so sehr liebt, nicht in Gänze schlecht sein kann, oder ähnlichen Unsinn. Später schien es mir, als habe doch noch Gott zu mir gesprochen. Jedenfalls war ich froh, dass das Morden ein Ende hatte. Ich machte mich selbst an seinen Fesseln zu schaffen und band ihn los.
»Gib ihm dein Pferd, Jaume!« Der öffnete den Mund, um zu widersprechen. »Tu, was ich dir sage, Mann!«

Wie benommen stieg Robert in den Sattel. Auch Jordan saß auf.
»No parla mot!«, sagte ich heiser. »Über alles Stillschweigen, hörst du? Und wenn du Raol auch nur ein Haar krümmst, werde ich dich finden. Und dann hole ich nach, was ich dir heute erlassen habe.«
Robert nickte. »Danke«, flüsterte er.
Einmal noch drehte sich Jordan im Sattel um und hob scheu die Hand zum Abschied. Dann ritten sie langsam davon, und ich blickte ihnen lange nach. Dabei dachte ich wehmütig an meinen toten Sohn. Aber wenn ich seit Joanas Beichte über meinen Platz in der Welt gezweifelt hatte, nun sah ich alles klar vor mir.
Amor vincit omnia.
Ein lächerlicher Spruch, sollte man meinen. Und doch …

Jaumes Liebeslied

Sanctus Alexius,
Patron der Pilger, Bettler,
Vagabunden und Kranken;
beschützt vor Erdbeben, Blitz und
Unwetter, Pest und Seuchen

Dominica,
17. Tag des Monats Juli

Es war Wochen später, nachdem wir unsere Toten begraben und von der Ernte gerettet hatten, was noch übrig war, da besuchten wir am Tag des Herrn die Kirche in Cubaria und dankten Gott für unsere Erlösung. Dem verdammten Pfaffen Bernard hatte ich verziehen, nachdem er mir versprochen hatte, im Spätsommer mit dem Bau von Adelas Kapelle zu beginnen. Und das Ganze kostenlos. Selbst das Baumaterial würde er stellen.

Es war ein friedlicher, sonniger Tag. Nach der Messe ritten Berta und Adela über die Felder. Berta war gewiss kein Ersatz für Adelas Mutter, aber in ihr hatte meine Tochter eine Frau gefunden, zu der sie aufschaute und mit der sie sich gut verstand. Berta und Joana würden ihr die schwierige Zeit des Erwachsenwerdens erleichtern.

Wir Männer saßen mit einem Becher Wein auf der Dorfwiese im Schatten des prachtvollen Baldachins, den Robert zurückgelassen hatte und den wir für heute hervorgeholt hatten. Gisla füllte unsere Krüge nach, und ich ließ auch Martin einen verdünnten Schluck davon trinken. Drogos Witwe trug sich ernst, ganz in Schwarz gekleidet, aber sie schien gefasst. Sie war noch jung und würde gewiss bald einen neuen Ehemann finden. Ich lud den alten Albin, ihren Schwiegervater, ein, einen Schluck mit uns zu nehmen.

»Dass wir Alten sterben, ist der Lauf der Dinge«, sagte Albin mit trüber Miene. »Aber es ist schlimm für einen Vater, seinen Sohn zu begraben.«
So wie ich Ramon hatte begraben müssen.
Alle Opfer dieser schrecklichen Tage hatten wir auf dem kleinen Gottesacker neben der Burg zur ewigen Ruhe gebettet. Die sterblichen Überreste der Toten in den Bergen waren ausgegraben und ins Tal gebracht worden, die Leichen aus dem Fluss geborgen, ebenso wie die Männer in den Särgen, die wir nach jenem Nachtangriff mit Seilen von der Burgmauer heruntergelassen hatten. Drogo, Rosa, Alexis, Marta und Vilapros erhielten Ehrenplätze. Täglich besuchte ich Ramons frisches Grab und dachte darüber nach, was hätte sein können.
»Und besonders bei einem guten Sohn wie Drogo«, fügte ich hinzu, und darauf tranken wir einen kräftigen Schluck. »Wir waren unzertrennlich, wenn du dich erinnerst.«
Der Alte nickte. »Die Plage des ganzen Dorfes seid ihr gewesen.«
Ein Stück abseits, im Schatten einer Eiche, hatten die Frauen von Rocafort eine Tafel für sich aufgebaut. Dort herrschte Joana. Und Cortesa saß still dabei. So stark sie sonst war, aber bei der Nachricht von Alexis' Tod war sie zusammengebrochen. Tagelang hatte sie mit niemandem gesprochen und das Essen verweigert. Bis Joana ihr endlich klarmachte, dass sie essen müsse, wollte sie nicht auch noch das Kind in ihrem Bauch umbringen. Trotzdem sah sie immer noch blass und abgemagert aus, gar nicht, wie man es von ihr gewohnt war.
»Wann kommt Raol endlich heim?«, fragte Albin.
»Bald«, erwiderte ich. »Sie haben einen Boten gesandt. Und Berta kann es kaum erwarten.«
Albin lächelte. »Jeder Mutter ist die Trennung von ihrem Kind ein Greuel, und sei es noch so erwachsen.«
»So ist es. Und was mich betrifft, so bin ich froh, dass ich ab jetzt mehr Zeit mit meinen Söhnen verbringen kann. Die, die mir geblieben sind«, sagte ich und fuhr Martin durch den blonden Haarschopf.

Hamid kam den Weg von der Burg herunter, begleitet von Magdalena. Obwohl sich beide, in Anbetracht Vilapros' heldenhaften Todes, sehr zurückhaltend und rücksichtsvoll benahmen, konnte doch ein jeder aus ihren versteckten Blicken lesen, dass sie heimlich ein Paar geworden waren. Magdalena, die heute in den Farben der Trauer gekleidet war, hatte nie besser ausgesehen. Hamid geleitete sie zum Tisch der Frauen, wo sie freudig aufgenommen wurde. Dann kam er herüber und setzte sich zu uns. Er hatte seine beste Tunika angelegt, trug einen reichverzierten Gürtel und zum ersten Mal seit langer Zeit wieder sein Beduinentuch um den Kopf geschlungen. Er sah blendend aus, wie ein Fürst der *sarasins*.

Ich reichte ihm einen Becher mit Wein.

»Es tut mir leid, mein Freund«, sagte ich, »dass du hier schon in den ersten Wochen deiner Ankunft all dies erleben musstest. Ich hoffe, du bereust nicht deine Entscheidung, mich zu begleiten.«

Bedächtig trank er den ersten Schluck.

»Weißt du, Jaufré«, sagte er, »je mehr man um etwas kämpfen muss, umso lieber und wertvoller wird es.« Er sah auf und grinste, dass seine weißen Zähne blitzten. »Ich habe dieses Tal inzwischen richtig liebgewonnen und werde es nicht mehr hergeben.«

Die Männer am Tisch, die ihn hörten, lächelten erfreut und tranken ihm zu. Der alte Albin hob seinen Becher.

»Sie haben gottlob nicht alle Rebstöcke zerstört«, bemerkte er, nachdem er ausgiebig an dem Wein gerochen und gekostet hatte. »Wenn der Sommer hält, was er verspricht, dann sollte es ein guter Jahrgang werden.«

Für das Landvolk sind Saat und Ernte, der Ablauf der Jahreszeiten, das Wetter und die Gesundheit des Viehs immer Fragen von lebenswichtiger Bedeutung, ganz gleich, was sonst geschieht. Menschen sterben, Kinder werden geboren, aber der Kreislauf der Natur geht unaufhörlich weiter. Irgendwie war ich froh, dass der Alte von der Zukunft sprechen konnte.

»Hör mal zu, Albin«, sagte ich. »Dein Enkel, der junge Jaufré, der mein Patenkind ist.«

»Was ist mit ihm?«

»Ich weiß, er hat schon viel bei Drogo gelernt, aber nicht genug.« Ich sah Albin eindringlich an. »Gicht oder nicht, du musst zurück in die Schmiede, alter Mann! Bring ihm alles bei, was du deinen Sohn gelehrt hast, alles, was du weißt. Das Leben geht weiter, und wir brauchen einen guten Schmied.«

»Ist mir schon klar, Herr«, antwortete er und nahm noch einen Schluck, auf dem er genüsslich kaute. »Er ist ein guter Junge. Nicht so stark wie sein Vater, aber er hat einen klugen Kopf. Der wird vielleicht noch besser als Drogo.« Dann schüttelte er seinen greisen Schädel und seufzte.

Während wir den Wein kosteten, war mir aufgefallen, dass die alte Elena um uns herumstrich, aber so tat, als sähe sie mich nicht. Lange redete sie mit einer Bäuerin. Als diese ging, um sich zu den Frauen zu gesellen, war sie unbeweglich in Betrachtung der Gänse versunken, die ich in Cubaria gekauft hatte und die auf der Wiese an den Grashalmen zupften. Sie kehrte uns den Rücken zu, und dabei hörte ich sie Unverständliches murmeln, als wolle sie sich eine Rede zurechtlegen. Es war augenscheinlich, dass sie etwas auf dem Herzen hatte und sich nicht recht traute, es anzusprechen.

»Elena«, sprach ich sie schließlich an. »Wie geht es dir heute?«

Erschrocken fuhr sie herum und fingerte verlegen an ihrer Haube. »Wie soll es einem gehen, Herr?«, erwiderte sie. »Nach diesen schrecklichen Dingen, die hier geschehen sind. Es wird lange dauern, bis wir wieder so lachen können wie früher.«

»Das ist sicher wahr.«

»Senher …« Sie rang nach Worten.

»Was ist?«, fragte ich freundlich. »Sprich mit mir.«

Sie zögerte immer noch, aber fasste sich schließlich ein Herz. »Ich wollte Euch danken, Herr.«

»Mir danken? Aber wofür?«

»Dass Ihr für uns alle gekämpft habt, Ihr und Eure Freunde. Ihr habt Euch vor uns gestellt, obwohl es bös hätte ausgehen können. Wie dieser Wegelagerer, der sein Leben verloren hat. Und unser armer Drogo.«

Sie holte tief Luft. Dass Bewaffnete oder gar Herrenvolk sich für einfache Leute einsetzten, das schien ihr nicht so recht in den Schädel zu wollen, denn sie schüttelte lange den Kopf und sah mich dabei mit großen Augen an. »Ich hätte es nie für möglich gehalten, und ich will es Euch hoch anrechnen, Herr, wenn Ihr erlaubt, dass ich das sage.«

»Es ist doch auch mein Dorf, vergiss das nicht.«

Elena sah auf ihre Füße. Da war anscheinend noch mehr.

»Vielleicht habe ich Euch unrecht getan«, sagte sie ein wenig unsicher, »denn gewiss hattet Ihr damals recht, meinen Bennot mitzunehmen. Irgendjemand musste ja gegen die Heiden kämpfen, oder?« Sie sah mich mit feuchten Augen an. »Er hat Euch doch geholfen, das Grab des Heilands zu befreien, ist es nicht so, Herr? Er ist für Gott gestorben, mein Bennot, nicht wahr?« Sie schluchzte so herzzerreißend, dass ich meine Arme um sie legte. Meine Kehle war wie zugeschnürt, und ich brachte kein Wort hervor. »Sagt mir, *Senher*«, flehte sie klagend, »dass er ehrenvoll gestorben ist und dass Gott ihn zum Lohn in sein Himmelreich genommen hat.«

»Ja, Elena«, raunte ich ihr heiser zu. »Er ist ehrenvoll gefallen. Vor den Mauern Jerusalems. Und nun sitzt er an Gottes Seite.«

Elena glaubte meinen tröstenden Worten. Sie schneuzte sich an ihrem Rock. Dann lächelte sie zaghaft und wischte sich die Tränen aus dem Gesicht.

»Danke für diese Kunde, Herr«, sagte sie, und es kam mir vor, als stünde sie ein wenig aufrechter. »Mein Bennot hat sich für Jesus Christus geopfert. Deshalb will ich nicht klagen.« Sie drückte meinen Arm. »Und ich bin froh, *Senher*, dass der Herrgott Euch das Leben erhalten hat, dass Ihr wieder unter uns weilt. Dafür habe ich mich heute in der Kirche bedankt.«

Sie lächelte noch einmal zaghaft und wanderte dann erhobenen Hauptes zu ihrer Hütte am Dorfrand. Ich biss mir auf die Lippen. Möge Gott mir verzeihen, dachte ich, denn ich schämte mich für meine Lüge. Aber wie hätte ich sagen können, dass ihr Bennot eines unwürdigen Todes gestorben war, im eigenen Unrat verreckt, verscharrt in einem Massengrab, ohne Salbung und ohne Kreuz, als eines der vielen Opfer der Seuche vor den Toren

Antiochias. Ein Tod ohne Sinn und Bedeutung, für den allein ich die Verantwortung trug.
Als ich ihr nachsah, wanderten meine Gedanken zu Sant Gille in seinem *sarcophargus* auf der Burg Mons Pelegrinus. Wie unterschiedlich das Schicksal dieser beiden Pilger, Bennot und Raimon. Der eine war eine reine Seele gewesen und endete im namenlosen Massengrab. Der andere wird als Held der Christenheit gefeiert und war doch ein Mörder. Denn das musste der Grund gewesen sein, warum der alte Graf sein Leben im Heiligen Land beschließen wollte. Es war sein Gewissen. Er wollte Sühne tun für seine Sünden. Er hatte wirklich geglaubt, Gott würde ihn von seiner Schuld erlösen, wenn er das Grab des Heilands befreien würde. Welch eine Hochmut in der Demut! Für diese Buße sind Zehntausende hingemetzelt, Städte und Dörfer zerstört und unzählige Familien ausgerottet worden. Nun, ich wollte nicht über ihn richten, das war Gottes Recht allein.
Niedergeschlagen setzte ich mich wieder zu Martin und leerte in einem Zug einen ganzen Becher Wein im Versuch, die Erinnerung abzuschütteln.
Der Junge, der Elena zugehört hatte, wollte alles über die Erstürmung Jerusalems wissen. *Jes Maria*, verschone mich, dachte ich. Aber er ließ mir keine Ruhe, bis ich ihm die Einzelheiten der Belagerung erklärte.
»Vater, eines Tages will auch ich auf Wallfahrt gehen.«
Que Dieu m'ajut, dachte ich erschrocken. »Man kann auch anderweitig Gutes tun, mein Junge. Man muss nicht nach Jerusalem ziehen.«
»Auch ich wollte immer nach Mekka pilgern«, sagte Hamid gedankenvoll und nicht sehr hilfreich. »Bis alles anders kam.« Er sprach von jenem Jahr, in dem er wegen seiner verbotenen Liebe zum Galeerendienst verurteilt worden war. »Einmal in seinem Leben soll jeder Muslim die Kaaba umrunden. Nun wird es wohl nichts mehr damit.«
»Vielleicht solltest du Christ werden«, bemerkte ich spöttisch.
»Lieber ein schlechter Muslim als ein noch schlechterer Christ!«, antwortete er prompt, grinste dabei aber entwaffnend.

»Was hat dieser Maurensohn gegen Christen, eh?«, fragte Guilhem gutgelaunt und setzte sich zu uns.
Er hatte sich einigermaßen von seinem Lanzenstich erholt. Auch Severin tauchte auf. Wir rückten zusammen, um ihnen Platz zu machen.
»Gut, dass du kommst, Guilhem«, sagte ich. »Jetzt, da Vilapros das Zeitliche gesegnet hat, brauche ich jemanden, der ihn ersetzt und die Rodung in die Hand nimmt. Nemos Leute müssen angesiedelt und beaufsichtigt werden. Wie wär's mit dir, *mon velh?*«
»Bist du verrückt?«, rief Guilhem. »Sehe ich wie ein Bauer aus?« Er zog geringschätzig die Luft durch die Nase.
»Es ist ein großzügiges Angebot, du Dummkopf!«
Er lachte breit. »Ich weiß, Jaufré. Ich weiß. Und ich danke dir, aber das ist nichts für mich. Nimm lieber unseren jungen Severin hier. Der kennt sich mit der Feldwirtschaft aus.«
Erstaunt blickte ich Severin an. »Ist das wahr?«
»Es stimmt, *Castelan*. Wir besitzen ein Gut in Bearn.«
»Aber du wolltest doch heimkehren.«
»Eigentlich schon. Doch da mein Bruder das Gut erbt ...«
Ich verstand. »Also gut. Du wärest uns mehr als willkommen, mein Junge.« Ich hielt ihm die Hand hin. »Schlag ein!«
Severin wurde rot vor Freude und schüttelte meine Hand. »Es ist eine große Ehre, und ich werde Euch nicht enttäuschen, *Castelan*.«
»Und was ist mit dir, Guilhem?«, fragte ich den alten Haudegen. »Es wird Zeit, dass du dich zur Ruhe setzt. Oder willst du weiter die Hurenhäuser in den Häfen unsicher machen?«
»Nun«, Guilhem räusperte sich umständlich, »unser maurischer Freund hier hat mir ein Angebot gemacht. Ich will ihm helfen, seine Rösser zu züchten.« Er nahm einen Schluck und grinste. »Teufel noch eins, Jaufré! Die jungen Gäule einzureiten, das passt doch besser zu einem rechten Kerl, als Kohl zu pflanzen, was?«
»Na schön«, lachte ich. »Und keine losen Weiber mehr?«
Hamid grinste frech. »Er macht sich Hoffnungen auf eine gewisse Dame, Jaufré.«
»Was für eine Dame?«

Guilhem funkelte Hamid wütend an. »Kannst du nichts für dich behalten, du Sarazenenhund?«
»Könnt ihr mir sagen, was hier vor sich geht?«, knurrte ich.
»Er hat Gefallen an seiner Wundheilerin gefunden.«
Es dauerte einen Augenblick, bis ich verstand.
»Joana?«, fragte ich entgeistert. »Da musst du dich aber gewaltig anstrengen«, prustete ich los, und alle lachten, außer Guilhem, der eine Grimasse zog und uns die Zunge herausstreckte. Aber dann konnte er nicht umhin, einen schnellen Blick zum Tisch der Weiber zu werfen, wo Joana thronte und gerade eine Geschichte erzählte.
Als sie merkte, dass wir Männer sie anstarrten, runzelte sie verlegen die Stirn, ließ sich aber nicht davon abhalten, ihren Redeschwall fortzuführen. Guilhem, der rot geworden war, steckte seine Nase in den Becher und trank ihn in einem Zug aus. Vergnügt blickte ich in die Gesichter meiner Freunde. Gott hatte uns aus Outremer hierhergeführt, an den Ort meiner Kindheit, hatte uns um dieses Tal kämpfen und siegen lassen. Unsere lange Reise war zu Ende.
Plötzlich legte Hamid den Finger auf die Lippen und deutete auf den Waldrand. Eine Gestalt war zwischen den Bäumen hervorgetreten und kam langsam auf uns zu. Es war Gustau.
Seit dem Tag des *tornei* hatten wir ihn vermisst. Er musste sich irgendwo in den Wäldern herumgetrieben haben. Das war wohl seine Art der Trauer. Er sah abgemagert aus, die Kleidung verdreckt und abgerissen. Im Gürtel steckte sein langes Messer, und in der Hand trug er den Bogen des Seldschuken. Er näherte sich langsam und legte behutsam den Bogen vor Martin auf den Tisch. Er nahm den Köcher von der Schulter und legte ihn dazu. Dann setzte er sich.
»Es fehlen zwei Pfeile«, war alles, was er von sich gab.
»Danke«, antwortete Martin erstaunt. Gustau nahm den Becher aus meiner Hand und trank den Wein mit Genuss. Alle starrten ihn an, und lange sprach niemand ein Wort. Natürlich dachten wir an Rosa, und irgendwie hatte sein plötzliches Auftauchen uns ein wenig beklommen gemacht.

»Gustau«, meinte ich schließlich. »Ich brauche einen Jagdmeister.«
Er überlegte kurz und nickte dann. »In Ordnung, *Castelan.*«
Als gäbe es weiter nichts zu sagen. Er trank ruhig seinen Wein, hörte allen zu, aber blieb still und in sich gekehrt. Und so ist es bis heute geblieben.

***

Wenige Tage später kehrte Raol aus Tolosa zurück.
Das heißt, wir erfuhren von den Mönchen, dass er sich in Cubaria einquartiert hatte, denn auf Rocafort wollte er sich keinesfalls blicken lassen. Niemanden außer mir wolle er sehen, sagten sie. Natürlich ließ Berta sich nicht im Geringsten davon abhalten, sofort ihren Schecken zu satteln und mit mir nach Cubaria zu reiten. Robert Borcelencs hatte unseren Sohn ohne weiteres ziehen lassen, ihm sogar sein kostbares Pferd und die teuren Waffen geschenkt. Aber wenn Berta sich auf ein herzliches Wiedersehen gefreut hatte, so wurde sie enttäuscht. Er empfing uns kalt und sprach kaum ein Wort mit ihr.
»Was ist mit dir?«, rief sie verzweifelt, als er ihr kühl den Rücken zudrehte.
Wie Prior Bernard mir später berichtete, war er leichenblass geworden, als er von den Toten und all den schlimmen Dingen erfuhr, die Ricard uns angetan hatte. Und Müller Joris hatte ihm unter Tränen und in allen Einzelheiten von Martas grausamen Tod erzählt. Es musste einen Halbwüchsigen wie Raol fast um den Verstand gebracht haben, zu erfahren, mit wem er sich eingelassen hatte.
»Er schämt sich über die Rolle, die er gespielt hat.«
Raol wurde rot und warf mir einen wütenden Blick zu. Ich wollte ihm diese Gefühle jedoch nicht ersparen, denn schließlich hatte er seiner Familie den Rücken gekehrt und sich mit Feinden verbündet, auch wenn ihm die Folgen und das Ausmaß ihrer Bosheit nicht bewusst gewesen waren. Vielleicht würde er in Zukunft zweimal nachdenken, bevor er handelte. Jedenfalls musste

es ihn unsäglich reuen, dass er sich von Robert hatte verführen lassen. Nur zugeben konnte er dies nicht.
»Was weißt du schon von mir?«, schleuderte er mir ins Gesicht.
»Wenig. Aber das würde ich gern ändern.«
»Ich habe dir vorher nichts bedeutet, warum also jetzt?«
»Ich will dir ein guter Vater sein.«
»Ich brauche keinen.«
»Niemand gibt dir irgendeine Schuld, Raol«, beschwor Berta ihn. »Komm jetzt heim nach Rocafort.«
»Niemals!« Er hatte es herausgeschrien, und Berta zuckte erschrocken zurück.
»Raol, mein Junge«, versuchte sie es abermals. »Der Mann hat dich geblendet, mit seinen Geschenken und seinem Reichtum. Es hätte jedem in deinem Alter den Kopf verdreht.«
Aber sie erntete nur eine finstere Miene. »Jedem außer Martin«, schnaubte er wütend, »deinem Liebling.«
»Was sagst du da?«, rief Berta. »Du bist doch ebenso mein Liebling, wenn nicht mehr.« Sie schlang ihre Arme um ihn und küsste ihn, aber mit einem trockenen Schluchzen machte er sich frei und stieß sie ungestüm von sich. Sein schlankes Gesicht ließ den Schmerz ahnen, den er durchlitt, doch helfen lassen wollte er sich nicht.
»Ich gehe fort«, stieß er mit zusammengepressten Lippen hervor, die keinen Widerspruch duldeten, auch wenn er dabei Tränen in den Augen hatte.
»Wohin?«, fragte ich erstaunt.
»Nach Outremer!«
»Nein!«, schrie Berta, als habe man sie ins Herz getroffen. »Nicht das!«
Es musste sie wie eine schreckliche Wiederholung anmuten. Sie beschwor ihn, bei uns zu bleiben. Aber es half nichts. Stundenlang redeten wir auf ihn ein. Er war nicht zu bewegen, sein Vorhaben zu ändern. Er sei nur gekommen, damit ich ihm, als Teil seines Erbes, genügend Gold für die Reise gab. Deshalb habe er mich sprechen wollen, und sein Verlangen sei nur recht und billig.

Damit hatte er gewiss nicht unrecht. Was hätte ich tun sollen, ihn einsperren? Ihm meine Hilfe verweigern? Er hätte uns ohnehin verlassen, und ohne Geld wäre es ihm schlecht ergangen. Drei Tage lang redeten Berta und ich über nichts anderes.

»Er ist genauso halsstarrig wie du«, schluchzte sie.

»Irgendwann werden die jungen Vögel flügge«, sagte ich lahm.

»Er ist viel zu jung, und das weißt du.«

»Aber in der Ferne ist er sicherer als hier. Fürs Erste zumindest.«

»Du glaubst, Robert wird es noch einmal versuchen?«

»Nein. Aber wenn er redet, könnten andere kommen. Ich hätte Robert töten sollen, als ich die Gelegenheit hatte.« Es war meine Sorge, dass noch Mächtigere uns verfolgen könnten.

»Ich bin froh, Jaufré, dass du es nicht getan hast.«

»Bertran kann Raol aufnehmen und sich um ihn kümmern.«

»Aber Outremer, *mon Dieu!* Dort wird er umkommen.«

»Derzeit herrscht in Tripolis kein Krieg. Die Erfahrung tut dem Jungen vielleicht gut, und in ein paar Jahren kommt er wieder.«

Am Ende war sie einverstanden, und ich diktierte *Paire* Jacobus einen Brief für meinen Halbbruder Bertran, in dem ich ihm berichtete, dass Borcelencs keine Gefahr mehr bedeutete, und ihn bat, meinen Sohn unter seine Obhut zu nehmen. Dann noch eine Nachricht an den Juden Ephraim in Narbona. Er sollte Raol mit Geld ausstatten und einen Platz auf einem Schiff nach Tripolis für ihn finden.

So kam es, dass Raol uns mit dem Versprechen verließ, in wenigen Jahren heimzukehren. Berta weinte, als er davonzog. Aber sie wusste auch, dass sie ihre Söhne nicht ewig an sich binden konnte. Aus wenigen Jahren wurden dann viele, und leider wartete ich noch heute vergeblich auf seine Heimkehr. Kein Wunder, dass sich die Tage mehren, an denen ich die Hoffnung aufgegeben habe.

***

Als Letztes will ich noch von jenem *canso d'amor* berichten, welches ich bei Jaume in Auftrag gegeben hatte.
Mehrfach hatte ich ihn daran erinnern müssen, und jedes Mal war ich vertröstet worden. Er sei noch nicht so weit, die Sache ließe sich nicht erzwingen und derlei Ausreden mehr. Schließlich wurde ich ungeduldig, und Jaume, der dies bemerkte, ging mir aus dem Weg. Also fragte ich Brun, woran es denn liegen könnte, dass es so lange dauere, und er versprach, unaufdringlich und im Vertrauen Erkundigungen bei Jaume einzuholen.
»Jaume ist verliebt«, berichtete er schmunzelnd ein paar Tage später, als sei dies eine Erklärung für diesen Mangel an Erfindungsgabe.
Ich zuckte mit den Schultern. »Na und? Das ist er doch dauernd. Das wird ihn doch nicht hindern, ein paar Verse zu schmieden«, sagte ich. »Wer ist denn diesmal die Glückliche?« Brun wurde sichtlich verlegen, konnte sich aber dennoch ein Lachen nicht verkneifen. »Nun sag schon!«, brummte ich. »In wen hat er sich verguckt?«
Er versuchte, ernst zu bleiben, aber die Heiterkeit überwältigte ihn von neuem. »Verzeiht, *Castelan*«, sagte er, als er sich endlich beruhigt hatte. »Der Narr hat sich in die *domina* verliebt.«
»In Berta?«, rief ich entgeistert.
Brun nickte und brach erneut in Gelächter aus.
»Er hofft doch wohl nicht auf Erwiderung«, fragte ich halb in Sorge.
»Nein, Herr! So vermessen ist er nicht. Aber er fürchtet Euren Zorn, sollte er jemals seine Verse vortragen.«
»Warum, um Himmels willen?«
»Nun«, Brun wand sich sichtlich. »Sie könnten zu persönlich auf Euch wirken.«
»Wie persönlich meinst du denn?«
»Nun ja. Gefühlvoll eben. Innig.«
»Das hatte ich doch bestellt, verdammt«, knurrte ich. »Ein Liebeslied, das nicht gefühlvoll ist, ist doch kein Liebeslied!«
Brun hob die Schultern und seufzte. »Ihr werdet ihm also nicht zürnen?«, fragte er.

»*Deable*, nein! Ich will nur endlich dieses verdammte Lied«, erwiderte ich. »Sag ihm das!«
Es vergingen noch ein paar Tage, und in dieser Zeit ertappte ich mich dabei, dass ich Jaume bei Tisch verstohlen beobachtete, wenn er sich bequemte, an unseren Mahlzeiten teilzunehmen, was in diesen Tagen nicht allzu häufig vorkam. Entgegen seiner sonstigen Gewohnheit saß er ziemlich steif bei Tisch, sagte kaum ein Wort und vermied es, Berta oder mich anzublicken. Und wenn sie ihn freundlich ansprach, wie eben alle anderen auch, hatte er doch tatsächlich die Frechheit, bis über die Ohren rot zu werden. Es stimmte also. Der Kerl war in Berta verliebt. Bei der nächsten Gelegenheit achtete ich darauf, ob sie ihn anders als die Übrigen behandelte, ihn bevorzugte oder ihm irgendein Zeichen besonderer Zuneigung schenkte. Aber selbst mein misstrauischer Geist konnte nichts Seltsames an ihrem Verhalten entdecken, jedenfalls nichts, das den Burschen in irgendeiner Form hätte ermutigen können.
Inzwischen war es Spätsommer geworden, und wie die alte Elena vorausgesagt hatte, seit der Fehde war das Lachen aus Rocafort verbannt gewesen. Auch das Wetter schien mit uns zu trauern, denn wochenlang stürmte der Nordwind, und es war nass und viel zu kühl für die Jahreszeit, so dass jeder in seiner Behausung blieb, wenn er nichts Wichtiges zu erledigen hatte. Aber dann klarte es auf, und das warme Sommerwetter kehrte zurück. Die Kinder tobten aufs Neue im Freien, und die jungen Mägde begannen wieder, leichtere Kleider zu tragen und die Röcke zu schwingen. Die Männer arbeiteten in den Olivenhainen, und an den lauen Abenden saßen die Leute vor ihren Türen, tranken Wein und redeten bis in die Nacht hinein. Der gewohnte Frohsinn war dabei, zurückzukehren.
Eines Nachmittags tauchte ein Bote auf, der uns den Besuch meines guten Freundes Alfons Guilhem d'Estevenon und seiner Gemahlin für den übernächsten Tag ankündigte. Darüber waren Hamid, Guilhem und ich sehr erfreut, und ich bat unser Weibervolk, ein festliches Mahl herzurichten, obwohl es um den Inhalt unserer Speisekammern eher mager bestellt war. Was fehlte, trug

ich ihnen auf, sollten sie in Cubaria kaufen, auch wenn es mich zugrunde richten sollte. Ich wollte mich nicht lumpen lassen, meinen alten *companh* in aller Gastfreundschaft zu empfangen. Dies war eine gute Gelegenheit, den neuen Anfang in Rocafort zu feiern.

Deshalb ließ ich Jaume kommen.

»Übermorgen gibt es ein Festmahl«, sagte ich zu ihm. »Ein guter Freund kommt uns besuchen.«

»Ich habe davon gehört, *Castelan*«, erwiderte er vorsichtig.

Er sah bleich aus, übernächtigt, als habe er tagelang schlecht geschlafen. Außerdem vermied er meine Augen und sah stattdessen zum Fenster hinaus, als ob es dort Spannendes zu beobachten gäbe.

»Hat Brun mit dir geredet?«

»Das hat er.«

»Und? Was ist mit meinem *canso?*«, fragte ich ungeduldig. »Ich will nicht länger warten. Am Tag des Festmahls wirst du es vortragen. Und keine weiteren Ausreden, ist das klar?«

Er nickte, aber mit einer Miene, als sei dies sein Todesurteil. »So soll es sein«, sagte er dann mit einem Seufzer. »Aber nur unter einer Bedingung.«

Ich runzelte die Stirn. »Die wäre?«

»Ihr zahlt mich gleich jetzt aus, *Castelan*«, stieß er hervor. »Denn nach meinem Vortrag mach ich mich auf den Weg und bin dann endgültig fort von hier!«

»Warum, zum Teufel, willst du mich verlassen?«

»Nicht Euch, Herr!«

Ich starrte ihn an und begriff zuerst nicht. Dann begann es, mir zu dämmern.

»Bertas wegen?«

»Es ist Eure eigene Schuld, *Castelan*.«

»Ich verstehe nicht.«

»Um an diesem vermaledeiten *canso* zu arbeiten, musste ich mich mit dem Gegenstand meiner Verse beschäftigen. Und je mehr ich dies tat und nach schönen Worten suchte, umso mehr begann ich, die *Domna* zu verehren.« Zum ersten Mal sah er mich an. »Sie ist einmalig, Herr«, begann er zu schwärmen. »Schön wie eine Elfe, anmutig …«

»Das weiß ich selbst, *putan!*«, knurrte ich wütend. »Du solltest dichten, aber dich nicht verlieben. Hab ich dir etwa gesagt, du solltest dich verlieben?«

Er ließ den Kopf hängen. »Es tut mir leid, *Castelan*, aber nun ist es besser, ich ziehe fort und suche mein Glück anderswo. Eine andere Burg, eine neue Herrin, neue Abenteuer, da komme ich auf andere Gedanken.«

»Verstehe. Und mir tut es erst recht leid, Jaume. Hätte dich gern behalten.«

So zahlte ich ihn für seine Dienste aus und legte für das Lied noch gutes Gold obendrauf, so wie ich es versprochen hatte, in der Hoffnung, sein *canso* würde uns nicht enttäuschen.

Alfons und sein Weib kamen am angekündigten Tag schon gegen Ende des Vormittags, und wir begrüßten sie herzlich. Ich führte Alfons über meine Ländereien, und als er die Verwüstungen sah, musste ich ihm von unserer Fehde mit Borcelencs erzählen, sagte aber nichts über das Tolosaner Erbe.

»Sei auf der Hut, Jaufré«, warnte mich Alfons. »Ich würde niemandem die Feindschaft eines Borcelencs wünschen. Solltest du mich jemals brauchen, Alter, ich bin zur Stelle, hörst du?«

Ich dankte ihm herzlich, und wir kehrten nach Rocafort zurück, wo man schon mit dem Festmahl auf uns wartete. Noch nie waren so viele Leute in unserer kleinen *aula* versammelt gewesen, und es wurde eine überaus fröhliche Runde. Alfons' Weib kam mir ein wenig einfältig vor, aber gutherzig. Sie lachte laut und ausgelassen und passte somit gut zu ihrem Gemahl, der nicht müde wurde, Anekdoten von unseren Feldzügen zu erzählen, kräftig dem Wein zuzusprechen und immer wieder über seine eigenen Scherze in schallendes Gelächter auszubrechen.

Joana und Cortesa hatten sich in der Küche schier überboten. Wir aßen zart gegrilltes Zicklein, in der Pfanne gebratene, würzige Blutwürste, die einer meiner freien Bauern aus Dankbarkeit gestiftet hatte, am Spieß geröstete Milchferkel, eingelegte Wachteleier, frischen Fisch aus dem Flüsschen und zehn verschiedene

Gemüsegerichte, mit und ohne Knoblauch, aber mit Kräutern und meinem Pfeffer aus Outremer gewürzt. Wir verschlangen Berge von frisch gebackenem, duftendem Brot und tranken ganze Fässchen von Cubarias Reserve leer. Was mir umso besser gefiel, da Prior Bernard den Wein kostenlos gestiftet hatte, vermutlich aus Schuldgefühlen. Nun, trotz allem, dafür wollte ich gern auf das Wohl dieses Raffzahns trinken.

»Ihr Provenzalen denkt nur ans Fressen«, stöhnte Hamid und rieb sich ächzend den Bauch.

»Unrecht hast du!«, rief Alfons. »Es gibt noch andere Dinge, die wir schätzen, nicht wahr, *mon cor?*«

Bei diesen Worten, und angeheitert wie er war, klatschte er seinem Weib so derb auf den breiten Hintern, dass sie erschrocken hochfuhr. »Pfoten weg, du geiler Bock!«, schrie sie, Entrüstung spielend. »Noch dazu vor all den Leuten!« Aber gleich darauf stimmte sie in sein fröhliches Gelächter ein und schob ihm zur Versöhnung ein Stückchen Käse in den Mund.

Schließlich war es so weit. Die Tafel wurde abgeräumt, die Mägde trugen dicke Milch und mit Honig gesüßte Waldbeeren auf, und alle feuerten Jaume an, nun endlich mit seinem Spiel zu beginnen, während sie genüsslich an ihrem Nachtisch löffelten.

Er nahm umständlich seine Laute zur Hand, räusperte sich verlegen, begann, das Instrument nachzustimmen und die ersten Akkorde anzuschlagen. Daraufhin verbeugte er sich zuerst vor Berta, dann vor mir und schließlich vor den anderen Gästen.

»Unser *Castelan* hat mich gebeten, ein *canso* zu Ehren unserer *domina* zu erdichten«, sagte er. »Zuerst wollte mir nichts einfallen, was der Herrin wirklich gerecht werden könnte, denn wer ihren Mut und ihren Liebreiz kennt …«

Er verbeugte sich schnell vor Berta, um zu verbergen, dass er rot geworden war. Die Leute in der *aula* beklatschten begeistert seine Worte und riefen, er solle endlich hören lassen. Auch Berta ermunterte ihn lächelnd.

Jaume hatte sich wieder gefangen und grinste. »Vom vielen Nachdenken sind am Ende sogar zwei Lieder draus geworden. Hier das erste.« Er zupfte die Laute und hob an zu singen.

Domna, tant vos ai preiada,
Si us plaz, q'amar me voillaz,
Q'eu sui vostr' endomenjaz,
Car es pros et enseignada
E toz bos prez autreiaz.

Herrin, oft hab ich Euch hofiert,
dass Ihr mich lieben möget,
denn ich gehöre ganz Euch,
die Ihr mutig und klug und
mit solch Tugend beschenket seid.

Und in dieser Art ging es weiter über mehrere Strophen hinweg. Ein artiges Liedchen, das Bertas gute Eigenschaften in den höchsten Tönen besang, nicht besonders einfallsreich, aber nett und angenehm. Doch da niemand auf Rocafort in Sachen Musik und Dichtung besonders verwöhnt war, erhielt Jaume tosenden Beifall. Man verlangte nach Wiederholung, und Jaume sang es noch zweimal hintereinander. Berta bedachte ihn jedes Mal mit dem wärmsten Lächeln und bedankte sich vielmals. Alfons' Weib seufzte tief und warf Jaume schmachtende Blicke zu, eine Tatsache, die ihrem Gemahl gottlob entging, denn der Wein hatte ihn schon mehr als benebelt.

Nach einer kleinen Unterbrechung schlug Jaume erneut seine Laute an und bat um Ruhe. »Und hier ist das Lied, das mein Herr mir besonders aufgetragen hat.« Er lächelte zu mir herüber, und alle Gespräche verstummten erwartungsvoll. »Es erzählt von Jaufrés Liebe zu Berta.«

Die Weiber um den Tisch herum ergingen sich in Ahs und Ohs. Die Männer schmunzelten und hoben ihre Becher, um Berta zuzutrinken, was sie mit Erröten und einem huldvollen Kopfnicken erwiderte, ganz als sei sie eine hohe Dame am Hofe eines Fürsten. Ich wurde selbst etwas verlegen, aber zumindest hatte der Bursche die Klugheit besessen, nicht von seiner eigenen Liebe zu singen.

Das zweite Lied war in der Tat etwas ganz anderes.

Es hatte eine sanfte, einschmeichelnde Melodie, die Verse waren voll schöner Bilder und Vergleiche, und Jaumes Stimme ging zu Herzen. Bertas Hand fand die meine unter der Tafel, und so saßen wir mit glühenden Wangen und hörten ihm zu.
An eine Strophe erinnere ich mich besonders.

La nostr'amor vai enaissi
com la brancha de l'albespi
qu'esta sobre l'arbre en treman
la noit a la ploia ez al gel
tro l'endeman que-l sols s'espan
per las folhas vertz el ramel.

So ist unsere Liebe,
die wie ein Weißdornzweiglein
nächtens auf dem Busch
in Eis und Regen zittert,
bis am Morgen sich die Sonne
übers Grün der Blätter breitet.

Als Jaume endete, seufzten nicht nur die Frauen.
Und dann jubelten alle und beglückwünschten den begnadeten Poeten. Auch diesmal musste er das Lied mehrfach wiederholen, und zum Schluss sangen die meisten mit. Am Ende empfahl sich Jaume, verbeugte sich vor allen und küsste Bertas Hand zum Abschied. Ich begleitete ihn in den Burghof, um zusammen mit seinen Kameraden von ihm Abschied zu nehmen.
»Ein schönes Lied«, sagte ich mehr als zufrieden. »Es hat alle meine Erwartungen übertroffen.«
»Gut! Dann bin ich glücklich, *Castelan*.«
»Willst du deine Meinung nicht ändern? Bleib hier bei uns, so wie Brun!«
»Ich danke für alles, *Castelan*«, sagte er, »aber nun zieht es mich fort.« Seine Zähne blitzten, als er mich angrinste. »Es gibt noch manche Burg und manche *donzela* zu erobern, *Senher*. Da will ich nicht fehlen.«

Er umarmte Brun, seinen Freund, zum Abschied und schüttelte den anderen Wachmännern die Hand. Dann schwang er sich die Laute auf den Rücken, stieg in den Sattel, winkte uns allen noch einmal zu und ritt zum Burgtor hinaus. Als ich mich umwandte, um wieder die Treppe zur *aula* zu erklimmen, merkte ich, wie manches weibliche Gesicht von den Fenstern weghuschte. Da musste ich lachen. Jaume, der Poet und Verführer. Er würde uns fehlen.

Das Fest ging weiter bis spät in den Abend.

»Ein prachtvolles Weib, deine Berta«, raunte Alfons mir irgendwann betrunken zu. »Wie konntest du so eine Frau zurücklassen und in den Krieg ziehen?«

»Das weiß nur der Teufel, *mon velh*«, antwortete ich. »Er muss mich mit Verwirrung und Blindheit geschlagen haben.«

»Jaufré«, lallte Alfons und hob ernst den Finger. »Ein Kerl muss wissen, wo er hingehört, hörst du?«

»Ein wahres Wort, Bruder!«, krähte Guilhem und hob den Becher. »Kommt her, ihr Höllenhunde!«, schrie er und meinte uns *veterani*, Hamid, Alfons, Severin und mich. Seinen freien Arm legte er um Hamids Schultern. Dabei stand er unsicher auf den Beinen, und ein wenig Wein schwappte aus seinem Becher. »Es ist, wie Alfons sagt, ein Kerl soll wissen, wo er hingehört. Das gefällt mir. Dem Tod haben wir ein Schnippchen geschlagen, und nun sind wir wieder in der Heimat. Darauf lasst uns trinken, Freunde.« Er hob den Becher. »Auf uns und unsere Damen!«

Er versuchte eine Verbeugung in Richtung Joana, verlor dabei das Gleichgewicht, schwankte und fiel auf den Hintern.

Alles lachte. Joana schimpfte, was das nur für ein Kerl sei, der seinen Wein nicht im Griff habe, woraufhin noch mehr gelacht wurde, denn es war niemandem entgangen, dass Guilhem begonnen hatte, ihr nachzustellen.

»Lasst mich liegen«, stöhnte Guilhem, als wir ihm auf die Füße helfen wollten. »Mir geht es gut.« Und prompt schlief er ein.

***

»Du bist betrunken!«, klagte Berta.
»Ich weiß, mein Schatz«, antwortete ich und versuchte, meine Stiefel auszuziehen. Aber es gelang mir nicht. Stattdessen ließ ich mich rücklings auf das Bett fallen und stöhnte. Berta kniete auf dem Boden, schnürte meine Stiefel auf und schaffte es, sie mir abzustreifen. Auch meine Tunika knüpfte sie auf und zog sie mir über den Kopf. Aus der *aula* nebenan, wo die Mägde Alfons und seinem Weib ein Bett bereitet hatten, tönte leises Schnarchen.
»Nun hilf schon mit, du Faulpelz!«, schimpfte Berta und zerrte an meinen Kleidern herum, bis ich völlig entblößt war. Dann schlüpfte sie selbst aus ihren Gewändern. Es nahm mir jedes Mal den Atem, wenn ich sie nackt vor mir sah, selbst in meinem berauschten Zustand.
»Meine Venus«, murmelte ich trunken. »Es gibt kein Weib, das neben dir bestehen könnte.«
»Ich bin doch keine Venus!«, rief sie aus.
»Doch, doch!«, sagte ich. »Ich habe Statuen gesehen, in Konstantinopel, von nackten Göttinnen.« Ich umfasste ihre Beine, wie sie vor mir stand. »Genauso siehst du aus. Beine wie Marmor.« Ich küsste ihre Schenkel, und die Berührung jagte mir einen wollüstigen Schauer durch die Lenden.
Berta strich sich prüfend über die Hüfte. »Findest du? Ich habe zugenommen. Und jünger werde ich auch nicht.«
»Wirklich? Lass mich sehen«, grinste ich und zog sie neben mich aufs Bett, um meine Hände über ihr göttliches Hinterteil wandern zu lassen.
»Hat dir das Liebeslied gefallen?«
»Sehr«, antwortete sie und schmiegte sich eng an mich. »Aber ich kannte es schon.«
»Wie?«, fragte ich ärgerlich. »Hat der Bursche es dir etwa schon vorher verraten?«
»Nein«, meinte sie und gähnte, »ich kenne es von jemand anderem. Ist schon viele Jahre her.«
Jetzt saß ich verwirrt im Bett auf. »Von wem?«
»Ein fahrender Sänger, ein *trobador*, der hier einige Tage übernachtet hat.«

»Das heißt …«

»Das heißt, es ist ein bekanntes Lied«, vollendete sie meinen Satz, »und nicht von Jaume.«

»So ein Gauner!«, schimpfte ich außer mir. »Viel Gold hab ich ihm gegeben, damit er etwas ganz Besonderes und nur für dich allein erdichtet.«

»Mach dir nichts draus«, flüsterte sie und küsste mich sanft. »Es war ein Geschenk von dir. Das allein zählt. So wie du es gemeint hast.«

Ich machte mich frei. »Was war denn das für ein *trobador?*«, konnte ich nicht umhin, zu fragen.

Berta lächelte geheimnisvoll. »Er hatte ein sehr einnehmendes Wesen und eine schöne Stimme.«

»Hat er sich etwa auch in dich verliebt?«

»Ein bisschen. Bist du eifersüchtig?«

»Teufel, ja!«, schrie ich. »Rasend eifersüchtig!«

Und mit diesen Worten warf ich mich auf sie und bedeckte sie mit Küssen, bis sie um Hilfe schrie. Bald darauf klopfte es an die Tür, und die Magd rief ängstlich, ob alles in Ordnung sei. Berta beruhigte sie, und dann liebten wir uns langsam und ausgiebig, trotz meiner Trunkenheit. Als ich später in ihren Armen lag und wir schon fast eingeschlafen waren, kam mir in den Sinn, was ich schon längst hatte sagen wollen.

»Berta.«

»Was ist, *amor?*«

»Sie können mir gestohlen bleiben, weißt du«, murmelte ich. »Ich will überhaupt kein Graf werden. Ich will nur bei dir bleiben. Für den Rest meiner Tage. Nichts anderes.«

Berta kicherte. »Du bist betrunken und weißt nicht, was du sagst. Morgen reden wir in Ruhe darüber.«

»Du glaubst mir nicht. Aber da gibt es nichts mehr zu bereden. Ich habe mich schon lange entschieden«, murmelte ich. Was hatte Alfons noch mal gesagt? Irgendetwas Wichtiges. Aber bevor ich mich erinnern konnte, schlief ich an Bertas Busen ein, völlig betrunken, doch zufrieden wie ein Säugling.

Epilog

Castel Rocafort

Las Corbieras,
Anno Domini 1131

Nun hatte ich geendet und war verstummt.
Meine letzten Worte hingen noch zwischen uns im leeren Raum und hielten uns gefangen. Nein, dieses Erbe war nicht für mich. Den Kampf meines Vaters Guilhem fortzusetzen, dazu war ich nicht bereit. Ebenso wenig, seinen Fehltritt über mein Schicksal bestimmen zu lassen. Ich bildete mir ein, die schöne Anhes hätte das verstanden. Sie war mir in jedem Fall näher als mein Erzeuger.
Bei allem Getöse, das wir Männer in der Welt veranstalten, so sind es doch die Frauen, die oft unser Leben bestimmen. Es beginnt, dass wir unter Blut und Tränen aus ihrem Leib geboren werden. Das ist eindeutiger als die Vaterschaft und lässt sich schwerlich fälschen, obwohl man es in meinem Fall versucht hat. Vielleicht ist das der Grund, warum bei uns im Süden ein Mann, wenn er einen heiligen Eid schwört, den Namen seiner Mutter statt seines Vaters nennt.
Und so geht es mir. Als ich in mir selbst forschte, wer ich denn wirklich war, so blieb am Ende nur diese Wahrheit. Ob Edelmann aus der Corbieras oder Erbe von Tolosa, immer und in jedem Fall bin ich Jaufré, *enfan d'amor* der Anhes de Provence. So steht es in meinem Herzen geschrieben, wenn auch auf keiner Urkunde. Ihre Liebe zu Guilhem war der Ursprung meines Daseins, ihre Umsicht und Selbstaufgabe bewahrten mich vor Raimons Zorn.
Cecilia ersetzte mir den Vater, Joana überhäufte mich mit der Liebe, die meine Mutter mir nicht geben durfte. Alle drei waren sie meine Mütter, und ich ehre diese Frauen. Dann kam Amelha,

zart, frech und lebenslustig. Viel zu jung, um zu sterben, wie auch unser Sohn Ramon, den sie mir hinterließ, leider nur für allzu kurze Zeit.
Überhaupt die Kinder. Wenn ich in Adelas Gesicht schaue, dann sehe ich Noura vor mir. Dasselbe kluge, schöne Antlitz wie aus griechischem Marmor geformt, wenn auch lebhafter als ihre Mutter. Und zuletzt meine goldene, grünäugige Berta. Von allen war sie das Weib, in das ich am meisten vernarrt gewesen bin. Auch wenn es lange gedauert hatte, dies zu begreifen. Sie zeigte mir den Weg, den ich einzuschlagen hatte. Eine Frau voller Gefühl und Verstand. Kein Wunder, dass die Leute im Dorf sie ihr Lebtag lang verehrten. An ihrer Seite war ich endlich zur Ruhe gekommen.
»Und das Testament?«
»Was soll damit sein?«, brummte ich noch tief in Gedanken.
»*Senher* Robert habt Ihr erzählt, es sei vernichtet worden. Aber ich wette, das stimmt nicht.«
Er sah mich herausfordernd an.
»So, wettest du?«, erwiderte ich mit einem Augenzwinkern. »Natürlich habe ich ihn belogen, möge Gott mir verzeihen.«
Ich frage mich manchmal, ob Robert mir damals wirklich geglaubt hat. Belästigt hat er uns jedenfalls nicht mehr. Später hörte ich, dass er in den Unruhen, die den kriegerischen Einfall der Aquitanier begleiteten, zu Tode gekommen war. Obwohl ich ihm nichts Schlechtes wünschte, war diese Nachricht doch eine Erleichterung für uns. Ein Mitwisser weniger, denn immer blieb die Furcht, dass jemand kommen würde, um mich mitsamt meiner Nachkommen und unbequemen Ansprüche für immer aus dem Weg zu räumen.
»Stand das Versteck des Testaments nicht in dem Brief?«, fragte Aimar.
»Ach, der Brief. Du meinst den, den Berlan von Monisat mitgebracht hatte? Er war leider unvollendet«, sagte ich ausweichend. »Was hätte ich denn schon mit dem verdammten Testament anfangen sollen? Wieder Krieg führen?«
»Aber es ist ungerecht.«

»Vielleicht.« Ich zuckte mit den Schultern. »Doch ich bin zufrieden.«
Den Brief musste Odo auf dem Sterbebett seinem *secretarius* diktiert haben. Die letzte und wichtigste Seite war in seiner eigenen, schon vom Tode gezeichneten Hand. Ja, das Testament gibt es wirklich. Jacobus und ich haben es in allen Einzelheiten studiert und wieder an seinem geheimen Ort verwahrt. Auch Graf Guilhems Hort ist vollständig vorhanden. Vielleicht kann ein Nachfahre etwas damit anfangen. Mir hat er nichts genützt. Mehr als das Testament freuten mich Odos Worte, dass er mich wie einen eigenen Sohn geliebt habe. Und dass er sich wünschte, ich würde ihn in guter Erinnerung behalten. Nun, das habe ich, alter Mann! Denn du warst der Vater, den ich nie hatte.
Eigentlich hätte ich jetzt Aimar von dem Testament erzählen sollen, doch die alte Vorsicht hielt mich immer noch zurück. Noch war ich nicht bereit.
»Wann habt Ihr denn wieder von Raol gehört?«
»Nach vielen Monaten schrieb Bertran, er sei glücklich, Raol in seiner Familie aufzunehmen. Das beruhigte vor allem Berta, und wir hofften auf seine baldige Heimkehr. Aber dann starb Bertran, und danach gab es nur ganz selten Kunde von einem jungen Ritter mit unserem Namen.«
»Und wann ist *Coms* Bertran gestorben?«
»Zwei Jahre nach dem Kampf gegen Robert, im Jahre unseres Herrn 1112. Es wird gemunkelt, der Dolch eines Mörders habe ihn getroffen, und Guilhem war überzeugt, dass es die *Haschischin* waren, die schon lange einen Anschlag auf einen christlichen Führer geplant hatten. Die Wahrheit werden wir wohl nie erfahren. Sein Sohn Pons, damals erst vierzehn Jahre alt, ist dann Graf von Tripolis geworden, und ich hoffe, dass Raol ihm treu zur Seite steht, wie ich es dem Vater versprochen hatte.«
Mit Bertrans Tod war auch das einzige Band zu meinen wahren Eltern gekappt, als habe es diese Verbindung nie gegeben.
»Kaum war Bertran aus dem Weg, da nutzten Felipa und ihr Gemahl die Gelegenheit, erneut über Tolosa herzufallen. Felipa herrschte dort einige Jahre, aber zuletzt gelang es Alfons Jordan

mit Hilfe der Stadtmiliz, Tolosa wieder in seinen Besitz zu bringen. Und so ist es bis heute geblieben. *Duc* Guilhem vernarrte sich in eine *Comtessa* Dangerosa, die er zu seiner Geliebten machte und in Felipas eigenem Palast unterbrachte. Am Ende starb meine stolze Halbschwester verbittert über ihr Schicksal in einem Kloster.«

»Und Hamid? Es geht ihm gut, so hoffe ich.«

»Er ist bei bester Gesundheit. Seine Pferdezucht ist prächtig gediehen. Magdalena hat ihm zwei Töchter geboren, von denen eine mit Severins Sohn verheiratet ist. Enric kümmert sich um den Rosshandel, und ich bin gesegnet, denn jedes Jahr schenkt Hamid mir eines seiner besten Fohlen.«

»*Senher* Severin ist also wirklich geblieben?«

»Nicht nur das. Er hat viel Wald und Brachland urbar gemacht.« Ich musste lachen. »Weißt du, wie meine Nachbarn mich nennen? Sie nennen mich den *Castelan* der Gesetzlosen. Wegen Vilapros' alter Bande. Graf von Tolosa bin ich nicht geworden, dafür Baron der Gesetzlosen. Doch sie haben mir Glück gebracht, denn mit diesen Familien hat Severin eine blühende, kleine Siedlung errichtet.«

»Ihr habt nicht mehr von Martin gesprochen.«

»Ich rede nicht gern davon«, sagte ich. »Martin ist ein guter Krieger geworden. Er hat sich Alfons Jordan angeschlossen und war dabei, als sie Tolosa freigekämpft haben. Später wurde er enger Vertrauter des jungen Grafen. Ich war stolz auf ihn. Es gab auch eine Braut, eine *donzela* aus bester Familie. Aber dann ist er in einem Grenzgefecht gefallen.« Ich seufzte. »Es ist das Los des Kriegers. Zum Glück hat seine Mutter dies nicht mehr erleben müssen.«

Was hatte der alte Albin gesagt? Es ist bitter, wenn ein Vater seinen Sohn begraben muss.

***

Am nächsten Tag traf Adela ein.
Unten auf der Dorfwiese, wo wir sie und ihr bewaffnetes Gefolge empfingen, sprang sie vom Pferd und rannte, um mir in die Arme zu fallen.
»Vater!«, kreischte sie ausgelassen, ganz als sei sie noch mein kleines Mädchen. Dabei war sie inzwischen eine stattliche *domna* geworden.
»Filheta!«, rief ich und drückte sie an mich. »Endlich seid ihr da. Lass mich dich ansehen.«
Sie war in einfacher Reisekleidung und in Beinkleidern, so wie Berta sie gern zum Reiten getragen hatte. Auf dem Kopf trug sie einen breitkrempigen Hut gegen die Sonne, den sie nun herunterriss, um ihre langen Locken auf die Schultern fallen zu lassen. Ihre Wangen waren gerötet, und die dunklen Augen ihrer Mutter blitzten mich schelmisch an. Als ausgewachsene Frau war sie noch viel hübscher geworden. Wer konnte ihr widerstehen? Jedenfalls kein für weibliche Schönheit so empfänglicher alter Tor wie ihr Vater. Ich küsste sie herzlich.
Ein Bewaffneter hob die Kinder vom Reisewagen. Zuerst schloss ich Arnaut, meinen Enkel, in die Arme. Dann hob ich die kleine Ada hoch in die Luft, bis sie vor Vergnügen quietschte. Adela entdeckte unsere *cosiniera*, die schon ungeduldig bei ihrem Gesinde stand und vor lauter freudiger Erwartung übers ganze Gesicht strahlte.
»Cortesa!«, schrie Adela, und die beiden fielen sich in die Arme. Sie umarmte Maria, begrüßte Brun und seine Männer, Joan *lo Catalan*, meinen *villicus*, machte die Runde des Gesindes und hatte ein gutes Wort für jeden im Dorf. Zuletzt war sie wieder bei Cortesa angelangt, und die beiden Frauen schnatterten aufgeregt wie junge Gänse.
»Cortesa?«, flüsterte Aimar ungläubig. »Die Köchin ist Cortesa?«
»Aber natürlich. Hatte ich das nicht gesagt?«
»Und Maria?«
»Die Tochter meines treuen Dieners Alexis.«
Der junge Mönch betrachtete die Köchin mit noch mehr Ehr-

furcht als zuvor. Gewiss versuchte er, sich vorzustellen, wie sie damals diesen kräftigen Soldaten aufgespießt hatte. Als sich das Durcheinander ein wenig beruhigte, legte ich Aimar meine Hand auf die Schulter schob ihn einen Schritt vor.

»Adela, *mon cor*. Dies ist Bruder Aimar, Prior Jacobus' Schüler und unser zukünftiger Kaplan auf Rocafort.«

Sie musterte ihn freundlich, Aimar machte den Mund auf und zu und wusste nichts zu sagen. War es, weil ich ihn unseren Kaplan genannt hatte? Denn der Gedanke war mir selbst gerade erst gekommen. Nein, die Ursache seiner Verwirrung war Adela, die ihn mit ihrem wärmsten Lächeln anstrahlte, ein Lächeln, das jeden jungen Mann um den Verstand gebracht hätte, Mönch oder nicht.

»Ein Kaplan auf Rocafort?«, fragte sie hocherfreut. »Endlich, Vater. Es wurde aber wirklich Zeit dafür.«

Und bevor Aimar wusste, wie ihm geschah, hatte sie sich bei ihm untergehakt und schleppte ihn zur Kapelle hinauf. Cortesa und ich warfen uns einen belustigten Blick zu, aber dann verlangten die Kinder unsere ganze Aufmerksamkeit. Ich nahm Arnaut bei der Hand, Cortesa hob die kleine Ada auf den Arm, und allesamt stiegen wir zur Burg empor.

Am Nachmittag, wenige Stunden später, war wieder Ruhe eingekehrt, und Adela leistete mir in der *aula* bei einem Becher Wein Gesellschaft.

»Wie geht es deinem werten Gemahl«, erkundigte ich mich höflich.

»Er ist nach Narbona gereist«, antwortete sie.

»Und zu welchem Zweck?«

»Geschäftliches, Vater.«

»Aha.«

Offensichtlich wollte sie mir nicht mehr sagen, denn sie wusste, dass ich ihren Herrn Ehemann nicht sonderlich schätzte. Wahrscheinlich brachte er Adelas Einkünfte beim Glücksspiel durch oder bei den Huren der Stadt. An unser Erbe würde er jedenfalls nicht kommen, davor würde ich den Riegel schieben. Adela sollte alleiniges Verfügungsrecht über ihr Erbteil erhalten.

»Vater«, sagte Adela. »Ich muss mit dir reden.« Etwas angespannt blickte sie an sich herunter und legte die Hand auf ihren Bauch. »Kann man es schon sehen?«
»Was soll man sehen können?«
»Dass ich wieder schwanger bin.«
»Nein, wirklich? Aber das ist wunderbar!«, rief ich erfreut. »Von meinen Kindern bist du die Einzige, die mir Enkel schenkt.« Ich fand, in letzter Zeit war sie noch schöner geworden. Oder lag es an der Schwangerschaft?
»Da ist noch etwas anderes.«
Eine kleine Falte war auf ihrer Stirn erschienen. Ich wartete geduldig, worauf dies hinauslaufen würde.
»Es ist schon einige Jahre her, dass Berta gestorben ist«, sagte sie nach einigem Zögern. »Und ich finde, du solltest wieder heiraten, Vater.«
»Was? In meinem Alter? Gott behüte mich! Ein Eheweib im Haus, und schon ist man nicht sein eigener Herr. Nein, nein, *filheta!* Ich bin ganz zufrieden, so wie es ist.«
»Aber Männer …«
Sie wurde verlegen und sprach nicht weiter.
»Was ist mit den Männern, Tochter?«
»Ihr braucht doch immer etwas im Bett«, meinte sie und wurde rot.
»Frauen nicht?«, fragte ich unschuldig.
»Nicht so wie Männer«, erwiderte sie hitzig. »Ich meine, so viele Kerle huren herum, dass es eine Schande ist.«
Ha! Sie meint wohl ihren eigenen Kerl, dachte ich grimmig.
»Wirklich?«
»Natürlich. Jeder weiß das. Und unser Pastor hält die Wollust für die schlimmste Sünde.«
»Na, der hat Sorgen!«
»Keuschheit das höchste Gut.«
»Albernes Pfaffengeschwätz!«
Nun hatte ich sie richtig angestachelt, denn ihre Augen funkelten. »Selbst in der Ehe hat man sich an die Gebote der Kirche zu halten, Vater. Am Tag des Herrn und auch an Fest- und Fasttagen

soll man sich enthalten. Wir sind schließlich Christenmenschen und keine Tiere!«

Was war denn das für ein Geschwätz? So kannte ich sie gar nicht.

»Und wie bist du dann schwanger geworden?«, fragte ich spöttisch.

»Das ist etwas anderes«, rief sie gereizt. »Du willst mich nicht verstehen! Was ich meine ... Dem Volk wird gesagt, dass Gott zürnt, wenn sie sündigen und die Gebote der Keuschheit missachten. Aber ihr Herren Edelmänner, ihr treibt in Wahrheit doch die reinste Vielweiberei. Keine Magd ist vor euch sicher. Setzt schamlos eure Bastarde in die Welt und haltet euch an gar nichts, was einen guten Christen ausmacht.«

»So! Tun wir das?«

Was, zum Teufel, ging hier vor? Wahrscheinlich hatte sie sich bei ihrem Beichtvater über ihren Gatten ausgeweint. Und ein scheinheiliger Schlingel wie unser alter *Paire* d'Aguiliers hätte dies gleich zu seinem Vorteil genutzt, um sie nach allen Regeln der Kunst auszuplündern. Ein betrogenes Weib, das sich in die Arme der Kirche flüchtet, ist bekannterweise großzügig mit ihren Spenden.

»Dein Mann betrügt dich also«, sagte ich.

Sprachlos sah sie mich an. Ganz plötzlich war ihr Zorn auf mich verflogen. Sie ließ die Schultern hängen, und ihre Augen wurden feucht.

Dieser verfluchte Kerl. Ich bring ihn um! Und Adela merkte natürlich, dass in mir die Wut hochstieg.

»Nein, Vater, das ist es nicht!«, wehrte sie hastig ab. »Ich bin zufrieden mit meinem Leben. Ich sorge mich nur um dich und denke, es wäre besser, du hättest eine Frau, die sich um dich kümmert.«

»Ich verstehe.« Wir schwiegen eine Weile. Wenn sie nicht darüber sprechen will, dachte ich, dann kann ich ihr nicht helfen.

»Cortesa kümmert sich schon viel zu viel um mich«, knurrte ich schließlich. »Mehr Fürsorge brauche ich weiß Gott nicht.«

Adela sah mich durchdringend an.

»Hast du etwas mit Cortesa, Vater?«, fragte sie auf einmal.

»Um Gottes willen! Wie kommst du denn darauf?«, rief ich erstaunt. »Sie ist die Köchin, Kind!«

»Eben, Vater. Und so etwas gehört sich nicht.«

Ich hob beschwörend die Hände. »Cortesa, mein Gott! Sie ist doch schon Ewigkeiten bei uns.«

»Dann hör auf, ihr auf den Hintern zu starren!«

»Was?« Ich machte ein betretenes Gesicht. »Tue ich das?«

Adela nickte unnachsichtig.

»Nun«, sagte ich kleinlaut. »Das ist mir noch gar nicht aufgefallen.« Ich runzelte die Stirn. »Du musst aber zugeben, mein Herz, wenn du schon davon sprichst, sie hat einen wirklich herrlichen Hintern!« Es war mir so herausgerutscht.

Da wurde sie rot, und ich dachte, oje, gleich wird sie mit mir schelten. Stattdessen meinte sie nur: »Findest du? Na ja. Für solche, die es fülliger mögen.«

Da konnte ich mich nicht mehr beherrschen und brach lauthals in Gelächter aus. »Siehst du?«, rief ich und schlug mir auf die Schenkel. »Das sag ich doch!«

»Es ist immer dasselbe mit euch Kerlen!«, rief sie wütend.

Aber dann zuckte es ihr selbst um den Mund, und sie konnte es nicht verhindern, in mein Gelächter einzustimmen.

»Ein himmlischer Hintern«, brüllte ich, »füllig und rund!«

Ich lachte und lachte, bis mir der Bauch weh tat und die Tränen liefen. Auch Adela schrie vor Heiterkeit und warf sich mir schließlich an den Hals. »Ach Papa, du bist unverbesserlich.«

Selbst wenn sie mir verziehen hatte, so war meine Tochter doch von meiner Schuld überzeugt, da war ich sicher. Nun, sollte sie ruhig denken, ihr Vater sei ein *domnejant* und Schürzenjäger. Besser so, als dass sie sich unnötig um mich sorgte. Heiraten? Um Gottes willen! Jedenfalls ließen wir es damit bewenden und redeten, *mercé de Dieu*, nicht weiter über christliche Keuschheit.

***

Heute war *Toussant*, der Tag aller Heiligen.
Es war früh am Morgen und noch still in der Burg. Das Bett des Hausherrn hatte ich Adela und den Kindern überlassen. Ich lag auf meinem Strohsack, hier oben im Turm und starrte an die Decke.
Der Gedanke, den Mönch Aimar zu unserem Kaplan zu bestellen, gefiel mir. Aber vielleicht sollte man ihn zuvor auf die Klosterschule von Fontfreda schicken. Vielleicht würde aus ihm ein großer Kleriker werden, Abt oder Bischof. Solcher Einfluss wäre für die Zukunft unserer *familia* vielleicht noch wichtiger, als einen eigenen Dorfpriester zu haben. Ich nahm mir vor, mit *Paire* Jacobus darüber zu sprechen.
Der war gestern Abend eingetroffen. Und heute, gleich nach dem Morgenmahl, erwarteten wir Hamid und sein Weib Magdalena sowie Severin und seine Emma, eine Gutsherrntochter aus der Gegend, und all ihre Kinder und Enkelkinder. Wie jedes Jahr würden wir gemeinsam das Fest der Heiligen begehen, Jacobus würde eine Messe lesen, und danach würden wir uns zu einem großen Mittagsmahl versammeln, meinen guten Wein genießen, uns gegenseitig Geschichten erzählen und den Nachmittag mit Plaudern verweilen.
Ich dachte an Berta, die unten auf dem Gottesacker lag, und an Ramon und all die anderen, denn in Wirklichkeit galt unsere Zusammenkunft, den Menschen zu gedenken, die wir geliebt hatten und die von uns gegangen waren. Morgen würden wir für sie beten, auf dass ihnen das *purgatorium* nicht zu schwer falle.
Erst vor einem Jahr war Joana in hohem Alter gestorben. Sie und Guilhem hatten zu aller Überraschung ein glückliches Paar abgegeben. Mein ungestümer Haudegen war bei ihr zahm wie ein Lämmchen geworden. Joana dies und Joana das. Nichts war ihm gut genug für sein Täubchen, wie er sie nannte. Und Joana war aufgeblüht wie eine späte Rose, die noch einmal ihre ganze Pracht entfaltet.
Guilhems Tod nach Jahren des Glücks hatte sie schwer getroffen. Sie zog sich zurück, ließ sich eine Hütte im Wald errichten und lebte fortan allein mit ihren Tieren. Die Leute aus dem Dorf gin-

gen weiterhin zu ihr und nicht nur bei Krankheiten oder Verletzungen. Sie glaubten auch an die Kraft ihrer Zaubersprüche, wenn es um ein Amulett gegen den bösen Blick ging oder um Liebesdinge, Fruchtbarkeit bei den Weibern oder schwindende Manneskraft bei den Kerlen. Joana wusste stets Rat. Doch mit der Zeit war sie wunderlich geworden, erlaubte immer seltener, dass jemand sich ihr näherte, bis sie niemanden mehr erkannte, auch mich nicht. Als ich sie in die Burg holen wollte, schrie sie wie am Spieß und drohte sich umzubringen. Zuletzt vernachlässigte sie sich selbst, ihr weißes Haar wurde dreckig und verfilzt, voller Strohreste von ihrem Lager. Sie lebte von Gaben, die man ihr in gebührender Entfernung hinstellte, um ja nicht ihren Zorn herauszufordern, denn viele im Dorf hatten am Ende Angst vor ihr. Schließlich fand man sie eines Tages tot in ihrer Hütte, auf dem Rücken liegend und mit Guilhems Schwert wie ein Kreuz auf der Brust unter friedlich gefalteten Händen.

Seufzend erhob ich mich, zog mein bestes Gewand an und stieg hinunter von meinem Turm. Es war immer noch früh, obwohl ich schon ein paar Mägde in der Küche rumoren hörte. Ich grüßte unseren Wachmann am Burgtor und ging die wenigen Schritte bis zum Gottesacker. Neben Bertas Grab steht eine Bank, auf die ich mich gerne setze, wenn ich nachdenken oder mit ihr Zwiesprache halten möchte. Ein kalter Wind pfiff das Tal entlang, und ich hüllte mich enger in meinen Mantel.

»Seit wann ist sie tot?«, hörte ich plötzlich jemanden neben mir sagen.

»Bruder Aimar. Schon so früh auf?« Ich bat ihn, neben mir Platz zu nehmen. »Seit fünf Jahren, um deine Frage zu beantworten.«

Ich seufzte und schwieg. Konnte ein Jüngling wie er denn überhaupt nachfühlen, was der Tod eines Menschen bedeutet, mit dem man über sechzehn Jahre lang Tisch und Bett, Liebkosung und Leidenschaft, Freude wie auch Tränen, Worte und Gedanken geteilt hat, einem Menschen, dessen Leib man besser kennt als den eigenen?

»Ihr wart ihr sehr zugetan.« Sein Gesicht war voller Mitgefühl.

»Mehr als das«, flüsterte ich.

Nicht der Tod an sich ist das Schlimmste. Tod umgibt uns überall, und wenn man sich auch nicht an ihn gewöhnen kann, so lernen wir, mit ihm zu leben. Frauen sterben im Kindbett, Kinder zu oft im zarten Alter, Männer lassen ihr Leben im Krieg, wie mein geliebter Sohn Martin. Auch ein Unfall ist schnell geschehen, wie ihn Guilhem erleiden musste, als er eines Tages beim Einreiten eines jungen Pferdes stürzte und sich das Genick brach. Oder eine Krankheit, gegen die alle Kräuter machtlos sind.

Nein, schlimmer als der Tod ist die Leere, die zurückbleibt, die Worte, die nicht mehr gesprochen werden, der Kuss, den man nie mehr auf den Lippen spüren wird, das Lächeln, das für immer verflogen ist. Manchmal dachte ich an Ramon. Besonders seit ich allein geblieben war, fehlte er mir. Ein schwachsinniges Kind, das in seiner Hilflosigkeit immer Kind geblieben wäre. Nicht wie Raol und Martin, die in die Welt gezogen sind. Ramon wäre mir treu geblieben.

»Wie ist die *Domina* gestorben?«, fragte Aimar.

Ich räusperte mich. »In den Jahren nach der Fehde war das Leben gut zu uns. Die Verluste konnten wir ausgleichen, ich war beschäftigt, die Feldwirtschaft auszuweiten, neue Bauern anzusiedeln und eine Schafzucht aufzubauen, Berta kümmerte sich mit unserem *villicus* um die Verwaltung. Es waren glückliche Jahre.«

Dass unsere kleine Anhes schon im Säuglingsalter gestorben war und Berta nach der schweren Geburt keine Kinder mehr austragen konnte, waren die einzigen trüben Augenblicke. Martin war mein ständiger Begleiter gewesen. Ich brachte ihm alles bei, was ich ihn lehren konnte. Und die Liebe, die Raol mir verweigert hatte, hat er mir dreifach geschenkt. Einen besseren Sohn konnte ein Vater sich kaum wünschen.

»Raols Abwesenheit war die einzige dunkle Wolke. Dass wir oft nicht wussten, ob er noch lebte und wie es ihm gehen mochte. Er sei wie sein Vater, scherzte Berta gern, ginge in die Welt und ließe nichts mehr von sich hören. Aber insgeheim fraß es an ihrer Seele, und ich wusste, dass sie litt, wenn sie oft grundlos seufzte. Vielleicht war es das, was sie am Ende krank gemacht hat.«

»Eine schlimme Krankheit?«
»Sie begann, auf einmal dahinzusiechen, magerte ab und wurde immer schwächer. Niemand wusste es sich zu erklären, auch Hamid konnte ihr nicht helfen. Ich war verzweifelt und entschloss mich zuletzt, mit ihr die lange Reise nach Montpelher anzutreten, denn in dieser Stadt wirken die besten Ärzte des ganzen Landes.«
Die Reise hatte Berta noch mehr geschwächt, und oft mussten wir tagelang Rast machen, um sie zu schonen. In Montpelher brachte ich sie zu allen bekannten Ärzten der Stadt. Mancher weise *medicus* gibt dort Unterricht, denn von weit her kommen Wissbegierige, um hier die Kunst der *physica* zu lernen. Die Ärzte versuchten alles, um Berta zu helfen. Die einen schworen auf arabische Medizin, andere bevorzugten die griechische Überlieferung. Bei Kräutermischern und Handauflegern waren wir, und selbst die Gebeine der Heiligen zeigten keine Wirkung.
»Nichts schien zu helfen, im Gegenteil. Von all diesen Behandlungen, besonders von den ständigen Aderlässen, wurde sie immer schwächer, bis ihr die Haare ausfielen und sie fast nichts mehr wog. Du kannst dir vorstellen, wie untröstlich ich war.«
Eine Heimreise hätte sie nicht mehr überstanden. So verbrachten wir die letzten drei Monate ihres Lebens in einer Herberge der Stadt. Ich tat alles, um ihr die Tage so angenehm wie möglich zu machen, wusch sie täglich und fütterte sie mit Leckerbissen, obwohl sie nur noch wie ein Vögelchen aß.
An ihre letzten Worte kann ich mich so gut erinnern, als wenn es gestern gewesen wäre. Von unseren guten Jahren sprach sie, dass sie nie glücklicher gewesen sei. Deshalb sei sie nicht traurig zu gehen. Und wenn ich beteuerte, dass sie mir ewig fehlen würde, nahm sie mir das Versprechen ab, eine gute Frau zu finden, damit ich im Alter nicht einsam sein müsse. Wie soll ich eine Frau finden, antwortete ich, die nur halb so klug und schön ist wie du. Und dann küsste ich ihre welken Lippen. Daraufhin strich sie sich über die dünnen Haare und lächelte wie früher vor dem Spiegel, wenn ich ihr meine Schmeicheleien ins Ohr geflüstert hatte.

»Sie verschied in meinen Armen, in Frieden mit Gott und sich selbst.«
Aimar saß da und weinte bei diesen Worten. »Nun ist sie im Paradies, *Senher*«, sagte er, als wolle er mich trösten.
Im Paradies. Das verdammte Paradies muss für alles herhalten, dachte ich ärgerlich. Trost, Hoffnung, Entschädigung, Belohnung oder ewige Verzückung. Sie reden so viel davon, dass einem die Ohren klingen. Das Leben auf Erden dagegen nennen sie ein Jammertal. Was für ein Schwachsinn! Wenn wir schon von Tod und Krankheit umgeben sind, muss man nicht gerade dann das pulsierende Leben lieben und sich daran erfreuen?
»Weißt du, mein Junge, ich halte es mit meinem alten Freund Pilet, der für Trauer und Trübsal wenig Sinn hatte. Heute ist *Toussant*, und nach der Messe gibt es ein Festmahl. Das wollen wir genießen! Hast du schon Hunger?«
Er grinste. »Immer, Herr!«

***

Die Bauern brachten uns kleine Gaben. Jaufré, der junge Schmied, machte seine Aufwartung und schenkte mir die handgroße Nachbildung eines Pfluges. Einen dieser neumodischen Pflüge, die die Erde nicht nur aufreißen, sondern auch wenden, so dass das Kraut untergepflügt wird. Den wollte er im Winter für uns bauen. Gisla, Drogos Witwe, kam mit ihrem Mann Joris, dem Müller, um an der Feier teilzunehmen. Die beiden hatten sich gefunden und zu beider schon beträchtlichen Kinderschar noch ein paar mehr hinzugefügt.
Die Messe und Andacht in unserer Kapelle waren erbauend und das nachfolgende Essen wie immer vorzüglich. Zuerst gab es Gänseleberterrine und dann einen Eintopf mit weißen Bohnen, Speck und Blutwurst. Cortesas mit Maronen gestopfte Gänse waren ein einziger Genuss. Allein der Rinderbraten war etwas angebrannt, und die Köchin schalt ihre Tochter daraufhin eine törichte Magd. Um sie zu trösten, erzählte ich dem armen Kind, was für ein guter Mensch ihr Vater Alexis gewesen war. Das zau-

berte ein Lächeln auf ihre Wangen und ein paar wehmütige Tränen auf die ihrer Mutter. Cortesa schenkte mir einen dankbaren Blick und einen besonders großzügigen Schlag ihres köstlichen Nachtisches.

Schließlich rückten die Weiber an einem Ende der Tafel zusammen und die Männer am anderen. Mehr Wein kam auf den Tisch, und die Kinder wurden in den Burghof entlassen, wo sie ausgelassen herumtollten. Ein Mann kann sich wahrlich glücklich schätzen, so einen Tag im Kreise seiner *familia* verbringen zu dürfen.

Hamids Gesicht war inzwischen von kleinen Furchen gezeichnet, und seine Haare waren grau geworden. Aber er war noch stark, sein fester, ruhiger Blick immer noch ermutigend und sein abgeklärter Spott brachte einen wie gewohnt auf den Boden der Tatsachen zurück, wenn man sich in unwirkliche Gefilde verlor. Aus dem jungen Krieger Severin war ein Mann in den besten Jahren geworden, der mit Umsicht und Klugheit seinen Herrenhof und seine kleine Siedlung verwaltete. Der Schmied Jaufré erklärte uns den neuen Pflug, und Joris, der Müller, hörte aufmerksam zu. Mein guter alter Brun war dabei, und sogar Gustau hatte uns beehrt. Und natürlich Jacobus mit seinem Schützling Aimar.

Wie jedes Jahr kamen wir nach einer Weile auf unsere toten Kameraden zu sprechen, auf Pilet und so viele andere, die wir in fremder Erde zurückgelassen hatten.

In Gedanken leerte ich einen Schluck zu Ehren Bertrans, meines Bruders. Natürlich redeten wir von Drogo und Felipe und anderen aus dem Dorf, die sich im Kampf gegen Robert geopfert hatten. Und irgendwie, wahrscheinlich weil wir wieder beim Krieg angelangt waren, begann man, darüber zu streiten, was denn ein gerechter Krieg sei.

»Gerecht ist, sein Land zu verteidigen, seine Familie und sein Hab und Gut«, behauptete Severin.

»Und die Schwachen zu schützen«, fügte Aimar scheu hinzu.

Damit waren alle einverstanden, doch Joris und besonders die jüngeren Männer vertraten dann die Ansicht, dass auch Krieg ge-

gen die Ungläubigen gerechtfertigt sei, ja sogar eine Pflicht der Christenheit bedeute. Viele meldeten sich in diesen Tagen wieder freiwillig als *miles christi*, um den Kampf der christlichen Heere in Outremer zu unterstützen.
»Christenpflicht?«, fragte ich. »Jeder gute Mensch sollte sich schämen, was dort im Namen Christi geschehen ist«, knurrte ich.
»Oder im Namen Allahs«, fügte Hamid hinzu. Alle sahen ihn erstaunt an. Sie hatten längst vergessen, dass er Moslem war.
»Lauter Lügen, mit denen man die Massen aufgestachelt hat, und ich war ein Narr, mich daran zu beteiligen.«
Sie verführen immer noch die Jugend mit ihrem Gift, dachte ich erbittert. Das Schlimme ist, dass wir damals erfolgreich waren. Solange sie mit Gottes Sieg prahlen können, wird dieser Krieg im Osten niemals enden. »Ist es denn die Botschaft Jesu, dass wir Andersgläubige umbringen und uns dabei wie Bestien verhalten?«
Auf meine Worte schwiegen alle bestürzt, und der Krug machte die Runde, um die Becher aufzufüllen.
»Es steht geschrieben, Gott habe den Menschen nach seinem Ebenbild geschaffen«, meinte Hamid mit einem bitteren Lächeln auf den Lippen. »Ich frage mich nur, ob es nicht eher der Mensch ist, der Gottes Antlitz so verzerrt, bis daraus die eigene mörderische Fratze wird.«
»Aber Jerusalem, die heilige Stadt«, warf Aimar ein. »Das war doch gewiss die Mühe wert!«
»Was soll denn ein Jerusalem wert sein?«, knurrte ich. »Nichts als ein Haufen Steine, nur eine verdammte Stadt! Dort wird gearbeitet, gehandelt, betrogen, geliebt und gelacht wie anderswo auch. Ich habe nichts Heiliges gesehen.«
Die Männer in der Runde wussten nicht recht, was sie dazu sagen sollten.
»Ihr seid immer noch verbittert«, seufzte Jacobus in die vorübergehende Stille hinein. Er nickte mir und Hamid freundlich zu. »Ich weiß, ihr habt beide Schlimmes erlebt und vielleicht auch selbst einiges dazu beigetragen. Aber dieser Krieg ist für euch

schon lange vorbei. Nun ist es an der Zeit, zu verzeihen. Anderen wie euch selbst.«
Er trank einen Schluck und lächelte sanft. Unser weiser Jacobus, der einem immer ins Herz schaut. »Und wenn ihr schon glaubt«, fügte er hinzu, »der Mensch bestimme das Antlitz des Herrn, dann folgt daraus, ihr müsst auch eurem Gott vergeben.«
Daraufhin lachten wir mit ihm und tranken die Becher aus. Vergeben? Vielleicht. Vergessen, ganz sicher nicht. Zumindest war es gut, dass mich seit Jahren kein Alptraum mehr plagte.
Wir waren gerade dabei, die Tafel aufzuheben, als ein Wachmann in die *aula* trat. »Da ist ein fremder *cavalier*, *Castelan*, auf dem Weg zur Burg herauf.«
»Mit Gefolge?«
»Nein, Herr. Ganz allein.«
Verwundert stiegen wir in den Burghof hinab, um ihn in Empfang zu nehmen. Kaum waren wir in der Vorburg angelangt, als ein Reiter durchs Tor ritt, hinter sich ein Maultier mit Gepäck beladen. Ich sah sofort, dass er einen ausgezeichneten Arabergaul ritt, und seine Waffen waren von erster Güte, auch häufig in Gebrauch gewesen, wie es schien. Der Mann hatte eine gebrochene Nase und eine Narbe auf der Stirn. Als er aus dem Sattel gestiegen war, merkte man, dass er ein wenig das Bein nachzog, trotzdem hatte er fast etwas Herrisches in seinem Auftreten. Dies war ein kampferprobter Ritter, wenn ich jemals einen gesehen hatte, noch so ein Veteran aus Outremer und etwa so alt wie ich damals, als ich aus dem Osten heimgekommen war. Und dann stutzte ich, denn da war etwas an ihm, das mir bekannt vorkam. Die hochgewachsene, schlanke Gestalt, das schmale, offene Gesicht und die dunklen Haarsträhnen, die ihm in die Stirn fielen. Nein! Konnte es denn wahr sein?
Ich krallte meine Finger in Hamids Ärmel.
»Raol«, flüsterte ich fassungslos. »Es ist Raol.«
»Vater«, antwortete dieser mit einer Stimme weit tiefer, als ich sie in Erinnerung behalten hatte, und stand doch plötzlich verlegen wie ein Junge vor mir. »Verzeih mir, aber ich konnte nicht früher kommen.«

Per Dieu, was für eine lächerliche Begrüßung nach einundzwanzig Jahren Abwesenheit! Aber was soll's, nun war kein Halten mehr, und ich warf mit einem Aufschrei meine Arme um ihn, halb blind vor Freudentränen.

»Raol, mein Sohn. Endlich, endlich bist du da!«

Irgendwie ist es schon seltsam, wie in solchen Augenblicken einem die verrücktesten Dinge in den Kopf schießen. Als ich nun endlich meinen Sohn in den Armen hielt, dachte ich, *putan*, Jaufré, jetzt musst du alles noch einmal erzählen, und schüttelte den Kopf. Nun, viel zu tun gibt es ohnehin nicht auf Rocafort. Besonders an den langen Winterabenden.

Und Raol und ich, wir würden nun alle Zeit der Welt miteinander haben.

E•N•D•E

Anhang

Anmerkungen des Autors

Nach altem fränkischem Recht wurde das Fürstenerbe unter Brüdern aufgeteilt, was nicht selten zu kriegerischen Auseinandersetzungen führte. Um dem entgegenzuwirken, entstand das Erbrecht des erstgeborenen Sohns. In den führenden südfranzösischen Adelshäusern der Epoche gab es einen Übergang zwischen beiden Erbfolgeformen. Obwohl Graf Guilhem von seinem Vater den Titel erbte, wurde Raimon noch als Co-Regent benannt, wenn auch mit einem deutlich geringeren Erbanteil versehen. Warum Guilhem seinem Bruder die Grafschaft Toulouse in 1088 überließ, ist nicht bekannt, und über seinen Tod widersprechen sich die Quellen. Der im Roman beschriebene Streit zwischen den Brüdern mag niemals stattgefunden haben. Aber wenn der Zweitgeborene mit den Jahren immer mächtiger wird, plötzlich den Grafentitel annimmt und seiner Nichte Felipa das Erbrecht verweigert, dann lässt sich dahinter durchaus ein erbitterter Machtkampf nach altem Muster vermuten.

Über Raimons erste Frau ist im Dunstschleier der Geschichte fast nichts bekannt, nicht einmal ihr Name, außer, dass diese Ehe Jahre später annulliert wurde, ein Umstand, der aus Raimons Sohn Bertran einen Bastard machte. Ich habe ihr den Namen Anhes gegeben und die Auflösung ihrer Ehe durch eine verbotene und verhängnisvolle Liebschaft begründet.

Odo de Monisat, der Onkel Jaufrés und Erzbischof von Narbonne, ist eine erfundene Figur. Sein realer Vorgänger war der berühmt-berüchtigte Guifred de Cerdanha (†1079), der achtzig Jahre alt wurde und die Macht des Erzbistums von Narbona stark erweitert hatte. Nach ihm folgten vier Erzbischöfe, deren Regentschaft von eher kurzer Dauer war. Diese habe ich mir erlaubt, durch meinen Odo zu ersetzen.

Wer sich über das selbstbewusste Auftreten adeliger Frauen

wundert, muss wissen, dass diese durchaus gewisse Rechte beanspruchten. Obwohl dem Gemahl zu Gehorsam verpflichtet, waren sie erbfähig, besaßen eigenes Vermögen und herrschten über Burg oder Grafschaft, wenn der Ehemann abwesend war, was aufgrund von Kriegszügen häufig vorkam oder wenn das Erbrecht dies zuließ. Sie verwalteten den Besitz, manche führten sogar Krieg. Als Förderinnen der Dichtung waren sie hochverehrt.

Zur Zeit des Romans verlief die Aude tatsächlich mitten durch die Stadt Narbonne, dort wo heute nur noch ein bescheidener Kanal (Canal de la Robine) daran erinnert. Vermutlich die für den mittelalterlichen Mühlenbetrieb immer ausgedehnter angelegten Aufstauungen hatten zu einer allgemeinen Versandung geführt, so dass sich der Fluss plötzlich, im 14. Jahrhundert, ein neues Bett weiter nördlich gesucht hatte. Der Verlust der Verbindung zur Aude führte zum allmählichen wirtschaftlichen Niedergang der Stadt.

Die Namen von Personen und historischen Orten in Südfrankreich habe ich, soweit es sich ermitteln ließ, in mittelalterlichem Okzitan wiedergegeben. Gelegentlich habe ich Verse bekannter Troubadoure in die Geschichte eingebaut. Das letzte Liebeslied für Berta stammt aus einem bekannten Lied des Guilhem IX., Herzog von Aquitanien, dem ersten Troubadour, wie er genannt wurde. Auch die Schwurformel des *homagium* ist überliefert.

Diverse Anekdoten entsprechen der Wahrheit, wie Almodis' abenteuerliche Entführung und die überraschende Einnahme Tortosas. Die Person Raimon Pilet ist ebenfalls überliefert.

Historische Personen

Raimon Sant Gille, Graf von Tolosa und Tripolis (*1042 – †1105), zweitgeborener Sohn des Grafen Pontius, einer der großen Führer des Ersten Kreuzzugs, starb im Heiligen Land.

Guilhem, Graf von Tolosa (*1040 – †1094), überließ den Grafentitel aus ungeklärten Gründen seinem Bruder Raimon (1088), verstarb vermutlich in einer Schlacht gegen die Mauren in Spanien.

Bertran, Graf von Tolosa und Tripolis (*1065 – †1112), Raimons ältester Sohn aus erster Ehe, der durch die spätere Aufhebung dieser Ehe zum Bastard wurde. Er vollendete die Eroberung von Tripolis (1109).

Felipa, Herzogin von Aquitania (*1078 – †1118), Graf Guilhems einzige legitime Tochter, ehelichte Guilhem IX., Herzog von Aquitanien, und kämpfte ihr Lebtag lang um das verlorene Tolosaner Erbe.

Anhes, Raimons erste Frau (Hochzeit um 1066 und wirklicher Name unbekannt) und Bertrans Mutter, wahrscheinlich Tochter des Markgrafen Bertran von Provence.

Elvira, Raimons dritte Frau, eine uneheliche Tochter des Alfons VI., König von Kastilien.

Alfons Jordan, Graf von Tolosa (*1103 – †1148), Raimons zweiter und einzig legitimer Sohn, wurde nach Bertrans Tod Graf von Tolosa, brach zum zweiten Kreuzzug auf (1147) und wurde in Caesarea unter dunklen Umständen vergiftet.

Pontius, Graf von Tolosa (†1061), Vater der Grafen Raimon und Guilhem, verheiratet mit Almodis de la Marche, die ihm insgesamt vier Kinder schenkte.

Almodis (*1020 – †1071), Mutter Raimons und Guilhems von Tolosa, wurde von Ramon Berenguer, dem Grafen von Barcelona, entführt (1053), den sie trotz eines Kirchenbannes ehelichte.

Guilhem, Herzog von Aquitania (*1071 – †1126) und Felipas Gemahl und Großvater der berühmten Eleonore von Aquitanien. Er wird als der erste Troubadour bezeichnet.

Alexios Komnenos, Basileus (*1048 – †1118), Kaiser von Byzanz, nutzte die Bemühungen der Kreuzritter, um das westliche Anatolien für das byzantinische Reich zurückzugewinnen.

Bohemund, Fürst von Antiochia (*1051 – †1111), der älteste Sohn Robert Guiscards, des normannischen Eroberers von Unteritalien und Sizilien. Großer Heerführer des Kreuzzugs.

Seldschuken, ursprünglich ein turkmenischer Nomadenstamm aus dem heutigen Kasachstan und Usbekistan, der sich nach seinem Anführer Seldschuk Khan benannte, unterwarfen Persien und Bagdad (1055), schlugen die Byzantiner bei Manzikert (1071), eroberten das byzantinische Antiochia (1085) nur dreizehn Jahre vor der Ankunft des Christenheeres, sowie Edessa, Aleppo und Damaskus, besiedelten Anatolien.

Danksagung

Um ein so umfangreiches Projekt wie »Der Bastard von Tolosa« durchzuführen, wäre das Ergebnis in seiner endgültigen Form ohne die Unterstützung und Ermutigung vieler Menschen gar nicht zustande gekommen. Diesen meinen stillen Helfern möchte ich hiermit herzlich danken.

Da ist zunächst meine Frau Sandra, die dieses Projekt von Anfang an unterstützt hat und den Autor liebevoll wieder aufgebaut hat, wenn er schlappzumachen drohte. Mit zunehmendem Engagement ist sie schließlich mein engster und schärfster Kritiker geworden mit einer guten Spürnase für das Unwesentliche. Ich bedanke mich bei meinen Kindern Marco, Lisa und Christina, die geduldig zuhörten, wenn ihr Vater mal wieder endlos über sein Projekt reden musste.

Ganz besonders möchte ich mich bei meinen Testlesern bedanken, Angelika Bingel, Gerd Geimer, Frederike Bode und Markus Oponczewski, für die vielen Stunden, die sie mit meinem Manuskript verbracht haben, ebenso für ihre Ratschläge und Hinweise, die mir weitergeholfen und mich ermutigt haben.

Dank auch an Joachim Jessen von der Literaturagentur Thomas Schlück, sozusagen mein »Entdecker« in der Welt der Literatur, und an Christine Steffen-Reimann von Droemer Knaur, deren schnelle und mutige Entschlossenheit die Publikation des Romans ermöglicht hat. Zuletzt bedanke ich mich bei Kerstin von Dobschütz für ihr großartiges Lektorat und ihre kluge Unterstützung, die dem Buch den letzten Schliff gegeben haben.

23. 5.